ଶୂନ୍ୟ ଚିତ୍ରପଟ

ଆଲବର୍ତ୍ତୋ ମୋରାଭିଆଙ୍କ କାଳଜୟୀ ପ୍ରାପ୍ତବୟସ୍କ ଉପନ୍ୟାସ
'ଲା ନୋଇଆ'ର ଇଂରାଜୀ ସଂସ୍କରଣ 'ଦ ଏମ୍ପଟି କାନଭାସ'ର
ଓଡ଼ିଆ ରୂପାନ୍ତରଣ

ଡ. ଜୟକୃଷ୍ଣ ଚୌଧୁରୀ

VIDYA
PUBLISHING INC.

ବିଦ୍ୟା ପବ୍ଲିଶିଙ୍ଗ

ଟରୋଣ୍ଟୋ, କାନାଡ଼ା ॥ ଭୁବନେଶ୍ୱର, ଓଡ଼ିଶା

ଶୂନ୍ୟ ଚିତ୍ରପଟ
(ପ୍ରାପ୍ତବୟସ୍କ ଉପନ୍ୟାସ)

ମୂଳ ଇତାଲୀୟ ରଚନା   : "ଲା ନୋଇଆ": ଆଲବର୍ଟୋ ମୋରାଭିଆ
ଇଂରାଜୀ ଅନୁବାଦ   : "ଦ ଏମ୍ପ୍ଟି କାନ୍ଭାସ୍": ଅଙ୍ଗସ୍ ଡାଭିଡ୍‌ସନ୍
ଓଡ଼ିଆ ଅନୁବାଦ   : "ଶୂନ୍ୟ ଚିତ୍ରପଟ": ଡ. ଜୟକୃଷ୍ଣ ଚୌଧୁରୀ

ପ୍ରକାଶକ   : ଡ. ତନ୍ମୟ ପଣ୍ଡା, ଡ. ସୁନନ୍ଦା ମିଶ୍ର ପଣ୍ଡା
                          ବିଦ୍ୟା ପବ୍ଲିଶିଙ୍ଗ୍ ଇଙ୍କ୍, ଟରୋଣ୍ଟୋ, କାନାଡ଼ା

ପ୍ରଥମ ସଂସ୍କରଣ   : ୨୦୨୧

ପୁନଃମୁଦ୍ରଣ   : ଏପ୍ରିଲ୍ ୨୦୨୨

....

Shunya Chitrapata
Odia Translation of the English Novel The Empty Canvas

ISBN : 978-1-7776819-5-1

Original Book : Alberto Moravia's La Noia (Italian)
A Viareggio Prize winner, 1960

Translations:
English   : 1961, Angus Davidson **The Empty Canvas**
Odia   : 2021, Dr. Jayakrushna Choudhury **Shunya Chitrapata**

Copyright © 2021 by Dr. Jayakrushna Choudhury

First Edition   : 2021

Reprint   : April 2022

Published by   : Dr. Tanmay Panda & Dr. Sunanda Mishra Panda
                  Vidya Publishing Inc., Toronto, Canada
Website   : www.vidyapublishing.com
Email   : vidyapublishinginc@gmail.com

Odisha Contact : Print Ad, B-49, Saheed Nagar, Bhubaneswar-751007

Cover Art   : Manorama Choudhury

Cover Design   : Srushti Panda

ମୁଖବନ୍ଧ

ବହୁ ବର୍ଷ ତଳେ ମୋର ଅଗ୍ରଜ ପ୍ରତିମା ଶ୍ରଦ୍ଧେୟା ସଞ୍ଜିତା ଦାସ ମତେ ଆଲବର୍ଟୋ ମୋରାଭିଆଙ୍କର 'ରୋମାନ ଟେଲ୍ସ' ବହିଟି ପଢ଼ିବାକୁ ଦେଇଥିଲେ। ମୁଁ ସେଇଦିନ ଠାରୁ ମୋରାଭିଆଙ୍କ ଶାଣିତ ଚଟୁଳ ରଚନାର ପ୍ରେମରେ ପଡ଼ିଗଲି। ତାପରେ ଦିନେ ଆଦର୍ଶ ବହୁମୁଖୀ ବିଦ୍ୟାଳୟର ପୁସ୍ତକାଗାରରେ ଦେଖିଲି ମୋରାଭିଆଙ୍କ 'ଦ ଏମ୍ପଟି କାନଭାସ୍'। ପଢ଼ିଲି ମୋରାଭିଆଙ୍କ ଲେଖା ବୋଲି। ଅଚିରେ ତାହା ମତେ ଆଚ୍ଛନ୍ନ କରିଗଲା। ଲେଖାଟି ଯୌନଭିତ୍ତିକ, ସ୍ଥାନେ ସ୍ଥାନେ ଯୌନ ଉଦ୍ଦୀପକ ମଧ। କିନ୍ତୁ ଯାହା ସ୍ପର୍ଶକରେ ତାହା ହେଲା ସେହି ଯୌନତା ମଧରେ ଲୁକ୍କାୟିତ ଶୂନ୍ୟତା, ଏକ ନିର୍ମମ ହାହାକାର। ମନରେ କଳ୍ପନା କଲି, ଏହାର ଅନୁବାଦ କଲେ କିଭଳି ହୁଅନ୍ତା ! ତେବେ ବହିଟି ଫେରାଇ ଦେଲି।

ଏହା ଭିତରେ ପ୍ରାୟ କୋଡ଼ିଏ ବର୍ଷ ବିତିଗଲା। ସାଂସାରିକ ଦୁଃଖ ଯନ୍ତ୍ରଣାର ଦାବଦାହରୁ ଉତ୍ତୀର୍ଣ୍ଣ ହୋଇ ଦେଖିଲି ହାତରେ କିଛି ଅବସର। ସ୍ମୃତିରୁ ଲୁଚି ଯାଇ ନାହାନ୍ତି ମୋରାଭିଆ। ବହିଟି ଖୋଜିଲି, କିନ୍ତୁ ମିଳିଲା ନାହିଁ। ଯାହାହେଉ ଆମ ଗ୍ରନ୍ଥାଗାରରେ ତଦାନୀନ୍ତନ କାର୍ଯ୍ୟରତା ଶ୍ରଦ୍ଧେୟା ବ୍ରହ୍ମା ମ୍ୟାଡାମ୍ ବହୁ କଷ୍ଟ ସ୍ୱୀକାର କରି ବହିଟି ଖୋଜିଦେଲେ। ଅନୁବାଦଟି ଅବଶ୍ୟ ବହୁଦିନ ଲାଗିଗଲା। ଏହି ଅବସରରେ ମୁଁ ସେହି ସମସ୍ତଙ୍କୁ କୃତଜ୍ଞତା ଜଣାଉଛି ଯେଉଁମାନଙ୍କ ସାହାଯ୍ୟ ସହଯୋଗ ବିନା ଏହା ସମ୍ପୂର୍ଣ୍ଣ ହୋଇ ପାରି ନ ଥାନ୍ତା। ବିଶେଷ ଭାବରେ ମୁଁ କୃତଜ୍ଞ ମୋର ପତ୍ନୀ ପୁଷ୍ପଶ୍ରୀଙ୍କ ପାଖରେ। ସେ ତାଙ୍କର ଅଜସ୍ର ପ୍ରେମରେ ମତେ ରସାଣିତ କରି ଏହି ଅନୁବାଦ ପାଇଁ ସୁଅବସର ସୃଷ୍ଟି କରିଛନ୍ତି। ରାତ୍ରିର ଆଲୋକ-ବିକ୍ଷେପ ତାଙ୍କ ଶୟନରେ ବିଘ୍ନ ସୃଷ୍ଟିକଲେ ମଧ ସେ ତାର ପ୍ରତିବାଦ କରି ନାହାନ୍ତି। ବାରମ୍ବାର ସହି ନେଇଛନ୍ତି ମୋର ଚିଡ଼ିଚିଡ଼ାପଣର ବିସ୍ଫୋରଣକୁ ଅକାତରରେ। କବିଟିଏର ପାଗଳପଣକୁ ସାଥିରେ ନେଇ ଜୀବନ କାଟିବା ଏତେ ସହଜ ଯାତ୍ରା ନୁହେଁ ନିଶ୍ଚୟ।

ବର୍ତ୍ତମାନ ବହିଟି ପ୍ରକାଶନର ଆଲୋକ ଦେଖ୍‌ବାର କାହାଣୀ। ସାହିତ୍ୟ ଟୁଙ୍ଗିରେ ହଠାତ୍ ମୋର ପରିଚୟ ହୁଏ ସୁଦୂର ଆମେରିକାରେ ବାସ କରୁଥିବା ଶ୍ରଦ୍ଧେୟା ମନୋରମାଙ୍କ ସହ। କବିତାର ଉଲ୍ଲାସରେ ଆମର ପରିଚୟ ବନ୍ଧୁତାରେ ପରିଣତ ହୁଏ, ଆଉ ସିଏ ମତେ ତାଙ୍କ ସାହିତ୍ୟ-ଗୁରୁ ଭାବରେ ଗ୍ରହଣ କରି ନିଅନ୍ତି। ତାଙ୍କ ଆବଦାର ଓ କାନାଡ଼ାର ବିଦ୍ୟା ପ୍ରକାଶନୀ ସହ ତାଙ୍କର ସଂପର୍କ ଏ ଅନୁବାଦକୁ ପୃଥ୍‌ବୀର ଆଲୋକ ଦେଖ୍‌ବାକୁ ସୁଯୋଗ ଦେଇଛି। ଏହି ଅବସରରେ ମୁଁ ପ୍ରକାଶକ ଦମ୍ପତି ଡ. ସୁନନ୍ଦା ପଣ୍ଡା ଓ ଡ. ତନ୍ମୟ ପଣ୍ଡାଙ୍କୁ ହାର୍ଦ୍ଦିକ କୃତଜ୍ଞତା ଜଣାଇବା ସହ ସୁଶ୍ରୀ ମନୋରମା ଚୌଧୁରୀଙ୍କୁ ମଧ୍ୟ କୃତଜ୍ଞତା ଜଣାଉଛି। ଏବଂ ମୁଁ କୃତଜ୍ଞ ଡ. ଅକ୍ଷୟ କୁମାର ମିଶ୍ରଙ୍କ ପାଖରେ ଯାହାଙ୍କ ସ୍ପର୍ଶରେ କି ମୋର ଅସୁନ୍ଦର ହସ୍ତଲିପି ମୁଦ୍ରଣଯୋଗ୍ୟ ହୋଇଛି, ଠିକ୍ ଶ୍ରୀକୃଷ୍ଣଙ୍କ ସ୍ପର୍ଶରେ କୁବ୍‌ଜା ଫେରି ପାଇବା ପରି ତାର ସୌନ୍ଦର୍ଯ୍ୟ। ମୁଁ ମଧ୍ୟ କୃତଜ୍ଞ ତାଙ୍କର ପାଠକୀୟ ଶ୍ରଦ୍ଧା ଓ ସୁବିଚାରିତ ମନ୍ତ୍ରଣା ପାଇଁ। ପରିଶେଷରେ ଯେଉଁ ପାଠକମାନେ ଏହାର ରସାସ୍ୱାଦନରେ ମୁଗ୍ଧ ହେବେ ତାଙ୍କ ପାଇଁ ମୁଁ ଆଗରୁ କୃତଜ୍ଞତା ଜଣାଇ ରଖୁଛି।

ମୁଁ ଏହି ରଚନାକୁ ଅନୁସୃଜନ କହିବି ନାହିଁ। ମୁଁ ରହିଛି ନିଛକ ଅନୁବାଦ, କିନ୍ତୁ ଏ ଅନୁବାଦ ବଡ଼ କଷ୍ଟକର। ସରସ ରଚନାର ନିର୍ଦ୍ଦିଷ୍ଟ ସ୍ୱାଦ ଅନ୍ୟ ଗୋଟିଏ ଭାଷାରେ ପରସିବାର ପ୍ରେରଣାରେ କାର୍ଯ୍ୟ କଲାବେଳେ ସବୁଠାରୁ ବଡ଼ ଅସୁବିଧା ହୁଏ ସାମାଜିକ ଓ ସାଂସ୍କୃତିକ ଆଦର୍ଶର ଆପେକ୍ଷିକତା। ଏହି ପରିପ୍ରେକ୍ଷୀରେ ଭାବପ୍ରକାଶ ପାଇଁ ଆବଶ୍ୟକ ପଡ଼େ ନୂତନ ଶବ୍ଦ। କିଛିଟା ଅପ୍ରଚଳିତ ଶବ୍ଦ ଏବଂ ଅନ୍ୟ ଭାଷାରୁ ଆହରିତ କିଛି ଶବ୍ଦ ମୁଁ ଏଠାରେ ବ୍ୟବହାର କରିଛି, ଯାହା ସର୍ବଶେଷରେ ନିଘଣ୍ଟୁରେ ଲିପିବଦ୍ଧ ହୋଇଛି। ବସ୍ତୁତଃ, ଏ ରଚନାରେ ଯାହା କିଛି ଉନ୍ନତ ଓ ମହାନ ତାହା ମୋରାଭିଆଙ୍କ ପ୍ରାପ୍ୟ। ତାଙ୍କର ରଚନା ସତରେ ଚମତ୍କାର।

ପ୍ରେମର ରହସ୍ୟମୟ ଦିଗନ୍ତରେ, ଅବଚେତନର ସେଇ କୁୟାଶାଚ୍ଛନ୍ନ ଇଲାକା। ଭଲ ପାଇବାର ପ୍ରକୃତ ଅର୍ଥ କ'ଣ ? ପ୍ରେମ କ'ଣ ସ୍ୱର୍ଗୀୟ ଏକ ଆମ୍ବୋସର୍ଗ ନା ଏକ ନାରକୀୟ ଆମ୍ଭରିତା ? ପ୍ରେମ ଏକ ଦିବ୍ୟାନୁଭୂତି ନା ଏକ ଆମ୍ଭହନନ ? ଉତ୍ତର ଅନିର୍ଦ୍ଦିଷ୍ଟ। ସେ ଚିତ୍ରପଟରେ ଯେତେ ରଙ୍ଗ ଭରିଲେ ବି ଶବଳିତ ହେବା ବଦଳରେ ତାହା ଶୂନ୍ୟ ହୋଇଯାଏ। ପାଠକୀୟ ଆଦର ଲାଭ କଲେ ଏ 'ଶୂନ୍ୟ ଚିତ୍ରପଟ' ପୂର୍ଣ୍ଣ ହୋଇ ଉଠିବ। ଅଳଂ ଅତି ବିସ୍ତରେଣ।

ଡ. ଜୟକୃଷ୍ଣ ଚୌଧୁରୀ

ଉତ୍ସର୍ଗ

ନାରୀଟିଏ ଆସେ ପୁରୁଷ ଜୀବନରେ ତାକୁ ଧନ୍ୟ କରି, ଆପଣାର ମହକରେ ତାକୁ ଉଚ୍ଚାରିତ, ଅନୁଗୃହୀତ କରି। ଜଗାଏ ସ୍ୱପ୍ନ ଓ ସମ୍ବେଦନା। ଭଉଣୀ ରୂପରେ ରୁଗ୍ଣ ଶରୀରକୁ ସିଏ ଆଉଁସି ଦିଏ, ଦେବତାଙ୍କ ପାଖରେ ଲୁହ ଢାଳି ମାଗି ଆଣେ ଆଶୀଷ। ମାଆ ହୋଇ ପୁଣି ସହିଯାଏ ଯାବତୀୟ ଅଳି ଅର୍ଦଳୀ ଓ ଅତ୍ୟାଚାର। କନ୍ୟା ହୋଇ ତାର ଅଛଟ ଅଭିମାନ ଭିତରେ ପୂର୍ଣ୍ଣ କରିଦିଏ ଜୀବନ। କେବେ ବାନ୍ଧବୀର ଚଟୁଳ ପରିହାସ ଭିତରେ, ଛୁଆଁ-ଅଛୁଆଁର ତିଳ-ତଣ୍ଡୁଳିତ ସୀମା ସରହଦ ଭିତରେ, ଉଚ୍ଛୁଲାଇ ଦିଏ ହୃଦୟ। ଫୁଲ ହଜିଯାଏ, ରହିଯାଏ ମହକ। କେବେ ପୁଣି ସିଏ ଆସେ ପତ୍ନୀ ବା ପ୍ରେମିକାଟିଏ ହୋଇ। ତାର ଆଶ୍ଲେଷରେ ମୃତ୍ୟୁ ପରାହତ ହୁଏ, ଆସେ ସୃଜନର ଉଦ୍ଦାମ ଆବାହନ। ଗଢ଼ାହୁଏ ସାହିତ୍ୟ ଓ ସମାଜ; କଳା ଓ କବିତା। ଯେଉଁ ନାରୀମାନଙ୍କ ମମତାର ବାରିପାତରେ ସିକ୍ତ ହୋଇଛି ଏ ହୃଦୟ, ସେ ସଭିଙ୍କ ନାଁ ଅକପଟରେ ଲେଖିଯିବା ସମ୍ଭବ ନୁହେଁ, ସମୀଚୀନ ବି ନୁହେଁ। କିଏ ଜଣା ଆଉ କିଏ ଅଜଣା। କିଏ ହୃଦୟର ଭାବ ଅନର୍ଗଳ ଢାଲି ଦେଇଛି ତ କିଏ ସ୍ନେହ ଦେଇଛି ସ୍ମିତ ମୃଦାକ୍ଷରେ; ସହସ୍ର ସ୍ମୃତି, ସହସ୍ର ଜୀବନ; ଆଉ ସବୁଠେଇ ତ ତାରି ରୂପ, ତାରି ରଚନା, ବିଦ୍ୟା ସମସ୍ତା ସ୍ତବ ଦେବୀଭେଦା, ସ୍ୱୀୟା ସମସ୍ତା ସକଲା ଜଗସ୍ତ; ସେଇ ତ ଭିନ୍ନ ଭିନ୍ନ ରୂପରେ ଆସି ମତେ ଧନ୍ୟ କରିଛି ବାରବାର, ଆଘାତରେ ଦେଇଛି କୋମଳ ପ୍ରଲେପ, ପୋଛି ଦେଇଛି ଅଶ୍ରୁ, ଉନ୍ମାଦ କରିଛି, ସୁସ୍ଥ କରିଛି, ମୋହିତ କରିଛି। ପୁଣି ମୋର ଅପୂର୍ଣ୍ଣତାକୁ, ସବୁ ଦୋଷ ଦୁର୍ବଳତାକୁ ସହି ନେଇଟି ଅକାତରେ; ମୋର ବିଭିନ୍ନ ଅକ୍ଷମତାକୁ କ୍ଷମା କରି ଦେଇଛି ତାର ଉଦାର ପଣରେ। ମତେ ମମତାର ସ୍ପର୍ଶରେ ଛୁଇଁ ଯାଇଥିବା ସମସ୍ତ ନାରୀମାନଙ୍କ ସ୍ମୃତିରେ, ତାଙ୍କରି ଭିତରେ ଲୁଚି ରହିଥିବା ସେଇ ଚିରନ୍ତନୀ ନାରୀ, ଦିବ୍ୟଜନନୀଙ୍କ ହାତରେ ତୋଲି ଦେଲି ମୋର ଶୂନ୍ୟ ଚିତ୍ରପଟ।

ଇତାଲୀୟ ସାହିତ୍ୟର ବିକାଶ ଓ ମୋରାଭିଆ

ରୋମର ଜନ୍ମ ପୂର୍ବରୁ ମଧ୍ୟ ପ୍ରତ୍ନ-ଲାଟିନ ପ୍ରଚଳିତ ଥିଲା। ଗ୍ରୀକ ଐତିହାସିକ ପଲିବିୟସ (ଖ୍ରୀ.ପୂ. ୨୦୦-୧୧୮)ଙ୍କ ଲେଖାରୁ ଜଣାପଡ଼େ ଯେ ରୋମ ଏବଂ କାର୍ଥେଜ ମଧ୍ୟରେ ପ୍ରଥମ ଚୁକ୍ତିପତ୍ରଟି ଖ୍ରୀ.ପୂ. ୫୦୮ରେ ପ୍ରତ୍ନ-ଲାଟିନରେ ଲେଖା ଯାଇଥିଲା। ସମ୍ଭବତଃ ତାହା ଥିଲା ରୋମ ସାଧାରଣତନ୍ତ୍ର ସ୍ଥାପନର ଆଦିପର୍ବ। କିନ୍ତୁ ଏଥୁ ପୂର୍ବରୁ ଐତିହାସିକ ରୋମୀୟ ରାଜ୍ୟ ସମୟରେ ମଧ୍ୟ ପ୍ରତ୍ନ-ଲାଟିନର ପ୍ରଚଳନ ଥିବା ଅନୁମାନ କରାଯାଏ। ରୋମ ପ୍ରଥମେ ଐତିହାସିକ ରୋମୀୟ ରାଜ୍ୟରୁ ଆରମ୍ଭ ହୋଇ ରୋମ ସାଧାରଣତନ୍ତ୍ରରେ ପରିଣତ ହେଲା। ରୋମ ସାଧାରଣତନ୍ତ୍ର ପରେ ଆସିଲା ରୋମୀୟ ସାମ୍ରାଜ୍ୟ। ସମ୍ରାଟ ଥିଓଡୋସିୟସ ପ୍ରଥମଙ୍କ ଆକସ୍ମିକ ମୃତ୍ୟୁ ପରେ ୩୯୨ ଖ୍ରୀଷ୍ଟାବ୍ଦରେ ରୋମ ସାମ୍ରାଜ୍ୟ ତାଙ୍କ ଦୁଇ ପୁଅଙ୍କ ଭିତରେ ମୂଳତଃ ଦୁଇ ଭାଗରେ ବିଭକ୍ତ ହୋଇଗଲା। ପୂର୍ବ ରୋମୀୟ ସାମ୍ରାଜ୍ୟ (ବାଇଜାଣ୍ଟାଇନ ସାମ୍ରାଜ୍ୟ) ଆର୍କାଡିୟସଙ୍କ ଭାଗରେ ପଡ଼ିଲା ଏବଂ ଅନରିୟସ ପଶ୍ଚିମ ରୋମୀୟ ସାମ୍ରାଜ୍ୟ ଶାସନ କରିବାକୁ ଲାଗିଲେ। କିନ୍ତୁ ଦଶ ବର୍ଷ ବୟସ୍କ ଅନରିୟସ ଥିଲେ ନାମ ମାତ୍ର ଶାସକ। ଦୁର୍ବଳ ଅର୍ଥନୀତି, ରୋମୀୟ ସାମ୍ରାଜ୍ୟରେ ଗଥ ଭଳି ଅଣରୋମୀୟଙ୍କ ସଂଖ୍ୟା ବୃଦ୍ଧି, ଶାସନଗତ ଅକ୍ଷମତା, ସୀମାରେ ବର୍ବର ଶକ୍ତିଙ୍କ ଉତ୍ଥାନ ଆଦି କାରଣରୁ ପଶ୍ଚିମ ରୋମୀୟ ସାମ୍ରାଜ୍ୟ ଦୁର୍ବଳ ହୋଇ ଋହିଲା ଏବଂ ୪୭୬ ଖ୍ରୀଷ୍ଟାବ୍ଦରେ ଏହାର ବିଲୟ ଘଟିଲା। ସାମ୍ରାଜ୍ୟର ଏହି ବିଲୟ ଭିତରେ ଆଞ୍ଚଳିକ ଶକ୍ତି ମାନଙ୍କର ଉତ୍ଥାନ ଘଟି ନୂତନ ରାଜ୍ୟମାନ ଗଠିତ ହେଲେ।

ଲାଟିନ ଶବ୍ଦଟି ଗ୍ରୀକ ଏବଂ ରୋମୀୟ ପୁରାଣଗାଥାର ଲାଟିନସ୍ (ହୋମରଙ୍କ ରଚନାର ଏକ ଚରିତ୍ର)ଙ୍କ ନାମରୁ ଆସିଥିବା ଜଣାଯାଏ। ରୋମୀୟ ସାମ୍ରାଜ୍ୟର ଆରମ୍ଭ ସମୟକୁ ପ୍ରତ୍ନ-ଲାଟିନରୁ ଶାସ୍ତ୍ରୀୟ ଲାଟିନ ଜନ୍ମ ନେଇ ସାରିଥିଲା ଏବଂ ସଂସ୍କୃତ ସହ ପୈଶାଚୀ ଭାଷାର ଏକତ୍ର ସହାବସ୍ଥାନ ଭଳି ଉଭୟ ଦୀର୍ଘକାଳ ଧରି ପ୍ରଚଳିତ ରହିଥିଲେ। ଉଚ୍ଚାଙ୍ଗ ସାହିତ୍ୟ ରଚନାର ସାଂସ୍କୃତିକ ସଂକଳ୍ପ ଭିତରୁ ବ୍ୟାକରଣ-ସିଦ୍ଧ ଶାସ୍ତ୍ରୀୟ ଲାଟିନ ଜନ୍ମ ନେଇଥିଲା। କିନ୍ତୁ ଖ୍ରୀଷ୍ଟପୂର୍ବ ପ୍ରଥମ ଶତାବ୍ଦୀର

ରୋମୀୟ ଦାର୍ଶନିକ, ବକ୍ତା ଓ ରାଜନୀତିଜ୍ଞ ସିସେରୋଙ୍କ ଲେଖାରୁ ଜଣାପଡ଼େ ଯେ, ସେ ସମୟକୁ ଜନସାଧାରଣଙ୍କ ଭାଷା ରୂପରେ ଗ୍ରାମ୍ୟ-ଲାଟିନ ପ୍ରଚଳିତ ରହିଥିଲା। ଅର୍ଥାତ୍ ପ୍ରତ୍ନ-ଲାଟିନର କାଣ୍ଡରୁ ଗ୍ରାମ୍ୟ-ଲାଟିନ ଓ ଶାସ୍ତ୍ରୀୟ-ଲାଟିନର ଦୁଇଟି ଶାଖା ବାହାରି ପୁଷ୍ଟ ଓ ବର୍ଦ୍ଧିତ ହୋଇ ରହିଥିଲେ। ଯଦିଓ ଗ୍ରାମ୍ୟ ଲାଟିନର କୌଣସି ଲେଖା ମିଳି ନାହିଁ, ଶାସ୍ତ୍ରୀୟ-ଲାଟିନରେ ରଚିତ ପୁସ୍ତକ ମାନଙ୍କରେ ଏହାର କିଛି କିଛି ଉଦ୍ଧୃତି ଓ ସୂଚନା ମିଳିଥାଏ।

ଯୁରୋପରେ ରୋମୀୟ ସାମ୍ରାଜ୍ୟର ବିସ୍ତାର ସହ ପ୍ରାନ୍ତୀୟ ଜନଜାତିଙ୍କ ଉପରେ ଖ୍ରୀଷ୍ଟଧର୍ମ ଓ ଲାଟିନ ଅଧିରୋପିତ ହେଲା। କିନ୍ତୁ ଦରବାରୀ ଭାଷା ଓ ସାହିତ୍ୟ ଶାସ୍ତ୍ରୀୟ ଲାଟିନ ଥିବାବେଳେ ଜନମୁଖର ଭାଷା ଥିଲା ଗ୍ରାମ୍ୟ-ଲାଟିନ। ଗ୍ରାମ୍ୟ-ଲାଟିନ ବଢୁଥିଲା ସ୍ୱାଧୀନ ରୂପେ, ତା ପାଇଁ ନ ଥିଲା କୌଣସି ଶାସ୍ତ୍ରୀୟ ବାଧା ଓ ବନ୍ଧନ। ତେଣୁ ତାହା ସମୟ ଅବା ଭୂଗୋଳ ଭିତ୍ତିରେ ସମରୂପକ ନ ଥିଲା। ଏହା ଫଳରେ ସୃଷ୍ଟି ହେଲା ରମଂସ ଭାଷା ଗୋଷ୍ଠୀ ଏବଂ ଯୁରୋପୀୟ ଅଧିବାସୀମାନେ ରୋମାନିତ ହେବା ଦ୍ୱାରା ଆପଣାର ଭାଷା ଶୈଳୀ ଓ କଥନ ଭଙ୍ଗୀର ପରିପ୍ରେକ୍ଷାରେ ଏହି ରମଂସ ଭାଷା ଅଧିକତର ପ୍ରଭିନ୍ନିତ ହେବାକୁ ଲାଗିଲା ଏବଂ ପ୍ରାୟ ନବମ ଶତାବ୍ଦୀ ବେଳକୁ ପାଞ୍ଚଟି ନିର୍ଦିଷ୍ଟ ରମଂସ ଭାଷା ଏଥିରୁ ଜନ୍ମ ନେଲା। ଏହି ପଞ୍ଚ ରମଂସ ଭାଷା ହେଲେ ଫରାସୀ, ସ୍ପେନୀୟ, ଇତାଲୀୟ, ପର୍ତ୍ତୁଗୀଜ ଏବଂ ରୋମାନୀୟ ଭାଷା। କହିବା ବାହୁଲ୍ୟ, ସେତେବେଳେ ଏ ଭାଷା ଗୁଡ଼ିକ ଥିଲେ କଥିତ ଭାଷା; କାରଣ ରଚନା ନିମନ୍ତେ ଯୁରୋପରେ ସେତେବେଳକୁ ମଧ୍ୟଯୁଗୀୟ ଲାଟିନ ହିଁ ବ୍ୟବହୃତ ହେଉଥିଲା। ଏହି ମଧ୍ୟଯୁଗୀୟ ଲାଟିନ ଥିଲା ଶାସ୍ତ୍ରୀୟ ଲାଟିନର ପରବର୍ତ୍ତୀ ରୂପ ଯାହାକୁ ଭାଷାବିତ୍‌ମାନେ ଉତ୍ତର ଶାସ୍ତ୍ରୀୟ-ଲାଟିନ ବୋଲି କହନ୍ତି। ଏହି ଉତ୍ତର ଶାସ୍ତ୍ରୀୟ କାଳରେ ଲାଟିନ ଯୁରୋପରେ ଅଣ-ଲାଟିନୀୟ ଅଞ୍ଚଳ ମାନଙ୍କୁ ଯଥା ଜର୍ମାନୀୟ ଏବଂ ସ୍ଲାଭୀୟ ଭାଷାଭାଷୀ ଅଞ୍ଚଳମାନଙ୍କୁ ମଧ୍ୟ ପ୍ରବେଶ କଲା। କିନ୍ତୁ ଯେହେତୁ ମଧ୍ୟଯୁଗୀୟ ଲାଟିନର ଅବଲମ୍ବନ ହେବା ପାଇଁ କୌଣସି ରାଜନୈତିକ ଶକ୍ତି ବା ଜନଗୋଷ୍ଠୀ ନ ଥିଲା ଏହା ନିଜର ଭାଷା-ସଂହତି ହରାଇ ବସିଲା।

ଏକ ଲିଖିତ ଭାଷା ରୂପେ ଇତାଲୀୟ ଭାଷା ଟସ୍କାନ ପ୍ରଦେଶରେ ଦ୍ୱାଦଶ ଶତାବ୍ଦୀରେ ଜନ୍ମ ନେଲା। ତ୍ରୟୋଦଶ ଶତାବ୍ଦୀରେ ଟସ୍କାନର ରାଜଧାନୀ ଫ୍ଲୋରେନ୍‌

ୟୁରୋପର ଏକ ପ୍ରମୁଖ ଅର୍ଥନୈତିକ କେନ୍ଦ୍ର ହୋଇ ଉଭାହେଲା ଏବଂ ଏହି ଅର୍ଥନୈତିକ ଶକ୍ତି ଜନମୁଖର ଭାଷାକୁ ଦେଲା ଏକ ସମ୍ମାନାସ୍ପଦ ଆସନ । ଫ୍ଲୋରେନ୍ସର ମେଡିଚି (ସାମାନ୍ୟ ସ୍ତରରୁ ଉଠି ୟୁରୋପର ପ୍ରଥମ ବ୍ୟାଙ୍କ ସ୍ଥାପନ କରିଥିବା ଏକ ବ୍ୟବସାୟୀ ପରିବାର) ନୂତନ ଜାଗରଣର ଆବାହନ କରି କଲା, ସଂସ୍କୃତି ଓ ସାହିତ୍ୟର ପୃଷ୍ଠପୋଷକତା କଲେ । ଏମାନଙ୍କ ପୃଷ୍ଠପୋଷକତା ଲାଭ କରିଥିବା ଦୁଇ ମହାନ କଳାକାର ଥିଲେ ଲିଓନାର୍ଡୋ ଦା ଭିନ୍ସ ଏବଂ ମାଇକେଲ ଆଞ୍ଜେଲୋ, ଯେଉଁମାନେ କି ଥିଲେ ପୁନର୍ଜାଗରଣର ମୁଖ୍ୟ ପୁରୋଧା । ଫ୍ଲୋରେନ୍ସର ଲେଖକ ଓ ସାହିତ୍ୟିକମାନେ କେବଳ ଇତାଲୀୟ ଭାଷାକୁ ଯେ ଲିଖିତ ରୂପ ଦେଲେ ତାହା ନୁହେଁ, ସେମାନେ ମଧ ଲାଟିନ ଭାଷାରେ ଭର୍ତ୍ତି ହୋଇଥିବା ନାନା ବିକୃତିକୁ ଦୂର କରି ଶାସ୍ତ୍ରୀୟ ଲାଟିନର ପୁନରୁଦ୍ଧାର କଲେ ଏବଂ ପୁରାତନ ଶାସ୍ତ୍ରୀୟ ଲାଟିନର ପୋଥିଗୁଡିକର ପୁନର୍ମୁଦ୍ରଣ କରାଇଲେ । ଚତୁର୍ଦ୍ଦଶ ଶତାବ୍ଦୀର ଆଦ୍ୟ ଭାଗରେ ଦାନ୍ତେ ନିଜର ରଚନା ଦ୍ୱାରା ଇତାଲୀୟ ଲିଖନ ଶୈଳୀକୁ ଏକ ମାନକ ରୂପ ପ୍ରଦାନ କଲେ । ଫ୍ଲୋରେନ୍ସ ଇଟାଲୀର ମଧ୍ୟଭାଗରେ ଅବସ୍ଥିତ । ତେଣୁ ଉତ୍ତର ଇତାଲୀୟ ଉପଭାଷା ମାନଙ୍କ ମଧ୍ୟରେ ଫ୍ଲୋରେନ୍ସୀୟ ଇତାଲୀ ଏକ ସମନ୍ୱୟ ରକ୍ଷା କରିଥିଲା । ତତ୍କାଳୀନ ଫ୍ଲୋରେନ୍ସର ରାଜନୈତିକ, ସାଂସ୍କୃତିକ ଓ ଅର୍ଥନୈତିକ ଗୁରୁତ୍ୱ ହେତୁ ଲାଟିନ ବଦଳରେ ଫ୍ଲୋରେନ୍ସୀୟ ଇତାଲୀ ଇଟାଲୀର ରାଜଭାଷା ହୋଇ ଉଭା ହେଲା । ପିଏଟ୍ରୋ ବେମ୍ବୋ ଷୋଡଶ ଶତାବ୍ଦୀର ଆଦ୍ୟଭାଗରେ, ପେଟ୍ରାର୍କ ଏବଂ ବୋକାସିଓଙ୍କ ରଚନାକୁ ଆଦୃତ କରାଇ ଏକ ଇତାଲୀୟ ଭାଷା ସଂହିତା ଏବଂ ବ୍ୟାକରଣ ରଚନା କଲେ ଯାହା ଏକ ମାନକ ଇତାଲୀୟ ଭାଷା ସୃଷ୍ଟି କଲା ।

ଇତାଲୀୟ ପୁନର୍ଜାଗରଣ ସମୟରେ ତଦାନୀନ୍ତନ ଖ୍ରୀଷ୍ଟିୟାନ ଧର୍ମର କିଛି ପ୍ରଚଳିତ ପ୍ରଥା ବିରୁଦ୍ଧରେ ମାର୍ଟିନ ଲୁଥର ପ୍ରତିବାଦ ଆରମ୍ଭ କଲେ । ପ୍ରାକ୍ ରେନେସାଁ ଥିଲା ବିଶ୍ୱାସର ଯୁଗ । ତାହାର ସୁଯୋଗରେ ଚର୍ଚ୍ଚ ଆରମ୍ଭ କରିଥିଲା 'ବିଲାସ ବିକ୍ରୟ' ବା 'ପାପମୋଚନ' ବ୍ୟବସାୟ । ଅର୍ଥାତ୍ ଜୀବନରେ ଇନ୍ଦ୍ରିୟ ବିଲାସ ଜନିତ ପାପରୁ ମୁକ୍ତି ଲାଗି ଚର୍ଚ୍ଚକୁ ଅର୍ଥ ପ୍ରଦାନ କଲେ, ଅର୍ଥ ବଦଳରେ ଚର୍ଚ୍ଚ ସେ ପାପରୁ ମୁକ୍ତି ପ୍ରଦାନ କରୁଥିଲା । ଏପରିକି ମୃତବ୍ୟକ୍ତିର ପାପ ମଧ ଚର୍ଚ୍ଚ କିଣି ନେଇ ତାକୁ ମୁକ୍ତି ପ୍ରଦାନ କରୁଥିଲା । ଏହି 'ବିଲାସ-ବିକ୍ରୟ' ପାଇଁ ନିର୍ଦ୍ଦିଷ୍ଟ

ଅଧିକାରୀ ମଧ୍ୟ ନିଯୁକ୍ତ ହେଉଥିଲେ। ଅନ୍ୟାନ୍ୟ ବିକୃତି ସହ ମୂଳତଃ ଏଇ ପ୍ରଥା ବିରୁଦ୍ଧରେ ମାର୍ଟିନ ଲୁଥର ଯେଉଁ ବିପ୍ଳବ ଆରମ୍ଭ କଲେ ତାହା ପରିଶେଷରେ ପ୍ରୋଟେଷ୍ଟାଣ୍ଟ ଗୋଷ୍ଠୀକୁ ଜନ୍ମ ଦେଲା। ଜନସାଧାରଣଙ୍କ ବୋଧଗମ୍ୟ ହେବାପାଇଁ ପ୍ରୋଟେଷ୍ଟାଣ୍ଟମାନେ ଲାଟିନ ଭାଷାରେ ଲିଖିତ ବାଇବେଲକୁ ସ୍ଥାନୀୟ ଭାଷାମାନଙ୍କରେ ଅନୁବାଦ କଲେ। ଗୁଟେନବର୍ଗଙ୍କ ଦ୍ୱାରା ଛାପାଖାନାର ଉଦ୍ଭାବନ ସହିତ ଇତାଲୀ ଭାଷାରେ ଲିଖିତ ବାଇବେଲ ଘରେ ଘରେ ପହଞ୍ଚିଗଲା। ୧୫୮୬ ମସିହାରେ ଫ୍ଲୋରେନ୍ସରେ ଇତାଲୀୟ ଭାଷା ପାଇଁ ଉତ୍ସର୍ଗୀକୃତ ଏକ ସାହିତ୍ୟ ଏକାଡେମୀ (La Crusca) ସ୍ଥାପନ କରାଗଲା ଯାହାକି ପୃଥିବୀର ସର୍ବ ପୁରାତନ ଭାଷା ଏକାଡେମୀ। ଏହି ଏକାଡେମୀ ୧୬୧୨ ଖ୍ରୀଷ୍ଟାବ୍ଦରେ ପ୍ରଥମ ଇତାଲୀୟ ଶବ୍ଦକୋଷ ପ୍ରଣୟନ କଲା।

ଇତାଲୀ ଭାଷାର ପ୍ରସାର ଓ ସମୃଦ୍ଧିରେ ପ୍ରଧାନ ଅନ୍ତରାୟ ଥିଲା ରାଜନୈତିକ ଇଚ୍ଛାଶକ୍ତିର ଅଭାବ। ରୋମୀୟ ସାମ୍ରାଜ୍ୟ ଲାଟିନ ଭାଷାର ପୃଷ୍ଠପୋଷକତା କରିଥିଲା। ତାର ଉତ୍ତର କାଳରେ ଇଟାଲୀ ବିଭିନ୍ନ ରାଜ୍ୟରେ ବିଭକ୍ତ ହୋଇଯିବା ଫଳରେ ପ୍ରତ୍ୟେକ ରାଜ୍ୟର ଏକ ନିର୍ଦ୍ଦିଷ୍ଟ ଉପଭାଷା ଗଢ଼ି ଉଠିଥିଲା। ଏହି ସମସ୍ତ ଉପଭାଷାକୁ ନେଇ ଏକ ମାନକ ଇତାଲୀୟ ଭାଷା ସୃଷ୍ଟି କରିବା ଥିଲା ବୁଦ୍ଧିଜୀବୀମାନଙ୍କ ପାଇଁ ଏକ ବିରାଟ ଆହ୍ୱାନ। ଉନବିଂଶ ଶତାବ୍ଦୀର ଆଦ୍ୟଭାଗରେ ନେପୋଲିୟନଙ୍କ ଇଟାଲୀ ଆକ୍ରମଣ, ଇଟାଲୀ ପାଇଁ ରାଜନୈତିକ ସଂହତିର ଏକ ନୂତନ ଅବକାଶ ଆଣିଦେଲା। ଇଟାଲୀ ଏକ ଶାସନାଧୀନ ହେବା ଫଳରେ ଉପଭାଷାଗୁଡ଼ିକ ସେମାନଙ୍କ ରାଜନୈତିକ ପୃଷ୍ଠପୋଷକତା ହରାଇ ବସିଲେ। ନେପୋଲିୟନଙ୍କ ପରେ ଇଟାଲୀରେ ଏକ ରାଜନୈତିକ ଓ ସାମାଜିକ ଆନ୍ଦୋଳନ ସୃଷ୍ଟି ହେଲା। ଇତାଲୀୟ ଉପଦ୍ୱୀପର ସମସ୍ତ ରାଜ୍ୟମାନଙ୍କୁ ଏକତ୍ର କରାଇ ଏକ ନୂତନ ଇଟାଲୀ ଦେଶ ଗଠନ ଥିଲା ଏହାର ଉଦ୍ଦେଶ୍ୟ।

ଫରାସୀ ରାଷ୍ଟ୍ରବିପ୍ଳବ ଓ ନେପୋଲିୟନଙ୍କ ଉତ୍ଥାନ ଥିଲା ୟୁରୋପରେ ସାମନ୍ତବାଦୀ ମଧ୍ୟଯୁଗର ଅବସାନର ଥିଲା ପୂର୍ବ-ସଂକେତ। ଯନ୍ତ୍ରବିପ୍ଳବର ଗର୍ଭ ଭିତରୁ ଜନ୍ମ ନେଇଥିବା ମଧ୍ୟବିତ୍ତ ଗୋଷ୍ଠୀ ଥିଲେ ଏଇ ନୂତନ ଯୁଗ ସୃଷ୍ଟିର ମହାନାୟକ। ୧୮୪୮ ମସିହାରେ ସମଗ୍ର ୟୁରୋପରେ ଏକ ବିପ୍ଳବ-ତରଙ୍ଗ ଖେଳିଗଲା। ଏହା ଥିଲା ଏକ ବୁର୍ଜୁଆ ବିପ୍ଳବ ଯାହା ଗଣତନ୍ତ୍ର ଓ ଉଦାରବାଦର

ମୂଳଭିତ୍ତି ଉପରେ ପ୍ରତିଷ୍ଠିତ ଥିଲା। ସମଗ୍ର ୟୁରୋପରେ ସାମନ୍ତବାଦୀ ଓ ସାମ୍ରାଜ୍ୟବାଦୀ ରାଜଶକ୍ତି ବିରୁଦ୍ଧରେ ଏହା ଥିଲା ମଧ୍ୟବିତ୍ତର ରଣହୁଙ୍କାର। ଏହି ମଧ୍ୟବିତ୍ତଗୋଷ୍ଠୀ ବିଶ୍ୱାସ କରୁଥିଲା ଭାଷାଭିତ୍ତିକ ରାଷ୍ଟ୍ରବାଦରେ, ଯେଉଁଥିପାଇଁ କି ଏହାକୁ ୟୁରୋପ ଇତିହାସରେ ରାଷ୍ଟ୍ର-ବସନ୍ତ ବୋଲି କୁହାଯାଏ। ଇଟାଲୀରେ ଏହା ୧୮୪୮ ଜାନୁଆରୀରେ ବୁର୍ବୋଁ ରାଜବଂଶର ଶାସନ ବିରୁଦ୍ଧରେ ଏକ ବିପ୍ଲବ ଭାବରେ ଆରମ୍ଭ ହୋଇ ଇଟାଲୀ ଏକତ୍ରୀକରଣର ମୂଳଦୁଆ ପକାଇଲା। ଏହା ଥିଲା ଇଟାଲୀର ପ୍ରଥମ ସ୍ୱାଧୀନତା ସଂଗ୍ରାମ। ଗାରିବାଲ୍ଡି ଓ ମାଜିନି ଥିଲେ ଏ ସଂଗ୍ରାମର ମହାନାୟକ। ଯଦିଚ ଏହି ସଂଗ୍ରାମ ସଫଳ ହୋଇ ନଥିଲା, 'ଭିଭା ଇଟାଲିଆ' ଇଟାଲୀ ଏକତ୍ରୀକରଣର ସିଂହନାଦରେ ପରିଣତ ହେଲା। ବିଚକ୍ଷଣ କୂଟନୀତିଜ୍ଞ କାଉଣ୍ଟ କାଭୁରଙ୍କ ନେତୃତ୍ୱରେ ୧୮୬୧ ବେଳକୁ ଇଟାଲୀ ଏକତ୍ରୀକରଣ ପ୍ରାୟ ସଂପୂର୍ଣ୍ଣ ହୋଇଯାଇଥିଲା। କିନ୍ତୁ ୧୮୭୦ ମସିହାରେ ରୋମ ଅଧିକୃତ ହେବାପରେ ସମଗ୍ର ଇଟାଲୀ ଏକଶାସନାଧୀନ ହେବା ସହ ରୋମ ହେଲା ତାର ନୂତନ ରାଜଧାନୀ।

ବିପ୍ଲବ ଓ ନବଜାଗରଣର ସେଇ ଉଷାକାଳରେ ସାହିତ୍ୟ ଥିଲା ଦେଶପ୍ରେମ ଓ ରାଜନୀତି ଆଧାରିତ। କିନ୍ତୁ ଏକତ୍ରୀକରଣ ପରେ ସାହିତ୍ୟ ରମଂସକତାର ଊର୍ଦ୍ଧ୍ୱକୁ ଯାଇ ଦୁଇଟି ଧାରାରେ ବିବର୍ତ୍ତିତ ହୋଇଗଲା (i) ସ୍କାପିଗ୍ଲିଆତୁରା ବା ବୋହେମିଆନ ସାହିତ୍ୟ, ଯାହା ସାହିତ୍ୟରେ ବୈଦେଶିକ ପ୍ରଭାବକୁ ଉତ୍ସାହିତ କରି ତତ୍କାଳୀନ ସ୍ଥିତାବସ୍ଥା ବିରୁଦ୍ଧରେ ଏକ ସାଂସ୍କୃତିକ ସଂଗ୍ରାମ ଆରମ୍ଭ କଲା, (ii) ଭେରିସ୍ମୋ ବା ବାସ୍ତବବାଦୀ ସାହିତ୍ୟ, ଯାହା ଫରାସୀ ସାହିତ୍ୟିକ ଏମିଲି ଜୋଲାଙ୍କ ଦ୍ୱାରା ଅନୁପ୍ରାଣିତ ହୋଇଥିଲା। ଏହି ଭାବଧାରାରେ ସାର୍ଡିନାର ଜନଜୀବନର ବାସ୍ତବବାଦୀ ରୂପାୟନ ସୁଶ୍ରୀ ଗ୍ରାସିଆ ଡେଲେଡାଙ୍କୁ ଆଣି ଦେଇଥିଲା ନୋବେଲ ପୁରସ୍କାର।

ବିଂଶ ଶତାଧୀରେ ଇଟାଲୀୟ ସାହିତ୍ୟ ନୂତନ ଭାବଧାରାରେ ପରିପୁଷ୍ଟ ହେବାକୁ ଲାଗିଲା। ଡିନୋ ବୁଜ୍ଜାତି ୟୁରୋପୀୟ ସାହିତ୍ୟରେ ଅସ୍ତିତ୍ୱବାଦର ଥିଲେ ଆଦି ପ୍ରବକ୍ତା। ଲୁଇଗି ପିରାଣ୍ଡେଲୋ ବାସ୍ତବତା ଓ ସତ୍ୟର ଆପେକ୍ଷିକତାକୁ ନେଇ ଉପନ୍ୟାସ ରଚନା କଲେ ଯେଉଁଥିପାଇଁ କି ସିଏ ପାଇଲେ ନୋବେଲ ପୁରସ୍କାର। ଲେଖିକା କ୍ରିଷ୍ଟିନ ଦେ ପିଜାଁଙ୍କ ରଚନା ଇଟାଲୀୟ ସାହିତ୍ୟରେ ଯୋଷାବାଦର

ଭିତ୍ତି ସ୍ଥାପନ କଲା। ବହୁ ସାହିତ୍ୟିକ ତଦାନୀନ୍ତନ ସମାଜର ଫାସୀବାଦ ବିରୋଧରେ ଲେଖନୀ ଚଳନା କଲେ। ଏହି ପରିସ୍ଥିତିରେ ଇତାଲୀୟ ସାହିତ୍ୟରେ ନବ୍ୟ ବାସ୍ତବବାଦର ଉଭବ ହେଲା। ଭେରିସ୍ମୋ ବା ବାସ୍ତବବାଦରୁ ସୃଷ୍ଟି ହୋଇ ଏକ ଫାସୀବାଦୀ ସମାଜର ହତାଶା ଓ ଯନ୍ତ୍ରଣାକୁ ଏହା ସାହିତ୍ୟିକ ରୂପ ଦେଲା। କବିତା କ୍ଷେତ୍ରରେ ସାଲଭାତୋର କ୍ୱାଜିମୋଦୋ ଏହାର ଅଗ୍ରଦୂତ ଥିଲାବେଲେ ଉପନ୍ୟାସ କ୍ଷେତ୍ରରେ ଆଲବର୍ଟୋ ମୋରାଭିଆ ଥିଲେ ଏହାର ଅନ୍ୟତମ ପୁରୋଧା। ତାଙ୍କର ରଚନା ପାଇଁ କ୍ୱାଜିମୋଦୋ ୧୯୫୯ ମସିହାରେ ନୋବେଲ ପୁରସ୍କାର ପାଇଲେ। ଆଲବର୍ଟୋ ମୋରାଭିଆ ନାନାଦି ପୁରସ୍କାରରେ ମଣ୍ଡିତ ହୋଇଥିଲେ ଏବଂ ନିଜ ଜୀବନକାଳରେ ସାହିତ୍ୟ କ୍ଷେତ୍ରରେ ଜଣେ କିମ୍ବଦନ୍ତୀ ପୁରୁଷରେ ପରିଣତ ହୋଇଥିଲେ। କିନ୍ତୁ ନୋବେଲ ପୁରସ୍କାର ପାଇଁ ତେର ଥର ନାମ ପ୍ରସ୍ତାବିତ ହେବା ସ‍ତ୍ତ୍ୱେ ମଧ୍ୟ ସେ ନୋବେଲ ପୁରସ୍କାର ପାଇପାରି ନ‍ଥିଲେ।

ତାଙ୍କର 'ଲା ନୋଇଆ' ଉପନ୍ୟାସ ୧୯୬୩ ମସିହାରେ ଚଳଚିତ୍ରରେ ରୂପାନ୍ତରିତ ହେଲା ଏବଂ 'ଦ ଏମ୍ପଟି କାନ୍‍ଭାସ୍' ନାମରେ ଆମେରିକାରେ ୧୯୬୪ ମସିହାରେ ମୁକ୍ତିଲାଭ କରି ଚହଳ ସୃଷ୍ଟି କଲା। କଳାକ୍ଷେତ୍ରରେ ଏହାର ଆବେଦନ ଏତେ ପ୍ରବଳ ଥିଲା ଯେ ୧୯୯୮ ମସିହାରେ ସେଡ଼୍ରିକ କାହ୍ନ L'Ennui ନାମରେ ପୁନର୍ବାର ଏକ ଚଳଚିତ୍ର ନିର୍ମାଣ କରିଥିଲେ। ନବ୍ୟ ବାସ୍ତବବାଦ ଶୈଳୀରେ ଲିଖିତ ଏହି ଉପନ୍ୟାସ ଆଲବର୍ଟୋ ମୋରାଭିଆଙ୍କୁ ଆଣି ଦେଇଥିଲା ବିଶ୍ୱପ୍ରସିଦ୍ଧି।

'ଶୂନ୍ୟ ଚିତ୍ରପଟ'ର ସାମାଜିକ ଓ ସାଂସ୍କୃତିକ ପ୍ରଚ୍ଛଦପଟ

ମୋରାଭିଆଙ୍କର 'ଶୂନ୍ୟ ଚିତ୍ରପଟ' ଉପନ୍ୟାସର ଅନ୍ତର୍ନିହିତ ଉଚ୍ଚାରଣର ଗୁରୁତ୍ୱ ବୁଝିବା ପାଇଁ, ଯେଉଁ ସାମାଜିକ ଓ ସାଂସ୍କୃତିକ ଆନ୍ଦୋଳନର ପରିପ୍ରେକ୍ଷୀରେ ଏ ରଚନା ସମ୍ଭବ ହୋଇଥିଲା ତାହା ବୁଝିବା ଆବଶ୍ୟକ ।

'ଲିଙ୍ଗୀୟ ବିଭାଜନ' ବିବର୍ତ୍ତନ ଧାରାରେ ପ୍ରକୃତିର ଏକ ପରୀକ୍ଷଣ । ପୁରୁଷ ଓ ସ୍ତ୍ରୀ ଲିଙ୍ଗରେ ପ୍ରାୟ ପ୍ରତ୍ୟେକ ପ୍ରଜାତି ବିଭକ୍ତ । କିନ୍ତୁ ମନୁଷ୍ୟ ସମାଜରେ ଏହାକୁ ନେଇ ଗଢ଼ାହୋଇଛି ବିଭେଦର ପ୍ରାଚୀର । ଧର୍ମ ଏହି ବିଭେଦକୁ ନେଇଛି ନୈତିକ ସମର୍ଥନ । ଖ୍ରୀଷ୍ଟିୟାନ୍‍ ଧର୍ମରେ ଏଡେନ ଉଦ୍ୟାନରେ ଆଦିମ ପାପ କରିଥିଲା ନାରୀ । ବାଇବେଲ୍‍ ଅନୁସାରେ ସେଇଥିପାଇଁ କାଲେ କ୍ରୁଦ୍ଧ ହୋଇ ଭଗବାନ ନାରୀକୁ ଅଭିଶାପ ଦେଲେ, "ମୁଁ ତୋର ଗର୍ଭଧାରଣ କଷ୍ଟ ଓ ଦୁଃଖକୁ ବହୁଗୁଣିତ କରିଦେବି । ଯନ୍ତ୍ରଣା ଭିତରେ ତୁ ଶିଶୁକୁ ଜନ୍ମଦେବୁ । ତୋର ସମସ୍ତ କାମନାର ପୂର୍ତ୍ତି ପାଇଁ ତତେ ନିର୍ଭର କରିବାକୁ ହେବ ତୋର ସ୍ୱାମୀ ଉପରେ । ତୋର ସ୍ୱାମୀ ହେବ ତୋର ପ୍ରଭୁ ଆଉ ତା'ର ଶାସନରେ ତୁ କାଟିବୁ ତୋର ଜୀବନ ।" ସମ୍ଭବତଃ ମଣିଷ ସମାଜରେ ନାରୀର ସ୍ଥିତିର ଏହା ଏକ ବାସ୍ତବ ଆକଳନ । ନାରୀ ଘରର ଯାବତୀୟ କାମ କରେ, ଛୁଆର ଯତ୍ନ ନିଏ, ପୁରୁଷର ସୁଖ ସୁବିଧା ଦେଖେ । କିନ୍ତୁ ବୃହତ୍ତର ସମାଜ ପରିପ୍ରେକ୍ଷୀରେ ତାକୁ କ୍ଷମତା ଅଧିଷ୍ଠାନ ଓ ଉଚ୍ଚତର ପଦ ପଦବୀରୁ ବଞ୍ଚିତ କରି ରଖାଯାଏ । ସମାଜର ଆଦି କାଳରୁ ସମ୍ଭବତଃ ସ୍ତ୍ରୀର କାର୍ଯ୍ୟ ଓ ପୁରୁଷ କାର୍ଯ୍ୟ ବୋଲି ଏକ ପ୍ରଭେଦ ସୃଷ୍ଟି ହୋଇଆସିଛି । କ୍ଷମତାଶୀଳ ଉଚ୍ଚ ପଦପଦବୀ ରହି ଆସିଛି ପୁରୁଷ ଭାଗରେ, ଆଉ ନାରୀ ଭାଗରେ ରହିଛି ଗୃହକର୍ମର ଘସାପିଟା ଅବାଞ୍ଛିତ ପୁନରାବୃଦ୍ଧି । ତେଣୁ ଲୈଙ୍ଗିକ ବିଭାଜନ ହୋଇପଡ଼ିଛି ସବୁଠାରୁ ମୌଳିକ ଶ୍ରମ-ବିଭାଜନ, ଆଉ ଏହି ଶ୍ରମ-ବିଭାଜନ ହିଁ ନାରୀକୁ ବଞ୍ଚିତ କରିଛି ଧନ, କ୍ଷମତା ଓ ସାମାଜିକ ସମ୍ମାନ ପ୍ରଦାନ କରୁଥିବା କର୍ମମାନଙ୍କରୁ । ଅବଶ୍ୟ ଏହା ସତ୍ୟ ଯେ ଏହି ପ୍ରତିକୂଳ ପରିସ୍ଥିତି ମାନଙ୍କ ମଧ୍ୟରେ ବି ବହୁ ନାରୀ ବିଭିନ୍ନ କ୍ଷେତ୍ରରେ ସେମାନଙ୍କର ଉତ୍କର୍ଷ ପ୍ରତିପାଦନ କରିଛନ୍ତି । କିନ୍ତୁ ଇତିହାସରେ ସେମାନଙ୍କ ସଂଖ୍ୟା ସବୁବେଳେ ନଗଣ୍ୟ ଓ ସୀମିତ ରହି ଆସିଛି ।

ଯୁରୋପରେ ରେନେସାଁ କେବଳ ଶିକ୍ଷା ଓ ବିଜ୍ଞାନ କ୍ଷେତ୍ରରେ ଏକ ବିପ୍ଲବ ନ ଥିଲା । ଏହା ଥିଲା ମଣିଷର ଚିନ୍ତା ରାଜ୍ୟରେ ଏକ ବିପ୍ଲବ । ସହଜ ଶ୍ରମର ସନ୍ଧାନରେ ପୁଞ୍ଜିବାଦ ଗୃହର ଅର୍ଗଳ ଭିତରୁ ନାରୀକୁ ଭିଡ଼ି ଆଣିଲା ସାମାଜିକ ଶ୍ରମ ଜୀବନର ପରିଧ୍ୱ ମଧ୍ୟକୁ । ଶିକ୍ଷ-ବିପ୍ଲବର ପୂର୍ବରୁ ପରିବାର ଥିଲା ଉତ୍ପାଦନର କ୍ଷୁଦ୍ରତମ ଓ ମୌଳିକ ଏକକ । ତେଣୁ କୃଷିଭିଭିକ ସମାଜର ପରଂପରାରେ ଏକାନ୍ତବର୍ତ୍ତୀ ପରିବାର ଥିଲା ଏକ ପବିତ୍ର ଅନୁଷ୍ଠାନ । ଯଦିଚ ଗୃହକର୍ମ ସହିତ କୃଷିରେ ମଧ୍ୟ ନାରୀ ପ୍ରାୟ ସମ ପରିମାଣରେ ଭାଗ ନେଉଥିଲା, ବିପଣନର ଭାର କିନ୍ତୁ ଥିଲା ପୁରୁଷ ହାତରେ । ତେଣୁ ଏକାନ୍ତବର୍ତ୍ତୀ ପରିବାରର ମୁଖିଆ ରହୁଥିଲା ପୁରୁଷ । କିନ୍ତୁ ଶିକ୍ଷବିପ୍ଲବ ପରେ, ଯୁରୋପରେ ଅଷ୍ଟାଦଶ-ଉନବିଂଶ ଶତାଧୀ ବେଳକୁ କାରଖାନାଗୁଡ଼ିକ ଉତ୍ପାଦନର ମୌଳିକ ଏକକ ହୋଇ ଗଢ଼ି ଉଠିଲେ । କୃଷିଭିଭିକ ସମାଜରେ ପରିବାର ମଧ୍ୟରେ ନାରୀର ଶ୍ରମ ମୂଲ୍ୟ-ଆକଳିତ ହେଉନଥିବା ବେଳେ ଶିକ୍ଷ-ବିପ୍ଲବ ନାରୀକୁ ତା'ର ଶ୍ରମର ମୂଲ୍ୟ ପ୍ରଦାନ କଲା । କିନ୍ତୁ ନାରୀ ପକ୍ଷରେ ଏହି ଯାତ୍ରା ଥିଲା କଣ୍ଟକିତ ଓ ଆୟାସସାଧ । କାରଖାନାର ଶ୍ରମିକ ହିସାବରେ ନାରୀର ଉପସ୍ଥିତି ପୁରୁଷ ପାଇଁ ଏକ ଆହ୍ୱାନରେ ପରିଣତ ହୋଇଥିଲା । ନାରୀ ଶ୍ରମିକ ଭିତରେ ପୁରୁଷ ଦେଖୁଥିଲା ଏକ ସମ୍ଭାବ୍ୟ ପ୍ରତିଦ୍ୱନ୍ଦୀ ଯିଏ ତା' ପାଖରୁ ଉପାର୍ଜନର କ୍ଷମତା ଛଡ଼େଇ ନେବାକୁ ଆସିଛି । ପୁନଶ୍ଚ ଶ୍ରମିକ ହିସାବରେ ଉଭୟ ଥିଲେ ସମାୟବଦ୍ଧ; ନାରୀ-ଶ୍ରମିକ, ପୁରୁଷ-ଶ୍ରମିକର ନିୟନ୍ତ୍ରଣରେ ନଥିଲା ବା ତା'ର ଅଧୀନ ନଥିଲା । ନାରୀକୁ ସମାୟବଦ୍ଧ ଭାବରେ ଦେଖିବା ପାଇଁ ଆବଶ୍ୟକ ଦୃଷ୍ଟିଭଙ୍ଗୀ ପୁରୁଷମାନଙ୍କ ଦ୍ୱାରା ସେ ପର୍ୟ୍ୟନ୍ତ ଗ୍ରହଣୀୟ ହୋଇ ନଥିଲା । ତେଣୁ ସମାଜ ଓ ପରିବାରର ଦ୍ୱାହି ଦେଇ ପୁରୁଷମାନେ ନାରୀମାନଙ୍କୁ ଗୃହ ଅଭ୍ୟନ୍ତରେ ବନ୍ଦୀକରି ରଖିବା ପାଇଁ ପ୍ରବଳ ଚେଷ୍ଟା କରିଥିଲେ । ପୁରୁଷମାନଙ୍କର ପ୍ରଭାବରେ ବିଭିନ୍ନ ନିୟମ ପ୍ରଣୟନ କରାଗଲା, ଯାହା ନାରୀମାନଙ୍କର ଗୃହ ବାହାରେ କାର୍ୟ୍ୟ କରିବାର ସୁଯୋଗକୁ ସଙ୍କୁଚିତ କରି ଦେଇଥିଲା । କହିବା ବାହୁଲ୍ୟ ସେତେବେଳେ ସାଂସଦମାନଙ୍କୁ ନିର୍ବାଚିତ କରିବାରେ ନାରୀର କୌଣସି ଭୂମିକା ନଥିଲା, କାରଣ ଭୋଟ ଦେବାର ଏକରୁଖିଆ ଅଧିକାର ଥିଲା ପୁରୁଷର । ଏହି ପରିପ୍ରେକ୍ଷୀରେ, ପୁରୁଷମାନଙ୍କର ସ୍ୱାର୍ଥରକ୍ଷା ପାଇଁ ନିୟମ ପ୍ରଣୟନ କରାଯିବା ଏକ ସ୍ୱାଭାବିକ ଘଟଣା ଥିଲା । ଭୋଟ ଦେବାର ଅଧିକାର ଅଭାବରୁ ଏବଂ ସଙ୍ଗଠିତ ହୋଇ ନପାରିବାର କାରଣରୁ, ସଂସଦ ମାନଙ୍କରେ ସୁବିଧାରେ ନାରୀ-ବିରୋଧୀ ନିୟମମାନ ପାରିତ ହୋଇ ନାରୀର ସାମାଜିକ ସ୍ଥିତିକୁ ସଙ୍କୁଚିତ କରିଦେଲା । ଏପରିକି ପୁରୁଷମାନେ ମଧ୍ୟ କାରଖାନାର ମାଲିକମାନଙ୍କ ଉପରେ ଶ୍ରମିକ ସଂଘ ମାଧ୍ୟମରେ ନାରୀ ଶ୍ରମିକ ମାନଙ୍କୁ ରୁକିରୀ ନଦେବା ପାଇଁ ଚାପ ପ୍ରୟୋଗ କରିବାରେ ଲାଗିଲେ । ନାରୀ ଶ୍ରମିକମାନଙ୍କୁ ଶ୍ରମିକ ସଂଘରେ ଗ୍ରହଣ କରାଯାଉ ନଥିଲା ।

ଯାହା ଫଳରେ ସେମାନଙ୍କ ଉପରେ ହେଉଥିବା ଉତ୍ପୀଡ଼ନ ବ୍ୟକ୍ତିଗତ ସମସ୍ୟା ହୋଇ ରହି ଯାଉଥିଲା । ଲେଖାପଢ଼ା କ୍ଷେତ୍ରରେ ମଧ୍ୟ ପୁରୁଷ ମାନଙ୍କର ଥିଲା ଏକଚ୍ଛତ୍ରିଆ ଅଧିକାର । ତେଣୁ ତତ୍କାଳୀନ ବୌଦ୍ଧିକ ରଚନା ମାନଙ୍କ ଦ୍ୱାରା ନାରୀ ଶ୍ରମିକମାନଙ୍କ ପାଇଁ ସାମାଜିକ ଭର୍ତ୍ସନାର ଏକ ବାତାବରଣ ସୃଷ୍ଟି କରାଯାଇଥିଲା, ଯାହା ଫଳରେ କି ୧୮୫୯ ମସିହା ବେଳକୁ ଇଂଲଣ୍ଡରେ ପଚିଶ ପ୍ରତିଶତ ବିବାହିତା ନାରୀ କାରଖାନାରେ କାର୍ଯ୍ୟ କରୁଥିବା ବେଳେ ୧୯୧୦ ମସିହା ବେଳକୁ ତାହା ଦଶ ପ୍ରତିଶତକୁ ଖସି ଆସିଥିଲା । ତେବେ ଏହା ମୋଟାମୋଟି ଭାବରେ ସମସ୍ତ ୟୁରୋପର ଅବସ୍ଥାକୁ ପ୍ରଦର୍ଶିତ କରୁଥିଲା । ତେଣୁ ନାରୀର ମାତା-ଗୃହବଧୂ ଭୂମିକା ଏକ ଲାଳନିକ ଆଦର୍ଶରେ ପରିଣତ ହେଲା । କିନ୍ତୁ ଏହା ପରେ ପରେ ଘଟିଗଲା ଦୁଇଟି ବିଶ୍ୱଯୁଦ୍ଧ । ଯୁଦ୍ଧରେ ପ୍ରଭୂତ ସଂଖ୍ୟାରେ ପୁରୁଷମାନଙ୍କର ମୃତ୍ୟୁ ଓ ଅକର୍ମଣ୍ୟତା କାରଣରୁ ଅର୍ଥନୈତିକ ପୁନରୁଦ୍ଧାର ପାଇଁ ନାରୀକୁ ଦାୟିତ୍ୱ ନେବାକୁ ପଡ଼ିଲା । ଦେଖାଗଲା ଯେ ୧୯୫୦ ମସିହା ବେଳକୁ ସାଧାରଣ ଜୀବନର ବିଭିନ୍ନ କ୍ଷେତ୍ରରେ କାର୍ଯ୍ୟରତ ନାରୀମାନଙ୍କ ସଂଖ୍ୟା ବୃଦ୍ଧିପାଇ କୋଡ଼ିଏ ପ୍ରତିଶତରେ ପହଞ୍ଚିଥିଲା । ବସ୍ତୁତଃ ବିଶ୍ୱଯୁଦ୍ଧ ମାନବର ଚିନ୍ତା ରାଜ୍ୟରେ ଏକ ବିପ୍ଲବ ସୃଷ୍ଟି କରିବା ସହିତ ନାରୀମୁକ୍ତି ଆନ୍ଦୋଳନକୁ ଜନ୍ମଦେଲା । ଧ୍ୱଂସ ଓ ବିପର୍ଯ୍ୟୟର ସେହି ପ୍ରଳୟ ଭିତରେ ଜନ୍ମ ନେଲା ମାତା-ଗୃହବଧୂ ଭୂମିକାର ଜୀବନାଦର୍ଶରୁ ନାରୀର ମାନସିକ ଉତ୍ତରଣ ଏବଂ ସେହି ସ୍ୱାଧୀନତାର ଅନ୍ୱେଷଣ ନାରୀ ପାଇଁ ଖୋଲିଦେଲା ଗୃହର ଅର୍ଗଳ । ଏହା ଫଳରେ ଦେଖାଗଲା ଯେ, ୧୯୮୦ ମସିହା ବେଳକୁ ୟୁରୋପର ପ୍ରାୟ ପଚିଶ ପ୍ରତିଶତ ବିବାହିତା ନାରୀ ସମାଜର ବିଭିନ୍ନ କ୍ଷେତ୍ରରେ କାମ କରୁଥିଲେ ।

ନାରୀର ସମାନତା ପାଇଁ ଅଧିକାର ବିଶେଷ ଭାବରେ ମହିଲା ବୁଦ୍ଧିଜୀବୀଙ୍କର ପାଇଁ ଥିଲା ଏକ ଆଦର୍ଶଗତ ସଂଗ୍ରାମ । ତେବେ ଏହି ଜୀବନାଦର୍ଶ କେବଳ ଚିନ୍ତାଧାରାରେ ସୀମିତ ଥିଲା ତାହା ନୁହେଁ, କେତେକାଂଶରେ ଏହା ଏକ ବୈପ୍ଲବିକ ଆନ୍ଦୋଳନରେ ମଧ୍ୟ ପରିଣତ ହୋଇଥିଲା । ଏହି ଆନ୍ଦୋଳନ ଓ ଆଦର୍ଶ ଉଭୟକୁ ଯୋଷାବାଦ ବୋଲି ଅଭିହିତ କରାଯାଏ ।

ବସ୍ତୁତଃ ଏହି ଯୋଷାବାଦ ରାଜନୈତିକ, ଅର୍ଥନୈତିକ, ବ୍ୟକ୍ତିଗତ ଏବଂ ସାମାଜିକ ସ୍ତରରେ ପୁରୁଷ ସହିତ ସ୍ତ୍ରୀର ସମାନତା ଦାବୀ କରିଥିଲା ଏବଂ ପ୍ରତିଟି ବିଷୟକୁ ଯୌଷିକ ଦୃଷ୍ଟିକୋଣରୁ ପର୍ଯ୍ୟାଲୋଚନା କରୁଥିଲା । ଏହା ସମାଜର ପୁରୁଷତାନ୍ତ୍ରିକ ମୂଲ୍ୟବୋଧ ପ୍ରତି ଏକ ସର୍ବତ୍ର ଆହ୍ୱାନ ସୃଷ୍ଟି କରିଥିଲା ଏବଂ ଯୌନଧ୍ୱଜ ମୁଦ୍ରାଙ୍କ (Gender stereotype) ବିରୁଦ୍ଧରେ ଯୁଦ୍ଧ ଘୋଷଣା କରିଥିଲା । ଏହି

ଆନ୍ଦୋଳନ ନାରୀମାନଙ୍କ ବିଭିନ୍ନ ଅଧିକାର ; ଯଥା ଭୋଟଦେବାର ଅଧିକାର, ସରକାରୀ ଦପ୍ତରରେ କାର୍ଯ୍ୟ କରିବାର ଅଧିକାର, ସମାନ କାର୍ଯ୍ୟ ପାଇଁ ସମାନ ବେତନର ଅଧିକାର, ଆପଣା ସମ୍ପତ୍ତି ରକ୍ଷଣାବେକ୍ଷଣର ଅଧିକାର, ଶିକ୍ଷାଲାଭ କରିବାର ଅଧିକାର ଏବଂ ପ୍ରସୂତିକାଳୀନ ଛୁଟିର ଅଧିକାର ପାଇଁ ସଂଗ୍ରାମ ଚଲାଇଥିଲା । କହିବା ବାହୁଲ୍ୟ, ବର୍ତ୍ତମାନ ଏହା ଅସମ୍ଭବ ପ୍ରତୀତ ହେଉଥିଲେ ମଧ୍ୟ ତତ୍କାଳୀନ ସମାଜରେ ନାରୀମାନଙ୍କର ଏହି ଅଧିକାରଗୁଡ଼ିକ ନଥିଲା ।

ନାରୀମାନଙ୍କର ଏହି ଯୋଷାବାଦୀ ଆନ୍ଦୋଳନ ପାଶ୍ଚାତ୍ୟ ସମାଜରେ ଏକ ବିରାଟ ପରିବର୍ତ୍ତନ ସୃଷ୍ଟି କଲା । ଆମେରିକାର ଗୃହଯୁଦ୍ଧ ପୂର୍ବରୁ ମଧ୍ୟ ପ୍ରାୟ ୧୮୭୦ ମସିହାରୁ, ସ୍ତ୍ରୀ ଲୋକମାନେ ରାଜନୈତିକ ଅଧିକାର ଦାବୀ କରିବାରେ ଲାଗିଥିଲେ । କାରଣ ସେତେବେଳକୁ ଶିକ୍ଷାର ବିସ୍ତାର ସହ ନାରୀମାନେ ସମାଜର ବିଭିନ୍ନ କ୍ଷେତ୍ରରେ ପ୍ରଭାବ ସୃଷ୍ଟି କରିବାକୁ ଆରମ୍ଭ କରିଥିଲେ । ଏହି ପରିପ୍ରେକ୍ଷୀରେ ଆମେରିକୀୟ ମହିଳାମାନେ ନାରୀତ୍ୱର ସାମାଜିକ ସଂଜ୍ଞାକୁ ପ୍ରଶ୍ନ କରିବାରେ ଲାଗିଲେ, ଏବଂ ତତ୍କାଳୀନ ସମାଜର ‘ବାସ୍ତବ ନାରୀତ୍ୱ ପ୍ରଧର୍ମ’ ବିରୁଦ୍ଧରେ ସ୍ୱର ଉତ୍ତୋଳନ କରିବା ଆରମ୍ଭ କଲେ । ଏହି ମତ ଅନୁସାରେ ‘ବାସ୍ତବ’ ନାରୀ ଏକ ସତୀ, ସାଧ୍ୱୀ ଓ ବିନୀତା ପତ୍ନୀ ଏବଂ ସହନଶୀଳା ମାତା, ଯିଏକି କେବଳ ତା’ର ଗୃହ ଓ ପରିବାରକୁ ନେଇ ବ୍ୟସ୍ତ ରହେ । ଯାହାକୁ ଆମେ କହୁ ସୁଗୃହିଣୀ । ୧୮୪୮ ମସିହାରେ ନିଉୟର୍କର ‘ସେନେକା ଫଲ୍‌ସ’ ସହର ଉପକଣ୍ଠରେ ଦାସତ୍ୱ ବିରୋଧୀ ଆନ୍ଦୋଳନରେ ଭାଗ ନେଇଥିବା କିଛି ବ୍ୟକ୍ତି ଏଲିଜାବେଥ୍ କ୍ୟାଡ଼ି ଷ୍ଟାଣ୍ଟନଙ୍କ ଆହ୍ୱାନରେ ଏକାଠି ହେଲେ । ଏଠି ଲେଖା ହୋଇଥିଲା ଯୋଷାବାଦର ପ୍ରଥମ ଇସ୍ତାହାର । ମାଡାମ୍ ଷ୍ଟାଣ୍ଟନଙ୍କ ପରେ କାରୀ ଚାପମାନ କ୍ୟାଟ୍ ନାରୀ ମତାଧିକାର ଆନ୍ଦୋଳନ ସହ ସଂଯୁକ୍ତ ହୋଇ ସ୍ତ୍ରୀଲୋକମାନଙ୍କର ଭୋଟ ଦେବାର ଅଧିକାର ପାଇଁ ରୂପ ସୃଷ୍ଟି କରିବାରେ ଲାଗିଲେ । ଏହା ଶୁଣିଲେ ଅଭୁତ ଲାଗିପାରେ ଯେ, ସେତେବେଳକୁ କୃଷ୍ଣାଙ୍ଗ ଆମେରିକୀୟ ପୁରୁଷମାନଙ୍କୁ ସୀମିତ ଭୋଟଦାନର ଅଧିକାର ମିଳିଥିଲେ ମଧ୍ୟ, ନାରୀମାନଙ୍କୁ ଏଭଳି ଅଧିକାର ମିଳିନଥିଲା । ଅର୍ଥାତ୍ ପ୍ରାକ୍ତନ ଦାସ ମାନଙ୍କ ତୁଳନାରେ ମଧ୍ୟ ନାରୀମାନଙ୍କ ଅବସ୍ଥା ଅଧିକ ଖରାପ ଥିଲା । ତେଣୁ କିଛି ମହିଳା ବୁଦ୍ଧିଜୀବୀ ସାମାଜିକ ଶୋଷଣାତନ୍ତ ଦୃଷ୍ଟିରୁ ଲିଙ୍ଗଭେଦର ରଚନା କରାଯାଇଥିବା ଦାବୀ କରି ‘ଅଖିଳ ପ୍ରାପ୍ତବୟସ୍କ ମତାଧିକାର’ ସିଦ୍ଧାନ୍ତ ସମ୍ପୂର୍ଣ୍ଣ ଗ୍ରହଣ କରାଯିବା ଉପରେ ଗୁରୁତ୍ୱ ଦେଲେ । ରୂପମାନ କ୍ୟାଟ ୧୯୦୪ ମସିହାରେ ‘ଆନ୍ତର୍ଜାତୀୟ ନାରୀ ମତାଧିକାର ଯୁତକ’ (International Woman Suffrage Alliance) ଗଠନ କରି ନାରୀତ୍ୱର

ଅବମାନନା ବିରୁଦ୍ଧରେ ବିଶ୍ୱବ୍ୟାପୀ ଆନ୍ଦୋଳନର ଆହ୍ୱାନ ଦେଲେ । ତେବେ ଏହି ଆନ୍ଦୋଳନ କୌଣସି ନିର୍ଦ୍ଦିଷ୍ଟ ନେତ୍ରୀଙ୍କ ନିୟନ୍ତ୍ରଣାଧୀନ ନରହି ସମଗ୍ର ନାରୀ ଜାତିର କ୍ଷୋଭକୁ ପ୍ରକାଶ କଲା ଏବଂ କେତେକ ଜାଗାରେ ଏହା ହିଂସ୍ରକ ମଧ୍ୟ ହୋଇପଡ଼ିଲା । ପରିଶେଷରେ ଗୋଟିଏ ଶତାବ୍ଦିର ସଂଗ୍ରାମୀ ପରେ ୧୯୨୦ରେ ନାରୀମାନେ ଆମେରିକାରେ ଭୋଟ୍ ଦେବାର ଅଧିକାର ପାଇଲେ । ଅବଶ୍ୟ ଏହା ପୂର୍ବରୁ ନରୱେ ୧୯୧୭ରେ ନାରୀମାନଙ୍କୁ ଭୋଟ୍ ଦେବାର ଅଧିକାର ଦେଇଥିଲା । ଏହାପରେ ୟୁରୋପର ଗୋଟିଏ ପରେ ଗୋଟିଏ ଦେଶ ନାରୀମାନଙ୍କର ଏହି ରାଜନୈତିକ ଦାବୀ ଗ୍ରହଣ କରିବାକୁ ବାଧ୍ୟ ହୋଇଥିଲେ ।

ତେବେ କାହିଁକି ପୃଥିବୀରେ ସବୁଠି ନାରୀ ଅବଦମିତ ? ସମାଜବିଜ୍ଞାନୀମାନେ ଏ ବିଷୟରେ ବିଭିନ୍ନ ବୌଦ୍ଧିକ ବିଶ୍ଳେଷଣ ଓ ଆଲୋଚନା କରିଛନ୍ତି । ଏହା ନିଶ୍ଚିତ ଯେ ଜୀବତାତ୍ତ୍ୱିକ ଦୃଷ୍ଟିକୋଣରୁ ନାରୀ ଓ ପୁରୁଷ ମଧ୍ୟରେ ପ୍ରଭେଦ ରହିଛି । କିଛି ନୃତତ୍ତ୍ୱବିଦଙ୍କ ମତରେ ଆଦିମାନବ ଯେତେବେଳେ ଉଚ୍ଛୋଦନ ଓ ଅବଚୟ ସମାଜ (Hunting and gathering society)ରେ ବାସ କରୁଥିଲା, ପୁରୁଷମାନେ ଗୋଷ୍ଠୀ ପାଇଁ ଖାଦ୍ୟ ସଂଗ୍ରହ ଲାଗି ଶିକାରରେ ଯାଉଥିଲେ । ଏବଂ ସମୟାନ୍ତରେ ଭିନ୍ନ ଭିନ୍ନ ଗୋଷ୍ଠୀ ମଧ୍ୟରେ ଯୁଦ୍ଧ ମଧ୍ୟ ଲାଗି ରହୁଥିଲା । ଉଚ୍ଛୋଦନ ଓ ଯୁଦ୍ଧ ଏକ ହିଂସ୍ର ଆକ୍ରମକ କାର୍ଯ୍ୟ । ସାଧାରଣତଃ ନାରୀମାନେ ଏହି ଯୁଦ୍ଧ ଓ ଉଚ୍ଛୋଦନରେ ଭାଗ ନେଉ ନ ଥିଲେ । ପ୍ରଥମତଃ ଗର୍ଭଧାରଣ, ପ୍ରସବ, ସ୍ତନ୍ୟପାନ, ଶିଶୁର ଲାଳନପାଳନ ଓ ରଜସ୍ରାବ ଇତ୍ୟାଦି ହେତୁ ନାରୀ ଏଥିପାଇଁ ଶାରୀରିକ ଦୃଷ୍ଟିରୁ ଅନୁପଯୁକ୍ତ ଥିଲା । ଦ୍ୱିତୀୟତଃ, ନାରୀ ଥିଲା ଏକ ନିର୍ଦ୍ଦିଷ୍ଟ ଜନଗୋଷ୍ଠୀର ଦୁର୍ମୂଲ୍ୟ ସମ୍ପଦ । ଗୋଟିଏ ନାରୀର ମୃତ୍ୟୁ କେବଳ ଗୋଟିଏ ବ୍ୟକ୍ତିର ମୃତ୍ୟୁ ନଥିଲା । ଏହା ତା' ମାଧମରେ ଭବିଷ୍ୟତରେ ଜନ୍ମ ନେଇ ଗୋଷ୍ଠୀକୁ ସଂପୁଷ୍ଟ କରିବାକୁ ଥିବା ସମସ୍ତ ସନ୍ତତିଙ୍କର ମୃତ୍ୟୁକୁ ସୂଚାଉଥିଲା । ଅଥଚ ପୁରୁଷର ମୃତ୍ୟୁ ଗୋଷ୍ଠୀଲାଗି ଏତେ ଗୁରୁତ୍ୱପୂର୍ଣ୍ଣ ନଥିଲା । ଗୋଟିଏ ମାତ୍ର ପୁରୁଷ ବଞ୍ଚି ରହିଲେ ବି ଗୋଷ୍ଠୀର ପୁନରୁଦ୍ଧାର ସମ୍ଭବ ଥିଲା । କହିବା ବାହୁଲ୍ୟ ସେହି ଗୋଷ୍ଠୀ-ସମାଜ ଥିଲା ଏକ ମୁକ୍ତଯୌନ ସମାଜ । ଅର୍ଥାତ୍ 'ଉଚ୍ଛୋଦନ ଓ ଅବଚୟ' ସମାଜରେ ଯୂଥ ଯୌନତା ପ୍ରଚଳିତ ଥିଲା ଏବଂ ସମସ୍ତ ନାରୀ ସମସ୍ତ ପୁରୁଷଙ୍କ ପାଇଁ ଅଧିଗମ୍ୟା ଥିଲେ । ଏହି ସମାଜ ପଶୁ-ସମାଜ ସମତୁଲ ଥିଲା ଏବଂ ବଞ୍ଚି ରହିବା ପାଇଁ ସଂଗ୍ରାମ କରୁଥିଲା । 'ଯୋଗ୍ୟତମର ଉଦ୍‌ବର୍ତ୍ତନ' ନିୟମରେ ଗୋଷ୍ଠୀକୁ ବଞ୍ଚାଇ ରଖିବା ପାଇଁ ସଂଖ୍ୟା ବୃଦ୍ଧି ଥିଲା ଏକ ଆବଶ୍ୟକତା । ତେଣୁ ଏହି ଗୋଷ୍ଠୀ ସମାଜରେ ନାରୀ ଓ ଶିଶୁମାନଙ୍କୁ ସମସ୍ତ ସମ୍ଭାବ୍ୟ ବିପଦରୁ ଦୂରେଇ ରଖା ଯାଉଥିଲା ଓ ଏହି ପରିପ୍ରେକ୍ଷାରେ

ଗୋଷ୍ଠୀର ସଂରକ୍ଷଣ ତଥା ଅନ୍ୟ ଗୋଷ୍ଠୀ ସହିତ ଯୁଦ୍ଧ ବା ମିତ୍ରତା କ୍ରମଶଃ ପୁରୁଷମାନଙ୍କର ଏକରଟିଆ ଦାୟିତ୍ୱରେ ପରିଣତ ହେଲା । କିନ୍ତୁ ଏହା ସାମାଜିକ ସ୍ତରରେ ନାରୀର କ୍ଷମତାକୁ ସଙ୍କୁଚିତ କରିବା ସହ, ନାରୀ ତୁଳନାରେ ପୁରୁଷକୁ ସାମାଜିକ ଦୃଷ୍ଟିରୁ ଅଧିକ ଗୁରୁତ୍ୱପୂର୍ଣ୍ଣ କରିଦେଲା । ପୁରୁଷ ଯୁଦ୍ଧ ଓ ଶିକାର ଆଦିରେ ବ୍ୟସ୍ତ ରହିବା ଫଳରେ ଶାରୀରିକ ଭାବେ ନାରୀଠାରୁ ଅଧିକ ଶକ୍ତିଶାଳୀ, ଆକ୍ରମକ ଓ ହିଂସ୍ର ହୋଇଉଠିଲା । ନାରୀ ହେଲା କୋମଳାଙ୍ଗୀ, ଯତ୍ନଶୀଳା ଓ ବିନୀତା । ଏହା ଫଳରେ ନାରୀ ପୁରୁଷର ପାରସ୍ପରିକ ସମ୍ପର୍କରେ ପୁରୁଷ ପ୍ରଭୁତା ଅର୍ଜନ କଲା ଏବଂ ନାରୀ ପୁରୁଷର ହୁକୁମବର୍ଦ୍ଦାରି କରିବାରେ ଲାଗିଲା । ଯେହେତୁ ମାନବୀୟ ସ୍ଥିତିର ଶତକଡ଼ା ୯୫.୯୭ ଭାଗ ସମୟ ଏହି ଗୋଷ୍ଠୀ ସମାଜ ମଧ୍ୟରେ କଟି ଯାଇଛି, ଏହା ଏକପ୍ରକାରେ ପୁରୁଷ ଓ ନାରୀଙ୍କର ହର୍ମୋନ୍ ସ୍ରବଣକୁ ନିୟନ୍ତ୍ରଣ କଲା, ଏବଂ ବିବର୍ଦ୍ଧନ ପ୍ରକ୍ରିୟାରେ ମଣିଷର ଜିନୀୟ ସଂରଚନାରେ ଏହା ଏକ ଜୈବ-ବ୍ୟାକରଣ ମାଧ୍ୟମରେ ନିଜର ହସ୍ତାକ୍ଷର ଛାଡ଼ିଗଲା ।

'ଉଚ୍ଛେଦନ ଓ ଅବବୟ' ସମାଜର ପରବର୍ତ୍ତୀ କାଳରେ ମାନବ ଜାତିର ଇତିହାସରେ କୃଷିଭିତ୍ତିକ ସମାଜର ସୃଷ୍ଟି ହେଲା । ମଣିଷ ଗୋଷ୍ଠୀ–ସମାଜର ଯାଯାବରତ୍ୱ ଛାଡ଼ି ନଦୀକୂଳରେ ବାସ କଲା ଏବଂ କ୍ରମଶଃ କୃଷି ଓ ଶିଳ୍ପକୁ ଆୟତ୍ତ କଲା । ଏହା ସୃଷ୍ଟିକଲା ଘରୋଇ ସମ୍ପଦ ଏବଂ ଗ୍ରାମ ଓ ନଗର ସଭ୍ୟତା । କହିବା ବାହୁଲ୍ୟ, ଏହି ସମ୍ପଦ ପୁରୁଷର ନିୟନ୍ତ୍ରଣରେ ଥିଲା ଏବଂ ବର୍ତ୍ତମାନ ଗୋଷ୍ଠୀର ଉଦ୍‌ବର୍ଦ୍ଧନ ଏକ ସମସ୍ୟା ନଥିଲା । ତେଣୁ ସ୍ୱାଭାବିକ ଭାବରେ ନଗର ସମାଜର ପୁରୁଷ ତାର ବ୍ୟକ୍ତିଗତ ସମ୍ପଦକୁ ତା'ର ସନ୍ତାନମାନଙ୍କୁ ହସ୍ତାନ୍ତରିତ କରିବାକୁ ଚାହିଁଲା । ଏବଂ ଏଇ ପରିପ୍ରେକ୍ଷୀରେ ପୁରୁଷ ନାରୀର ଯୌନତାକୁ ନିୟନ୍ତ୍ରଣ କରିବାକୁ ଚାହିଁଲା, ଯାହା ଫଳରେ କି ତା'ର ସନ୍ତାନ ଓ ଉତ୍ତରାଧିକାରୀମାନଙ୍କ ପିତୃତ୍ୱ ସମ୍ପର୍କରେ ସେ ନିଃସନ୍ଦେହ ହୋଇପାରିବ । ସେଇଥିପାଇଁ ଏକ ସାମାଜିକ ଅନୁଷ୍ଠାନ ଭାବରେ ବିବାହ ସୃଷ୍ଟି ହେଲା । ଅଥଚ ପୁରୁଷ ପାଇଁ ବହୁବିବାହ ସାମାଜିକ ଭାବେ ଗ୍ରହଣୀୟ ହେବା ସ୍ଥଳେ, ନାରୀ ପାଇଁ ଏକଗାମିତା ଓ ସତୀତ୍ୱ ଏକ ସାମାଜିକ ଆଦର୍ଶରେ ପରିଣତ ହେଲା । ଯେହେତୁ ନାରୀ ଉତ୍ତରପୁରୁଷ ହାତକୁ ଘରୋଇ ସମ୍ପତ୍ତିର ହସ୍ତାନ୍ତରଣ ପାଇଁ ଏକ ମାଧ୍ୟମ ଥିଲା, ନାରୀ ସ୍ୱୟଂ ପୁରୁଷର ସମ୍ପତ୍ତି ହିସାବରେ ପରିଗଣିତ ହେଲା । ନାରୀର ଯୌନାଙ୍ଗ ତା'ର ବ୍ୟକ୍ତିଗତ ସ୍ୱାଧୀନତାର ପ୍ରତୀକ ନହୋଇ, ପୁରୁଷର ଅଧିକାରର ପ୍ରତୀକ ହୋଇ ଉଭା ହେଲା ଏବଂ ନାରୀ ନିଜର ଯୌନତାର ସାମାଜିକ ପ୍ରଦର୍ଶନକୁ ନେଇ ଲଜ୍ଜିତ ଅନୁଭବ କରିବାରେ ଲାଗିଲା । କହିବା ବାହୁଲ୍ୟ, ଶିଳ୍ପ ବିପ୍ଲବ ଓ ଦୁଇ ଦୁଇଟି ବିଶ୍ୱଯୁଦ୍ଧ ନାରୀକୁ ଏହି ଯୌନକୁଣ୍ଠାରୁ ମୁକ୍ତି ଦେଇଥିଲା ଏବଂ ପାଶ୍ଚାତ୍ୟ ଜଗତରେ ନାରୀମାନେ

ସଂସମାଜନ ଦ୍ୱାରା ସୃଷ୍ଟି କରାଯାଇଥିବା ଏହି 'ବାସ୍ତବ ନାରୀତ୍ୱ ପ୍ରଧର୍ମ' ବିରୁଦ୍ଧରେ ସ୍ୱର ଉତ୍ତୋଳନ କଲେ । ପୁଞ୍ଜିବାଦର ବିକାଶ ଓ ବିଜ୍ଞାନର ନୂତନ ଆବିଷ୍କାର ନାରୀକୁ ଅବାଞ୍ଛିତ ମାତୃତ୍ୱରୁ ମୁକ୍ତି ଦେଲା । ଏବଂ ଏହି ପରିପ୍ରେକ୍ଷୀରେ ନାରୀର ଅର୍ଥନୈତିକ ସ୍ୱାଧୀନତା ପାଶ୍ଚାତ୍ୟ ପୃଥିବୀରେ ନାରୀମାନଙ୍କ ପାଇଁ ଏକ ଯୌନ ସ୍ୱାଧୀନତାର ସୁଯୋଗ ଆଣି ଦେଇଥିଲା । ଫଳରେ କିଛି ଯୋଷାବାଦୀ ନାରୀ ବିବାହକୁ ପୁରୁଷ ଦ୍ୱାରା ନିର୍ମିତ ଏକ ସାମାଜିକ ନିଗଡ଼ ଏବଂ ସନ୍ତାନ ଜନ୍ମକୁ ନାରୀର ବନ୍ଧନ ଓ ଦୁଃଖର ମୂଳ କାରଣ ଘୋଷଣା କରି ଏହି ସାମାଜିକ ଅନୁଷ୍ଠାନକୁ ପ୍ରତ୍ୟାଖ୍ୟାନ କରିବାରେ ଲାଗିଲେ ଏବଂ ବିବାହ ବ୍ୟତିରେକ ଯୌନ ଉପଭୋଗ ଏକ ଅସାଧାରଣ ଘଟଣା ଭାବରେ ପରିଗଣିତ ହେଲା ନାହିଁ ।

ବିଶ୍ୱଯୁଦ୍ଧର ସଂଘାତ ମଣିଷ ଭିତରେ ଜୀବନର ଅନିତ୍ୟତା ପ୍ରତିପାଦନ କରିବା ସହିତ ମଣିଷକୁ ବର୍ତ୍ତମାନ-ସର୍ବସ୍ୱ କରିଦେଲା ଏବଂ ଏକ ଋର୍ବାକୀୟ ଉପଭୋଗବାଦର ସ୍ପୃହା ସୃଷ୍ଟି କଲା । ଏହି ଅସ୍ତିତ୍ୱବାଦୀ ଓ ଯୋଷାବାଦୀ ସାମାଜିକ ପରମ୍ପରାର ପରିପ୍ରେକ୍ଷୀରେ ମୋରାଭିଆଙ୍କ ରଚନାକୁ ବିଚାର କରିବା ପାଇଁ ପାଠକମାନଙ୍କୁ ନିବେଦନ ।

ସୂଚୀ

ଇଟାଲୀୟ ସାହିତ୍ୟର ବିକାଶ ଓ ମୋରାଭିଆ
'ଶୂନ୍ୟ ଚିତ୍ରପଟ'ର ସାମାଜିକ ଓ ସାଂସ୍କୃତିକ ପ୍ରଚ୍ଛଦପଟ

ପ୍ରାକ୍ କଥନ

ମୁଁ ବେଶ୍ ଭଲଭାବରେ ମନେ ରଖିଛି କେମିତି ମୋ ରଙ୍ଗସାଜୀ ଜୀବନ ଉପରେ ମୁଁ ସେଦିନ ଶେଷ ଯବନିକା ଟାଣିଦେଲି । ଦିନେ ସନ୍ଧ୍ୟାରେ, ସେତେବେଳକୁ ମୁଁ ଷ୍ଟୁଡିଓରେ ଏକାଦିକ୍ରମେ ଆଠ ଘଣ୍ଟାକାଳ ପଡ଼ି ରହିଥାଏ, ଥରକେ ମାତ୍ର ପାଞ୍ଚ ଦଶ ମିନିଟ୍ ଚିତ୍ରରଞ୍ଜନ କରେ, ଆଉ ତାପରେ ଡିଭାନ କିମ୍ଭ ଆରାମ ଚେୟାର ଉପରେ ନିଜକୁ ଲୋଟାଇ ଦିଏ, ଏବଂ ଚିତ୍ ହୋଇ ଛାତକୁ ଘଣ୍ଟା ଘଣ୍ଟା ଧରି ଋହିଁ ରହେ, ମୁଁ ସେଦିନ ଅପ୍ରତ୍ୟାଶିତ ଭାବରେ ଉଠି ପଡ଼ିଲି । ହଠାତ୍ ଯେମିତି ବହୁବାରର ବ୍ୟର୍ଥ ଉଦ୍ୟମ ପରେ, ମୁଁ ନୂଆ କିଛି ସୃଷ୍ଟି କରିବାର ଏକ ସ୍ୱତଃସ୍ଫୂର୍ତ୍ତ ବାସ୍ତବ ପ୍ରେରଣା ଖୋଜି ପାଇଛି, ସେଇଭଳି ଭଙ୍ଗୀରେ ଉଠିପଡ଼ି ମୋ ଶେଷ ସିଗାରେଟ୍‌ଟାକୁ ମୁଁ ଆସଟ୍ରେରେ ମାଡ଼ି ଦେଲି । ସେତେବେଳକୁ ଆସଟ୍ରେଟି ପରିତ୍ୟକ୍ତ ସିଗାରେଟ ମୁଣ୍ଡି ଗୁଡ଼ିକରେ ପ୍ରାୟ ପୂର୍ଣ୍ଣ ହୋଇ ଆସିଥାଏ । ଶୋଇଥିବା ଆରାମଚେୟାରରୁ ଏକ ବିଡ଼ାଲ ଭଳି ମୁଁ ଡେଇଁ ପଡ଼ିଲି ଏବଂ ରଙ୍ଗଫଳକ ଛୁରୀଟିକୁ, ଯେଉଁଟିକୁ ମୁଁ ରଙ୍ଗ ଗୁଡ଼ିକ କୋରି କାଢ଼ିବା ପାଇଁ ବ୍ୟବହାର କରିଥାଏ, ହାତରେ ମୁଠାଇ ଧରିଲି । ଆଉ ସେଥିରେ ମୁଁ ଚିତ୍ରରଞ୍ଜନ କରୁଥିବା ଚିତ୍ରପଟଟିକୁ କ୍ରମାଗତ ଭାବରେ ପଟା ପଟା କରି ଚିରିବାରେ ଲାଗିଲି । ଚିତ୍ରପଟଟି ଚିରି ସରୁ ସରୁ ରିବନରେ ପରିଣତ ନ ହେବା ପର୍ଯ୍ୟନ୍ତ ମୁଁ ସନ୍ତୁଷ୍ଟ ହୋଇ ପାରି ନ ଥିଲି ସେଦିନ । ତାପରେ ବଖରାର ଗୋଟିଏ କୋଣରୁ ମୁଁ ସମାନ ଆକୃତିର ଶୂନ୍ୟ ଚିତ୍ରପଟଟିଏ ନେଲି । ଚିରା କାନ୍‌ଭାସର ଟୁକୁରା ଗୁଡ଼ିକୁ ଫୋପାଡ଼ି ଦେଇ ନୂଆ ଚିତ୍ରପଟଟି ଥୋଇଲି ଚିତ୍ରାଧାର ଉପରେ । କିନ୍ତୁ ତାର ଅବ୍ୟବହିତ ପରେ ସହସା ମୁଁ ଅନୁଭବ କଲି ଯେ ମୋର ସମସ୍ତ ସୃଜନଶକ୍ତି, ସେଇ ହିଂସ୍ର ଅଥଚ ମୂଳତଃ ସଂହେତୁକ ଧ୍ୱଂସ ପ୍ରକ୍ରିୟା ଭିତରେ ସମ୍ପୂର୍ଣ୍ଣ ନିଃଶେଷ ହୋଇ ଯାଇଛି । ଗତ ଦୁଇମାସ ଧରି ଏକ ନିରବଚ୍ଛିନ୍ନ ଅଧ୍ୟବସାୟ ସହ ମୁଁ କାମ କରି ଋଲିଥିଲି ସେଇ ଚିତ୍ରପଟକୁ ନେଇ । ଛୁରୀରେ ତାକୁ ପଟା ପଟା କରି ଚିରି ପକାଇବା ଅର୍ଥ କାମଟି ମୁଁ ଶେଷ କରିଦେଲି । ବାହ୍ୟ ଫଳାଫଳକୁ ବିଋରକୁ

ନେଲେ ଏହା ଅବଶ୍ୟ ଏକ ନେତିବାଚୀ ଉପସଂହାର; କିନ୍ତୁ ଫଳାଫଳକୁ ନେଇ ମୋର କୌଣସି ସ୍ପୃହା ନ ଥିଲା। ବରଂ ମୋ ଭିତରର କାରୁ-ଉଦ୍‌ଘାଟନାକୁ ବିସ୍ଫୋରକୁ ନେଲେ ଏହି କାର୍ଯ୍ୟର ପ୍ରଭାବ ଥିଲା ସକାରାମ୍ଲକ। ବାସ୍ତବରେ ଚିତ୍ରପଟର ଏଇ ବିଚ୍ଛିତ୍ତି ମୋ ପାଇଁ ଏକ ଲମ୍ବା ଆଲାପର ଉପସଂହାର ଥିଲା। ଭଗବାନ ଜାଣନ୍ତି ଦୀର୍ଘ କେତେଦିନ ଧରି ମୁଁ ମୋ ସହିତ ଚଲାଇଥିଲି ସେଇ କଥଂକଥା। ମୋ ପାଇଁ ଏହାର ଅର୍ଥ ଥିଲା ଯେ ପରିଶେଷରେ ମୁଁ ଏକ ଟାଣ ଭୂମିରେ ପାଦ ଥାପିବାରେ ସମର୍ଥ ହେଇଛି। ତେଣୁ ଚିତ୍ରାଧାର ଉପରେ ଅଧୁନା ସ୍ଥିତ ଶୂନ୍ୟ ଚିତ୍ରପଟଟି ଏକ ଅବ୍ୟବହୃତ ସାଧାରଣ କାନ୍‌ଭାସ ନୁହେଁ; ଏହା ଏକ ବିଶେଷ ଚିତ୍ରପଟ ଯାହାକୁ ମୁଁ ଏକ ଦୀର୍ଘ ରଙ୍ଗସାଜୀର ଅନ୍ତରେ ଚିତ୍ରାଧାର ଉପରେ ଥୋଇଛି। ବାସ୍ତବରେ ମୋ ଭିତରେ ଥିଲା ଏକ ବିପର୍ଯ୍ୟୟର ଅନିଭୋଗ, ଯାହାକି ମତେ ଶ୍ୱାସରୁଦ୍ଧ କରି ପକାଉ ଥିଲା। ଆଉ ମୁଁ ସେଥିରୁ ସାନ୍ତ୍ୱନା ପାଇବାକୁ ଏଆଁ ଚିନ୍ତା କରୁଥିଲି ଯେ, ଯଦିଚ ଏ ଚିତ୍ରପଟଟି ଦେଖିବାକୁ ଅନ୍ୟାନ୍ୟ ସାଧାରଣ କାନ୍‌ଭାସ ଭଳି, ମୋ ପାଇଁ କିନ୍ତୁ ତାହା ଅର୍ଥ ଓ ସମ୍ଭାବନାରେ ପରିପୂର୍ଣ୍ଣ, କାରଣ ଏହା ମୋ ପାଇଁ ବସ୍ତୁତଃ ଥିଲା ଏକ ନୂଆ ଅନୁକୂଳର ଆଦ୍ୟବିନ୍ଦୁ। ମୁଁ ଭାବୁଥିଲି ଯେ ବର୍ତ୍ତମାନ ମୁଁ ଏଠୁ ପୂର୍ଣ୍ଣ ସ୍ୱାଧୀନତାର ସହ ମୋର ରଙ୍ଗସାଜୀ ଜୀବନ ପୁନର୍ବାର ନୂଆ କରି ଆରମ୍ଭ କରି ପାରିବି, ଯେମିତି ମୁଁ ଦଶବର୍ଷ ତଳେ ମୋର ସମସ୍ତ ଅବସରକୁ କଳା ପାଇଁ ଉତ୍ସର୍ଗ କରିବା ଲାଗି, ମାଆଙ୍କ ଘର ଛାଡ଼ି ଦେଇ 'ଭିୟା ମାର୍ଗୁଥା'ର ଏଇ ସ୍ଟୁଡିଓ ଘରକୁ ଚାଲି ଆସିଥିଲି। ଅଥଚ ଅପରପକ୍ଷରେ ଏହା ମଧ୍ୟ ହୋଇପାରେ, ବାସ୍ତବରେ ଏଭଳି ହେବା ବରଂ ଅଧିକ ସମ୍ଭବ ଯେ, ଚିତ୍ରାଧାର ଉପରେ ନିଜକୁ ପ୍ରଞ୍ଜାପିତ କରି ପଡ଼ି ରହିଥିବା ଏହି ଶୂନ୍ୟ ଚିତ୍ରପଟଟି ମୋ ଭିତରର ଏକ ନକାରାମ୍ଲକ ପରିବର୍ତ୍ତନର ବାହ୍ୟଚିହ୍ନ ମାତ୍ର, ଯେଉଁ ପରିବର୍ତ୍ତନ କାନ୍‌ଭାସର ରୂପାନ୍ତରଣ ଠାରୁ କୌଣସି ଗୁଣରେ କମ୍ ନିବିଡ଼ ଅବା କମ୍ ଆନୁଷଙ୍ଗିକ ନୁହେଁ, ଏବଂ ତାହା ଅଲକ୍ଷିତ ଭାବରେ ମତେ ଏକ କ୍ରୌବ୍ୟ ଅକ୍ଷମତା ଆଡ଼କୁ ଘେନି ଯାଉଛି। ଏଇ ଦ୍ୱିତୀୟ ଅନୁମାନଟି ବୋଧହୁଏ ଅଧିକ ସତ୍ୟ କାରଣ ଏକ ଧୀର ଅଥଚ ନିଶ୍ଚିତ ନିଷ୍ପୃହା, ଏକ ବୋରିୟାତ, ବିଗତ ଛଅ ମାସ ଧରି ମୋର କଳାକାର ଜୀବନର ସାଥୀ ହୋଇ ରହିଛି। ଆଉ ସେଥିରେ ସେଦିନ ଏକ ପୂର୍ଣ୍ଣଚ୍ଛେଦ

ପଡ଼ିଗଲା, ଯେତେବେଳେ ସେଇ ଅପରାହ୍ନରେ ମୁଁ ମୋ କାନଭାସଟିକୁ ରୁଆରୁଆ କରି କାଟି ଛିନ୍ନଭିନ୍ନ କରି ଦେଲି। ମୋର ଏହି ଅବସାଦ, ପ୍ରାୟ ଏକ ଜଳଧାରା ମୁଖରେ ଚୂନପଥର ଗଚ୍ଛିତ ହେବା ଭଳି ଥିଲା, ଯାହାର ସଞ୍ଚୟନ ଧୀରେ ଧୀରେ ନଳ ଭିତରର ଜଳକ୍ଷରଣକୁ କ୍ଷୀଣ କରି ପରିଶେଷରେ ଜଳପ୍ରବାହକୁ ସମ୍ପୂର୍ଣ୍ଣ ବନ୍ଦ କରି ଦିଏ।

ଏହି ପରିପ୍ରେକ୍ଷୀରେ ମୁଁ ବୋଧହୁଏ ଏଠି ବୋରିୟାତ ବିଷୟରେ ଅଳ୍ପ କିଛି କହିବା ପ୍ରାସଙ୍ଗିକ ହେବ। କାରଣ ଏହି ଅନୁଭୂତି ସମ୍ପର୍କରେ ମୋ ଗଚ୍ଛର ପ୍ରଷ୍ଠଭୂମିରେ ବାରମ୍ବାର ବର୍ଣ୍ଣନା କରିବାର ଅବକାଶ ଆସିବ। ଅଧୁନା ମୋ ସ୍ମୃତି ଗହନର ଯେତେ ଦୂରକୁ ମୁଁ ଦୃଷ୍ଟିପାତ କରୁଛି, ମୋର ମନେ ପଡୁଛି ଯେ ବର୍ଷ ବର୍ଷ ଧରି, ଅନୁକ୍ଷଣ ମୁଁ ବୋରିୟାତ ଦ୍ୱାରା ସନ୍ତାପିତ ହୋଇ ରହିଛି। କିନ୍ତୁ ମୋ ନିମନ୍ତେ ଏହି ଶବ୍ଦର ଆଶୟାର୍ଥ କଣ ତାହା ବୁଝିବା ନିତାନ୍ତ ଗୁରୁତ୍ୱପୂର୍ଣ୍ଣ। ପ୍ରାୟ ଲୋକଙ୍କ ପାଇଁ ଆମୋଦର ଅଭାବ ହିଁ ବୋରିୟାତ ଏବଂ ଆମୋଦ ଏକ ଚିଉବିକ୍ଷେପ, ଏକପ୍ରକାରର ଆମ୍ବବିସ୍ମୃତି। କିନ୍ତୁ ଏହାର ବିପରୀତରେ, ବୋରିୟାତ ମୋ ପାଇଁକି ଆମୋଦର ଅଭାବ ନୁହେଁ; ଏପରିକି ମୁଁ ଏହା ଦାବୀ କରିପାରେ ଯେ କିଛି ନିର୍ଦ୍ଦିଷ୍ଟ ବିଭାବକୁ ବିଶ୍ଵରକୁ ନେଲେ ବୋରିୟାତ ଆମୋଦର ପ୍ରତିରୂପ। କାରଣ ବାସ୍ତବରେ ଏକ ବିଶେଷ ଅର୍ଥରେ ବୋରିୟାତ ଆମୋଦ ଭଳି ଚିଉବିକ୍ଷୋଭ ଏବଂ ବିସ୍ମୃତି ସୃଷ୍ଟି କରିପାରେ। ନିର୍ଦ୍ଦିଷ୍ଟ ଭାବରେ କହିବାକୁ ଗଲେ ବୋରିୟାତ ମୋ ପାଇଁ ଏକ ପ୍ରକାରର ଅପୂର୍ଣ୍ଣତା ଅଥବା ବାସ୍ତବତାର ଅଭାବ। ମୋର ବୋରାୟିତ ଅବସ୍ଥାରେ ବାସ୍ତବତା ମତେ ଏକ ପ୍ରକାରେ କିଂକର୍ତ୍ତବ୍ୟବିମୂଢ଼ କରି ପକାଏ। ଗୋଟିଏ ଉପମା ଦେବାକୁ ଗଲେ ଏହା ଏକ ଜାଡ଼ ରାତିରେ ଶୋଇଥିବା ଲୋକ ଉପରେ ନଅଣ୍ଟ କମ୍ବଳଟିଏ ଭଳି ଅପ୍ରତିଭ ଅବସ୍ଥାଟିଏ। ପାଦ ଘୋଡ଼ାଇବାକୁ ଗଲେ ଛାତିରେ ଥଣ୍ଡା ବାଜେ ଆଉ ଛାତି ଘୋଡାଇଲେ ପାଦ କାଲୁଆ ହୋଇଯାଏ, ଯଦ୍ଵାରା ଲୋକଟି ଭଲଭାବରେ ଶୋଇବା ପାଇଁ କଦାପି ସକ୍ଷମ ହୋଇପାରେ ନାହିଁ। କିୟ ପୁନର୍ଣ୍ଣ ଭିନ୍ନ ଏକ ଉପମା ଦେବାକୁ ଯାଇ ମୁଁ କହିପାରେ ଯେ, ମୋର ବୋରିୟାତ ଏକ ଗୃହ ଅଭ୍ୟନ୍ତରରେ ବାରମ୍ବାର ରହସ୍ୟମୟ ବିଦ୍ୟୁତ ବ୍ୟାଘାତର ଏକ ପ୍ରତିରୂପ। ଗୋଟିଏ ମୁହୂର୍ତ୍ତରେ ସବୁ କିଛି ଜଣାପଡ଼େ ସ୍ପଷ୍ଟ ଓ ଗୋଚର, ଏଠି ଆରାମଚେୟାର,

ଆଉ ସେଇଠି ସୋଫା, ତାପରେ ବାସନରଖା ଆଲମିରା, କଡ଼ରେ ଟେବୁଲ୍‌, ବନ୍ଧେଇ ହୋଇଥିବା ଫଟ, ପର୍ଦ୍ଦା, ଗାଲିଚ୍ଚ, ଝରକା ଆଉ ଦୁଆର। ଏବଂ ପର କ୍ଷଣରେ ତୁଚ୍ଛା ଅନ୍ଧାର ଓ ରିକ୍ତ ଶୂନ୍ୟତା। ଆଉ ଏକ ଭିନ୍ନ ପ୍ରକାର ବର୍ଣ୍ଣନା କରିବାକୁ ଗଲେ (ଇଏ ମୋର ତୃତୀୟ ତୁଳନା), ମୋର ବୋରିୟାତକୁ ଏକ ବ୍ୟାଧ୍ୟ ଭାବରେ ବର୍ଣ୍ଣନା କରାଯାଇ ପାରେ ଯାହାକି ବାହ୍ୟ ପଦାର୍ଥମାନଙ୍କୁ ଏକ ଝାଉଁଳା ରୋଗ ଭଳି ଆକ୍ରାନ୍ତ କରେ, ଯାହା ଫଳରେ କି ସେମାନେ ତତ୍‌କ୍ଷଣାତ୍‌ ତାଙ୍କର ପ୍ରାଣପ୍ରାଚୁର୍ଯ୍ୟ ହରାଇ ବସନ୍ତି। ଯେମିତିକି ଜଣଙ୍କ ଆଗରେ ଫୁଲଟିଏ ଆଖିର ପଲକରେ ବଦଳି ଯାଉଛି; ଏକ ଦ୍ରୁତ ପରିବର୍ତ୍ତନର ଶୃଙ୍ଖଳା ଭିତରେ କଢ଼ଟି ମଉଳି ଧୂଳି ମୁଠାରେ ପରିଣତ ହେଉଛି ସେଇ ବ୍ୟାଧ୍ୟର ପ୍ରକୋପରେ।

ମୋ ପାଇଁ ବୋରିୟାତର ଅନୁଭବ ସୃଷ୍ଟି ହୁଏ ବାସ୍ତବତା ଭିତରେ ଥିବା ଉଭଟତାର ଅନୁଭୂତି ଭିତରୁ। ମୁଁ ଆଗରୁ କହିଥିବା ମତେ ମୋ ପାଇଁ ବାସ୍ତବତା ସ୍ୱୟଂ ଏକ ଅସମ୍ପୂର୍ଣ୍ଣତା। ଅଥବା ଏକ ପ୍ରକାରେ କହିଲେ ଏହା ତାର ନିଜର ଯଥାର୍ଥ ସ୍ଥିତି ସମ୍ପର୍କରେ ମୋ ଭିତରେ ଯତ୍‌କିଂଚ୍ଚିତ୍‌ ପ୍ରତ୍ୟୟ ଜନ୍ମାଇବାକୁ ଅକ୍ଷମ। ଉଦାହରଣ ସ୍ୱରୂପ ଏହା ଗ୍ରହଣ କରି ନିଆଯାଉ ଯେ ମୁଁ ଗୋଟିଏ ଜଳପାତ୍ରକୁ କିଛି ପରିମାଣରେ ମନଯୋଗ ସହ ରହିଁ ଦେଖୁଛି। ଯେ ପର୍ଯ୍ୟନ୍ତ ମୁଁ ବୁଝି ପାରୁଛି ଯେ ଜଳପାତ୍ରଟି କାଚ ଅବା ଧାତୁ ନିର୍ମିତ, ଏଥିରେ ଜଳ ରଖାଯାଏ ଆଉ ତାକୁ ନ ଉବୁଡ଼ାଇ ସେଥିରେ ଅଧର–ସ୍ପର୍ଶ କଲେ ଜଳପାନ କରିହୁଏ, ସେ ପର୍ଯ୍ୟନ୍ତ ମୁଁ ଜଳପାତ୍ରକୁ ସଠିକ ଭାବରେ ନିଜ ପାଖରେ ଉପସ୍ଥାପିତ କରୁଛି। ଏହା ଫଳରେ ମୁଁ ଜଳପାତ୍ର ସହ ମୋର ସମ୍ପର୍କକୁ ଅନୁଭବ କରିପାରୁଛି ଏବଂ ମୁଖ୍ୟତଃ ଏଇ ସମ୍ପର୍କ ଯୋଗୁଁ ଜଳପାତ୍ରର ସ୍ଥିତି ସମ୍ପର୍କରେ ବିଶ୍ୱାସ କରିବାକୁ ମୁଁ ବାଧ୍ୟ ହେଉଛି। ଆଉ ସେଇ ସମ୍ପର୍କ ଅନ୍ୟ ଏକ ଗୌଣ ସ୍ତରରେ ମତେ ମୋର ସ୍ଥିତି ସମ୍ପର୍କରେ ମଧ ସଚେତନ କରାଇ ଦେଉଛି। କିନ୍ତୁ ମୁଁ ପୂର୍ବରୁ କହିଥିବା ଭଳି ଜଳପାତ୍ରଟି ଯଦି ମୁଁ ତାକୁ ଅନାଇବା କ୍ଷଣି ସେମିତି କୁଲୁନୁଲେଇ ଯାଏ ଆଉ ତାର ପ୍ରାଣସ୍ଫୂର୍ତ୍ତି ହରାଇ ବସେ, ଅର୍ଥାତ୍‌ ଅନ୍ୟଭାବରେ କହିଲେ ଯଦି ତାହା ମୋ ପାଖରେ ଏକ ବିଲାୟତୀ ଅଚିହ୍ନା ଭଙ୍ଗୀରେ ଆମ୍ପ୍ରକାଶ କରେ, ତେବେ ତାହା ସହିତ ମୋର କୌଣସି ଆବେଗଗତ ସମ୍ପର୍କ ରହିପାରିବ ନାହିଁ। ସମ୍ପର୍କହୀନତାର ଏହି ଉଭଟ ଅବାସ୍ତବତା ଭିତରୁ

ବୋରିୟାତର ଜନ୍ମ; ଯାହାକୁ ସର୍ବୋପରି ଅତି ସରଳ ଭାଷାରେ ଏକ ଅନ୍ତରଙ୍ଗତାର ଅଭାବ କୁହାଯାଇ ପାରିବ, କିନ୍ତୁ ତାହାଠାରୁ ନିଜକୁ ସମ୍ପୂର୍ଣ୍ଣ ବିଚ୍ଛିନ୍ନ କରିବା ପାଇଁ ଜଣେ ସକ୍ଷମ ହୋଇ ପାରିବ ନାହିଁ। ଅପରପକ୍ଷରେ ଏହି ବୋରିୟାତ ମତେ ଏଭଳି କଷ୍ଟ ଦିଅନ୍ତା ନାହିଁ, ଯଦି ମୁଁ ଜାଣି ନଥାନ୍ତି ଯେ, ଯଦିଚ ଅଧୁନା ଏହି ଜଳପାତ୍ର ସହିତ ମୋର କୌଣସି ସମ୍ବନ୍ଧ ନାହିଁ, କିନ୍ତୁ ଏଭଳି ସମ୍ପର୍କଟିଏ ବୋଧହୁଏ ସମ୍ପୂର୍ଣ୍ଣ ଅସମ୍ଭବ ନୁହେଁ। ଅନ୍ତତଃ ତାତ୍ତ୍ୱିକ ଭାବରେ ମୁଁ ଜାଣେ ଯେ ମୋର ଅଜଣା ଏକ ଦୁର୍ଲଭ ପୃଥିବୀରେ ଏହି ଜଳପାତ୍ରଟି ଅକ୍ଷୁଣ୍ଣ ଭାବରେ ରହିଚି, ଆଉ ସେଠି ବସ୍ତୁଗୁଡ଼ିକ ଘଡ଼ିକ ପାଇଁ ମଧ ସେମାନଙ୍କର ବସ୍ତୁପରାୟଣତା ହରାଇ ବସନ୍ତି ନାହିଁ। ତେଣୁ ମୋ ପାଇଁ ବୋରିୟାତ କେବଳ ଆପଣାଠାରୁ ନିସ୍ତାର ପାଇବାର ଅକ୍ଷମତା ନୁହେଁ; ଏହା ମଧ ଏକ ପ୍ରକାରର ତାତ୍ତ୍ୱିକ ସଚେତନତା ଯେ କେବଳ କୌଣସି ଏକ ଦିବ୍ୟ ଚମତ୍କାରିତା ହିଁ ମତେ ତା କବଳରୁ ରକ୍ଷାକରି ପାରିବ।

ମୁଁ ମୂଳରୁ ଏକଥା କହିଛି ଯେ, ମୁଁ ହେତୁ ପାଇବା ଠାରୁ ସବୁବେଳେ ହିଁ ବୋରାୟିତ ହୋଇ ରହିଛି; ତେବେ ଅଧିକନ୍ତୁ ମୁଁ ଏହା ଯୋଗ କରିପାରେ ଯେ କେବଳ ଏହି ନିକଟ ଅତୀତରେ ବୋରିୟାତ ଜିନିଷଟା ବାସ୍ତବିକ କଣ ତାହା ପ୍ରାଞ୍ଜଳ ଭାବରେ ବୁଝିବାରେ ମୁଁ ସକ୍ଷମ ହୋଇଛି। ମୋ ବାଲ୍ୟାବସ୍ଥାରେ ଏବଂ ତା ପରେ ପରେ ମଧ ମୋ କୈଶୋର ଓ ଆଦ୍ୟ ଯୌବନରେ, ଯେତେବେଳେ କି ବୋରିୟାତ କଅଣ ବୋଲି ବୁଝିବାରେ ମୁଁ ଅକ୍ଷମ ଥିଲି, ସେତେବେଳେ ବି ଏଇ ବୋରିୟାତ ବ୍ୟାଧିରେ ମୁଁ କଳବଳ ହୋଇଛି। ଯେମିତିକା ଜଣେ ଅଧକପାଲି ବ୍ୟାଧ ପୀଡ଼ିତ ବ୍ୟକ୍ତି ଅବିରତ ମୁଣ୍ଡବିନ୍ଧା ଭୋଗୁଥାଏ କିନ୍ତୁ ଡାକ୍ତର ଦେଖାଇବାର ଆବଶ୍ୟକତା ବିଷୟରେ ସଚେତନ ନ ଥାଏ, ସେଇଭଳି ଥିଲା ମୋର ଅବସ୍ଥା। ବିଶେଷ ଭାବରେ ମୁଁ ଛୁଆ ଥିବା ସମୟରେ ମୋର ବୋରିୟାତର ରୂପ ମୋ ପାଖରେ ଏବଂ ଅନ୍ୟମାନଙ୍କ ସମକ୍ଷରେ ଏଭଳି ଅସ୍ପଷ୍ଟ ଓ ନିଗୂଢ଼ ଥିଲା ଯେ, ମୁଁ ଅନ୍ୟମାନଙ୍କୁ ତାହା ବୁଝାଇବାରେ ସମ୍ପୂର୍ଣ୍ଣ ଅକ୍ଷମ ଥିଲି। ତେଣୁ ଅନ୍ୟମାନେ, ବିଶେଷ ଭାବରେ ମୋର ମାଆ, ମୁଁ ଭୋଗୁଥିବା ଅବସାଦ ପାଇଁ ମୋର ଶାରୀରିକ ଅସୁସ୍ଥତା ବା ସେଇଭଳି କିଛି କାରଣକୁ ଦୋଷ ଦେଉଥିଲେ। ଯେମିତି ଛୁଆଙ୍କର ଚିଡ଼ିଚିଡ଼ାପଣ ଓ କାନ୍ଦକୁ ଦାନ୍ତଉଠାର ଉପସର୍ଗ ବୋଲି ଧରାଯାଏ, କଥାଟା ପ୍ରାୟ ସେଇ ପର୍ଯ୍ୟାୟର

ଥିଲା । ସେ ସମୟରେ ଏଭଳି ହେଉଥିଲା ଯେ ମୁଁ ଖେଳକୁଦ ସବୁ ବନ୍ଦ କରିଦେଇ ହଠାତ୍ ଯେମିତି ଜଣେ ଆତ୍ମରେ ନ ଯଯୌ ନ ତସ୍ଥୌ ହୋଇ ବସିଯାଏ, ସେମିତି ଘଣ୍ଟା ଘଣ୍ଟା ଧରି ଚିତ୍ରାର୍ପିତ ଭାବରେ ବସି ରହୁଥିଲି । ବାସ୍ତବରେ ସେତେବେଳେ ମତେ ସମସ୍ତ ପଦାର୍ଥ ଖାଉଁଲି ପଡ଼ିବା ଭଳି ଜଣା ପଡୁଥିଲା, ଆଉ ତାହା ମୋ ଭିତରେ ସୃଷ୍ଟି କରୁଥିଲା ଏକ ଅଧୀରତା ଯାହା ମତେ ବିହ୍ଵଳ କରି ପକାଉଥିଲା । କିମ୍ଵା ଅନ୍ୟଭାବରେ କହିଲେ ମୋର ଚେତନା ସ୍ତରରେ ଏକ ଅସ୍ପଷ୍ଟ ଅନୁଭବ ସୃଷ୍ଟି ହେଉଥାଏ ଯେ, ବାହ୍ୟ ପଦାର୍ଥମାନଙ୍କ ସହ ମୋର କିଛି ସମ୍ପର୍କ ନାହିଁ । ଯଦି ଏଭଳି ସମୟରେ ମୋର ମାଆ ସେଇ ବଖରାକୁ ପଶିଆସି ମତେ ଏଭଳି ଅକାବକା ଓ ଦୁଃଖ-ମଳିନ ହୋଇ ନିଷ୍ଚଳ ଭାବେ ବସିବାର କାରଣ ପଚରୁଥିଲେ ତ ମୁଁ ବୋରିୟାତିଆ ଲାଗୁଛି ବୋଲି କହୁଥିଲି । ଏଇଭଳି ଭାବରେ ମୁଁ ଅନୁଭବ କରୁଥିବା ଏକ ଅସ୍ପଷ୍ଟ ଓ ଅନିର୍ଦ୍ଦିଷ୍ଟ ମାନସିକ ସ୍ଥିତିକୁ ମୁଁ ଗୋଟିଏ ଶବ୍ଦରେ ବ୍ୟାନ କରି ଦେଉଥିଲି ଯାହାର ଏକ ସ୍ପଷ୍ଟ ଓ ନିର୍ଦ୍ଦିଷ୍ଟ ସଂଜ୍ଞା ରହିଥିଲା । ଆଉ ମୋର ମାଆ ମୋର କଥାକୁ ଗୁରୁତ୍ଵ ସହିତ ଗ୍ରହଣ କରି, ନଇଁପଡ଼ି ମୋ ମଥାରେ ଚୁମ୍ଵନଟିଏ ଆଙ୍କି ଦେଉଥିଲେ ଏବଂ ସେଇ ସନ୍ଧ୍ୟାରେ ମତେ କୌଣସି ଚଳଚ୍ଚିତ୍ର ଦେଖାଇ ନେବାର ବା ସେଇଭଳି ଅନ୍ୟ କିଛି ଲୋଭନୀୟ ଆମୋଦପ୍ରମୋଦର ପ୍ରତିଶ୍ରୁତି ଦେଉଥିଲେ । କିନ୍ତୁ ମୁଁ ସେତେବେଳକୁ ଏତିକି ଜାଣି ସାରିଥିଲି ଯେ ବୋରିୟାତର ଠିକ୍ ଓଲଟାଟା ଆମୋଦ ନୁହେଁ, ତେଣୁ ଆମୋଦ ଦ୍ଵାରା ବୋରିୟାତର ପ୍ରତିକାର କରାଯାଇ ପାରିବ ନାହିଁ । ଏବଂ ମୁଁ ଯଦିଚ ତାଙ୍କର ପ୍ରସ୍ତାବକୁ ଆନନ୍ଦର ସହିତ ସ୍ଵାଗତ କଲାଭଳି ତାଙ୍କ ପାଖରେ ଅଭିନୟ କରୁଥିଲି, ବୋରିୟାତର ସେଇ ନିର୍ଦ୍ଦିଷ୍ଟ ଅନୁଭୂତିକୁ ତାହା କୌଣସି ପ୍ରକାରେ ନିବାରିତ କରିପାରୁ ନ ଥିଲା । ମୋ କପାଳରେ ତାଙ୍କ ଓଠର ସ୍ପର୍ଶ ଦେଇ, ମୋ କାନ୍ଧରେ ବାହୁ ବେଢ଼େଇ, ସିନେମା ଦେଖ ଯିବାର କଳ୍ପନାଟିକୁ ମୋ ଆଖି ଆଗରେ ଉଜ୍ଜ୍ଵଳ ମରୀଚିକାଟିଏ ଭଳି ତୋଲି ଧରି ଯେତେବେଳେ ମୋର ମାଆ ଭାବୁଥିଲେ ଯେ ସିଏ ମୋର ବୋରିୟାତକୁ ନିବର୍ତ୍ତେଇ ପାରିଛନ୍ତି, ଠିକ୍ ସେତିକିବେଳେ ମୁଁ ସେଇ ବୋରିୟାତକୁ ଅନୁଭବ କରୁଥିଲି ବଡ଼ ତୀବ୍ର ଭାବରେ । ବସ୍ତୁତଃ ସେଇ ମୁହୂର୍ତ୍ତରେ ନା ତାଙ୍କର ଅଧର, ନା ତାଙ୍କର ବାହୁବଳୟ, ନା ସିନେମା, କାହା ସହିତ ମଧ

କୌଣସି ପ୍ରକାର ସମ୍ପର୍କ ମୁଁ ଅନୁଭବ କରି ପାରୁ ନ ଥିଲି। କିନ୍ତୁ ମୁଁ କେମିତି ମୋର ମାଆଙ୍କୁ ବୁଝେଇ ପାରିଥାଆନ୍ତି ଯେ ମୋର ବୋରିୟାତର ପୀଡ଼ା କୌଣସି ପ୍ରକାରେ ଉପଶମିତ ହୋଇ ପାରିବ ନାହିଁ? ମୁଁ ଇତିମଧ୍ୟରେ ଏହା ଲକ୍ଷ୍ୟ କରି ସାରିଥାଏ ଯେ ବୋରିୟାତ ମୁଖ୍ୟତଃ ଏକ ସଂଭାଷଣ-ଅକ୍ଷମତା। ଏବଂ ଅଧୁନା ମାଆଙ୍କ ସହ ଭାବ-ବିନିମୟରେ ଅକ୍ଷମ ହୋଇ ମୁଁ ଅନ୍ୟାନ୍ୟ ବାହ୍ୟବସ୍ତୁ ଭଳି ମୋ ମାଆଙ୍କ ଠାରୁ ମଧ୍ୟ ବିଚ୍ଛିନ୍ନ ହୋଇ ପଡ଼ିଥିଲି। ତେଣୁ ଏକପ୍ରକାରେ କହିଲେ, ଆମ ଭିତରର ସେଇ ଖାଇ'ବୁଝାକୁ ମୁଁ ସ୍ୱାଭାବିକତାର ସହିତ ଗ୍ରହଣ କରି ନେଇଥିଲି ଏବଂ ମାଆଙ୍କ ପାଖରେ ଛଳନା କରିବା ଓ ମିଥ୍ୟା କହିବାରେ ମୁଁ ଅଭ୍ୟସ୍ତ ହୋଇ ପଡ଼ିଥିଲି।

ମୋର ତାରୁଣ୍ୟରେ ବୋରିୟାତ ଯେଉଁ ସବୁ ଭୟଙ୍କର ବିପର୍ଯ୍ୟୟ ସୃଷ୍ଟି କରିଥିଲା ସେ ସମ୍ପର୍କରେ ମୁଁ ଠିକେଠିକେ କହିଯିବାକୁ ଚ୍ହୁଁଛି। ବିଦ୍ୟାଲୟର ସେଇ ଦିନସବୁ ଥିଲା ମୋର ସବୁଠାରୁ ଦୁଃଖଦ ଓ କଠିଣ ପରୀକ୍ଷାର ମୁହୂର୍ତ। ବିଭିନ୍ନ ପାଠ ବିଷୟରେ ମୋର ଦୁର୍ବଳତାର କାରଣ, ସେହି ବିଷୟଗୁଡ଼ିକୁ ଠିକ୍ ଭାବରେ ବୁଝିବା ଦିଗରେ ମୋର ଜନ୍ମଜାତ ଅକ୍ଷମତା ବୋଲି ଧରା ଯାଉଥିଲା। ଏବଂ ମୁଁ ମଧ୍ୟ ଅଧିକ ଗ୍ରହଣଯୋଗ୍ୟ ବ୍ୟାଖ୍ୟାର ଅଭାବରେ ଏହି ନିର୍ଷ୍କକୁ ସତ୍ୟ ବୋଲି ଧରି ନେଇଥିଲି। କିନ୍ତୁ ମୁଁ ବର୍ତ୍ତମାନ ଦୃଢ଼ଭାବରେ ବିଶ୍ୱାସ କରେ ଯେ ପ୍ରତ୍ୟେକ ସ୍କୁଲବର୍ଷ ଶେଷରେ ମୋର ଖରାପ ପ୍ରଦର୍ଶନର ଏକମାତ୍ର ମୂଳ କାରଣ ଥିଲା ବୋରିୟାତ। ବାସ୍ତବିକ, ଏକ ସ୍ୱାଭାବିକ ଗଭୀର ଅବସାଦ ସହ ମୁଁ ବଡ଼ ତୀବ୍ର ଭାବରେ ଅନୁଭବ କରୁଥିଲି ଯେ, ଏଥେନୀୟ ରାଜା, ରୋମୀୟ ସମ୍ରାଟ, ଦକ୍ଷିଣ ଆମେରିକାର ନଦୀ, ଏସିଆର ପର୍ବତମାଳା, ଦାନ୍ତେଙ୍କ ଏକାଦଶାକ୍ଷରୀ, ଭର୍ଜିଲଙ୍କ ଷଟ୍-ପଦୀ, ବୀଜଗାଣିତିକ ପ୍ରଣାଳୀ ଓ ରାସାୟନିକ ସମୀକରଣ ସମ୍ବନ୍ଧୀୟ ଜ୍ଞାନର ସେଇ ବିଶାଲ ସ୍ତୁପ ସହିତ ମୋର କୌଣସି ଭାବରେ କିଛି ବି ସମ୍ପର୍କ ନାହିଁ। ଏହିଭଳି ଅନ୍ତହୀନ ଖଣ୍ଡିତ ସୂଚନା ମାନଙ୍କର ଟୁକୁଡ଼ା ପ୍ରତି ମୁଁ ଏକ ନିସ୍ପୃହା ଅନୁଭବ କରୁଥିଲି। କିମ୍ବା ତତ୍ସହିତ ଏତିକି ସମ୍ପର୍କ ମୁଁ ଉପଲବ୍ଧି କରି ପାରୁଥିଲି, ଯଦ୍ଦାରା କି ମୁଁ ସେମାନଙ୍କ ମଧ୍ୟରେ ଥିବା ମୌଳିକ ଅସଙ୍ଗତିକୁ ପ୍ରତିପାଦିତ କରି ପାରିବି। କିନ୍ତୁ ମୁଁ ପୂର୍ବରୁ କହିଥିବା ମତେ, ମୁଁ କଦାଚନ କାହା ଆଗରେ ମୋର ଏହି ସମ୍ପୂର୍ଣ୍ଣ ନେତିବାଦୀ ଅନୁଭୂତିକୁ ବଖାଣି ନାହିଁ। ବରଂ ଏହିଭଳି ଅନୁଭବ ଅନୁଚିତ ବୋଲି

ମୁଁ ନିଜକୁ ବୁଝାଏ ଏବଂ ତାହାକୁ ବରଦାସ୍ତ କରିବା ପାଇଁ ନିଜକୁ ବାଧ୍ୟ କରେ। ମୋର ମନେ ଅଛି ଯେ ସେଇ ବୟସରେ ମଧ୍ୟ ମୋର ଏହି ଉପରାଗର ସଂଜ୍ଞା ନିରୂପଣ ଓ ତାହାର ଅର୍ଥ ବ୍ୟାଖ୍ୟାନ ପାଇଁ ମୋ ଭିତରେ ଏକ ଆଗ୍ରହ ସୃଷ୍ଟି ହୋଇଥିଲା। କିନ୍ତୁ ମୁଁ ଥିଲି ଛୋଟ ବାଳକଟିଏ ମାତ୍ର, ଆଉ ମୋର ଜ୍ଞାନ ଓ ଆସ୍ୱର୍ଦ୍ଧ ଉଭୟ ଥିଲା ବାଳକୋଚିତ। ତେଣୁ ସେହି ପିଲାଳିଆମିର ପରିଣାମ ସ୍ୱରୂପ ମୁଁ ଆରମ୍ଭ କରିଥିଲି 'ବୋରିୟାତର ପରିପ୍ରେକ୍ଷୀରେ ଅଖିଳ ଇତିହାସ', ଯାହାର କି ମାତ୍ର ପ୍ରଥମ କେତେ ପୃଷ୍ଠା ଲେଖିବାରେ ମୁଁ ସମର୍ଥ ହୋଇଥିଲି। ମୋର ଏହି ଅଖିଳ ଇତିହାସ ଏକ ନିହାତି ସରଳ ଧାରଣା ଆଧାରିତ ଥିଲା। ଏହା ଅନୁସାରେ ଇତିହାସର ମୂଳଭିଭି ପ୍ରଗତି ବା ଜୈବିକ ବିବର୍ଦ୍ଧନ ନୁହେଁ। ବିଭିନ୍ନ ଭାବଧାରାର ଐତିହାସିକମାନେ ଯେଉଁସବୁ ଚେତନାଗତ କାରଣମାନଙ୍କୁ ଇତିହାସର ମୂଳଦୁଆ ଭାବରେ ଚିତ୍ରିତ କରନ୍ତି, ସେଗୁଡ଼ିକୁ ଅଥବା ଅର୍ଥନୈତିକ ଅଭିବୃଦ୍ଧିକୁ ମଧ୍ୟ ପରିବର୍ଦ୍ଧନର ପ୍ରେରଣା ହିସାବରେ ଗ୍ରହଣ କରାଯାଇ ନ ପାରେ। ବାସ୍ତବରେ ନିଛକ ଅବସାଦ ହିଁ ପରିବର୍ଦ୍ଧନର ମୂଳଭିଭି। ମୋର ଏହି ଚମକ୍ରାର ଆବିଷ୍କାରରେ ବିହ୍ୱଳ ହୋଇ ମୁଁ ଏହି ତତ୍ତ୍ୱଟିକୁ ପ୍ରାରମ୍ଭରୁ ସଜାଇବା ଆରମ୍ଭ କଲି। ସୃଷ୍ଟିର ଆରମ୍ଭରେ ଥିଲା କେବଳ ବୋରିୟାତ, ଯାହାକୁ ସାଧାରଣତଃ ଆଦ୍ୟସୃଷ୍ଟିର ଅଣାକାର ବିଶୃଙ୍ଖଳା ବା ପୁରୁଚିନ୍ଦ୍ୟ ବୋଲି କୁହାଯାଏ। ସେଇ ବୋରିୟାତ ଦ୍ୱାରା ବୋରାୟିତ ହୋଇ ଭଗବାନ ସୃଷ୍ଟି କରନ୍ତି ଜଳ, ସ୍ଥଳ, ଆକାଶ ସମେତ ସମସ୍ତ ସ୍ଥାବର ଆଉ ଜଙ୍ଗମ। ଆଉ ପରିଶେଷରେ ସୃଷ୍ଟି କରନ୍ତି ଆଦିପୁରୁଷ ଓ ଆଦିନାରୀ – ଆଦାମ ଆଉ ଇଭ୍। ଆଉ ଉଭୟ ବୋରାୟିତ ହୋଇ ନନ୍ଦନବନର ନିଷିଦ୍ଧ ଫଳ ସେବନ କରନ୍ତି। ଆଉ ଭଗବାନ ତାଙ୍କ କାର୍ଯ୍ୟରେ ବୋରାୟିତ ହୋଇ ଏଡେନର ଉଦ୍ୟାନରୁ ତାଙ୍କୁ ନିର୍ବାସିତ କରନ୍ତି। ଆଦାମ ଓ ଇଭଙ୍କ ପ୍ରଥମ ସନ୍ତାନ କେନ, ବୋରିୟାତର ଅବସାଦ ଭିତରେ ନିଜ ଭାଇ ଆବେଲଙ୍କୁ ହତ୍ୟା କରନ୍ତି। ଆଦାମ ଓ ଇଭଙ୍କ ନବମ ବଂଶଧର ନୋହା ଚରମ ବୋରିୟାତରୁ ରକ୍ଷା ପାଇବା ପାଇଁ ଉଭାବନ କରନ୍ତି ମଦ୍ୟ, ପୁଣି ମାନବ ଦ୍ୱାରା ବୋରାୟିତ ହୋଇ ଭଗବାନ ପ୍ରଳୟ ପୟୋଧର ମହାପ୍ଲାବନ ଭିତରେ ଏ ସୃଷ୍ଟିକୁ ଧ୍ୱଂସ କରି ଦିଅନ୍ତି। କିନ୍ତୁ ଏହା ତାଙ୍କୁ ଏଭଳି ବୋରିୟାତୁର କରେ ଯେ, ସେ ପୁନର୍ବାର ଫେରାଇ ଆଣନ୍ତି ଉଜ୍ଜ୍ୱଳ, ନିର୍ମଳ

ଆକାଶ ଓ ସୁନ୍ଦର ଘର । ଏହିଭଳି ଗଡ଼ିଚାଲିଲେ ମାନବଜାତିର ଇତିହାସ । ବାସ୍ତବରେ କହିଲେ ବିଶାଳ ସାମ୍ରାଜ୍ୟ ଗୁଡ଼ିକ – ମିଶରୀୟ, ବେବିଲୋନୀୟ, ପାରସ୍ୟ, ଗ୍ରୀସୀୟ ଏବଂ ରୋମୀୟ, ଏ ସମସ୍ତ ସାମ୍ରାଜ୍ୟ ସୃଷ୍ଟି ହୋଇଛି ବୋରିୟାତ ଭିତରୁ । ଏବଂ ବୋରିୟାତ ମଧ୍ୟ ଏମାନଙ୍କର ପତନର କାରଣ । କାଫିରମାନଙ୍କ ମୂର୍ତ୍ତିପୂଜାର ବୋରିୟାତରୁ ସୃଷ୍ଟି ହେଲା ଖ୍ରୀଷ୍ଟଧର୍ମ ଏବଂ ଖ୍ରୀଷ୍ଟଧର୍ମର ବୋରିୟାତରୁ ସୃଷ୍ଟି ହେଲା କ୍ୟାଥଲିକ ଓ ପ୍ରୋଟେଷ୍ଟାଣ୍ଟ ଭଳି ଆନୁଷଙ୍ଗିକ ଧର୍ମଧାରା । ଇଉରୋପୀୟ ନିଃସଙ୍ଗ ଅବସାଦରୁ ସମ୍ଭବ ହେଲା ଆମେରିକାର ଆବିଷ୍କାର । ସାମନ୍ତବାଦର ବୋରିୟାତ ସୃଷ୍ଟି କଲା ଫରାସୀ ବିପ୍ଳବ, ପୁଞ୍ଜିବାଦ ଏବଂ ରୁଷୀୟ ବିପ୍ଳବ । ମୋର ଏହି ଚମକ୍କାର ଆବିଷ୍କାରର ସଂକ୍ଷିପ୍ତ ବିବରଣ ମୁଁ ଚୁମ୍ବକରେ ଲେଖି ରଖିଥିଲି । ଏବଂ ତାପରେ ପ୍ରବଳ ଉତ୍ସାହରେ ମୁଁ ପୃଥିବୀର ପ୍ରକୃତ ଓ ଯଥାର୍ଥ ଇତିହାସ ଲେଖିବାକୁ ଆରମ୍ଭ କଲି । ଯଦିଚ ମୁଁ ଠିକ ଭାବେ ସ୍ମରଣ କରି ପାରୁନାହିଁ, ତେବେ ମୁଁ ଭାବୁଛି ଯେ ନନ୍ଦନ ବନରେ ଆଦାମ ଓ ଇଭଙ୍କର ବୋରିୟାତର ପୁଙ୍ଖାନୁପୁଙ୍ଖ ବିସ୍ତାରିତ ବର୍ଣ୍ଣନା ଏବଂ କିଭଳି ସେହି ବୋରିୟାତ ହେତୁ ସେମାନେ ନିଷିଦ୍ଧ ଫଳସେବନ ଭଳି ମାରାମ୍ୱକ ପାପ କରି ବସିଲେ, ତାହାର ବିବରଣ ଠାରୁ ମୁଁ ଆଉ ଅଧିକ ଦୂର ଆଗେଇ ପାରି ନ ଥିଲି । ତାପରେ, ମୋ ଗବେଷଣାର ସମଗ୍ର ଯୋଜନାଟିକୁ ମୁଁ ବୋରାୟିତ ହୋଇ ପରିତ୍ୟାଗ କରିଦେଲି ।

ବାସ୍ତବରେ କହିଲେ ମୋ ଜୀବନର ଅନ୍ୟାନ୍ୟ କାଳ ଅପେକ୍ଷା ଦଶରୁ କୋଡ଼ିଏ ବର୍ଷ ବୟସ ଭିତରେ, ମୁଁ ବୋରିୟାତର ପୀଡ଼ା ସବୁଠାରୁ ଅଧିକ ଭୋଗିଥିଲି । ଉଣେଇଶି ଶହ କୋଡ଼ିଏ ମସିହାରେ ମୋର ଜନ୍ମ । ତେଣୁ ମୋର କୈଶୋର ଫାସୀବାଦର କଳା ପତାକା ତଳେ ହିଁ ବ୍ୟତୀତ ହୋଇଥିଲା । ଫାସୀବାଦ ଏକ ରାଜନୈତିକ ବ୍ୟବସ୍ଥା ଯାହା ତାନାଶାହୀ ଓ ଜନସାଧାରଣଙ୍କ ଭିତରେ, ଏବଂ ଜନସାଧାରଣଙ୍କ ପରସ୍ପର ଭିତରେ ମଧ୍ୟ, ଏକ ସଂଭାଷଣହୀନତାର ପ୍ରାଚୀର ଛିଡ଼ା କରାଇ ଥାଏ । ବୋରିୟାତ, ଯାହା ବାହ୍ୟ ପୃଥିବୀ ସହ ସମ୍ପର୍କହୀନତା ମଧ୍ୟରୁ ଜନ୍ମ ନେଇଥାଏ, ତାହା ଏହି ଫାସୀବାଦୀ ସମୟର ବାୟୁମଣ୍ଡଳକୁ, ଆଉ ଆମର ପ୍ରତିଟି ନିଃଶ୍ୱାସକୁ ବିଷାକ୍ତ କରି ଦେଇଥିଲା । ଆଉ ସେହି ସାମାଜିକ ବୋରିୟାତ ସହ ମିଶି ଯାଇଥିଲା ଅପ୍ରଶମିତ ଯୌନତା ସୃଷ୍ଟି କରୁଥିବା ଆତୁର ଉତ୍ତେଜନାର ବୋରିୟାତ,

ଯାହା ସେହି ବୟସର କିଶୋରମାନଙ୍କୁ ସଚରାଚର ଭୋଗିବାକୁ ପଡ଼ିଥାଏ। ଅଥଚ ସେହି ବୋରିୟାତ ମୋର ନାରୀମାନଙ୍କ ସହ ସମ୍ପର୍କ ସୃଷ୍ଟିରେ ପ୍ରତିବନ୍ଧ ହେଉଥିଲା, ଯେତେବେଳେ କି ମୁଁ ବିଶ୍ୱାସ କରୁଥିଲି ଯେ, କେବଳ ନାରୀଟିଏ ହିଁ ମତେ ଏହି ବୋରିୟାତରୁ ରକ୍ଷା କରି ପାରିବ। କିନ୍ତୁ ଏହାର ଅନତିପରେ, ଇଟାଲୀକୁ ଦୁଇ ବର୍ଷ ଧରି ଧ୍ୱସ୍ତ ବିଧ୍ୱସ୍ତ କରି ପକାଇଥିବା ଗୃହଯୁଦ୍ଧର ଦାପଟରୁ ମୋର ବୋରିୟାତ ମତେ ରକ୍ଷା କରିଦେଲା। ଘଟଣାଟି ଘଟିଥିଲା ଏହି ପ୍ରକାରେ। ମୁଁ ସେତେବେଳେ ସେନାବାହିନୀରେ ଥାଏ, ଆଉ ଆମର ଯୁଦ୍ଧଟମୂ ରୋମରେ ସ୍ଥାନିତ ହୋଇଥାଏ। ଯୁଦ୍ଧବିରତି ଘୋଷଣା ହେବା କ୍ଷଣି ମୁଁ ମୋର ବର୍ଦି ଓହ୍ଲାଇ ପକାଇ ଘରକୁ ଝିଲିଗଲି। ତାପରେ ହଠାତ୍ ସବୁ ସୈନିକମାନଙ୍କୁ ତାଙ୍କ ଜୋଟାରେ ଯୋଗ ଦେବା ପାଇଁ ବାଧ୍ୟ କରାଯାଇ ଏକ ଘୋଷଣାନାମା ଜାରି କରାଗଲା। ଏହାର ବ୍ୟତିକ୍ରମର ଫଳ ଥିଲା ମୃତ୍ୟୁ। ଅଧିକାରୀ ମାନଙ୍କ ପ୍ରତି ମୋର ମାୟା ଥିଲେ ସ୍ୱଭାବତଃ ବଶମ୍ଭଦ ଓ ଆଜ୍ଞାଧୀନ। ଆଉ ସେ ସମୟରେ ଅଧିକାରୀ ଥିଲେ ଫାସୀବାଦୀ ଇଟାଲୀୟ ଓ ଜର୍ମାନ। ମାୟା ତେଣୁ ମତେ ପୁନର୍ବାର ବର୍ଦି ପିନ୍ଧି ଆମ ସୈନ୍ୟବାହିନୀର ପ୍ରଶାସନିକ କେନ୍ଦ୍ରରେ ଯାଇ ଉପସ୍ଥିତ ହେବା ପାଇଁ ପ୍ରବର୍ତ୍ତାଉଥିଲେ। ସିଏ ମୋର ସୁରକ୍ଷା ପାଇଁ ଚିନ୍ତିତ ଥିଲେ। କିନ୍ତୁ ତାଙ୍କ ଅଜାଣତରେ ସିଏ ମତେ ଦେଶାନ୍ତର ଓ ନାଜୀ ବନ୍ଦୀ ଶିବିରରେ ସମ୍ଭାବ୍ୟ ମୃତ୍ୟୁ ଦିଗରେ ହିଁ ପ୍ରୋତ୍ସାହିତ କରୁଥିଲେ। କାରଣ ମୋର ବହୁ ସୈନିକ-ସାଥୀଙ୍କ ଭାଗ୍ୟରେ ସେଇଆହିଁ ଘଟିଲା। କିନ୍ତୁ କେବଳ ବୋରିୟାତ ହିଁ, ଅର୍ଥାତ୍ ଘୋଷଣାନାମା ସହିତ, ବର୍ଦି ସହିତ ଏବଂ ଫାସୀବାଦର ଆଦର୍ଶ ସହିତ ସମ୍ପର୍କ ସ୍ଥାପନ ଦିଗରେ ମୋର ଅକ୍ଷମତା ହିଁ, ମତେ ବଞ୍ଚାଇ ଦେଲା। କୃଦୀ-କୁରାଢ଼ୀ ଏବଂ ସ୍ୱସ୍ତିକର ବିଶାଳ ସାମ୍ରାଜ୍ୟ ମୋର ବୋରିୟାତ ପ୍ରପୀଡ଼ିତ ଦୃଷ୍ଟିରେ ଅସାର ମନେ ହୋଇଥିଲା। (ବିଡ଼ାଏ କାଠ ସହ କୁରାଢ଼ୀ ଥିଲା ରୋମୀୟ ମାଜିସ୍ଟରଙ୍କ କ୍ଷମତାର ଚିହ୍ନ। ଏହାକୁ ଫାସିକ୍ କୁହାଯାଉଥିଲା। ଫାସିବାଦୀ ଇଟାଲୀ ଏହି କୃଦୀ-କୁରାଢ଼ୀକୁ ରାଷ୍ଟ୍ରୀୟ ସଂକେତ ହିସାବରେ ଗ୍ରହଣ କରି ନେଇଥିଲା, ଯେଭଳି ଜର୍ମାନୀ ସ୍ୱସ୍ତିକକୁ ଗ୍ରହଣ କରିଥିଲା ରାଷ୍ଟ୍ରୀୟ ସଂକେତ ହିସାବରେ।) ତେଣୁ ମାଆଙ୍କର ସମସ୍ତ ଅନୁନୟ ବିନୟ ସତ୍ତ୍ୱେ, ମୁଁ ଯୁଦ୍ଧକୁ ନ ଯାଇ ଏକ ପଲ୍ଲୀଗ୍ରାମରେ ଥିବା ମୋର ଜଣେ ବନ୍ଧୁଙ୍କର ଭିଲ୍ଲାରେ ଆମୁଗୋପନ କରି ଆଶ୍ରୟ ନେଲି। ଆଉ

ଗୃହଯୁଦ୍ଧର ସମଗ୍ର ସମୟ ମୁଁ ସେଠି ରଙ୍ଗସାଜୀରେ କାଟି ଦେଲି। ପ୍ରକୃତରେ, ସମୟ କାଟିବା ପାଇଁ ଚିତ୍ରକଳା ଅନ୍ୟାନ୍ୟ ଯେ କୌଣସି ଉପାୟ ପରି ବେଶ୍ ଉପାଦେୟ। ଆଉ ସେଠି ହିଁ ମୋ ଭିତରର କଳାକାର ଜନ୍ମ ନେଲା। ଅର୍ଥାତ୍ ମୋ ଭିତରେ ବିଶ୍ୱାସ ସୃଷ୍ଟି ହେଲା ଯେ ଋରୁକଳାର ଦ୍ୟୋତନା ମଧ୍ୟରେ ବାସ୍ତବତା ସହିତ ପୁନଃସମ୍ପର୍କ ସ୍ଥାପନ ପାଇଁ ମୁଁ ପରିଶେଷରେ ସକ୍ଷମ ହୋଇ ପାରିଛି। ବାସ୍ତବିକ, ଚିତ୍ରରଞ୍ଜନ ପାଇଁ ମୋର ଉସ୍ସାହ ମୋ ଭିତରେ ସେଇ ପ୍ରଥମ ଅବସ୍ଥାରେ ଯେଉଁ ଆଶ୍ୱସ୍ତି ଆଣି ଦେଲା ତାହା ମୋ ଭିତରେ ପ୍ରତ୍ୟୟ ସୃଷ୍ଟି କଲା ଯେ, ମୁଁ ଏପର୍ଯ୍ୟନ୍ତ ଭୋଗୁଥିବା ବୋରିୟାତ, ଏକ କଳାକାର ତାର ନୈସର୍ଗିକ ପ୍ରବୃତ୍ତିର ସନ୍ଧାନ ପାଇ ନ ଥିବା ହେତୁ ଯେଉଁ ଅଭାବବୋଧ ଅନୁଭବ କରେ, ତାହାର ପରିପ୍ରକାଶ ମାତ୍ର। ଏହା କିନ୍ତୁ ପ୍ରକୃତରେ ଠିକ ନ ଥିଲା। କିନ୍ତୁ ବେଶ୍ କିଛିଦିନ ଯାଏ ମୁଁ ନିଜକୁ ଭୁଲେଇ ଋଖିଲି ଯେ ମୋ ବୋରିୟାତର ପ୍ରତିକାର ମୁଁ ପରିଶେଷରେ ଖୋଜି ପାଇଛି।

ଯୁଦ୍ଧର ପରିସମାପ୍ତି ପରେ ମାଆଙ୍କ ସହ ରହିବା ପାଇଁ ମୁଁ ଫେରି ଆସିଲି। ଇତିମଧ୍ୟରେ ମୋର ମାଆ 'ଭିୟା ଆପିଆ'ରେ ଏକ ବିଶାଲ ହର୍ମ୍ୟ କିଣି ସାରି ଥାଆନ୍ତି। ପୂର୍ବରୁ କହିଥିବା ମତେ, ସେତେବେଳକୁ ମୁଁ ବିଶ୍ୱାସ କରୁଥିଲି ଯେ, ରଙ୍ଗସାଜୀ ମୋର ବୋରିୟାତକୁ ଅବଶେଷରେ ପରାଭୂତ କରି ପାରିଛି। କିନ୍ତୁ ମାଆଙ୍କ ସାଙ୍ଗରେ ରହିବା ପରେ ମୁଁ ହଠାତ୍ ଅନୁଭବ କଲି ଯେ ତାହା ଯଥାର୍ଥ ନୁହେଁ। ରଙ୍ଗସାଜୀ ସତ୍ତ୍ୱେ ମଧ୍ୟ ବୋରିୟାତର ଯନ୍ତ୍ରଣା ମତେ କରଟିବାରେ ଲାଗିଲା। ବାସ୍ତବିକ, ଯେହେତୁ ବୋରିୟାତ ମୋର ଚିତ୍ରକଳାକୁ ସ୍ୱତଃ ବ୍ୟାହତ କରୁଥିଲା, ମୁଁ ମୋର ସେଇ ପୁରୁଣା ରୋଗର ତୀବ୍ରତା ଓ ପୌନଃପୁନିକତା ସମ୍ପର୍କରେ ପୂର୍ବାପେକ୍ଷା ଅଧିକ ସଚେତନ ହୋଇ ପଡ଼ିଲି। ଏହିଭଳି ଭାବରେ ବୋରିୟାତର ସମସ୍ୟା ମୋ ଆଗରେ ପୁନର୍ବାର ଅପରିବର୍ତ୍ତିତ ରୂପରେ ଆମ୍ପ୍ରକାଶ କଲା, ଏବଂ ଏହାର କାରଣ କଣ ହୋଇପାରେ ଏହି ସମ୍ପର୍କରେ ମୁଁ ଚିନ୍ତା କରିବାକୁ ଲାଗିଲି। ପର୍ଯ୍ୟାୟକ୍ରମେ ବିଭିନ୍ନ କାରଣ ଗୁଡ଼ିକୁ ବାଦ ଦେବା ପରେ ମୁଁ ଏହି ସିଦ୍ଧାନ୍ତରେ ପହଞ୍ଚିଲି ଯେ ସମ୍ଭବତଃ ସମ୍ପଦ ହିଁ ଏହି ବୋରିୟାତର କାରଣ, ଏବଂ ମୁଁ ଯଦି ଦରିଦ୍ର ହୋଇ ଥାଆନ୍ତି ତେବେ ଏଭଳି ବୋରାୟିତ ହେଉ ନଥାନ୍ତି। ସେତେବେଳେ ମୋ ମନରେ

ଏହି ଧାରଣା ସ୍ପଷ୍ଟ ରୂପ ନେଇ ନ ଥିଲା, ଯେମିତି ମୁଁ ଅଧୁନା ତାକୁ ବ୍ୟକ୍ତ କରୁଛି। ସେତେବେଳେ ଏହା ମୋ ମନରେ ସୁନିର୍ଦ୍ଦିଷ୍ଟ ଆକାର ନ ନେଇ, ଏକ ପ୍ରଶ୍ନବାଚୀ ରୂପରେ ହିଁ ରହିଥିଲା। ଏକ ସନ୍ଦେହ ମତେ ଖାଇ ଗୋଡ଼ାଉ ଥିଲା ଯେ, ସମ୍ଭବତଃ ଅର୍ଥ ଓ ବୋରିୟାତ ଭିତରେ ଏକ ଅଦୃଶ୍ୟ ଅଥଚ ନିର୍ଣିତ ସମ୍ପର୍କ ରହିଛି। ମୋ ଜୀବନର ଏହି ନିତାନ୍ତ ଅରୋଚକ ସମୟ ବିଷୟରେ ଆଉ ବିଶେଷ ବର୍ଣ୍ଣନା କରିବା ମୋର ଇଚ୍ଛା ନୁହେଁ। ଯେହେତୁ ମୁଁ ସେଠି ବୋରାୟିତ ହେଉଥିଲି, ଆଉ ବୋରିୟାତ ହେତୁ ଚିତ୍ରରଞ୍ଜନରେ ଅକ୍ଷମ ହେଉଥିଲି, ମୁଁ ମୋ ହୃଦୟ ଅଭ୍ୟନ୍ତରରୁ ମୋର ମାଆଙ୍କର ସେଇ ହର୍ମ୍ୟ ଓ ତାର ବିଳାସ ପ୍ରାଚୁର୍ଯ୍ୟକୁ ଘୃଣା କରିବାକୁ ଲାଗିଲି। ମୁଁ ମୋର ବୋରିୟାତ ଓ ତଜ୍ଜନିତ ଚିତ୍ରରଞ୍ଜନର ଅକ୍ଷମତା ପାଇଁ ମାଆଙ୍କର ଭିଲ୍ଲା ଓ ସମ୍ପଦକୁ ଦୋଷ ଦେବାରେ ଲାଗିଲି ଏବଂ ଏଇ ବିଳାସଗୃହ ତ୍ୟାଗ କରି ଚାଲି ଯିବା ପାଇଁ ଏକାନ୍ତ ଭାବରେ ଚାହୁଁଥିଲି। କିନ୍ତୁ ମୁଁ ପୂର୍ବରୁ କହିଥିବା ମତେ, ଯେହେତୁ ଏହା କେବଳ ମୋର ସନ୍ଦେହ ମାତ୍ର ଥିଲା ଏବଂ ଏ ସମ୍ପର୍କରେ ମୁଁ ନିର୍ଣିତ ନ ଥିଲି, ତେଣୁ ମୁଁ ମାଆଙ୍କୁ ସ୍ପଷ୍ଟ ଭାବରେ କହିପାରୁ ନ ଥିଲି ଯେ, 'ମୁଁ ତୁମ ସହ ରହିବାକୁ ଚାହୁଁ ନାହିଁ କାରଣ ତୁମେ ଧନୀ। ଧନିକ ହେବା ମତେ ବୋରାୟିତ କରୁଛି ଆଉ ସେହି ବୋରିୟାତ ମୋର ରଙ୍ଗସାଜୀରେ ପ୍ରତିବନ୍ଧକ ହେଉଛି।' କିନ୍ତୁ ତା ପରିବର୍ତ୍ତେ ମୁଁ ଏକ ସହଜ ପ୍ରବୃତ୍ତିର ବଶବର୍ତ୍ତୀ ହୋଇ ଏଭଳି ଅସହ୍ୟ ଆଚରଣ କରିବାକୁ ଲାଗିଲି, ଯାହାକି ସେଠାରୁ ପ୍ରୟାଣ ପାଇଁ ମୋର ଇଚ୍ଛା ସମ୍ପର୍କରେ ସୂଚନା ଦେବା ସହ ଏହି ଉପଲକ୍ଷେ ଏକ ଅନୁକୂଳ ପରିସ୍ଥିତି ସୃଷ୍ଟି କରିବ। ମୋର ଯାହା ମନେ ପଡୁଛି ଏହି ସମୟ ଥିଲା ମୋ ପାଇଁ ଏକ ଅସରନ୍ତି ତିକ୍ତତା, ଏକ ଉଭଟ ବିଦ୍ୱେଷ, ଏକ ଅଟଳ ଅବାଧତା ଆଉ ପ୍ରାୟ ଏକ ବିଷମ କାକୋଲୁକିକାର ସମୟ। ମୁଁ ମାଆଙ୍କ ସହ ଏଭଳି କଦର୍ଯ୍ୟ ବ୍ୟବହାର ଜୀବନରେ କେବେ କରି ନଥିଲି। ମୋର ଏ ଅବାଞ୍ଛିତ ରୂଢ଼ତାର କାରଣ ଖୋଜି ପାଇବାରେ ମାଆ ଅସମର୍ଥ ଥିଲେ। ତେଣୁ ମତେ ଉତ୍ପୀଡିତ କରୁଥିବା ବୋରିୟାତ ଓ ତଜ୍ଜନିତ ଅଧୀର ଅବସାଦ ସହ ମୁଁ ମାଆଙ୍କ ପ୍ରତି ଏକ ପ୍ରକାର ଅନୁକମ୍ପା ମଧ ଅନୁଭବ କରୁଥିଲି। ସବୁଠାରୁ ଖରାପ କଥା ହେଲା ଯେ, ମୋର ସମସ୍ତ ବୁଦ୍ଧିବୃତ୍ତି ପକ୍ଷାଘାତଗ୍ରସ୍ତ ହୋଇ ପଡ଼ିଥିବା ଭଳି ମୁଁ ଅନୁଭବ କରିବାକୁ ଲାଗିଲି ଯାହାକି ମତେ ଧୀରେ

ଧୀରେ ନିଷ୍ଠ୍ରିୟ, ଉଦାସୀନ ଓ ପଙ୍ଗୁ କରି ପକାଇଲା । ମତେ ଲାଗିଲା ସତେ ଯେମିତି ମୋ ଭିତରେ ମତେ ଜୀବନ୍ତ ସମାଧ୍ ଦିଆ ହୋଇଛି ଏବଂ ଏକ ଅଭେଦ୍ୟ ବାୟୁରୋଧୀ ପୁଟିତ ବନ୍ଦୀଶାଲା ଭିତରେ ମୁଁ ଧୀରେ ଧୀରେ ଶ୍ୱାସରୁଦ୍ଧ ହୋଇ ପଡୁଛି ।

ମାଆଙ୍କ ଭିଲ୍ଲାରେ ମୋର ରହଣି ଓ ତଜ୍ଜନିତ ମାନସିକ ବିକୃତି ସମ୍ଭବତଃ ବେଶ୍ ଦୀର୍ଘତର ହୋଇ ଥାଆନ୍ତା, କିନ୍ତୁ ସୌଭାଗ୍ୟ ବଶତଃ ମାଆ ମୋର ବୋରିୟାତ ଭିତରେ ତାଙ୍କର ବିଗତ ତିକ୍ତ ଅନୁଭୂତିର ଚିହ୍ନ ବାରି ପାରିଛନ୍ତି ବୋଲି ଭାବିଲେ । ମୋର ବୋରିୟାତ ଭିତରେ ସିଏ ଦେଖିଥିଲେ ଏକ ଅନୁରୂପ ଅବସାଦ ଯାହା ମୋର ପିତାଙ୍କ ସହ ତାଙ୍କର ସମ୍ପର୍କକୁ ବିଷାକ୍ତ କରି ଦେଇଥିଲା । ବର୍ତ୍ତମାନ ମୁଁ ମୋ ପିତାଙ୍କ ସମ୍ପର୍କରେ ଅଳ୍ପ କିଛି କହିବା ଉଚିତ ହେବ, କିଛି ନ ହେଲେ ଖାସ୍ ଏଇଥିପାଇଁ ଯେ ବୋରିୟାତ ପଥରେ ସେ ଥିଲେ ମୋର ଜଣେ ଅଗ୍ରବର୍ତ୍ତୀ ପଥିକ । ମୋର ପିତାଙ୍କ ସମ୍ପର୍କରେ ବିକ୍ଷିପ୍ତ ସୂଚନା ଗୁଡ଼ିକୁ ଏକତ୍ରିତ କରି ମୁଁ ଯାହା ବୁଝିଛି, ତାହା ଏହି ଯେ, ସେ ଥିଲେ ଜଣେ ଆଜନ୍ମ ଯାଯାବର । ଅନ୍ୟ ଭାବରେ କହିଲେ ସିଏ ଏହି ଗୋଷ୍ଠୀର ଜଣେ ବ୍ୟକ୍ତି ଥିଲେ ଯିଏ ଘରେ ବେଶୀ ଦିନ ରହିଲେ ଧୀରେ ଧୀରେ ନୀରବ ଓ ନିର୍ବେଦ ହୋଇ ପଡ଼ନ୍ତି, ହରାଇ ବସନ୍ତି ତାଙ୍କର କ୍ଷୁଧା ଓ ଆବେଗ, ଠିକ ଯେମିତି ପଞ୍ଜୁରୀ ଭିତରେ ବନ୍ଦୀ ପକ୍ଷୀଟିଏ ହରାଇ ବସେ ତାର ବଞ୍ଚିବାର ପ୍ରବଣତା । କିନ୍ତୁ ଅପରପକ୍ଷରେ ସମୁଦ୍ରପୋତର ମାହାଲ ଉପରେ ଅବା ରେଳଡବାରେ ପାଦଦେଲେ ସିଏ ଫେରି ପାଆନ୍ତି ନିଜର ସ୍ଫୁର୍ତ୍ତି ଓ ଉସ୍ଫାହ । ମୋର ପିତା ଥିଲେ ମୋ ଭଳି ଦୀର୍ଘଦେହୀ, ହୃଷ୍ଟପୁଷ୍ଟ, ସୁବର୍ଣ୍ଣରୋମା, ଏବଂ ଆନୀଳଶତପତ୍ରନେତ୍ରା । କିନ୍ତୁ ମୁଁ ତାଙ୍କ ଭଳି ସୁନ୍ଦର ନ ଥିଲି । ତାର କାରଣ ମୋର ଅବୟବର ଚଦାପଣ ଆଉ ମୋର ବିଷାଦଢଙ୍କା ଧୂସରିଆ ମୁହଁ । ବାପାଙ୍କ ରୂପକୁ ନେଇ ମାଆଙ୍କର ଅହଙ୍କାରକୁ ବିଶ୍ୱାସ କଲେ ଅତତଃ ଏତିକି ମନେହୁଏ ଯେ, ମୋର ପିତା ଥିଲେ ନୟନାଭିରାମ । ତାଙ୍କ ରୂପରେ ପାଗଲ ହୋଇ ମାଆ ତାଙ୍କୁ କଳେ ବଳେ କୌଶଳେ ବିବାହ କରିବାକୁ ଜିଦି ଧରି ବସିଥିଲେ, ଯଦିଚ ବାପା ତାଙ୍କୁ ବାରମ୍ବାର କହୁଥିଲେ ଯେ ସେ ତାଙ୍କୁ ଭଲ ପାଆନ୍ତି ନାହିଁ ଆଉ ଯେତେ ଶୀଘ୍ର ସମ୍ଭବ ସେ ତାଙ୍କୁ ଛାଡ଼ି ଉଡ଼ିଯିବେ ମୁକ୍ତ ବିହଙ୍ଗ ଭଳି । ମୁଁ ମୋର ବାପାଙ୍କୁ ଅଳ୍ପଥର

ମାତ୍ର ଦେଖୁଛି, କାରଣ ସେ ପ୍ରାୟ ସବୁବେଳେ ପରିବ୍ରାଜରେ ଥାଆନ୍ତି। ମୁଁ ତାଙ୍କୁ ଶେଷଥର ଦେଖିବା ବେଳକୁ ତାଙ୍କର ସୁନ୍ଦର କେଶରାଶି ପାଚି ଆସିଥାଏ ଏବଂ ତାଙ୍କର ପିଲାଳିଆ ମୁହଁ, ଶିଆର ରେଖାପରି ସୂକ୍ଷ୍ମ ବଳିରେଖାରେ ପରିପୂର୍ଣ୍ଣ ହୋଇ ଉଠିଥାଏ। କିନ୍ତୁ ତଥାପି ମଧ୍ୟ ସେ ଅଣହେଲା ଭଙ୍ଗୀରେ ପିନ୍ଧି ଥାଆନ୍ତି ଏକ ପ୍ରଜାପତିଆ ବାଓ-ଟାଏ ଆଉ ତାଙ୍କ ଯୁବକ ସମୟର ଛକଛକିଆ ସୁଟ୍। ସେ ଆସୁଥିଲେ ପୁଣି ଚାଲି ଯାଉଥିଲେ। ଅର୍ଥାତ୍ ସିଏ ମାଆଙ୍କ ପାଖରୁ ବୋରାୟିତ ହୋଇ ପଲାୟନ କରୁଥିଲେ ଏବଂ ସମ୍ଭବତଃ ଅର୍ଥର ଆବଶ୍ୟକତା ହେତୁରୁ ବାଧ୍ୟ ହୋଇ ଫେରି ଆସୁଥିଲେ ମାଆଙ୍କ ପାଖକୁ, ପୁଣି କିଛି ଟଙ୍କା ଝଡ଼ାଇ ଭାଗିଯିବା ପାଇଁ। ନାମକୁ ମାତ୍ର ସିଏ ଆମଦାନୀ ରପ୍ତାନୀ କାରବାର କରୁଥିଲେ, କିନ୍ତୁ ବାସ୍ତବରେ ସିଏ ଥିଲେ କପର୍ଦ୍ଦକହୀନ। ପରିଶେଷରେ ସିଏ ଆଉ ଫେରିଲେ ନାହିଁ। ଏକ ଉଦ୍ଦାମ ପବନର ଆକସ୍ମିକ ଦମକାରେ ଜାପାନର ଉପକୂଳରେ ସିଏ ଯାଉଥିବା ଘାଟଡଙ୍ଗା, ଓଲଟି ପଡ଼ିଲା, ଆଉ ପାଖାପାଖି ଶତେକ ଯାତ୍ରୀଙ୍କ ସହ ମୋର ପିତା ସେଇ ସମୁଦ୍ରର ଅତଳ ଗର୍ଭରେ ହଜିଗଲେ।

ଆମଦାନୀ-ରପ୍ତାନୀ କାରବାର ଉପଲକ୍ଷେ ଅବା ଅନ୍ୟ କୌଣସି କାର୍ଯ୍ୟ ସଂକ୍ରାନ୍ତରେ, କାହିଁକି ଯେ ସିଏ ଜାପାନ ଯାଇଥିଲେ ତାହା ମୁଁ ଜାଣିପାରି ନାହିଁ। ମୋର ମାଆ ବିଜ୍ଞାନୀୟ ବା ଆପାତ-ବିଜ୍ଞାନୀୟ ଅଭିଧାଗୁଡ଼ିକୁ ଭଲପାଆନ୍ତି। ସେହି ହିସାବରେ ସେ ଭାବୁଥିଲେ ଯେ ମୋର ବାପାଙ୍କର 'ଡ୍ରୋମୋମାନିଆ' ରୋଗ ଥିଲା। ଅନ୍ୟ ଭାବରେ କହିଲେ ଏହା ଅଟନ-ଉନ୍ମାଦ ବା ଘୁରି ବୁଲିବାର ଏକ ବାତୁଳ ଆବେଗ। ବାପାଙ୍କର ଏଭଳି ଆଚରଣ ସମ୍ପର୍କରେ ମାଆ ଗଭୀର ଭାବରେ ଚିନ୍ତନ କରିଥିଲେ। ସେ କହୁଥିଲେ ଯେ ବାପାଙ୍କର ଡାକଟିକଟ ସଙ୍ଗ୍ରହର ଝୁଙ୍କ ସମ୍ଭବତଃ ଥିଲା ଏହି ଉନ୍ମାଦର ଲକ୍ଷଣ। ସେହି କ୍ଷୁଦ୍ର, ରଙ୍ଗୀନ ଡାକଟିକଟ ଗୁଡ଼ିକ ଥିଲା ତାଙ୍କ ପାଇଁ ଏ ପୃଥିବୀର ବିଶାଳତା ଓ ବିଭିନ୍ନତାର ସଙ୍କେତ, ଆଉ ତାଙ୍କ ପାଖରେ ଥିଲା ସେହି ଟିକଟଗୁଡ଼ିକର ଏକ ଚମତ୍କାର ସଙ୍ଗ୍ରହ। ମାଆ ଶେଷ ପର୍ଯ୍ୟନ୍ତ ମଧ୍ୟ ବାପାଙ୍କର ସେଇ ସଙ୍ଗ୍ରହ ସାଇତି ରଖିଥିଲେ। ବାସ୍ତବରେ ମୋ ପିତାଙ୍କର ଥିଲା ଭୂଗୋଲ ବିଷୟକ ଅସାଧାରଣ ଜ୍ଞାନ। ବିଦ୍ୟାଲୟରେ ସିଏ ସେଇ ଗୋଟିଏ ପାଠ ହିଁ ମନଯୋଗ ସହକାରେ ପଢ଼ିଥିଲେ। ମୁଁ ଯେତେଦୂରକୁ ବୁଝିପାରୁଛି

ମୋର ମାଆ ବାପାଙ୍କର ଅଟନ-ଉନ୍ମାଦକୁ ଏକ ସମ୍ପୂର୍ଣ ବ୍ୟକ୍ତିଗତ ଏବଂ ନଗଣ୍ୟ ଚରିତ୍ରିକ ଲକ୍ଷଣ ଭାବରେ ହିଁ ଦେଖୁଥିଲେ। ଅପରପକ୍ଷରେ ମୁଁ ସେଇ ଉଦାସ, ନିସ୍ତବ୍ଧ ଚେହେରା ପ୍ରତି ଏକପ୍ରକାର ଭ୍ରାତୃୟ ଅନୁକମ୍ପା ଅନୁଭବ ନ କରି ରହିପାରୁ ନ ଥିଲି, ଯେଉଁ ଚେହେରା କି ସମୟ ସହିତ ଅଧିକତର ନିସ୍ତବ୍ଧ ହୋଇ ଆସୁଥିଲା। ମାଆଙ୍କ ସହିତ ମୋର ପିତାଙ୍କର ସମ୍ପର୍କକୁ ବିଚାରକୁ ନେଲେ, ମାଆଙ୍କ ସହିତ ମୋର ସମ୍ପର୍କର ପରିପ୍ରେକ୍ଷୀରେ, ମୁଁ ପିତାଙ୍କ ସହ ମୋର କିଛିଟା ଚରିତ୍ରିକ ସାଦୃଶ୍ୟ ଲକ୍ଷ୍ୟ କରି ପାରୁଥିଲି। କିନ୍ତୁ ପରେ ଏ ବିଷୟରେ ଚିନ୍ତା କରିବା ଫଳରେ ମୁଁ ହୃଦୟଙ୍ଗମ କଲି ଯେ, ଏ ସାଦୃଶ୍ୟ ଥିଲା ମୂଳତଃ ବାହ୍ୟିକ। ଏହା ସତ୍ୟ ଯେ ମୋ ପିତା ମୋ ଭଳି ବୋରାୟିତ ରହୁଥିଲେ। ମାତ୍ର ତାଙ୍କର ସେଇ ଉପରାଗକୁ ଦେଶାଟନର ଆନନ୍ଦ କ୍ଷାଣ କରିପାରୁଥିଲା। ଅର୍ଥାତ୍ ମୋର ପିତାଙ୍କର ଅବସାଦ ଥିଲା ଏକ ସାଧାରଣ ସ୍ତରର ବୋରିୟାତ। ଯେଉଁ ନିୟମିତ ଅର୍ଥରେ ଆମେ ବୋରିୟାତ ଶବ୍ଦ ବ୍ୟବହାର କରିଥାଉ, ଆଉ ଯାହା ବିଦୂରିତ ହେବା ପାଇଁ ନୂତନ ଓ ନିଆରା ଅନୁଭବମାନ ଆବଶ୍ୟକ କରିଥାଏ, ତାଙ୍କର ବୋରିୟାତ ଥିଲା ସେଇ ଧରଣର। ପ୍ରକୃତରେ କହିଲେ ମୋର ପିତା ପୃଥିବୀର ବାସ୍ତବତା ଉପରେ ବିଶ୍ୱାସ ରଖୁଥିଲେ, ନିତାନ୍ତ ପକ୍ଷରେ ଭୌଗୋଲିକ ପୃଥିବୀ ତାଙ୍କ ପାଇଁ ଥିଲା ଏକ ବାସ୍ତବ ସତ୍ୟ। କିନ୍ତୁ ତା ପ୍ରତିପକ୍ଷରେ ମୋ ପାଇଁ ସାମାନ୍ୟ ଜଳପାତ୍ରଟିର ବାସ୍ତବତା ମଧ୍ୟ ବିଶ୍ୱାସଯୋଗ୍ୟ ନ ଥିଲା।

ଯାହା ହେଉ ମୋର ମାତା ଏହି ସୂକ୍ଷ୍ମ ପ୍ରଭେଦ ଗୁଡିକୁ ନେଇ ବ୍ୟସ୍ତ ନ ଥିଲେ। ସେ ବିଶ୍ୱାସ କରୁଥିଲେ ଯେ, ମୋର ଏହି ଅବସାଦ ଭିତରେ ସେ ନିଃସନ୍ଦେହ ଭାବରେ ଲକ୍ଷ୍ୟ କରି ପାରିଛନ୍ତି ମୋର ପିତାଙ୍କର ସେଇ ବିରକ୍ତିକର ବୋରିୟାତ, ଯାହା ପିତାଙ୍କ ସହିତ ତାଙ୍କର ସମ୍ପର୍କକୁ ଦୁରୂହ ଏବଂ ଅସ୍ୱସ୍ତିକର କରି ପକାଇଥିଲା।

"ଦୁଃଖର କଥା ଯେ ତୁମେ ମୋ ଗୁଣ ପରିବର୍ତ୍ତେ ତୁମ ବାପାଙ୍କର ଗୁଣ ବେଶୀ ଆଣିଛ।" ଦିନେ ହଠାତ୍ କିଞ୍ଚିତ ରୂଢ଼ତାର ସହିତ ସେ ମୋତେ କହିଲେ। "ଆଉ ମୁଁ ଜାଣେ ଯେତେବେଳେ ତୁମକୁ ଏ ରୋଗ ମାଡ଼ିବସେ, ତାର ଏକମାତ୍ର ପ୍ରତିକାର ହେଲା ତୁମକୁ ବାହାରକୁ ପଠାଇଦେବା। ତୁମେ ତେଣୁ ତୁମ ମନ ଖୁସିରେ ଯୁଆଡ଼େ ଇଚ୍ଛା ଯାଇ ଘୁର। ଯେତେବେଳେ ତୁମର ଏ ରୋଗ ଛାଡ଼ିବ, ଫେରେ ତୁମେ ଏଠାକୁ ଫେରି ଆସିବ।"

ଡ. ଜୟକୃଷ୍ଣ ଚୌଧୁରୀ | ୩୫

ମୁଁ ସାଥେ ସାଥେ ଗୋଟାଏ ଦାୟିତ୍ୱରୁ ମୁକ୍ତି ପାଇଗଲା ଭଳି ଉତ୍ତର ଦେଲି ଯେ, ମୋର କୁଆଡ଼େ ଦୂରକୁ ଯିବା ପାଇଁ ଆଗ୍ରହ ନାହିଁ। ଘୁରି ବୁଲିବା ମୋର ରୁଚି ନୁହେଁ। ମୁଁ କେବଳ ଏତିକି ରହୁଁଚି ଯେ ଘର ଛାଡ଼ି ବାହାରେ ମୁଁ ମୋର ଏକା ରହିବି। ମୋର ମାଆ ଏହାର ପ୍ରତିବାଦ କରି କହିଲେ, ଯେତେବେଳେ ସମ୍ପୂର୍ଣ୍ଣ ଭିଲ୍ଲାଟା ମୋର ବାସ କରିବା ପାଇଁ ରହିଛି, ସେତେବେଳେ ବାହାରେ ଯାଇ ରହିବା ଏକପ୍ରକାର ଉଭଟତା। ବାହାରେ ମୁଁ ଯେଭଳି ନିରଙ୍କୁଶ ଜୀବନ ଜିଇଁବାକୁ ରୁହେଁ, ଏଇ ଭିଲ୍ଲା ଭିତରେ ସେଭଳି ଜିଇଁବାରେ କିଛି ବାଧା ନାହିଁ। ଘର ଛାଡ଼ି ଯିବାର ଏଇ ଅପ୍ରତ୍ୟାଶିତ ସୁଯୋଗକୁ ମୁଁ କିନ୍ତୁ ହାତଛଡ଼ା କରିବାକୁ ରୁହୁଁ ନ ଥିଲି। ତେଣୁ ମୁଁ କିଞ୍ଚିତ ରୁଢ଼ତାର ସହ କହିଲି ଯେ ମୁଁ ତା ପରଦିନ ହିଁ ଯିବି ଏବଂ ଯିବାରେ କୌଣସି ପ୍ରକାରେ ବିଲମ୍ୱ ସହ୍ୟ କରିବି ନାହିଁ। ମାଆ ବୁଝିପାରିଲେ ଯେ ମୁଁ ଏହାକୁ ଗମ୍ଭୀରତାର ସହିତ ନେଇଛି। ସେ କେବଳ ସେଇ ପୁରୁଣା କଥାର ପୁନରାବୃଦ୍ଧି କଲେ; ସେଥିରେ ଥିଲା ଏକ ମାପାଚୁପା ସତର୍କ ତିକ୍ତତା। ସେ କହିଲେ ଯେ, ମୋର କଥା, ଏପରିକି ମୋର ସ୍ୱର, ତାଙ୍କୁ ମୋର ପିତାଙ୍କ କଥା ମନେ ପକାଇ ଦେଉଛି। ତେଣୁ ମୁଁ ନିଜ ଖୁସି ମୁତାବକ କାର୍ଯ୍ୟ କରିପାରେ, ଯେଉଁଠି ଯାଇ ରହିବା ପାଇଁ ମୋର ଇଚ୍ଛା, ସେଇଠି ଯାଇ ରହିପାରେ।

ବର୍ତ୍ତମାନ ରହିଲା କେବଳ ଅର୍ଥ ବ୍ୟବସ୍ଥାର କଥା। ମୁଁ ଆଗରୁ କହିଛି ଯେ ଆମେ ଥିଲୁ ବେଶ୍ ଧନୀ। ତେଣୁ ଯେତେବେଳେ ଆବଶ୍ୟକ ମୁଁ ନିର୍ବାଧରେ ମାଆଙ୍କର ପଇସା ଖର୍ଚ୍ଚ କରି ପାରୁଥିଲି। ତାଙ୍କ ସ୍ୱାମୀଙ୍କର କାରନାମା ସଂକ୍ରାନ୍ତୀୟ ପୂର୍ବ ଅନୁଭୂତି ପରିପ୍ରେକ୍ଷୀରେ ମାଆ ଅନୁମାନ କରିପାରିଥିଲେ ଯେ ଠିକ୍ ସେହି ପୁରୁଣା ଘଟଣାର ପୁନରାବୃଦ୍ଧି ହେବାକୁ ଯାଉଛି ମୋରି ପାଖରେ। ମାଆ ସବୁବେଳେ ପିତାଙ୍କୁ ଘୁରିବୁଲିବା ପାଇଁ ଯଥେଷ୍ଟ ଅର୍ଥ ପ୍ରଦାନ କରୁଥିଲେ, କିନ୍ତୁ କେବେ ଏତେ ଅଧିକ ଦେଉ ନ ଥିଲେ ଯେ ସେ ସବୁବେଳ ପାଇଁ ତାଙ୍କୁ ଛାଡ଼ି ଚାଲିଯାଇ ପାରିବେ। ସେଥିପାଇଁ ସେ ଏକ ଶୃଙ୍ଖଳା ସ୍ୱରରେ ମତେ ଜଣାଇ ଦେଲେ ଯେ ମତେ ଏଥର ସେ ମାସିକ ଭତ୍ତା ଭାବରେ ଅର୍ଥ ପ୍ରଦାନ କରିବେ, ଯାହା ଫଳରେ କି ମୋର ନିରଙ୍କୁଶ ଭାବରେ ଅର୍ଥ ଖର୍ଚ୍ଚ କରିବାର କ୍ଷମତା ସଂକୁଚିତ ହୋଇଯିବ। ମୁଁ ଉତ୍ତର ଦେଲି ଯେ ମୋର ଆଉ ଅଧିକ କିଛି ଆବଶ୍ୟକ ନାହିଁ। ତାପରେ ମାଆ

ଗମ୍ଭୀର ଭାବରେ ମତେ କେତିକି ଅର୍ଥ ଭଡ଼ା ଭାବରେ ଦେବେ ତାହା ଜଣାଇ ଦେଲେ; ତାଙ୍କ କଥାରେ ଥିଲା ଏକ କ୍ରୁଦ୍ଧ ମର୍ମବେଦନାର ଆଭାସ। ମୁଁ କିନ୍ତୁ ସାଙ୍ଗେ ସାଙ୍ଗେ ତାଙ୍କୁ ଜଣାଇ ଦେଲି ଯେ ସେ ଦେଉଥିବା ଟଙ୍କାର ଅର୍ଦ୍ଧେକରେ ମଧ୍ୟ ମୁଁ ସନ୍ତୁଷ୍ଟ ରହିବି। ମୋର ମାଆ ଆଶା କରୁଥିଲେ ଯେ ପିତାଙ୍କ ଭଳି ମୁଁ ମଧ୍ୟ ତାଙ୍କ ସହିତ ଅର୍ଥର ସ୍ୱଚ୍ଛତା ନେଇ ଯୁକ୍ତି କରିବି। ପିତାଙ୍କୁ ସେ କେବେବି ପର୍ଯ୍ୟାପ୍ତ ପରିମାଣରେ ଅର୍ଥ ଦେଉ ନ ଥିଲେ ଏବଂ ସେହି କାରଣରୁ ପିତାଙ୍କ ସହିତ ତାଙ୍କର ବାକ୍‌ବିତଣ୍ଡା ଚଳୁଥିଲା। ତେଣୁ ଅର୍ଥ ପ୍ରତି ମୋର ଏହି ନିଃସ୍ପୃହା ତାଙ୍କ ପାଇଁ ଥିଲା ଅଦୃଷ୍ଟପୂର୍ବ ଓ ତାହା ତାଙ୍କୁ ଅତୀବ ମାତ୍ରାରେ ଆଶ୍ଚର୍ଯ୍ୟାନ୍ୱିତ କରିଦେଲା। "କିନ୍ତୁ ଏତେ ଅଳ୍ପରେ ତୁମେ ଚଳି ପାରିବ ନାଇଁ ଡିନୋ।" ସିଏ ପ୍ରାୟ ଅନିଚ୍ଛାକୃତ ଭାବରେ ଚିକ୍କାର କରି ଉଠିବା ଭଳି କହିଲେ। ମୁଁ ତାଙ୍କୁ ବ୍ୟସ୍ତ ନ ହେବା ପାଇଁ କହିଲି। ମୁଁ ଏକ ସନ୍ୟାସୀ-ସୁଲଭ କୃଚ୍ଛ ଜୀବନ କାଟିବାକୁ ଯାଉଛି, ଏପରି ସେ ନ ଭାବିବା ପାଇଁ ମୁଁ ପୁନର୍ବାର କହିଲି ଯେ, ମୁଁ ଆଶା କରୁଛି ମୋ ଚିତ୍ରକଳାରୁ ମୁଁ କିଛି ରୋଜଗାର କରିବାରେ ସକ୍ଷମ ହେବି। ମୋ ମାଆ ମୋ ଆଡ଼େ ଚାହିଁଲେ ଅବିଶ୍ୱାସ୍ୟ ଦୃଷ୍ଟିରେ, କାରଣ ମୁଁ ଜାଣେ ଯେ, ମୋର କଳାତ୍ମକ ପ୍ରତିଭା ଉପରେ ତାଙ୍କର କୌଣସି ଆସ୍ଥା ନ ଥିଲା। ଏହାର ଅଳ୍ପ କିଛିଦିନ ପରେ 'ଭିୟା ମାର୍ଗୁଭା'ରେ ମୁଁ ମୋର ମନମୁତାବକ ଷ୍ଟୁଡିଓଟିଏ ପାଇଲି ଓ ମୋର ଜିନିଷପତ୍ର ନେଇ ସେଠାକୁ ଉଠିଗଲି।

ମୋର ବାସସ୍ଥଳୀର ଏଇ ପରିବର୍ତ୍ତନ ଅବଶ୍ୟ ମୋର ମାନସିକ ସ୍ଥିତିରେ ପରିବର୍ତ୍ତନ ଆଣିପାରି ନ ଥିଲା। ଅର୍ଥାତ୍ ମୁଁ କହିବାକୁ ରହୁଛି ଯେ, ପରିବର୍ତ୍ତନର ସେଇ ପ୍ରାଥମିକ ପର୍ଯ୍ୟାୟର ଆଶ୍ୱସ୍ତି ପରେ ମୁଁ ପୁନର୍ବାର ପୂର୍ବଭଳି ମଝିରେ ମଝିରେ ଅବସାଦଗ୍ରସ୍ତ ହେବାକୁ ଲାଗିଲି। ମୁଁ ନିଜକୁ ବୁଝାଇବାକୁ ଲାଗିଲି ଯେ ଏଭଳି ଘଟିବା ଅବଧାରିତ ଏବଂ ମୋର ପୂର୍ବାନୁମାନ କରିବା ଉଚିତ ଥିଲା ଯେ କେବଳ ଘର ବଦଲାଇ ଦେବା ଦ୍ୱାରା ମୋର ବୋରିୟତ ଉଭେଇ ଯିବ ନାଇଁ। ମୋର ବୁଝିବା ଉଚିତ୍ ଯେ ଭିୟା ଆପିଆରେ ରହିବା କାରଣରୁ ମୁଁ ଧନୀ ନୁହେଁ, ମୁଁ ଏଥପାଇଁକି ଧନୀ କାରଣ ମୋର ରହିଛି ଏକ ନିର୍ଦ୍ଧିଷ୍ଟ ପରିମାଣର ସମ୍ପଦ। ମୁଁ ସେଇ ସମ୍ପଦ ନିଜ ପାଇଁ ଉପଯୋଗ କରିବା ବା ନ କରିବା ମୂଳତଃ ଗୁରୁତ୍ୱହୀନ। କାରଣ

ଏଭଳି ବହୁ ଧନୀ ଲୋକ ଅଛନ୍ତି ଯେଉଁମାନେ କି କୃପଣ ଏବଂ ସେମାନେ ନିଜ ପାଇଁ ନିଜ ଆୟର କିୟଦଂଶ ମାତ୍ର ଖର୍ଚ୍ଚ କରି ଦରିଦ୍ର ଭଳି ଚଳନ୍ତି । କିନ୍ତୁ ଖାସ ସେଇ କାରଣରୁ କେହି ତାଙ୍କୁ ଦରିଦ୍ର କହିବ ବୋଲି ଚିନ୍ତା କରିବା ଅନୁଚିତ । ପ୍ରଥମେ ମୁଁ ଚିନ୍ତା କରୁଥିଲି ଯେ ମୋର ଅବସାଦ ଓ ତଜ୍ଜନିତ ଶୈଥିକ ଉଷରତା କେବଳ ମୋର ମାଆଙ୍କ ସହ ବସବାସ କରିବାର କାରଣରୁ ହୁଏତ ସୃଷ୍ଟି ହୋଇଛି । କିନ୍ତୁ ମୋର ସେଇ ପ୍ରଥମ ମତ ବା ବିଶ୍ୱାସ ଧୀରେ ଧୀରେ ଏକ ଦ୍ୱିତୀୟ ଏବଂ କଠୋରତର ଖିଆଲ ବା ବଦ୍ଧ ସଂସ୍କାର ଦ୍ୱାରା ପ୍ରତିସ୍ଥାପିତ ହେବାକୁ ଲାଗିଲା । ତାହା ଏହି ଯେ, ସମ୍ପଦ ଥିବା ସତ୍ତ୍ୱେ ଦରିଦ୍ର ହେବା ଏକ ଅସମ୍ଭବ ବ୍ୟାପାର । ଧନୀ ହେବାଟା ପ୍ରାୟତଃ ନୀଳନୟନ ବା ଶୁଆଥର୍ଣ୍ଣିଆ ନାକର ଅଧିକାରୀ ହେବା ପର୍ଯ୍ୟାୟର । ଏକ ସୂକ୍ଷ୍ମ ବାଧବାଧକତା ଧନୀକୁ ତା ଧନ ସହ ବାନ୍ଧି ରଖେ । ଏପରିକି ଧନକୁ ବ୍ୟବହାର ନ କରିବା ସମୟରେ ତାର ନିଷ୍ଫଳି ମଧ୍ୟ ସାମ୍ପଦିକ ପ୍ରଭାବରୁ ମୁକ୍ତ ନୁହେଁ । ଅନ୍ୟକେ କହିଲେ, ମୁଁ ଏକ ଅତୀତରେ ଧନୀ ଥିବା ସମ୍ପ୍ରତି ଦରିଦ୍ର ନୁହେଁ, ମୁଁ ନିଃସନ୍ଦେହରେ ଏକ ଧନିକ ଯିଏ ଅନ୍ୟମାନଙ୍କ ପାଖରେ ଏବଂ ନିଜ ପାଖରେ ଦରିଦ୍ର ହେବାର ଛଳନା କରୁଛି ।

ମୋର ଏହି ମତ ମୁଁ ନିଜ ପାଖରେ ଏହି ଭାବରେ ପ୍ରମାଣିତ କରିବାକୁ ଚେଷ୍ଟା କଲି । ବାସ୍ତବରେ ଦରିଦ୍ର ବ୍ୟକ୍ତିଟିଏ ତା ନିଜ ପାଖରେ ଅର୍ଥ ନ ଥିଲେ କଣ କରେ ? କ୍ଷୁଧିତ ଅବସ୍ଥାରେ ଶେଷରେ ସେ ପ୍ରାଣତ୍ୟାଗ କରେ । ଅଥଚ ସେଭଳି ପରିସ୍ଥିତି ଆସିଲେ ମୁଁ କଣ କରିବି ? ମୁଁ ମାଆଙ୍କ ପାଖରୁ ଯାଇ ନିଶ୍ଚୟ କିଛି ସାହାଯ୍ୟ ଆଣିବି । ଯଦି ତାହା ମୁଁ ନ କରେ, ତେବେ ବି ସେହି କାରଣରୁ ମୁଁ ଦରିଦ୍ର ପରିଗଣିତ ହେବି ନାହିଁ, ମତେ କେବଳ ପାଗଳ କୁହାଯିବ । କିନ୍ତୁ ମୁଁ ତତ୍‍କ୍ଷଣାତ୍‍ ଅନୁଭବ କଲି ଯେ ମୋର ଦରିଦ୍ରତା ଏଭଳି ଚରମ ସ୍ତରର ନୁହେଁ । ଏହା କେବଳ ଏକ ମଧ୍ୟମ ସ୍ତରର ଦାରିଦ୍ର୍ୟ, ଯେହେତୁ ବାସ୍ତବରେ ମୁଁ ମୋର ମାତାଙ୍କ ଦ୍ୱାରା ପ୍ରତିପାଳିତ ହେବା ପାଇଁ ଅସ୍ୱୀକାର କରି ନାହିଁ । କେବଳ ଏତିକି ସତ୍ୟ ଯେ ମୁଁ ମୋର ଆବଶ୍ୟକତାକୁ ଯାହା ନିତାନ୍ତ ଦରକାର, ତହିଁରେ ସୀମିତ ରଖିଛି । ତେଣୁ ବାସ୍ତବ ଦରିଦ୍ର ତୁଲନାରେ ମୋର ଅବସ୍ଥା ଏକ ଦରିଦ୍ର ଜୁଆଡ଼ି ତୁଲନାରେ ଏକ ଧନୀ ଜୁଆଡ଼ିର ପ୍ରତାରଣାପୂର୍ଣ୍ଣ ଦାରିଦ୍ର୍ୟ ଭଳି, କାରଣ ଧନୀ ଜୁଆଡ଼ି ଅପର୍ଯ୍ୟାପ୍ତ

ଭାବରେ, ଏପରିକି ତଳିତଳାନ୍ତ ହେବା ପର୍ଯ୍ୟନ୍ତ ହାରିପାରେ। ଅର୍ଥାତ୍ ଧନୀ ଜୁଆଡ଼ି ନିଜ ଆମୋଦ ପାଇଁ ଖେଳେ ଏବଂ ଦରିଦ୍ର ଜୁଆଡ଼ି ଜିତିବା ପାଇଁ ଖେଳେ।

ମୁଁ ଏହିସବୁ ଚିନ୍ତା କରୁଥିଲା ବେଳେ ମୋର ମନୋଭାବ କଣ ଥିଲା କହିବା କଷ୍ଟକର। ମତେ କିଏ ଗୁଣି ବା ଯାଦୁ କରିଦେବା ଭଳି ମୁଁ ଅସହାୟ ଅନୁଭବ କରୁଥିଲି। କିନ୍ତୁ ମୋ ନିଜ ଚିନ୍ତାର ଯେଉଁ ଅଭୁତ ମେଶ୍ୱର ମତେ ବନ୍ଦୀ କରି ରଖିଥିଲା, ସେଇ ଲୂତାତନ୍ତୁ କେବେ ବା କିଭଳି ବୁଣାଗଲା ତାହା କହିବା ମୋ ପକ୍ଷରେ ଥିଲା ଅସମ୍ଭବ। ମୁଁ ବେଳେବେଳେ ବାଇବେଲର ସେଇ ଉକ୍ତି ସମ୍ପର୍କରେ ଚିନ୍ତା କରେ – "ଛୁଞ୍ଚିର କଣା ଦେଇ ବରଂ ଓଟଟିଏ ଗଳିଯିବା ସହଜ; କିନ୍ତୁ ସ୍ୱର୍ଗରାଜ୍ୟକୁ ଧନିକଟିଏ ପ୍ରବେଶ କରିବା ତା ଠାରୁ କଷ୍ଟକର।" ଏବଂ ମୁଁ ଚିନ୍ତା କଲି, ବାସ୍ତବିକ ଧନୀ ହେବାର ଅର୍ଥ କଣ? ଜଣେ କଣ ବହୁତ ଟଙ୍କା ଥିବାରୁ ଧନୀ? କିୟା ଏକ ଧନୀ ପରିବାରରେ ଜନ୍ମ ହୋଇ ଥିବାରୁ ଧନୀ? କିୟା ଧନକୁ ସବୁ ଭଲ ଜିନିଷଠାରୁ ଅଧିକ ସମ୍ମାନ ଦେଉଥିବା ସମାଜରେ ବାସ କରୁଥିବା ଏବଂ ସମ୍ମାନିତ ହେଉ ଥିବାର କାରଣରୁ ସିଏ ଧନୀ? ଧନୀ ହେବାର ମାନେ କଣ ଧନର ଗୁରୁତ୍ୱରେ ବିଶ୍ୱାସ କରିବା, ଧନୀ ହେବା ପାଇଁ ଇଚ୍ଛା କରିବା ଏବଂ ଧନ ଝଲିଗଲା ପରେ ସେଇ ପୂର୍ବ ଅତୀତ ସ୍ମରଣ କରି ରୋଦନ କରିବା? କିୟା ମୋ ଭଳି କ୍ଷେତ୍ରରେ, ଜମା ଧନୀ ନ ହେବାପାଇଁ ଇଚ୍ଛା କରିବା? ମୁଁ ଯେତେ ଏ ବିଷୟରେ ଚିନ୍ତା କଲି, ଏହାକୁ ସଠିକ୍ ରୂପେ ବର୍ଣ୍ଣନା କରିବା ଏବଂ ଏହାର ସଂଜ୍ଞା ନିରୂପଣ କରିବା, ମତେ ଅଧିକତର କଷ୍ଟ ଲାଗିଲା। ମତେ ଲାଗିଲା ଏକପ୍ରକାର ବାଧ୍ୟବାଧକତାରେ ଜଣେ ଧନୀ ହୁଏ। ଧନୀ ହେବାଟା ବିଧ୍ ନିର୍ଦ୍ଦିଷ୍ଟ। ଅବଶ୍ୟ ମୋର ଏ ପ୍ରକାରର ଅନୁଭବ ଆସି ନ ଥାନ୍ତା, ଯଦି ମୁଁ ଆପଣାକୁ ମୋର ସେଇ ପ୍ରାଥମିକ ଖୟାଲରୁ ମୁକ୍ତ କରି ପାରିଥାନ୍ତି ଯେ ମୋର ଏଇ ବୋରିୟାତ ମୋର ସମ୍ପଦରୁ ହିଁ ସୃଷ୍ଟି ଆଉ ତଜ୍ଜନିତ ଅବସାଦର ପରିଣାମ ସ୍ୱରୂପ ସୃଷ୍ଟି ହୋଇଛି ମୋର ଏଇ ଶୈଳିକ ଅନୁର୍ବରତା। କିନ୍ତୁ ଆମର ସମସ୍ତ ଚିନ୍ତା, ତାହା ଯେତେ ଯୁକ୍ତିଯୁକ୍ତ ଓ ସମୀଚୀନ ହେଉ ନା କାହିଁକି, ଗୋଟିଏ ଅସ୍ପଷ୍ଟ ଓ ଅଲକ୍ଷିତ ଆବେଗାନୁଭୂତି ଭିତରୁ ହିଁ ସୃଷ୍ଟି ହୋଇଥାଏ। ଆପଣାର ଚିନ୍ତା ବା ମତରୁ ଜଣେ ନିଜକୁ ମୁକ୍ତ କରି ଦେଇପାରେ, କିନ୍ତୁ ନିଜର ଆବେଗାନୁଭୂତିରୁ ମୁକ୍ତି ପାଇବା ସହଜସାଧ୍ୟ ନୁହେଁ।

ମଣିଷର ଧାରଣା ବା ବିଶ୍ୱାସ ବଦଳିଯାଏ କିନ୍ତୁ ତାର ନିଜସ୍ୱ ଆବେଗାନୁଭୂତି ରହେ ଅବିଚଳିତ ଓ ଅପରିବର୍ତ୍ତିତ ।

ଏ କଥାରେ ଏଠାରେ ହୁଏତ ଏହା ଆପଭି କରାଯାଇ ପାରେ ଯେ, ମୋର ଏ ସମସ୍ତ ସଫେଇ ସଙ୍ଗେ ମୁଁ କେବଳ ଜଣେ ବିଫଳ ଚିତ୍ରକର । ସମ୍ଭବତଃ ଅତି ବେଶୀରେ ନିଜ ବିଫଳତା ସମ୍ପର୍କରେ ମୁଁ ଅସ୍ୱାଭାବିକ ଭାବେ ସଚେତନ । କଥାଟା ଏହାଠାରୁ ଆଉ କିଛି ଅଧିକ ନୁହେଁ । ତାହା ଠିକ୍, କିନ୍ତୁ କେବଳ ମାତ୍ର ଏକ ନିର୍ଦ୍ଦିଷ୍ଟ ସୀମା ପର୍ଯ୍ୟନ୍ତ । ମୁଁ ଚିତ୍ରକଳାରେ କୃତକାର୍ଯ୍ୟ ନ ହୋଇ ପାରିବାର କାରଣ ଏହା ନୁହେଁ ଯେ ଅନ୍ୟମାନଙ୍କୁ ଭଲ ଲାଗିଲା ଭଳି ଝର୍ଝେରୀକଟିଏ ଅଙ୍କନ କରି ପାରିବାରେ ମୁଁ ଥିଲି ଅସମର୍ଥ । ବରଂ ମୁଁ ବିଫଳ ଏଇଥିପାଇଁ ଯେ, ମୋର ଚିତ୍ରମାନଙ୍କ ମାଧ୍ୟମରେ ମୁଁ ନିଜକୁ ସମ୍ପୂର୍ଣ୍ଣ ଭାବେ ପ୍ରକାଶ କରିବାରେ ସଫଳ ହେଉ ନାହିଁ ବୋଲି ମୁଁ ସ୍ୱୟଂ ଅନୁଭବ କରୁଥିଲି । ଅନ୍ୟ ଭାବରେ କହିଲେ, ମୁଁ ଏତିକି ଅନୁଭବ କରି ପାରୁଥିଲି ଯେ ସମ୍ପ୍ରତି ବାହ୍ୟ ଜଗତ ସହିତ ମୋର ସମ୍ପର୍କ ରହିଛି ବୋଲି କଳ୍ପନା କରି ଆମୁପ୍ରବଞ୍ଜିତ ହେବାରେ ମୋ ଚିତ୍ରମାନେ ମତେ ଅନୁକୂଳ ହେଉ ନାହାନ୍ତି । ଅର୍ଥାତ ଗୋଟିଏ ଶବ୍ଦରେ କହିଲେ ମୋର ବୋରିୟାତରୁ ମୋତେ ସେମାନେ ରକ୍ଷା କରି ପାରୁ ନାହାନ୍ତି । ମୁଁ ଚିତ୍ର ଅଙ୍କନ ଆରମ୍ଭ କରିବାର ମୂଳ କାରଣ ଏଇୟା ଥିଲା ଯେ, ମୁଁ ଋହୁଁଥିଲି ବୋରିୟାତରୁ ମୁକ୍ତି । ଯଦି ଏ ଚିତ୍ରଞ୍ଜନ ସଙ୍ଗେ ବି ମୁଁ ବୋରିୟାତରୁ ପରିତ୍ରାଣ ପାଉନାହିଁ ତେବେ ମୁଁ ଏହି ରଙ୍ଗସାଜୀରେ ବ୍ୟାପୃତ ହେବି କୋଉ ଖୁସିରେ ?

ଯଦି ମୁଁ ସଠିକ ରୂପେ ସ୍ମରଣ କରେ, ମୁଁ ମାଆଙ୍କର ଭିଲ୍ଲା ଛାଡ଼ିଥିଲି ଉଣେଇଶୀ ଶହ ସତରଲିଶ ମସିହାର ମାର୍ଚ୍ଚ ମାସରେ । ଆଉ ଠିକ ଦଶବର୍ଷରୁ ଅଳ୍ପ ଅଧିକ ସମୟ ଅତିକ୍ରାନ୍ତ ହେବା ପରେ, ପୂର୍ବେ କହିବାମତେ, ମୁଁ ଛୁରୀ ଖଣ୍ଡେ ଧରି ମୋର ଶେଷଚିତ୍ରଟିକୁ ପଟାପଟା କରି ଚିରିଦେଲି ଏବଂ ମୋର ରଙ୍ଗସାଜୀ ଜୀବନକୁ ବିସର୍ଜନ କରିଦେଲି । ସଙ୍ଗେ ସଙ୍ଗେ ସେଇ ବୋରିୟାତ, ଯାହା ଚିତ୍ରଞ୍ଜନରେ ବ୍ୟସ୍ତ ରହିବା ଦ୍ୱାରା କିଛି ଅଂଶରେ ପ୍ରଶମିତ ହୋଇ ରହିଥିଲା, ମତେ ପୁନର୍ବାର ଏକ ଅବିଶ୍ୱାସ୍ୟ ପ୍ରତିହିଂସା ପରାୟଣତାର ସହ ତୀବ୍ର ଭାବରେ ଆକ୍ରମଣ କଲା । ମୁଁ ଆଗରୁ ମଧ୍ୟ ବର୍ଣ୍ଣନା କରିଛି ଯେ ମୋର ବୋରିୟାତ ମୂଳତଃ ବାହ୍ୟବସ୍ତୁ ମାନଙ୍କ

ସହିତ ସମ୍ପର୍କହୀନତା ଉପରେ ପର୍ଯ୍ୟବେଶିତ। ସେହି ଅବଧିରେ ମୋତେ ମନେ ହେଉଥିଲା ଯେ ଏ ବିଚ୍ଛିନ୍ନତାବୋଧ କେବଳ ବାହ୍ୟବସ୍ତୁ ସହିତ ନୁହେଁ, ବରଂ ଏହା ମଧ୍ୟ ମୋ ସହିତ ମୋର ସମ୍ପର୍କହୀନତା। ମୁଁ ଜାଣେ ଯେ ଏହି କଥାଗୁଡ଼ିକୁ ବୁଝାଇବା କଷ୍ଟକର। ମୁଁ ତେଣୁ ଏହାର ଅର୍ଥ ଗୋଟିଏ ରୂପକ ମାଧ୍ୟମରେ ବୁଝାଇବାକୁ ଚେଷ୍ଟା କରିବା ଛଡ଼ା ଅଧିକ କିଛି କରି ପାରିବି ନାହିଁ। ଚିତ୍ରକଳା ତ୍ୟାଗ କରିବାକୁ ସିଦ୍ଧାନ୍ତ ନେବାର ପରବର୍ତ୍ତୀ ଅବଧିରେ ମତେ ମୁଁ ମୋ ଠାରୁ ଆମ୍ଭ୍ରତରିତ ଏକ ନିଘନ ପ୍ରତିରୂପ ଭଲି ମନେକଲି, ଯିଏ କି ମୋଠାରୁ ବିଚ୍ଛିନ୍ନ ଏକ ଦୁଃସହ ସଭା, ଏବଂ ତାର ଉପସ୍ଥିତି ମତେ କୌଣସି କାରଣରୁ ଅସହ୍ୟ ଲାଗୁଛି, ଅଥଚ ନିଜ ଟ୍ରେନ ବଗି ଭିତରେ ଏକ ଦୀର୍ଘଯାତ୍ରାର ଅବ୍ୟବହିତ ପୂର୍ବରୁ ମୁଁ ତାକୁ ଆବିଷ୍କାର କରୁଛି। ବଗିଗୁଡ଼ିକ ପୁରୁଣାକାଳିଆ, ସେମାନଙ୍କ ମଧ୍ୟରେ ଯାତାୟାତର ସୁବିଧା ନାହିଁ। ଯାତ୍ରା ନ ସରିବା ଯାଏଁ ଟ୍ରେନଟି ରହିବାର ମଧ୍ୟ ସମ୍ଭାବନା ନାହିଁ। ତେଣୁ ମତେ ବାଧ୍ୟ ହୋଇ ସେହି ଘୃଣିତ ସହଯାତ୍ରୀଟିର ସମଭିବ୍ୟାହାରରେ ସମୟ କାଟିବାକୁ ପଡ଼ିବ; ଏ ଅସହ୍ୟ ପରିସ୍ଥିତିରୁ ମୁକ୍ତି ନାହିଁ। ରୂପକଟିକୁ ଛାଡ଼ି ଦେଲେ ବି, ବାସ୍ତବରେ ବୋରିୟାତ ମୋ ଜୀବନକୁ ଏଭଳି ସମ୍ପୂର୍ଣ୍ଣ ଭାବରେ ଯୋପରା କରିଦେଇଥିଲା ଯେ, ସେଇ ଅବଧିରେ, ମୋର ତୌଲିକ ଜୀବନର ଖୋଲପା ତଲେ କିଛି ବି ଅକ୍ଷତ ନ ଥିଲା। ଯାହା ଫଳରେ କି ରଙ୍ଗସାଜୀ ପରିତ୍ୟାଗ କରିବା ପରେ ମୁଁ ଅନୁଭବ କଲି ଯେ ମୋର ଅଜାଣତରେ ମୁଁ ବଦଳି ଯାଇଛି – ମୁଁ ଏକ ବିକଳ, ବିକୃତ, ବିଖଣ୍ଡିତ ଭଗ୍ନାଂଶରେ ପରିଣତ ହୋଇଯାଇଛି। ମୁଁ ଆଗରୁ କହିଛି ଯେ ମୋ ଅବସାଦର ମୁଖ୍ୟ ବୈଶିଷ୍ଟ୍ୟ ହେଲା, ମୋ ନିଜର ସଂସର୍ଗରେ ନିଜେ ରହିବାର ବାସ୍ତବ ଅକ୍ଷମତା। ଅଥଚ ଏ ସମଗ୍ର ପୃଥିବୀରେ ମୁଁ ବୋଧହୁଏ ଏକମାତ୍ର ବ୍ୟକ୍ତି ଯାହା ହାବୁଡ଼ରୁ ମୁଁ ମୁକ୍ତି ପାଇ ପାରିବା କୌଣସି ମତେ ସମ୍ଭବ ନ ଥିଲା।

ଏବଂ ସେଇଥିପାଇଁ ସେ ସମୟରେ ମୋର ଜୀବନ ଅସ୍ଥିରତାର ଏକ ବିଲକ୍ଷଣ ଅନୁଭୂତିରେ ସନ୍ତୁଳି ହୋଇ ଯନ୍ତ୍ରଣାଦାୟ ହୋଇ ପଡ଼ିଥିଲା। ଏଭଳି କିଛି ବି କରିବାରେ ମୁଁ ସମର୍ଥ ନଥିଲି ଯାହା ଥିଲା ଆନନ୍ଦଦାୟକ ଅବା କରିବାର ଯୋଗ୍ୟ। ପୁଣି ଏଭଳି କିଛି ଜିନିଷ ସମ୍ପର୍କରେ ବି, ମୁଁ କଳ୍ପନା କରିପାରୁ ନ ଥିଲି ଯାହା ମୋ ପାଇଁ କି ଆନନ୍ଦ ଆଣିଦେବ ଅବା ଯହିଁରେ ମୁଁ ଦୀର୍ଘ ସମୟ ଧରି

ବ୍ୟାପୃତ ରହିପାରିବି। ମୁଁ ବାରମ୍ବାର ମୋ ଷ୍ଟୁଡିଓର ଭିତର ବାହାର ହେଉଥିଲି କୌଣସି ନା କୌଣସି ଆଳରେ। ଆବଶ୍ୟକ କରୁନଥିଲେ ବି ସିଗାରେଟ କିଣିବାକୁ ଯାଉଥିଲି, ଇଚ୍ଛା ନ ଥିଲେ ବି କଫି ପିଇବା ପାଇଁ ବାହାରି ପଡ଼ୁଥିଲି, ଖବରକାଗଜ ଆଣିବାକୁ ବାହାରି ପଡ଼ୁଥିଲି, ଯଦିଚ ତାହା ପଢ଼ିବାରେ ମୋର ଆଗ୍ରହ ନ ଥିଲା, ଚିତ୍ର-ପ୍ରଦର୍ଶନୀ ଦେଖିବାକୁ ଯାଉଥିଲି ଯେତେବେଳେ କି ସେସବୁ ଦେଖିବା ପାଇଁ ମୋର ସାମାନ୍ୟତମ ସ୍ପୃହା ମଧ୍ୟ ନଥିଲା। ଷ୍ଟୁଡିଓରେ ନ ରହିବାର ବାହାନା ଭାବରେ କେବଳ ଏହିଭଳି କାର୍ଯ୍ୟଗୁଡ଼ିକୁ ମୁଁ ଖୋଜି ବାହାର କରୁଥିଲି। ମୁଁ ଜାଣିଥିଲି ଯେ, ଏହି କାର୍ଯ୍ୟଗୁଡ଼ିକ ସ୍ୱୟଂ ସେହି ଅବସାଦର ବିକୃତ ଛଦ୍ମବେଶ ଛଡ଼ା ଆଉ କିଛି ନୁହନ୍ତି। ତେଣୁ ଏଭଳି ହେଉଥିଲା ଯେ ଯେତେବେଳେ ମୁଁ ଯେଉଁ କାର୍ଯ୍ୟ ପାଇଁ ଷ୍ଟୁଡିଓରୁ ବାହାରି ଯାଉଥିଲି ତାହା କରୁ ନ ଥିଲି। ଖବରକାଗଜ ନ କିଣି, କଫି ନ ପିଇ, ବା ଚିତ୍ର-ପ୍ରଦର୍ଶନୀ ନ ଦେଖି, ଉଦ୍ଦେଶ୍ୟହୀନ ଭାବରେ କିଛି ବୁଲାବୁଲି କରି ଫେରି ଯାଉଥିଲି ସେହି ଷ୍ଟୁଡିଓ ଭିତରକୁ, ଯାହାକୁ ଅଳ୍ପ କିଛି ମୁହୂର୍ତ ତଳେ ମୁଁ ତରବର ହୋଇ ଛାଡ଼ି ଆସିଥିଲି। କିନ୍ତୁ ମୋ ପଛରେ ଷ୍ଟୁଡିଓରେ ବୋରିୟାତ ମତେ ଅବଶ୍ୟ ଅପେକ୍ଷା କରି ରହୁଥିଲା ଆଉ ସେଇ ସମ୍ପୂର୍ଣ୍ଣ ପ୍ରକ୍ରିୟାଟି ପୁନରାବୃତ ହେଉଥିଲା ପୁଣିଥରେ ମୂଳରୁ ଶେଷଯାଏ।

ବେଳେବେଳେ ମୁଁ ବହିଟିଏ ଧରୁଥିଲି। ମୋର ଥିଲା ଛୋଟିଆ ପାଠାଗାରଟିଏ ଆଉ ପଢ଼ିବାରେ ବି ମୋର ଥିଲା ବିଶେଷ ଆଗ୍ରହ। କିନ୍ତୁ ବହୁତ ଶୀଘ୍ର ତାକୁ ମୁଁ ତ୍ୟାଗ କଲି। ଉପନ୍ୟାସ, ପ୍ରବନ୍ଧ, କବିତା ଅବା ନାଟକ – ପୃଥିବୀର ସମସ୍ତ ସାହିତ୍ୟର କୌଣସି ଗୋଟିଏ ପୃଷ୍ଠା ମଧ୍ୟ ମତେ ଆକୃଷ୍ଟ କରିବାରେ ସଫଳ ହୋଇ ପାରିଲା ନାହିଁ। କରିବ ବା କିପରି ଯେ ? ବସ୍ତୁର ପ୍ରତୀକ ହିସାବରେ ହିଁ ଶବ୍ଦର ସୃଷ୍ଟି। ଆଉ ମୁଁ ଆଗରୁ କହିବାମତେ, ବୋରିୟାତର ସେଇ ତିକ୍ତ ମୁହୂର୍ତ ମାନଙ୍କରେ ମୁଁ ବସ୍ତୁମାନଙ୍କ ସହିତ ଅନୁଭବ କରୁଥିଲି ଏକପ୍ରକାର ସମ୍ପର୍କହୀନତା। ତେଣୁ ମୁଁ ବହିଟିକୁ ଥୋଇ ଦେଉଥିଲି। କିମ୍ବା କେବେ ଏକ ବିରକ୍ତ ଉଦାସୀନତାର ତୀବ୍ର ଆବେଗରେ ତାକୁ ଫୋପାଡ଼ି ଦେଉଥିଲି ଘରର ଗୋଟାଏ କୋଣକୁ। ତାପରେ ହୁଏତ ହଠାତ୍ ମୁଁ ମୁହାଁଉଥିଲି ସଙ୍ଗୀତର ଲଳିତ ଧ୍ୱନି ଦିଗରେ। ମୋର ଥିଲା ଗୋଟିଏ ଅତି ଭଲ ରେକର୍ଡ-ପ୍ଲେୟାର ଆଉ ପାଖାପାଖି ଶହେ ଖଣ୍ଡେ ରେକର୍ଡ।

ଏହା ଥିଲା ମୋ ମାଆଙ୍କର ଏକ ଉପହାର। କିଏ ଜଣେ କହିଥିଲେ, ସଙ୍ଗୀତର ଏଭଳି ଯାଦୁ ରହିଛି ଯେ ଜଣେ ଯେତେ ବିକ୍ଷିପ୍ତ-ଚିତ୍ତ ହୋଇଥାଉ ନା କାହିଁକି, ସିଏ ତାକୁ ଶୁଣିବା ପାଇଁ ବାଧ୍ୟ ହୋଇଯାଏ। ଯିଏ ଏ କଥା କହିଥିଲେ ଭୁଲ ହିଁ କହିଥିଲେ। ବସ୍ତୁତଃ ବୋରିୟାତର ସେଇ ତିକ୍ତ ମୁହୂର୍ତ୍ତ ମାନଙ୍କରେ ସଙ୍ଗୀତ ପ୍ରତି ମନୋଯୋଗ ଦେବା ତ ଦୂରର କଥା, ତାକୁ କାନରେ ପକାଇବା ପାଇଁ ବି ମୋର ଇଚ୍ଛା ହୁଏ ନା। ଆଉ ରେକର୍ଡ ବାଛିବାକୁ ଗଲାବେଳେ, ବୋରିୟାତର ସେଇ ରୁଗ୍ଣ ମୁହୂର୍ତ୍ତରେ କେଉଁ ଭଳି ରେକର୍ଡ ମୋ ପାଇଁ ଉପଯୋଗୀ ହେବ, ଏହା ଚିନ୍ତା କରୁ କରୁ ମୁଣ୍ଡ ମୋର ଗୋଳମାଳ ହୋଇଯାଏ। ତେଣୁ ମୁଁ ରେକର୍ଡ ପ୍ଲେୟାରକୁ ବନ୍ଦ କରିଦିଏ ଆଉ ଡିଭାନରେ ଗଡ଼ି ପଡ଼ି କ'ଣ କରି ହେବ ଭାବିବାରେ ଲାଗେ।

ମତେ ହଠାତ୍ ଲାଗିଲା ଯେ, ଯଦିଚ କିଛି ହେଲେବି କରିବା ଲାଗି ମୋ ଭିତରେ ଏକ ତୀବ୍ର ଆକାଂକ୍ଷା ରହିଛି, କିନ୍ତୁ କୌଣସି କାର୍ଯ୍ୟ କରିବା ପାଇଁ ମଧ୍ୟ ମୋର ଆଗ୍ରହ ନାହିଁ। ଯାହା ମୁଁ କରିବାକୁ ଚାହୁଁଛି ତାହା ମୋତେ ଶ୍ୟାମୀୟ-ଜ୍ୱାଆଁଲା ଭଳି ପ୍ରତୀତ ହେଉଛି, ଯାହାକି ଅବିଚ୍ଛେଦ୍ୟ ଭାବରେ ତାର ପ୍ରତିପକ୍ଷ ସହିତ ସଂଯୁକ୍ତ। ଯାହା କରିବା ପାଇଁ ମୋର ଇଚ୍ଛା ବା ଆକର୍ଷଣ ସୃଷ୍ଟି ହେଉଛି, ତାର ପ୍ରତିପକ୍ଷ ନାରଙ୍ଗ ପାଇଁ ମୋର ସମ ପରିମାଣରେ ରହିଛି ତୀବ୍ର ଅନିଚ୍ଛା। ତେଣୁ ମୁଁ ଅନୁଭବ କଲି ଯେ ଲୋକଙ୍କୁ ଭେଟିବା ପାଇଁ ମୁଁ ଚାହୁଁନାହିଁ ଅଥଚ ଏକାକୀ ରହିବା ଲାଗି ବି ଚାହୁଁ ନାହିଁ, ଘର ଭିତରେ ରହିବାକୁ ଚାହୁଁ ନାହିଁ କିମ୍ବା ବାହାରକୁ ଯିବାକୁ ସୁଦ୍ଧା ଚାହୁଁ ନାହିଁ, ଦେଶାଟନରେ ଯିବା ପାଇଁ ଚାହୁଁ ନାହିଁ କିମ୍ବା ଘରେ ରହିବାକୁ ବି ଚାହୁଁ ନାହିଁ, ଚିତ୍ରାଙ୍କନ କରିବାକୁ ଚାହୁଁ ନାହିଁ ବା ଚିତ୍ରାଙ୍କନ ନ କରିବାକୁ ମଧ୍ୟ ଚାହୁଁ ନାହିଁ; ବିନିଦ୍ର ରହିବା ପାଇଁ ଚାହୁଁ ନାହିଁ, କିନ୍ତୁ ଶୋଇବାକୁ ସୁଦ୍ଧା ଚାହୁଁ ନାହିଁ; ଯୌନ ସଙ୍ଗମ ଚାହୁଁ ନାହିଁ କିମ୍ବା ମୈଥୁନରୁ ବିରତ ରହିବା ମଧ୍ୟ ଚାହୁଁ ନାହିଁ। ଏହି ଭଳି ସବୁ କଥା ହିଁ। ଯେତେବେଳେ ମୁଁ ଚାହୁଁ ନାହିଁ ବୋଲି କହୁଛି, ଏହା ମୋର ବୁଝାଇଦେବା ଉଚିତ ହେବ ଯେ, ସେହି ବିଷୟ ନେଇ ମୋ ହୃଦୟରେ ସୃଷ୍ଟି ହେଉଛି ଏକ ପ୍ରକାର ବିତୃଷ୍ଣା, ଏକ ତୀବ୍ର ବିରକ୍ତି, ଏକ ଆତଙ୍କ।

ବୋରିୟାତର ସେଇ ଉନ୍ମତ୍ତ ଉତ୍ତେଜନା ମାନଙ୍କର ମଧ୍ୟାନ୍ତରେ ମୁଁ ମଝିରେ ମଝିରେ ନିଜକୁ ପ୍ରଶ୍ନ କରେ, ଏହା କଣ ସମ୍ଭବ କି ମୁଁ ଗଭୀର ଭାବରେ ମୋର

ମୃତ୍ୟୁ ରହେଁ ? ମୁଁ ଜୀବନକୁ ଯେଭଳି ପ୍ରଚଣ୍ଡ ଭାବରେ ଘୃଣା କରୁଥିଲି, ସେହି ପରିପ୍ରେକ୍ଷୀରେ ଏହା ଥିଲା ଏକ ପ୍ରାଞ୍ଜଳ ଯୁକ୍ତିସଙ୍ଗତ ବିଚାର। କିନ୍ତୁ ଅବିଳମ୍ବେ ମୁଁ ଆଶ୍ଚର୍ଯ୍ୟାନ୍ୱିତ ହୋଇ ଅନୁଭବ କଲି ଯେ, ଯଦିଚ ବଞ୍ଚି ରହିବା ପାଇଁ ମୋ ଭିତରେ କୌଣସି କାମନା ନାହିଁ, ମୃତ୍ୟୁ ମଧ ମୁଁ ଇଚ୍ଛା କରୁନାହିଁ। ଏହିଭଳି ଭାବରେ ପରସ୍ପର ଠାରୁ ଅବିଚ୍ଛିନ୍ନ ସେଇ ଯୁଗଳ ବିକଳ୍ପମାନେ ମୋର ମସ୍ତିଷ୍କ ଭିତରେ ତାଙ୍କର କୁସ୍ଥିତ, ଅଶୁଭ ବାଲେନୃତ୍ୟ ଅବିରତ ଚଲାଇ ଚଲିଥିଲେ। ଏପରିକି ଜୀବନ ଓ ମୃତ୍ୟୁ ମଧରେ ଗୋଟିକୁ ମନୋନୟନ କରିବା ଭଳି ଚରମ ନିର୍ବାଚନ ଭିତରେ ମଧ ସେ ନୃତ୍ୟ ଥିଲା ଅବିରାମ। ମୁଁ ବେଲେବେଲେ ଭାବୁଥିଲି ଯେ, ଯଥାର୍ଥରେ ମୋର ମରିବା ପାଇଁ ଯେତେ ଇଚ୍ଛା ନାହିଁ, ତାହା ଠାରୁ ବେଶୀ ଅନିଚ୍ଛା ଏଇ ସାମ୍ପ୍ରତିକ ଜୀବନକୁ ଜିଇଁବା ଲାଗି।

!

ପ୍ରଥମ ପରିଚ୍ଛେଦ

ମୁଁ ପୂର୍ବରୁ କହିଥିବା ମତେ ଭିୟା ଆପିୟାରେ ଥିବା ଆମର ଭିଲ୍ଲା ପ୍ରତି ମୋର ଥିଲା ଏକ ଅଯୌକ୍ତିକ, ପ୍ରାୟତଃ ଅନ୍ଧବିଶ୍ୱାସ ପର୍ଯ୍ୟାୟର ଏକ ବିରାଗ। ତେବେ ମୁଁ ଭିୟା ମାର୍ଗୁଭାର ଷ୍ଟୁଡିଓକୁ ଋଲି ଆସିବା ପରେ ମୋର ସେଇ ତୀବ୍ର ବିରାଗ ପ୍ରାୟ ଅତିକ୍ରାନ୍ତ ହୋଇ ଯାଇଥିଲା ଏବଂ ମୁଁ ମୋର ମାଆଙ୍କ ସହିତ ନିୟମିତ ଭାବରେ ସମ୍ପର୍କ ରକ୍ଷା କରିବାକୁ ଲାଗିଲି। ମୁଁ ତାଙ୍କୁ ସପ୍ତାହରେ ଥରେ ଦେଖିବାକୁ ଯାଉଥିଲି ଏବଂ ତାଙ୍କ ସହ ଭୋଜନ କରୁଥିଲି। ମୁଁ ସେହି ମଧାହ୍ନ ଭୋଜନ ସମୟରେ ହିଁ ଯାଉଥିଲି କାରଣ ସେ ସେତେବେଳେ ଏକୁଟିଆ ଥାଆନ୍ତି। ମୁଁ ଘଣ୍ଟେ ଦି ଘଣ୍ଟା ତାଙ୍କ ପାଖରେ ନିରୋଲାରେ ରହେ ଆଉ ତାଙ୍କର ଚିରାଚରିତ ଅର୍ଥହୀନ ଆଲାପତକ ଶୁଣେ। ସେଗୁଡ଼ିକ ପ୍ରାୟ ମୋର ମୁଖସ୍ତ ହୋଇ ଯାଇଥିଲା। ଦୁଇଟି ଜିନିଷ ପ୍ରତି ତାଙ୍କର ଆଗ୍ରହ ଥିଲା। ପ୍ରଥମତଃ ଉଦ୍ଭିଦ-ବିଜ୍ଞାନ, ଅର୍ଥାତ୍, ଯେଉଁ ଲତା, ପୁଷ୍ପ, ପାଦପଗୁଡ଼ିକୁ ସିଏ ରୋପଣ କରିଥିଲେ; ଦ୍ୱିତୀୟତଃ ତାଙ୍କର ବ୍ୟବସାୟ, ଯାହା ପ୍ରତି ତାଙ୍କର ବିରୁଚ୍ଛବୁଦ୍ଧି ହେବା ଦିନୁ ସେ ଥିଲେ ସମର୍ପିତା। ଏକଥା ସତ୍ୟ ଯେ, ମୋର ମାଆ ଇଚ୍ଛା କରୁଥିଲେ ଯେମିତି ମୁଁ ତାଙ୍କ ପାଖକୁ ଅଧିକ ଥର ଯାଏ। ସେ ମଧ୍ୟ ଋହୁଁଥିଲେ ଯେ, ଦିବସର ସେଇ ନିରୋଲା ମୁହୂର୍ତ୍ତ ମାନଙ୍କ ବ୍ୟତୀତ ଅନ୍ୟ ସମୟରେ ମଧ୍ୟ ମୁଁ ତାଙ୍କ ପାଖରେ ରହେ; ଉଦାହରଣ ସ୍ୱରୂପ, ଯେତେବେଳେ ସିଏ ନିଜର ବନ୍ଧୁ ଅଥବା ସାମାଜିକ ସମାସ୍ଥଦ ମାନଙ୍କୁ ସକ୍ରାର କରନ୍ତି ସେଇଭଳି ମୁହୂର୍ତ୍ତମାନଙ୍କରେ ସେ ଋହୁଁଥିଲେ ମୋର ଉପସ୍ଥିତି। ମାତ୍ର ମୁଁ ସେଭଳି ନିମନ୍ତ୍ରଣକୁ ଦୃଢ଼ତାର ସହିତ ପ୍ରତ୍ୟାଖ୍ୟାନ କଲାପରେ, ସେ ମୋର ଅଭ୍ୟାଗମର ବିରଲତାକୁ ସହନଶୀଲତାର ସହ ଗ୍ରହଣ କରି ନେଇଥିଲେ। ତାଙ୍କର ଏହି ସହନଶୀଲତା ଅବଶ୍ୟ ଥିଲା ବାଧ୍ୟବାଧକତା ପୂର୍ଣ୍ଣ। ପ୍ରଥମ ସୁଯୋଗରେ ତାହା ଉଭେଇ ଯିବା ପାଇଁ ଉଦ୍ୟତ ରହୁଥିଲା। "ଦିନେ ତୁମେ ବୁଝିବ ଯେ ମାଆ ଜଣେ ଯିଏ ସିଏ ମଣିଷ ନୁହେଁ, ଯାହା ପାଖକୁ କେବଳ ଭଦ୍ରାମି ରକ୍ଷା ପାଇଁ ବୁଲି

ଆସିବାକୁ ହୁଏ। ଆଉବି ତୁମର ପ୍ରକୃତ ଘର ଏଠି, ଭିୟା ମାର୍ଗୁଭାରେ ନୁହେଁ।" ମାଆଙ୍କର ଏଭଳି ନିଜକୁ ତୃତୀୟ-ପୁରୁଷରେ ରଖି କଥା କହିବାଟା ସାଧାରଣତଃ ତାଙ୍କ ଭାବନାର ତୀବ୍ରତାକୁ ଗୋପନ କରି ରଖିବା ପାଇଁ ତାଙ୍କ ପ୍ରଚେଷ୍ଟା ସମ୍ପର୍କରେ ସୂଚନା ଦେଇଥାଏ।

ମୁଁ ରଙ୍ଗସାଜୀ ଛାଡ଼ିବାର ଖାସ୍ ବେଶୀ ଦିନ ହୋଇ ନ ଥାଏ। ଥରେ ମୁଁ ଯାଇଥାଏ ମୋର ବିଧିମତ ସାପ୍ତାହିକ ଭୋଜନ ପାଇଁ। ବାସ୍ତବିକ ସେ ଦିନର ମଧ୍ୟାହ୍ନ ଭୋଜନ ଥିଲା ସ୍ୱତନ୍ତ୍ର ଓ ବିଲକ୍ଷଣ। ସେଦିନ ଥିଲା ମୋର ଜନ୍ମଦିନ। କାଳେ ମୁଁ ଭୁଲି ଯାଇଥିବି ସେଥିପାଇଁ ମାଆ ମୋତେ ସେଦିନ ସକାଳେ ମୋ ଜନ୍ମ ଦିନ କଥା ମନେ ପକାଇ ଦେଇଥିଲେ। ଦୂରଭାଷରେ ସେ ମୋତେ ଜନ୍ମଦିନର ଶୁଭେଚ୍ଛା ଜଣାଇଥିଲେ ତାଙ୍କର ସେଇ ଅଖାଡ଼ୁଆ ଭାବେ ଔପରଉରିକ ଭଦ୍ର ଭଙ୍ଗୀରେ। "ଆଜି ତୁମେ ପଞ୍ଚତିରିଶ ବର୍ଷ ବୟସରେ ପଦାର୍ପଣ କଲ। ମୁଁ ତୁମର ଆନନ୍ଦ ଓ ସଫଳତା ପାଇଁ ହାର୍ଦ୍ଦିକ ଶୁଭେଚ୍ଛା ଜ୍ଞାପନ କରୁଛି।" ତା ସହିତ ସେ ମୋତେ ଜଣାଇଦେଲେ ଯେ ସେ ମୋ ପାଇଁ ସଜାଡ଼ି ରଖିଛନ୍ତି ଏକ ବିସ୍ମୟ।

ମୁଁ ତେଣୁ ପ୍ରାୟ ମଧ୍ୟାହ୍ନ ବେଳକୁ ମୋର ପୁରୁଣା ଓ ଜରାଜୀର୍ଣ୍ଣ ମୋଟରକାରରେ ବସି ଭିୟା ଆପିୟାର ହର୍ମ୍ୟ ଦିଗରେ ଗତି କଲି। ମୁଁ ମୋର ଲକ୍ଷ୍ୟର ଯେତିକି ନିକଟତର ହେଉଥାଏ, ମୋର ଅଭ୍ୟାସଗତ ବିରାଗ ଓ ଅସ୍ୱସ୍ତିକର ଅନୁଭୂତି ସମାନୁପାତରେ ବଢ଼ି ବଢ଼ି ଚାଲିଥାଏ। ଏକ ଅଜଣା ବେଦନାର ଭାରରେ ମୋର ହୃଦୟ ଅଧିକରୁ ଅଧିକ ପୀଡ଼ିତ ହେଉଥାଏ। ପରିଶେଷରେ ମୁଁ ଧାଡ଼ି ଧାଡ଼ି ପାଇନ ଓ ସାଇପ୍ରେସର ମଧ୍ୟ ଦେଇ ଭିୟା ଆପିୟା ଆଡ଼କୁ ବୁଲିଲି। ଶ୍ୟାମଳ ଦୁର୍ବା ସୁଶୋଭିତ ବେଲାଭୂମିରେ ସ୍ଥାନେ ସ୍ଥାନେ ଦିଶୁଥାଏ ଭଙ୍ଗାଇଟାର ସ୍ତୂପୀକୃତ ଧ୍ୱଂସାବଶେଷ। ମୋ ମାଆଙ୍କର ହର୍ମ୍ୟର ଅତିକାୟ ଫାଟକଟି ଭିୟା ଆପିୟାର ଡାହାଣ ଦିଗରେ ମଝିଆମଝି ଅବସ୍ଥିତ। ମୋର ଚିରାଚରିତ ଅଭ୍ୟାସ ଅନୁଯାୟୀ ମୁଁ ତାକୁ ଖୋଜୁଥାଏ, କିୟତ୍ ଆଶାରେ ଯେ, କୌଣସି ଅଲୌକିକ ଘଟଣାକ୍ରମରେ ସେ ହର୍ମ୍ୟ ସେଠି ନ ଥିବ ଆଉ ମୁଁ ସିଧାସିଧା କାଷ୍ଟେଲି ଚାଲିଯିବି ଆଉ ତା ପରେ ଫେରିଯିବି ରୋମକୁ ଆଉ ତାପରେ ମୋର ଷ୍ଟୁଡିଓକୁ। କିନ୍ତୁ ସେଠାରେ ସେ ଫାଟକ ସେଇଭଳି ହିଁ ଥିଲା। ମୋ ପାଇଁ ତାକୁ ଉନ୍ମୁକ୍ତ କରି ରଖାଯାଇଥିଲା

ସେଦିନ । ଯେମିତି ମୁଁ ସେ ପଥ ଦେଇ ଋଲି ଯାଉଥିବା ବେଲେ ତାକୁ ଅତିକ୍ରମ କରିଗଲେ ସେ ଫାଟକଟି ତତ୍‌କ୍ଷଣାତ୍‌ ମତେ ଅଟକାଇ ଗର୍ଭସାତ କରି ନେବାକୁ ରୁହିଁ ବସିଛି । ମୁଁ କାରଟିକୁ ଧୀର କରିଦେଲି ଓ ହଠାତ୍‌ ଘୁରାଇ ଦେଲି । ଅଙ୍କ ଢଳି ଯାନ୍ତି ସାଇପ୍ରେସ ତରୁ ବୀଥିକା ମଧ୍ୟସ୍ଥ କଙ୍କରିତ ପଥରେ ଧୀରେ ନିଃଶବ୍ଦରେ ଗଡ଼ିଗଲା । କ୍ରମୋଚ୍ଚମାନ ସେଇ ବାଟିକାପଥ ଲମ୍ୱି ଯାଇଥିଲା ହର୍ମ୍ୟ ଦିଗରେ ଯାହାକି ସେଇ ପଥର ଶେଷ ପ୍ରାନ୍ତରେ ପରିଦୃଶ୍ୟମାନ ହେଉଥିଲା । ଉପରେ ଆକାଶ ବକ୍ଷରେ ଧୂସର ପେଲବ ଅଭ୍ରମାଲା ଲାଗୁଥିଲା ମୁଠାମୁଠା ମସିଆ ଭିଣାତୁଲା ଭଲି । ଆଉ ତା ତଲେ ଲଙ୍କୋଦ୍ୟତ ଭଙ୍ଗୀରେ ବିଦ୍ୟମାନ ଥିଲା ସେଇ ଲୋହିତ ହର୍ମ୍ୟ । ମୁଁ ମାଆଙ୍କୁ ଦେଖିବାକୁ ଗଲାବେଲେ ପ୍ରତିଟି ଥର ଏକ ପ୍ରକାରର ବ୍ୟାକୁଲ ସଂତ୍ରାସ ମତେ ଆକ୍ରମଣ କରେ । ମୁଁ ପୁନର୍ବାର ହଠାତ୍‌ ସେଇ ଉଦ୍‌ବେଗର ଆତୁରତା ଅନୁଭବ କଲି ଯାହା ଲୋକଟିଏ କୌଣସି ଅପ୍ରାକୃତିକ କାର୍ଯ୍ୟ କରିବାକୁ ଗଲାବେଲେ ଅନୁଭବ କରେ । ମତେ ଏଭଲି ଲାଗୁଥିଲା ଯେ, ଯେମିତିକା ଏଇ ବାଟିକାପଥ ଦେଇ ଗୃହକୁ ପ୍ରବେଶ କଲାବେଲେ, ବାସ୍ତବରେ ମୁଁ ସେଇ ଗର୍ଭକୁ ପ୍ରତ୍ୟାବର୍ତ୍ତନ କରୁଛି ଯେଉଁଠାରୁ ମୁଁ ଭୂମିଷ୍ଠ ହୋଇଥିଲି । ଏହି ଅପ୍ରୀତିକର ପ୍ରତିଲୋମ ଅନୁଭବରୁ ରକ୍ଷା ପାଇବାକୁ ଇଚ୍ଛା କରି ମୁଁ ମୋର ଆଗମନର ସୂଚନା ରୂପେ କାରର ହର୍ଣ୍ଡ ସମ୍ଭବ ମୁତାବକ ଉଚ୍ଚସ୍ୱରେ ବଜାଇଲି । ତାପରେ ଗୃହ ସମ୍ମୁଖସ୍ଥ ଅର୍ଦ୍ଧ ଚନ୍ଦ୍ରାକାର ପରିପଥରେ ଗାଡ଼ିକୁ ଘୁରାଇ କାର୍‌ ବନ୍ଦ କଲି ଆଉ ତହିଁରୁ ଡେଇଁ ଓହ୍ଲାଇ ପଡ଼ିଲି । ପ୍ରାୟ ସଙ୍ଗେ ସଙ୍ଗେ ତଲମହଲାର କାଚ କପାଟ ଖୋଲିଗଲା ଏବଂ ଦ୍ୱାର ମୁହଁରେ ଏକ ପରିଚରିକା ଆବିର୍ଭୂତ ହେଲା ।

ମୁଁ ଏହା ପୂର୍ବରୁ ତାକୁ କେବେ ଦେଖି ନ ଥିଲି । ମୋର ମାଆ ତାଙ୍କ ହର୍ମ୍ୟରେ ଯଥେଷ୍ଟ ସଂଖ୍ୟକ ପରିଚରିକା ରଖିବାକୁ ରୁହିଁ ନ ଥିଲେ ଏବଂ ସେହି କାରଣରୁ ତାଙ୍କୁ ବାରମ୍ୱାର ନୂଆ ଲୋକ ଆଣିବାକୁ ହେଉଥିଲା । ଦୀର୍ଘଦେହୀ ଏହି ପରିଚରିକାଟି ଥିଲା ଗୁରୁ-ନିତମ୍ୱିନୀ ଓ ପୀନବକ୍ଷା । କିନ୍ତୁ ବିଚିତ୍ର ଭାବରେ ତାର ଚୂଲଗୁଡ଼ିକ ଛୋଟ ଛୋଟ ହୋଇ କର୍ତ୍ତିତ ହୋଇଥିଲା ଯାହା ସାଧାରଣତଃ ଆରୋଗ୍ୟମାଣ ରୋଗୀ ବା ଅପରାଧୀଙ୍କ କ୍ଷେତ୍ରରେ ହୋଇଥାଏ । ତାର ଶେଥା, କଲାଟିଟି ମୁହଁରେ ଥିଲା ଏକ ଧୂର୍ତ୍ତତାର ଅଭିବ୍ୟକ୍ତି ; ସମ୍ଭବତଃ ତାର ଆଖିକୁ

ଘୋଡ଼ାଇ ପକାଇଥିବା କଳାଫ୍ରେମର ବିରାଟ ଚଷମା ଯୋଗୁଁ ସେପରି ଲାଗୁଥିଲା । ମୁଁ ତାର ଅଧରକୁ ବିଶେଷଭାବରେ ଲକ୍ଷ୍ୟ କରିବାକୁ ଲାଗିଲି । ଏକ ପ୍ରସ୍ଫୁଟିତ ଫୁଲ ପରି ଥିଲା ତାର ଆକାର, ଜେରୋନିୟମ ଫୁଲର ଲଳିତ ଗୋଲାପି ଆଭା ଭଳି ଥିଲା ତାର ରଙ୍ଗ । ମାଆ କାହାନ୍ତି ବୋଲି ମୁଁ ତାକୁ ପଚାରିଲି । "ଆପଣ କ'ଣ ଶ୍ରୀମାନ୍ ଡିନୋ ?" ସେ ଏକ ଅତି କୋମଳ କଣ୍ଠରେ ପ୍ରତିପ୍ରଶ୍ନ କଲା ।

: "ହଁ ।"

: "ସିନ୍ୟୋରା ଉଦ୍ୟାନରେ ଅଛନ୍ତି, ସେଇ ସବୁଜ-ଗୃହର ପାର୍ଶ୍ୱରେ ।"

ମୁଁ ସେଇ ଦିଗରେ ଯିବାକୁ ଆରମ୍ଭ କଲା ବେଲକୁ ମୋର ବିସ୍ମିତ ଦୃଷ୍ଟି ପଡ଼ିଲା ଆଉ ଗୋଟିଏ କାର ଉପରେ । ମୋର କାର ସନ୍ନିକଟରେ, କଙ୍କ୍ରିଟ ମୁକ୍ତ ପ୍ରାଙ୍ଗଣରେ ଠିଆ ରହିଥିଲା ସେଇ କାରଟି । ଏହା ଥିଲା ଏକ ଖର୍ବକାୟ, ଶକ୍ତିମାନ ପ୍ରତୀତ ହେଉଥିବା ଧାତୁମାକ୍ଷିକ ନୀଳ ବର୍ଣ୍ଣର ବିନୋଦ ଯାନ ଯାହାର ଶୀର୍ଷ ଢାଙ୍କୁଣି ଖୋଲି ଯାଇ ପାରୁଥିଲା । 'ମାଆ କ'ଣ ଆଉ କାହାକୁ ମଧ୍ୟାହ୍ନଭୋଜନ ପାଇଁ ନିମନ୍ତ୍ରଣ କରିଛନ୍ତି କି ?' ଏହିଭଳି ଅପ୍ରୀତିକର ପରିସ୍ଥିତି ସମ୍ପର୍କରେ ମନରେ ଚିନ୍ତା କରୁ କରୁ ହୋମଓକ୍ ଓ ଲରେଲର ଛାୟାସ୍ନିଗ୍ଧ, ଉଦ୍ୟାନ ମଧ୍ୟସ୍ଥ ଯେଉଁ ଇଷ୍ଟକ-ଅୟନ ହର୍ମ୍ୟକୁ ପ୍ରଦକ୍ଷିଣ କରି ଅପରଦିଗସ୍ଥ ସବୁଜ-ଗୃହ ଦିଗରେ ଲମ୍ବି ଯାଇଛି, ସେଇ ପଥରେ ମୁଁ ଅଗ୍ରସର ହେବାକୁ ଲାଗିଲି । ସମ୍ମୁଖସ୍ଥ ବିଶାଳ ଉଦ୍ୟାନଟି ସଜ୍ଜିତ ହୋଇଥିଲା ଇତାଲୀୟ ଶୈଲୀରେ । ତ୍ରିଭୁଜ, ବର୍ଗକ୍ଷେତ୍ର ଆଉ ବୃଭର ଆକାରରେ ହୋଇଥିଲା ପୁଷ୍ପକେଦାର ଗୁଡ଼ିକର ବିନ୍ୟାସ । କ୍ଷୁପତରୁ ଗୁଡ଼ିକ ଗୋଲକ, ପିରାମିଡ ଏବଂ ଶଙ୍କୁ ଆକାରରେ କଟା ଯାଇଥିଲା । ଉଦ୍ୟାନର ଅଗଣନୀୟ କ୍ଷୁଦ୍ର ପଥ୍ୟା ଗୁଡ଼ିକ ଥିଲା ଅସ୍ନାଚ୍ଛାଦିତ ଏବଂ ପଥଧାର ଗୁଡ଼ିକ ଥିଲା ବକ୍ଷ-ଗୁଳ୍ମ ଶୋଭିତ । ଚଉଡ଼ା ସଲକ୍ଷ ପଥଟିଏ ଉଦ୍ୟାନକୁ ଦୁଇଟି ଭାଗରେ ବିଭକ୍ତ କରି ହର୍ମ୍ୟ ପାଖରୁ ଲମ୍ବି ଯାଇଥିଲା ଗୃହପୋତର ସୀମା ପର୍ଯ୍ୟନ୍ତ, ଯେଉଁଠିକି ପ୍ରାଚୀରକୁ ଲାଗି ଦଣ୍ଡାୟମାନ ଥିଲା ଅନେକଗୁଡ଼ିଏ ସବୁଜଗୃହ । ସେଇ ପଥକୁ ଢାଙ୍କି ରଖିଥିଲା ଧଳାରଙ୍ଗରେ ରଞ୍ଜିତ ଲୁହାର ରଞ୍ଜା, ଯାହା ଦେହରେ ଦ୍ରାକ୍ଷାଲତାର ଶାଖାଗୁଡ଼ିକ ଗୁଡ଼ାଇ ହୋଇ ରହିଥିଲେ । ସବୁଜଗୃହ ଗୁଡ଼ିକ ଭିତରେ ମାଆ ତାଙ୍କର ପୁଷ୍ପବାଟିକା ପାଇଁ ଫୁଲଗଛ ବଢ଼ାଉଥିଲେ ଆଉ ସେଗୁଡ଼ିକର ଉଜ୍ଜ୍ୱଲ କାଚଫଳକ ଗୁଡ଼ିକ ବେଶ୍ ଦୂରରୁ ମଧ୍ୟ

ସ୍ୱୟ ଦେଖା ଯାଉଥିଲା । ହର୍ମ୍ୟଠାରୁ ସବୁଜଗୃହ ପର୍ଯ୍ୟନ୍ତ ଲମ୍ଵିଥିବା ସେଇ ବାଟିକା ପଥର ମଧ୍ୟଭାଗରେ ନିକୁଞ୍ଜର ଲୁହା ରେଲିଂ ତଳେ ମୁଁ ତାଙ୍କୁ ଏକାକିନୀ ରହୁଥିବାର ଦେଖିଲି । ତାଙ୍କର ପଛ ମୋ ଆଡ଼କୁ ଥିଲା ଆଉ ହଠାତ୍ ମୁଁ ତାଙ୍କୁ ଡାକିବାକୁ ଯାଇ ଅଟକି ଗଲି ଆଉ ତାଙ୍କୁ ନିରୀକ୍ଷଣ କରିବାକୁ ଲାଗିଲି ।

ସେ ରହୁଥିଲେ ଧାରେ ଧାରେ, ବହୁତ ଧୀର ପଦକ୍ଷେପରେ, ଯେମିତିକା ଜଣେ ତା ଚତୁର୍ପାର୍ଶ୍ୱକୁ ଦେଖୁଛି ଆଉ ସେ ଯାହା ଦେଖୁଛି ତାହା ତାକୁ ଆନନ୍ଦ ଦେଉଛି; ସେଥିପାଇଁ ସେ ତାର ଅନୁଧ୍ୟାନକୁ ଯଥାସମ୍ଭବ ଦୀର୍ଘତର କରି ଦେଖୁଛି । ସେ ପିନ୍ଧିଥିଲେ ଗୋଟିଏ ଫିକା ନୀଳବର୍ଣ୍ଣର ଚେଲମିଥୁନ– ଗୋଟିଏ ଚୋଲି ଆଉ ଗୋଟିଏ ଘାଗରା । ଚୋଲିଟି ଅନ୍ଧା ପାଖରେ ଚିପି ହୋଇ ରହିଥିଲା ଆଉ ତା’ର କାନ୍ଧ ପାଖଟା ଥିଲା ବେଶ୍ ଚଉଡ଼ା । ତାଙ୍କ ଘାଗରାଟି ବହୁତ ଚିପା ଥିଲା, ଖଣ୍ଡାର ଖାପ୍ ଭଳି ତାହା ଖାପି ଯାଇଥିଲା ତାଙ୍କ ଦେହରେ । ସେ ସବୁବେଳେ ଏଇଭଳି ଚିପା ପୋଷାକ ହିଁ ପିନ୍ଧୁଥିଲେ, ଯୋଉଥ୍ ପାଇଁ କି ତାଙ୍କର ସେଇ ଛୋଟିଆ ଦୁର୍ବଳ ଶରୀର ଦିଶୁଥିଲା ଆହୁରି ରଜୁ ଏବଂ ଆହୁରି କ୍ଷୁଦ୍ର, ପ୍ରାୟ ପୁଡ଼ଲିକା ଭଳି । ତାଙ୍କର ମୁଣ୍ଡଟି ଥିଲା ବେଶ୍ ବଡ଼, ବେକଟି ଦୃଢ଼ ଓ ଲମ୍ବା, ଆଉ ତାଙ୍କର ଚିକ୍‌ଣ, କୁଞ୍ଚିତ କେଶ ଥିଲା ଫିକା ସୁନେଲି ବର୍ଣ୍ଣର । ସେ କେଶକୁ ପୁଣି ଯୋଜନାବଦ୍ଧ ଭାବରେ କରାଯାଇଥାଏ ଅଧିକ କୁଞ୍ଚିତ ଓ ତରଙ୍ଗାୟିତ । ତାଙ୍କ କଣ୍ଠମାଳାର ମୁକ୍ତାଗୁଡ଼ିକ ଏତେ ବଡ଼ ବଡ଼ ଯେ ସେଗୁଡ଼ିକ ମୁଁ ଏତେ ଦୂରରୁ ମଧ୍ୟ ସ୍ୱଷ୍ଟ ଦେଖି ପାରୁଥିଲି । ମୋର ମାଆ ଦୃଷ୍ଟି– ଆକର୍ଷକ ଅଳଙ୍କାରରେ ନିଜକୁ ସଜାଇବାକୁ ଭଲ ପାଉଥିଲେ । ବିରାଟ ବିରାଟ ପଥରବସା ମୁଦି ଗୁଡ଼ିକ ତାଙ୍କର ପତଲା ଅଙ୍ଗୁଳିକୁ ଢଲଢଲ ହେଉଥାଏ; ରତ୍ନପଥର ସମନ୍ୱିତ ବିଶାଳ କଙ୍କଣ ହାତକୁ ଏଭଳି ଲାଗୁଥାଏ ଯେମିତି କି ତାଙ୍କର ହାଡୁଆ କଟିରୁ ତାହା କୌଣସି ମୁହୂର୍ତ୍ତରେ ହିଁ ଖସି ପଡ଼ିବ । ତାଙ୍କ ପତଲା ଛାତିକୁ ତାଙ୍କ ବୁରୁଚ୍ ଲାଗେ ବହୁତ ବଡ଼ । କାନର ଅଳଙ୍କାରଟା ବି ତାଙ୍କ କୃଶିତ, ଅମାଂସଳ କାନ ପାଖରେ ଲାଗେ ବିଶାଳ । ମୋର ସେଇ ବିରାଗ ଓ ଘନିଷ୍ଠ ପରିଚୟର ମିଶାମିଶି ଅନୁଭୂତି ନେଇ ମୁଁ ପୁଣି ଥରେ ଲକ୍ଷ୍ୟ କଲି କେମିତି ତାଙ୍କ ପାଦର ଜୋତା ଆଉ ହାତରେ ଓହଲାଇ ଥିବା ବ୍ୟାଗ ମଧ୍ୟ ବିରାଟ ଜଣା ପଡ଼ୁଛି । ପରିଶେଷରେ ମୁଁ ନିଜକୁ ନିୟନ୍ତ୍ରଣ କଲି ଆଉ ତାଙ୍କର ଦୃଷ୍ଟି ଆକର୍ଷଣ କରିବା ପାଇଁ ଡାକିଲି ।

ସ୍ୱଭାବରେ ସେ ଥିଲେ ସନ୍ଦେହୀ; ସେ ହଠାତ୍ ଠିଆ ହୋଇଗଲେ ଯେମିତି କି କିଏ ତାଙ୍କ କାନ୍ଧରେ ହାତ ଥୋଇ ଦେଇଛି, ଆଉ ତା ପରେ ସେ ପଛକୁ ବୁଲି ଅନାଇଲେ। ତାଙ୍କର ଗୋଡ଼ ଥାଏ ସେମିତି ସ୍ଥିର, କେବଳ ତାଙ୍କ ଉପରାର୍ଦ୍ଧ ମୋ ଆଡ଼କୁ ଅଳ୍ପ ମୋଡ଼ି ହୋଇଯାଇଥାଏ। ମୁଁ ତାଙ୍କର ଲମ୍ୱା ଗୋଜିଆ ମୁହଁକୁ ଚାହିଁଲି। ତାଙ୍କ ଠାକରା ଗାଲ ଭିତରକୁ ପଶି ଯାଇଥାଏ। କିଏ ଚିମୁଟି କରି ଘୁଞ୍ଚି ଦେଇଥିବା ଭଳି ଲାଗୁଥିଲା ତାଙ୍କର ପାଟି, ଆଉ ନାକ ଲାଗୁଥିଲା ଲମ୍ୱା ଓ ପତଳା। ସେ ତାଙ୍କର କାଚଭଳି ନୀଳ ଆଖିରେ ମୋତେ ଆଡ଼ବାଙ୍କରେ ଚାହିଁଲେ। ତାପରେ ସିଏ ହସିଲେ, ପଛକୁ ପୁରାପୁରି ଘୁରିଗଲେ, ଆଉ ମୋ ପାଖକୁ ଆସିବାକୁ ଲାଗିଲେ। ତାଙ୍କର ମୁଣ୍ଡ ତଳକୁ ନୋଇଁଥିଲା, ଦୃଷ୍ଟି ଭୂମି ଉପରେ ସ୍ଥିର ଥିଲା, ଆଉ ଏକ କର୍ତ୍ତବ୍ୟ ସମାପନ କରିବା ଭଙ୍ଗୀରେ ସେ କହିଲେ, "ସୁପ୍ରଭାତ ଏବଂ ଏଇ ସୁଖର ଦିନ ତୁମ ଜୀବନରେ ବାରମ୍ୱାର ଆସୁ"। ଯଦିଚ ତାଙ୍କର ଅଭିପ୍ରାୟ ସ୍ନେହଶୀଳ ଥିଲା, ମୁଁ ଲକ୍ଷ୍ୟ କଲି ଯେ ତାଙ୍କର ସ୍ୱର ସବୁବେଳ ଭଳି ଥିଲା ଫଟା ଓ ଶୁଖୁଲା। ଯେମିତି ଗଣ୍ଠାର ରାବ! ସେ ମୋ ନିକଟକୁ ଆସିଲେ ଏବଂ ପୁଣିଥରେ କହିଲେ, "ଏଇ ସୁଖର ଦିନ ତୁମ ଜୀବନରେ ବାରମ୍ୱାର ଆସୁ ଏବଂ ମୋ ନିକଟକୁ ଆସ ଆଉ ମତେ ଚୁମା ଦିଅ"। ତାପରେ ମୁଁ ନଇଁ ପଡ଼ିଲି ଏବଂ ତରବରିଆ ଭାବରେ ତାଙ୍କ ଗାଲରେ ଚୁମ୍ୱନଟିଏ ଆଙ୍କିଦେଲି। ସେଇ ବାଟିକାପଥର ଶେଷପ୍ରାନ୍ତ ଆଡ଼କୁ ଆମେ ସମପଦକ୍ଷେପରେ ଚାଲିବାକୁ ଲାଗିଲୁ। ନିକୁଞ୍ଜର ଲୁହାରଞ୍ଜାରେ ମାଡ଼ିଥିବା ଲତା ଗୁଡ଼ିକୁ ଦେଖାଇ ମୋର ମାଆ ହଠାତ୍ କହିଲେ, "ତୁମେ ଜାଣିଛକି, ମୁଁ କ'ଣ ଚାହିଁ ଦେଖୁଥିଲି? ଦେଖ ମୋର ଏଇ ଦ୍ରାକ୍ଷାଗୁଚ୍ଛକୁ"।

ମୁଁ ଉପରକୁ ଆଖି ତୋଲି ଚାହିଁଲି ଏବଂ ଦେଖିଲି ଯେ ଦ୍ରାକ୍ଷାଗୁଚ୍ଛର ପ୍ରତ୍ୟେକଟି ଫଳ ଲାଗୁଛି ଯେପରିକି କିଏ ସେଗୁଡ଼ିକୁ ଅଧେ ବହୁତେ ଚୁଚୁମି ଶୋଷି ନେଇଚି। ତାଙ୍କର ସେଇ ଅଜବ ପ୍ରକାର ଅନ୍ତରଙ୍ଗ, ସ୍ନେହସିକ୍ତ ଏବଂ ସମଭାବରେ ବୈଜ୍ଞାନିକ ଅନୁଶୀଳନର ସ୍ୱରରେ ମାଆ କହିଲେ: "ଝିଟିପିଟି"। ନିଜ ଉଦ୍ଭିଦ ଓ ପୁଷ୍ପମାନଙ୍କ ସମ୍ପର୍କରେ କହିବା ବେଳେ ସିଏ ପ୍ରାୟ ଏହିଭଳି ସ୍ୱର ବ୍ୟବହାର କରିଥାଆନ୍ତି। "ସେଇ ଛୋଟିଆ ଛୋଟିଆ ଗନ୍ଧିଆ ଜୀବ ଗୁଡ଼ାକ ଲୁହାରଂଜାର ଖୁମ୍ୱ ଦେଇ ଉପରକୁ ଉଠି ଯାଉଛନ୍ତି ଆଉ ଅଙ୍ଗୁରଗୁଡ଼ିକୁ ଖାଇ ଯାଉଚନ୍ତି। ଦ୍ରାକ୍ଷାକୁଞ୍ଜର ସବୁ

ସୌନ୍ଦର୍ଯ୍ୟକୁ ନଷ୍ଟ କରି ଦେଉଚନ୍ତି ସେମାନେ। ଦ୍ରାକ୍ଷାଲତାର ସବୁଜପତ୍ର ଓ ତାଙ୍କ ଭିତରେ କୃଷ୍ଣ ଦ୍ରାକ୍ଷାର ଗୁଚ୍ଛ କି ସୁନ୍ଦର ଦିଶେ! କିନ୍ତୁ ଅଙ୍କୁରଗୁଡ଼ିକୁ ଏ ଝିଟିପିଟି ମାନେ ଅଧା ଦାନ୍ତେଇ ଦେବା ଫଳରେ ସେଇ ନିଖୁଣ ସୌନ୍ଦର୍ଯ୍ୟ ପଣ୍ଡ ହୋଇ ଯାଉଛି।"

ମୁଁ ଏହି ପରିପ୍ରେକ୍ଷୀରେ, ରୋମର ଏକ ପ୍ରାସାଦର ଛଦିରେ ପ୍ରସିଦ୍ଧ କଳାକାର ଜୁକାରୀଙ୍କ ଦ୍ୱାରା ଅଙ୍କିତ ଏକ ଚିତ୍ରକଳା ବିଷୟ ମାଆାଙ୍କ ପାଖରେ ବର୍ଣ୍ଣନା କଲି। ବାସ୍ତବିକ ଏକ ସ୍ୱର୍ଣ୍ଣାଭ ରଙ୍ଗୀ ଓ ତା ଉପରର କୃଷ୍ଣ ଦ୍ରାକ୍ଷାଗୁଚ୍ଛ ଓ ଦ୍ରାକ୍ଷାଲତାର ପତ୍ରପଟଳ ଥିଲା ସେଇ ଚିତ୍ରକଳାର ବିଷୟବସ୍ତୁ। ସେ ଶୁଣିଲେ ଏବଂ କହି ଚଲିଲେ, "ଏବେ ଦିନେ ଏଇ ପାଖରେ ରହୁଥିବା କୋଉ ରଙ୍ଗୀର କୁକୁଡ଼ାଟିଏ କେମିତି କେଜାଣି ଆମ ଉଦ୍ୟାନ ଭିତରକୁ ପଶି ଆସିଥିଲା। ଝିଟିପିଟିଟାଏ ସେତେବେଳକୁ ଥିଲା ରଙ୍ଗୀ ଉପରେ, ଆଉ ସ୍ୱାଭାବିକ ଭାବେ ମୋ ଅଙ୍କୁରର ରସ ଚୋଷୁଥିଲା। ତାପରେ ହଠାତ୍ କୌଣସି ଅଜ୍ଞାତ କାରଣରୁ ତାର ପାଦ ଖସିଗଲା ଆଉ ସିଏ ତଳକୁ ଖସି ପଡ଼ିଲା। ଟିକିଏ କଥାଟା କଳ୍ପନା କର, ଝିଟିପିଟିଟା ଭୁଇଁକୁ ଛୁଇଁ ବି ପାରିଲା ନାଁ। କୁକୁଡ଼ାଟି ତାକୁ ତା ଥଣ୍ଟରେ ଧରି ନେଲା ଆଉ ତାକୁ ସମ୍ପୂର୍ଣ୍ଣ ଭାବେ ଢୋକି ଦେଲା। ହଁ ସତରେ ସେଇୟା, କୁକୁଡ଼ାଟା ଝିଟିପିଟିକୁ ପୁରା ଢୋକି ଦେଲା।"

: "ତାହେଲେ ତୁମେ ବରଂ କୁକୁଡ଼ା ରଖିବା ଆରମ୍ଭ କର", ମୁଁ କହିଲି। "ସେମାନେ ଝିଟିପିଟି ଗୁଡ଼ିକୁ ଖାଇଯିବେ ଏବଂ ଝିଟିପିଟି ଗୁଡ଼ିକର ଅଙ୍କୁର ଖାଇବା ବନ୍ଦ ହୋଇଯିବ।"

: "ଓଃ! ଭଗବାନଙ୍କ ଦ୍ୱାହି, ନା! କୁକୁଡ଼ା ଗୁଡ଼ାକ ଝିଟିପିଟି ଗୁଡ଼ିକୁ ଖାଇବା ସହିତ ମୋ ବଗିଚ ସମ୍ପୂର୍ଣ୍ଣ ଧ୍ୱଂସ କରିଦେବେ। ମୋର ବରଂ ଝିଟିପିଟି ଭଲ।"

ଏବଂ ଏମିତି ଆମେ ଉଦ୍ୟାନ ସାରା ବୁଲିବାରେ ଲାଗିଲୁ। ଦ୍ରାକ୍ଷାଲତ ଆଚ୍ଛାଦିତ ନିଷ୍କୁଟର ଦୀର୍ଘ ବାଟିକାପଥ ଦେଇ ପାଚେରୀ ପର୍ଯ୍ୟନ୍ତ ଗଲୁ, ଆଉ ତାପରେ ସବୁଜଗୃହ ଦେଇ ଉଦ୍ୟାନ ଭ୍ରମଣ କରିବାରେ ଲାଗିଲୁ। ମୋର ମାଆ ବେଲେବେଲେ ନଇଁ ପଡ଼ୁଥାଆନ୍ତି ଆଉ ଗତରାତ୍ରିରେ ଫୁଟିଥିବା ଫୁଲର ପାଖୁଡ଼ାକୁ ଛୁଉଁଥାଆନ୍ତି, ଦୁଇଟି ଆଙ୍ଗୁଠିରେ ଫୁଲକୁ ଧରି ପାପୁଲିରେ ଅନୁଭବ କରୁଥାନ୍ତି ତାର

ସ୍ପର୍ଶ। କିମ୍ବା ଗୋଟିଏ ମାଟିର ଫୁଲକୁଣ୍ଡରୁ ବାହାରିଥିବା ମାଂସଳ ଚେରା ଯାହାକି ଗୋଟିଏ ଲୋମଶ ସର୍ପ ଭଳି ବାଙ୍କି ଯାଇଥାଏ ଭୁଇଁ ଉପରକୁ, ଆଉ ଲାଗୁଥାଏ ସିଏ ଯେମିତି ଏଇମାତ୍ର ଫଣା ଟେକି ଫୁତ୍କାର ତୋଲି ତୁମ ଆଡ଼କୁ ମାଡ଼ି ଆସିବ, ତାରି ପାଖରେ ମାଆ ଅପଲକ ନୟନରେ ଚୁହିଁ ରହି ଠିଆ ହେଉ ଥାଆନ୍ତି ଏକ ତନ୍ମୟ ତୃପ୍ତିର ସହ (ଆଉ ଅନ୍ୟ କୌଣସି ଶବ୍ଦରେ ତାଙ୍କର ସେଇ ମୁଦ୍ରାର ଭାବକୁ ପ୍ରକାଶ କରି ହେବନାହିଁ), କିମ୍ବା କେବେ ପୁଣି ତାଙ୍କର ଶୁଙ୍ଖଳା ପାଣ୍ଡିତ୍ୟପୂର୍ଣ୍ଣ ଉଦ୍ଭିଦବିଜ୍ଞାନ ସମ୍ପର୍କିତ ବିରକ୍ତିକର ତଥ୍ୟଗୁଡ଼ିକ ମତେ ପଢେଇବାରେ ଲାଗି ଥାଆନ୍ତି। ଉଦ୍ୟାନ ବିଦ୍ୟାର ମାନୁଆଲ ପୁଙ୍ଖାନୁପୁଙ୍ଖ ଭାବରେ ପଢ଼ିବା ଦ୍ୱାରା ଏବଂ ତାଙ୍କର ମାଳୀ ଦୁଇଜଣଙ୍କ ସହ ଦୀର୍ଘସମୟ ଧରି ଆଲୋଚନା କରିବା ଦ୍ୱାରା ଏଇ ତଥ୍ୟଗୁଡ଼ିକ ସିଏ ସଙ୍ଗ୍ରହ କରି ଥାଆନ୍ତି। ମାଳୀ ଦୁଇଟି ବେଶ୍ ଧୈର୍ୟ୍ୟବାନ। ସେମାନେ ସେପରି ହେବାକୁ ବାଧ୍ୟ କାରଣ ସେମାନେ ବେଶ୍ ଭଲ ଦରମା ପାଆନ୍ତି। ତାର ପ୍ରତିବଦଳରେ ଉଦ୍ୟାନରେ କାମ କରୁଥିବାର ପୁରା ସମୟଟା ସେମାନଙ୍କୁ ମାଆଙ୍କର ଉପସ୍ଥିତି ଓ ସାହଚର୍ୟ୍ୟ ସହ୍ୟ କରିବାକୁ ହୋଇଥାଏ। ମୁଁ ଆଗରୁ କହିଥିବା ମତେ ତରୁ, ଲତା ଓ କୁସୁମ ମାନଙ୍କ ପ୍ରତି ମୋ ମାଆଙ୍କର ପ୍ରେମ ତାଙ୍କ ଗଦ୍ୟମୟ ଜୀବନର ଏକମାତ୍ର କୋମଳ ଲଳିତ ଦିଗ। ଏକଥା ସତ୍ୟ ଯେ ମାଆ ତାଙ୍କ ନିଜସ୍ୱ ଭଙ୍ଗୀରେ ମତେ ଭଲ ପାଉଥିଲେ; ଆଉ ଆମ ସମ୍ପତ୍ତିର ରକ୍ଷଣାବେକ୍ଷଣ ଏବଂ ଅଭିବୃଦ୍ଧିରେ ମଧ୍ୟ ସିଏ ଗଭୀର ଅନୁରାଗର ସହ ଲିପ୍ତ ରହୁଥିଲେ। କିନ୍ତୁ ଉଭୟ କ୍ଷେତ୍ରରେ, ତାଙ୍କ ବ୍ୟବସାୟରେ ଓ ମୋ ସହିତ ତାଙ୍କ ସମ୍ପର୍କରେ, ତାଙ୍କର ପ୍ରଭୁତ୍ୱବ୍ୟଞ୍ଜନା, ସ୍ୱାର୍ଥପରାୟଣତା, ନିର୍ମମତା ଓ ଅବିଶ୍ୱାସ ଭଳି ଚରିତ୍ରିକ ବୈଶିଷ୍ଟ୍ୟ ଗୁଡ଼ିକର ଗୁରୁତ୍ୱପୂର୍ଣ୍ଣ ଭୂମିକା ଥିଲା। କିନ୍ତୁ ଅପରପକ୍ଷରେ ପୁଷ୍ପ ଓ ଉଦ୍ଭିଦମାନଙ୍କୁ ସେ ଭଲ ପାଉଥିଲେ ଏକ ଅକୁଣ୍ଠ ଉତ୍ସାହ ଓ ନିଃସ୍ୱାର୍ଥପରତାର ସହିତ। ତାଙ୍କର ଏହି ଭଲ ପାଇବାର ପଛରେ କୌଣସି କାମନା ବା ପ୍ରଚ୍ଛନ୍ନ ଉଦ୍ଦେଶ୍ୟ ନଥିଲା। ଆଉ ମୋର ପିତାଙ୍କୁ? କେଉଁ ପ୍ରକାରରେ ଭଲ ପାଉ ଥିଲେ ସିଏ ମୋର ପିତାଙ୍କୁ? ସାଧାରଣତଃ ଯେପରି ହୁଏ, ମୋର ମୁଣ୍ଡକୁ ଚିନ୍ତାଟା ଆସିଗଲା ଯେ ମୋର ପିତାଙ୍କର ଆଉ ମୋ ଭିତରେ ଅତ୍ତତଃ ଗୋଟିଏ ବିଷୟରେ ସାଦୃଶ୍ୟ ରହିଛି; ତାହା ଏହି ଯେ, ଆମେ ଉଭୟ ମାଆଙ୍କ ସହିତ ରହିବାକୁ ଚୁହିଁ ନ ଥିଲୁ। ମୁଁ ତାଙ୍କୁ ହଠାତ୍ ଫ୍ରାରିଲି,

“ଆଚ୍ଛା, ମୁଁ ଏମିତି କଥା ପ୍ରସଙ୍ଗରେ ଜାଣିବାକୁ ଚହୁଁଛି, ମୋର ବାପା କାହିଁକି ସବୁବେଳେ ତୁମଠାରୁ ଦୂରକୁ ପଳାଇବାକୁ ଚହୁଁଥିଲେ ?”

ମୁଁ ଦେଖିଲି ସିଏ ତାଙ୍କର ନାସା କୁଞ୍ଚିତ କଲେ। ମୁଁ ଯେତେବେଳେ ତାଙ୍କୁ ମୋ ବାପାଙ୍କ ବିଷୟରେ କିଛି ପଚରେ, ଏହିଭଳି ନାସିକା କୁଞ୍ଚନ କରିବା ଥିଲା ତାଙ୍କର ଅଭ୍ୟାସ।

: “କଥା ପ୍ରସଙ୍ଗରେ କାହିଁକି ?” ସିଏ ପ୍ରଶ୍ନ କଲେ।

: “ଛାଡ ସେ କଥା। ମୋର ପ୍ରଶ୍ନର ଉତ୍ତର ଦିଅ।”

: “ତୁମର ପିତା ମୋଠାରୁ ପଳାଇ ଯାଉ ନ ଥିଲେ।” ସିଏ ଘଡ଼ିଏ ଅପେକ୍ଷା କରି ଏକ ଶୀତଳ ମର୍ଯ୍ୟାଦାର ସହ କହିଲେ। “ଅସଲ କଥା ହେଲା ସେ ଘୁରି ବୁଲିବାକୁ ଭଲ ପାଉଥିଲେ। ସେ କଥା ଛାଡ, ବର୍ତ୍ତମାନ ସେଇ ଗୋଲାପ ଗୁଡ଼ିକୁ ଦେଖ। ଚମକ୍ରାର ଦେଖା ଯାଉ ନାହାଁନ୍ତି ସେଗୁଡ଼ିକ ?”

ମୁଁ ଉଦ୍ଧତ ଭଙ୍ଗୀରେ କହିଲି, “ମୁଁ ଚହୁଁଛି ତୁମେ ମୋତେ ମୋ ପିତାଙ୍କ ବିଷୟରେ କହିବ। ଯଦି ତୁମ ହିସାବରେ ସିଏ ତୁମଠାରୁ ଦୂରକୁ ପଳାଇ ଯିବା ପାଇଁ ବାହାରକୁ ଯାଉ ନ ଥିଲେ, ତାହେଲେ ସେ ଦେଶାଟନରେ ଗଲାବେଳେ ତୁମେ ତାଙ୍କ ସଙ୍ଗରେ ଯାଉ ନ ଥିଲ କାହିଁକି ?”

: “ପ୍ରଥମତଃ ଗୁରୁତ୍ୱପୂର୍ଣ୍ଣ ହେଲା କିଏ ଜଣେ ଏଠାରେ ରହି ଆମ ସମ୍ପତିର ଦେଖାଶୁଣା କରିବ।”

: “ତୁମେ କହିବାର ଅର୍ଥ ତୁମ ସମ୍ପତିର।”

: “ଆମ ପାରିବାରିକ ସମ୍ପତିର।” ସେ ଅଳ୍ପ ଜୋର ଦେଇ କହିଲେ। “ଦ୍ୱିତୀୟତଃ, ସିଏ ଯେଉଁ ଭଙ୍ଗୀରେ ଘୁରି ବୁଲୁଥିଲେ ମୋତେ ତାହା ଭଲ ଲାଗେ ନାଇଁ। ମୁଁ ଯାତ୍ରାରେ ଗଲାବେଳେ ସବୁ ସୁବିଧା ସୁଯୋଗର ସହିତ ବୁଲିବାକୁ ଚହେଁ। ଯେଉଁଠି ମୋର ଚିହ୍ନାଜଣା ଲୋକ ଥିବେ ଆଉ ଯେଉଁଠି ଭଲ ହୋଟେଲ ଥିବ, ସେଇଭଳି ଜାଗାକୁ ଯିବା ପାଇଁ ମୁଁ ଚହେଁ। ଯେମିତିକି ପ୍ୟାରିସ, ଲଣ୍ଡନ, ଭିଏନା। କିନ୍ତୁ ତାଙ୍କ ସାଙ୍ଗରେ ଗଲେ ଭଗବାନ ଜାଣନ୍ତି କୋଉଠିକି ସିଏ ତୁମକୁ ଭିଡ଼ିବେ – ଆଫଗାନିସ୍ତାନ

କି ବଳିଭିଆ। ମୁଁ ଅସୁବିଧା କିଛି ସହ୍ୟ କରି ପାରେନା, ଆଉ ଅଗମ୍ୟ ଦେଶଗୁଡ଼ିକୁ ଜମା ହିଁ ସହ୍ୟ କରି ପାରେନା।"

: "କିନ୍ତୁ ମତେ କୁହ କାହିଁକି ସିଏ ଘର ଛାଡ଼ି ଘୂରି ବୁଲୁଥିଲେ, ଅବା ତୁମ କହିବାମତେ, ସେ କାହିଁକି ଯାଉଥିଲେ ଦେଶାଟନରେ ? କାହିଁକି ସେ ତୁମ ସହିତ ଘରେ ରହୁ ନ ଥିଲେ ?" ମୁଁ ଦୃଢ଼ ଓ ଅବିଚଳିତ ଭାବେ ପ୍ରଶ୍ନ କରିବାକୁ ଲାଗିଲି।

: "କାରଣ ସିଏ ଘରେ ରହିବାକୁ ଭଲ ପାଉ ନ ଥିଲେ।"

: "ଆଉ କାହିଁକି ସିଏ ଘରେ ରହିବାକୁ ଭଲ ପାଉ ନ ଥିଲେ ? ଘରେ ରହିବା ଦ୍ୱାରା ସିଏ ବୋରାୟିତ ହୋଇ ପଡ଼ୁଥିଲେ କି ?"

: "ମୁଁ କେବେ ସେ କଥା ଜାଣିବା ପାଇଁ ଚେଷ୍ଟା କରିନାଇଁ। ମଝିରେ ମଝିରେ ସେ ବିଷଣ୍ଣ ହୋଇ ପଡ଼ୁଥିଲେ, କାହାରିକୁ କିଛି କହୁ ନ ଥିଲେ ଏବଂ କେବେ କେବେ ବାହାରକୁ ବି ବାହାରୁ ନ ଥିଲେ। ପରିସ୍ଥିତି ଏଭଳି ହେଉଥିଲା ଯେ ମୁଁ ନିଜେ ତାଙ୍କୁ ଟଙ୍କା ଦେଇ ଘୂରି ଆସିବାକୁ କହୁଥିଲି, 'ଯାଅ ଘୁରିଆସ। ତୁମ ପାଇଁ ବୁଲି ଆସିବାଟା ଭଲ'।"

: "ତୁମେ କଣ ଭାବୁନାହଁ ଯେ, ଯଦି ସିଏ ତୁମକୁ ବାସ୍ତବରେ ଭଲ ପାଉ ଥାଆନ୍ତେ, ତାହାହେଲେ ସେ ଘର ଛାଡ଼ି ଏମିତି ଘୂରି ବୁଲିବା ପାଇଁ ବାହାରି ଯାଉ ନ ଥାନ୍ତେ ?"

: "ହଁ ଠିକ୍ ସେଇଆ।" ସିଏ ଉତ୍ତର ଦେଲେ ଏକ ଶାଣିତ ସ୍ୱରରେ। କିନ୍ତୁ ସତ୍ୟ ପ୍ରକାଶ କରୁ ଥିବାର ନିଷ୍ଠା ତାଙ୍କ ସ୍ୱରରେ ପୁରି ରହିଥିଲା। "ସେ ମୋତେ ଭଲ ପାଉ ନ ଥିଲେ।"

: "ତାହା ହେଲେ ସିଏ ତୁମକୁ ବିବାହ କଲେ କାହିଁକି ?"

: "ସିଏ ବୋଧହୁଏ ମତେ ବିବାହ କରି ନ ଥାନ୍ତେ। ମୁଁ ହିଁ ତାଙ୍କୁ ବିବାହ କରିବାକୁ ବାଧ କରିଥିଲି।"

: "ସିଏ ଗରିବ ଥିଲେ, ନୁହେଁ କି ? ଆଉ ତୁମେ ଥିଲ ଧନୀ।"

: "ହଁ ତାଙ୍କର କିଛି ହିଁ ନ ଥିଲା। ଅବଶ୍ୟ ସିଏ ଏକ ଭଲ ପରିବାରରୁ ଆସିଥିଲେ। କିନ୍ତୁ କେବଳ ସେତିକି।"

: "ତୁମେ ଭାବୁନାହଁ କି ସିଏ ତୁମକୁ ଅର୍ଥ ପାଇଁ ବିବାହ କରିଥାଇ ପାରନ୍ତି ?"

: "ଏଃ, ନା। ତୁମ ପିତା ଅର୍ଥଲୋଭରେ କୌଣସି କାମ କରିବା ଭଲି ଲୋକ ନ ଥିଲେ। ସେହି ଦୃଷ୍ଟିରୁ ସିଏ ଥିଲେ ପ୍ରାୟ ତୁମ ଭଲି। ଏହା ସତ୍ୟ ଯେ ତାଙ୍କର ସର୍ବଦା ଅର୍ଥର ଆବଶ୍ୟକତା ରହୁଥିଲା, କିନ୍ତୁ ସେ ଅର୍ଥକୁ କେବେ କୌଣସି ଗୁରୁତ୍ୱ ଦେଉ ନ ଥିଲେ।"

: "ତୁମେ ଜାଣିଛ କି ମୁଁ କାହିଁକି ମୋ ପିତାଙ୍କ ବିଷୟରେ ଏଇ ସବୁ ପ୍ରଶ୍ନ ପଚାରୁଚି ?"

: "ନା, ବାସ୍ତବିକ ମୁଁ ଜାଣିନାହିଁ।"

: "କାରଣ, ମତେ ଲାଗୁଚି ଯେ, ଅନ୍ତତଃ ଗୋଟିଏ ଦୃଷ୍ଟିରୁ ମୁଁ ତାଙ୍କ ଭଲି। ମୁଁ ବାପାଙ୍କ ପରି ସବୁବେଳେ ତୁମଠାରୁ ଯେମିତି ଦୂରକୁ ଦୌଡ଼ି ପଳାଇ ଯିବାକୁ ଚହୁଁଛି।"

ସିଏ ନଇଁ ପଡ଼ିଲେ ଏବଂ ଗୋଟିଏ ଛୋଟ କଇଁଚିରେ ଗୋଟିଏ ଲାଲ ଫୁଲକୁ ସୁନ୍ଦର ଭାବେ ଡେଙ୍ଗରୁ କାଟି ଦେଲେ। ହାତରେ ସିଏ କଇଁଚିଟିଏ ଧରିଛନ୍ତି ବୋଲି ମୁଁ ଲକ୍ଷ୍ୟ କରି ପାରି ନ ଥିଲି। ତାପରେ ସିଏ ଠିଆ ହେଲେ ସିଧା ହୋଇ, ଆଉ ପଚାରିଲେ, "ତୁମ ରଙ୍ଗସାଜୀ କେମିତି ଚାଲିଛି ?"

ଏଇ ପ୍ରଶ୍ନରେ ମୋର କଣ୍ଠରୁଦ୍ଧ ହେଇ ଆସିଲା ଭଲି ମୋର ଅନୁଭବ ହେଲା। ଏକ ହିମଶୀତଳ ଧୂସର ନିଃସଙ୍ଗ ବେଦନା ବ୍ୟାପିଗଲା ମୋର ଚାରିଦିଗରେ। ମୋ ଦେହରୁ ବିଚ୍ଛୁରିତ ସେଇ ନିଃସଙ୍ଗତାର ତରଙ୍ଗ କ୍ରମଶଃ ବ୍ୟାପି ଯାଉଥିଲା ଏକ ବର୍ଦ୍ଧିଷ୍ଣୁ ପରିଧିର ବିସ୍ତୃତିରେ। ପୃଥିବୀ ଆଉ ସୂର୍ଯ୍ୟ ମଝିରେ ବହଳ ମେଘର ଆସ୍ତରଣ ଆସି ସବୁ ଆଲୁଅ ଶୋଷି ନେବା ଭଲି ଥିଲା ଏଇ ଅନୁଭବ। ମୋର କଣ୍ଠରୁ ନିର୍ଗତ ସ୍ୱର ସେଇ ବେଦନାରେ ରୁଦ୍ଧ ହୋଇ ପଡ଼ିଲା। କିଏ ମୋର ତଣ୍ଟି ଚିପି ଧରିଥିବା ଭଲି ସ୍ୱରରେ ମୁଁ ଉତ୍ତର କଲି, "ମୁଁ ଆଉ ଚିତ୍ରରଞ୍ଜନ କରୁନାଇଁ।"

: "ତୁମେ କ'ଣ କହିବାକୁ ଚହୁଁଛ ? ତୁମେ ଆଉ ଚିତ୍ରରଞ୍ଜନ କରୁନାହଁ ?"

: "ମୁଁ ରଙ୍ଗସାଜୀ ପରିତ୍ୟାଗ କରିବାକୁ ଠିକଣା କରିଛି।"

ମୋର ଶିଳ୍ପୀଜୀବନ ପ୍ରତି ମୋର ମାଆଙ୍କର କୌଣସି ସହାନୁଭୂତି ନଥିଲା। ପ୍ରଥମତଃ ଏ ବିଷୟରେ ସେ କିଛି ବୁଝୁ ନ ଥିଲେ, କିନ୍ତୁ ସେ ଯେ ବୁଝନ୍ତିନି ଏ କଥା

ସ୍ୱୀକାର କରିବାକୁ ବା କାହା ମୁହଁରୁ ଏଭଳି କଥା ଶୁଣିବାକୁ ମଧ୍ୟ ପସନ୍ଦ କରୁ ନ ଥିଲେ। ଆହୁରି ମଧ୍ୟ ସିଏ ଭାବୁଥିଲେ ଯେ, ମୋର ଚିତ୍ରକଳା ହିଁ ମତେ ତାଙ୍କଠାରୁ ଦୂରେଇ ନେଇଛି। ଅବଶ୍ୟ ତାଙ୍କର ଏହି ଭାବନା ସମ୍ପୂର୍ଣ୍ଣ ଅଯଥାର୍ଥ ନ ଥିଲା। ମୁଁ ପୁଣି ଥରେ ତାଙ୍କର ଆମ୍ଲନିୟନ୍ତ୍ରଣର ସାମର୍ଥ୍ୟକୁ ପ୍ରଶଂସା କରିବାକୁ ବାଧ୍ୟ ହେଲି। ତାଙ୍କ ସ୍ଥାନରେ ଆଉ ଯେ କେହି ଅନ୍ତତଃ ସାମାନ୍ୟ କିଛି ସନ୍ତୋଷ ପ୍ରଦର୍ଶନ କରି ଥାଆନ୍ତା। କିନ୍ତୁ ଏହି ସମ୍ବାଦକୁ ସିଏ ଗ୍ରହଣ କଲେ ବେଶ୍ ବୀତସ୍ପୃହ ଭାବରେ। "କିନ୍ତୁ କାହିଁକି ?" ସିଏ ପଚାରିଲେ କିଛି କ୍ଷଣ ପରେ ଏକ ଭଦ୍ର ଉଦାସୀନ ସ୍ୱରରେ। ଯେମିତିକି ଏହା ଥିଲା କେବଳ ଏକ ଲୌକିକ ଅନୁସନ୍ଧିତ୍ସା। "କାହିଁକି ତୁମେ ରଙ୍ଗସାଜୀ ଛାଡ଼ିଦେବା ପାଇଁ ସ୍ଥିର କଲ ?"

ସେତେବେଳକୁ ଆମେ ହର୍ମ୍ୟ ପାଖରେ ପ୍ରାୟ ପହଞ୍ଚି ଯାଇଥାଉ ଏବଂ ରନ୍ଧନର, ଚମତ୍କାର ରନ୍ଧନର ବାସ୍ନା ପବନରେ ଖେଳି ବୁଲୁଥାଏ। ଆଉ ଠିକ୍ ସେହି ସମୟରେ ମୁଁ ଅନୁଭବ କଲି ଯେ, ଯଦିଓ 'ମୋର ଅବସାଦ ଭଲ ହେଇ ଯାଇଛି' ବୋଲି ମୁଁ ନିଜ ପାଖରେ ବାରମ୍ବାର ପୁନରାବୃତ୍ତି କରି ଚାଲିଥିଲି, ମୋର ଅବସାଦ ହ୍ରାସ ପାଇବା ପରିବର୍ତ୍ତେ କିନ୍ତୁ କ୍ରମଶଃ ବଢ଼ି ଚାଲିଛି। ଆଉ ଠିକ୍ ସେତିକିବେଳେ ମୋର ମନେ ପଡ଼ିଲା ମୁଁ ପାଞ୍ଚବର୍ଷ ବୟସ ହୋଇଥିବା ବେଳର ଏକ ସ୍ମୃତି। ଛିଡ଼ି ଯାଇ ରକ୍ତାକ୍ତ ହୋଇଥିବା ଆଣ୍ଠୁରେ ଧକେଇ ଧକେଇ କାନ୍ଦୁ କାନ୍ଦୁ, ଉଦ୍ୟାନରେ ଠିଆ ହୋଇଥିବା ମାଆଙ୍କ ଆଡ଼କୁ ମୁଁ ଦୌଡ଼ି ଯାଇଥିଲି, ଆଉ ଗଭୀର ଭାବାବେଗରେ ତାଙ୍କ ପ୍ରଲମ୍ବିତ ବାହୁ ମଧ୍ୟକୁ ମୁଁ ଡେଇଁ ପଡ଼ିଥିଲି। ଆଉ ମାଆ ମୋ ଉପରକୁ ନଇଁ ପଡ଼ି ମୋତେ ତାଙ୍କର ସେଇ କୁସ୍ଥିତ କର୍କଶ ସ୍ୱରରେ କହୁଥିଲେ, "ହଉ, ହଉ, କାନ୍ଦନି ଧନ ମୋର। ମତେ ଦେଖେଇଲ ତୁମ ଖଣ୍ଡିଆ। ସୁନାଟା ମୋର, ତୁମେ କ'ଣ ଜାଣନା ପୁଅପିଲା ମାନେ କାନ୍ଦନ୍ତି ନାହିଁ ବୋଲି ?" ଏବଂ ବର୍ତ୍ତମାନ ମୁଁ ମୋ ମାଆଙ୍କ ଆଡ଼କୁ ଚାହିଁଲି ଆଉ ମତେ ଲାଗିଲା ବହୁତ ଦିନ ପରେ ମୁଁ ତାଙ୍କ ପ୍ରତି ଏକ ଅନୁରାଗ ଅନୁଭବ କରୁଛି। ତାପରେ ତାଙ୍କ ପ୍ରଶ୍ନର ଉତ୍ତର ଦେବାକୁ ଯାଇ କହିଲି, "ଜାଣିନି"। ଯେତେ ସମ୍ଭବ ସଂକ୍ଷିପ୍ତ ଉତ୍ତରଟିଏ ଦେବା ପାଇଁ ମୁଁ ଚାହିଁଲି, କାରଣ ମୋର ବିଫଳତା ପାଇଁ ମୁଁ ନିଜେ ଲଜ୍ଜିତ ଥିଲି, ଆଉ ମୁଁ ଚାହୁଁ ନ ଥିଲି ଯେ ସେ ଏଇ ବିଷୟରେ ଜାଣନ୍ତୁ।

କିନ୍ତୁ ମୁଁ ପରମୁହୂର୍ତ୍ତରେ ଅନୁଭବ କଲି ଯେ 'ଜାଣିନି' କହିବାର କିଛି ଅର୍ଥ ନାହିଁ। ଏହା କହିବା ଦ୍ୱାରା ମୋର ନିଃସଙ୍ଗତାର ଅନୁଭୂତି ମତେ ଛାଡ଼ି ଚାଲିଯାଉ ନାହିଁ। ଆଉ ସେଇ ଅବସାଦର ଅନୁଭବରେ ହଠାତ୍ ମୋର ଦେହ ଶିରିଶିରେଇ ଉଠିଲା ଏକ ବିଚିତ୍ର ଶିହରଣରେ। ମୋର ଚତୁର୍ଦ୍ଦିଗର ପୃଥିବୀ ଯେମିତି ସଂକୁଚିତ ଓ ରଙ୍ଗହୀନ ଲାଗୁଥିଲା। ଠିକ୍ ସେତିକିବେଳେ ଅନିଲର ଏକ ମୃଦୁ ତରଙ୍ଗ ରାନ୍ଧଣାର ଚମତ୍କାର ବାସନାକୁ ବୋହି ଆଣିଲା ଆଉ ମୁଁ ପାଞ୍ଚବର୍ଷ ବୟସ ବେଳର ସେଇ ଧକେଇ ଧକେଇ କାନ୍ଦୁ କାନ୍ଦୁ ମାଆ କୋଳକୁ ଡେଇଁ ପଡ଼ିବାର ଇଚ୍ଛାକୁ ପୁଣି ଥରେ ଅନୁଭବ କଲି, ଏଇ ଆଶାରେ ଯେ ମୋର ପରିତ୍ୟକ୍ତ ରଙ୍ଗଜୀବନ ପାଇଁ ସେ ମତେ ଦେବେ ସାନ୍ତ୍ୱନା, ଠିକ୍ ଯେମିତି ମୋର ଖଣ୍ଡିଆ ଆଙ୍ଗୁ ପାଇଁ ମତେ ସେ ସେଦିନବୋଧ ଦେଇଥିଲେ। ସମ୍ପୂର୍ଣ୍ଣ ଅପ୍ରତ୍ୟାଶିତ ଭାବରେ ହଠାତ୍ ମୁଁ କହିଲି, "ହଁ, ତୁମକୁ କହିବାକୁ ଭୁଲି ଯାଇଥିଲି, ମୁଁ ଷ୍ଟୁଡ଼ିଓ ଛାଡ଼ି ଦେଉଛି। ଚିତ୍ର ନ କରି ଚିତ୍ରଶାଳାଟିଏ ରଖିବି ଆଉ କୋଉ ଖୁସିରେ ? ଆଉ ମୁଁ ତୁମ ସହିତ ରହିବା ପାଇଁ ଫେରି ଆସୁଛି।" ମୁଁ ମୁହୂର୍ତ୍ତିଏ ରହିଗଲି, ଏଭଳି କିଛି କହିବା ପାଇଁ ମୋର ଅଭିପ୍ରାୟ ନ ଥିଲା। ଆଉ ମୁଁ ମୋ କଥାରେ ନିଜେ ଆଶ୍ଚର୍ଯ୍ୟ ହୋଇ ପଡ଼ିଲି। ବିନା କୌଣସି କାରଣରେ, ଏହା ହଠାତ୍ ମୋ ପାଟିରୁ ବାହାରି ପଡ଼ିଥିଲା। ମୁଁ ବୁଝି ପାରିଲି ଯେ କଥା ଢୋକିବା ଆଉ ସମ୍ଭବ ନୁହେଁ। ଟିକିଏ ଚେଷ୍ଟା କରି ମୁଁ ପୁଣି ଯୋଗ କଲି, "ଅବଶ୍ୟ ଏଇ ସର୍ତ୍ତରେ ଯେ, ଯଦି ତୁମେ ମୋର ଆସିବା ଚହଁ।"

ମୋର ଚମକପ୍ରଦ ପ୍ରସ୍ତାବରେ ମୁଁ ନିଜେ ହିଁ ବିସ୍ମିତ ହୋଇ ପଡ଼ିଥିଲି। କିନ୍ତୁ ସେଇ ବିହ୍ୱଳ ଅବସ୍ଥା ଭିତରେ ବି ମୁଁ ମାଆଙ୍କର, ତାଙ୍କ ନିଜ ମନୋଭାବକୁ ଗୋପନ ରଖିବାର ସାମର୍ଥ୍ୟକୁ ପ୍ରଶଂସା ନ କରି ରହି ପାରିଲି ନାହିଁ। ସେଇ ସାମର୍ଥ୍ୟ ଯାହାକୁ ତାଙ୍କ ସମାଜରେ କହନ୍ତି 'ଶିଷ୍ଟାଚାର'। ମୁଁ ତାଙ୍କୁ ସେଇ କଥା କହିଥିଲି ଯାହା ଶୁଣିବା ପାଇଁ ସେ ବର୍ଷ ବର୍ଷ ଧରି ଅପେକ୍ଷା କରି ରହିଥିଲେ। ସମ୍ଭବତଃ ସେଇ ଏକମାତ୍ର ଜିନିଷ ହିଁ ତାଙ୍କୁ ବାସ୍ତବ ଆନନ୍ଦ ଦେବାରେ ସକ୍ଷମ ଥିଲା, କିନ୍ତୁ ସବୁ ସତ୍ତ୍ୱେ ବି ତାହାର କୌଣସି ଚିହ୍ନ ତାଙ୍କର କାଷ୍ଠ-ପ୍ରତିମ ଭାବଲେଶହୀନ ମୁଖମଣ୍ଡଳରେ ବା ତାଙ୍କର କାଚ ଭଳି ସ୍ଥିର ଚକ୍ଷୁଗୋଳକରେ ଦେଖା ଦେଲା ନାହିଁ। ତାଙ୍କର ଚିରାଚରିତ ବିରକ୍ତିକର କଣ୍ଠସ୍ୱରକୁ ଯଥାସମ୍ଭବ କୋମଳ କରି ସେ ଧୀରେ

କହିଲେ, "ଅବଶ୍ୟ ତୁମେ ଏଠାକୁ ଫେରି ଆସିବା ପାଇଁ ମୁଁ ରୁହେଁ। ତୁମେ ଏ ଘରେ ସବୁବେଳେ ବାଞ୍ଛିତ, ବରଂ ତା'ଠାରୁ ବି ଅଧିକ। ତୁମେ କେବେ ଆସୁଛ ?" ତାଙ୍କ ସ୍ୱର ଜଣେ ନିଜ ବୈଠକଖାନାରେ ବସି ଏକ ଗୁରୁତ୍ଵହୀନ ପ୍ରଶଂସା ବାକ୍ୟର ଉତ୍ତରରେ କିଛି ଭଦ୍ର ଶବ୍ଦ ଉଚ୍ଚାରଣ କଲା ଭଳି ଶୁଭୁଥିଲା।

: "ଆଜି ସନ୍ଧ୍ୟାରେ ବା କାଲି ସକାଳେ", ମୁଁ କହିଲି।

: "କାଲି ସକାଳେ ହେଲେ ବେଶୀ ଭଲ। ତାହେଲେ ମୁଁ ତୁମ ବଖରାଟା ତୁମ ପାଇଁ ସଜାଡିବାକୁ ସମୟ ପାଇଯିବି।"

: "ଠିକ୍ ଅଛି। କାଲି ସକାଳେ ତାହେଲେ।"

ଏହାପରେ କିଛି ସମୟ ପାଇଁ ଆମେ ଦୁହେଁ ନୀରବ ରହିଲୁ। ମୁଁ ଚିନ୍ତା କରୁଥିଲି, ହଠାତ୍ ଇଏ ମୋର କ'ଣ ହୋଇଗଲା ? ବର୍ତ୍ତମାନ ମାଆଙ୍କ ସହିତ ଘରେ ରହି ସେଇ ଚିଟାଧରା ଜୀବନକୁ ନେଇ ବୋରାୟିତ ହେବା, ଆଉ ଆମ ସମ୍ପତ୍ତିବାଡ଼ି ଦେଖାଶୁଣା କରି ଧନୀ ହେବା, ବୋଧହୁଏ ଏଥର ହେବ ମୋର ବାସ୍ତବ ଜୀବନବୃଭି। ଅପର ପକ୍ଷରେ ମୋର ମାଆ ଇତିମଧ୍ୟରେ ତାଙ୍କର ଏଇ ଅପ୍ରତ୍ୟାଶିତ ବାଜିମାତରେ ଚକିତ ଓ ବିହ୍ୱଳ ହେବାର ପର୍ଯ୍ୟାୟକୁ ଅତିକ୍ରମ କରି ସାରିଥିଲେ। ତାଙ୍କ କଠୋର ପଥରଖୋଲା ମୁହଁରେ ଫୁଟିଥିବା ଚିନ୍ତାର ରେଖାରୁ ଜଣା ପଡୁଥିଲା ଯେ ସେ ନିଜର ଏହି ବିଜୟକୁ ଏକ ସଂହତ ସାର୍ଥକ ରୂପ ଦେବାଲାଗି ଚେଷ୍ଟା କରୁଥିଲେ; ଅର୍ଥାତ୍ ଆମ ଉଭୟଙ୍କ ଭବିଷ୍ୟତ ଯୋଜନାର ଚୂଡ଼ାନ୍ତ ରୂପରେଖ ନିର୍ଦ୍ଦିଷ୍ଟ କରୁଥିଲେ। ପରିଶେଷରେ ସେ ଏକ ସ୍ୱାଭାବିକ ସ୍ୱରରେ କହିଲେ, "ମୁଁ ଜାଣେନା ତୁମେ ଏହାକୁ ଇଚ୍ଛା କରି କରିଛ ନା ନାଇଁ। ଯାହା ହେଉ ନା କାହିଁକି ଏହା ଏକ ଶୁଭ-ଶକୁନ। ଆଜି ତୁମର ଜନ୍ମଦିନ ଏବଂ ଆଜି ତୁମେ ଏଠାକୁ ଫେରି ଆସି ଏଠାରେ ରହିବା ପାଇଁ ଠିକଣା କଲ। ମୁଁ ତୁମକୁ କହିଥିଲି ନା ମୁଁ ତୁମ ପାଇଁ ବିସ୍ମୟ ଉପହାରଟିଏ ରଖିଛି। ଏହି ଉପହାରକୁ ନେଇ ଆମେ ଏହି ଉଭୟ ଘଟଣା ପରିପ୍ରେକ୍ଷୀରେ ଉତ୍ସବ ମନେଇବା।"

ମୁଁ କିଛି ନ ଭାବି ପଚାରିଦେଲି, "ହେଲେ ସେ ବିସ୍ମୟଟି କ'ଣ ?"

: "ମୋ ସହିତ ଆସ, ମୁଁ ଦେଖାଉଛି।"

: "ସେ ଯାହା ହେଉ ନା କାହିଁକି, ଆମେ ଉଭୟ ଘଟଣା ପାଇଁ ନୁହେଁ, ଉଭୟ ଭିତରୁ କେବଳ ଗୋଟିକ ପାଇଁ ଉତ୍ସବ ମନାଉଅଛେ। ମୋର ଗୃହ ପ୍ରତ୍ୟାବର୍ତ୍ତନ ହିଁ ଆଜିର ଉତ୍ସବକୁ ତାର ପ୍ରକୃତ ଉଦ୍ଦେଶ୍ୟ ପ୍ରଦାନ କରିଛି।" ମୁଁ ଏକ ନିର୍ଦ୍ଦୟ ଭଙ୍ଗୀରେ ମନ୍ତବ୍ୟ କଲି।

ମୋ ମାଆ ମୋ କଥାରେ ନିହିତ ବ୍ୟଙ୍ଗ ଓ କଟୁତାକୁ ଲକ୍ଷ୍ୟ କରି ପାରିଲେ କି ? ଅବା ସିଏ ଏହା ହୃଦୟଙ୍ଗମ କରିବାରେ ବିଫଳ ହେଲେ ? କିନ୍ତୁ ଯାହା ହେଉନା କାହିଁକି ସିଏ କିଛି ଉତ୍ତର ଦେଲେ ନାହିଁ। ଆଉ ମୋର ଆଗେ ଆଗେ ସିଏ ପ୍ରାଚୀରକୁ ଲାଗିଥିବା ପରିପଥ ଦେଇ ଭିଲ୍ଲା ସମ୍ମୁଖସ୍ଥ ଖୋଲା ସ୍ଥାନକୁ ଲକ୍ଷ୍ୟ କରି ଗଲିବାରେ ଲାଗିଲେ। ଏକ ପ୍ରଶାନ୍ତ ଅନୁଦ୍ବିଗ୍ନତାର ସହିତ ସେ ଆଗେଇ ଗଲେ ମୋର କାର୍ ପାଖରେ ଠିଆ ରହିଥିବା ସୁନ୍ଦର ସ୍ପୋର୍ଟସ୍ କାର୍ ପାଖକୁ, ଆଉ ଅଟକି ଗଲେ ସେଠି। କାରର ବନେଟ୍ ଉପରେ ହାତ ରଖି ସେ ସେଠାରେ ଠିଆ ହୋଇଗଲେ ପ୍ରାୟ ସେଇ ଭଙ୍ଗୀରେ, ଯେମିତିକି କାର୍-ନିର୍ମାତାଙ୍କ ପ୍ରଚୁର ପୋଷ୍ଟର ପାଇଁ ମଡେଲଟିଏ ଫଟୋ ଉଠିବାକୁ ଅପେକ୍ଷା କରି ଠିଆ ହୋଇରହେ। "ତୁମେ ଥରେ ମତେ କହିଥିଲ ତୁମର ଏକ ଦ୍ରୁତଗାମୀ କାର୍ କିଣିବା ପାଇଁ ଇଚ୍ଛା ଅଛି। ପ୍ରଥମେ ମୁଁ ଭାବିଲି ତୁମ ପାଇଁ ବେଗ-ପ୍ରତିଯୋଗିତାରେ ଭାଗ ନେଉଥିବା ପ୍ରକୃତ ରେସିଂ କାର୍‍ଟିଏ କିଣି ଦେବି। କିନ୍ତୁ ସେଗୁଡ଼ିକ ବଡ଼ ବିପଜ୍ଜନକ। ତେଣୁ ମୁଁ ଏଇ କନଭର୍ଟିବଲ ପାଇଁ ଶେଷକୁ ସିଦ୍ଧାନ୍ତ ନେଲି। ଡିଲର ମତେ କହିଲା ଯେ ଏହା ଏଇ କାରର ସବୁଠାରୁ ସାମ୍ପ୍ରତିକ ନମୁନା, ମାତ୍ର ଏଇ କେତେ ସପ୍ତାହ ହେଲା ଏହା କାରଖାନାରୁ ଆସିଛି। ଘଣ୍ଟା ପ୍ରତି ଶହେ କୋଡ଼ିଏ ମାଇଲ ବେଗରେ ଏହା ଯାଇ ପାରିବ।" ମାଆ କହିଲେ।

ମୁଁ ଧୀର ପଦକ୍ଷେପରେ କାର୍ ଦିଗକୁ ଆଗେଇ ଗଲି। ମନରେ ଚିନ୍ତା କଲି, ମାଆ ମତେ ଦେବାକୁ ରଖୁଁଥିବା ଏଇ କାର୍‍ଟି ପାଇଁ ତାଙ୍କୁ କେତେ ଖର୍ଚ୍ଚ କରିବାକୁ ପଡ଼ିଥିବ ? ତିରିଶ ଚାଳିଶ ଲକ୍ଷ ଲିରେ, ନା ତାଠାରୁ ବି ବେଶୀ ? ଏହା ଥିଲା ଏକ ବିଦେଶୀ କାର୍, ତା'ର ଭିତରର ସାଜସଜ୍ଜା ଥିଲା ଅତି ଚମତ୍କାର। ମୁଁ ଜାଣିଥିଲି ଏହିଭଳି କାର୍‍ଗୁଡ଼ିକ ଭୟଙ୍କର ଭାବେ ଦାମୀ। ମୋ ମାଆ ସେତେବେଳକୁ କାର୍ ବିଷୟରେ ଠିକ୍ ସେହିପରି ନିସ୍ପୃହ, ବୌଦ୍ଧିକ ଅନୁସନ୍ଧିତ୍ସାର ସ୍ବରରେ କହୁଥିଲେ,

ଯେପରି ସ୍ୱରରେ ସେ ତାଙ୍କ ଉଦ୍ୟାନର ପୁଷ୍ପ ମାନଙ୍କ ବିଷୟରେ ହିଁ କହନ୍ତି। "ବିଶେଷତଃ ଏଇଟା ହିଁ ମତେ ବେଶୀ ଭଲ ଲାଗିଛି"। ସେ କାରର ପ୍ୟାନେଲଟାକୁ ନିର୍ଦ୍ଦେଶ କରି କହିଲେ। କୃଷ୍ଣବର୍ଣ୍ଣର ପୃଷ୍ଠଭୂମିରେ କାରକୁ ନିୟନ୍ତ୍ରଣ କରିବା ପାଇଁ ଉଦ୍ଦିଷ୍ଟ ସୁଇଚ୍ ଓ ଅନ୍ୟାନ୍ୟ ଉପକରଣ ଗୁଡ଼ିକର ଧାତବ ପୃଷ୍ଠତଳ ହୀରା ଭଳି ଚକଚକ କରୁଥିଲା। ଲାଗୁଥିଲା ଯେମିତି କା ଜୁଏଲାରୀ ଦୋକାନରେ କଳା ଭେଲଭେଟ ଉପରେ ସଜ୍ଜିତ ହୋଇ ରହିଛି ହୀରାର ଅଳଙ୍କାର। "କେବଳ ଏତିକି ହିଁ ଯଥେଷ୍ଟ କାରଣ ହୋଇପାରେ ଏଇ କାର କିଣିବା ପାଇଁ। ମତେ କିନ୍ତୁ ଆଉରି ଭଲ ଲାଗିଲା ତା'ର ଅନ୍ତର୍ନିହିତ ଶକ୍ତି ଓ ଦୃଢ଼ତା। ଯେମିତିକା ହଲେ ହାତ ତିଆରି ବଡ଼ିଆ ଯୋତା, ଖାସ୍ ଦୂରବାଟ ଯିବାପାଇଁ ହିଁ ସିଏ ଗଢ଼ା ହେଇଛି। ଯାହାର ଶକ୍ତି ଆଉ ଦୃଢ଼ତା ଉପରେ ନିର୍ଭର କରିହୁଏ, ଯାହା ତୁମକୁ ଏକ ଆଶ୍ୱସ୍ତ ନିରୁଦ୍ବିଗ୍ନତା ପ୍ରଦାନ କରିଥାଏ। ଆଛା ତୁମେ ଯାକୁ ଏଇନେ ଚଲାଇବାକୁ ରୁହିଁ କି ? ମଧ୍ୟାହ୍ନ ଭୋଜନ ପୂର୍ବରୁ ଆମ ହାତରେ ଅଛ କିଛି ସମୟ ରହିଛି। କାହିଁକି ନା ଏମିତି ଗୋଟାଏ ବ୍ୟଞ୍ଜନ ରହିଛି ଯାହା ଖାଇବାକୁ ଅପେକ୍ଷା କରାଯାଇ ପାରେନା। ମୋର ପାଚିକା କେବଳ ତୁମରି ପାଇଁ ହିଁ ସେଇ ବ୍ୟଞ୍ଜନଟି ବନାଇଛି, ଆଉ ତୁମେ ତାକୁ ପସନ୍ଦ କରିବ କି ନାହିଁ ଏଇ କଥା ନେଇ ସେ ବହୁତ ବ୍ୟସ୍ତ।" ଅମନୋଯୋଗୀ ଭାବରେ କାର୍ଟିକୁ ରୁହିଁ ମୁଁ କ୍ଷୀଣ ସ୍ୱରରେ କହିଲି, "ଯେମିତି ତୁମେ କହିବ।"

: "ହଁ ତୁମେ ଟିକେ ଚଲାଅ। କାରଣ ତୁମକୁ ଭଲ ଲାଗିଲେ ଯାଇ ତାହା ବିଧିବଦ୍ଧ ଭାବରେ ଡିଲର ପାଖରୁ କିଣାଯିବ।"

ମୁଁ କିଛି କହିଲି ନାହିଁ; କାରର ଦୁଆର ଖୋଲିଲି ଏବଂ ଭିତରକୁ ପଶିଗଲି। ମୋ ମାଥା ମୋ ପାଖରେ ଆସି ବସିଲେ। ମୁଁ ଯେତେବେଳେ କାର ଷ୍ଟାର୍ଟ କରି ଗିଅର ପକାଇବାକୁ ଯାଉଛି, ସେ ମତେ ଜଣାଇ ଦେଲେ ତାଙ୍କର ସ୍ୱାଭାବିକ ଆସକ୍ତ ଅଥଚ ନିଃସ୍ପୃହ ବୌଦ୍ଧିକ ସ୍ୱରରେ, "ଯାର ଛାତଟା କନଭର୍ଟିବଲ୍। ଡିଲର ମତେ ପ୍ରତିଶ୍ରୁତି ଦେଇଛି ଯେ ଶୀତ ରତୁରେ ସାମାନ୍ୟତମ ପବନ ବି ଯା ଭିତରକୁ ପଶି ପାରିବ ନାଇଁ। ଆଉ ତା ପରେ ବି ହିଟର ମଧ ରହିଛି। ଗ୍ରୀଷ୍ମଦିନ ପାଇଁ ତୁମେ ଛାତଟିକୁ ଖୋଲି ନେଇ ପାରିବ; ଖୋଲା କାରରେ ବୁଲିବାର ମଜା ଅଲଗା।"

: "ହଁ, ଖୋଲା କାରଟା ବେଶୀ ଭଲଲାଗେ।"

: "ତୁମକୁ ରଙ୍ଗଟା ଭଲ ଲାଗୁଛି ତ ? ମତେ ତ ଏ ରଙ୍ଗଟା ଏତେ ଭଲ ଲାଗିଲା ଯେ ମୁଁ ଆଉ କିଛି ବି ଦେଖିବାକୁ ରହିଁଲି ନାହିଁ। ଡିଲର ମତେ କହିଲା ରଙ୍ଗର ଧାତବୀକରଣ ଏକ ବ୍ୟୟସାପେକ୍ଷ ପ୍ରକ୍ରିୟା। କିନ୍ତୁ ଏହାର ପରିଣାମଟା ବଡ଼ ଚମକ୍କାର।"

: "ହଁ, ଏହା ଏକ ଖାସା ସୁକୁମାରିଆ କାର ହେଇଛି।" ମୁଁ ଅନିର୍ଦ୍ଦିଷ୍ଟ ଭାବରେ କହିଲି।

: "ଏହା ଯଦି ବି କୌଣସି ସ୍ଥାନରେ ଘଷରା, ନିସ୍ତବ୍ଧ ହୋଇଯାଏ, ତେବେ ତାକୁ ପୁଣି ରଙ୍ଗ କରାଯାଇ ପାରିବ।"

କାର୍ ଏକ ତୀବ୍ର ଗର୍ଜନ କଲା, ଠିକ୍ ଯେମିତି ରେସିଙ୍ଗ୍ କାର ଗୁଡ଼ିକ କରନ୍ତି। ତାପରେ ମୁଁ ତାକୁ ଘୁରାଇବାକୁ ଲାଗିଲି ଖୋଲା ସ୍ଥାନଟିରେ। କାର୍ଟି ଥିଲା ବଡ଼ ଶକ୍ତିଶାଳୀ ଏବଂ ସଂବେଦୀ। ଦ୍ରକ ଉପରେ ମୋ ପାଦର ସାମାନ୍ୟତମ ରୂପରେ ତାହା ଡେଇଁ ପଡୁଥିଲା ଆଗକୁ। ଲୌହ କପାଟ ଦେଇ ଆମେ ବାହାରକୁ ବାହାରି ଆସିଲୁ। ମୋର ମନେ ପଡ଼ିଗଲା, ମାଆଙ୍କ ଭିଲ୍ଲାକୁ ପଶିବାର ଅବ୍ୟବହିତ ପୂର୍ବରୁ ମୋର ସେଇ ଅସ୍ୱସ୍ତିକର ଅନୁଭବ, ଯେମିତି ମୁଁ ଯେଉଁ ଗର୍ଭରୁ ଭୂମିଷ୍ଠ ହୋଇଥିଲି, ତାରି ଭିତରକୁ ଅନୁପ୍ରବେଶ କରୁଛି ପୁନର୍ବାର। ଆଉ ବର୍ତ୍ତମାନ ? ବର୍ତ୍ତମାନ ମୁଁ ସେଇ ଗର୍ଭର ଅଭ୍ୟନ୍ତରରେ, ଯାହାକୁ ଛାଡ଼ି ମୁଁ ଆଉ ଯିବି ନାଇଁ କୁଆଡ଼େ।

କପାଟର ବାହାରେ ମୁଁ ଡାହାଣକୁ ଗାଡ଼ି ବୁଲାଇଲି ଆଉ ଭିୟା ଆପିୟା ରାସ୍ତାରେ କ୍ୟାଷ୍ଟେଲି ଦିଗରେ ରୁଲିଲି। ତାହା ଥିଲା ଏକ ତପ୍ତ ଆଉ ମାନ୍ଦା ଦ୍ୱିପ୍ରହରର ଗୁଲୁଗୁଲିଆ ପାଗ। ମଣ୍ଟେକାଭୋର ଆକାଶରେ ସେଥିପାଇଁ ସୃଷ୍ଟି ହୋଇଥିଲା ଭାସମାନ ଘନକୃଷ୍ଣ ମେଘ ପଟଲ; ଯେମିତି ତାହା ଥିଲା ଏକ ଆସନ୍ନ ଝଡ଼ର ବାର୍ତ୍ତାବହ। ଭିୟା ଆପିୟାର ପଥ ଧାରରେ ଥିବା ପାଇନ୍ ଆଉ ସାଇପ୍ରେସର ତରୁ ବୀଥିକା, କାଳଭୁକ୍ତ ଭଗ୍ନଶିଳା ମାନ, ସବୁଜ ବୁଦାର ବାଡ଼ ଆଉ ସର୍ବୋପରି ପ୍ରାନ୍ତରମାନ ଦିଶୁଥିଲେ ଧୂଳିଧୂସର ଆଉ ଗ୍ରୀଷ୍ମ-ଦଗ୍ଧ। ମୋର ମାଆ କାର ସମ୍ପର୍କରେ ପ୍ରଶଂସା କରି ରୁଲିଥିଲେ ଏକ ଲଘୁ ଚପଲ ଭଙ୍ଗୀରେ କଥୋପକଥନ ଛଲରେ; ଯେମିତିକା ଧାରେ ଧାରେ କ୍ରମଶଃ ସିଏ ତାର ସୁଗୁଣ ଗୁଡ଼ିକୁ ଆବିଷ୍କାର କରୁଛନ୍ତି।

ନିରୁତ୍ତର ଭାବରେ ମୁଁ ଭିୟା ଆପିୟାର ପଥରେ ଗାଡ଼ି ଚଲାଇବାକୁ ଲାଗିଲି ଆଉ ପଥ-ବିଭାଜିକା ପାଖରେ ବେଗ ପରିବର୍ତ୍ତନ ନ କରି ବାମଦିଗକୁ ଗାଡ଼ି ବୁଲାଇ ଦେଲି । ଆମେ ଗଲୁ ନୂଆ ଭିୟା ଆପିୟା ଯାଏଁ ଆଉ ଟ୍ରାଫିକ୍ ସଂକେତ ପାଖରୁ ବୁଲି ଫେରି ଆସିଲୁ ।

: "ଏହି କାର ବିଷୟରେ ତୁମର ମତାମତ କଅଣ ?" ଆମେ ପୁରୁଣା ଭିୟା ଆପିୟାକୁ ଫେରୁଥିବା ବେଳେ ମାଆ ପ୍ରଶ୍ନ କଲେ । "ମୁଁ ଭାବୁଛି ସବୁ ହିସାବରେ ଏହା ଏକ ଚମକ୍କାର କାର ।"

: "ମୁଁ ଏହା ମୂଳରୁ ଜାଣିଥିଲି ।"

: "ମାନେ ? ତୁମେ କେମିତି ଜାଣିଲ ? ଏହା ଏକ ନୂଆ କାର ଯାହା କି ମାତ୍ର ମାସେ ହେଲା ହିଁ ବଜାରକୁ ଆସିଛି ।"

: "ମୁଁ କହିବାର ଅର୍ଥ ହେଲା ମୁଁ ଏହି ଧରଣର କାର ଗୁଡ଼ିକୁ ଜାଣିଛି ।"

ଆମେ ଲୁହା କପାଟ ପାରି ହୋଇ, ସାଇପ୍ରେସ୍ ବୀଥିକା ଦେଇ ଭିଲ୍ଲା ସମ୍ମୁଖସ୍ଥ ଖୋଲା ଜାଗାରେ ଆସି ପହଞ୍ଚିଲୁ । ମୁଁ କାର୍‌ଟିକୁ ଅଡ଼ ଘୁରାଇ ଅଟକାଇଲି, ଆଉ ହାତବ୍ରେକ୍ ଲଗାଇ ଦେଇ ନୀରବ ନିଥର ହୋଇ ବସି ରହିଲି ଘଡ଼ିଏ । ତାପରେ ହଠାତ୍ ମାଆଙ୍କ ଆଡ଼କୁ ଘୁରି ପଡ଼ି କହିଲି, "ଧନ୍ୟବାଦ" ।

: "ମୁଁ ଯାକୁ କିଣିଲି ମୁଖ୍ୟତଃ ମତେ ଏଇଟା ଖୁବ୍ ଭଲ ଲାଗିଥିଲା ବୋଲି । ଯଦି ତୁମ ପାଇଁ ମୁଁ ଏହା କିଣି ନଥାନ୍ତି, ତେବେ କିଛି ନ ହେଲେ ମୋ ପାଇଁକି କିଣି ଆଣି ଥାଆନ୍ତି ଏଇଟା ।" ସେ କହିଲେ ।

ମତେ କିନ୍ତୁ ତାଙ୍କ ଅସନ୍ତୁଷ୍ଟ ମନୋଭାବରୁ ମନେହେଲା ବୋଧହୁଏ ମୁଁ ଅଧିକ କିଛି ଉତ୍ସାହ ପ୍ରକାଶ କରିବାଟା ସେ ମୋ ଠାରୁ ଆଶା କରନ୍ତି ।

: "ମତେ ଏଇଟା ବହୁତ ଭଲ ଲାଗିଛି, ଧନ୍ୟବାଦ ।" ମୁଁ ଆଉଥରେ କହିଲି । ଆଉ ତାପରେ ଆଗକୁ ଟିକେ ଉହୁଙ୍କି ପଡ଼ି ମୁଁ ମୋର ଓଠକୁ ଲଘୁ ଭାବରେ ତାଙ୍କର ପତଲା ଗାଲର ଶୁଷ୍କ କର୍କଶ ପ୍ରସାଧନ ଉପରେ ଛୁଆଁଇ ଦେଲି । ବୋଧହୁଏ ମୋର ଏଇ ସ୍ନେହର ପରିପ୍ରକାଶ ଜନିତ ଆନନ୍ଦକୁ ଘୋଡ଼ାଇବାକୁ ଯାଇ ମାଆ କହିଲେ, "ଡିଲର କହିଛି ଯେ କାରକୁ ବ୍ୟବହାର କରିବା ପୂର୍ବରୁ ତୁମେ କାର

ଚଲାଇବା ଓ କାର ଦେଖାରଖା କରିବା ସଂକ୍ରାନ୍ତ ନିର୍ଦ୍ଦେଶାବଳୀ ଏଇ ଛୋଟ ବହିରୁ ପଢ଼ିନେବା ଉଚିତ୍।" ସେ ଏକ ଛୋଟ ଖୋପଟିଏ ଉନ୍ମୁକ୍ତ କଲେ କାରର ଯାନ୍ତ୍ରିକ ପ୍ୟାନେଲରେ ଆଉ ମତେ ଏକ ହଳଦିଆ ରଙ୍ଗର ତଥ୍ୟ-ପୁସ୍ତିକା ଦେଖାଇଦେଲେ। "କାରଣ ଏହାର ଯନ୍ତ୍ରପାତି ଗୁଡ଼ାକ ବଡ଼ ସୂକ୍ଷ୍ମ ଆଉ ଅକ୍ଷକେ ଖରାପ ହୋଇ ଯାଇପାରେ।"

: "ମୁଁ ପଢ଼ିବି।"

: "ଏଇ ଗାଡ଼ିରେ ତୁମେ ବହୁତ ଦୂର ଯାତ୍ରାରେ ଯାଇ ପାରିବ। ଏଇ ଯେମିତି ଶରତ ଆସିଲେ ତୁମେ ସ୍ପେନ୍ ଅବା ଫ୍ରାନ୍ସ ମଧ୍ୟ ବୁଲି ଯାଇ ପାରିବ।"

: "ମୁଁ ବସନ୍ତ ଆସିଲେ ଇ ଯିବି। ଏଇ ଶରତରେ ଯିବା ମୋ ପକ୍ଷରେ ସମ୍ଭବ ହେବ ନାହିଁ।"

: "ଅବଶ୍ୟ, ଅବଶ୍ୟ। ବସନ୍ତରେ ବି ତୁମେ ଯାଇପାର। କାରର ଡିକିଟା ବେଶ୍ ବଡ଼। ଏଥିରେ ତିନୋଟି ଯାତ୍ରା-ପେଟିକା ଆରାମରେ ରହିଯାଇ ପାରିବ।"

ମୋର ମାଆ ବାସ୍ତବରେ ଖୁସି ଜଣା ପଡ଼ୁଥିଲେ। ଏମିତିକି ତାଙ୍କର 'ଉତ୍ତମ ଲୌକିକ ବ୍ୟବହାର ବା ଶିଷ୍ଟାଚରର ଛାଞ୍ଜ' ଖସି ଯାଇ, ବେଶ୍ ସ୍ପଷ୍ଟ ରୂପେ ତାଙ୍କ ଆନନ୍ଦ ଦେଖା ପଡ଼ି ଯାଉଥିଲା, ଯାହା କି ଥିଲା ଏକ ଅସ୍ୱାଭାବିକ ଘଟଣା। ଘର ଆଡ଼କୁ ଚାଲି ଚାଲି ଆସିବା ବେଳେ ମୋର ମାଆ ବାମ ଦିଗରେ ଥିବା ଏକ ଦୀର୍ଘ, ସରୁ ଏବଂ ସଳଖ ପଥକୁ ନିର୍ଦ୍ଦେଶ କରି ଦେଖାଇ ଦେଲେ, ଯାହାର ଦୁଇ ପାର୍ଶ୍ୱରେ ଦୀର୍ଘ ଲରେଲ ବୃଦାମାନ ଥିଲା ଆଉ ଯାହାର ଶେଷ ପ୍ରାନ୍ତରେ ଅସ୍ପଷ୍ଟ ଭାବେଦିଶୁଥିଲା ଗୋଟିଏ ଛୋଟ ଲାଲ ରଙ୍ଗର ଏକମହଲା ଘର। "ତୁମ ଷ୍ଟୁଡିଓ", ସିଏ କହିଲେ। "ଏହା ଯେମିତି ଥିଲା ଠିକ୍ ସେମିତି ଅଛି। କୌଣସି ଥରେ କେହି ହାତ ବି ମାରି ନାହାନ୍ତି। ଯଦି ତୁମେ ଚାହଁ, ତୁମେ କାଲିଠୁ ବି ଚିତ୍ରାଙ୍କନ ଆରମ୍ଭ କରି ପାରିବ।"

: "କିନ୍ତୁ ମୁଁ ତୁମକୁ ତ କହିଛି, ମୁଁ ମୋ ଜୀବନରୁ ରଙ୍ଗସାଜୀକୁ ବିଦାୟ ଦେବାପାଇଁ ସ୍ଥିର କରି ସାରିଛି।"

ସେ କୌଣସି ଉତ୍ତର ଦେଲେ ନାହିଁ। ବୋଧହୁଏ ସେ ମୋ ମୁହଁରୁ ବାସ୍ତବରେ ମୁଁ ଚିତ୍ରାଙ୍କନ ପରିତ୍ୟାଗ କରିଛି ବୋଲି ଆଉ ଥରେ ଶୁଣିବାକୁ ଚାହୁଁ ଥିଲେ, ଯାହା

ଫଳରେ କି ଏ ବିଷୟରେ ସିଏ ସୁନିର୍ଣ୍ଣିତ ହୋଇ ପାରିବେ। ସେତେବେଳକୁ ଆମେ ଘରର ଆଗ ଦୁଆରରେ ପହଞ୍ଚି ଯାଇଥିଲୁ। ମୋ ମାଆ ଘର ଭିତରକୁ ଆଗ ପଶିଗଲେ ଆଉ ଏକ ପ୍ରଭୁତ୍ୱବ୍ୟଞ୍ଜକ ସ୍ୱରରେ କହିଲେ, "ବର୍ତ୍ତମାନ ଯାଅ ଆଉ ହାତ ଧୋଇନିଅ। ମଧ୍ୟାହ୍ନ ଭୋଜନର ସମୟ ହୋଇଗଲା।"

ସିଏ ଏକ କ୍ଷୁଦ୍ର ଦୁଆର ଦେଇ ଭିତରକୁ ଋଲିଗଲେ ଯାହାକି, ମୁଁ ଜାଣିଥିବା ମତେ, ରୋଷେଇ ଘରକୁ ଲମ୍ବି ଯାଇଥିବା ଗମାକୁ ଫିଟିଥିଲା। ମାଆ ମୋ ଆଖି ଆଗରୁ ଅଦୃଶ୍ୟ ହୋଇଗଲେ ଆଉ ମୁଁ ଅନ୍ୟ ଗୋଟିଏ ଦୁଆର ଦେଇ ସ୍ନାନକକ୍ଷ ସଂଲଗ୍ନ ପୋଷାକ ବଦଲେଇବା ସ୍ଥାନକୁ ଗଲି। ଗାଧୁଆଘରର ନୀଳକାନ୍ତ ପରିବେଷ୍ଟିତ ୱାସ ବେସିନରେ ମୋର ସାବୁନ ଫେଣଯୁକ୍ତ ହାତ ଉଷ୍ମ କଳପାଣିରେ ଧୋଉ ଧୋଉ ବେସିନ ଉପରିସ୍ଥ ମୁକୁର ମଧ୍ୟରେ ମୋର ପ୍ରତିବିମ୍ବକୁ ମୁଁ ଋହୁଁଥିଲି। ଠିକ୍ ସେତିକିବେଳେ ମୋ ପଛରେ ଥିବା ଦୁଆରଟି ଖୋଲିଗଲା, ଆଉ ମୁଁ ଦର୍ପଣ ଭିତରେ ଅଧାମେଲା କବାଟ ଦେଇ ଉଙ୍କି ମାରୁଥିବା ମୁଣ୍ଡଟିକୁ ଦେଖିଲି। ଅଳ୍ପ ସମୟ ପୂର୍ବରୁ ମୁଁ ପହଞ୍ଚିବା ବେଳେ ଯେଉଁ ପରିଋାରିକା ମତେ ଅଭିବାଦନ କରିଥିଲା, ତାରି ଛୋଟ ଛୋଟ ଆଉ ଅସୁନ୍ଦର ଭାବେ କଟା ଯାଇଥିବା କେଶ ସମନ୍ଵିତ ଚେହେରା ଫୁଟି ଉଠିଲା ଦର୍ପଣ ଭିତରେ। ମୁହଁ ନ ବୁଲେଇ, ଦର୍ପଣ ଭିତରକୁ ଋହିଁ, ମୁଁ ତାକୁ ପଋାରିଲି, "ତୁମର ନାମ କ'ଣ?"

: "ରୀତା"।

: "ମୁଁ ତ ତୁମକୁ ପୂର୍ବରୁ କେବେ ଦେଖିନାଇଁ।"

: "ମୁଁ ଏଠିକି ମାତ୍ର ସପ୍ତାହେ ହେଲା ଆସିଛି।"

ମୁଁ ନଇଁ ପଡ଼ିଲି ଆଉ ମୁହଁକୁ ଜୋରରେ ସାବୁନରେ ଘସି ଋଲିଲି, ଯଦିଚ ଏମିତି କରିବାର କୌଣସି ଯଥାର୍ଥତା ନ ଥିଲା। ମତେ ଉତ୍ପୀଡ଼ିତ କରୁଥିବା ଚିନ୍ତା ଯୋଗୁଁ ମତେ ଅପରିଷ୍କାର ଲାଗୁଥିଲା। ମୁଁ ମୁହଁ ଧୋଇଲା ବେଳେ ରୀତା କୋମଳ ସ୍ୱରରେ ମତେ କହୁଥିବା ଶୁଣିଲି, "ମୁଁ ଏଇଠି ଟାୱେଲଟା ରଖିଛି।" ସବୁ କିଛି ଠିକ ଅଛି, ଏଇ କଥା ଜଣେଇଦେବା ଭଙ୍ଗୀରେ ମୁଁ ମୁଣ୍ଡ ହଲାଇଲି। ତାପରେ ମୁଁ ମୁଣ୍ଡ ଟେକିଲା ବେଳକୁ ସେ ଚାଲିଯାଇଥିବାର ଦେଖିଲି। ମୁଁ ଗାଧୁଆଘର ଛାଡ଼ି ହଲ୍ ଦେଇ ସ୍ୱାଗତ କକ୍ଷକୁ ଋଲିଲି। ଏମିତି ଋରି ପାଞ୍ଚଟି କକ୍ଷ ସହିତ ସ୍ୱାଗତ କକ୍ଷ ମିଶି ଭିଲ୍ଲାର ତଳମହଲା ଗଢ଼ା ହୋଇଥିଲା।

ବଖରା ଗୁଡ଼ିକୁ ମାଆ ବୈଠକିଘର ହିସାବରେ ଏବଂ ଅତିଥିମାନଙ୍କ ଚିତ୍ତବିନୋଦନ ଓ ଆମୋଦ-ପ୍ରମୋଦ ପାଇଁ ବ୍ୟବହାର କରୁଥିଲେ। ବଖରା ଗୁଡ଼ିକ ପରସ୍ପର ସହିତ ତୋରଣ ଓ ଖିଲାଣ ମାଧ୍ୟମରେ ସଂଯୁକ୍ତ ହୋଇଥିଲା; କିନ୍ତୁ ସେମାନଙ୍କର ଦୁଆର ନ ଥିଲା। ଯାହା ଫଳରେ କି ସେମାନେ ସମସ୍ତେ ମିଶି ପ୍ରାୟ ଗୋଟିଏ ବିରାଟ ବଖରା ଭଳି ଲାଗୁଥିଲେ। ଯେଉଁ ଆସବାବପତ୍ର ଦ୍ୱାରା ସେଗୁଡ଼ିକ ସଜା ହୋଇଥିଲେ, ସେଗୁଡ଼ିକ ଥିଲେ ବେଶ୍ ଦାମୀ, ଅଥଚ ସେଥିରେ ଥିଲା ଏକ ନୈର୍ବ୍ୟକ୍ତିକ ଆବେଗହୀନତା। ଦାମୀ ହେଲେ ମଧ ସେଗୁଡ଼ିକ ଥିଲେ ବିରକ୍ତିକର ଭାବେ ବ୍ୟକ୍ତିତ୍ୱହୀନ। ସେଗୁଡ଼ିକ କେବଳ ତାଙ୍କର ଆର୍ଥିକ ମୂଲ୍ୟ ଦୃଷ୍ଟିରୁ ହିଁ ବଛା ଯାଇଥିଲେ। ବାସ୍ତବିକ ସେ ବଖରା ଗୁଡ଼ିକରେ ଏପରି ଗୋଟିଏ ଜିନିଷ ନ ଥିଲା ଯାହା କି ତଜ୍ଜାତୀୟ ପଦାର୍ଥ ଗୁଡ଼ିକ ମଧ୍ୟରେ ଦାମୀ ଭାବରେ ଗଣା ନ ଯିବ। ସେ ଯାହାକିଛି ସଙ୍ଗ୍ରହ କରୁଥିଲେ ତାର ଏକମାତ୍ର ମାପକାଠି ଥିଲା ତାର ଆର୍ଥିକ ମୂଲ୍ୟ। ଜିନିଷଟିର ଦାମ୍ ଯେତେ ଅଧିକ ହେଉଥିଲା, ମାଆ ବିଶ୍ୱାସ କରୁଥିଲେ ଯେ ଜିନିଷଟି ସେତିକି ସୁନ୍ଦର, ମାର୍ଜିତ ଓ ମୌଳିକ। ଅଥଚ ମାଆଙ୍କର ନା ଥିଲା ରୁଚିବୋଧ ନା ସଂସ୍କୃତି। ନଥିଲା ବି ଅନୁସନ୍ଧିତ୍ସା ଅବା ସୌନ୍ଦର୍ଯ୍ୟପରାୟଣତା। ଗୋଟିଏ ଜିନିଷ ମଧ୍ୟରେ ଏହିସବୁ ଗୁଣଗୁଡ଼ିକୁ ଲକ୍ଷ୍ୟ କରିବାରେ ବାସ୍ତବିକ ସେ ଅକ୍ଷମ ଥିଲେ। ମୋର ମାଆ ଅବଶ୍ୟ ପଇସା ଫୋପାଡୁ ନ ଥିଲେ, ବରଂ ତା ପରିବର୍ତ୍ତେ ପଇସା ଖର୍ଚ କରିବା ବିଷୟରେ ସେ ଥିଲେ ବେଶ୍ ଯତ୍ନଶୀଳା। ବହୁତ ଥର ଦୋକାନରେ ସେ କହିବାର ମୁଁ ଶୁଣିଛି, "ନା ବାବା ନା! ଯା ଦାମ୍ ବହୁତ ବେଶୀ ହେଇଯାଉଛି, ଯ଼ା ବିଷୟରେ ଚିନ୍ତା ବି କରାଯାଇ ପାରେନା।" କିନ୍ତୁ ମୁଁ ଜାଣିଥିଲି ତାଙ୍କର ଏଇ ଜାତୀୟ ପ୍ରଣାଦ କେବଳ ତାଙ୍କର ନିଜର ଆର୍ଥିକ ଦୃଷ୍ଟିକୋଣ ପରିପ୍ରେକ୍ଷୀରେ ହିଁ ପ୍ରକଟିତ ହେଉଥିଲା, ତାହା ସହିତ ଜିନିଷର ବାସ୍ତବ ମୂଲ୍ୟର କୌଣସି ସମ୍ପର୍କ ନ ଥିଲା, ଏବଂ ଜିନିଷର ବାସ୍ତବ ମୂଲ୍ୟକୁ ହୃଦୟଙ୍ଗମ କରିବା ମଧ ତାଙ୍କ ପକ୍ଷରେ ସମ୍ଭବ ନ ଥିଲା। ତେବେବି, ଯେହେତୁ ଜିନିଷଟି ଥିଲା ତା ମୂଲ୍ୟ ପରିପ୍ରେକ୍ଷୀରେ ତାଙ୍କ ହାତ ଅପହଞ୍ଚ, ସେଇ ବିଶେଷ କାରଣ ପାଇଁ ତାହା ଥିଲା ଆକାଂକ୍ଷିତ।

ତାଙ୍କ ପସନ୍ଦର ଏହି ମାନଦଣ୍ଡର ଫଳାଫଳରେ, ମୁଁ କହିବାମତେ, ସଙ୍ଗୃହିତ ହୋଇଥିଲା ଏଇ ଆସବାବପତ୍ର, ଯାହାର ନା ଥିଲା ଚରିତ୍ର, ନା ତାହା ସହ ସଂଯୁକ୍ତ

ଥିଲା କୌଣସି ଭାବାବେଗ। କିନ୍ତୁ ସେଗୁଡ଼ିକ ଥିଲା ବେଶ୍ ଦୃଢ଼ ଓ ଚିତ୍ତାକର୍ଷକ, କାରଣ ମୋର ମାଆ କେବଳ ଆର୍ଥିକ ମୂଲ୍ୟକୁ ଗୁରୁତ୍ୱ ଦେଉ ନ ଥିଲେ, ସେ ମଧ୍ୟ ଜିନିଷର ଦୃଢ଼ତା ଆଉ ଆକାର ଉପରେ ଗୁରୁତ୍ୱ ଦେଉଥିଲେ। ଏହି ଦୁଇଟି ଗୁଣକୁ ଚିହ୍ନି ପାରିବା ଆଉ ଆଦର କରିବାର ସାମର୍ଥ୍ୟ ତାଙ୍କର ଥିଲା। ତେଣୁ ଏଇ ବଖରା ଗୁଡ଼ିକର ସମସ୍ତ ଜିନିଷ ଥିଲା ଦୃଢ଼ ଓ ବିଶାଳ। ବିଶାଳ ନରମ ସୋଫା, ବିରାଟ ଆରାମଚେୟାର, ଓଜନିଆ ପର୍ଦା। ଆଉ ସୁନ୍ଦର ମୂଲ୍ୟବାନ ଫିଟିଙ୍ଗ୍ ଗୁଡ଼ିକ ଏକ ଉନ୍ନତ ମାନର ଏବଂ ବିପୁଳ ବିଳାସର ଧାରଣା ମନରେ ଦେଇଥାଏ। କକ୍ଷର ପ୍ରତି ଅନ୍ଧାରତର କୋଣରୁ ବି ଆଲୋକ ପ୍ରତିଫଳିତ ହେଉଥାଏ, କାରଣ ଚଟାଣରେ ମହମ ଘସା ଯାଇଥାଏ, କାଠଗୁଡ଼ିକ ମଧ୍ୟ ଚକଚକ କରୁଥାଏ ଘସାମଜା ହୋଇ, ପିତଳ ଓ ରୂପାର ଜିନିଷଗୁଡ଼ିକ ବି ଦିଶୁଥାଏ ଉଜ୍ଜ୍ୱଳ। ଚରମ ପରିଚ୍ଛନ୍ନତା ଥିଲା ସେ ଘରର ଅନ୍ୟ ଏକ ଚରିତ୍ର। ଏବଂ ପରିଶେଷରେ ମୁଁ ଲକ୍ଷ୍ୟ କଲି ଯେ ଏଠି ସେଠି ହୋଇ ପଡ଼ି ରହିଛି ଅନେକ ଫୁଲଦାନୀ। ସେଥିରେ ଭରିଥାଏ ବିକଳପ୍ରାୟ ଦିଶୁଥିବା ପୁଷ୍ପର ସ୍ତବକ, ଯେମିତିକା ସେଗୁଡ଼ିକ ଶବାଧାରର ପୁଷ୍ପଗୁଚ୍ଛ। ମୁଁ ଜାଣିଥିଲି, ଏହି ପୁଷ୍ପଗୁଡ଼ିକୁ ମାଆ ମୋର ପ୍ରତିଦିନ ସବୁଜଗୃହର ଉଦ୍ୟାନରୁ ଚୟନ କରି ଆଣି ଥାଆନ୍ତି। ମୁଁ ଉପଲବ୍ଧି କରି ପାରିଲି ଯେ ମୁଁ ସବୁ ଜିନିଷଗୁଡ଼ିକୁ ଗୋଟିଏ ଭିନ୍ନ ଦୃଷ୍ଟିଭଙ୍ଗୀରୁ ଦେଖୁଚି, ଅଧିକ ମନଯୋଗୀ ଭାବରେ ଓ କମ ନିଷ୍ପୃହତାର ସହ, ଯେମିତିକି ମୁଁ ଚେଷ୍ଟା କରୁଛି ସେମାନେ ମୋ ଉପରେ ପକାଉଥିବା ପ୍ରଭାବକୁ ଆବିଷ୍କାର କରିବା ପାଇଁ। ବର୍ତ୍ତମାନ ଯେହେତୁ ମୁଁ ମାଆଙ୍କ ପାଖକୁ ଫେରି ଆସିବା ପାଇଁ ସ୍ଥିର କରିଛି, ତାଙ୍କ ସହ ରହିବା ପାଇଁ ସ୍ଥିର କରିଛି, ସେଇ ଚିନ୍ତା ମୋ ଦୃଷ୍ଟିଭଙ୍ଗୀରେ ଆଣିଛି ପରିବର୍ତ୍ତନ। ଏବଂ ମୁଁ ଅଧୁନା ଅନୁଭବ କରୁଥିବା ସେଇ ଇତର ଅରୁଚିକର ଆମ୍ପ୍ରସାଦ ସମ୍ପର୍କରେ ହଠାତ୍ ସଚେତନ ହୋଇ ଉଠିଲି। ଯେମିତିକି ମୁଁ ଏକ ପୁରୁଣା ପ୍ରଲୋଭନର ମୁହାଁମୁହିଁ ହୋଇଚି, ତାକୁ ମୁଁ ଘୃଣା କରୁଛି କିନ୍ତୁ ତଥାପି ଆମ୍ସମର୍ପଣ କରିଛି ତା ପାଖରେ। ମୁଁ ସେଇ ପୁରୁଣା, ମୋଟା କାଠ ବନ୍ଦେଇ ଦର୍ପଣ ନିକଟକୁ ଗଲି ଯାହାକି ବୈଠକଘରର ଗୋଟିଏ କୋଣରେ ରଖା ଯାଇଥିଲା। ମୁଁ ଦର୍ପଣରେ ମୋ ପ୍ରତିବିମ୍ବକୁ ଚାହିଁଲି ଏବଂ ତାକୁ ଦେଖୁ ଦେଖୁ ହଠାତ୍ ମତେ ନିଜକୁ ଗାଳି ଦେବାକୁ ଇଚ୍ଛା ହେଲା। ମୁଁ ଜାଣିନାଇଁ କାଇଁକି ଏଭଳି

ହେଲା । ଜାଣେନାଁ ଏହା ଥିଲା ଆନନ୍ଦ ଅବା ଘୃଣାର ପରିପ୍ରକାଶ । "ଇଡ଼ିଅଟ୍", ମୁଁ ପାଟି କରି ଉଠିଲି । ଆଉ ପ୍ରାୟ ଠିକ୍ ସେଇ ସମୟରେ ମୋ ପଛରେ ଏକ ଖସ୍ ଖସ୍ ଶବ୍ଦ ଶୁଣିଲି ।

ମୁଁ ପଛକୁ ଘୁରି ପଡ଼ିଲି ଆଉ ଦେଖିଲି ଆମ ପରିଚାରିକା ରୀତା ଅଳ୍ପ କେତେ ପାହୁଣ୍ଡ ପଛରେ ପାନୀୟ-ଟ୍ରଲି ଧରି ଠିଆ ହୋଇଛି । ସେ ମତେ ତାର ସେଇ ମୋଟା କଳା ଫ୍ରେମର ଚଷମା ଭିତରୁ ଚାହିଁଥିଲା ଏକ ପ୍ରଶ୍ନିଳ ଦୃଷ୍ଟିରେ । ମୁଁ ସନ୍ଦେହ କଲି ବୋଧେ ସେ ମୋତେ ନିଜକୁ ନିଜେ ଗାଳି ଦେବା ବେଳେ ଦେଖି ନେଇଛି । ମୁଁ ତାର ପାଣ୍ଡୁର, ଧୂର୍ତ୍ତ ମୁଖମଣ୍ଡଳକୁ ଚାହିଁଲି । କିନ୍ତୁ ତାହା ଥିଲା ଭାବଲେଶହୀନ । କ୍ଷଣିକ ନୀରବତା ପରେ ସେ କହିଲା, "ମ୍ୟାଡାମ୍ ଏଇନା ତଳକୁ ଆସିବେ । ସେ ମୋତେ କିଛି ପାନୀୟ ଆପଣଙ୍କୁ ଦେବାକୁ କହିଲେ । ଆପଣ କେଉଁ ପାନୀୟ ପିଇବା ପାଇଁ ଇଚ୍ଛା କରୁଛନ୍ତି ?"

ମୋ ମନରେ ଏହା ଜାଣିବାକୁ କୁତୁହଳ ସୃଷ୍ଟି ହେଲା ଯେ ତା' ସ୍ୱରରେ କ'ଣ କୌଣସି ପରିହାସ ବା ବିଦ୍ରୂପ ରହିଛି, ଯାହା ତା'ର ମୁଖମଣ୍ଡଳରେ ପ୍ରତିଫଳିତ ହେଉନାହିଁ ? କିନ୍ତୁ ନୁହେଁ । ତା'ର ସ୍ୱର ଥିଲା ବେଶ୍ ଏକାନ୍ତିକ, କିମ୍ବା ନିତାନ୍ତ ପକ୍ଷରେ ଏକ କାପଟିକ ଏକାନ୍ତିକତା ପରିପୂର୍ଣ୍ଣ । ମୁଁ ତାକୁ କହିଲି ଯେ ମୁଁ ଅଳ୍ପ ହ୍ୱିସ୍କି ପିଇବି । ସିଏ ଏକ ନିର୍ଭୁଲ ନିୟନ୍ତ୍ରଣର ସହ ହ୍ୱିସ୍କି ବୋତଲରୁ ଗୋଟାଏ ଗିଲାସକୁ ହ୍ୱିସ୍କି ଢାଳିଲା, ଖଣ୍ଡେ ବରଫ ଟୁକୁଡ଼ା ପକାଇଲା ତା' ଭିତରେ ଆଉ ଅଳ୍ପ ପାଣି ମିଶାଇ ମୋତେ ବଢ଼ାଇ ଦେଲା ଗିଲାସଟି । ଆଉ ତା'ପରେ ପଚାରିଲା, "ଆପଣଙ୍କୁ ଆଉ ଅନ୍ୟ କିଛି ଜିନିଷ ଦରକାର ଅଛି କି ?" ମୁଁ କହିଲି ମୋର ଆଉ କିଛି ଆବଶ୍ୟକ ନାହିଁ, ଏବଂ ତାକୁ ତାର ଫେଲୁ ପଶମର ଚଟିରେ ଚାଲି ଯିବାର ଦେଖିଲି । ତାପରେ ମୁଁ ଗଲି ଆଉ ହାତରେ ହ୍ୱିସ୍କି ଗ୍ଲାସଟି ଧରି ଗୋଟିଏ ବିଶାଳ ଆରାମ ଚେୟାରରେ ନିଜକୁ ଲୋଟାଇ ଦେଲି । ମୁଁ ଗୋଟିଏ ସିଗାରେଟ୍ ଜଳାଇଲି ଏବଂ ଚିନ୍ତା କରିବାରେ ଲାଗିଲି । ମୁଁ କାହିଁକି ନିଜକୁ ଦର୍ପଣ ଆଗରେ ଏପରି ଶୋଧିଲି ? ମୁଁ ପରିଶେଷରେ ଏଇ ଉପସଂହାରରେ ଉପନୀତ ହେଲି ଯେ, ମୋର ଏଇ ବାଇବେଲ ବର୍ଣ୍ଣିତ 'ବିପଥଗାମୀର ଅନୁତାପ' ଚରିତ୍ର ଅଭିନୟରେ ରହିଛି ଏକ ଭୟଙ୍କର ବିପଦ । ମୋର ସମସ୍ତ ପ୍ରଚେଷ୍ଟା ସତ୍ତ୍ୱେ, ନ ଚାହିଁକରି ବି ଯେ କୌଣସି ମୁହୂର୍ତ୍ତରେ ହଠାତ୍ ଅସଭ୍ୟ ଗାଳିମନ୍ଦ ବା ଚିତ୍କାର କରିବା, ଅବା ଏକ

ଅପବାଦାତ୍ମକ ଦୁଷ୍କାର୍ଯ୍ୟ କରିବାକୁ ପ୍ରଲୁବ୍ଧ ହୋଇ ପଡ଼ିବା ମୋ ପକ୍ଷରେ ବର୍ତ୍ତମାନ ବେଶ୍‌ ସମ୍ଭବ । ଅର୍ଥାତ୍‌ ମୁଁ ଏପରି ଏକ ବିଚିତ୍ର ବିପଥଗାମୀ ସନ୍ତାନ ଯେ ଅନୁତପ୍ତ ହୋଇ ତାର ମାତୃକୋଳକୁ ଫେରି ଆସିବା ପରେ ବି ହଠାତ୍‌ ମାଆକୁ ଗୋଇଠା ପକାଇବାକୁ ପ୍ରଲୁବ୍ଧ ହୁଏ; ଆଉ ଯିଏ ଉତ୍ସବର ଭୋଜି ଗଳାଧଃକରଣ କରି ବାହାରକୁ ବାହାରି ଯାଏ ଆଉ ଉଦ୍ୟାନର ଏକ କୋଣରେ ତାକୁ ବମନ କରି ନିଷ୍କାସିତ କରେ । ମୁଁ ମୋର ଚରିତ୍ର ଏଇ ବିଚିତ୍ର ଦିଗ ସମ୍ପର୍କରେ ଗଭୀର ଭାବରେ ଚିନ୍ତା କରିବା ପୂର୍ବରୁ ହିଁ ହଠାତ୍‌ ମାଆ କକ୍ଷ ମଧ୍ୟକୁ ପଶି ଆସିଲେ ।

: "ରୀତା ତୁମକୁ ପାନୀୟ ଅର୍ପଣ କରିଥିଲା ତ ?" ସିଏ ପଚାରିଲେ ।

: "ହଁ । ଧନ୍ୟବାଦ । ତେବେ ଏଇ ରୀତାଟି କିଏ ?"

: "ସିଏ ଏଠାରେ ନୂଆ । ତା ସମ୍ପର୍କରେ ବେଶ୍‌ ଭଲ ସୁପାରିଶ ମାନ ମିଳିଛି । ସେ କିଛି ଆମେରିକୀୟଙ୍କ ପାଖରେ କାମ କରୁଥିଲା । ସେମାନେ ଚାଲିଯିବା ପରେ ଏଠାକୁ ଆସିଛି । ବାସ୍ତବରେ ସେ ଏକ ନର୍ସରୀରେ ଶିକ୍ଷୟତ୍ରୀ ଥିଲା, କିନ୍ତୁ ଏଠାରେ ତ କେହି ଶିଶୁ ନାହାନ୍ତି, ତେଣୁ ମୁଁ ତାକୁ କହିଲି, ମୋ ସୁନାଟିଏଟି, ମୁଁ ବାଧ୍ୟ ହେଉଛି ତୁମକୁ ପାଚିକା ପଦକୁ ଅବନମିତ କରିବା ପାଇଁ । ତୁମେ ଏହା ଗ୍ରହଣ କରିପାର ବା ନ କରି ପାର, ତୁମରି ଇଚ୍ଛା । ମୁଁ ଆଶା କରିଥିବା ମତେ ସେ ରାଜି ହୋଇଗଲା ସ୍ୱାଭାବିକ ଭାବରେ । ଯେଉଁଭଳି ବେକାରୀ ଓ ବେରୋଜଗାରୀ ଓଡ଼ିଆଡ଼େ ବ୍ୟାପିଛି, ସେଇ ପରିପ୍ରେକ୍ଷୀରେ ତାର ରାଜି ହେବାଟା କିଛି ଅପ୍ରତ୍ୟାଶିତ ନୁହେଁ...।" ମୋର ମାଆ ରୀତା ସମ୍ପର୍କରେ ଅନର୍ଗଳ ଗପି ଯାଇଥିଲେ । ଏପରିକି ଆମେ ଭୋଜନକକ୍ଷକୁ ଯିବା ପରେ ବି, ଯଦିଚ ରୀତା ସେଠାରେ ହାତରେ କନାର ଦସ୍ତାନା, ମୁଣ୍ଡରେ ଝାଲର ଲଗା ଟୋପି ଆଉ ଅଣ୍ଟାରେ ଉପବୃତ୍ତାକାର ନିଚୋଳ ପିନ୍ଧି ଠିଆ ରହିଥିଲା ଆମର ପ୍ରତୀକ୍ଷାରେ, ମାଆ ତା ସମ୍ପର୍କରେ ଗପି ଯାଇଥିଲେ । ମତେ ମାଆଙ୍କୁ କହିଦେବା ପାଇଁ ଇଚ୍ଛା ହେଉଥିଲା, "ଟିକିଏ ବିବେଚନା କର । ତୁମେ ରୀତା ସମ୍ପର୍କରେ କହୁଛ ଆଉ ରୀତା ଏଇଠି ହିଁ ଠିଆ ରହିଛି ।" ତା ପରେ ମୁଁ ସେଇ ଝିଅର ସିକରଯାଇଥିଆ ଚକ୍ଷାପିନ୍ଧା ମୁହଁକୁ ଚାହିଁଲି । ଏବଂ ହଠାତ୍‌ ମୁଁ ଦୃଢ଼ନିଷ୍ଠ ହୋଇଗଲି ଯେ ମୁଁ ଦର୍ପଣ ଆଗରେ ନଇଁ ପଡ଼ି ନିଜକୁ ନିର୍ବୋଧ ବୋଲି ଭର୍ତ୍ସନା କରୁଥିବା ବେଳେ ସେ ମତେ ଦେଖ ନେଇଛି । ମୁଁ ଅନୁଭବ କଲି ଯେ ଏଇ ଭାବନା ମତେ ସମ୍ପୂର୍ଣ

ବିରକ୍ତିକର ମନେ ହେଉନାଇଁ, କାରଣ ଯେମିତି ସେଇ ମୁହୂର୍ତ୍ତରେ ହିଁ ରୀତା ସହ ମୋର ଏକ ଗୋପନ ସାଜିସି ଗଢ଼ି ଉଠିଛି । ମୁଁ ବସି ପଡ଼ିଲି । ମୋର ମାଆ ଆସନ ଗ୍ରହଣ କରୁ କରୁ କହିଲେ, "ରୀତା, ଶ୍ରୀଯୁକ୍ତ ଡିନୋ ମୋର ପୁତ୍ର । ଆଉ କାଲି ପ୍ରତ୍ୟୂଷରୁ ସେ ଏଠାରେ ରହିବା ପାଇଁ ଆସିଯିବେ । ବର୍ତ୍ତମାନ ଠାରୁ ତୁମେ ଆଉ ଭୁଲିବ ନାଇଁ । ଯଦି କେହି ଦୂରଭାଷରେ ଡିନୋ ନାମକ ଭଦ୍ରବ୍ୟକ୍ତିଙ୍କୁ ଖୋଜେ, ତାର ଅର୍ଥ ସେ ମୋର ଏଇ ପୁତ୍ରଙ୍କୁ ହିଁ ଖୋଜୁଛି ।"

ଆମେ ମୁହାଁମୁହିଁ ହୋଇ ବସିଥିଲୁ ଗୋଟେ ଛୋଟ ଗୋଲଟେବୁଲର ଦୁଇ ପାଖରେ । ସେଇ ବଖରା ବିଶେଷ ବଡ଼ ନ ଥିଲା, କିନ୍ତୁ ତାର ଛାତ ଥିଲା ବେଶ୍ ଉଚ୍ଚ । ଫ୍ଲୋରେନ୍ସୀୟ ଜରିକସ କାମର ମେଜାବରଣୀ ଉପରେ ଥୁଆ ହୋଇଥିଲା ଜର୍ମାନୀ ଚିନାମାଟି ପ୍ଲେଟ୍ ଗୁଡ଼ିକ, ଆଉ ତା କଡ଼କୁ ଥୁଆ ହୋଇଥିଲା ବିଲାତି ରୌପ୍ୟ ରୁମୁଚ ଆଉ କଣ୍ଟାରୁମୁଚମାନ ଏବଂ ଫରାସୀ ସ୍ଫଟିକର ଗିଲାସ । ମୋର ମାଆଙ୍କ ଚୌକିର ପଛ୍ଚାତରେ ବାସନ ସଜାଇ ରଖିବା ନିମନ୍ତେ ଉଦ୍ଦିଷ୍ଟ କପବୋର୍ଡରେ ଖଞ୍ଜା ଯାଇଥିବା ଧାତବର ସୌବର୍ଣ୍ଣ ପୃଷ୍ଠତଲ କ୍ଷୀଣ ସ୍ତିମିତ ଆଲୋକରେ ଦିଶୁଥାଏ ଉଜ୍ଜ୍ୱଲ । ମୁଁ ଜାଣିବା ଅନୁଯାୟୀ ମୋ ପଛରେ ଥାଏ ଏକ ଭେନିସୀୟ କପବୋର୍ଡ । ଉଦ୍ୟାନ ଆଡ଼କୁ ଖୋଲୁଥିବା କାଚ-ଝରକା ଥାଏ ସମ୍ପୂର୍ଣ୍ଣ ଉନ୍ମୁକ୍ତ ମାତ୍ର ଭାରୀ ପରଦାରେ ଆବୃତ ଥାଏ ଅଧାରୁ ବେଶୀ । କାରଣ, ମାଆଙ୍କର କହିବାମତେ, ଉଦ୍ୟାନରେ କାମ କରୁଥିବା କୌଣସି ମାଳୀ ସିଏ କେତେ ଗୁଣ୍ଡା ଖାଉଚନ୍ତି ତାହା ଗଣିବାଟା ତାଙ୍କୁ ଅସ୍ୱସ୍ତିକର ଲାଗିବ । ମୋର ମାଆ ନିଜେ ମୋର ଚଷକରେ ଏକ ସ୍ଫଟିକ ଏବଂ ରଜତ କାରାଫେ (ଏକ ପ୍ରକାରର ଲମ୍ବା ଥଣ୍ଟିଆ ବୋତଲ)ରୁ ମଦ୍ୟ ଆଣି ଢାଲିଲେ ଏବଂ ତାପରେ ରୀତାକୁ ମଧ୍ୟାହ୍ନ ଭୋଜନ ସଜାଡ଼ିବା ପାଇଁ ନିର୍ଦ୍ଦେଶ ଦେଲେ । ତରୁଣୀଟି ଭେନିସୀୟ କପ ବୋର୍ଡରୁ ରଜତ ଟ୍ରେରେ ରଖା ଯାଇଥିବା ଚିନାମାଟିର ଥାଲି କାଢ଼ି ଆଣି ମାଆଙ୍କ ଦିଗରେ ଅଗ୍ରସର ହେଲା ।

ମାଆ ସହସା ରୂଢ଼ ଭାବରେ କହିଲେ, "ଶ୍ରୀଯୁକ୍ତ ଡିନୋଙ୍କୁ ପ୍ରଥମେ ପରଷ ।"

: "କାହିଁକି ? ତୁମେ ନିଅ ।" ମୁଁ କହିଲି ।

: "ନା, ମୁଁ .....।"

: "ରୀତା, ମ୍ୟାଡାମଙ୍କୁ ପ୍ରଥମେ ଦିଅ ।"

: "କିନ୍ତୁ ମୁଁ ତ ବସ୍ତୁତଃ କିଛି ଖାଏ ହିଁ ନାହିଁ।" ମାଆ କହିଲେ। ଆଉ ସିଏ ଅଳ୍ପ କିଛି ଖାଦ୍ୟ ସ୍ମୁଚରେ ନେଇ ନିଜ ଥାଳିଆରେ ରଖିଲେ। ଯେତେବେଳେ ରୀତା ମୋ ପାଖକୁ ଆସିଲା, ମୁଁ ବୁଝିଲି ରନ୍ଧନର ସେଇ ଚମତ୍କାର ବାସନା ଯାହାକି ମୁଁ ଆଘ୍ରାଣ କରୁଥିଲି ଆମେ ଉଦ୍ୟାନ ଭିତରେ ବୁଲୁଥିବା ବେଳେ, ତାହା ଥିଲା ଏକ ମ୍ୟାକାରୋନି ପିଠା। "ମୁଁ ଜାଣେ ତୁମକୁ ଏହା ଭଲଲାଗେ। ମୁଁ ଖାସ୍ ତୁମରି ପାଇଁ ଯ୍ୟାକୁ ତିଆରି କରେଇଛି।" ମାଆ କହିଲେ।

: "ଭଲ, ଭଲ, ଭଲ।" ମୁଁ କହିଲି ଏକ ମାସୋକୀୟ ଉତ୍ତେଜନାର ସହିତ। ଏକ ମାସୋକ ଭଳି ମୁଁ ମୋର ଯନ୍ତ୍ରଣା ଓ କ୍ଲାନ୍ତିକୁ ଉପଭୋଗ କରୁଥିଲି, ଏବଂ ପିଠାର ବେଶ୍ କିଛି ଅଂଶ ନେଇ ମୁଁ ମୋ ପ୍ଲେଟରେ ଥୋଇଲି। ସାଧାରଣତଃ ମୁଁ ଯତ୍ ସାମାନ୍ୟ ଖାଏ। ଆଉ ଏଇ ପ୍ରକାରର ଖାଦ୍ୟ, ବିଶେଷତଃ ମ୍ୟାକାରୋନି ପାଏ, ମୁଁ ଜମା ହିଁ ଖାଏ ନାହିଁ। ମୋର ମନକୁ ଆସିଲା, ଏଇ ଭୋଜନ ମୋର ବିପଥଗାମୀ ଅନୁତପ୍ତ ପୁତ୍ର ଅଭିନୟର ଏକ ଅବିଚ୍ଛିନ୍ନ ଅନୁକ୍ରମ। ହଠାତ୍ ମୁଁ ହସରେ ଫାଟି ପଡ଼ିଲି। ମୋର ମାଆ ଆତଙ୍କିତ ହୋଇ ପଚାରିଲେ, "ତୁମେ ଏଭଳି ହସୁଛ କାହିଁକି ?"

: "ମୁଁ କୋଉଠି ଗୋଟେ ପଢ଼ିଥିଲି ବିପଥଗାମୀ ଅନୁତପ୍ତ ପୁତ୍ର ରୂପକକୁ ନେଇ ରଚନା ହୋଇଥିବା ଏକ ସୁଆଙ୍ଗ। ତୁମେ ଜାଣିଥିବ, ଇଞ୍ଜିଲରେ ଯେଉଁ ରୂପକଥାର ବର୍ଣ୍ଣନା ଅଛି, ତାଆର।"

: "କ'ଣ ସେଇଟା ?"

: "ସେଇ ରୂପକରେ ଅନୁତପ୍ତ ପୁତ୍ରଟି ଘରକୁ ଫେରି ଆସିଛି, ଆଉ ତାର ବାପା ତାକୁ ସ୍ୱାଗତ କରିଛନ୍ତି ସମସ୍ତ ପ୍ରକାର ଆଦର ଯତ୍ନ ଅଜାଡ଼ି ଦେଇ। ତା ପାଇଁ ଗୋଟେ ଚର୍ବିଲ ବାଛୁରୀ କାଟିଛନ୍ତି। କିନ୍ତୁ ପ୍ୟାରୋଡିରେ ବାଛୁରୀଟି ଭୟାତୁର ହୋଇ ଦୌଡ଼ି ପଳାଇଛି; କାରଣ ସେ ଜାଣିଛି ଅନୁତପ୍ତ ପୁତ୍ର ଘରକୁ ଫେରିବା ସଙ୍ଗେ ସଙ୍ଗେ ତା ଭାଗ୍ୟରେ କ'ଣ ଘଟିବ। ତେଣୁ ସେମାନେ ବାଛୁରାଟି ଫେରିବା ପାଇଁ ଅପେକ୍ଷା କରି ରହିଛନ୍ତି। ସେଇ ଚର୍ବିଲ ବାଛୁରୀ ତାଙ୍କୁ ଅପେକ୍ଷା କରାଇଛି ଦୀର୍ଘ ସମୟ, ତାପରେ ସେ ସ୍ଥିର କରିଛି ଫେରି ଆସିବା ପାଇଁ। ଚର୍ବିଲ ବାଛୁରୀର ପ୍ରତ୍ୟାବର୍ତ୍ତନ ଜନିତ ଉତ୍ସବ ପାଳନ ଅବସରରେ, ସେଇ ଆନନ୍ଦର ତୀବ୍ରତାରେ,

ପିତା ଅନୁତପ୍ତ ପୁତ୍ରକୁ ହତ୍ୟା କରିଛନ୍ତି, ଆଉ ତା ମାଂସରେ ଭୋଜି କରି ବାଛୁରୀକୁ ଖାଇବାରେ ଦେଇଛନ୍ତି ।”

ମୋର ମାଆ, ମୁଁ ଯେତେଦୂର ଜାଣେ, ଅର୍ଥ ବ୍ୟତୀତ ଆଉ କୌଣସି ଜିନିଷରେ ଗୁରୁତ୍ୱ ଦିଅନ୍ତି ନାଇଁ । ତେବେ, ମୁଁ ପୂର୍ବରୁ କହିଥିବା ମତେ, ସିଏ ଗୁରୁତ୍ୱ ଦେଉଥିଲେ ‘ଶିଷ୍ଟାଚାର’ ଉପରେ । ଆଉ ଅନ୍ୟ ସମସ୍ତ ସହ, ସେଇ ଶିଷ୍ଟାଚାର ଆବଶ୍ୟକ କରେ ଯେ ଜଣେ କ୍ୟାଥଲିକ ଧର୍ମ ପାଳନ କରିବା ଉଚିତ । ଅବା ନିତାନ୍ତ ପକ୍ଷରେ ଧର୍ମ ସହ ସମ୍ପୃକ୍ତ ସମସ୍ତ ଜିନିଷ ପ୍ରତି ସମ୍ମାନ ପ୍ରଦର୍ଶନ କରିବା ଉଚିତ । ତେଣୁ ମୁଁ ଦେଖିଲି ତାଙ୍କ କାଷ୍ଠ-ଖୋଦିତ ମୁଖଭଙ୍ଗୀରେ ଏକ କଠୋର ଅଭିବ୍ୟକ୍ତି ପ୍ରକାଶିତ ହେଲା । ତାପରେ ସେ ତାଙ୍କର ସବୁଠାରୁ କ୍ଷୁବ୍ଧ ସ୍ୱରରେ କହିଲେ, “ତୁମେ ଜାଣିଚ, ପବିତ୍ର ପଦାର୍ଥ ମାନଙ୍କ ସମ୍ପର୍କରେ ଠଠାମଜା କରିବା ମୁଁ ଭଲପାଏ ନାହିଁ ।”

: “ନା । ତାର ବିପରୀତ ହିଁ ଠିକ୍ । ମୁଁ ଚାହିଁ କରୁନାହିଁ । ବାସ୍ତବରେ ମୋର ପ୍ରତ୍ୟାବର୍ତ୍ତନ ଅନୁତପ୍ତ ପୁତ୍ରର ଚର୍ବିଳ ବାଛୁରୀ ପାଇଁ ବଳିଦାନ ଛଡ଼ା ଆଉ କିଛି ସୂଚନ ଅଛି କି ? ଚର୍ବିଳ ବାଛୁରୀ ଅର୍ଥାତ୍ ଏଇ ସବୁ”– ଏହା କହି ମୁଁ ହାତ ହଲାଇ କକ୍ଷରେ ଭରିଥିବା ମୂଲ୍ୟବାନ ଆସବାବପତ୍ରକୁ ନିର୍ଦ୍ଦେଶ କଲି ।

: “ମୁଁ ତୁମ କଥା କିଛି ବୁଝି ପାରୁନାଇଁ ।” ମୋର ମାଆଙ୍କର ଥିଲା ତାଙ୍କ ନିଜସ୍ୱ ବିଚିତ୍ର ପ୍ରକାରର ଯାନ୍ତ୍ରିକ ଓ ନିରାନନ୍ଦମୟ କୌତୁକ ଭଙ୍ଗୀ । ମୁହଁରେ ସ୍ମିତହାସ୍ୟ ମଧ୍ୟ ନ ଫୁଟାଇ ସେ ଯୋଗ କଲେ, “ସେ ଯା ହେଉନା କାହିଁକି, ମ୍ୟାକାରୋନି ପରେ ବାସ୍ତବରେ କିନ୍ତୁ ବାଛୁରୀ ମାଂସ ଆସୁଚି, ଯଦିଚ ବାଛୁରୀଟି ଚର୍ବିଳ କି ନାଇଁ ତାହା କହିବା ମୋ ପକ୍ଷରେ ସମ୍ଭବ ନୁହେଁ ।”

ମୁଁ କିଛି କହିଲି ନାହିଁ, ଚୁପଚାପ ମୋ ଭାଗର ‘ପାଏ’ ଉଭୟ ଆନନ୍ଦ ଓ ପରିତାପର ସେଇ ମିଶ୍ରିତ ଅନୁଭୂତି ସହିତ ଖାଇବାରେ ଲାଗିଲି । ବାସ୍ତବରେ ମୁଁ କ୍ଷୁଧାର୍ତ୍ତ ଥିଲି ଏବଂ ମ୍ୟାକାରୋନି ପାଏଟି ବେଶ୍ ସ୍ୱାଦିଷ୍ଟ ଥିଲା । ତଥାପି ମଧ୍ୟ ସମାନୁପାତରେ ମୋର ବିରକ୍ତି ବଢ଼ୁଥିଲା, କାରଣ ପାଏଟା ଭଲ ଲାଗିବା ହିଁ ଥିଲା ମୋର ବିରକ୍ତିର କାରଣ । ଖାଉ ଖାଉ ମୁଁ ଯେତେବେଳେ ମାଆଙ୍କ ଆଡ଼କୁ ଚହିଁଲି ସିଏ ମତେ ଏକ ଅପସନ୍ଧିଆ ଦୃଷ୍ଟିରେ ଚହିଁ ଥିବାର ଦେଖିଲି । “ତୁମେ ଖାଦ୍ୟକୁ

ଭଲଭାବରେ ଚୋବେଇବା ଆବଶ୍ୟକ । ଖାଦ୍ୟ ହଜମର ପ୍ରଥମ ଧାପ ପାଟି ମଧ୍ୟରେ ହିଁ ସଂଘଟିତ ହୁଏ ।" ସେ କହିଲେ ।

: "କି ଘୃଣ୍ୟ କଥା ! କିଏ ତୁମକୁ ଏକଥା କହିଲା ?"

: "ସବୁ ଡାକ୍ତରମାନେ ତ ଏକଥା କହନ୍ତି ।"

ତାଙ୍କର ନୀଳ, ପେଞ୍ଜୁଆ ଭାବଲେଶହୀନ ଆଖିରେ ମୋ ପାଇଁ ଏକ ଅନିର୍ଦ୍ଦିଷ୍ଟ ଧରଣର ଉଦ୍‍ବିଗ୍ନତା ଫୁଟି ଉଠିଲା । ଅଙ୍ଗୁରୀୟ ପରିହିତ ତାଙ୍କର ଦୁଇ ଅଞ୍ଜଳିବନ୍ଦ୍ଧ ହାତର ପାପୁଲି ଉପରେ ତାଙ୍କର ଚିବୁକ ଭରା ଦେଇ ସେ ମତେ ରୁହିଁଥିଲେ । ମୁଁ ପାଗଳ ଭଳି ତରତରରେ ଖାଇ ମୋ ପ୍ଲେଟ୍ ଖାଲି କରିଦେଲି । ତାପରେ ମୋର ମାଆ ତାଙ୍କର ସେଇ ଶୀତଳ, ଉଦ୍ୟାପନାହୀନ ସ୍ୱରରେ କହିଲେ, "ଶ୍ରୀଯୁକ୍ତ ଡିନୋକୁ ଆଉ କିଛି ଦିଅ ।" ଏବଂ ରୀତା, ଯିଏକି ଏଇ ସମସ୍ତ ସମୟ ମୋ ମାଆଙ୍କ ପଛରେ ଥିବା କପବୋର୍ଡ୍‍କୁ ଆଉଜି ଠିଆ ହୋଇ ରହିଥିଲା, ପିଠାପାତ୍ରଟି ଉଠାଇ ମତେ ବଢ଼ାଇ ଦେଲା । ମୁଁ ସେଥିରୁ ଅଳ୍ପକିଛି ମୋର ଗୋଟିଏ ହାତରେ ନେଲି । ଇତିମଧ୍ୟରେ ମୋର ଆର ହାତଟି ଟେବୁଲର ଧାରରେ, ଯେଉଁଠିକି ତାହା ମୂଳରୁ ଥିଲା, ସେଇଭଳି ରହିଥିଲା । ସେତେବେଳେ ମୁଁ ଅନୁଭବ କଲି ରୀତା ପିଠା ଧରିଥିବା ହାତରେ ମୋର ହାତକୁ ସ୍ପର୍ଶ କରି ଅଳ୍ପ ଋଜୁ ପ୍ରଦାନ କଲା; ଏପରି ମାତ୍ରାରେ ଯେ ତାହା ଇଚ୍ଛାକୃତ ହୋଇପାରେ, ନ ପାରେ ମଧ୍ୟ । ସ୍ପର୍ଶଟି ଇଚ୍ଛାକୃତ ହୋଇ ଥିବାର ସମ୍ଭାବନା ସମ୍ପର୍କରେ ଚିନ୍ତା କରିବାକୁ ଯାଇ ମୁଁ ଘଡ଼ିଏ ଅଟକି ଗଲି; କିନ୍ତୁ ପୁଣି ଖାଇବା ଆରମ୍ଭ କରିଦେଲି । ପରିଶେଷରେ ମୁଁ ମାଆଙ୍କୁ ସାମାନ୍ୟ କୌତୁହଳର ସ୍ୱରରେ ପଚାରିଲି, "ତୁମେ ଦିନସାରା କ'ଣ କରୁଛ ?"

: "ଯାହା କରେ ତାହା ହିଁ ।"

: "ତୁମେ ସମୟ କାଟ କେମିତି ?"

: "ଓଃ, ମୋର ଜୀବନ ଯାତ୍ରା ଯଥା ପୂର୍ବଂ ତଥା ପରଂ । ତୁମେ ତ ତାହା ଜାଣ ।"

: "ହଁ, କିନ୍ତୁ ଏଇ ବିଗତ ବର୍ଷ ମାନଙ୍କରେ ଯେତେବେଳେ କି ମୁଁ ଘରଠୁ ଦୂରରେ ଥିଲି, ତୁମେ କ'ଣ କର ମୁଁ କେବେ ପଚରୁ ନ ଥିଲି । ବର୍ତ୍ତମାନ, ଯେହେତୁ ବୋଧହୁଏ ପ୍ରତ୍ୟାବର୍ତ୍ତନ କରିବାର ମୁହୂର୍ତ୍ତରେ ପହଞ୍ଚିଛି, ମୋର ଏ ବିଷୟରେ

ଜାଣିବା ପାଇଁ ଆଗ୍ରହ ହେଉଛି । ଏଇଟା ମଧ ସମ୍ଭବ ଯେ ଇତିମଧ୍ୟରେ ସମସ୍ତ କିଛି ବଦଳି ଯାଇଥ‌ିବ ।"

: "କୌଣସି ପରିବର୍ତ୍ତନ ମତେ ଭଲ ଲାଗେ ନାଇଁ । ମୁଁ ବର୍ତ୍ତମାନ ଠିକ୍ ସେଇଭଳି ବଞ୍ଚିବା ରୁହେଁ, ଯେଉଁ ଭଙ୍ଗୀରେ ଦଶ ବର୍ଷ ତଳେ ମଧ ବଞ୍ଚୁଥ‌ିଲି । ଆଉ, ଦଶ ବର୍ଷ ପରେ ମଧ ମୁଁ ଠିକ୍ ସେମିତି ବଞ୍ଚିବାକୁ ରୁହିଁବି ।"

: "ଯାହା ବି ହେଉ, ମୁଁ ତୁମ ଜୀବନଚର୍ଯ୍ୟା ବିଷୟରେ କିଛି ବି ଜାଣେନା । ତୁମେ ସକାଳେ କେତେବେଳେ ଉଠ ?"

: "ଆଠଟା ବେଳେ ।"

: "ଏତେ ଶୀଘ୍ର ଉଠିଯାଅ ? କିନ୍ତୁ ମୁଁ ତ ବହୁତ ଥର ତୁମକୁ ଟେଲିଫୋନ କରିଛି ନ'ଆଠା ବେଳେ ଆଉ ଉତ୍ତର ପାଇଚି 'ମ୍ୟାଡାମ୍ ଉଠି ନାହାଁତି' ବୋଲି ।"

: "ହଁ, ବେଳେବେଳେ ଯଦି ପୂର୍ବ ରାତିରେ ଶୋଇବା ଡେରି ହୋଇଯାଏ, ତେବେ ମୁଁ ଡେରି ପର୍ଯ୍ୟନ୍ତ ଶୋଇଯାଏ ।"

: "ଆଉ ଉଠିଲା ପରେ ତୁମେ କ'ଣ କର ? ତୁମର ପ୍ରାତରାଶ ଗ୍ରହଣ କର କି ?"

: "ଅବଶ୍ୟ, ହଁ ।"

: "ତୁମ ରୁମରେ ନା ଭୋଜନକକ୍ଷରେ ?"

: "ମୋ ବଖରାରେ ।"

: "ତୁମେ ଶୋଯ ଉପରେ ଖାଅ, ନା ଟେବୁଲରେ ?"

: "ଟେବୁଲରେ ।"

: "ପ୍ରାତରାଶରେ ତୁମେ କ'ଣ ଖାଅ ?"

: "ରୁ ଆଉ ଟୋଷ୍ଟ, ଯେମିତି ମୁଁ ସବୁବେଳେ ଖାଏ । ଆଉ କମଲା ରସ ।"

: "ଆଉ ପ୍ରାତରାଶ ପରେ ତୁମେ କ'ଣ କର ?"

: "ମୁଁ ସ୍ନାନ କରେ ।" ମୋର ମାଆ ମୋର ପ୍ରଶ୍ନର ଉତ୍ତର ଦେଲେ ଏକ ସାମାନ୍ୟ ଅସନ୍ତୁଷ୍ଟ ସ୍ୱରରେ । ତହିଁରେ ଏକାଧାରରେ ଫୁଟି ଉଠିଥ‌ିଲା ଏକ ବିସ୍ମୟ ଓ ମର୍ଯ୍ୟାଦାବୋଧ । ଯେମିତିକି ମୋ କଥା ଦ୍ୱାରା ସେ ଆହତ ହୋଇଛନ୍ତି, କାରଣ

ଆନ୍ତରିକଭାବେ ମୁଁ ସନ୍ଦେହ କରୁଛି ଯେ ସେ ଭୋଜନ କରନ୍ତି ନାହିଁ ବା ସ୍ନାନ କରନ୍ତି ନାହିଁ ।

: "ତୁମେ ସ୍ନାନକୁଣ୍ଡରେ ସ୍ନାନ କର ନା ସାଓ୍ୱାର ଖୋଲି ଠିଆ ହୋଇଯାଅ ।"

: "ସ୍ନାନକୁଣ୍ଡରେ ସ୍ନାନ କରେ ।"

: "ତୁମେ ନିଜେ ଘସିମାଜି ହୁଅ ନା କୌଣସି ପରିଚଳିକାର ସାହାଯ୍ୟ ନିଅ ?"

: "ପରିଚଳିକା ଜଳର ଉଷ୍ଣତା ପରୀକ୍ଷା କରେ, ଜଳରେ ପ୍ରସାଧନ ଦ୍ରବ୍ୟ ଢାଳେ, ମୋଟ୍ ଉପରେ ସ୍ନାନଜଳକୁ ମୋ ପାଇଁ ପ୍ରସ୍ତୁତ କରାଏ । ତାପରେ ଶରୀରର ଯେଉଁ ଅଂଶକୁ ମୋର ହାତ ପାଏ ନାଇଁ ତାକୁ ମଧ ଘସିବାରେ ସେ ସାହାଯ୍ୟ କରେ ।"

: "ଆଉ ତାପରେ ?"

: "ତାପରେ ମୁଁ ପାଣିରୁ ବାହାରି ପୋଛାପୋଛି ହୁଏ, ଆଉ ପୋଷାକପତ୍ର ପିନ୍ଧେ ।"

: "ତୁମ ପୋଷାକ ପିନ୍ଧିବାରେ ପରିଚଳିକା ତୁମକୁ ସାହାଯ୍ୟ କରେ କି ?"

: "ସିଏ ମତେ ମୋଜା ପିନ୍ଧାଇ ଦିଏ, କିନ୍ତୁ ଲୁଗା ମୁଁ ପିନ୍ଧେ । ଲୁଗା ନିଜେ ପିନ୍ଧିବାକୁ ମୁଁ ଇଚ୍ଛା କରେ ।"

: "ତୁମେ ଗାଧୋଇବା ବେଳେ ଅବା ଲୁଗା ପିନ୍ଧିବା ବେଳେ ପରିଚଳିକା ସହ ବାର୍ତ୍ତାଲାପ କରକି ?"

ମୋର ମାଆ ହଠାତ୍ ହସିବା ଆରମ୍ଭ କଲେ, କେମିତି ଏକ ଅନିଚ୍ଛାକୃତ ହସ, ଯାହା ସ୍ନାୟବିକ ଉତ୍ତେଜନାରୁ ସୃଷ୍ଟି ହେବା ଭଳି ଜଣା ପଡୁଥିଲା । "ତୁମେ ଜାଣି ପାରୁଛ କି ନାହିଁ ତୁମର ଏ ପ୍ରଶ୍ନଗୁଡ଼ିକ କେଡେ ଅଖାଦୁଆ ? ପରିଶେଷରେ ଏଭଳି ହୋଇପାରେ ଯେ ମୁଁ ତୁମକୁ ଉତ୍ତର ଦେବାକୁ ଇଚ୍ଛା କରି ନ ପାରେ । ମୋର ବ୍ୟକ୍ତିଗତ ଜୀବନରେ ମୋ ଛଡ଼ା ଆଉ କାହାର ପ୍ରବେଶ କରିବାର ଅଧିକାର ନାଇଁ ।"

: "ତୁମେ ଯେମିତି ଭାବୁଛ ମୁଁ ସେଭଳି ପଚରି ନାଇଁ । ମୁଁ ପଚରୁଛି ତୁମେ କ'ଣ କେମିତି କର । ମୁଁ ଘରକୁ ଫେରୁଛି ପ୍ରାୟ ଦଶ ବର୍ଷର ଅନୁପସ୍ଥିତି ପରେ । ଏଇଟା ସାଧାରଣ କଥା ଯେ ଏ ପରିବେଶ ସହିତ ନିଜକୁ ଖାପ ଖୁଆଇବା ପାଇଁ ମୁଁ ଇଚ୍ଛା କରିବି । ଛାଡ଼ ସେକଥା, ତୁମେ ପରିଚଳିକା ସହ ବାର୍ତ୍ତାଲାପ କର କି ?"

: "ଅବଶ୍ୟ ମୁଁ କଥା ହୁଏ; ପରିଚାରିକା ତ ଯନ୍ତ୍ର ନୁହେଁ, ସିଏ ବି ମଣିଷ ।"

: "ତୁମେ ତୁମର ଅଳଙ୍କାରମାନ କେତେବେଳେ ପିନ୍ଧ ? ପ୍ରସାଧନ ପୂର୍ବରୁ ନା ତାପରେ ?"

: "ମୁଁ ସେଗୁଡ଼ିକ ସବା ଶେଷରେ ପିନ୍ଧେ ।"

: "କେଉଁ ଅନୁକ୍ରମରେ ? ମାନେ କୋଉଟା ତୁମେ ଆଗ ପିନ୍ଧ, ଆଉ କୋଉଟା ପଛରେ ?"

: "ତୁମେ ଜାଣିଛ ନା, ତୁମ କଥା ଶୁଣି ମତେ ଗୁଇନ୍ଦା ଗଳ୍ପର ସନ୍ଧାନୀ ପୋଲିସ କଥା ମନେ ପଡୁଛି । ସେମାନେ ଯେମିତି ଅପରାଧର ତଦନ୍ତ କରନ୍ତି, ତୁମ ପ୍ରଶ୍ନ ଗୁଡ଼ିକ ଠିକ୍ ସେଇଭଳି ।"

: "ଅସଲ କଥା ହେଲା ମୁଁ ବି କିଛି ତଦନ୍ତ କରୁଛି ।"

: "କ'ଣ ?"

: "ମୁଁ ଜାଣିନି, କିଛି ବି । ଛାଡ଼, ତୁମେ କୋଉ ଅନୁକ୍ରମରେ ଅଳଙ୍କାର ମାନ ପିନ୍ଧ ?"

: "ପ୍ରଥମେ ମୋର ମୁଦି ଓ ମଣିବଳୟ, ତାପରେ ମୋର ହାର ଏବଂ ଶେଷରେ କାନର ।"

: "ବେଶଭୂଷା ହେଲା ପରେ ତୁମେ କ'ଣ କର ?"

: "ମୁଁ ତଳମହଲାକୁ ଆସେ ଆଉ ରୋଷେଇଆକୁ ସେ ଦିନର ରନ୍ଧାରନ୍ଧି ବିଷୟରେ ନିର୍ଦ୍ଦେଶ ଦିଏ ।"

: "ମାନେ ତୁମେ କହୁଚ ଯେ ତୁମେ ମଧ୍ୟାହ୍ନ-ଭୋଜନ ଆଉ ରାତ୍ରିଭୋଜନର ସମ୍ପୂର୍ଣ୍ଣ ତାଲିକା ଲେଖିକରି ଦିଅ ?"

: "ହଁ, ଠିକ୍ ସେଇଆ ।"

: "ଆଉ ତାପରେ ?"

: "ତାପରେ ମୁଁ ଉଦ୍ୟାନ ମଧ୍ୟକୁ ଯାଇ ଫୁଲ ତୋଳେ ଆଉ ତାକୁ ଆଣି ଫୁଲଦାନୀରେ ସଜାଏ । ଅଥବା ଉଦ୍ୟାନରେ ବୁଲାବୁଲି କରେ ଏବଂ ମାଳୀ ମାନଙ୍କ ସହ କଥାବାର୍ତ୍ତା ହୁଏ । ବସ୍ତୁତଃ ଉଦ୍ୟାନରେ ହିଁ ମୁଁ ସକାଳ ସମୟଟି କାଟିଦିଏ ।"

: "ଉଦ୍ୟାନ ଭ୍ରମଣ ପରେ ତୁମେ କର କ'ଣ?"

ମୁଁ ଦେଖିଲି ସେ ମତେ ଘଡ଼ିଏ ରହିଁଲେ, ଆଉ ତାପରେ ଏକ ଗାମ୍ଭୀର୍ଯ୍ୟପୂର୍ଣ୍ଣ ଔପରସ୍ଥିକତାର ସହିତ କହିଲେ, "ମୁଁ ଅଧ୍ୟୟନ ପ୍ରକୋଷ୍ଠକୁ ଯାଏ, ଆଉ ଆମ ବିଷୟ ବ୍ୟାପାରର ପରିଚାଳନା ସଂକ୍ରାନ୍ତୀୟ କାର୍ଯ୍ୟ ମାନ ଦେଖେ।"

: "ପ୍ରତ୍ୟେକ ଦିନ?"

: "ହଁ, ପ୍ରତ୍ୟେକ ଦିନ। ସବୁ ଦିନ କିଛି ନା କିଛି କାମ କରିବାକୁ ଥାଏ।"

: "ତୁମେ ପ୍ରକୃତରେ କ'ଣ କର?"

: "କିଛି ଲେଖାପଢ଼ା କାମ ବା ଲୋକଙ୍କୁ ଭେଟିବା କାମ।"

: "ମାନେ ଓକିଲ, ଶୁଳ୍କ-ପଦାଧିକାରୀ, ଷ୍ଟକ ଦଲାଲ, ନ୍ୟାସ ତତ୍ତ୍ୱାବଧାୟକ ଏବଂ ଏହିପରି ଯେଉଁ ଲୋକମାନେ ଆସନ୍ତି ତୁମକୁ ଭେଟିବା ପାଇଁ।"

ହଠାତ୍ ସିଏ ଆଉଥରେ ହସିବା ଆରମ୍ଭ କଲେ। କିନ୍ତୁ ଏଥରକ ଆମ୍ଭ-ସନ୍ତୋଷର ସହ, ପ୍ରାୟ ଈର୍ଷ୍ୟାସକ୍ତ ଭାବରେ, ଯାହା ଜଣାଉଥିଲା ଯେ ମୁଁ ତାଙ୍କର ଏକ ସ୍ପର୍ଶକାତର ସ୍ଥାନକୁ ଛୁଇଁ ଦେଇଛି। "ବୋଧହୁଏ ତୁମେ ଭାବୁଛ ଯେ ମୋର କାମଟା ବଡ଼ ସହଜ", ସେ କହିଲେ। "ମୁଁ ସ୍ୱୀକାର କରୁଛି ଯେ ରଞ୍ଜନକଳା ଭଳି ଏହା ଏତେ କଷ୍ଟକର ନୁହେଁ, ତେବେବି ଏହା ଏକ ବଡ଼ କ୍ଳାନ୍ତିକର କାର୍ଯ୍ୟ। ଏଥିରେ ମୋର ସମସ୍ତ ସକାଳବେଲାଟା ବିତିଯାଏ ଆଉ ବେଳେବେଳେ ଉପରବେଲା ବି।"

: "ହଁ ଠିକ୍, କାମରେ ବ୍ୟସ୍ତ ରହିବାଟା ସବୁ ବେଳେ ଭଲ, ନୁହେଁ କି?"

: "ହଁ, କିନ୍ତୁ ଦିନେ ଦିନେ ମୋର ବେକମୁଣ୍ଡରେ ନିରବଚ୍ଛିନ୍ନ ଯନ୍ତ୍ରଣା ହୁଏ।"

: "ତୁମେ ନିଜକୁ ଟିକିଏ ଅନୁକମ୍ପା ପ୍ରଦର୍ଶନ କରିବାକୁ ଚେଷ୍ଟା କରିବା ଉଚିତ।"

ମୋର ମାଆ ମତେ ଘଡ଼ିଏ ଗଭୀର ଅନୁରାଗର ସହିତ ରହିଁବା ଭଳି ଜଣାଗଲା। ତାପରେ ସେ ତାଙ୍କର କୁସ୍ୱିତ ଫଟା ସ୍ୱରରେ କହିଲେ, "କେବଳ ତୁମ ପାଇଁ ମୁଁ ଏସବୁ କରୁଛି। ମୁଁ କଷ୍ଟ କରୁଛି ଯେମିତି ତୁମର ସମ୍ପତ୍ତି ସୁରକ୍ଷିତ ରହିବ ଓ ବୃଦ୍ଧିପ୍ରାପ୍ତ ହେବ।"

: "ମୋର ସମ୍ପତ୍ତି? ନା, ନା ତୁମର।"

: “ମୁଁ ମରିଗଲା ପରେ ଏହା ତୁମରି ତ ହେବ।”

: “ତୁମର ତାରୁଣ୍ୟ ଏବେବି ଅତିକ୍ରାନ୍ତ ହୋଇନାହିଁ। ଦେଖ୍‌ବ ମୁଁ ତୁମଠୁ ଆଗରୁ ହିଁ ମରିବି, କିଛି ନ ହେଲେ ବୋରାୟିତ ହୋଇ। ମାନସିକ ଅବସାଦ ଆଉ କ୍ଲାନ୍ତିରେ ମୁଁ ମରିଯିବି। ଛାଡ଼ ସେ କଥା। ହେଲା ଏବେ, ଆମ ସମ୍ପତ୍ତି। ଆମର ଏଇ ସମ୍ପତ୍ତିର ଖବର କ’ଣ ?”

: “ତୁମେ ଜାଣିଛ ନା, ତୁମେ ବଡ଼ ଅଭୁତ। ସମ୍ପତ୍ତି ଠିକ୍‌ ଅଛି, ଅବଶ୍ୟ ମୋପ୍ରଚେଷ୍ଟା ଯୋଗୁଁ। ଏଇଟା ନିଶ୍ଚିତ ଯେ, ମୁଁ ନ ଥିଲେ ପାହୁଲାଟିଏ ବି ଆଉ ଅବଶିଷ୍ଟ ନ ଥାନ୍ତା।”

: “ଆମେ ତାହେଲେ ବହୁତ ଧନୀ, ନୁହେଁ କି ?” ମାଆ ମୋର ଏଇ ପ୍ରଶ୍ନର କୌଣସି ଉତ୍ତର ଦେଲେ ନାହିଁ। ସିଏ ମତେ କେବଳ ଏକ ଆବେଗଶୂନ୍ୟ ମୁଖର କାଠିନ୍ୟ ନେଇ, କାଚ ଭଳି ନିସ୍ତବ୍ଧ ଦୃଷ୍ଟିରେ ଚାହିଁ ରହିଲେ। ତାପରେ ସିଏ କହିଲେ, “ରୀତା, ତୁମେ ସେଇଠି ସେଭଳି ଠିଆ ହୋଇ ରହିଛ କାହିଁକି ? ତୁମେ ଭିତରକୁ ଯାଇ, ଦ୍ୱିତୀୟ ପରସ୍ତ ଖାଦ୍ୟ ପ୍ରସ୍ତୁତ ହେଲାଣି କି ନାଇଁ ଦେଖ।” ରୀତା ସ୍ୱପ୍ନ ଭାଙ୍ଗିଲା ଭଳି ହଠାତ୍‌ ଉଠିଲା ଆଉ ବାହାରକୁ ଚାଲିଗଲା। ମୋର ମାଆ ତତକ୍ଷଣାତ୍‌ ମତେ କହିଲେ, “ମୁଁ ତୁମ ହାତ ଧରୁଛି। ମୁଁ ତୁମକୁ ସବୁ ବେଳେ କହିଛି ନା, ପରିଚାରକମାନଙ୍କ ଆଗରେ ଟଙ୍କା ପଇସା ବିଷୟରେ ଆଲୋଚନାଟା ମୋତେ ସ୍ପୃହଣୀୟ ନୁହେଁ।”

: “କାହିଁକି ନୁହେଁ ? ମୁଁ ତ କିଛି ଅଶ୍ଲୀଳ କଥା କହୁନାହିଁ। ମୁଁ ତୁମ କଥା ବୁଝି ପାରୁନାହିଁ। ଟଙ୍କା ପଇସା ବିଷୟରେ ଆଲୋଚନାଟା ଅଶ୍ଲୀଳତା କି ?”

ମୋର ମାଆ ଦୃଷ୍ଟି ନତ କରି ମଥା ନାଡ଼ିଲେ, ଯେମିତିକି ସେ ମୋର ଯୁକ୍ତିକୁ ଅଗ୍ରାହ୍ୟ କରୁଛନ୍ତି ଏବଂ ସେ ବିଷୟରେ ଅଧିକତର ବିତର୍କର କୌଣସି ଆବଶ୍ୟକତା ନାହିଁ। ତାପରେ ସେ କହିଲେ, “ସେମାନେ ଗରିବ। ନିଜର ଧନ ଗରିବ ଆଗରେ ଦେଖେଇ ହବାଟା ଉଚିତ ବା ନ୍ୟାୟସଙ୍ଗତ ନୁହେଁ।”

: “କିନ୍ତୁ ଆମେ ଏକେଲା ଥିଲାବେଲେ ବି ତ ତୁମେ ଟଙ୍କାପଇସା ବିଷୟରେ ଆଲୋଚନା କରିବାକୁ ଚାହଁ ନାହିଁ। ତୁମେ ଏମିତି ମୁହଁ କର ଯେପରିକି ଏଭଳି ଅବାଞ୍ଛିତ କଥାରେ ତୁମକୁ ଆଘାତ ଲାଗିଛି, ଯେମିତିକି ଟଙ୍କା ପଇସା ନୁହେଁ, ମୁଁ କୌଣସି ଯୌନ-ଉଦ୍ଦୀପକ ଅଶ୍ଲୀଳ କଥା କହିଛି।”

ସେ ପୁଣି ଥରେ ମୁଣ୍ଡ ହଲାଇଲେ। "ନା", ସେ କହିଲେ, "ମୁଁ ଉପଯୁକ୍ତ ସ୍ଥାନ କାଳ ବିଚାରକୁ ନେଇ ହିଁ ସେ ବିଷୟରେ ଆଲୋଚନା କରିବାକୁ ରୁହେଁ। ଯେହେତୁ ତୁମେ ଏଠାରେ ରହିବା ପାଇଁ ଫେରି ଆସୁଛ, ବାସ୍ତବରେ ଆମେ ଏ ବିଷୟରେ କଥା ହେବାଟା ନିତାନ୍ତ ଆବଶ୍ୟକ। ଦିବାହାର ପରେ ଆମେ ମୋ ଅଧ୍ୟୟନ ପ୍ରକୋଷ୍ଠକୁ ଯିବା, ଆଉ ମୁଁ ତୁମକୁ ତୁମେ ରୁହୁଁଥିବା ସମସ୍ତ ତଥ୍ୟ ଜଣାଇଦେବି।"

ଏହି ସମୟରେ ରୀତା ପୁଣି ପ୍ରବେଶ କଲା। ତା ହାତରେ ଏକ ଦୀର୍ଘ, ଅଣ୍ଡାକୃତି ପାତ୍ରରେ ଥିଲା ବ୍ୟଞ୍ଜନ। ସେଥିରେ ଋତୁକାଳୀନ ବିଭିନ୍ନ ପନିପରିବାର କ୍ଷୁଦ୍ର ସ୍ତୁପ ମାନଙ୍କ ମଧ୍ୟରେ, ମାୟା କହିଥିବା ମତେ ଲମ୍ବା ପଟି ଭଳି ଚେନା ଚେନା ବାଛୁରୀ ମାଂସ ସଜା ଯାଇଥିଲା। ଏକ ଅମାନୁଷିକ ଅଦଉଟିର ସହ ମାୟାଙ୍କୁ ମୁଁ ପଚାରିଲି, ଅବଶ୍ୟ ବେଶ୍ ହାଲକା ଭାବରେ, "ଆଛା, ତୁମେ ଏବେବି ତ ମୋ ପ୍ରଶ୍ନର ଉତ୍ତର ଦେଲନାଇଁ। ଆମେ ବହୁତ ବେଶୀ ଧନୀ, ଏ କଥାଟା ଠିକ୍ ନା ନୁହେଁ ?"

ଏଥର ତାଙ୍କ ଉତ୍ତର କେବଳ ନୀରବତା ସମାହିତ ନ ଥିଲା; ମୁଁ ହଠାତ୍ ସଚେତନ ହେଲି ଯେ ତାଙ୍କର ପାଦ ଟେବୁଲ ତଳେ ମତେ ଖୋଜି ବୁଲୁଛି ଆଉ ତାପରେ ସେ ବଡ଼ ଦୃଢ଼ଭାବରେ ରୁପ ଦେଲେ ମୋର ପାଦ ଉପରେ। ତାପରେ ସେ ରୀତାକୁ କହିଲେ, "ଶ୍ରୀଯୁକ୍ତ ଡିନୋଙ୍କୁ ବାଢ଼, ମୋର ମାଂସ ବ୍ୟଞ୍ଜନ ଦରକାର ନାଇଁ।"

ମୋ ପାଦ ଉପରେ ମାୟାଙ୍କ ପଦରୁପ ମତେ ଅବଶ୍ୟ ହତାଶ କଲା। ସିଏ ମେଜ ତଳେ ମୋର ପାଦକୁ ଏଭଳି ରୁପୁଥିଲେ, ଯେମିତିକା ପ୍ରଣୟୀମାନେ ସାଧାରଣତଃ କରନ୍ତି। କେବଳ ଏଠି ଏଇ ବ୍ୟତିକ୍ରମ ଥିଲା ଯେ ଆମେ ଥିଲୁ ମାତା ଆଉ ପୁତ୍ର, ଆଉ ଆମ ଭିତରେ ସମ୍ପର୍କର ସେତୁ ଥିଲା ଅର୍ଥ, ପ୍ରଣୟ ନୁହେଁ। ପୁନଶ୍ଚ ଏ ସମ୍ପର୍କକୁ ଅସ୍ୱୀକାର କରିବାକୁ ମୋର କ୍ଷମତା ନାହିଁ, କାରଣ ତାକୁ ଅସ୍ୱୀକାର କରିବା ଅର୍ଥ ମୋର ରକ୍ତକୁ ଅସ୍ୱୀକାର କରିବା, ଯାହାକି ଏ ସମ୍ପର୍କର ଅଭିନ୍ନ ଅଂଶ। ତେଣୁ ଏ ସମୟରେ ମୁଁ କିଛି କରି ପାରିବା ସମ୍ଭବ ନୁହେଁ। ମୁଁ ରୁହେଁ ବା ନ ରୁହେଁ ମୁଁ ଧନୀ। ନିଜକୁ ଧନୀ ବୋଲି ପ୍ରତ୍ୟାଖ୍ୟାନ କରିବାଟା, ମୁଁ ଯେ ଧନୀ ଏ ସତ୍ୟକୁ ସ୍ୱୀକାର କରିବାର ସମକକ୍ଷ କଥା।

ମୋ ଭିତରର ହତାଶା କିନ୍ତୁ ଅପ୍ରତ୍ୟାଶିତ ଦିଗରେ ଗତି କଲା। ରୀତା ବାଛୁରୀ ମାଂସ ବ୍ୟଞ୍ଜନର ଅଣ୍ଡାକୃତି ପାତ୍ର ମୋ ପାଖରେ ତୋଲି ଧରିଥିଲା। ତାର ଫ୍ୟାନ ସ୍ତନ ଆଉ ଫିକା ଜେରୋନିୟମ୍ ଫୁଲ ଭଳି ସୁନ୍ଦର ପାଟଳ ଅଧର ସମନ୍ୱିତ ଧୂର୍ତ୍ତ କଳାଚିତି ମୁହଁ ନଇଁ ଆସିଥିଲା ମୋ ଆଡ଼କୁ। ମୁଁ ଅପରିଦୃଷ୍ଟ ଭାବରେ ହାତକୁ ପଛକୁ ଘୁଞ୍ଚାଇ ନେଲି ଏବଂ ମୋର ଆଙ୍ଗୁଳିରେ ରୀତାର କଚଟିରୁ କହୁଣୀ ପର୍ଯ୍ୟନ୍ତ ପ୍ରବାହକୁ ଧୀରେ ଧୀରେ ଆଉଁସିବାକୁ ଲାଗିଲି। ଅପର ହାତରେ ମୁଁ ବ୍ୟଞ୍ଜନ ବାଢ଼ି, କଣ୍ଟା ଚାମୁଚକୁ ବ୍ୟଞ୍ଜନରେ ମାଡ଼ିଦେଲି। ତାପରେ ଏକ ଶୀତଳ ନିରୁଦ୍ବିଗ୍ନ ସ୍ୱରରେ ପୁନରାବୃତ୍ତି କଲି, "ଆଚ୍ଛା ତାହେଲେ ଆମେ ଧନୀ ନା ନାଇଁ?" ଦ୍ୱିତୀୟଥର ପାଇଁ ମାଆଙ୍କର ପାଦ ମୋ ପାଦକୁ ମାଡ଼ିଦେବାର ମୁଁ ଅନୁଭବ କଲି। ତାପରେ ମୁଁ ଅପସୃୟମାଣା ପରିଚାରିକାକୁ କହିଲି, "ରୀତା, ଟିକିଏ ଶୁଣିଯାଅ।"

ରୀତା ଆଜ୍ଞାଧୀନ ଭାବରେ ଘୁରି ପଡ଼ିଲା ଆଉ ବ୍ୟଞ୍ଜନଟି ମୋ ଆଡ଼କୁ ତୋଲି ଧରିଲା। ପୁନଶ୍ଚ ମୁଁ ଗୋଟିଏ ହାତରେ କଣ୍ଟାଚାମୁଚ ଦ୍ୱାରା କିଛି ମାଂସ ଓ ପରିବା ଉଠାଇ ନେଲି। ଇତିମଧ୍ୟରେ ମୋର ଅପରହାତରେ, ଯାହାକି ଚୌକିର କଡ଼ରେ ଓହଲି ରହିଥିଲା, ରୀତାର ଗୋଡ଼କୁ ଆଉଁସିବାରେ ଲାଗିଲି। ମୋର ହାତ ତାର ଜଂଘ ସ୍ପର୍ଶ କରି ଉପରକୁ ଉଠିବାକୁ ଲାଗିଲା। ତା ପୋଷାକର ମୋଟା କନା ତଳେ ମୋ ପାପୁଲିରେ ମୁଁ ଅନୁଭବ କରି ପାରିଲି ତାର ମାଂସପେଶୀର ଶିହରଣ, ଠିକ୍ ସେହି ସ୍ପନ୍ଦନ ଯାହା ସୃଷ୍ଟି ହୁଏ ଏକ ଅଶ୍ୱର ଶରୀରରେ ଯେତେବେଳେ ତାର ପ୍ରଭୁ ତା ଶରୀରରେ କରତଳନା କରୁଥାଏ। କିନ୍ତୁ ତାର ମନୋଭାବର କିୟଦଂଶ ମଧ୍ୟ ତାର ମୁଖଭଙ୍ଗୀରେ ଅଭିବ୍ୟକ୍ତ ହେଲା ନାଇଁ। ପ୍ରତାରକ ସେଇ ମୁଖଭଙ୍ଗୀରେ ଛଳନା ଥିଲା ସୁସ୍ପଷ୍ଟ। ପରିଶେଷରେ ସିଏ ଚାଲିଗଲା। ମୁଁ ଦେଖିଲି, ଅଥବା ମତେ ସେମିତି ଖାଲିଟାରେ ଲାଗିଲା, ସିଏ କ୍ଷଣକ ପାଇଁ ଆଖି ମିଳାଇଲା ମୋର ସାଥିରେ। ଆଉ ପ୍ରଚଣ୍ଡ ପରିହିତ ସେଇ ନୟନର ନିମିଷ ଦୃଷ୍ଟିରେ ମୁଁ ଦେଖିଲି ଏକ ସହାନୁଭୂତି। ମୁଁ ଏଇ ଆମ୍ୱଚିନ୍ତନରୁ ନିଜକୁ ବିରତ କରି ପାରିଲି ନାଇଁ ଯେ ମୁଁ ରହିବାପାଇଁ ମାଆଙ୍କ ଘରକୁ ପ୍ରତ୍ୟାବର୍ତ୍ତନ କରିବା ପୂର୍ବରୁ ହିଁ ନିଜକୁ ଅଧଃପତିତ କରିଛି। ମୁଁ ବୁଝି ପାରୁଥିଲି ଯେ, ଦଶବର୍ଷ ତଳର ସ୍ଥିତି ଅପେକ୍ଷା ମୋର ବର୍ତ୍ତମାନ ପରିସ୍ଥିତିରେ ହୋଇଛି ଅଧିକ ଅବନତି। ଯେ କୌଣସି କାରଣରୁ ମୁଁ ଏହା କରେ ନା କାହିଁକି,

ସେତେବେଳେ ମୁଁ ଏକ ପରିଚାରିକା ଉପରେ ହାତ ପକାଇବାକୁ ଚିନ୍ତା କରି ପାରି ନ ଥାନ୍ତି । ମୋର ମାଆ ଇତ୍ୟବସରରେ ମୋର ଜୋତା ଉପରେ ପାଦ ମକଚିବାରୁ ବିରାମ ନେଇଥିଲେ । ଠିକ୍ ସେଇ ନିର୍ଦ୍ଦିଷ୍ଟ କ୍ଷଣରେ ଯେତେବେଳେ ରୀତାର ଜଘନରେ ମୁଁ କର ସଞ୍ଚାଳନ କରୁଥିଲି, ଏକ ବିଚିତ୍ର ସଂଯୋଗରେ ମାଆ ମଧ ତାଙ୍କ ଗୋଡ଼ ହଟାଇ ନେଇଥିଲେ । ଘଟଣାଟି ଏଭଳି ଘଟିଲା ଯେମିତିକି ଆମେ ପରସ୍ପର ସହ ବୁଝାମଣା କରି ଆମର କାର୍ଯ୍ୟକୁ ଯୁଗପତ୍ କରିଛୁ । ଆମର ବ୍ୟାଘାତପ୍ରାପ୍ତ ବାର୍ତ୍ତାଳାପକୁ ଆରମ୍ଭ କରିବାକୁ ଯାଇ ମୁଁ ପୁଣି ପଚାରିଲି, "ତୁମେ ତାହେଲେ ଗୋଟାଏ ବାଜିବା ପର୍ଯ୍ୟନ୍ତ ବା ଆଉରି ଡେରି ଯାଏ ପ୍ରତିଦିନ କାମ କର ?"

: "ହଁ, ରବିବାର ଛଡ଼ା ସମସ୍ତ ଦିନ ।"

: "ରବିବାର ତୁମେ କର କ'ଣ ?"

: "ମୁଁ ଚର୍ଚ୍ଚର ଧର୍ମ-ସମାରୋହକୁ ଯାଏ ।"

: "କେଉଁ ଗୀର୍ଜାକୁ ଯାଅ ତୁମେ ?"

: "ସାନ୍ ସେବାଷ୍ଟିଆନୋ ।"

: "ଗୀର୍ଜାରେ ତୁମେ କର କ'ଣ ?"

: "ଯାହା ସମସ୍ତେ କରନ୍ତି ମୁଁ ସେଇଆ କରେ । ପ୍ରାର୍ଥନା ଶୁଣେ ।"

: "କେବେ କେବେ ତୁମେ ପାପ ସ୍ୱୀକାର କରିବାକୁ ଯାଅକି ?"

: "ଅବଶ୍ୟ ମୁଁ ଯାଏ । ଏବଂ ପବିତ୍ର ରୁଟି ଓ ମଦ୍ୟ ମଧ ଗ୍ରହଣ କରେ ।"

: "ଏବଂ ତୁମେ ପାପ ସ୍ୱୀକାର କଲାପରେ, ତୁମକୁ ଧର୍ମଯାଜକ ବିଧିବଦ୍ଧ ଭାବରେ କ୍ଷମାଦାନ କରନ୍ତି ତ ?"

: "ମୋର କେବେବି ସେଭଳି କିଛି ଗର୍ହିତ ପାପ ନ ଥାଏ ସ୍ୱୀକାର କରିବା ପାଇଁ ।" ମୋର ମାଆଙ୍କ କଥାରେ ଥିଲା ଭାବର ସାମାନ୍ୟ ସ୍ୱର୍ଶ । "ତୁମେ ଜାଣିଛ ? ଡନ ଲୁଇଗି ବେଳେ ବେଳେ ମତେ କହନ୍ତି, 'ଯେଉଁ ଠାରୁ ଅନ୍ୟ ମାନଙ୍କର ଆରମ୍ଭ, ଆପଣଙ୍କର ଶେଷ ସେଠି ।' ଯାହା ବି ହେଉ, ମୋ ବୟସରେ ମୁଁ ଆଉ କେଉଁ ପାପ କରି ପାରିବି ବୋଲି ତୁମେ କଳ୍ପନା କରୁଛ ?" ସିଏ ମତେ ଏଭଳି

ଭଙ୍ଗୀରେ ରହିଁଲେ ଯେଭଳିକି ସିଏ କହିବାକୁ ଋହୁଁଛନ୍ତି, 'ବହୁଦିନ ତଳୁ ମୁଁ ସେସବୁ ଛାଡ଼ି ସାରିଲିଣି ଯାହା ମତେ ପାପ କରିବାକୁ ପ୍ରଲୁବ୍ଧ କରନ୍ତା।'

ମୁଁ କ୍ଷଣିକ ପାଇଁ ନୀରବ ରହିଲି। ତାପରେ କହିଲି, "ଋଲ ଆମେ ସପ୍ତାହାନ୍ତ ଦିବସ ବ୍ୟତୀତ ଅନ୍ୟ ଦିବସ ମାନଙ୍କ ବିଷୟରେ ଆଲୋଚନା କରିବା। ସେଇ ଦିନମାନଙ୍କରେ ତୁମେ ସକାଳେ କାମ କର; ଆଉ ତାପରେ କ'ଣ କର ?"

: "ମଧ୍ୟାହ୍ନ ଭୋଜନ।"

: "ଏକୁଟିଆ ?"

: "ହଁ। ସବୁବେଳେ ମୋର ବିଜନ-ଭୋଜନ। କଦବା କ୍ବଚିତ୍ ମୁଁ ଓକିଲ ବାବୁଙ୍କୁ ଦିବାହାର ପାଇଁ ଅଟକାଇ ଦିଏ। କିନ୍ତୁ କେବଳ ସେଇ ଦିନ ମାନଙ୍କରେ ଯେବେ ଆମର କାମ ସରି ନ ଥାଏ ଆଉ ଆମକୁ ଅପରାହ୍ନରେ କାମ କରିବାକୁ ହୁଏ।"

: "ଓକିଲ ବାବୁଟି କିଏ ? ଡ଼ି ସାଣ୍ଡିସ୍ ତ ?"

: "ହଁ, ଏବେ ମଧ୍ୟ ସିଏ ମୋର ଓକିଲ।"

: "ଆଉ ଦିବାହାର ପରେ ?"

: "ଦିବାହାର ପରେ ମୁଁ ଉଦ୍ୟାନରେ ଟିକେ ବୁଲାବୁଲି କରେ।"

: "ଆଉ ତାପରେ ?"

: "ମୁଁ ଯାଇ ବିଶ୍ରାମ ନିଏ।"

: "ମାନେ ତୁମେ ନିଦ୍ରା ଯାଅ।"

: "ନା ମୁଁ ଶୁଏ ନାଇଁ। ସେମିତି ପୋଷାକ ପିନ୍ଧା ଅବସ୍ଥାରେ ଯୋତା ଖୋଲିଦେଇ ଶେଯରେ ଟିକିଏ ଗଡ଼ପଡ଼ ହୁଏ। କିନ୍ତୁ ନିଦରେ ଶୁଏ ନାଇଁ, ଖାଲି ପଡ଼ି ରହି ଏଣୁତେଣୁ ଚିନ୍ତା କରୁଥାଏ।"

: "ତୁମେ କ'ଣ ସବୁ ଭାବ ?"

ସେ ହସିଲେ ପୁନର୍ବାର, ଏକ ସଲଜ୍ଜ ସନ୍ତ୍ରସ୍ତ ଭଙ୍ଗୀରେ। ଯେମିତ ଠିକ୍ କୁମାରୀଟିଏ ବ୍ୟବହାର କରେ ଯେତେବେଳେ ତା'ର ପ୍ରଣୟ କାହାଣୀ ବର୍ଣ୍ଣନା କରିବାକୁ ତାକୁ ପ୍ରଲୁବ୍ଧ କରାଯାଏ।

: "ଏହା ନିର୍ଭର କରେ। ତୁମେ ଜାଣ କି ମୁଁ ବର୍ତ୍ତମାନ କ'ଣ ଚିନ୍ତା କରୁଛି ?"

: “ନା। ତୁମେ କ’ଣ ଭାବୁଛ ?”

: “ଲୁଙ୍ଗାଟେଭେ ଫ୍ଲାମିନିଓରେ ବିକାହେବା ନିମନ୍ତେ ଉଦ୍ଦିଷ୍ଟ ଥିବା ଏକ ଘର ସମ୍ପର୍କରେ ମୁଁ ଭାବୁଛି। ଏହା ଏକ ଚମତ୍କାର ବ୍ୟବସାୟିକ ପ୍ରସ୍ତାବ, ଆଉ କିଛି ନ ହେଲେ ବି କେବଳ ଜାଗା ପାଇଁ। କିନ୍ତୁ ଦୁଃଖର କଥା ଏବେ ମୁଁ ତାକୁ କିଣିବା ପାଇଁ ସକ୍ଷମ ନୁହେଁ। ତେବେବି ମୁଁ ତା ସମ୍ପର୍କରେ ଚିନ୍ତା କରି ରଖିଛି। ବେଲେବେଲେ ମୁଁ ଯାହା କରିବା ପାଇଁ ସମର୍ଥ ସେ ବିଷୟରେ ମଧ ଚିନ୍ତା କରେ। ଉଦାହରଣ ସ୍ୱରୂପ ଏଇଟା।”

ସିଏ ମୋ ଆଡ଼କୁ ହାତ ବଢ଼ାଇଲେ ଆଉ ମତେ ଦେଖାଇଲେ ଏକ ବିରାଟ ମର୍କତ ମଣିର ମୁଦ୍ରିକା। ମଣିର ଚାରିପାଖ ଖଚିତ ହୋଇ ଥାଏ ଛୋଟ ଛୋଟ ହୀରାଖଣ୍ଡରେ। “ମୁଁ ଏହା ସମ୍ପର୍କରେ ଦୀର୍ଘ କାଳ ଭାବିଲି। ଭଲମନ୍ଦ ଉଭୟ ଦିଗ ଚିନ୍ତା କଲି। ଆଉ ଶେଷରେ ଏହା କିଣିବା ପାଇଁ ମନ ସ୍ଥିର କଲି।”

: “ଆଉ ବିଶ୍ରାମ ନେଇ ସାରିବା ପରେ ତୁମେ କର କ’ଣ ?”

: “ଆଚ୍ଛା ସତ କହିବାକୁ ଗଲେ ଏ ଜେରାର କାରଣ କ’ଣ କୁହ ତ ?”

: “ମୁଁ ତୁମକୁ ତ କହି ସାରିଛି। ପରିବର୍ତିତ ପରିସ୍ଥିତି ସହ ନିଜକୁ ଖାପ ଖୁଆଇବା ପାଇଁ ମୁଁ ରହୁଛି।” ମୋର ମାଆ ମତେ ନୀରବରେ ଚାହିଁ ରହିଲେ କିଛି ସମୟ, ତା’ପରେ ସିଏ ଅନିଚ୍ଛାର ସହ କହିଲେ, “ଏମିତି ବହୁତ ଜିନିଷ ଅଛି ଯାହା ମୁଁ କରେ, ଯଥା ମୋ ବନ୍ଧୁମାନଙ୍କୁ ଭେଟିବା ପାଇଁ ମୁଁ ଯାଏ।”

: “ତୁମେ କାହାକୁ ଦେଖା କରିବାକୁ ଯାଅ ?”

: “ତାହା ନିର୍ଭର କରେ। ବେଲେବେଲେ ଭୋଜିକୁ ଅଥବା ଆପାନ-ଉଡ଼ବକୁ ଯାଏ। ତାଛଡ଼ା ମୋର ଅନେକ ବାନ୍ଧବୀ ମଧ ଅଛନ୍ତି।”

: “ତୁମର କ’ଣ ଅନେକ ବାନ୍ଧବୀ ଅଛନ୍ତି ?”

: “ବିଦ୍ୟାଲୟରେ ପଢ଼ିବାବେଲେ ମୋର ଯେତିକି ସତୀର୍ଥ ଥିଲେ, ମୁଁ ସେ ସମସ୍ତଙ୍କ ସହ ବନ୍ଧୁତା ଆଜି ପର୍ଯ୍ୟନ୍ତ ରକ୍ଷା କରି ଆସିଛି।” ମୋର ମାଆ ଏକ ଚିନ୍ତାଶୀଳ ଭଙ୍ଗୀରେ କହିଲେ, “ତାପରେ କିନ୍ତୁ କାହିଁକି କେଜାଣି ମୋର ଆଉ ବନ୍ଧୁ ସୃଷ୍ଟି ହୋଇ ନାହାନ୍ତି।”

: "ତୁମେ ତୁମର ବନ୍ଧୁମାନଙ୍କ ସହ କ'ଣ କର ?"

: "ଆମେ କ'ଣ କରୁଥିବୁ ବୋଲି ତୁମେ ଚିନ୍ତା କରୁଛ ? ସାଧାରଣତଃ ଗୃହିଣୀମାନେ ଏକାଠି ହୋଇ ଯାହା ସବୁ କରନ୍ତି, ଆମେ ତାହା ହିଁ କରୁ। ଆମେ ଗପ କରୁ, ରୁହା ବା ମାର୍ଟିନି ପିଉ, ତାସ ଖେଳୁ।"

: "ତୁମେ କେଉଁ ଖେଳ ସାଧାରଣତଃ ଖେଳ ?"

: "କି ବିରକ୍ତିକର ମଣିଷ ତୁମେ ! ଏଇ ବ୍ରିଜ୍‌, କାନାଷ୍ଟା କିମ୍ବା ଏପରିକି ପୋକର। ବେଳେବେଳେ ସନ୍ଧ୍ୟାରେ ମୁଁ ଏଇଠି ବ୍ରିଜ୍‌ କିମ୍ବା କାନାଷ୍ଟା ଟୁର୍ଣ୍ଣାମେଣ୍ଟ ଆୟୋଜନ କରେ।"

: "ଓଃ, ହଁ ମୋର ମନେ ପଡ଼ିଲା, ଚ୍ୟାରିଟି ଟୁର୍ଣ୍ଣାମେଣ୍ଟ। ନୁହେଁ କି ? ହେଲେ କାହା ପାଇଁ ତୁମେ ଏ ଖଇରାତ-ଉସ୍ତବ ଆୟୋଜନ କର ?"

: "ଏଇ ଶେଷଟା ହେଇଥିଲା ଯୁଦ୍ଧରେ ଅନ୍ଧ ହୋଇ ଯାଇଥିବା ଲୋକମାନଙ୍କ ପାଇଁ।"

: "ଯୁଦ୍ଧରେ ଅନ୍ଧ ନା ? ଆମେ ସମସ୍ତେ ଗୋଟିଏ ପ୍ରକାରେ ଯୁଦ୍ଧାନ୍ଧ ନୁହେଁ କି ?"

: "ସତ କହିଲେ, ମୁଁ ତୁମ କଥା ବୁଝି ପାରେନା। ଯଦିବି ତୁମେ ଠଟ୍ଟାମଜାରେ ଏକଥା କହୁଚ, ଏହା ବଡ଼ ବିସ୍ୱାଦକର।"

: "ଛାଡ଼ ସେ କଥା। ଆଉ ତୁମେ ସୀବନକଙ୍କ ନିକଟକୁ ଯାଅନା ?"

: "ଦେଖୁଚ ତ ମୁଁ ଲଙ୍ଗଳା ହୋଇ ବୁଲୁ ନାହିଁ। ତେଣୁ ଅବଶ୍ୟ ଦରଜି ପାଖକୁ ମୁଁ ଯାଏ। ବାସ୍ତବିକ ମୁଁ ଖୁସି ଯେ ତୁମେ ମତେ ମନେ ପକାଇଦେଲ। ନହେଲେ ମୁଁ ଭୁଲି ଯାଇ ଥାଆନ୍ତି। ଆସନ୍ତାକାଲି ଫାର୍ଣ୍ଣିର ପୋଷାକ ପ୍ରଦର୍ଶନୀ ଉସ୍ତବ ହେବ।"

: "ଆଃ, ମାଡାମ ଫାର୍ଣ୍ଣ, ଅବ୍ୟୟ ଓ ଅବିନାଶୀ। ସେ କ'ଣ ଆଉ ମରିବେ ନାଁ ?"

: "ଆହା ବିଚରା ! ତୁମେ ତାଙ୍କର ମରିବା କାହିଁକି ରୁହୁଁଚ ? ସିଏ ଖାଲି ବଞ୍ଚିଛନ୍ତି ନୁହେଁ, ତୁମକୁ ମନେ ମଧ ରଖିଚନ୍ତି। ତୁମେ ଯେତେବେଳେ କୁନି ପିଲାଟିଏ ହୋଇଥିଲ, ଆଉ ମୋ ସାଙ୍ଗରେ ତାଙ୍କ ପାଖକୁ ଯାଉଥିଲ, ତାକୁ ବି ମନେ ରଖିଛନ୍ତି ସିଏ। ସିଏ ସବୁବେଳେ ମତେ ତୁମ କଥା ପଚରନ୍ତି, ଆଉ କହନ୍ତି ଯେ ତୁମେ ଶୀଘ୍ର ବିବାହ କରିବ ଆଉ ତୁମର ପତ୍ନୀକୁ ପୋଷାକ ତିଆରି କରାଇବା ପାଇଁ ତାଙ୍କ ପାଖକୁ ପଠାଇବ।"

: "ଆଚ୍ଛା, ତୁମେ ସନ୍ଧ୍ୟାରେ କର କ'ଣ ?"

: "ମୁଁ ଡ଼ିନର ନିଏ। ପ୍ରାୟ କିଏ ନା କିଏ ମୋ ସହିତ ସାନ୍ଧ୍ୟ ଭୋଜନ ପାଇଁ ଆସି ଥାଆନ୍ତି। ବେଳେବେଳେ ସନ୍ଧ୍ୟାରେ ବନ୍ଧୁ ମିଳନ ଉପଲକ୍ଷେ ମୁଁ ଭୋଜିର ଆୟୋଜନ କରେ। କିମ୍ବା ନାଟକ ବା ସିନେମା ଦେଖିବା ପାଇଁ ସେଇ ପୁରୁଣା ବନ୍ଧୁମାନଙ୍କ ସଙ୍ଗେ ଯାଏ। କିନ୍ତୁ ବେଶୀ ସମୟରେ ମୁଁ ଟିଭି ଦେଖେ।"

: "ଆଃ, ତୁମେ ଟିଭି କିଣିଛ ନା? ମୁଁ ଜାଣି ନ ଥିଲି।"

: "ଆରେ, ମୁଁ ତୁମକୁ କହି ନାଇଁ କି? ହଁ, ମୁଁ ତାକୁ ଆଣି ଉପର ମହଲାର ଗୋଟିଏ ଛୋଟିଆ ବୈଠକଖାନାରେ ସଜାଇ ରଖିଛି। ବେଳେ ବେଳେ କିଛି ପଡ଼ୋଶୀ ଆସନ୍ତି, ଆଉ ଆମେ ଏକାଠି ବସି ଟିଭି ଦେଖୁ। କିନ୍ତୁ ଅଧିକାଂଶ ସମୟରେ ମୁଁ ଏକୁଟିଆ ଦେଖେ। ମତେ ଟେଲିଭିଜନ ଭଲ ଲାଗେ, ଅନ୍ତତଃ ଏହା ସିନେମା ଠାରୁ ଭଲ। ଘର ଛାଡ଼ି କୁଆଡ଼େ ଯିବା ଦରକାର ନାଇଁ। ଗୋଟିଏ ଆରାମଦାୟକ ଆର୍ମଚେୟାରରେ ବସି ତୁମେ ଏହା ଦେଖିପାରିବ ଆଉ ସେଇ ଏକା ସମୟରେ ବି ତୁମେ ଅନ୍ୟ କିଛି କରିପାରିବ। ତୁମେ ଭାବି ଦେଖ, ମୁଁ ବର୍ତ୍ତମାନ ପୁଣି ବୁଣାବୁଣି ଚଲାଇଛି ଯାହା ମୁଁ ବର୍ଷ ବର୍ଷ ହେଲା ଛାଡ଼ି ଦେଇଥିଲି। ମୁଁ ଗୋଟାଏ କାର୍ଡ଼ିଗାନ ତିଆରି କରୁଛି।"

: "ଆଉ ଟିଭି ଦେଖି ସାରିବା ପରେ ତୁମେ କର କ'ଣ?"

: "ଶୋଇବା ପାଇଁ ଯାଏ। ଆଉ କ'ଣ କରିବା ତୁମେ ଆଶା କରୁଛ?"

: "ନାଇଁ, ଏମିତି। ଉଦାହରଣସ୍ୱରୂପ ତୁମେ ବହିଟେ ବି ପଢ଼ି ପାରନ୍ତ।"

: "ହଁ, ମୁଁ ପଢ଼େ ତ। ପଢ଼ିଲେ ନିଦ ଆସିଯାଏ, ସେଇଥିପାଇଁ ପଢ଼େ। ବର୍ତ୍ତମାନ ମୁଁ ଅତି ଚିତ୍ତାକର୍ଷକ ପୁସ୍ତକଟିଏ ପଢୁଛି।"

: "କିଏ ତା'ର ଲେଖକ?"

: "ତା'ର ଲେଖକ କିଏ ମୋର ମନେ ନାଇଁ। ଏହା ଏକ ମାର୍କିନ ଉପନ୍ୟାସ; ଗୋଟିଏ ଛୋଟ ଗଡ଼ଜାତିଆ ସହରର ଜୀବନକୁ ନେଇ ଏ କାହାଣୀ।"

: "ଏହି ଉପନ୍ୟାସର ନାମ କ'ଣ?" ମୁଁ ତାଙ୍କ ମୁହଁରେ ଏକ ସଂଶୟାଚ୍ଛନ୍ନ ଅଭିବ୍ୟକ୍ତି ଦେଖିଲି, ଆଉ ତରତର ହୋଇ କହିଲି, "ମୁଁ ଭୁଲି ଯାଉଛି, ତୁମେ ତୁମ ଜୀବନରେ କେବେବି ପଢ଼ିଥିବା ପୁସ୍ତକର ଲେଖକ କି ଶିରୋନାମା ମନେ ରଖ ନାହିଁ। ନୁହେଁ କି?"

ମୋର କହିବାର ସ୍ୱର ବୋଧହୁଏ ଥିଲା ପ୍ରାୟ ଆଦରବୋଲା। ଯାହା ହେଉନା କାହିଁକି, ମୁଁ ଯେ ତାଙ୍କ ସହ ସମ୍ବନ୍ଧିତ କୌଣସି କଥା ମନେ ରଖିଛି, ଏହା ତାଙ୍କୁ ଆନନ୍ଦ ଦେଲା ଭଳି ମନେହେଲା। ସେ ଏକ ସଲଜ୍ଜ ହସ ହସିଲେ। "ସେଇଟା ଠିକ୍ ନୁହେଁ", ସେ କହିଲେ। "କିନ୍ତୁ ପ୍ରକୃତରେ ଏ ନାମଗୁଡ଼ିକୁ ଜଣେ ମନେରଖିବା ତୁମେ କେମିତି ଆଶା କର? ତା ଛଡ଼ା ମୋର କେବଳ ସମୟ କଟିବା ଦରକାର। ଇଏ ଲେଖୁ, କି ସିଏ ଲେଖୁ, ମୋର ପାଇଁ ସବୁ ସମାନ।"

: "ଠିକ୍ କଥା। ତୁମେ ଏବେ କାମୋମିଲା ରୁହା ଶୋଇବା ପୂର୍ବରୁ ପିଉଚ ନା ନାହିଁ?"

: "ତୁମେ ଏକଥା ବି ମନେ ରଖିଛ? ହଁ, ଏବେ ବି ମୁଁ ପିଉଚି।"

: "ପରିଚାରିକା ତୁମ ପାଇଁ ତୁମ ଶୟନକକ୍ଷକୁ ରୁହା ଆଣି ଦିଏ, ନୁହେଁ କି? ସେ ସେଇ ଖଟ କଡ଼ର ମେଜ ଉପରେ ରୁହା ରଖେ?"

: "ହଁ ଠିକ୍, ଶେଯ ପାଖ ଟେବୁଲ ଉପରେ।"

ହଠାତ୍ ମୁଁ ନୀରବ ହୋଇଗଲି। ମୋ ଭିତରେ ମୁଁ ଅନୁଭବ କରୁଥିଲି ଏକ ପୂର୍ଣ୍ଣତାର, ଏକ ବ୍ୟର୍ଥତାର ଅନୁଭୂତି। ମୁଁ ଚିନ୍ତା କରୁଥିଲି ଯେ, ମୁଁ ମୋ ମାଆଙ୍କୁ ଏମିତି ଘଣ୍ଟା ଘଣ୍ଟା ଧରି ପ୍ରଶ୍ନ କରି ରୁଲିଥିବ, କିନ୍ତୁ ତଥାପି ମଧ୍ୟ ତାଙ୍କ ସମ୍ପର୍କରେ କୌଣସି ଉପସଂହାରରେ ଉପନୀତ ହୋଇ ପାରିବି ନାହିଁ। ସିଏ ଏବଂ ତାଙ୍କର ଜୀବନ ସେତେବେଳକୁ ମୋ ପାଇଁ ଚରମ ଅର୍ଥହୀନତାରେ ପର୍ଯ୍ୟବେଶିତ ହୋଇ ସାରିଥିଲା। ଏଭଳି ହୋଇଥିଲା ଯେ ପରିଶେଷରେ ତାହା ପରିଣତ ହୋଇଥିଲା ଏକ ଅନୁତେଜକ ଏବଂ ଅଭେଦ୍ୟ ଅଜ୍ଞାତ ରହସ୍ୟରେ। ସେତେବେଳେ ମାଆ ପଚାରିଲେ, "ତୁମ ଜେରା ସରିଲା ତାହେଲେ? ଅବା ପୁଣି ତୁମେ ଜାଣିବାକୁ ରୁହିଁବ ମୁଁ ଶୋଇ ପଡ଼ିବା ପରେ କ'ଣ କ'ଣ ସ୍ୱପ୍ନ ଦେଖେ?"

: "ଆରେ ନା, ଛାଡ ସେ କଥା। ମୋର ପ୍ରଶ୍ନ ପଚରା ସରିଲା।"

ତା ପରେ ଛାଇଗଲା ଏକ ନୀରବତା। ଆଉ ହଠାତ୍ ମୋ ମାଆ ମତେ କହିଲେ, "ତୁମର ମାଆ ଏକ ନିଃସଙ୍ଗ ଜୀବନ ଯାପନ କରୁଛନ୍ତି, ଆଉ ତୁମ ଛଡ଼ା ତାଙ୍କର ନିଜର ବୋଲି କେହି ନାହିଁ। ସିଏ ବର୍ତ୍ତମାନ ବହୁତ ଖୁସି ଯେ ତୁମେ ତାଙ୍କ ସହ ରହିବା ପାଇଁ ଆସୁଚ।"

ସିଏ ଯେଭଳି ତାଙ୍କ ନିଜ ବିଷୟରେ ତୃତୀୟ ପୁରୁଷରେ କହିଲେ ସେଥିରୁ ମୁଁ ହୃଦୟଙ୍ଗମ କଲି ଯେ ସେ ବାସ୍ତବିକ ଅଭିଭୂତ ହୋଇ ପଡ଼ିଛନ୍ତି। ମୁଁ ମୋ ତରଫରୁ କିଛି ଶ୍ରଦ୍ଧା ଓ ଆଦରବୋଲା କଥା କହିବାକୁ ଭାବିଲି, କିନ୍ତୁ କ'ଣ କହିବି କିଛି ଜାଣି ପାରିଲି ନାଇଁ। ସୌଭାଗ୍ୟବଶତଃ ଠିକ ସେଟିକିବେଳକୁ ରୀତା ଗୋଟିଏ ସୁଦୃଶ୍ୟ ପାତ୍ରରେ କିଛି ସୁଶୋଭିତ ପୁଡିଙ୍ ମୋତେ ବଢ଼ାଇଦେଲା। ମୁଁ ମୋ ଭାବନାକୁ ଲୁଚାଇ ତାକୁ ପ୍ରଶଂସା କରିବାର ଛଳନାରେ କହିଲି, "କି ଚମତ୍କାର ପୁଡିଙ୍।"

: "ଏହା ଏକଦା ଥିଲା ତୁମର ଇସ୍ପିତ।"

ମୁଁ କିଛି ପୁଡିଙ୍ ନିଜ ହାତରେ ବାଢ଼ିଲି। ଟେବୁଲ ଠାରୁ କିଞ୍ଚିତ ଦୂରରେ ରୀତା ଠିଆ ହୋଇ ରହିବା ବିଷୟରେ ମୁଁ ସଚେତନ ଥିଲି। ମୁଁ ଠିକ୍ ଭାବରେ ବୁଝି ପାରୁ ନ ଥିଲି ଯେ ସିଏ ମୋ ପ୍ରତି ଘୃଣାରୁ ସେଭଳି ଠିଆ ହୋଇଛି ନା ଏଇଟା ସେଇ ବିଶେଷ ଧରଣର ଛଳକାୟଣ ଯାହା ଉପରକୁ ଅନାଗ୍ରହ ଭଳି ପ୍ରତୀତ ହୁଏ। ମୋର ମାଆ ଯିଏକି ପୁଡିଙ୍ ସ୍ପର୍ଶ ମଧ କରି ନ ଥିଲେ, ମୁଁ ପୁଡିଙ୍ ଖାଇ ଚଲିଥିବାର ସମ୍ପୂର୍ଣ୍ଣ ସମୟଟି ମତେ କେବଳ ନିର୍ନିମେଷ ନୟନରେ ଚହିଁ ରହିଥିଲେ। ପରିଶେଷରେ ସେ ରୀତା ପ୍ରତି କିଛି ନିର୍ଦ୍ଦେଶ କଲେ, ଯାହା ମୁଁ ବୁଝି ପାରିଲି ନାଇଁ। ଝିଅଟି ବାହାରକୁ ଚଲିଗଲା ଏବଂ ଗୋଟିଏ ମୁହୂର୍ତ ପରେ ସେ ଯେତେବେଳେ ପୁନଶ୍ଚ ଦୃଶ୍ୟମାନ ହେଲା, ତା ହାତରେ ଥିଲା ଏକ ବାଲଟି ଯୋଉଥିରେ ବରଫ ଭିତରେ ଥିଲା ସାମ୍ପେନର ବୋତଲଟିଏ।

: "ବର୍ତ୍ତମାନ ଚଲ ଆମେ ତୁମର ଉତ୍ତମ ସ୍ୱାସ୍ଥ୍ୟ କାମନାରେ ସାମ୍ପେନ୍ ପିଇବା।"

ମୁଁ ରୀତାକୁ ଲକ୍ଷ୍ୟ କରୁଥିଲି। ତା'ର କାର୍ଯ୍ୟକଲାପ ପ୍ରମାଣ କରୁଥିଲା ଯେ ସେ ଏହି କାର୍ଯ୍ୟରେ ବହୁ ଦିନରୁ ଅଭ୍ୟସ୍ତ। ସେ ବାଲଟିରୁ ବୋତଲଟି କାଢ଼ିଲା, ରୂପେଲି ବର୍ଷ୍କର କାଗଜଟିକୁ ଖୋଲିଦେଲା ଏବଂ ବୋତଲରୁ ଠିପିଟି ଏଭଳି କାଢ଼ିଲା ଯେ ନା ଶବ୍ଦ ହେଲା, ନା ଫେନର ଉଚ୍ଛ୍ୱାସ ବୋତଲରୁ ଉଚ୍ଛୁଲି ପଡ଼ିଲା। ସିଏ ସାମ୍ପେନ ଆମ ଉଭୟଙ୍କର ଗ୍ଲାସରେ ଢାଲିଲା ଆଉ ତାପରେ କକ୍ଷରୁ ତରତରରେ ବାହାରି ଚଲିଗଲା, ଯେମିତିକି ତା'ର ଉପସ୍ଥିତି ଦ୍ୱାରା ସିଏ ଏଇ ପ୍ରମୋଦ ଆସରରେ ବ୍ୟାଘାତ ଜନ୍ମାଇବାକୁ ଚହୁଁନାଇଁ।

ମୁଁ ସେତେବେଳକୁ ହାତରେ ସାମ୍ପେନ ଗ୍ଲାସ ଧରି ମାଆଙ୍କ ସମ୍ମୁଖରେ ଠିଆ ହୋଇଥିଲି । ସିଏ ମଧ୍ୟ ଠିଆ ହୋଇ ତାଙ୍କ ଗ୍ଲାସ ମୋ ଆଡ଼କୁ ଟେକି ଧରିଲେ । "ତୁମ ପାଇଁ ଏ ଦିବସର ଅନେକ ଅନେକ ଶର୍ମଦ ପ୍ରତ୍ୟାବର୍ତ୍ତନ ମୁଁ କାମନା କରୁଛି", ମୁଁ ଏକ ଉଚ୍ଛ୍ୱସିତ ଭଙ୍ଗୀରେ କହିଲି । ଏହି ପରିସ୍ଥିତିରେ କ'ଣ କୁହାଯିବା ଉଚିତ ମୁଁ ତାହା ବୁଝି ପାରୁ ନ ଥିଲି ।

ମୋର ମାଆ ହସିବା ଆରମ୍ଭ କଲେ । "ମୁଁ ସିନା ସେଇ କଥା ତୁମକୁ କହିଥାଆନ୍ତି", ସେ କହିଲେ । "ତୁମେ ଭୁଲି ଯାଉଛ ଯେ ଏହା ତୁମର ଜନ୍ମଦିନ, ମୋର ନୁହେଁ ।"

: "ପ୍ରକୃତ ଉତ୍ସବ ତ ତୁମର । ମୁଁ ଚିତ୍ରରଞ୍ଜନ ଛାଡ଼ି ଦେଇଟି ଆଉ ତୁମ ସହିତ ରହିବା ପାଇଁ ଫେରି ଆସୁଛି, ଆମେ ଏକାଠି ହୋଇଛେ । ସେଇଥିପାଇଁ ତ ମୁଁ ରଖୁଛି ଏଇ ଦିବସର ବାରମ୍ବାର ସୁଶର୍ମ ପ୍ରତ୍ୟାବର୍ତ୍ତନ ।" ମୁଁ ନ କହି ରହି ପାରିଲି ନାହିଁ ଏବଂ ଆଗକୁ ନଇଁ ଯାଇ ମାଆଙ୍କ ଚଷକ ସହିତ ମୋ ଚଷକ କୃଣାୟିତ କଲି । ମାଆ ମୋ କଥା ନ ଶୁଣି ପାରି ଥିବାର ଛଳନା କରି ଗୋଟାଏ ଢୋକ ସାମ୍ପେନ ପିଇଲେ ଏବଂ ଗ୍ଲାସଟିକୁ ମେଜ ଉପରେ ରଖିଦେଇ କହିଲେ, "ଏଇଟା ଠିକ୍ ଥଣ୍ଡା ହୋଇନାହିଁ ।"

: "କାଇଁକି ? ମତେ ଏଇଟା ତ ବହୁତ ଭଲ ଲାଗୁଛି ।"

: "ହଁ । କିନ୍ତୁ ଏହାକୁ ବରଫରେ ବେଶୀ ସମୟ ରଖା ଯାଇନାହିଁ ।"

ସେ ତାଙ୍କ ଗ୍ଲାସ ପୁଣି ଥରେ ଉଠାଇଲେ ଆଉ ତାକୁ ଏକାଥରକେ ନିଃଶେଷ କରିଦେଲେ । ତାପରେ ସେ ମେଜ ଉପରେ ହୋଇଥିବା ଘଣ୍ଟି ବଜାଇଲେ । ରୀତା ଉପସ୍ଥିତ ହେଲା । ମୋର ମାଆ ସାମ୍ପେନ ଠିକ ଥଣ୍ଡା ହୋଇ ନ ଥିବା ସମ୍ପର୍କରେ ନାଲିସ କଲେ । ରୀତା ନିରୁତ୍ତର ଭାବେ ଠିଆ ହୋଇ ରହିଲା; ସ୍ୱାଭାବିକ ଭାବରେ ମାଆ ଉତ୍ତର ମଧ୍ୟ ଆଶା କରୁ ନ ଥିଲେ । ତା ପରେ ସେ କହିଲେ ଯେ ଅଧ୍ୟୟନ ପ୍ରକୋଷ୍ଠରେ ଆମେ ଆମ କଫି ପିଇବୁ । ଦିବାରାଶ୍ରର ସମାପ୍ତି ଘଟିଲା ।

ଆମେ ଭୋଜନ-କକ୍ଷ ଛାଡ଼ି ଅଧ୍ୟୟନ ପ୍ରକୋଷ୍ଠକୁ ଗଲୁ, ଯଦିଚ ଏହା ବହୁତ ବିରାଟ ନ ଥିଲା ତେବେ ମଧ୍ୟ ଏହା ତଳମହଲାର ପୁରା ଗୋଟାଏ କୋଣ ମାଡ଼ି ବସିଥିଲା । ମୁଁ ଅନିଚ୍ଛାକୃତ ଭାବରେ ସେ ପ୍ରକୋଷ୍ଠ ଅଭ୍ୟନ୍ତରକୁ ଯାଉଥିଲି । ବସ୍ତୁତଃ ତା ମଧ୍ୟକୁ ପ୍ରବେଶ କରିବାକୁ ମୁଁ ଉପେକ୍ଷା କରୁଥିଲି କାରଣ ମୁଁ ଭାବୁଥିଲି

ଯେ, ଏହା ଏପରି ଏକ ବିଶେଷ ଧର୍ମର ମନ୍ଦିର ଯାହା ସହିତ ନିଶ୍ଚିତ ଭାବେ ମୋର କୌଣସି ସମ୍ପର୍କ ନାହିଁ। ପ୍ରକୃତରେ ଏଇ ପ୍ରକୋଷ୍ଠରେ ମାଆ ବସୁଥିଲେ ଏକ ବିରାଟ ସୌବର୍ଣ୍ଣ-ଖଚିତ ଚମଡ଼ା ଚୌକିରେ। ତାଙ୍କ ଆଗରେ ଥିଲା ବାରୋକୀୟ ଶୈଳୀରେ ଓକ୍ କାଠରେ ଖୋଲା ଏକ ବିଶାଳ ମେଜ। ଏହା ରଖାଯାଇଥିଲା ପୁସ୍ତକ ପାଇଁ ଉଦ୍ଦିଷ୍ଟ ଏକ କାନ୍ତୁ ଆଲମାରୀର ପୃଷ୍ଠଭୂମିରେ, ଯେଉଁଥିରେ କି ଅଳ୍ପ କେତୋଟି ବହି ଥିଲା, କିନ୍ତୁ ଥିଲା ଥାକ ଥାକ ହୋଇ ଫାଇଲ୍। ସେଇଠାରେ ବସି ମାଆ, କେତେବେଳେ ଏକାନ୍ତରେ ତ କେତେବେଳେ ବିଷୟବାଡ଼ି ବିଶାରଦ ମାନଙ୍କ ସହିତ, ତାଙ୍କ ସମ୍ପତ୍ତିର ପରିଚାଳନା କାର୍ଯ୍ୟରେ ନିମଜ୍ଜିତ ରହୁଥିଲେ, ଯାହା ତାଙ୍କ ପାଇଁ ଥିଲା ଏକ ଧର୍ମୀୟ ରୀତି ସମ୍ପାଦନର ଭାବ-ତରଳ ଆବେଶ। ମୁଁ ତାଙ୍କର ଅନୁଗମନ କଲି ଅନିଚ୍ଛାକୃତ ଭାବରେ। ଆଉ ସେ ପ୍ରକୋଷ୍ଠର ଅଭ୍ୟନ୍ତରରେ ମୁଁ ତାଙ୍କୁ ପଚାରିଲି, "ଏଇଠି କାଇଁକି? ଆମେ ସେ ବୈଠକ ଘରେ ବସିଲେ ଚଳନ୍ତାନି?"

ମାଆ ମୋ କଥା ନ ଶୁଣି ପାରିଥିବା ଭଳି ମତେ ଲାଗିଲା। ସେ ଚେୟାର ପଛପଟେ ଥିବା ତାଙ୍କ ପାଇଁ ଉଦ୍ଦିଷ୍ଟ ଚୌକିରେ ବସିଲେ ଏବଂ ମତେ ତାଙ୍କ ସମ୍ମୁଖରେ ପଡ଼ିଥିବା ଆରାମଚେୟାରରେ ବସିବା ପାଇଁ ନିର୍ଦ୍ଦେଶ ଦେଲେ। ସେ ଚେୟାରଟି ତାଙ୍କ ସହ ବିଷୟାଲୋଚନା ପାଇଁ ଆସୁଥିବା ବ୍ୟକ୍ତିମାନଙ୍କ ପାଇଁ ଉଦ୍ଦିଷ୍ଟ ଥିଲା। ତାପରେ ସେ ତାଙ୍କ ବ୍ୟାଗକୁ ଘଣ୍ଟାଘଣ୍ଟି କଲେ ଆଉ ତା ଭିତରୁ ଚୁବିଟିଏ କାଢ଼ିଲେ। ସେ ପଛକୁ ଘୁଞ୍ଚିଗଲେ ଟିକିଏ, ଡ୍ରୟାରଟିଏ ଖୋଲିଲେ ଆଉ ବାହାରକୁ କାଢ଼ିଲେ ଗୋଟିଏ ଲମ୍ବା ଏବଂ ପତଳା ଲେଜର ଖାତା। ସେଇଟା ମତେ ଲାଗୁଥିଲା ଗୀର୍ଜା ଘରର ପୁସ୍ତିକା ଭଳି କିମ୍ବା ଧର୍ମ ସହିତ ସମ୍ବନ୍ଧିତ କୌଣସି ବସ୍ତୁ ଭଳି। କିନ୍ତୁ, ମୋର ହଠାତ୍ ମନେପଡ଼ିଲା, ଏଇଟା ସେଇ ଲେଜର ଯେଉଁଥିରେ ଆମ ସମସ୍ତ ସମ୍ପତ୍ତିର ସମ୍ପୂର୍ଣ୍ଣ ବିବରଣୀ ବେଶ୍ ପରିଷ୍କାର ଆଉ ଶୃଙ୍ଖଳିତ ଭାବରେ ରଖା ଯାଇଥିଲା। ମୋର ମାଆ ଦରାଜଟିକୁ ବନ୍ଦ କଲେ ଆଉ ଲେଜରଟିକୁ ଟେବୁଲ ଉପରେ ତାଙ୍କ ଆଗରେ ରଖିଲେ। ସେ ମତେ ଘଡ଼ିଏ ରହିଁଲେ ତାଙ୍କ ପେଞ୍ଜୁଆ ଆଖିର ଏକ ତୀବ୍ର ଦୃଷ୍ଟିରେ ଆଉ ତାପରେ କହିଲେ, "ଅଳ୍ପସମୟ ପୂର୍ବରୁ ତୁମେ ପଚାରୁଥିଲ ନା, ଆମେ ଧନୀ କି ନାଇଁବୋଲି? ଆଉ ମୁଁ ଉତ୍ତର ଦେବାକୁ

ଉଚିତ ମଣିଲି ନାଈଁ, କାରଣ ପରିଚାରିକାଟି ସେଠି ଉପସ୍ଥିତ ଥିଲା। ମୁଁ ଖୁସି ଯେ ତୁମେ ମତେ ଏ ପ୍ରଶ୍ନ ପଚାରିଛ। ଆଉ ବର୍ତ୍ତମାନ ମୁଁ ତୁମକୁ ତୁମେ ରଖିଁଥିବା ସମସ୍ତ ତଥ୍ୟ ପ୍ରଦାନ କରିବି, ଆଂଶିକ ଭାବରେ ….."। ଆଲାପର ଏହି ବିନ୍ଦୁରେ ମାଆ ଏକ ତାତ୍ପର୍ଯ୍ୟପୂର୍ଣ୍ଣ ବିରତିର ସହ କହିଲେ, "…. ଏହି କାରଣରୁ ଯେ ତୁମେ ବିଷୟ ପରିଚାଳନାରେ ମତେ ସାହାଯ୍ୟ କରିବ, ତୁମେ ଅନୁଭୂତି ଅର୍ଜନ କରିବା ସହିତ ବିଭିନ୍ନ ପ୍ରକାରେ ମୋର କାମକୁ ହାଲୁକା କରିବ, ମୋର ଏଇଆ ଇଚ୍ଛା। ତୁମେ ଯେହେତୁ ଚିତ୍ରରଞ୍ଜନ ପରିତ୍ୟାଗ କରିଛ, ମୁଁ ଆଶା କରୁଛି ଏସବୁ କରିବା ପାଇଁ ବର୍ତ୍ତମାନ ତୁମକୁ ପର୍ଯ୍ୟାପ୍ତ ସମୟ ମିଳିବ।"

ତାଙ୍କର ସେଇ ଶେଷ କେଇ ପଦ କଥାରେ ମୋର ଶରୀରରେ ବେପଥୁ ସୃଷ୍ଟି ହେଲା। କେମିତି ଏଭଳି ଶାନ୍ତ, ନିରୁଦ୍‌ବିଗ୍ନ ଭାବରେ 'ତୁମେ ଚିତ୍ରରଞ୍ଜନ ପରିତ୍ୟାଗ କରିଛ' ବୋଲି ମୋର ମାଆ କହି ପାରିଲେ ? ସେ ଏ କଥା ମନକୁ ଘେନିଲେ ନାଈଁ ଯେ, ତାଙ୍କ କଥାଟା ଥିଲା 'ତୁମେ ବଞ୍ଚିବା ପରିତ୍ୟାଗ କରିଛ' କହିବାର ଅନୁରୂପ। ବଡ଼ କଷ୍ଟରେ ମୁଁ ପଚାରିଲି, "ଆଚ୍ଛା ତାହେଲେ ଆମେ ଧନୀ ନା ନାଈଁ ?" ଏଥରକ କିନ୍ତୁ ମୋ କଥାରେ କୌଣସି ବିଦ୍ବେଷର ମନୋଭାବ ନ ଥିଲା।

ଗୋଟାଏ କ୍ଷଣ ସେ ନୀରବ ରହିଲେ, ଆଉ ମତେ ରଖିଁଲେ ଏକ ଅଭୂତ ସୋଲୋମନୀୟ ଗାମ୍ଭୀର୍ଯ୍ୟରେ। ତାପରେ ମୋ ଆଡ଼କୁ ନଇଁ ଆସି ଏବଂ ସ୍ବର ନିମ୍ନ କରି ସେ କହିଲେ, "ଆମେ ଖାଲି ଧନୀ ନୁହେଁ, ଡିନୋ, ଆମେ ଧନାଢ଼୍ୟ। କେବଳ ତୁମ ମାଆଙ୍କ ପାଇଁ ଆଜି ତୁମେ ପର୍ଯ୍ୟାପ୍ତ ଭାବରେ ଧନୀ।"

: "ଧନାଢ଼୍ୟ ମାନେ କ'ଣ ?"

: "ଧନାଢ଼୍ୟ, ଅର୍ଥାତ ସାଧାରଣ ଭାବରେ ଧନୀ ହେବାଠାରୁ ଆମେ ଯଥେଷ୍ଟ ଅଧିକ ଧନୀ।"

: "କିନ୍ତୁ ଧନ-କୁବେର ହେବା ଠାରୁ କମ।"

: "ହଁ, ଧନ-କୁବେର ଠାରୁ କମ।"

ମୋର ମାଆ ମୋତେ ସାମାନ୍ୟ ଅନ୍ୟମନସ୍କ ଭାବରେ ଉତ୍ତର ଦେଲେ ଏଇ ଶେଷ ପଦକ। ସେ ପିନ୍ଧିଥିଲେ ଗାର୍ଜିର ସନ୍ୟାସିନୀ ମାନେ ପିନ୍ଧିଥିବା ଭଳି

ଏକ ଚଷମା । ଏହାର ଖାରାଧାର ନ ଥିଲା ଏବଂ ଏହା ଥିଲା ଏକ ସୌବର୍ଣ୍ଣ-ବାହୁ ପ୍ରଚକ୍ଷୁ । ମାଆ ତାଙ୍କର କଳା ଲେଜର ଖାତାର ପୃଷ୍ଠା ଗୁଡ଼ିକ ଓଲଟାଉ ଥିଲେ । "ସେ ଯାହା ହେଉ ନା କାହିଁକି", ସେ କହିଲେ, "ତୁମକୁ ବୁଝାଇବା ପାଇଁ ସଂଖ୍ୟା ଠାରୁ ସୁବିଧା କିଛି ଉପାୟ ନାହିଁ, ଆଉ ସେଇଥିପାଇଁ ..... ଆଉ ସେଇଥିପାଇଁ... ଆରେ ସେଇଟା କୁଆଡ଼େ ? ଗଲା ? ଆଃ, ଏଇଠି ଅଛି... ତୁମକୁ ଧନାଢ୍ୟ ହେବାର ଅର୍ଥ କ'ଣ ବୁଝାଇବା ପାଇଁ, ମୁଁ ଯାହା କହୁଥିଲି.. ।"

ମୁଁ ଉପଲବ୍ଧି କଲି ଯେ ସେ ମତେ ଦେଇଥିବା ପ୍ରତିଶ୍ରୁତି ମୁତାବକ ଆମ ଧନର ପରିମାଣ ବର୍ଣ୍ଣନା କରିବାର ବିନ୍ଦୁରେ ଉପନୀତ ହୋଇଛନ୍ତି । ଏବଂ ହଠାତ୍ ଏକ ଅସହ୍ୟ ବିତୃଷ୍ଣାରେ ମୋ ହୃଦୟ ଭରିଗଲା । "ନା ବାବା ନା । ଦୟାକର ।" ମୁଁ ବ୍ୟସ୍ତ ହୋଇ ଚିତ୍କାର କରି ଉଠିଲି । "ମୁଁ ସାମାନ୍ୟ ମାତ୍ରାରେ ବି ଜାଣିବାକୁ ରୁହେଁ ନାଇଁ ଧନାଢ୍ୟ ହେବାର ଅର୍ଥ କ'ଣ ? ମୁଁ ତୁମର କଥା ବିଶ୍ୱାସ କରୁଛି ଯେ ଆମେ ଧନାଢ୍ୟ ।"

ମୋର ମାଆ ଲେଜର ଉପରୁ ଦୃଷ୍ଟି ତୋଲି ଚଷମା ଖୋଲି ମତେ ରୁହିଁଲେ । "କିନ୍ତୁ ତୁମର ଜାଣିବା ଉଚିତ୍" – ସେ କହିଲେ । "ଅନ୍ୟ କିଛି କାରଣରୁ ନ ହେଲେ ବି, ମୁଁ ତୁମକୁ ଯାହା କହିଥିଲି, ଆମ ବିଷୟ-ଆଶୟର ପରିଚାଳନାରେ ତୁମେ ମତେ ସାହାଯ୍ୟ କରିବା ପାଇଁ ତ ଏସବୁ ଜାଣିବା ଦରକାର ।"

ମୁଁ ସେତେବେଳକୁ ହିଂସ୍ର ଭାବରେ ଚିତ୍କାର କରିବା ବିନ୍ଦୁରେ ଉପନୀତ ହୋଇ ପଡ଼ିଥିଲି, "ମୁଁ ତୁମର କୌଣସି ସମ୍ପତ୍ତିବାଡ଼ି ପରିଚାଳନାରେ ଭାଗ ନେବା ପାଇଁ ରୁହେଁ ନାହିଁ ।" କିନ୍ତୁ ମୁଁ ଚିତ୍କାର କରିବା ପୂର୍ବରୁ ମୋର ସୌଭାଗ୍ୟକୁ ରୀତା କଫି ଟ୍ରେ ଧରି ଭିତରକୁ ପଶି ଆସିଲା । ଠିକ୍ ଯେମିତି ଜଣେ ଧର୍ମ ପୁରୋହିତ ଏକ ବିଧର୍ମୀ ଦୃଷ୍ଟିଗୋଚର ହେବାକ୍ଷଣି ନିଜର ଉଲ୍ଲାସ ହରାଇ ବସନ୍ତି, ସେମିତି ମୋର ମାଆ ତାକୁ ଦେଖିବା କ୍ଷଣି ହଠାତ ସଂକୁଚିତ ହୋଇ ପଡ଼ିଲେ । ସେ ଧଡ଼ କିନା ଲେଜରଟିକୁ ବନ୍ଦ କରିଦେଲେ ଏବଂ କହିଲେ, "ରୀତା, କଫି ଢାଲ ।" ଯେତେବେଳେ ରୀତା ମୋ ପାଖରେ ଠିଆ ହୋଇ କ୍ଷୁଦ୍ର କପ୍ ଗୁଡ଼ିକ ଭିତରକୁ କଫି ଢାଲି ଚାଲିଥିଲା, ମୁଁ ଚିନ୍ତା କରି ଚାଲିଥିଲି ମୁଁ କେଉଁ ପ୍ରକାରେ ଏହି ଅସହ୍ୟ ପରିସ୍ଥିତିରୁ, ସେଇ ବିରକ୍ତିକର ଆଲୋଚନାରୁ, ସେଇ 'ଧନୀ ହେବାର ଅର୍ଥ କ'ଣ ?'

ବ୍ୟାଖ୍ୟାରୁ ରକ୍ଷା ପାଇ ପାରିବି । ରୀତା ପୁଣି ମତେ ଲାଗିକରି ଠିଆ ହୋଇଥିଲା –
ଜାଣିଜାଣିକା କି ନାଇଁ ମୁଁ ବୁଝି ପାରୁ ନ ଥିଲି – ଯେମିତିକି ମୋର ଆଣ୍ଠୁ ତା
ଗୋଡ଼ରେ ହାଲ୍‌କା ଭାବରେ ଘସି ହେଉଥିଲା । ତାପରେ ସେ ମୋ ଆଡ଼କୁ ଘୁରିଗଲା
ଆଉ ମତେ କପ୍‌ଟି ବଢ଼ାଇଦେଲା । ପ୍ରାୟ ପ୍ରବୃତ୍ତି ପ୍ରାୟୋଜିତ ହୋଇ, ନ ଭାବି ନ
ଚିନ୍ତି, ମୁଁ ମୋ ବାହୁରେ ଛୋଟ ଝଟ୍‌କାଟିଏ ଦେଲି । ପ୍ଲେଟ୍ ଉପରେ କପ୍‌ଟି ଓଲଟି
ପଡ଼ିଲା ଆଉ ମୋର ପାଣ୍ଠୁର ପ୍ୟାଣ୍ଟ ଉପରେ କଫି ଢାଲି ହୋଇଗଲା, ଯାହାଫଳରେ
କି ମୁଁ ତା'ର ଈଷଦୁଷ୍ଣ ଆର୍ଦ୍ର ସ୍ପର୍ଶ ମୋ ଚର୍ମରେ ଅନୁଭବ କଲି । ଆତଙ୍କିତ ହେବାର
ଛଳନା କରି ମୁଁ ଚିତ୍କାର କଲି, "ହେ ଭଗବାନ ! ମୋ ଟ୍ରାଉଜର ।"

: "ରୀତା, ତୁମେ ସାବଧାନ ହୋଇ କାମ କରୁନା କାହିଁକି ?" ଗାଲି ଦେବା
ଭଙ୍ଗୀରେ ମାଆ କହିଲେ । ଯାହା ଘଟିଗଲା ସେ ତାହା ଦେଖି ପାରି ନ ଥିଲେ ବା
ବୁଝି ପାରୁ ନ ଥିଲେ ।

: "ରୀତାର କିଛି ଦୋଷ ନାଇଁ ।" ମୁଁ ବ୍ୟଗ୍ର ଭାବରେ କହିଲି । "ଏଇଟା ଥିଲା
ମୋର ଦୋଷ । କିନ୍ତୁ ମୋର ଟ୍ରାଉଜର ବର୍ତ୍ତମାନ ଅପରିଷ୍କାର ହୋଇଗଲା ।"

: "କିଛି ହେବ ନାଇଁ ।" ରୀତା କହିଲା । "ଏଥିରେ ଚିନି ବି ପଡ଼ି ନ ଥିଲା । ମୁଁ
ଅଳ୍ପ ପାଣି ଆଣି ଦାଗ ଛଡ଼େଇ ଦେଉଛି ।"

     ଏ ସମସ୍ୟାର ଏପରି ସରଳ ସମାଧାନ ମାଆଙ୍କ ପାଇଁ ପ୍ରୀତିକର ମନେହେଲା
ନାଇଁ । ସେ ସଙ୍ଗେ ସଙ୍ଗେ ଅଧିକାରର ଗାମ୍ଭୀର୍ଯ୍ୟରେ ପ୍ରତିବାଦ କଲେ । କଠୋର
ପରିଭାଷଣର ସହ ସେ କହିଲେ, "ଜମା ନୁହେଁ । ପିନ୍ଧିଥିବା ଅବସ୍ଥାରେ ସଫାକଲେ
ଦାଗ ଛାଡ଼ିବ ନାଇଁ । ଶ୍ରୀଯୁକ୍ତ ଡିନୋ ଟ୍ରାଉଜର କାଢ଼ନ୍ତୁ, ତାପରେ ତୁମେ ତାକୁ
କାଟି ଦାଗ ଛଡ଼ାଇବ ଏବଂ ଇସ୍ତ୍ରୀ କରିଦେବ ।"

     ମୁଁ ରୀତାକୁ ଦେଖୁଥିଲି । ସେ ଟେବୁଲ ପାଖରେ ଠିଆ ହୋଇ ରହିଥିଲା । ତା
ମୁହଁରେ ଥିଲା ବିନୟବ୍ୟଞ୍ଜକ ଧୈର୍ଯ୍ୟର ଅଭିବ୍ୟକ୍ତି । ତାପରେ ସେ ବେଶ୍ ଗୁରୁତ୍ୱର
କଣ୍ଠରେ ପଚାରିଲା, "ଶ୍ରୀଯୁକ୍ତ ଡିନୋ ଏଇନା ତାଙ୍କ ପେଣ୍ଟ ଖୋଲିକରି ଦେବେ,
ନା ମୁଁ ଅପେକ୍ଷା କରିବି ?"

: "କଫିର ଦାଗଟା ରହିଯାଏ ।" ମାଆ କହିଲେ । "ବରଂ ଏଇନା ପେଣ୍ଟ ବଦଲାଇ
ଦେବାଟା ଭଲ ହେବ ।"

: “କିନ୍ତୁ ମୁଁ ଏଠି ଏଇ ରୁମରେ ତ ପେଣ୍ଟ ଖୋଲି ପାରିବି ନାଇଁ।”

ମୁଁ ଲକ୍ଷ୍ୟ କଲି ରୀତା ତା’ର ମୁହଁ ଘୁରାଇ ନେଲା, ବୋଧହୁଏ ହସ ଲୁଚାଇବା ପାଇଁ।

: “ତୁମେ ତାହେଲେ ଉପର ମହଲାରେ ତୁମ ନିଜ ବଖରାକୁ ଯାଅ।” ମାଆ କହିଲେ। “ତୁମ ଟ୍ରାଉଜର ବଦଳାଇ ରୀତାକୁ ଦେଇ ଦିଅ। ସେଠି କପବୋର୍ଡରେ ଥିବା ଡ୍ରେସିଙ୍ଗାଉନ ପିନ୍ଧି ତଳକୁ ଆସିଯାଅ। ଇତି ମଧ୍ୟରେ ମୁଁ କିଛି କାଗଜପତ୍ର ସଜାଉଛି, ମୁଁ ସେଗୁଡ଼ିକ ତୁମକୁ ଦେଖାଇବାକୁ ଚହୁଁଛି।” ଆମେ ଦୁହେଁ, ରୀତା ଆଉ ମୁଁ, ବାହାରି ଆସିଲୁ।

: “ମୁଁ ଆଗରେ ଯାଉଛି, କାଇଁକିନା ସେ ବଖରାଟା ବହୁଦିନ ଧରି ବନ୍ଦ ଥିଲା। ମୁଁ ଯାଇ ଝରକା ଖୋଲି ଦିଏ।” ଏହା କହୁ କହୁ ରୀତା ମୋ ଆଗରେ ପ୍ରାୟ ଦୌଡ଼ିଲା ଭଳି ଚାଲିଗଲା। ମୁଁ ତା’ର ଅନୁଗମନ କରୁ କରୁ ଚିନ୍ତା କରି ଚାଲୁଥିଲି, କିଞ୍ଚିତ୍ ଆଶ୍ଚର୍ଯ୍ୟ ହୋଇ ଯେ, ସବୁ ଜିନିଷ କେମିତି ଅଦୃଶ୍ୟ ଓ ଅଲଂଘନୀୟ ନିୟମ ଅନୁସାରେ ଧୀରେ ଧୀରେ ଏକ ନିର୍ଦ୍ଦିଷ୍ଟ ପରିସ୍ଥିତିକୁ ଲକ୍ଷ୍ୟ କରି ଗତି କରୁଛି। ମାଆ ନିଜେ ଓର ଯୋଗାଇ ଦଉଛନ୍ତି ପୁଅ ପାଇଁ, ଯାହାଫଳରେ ସେ ପରିଚାରିକା ସହିତ ଏକାନ୍ତ ହୋଇ ପାରିବ; ଉଭୟ ଶଯ୍ୟାକୁ ଯିବେ ଓ ପଡ଼ି ରହିବେ ଶଯ୍ୟାସଙ୍ଗୀ ହୋଇ, ପ୍ରତ୍ୟେକ ପ୍ରତ୍ୟେକଙ୍କ ପାଖେ ଛଲନା କରୁଥିବେ ଯେ ମାଆ ସେମାନଙ୍କୁ ଯେଉଁ ବାହାନା ଯୋଗେଇ ଦେଉଛନ୍ତି କେବଳ ତାହାକୁ ଗୁରୁତ୍ୱ ଦେଇ ହିଁ ସେମାନେ ଆସିଛନ୍ତି ସେଠିକି; ପରିଚାରିକାଟି ଏକାଦିକ୍ରମେ ଉତ୍ତେଜିତ ଓ ଉତ୍ସୁକ ହୋଇ ଉଠୁଥିବ ଚତୁଲ ଚଟୁକାରିତାର ସହ, ପୁଅ ବି ଅନୁଭବ କରୁଥିବ ସେଇ ଗୋପନ ଉତ୍ତେଜନା, କିନ୍ତୁ ନିଜର ଅଧଃପତନରେ ନିଜେ ହେଉଥିବ ଲଜ୍ଜିତ। ମନେ ମନେ ଏମିତି ଚିନ୍ତା କରୁ କରୁ ମୁଁ ପହଞ୍ଚି ଯାଇଥିଲି ପ୍ରଥମ ମହଲାରେ ଆଉ ମୋ ବଖରାକୁ ପ୍ରବେଶ କଲି ଯୋଉଠି ରୀତା ମତେ ଅପେକ୍ଷା କରି ରହିଥିଲା। ମୁଁ ଦେଖିଲି ସିଏ ଝରକାର ବାହାରକୁ ନଇଁ ପଡ଼ି କପାଟ ଖୋଲୁଥିଲା। ସେ ଯେତେବେଳେ ଘୁରି ପଡ଼ିଲା କପାଟ ଖୋଲିବାର ପ୍ରଚେଷ୍ଟା ଏବଂ ଦୌଡ଼ି ଆସିଥିବାର ପରିଶ୍ରମ ହେତୁ ତା ମୁହଁ ଦିଶୁଥିଲା ରକ୍ତାଭ। ଏବଂ ଏପରି ମଧ୍ୟ ହୋଇ ପାରେ ଯେ, ସିଏ ମନ ଭିତରେ ଅନୁଭବ କରୁଥିବା ଉତ୍ତେଜନାର କାରଣରୁ ତା ମୁହଁ ସେଭଳି ପାତଲ

ଦିଶୁଥିଲା। ମୁଁ ଏକ ରୁକ୍ଷ ଆକସ୍ମିକତାର ସହ କହିଲି, "ଟିକେ ବାହାରକୁ ଯାଅ, ମୁଁ ପଛରେ ଡାକିବି।"

ସିଏ ବାହାରକୁ ଯିବା ସଙ୍ଗେ ସଙ୍ଗେ ମୁଁ ଝରକା ପାଖକୁ ଧାରେ ଧାରେ ଗଲି, ଆଉ ଘଡ଼ିକପାଇଁ କାନ୍ତ ଉପରେ ଭରା ଦେଇ ଠିଆ ହେଲି। ସ୍ୱପ୍ନିଲ ଦୃଷ୍ଟିରେ ମୁଁ ରହିଁଥିଲି ନିମ୍ନରେ ଥିବା ଇତାଲୀୟ ଉଦ୍ୟାନ ଦିଗରେ। ଅତୀତକୁ ଝୁରି ହେବା, ଅତୀତ ସହିତ ଯୋଡ଼ି ହୋଇଥିବା ସ୍ଥାନମାନଙ୍କୁ ନେଇ ଭାବପ୍ରବଣ ହେବା ଭଳି ମଣିଷ ମୁଁ ନୁହେଁ; କିନ୍ତୁ ସେଦିନ ମୁଁ ଦୀର୍ଘ ଦଶବର୍ଷର ବ୍ୟବଧାନ ପରେ ମାଆଙ୍କ ପାଖକୁ ଫେରି ଆସିବାକୁ, ମାଆଙ୍କ ସହିତ ଏକାଠି ରହିବାକୁ ସ୍ଥିର କରିଥିଲି ଆଉ ମୋର ବର୍ତ୍ତମାନର ମାନସିକ ଅବସ୍ଥାକୁ ଦଶବର୍ଷ ତଳର ମାନସିକତା ସହିତ ତୁଲନା ନ କରି ମୁଁ ରହି ପାରିଲି ନାହିଁ। ମୁଁ ପ୍ରଥମେ ସେ ବଖରାରେ ଥିବା ଚମତ୍କାର ବହୁମୂଲ୍ୟ ଆସବାବପତ୍ର ଆଉ ତାପରେ ନିମ୍ନରେ ଥିବା ଇତାଲୀୟ ଉଦ୍ୟାନର ଜ୍ୟାମିତିକ ବିନ୍ୟାସ ସବୁକୁ ରୁଁଲି। ସେ ସମସ୍ତ ଥିଲେ ଅପରିବର୍ତ୍ତିତ। ମୁଁ ହୃଦୟଙ୍ଗମ କଲି ଯେ ମୁଁ ଅନୁଭବ କରୁଛି ଏକ ପ୍ରକାରର ବିଷଣ୍ଣ ପ୍ରଶାନ୍ତି – ଏଇ ଭାବନାରେ ଯେ, ମୂଳତଃ ମୁଁ ମଧ ବଦଲି ନାହିଁ। ନା, ମୁଁ ବଦଲି ନାହିଁ, ଆଉ ବର୍ତ୍ତମାନ ମୁଁ ଫେରି ଆସୁଛି ମୋର ମାଆଙ୍କ ପାଖକୁ। ଏବଂ ମୁଁ ବର୍ତ୍ତମାନ ମୋର ସେଇ ଦଶବର୍ଷ ତଳର ଜୀବନକୁ ଆଉଥରେ ଆରମ୍ଭ କରିଦେବା ଉଚିତ ହେବ। ଆଉ ବୋଧହୁଏ, ଧାରେ ଧାରେ ମୁଁ ପୁନର୍ବାର ଫେରି ଯାଇପାରେ ଚିତ୍ରରଞ୍ଜନର ଜୀବନକୁ, ଉଦ୍ୟାନର ପଛରେ ସେଇ ତଳେ ଥିବା ମୋର ଶିକ୍ଷଶାଲାକୁ, ଯିଏ ରହିଛି ଅପରିବର୍ତ୍ତିତ ଠିକ୍ ଯେମିତି ଛାଡ଼ି ଯାଇଥିଲି ତାକୁ ସେଦିନ। ବାସ୍ତବିକ ଏହା ମଧ ହୋଇପାରେ ଯେ, ସେଦିନ ଭିୟା ମାର୍ଗୁଭାରେ ରହିବା ପାଇଁ ଏ ଘର ଛାଡ଼ି ରୁଲି ଯିବାଟା ଯେମିତି ଚିତ୍ରରଞ୍ଜନ ପାଇଁ ମୋର ଆତ୍ମବିଶ୍ୱାସକୁ ପରିପୁଷ୍ଟ କରିଥିଲା, ସେମିତି ବର୍ତ୍ତମାନ ମାଆଙ୍କର ଭିଲ୍ଲାକୁ ଫେରି ଆସିବାଟା ମତେ ପୁନର୍ବାର ଦେବ ନୂଆ ପ୍ରେରଣା, ଚିତ୍ରରଞ୍ଜନ ଯେଉଁ ଭ୍ରାନ୍ତିକୁ ଜୀବନ ବୋଲି ଦେଖାଇଦିଏ, ତାରି ପ୍ରେରଣା, ହେଉ ପଛେ ଏହା ସାମୟିକ। ଜୀବନ ମୂଳତଃ ଅବସ୍ଥାର ଅବିରତ ପରିବର୍ତ୍ତନ ମାତ୍ର; ଏହା ଏକ ଅଖାଡୁଆ ପର୍ଯ୍ୟସ୍ତିକାରେ ଶୟନ କରିବାର ଅନୁରୂପ, ଯେଉଁଠିକି ଗୋଟିଏ ଜାଗାରେ ଦୀର୍ଘସମୟ ଧରି ଶୋଇ ରହିବା ଅସମ୍ଭବ ହୋଇଉଠେ। କିନ୍ତୁ

ହଠାତ୍‌ ମୋର ଦୃଷ୍ଟି ଯେତେବେଳେ କକ୍ଷ ଅଭ୍ୟନ୍ତରସ୍ଥ ପର୍ଯ୍ୟଙ୍କିକା ଉପରେ ଅଟକିଗଲା, ମୁଁ ଦେଖିଲି ଯେ ଏଥରେ ନା ଅଛି କମ୍ବଳ ନା ଅଛି ଚଦର। ଶଯ୍ୟାର ଗଦି ଗୁଡ଼ା ହୋଇ ରଖା ହୋଇଛି, ଯେମିତି ହୁଏ ଶୟନ ପାଇଁ ଅବ୍ୟବହୃତ କକ୍ଷରେ। ମୁଁ ସହସା ସଚେତନ ହେଲି ଯେ ଜିନିଷଗୁଡ଼ିକ ଭିତରର ଆଉ ମୋ ଭିତରର ଅପରିବର୍ତ୍ତନୀୟତା ଏମିତି କିଛି ଖାସ ସକାରାମ୍ୟକ ନୁହେଁ ଯଦିଚ କ୍ଷଣିକ ପାଇଁ ମତେ ତାହା ସେଇଭଳି ପ୍ରତୀୟମାନ ହୋଇଥିଲା। ଏହା ସତ୍ୟ ଯେ କିଛି ପରିବର୍ତ୍ତିତ ହୋଇ ନାଇଁ, କିନ୍ତୁ ଏହାର ତାତ୍ପର୍ଯ୍ୟ ଏଇଆ ଯେ, ମୁଁ ଏଠାକୁ ଫେରିବା ଅର୍ଥ ମତେ ପୁନର୍ବାର ସେଇ ବୋରିୟାତର ସମ୍ମୁଖୀନ ହେବାକୁ ପଡ଼ିବ, ଯାହା ସେଦିନ ମତେ ଏ ସ୍ଥାନ ଛାଡ଼ି ପଳାୟନ କରିବାକୁ ବାଧ୍ୟ କରିଥିଲା। ପରିବର୍ତ୍ତନ ହୋଇ ନାହିଁ, କିନ୍ତୁ ସମୟ ତ ଅକାରଣରେ ବିତେନା, ତେଣୁ ସମସ୍ତ ଦ୍ରବ୍ୟ ଅଳ୍ପ ହେଲେହେଁ କିଛି ପରିମାଣରେ ବିକାରପ୍ରାପ୍ତ ହୋଇଛନ୍ତି, ଯଦିଚ ସେମାନେ ମୂଖ୍ୟତଃ ରହିଛନ୍ତି ସମୟ ଦ୍ୱାରା ଅପ୍ରଭାବିତ। ଏବଂ ତେଣୁ, ଯେତେବେଳେ ମୋର ମାଆ ଅପେକ୍ଷା କରି ରହିଛନ୍ତି ମୋ ପାଇଁ ତଳ ମହଲାର ପଠନକକ୍ଷରେ, ହାତରେ କାଗଜପତ୍ର ଧରି ପ୍ରସ୍ତୁତ ରହିଛନ୍ତି ମତେ ବୁଝାଇବା ପାଇଁ ଯେ ଧନୀ ହେବାର ଅର୍ଥ କଅଣ, ରୀତା ସେତେବେଳେ ଦୁଆର ବାହାରେ ଅପେକ୍ଷା କରି ରହିଛି କେତେବେଳେ ମୁଁ ତାକୁ ଆହ୍ୱାନ କରିବି ଭିତରକୁ ପ୍ରବେଶ କରିବା ପାଇଁ ଆଉ ତା ଉପରକୁ ଲଙ୍ଘ ପ୍ରଦାନ କରିବି କେଳଟି ପାଇଁ। ଏହି ଦୁଇଟିଯାକ ଜିନିଷ ଆପାତତଃ ପରସ୍ପର ସମ୍ପର୍କହୀନ, କିନ୍ତୁ ବାସ୍ତବରେ ସେମାନେ ଯୋଡ଼ି ହୋଇଛନ୍ତି ଏକ ସୁନିର୍ଦ୍ଦିଷ୍ଟ ଯାନ୍ତ୍ରିକ ପ୍ରକ୍ରିୟା ଦ୍ୱାରା। ସେଇ ଯାନ୍ତ୍ରିକ ପ୍ରକ୍ରିୟା ମୋର ଅଜଣା ନ ଥିଲା, ବାସ୍ତବରେ ଏଭଳି କିଛି ସମ୍ପର୍କ ଥିବା ମୁଁ ଅନୁମାନ କରୁଥିଲି, କିନ୍ତୁ ମୁଁ କେବେ ଏଭଳି ସ୍ୱଚ୍ଛତାର ସହିତ ଏହା ଦେଖି ନ ଥିଲି ଯାହା ବର୍ତ୍ତମାନ ମୁଁ ଦେଖି ପାରୁଥିଲି; ଯେମିତିକା ଏକ ଉଡ଼ାଜାହାଜ କମ୍ପାନୀର ବାତାୟନ ଦେଇ ଜଣେ ଉଣ୍ଠିଲେ ଦେଖି ପାରିବ ତା'ର ଅସଂଖ୍ୟ ଜଟିଳ କ୍ଷୁଦ୍ରାତିକ୍ଷୁଦ୍ର ଯନ୍ତ୍ରପାତି ସମୂହ ସହିତ ଖୋଲାଯାଇଥିବା ଏକ ବ୍ୟୋମଯାନ ଇଞ୍ଜିନର କିୟଦଂଶ। ଯଦି ମୁଁ ମାଆଙ୍କ ପାଖକୁ ଫେରିଆସେ, ବାସ୍ତବରେ ବିଷାଦର ଯାନ୍ତ୍ରିକ ପ୍ରକ୍ରିୟା ହିଁ ମତେ ବାଧ୍ୟ କରିବ ଏଇ ସମ୍ପଦ ପାଖରୁ ବିତୃଷ୍ଣାରେ ମୁହଁ ଫେରେଇ ନେବା ପାଇଁ, ଆଉ ମତେ ପହଞ୍ଚାଇ ଦେବ ଏକ କ୍ଲୀବତ୍ୱର ସ୍ଥିତିରେ। ସେଇ କ୍ଲୈବ୍ୟ ଜନ୍ମ ନେବ ବିଷଣ୍ଣ ବୋରିୟାତ, ଆଉ ସେଥରୁ

ସୃଷ୍ଟି ହେବ ରୀତା ବା ଅନ୍ୟ କିଛି ସେଇ ଶ୍ରେଣୀୟ ସମାନ୍ତରାଲ ଅଧଃପତନ। ତେଣୁ ଏହା ଅପେକ୍ଷା ଭିୟା ମାର୍ଗୁଭାର ଶିକ୍ଷଶାଳାକୁ ବରଂ ଫେରିଯିବା ଭଲ, ଯେଉଁଠି ବିଷାଦ ନିଜକୁ ପ୍ରତିଭାତ କରିବ ଶୂନ୍ୟ ଚିତ୍ରପଟ ଉପରେ, ସେଇ ଚିତ୍ରପଟ ଯାହା ଉପରେ ମୁଁ କେବେବି ଚିତ୍ରରଞ୍ଜନ କରିବି ନାହିଁ।

ମୋ ଚିନ୍ତାପ୍ରବାହର ଏଇ ବିନ୍ଦୁରେ ମୁଁ ଶୁଣିଲି ଏକ ସତର୍କ ଅଥଚ ସୁସ୍ପଷ୍ଟ ଭାବରେ ଅଧୀର ଏବଂ ଗୋପନୀୟ ଆଞ୍ଜୁଡ଼ା ଶବ୍ଦ – ଦୁଆରର କବାଟ ଉପରେ କିଏ ଆଞ୍ଜୁଡ଼ୁଥିବାର ଶବ୍ଦ। ଆଉ ମୁଁ କ'ଣ କରୁଛି ସେ ବିଷୟରେ ସଚେତନ ହେବା ପୂର୍ବରୁ ମୁଁ ମୋର ବେଲ୍ଟ ଖୋଲି ଟ୍ରାଉଜର କାଢ଼ି ଦେଇଥିଲି ଆଉ ଗଦି ପାରିଦେଇ ତା ଉପରେ ଉଭାନମୁଖ ହୋଇ ଶୋଇ ଯାଇଥିଲି। ତାପରେ ମୁଁ ରୀତାକୁ ଭିତରକୁ ଆସିବା ପାଇଁ ଡାକିଲି।

ସିଏ ବଖରା ଭିତରକୁ ସାଙ୍ଗେ ସାଙ୍ଗେ ଆସିଗଲା। ଘଡ଼ିକ ଭିତରେ ଆଖି ବୁଲାଇ ନେଇ ସିଏ ନିଶ୍ଚିତ ହେଲା ଯେ ମୁଁ ଶେଯ ଉପରେ ଶୋଇ ଯାଇଛି ଆଉ ତାପରେ କବାଟ ବନ୍ଦ କରିବାକୁ ଘୁରି ପଡ଼ିଲା। ମୁଁ ଶେଯ ଉପରେ ପଡ଼ିଥିଲି; ଆଉ କେବଳ ସେଇ ସ୍ଥାନକୁ ଛାଡ଼ିଦେଲେ, ଯେଉଁଠିକି କାମନାର ତୀବ୍ରତା ରକ୍ତରେ ଉତ୍ତେଜନାର ଫୁଙ୍କାର ତୋଲି ଅଧୀର କମ୍ପନ ସୃଷ୍ଟି କରେ, ମୋର ସମଗ୍ର ଶରୀର ଥିଲା ଶାନ୍ତ ଓ ସ୍ଥିର। ମୁଁ ନିଥର ଦୃଷ୍ଟିରେ ମୋ ଉଦରଭାଗକୁ ରୁହିଁଲି, ମୋ ଚିବୁକ ମୋ ବକ୍ଷ ସହିତ ଚିପି ହୋଇ ରହିଥିଲା, ଯେମିତି ଅବା ଶବାଧାରରେ ରଖା ଯାଇଥିବା ଶବଟିଏ ଶ୍ମଶାନ ଯାତ୍ରାର ପ୍ରସ୍ତୁତି ପୂର୍ବରୁ ନିଜକୁ ଦେଖୁଛି। ରୀତା ଇତିମଧ୍ୟରେ ଆଗେଇ ଆସି ଠିଆ ହୋଇଥାଏ ଶେଯକୁ ଲାଗି, ଲାଗୁଥାଏ ସିଏ ତା ଛଦ୍ମ-ସଦାଢ଼ିରୋ ଚଷମା ପିନ୍ଧା ଦୃଷ୍ଟିରେ ମତେ ତଉଲୁଛି, ଯେମିତି ଅଦୃଷ୍ଟପୂର୍ବ ବସ୍ତୁଟିଏ ଜଣେ ମାପୁଥାଏ ତା ନଜରରେ, ଯଦି ସେହି ଚିଜଟି ମନକୁ ଘେନିଲା ଭଲି ହୋଇଥାଏ। ତାପରେ ମୁଁ ହାତ ବଢ଼ାଇ ତା'ର ଓହଲିଥିବା ହାତକୁ ଧରି ତାକୁ ଆଗକୁ ଭିଡ଼ିଲି, ଯେମିତି ପଘା ଭିଡ଼ାଯାଏ ଏକ ଗୃହପାଲିତ ଜୀବର, ଯିଏ ଅମାନିଆ ବା ଅମଙ୍ଗ ନୁହେଁ, ଖାଲି ଡରକୁଲା ଅଥରଥରା। ମୁଁ ଦେଖିଲି ତା ହାତ ସହ ସମଗ୍ର ଶରୀର ମୋ ତନୁକେନ୍ଦ୍ରକୁ ଭିଡ଼ି ହୋଇ ଆସିଲା। ରୀତା ବର୍ତ୍ତମାନ ଠିଆ ହୋଇଥିଲା ନିଥର ହୋଇ, ତା ଶରୀର ଢଲି ଆସିଥିଲା ମୋ ଉପରକୁ, ତା'ର ପ୍ରସାରିତ ହାତ

ମୋତେ ଆବୋରି ରହିଥିଲା, ତା ଚଷମା କାଚର ବୃତ୍ତାକାର କଳା ଖାରାଧାର ତଳେ ତା'ର ଗଣ୍ଡ ଦିଶୁଥିଲା ସତେଜ ପାଟଳ। ତାପରେ ସେ କହିଲା, ଅଭୁତ ଭାବରେ, ଏକ ଧୀର, ଗଭୀର ସନ୍ତୋଷର ସ୍ୱରରେ, "କି ଘୃଣ୍ୟ, ଅରୁଚିକର !" ଏବଂ ମୁଁ ଆଶ୍ଚର୍ଯ୍ୟ ହୋଇଗଲି; କାରଣ ମୋ ହୃଦୟରେ ବିତୃଷ୍ଣା ଓ ଉତ୍ତେଜନାର ସେଇ ଫେଣ୍ଟାଫେଣ୍ଟି ଅନୁଭୂତିକୁ ବ୍ୟକ୍ତ କରିବା ପାଇଁ ଯଦି ମୁଁ ରୁହେଁ ଥାଆନ୍ତି, ଠିକ୍ ସେଇ ଶବ୍ଦ ମୁଁ ନିଜେ ବ୍ୟବହାର କରି ଥାଆନ୍ତି।

ମୁଁ ଗୋଟିଏ ଗଭୀର ନିଶ୍ୱାସ ଛାଡ଼ିଲି, ଆଉ ପରିଶେଷରେ ତା'ର ମୁହଁକୁ ନ ଅନାଇ କ୍ଷୀଣ ସ୍ୱରରେ ପଚାରିଲି, "ତୁମେ ଏଠିକି ଆସିଥିଲ କାହିଁକି ?"

ସେ କାନ୍ଧ ଟେକିଲା ସେଇ ଭଙ୍ଗୀରେ ଯେମିତିକି ଜଣେଇବା ପାଇଁ ଯେ ସେ ନିଜେ ଜାଣେନାଇଁ ସେ ପ୍ରଶ୍ନର ଉତ୍ତର। ସେ ଭଙ୍ଗୀରେ ଥିଲା ସନ୍ଦେହ ଓ ଉଦାସୀନତା। କିନ୍ତୁ ସେ କିଛି କହିଲା ନାଇଁ; ଲାଗୁଥିଲା ଯେମିତି ସେ କଥା କହିବାକୁ ସକ୍ଷମ ନୁହେଁ। "ମୋ ଟ୍ରାଉଜରରୁ ଦାଗ ଛଡ଼ାଇବା ପାଇଁ ନା ? ତା ହେଲେ ଯାଅ, ଦାଗ ଛଡ଼ାଅ; କୋଉଥିପାଇଁ ଅପେକ୍ଷା କରି ଠିଆ ହୋଇଚ ତୁମେ ?"

ମୁଁ ଦେଖିଲି ସେ ଚମକି ପଡ଼ିଲା, ଯେମିତି ମୁଁ ତା ମୁହଁକୁ ଆଘାତ କରିଛି, ଆଉ ତାପରେ ଅନିଚ୍ଛାର ସହ, ତା ହାତରୁ ମୋ ଆଙ୍ଗୁଠି ଗୁଡ଼ିକୁ ଛଡ଼ାଇଲା ଗୋଟିକ ପରେ ଗୋଟିଏ, ଆଉ ତାପରେ ସେ ମୋ ଦୃଷ୍ଟିପଥରୁ ଅଦୃଶ୍ୟ ହୋଇଗଲା। ମୁଁ ଉପଲବ୍ଧି କଲି ଯେ ସେ ସେହି କକ୍ଷ ମଧ୍ୟରୁ ନିଷ୍କ୍ରାନ୍ତ ହୋଇଯାଇଛି, କାରଣ ଘଡ଼ିକ ପରେ ମୁଁ ଶୁଣିଲି ଦୁଆରର କବାଟ ଖୋଲିବା ଓ ବନ୍ଦ ହେବାର ଶବ୍ଦ। ସେ ଯିବା ବିଷୟରେ ନିଶ୍ଚିତ ହେବାକ୍ଷଣି, ମୁଁ ଖଟ ତଳକୁ ଓହ୍ଲାଇ ପଡ଼ିଲି ଆଉ ଲୁଗା ଆଲମାରୀ ଖୋଲି ପକାଇଲି। ମୁଁ ଆଶା କରିଥିବା ମତେ ରେଶମର ଡ୍ରେସିଂ ଗାଉନ୍, ଯୋଉଟା ପିନ୍ଧି ତଳକୁ ଯିବାପାଇଁ ମାଆ ମତେ ଉପଦେଶ ଦେଇଥିଲେ, ଠିକ୍ ତାରି ପାଖରେ, ଭିୟା ମାର୍ଗ୍ଭାର ଶିକ୍ଷଣଶାଳାରେ ରହିବା ପାଇଁ ଯିବାବେଳେ ସାଙ୍ଗରେ ମୁଁ ନେଇ ଯାଇ ନ ଥିବା ମୋର ଏକମାତ୍ର ସୁଟ୍‌ଟି, ଏକ ସେଲୋଫେନ୍ ବ୍ୟାଗ ଭିତରେ ଓହଲା ଯାଇଥିଲା। ତହିଁ ଥିଲା ମୋର ଦିନର ଜ୍ୟାକେଟ୍ ଆଉ ଟ୍ରାଉଜର। ମୁଁ ଟ୍ରାଉଜର ଖୋଲି ପିନ୍ଧି ପକାଇଲି। ଟ୍ରାଉଜରଟି ମତେ ଠିକ୍ ଭାବରେ ଖାପଉଥିଲା, ଯଦିଚ ଅଣ୍ଟା ପାଖରେ ସେଇଟି ହେଉଥିଲା ସାମାନ୍ୟ ହୁଗୁଲା। ଦଶବର୍ଷ

ତଳେ ମୁଁ ଥିଲି ଅଧିକତର ହୃଷ୍ଟପୁଷ୍ଟ, କାରଣ ମାଆଙ୍କ ଘରେ ଖାଦ୍ୟ ଥିଲା ଅଧିକ ତେଲମସଲାଯୁକ୍ତ ଆଉ ଅଧିକ ପୁଷ୍ଟିକର। କିନ୍ତୁ ବର୍ତ୍ତମାନ ମୁଁ ଯାଉଥିବା ରେଷ୍ଟୋରାଁ ଗୁଡ଼ିକ ଥିଲା ଶସ୍ତା ଓ ନିରାଡ଼ମ୍ବର। ମୁଁ ଦର୍ପଣରେ ନିଜକୁ ଚୁହିଁଲି। ମୋର ଧୂସର ବର୍ଣ୍ଣର ଲିନେନ ଜ୍ୟାକେଟ ଆଉ କଳା ଟ୍ରାଉଜରରେ ମୁଁ ଦିଶୁଥିଲି ଏକ କ୍ଷୀଣବୃତ୍ତି ପରିଚରକ ଭଳି। ଅତି ଧୀରେ ମୁଁ ଦୁଆର ଖୋଲିଲି ଆଉ, ଯେତେବେଳେ ଦେଖିଲି ଯେ କେହି କୋଉଠି ନାହାନ୍ତି, ବ୍ୟସ୍ତ ଭାବରେ ତଳ ମହଲାକୁ ଦୌଡ଼ି ପଳାଇଲି। ସ୍ୱାଗତ କକ୍ଷକୁ ଏଡ଼େଇ ଯାଇ, ଗମା ଦେଇ ମୁଁ ହଲକୁ ଗଲି ଆଉ ମୁଖ୍ୟ ଦ୍ୱାରର ବାହାରକୁ ଚୁଲିଗଲି।

ନୂଆ ଓ ପୁରୁଣା, ଉଭୟ କାର, ସେଇଠି ଘର ଆଗରେ ଠିଆ ହୋଇଥିଲା ପାଖାପାଖି ହୋଇ। ମେଘ ମେଦୁର ଆକାଶ, ଉଦ୍ୟାନର ବୃକ୍ଷ ବୀଥିକା ଆଉ ହର୍ମ୍ୟ ଆଦି ସବୁକିଛି ନୂଆ କାରର ଚିକ୍କଣ ଲାବଣ୍ୟମୟ ଶରୀରରେ ଅସ୍ପଷ୍ଟଭାବରେ ପ୍ରତିଫଳିତ ହେଉଥିଲା। ଅନ୍ୟ ପକ୍ଷରେ ପୁରୁଣା କାର ଦିଶୁଥିଲା ନିଷ୍ପ୍ରଭ ଓ ଅନୁଜ୍ଜ୍ୱଲ। ତା'ର ସେଇ ନିଷ୍ପ୍ରଭତା, ମୋ ଋଣିପତ୍ରର ସମଗ୍ର ପୃଥିବୀକୁ ଆଚ୍ଛନ୍ନ କରି ରଖିଥିବା ନିଃସଙ୍ଗ ଅବସାଦ ଭଳି ନୀରସ, ଆଉ ମୁଁ ଭାବିଲି ଯେ ତାହାହିଁ ମୋର ବେଶି ଆପଣାର। ମୋ ପକେଟ ଖାତାରୁ ମୁଁ କାଗଜଟିଏ ଚିରିଲି ଆଉ ତା ଉପରେ ଲେଖିଲି, "ତୁମକୁ ମୋର ଧନ୍ୟବାଦ। କିନ୍ତୁ ମୁଁ ବରଂ ମୋର ପୁରୁଣା କାରଟି ରଖିବି। ତୁମର ଅତି ଆଦରଣୀୟ ପୁତ୍ର, ଡିନୋ।" ନୂଆ କାରର ଆଗ କାଚର ୱାଇପର ତଳେ, ଯୋଉଠି ପୋଲିସ ସାଧାରଣତଃ ଜୁର୍ମାନା ଟିକଟ ଗୁଞ୍ଜି ଦିଏ, ସେଇଠି ଚିଠିଟିକୁ ରଖିଦେଲି ମୁଁ। ତାପରେ ମୁଁ ମୋ ପୁରୁଣା କାରରେ ବସିଲି, ଇଞ୍ଜିନ ଷ୍ଟାର୍ଟ କଲି, ଆଉ ଗାଡ଼ି ଚଲାଇ ସେଠାରୁ ବାହାରି ଆସିଲି।

———

ଦ୍ୱିତୀୟ ପରିଚ୍ଛେଦ

ଭିୟା ମାର୍ଗୁଭାର ଯେଉଁ ଭବନରେ ମୁଁ ରହୁଥିଲି, ମୋର ଶିଳ୍ପଶାଳାରୁ ତିନିଘର ଛାଡ଼ି ସେଇ ତଳ ମହଲାରେ, ବାଲେସ୍ତ୍ରାୟେରି ନାମଧାରୀ ଜଣେ ବୟସ୍କ ତୈଳିକ ରହୁଥିଲେ । ମୋର ବେଳେବେଳେ ତାଙ୍କ ସାଙ୍ଗରେ ଦେଖାହୁଏ ଆଉ ପଦେଅଧେ କଥାବାର୍ତ୍ତା ମଧ୍ୟ ହୁଏ । କିନ୍ତୁ ମୁଁ ତାଙ୍କୁ ଭେଟିବା ପାଇଁ ତାଙ୍କ ପାଖକୁ ଯାଉ ନ ଥିଲି । ସବୁ କାମୁକ ବ୍ୟକ୍ତିଙ୍କ ଭଳି ବାଲେସ୍ତ୍ରାୟେରି ମଧ୍ୟ ଅନ୍ୟ ପୁରୁଷମାନଙ୍କ ସହ ଅନାଦର ଓ ଅବହେଳାତ୍ମକ ବ୍ୟବହାର କରୁଥିଲେ; ସେ ପୁରୁଷର ବୟସ ବା ଅବସ୍ଥା ଯାହା ହେଉ ନା କାହିଁକି ତା ଭିତରେ ସେ ଏକ ସମ୍ଭାବ୍ୟ ପ୍ରତିଦ୍ୱନ୍ଦୀକୁ ଦେଖୁଥିଲେ । ବାଲେସ୍ତ୍ରାୟେରି ଥିଲେ ଖର୍ବକାୟ । ତାଙ୍କ ଚଉଡ଼ା କାନ୍ଧ ଓ ବିଶାଳ ପାଦ, ତାଙ୍କ କ୍ଷୁଦ୍ର ଶରୀର ସହ ଅସମାନୁପାତିକ ଲାଗୁଥିଲା, ଅଥଚ ସେ ତାକୁ ଘୋଡ଼ାଇବା ପାଇଁ କେବେ ବି ପ୍ରଯତ୍ନ କରୁ ନ ଥିଲେ । ବରଂ, ବଡ଼ ଛକି-ଚିତ୍ରିତ କିନାର ସ୍ପୋର୍ଟ୍ସ ଜ୍ୟାକେଟ ଆଉ ପୁରୁଣା ଫେସନର ମୁନିଆ ଚମଡ଼ା ଯୋତା ପିନ୍ଧି ତାଙ୍କ ଶରୀରର ଏଇ ଅସମତାକୁ ଅଧିକ ଦୃଷ୍ଟି-ଆକର୍ଷକ କରିବା ପାଇଁ ସେ ଚେଷ୍ଟା କରୁଥିଲେ । ତାଙ୍କ ମୁହଁକୁ ଦେଖିଲେ ଲାଗୁଥିଲା ଯେମିତି ତାହା ମୁହଁ ନୁହେଁ, ଉତ୍ସବ ସମୟରେ ଯେଉଁ ମୁଖା ସବୁ ପିନ୍ଧି ଲୋକେ ବୁଲନ୍ତି ସେଇମିତି ଏକ ମୁଖା । କିମ୍ବା ସେ ମୁହଁ ଯେମିତି ରୋମୀୟ କିମ୍ବଦନ୍ତିର ସେଇ କାମାସକ୍ତ ଆରଣ୍ୟକ ଦେବତାର ମୁହଁ ଯିଏ ଅର୍ଦ୍ଧ-ମାନବ ଏବଂ ଅର୍ଦ୍ଧ ଛାଗଲ । ତାଙ୍କ କେଶରାଶି ଥିଲା ରଜତ-ଶୁଭ୍ର, ଦ୍ୱୟ ଥିଲା ଅସ୍ୱାଭାବିକ ଭାବରେ ରକ୍ତାଭ, ଭୁଲତା ଥିଲା ଅଲାତଶିଳା ଭଳି କୃଷ୍ଣବର୍ଣ୍ଣ, ନାସା ଥିଲା ଦୃଷ୍ଟି ଆକର୍ଷକ, ଆସ୍ୟ ଥିଲା ବିଶାଳ ଏବଂ ଚିବୁକ ଥିଲା ଗୋଜିଆ । ତାଙ୍କ ମୁଖର ଅଭିବ୍ୟକ୍ତି ଥିଲା ଅଜ୍ଞାଅଛି ଡାଳ କୁଣ୍ଡେଇ ସୁଲଭ । କିନ୍ତୁ ତା'ର ପ୍ରଚ୍ଛଦରେ ଥିବା ତାଙ୍କ ଅସ୍ୱସ୍ତିଭାବ ସଦାବେଳେ ବାରି ହୋଇ ପଡୁଥାଏ । ଜଣେ ଦିଜଣ ବର୍ଷୀୟାନ ତୈଳିକଙ୍କ ଠାରୁ ମୁଁ ବୁଝିଥିଲି ଯେ ବାଲେସ୍ତ୍ରାୟେରି ଥିଲେ ନିତାନ୍ତ ଯୋନିକାଟ । ଆଉ ସିଏ ତାଙ୍କ ଯୌବନରେ ଚିତ୍ରରଞ୍ଜନ ଏଇଥି ପାଇଁ

ଆରମ୍ଭ କରିଥିଲେ ଯେ ତରୁଣୀ ମାନଙ୍କୁ ସେମାନଙ୍କ ଚିତ୍ର କରିବା ବାହାନାରେ ସେ ତାଙ୍କ ଶିକ୍ଷଶାଳାକୁ ଆସି ପାରିବେ । ପରେ ଅବଶ୍ୟ ଚିତ୍ରରଞ୍ଜନ ଏକପ୍ରକାର ତାଙ୍କର ପ୍ରବୃତ୍ତିରେ ପରିଣତ ହୋଇଥିଲା; କିନ୍ତୁ ଚିତ୍ରରଞ୍ଜନର ଅର୍ଥ ତାଙ୍କ ପାଇଁ ସର୍ବୋପରି ଥିଲା ନାରୀ ମାନଙ୍କର ନଗ୍ନାଟ ଆଲେଖ୍ୟ । ବାଲେସ୍ୱାୟେରିଙ୍କ ଅବସ୍ଥା ସ୍ୱଚ୍ଛଳ ଥିଲା ଏବଂ ଜୀବିକାର୍ଜନ ପାଇଁ ତାଙ୍କୁ ଚିତ୍ରରଞ୍ଜନ ଉପରେ ନିର୍ଭର କରିବାକୁ ପଡ଼ୁ ନ ଥିଲା । ସେ କେବେ ତାଙ୍କ ଅଙ୍କିତ ୫୍କର୍ରୀକ ମାନଙ୍କର ପ୍ରଦର୍ଶନୀ କରାଉ ନ ଥିଲେ । ଗୋଟିଏ ପ୍ରକାରେ କହିଲେ, ସେ କେବଳ ନିଜ ଖୁସି ପାଇଁ ହିଁ ରଙ୍ଗସାଜୀ କରୁଥିଲେ । ଆପଣା ଅଙ୍କିତ ୫୍କର୍ରୀକ ପ୍ରତି ସେ ଏତେ ପରିମାଣରେ ଆସକ୍ତ ଥିଲେ ଯେ, ଯଦି ଦୈବାତ୍‌ କାହାକୁ ଚିତ୍ରଟିଏ ଉପହାର ଦେବାକୁ ସ୍ଥିର କରୁଥିଲେ, ସେ ସେଇ ୫୍କର୍ରୀକର ପ୍ରତିଲିପିଟିଏ କରୁଥିଲେ ଏବଂ ମୂଳଚିତ୍ର ବଦଳରେ ନକଲଟି ଦେଉଥିଲେ । ରଙ୍ଗସାଜୀର ଗୁଣାମ୍ୟକ ମାନ ଦୃଷ୍ଟିରୁ ବିଚାର କଲେ, ତାଙ୍କ ବନ୍ଧୁମାନେ ଏ ବିଷୟରେ ଏକମତ ଥିଲେ ଯେ, ସେ ଥିଲେ ଜଣେ ଅତ୍ୟନ୍ତ ନିକୃଷ୍ଟ ତୈଳିକ ।

ଥରେ ଦୁଇଥର କୌତୂହଲ ପ୍ରଚୋଦନାରେ ପ୍ରାଙ୍ଗଣର ବାତାୟନ ମଧ୍ୟ ଦେଇ ମୁଁ ବାଲେସ୍ୱାୟେରିଙ୍କ ଅଙ୍କିତ ୫୍କର୍ରୀକ ଗୁଡ଼ିକ ପ୍ରତି କଟାକ୍ଷପାତ କରିବାକୁ ଚେଷ୍ଟା କରିଥିଲି । ମତେ ଦୃଶ୍ୟ ହେଲା ଅଙ୍କ କେତୋଟି ବିଶାଳ କୃଷ୍ଣାଭ କାନଭାସ; ତଦୋପରି ଅସ୍ପଷ୍ଟ ଭାବରେ ପ୍ରତିଭାତ ହେଉଥିଲା ବିରାଟ ବିରାଟ ନଗ୍ନାଟ ଚିତ୍ର । ଚିତ୍ରରେ ଲଳନାମାନଙ୍କର ପୀନ ଅଙ୍ଗାକୃତି ଥିଲା ଅବାସ୍ତବଭାବେ ଅତିରଞ୍ଜିତ ।

ବାଲେସ୍ୱାୟେରିଙ୍କ ଶିକ୍ଷଶାଳାକୁ ବହୁ ନାରୀଙ୍କର ଅବିରତ ଯାତାୟାତ ଲାଗି ରହିଥାଏ । ମୋର ବିଶାଳ ଗବାକ୍ଷ ଦେଇ ମୁଁ ଦେଖ ପାରୁଥିଲି ସେମାନେ କିଭଳି ଅଗଣା ପାର ହୋଇ ଗମା ମଧ୍ୟକୁ ଖୋଲିଥିବା ଦ୍ୱାର ମଧ୍ୟ ଦେଇ ଅଦୃଶ୍ୟ ହୋଇ ଯାଉଥିଲେ । ମୁଁ ଜାଣିଥିଲି ବାଲେସ୍ୱାୟେରିଙ୍କୁ ହିଁ ସେମାନେ ଦେଖା କରିବାକୁ ଯାଉଥିଲେ, କାରଣ ତାଙ୍କ ସ୍ଟୁଡିଓ ବ୍ୟତୀତ ସେଠାରେ ଥିବା ଅନ୍ୟ ଦୁଇଟି ଶିକ୍ଷଶାଳାରେ ଦୁଇଜଣ ତୈଳିକ ନିଜ ନିଜର ପରିବାର ସହ ବାସ କରୁଥିଲେ ଏବଂ ସେମାନେ କେବେ ମଧ୍ୟ ଚିତ୍ରରଞ୍ଜନ ପାଇଁ ମଡେଲ ବା ଚିତ୍ରନମୁନା ମାନଙ୍କୁ ବ୍ୟବହାର କରୁ ନ ଥିଲେ । କାରଣ, ସେମାନେ ବିମୂର୍ତ୍ତ ତୈଳିକତା ଆଧାରରେ ଚିତ୍ରରଞ୍ଜନ କରୁଥିଲେ । ବାଲେସ୍ୱାୟେରିଙ୍କ ନିକଟକୁ ଆସୁଥିବା ପ୍ରମଦାଗଣ ଥିଲେ

ତାଙ୍କ ରୁଚିର ବିବିଧତାର ପରିଚୟକ। ସେମାନେ ଥିଲେ ବିଭିନ୍ନ ବୟସର ଅର୍ଥାତ୍‍ ତରୁଣୀରୁ ମଧ୍ୟବୟସ୍କା ପର୍ଯ୍ୟନ୍ତ, ଏବଂ ବିଭିନ୍ନ ସାମାଜିକ ସ୍ତରର, ଅର୍ଥାତ୍‍ କର୍ମଜୀବୀରୁ ସମ୍ଭ୍ରାନ୍ତ ପର୍ଯ୍ୟନ୍ତ। ସେମାନଙ୍କ ମଧ୍ୟରେ ଉଚ୍ଚା ଓ ଅନୁଚ୍ଚା, ଗୋରୀ ଓ କାଳୀ, କ୍ଷୀଣା ଓ ସ୍ଥୁଳା, ଖର୍ବା ଓ ଦୀର୍ଘା ସବୁ ପ୍ରକାରର ଲଳନା ଥିଲେ। ଏହା ସ୍ପଷ୍ଟ ଥିଲା ଯେ ସବୁ ଡନ୍‍ ଜୁଆନଙ୍କ ଭଳି ବାଲେସ୍ତ୍ରାୟେରି ମଧ୍ୟ ଯୌନ ବ୍ୟାପାରରେ ବିଶେଷ ମାର୍ଜିତ ଓ ରୁଚିସମ୍ପନ୍ନ ନ ଥିଲେ; ତାଙ୍କ ରୁଚି ସୂକ୍ଷ୍ମ ବିରସବୋଧ ପ୍ରଚୋଦିତ ନ ଥିଲା। ତାଙ୍କ ଯୌନ ସଂସର୍ଗ ସମ୍ପର୍କରେ ଏତିକି କୁହାଯାଇପାରେ ଯେ, ସେ ଗୁଣାତ୍ମକ ମାନ ଅପେକ୍ଷା ପରିମାଣଗତ ମାତ୍ରା ଉପରେ ବେଶୀ ଗୁରୁତ୍ୱ ଦେଉଥିଲେ। ବାଲେସ୍ତ୍ରାୟେରି କୌଣସି ଏକ ନିର୍ଦ୍ଦିଷ୍ଟ ନାରୀ ସହିତ ନିଘନ ସଂସ୍ରବରେ ରହିବା ଥିଲା ଏକ ବିରଳ ଘଟଣା। ଅର୍ଥାତ୍‍ କୌଣସି ନିର୍ଦ୍ଦିଷ୍ଟ ଲଳନା ସହ ତାଙ୍କର ପ୍ରଣୟ ଦୀର୍ଘସ୍ଥାୟୀ ରହୁ ନ ଥିଲା। ଆଉ ଯଦି ବି ସେ ସମ୍ପର୍କ କିଛି ପରିମାଣରେ ସ୍ଥାୟିତ୍ୱ ଅର୍ଜନ କରୁଥିଲା, ତାହା ତାଙ୍କର ଅନ୍ୟାନ୍ୟ ଗୁରୁତ୍ୱହୀନ ଯୌନ–ଅଭିଯାନ ଗୁଡ଼ିକୁ ପ୍ରଭାବିତ କରୁ ନ ଥିଲା। ବିଶେଷତଃ ମୁଁ ଭିୟା ମାର୍ଗୁଭାରେ ରହିବାର ପ୍ରଥମ କେଇ ବର୍ଷ, ବାଲେସ୍ତ୍ରାୟେରିଙ୍କ ରୂପରଙ୍ଗ ଓ ଜୀବନଶୈଳୀ ମତେ ଏତେ ବେଶୀ କୌତୁହଳୀ କରି ଦେଇଥିଲା ଯେ ତାଙ୍କ ବିଷୟରେ ମୁଁ କେତେକାଂଶରେ ଏକ ଗୁପ୍ତ ଅନୁସନ୍ଧାନ ଚଲାଇଥିଲି। ମୁଁ ବାସ୍ତବରେ ତାଙ୍କ ପାଖକୁ ବୁଲି ଆସୁଥିବା ନାରୀମାନଙ୍କ ସମ୍ପର୍କରେ ପରିସାଂଖ୍ୟନିକ ତଥ୍ୟ ସଂଗ୍ରହ କରିଥିଲି; ପ୍ରତିମାସ ହାରାହାରି ପାଞ୍ଚଜଣ ଭିନ୍ନ ଭିନ୍ନ ନାରୀ ତାଙ୍କ ପାଖକୁ ଆସୁଥିଲେ ଅର୍ଥାତ୍‍ ପ୍ରତି ଛଅ ଦିନରେ ଜଣେ ନବ ପ୍ରମଦା; ଆଉ ମୁଁ ଦେଖିଲି ଯେ ପ୍ରତିଦିନ ହାରାହାରି ଦୁଇଟି ଲଳନା ତାଙ୍କ ପାଖକୁ ଆସୁଥିଲେ। ମୁଁ ଯେତେବେଳେ ବାଲେସ୍ତ୍ରାୟେରିଙ୍କୁ ପ୍ରଥମ ଥର ପାଇଁ ଦେଖିଲି ସେତେବେଳେ ତାଙ୍କର ବୟସ ହୋଇଥିଲା ପଞ୍ଚାବନ। ସମ୍ପ୍ରତି, କାହାଣୀର ବର୍ଣ୍ଣନା କରି ମୁଁ ଏହି ପୁସ୍ତକ ଲେଖିଲା ବେଳକୁ, ତାଙ୍କ ବୟସ ପଞ୍ଚଷଠି। ତଥାପି ଏହି ଦଶବର୍ଷ ମଧ୍ୟରେ ତାଙ୍କ ଜୀବନଶୈଳୀର କୌଣସି ପରିବର୍ତ୍ତନ ମୁଁ ଦେଖିପାରି ନ ଥିଲି। ତାଙ୍କ ପାଖକୁ ଆସୁଥିବା ନାରୀମାନଙ୍କ ସଂଖ୍ୟା ସବୁବେଳେ ସମାନ ଥିଲା; ସତେ ଯେମିତି ଏଇ ଯୌନ ବ୍ୟାପାରରେ ସମୟ ତାଙ୍କ ପାଇଁ ସ୍ତବ୍ଧ ହୋଇ ଅଟକି ଯାଇଥିଲା।

କିନ୍ତୁ, ସଠିକ୍ ଭାବରେ କହିଲେ, ସାମାନ୍ୟ କିଛି ପରିବର୍ତ୍ତନ ଘଟିଥିଲା, ହେଲେ ତାହା ଜଣେ ଆଶା କରିବା ମତେ ଲାଲନିକ ସମାଗମର ସଂଖ୍ୟା ହ୍ରାସ ଘଟିବା ଜନିତ ପରିବର୍ତ୍ତନ ନୁହେଁ। ବରଂ ତାହାର ବିପରୀତରେ ତାଙ୍କୁ ଭେଟିବାକୁ ଆସୁଥିବା ଲଲନା ମାନଙ୍କ ସଂଖ୍ୟାରେ ବୃଦ୍ଧି ହିଁ ଘଟିଥିଲା। ମୋ ହିସାବରେ ବାଲେସ୍ଟାଏରିଙ୍କ ରତିରଭସ ଥିଲା ଏକ ଆଗ୍ନେୟଗିରି ସହିତ ତୁଳନୀୟ, ଯିଏ କି ଅବିଚ୍ଛିନ୍ନ କିନ୍ତୁ ନିଃଶବ୍ଦ ଭାବରେ ତା'ର କାର୍ଯ୍ୟ କରି ଯାଇଥିଲା। ବାସ୍ତବରେ ତାଙ୍କୁ ତେଷଠି ବର୍ଷ ହେଲା ବେଳକୁ ଏ କ୍ରିୟାକଳାପ ଏପରି ଏକ ସ୍ତରରେ ପହଞ୍ଚିଲା ଯାହାକୁ ବିସ୍ଫୋରକ ହିଁ କୁହାଯିବ। ଯେଉଁ ତରୁଣୀମାନେ ପ୍ରାଙ୍ଗଣ ଅତିକ୍ରମ କରି ବାଲେସ୍ଟାଏରିଙ୍କ କବାଟ ଖଡ଼ଖଡ଼ କରୁଥିଲେ ତାଙ୍କ ସଂଖ୍ୟାରେ ବୃଦ୍ଧି ତ ଘଟିଥିଲା, ପୁନଶ୍ଚ ମୁଁ ଲକ୍ଷ୍ୟ କଲି ଯେ ପ୍ରାୟ ସେମାନେ ସମସ୍ତେ ଥିଲେ ଅଳ୍ପବୟସ୍କା କିଶୋରୀ। ସବୁ ନଷ୍ଟ, ଦୁଶ୍ଚରିତ୍ର ଲୋକଙ୍କ ଭଳି ବାଲେସ୍ଟାଏରି ମଧ୍ୟ ବୟସ ବଢ଼ିବା ସହିତ କିଶୋରୀମାନଙ୍କ ପ୍ରତି ଅଧିକ ଆକୃଷ୍ଟ ହୋଇଥିଲେ। ତାଙ୍କ ଯୌନଜୀବନର ଏହି ଯେଉଁ ପ୍ରଚଣ୍ଡ ଉନ୍ମାଦନା ବିଷୟରେ ମୁଁ କହୁଥିଲି, ସେ ସମ୍ପର୍କରେ ଏହା କହିବାଟା ଅଧିକ ଠିକ୍ ହେବ ଯେ, ସମ୍ଭବତଃ ଏହା ତାଙ୍କର ଅଚେତନ ନିବନ୍ଧନରେ ପରିଣତ ହୋଇଥିଲା; ଯାହାଦ୍ୱାରା କି ସେ ଅନ୍ୟ ସମସ୍ତଙ୍କୁ ଛାଡ଼ି ନାରୀତ୍ୱର ସେଇ ନିର୍ଦ୍ଦିଷ୍ଟ ପ୍ରତିରୂପ ପ୍ରତି ଆସକ୍ତ ହୋଇ ପଡିଥିଲେ। ବାସ୍ତବିକ, ବାଲେସ୍ଟାଏରି ନିଜେ ଏକଥା ହୃଦୟଙ୍ଗମ ନ କଲେ ମଧ୍ୟ ତାଙ୍କ ଡନ୍ ଜୁଆନ ଜୀବନ ଶେଷ ହେଇ ଆସୁଥିଲା। ପୂର୍ବରୁ ମୁଁ କହିଥିବା ମତେ, ସେ ଥିଲେ ଡନ ଜୁଆନଙ୍କ ଭଳି ବିବିଧ ଯୌନାନୁଭୂତିର ସଂଗ୍ରହରେ ବ୍ରତୀ। କିନ୍ତୁ ବର୍ତ୍ତମାନ ପ୍ରଥମ ଥର ପାଇଁ ସିଏ ଗୋଟିଏ ନିର୍ଦ୍ଦିଷ୍ଟ ଲାଲନିକ ଛାଞ୍ଚ ପ୍ରତି ଆସକ୍ତ ହୋଇ ପଡିବା ଭଳି ଜଣା ପଡ଼ୁଥିଲେ, ଅର୍ଥାତ ମାନସିକ ଭାବରେ ଏକ ନିର୍ଦ୍ଦିଷ୍ଟ ଲଲନା ପ୍ରତି ସିଏ ବିଶ୍ୱସ୍ତ ହେବାକୁ ଚେଷ୍ଟା କରୁଥିଲେ। ପ୍ରଭୂତ ସଂଖ୍ୟାରେ ଆସୁଥିବା, ପ୍ରାୟ ସମବୟସ୍କ ଏଇ ଲଲନା ମାନଙ୍କ ସହ ବାଲେସ୍ଟାଏରିଙ୍କ ସମ୍ପର୍କ, ବାରମ୍ବାର ପୁନରାବୃଭ ଏକ ନିର୍ଦ୍ଦିଷ୍ଟ ଢାଞ୍ଚାର ପରୀକ୍ଷଣ ବ୍ୟତୀତ ଅନ୍ୟ କିଛି ନ ଥିଲା। ଏହି ପରୀକ୍ଷଣର ପୁନରାବୃଭି ଦ୍ୱାରା ଧୀରେ ଧୀରେ ସେଇ ନିର୍ଦ୍ଦିଷ୍ଟ ଲଲନାଟି ରୂପ ପରିଗ୍ରହଣ କରୁଥିଲା, ଅନିର୍ଦ୍ଦିଷ୍ଟ ଅପରିପକ୍ୱ ପ୍ରଚେଷ୍ଟା ମଧରୁ ଜନ୍ମ ନେଉଥିଲା ଏକ ପରିକଳ୍ପିତ ଆଦର୍ଶ, ଯାହା ଦିନେ

ରକ୍ତମାଂସର ରୂପ ନେଇ ଠିଆ ହେବ । ଏବଂ ବାସ୍ତବିକ ଦିନେ ହଠାତ୍, ବାଲେସ୍ତ୍ରୀୟେରିଙ୍କ ଶିକ୍ଷଶାଳାକୁ କିଶୋରୀମାନଙ୍କ ଅଭିସାରର ସ୍ରୋତଟି ବନ୍ଦ ହୋଇଗଲା । ତା ସ୍ଥାନରେ ଦେଖା ଦେଲା ଏକ ନିର୍ଦିଷ୍ଟ ଲାଳନିକ ଅଭ୍ୟାଗତ, ଯାହାପାଇଁ ସ୍ୱଷ୍ଟତଃ ପୂର୍ବର କିଶୋରୀମାନେ ପଥ ପ୍ରଶସ୍ତ କରି ଦେଇଥିଲେ ଏବଂ ସିଏ ଥିଲା ଏଇ ସମସ୍ତଙ୍କର ଏକ ହାରାହାରି ପ୍ରତିକୃତି ।

ବେଶ୍ ଧାନର ସହ ଝିଅଟିକୁ ଲକ୍ଷ୍ୟ କରିବାକୁ ମୁଁ ସକ୍ଷମ ହୋଇଥିଲି, ଖାସ୍ ଏଇଥିପାଇଁ ଯେ, ମୁଁ ତାକୁ ଯେବେ ବି ରୁହେଁ ସେତେବେଲକୁ ସେ ମୋତେ ଗଭୀର ଭାବେ ନିରୀକ୍ଷଣ କରୁଥାଏ । ସେ ସବୁବେଲେ ଆଧୁନିକ ଫେସନରେ ଅଳ୍ପବୟସ୍କା ବାଲେ ନର୍ଢକୀ ଭଲି ପୋଷାକ ପିନ୍ଧୁଥିଲା । ପଫ୍ ହାତର ପତଲା ବ୍ଲାଉଜ ସହିତ ଏକ ଅତି କ୍ଷୁଦ୍ର, ପ୍ରସାରିତ ସ୍କାର୍ଟ, ଯାହାକି ସମ୍ଭବତଃ କାଠି ବା ପରର ଆଶ୍ରୟରେ ସ୍ଫୀତ ହୋଇ ରହିଥାଏ, ତାହା ଥିଲା ତା'ର ନିୟମିତ ପୋଷାକ । ସେଇ ଘାଘରାରେ କିଶୋରୀଟି ତଲମୁହାଁ ହୋଇ ଓଲଟା ରଖାଯାଇଥିବା ଫୁଲଟିଏ ପରି ଲାଗୁଥିଲା । ଝଲିଲାବେଲେ ସେ ଲାଗୁଥିଲା ଯେପରିକି ଗୋଟିଏ ପୁଷ୍ପର କମ୍ର, କୁଟିଲ ସ୍ୱସ୍ଥଲ କେବଲ କେଶରଦଣ୍ଡ ଆଶ୍ରୟରେ ଆଦୋଲିତ ହୋଇ ଆଗେଇ ଯାଉଛି । ତା'ର ମୁଖ ଥିଲା ସୁଗୋଲ ଏବଂ ଶିଶୁସୁଲଭ । କିନ୍ତୁ ଲାଗୁଥିଲା ଶିଶୁଟି ଯେମିତି ଅବୟସରେ ଚଞ୍ଚଲିଆ ହେଇ ବଢ଼ ହୋଇ ଯାଇଛି ଆଉ ସେଇ ଅକାଲପକ୍ କନ୍ୟାକୁ କିଏ ନାରୀତ୍ୱର ସ୍ନାତକବ୍ରତୀ କରାଇ ଦେଇଛି । ସେ ଶେଥା ଦିଶୁଥିଲା; ତା'ର ହନୁହାଢର ସାମାନ୍ୟ ଆଭାରେ ତା'ର ଗଣ୍ଡଦେଶ ଅବତଲ ବୋଧ ହେଉଥିଲା । ଏକ କୃଷ୍ଣ–ଧୂସର କୁଞ୍ଚିତ କେଶଦାମ ତା'ର ମୁଖମଣ୍ଡଲକୁ ଘେରି ରହିଥିଲା । ତା'ର କ୍ଷୁଦ୍ର ଆସ୍ୟ ଥିଲା ଆକାର ଓ ଅଭିବ୍ୟକ୍ତିରେ ଶିଶୁସୁଲଭ । ତାହା ସ୍ମରଣ କରାଇ ଦେଉଥିଲା ଅକାଲରେ ମଉଲି ଯାଇଥିବା ଏକ କଲିକାର, ଯିଏ ଉନ୍ମୀଲିତ ନହୋଇ ମଧ ବୃନ୍ତରେ ଲାଖି ରହିଛି । ତା'ର ଅଧରର ଦୁଇ କୋଣରେ ଥିଲା ଦୁଇଟି ପତଲା ବଲିରେଖା । ତାହା ବିଶେଷ ଭାବରେ ମୋର ଦୃଷ୍ଟି ଆକର୍ଷଣ କରିଥିଲା, କାରଣ ତାହା ତା'ର ଅଭିବ୍ୟକ୍ତିରେ ଏକ ତୀବ୍ର ଅନାଗ୍ରହ ଓ ନିଷ୍ପୃହାର ଛାପ ଆଣି ଦେଉଥିଲା । ତା'ର ଦୀର୍ଘାକାର ଓ କୃଷ୍ଣ ନୟନ ଯୁଗଲ ଥିଲା ତା ଚେହେରାର ସବୁଠାରୁ ରମଣୀୟ ବୈଶିଷ୍ଟ୍ୟ । ଉନ୍ନତ ଲଲାଟ ତଲେ ସେଇ ନୟନ ଥିଲା ଆକାରରେ

ଶିଶୁସୁଲଭ; କିନ୍ତୁ ତା'ର ଦୃଷ୍ଟି ଥିଲା ଅବର୍ଣ୍ଣନୀୟ ଭାବେ ବିଦୂର, ପରୋକ୍ଷ ଓ ଚଞ୍ଚଳ। ସେଥିରେ ନ ଥିଲା କୁମାରୀ-ସୁଲଭ ନିରୀହତା।

ବାଲେସ୍ୱାୟେରିଙ୍କ ଲାଳନିକ ଅଭ୍ୟାଗତମାନେ ପ୍ରାୟ ସିଧା ସିଧା ନତମୁଖରେ ତାଙ୍କ ଶିକ୍ଷଶାଳାକୁ ଝୁଲି ଯାଆନ୍ତି। କିନ୍ତୁ ଏଇ କିଶୋରୀ ଥିଲା ଭିନ୍ନ ଧରଣର। ସିଏ ପ୍ରାଙ୍ଗଣ ଅତିକ୍ରମ କରୁଥିଲା ଏକ ମପାରୂପା ଧୀର ମନ୍ଥର ଗତିରେ। ତା'ର ନିତମ୍ବର ଅଳସ ଛନ୍ଦ ଆଉ ଚିନ୍ତାମଗ୍ନ ପଦକ୍ଷେପ ଦେଖିଲେ ଲାଗୁଥିଲା ଯେମିତି ସିଏ କେବଳ ଭିଡ଼ା ହୋଇ ଝୁଲିଛି। ଅଥଚ ବାଲେସ୍ୱାୟେରିଙ୍କ ପାଖକୁ ଅନିଚ୍ଛାକୃତ ଭାବରେ ଯେ ସେ ଯାଉଛି, ତାକୁ ଦେଖିଲେ ଏ କଥା ମନେ ହେଉ ନ ଥିଲା, ବରଂ ଲାଗୁଥିଲା ଯେମିତି ଗମ୍ୟମାନ ଅବସ୍ଥାରେ ହିଁ ସେ କିଛି ଖୋଜି ଝୁଲିଛି ଯାହାର ବ୍ୟାଖ୍ୟା ସେ ନିଜେ ମଧ ଜାଣେନା। ଆଉ ପ୍ରାୟ ସର୍ବଦା ହିଁ, ପ୍ରାଙ୍ଗଣ ଅତିକ୍ରମ କରୁଥିବା ଅବସ୍ଥାରେ ସେ ମୁଣ୍ଡ ଟେକି ମୋ ସ୍ଟୁଡିଓ ଆଡ଼କୁ ଝୁଁଥିଲା। ଯଦି ମୁଁ ଝରକାର କାଚ ଉହାଡ଼ରୁ ଦିଶୁଥାଏ ତ, ସେ ମତେ ରହିଁବା ସହିତ ସାମାନ୍ୟ ହସି ଦିଏ। ଅବଶ୍ୟ ପ୍ରାୟ ସଦାସର୍ବଦା ତାହା ହିଁ ହୁଏ, କାରଣ ମୋ ଚିତ୍ରାଧାରଟି ଥାଏ ବାତାୟନର ପାର୍ଶ୍ୱରେ। ପ୍ରଥମେ କିଛି କାଳ ମୁଁ ଏହି ସ୍ମିତ ସମ୍ବନ୍ଧରେ ସନ୍ଦିହାନ ଥିଲି, କାରଣ ଏହା ଏତେ ଈଷତ ଥିଲା ଯେ ତାହା ଇଚ୍ଛାକୃତ କି ନୁହେଁ ଜାଣିବା କଷ୍ଟକର ଥିଲା। କିନ୍ତୁ ପରେ ଗମା ମଧ ଦେଇ ଯିବାବେଳେ ମୁଁ ତା ସହିତ ଯେବେ ହଠାତ୍ ମୁହାଁମୁହିଁ ହୁଏ, ମୁଁ ବିଶ୍ୱାସ କରିବାକୁ ବାଧ୍ୟ ହେଲି ଯେ ତା'ର ସେଇ ସ୍ମିତହାସ ଥିଲା ବିଶେଷ ଅର୍ଥ ବିଜଡ଼ିତ ଏକ ସ୍ୱତନ୍ତ୍ର ବିହସନ!

ତା'ର ଏଇ ନୀରବ ଆମନ୍ତ୍ରଣ ମୋ ଭିତରେ ବିତୃଷ୍ଣାର ଏକ ଅସ୍ୱସ୍ତ ଅନୁଭବ ସୃଷ୍ଟି କଲା, ଯାହାକୁ ବୁଝାଇବା ପାଇଁ ମୁଁ ଚେଷ୍ଟା କରିବି। ପ୍ରଥମତଃ, ଯେତେବେଳେ ଝିଅଟିଏ ଉପରେ ପଡ଼ି ଯୌନ-ନିମନ୍ତ୍ରଣ ଦିଏ, ମତେ ସେଭଳି ଧରଣର ଦୁଃସାହସ ପ୍ରୀତିପ୍ରଦ ଲାଗେ ନାଇଁ; ଯାହା କି ଏ କ୍ଷେତ୍ରରେ ଘଟିଥିଲା। ତେଣୁ ବାସ୍ତବରେ, ସେହି ସତତ ସ୍ମିତହାସ ହିଁ, ମୋତେ ତା'ର ସେହି ଦରହାସକୁ ନ ଦେଖିଲା ଭଳି ଛଳନା କରିବାକୁ ଏବଂ ତା'ର ସ୍ମିତହାସର ଉତ୍ତରରେ ପ୍ରତିହାସ ନ ଦେବାକୁ ମୋ ଭିତରେ ଏକ ବିଦ୍ୱେଷର ସଞ୍ଚାର କଲା। ଦ୍ୱିତୀୟତଃ, ଝିଅଟି ମତେ ଆକୃଷ୍ଟ କରୁ ନ ଥିଲା। ଅପରିପକ୍ୱ କିଶୋରୀମାନଙ୍କ ସହ ମୈଥୁନ ମତେ

ଅଭୋଗ୍ୟ ଲାଗେ । ଆଉ ଏହି କିଶୋରୀଟିର ବୟସ ସତରରୁ ଅଧିକ ହେବ ନାହିଁ; ବରଂ ତା'ର ପତଳା ଶରୀର ଓ ଶିଶୁସୁଲଭ ମୁଖ ଯୋଗୁଁ ସେ ଲାଗୁଥିଲା ପଦରରୁ କମ ବୟସ ଭଳି । ପରିଶେଷରେ ଏଇଟି ତୃତୀୟ କାରଣ, ଯାହାକି ଅଧିକତର ଯଥାର୍ଥ, ଯଦିଚ ଏହା ଅସ୍ପଷ୍ଟ ଏବଂ ଆଉଜଣକୁ ବୁଝାଇବା ସହଜ ନୁହେଁ । କାରଣଟି ହେଲା ଯେ ମୁଁ ଯେତେବେଳେ ସେ କିଶୋରୀଟିର ସନ୍ନିକଟବର୍ତୀ ହେବାର, ତା ସହିତ ବାର୍ତ୍ତାଲାପ କରିବାର ଆଉ ଏସବୁର ଅଭିନ୍ନ ପରିଣତିରେ ତା ସହିତ ମୈଥୁନ କରିବାର କଳ୍ପନା କରୁଥିଲି, ମୋ ଭିତରେ ଏକ ନ୍ୟକ୍କାର ସୃଷ୍ଟି ହେଉଥିଲା । ଏହି ନ୍ୟକ୍କାରାନୁଭୂତି ସେଇ କିଶୋରୀ ଶରୀର ପ୍ରତି ମୋର ପ୍ରତ୍ୟକ୍ଷ ନିଗ୍ରହରୁ ସୃଷ୍ଟି ହୋଇ ନଥିଲା; ଏହା ସତ ଯେ ସେଇ କିଶୋରୀଟି ମତେ ଆକୃଷ୍ଟ କରୁ ନ ଥିଲା, କିନ୍ତୁ ବାସ୍ତବରେ ତା ପ୍ରତି ବିତୃଷ୍ଣା ମଧ ମୁଁ ଅନୁଭବ କରୁ ନ ଥିଲି । ମୋର ଏଇ ଆସିବାର କାରଣ ଥିଲା, ମୁଁ ତା'ର ଆମନ୍ତ୍ରଣ ଗ୍ରହଣ କରିବା ଦ୍ୱାରା ତା ସହିତ ବିଜଡିତ ହେବାର କାଳ୍ପନିକ ଚିତ୍ର । ମୁଁ ଭାବୁଥିଲି ଯେ ଏହା ସେହି ସମାନ ନେକାର, ଯାହା ଅଜଣା ଅସ୍ପଷ୍ଟ ବାସ୍ତବତାର ଦେହଲୀରେ ପ୍ରଥମ ପଦପାତ ସହିତ ଆସିଥାଏ; ଅଥବା ସରଳ ଭାବରେ କହିଲେ, ଦୀର୍ଘ ସମୟ ଧରି ବାସ୍ତବତାର ସମ୍ମୁଖୀନ ହେବାରେ ଅନଭ୍ୟସ୍ତ ବ୍ୟକ୍ତି ନିଚ୍ଛକ ବାସ୍ତବତାର ମୁହାଁମୁହିଁ ହେଲେ ଯେଉଁ ଅସ୍ୱସ୍ତି ଅନୁଭବ କରିଥାଏ, ମୁଁ ସେଇଭଳି କିଛି ଅନୁଭବ କରୁଥିଲି । ଏହି ଅନୁଭୂତିରେ ଘୃଣା ଏବଂ ଭୟ ଫେଣ୍ଡାଫେଣ୍ଡି ହୋଇ ରହିଥିଲା; ଏବଂ ମୋର ମନୋଭାବରେ ମୁଁ ସ୍ୱୟଂ ଆଶ୍ଚର୍ଯ୍ୟ ଅନୁଭବ କରୁଥିଲି । କାରଣ ପିଲାଳିଆ ଓ ଅକିଞ୍ଚନ ମନେ ହେଉଥିବା ସେଇ ଛାର ଝିଅଟି ପାଇଁ ମୋର ଏଭଳି ମନୋଭାବ ମୋତେ ଯଥାର୍ଥ ଲାଗୁ ନ ଥିଲା ।

କିନ୍ତୁ ଯେତେବେଳେ ଜଣେ ବୋରିୟାତୁର, କୌଣସି ବିଷୟରେ ଅବିଚ୍ଛିନ୍ନ ଭାବରେ କିଛି ଚିନ୍ତା କରିବା ତା ପକ୍ଷରେ ସମ୍ଭବ ହୁଏ ନାହିଁ । ବୋରିୟାତ ମୋର ପାଇଁ ଥିଲା ଏକପ୍ରକାର କୁହେଲୀ, ଯାହା ମଧରେ ମୋର ଚିନ୍ତା ଅବିରତ ଭାବରେ ପଥହରା ହେଉଥାଏ । ଆଉ ସେଇ ପଥ ହରାଇବାର ନିର୍ଦ୍ଦିଷ୍ଟ ମଧ୍ୟାନ୍ତର ମାନଙ୍କ ମଧରେ କେତେବେଳେ କେମିତି ବାସ୍ତବତାକୁ ପ୍ରତ୍ୟକ୍ଷ କରିବା ସମ୍ଭବପର ହୋଇଥାଏ, ଯେମିତି ଘନ କୁୟାଶା ମଧରେ ଲୋକଟିଏ ହଠାତ୍ ଦେଖେ ଘରର

ଗୋଟିଏ କୋଣ, ତାପରେ ହୁଏତ ଏକ ପଥଯାତ୍ରୀର ରୂପରେଖ, ପୁଣି ହୁଏତ ଦେଖାଯାଏ ଅନ୍ୟ କୌଣସି ପଦାର୍ଥ, କିନ୍ତୁ ସେସବୁ ଦିଶେ ନିମିଷକ ପାଇଁ ଆଉ ପରକ୍ଷଣରେ ସେସବୁ ଉଭେଇ ଯାଏ। ବୋରିୟାତର ସେଇ କୁହେଲୀ ମଧରେ ହୁଏତ ସେଇ କିଶୋରୀ ଆଉ ବାଲେସ୍ଥାୟେରିଙ୍କର କିଞ୍ଚିତ ଝଲକ ମତେ ପରିଦୃଷ୍ଟ ହୋଇଥିଲା। କିନ୍ତୁ ମୁଁ ସେଥିପ୍ରତି କିଛି ଗୁରୁତ୍ୱ ପ୍ରଦାନ କରି ନ ଥିଲି କାରଣ ମୋର ଧ୍ୟାନ ଓ ଦୃଷ୍ଟିରୁ ସେମାନେ ବାରମ୍ବାର ଅନ୍ତର୍ହିତ ହୋଇ ଯାଉଥିଲେ। ଏବଂ ଏଭଳି ଘଟୁଥିଲା ଯେ ସପ୍ତାହ ସପ୍ତାହ ଧରି ମୁଁ ସେ ଉଭୟଙ୍କ ଉପସ୍ଥିତି ବିଷୟରେ ଭୁଲି ଯାଉଥିଲି ଯଦିଚ ସେ ଦୁହେଁ ମୋଠାରୁ ଅଳ୍ପ କେତେ ପାହୁଣ୍ଡ ଦୂରରେ ଥିବା ଷ୍ଟୁଡିଓରେ ମୈଥୁନଲିପ୍ତ ରହୁଥିଲେ। କେବଳ ମଝିରେ ମଝିରେ ମୁଁ ସେମାନଙ୍କ କଥା ପ୍ରାୟ ଆଶ୍ଚର୍ଯ୍ୟ ବିଜଡ଼ିତ ହୋଇ ସ୍ମରଣ କରୁଥିଲି, 'ଆରେ, ଏବେବି ସେମାନଙ୍କର ସମ୍ପର୍କ ରହିଛି ! ଏବେବି ସେମାନେ ପରସ୍ପର କେଲଟି କରୁଛନ୍ତି !' ବାଲେସ୍ଥାୟେରିଙ୍କ କଥା ମୁଁ ଏଭଳି ଭୁଲି ଯାଇଥିଲି ଯେ, ମାଞ୍ଚାଙ୍କ ହର୍ମ୍ୟରୁ ପଳାଇ ଆସିବାର ପରଦିନ ପ୍ରଭାତରେ, ବାହାରୁ କପେ କଫି ପିଇ ମୁଁ ମୋ ଷ୍ଟୁଡିଓକୁ ଫେରିବା ବେଳେ, ଭିୟା ମାର୍ଗୁଭାରେ ଠିକ୍ ମୋ ଦୁଆର ଆଗରେ ଯେତେବେଳେ ଶବସ୍ୟନ୍ଦନଟିଏ ଦେଖିଲି, ମୁଁ ଭାବିପାରି ନ ଥିଲି ଯେ, ସେଇଟି ମୋର ପରିଚିତ କୌଣସି ବ୍ୟକ୍ତି ପାଇଁ ସେଠି ଅପେକ୍ଷା କରି ରହିଛି। ଯାନଟି ଥିଲା କୃଷ୍ଣ-ସ୍ୱର୍ଣ୍ଣାଭ ଆଉ ତାରି ଋରିକଣରେ ରୀତିସଙ୍ଗତ ଭାବରେ ଶୋଭା ପାଉଥିଲା ଦେବଦୂତଙ୍କ ଋରିତି ସ୍ୱର୍ଣ୍ଣିମ ଶାଳଭଞ୍ଜି; ଏବଂ ରୀତିସଙ୍ଗତ ଭାବରେ ମଧ ସ୍ୟନ୍ଦନର ଯୁଆଲିରେ ଯୁକ୍ତ ହୋଇଥିଲେ କୃଷ୍ଣ ଅଶ୍ୱ। କିନ୍ତୁ ଶବସ୍ୟନ୍ଦନଟି ଶୂନ୍ୟ ଥିଲା ଏବଂ ସେଠାରେ ପୁଷ୍ପଗୁଚ୍ଛ ମଧ ରଖାଯାଇ ନ ଥିଲା। ଠିକ ଦୁଆର ମୁହଁରେ ପଥରୋଧ କରି ଏଇଟି ରଖାଯାଇ ଥିବାରୁ, ମୁଁ ଟିକିଏ ଘୁରି ଭବନର ନିଃସରଣ କକ୍ଷ ମଧକୁ ପ୍ରବେଶ କଲି। ଅଭ୍ୟାସମତେ ଅଧୋମୁଖରେ ଯାଉ ଯାଉ ମୁଁ ହଠାତ୍ ଶବାଧାରଟିକୁ ହାବୋଡ଼ି ଗଲି। ଋରିଜଣ ଲୋକ ତାକୁ କାନ୍ଧରେ ସେତେବେଳେ ବହନ କରି ନେଉଥିଲେ। ଶବାଧାରର ନିମ୍ନପ୍ରାନ୍ତରେ ମୋର କପାଳ ଠୋକର ଖାଇବା କ୍ଷଣି ମୁଁ ଚମକି ପଡ଼ି ଡେଇଁ ପଡ଼ିଲି। ଋରିଜଣଯାକ ମାଲଭାଇ ମୋ ପ୍ରତି ଏକ ବିସ୍ମିତ ଏବଂ ଭର୍ସନାମୂକ ଦୃଷ୍ଟି ନିକ୍ଷେପ କରି ରହିଁଲେ ଏବଂ ତାପରେ ଶବାଧାରଟି ମୋର ଠିକ କଡ଼ ଦେଇ ଋଲିଗଲା। ମାତ୍ର ଦୁଇଜଣ ଲୋକ ଶବାଧାରର ଅନୁଗମନ କରୁଥିଲେ। ଯୁବକଟି

ପିନ୍ଧିଥିଲା ନୀଳ କନାର ସୁଟ୍। ତା'ର ବସନ୍ତମୁହାଁ ଚେହେରାରୁ ତା'ର ନିଷ୍ଠୁର ସ୍ୱଭାବ ବାରି ହୋଇ ପଡ଼ୁଥିଲା। ସେ ଯେଉଁ ନାରୀଟି ସହିତ ବାହୁଛେଦି ଯାଉଥିଲା, ମୁଁ ତାଙ୍କୁ ଦେଖି ପାରୁ ନ ଥିଲି କାରଣ ସେ ଗୋଟିଏ କଳାରଙ୍ଗର ବୁରୁଖାରେ ଆପାଦମସ୍ତକ ନିଜକୁ ଆବୃତ କରିଥିଲେ। ଯୁବକଟିର ଚେହେରା ମତେ ବାଲେସ୍ୱାୟେରିଙ୍କ ବିଷୟ ମନେ ପକାଇ ଦେଲା, ବୋଧହୁଏ ଏହି କାରଣରୁ ଯେ ତାଙ୍କ ଭଳି ତା'ର ମଧ ମୁଖ ଥିଲା ରକ୍ତାଭ ଓ ଭୁଲତା ଥିଲା କାକକୃଷ୍ଣ। ଠିକ୍ ସେହି ସମୟରେ ଭବନର ତତ୍ତ୍ୱାବଧାୟିକା ଅନୁଚ ସ୍ୱରରେ ମୃତ୍ୟୁ କିଭଳି ସହସା ଆସିପାରେ ସେ ସମ୍ପର୍କରେ କିଛି ମନ୍ତବ୍ୟ ଦେବା ଏବଂ ସେହି ପରିପ୍ରେକ୍ଷରେ ସେହି ବୃଦ୍ଧ ତୈଳିକଙ୍କ ନାମ ଉଚ୍ଚାରଣ କରିବାର ମୁଁ ଶୁଣିଲି। ଏବଂ ଏହାଦ୍ୱାରା ମୁଁ ପରିଜ୍ଞାତ ହେଲି ଯେ ବୋଧହୁଏ ପୂର୍ବଦିନ ହିଁ ବାଲେସ୍ୱାୟେରିଙ୍କ ମୃତ୍ୟୁ ଘଟିଛି ଏବଂ ଏହା ଥିଲା ତାଙ୍କ ଅନ୍ତ୍ୟେଷ୍ଟିକ୍ରିୟା। ଶୋକସନ୍ତପ୍ତା ନାରୀ ଜଣକ ଥିଲେ ତାଙ୍କର ପତ୍ନୀ। ଏହି ପତ୍ନୀଙ୍କ ସହିତ ବାଲେସ୍ୱାୟେରିଙ୍କର ବହୁବର୍ଷରୁ ଅଯୋଗ ହୋଇଯାଇଥିଲା, ଯଦିଓ ସେମାନଙ୍କ ମଧରେ ବିବାହ ବିଚ୍ଛେଦ ହୋଇ ନଥିଲା। ନୀଳ ସୁଟ୍ ପରିହିତ ତରୁଣ ଜଣକ ଥିଲେ ବାଲେସ୍ୱାୟେରିଙ୍କର ଔରସ ପୁତ୍ର।

ପୂର୍ବରୁ ମୁଁ କହିଥିବା ମତେ, ବୋରିୟାତର ସେଇ ଉଚ୍ଚାଟନ ମଧରେ ମୁଁ ଏଭଳି ଉନ୍ମନା ହୋଇ ପଡ଼ିଥିଲି ଯେ, କେବଳ ବାଲେସ୍ୱାୟେରି ନୁହନ୍ତି, ସେଇ କିଶୋରୀ ଯାହା ବିଷୟରେ କି ମୋର ଅନ୍ତ କିଛି ଔସ୍ତୁକ୍ୟ ରହିଥିଲା, ତା ସ୍ତିତି ବିଷୟରେ ମଧ ମୁଁ ସମ୍ପୂର୍ଣ୍ଣ ବିସ୍ତତ ହୋଇପଡିଥିଲି। ତେଣୁ ମୁଁ ଯେତେବେଲେ ସଚେତନ ହେଲି ଯେ, ତିନିଘର ଛାଡ଼ି ବାଲେସ୍ୱାୟେରି ରୋଗଗ୍ରସ୍ତ ହୋଇ ପ୍ରାଣତ୍ୟାଗ କରିଛନ୍ତି, ସମଗ୍ର ରାତି ତାଙ୍କ ମରଶରୀରକୁ ଜଗାରଖା କରାଯାଇଛି ଏବଂ ପ୍ରଭାତରେ ଶବ କଫିନରେ ଭର୍ତ୍ତି କରାଯାଇ ସକ୍କାର ପାଇଁ ନିଆଯାଇଛି, ଯେତେବେଲେ କି ବିଗତ ଦୁଇଦିନ ମୁଁ କେବଳ ମୋର ଶିକ୍ଷାଶାଳାର ଝରିକାନ୍ତୁ ଭିତରେ ଆବଦ୍ଧ ରହି ସମୟ କାଟି ଦେଇଛି ଏବଂ ମୁଁ ଏକଥା ଜାଣିପାରିନାହିଁ; ଏଥିରେ ମୁଁ ବିଶେଷ କିଛି ଆଶ୍ଚର୍ଯ୍ୟ ହେଲି ନାହିଁ। ମୁଁ ଭାବିଲି, ଭଗବାନ ହୁଏତ ଜାଣିଥିବେ କିନ୍ତୁ ଏକଥା ବି ସମ୍ଭବ ଯେ ବାଲେସ୍ୱାୟେରି ରୋଗଗ୍ରସ୍ତ ହୋଇଥିବା ବିଷୟ କେହି ମତେ କହି ମଧ ଥାଇପାରତି। କିନ୍ତୁ ବୋରିୟାତର ନିସ୍ତବ୍ଧା ମଧରେ ହଜି ଯାଇ ସମ୍ଭବତଃ ମୁଁ ସେକଥା ମନେ ରଖି ପାରିନାଇଁ। ବେଲେ ବେଲେ ଏଭଳି ମଧ ହୁଏ ଯେ, ମୁଁ ବଡ଼

ଯତ୍ନର ସହିତ ସମ୍ବାଦପତ୍ରରେ ଶିରୋନାମା ଗୁଡ଼ିକୁ ପଢ଼ିଛି; ଅଥଚ ପରମୁହୂର୍ତ୍ତରେ ଆବିଷ୍କାର କରିଛି ଯେ ତା'ର ବିଷୟବସ୍ତୁ ସମ୍ପର୍କରେ ମୋର ସାମାନ୍ୟତମ କୌଣସି ଧାରଣା ନାହିଁ। ସେଦିନ କଫିନ ଯୋଗୁଁ, ବରଂ କଫିନରେ ମୁଣ୍ଡ ବାଜିବାର ବେଦନାଦାୟକ ଆଘାତ ଯୋଗୁଁ, ମୁଁ ବାଲେସ୍ତ୍ରୀୟେରିଙ୍କ ବିଷୟରେ ସଚେତନ ହେଲି, ଏବଂ ତା ସାଥେ ସାଥେ ତାଙ୍କ ମୃତ୍ୟୁ ସମ୍ପର୍କରେ ମଧ୍ୟ ଜାଣିଲି।

ପୁନଶ୍ଚ ମୁଁ ଜାଣିବାକୁ ପାଇଲି ଯେ ବାଲେସ୍ତ୍ରୀୟେରିଙ୍କ ମୃତ୍ୟୁ ପ୍ରଥମ ଦର୍ଶନରେ ଯେଭଳି ସରଳ ପ୍ରତୀତ ହେଉଥିଲା, ବାସ୍ତବରେ ସେଭଳି ନ ଥିଲା। ସେଦିନ ତତ୍ତ୍ୱାବଧାୟିକାଙ୍କ ବିସ୍ମୟଭରା ଇଙ୍ଗିତରୁ ଏବଂ କାଫେରେ କିଛି ବନ୍ଧୁଙ୍କ ସ୍ୱଳ୍ପ ମନ୍ତବ୍ୟରୁ ବୃଦ୍ଧ ଟୋଲିକଙ୍କ ମୃତ୍ୟୁ ରହସ୍ୟ ସମ୍ପର୍କରେ ଜାଣିବାରେ ମୁଁ ସକ୍ଷମ ହୋଇଥିଲି। ସୂଚନା ମିଳିଲା ଯେ, ବାଲେସ୍ତ୍ରୀୟେରି ଏକ ବିଶେଷ ଅବସ୍ଥାରେ, ଏକ ଅସାଧାରଣ ମୁହୂର୍ତ୍ତରେ ପ୍ରାଣତ୍ୟାଗ କରିଥିଲେ; ଅର୍ଥାତ୍ ମତେ ରୁହିଁ ସତତ ସ୍ମିତହାସ୍ୟ ପ୍ରଦାନ କରୁଥିବା ସେଇ କିଶୋରୀ ସହିତ ମୈଥୁନଲିପ୍ତ ଥିବା ସମୟରେ ହିଁ ତାଙ୍କର ମୃତ୍ୟୁ ଘଟିଥିଲା। ପୁନଶ୍ଚ ଏ ମୈଥୁନ ମଧ୍ୟ ସାଧାରଣ ପ୍ରକାରର କେଲଟି ନ ଥିଲା, ଅର୍ଥାତ୍ ସନ୍ତାନପ୍ରାପ୍ତି ପାଇଁ ଯେଉଁ ସ୍ୱାଭାବିକ ଯୌନ ସଙ୍ଗମ କରାଯାଏ ଏହା ସେହି ପର୍ଯ୍ୟାୟର ନ ଥିଲା, ବରଂ ଏହା ଥିଲା ଏକ ବିକୃତ ରତିକ୍ରିୟା; ନିଧୁବନର ଏକ ବିଶେଷ ରଭସ। ତେଣୁ ବାଲେସ୍ତ୍ରୀୟେରିଙ୍କ ପାଇଁ ମୈଥୁନ ନୁହେଁ, ବରଂ ଯେଉଁ ପ୍ରକାରରେ ସେ ମୈଥୁନଲିପ୍ତ ହେଲେ, ତାହା ଘାତକ ସାବ୍ୟସ୍ତ ହେଲା। ତତ୍ତ୍ୱାବଧାୟିକା ସ୍ୱଳ୍ପ ଭାବେ କିଛି କହିବା ପାଇଁ ଅସ୍ୱୀକୃତ ହୋଇଥିଲେ ଏବଂ ସେ କେବଳ ତୀବ୍ର ଅଶ୍ରଦ୍ଧାର ସହ ସେଥିପ୍ରତି ଇସାରା କରିଥିଲେ। କିନ୍ତୁ ଅପରପକ୍ଷରେ, କାଫେରେ ବହୁମାନେ ବଡ଼ ଆମୋଦ ଏବଂ ଆଗ୍ରହର ସହ ଏ ସମ୍ପର୍କରେ ସବିଶେଷ ବିବରଣୀ ପ୍ରଦାନ କରିଥିଲେ, ସତେ ଯେଭଳି ସେମାନେ ବାଲେସ୍ତ୍ରୀୟେରିଙ୍କ ମୃତ୍ୟୁକାଳରେ ତାଙ୍କ ଶିକ୍ଷଶାଳାରେ ଉପସ୍ଥିତ ଥିଲେ। କିନ୍ତୁ ପରିଶେଷରେ ମୁଁ ପ୍ରମାଣ କରିବାକୁ ସକ୍ଷମ ହେଲି ଯେ, ଏହା କେବଳ ଥିଲା ଏକ କାଳ୍ପନିକ ଅନୁମାନ। ବାସ୍ତବରେ ବାଲେସ୍ତ୍ରୀୟେରି ଅସୁସ୍ଥ ହୋଇ ପଡ଼ିଥିଲେ ଏବଂ ପ୍ରୋକ୍ତ କିଶୋରୀଟିର ଭୟବିହ୍ୱଳ ଦୃଷ୍ଟି ସମ୍ମୁଖରେ ହିଁ ପ୍ରାଣତ୍ୟାଗ କରିଥିଲେ। କେବଳ ଏତିକି ହିଁ ମୁଁ ସୁନିର୍ଦ୍ଧିଷ୍ଟ ଭାବରେ ପରିଜ୍ଞାତ ହୋଇଥିଲି। କିଶୋରୀଟି ତାଙ୍କର ପ୍ରେୟସୀ ଥିଲା,

ସେ ଅର୍ଦ୍ଧ ନଗ୍ନ ଭାବରେ ଶଯ୍ୟା ଉପରେ ପ୍ରାଣତ୍ୟାଗ କରିଥିଲେ, ଏବଂ ପରିଶେଷରେ ସେଇ କିଶୋରୀଟି ସ୍ୱୟଂ ବାହାରକୁ ଦୌଡ଼ି ଆସି ତତ୍ତ୍ୱାବଧାୟିକାଙ୍କୁ ଡାକି ନେଇଥିଲା, ଆଉ ଡାକିବାକୁ ଆସିବାବେଳେ ସେ କେବଳ ପିନ୍ଧିଥିଲା ନିଶାରଟିଏ, ଆଉ ଭିତରେ ମଧ ସେ କୌଣସି ଅନ୍ତର୍ବସ୍ତ୍ର ପରିଧାନ କରି ନଥିଲା – ଏ ସମସ୍ତ ତଥ୍ୟ ବାଲେଶ୍ୱାୟେରି ରଭସ କ୍ଷଣରେ ହଠାତ୍ ମୃତ୍ୟୁବରଣ କରିଥିବା ସଂକ୍ରାନ୍ତୀୟ ଗୁଜବକୁ ସମର୍ଥନ କରୁଥିଲା । ମାତ୍ର ଯେଉଁମାନେ ଏ ପ୍ରକାର ରଭସ-ମୃତ୍ୟୁ ସମ୍ପର୍କରେ ବିଶ୍ୱାସ କରିବାକୁ ଅନିଚ୍ଛୁକ ଥିଲେ, ସେମାନେ କହୁଥିଲେ ଯେ, ତରୁଣୀଟି ନିଶାର ପରିଧାନ କରିଥିଲା କାରଣ ସେ ବାଲେଶ୍ୱାୟେରିଙ୍କ ପାଇଁ ଚିତ୍ର-ନମୁନା ହିସାବରେ କାମ କରୁଥିଲା ଆଉ ବାଲେଶ୍ୱାୟେରି ଗ୍ରୀଷ୍ମ ହେତୁ ସବୁଦିନ ଭଳି ହାତକଟା ଗେଞ୍ଜି ଓ ସ୍ନାନ ଉପଯୋଗୀ ଜଂଘିଆ ପରିଧାନ କରିଥିଲେ । ଅପରପକ୍ଷରେ ରଭସ-ମୃତ୍ୟୁ ଗୁଜବର ସମର୍ଥନରେ ଥିଲା ଡାକ୍ତରୀ ମାଇନା ପାଇଁ ମୃତ୍ୟୁଶଯ୍ୟାକୁ ଡକା ଯାଇଥିବା ଡାକ୍ତରଙ୍କ ମତ । ଶୁଣାଶୁଣିରେ ସିଏ ମନ୍ତବ୍ୟ ଦେଇଥିଲେ ଯେ, "ଯଦି ଏ ବ୍ୟକ୍ତି ଜଣକ ହୃଦୟଙ୍ଗମ କରି ପାରିଥାନ୍ତେ ଯେ ତାଙ୍କ ବୟସରେ କିଛି କିଛି କାର୍ଯ୍ୟ କରିବା ଉଚିତ ନୁହେଁ, ତାହାହେଲେ ସିଏ ଏବେବି ଜୀବିତ ଥାଆନ୍ତେ !" ଅନ୍ୟମାନେ ଅବଶ୍ୟ କହୁଥିଲେ ଯେ, ମୃତକଙ୍କୁ ପରୀକ୍ଷା କରିବା ପରେ ଡାକ୍ତର କେବଳ ଝିଅଟିକୁ ଏତିକି କହିଥିଲେ, "ମ୍ୟାଡାମ ଆପଣ ତାଙ୍କୁ ମାରି ଦେଲେ ।" ଅବଶ୍ୟ ତା ପରେ ପରେ ସେ କାଲେ ଯୋଗ କରିଥିଲେ ଯେ, "ବରଂ ଏହା କହିବା ଠିକ୍ ହେବ, ସେ ଆମ୍ଘୃତ୍ୟା କରିବାରେ ଆପଣ ତାଙ୍କୁ ସାହାଯ୍ୟ କଲେ ।" କିନ୍ତୁ ସେ ଚିକିତ୍ସକ ଜଣକ କିଏ ଏବଂ କେଉଁଠାରେ ସେ ମିଳି ପାରିବେ ଏକଥା କେହି କହି ପାରୁ ନ ଥିଲେ । ଏ କଥା ବି ସମ୍ଭବ ଯେ ଚିକିତ୍ସକ ଜଣକ ଏହି ଅଞ୍ଚଳ ପରିସରରେ ଥିବା ସମଧିକ ସଂଖ୍ୟକ ଭେଷଜାଗାର ମାନଙ୍କ ମଧ୍ୟରୁ ଯେ କୌଣସି ଗୋଟିକ ମାଧ୍ୟମରେ ଆହୂତ ହୋଇଥିଲେ । ମୁଁ ମଧ ତାଙ୍କୁ ଖୋଜି କାଢ଼ିବା ପାଇଁ ଆବଶ୍ୟକ କଷ୍ଟ ସ୍ୱୀକାର କରିବାକୁ ପ୍ରସ୍ତୁତ ନ ଥିଲି ।

ସେହି ଦିନ ଭିୟା ମାର୍ଗୁଭାର ଏକ କ୍ଷୁଦ୍ର ରେଷ୍ଟୋରାଁରେ ମଧାହ୍ନ ଭୋଜନ ସାରି ମୁଁ ମୋ ଶିକ୍ଷଶାଲାକୁ ଫେରି ଆସି ଦେଖେତ ମୋ ମାଆଙ୍କର ଚିଠି ସହ ଗୋଟିଏ ପାର୍ସଲ ମତେ ଅପେକ୍ଷା କରି ରହିଛି । ମୋର ମାଆ ତାଙ୍କ ଚିଠିରେ

ଉତ୍ତମ ବ୍ୟବହାର ସମ୍ପର୍କରେ କିଛି ଶିକ୍ଷା ଦେଇ ମତେ ପତ୍ର ଦେଇଥିଲେ, 'ଆଗାକୁ ଏଭଳି ନିଭୃତରେ ପଳାୟନ ନ କରି ଅନ୍ତତଃ ନିକଟକୁ ଆସି ବିଦାୟ ମେଲାଣି ନେଇକରି ଯାଅ'। ପାର୍ସଲରେ ଥିଲା ମୋର ଜ୍ୟାକେଟ ଆଉ ଟ୍ରାଉଜର ଯାହାକୁ ସେଇ ସୁନାଝିଅ ରୀତା ସଫା କରିବା ସହ ଇସ୍ତ୍ରୀ ମଧ୍ୟ କରି ଦେଇଥିଲା। ମୁଁ ସେସବୁକୁ ଘର ଚଟାଣରେ ଫୋପାଡ଼ି ଦେଇ ଡିଭାନରେ ଲୋଟି ପଡ଼ିଲି ଏବଂ ସିଗାରେଟଟିଏ ଲଗାଇଲି। ଚିରାଚରିତ ଭାବରେ ମୁଁ ଏକ ନିଷ୍ଠୁର ବୋରିୟାତ ଦ୍ୱାରା ପ୍ରପୀଡ଼ିତ ହେଉଥିଲି ଏବଂ ମତେ ଏହା ବିଚିତ୍ର ଲାଗୁଥିଲା ଯେ ମୋର ବୋରିୟାତ ଅନ୍ୟମାନେ ଲକ୍ଷ୍ୟ କରି ପାରୁ ନାହାନ୍ତି। ଅର୍ଥାତ୍ ସେମାନେ ବୁଝି ପାରୁ ନ ଥିଲେ ଯେ, ସେମାନଙ୍କ ସହିତ ଏଇ ସମଗ୍ର ପୃଥିବୀ ମୋ ପାଇଁ ବାସ୍ତବରେ ଅସ୍ତିତ୍ୱହୀନ ହୋଇ ପଡ଼ିଛି। ଏବଂ ମତେ ଆଶ୍ଚର୍ଯ୍ୟ ଲାଗୁଥିଲା ଯେ, ମୋ ମାଆଙ୍କ ଭଳି ସେମାନେ ମଧ୍ୟ ମୋ ସହିତ ସ୍ୱାଭାବିକ ବ୍ୟବହାର କରି ଚଳିଥିଲେ। ସିଗାରେଟ ଟାଣି ଏହିଭଳି ପଡ଼ି ରହିବା ଭିତରେ ମୁଁ ମୋର ପରିସ୍ଥିତି ସମ୍ପର୍କରେ ଚିନ୍ତା କରି ଚଳିଥିଲି। ସ୍ୱସ୍ତରୂପେ ପ୍ରତ୍ୟହ ମୋ ପରିସ୍ଥିତିରେ ଅବନତି ଘଟି ଚଳିଥିଲା। ଏବଂ ପରିଶେଷରେ କ'ଣ ବା ଆଉ ମୁଁ କରିପାରିବି ସେଇକଥା ନିଜକୁ ପଚାରି ଚାଲିଲି। ବର୍ତ୍ତମାନ ଯେହେତୁ ମୁଁ ରଙ୍ଗସାଜୀ ପରିତ୍ୟାଗ କରିଛି, ମାଆଙ୍କୁ ଅର୍ଥପାଇଁ ଅନୁରୋଧ କରିବାକୁ ମୋର ସାହସ ନ ଥିଲା। ମୁଁ ହୃଦୟଙ୍ଗମ କଲି ଯେ ମୋର କିଛି ହିଁ କରିବା ପାଇଁ ନାହିଁ। ଅର୍ଥାତ୍ ମୋ ପାଇଁ ଏଭଳି କିଛି କାର୍ଯ୍ୟ ନାହିଁ ଯାହାକି ବାସ୍ତବରେ ମୋ ଜୀବନରେ କୌଣସି ପରିବର୍ତ୍ତନ ଆଣି ପାରିବା ସମ୍ଭବ। କିନ୍ତୁ ଏଭଳି ଅସହ୍ୟ ପରିସ୍ଥିତିରେ ସାଧାରଣତଃ ଲୋକମାନେ ଯାହା କରନ୍ତି, ମୁଁ ଅବଶ୍ୟ ତାହା ହିଁ କରିବି। ଏହି ପରିସ୍ଥିତିକୁ ଗ୍ରହଣ କରିନେବି ଏବଂ ଏହା ସହିତ ନିଜକୁ ଖାପ ଖୁଆଇ ବଞ୍ଚିବାକୁ ଚେଷ୍ଟା କରିବି। ମୁଁ ଭାବିଲି ଯେ ମୂଳତଃ ମୋ ଅବସ୍ଥା ପ୍ରାୟ କୌଣସି ପତନୋନ୍ମୁଖୀ ସମ୍ଭ୍ରାନ୍ତ ବଂଶର କୁଳପ୍ରଦୀପ ଭଳି, ଯିଏ ନିଜ ପିତୃପୁରୁଷଙ୍କ ଗରିମାମୟ ଜୀବନଶୈଳୀ ଯାପନ କରି ଚଳିଛି ଖାଲି ନିଜର ଏକଜିଦିଆ ପଣରେ। ଯୋଉଦିନ ସେ କର୍ପୁରହୀନ କନାର ଜୀବନକୁ ଗ୍ରହଣ କରିନିଅ, ଯୋଉ ଜୀବନର କଳ୍ପନା ତାକୁ ଏପର୍ଯ୍ୟନ୍ତ ଅସହ୍ୟ ମନେ ହେଉଥିଲା, ଅଥଚ ଯୋଉ ଜୀବନ ଆଉ ଅନ୍ୟାନ୍ୟ ସହସ୍ର ଲୋକଙ୍କ ପାଇଁ ଏକ ସାଧାରଣ ଜୀବନ, ସେଦିନ ତା'ର ଯନ୍ତଣାର

ଅବସାନ ଘଟିଥାଏ। ସେ ବୃତ୍ତିପାରେ ଯେ ଗୋଟିଏ ସ୍ତରରେ ଯାହା ଅସହ୍ୟ ମନେହୁଏ, ତାହାଠାରୁ ଏକ ନିମ୍ନ ସ୍ତରରେ ତାହା ସେଇଭଳି ଅସହ୍ୟ ଲାଗେ ନାହିଁ। ବାସ୍ତବରେ ମୁଁ ଯେଉଁ ଯନ୍ତ୍ରଣା ଭୋଗୁଥିଲି ତାହା ଯେତେ ମୋର ବୋରିୟାତ ପାଇଁ ନୁହେଁ, ବରଂ ଏଇ ଚିନ୍ତା ପାଇଁ ଯେ, ମତେ ବୋରାୟିତ କରିବାର ପ୍ରଚେଷ୍ଟାରୁ ଅନ୍ୟମାନେ ବିରତ ହେବା ଉଚିତ। ତାକୁ ଏହିଭଳି କହିଲେ ଚଳିବ ଯେ, ମୁଁ ଥିଲି ଏକ ଅତି ଅଭିଜାତ ଏବଂ ଅତି ପୁରାତନ ବଂଶର ସନ୍ତାନ ଯେଉଁମାନେ କି ଅତୀତରେ କେବେ ବୋରାୟିତ ହୋଇ ନ ଥିଲେ, ଅର୍ଥାତ୍ ଯେଉଁମାନଙ୍କର କି ସର୍ବଦା ବାସ୍ତବତା ସହିତ ଥିଲା ଏକ ଦୃଢ଼, ପ୍ରତ୍ୟକ୍ଷ ସମ୍ପର୍କ। ବର୍ତ୍ତମାନ ମତେ ସେଇ ପରିବାରକୁ ଭୁଲି ଯିବାକୁ ପଡ଼ିବ ଆଉ ମୋର ଏଇ ଅଧୁନା ପରିସ୍ଥିତିକୁ ସବୁବେଳ ପାଇଁ ଗ୍ରହଣ କରି ନେବାକୁ ପଡ଼ିବ। ମାତ୍ର ଜଣେ କଣ ଏଇ ବୋରିୟାତର ଅବସାଦ ଭିତରେ ବଞ୍ଚି ରହି ପାରିବ ? ଜଣେ କ'ଣ ବାସ୍ତବତା ଓ ସତ୍ୟ ଠାରୁ ସମ୍ପର୍କ ବିହୀନ ହୋଇ ବଞ୍ଚି ପାରିବ ଏବଂ ତଥାପି ଯନ୍ତ୍ରଣା ଭୋଗିବ ନାହିଁ ? ଏହାହିଁ ଥିଲା ମୋର ସମଗ୍ର ସମସ୍ୟା।

ଏଭଳି ଚିନ୍ତା କରୁ କରୁ ମୁଁ ତନ୍ଦ୍ରାଳସ ହୋଇ ପଡ଼ିଲି ଏବଂ ଗଭୀର ନିଦ୍ରାରେ ଶୋଇଗଲି। ମତେ ବୋଧ ହେଉଥିଲା ମୁଁ ସୁପ୍ତ ହେବା ବଦଳରେ କ୍ରମେ ଯେମିତି ନିଲୀନ ହୋଇ ଯାଉଛି। ଆଉ ମୁଁ ଏକ୍ ସ୍ୱପ୍ନ ଦେଖିଲି ଯାହା ମୁଁ ପ୍ରାଞ୍ଜଳଭାବେ ବର୍ଣ୍ଣନା କରୁଛି। ମତେ ଲାଗୁଥିଲା ମୋ ଚିତ୍ରାଧାର ପାଖରେ ମୁଁ ଛିଡ଼ା ହୋଇ ରହିଛି, ଗୋଟିଏ ହାତରେ ଅଛି ଇଷିକା ଆଉ ଅନ୍ୟ ହାତରେ ଅଛି ରଙ୍ଗଦାନୀ। ଚିତ୍ରାଧାର ଉପରେ ଚିରାଚରିତ ଭାବେ ଶୂନ୍ୟ ଚିତ୍ରପଟଟିଏ ଥୁଆ ହୋଇଛି। ଆଉ ଚିତ୍ରାଧାର ପାଖରେ ଠିଆ ହୋଇଥିଲା ସୁନ୍ଦରୀ ଚିତ୍ର-ନମୁନାଟିଏ। ଏହା ଥିଲା ବାସ୍ତବିକ ବିସ୍ମୟଜନକ କାରଣ ବହୁବର୍ଷ ଧରି ପ୍ରତିରୂପ ଅଙ୍କନ ମୁଁ ଛାଡ଼ି ସାରିଥିଲି। ଚିତ୍ର-ନମୁନାଟି ଥିଲା ତରୁଣୀ; ତା'ର ପ୍ରଚକ୍ଷୁ ପରିହିତ, ସନ୍ତୁ-ସୁଲଭ ଚେହେରା ରୀତାର ସ୍ମୃତି ଉଦ୍ରେକ କରୁଥିଲା। ତରୁଣୀଟି ଥିଲା ବିଚିତ୍ର ପ୍ରକାରରେ ଦୁର୍ବଳ ଏବଂ ମାଂସହୀନ। ତା'ର ଶରୀରର ରକ୍ତହୀନ ପାଣ୍ଡୁରତା ଭିତରୁ ତା ସ୍ତନ ଉପରେ ଦୁଇଟି ବଡ଼ କୃଷ୍ଣମୁଦ୍ରା ପରି ଲାଗୁଥିବା ଅସିତ ବର୍ଣ୍ଣର ଚୁଚୁକବଳୟ ଏବଂ ଉପସ୍ତର ତିମିର ତ୍ରିଭୁଜ ଫୁଟି ଉଠୁଥିଲା ପ୍ରଗାଢ଼ ଭାବେ, ଯେମିତି ଲାଗେ ମୁର୍ଦ୍ଧାରଟିଏ

ଦେଖିଲେ। ମୁଁ ସମ୍ଭବତଃ ସେଇ ଚିତ୍ର-ନମୁନାଟିର ଆଲେଖ୍ୟ ଆଙ୍କୁଥିଲି ଏବଂ ପ୍ରକୃତରେ ମୋ ହାତର ତୁଲିକା ବିଚରଣ କରୁଥିଲା କାନଭାସର ଅଦୃଶ୍ୟ ପୃଷ୍ଠତଳ ଉପରେ, ଯେଉଁଥିରେ କି ମୋର ରଙ୍ଗସାଜୀ ସ୍ପଷ୍ଟ ଭାବେ ଫୁଟି ଉଠୁଥିଲା। ମୁଁ ଗଭୀର ମନଯୋଗ, ଯତ୍ନ ଓ ଆମ୍ନବିଶ୍ୱାସର ସହିତ ଚିତ୍ରରଞ୍ଜନ କରି ଚଳିଥିଲି। ପ୍ରତିରୂପ ଅଙ୍କନ ଚଳିଥିଲା ନିର୍ବିଘ୍ନରେ। ଚିତ୍ର-ନମୁନାଟି ଥିଲା ଚିତ୍ରାର୍ପିତ ଭାବେ ସ୍ଥିର ଓ ଅବିଚଳ। ଏପରିକି ସେ ନିଶ୍ୱାସ ମଧ ନେଉ ନ ଥିଲା। ବାସ୍ତବରେ, ଖାଲି ତା'ର ଉପାକ୍ଷର ଦୀପ୍ତି ଓ ଅସ୍ପଷ୍ଟ ବ୍ୟଙ୍ଗହାସରେ କୁଞ୍ଚିତ ତା'ର ଅଧରକୁ ଛାଡ଼ି ଦେଲେ ସେ ଶବଟିଏ ଭଳି ମନେ ହେଉଥିଲା। ପରିଶେଷରେ, ଏକ ଦୀର୍ଘ ଉପବେଶନର ଅବଧ ପରେ ଆଲେଖ୍ୟଟି ଶେଷ ହେଲା। ଏବଂ ଚିତ୍ରଟିକୁ ଧୀରେସୁସ୍ତେ ଅନୁଧାନ କରିବା ପାଇଁ ମୁଁ ଦୁଇପାଦ ପଛକୁ ଘୁଞ୍ଚି ଆସିଲି। ମୁଁ ଆଶ୍ଚର୍ଯ୍ୟ ହୋଇ ଦେଖିଲି ଯେ ଚିତ୍ରପଟଟି ଥିଲା ଶୂନ୍ୟ, ରିକ୍ତ ଓ ନିର୍ମଳ। ଏହା ଉପରେ ଅଙ୍କିତ କିମ୍ଵ ରଞ୍ଜିତ କୌଣସି ଲାଲନିକ ନଗ୍ନାଟଚିତ୍ର ପରିଦୃଷ୍ଟ ହେଉ ନ ଥିଲା। ମୁଁ ନିଶ୍ଚିତ ଭାବରେ କାର୍ଯ୍ୟ କରି ଚଳିଥିଲି କିନ୍ତୁ ମୁଁ କିଛି ବି ଅଙ୍କନ କରି ପାରି ନ ଥିଲି। ତ୍ରସ୍ତ ହୋଇ ଯେଉଁ ରଙ୍ଗନଳିକା ମୋ ହାତରେ ପ୍ରଥମେ ପଡ଼ିଲା ତାକୁ ଚିପି ରଙ୍ଗଦାନୀରେ ରଙ୍ଗତକ ଢାଲି ନେଲି, ତୁଲିକାକୁ ରଙ୍ଗରେ ବୁଡ଼ାଇଲି ଏବଂ ବ୍ୟାକୁଲ ଭାବରେ ଚିତ୍ରପଟରେ କର ଚଳନା କଲି। କିନ୍ତୁ ଫଳାଫଳ ଥିଲା ଶୂନ୍ୟ ଆଉ ଚିତ୍ରପଟ ଥିଲା ପୂର୍ବ ଭଳି ସଫା। ଆଉ ଇତିମଧରେ କିଶୋରୀଟି ମୋର ନିଷ୍ଫଳ ପ୍ରଚେଷ୍ଟା ପ୍ରତି ଅଧିକରୁ ଅଧିକ ଉପହାସ କରି ଚଳିଥିଲା, କିନ୍ତୁ ତା'ର ଉପାକ୍ଷର କୂର୍ମଖୋଲ କ୍ଷାରାଧାରରେ ଲାଗିଥିବା ବଡ଼ ବଡ଼ କାଚ କାରଣରୁ ତା ମୁହଁରେ ପ୍ରତିଭାତ ହେଉଥିଲା ଏକ ସନ୍ତୁସୁଲଭ ସରଳ ଅଭିବ୍ୟକ୍ତି। ଅଥଚ ସେ ସରଳ ହସର ଅନ୍ତର୍ନିହିତ ଛଳନା ମୁଁ ସ୍ପଷ୍ଟ ବୁଝି ପାରୁଥିଲି। ତାପରେ ମୋ କାନ୍ଧରେ ପଡ଼ିଲା କାହାର ହାତ। ବାଲେଶ୍ୱାୟେରି, ହଁ ତାଙ୍କର ହଁ ଥିଲା ସେଇ ହାତ। ମୋ ହାତରୁ ତୂଲୀ ଏବଂ ରଙ୍ଗଦାନୀ କାଢ଼ି ନେଲେ ସିଏ। ତାଙ୍କ ରକ୍ତାଭ ଲପନରେ ଥିଲା ଏକ ପିତୃସୁଲଭ ସ୍ମିତହସ। ସେ ମତେ ପିଠି କରି ଚିତ୍ରପଟ ଆଗରେ ଆସି ଠିଆ ହୋଇଗଲେ। ସେ ପିନ୍ଧିଥିଲେ ହାତକଟା ଗେଞ୍ଜି ଏବଂ ଗ୍ରୀଷ୍ମକାଳର ସ୍ନାନ ଉପଯୋଗୀ ଜଂଘିଆ। ତାଙ୍କ ଚେହେରା ପିକାଶୋଙ୍କ କଥା ମୋ ସ୍ମୃତିକୁ ଆଣିଲା, କାରଣ ହଠାତ୍ ଉଭୟଙ୍କ

ଚେହେରା ଟିକେ ମିଶିଗଲା ଭଳି ମତେ ଲାଗିଲା। ବାଲେଶ୍ୱାୟେରି ଚିତ୍ରରଞ୍ଜନ କରି ଋଲିଥିଲେ ଏବଂ ମୁଁ ତାଙ୍କ ପଛପଟୁ ତାକୁ ଉହୁଙ୍କି ଦେଖୁଥିଲି। ତାଙ୍କର ରଜତ ଶୁଭ୍ର ବହଳ କେଶରାଶି ତାଙ୍କ ଗ୍ରୀବାଦେଶରେ ଖେଳାଇ ହୋଇ ରହିଥିଲା ଏବଂ ମୁଁ ଚିନ୍ତା କରୁଥିଲି, 'ବାଲେଶ୍ୱାୟେରି ତ ଚିତ୍ରରଞ୍ଜନ କରି ପାରୁଛନ୍ତି, ଅଥଚ ମୁଁ ପାରୁ ନାହିଁ କାହିଁକି ?' ତାପରେ ବାଲେଶ୍ୱାୟେରିଙ୍କ ଚିତ୍ର ସରିଗଲା, ସେ ଋଲିଗଲେ ଆଉ ମୁଁ ଚିତ୍ର ଆଗରେ ଠିଆ ହୋଇ ରହିଲି। ଚିତ୍ରଟି ଭଲ ଥିଲା ବା ମନ୍ଦ ଥିଲା ମୁଁ ଜାଣିନାଇଁ, କିନ୍ତୁ ଯାହାହେଲେ ବି ବାଲେଶ୍ୱାୟେରି ତାକୁ ଆଙ୍କିବା ପାଇଁ ସମର୍ଥ ହୋଇଥିଲେ। ଚିତ୍ରପଟ ଆଉ ଶୂନ୍ୟ ଓ ରିକ୍ତ ଲାଗୁ ନ ଥିଲା, ଯାହା ହୋଇଥିଲା ମୋର ରଙ୍ଗସାଜୀ ଶେଷ ହେବା ପରେ। ରଙ୍ଗ ଓ ଗାରରେ ଭରି ଯାଇଥିଲା ଚିତ୍ରପଟ। ହଠାତ୍ ମତେ ଗ୍ରାସ କରିଗଲା ତୀବ୍ର ଅମର୍ଷ। ରଙ୍ଗ କୋରି କାଢ଼ିବା ପାଇଁ ବ୍ୟବହାର କରୁଥିବା ଛୁରାଟିକୁ ମୁଁ ଜାବୁଡ଼ି ଧରିଲି ହାତରେ ଆଉ ଚିତ୍ରପଟଟିକୁ ଆଘାତ କଲି ହିଂସ୍ର ଅଥଚ ସୁଶୃଙ୍ଖଳ ଭାବରେ, ଅର୍ଥାତ୍ ଉପରୁ ତଳ ପର୍ଯ୍ୟନ୍ତ ସମଗ୍ର ଚିତ୍ରପଟଟିକୁ ମୁଁ ଚିରି ଆଣିଲି ଛୁରିକାଘାତରେ। କିନ୍ତୁ ମୁଁ ଆତଙ୍କିତ ହୋଇ ଦେଖିଲି ଯେ, ଚିତ୍ରପଟକୁ ନୁହେଁ ଚିତ୍ର-ନମୁନା ହୋଇ ଠିଆ ରହିଥିବା ତରୁଣୀଟିର ଶରୀରକୁ ମୁଁ ଆଘାତ କରି ଋଲିଛି, ଆଉ ସମଧିକ ସଂଖ୍ୟକ ଅନୁଲମ୍ୱ ସଂକୀର୍ଣ୍ଣ କ୍ଷତରୁ ଅବିଶ୍ରାନ୍ତ ଭାବେ ରକ୍ତ କ୍ଷରଣ ହୋଇ ଋଲିଛି। ସେ ଅଧୋଗତ କ୍ଷତ ଗୁଡ଼ିକ ତା ବକ୍ଷରୁ ପାଦ ପର୍ଯ୍ୟନ୍ତ ଲମ୍ୱ ଆସିଛି। ପ୍ରଚୁର ଲାଲ ରକ୍ତସ୍ରୋତ ପିଚିକି ଆସୁଛି କ୍ଷତମାନଙ୍କରୁ, ଆଉ ଝରି ଆସୁଥିବା କ୍ଷୀଣ ଲହୁଧାରା ମାନେ ମିଶି ସ୍ୱୀତ ହୋଇ ଉଠୁଛନ୍ତି। ତରୁଣୀଟିର ସମଗ୍ର ଶରୀର ପରିଣତ ହୋଇଛି ଏକ ଶୋଣିତ ପ୍ରଣାଳିକାରେ। ତଥାପି ତରୁଣୀଟିର ଓଠରେ ଲାଖ୍ୟ ରହିଛି ସ୍ନିତହସ ଆଉ ମୁଁ ଆଘାତ କରି ଋଲିଛି ତା'ର ଶରୀରକୁ ଛୁରୀକାରେ, ହିଂସ୍ର ଓ ସୁଶୃଙ୍ଖଳ ଭାବରେ। ପରିଶେଷରେ ମୋର ଏ ଦୁଃସ୍ୱପ୍ନ ଶେଷ ହେଲା ଯେତେବେଳେ କି ଏକ ଅବ୍ୟକ୍ତ ଆର୍ତ୍ତଚିତ୍କାର ସହ ମୁଁ ନିଦରୁ ଉଠି ପଡିଲି।

ବାହାରେ ଆକାଶ ଥିଲା ମେଘ ମେଦୁର। ଶିକ୍ଷଶାଳା ଭିତରେ ବିଚ୍ଛୁରିତ ହୋଇ ପଡ଼ିଥିଲା ଏକ ନମ୍ର, ଧୂସର, ବିଷଣ୍ଣ ଆଲୋକ। ମୁଁ ଡିଭାନରୁ ତଳକୁ ଡେଙ୍ଗ ପଡ଼ିଲି ଆଉ ଯେମିତି ବେଶ୍ ଭାବିଚିନ୍ତି କାମଟି କରୁଛି, ସେମିତି ଦଉଡ଼ିଗଲି ଦୁଆର

ପାଖକୁ, ଆଉ ଦୁଆର ଖୋଲି ଦେଇ ଗମା ଭିତରକୁ ବାହାରି ଗଲି । ଗମା ଥିଲା ବିଜନ ଆଉ ତା ମଧ୍ୟକୁ ଖୋଲିଥିବା ଋରୋଟି ଯାକ ଦୁଆର ଥିଲା ଅବରୁଦ୍ଧ । କିନ୍ତୁ ମୁଁ ଅଧିକ ଭଲ ଭାବରେ ଦେଖିଲା ବେଳକୁ, ଲକ୍ଷ୍ୟ କଲି ଯେ ବାଲେସ୍ତ୍ରାୟେରିଙ୍କ ଶିଳ୍ପଶାଳାର ଦୁଆର ଲାଗୁଥିଲା ଅନ୍ଧ ଉନ୍ମୁକ୍ତ । କିଛି ବିବେଚନା ନ କରି, ଯାନ୍ତ୍ରିକ ଭାବରେ, ମୁଁ ସେଇ ଦୁଆର ନିକଟକୁ ଗଲି, ଦେଖିଲି ବାସ୍ତବରେ ସେଇଟି ଖୋଲା ଅଛି । ମୁଁ ଦୁଆର ଠେଲି ଦେଇ ଶିଳ୍ପଶାଳାର ଅଭ୍ୟନ୍ତରକୁ ପ୍ରବେଶ କଲି ।

ମୁଁ ଆଗରୁ କେବେ ସେହି ବୃଦ୍ଧ ତୈଳିକଙ୍କ ଷ୍ଟୁଡିଓ ଭିତରକୁ ପ୍ରବେଶ କରି ନ ଥିଲି । ମୁଁ ବର୍ତ୍ତମାନ ବୁଝି ପାରୁଥିଲି ଯେ କେବଳ କୌତୁହଲ ହିଁ ମତେ ଏଠିକି ଭଡ଼ି ଆଣିଛି । ଝର୍କାରେ ପର୍ଦ୍ଦା ଟଣା ହୋଇଥିଲା ଆଉ କକ୍ଷଟି ଥିଲା ପ୍ରାୟ ଅନ୍ଧକାର ଆଚ୍ଛନ୍ନ । କଳାକୃତି ଉତ୍କୀର୍ଣ୍ଣ ଏକ ସୌବର୍ଣ୍ଣ ଦୀପରୁଖାରେ ଜଳୁଥିଲା ଦୀପଟିଏ, ଆଉ ତାକୁ ଆଚ୍ଛାଦନ କରିଥିଲା ଗୋଟିଏ ଲୋହିତ ପ୍ରଦୀପଶେୟ - ବୋଧହୁଏ ତାହା ଗାର୍ଜାର ଆସବାବପତ୍ର । ତାହା ରଖା ଯାଇଥିଲା ନୀଲଲୋହିତ ବର୍ଣ୍ଣର ଡାମାସ୍କ ଆବୃତ ଏକ ଟେବୁଲ ଉପରେ । ବତୀର ରକ୍ତାଭ ଆଲୋକରେ ମୁଁ ଦେଖିଲି ଯେ ବାଲେସ୍ତ୍ରାୟେରିଙ୍କ ଶିଳ୍ପଶାଳାଟି ମୋ ଶିଳ୍ପଶାଳାଠୁ ସମ୍ପୂର୍ଣ୍ଣ ଅଲଗା । ପ୍ରଥମତଃ ଏହା ଥିଲା ଆକାରରେ ବଡ଼, ଆଉ ପୁଣି ଗୋଟିଏ ସୋପାନଶ୍ରେଣୀ ଲମ୍ବି ଯାଇଥିଲା ଗୋଟିଏ କାଠ ଗ୍ୟାଲେରୀ ଆଡ଼କୁ । ଗ୍ୟାଲେରୀକୁ ଫିଟିଥିଲା ଦୁଇଟି ଦୁଆର । ମୋର ଷ୍ଟୁଡିଓ ବାସ୍ତବରେ ଏକ ତୈଳିକର ଶିଳ୍ପଶାଳା ଭଲି ଲାଗେ, ପ୍ରାୟ ଆସବାବ ପଦାର୍ଥଶୂନ୍ୟ ଏବଂ ପୁରା ଅସଜଡ଼ା । କିନ୍ତୁ ମୁଁ ଏକ ଅସ୍ବସ୍ତ ଅନାଦର ସହ ଲକ୍ଷ୍ୟ କଲି ଯେ, ବାଲେସ୍ତ୍ରାୟେରିଙ୍କ ଶିଳ୍ପଶାଳାର ଆସବାବପତ୍ର ଓ ସାଜସଜ୍ଜା ଏକ ଋଳିଶ ପଞ୍ଚଶ ବର୍ଷ ତଲର ପୁରାକାଳୀନ ମଧ୍ୟବିତ୍ତ ପରିବାରର ବୈଠକଘର ଭଲି ଥିଲା । ଖାଲି ଗୋଟିଏ କଥାକୁ ଛାଡ଼ିଦେଲେ ଏହା ଭାବିବାକୁ କଷ୍ଟ ହେଉଥିଲା ଯେ ଏହା ଥିଲା ଏକ ରଙ୍ଗାଜୀବର ଶିଳ୍ପଶାଳା; କାନ୍ତୁସାରା, ଛାତରୁ ଚଟାଣ ଯାଏ, ଖଞ୍ଜାଖଞ୍ଜି ହେଇ ଉଲ୍ଲଗ୍ନ ହୋଇଥିଲା ନଗ୍ନାଟ-ଚିତ୍ରମାନ ଏବଂ ଏକ ବିରାଟ ଚିତ୍ରାଧାର ଗୋଟିଏ ଗବାକ୍ଷ ନିକଟରେ ଆଲୋକ ପଡ଼ିବା ସ୍ଥାନରେ ରଖାଯାଇଥିଲା । ଚିତ୍ରାଧାରରେ ଥିଲା ଏକ ଅସମ୍ପୂର୍ଣ୍ଣ ଚିତ୍ର । ମତେ ବିଶେଷ କରି ପ୍ରଭାବିତ କଲା ସେହି ପରିବେଶକୁ ଘେରି ରହିଥିବା ବିଷଣ୍ଣ ଅବସାଦ । ଆସବାବ ଗୁଡ଼ିକ ଥିଲା ପୁରାତନ ଓ ଛଦ୍ନ-

ପୁରାତନ ରେନେଁସା ଶୈଳୀର। ଲାଲ ପ୍ରଚ୍ଛଦ ଆବରିତ କରି ରଖିଥିଲା କାନ୍ଥ ମାନଙ୍କୁ, ଆଉ ତା ଉପରେ ଅଙ୍କିତ ୫ର୍ଦ୍ଧରୋକ ଗୁଡ଼ିକ ଓହଲା ହୋଇଥିଲା। ଚଟାଣ ଉପରେ ବହୁତ ଗୁଡ଼ିଏ ପାରସିକ ଗାଲିଚ ଅବିନ୍ୟସ୍ତ ଭାବରେ ଖେଲାଇ ହୋଇପଡ଼ିଥିଲା। ଗାଲିଚ ଗୁଡ଼ିକ ଉପରେ ଅଙ୍କିତ ଥିଲା ଗାଢ଼ କଳା ରଙ୍ଗର ବିଭିନ୍ନ କାରୁକାର୍ଯ୍ୟମୟ ନକସା। ମୋ ପଛରେ ଥିଲା ଶିକ୍ଷଶାଲାର ସେଇ ଅର୍ଦ୍ଧଉନ୍ମୁକ୍ତ ଦୁଆର। ତା'ର କପାଟକୁ ବନ୍ଦ କରି ମୁଁ ଭରିଆଡ଼କୁ ଭହିଁଲି। ପରିବେଶରେ ଭରିଥିବା ଏକ ବିଚିତ୍ର ଗନ୍ଧ ମୋ ନାକରେ ବାଜିଲା; ତାହା ଥିଲା ଜୀବନ ଓ ମୃତ୍ୟୁର ମିଶାମିଶି ଗନ୍ଧ। ମୁଁ ଧୀରେ ଧୀରେ ଚିତ୍ରାଧାର ନିକଟକୁ ଆଗେଇ ଗଲି। ବାଲେସ୍ୱାଯ଼େରି ନିଜ ମୃତ୍ୟୁର ଅବ୍ୟବହିତ ପୂର୍ବରୁ ତାଙ୍କର ଯେଉଁ ରାଜକିଶୋରୀଟିର ପ୍ରତିରୂପ ଆଙ୍କୁଥିଲେ, ତା'ର ସେଇ ଅପୂର୍ଣ୍ଣ ଚିତ୍ରଟି ନିଶ୍ଚୟ ଥୁଆ ହୋଇଛି ଚିତ୍ରାଧାର ଉପରେ। ମୁଁ ସ୍ୱୀକାର କରୁଚି ସେତେବେଲକୁ ମତେ ତା'ର ନଗ୍ନ ପ୍ରତିରୂପ ଦେଖିବାର ତୀବ୍ର କୌତୁହଲ ଗ୍ରାସ କରି ଯାଇଥିଲା। କିନ୍ତୁ ଚିତ୍ରପଟ ଆଗରେ ଠିଆହେବା କ୍ଷଣି ମୁଁ ଅନୁଭବ କଲି ଏକ ଅବିଶ୍ୱାସ୍ୟ ହତାଶା। ବାଲେସ୍ୱାଯ଼େରି କରିଥିବା ଅଲାତ ରେଖାଚିତ୍ର ସହିତ ମତେ ଦେଖି ସ୍ମିତହାସ ପ୍ରଦାନ କରୁଥିବା ସେଇ କ୍ଷୀଣାଙ୍ଗୀ, ଶିଶୁସୁଲଭ ମୁଖବିଶିଷ୍ଟ କିଶୋରୀ ତନୁର କୌଣସି ସମ୍ପର୍କ ମୁଁ ଖୋଜି ପାଇପାରୁ ନ ଥିଲି। ଏଇଟା ମଧ୍ୟ ଥିଲା ସେ ସାଧାରଣତଃ ଆଙ୍କୁଥିବା ଅତିରଂଜିତ ଚିତ୍ରନଗ୍ନିକା ମଧରୁ ଗୋଟାଏ। ଚିତ୍ରାଙ୍କିତା ନାୟିକାଟି ଗୋଡ଼ଭାଙ୍ଗି ପ୍ରପଦରେ ବସିଥିଲା ମୂତ୍ରୋସର୍ଗ ଭଙ୍ଗୀରେ, ଆଉ ଆଙ୍ଗୁଲିଗୁଡ଼ିକୁ ଛନ୍ଦି ଗ୍ରୀବାର ପଶ୍ଚାଦ୍ଦେଶରେ ଜଡ଼ାଇ ରଖିଥିଲା। ଏହି ଅସ୍ୱାଭାବିକ ଉପବେଶନ ଭଙ୍ଗୀରେ, ଚିତ୍ରିତା ନାୟିକାର ସ୍ତନ ଓ ନିତମ୍ବ ଦୃଷ୍ଟି ଆକର୍ଷକ ଭଙ୍ଗୀରେ ଉଭାଲ ଲାଗୁଥିଲା। ନାରୀ ଶରୀରର ଏହି ଦୁଇଟି ଅଙ୍ଗ ପ୍ରତି ବାଲେସ୍ୱାଯ଼େରି ବିଶେଷ ଆସକ୍ତ ଥିବା ଜଣା ପଡ଼ୁଥିଲା। ବିଶେଷ ଭାବରେ ମୋ ଦୃଷ୍ଟିରେ ପଡ଼ିଥିଲା ଚିତ୍ରନାୟିକାର ଜଘନର ଘନତା ଆଉ ପଯୋଧରର ପୀନତା, ଯାହା ମୁଁ ସେଇ ଚିତ୍ରନମୁନା ନିକଟରେ ଦେଖିଥିବା ସ୍ମରଣ କରି ପାରୁ ନ ଥିଲି। ଅପର ପକ୍ଷରେ ଚିତ୍ରନାୟିକାର କ୍ଷୀଣ କଟି ଏବଂ କୃଶ ସ୍କନ୍ଧ ଓ ବାହୁ ସମ୍ଭବତଃ ଚିତ୍ରନମୁନା ସହିତ ସମ୍ପର୍କ ରଖିଥିଲା। ଏହା ଉଲ୍ଲେଖଯୋଗ୍ୟ ଯେ ଚିତ୍ରନାୟିକାର ମୁଖ-ଅଙ୍କନ କରିବାକୁ ବାଲେସ୍ୱାଯ଼େରି ପାସୋରି

ଯାଇଥିଲେ ଅବା ଜାଣିଶୁଣି ମୁଖ ଅଙ୍କନ କରିବାର କଷ୍ଟ ସ୍ୱୀକାର କରି ନ ଥିଲେ। ତେଣୁ ଚିତ୍ରନାୟିକାକୁ ମୋ ପକ୍ଷରେ ଚିହ୍ନଟ କରିବା କୌଣସିମତେ ସମ୍ଭବ ନ ଥିଲା।

ମୁଁ ଦୀର୍ଘକାଳ ଧରି ଚିତ୍ରପଟଟିକୁ ଚାହିଁ ରହିଲି। ମୁଁ ଦେଖୁଥିଲି ଯେ ବାସ୍ତବବାଦୀ ଚିତ୍ର ପରମ୍ପରାକୁ ଅନୁସରଣ କରି ସିଏ ଚିତ୍ରରଞ୍ଜନ କରୁଥିଲେ, କିନ୍ତୁ ସେହି ପରମ୍ପରା ସହିତ ମଧ୍ୟ ତାଙ୍କର ସମ୍ପର୍କ ଥିଲା କ୍ଷୀଣ ଓ ଅସ୍ପଷ୍ଟ। ମୁଁ ଲକ୍ଷ୍ୟ କଲି ଯେ ବାସ୍ତବବାଦୀ ପରମ୍ପରା ଦୃଷ୍ଟିରୁ ମଧ୍ୟ ବାଲେଶ୍ୱରୀୟେରି ଥିଲେ ଜଣେ ନିମ୍ନମାନର ଚୌଳିକ। ତାପରେ ମୁଁ ଶିକ୍ଷଣଶାଳାର କାନ୍ଥରେ ଝୁଲୁଥିବା ଚିତ୍ରଗୁଡ଼ିକ ପର୍ଯ୍ୟବେକ୍ଷଣ କରିବା ଆରମ୍ଭ କଲି। ମୁଁ ଆଗରୁ ବର୍ଣ୍ଣନା କରିଥିବା ମତେ ଚିତ୍ରପଟର ସେ ସମସ୍ତ ଲଳନା ଥିଲେ ନଗ୍ନିକା। ପ୍ରାୟ ସମସ୍ତ ଚିତ୍ରନଗ୍ନିକା ଚିତ୍ରିତ ହୋଇଥିଲେ ଏକ ଅସ୍ୱାଭାବିକ ଭଙ୍ଗୀରେ ଡିଙ୍ଗାରି ହୋଇ ରହିଥିବା ମୁଦ୍ରାରେ। ଯେଉଁ ଭାବନା ପ୍ରଥମେ ମୋ ମନକୁ ଆସିଲା ତାହା ହେଲା ଯେ ଯଦିଚ ବାଲେଶ୍ୱରୀୟେରି ଥିଲେ ଜଣେ ନିକୃଷ୍ଟ ଧରଣର ଚୌଳିକ, ତଥାପି ମଧ୍ୟ ସେ ଥିଲେ ଏକ ସତର୍କ ଶିଳ୍ପୀ। ତାଙ୍କ ରଙ୍ଗସାଜୀ ଥିଲା ପଣ୍ଡିତିଆ ଆଉ ଶାସ୍ତ୍ରସମ୍ମତ। ଏହା ସ୍ପଷ୍ଟ ଥିଲା ଯେ ଚିତ୍ରରଞ୍ଜନ ପାଇଁ ସେ ପ୍ରେରଣା ଉପରେ ନିର୍ଭର କରୁ ନ ଥିଲେ। ସେ ଚିତ୍ର କରୁଥିଲେ ପୂର୍ବସୂରୀମାନଙ୍କ ପଦାଙ୍କ ଅନୁସରଣରେ। ବାରମ୍ବାର ରଙ୍ଗର ପ୍ରଲେପ ଦେଇ, ସମସ୍ତ ସମ୍ଭାବ୍ୟ ସାଙ୍ଗୋପାଙ୍ଗ ପୁଙ୍ଖାନୁପୁଙ୍ଖ ଭାବରେ ଚିତ୍ରରେ ପ୍ରତିଭାତ ହୋଇଥିବା ସମ୍ପର୍କରେ ନିଶ୍ଚିତ ନ ହେବା ପର୍ଯ୍ୟନ୍ତ, ସେ ତାଙ୍କର ରଙ୍ଗସାଜୀରୁ ବିରତ ହେଉ ନ ଥିଲେ। ଆହା! ତା'ର ଫଳାଫଳ ଥିଲା ସେହି ନିର୍ଦ୍ଦିଷ୍ଟ ସ୍ୱଭାବବାଦୀ କଳା, ଆଲୋକଚିତ୍ର ଭଳି ସୁସ୍ପଷ୍ଟ, ପ୍ରଯତ୍ନକୃତ ଏବଂ ଚମତ୍କାର ଭାବେ ସମାପ୍ତ, ସେଇସବୁ ରଞ୍ଜନଚିତ୍ର ଯାହାକୁ ଆପଣମାନେ ଦେଖିପାରିବେ କଳାମଣ୍ଡପର ତଥାକଥିତ ବ୍ୟବସାୟିକ କଳା ପ୍ରଦର୍ଶନୀରେ। ପୁନଶ୍ଚ, ଏହା ସ୍ପଷ୍ଟ ଥିଲା ଯେ ଏ ଚିତ୍ରଗୁଡ଼ିକ ଥିଲେ ନିଜ ବିଭାଗରେ ଅତି ଉତ୍କୃଷ୍ଟ; ସେମାନେ ଥିଲେ ସେହି ବିଭବ ଉତ୍କର୍ଷ ସମନ୍ୱିତ ଯାହା ବସ୍ତୁତଃ ପର୍ଣୋଚିତ୍ରରେ ହିଁ ଥାଏ। ଅନ୍ୟଭାବରେ କହିଲେ, ବାଲେଶ୍ୱରୀୟେରିଙ୍କ ପୃଥିବୀ ଥିଲା ଏକ କଠିନ, ସାକାର, ବାସ୍ତବ ଓ ସଙ୍ଗତ ପୃଥିବୀ। ଏଥରେ କୌଣସି ଫାଟ ବା ଅସଙ୍ଗତି ନ ଥିଲା। ଯଦି ବି ଏଥରେ କିଛି ପାଗଲାମିର

ଛାପ ଥାଏ, ସେଥିରେ କ୍ଷତି କ'ଣ ? ବାଲେସ୍ଵୀୟେରି ନିଜେ ତାଙ୍କର ସେଇ ପୃଥିବୀରେ ନିଜର ମୃତ୍ୟୁର ଶେଷ ମୁହୂର୍ତ୍ତ ପର୍ଯ୍ୟନ୍ତ ଥିଲେ ସର୍ବୋତୋଭାବରେ ସୁଖୀ । ତାଙ୍କର ସେଇ ପୃଥିବୀର ଅସ୍ତିତ୍ଵ ପ୍ରତି ସେ କେବେ ସନ୍ଦେହ ପ୍ରକାଶ କରୁ ନ ଥିଲେ ଅଥବା ସେଥିରୁ ମୁକ୍ତି ପାଇବା ପାଇଁ ଚେଷ୍ଟା କରୁ ନ ଥିଲେ । ବୋଧହୁଏ ସେ ସ୍ଵୟଂ ଥିଲେ ପାଗଲ ପର୍ଯ୍ୟାୟର । ତେବେ ସେ ଥିଲେ ଏପରି ଏକ ପାଗଲ ଯିଏ କି ଭ୍ରାନ୍ତ ଭାବରେ ଚିନ୍ତା କରୁଥିଲେ ଯେ ବାସ୍ତବତା ସହିତ ତାଙ୍କର ଏକ ପ୍ରକୃତ ସମ୍ପର୍କ ରହିଛି, ଅଥବା ତାଙ୍କ ଫ୍ୟର୍ରୀକ ମାନଙ୍କରୁ ଯାହା ପ୍ରତୀତ ହୁଏ, ସେ ଥିଲେ ଏପରି ଏକ ପାଗଲ, ଯିଏକି ନିଜକୁ ଭ୍ରାନ୍ତ ଭାବରେ ବିଜ୍ଞ ବୋଲି ମନେ କରୁଥିଲେ । ଅପରପକ୍ଷରେ ମୁଁ, ଏବଂ ନିଜକୁ ନିଜେ ମୁଁ ଏହା କହିଲି, ସମ୍ଭବତଃ ଏକ ବିଜ୍ଞ ବ୍ୟକ୍ତି ଯାହାର ରହିଛି ଗଭୀର ବିଶ୍ଵାସ ଯେ ବାସ୍ତବତା ସହିତ ଏପରି ସମ୍ପର୍କ ଅସମ୍ଭବ । ଅର୍ଥାତ୍, ମୁଁ ଥିଲି ଏପରି ଏକ ବିଜ୍ଞ, ଯିଏ କି ନିଜକୁ ପାଗଲ ବୋଲି ମନେ କରେ ।

ମୁଁ ଏଭଳି ଚିନ୍ତା କରି କରି କାନ୍ଥଗୁଡ଼ିକରେ ଉଲ୍ଲଗ୍ନ ଚିତ୍ରପଟ ଗୁଡ଼ିକୁ ଗୋଟିକ ପରେ ଗୋଟିଏ ଦେଖୁଥିଲି । କିନ୍ତୁ କୌଣସି ଗୋଟିକରେ ଶିଶୁସୁଲଭ ମୁଖ ସମ୍ପନ୍ନ ସେଇ କିଶୋରୀଟିର ଚେହେରା ମୁଁ ଖୋଜି ପାଉ ନ ଥିଲି । ମୁଁ ଭାବିଲି ଯେ ସମ୍ଭବତଃ ବାଲେସ୍ଵୀୟେରି ତାଙ୍କର କୁନି ପ୍ରେମିକାର ପ୍ରତିରୂପ ଆଙ୍କି ନ ଥିଲେ; କେବଳ ତା ସହିତ ମୈଥୁନରେ ହିଁ ସେ ସନ୍ତୁଷ୍ଟ ଥିଲେ । ଅଥଚ ତାଙ୍କର ବୟସାଧିକ୍ୟତା ଦୃଷ୍ଟିରୁ ଠିକ୍ ଏହାର ବିପରୀତ ହିଁ ତାଙ୍କଠାରୁ ଆଶା କରାଯିବା କଥା । ମୁଁ କକ୍ଷରୁ ନିଷ୍କ୍ରାନ୍ତ ହେବାକୁ ଯାଉଥିବା ମୁହୂର୍ତ୍ତରେ ହଠାତ୍ ଉପରୁ ଗୋଟିଏ ଶବ୍ଦ ଶୁଭିଲା ଆଉ ମୁଁ ଉନ୍ମାସିକ ହୋଇ ରହିଁଲି । ମୁଁ ଦେଖିଲି ଯେ ବାଲେସ୍ଵୀୟେରିଙ୍କର ସେଇ କିଶୋରୀ ପ୍ରଣୟିନୀଟି ହଠାତ୍ ଇନ୍ଦ୍ରକୋଷ ସଂଲଗ୍ନ ଦୁଆର ମଧ୍ୟରୁ ଗୋଟିକୁ ଖୋଲି ବାହାରି ଆସିଲା ଆଉ ପାହାଚ ଦେଇ ଅବତରଣ କରିବାକୁ ଲାଗିଲା । ସେ ଓହ୍ଲାଉଥିଲା ଏକ ଅଲସ ସ୍ଵାଚ୍ଛନ୍ଦ୍ୟର ସହିତ । ଏହା ସ୍ପଷ୍ଟ ଥିଲା ଯେ, ସେ ମୋ ଉପସ୍ଥିତି ବିଷୟରେ ଅବଗତ ନ ଥିଲା । ତା'ର ଚକ୍ଷୁ ଥିଲା ଅବନତ; ତା'ର ଗୋଟିଏ ହାତ ଶିଡ଼ିର ବାଡ଼ ଉପରେ ଥିଲା ଆଉ ଆର ହାତ ସାହାୟ୍ୟରେ ଗୋଟାଏ ବଡ଼ ବୁଜୁଲା ସେ ଛାତିରେ ଘୃପି ଧରିଥିଲା ।

ଯେତେବେଳେ ସିଏ ସିଡ଼ିର ପାଦଦେଶରେ ପହଞ୍ଚିଲା, ସେ ହଠାତ୍ ଆଖି ଟେକିଲା ଆଉ ମତେ ତା ଆଖ‌ି ସାମନାରେ ଦେଖ‌ି ଭୟଭୀତ ହୋଇ ପଡ଼ିଲା ଭଳି ଜଣାପଡ଼ିଲା। ମୁଁ ଶିକ୍ଷଶାଳାର ମଝିରେ ଥ‌ିବା ଟେବୁଲ ପାଖରେ ଠିଆ ହୋଇଥ‌ିଲି। କିନ୍ତୁ ଗୋଟିଏ ମୁହୂର୍ତ୍ତ ପରେ ତା ଗୋଲ ମୁହଁରେ ଛାଇଗଲା ଆଶ୍ୱସ୍ତି ଓ ସ୍ଥୈର୍ଯ୍ୟ, ଯେମିତିକି ଏ ସାକ୍ଷାତ ଆକସ୍ମିକ ନୁହେଁ ଆଉ ସିଏ ବାସ୍ତବରେ ନିଜକୁ ଏଥ‌ିପାଇଁ ପ୍ରସ୍ତୁତ କରିଛି ବହୁ ସମୟ ଧରି। ମୁଁ ଅପ୍ରତିଭ ଭାବରେ କହିଲି, "ମୁଁ ଏଇ ପାଖରେ ଗୋଟିଏ ଷ୍ଟୁଡିଓରେ ରହେ, ବୋଧହୁଏ ତୁମେ ବି ମତେ ବେଳେ ବେଳେ ଦେଖ‌ିଥ‌ିବ। ଚିତ୍ରଗୁଡ଼ିକୁ ଦେଖ‌ିବା ପାଇଁ ମୁଁ ପଶି ଆସିଥ‌ିଲି।"

ତା ବ୍ରୁକୁଲାଟିକୁ ନିର୍ଦ୍ଦେଶ କରି ସେ ଉତ୍ତର କଲା, "ଆଉ ମୁଁ ଆସିଥ‌ିଲି, ଷ୍ଟୁଡିଓଟି ଆଉ ଜଣେ କିଏ ଭଡ଼ା ନେଇ ଯିବା ପୂର୍ବ‌ରୁ, ମୋ ଜିନିଷପତ୍ର ଗୁଡ଼ାକ ନେଇଯିବା ପାଇଁ। ମୁଁ ଥ‌ିଲି ତାଙ୍କ ଚିତ୍ର-ନମୁନା; ସିଏ ମତେ ଏ ଘରର ରୁବି ଦେଇଥ‌ିଲେ। ତେଣୁ ମୁଁ ଯେତେବେଳେ ଇଚ୍ଛା କରେ ଯା ଭିତରକୁ ଆସିଯାଏ।"

ମୁଁ ଲକ୍ଷ୍ୟ କଲି ଯେ ତା ଉଚ୍ଚାରଣରେ କୌଣସି ନିର୍ଦ୍ଦିଷ୍ଟ ସ୍ୱାତନ୍ତ୍ର୍ୟ ନ ଥ‌ିଲା ଯାହାଦ୍ୱାରା କି ତା'ର ଜନ୍ମସ୍ଥାନ ବା ସାମାଜିକ ସ୍ଥିତି ବିଷୟରେ କିଛି ଅନୁମାନ କରିବା ମୋ ପକ୍ଷରେ ସମ୍ଭବ ହେବ। ଏହା ଥ‌ିଲା ଏକ ବୈଶିଷ୍ଟ୍ୟହୀନ ସାଧାରଣ ସ୍ୱର। ତା'ର ସୁନିର୍ଦ୍ଦିଷ୍ଟ, ପରିମିତ ଓ ସ୍ୱାତନ୍ତ୍ର୍ୟହୀନ ଉଚ୍ଚାରଣରେ ଏକ ପ୍ରକାର ସଂଯମ ବାରି ହୋଇ ପଡ଼ୁଥ‌ିଲା। ଆଉ କ'ଣ କହିବି ଜାଣି ନ ପାରି ମୁଁ ସାଧାରଣ ଭାବେ ପଚାରି ଦେଲି, "ତୁମେ କ'ଣ ବାଲେସ୍ତ୍ରୟେରିକୁ ଭେଟିବା ପାଇଁ ବାରମ୍ବାର ଏଠିକି ଆସୁଥ‌ିଲ?"

: "ହଁ, ପ୍ରାୟ ସବୁଦିନ।"

: "କିନ୍ତୁ, ସିଏ ମଲେ କେତେବେଳେ?"

: "ପଖରି ଦିନ, ସନ୍ଧ୍ୟାରେ।"

: "ସିଏ ମଲାବେଳକୁ କ'ଣ ତୁମେ ପାଖରେ ଥ‌ିଲ?"

ସିଏ ଘଡ଼ିକ ପାଇଁ ମତେ ତା'ର ବଡ଼ ବଡ଼ କଳା ଆଖ‌ିରେ ଅପଲକ ଦୃଷ୍ଟିରେ ରୁହିଁଲା। ଯେମିତି ଲାଗୁଥ‌ିଲା ସିଏ କିଛି ଦେଖୁନାହିଁ, ଦୃଶ୍ୟଗୁଡ଼ିକ ତା

ଆଖ୍ରେ ଧକ୍କା ଖାଇ ଆଉ କୁଆଡ଼େ ପ୍ରତିବିମ୍ବିତ ହୋଇ ଯାଉଛନ୍ତି ।

: "ସେ ଅସୁସ୍ଥ ହୋଇ ପଡ଼ିବା ବେଳକୁ ମୁଁ ଚିତ୍ର-ଭଙ୍ଗିମାରେ ବସିଥିଲି ।"

: "ସିଏ ତୁମର ଚିତ୍ର ଆଙ୍କୁଥିଲେ ?"

: "ହଁ ।"

ମୁଁ ଆଶ୍ଚର୍ଯ୍ୟ ସ୍ୱରରେ ନ ପଚାରି ରହି ପାରିଲି ନାହିଁ, "କିନ୍ତୁ ଯେଉଁ ଚିତ୍ରପଟ ଉପରେ ସିଏ ତୁମ ଚିତ୍ରରଞ୍ଜନ କରୁଥିଲେ, ସେଇଟି କାହିଁ ?"

: "ସେଇ ଚିତ୍ରଟା", ସେ ଚିତ୍ରାଧାରକୁ ନିର୍ଦ୍ଦେଶ କରି କହିଲା । ମୁଁ ସଦ୍ଧର ବୁଲି ପଡ଼ି ଚିତ୍ରପଟକୁ ଦେଖିଲି ଆଉ ତାପରେ ଗଭୀର ଦୃଷ୍ଟିରେ ସେଇ କିଶୋରୀଟିକୁ ଚାହିଁଲି । କକ୍ଷ ମଧ୍ୟସ୍ଥ ପ୍ରାୟୋନ୍ଧକାର ଭିତରେ ତା' ଆକୃତି ଅସ୍ପଷ୍ଟ ହୋଇ ଉଠିଥିଲା, ତା'ର ପତଳା ଗୋଡ଼ ଉପରେ ଝୁଲୁଥିଲା ଚଉଡ଼ା ଘାଗରା, ତା'ର କୃଶ ଗାତ୍ର ଓ ଚମକ୍କାର କଳାଭଅଁରି ଆଖି ସାମନାରେ ନିଷ୍ପ୍ରଭ ଲାଗୁଥିବା ପାଣ୍ଡୁର ମୁଖ ସମନ୍ଵିତ ତା'ର ତନୁଲତା ମନେ ହେଉଥିଲା ଆଉରି ଅଧିକ କ୍ଷୀଣ ଓ ଶିଶୁ-ସୁଲଭ । ମୁଁ ଅବିଶ୍ୱାସ୍ୟ କଣ୍ଠରେ ପଚାରିଲି, "ଏଇଟା କ'ଣ ତୁମ ଚିତ୍ର ?"

ସିଏ ମୋ ପ୍ରଶ୍ନରେ ନିହିତ ବିସ୍ମୟରେ ସତରେ ଆଶ୍ଚର୍ଯ୍ୟ ହୋଇ ପଡ଼ିଲା । "ହଁ", ସିଏ କହିଲା । "କାଇଁକି ? ବାଲେସ୍ଟାୟେରି ଯେଭଳି ଭାବରେ ମୋର ଚିତ୍ରରଞ୍ଜନ କରିଛନ୍ତି, ତାହା ତୁମକୁ ଭଲ ଲାଗୁ ନାହିଁ କି ?"

: "ମତେ ଭଲ ଲାଗୁଚି କି ଲାଗୁନାଇଁ କଥା ସେଇଆ ନୁହେଁ । କିନ୍ତୁ ମୁଁ ନିଶ୍ଚିତ ଯେ ଏହା ତୁମର ଚିତ୍ର ନୁହେଁ ।"

: "ସିଏ ମୋର ମୁହଁଟି ଆଙ୍କି ନାହାନ୍ତି, କାରଣ ସବୁବେଲେ ସିଏ ମୁଣ୍ଡଟି ଆଙ୍କନ୍ତି ସଭା ଶେଷରେ । ତେଣୁ ଚିତ୍ରଟି ମୋର ନୁହେଁ ବୋଲି ତୁମେ ଭାବୁଛ କାହିଁକି ?"

: "ମାନେ ମୁଁ କ'ଣ କହିବାକୁ ଚାହୁଁଚି କି, ଚିତ୍ରରେ ବାଲେସ୍ଟାୟେରି ଯେଉଁ ନାରୀ ଅଙ୍ଗ ଆଙ୍କିଛନ୍ତି ତାହା ତୁମର ଆକୃତି ସହ ଜମା ଖାପ ଖାଉ ନାହିଁ ।"

: "ସତରେ ?"

ନମୁନାର ଚିତ୍ର ସହ କଳାଗତ ସାମ୍ୟ ସମ୍ପର୍କିତ ଏହି ଛଦ୍ମ କଳାତତ୍ତ୍ୱର

ଆଲୋଚନା ଯେ ସମ୍ପୂର୍ଣ୍ଣ ମୂଲ୍ୟହୀନ ଆଉ କୃତ୍ରିମ ଏ ସମ୍ପର୍କରେ ମୁଁ ଅବଗତ ଥିଲି। ଆଉ ଏ ଛଳନାର ସହଭାଗୀ ହୋଇ ମୁଁ ନିଜକୁ ଲଜ୍ଜିତ ଅନୁଭବ କରୁଥିଲି। ତଥାପି ମଧ ସ୍ୱରରେ ସ୍ଫୁର୍ତ୍ତି ଫୁଟାଇ ମୁଁ କହିଲି, "ଅସମ୍ଭବ। ମୁଁ ବିଶ୍ୱାସ କରି ପାରୁନାଇଁ।"

: "ତୁମେ ଏମିତି ଭାବୁଛ?" ସିଏ ଆଉ ଥରେ କହିଲା, "ହେଲେ ବି ମୋର ଆକୃତି ଠିକ୍ ସେଇଭଳି।" ସିଏ ତା'ର ବୁଜୁଲାଟିକୁ ନେଇ ଟେବୁଲ ଉପରେ ଥୋଇଲା, ଚିତ୍ରାଧାର ନିକଟକୁ ଯାଇ ଚିତ୍ରପଟଟିକୁ ଘଡ଼ିଏ ନିରୀକ୍ଷଣ କଲା, ଆଉ ତାପରେ ବୁଲି ପଡ଼ି କହି ଋଲିଲା, "ବୋଧେ ସାମାନ୍ୟ ଟିକିଏ ଅତିରଞ୍ଜନ ରହିଛି, କିନ୍ତୁ ସାମଗ୍ରିକ ଭାବରେ କହିଲେ ମୋର ଆକୃତିଟା ଠିକ୍ ସେଇଭଳି।" ସିଏ ଯେତେବେଲେ ଚିତ୍ରପଟ ନିକଟରେ ଠିଆ ହୋଇଥିଲା, କୌଣସି କାରଣରୁ ମୋର ସେଇ ଅପରାହ୍ନର ସ୍ୱପ୍ନ ମନେ ପଡ଼ିଗଲା।

: "ବାଲେଶ୍ୱାୟେରି କ'ଣ ତୁମର ଏଇ ଗୋଟିକ ଛବି ଆଙ୍କିଥିଲେ ନା ଆଉରି ବି କିଛି ଛବି ଅଛି?" ମୁଁ ବିଶେଷ କିଛି ନ ଭାବି ହଠାତ୍ ପଋରିଦେଲି।

: "ଓଃ, ସେ ମତେହିଁ ବାରମ୍ବାର ଆଙ୍କି ଋଲିଥିଲେ।" ସେ ମୁହଁ ଟେକି କାନ୍ଥକୁ ଋହିଁଲା ଆଉ ଚିତ୍ରକୁ ଆଙ୍ଗୁଲି ନିର୍ଦ୍ଦେଶ କରି ଗଣିବା ଆରମ୍ଭ କଲା। "ମୁଁ ସେଇଟା, ଏଇଟା ବି, ଆଉ ଉପରେ ଯୋଉଟା ଅଛି, ସେଇଟା ବି।" ସେ ଯୋଗ କଲା ଉପସଂହାରରେ, "ସେ ସବୁବେଲେ ମୋର ହିଁ ଛବି ଆଙ୍କୁଥିଲେ। ଚିତ୍ରଭଙ୍ଗିମାରେ ସେ ମତେ ବସାଉଥିଲେ ଘଣ୍ଟା ଘଣ୍ଟା ଧରି।"

ହଠାତ୍ ବାଲେଶ୍ୱାୟେରିଙ୍କ ସମ୍ପର୍କରେ କୌଣସି କଦର୍ଯ୍ୟ ମନ୍ତବ୍ୟ ଦେବା ପାଇଁ ଏକ ଅଭୁତ ଆବେଗ ମୁଁ ଅନୁଭବ କଲି। ବୋଧହୁଏ ଏକ ଅଧିକତର ବ୍ୟକ୍ତିଗତ ତଥା ବିଶ୍ୱସ୍ତ ଆଲୋଚନାରେ ପ୍ରବୃତ୍ତ ହେବା ପାଇଁ ସେ ଯେଭଳି ବାଧ୍ୟ ହେବ, ସେଲାଗି ଏଭଳି କରିବାକୁ ମୁଁ ଋହୁଁଥିଲି। ମୁଁ ନିଷ୍ଠୁର ଭାବରେ କହିଲି, "ଚେଷ୍ଟା ପ୍ରଚୁର, କିନ୍ତୁ ଫଲାଫଲର ମାନ ନିତାନ୍ତ ନିକୃଷ୍ଟ।"

: "କାଇଁକି?"

: "କାରଣ ବାଲେଶ୍ୱାୟେରି ଥିଲେ ଜଣେ ନିମ୍ନ ଧରଣର ତୈଲିକ। ପ୍ରକୃତରେ କହିଲେ, ସେ ତୈଲିକ ହିଁ ନ ଥିଲେ।" ସେ ଏକଥାରେ କୌଣସି ପ୍ରତିକ୍ରିୟା

ପ୍ରକାଶ କଲାନାହିଁ। "ମୁଁ ରଙ୍ଗସାଜୀ ବିଷୟରେ ବିଶେଷ କିଛି ଜାଣେ ନାହିଁ", କେବଳ ଏତିକି ସେ କହିଲା।

: "ପ୍ରକୃତରେ ବାଲେଶ୍ୱାୟେରି ଥିଲେ କେବଳ ଜଣେ ନାରୀ ରଙ୍କୁଣିଆ ପୁରୁଷ, କଲାକାର ନୁହେଁ", ମୁଁ କଥା ଦୋହରାଇଲି।

: "ହଁ, ଏଇ କଥାଟା ଠିକ୍।" ମୋ କଥାରେ ସେ ସହମତି ଜଣାଇଲା। ସ୍ୱରରେ ତା'ର ଫୁଟି ଉଠିଥିଲା ପ୍ରତ୍ୟୟ।

ସିଏ ବର୍ତ୍ତମାନ ଆଉ ଥରେ ଉଠାଇ ଧରିଥିଲା ତା'ର ବୁଜୁଲା, ଆଉ ମୋ ଆଡ଼େ ରହୁଁଥିଲା ଏକ ପ୍ରଶ୍ନିଲ ଆଖିରେ। ଯେମିତିକି ମୋତେ ସିଏ ପଚରୁଥିଲା, 'ମୁଁ କ'ଣ ରୁଲିଯିବି; ମତେ ଅଟକାଇ ରଖିବା ପାଇଁ ତୁମେ କ'ଣ କିଛି କରିବନି ?' ହଠାତ୍ ଏକ କୋମଳ ସ୍ୱରରେ ମୁଁ ପ୍ରସ୍ତାବ କଲି, "ତୁମେ ଅଳ୍ପ ସମୟ ପାଇଁ ମୋର ଶିଳ୍ପଶାଲାକୁ ଆସି ପାରିବ କି ?" ମୁଁ ସ୍ୱୟଂ ମୋ ସ୍ୱରରେ ଆଶ୍ଚର୍ଯ୍ୟ ହୋଇଗଲି, କାରଣ ଏଭଳି କହିବାଟା ନା ମୋର ଉଦ୍ଦେଶ୍ୟ ଥିଲା ନା ଏଭଳି କହିବି ବୋଲି ଘଡ଼ିକ ଆଗରୁ ମୁଁ ନିଜେ ଜାଣିଥିଲି। ତା'ର ମୁହଁ ଏକ ତ୍ୱରିତ, ନିଷ୍କପଟ ଆଶାରେ ଉଜ୍ଜଳି ଉଠିଲା।

: "ମୁଁ ତୁମ ପାଇଁ ଚିତ୍ରଭଙ୍ଗିମାରେ ବସିବା ତୁମେ ରୁହୁଁଛ କି ?" ସେ ପଚରିଲା।

ମୁଁ ଅପ୍ରତିଭ ଅନୁଭବ କଲି। ତାକୁ ମିଛ କହିବା ମୋର ଉଦ୍ଦେଶ୍ୟ ନ ଥିଲା, ଆଉ ବର୍ତ୍ତମାନ ସିଏ ଆଣୁଥିବା ପ୍ରସ୍ତାବରେ ନିହିତ କୈତବ ଥିଲା ମୋ ପାଇଁ ଦ୍ୱିଗୁଣ ଲଜ୍ଜାକର। ଆଂଶିକ ଭାବରେ କାରଣ ଏହା ଥିଲା ଏକ ଛଲନା; କିନ୍ତୁ ପୂର୍ଣ୍ଣତଃ, ତାକୁ ମୋର ଶିଳ୍ପଶାଲାକୁ ଆଣିବା ପାଇଁ ଯେତେ ପ୍ରକାରର ଛଲ ଉପାୟ ମୁଁ ଅବଲମ୍ବନ କରି ପାରିବା ସମ୍ଭବ, ସେମାନଙ୍କ ମଧ୍ୟରୁ ଏହା ଥିଲା ସବୁଥାରୁ କଦର୍ଯ୍ୟ। ଏହା ଥିଲା ଏକ ବ୍ୟଭିଚାରୀ ତୈଲିକର ଛଲନା, ଯିଏ କୌଣସି ସୁନ୍ଦରୀ ତରୁଣୀକୁ ନିଜର ଶିଳ୍ପଶାଲାକୁ ଆମନ୍ତ୍ରଣ ଜଣାଏ ଚିତ୍ରରଞ୍ଜନ କରିବାର ବାହାନାରେ – ଗୋଟିଏ କଥାରେ କହିଲେ, ଯେଉଁ ଛଲନା କେବଳ ବାଲେଶ୍ୱାୟେରିଙ୍କ ଭଳି ନୀଚ ବ୍ୟକ୍ତି ପାଇଁ ହିଁ ଯୋଗ୍ୟ। ମୁଁ ତାକୁ ତାସ୍ଥଳ୍ୟରେ ଛଲେଇ କରି କହିଲି, "ବାଲେଶ୍ୱାୟେରି ତୁମକୁ ପ୍ରଥମ ଥର ଯେତେବେଳେ ତାଙ୍କ ଶିଳ୍ପଶାଲାକୁ ନିମନ୍ତ୍ରଣ

କଲେ, କ'ଣ ଚିତ୍ର ଆଙ୍କିବା ହିଁ ଥିଲା ତାଙ୍କର ବାହାନା ?"

: "ନା", ସିଏ ବେଶ୍ ଗୁରୁତ୍ୱର ସହ କହିଲା। "ପ୍ରଥମେ ମୁଁ ତାଙ୍କ ପାଖକୁ ଚିତ୍ରାଙ୍କନ ଶିଖିବା ପାଇଁ ଯାଇଥିଲି। ପରେ ଅବଶ୍ୟ ସିଏ ମୋର ଚିତ୍ରରଞ୍ଜନ କରିବା ପାଇଁ ରହିଁଲେ, କିନ୍ତୁ ତାହା ଥିଲା ବେଶ୍ ପରର ଘଟଣା।"

ତା ପାଇଁ ତାହେଲେ ଚିତ୍ରରଞ୍ଜନର ଛଳନାଟି ଛଳନା ହିଁ ନଥିଲା, ଥିଲା ବେଶ୍ ଏକ ଗୁରୁତ୍ୱପୂର୍ଣ୍ଣ ଲକ୍ଷ୍ୟ। ବାସ୍ତବିକ ସେ କହି ଋଲିଲା, "ମୋର କିଛି କାମ ନାହିଁ। ତୁମେ ରହିଁଲେ ସନ୍ଧ୍ୟାରାଶ ଯାଏ ମୁଁ ତୁମ ପାଇଁ ବସି ପାରିବି।"

ମୁଁ ଯେ ଏବେ ଚିତ୍ରରଞ୍ଜନ ଛାଡ଼ି ଦେଇଛି; ଆଉ ବି ଚିତ୍ରରଞ୍ଜନ କରୁଥିବା ସମୟରେ ମଧ ମୁଁ ପ୍ରତିରୂପ ଅଙ୍କନ କରୁ ନ ଥିଲି; ଏସବୁ କଥା ତାକୁ କହିବା ଉଚିତ ହେବ ନା ନାଇଁ ମୁଁ ଚିନ୍ତା କରୁଥିଲି। କିନ୍ତୁ ସେପରି ସ୍ଥଳରେ, ମୁଁ ଚିନ୍ତା କଲି ଯେ, ତାକୁ ମୋ ଶିଳ୍ପଶାଳାକୁ ଆମନ୍ତ୍ରଣ କରିବା ପାଇଁ ମତେ ଆଉ ଏକ ବାହାନା ଖୋଜିବାକୁ ପଡ଼ିବ, କାରଣ ଆପାତତଃ ସେଥିପାଇଁ କୌଣସି ଏକ ବାହାନା ହିଁ ଆବଶ୍ୟକ ଥିଲା। ସେପରି କ୍ଷେତ୍ରରେ ଚିତ୍ରରଞ୍ଜନ କରିବାର ବାହାନାଟିକୁ ମାନିନେଲେ କ୍ଷତି କ'ଣ ? ତେଣୁ ମୁଁ ଏକ ହାଲକା ଅସ୍ୱସ୍ତ ଭଙ୍ଗୀରେ କହିଲି, "ଠିକ ଅଛି, ଋଲ ମୋ ଶିଳ୍ପଶାଳାକୁ ଯିବା।"

: "ମୁଁ ନିଜେ ଏହି ସମୟରେ ହିଁ ବାଲେସ୍ୱାୟେରିଙ୍କ ପାଇଁ ଚିତ୍ରନମୁନା ହୋଇ ବସେ।" ସେ ମତେ ଜଣାଇଲା। ଆଶ୍ୱସ୍ତ ଓ ସନ୍ତୁଷ୍ଟ ହୋଇ ସେ ଟେବୁଲ ଉପରୁ ଉଠାଇଲା ତା'ର ବୁଜୁଲା। "ସେ ପ୍ରତିଦିନ ଋରିଟାରୁ ସାତଟା ଯାଏଁ ରଙ୍ଗସାଜୀ କରୁଥିଲେ।" ସେ କହିଲା।

: "ଆଉ ସକାଳବେଳା ବି ?"

: "ହଁ ସକାଳେ ବି, ଦଶଟାରୁ ଗୋଟାଏ ଯାଏଁ।"

ଇତିମଧ୍ୟରେ ଆମେ ଶିଳ୍ପଶାଳାର ଦୁଆର ପାଖକୁ ଆସି ଯାଇଥିଲୁ। ମୁଁ ଅବଗତ ଥିଲି ଯେ ସେ ଶେଷଥର ପାଇଁ ଏଇ ଷ୍ଟୁଡିଓକୁ ଦେଖୁଥିଲା ଯେଉଁଠି ସିଏ ତା ଜୀବନର ଏକ ଦୀର୍ଘ ମହତ୍ତ୍ୱପୂର୍ଣ୍ଣ ଅଂଶ କାଟି ଦେଇଥିଲା। ଆଉ ମୁଁ ଆଶା କରୁଥିଲି ଯେ, ସେଇ ବୃଦ୍ଧ ତୌଲିକ ଯିଏ ତାକୁ ପ୍ରାଣଭରି ଭଲ ପାଇଥିଲେ, ତାଙ୍କ

ପାଇଁ ଦୟାବଶତଃ ଅନ୍ତତଃ ସେ ଦିପଦ କିଛି କହିବ, ଅବା କିଛି ନ ହେଲେ ବି ପଛକୁ ଥରେ ଘୁରି ଚାହିଁବ । କିନ୍ତୁ କାନ୍ତୁକୁ ଚାହିଁ ସେ କେବଳ ପଚାରିଲା, "ବର୍ତ୍ତମାନ ତ ସିଏ ମରିଗଲେ, ଏଇ ଚିତ୍ରଗୁଡ଼ିକ କ'ଣ ହେବ ?"

ମୁଁ ନିର୍ଦ୍ଦୟ ଭାବରେ କହିଲି, "କାଇଁକି ? ମୁଁ ଭାବୁଚି ସେମାନେ ସେଗୁଡ଼ିକୁ ବିକିବାକୁ ଚେଷ୍ଟା କରିବେ । ଆଉ ଯେତେବେଳେ ସେମାନେ ଦେଖିବେ ଯେ କେହି ଏଗୁଡ଼ିକୁ କିଣିବା ପାଇଁ ଚାହୁଁ ନାହାନ୍ତି, ସେମାନେ ତାକୁ ଭୂତଳଗୃହର ଅଳିଆ ଗଦାରେ ଫୋପାଡ଼ି ଦେବେ ।"

: "ଅଳିଆ ଗଦାରେ ?"

: "ହଁ ।"

: "ତାଙ୍କର ଜଣେ ପତ୍ନୀ ଅଛନ୍ତି, ଯାହାଙ୍କଠାରୁ ତାଙ୍କର ବିଚ୍ଛେଦ ହୋଇ ଯାଇଛି । ଚିତ୍ରଗୁଡ଼ିକ ବୋଧେ ତାଙ୍କୁ ଦିଆଯିବ ।"

: "ତାହେଲେ ତ ସିଏ ସେଗୁଡ଼ିକ ନିଶ୍ଚୟ ଫୋପାଡ଼ି ଦେବେ ।"

ସେ ନିରବ ରହିଲା । ସେ ଦିଶୁଥିଲା ଗମ୍ଭୀର ଓ ନିରାସକ୍ତ । ବର୍ତ୍ତମାନ ସେ ମୋ ଆଗରେ ଗମା ଭିତର ଦେଇ ଚାଲିଥିଲା । ହାତରେ ସିଏ ବଡ଼ ବୁଜୁଲାଟି ଧରି ତା'ର ସ୍ୱୀୟ ବିଶେଷ ଭଙ୍ଗୀରେ ଧୀର ପଦକ୍ଷେପରେ ଚାଲୁଥିଲା । ତାର ସେଇ ଭଙ୍ଗୀ ଯାହା ଅଭୁତ ଭାବରେ ସ୍ୱତଃସ୍ଫୁର୍ତ୍ତ ଅଥଚ ଅନିଚ୍ଛୁକ ଲାଗେ, ଯାହା ବାସ୍ତବରେ ଏକ ଇଚ୍ଛାକୃତ, ସୁତୀବ୍ର ଭାବରେ ଜଘନଚପଳ, ଲାଳାୟିତ ହାବ । ତାକୁ ଦେଖିଲେ ଲାଗୁଥିଲା ଯେମିତି ସେ ଘର ବଦଳାଉଛି । ହଁ, ସିଏ ବାଲେଶ୍ୱରୀୟେରିଙ୍କ ଷ୍ଟୁଡିଓ ଛାଡ଼ି ମୋର ଶିକ୍ଷଶାଳାକୁ ଯାଉଛି, କେବଳ ସେତିକି । ମୁଁ ଟିକିଏ ଆଗେଇ ଯାଇ, ତା ପାଇଁ ଦୁଆରଟି ଖୋଲି ଧରିଲି ଆଉ କହିଲି, "ତୁମେ ଦେଖ ପାରୁଥବ, ଏଇ ଶିକ୍ଷଶାଳାଟି ବାଲେଶ୍ୱୀୟେରିଙ୍କ ଶିକ୍ଷଶାଳାଠୁ ବେଶ୍ ଅଲଗା ।"

ସେ କିଛି ଉତ୍ତର ଦେଲା ନାଇଁ । ପ୍ରକୃତରେ ମୋ ଶିକ୍ଷଶାଳା ଆଉ ତା'ର ପୁରୁଣା ଦୟିତର ଶିକ୍ଷଶାଳା ଭିତରେ କୌଣସି ଫରକ ତା ପାଇଁ ନ ଥିଲା । ସେ କେବଳ ମେଜ ପାଖକୁ ଗଲା, ତା ଉପରେ ତା ବୁଜୁଲାଟି ଥୋଇଲା ଆଉ ତା ପରେ ବୁଲି ପଡ଼ି ପଚାରିଲା, "ଗାଧୁଆଘରଟା କୋଉଠି ?"

: "ସେଇଠି, ସେଇ ଯୋଉ ଦୁଆରଟା ସେଠି ଦିଶୁଛି ।"

ସିଏ ଗାଧୁଆଘର ଆଡ଼େ ଗଲା ଆଉ ତା ଭିତରେ ଅଦୃଶ୍ୟ ହୋଇଗଲା। ମୁଁ ଡିଭାନ ପାଖକୁ ଗଲି, ଆଉ ସେଇ ଗଦିଟାକୁ ସଜାଡ଼ି ଦେଲି ଯାହା ଉପରେ ମୁଁ ସେଇ ଅପରାହ୍ନରେ ଶୋଇ ଯାଇଥିଲି। ତାପରେ ସିଗାରେଟ ମୁଣ୍ଡିଗୁଡ଼ିକୁ ମୁଁ ଗୋଟେଇବା ଆରମ୍ଭ କଲି, ଯୋଉଗୁଡ଼ାକ କି ସିଗାରେଟ ଟାଣି ସାରିବା ପରେ ମୁଁ ଚଟାଣ ସାରା ଫୋପାଡ଼ି ଥିଲି। ମୁଣ୍ଡି ଗୋଟାଇ ଗୋଟାଇ ମୁଁ ସେଇ ଝିଅଟିର ବିଷୟରେ ଚିନ୍ତା କରୁଥିଲି, ମନରେ ଭାବୁଥିଲି ଝିଅଟି ମତେ ଆକୃଷ୍ଟ କରିଛି କି ? ଆଉ ମୁଁ ତା ସହିତ ଯାହା କରିବି ବୋଲି ସିଏ ଆଶା କରୁଛି, ମୁଁ ତାହା କରିବାକୁ ରଖୁଁଚି କି ? ଏବଂ ମୁଁ ହୃଦୟଙ୍ଗମ କଲି ଯେ ଏଭଳି ଯୌନ ସମ୍ପର୍କ ପାଇଁ ମୋର ସାମାନ୍ୟତମ ବି ଆଗ୍ରହ ନାଇଁ। ପରିଶେଷରେ ମୁଁ ଠିକଣା କଲି ଯେ ମୁଁ ତାକୁ ବାଲେସ୍ଵାଏରିଙ୍କ ବିଷୟରେ, ଆଉ ତାଙ୍କ ସହିତ ତା'ର ସମ୍ପର୍କ ବିଷୟରେ, ଅଧିକ କିଛି ପଚରାପଚରି କରିବି – କାରଣ ଏ ବିଷୟରେ କିଛି ଜାଣିବା ପାଇଁ ମୁଁ କୌତୁହଳ ଅନୁଭବ କରୁଥିଲି; ଆଉ ତାପରେ ତାକୁ ବିଦା କରିଦେବି।

ମୁଁ ଥିଲି ପ୍ରଶାନ୍ତ; ଆଉ ସେଇ ପ୍ରଶାନ୍ତିର ଉପଲବ୍ଧି ଭିତରେ ମୁଁ ଏତେ ନିମଜ୍ଜିତ ହୋଇ ଯାଇଥିଲି ଯେ, ସେ ଝିଅଟିର ଚିତ୍ରରଞ୍ଜନ କରିବାର ବାହାନା, ଯାହା କି ସେ ମତେ ପ୍ରସ୍ତାବ ଆକାରରେ ଦେଇଥିଲା ଆଉ ଯାହା ଅନ୍ୟମନସ୍କ ଭାବରେ ମୁଁ ଗ୍ରହଣ ବି କରିଥିଲି, ସେ ବିଷୟରେ ମୁଁ ସମ୍ପୂର୍ଣ୍ଣ ଭୁଲି ଯାଇଥିଲି। ତେଣୁ ମୁଁ ହଠାତ୍ ଆଶ୍ଚର୍ଯ୍ୟ ହୋଇ ପଡ଼ିଲି ଯେତେବେଳେ ସ୍ନାନାଗାରର ଦୁଆରଟି ଖୋଲିଗଲା ଆଉ ଝିଅଟି ତା'ର ଦେହଲୀ ଉପରେ ଆସି ଠିଆ ହେଲା। ସେ ଥିଲା ଉଲଗ୍ନ, ସମ୍ପୂର୍ଣ୍ଣ ଉଲଗ୍ନ। ତା'ର ଦୁଇ ପାପୁଲିରେ ଟାୱେଲଟିକୁ ସେ ମୁଠାଇ ଧରିଥିଲା, ଆଉ ପ୍ରପଦରେ ଟିପେଇ ଟିପେଇ ରଖୁଥିଲା। ମୁଁ ତାକୁ ଯେତେବେଳେ ଦେଖିଲି, ମୋ ମୁଣ୍ଡକୁ ଚିନ୍ତା ଆସିଲା ଯେ ବାଲେସ୍ଵାଏରି ଯେଉଁ ସମୁନ୍ନତ ଭଙ୍ଗୀରେ ତା'ର ପୃଥୁଳ ସ୍ତନ ଓ ନିତମ୍ବର ରଙ୍ଗସାଜୀ କରିଥିଲେ, ଯାହାକି ମତେ ସେତେବେଳେ ଅବିଶ୍ୱାସ୍ୟ ମନେ ହୋଇଥିଲା, ତାହା କିନ୍ତୁ ପ୍ରକୃତରେ କିଛି ଅତିରଞ୍ଜନ ନୁହେଁ। ବାସ୍ତବରେ ତା'ର ଥିଲା ପୀନ, ସୁଦୃଢ଼ ଏବଂ ମଧୁର ନୀଳଜୀମୁତ ବର୍ଷର ଚମତ୍କାର ସ୍ତନ। କିନ୍ତୁ ତାହା ତା'ର ଶରୀର ସହ – ତା'ର ସେଇ କ୍ଷୀଣାଙ୍ଗୀ କିଶୋରୀର କୃଶତନୁ ସହ – ସମ୍ପୂର୍ଣ୍ଣ ଅସମଞ୍ଜସ ଲାଗୁଥିଲା। କହିବାକୁ ଗଲେ, ଲାଗୁଥିଲା ତାହା

ଯେମିତି ତା'ର କ୍ଷୀଣ ଶରୀର ଠାରୁ ବିଚ୍ଛିନ୍ନ ଏକ ସଭା ଯାହା ସ୍ୱତନ୍ତ୍ର ଭାବେ ଝୁଲିଛି । ତା'ର କଟି ମଧ୍ୟ ଥିଲା ଏକ କିଶୋରୀର କଟି – ଅବିଶ୍ୱାସ୍ୟ ଭାବରେ କ୍ଷୀଣ ଓ ନମନୀୟ । କିନ୍ତୁ ତା ସ୍ତନରେ ପରିଲକ୍ଷିତ ପ୍ରାପ୍ତବୟସ୍କତା, ତା'ର ଦୃଢ଼ ଘନ ଜଘନରେ ମଧ୍ୟ ପୁନଶ୍ଚ ପରିଲକ୍ଷିତ ହେଉଥିଲା । ସେ ଚୁଲିବା ବେଳେ ଛାତି ଫୁଲାଇ ପେଟ ଖଙ୍କାଲି ଚୁଲୁଥିଲା, ଆଉ ପ୍ରାୟ ଏକ ଲୋଭିଲା ଦୃଷ୍ଟିରେ, ବାତାୟନ ପାର୍ଶ୍ୱରେ ରଖା ଯାଇଥିବା ଚିତ୍ରାଧାରକୁ ଅପଲକ ନୟନରେ ଚୁହିଁ ରହିଥିଲା । ଆଉ ଯେତେବେଳେ ଚିତ୍ରପଟ ସାମନାରେ ସିଏ ପହଞ୍ଚି ଗଲା, ପଛକୁ ନ ଚୁହିଁ ତା'ର ସେଇ ଅଭୁତ ଭାବରେ ନିସ୍ତବ୍ଧ, ନିସ୍ପୃହ ଓ ଶୁଷ୍କ ସ୍ୱରରେ ସିଏ ପଚାରିଲା, "ଆଚ୍ଛା, ମୁଁ କେଉଁଠି ଛିଡ଼ା ହେବି ?"

ମୁଁ ମନରେ ଚିନ୍ତା କରୁଥିଲି, ତା'ର ସମଗ୍ର ଅଭିବ୍ୟକ୍ତିରେ ସେହି ମୁହୂର୍ତ୍ତରେ କିଛି ଛଳନା ରହିଛି କି ? ଏବଂ ତତ୍‍କ୍ଷଣାତ୍ ମତେ ସ୍ୱୀକାର କରିବାକୁ ପଡ଼ିଲା, 'ନା' । ସେ ଚିତ୍ରନମୁନାର ବୃଭିକୁ ଗ୍ରହଣ କରିଛି ବେଶ୍ ଗୁରୁତ୍ୱର ସହିତ । ଯଦିଚ ସେ ମଧ୍ୟ ବୋଧହୁଏ ଆଶା କରିଥିଲା ଯେ ଭିନ୍ନ ଏକ ସମ୍ପର୍କ ଯୋଡ଼ିବା ପାଇଁକି ଏଇଟା କେବଳ ଗୋଟାଏ ବାହାନା । ମାତ୍ର କାର୍ଯ୍ୟ ପ୍ରତି ତା'ର ଆନ୍ତରିକତାରୁ ମତେ ଲାଗୁଥିଲା, ଗୋଟିଏ କାର୍ଯ୍ୟ ସହିତ ଆରଟିର ସମ୍ପର୍କ ବୁଝିବା ପାଇଁ ତା'ର ଚିନ୍ତାଶକ୍ତି ନାହିଁ । ସେଇ ଅକ୍ଷମତା ହିଁ ତାକୁ ଦେଇଛି ତା'ର ନିଷ୍ଠା । ଧୀର ଭାବରେ ମୁଁ କହିଲି, "କେଉଁଠି ବି ଠିଆ ହେବାର ଆବଶ୍ୟକତା ନାହିଁ ।"

ସେ ଆଶ୍ଚର୍ଯ୍ୟ ହୋଇ ବୁଲି ପଡ଼ିଲା । "କାହିଁକି ?" ସେ ପଚାରିଲା ।

: "ମୁଁ ଦୁଃଖିତ ।" ମୁଁ ବୁଝାଇ ବସିଲି । "ତୁମର ରଙ୍ଗସାଜୀ କରିବାର ପ୍ରସ୍ତାବକୁ ମୁଁ ବଡ଼ ହାଲୁକା ଭାବରେ ନେଇଥିଲି । ବାସ୍ତବରେ ମୁଁ କିଛିଦିନ ହେଲା ଚିତ୍ରରଞ୍ଜନ ଛାଡ଼ି ଦେଲିଣି । ଆଉ ଯେତେବେଳେ ବି ମୁଁ ରଙ୍ଗସାଜୀ କରୁଥିଲି, ମୁଁ କୌଣସି ଚିତ୍ରନମୁନା ବା ଅନ୍ୟାନ୍ୟ ବସ୍ତୁର ପ୍ରତିରୂପ ଆଙ୍କୁ ନ ଥିଲି । ମୁଁ ସତରେ ଦୁଃଖିତ ।"

ତା ଅଭିବ୍ୟକ୍ତିରେ କୌଣସି ଉଷ୍ମା ବା ବିରକ୍ତି ପରିଲକ୍ଷିତ ହେଲା ନାହିଁ । ଏକ ନିରାସକ୍ତ ସ୍ୱରରେ ସେ କହିଲା, "କିନ୍ତୁ ତୁମେ ମତେ କହିଲ ଯେ ମୁଁ ଆସି ତୁମ ପାଇଁ ଚିତ୍ରଭଙ୍ଗିମାରେ ବସିବା ତୁମେ ଚୁହିଁ ।"

: "ହଁ, କଥାଟା ସତ । ତେବେ ବର୍ତ୍ତମାନ ସେ କଥା ଭୁଲି ଯିବାଟା ଠିକ ହେବ ।"

ଧୀରେ, ଯେମିତିକି ସେ ଯାହା କରୁଥିଲା ତା'ର କୌଣସି ଗୁରୁତ୍ୱ ହିଁ ନାଇଁ, ସେଇ ଭଙ୍ଗୀରେ ସେ ହାତରେ ଧରିଥିବା ଟାଓ୍ୱେଲଟିକୁ ବେକରେ ପକାଇଲା ଆଉ ସେଥିରେ ତା ତନୁ ଆଚ୍ଛାଦିତ କଲା । ତା ମୁହଁରେ ଥିଲା ଭୟ ଓ ସଂଶୟ । ତାପରେ ସେ ଡିଭାନ ଆଡ଼କୁ ପାଦ ପକାଇଲା, ଯେମିତିକି ମୁଁ ତାକୁ ଆସି ଡିଭାନ ଉପରେ ବସିବା ପାଇଁ ନିମନ୍ତ୍ରଣ କରିଛି, ଅଥଚ ବାସ୍ତବରେ ମୁଁ କିଛି ହିଁ କହି ନ ଥିଲି । ସେ ଆସି ମୋ ଠାରୁ ଅଳ୍ପ ଦୂରରେ ଡିଭାନର ଅପର ପାର୍ଶ୍ୱରେ ବସିଲା । ମୁହୂର୍ତ୍ତକ ପାଇଁ ଛାଇଗଲା ନୀରବତା । ତାପରେ ହଠାତ୍ ତା'ର ଶିଶୁସୁଲଭ ଅଧରରେ ଆମ୍ରପ୍ରକାଶ କଲା ସେଇ ହସ, ଯାହାକି ଗମା ଭିତରେ ଆମେ ଭେଟାଭେଟି ହେଲେ ସେ ମୋ ପ୍ରତି ଅର୍ପଣ କରିବାରେ ଅଭ୍ୟସ୍ତ ଥିଲା । ମୁଁ ଅପ୍ରତିଭ ଅନୁଭବ କଲି । କହିଲି, "ତୁମେ ମତେ ଖରାପ ଭାବୁଥିବ ନା !"

ସେ ନୀରବରେ, ନାସ୍ତି ଭଙ୍ଗୀରେ ତା'ର ମୁଣ୍ଡଟି ହଲାଇଲା । ସେ ମତେ ରୁହିଁ ରହିଥିଲା ତା'ର ନିଜସ୍ୱ ଭାବଲେଶହୀନ ନିଥର ଦୃଷ୍ଟିରେ । ଯେମିତି ତା ନୟନଯୁଗଳ ଥିଲେ ଦୁଇଟି କୃଷ୍ଣ ମୁକୁର, ବାହ୍ୟ ପୃଥିବୀର ସମସ୍ତ ଦୃଶ୍ୟ, ସେ କିଛି ବୁଝିବା ଆଗରୁ, ଏପରିକି ବୋଧେ ସେ କିଛି ଦେଖିବା ଆଗରୁ, ପ୍ରତିଫଳିତ ହୋଇ ଫେରି ଯାଉଥିଲା ସେଇ ମୁକୁରରୁ । ମୁଁ ଅନୁଭବ କଲି ମୋ ଭିତରେ କ୍ରମବର୍ଦ୍ଧମାନ ଏକ ଅପ୍ରତିଭତା । ଏହା ସ୍ପଷ୍ଟ ଥିଲା ଯେ ସେ ଢଳିଯିବା ପାଇଁ ଇଚ୍ଛା କରୁ ନ ଥିଲା ଏବଂ ସମ୍ଭବତଃ ଆମ କାର୍ଯ୍ୟକ୍ରମର ପ୍ରତ୍ୟାଶିତ ଦ୍ୱିତୀୟ ଭାଗର ପ୍ରାରମ୍ଭ ପାଇଁ ଆଶା କରି ବସିଥିଲା । ବାର୍ତ୍ତାଳାପର ଏକ ସାଧାରଣ ଗୁଣନିୟକ କାଢ଼ିବା ପାଇଁ ମୁଁ ମନ ଭିତରେ ଧୁନ୍ଦି ହେଲି । ସ୍ୱାଭାବିକ ଭାବରେ, ବାଲେସ୍ଥାଯେରି ମୋ ମନକୁ ଆସିଗଲେ ।

: "ତୁମେ ବାଲେସ୍ଥାଯେରିକୁ କେବେଠୁ ଜାଣିଛ ?" ମୁଁ ପଚାରିଲି ।

: "ଦୁଇ ବର୍ଷ ହେଲା ।"

: "କିନ୍ତୁ ତୁମ ବୟସ କେତେ ?"

: "ମତେ ବର୍ତ୍ତମାନ ସତର ।"

: "ମତେ କୁହ ତୁମେ ବାଲେସ୍ଥାଯେରିଙ୍କୁ ଭେଟିଲ କେମିତି ?"

: “କାହିଁକି ?”

: “କାରଣ” – ମୁଁ କଥାଟା ବିଷୟରେ ଘଡ଼ିଏ ଭାବିଲି । ଆଉ ତାପରେ ଆନ୍ତରିକତାର ସହିତ କହିଲି, “ଜାଣିବା ପାଇଁ ମୋର କୌତୁହଳ ହେଉଛି ।”

: “ମୁଁ ବାଲେସ୍ଟ୍ରାୟେରିଙ୍କୁ ଦୁଇ ବର୍ଷ ତଳେ ଦେଖିଥିଲି ।” ସେ ଧୀର ସ୍ୱରରେ କହିଲା, “ମୋର ଜଣେ ବାନ୍ଧବୀର ଘରେ ।”

: “ତୁମର ଏଇ ବାନ୍ଧବୀଟି କିଏ ?”

: “ଏଲିସା ବୋଲି ଝିଅଟିଏ ।”

: “ଏଲିସାର ବୟସ କେତେ ?”

: “ସିଏ ମୋଠୁ ଦୁଇ ବର୍ଷ ବଡ଼ ।”

: “ବାଲେସ୍ଟ୍ରାୟେରି ଏଲିସା ଘରେ କ’ଣ କରୁଥିଲେ ?”

: “ସେ ତାକୁ ଚିତ୍ରାଙ୍କନ ଶିଖାଉଥିଲେ, ଆଉ ମତେ ବି ।”

: “ଏଲିସା ଦେଖିବାକୁ କେମିତି ?”

: “ଗୋରା”, ସେ ସ୍ୱୋକରେ କହିଲା ।

ଭବନର ପ୍ରାଙ୍ଗଣ ଟପି ବାଲେସ୍ଟ୍ରାୟେରିଙ୍କ ଷ୍ଟୁଡିଓକୁ ଯାଉଥିବା ଅନେକ କିଶୋରୀ ମାନଙ୍କ ଭିତରୁ ଜଣେ ମୋ ସ୍ମୃତିରେ ଆସିଲା ।

: “ଗୋରା ଦେହ, ନୀଳ ଆଖି, ଲମ୍ବା ବେକ, ପାନପତର ମୁହଁ ଆଉ ଫୁଲକା ଫୁଲକା ଓଠ ନା ?” ମୁଁ ପଚାରିଲି ।

: “ହଁ, ସେଇ ଝିଅଟି । ତୁମେ ତାକୁ ଜାଣ କି ?”

: “ନା, କିନ୍ତୁ ବାଲେସ୍ଟ୍ରାୟେରିଙ୍କ ଷ୍ଟୁଡିଓକୁ ତୁମେ ଆସିବାର କିଛି ଦିନ ପୂର୍ବରୁ ସିଏ ବହୁବାର ସେଠାକୁ ଆସୁଥିବା ମୁଁ ଦେଖିଛି । ଏଲିସା ତା ନିଜ ଘରେ ଚିତ୍ର ଶିକ୍ଷା କରୁଥିଲା ନା ବାଲେସ୍ଟ୍ରାୟେରିଙ୍କ ଷ୍ଟୁଡିଓରେ ?”

: “ଘରେ । ଆଉ କୋଉ କୋଉ ଦିନ ଷ୍ଟୁଡିଓରେ ବି ।”

: “ଯୋଉଦିନ ତୁମେ ଏଲିସା ଘରେ ବାଲେସ୍ଟ୍ରାୟେରିଙ୍କୁ ପ୍ରଥମେ ଭେଟିଲ ସେଦିନ କ’ଣ ଘଟିଲା ?”

: "କିଛି ଘଟି ନ ଥିଲା, ମୁଁ କେବଳ ଦେଖିଲି ଯେ ଜଣେ ଚିତ୍ରଶିକ୍ଷକ ଏଲିସାକୁ ଚିତ୍ର ଶିଖାଉଛନ୍ତି ।"

: "ବୁଝିଲି, କିଛି ଘଟି ନ ଥିଲା । କିନ୍ତୁ ଶେଷରେ ବାଲେସ୍ୱାୟେରି ତୁମକୁ ବି ତ ଚିତ୍ରଶିକ୍ଷା ଦେଲେ । ଏଇଟା ଘଟିଲା କେମିତି ?"

ଏଥର ସେ ମତେ ଚୁହିଁଲା କିନ୍ତୁ ନୀରବ ରହିଲା । "ମୁଁ ଯାହା ପଚାରିଲି ତୁମେ ଶୁଣି ପାରିଲ ତ ?" ମୁଁ ପୁଣି ପ୍ରଶ୍ନ କଲି । ଶେଷରେ ନୀରବତା ଭାଙ୍ଗିବାକୁ ସେ ସ୍ଥିର କଲା । "ତୁମେ ଏସବୁ ଜାଣିବାକୁ ଚୁହୁଁଛ କାହିଁକି ?" ସେ ପଚାରିଲା ।

: "ବୋଧହୁଏ ତୁମ ପ୍ରତି ମୋର ଅନୁରାଗ ଜାତ ହୋଇଛି" ମୁଁ କହିଲି । ମୁଁ ମିଛ କହୁଛି ବୋଲି ହୁଏତ ସଚେତନ ନ ଥିଲି, କିନ୍ତୁ ମିଛଟି କହିବା ମୁହୂର୍ତ୍ତରେ ଯେ ତାହା ସତ୍ୟରେ ପରିଣତ ହୋଇ ପଡ଼ିଛି, ଏ ବିଷୟରେ ହଠାତ୍ ମୁଁ ସଚେତନ ହୋଇ ଉଠିଲି ।

ସେ ମୁହଁ ଉପରକୁ ଟେକିଲା, ଯେମିତି କରିଥାନ୍ତି ସ୍କୁଲ ଛାତ୍ରୀମାନେ ଜଣେ କଠୋର ଶିକ୍ଷକଙ୍କ ପାଖରେ ପାଠ ମୁଖସ୍ତ ଦେଲାବେଳେ । ଆଉ ତାପରେ କହିଲା, "ମୁଁ ତାପରେ ବାଲେସ୍ୱାୟେରିଙ୍କୁ ଏଲିସା ଘରେ ଆଉ ଥରେ ଦେଖିଲି, କାରଣ ଏଲିସା ଥିଲା ମୋର ବାନ୍ଧବୀ, ଆଉ ମୁଁ ବାରମ୍ବାର ତାଙ୍କ ଘରକୁ ଯାଉଥିଲି । ଦିନେ ମୁଁ ବାଲେସ୍ୱାୟେରିଙ୍କୁ ଏଲିସା ସହିତ ମତେ ବି ଚିତ୍ରାଙ୍କନ ଶିଖାଇବା ପାଇଁ ଅନୁରୋଧ କଲି । କିନ୍ତୁ ସେ ପାରିବେ ନାହିଁ ବୋଲି ସିଧା ମନା କରିଦେଲେ ।" ମୁଁ ଆଗରୁ ଭାବୁଥିଲି ଯେ ବାଲେସ୍ୱାୟେରି ଥିଲେ ଏଭଳି ଏକ କାମୁକ ପୁରୁଷ ଯିଏ କି ଯେ କୌଣସି ନାରୀ ପଛରେ ପଡ଼ିଯାନ୍ତି । ଆଉ ବର୍ତ୍ତମାନ ଆଶ୍ଚର୍ଯ୍ୟର ସହିତ ଦେଖିଲି, ଝିଅଟି କେଳି ପାଇଁ ତାଙ୍କୁ ଯୋଗାଉଥିବା ବାହାନାକୁ ସେ ପ୍ରତ୍ୟାଖ୍ୟାନ କରୁଛନ୍ତି ।

: "ବାଲେସ୍ୱାୟେରି ତୁମର ପ୍ରସ୍ତାବକୁ କାହିଁକି ପ୍ରତ୍ୟାଖ୍ୟାନ କଲେ ବୋଲି ତୁମେ ଚିନ୍ତା କରୁଛ ?"

: "ମୁଁ ଜାଣେନା । ସେ ମତେ ଚିତ୍ରାଙ୍କନ ଶିଖାଇବାକୁ ଇଚ୍ଛୁକ ନ ଥିଲେ ।"

: "ବୋଧହୁଏ ସିଏ ଏଲିସାକୁ ପ୍ରେମ କରୁଥିଲେ ।"

: "ନା, ମୁଁ ତାହା ଭାବୁନାହିଁ ।"

: "ତାହାହେଲେ ସିଏ କାହିଁକି ତୁମକୁ ରଙ୍ଗସାଜୀ ଶିକ୍ଷା ଦେବାକୁ ରୁହଁ ନ ଥିଲେ ?"

ନିଜ ମତରେ ଅଟଳ ରହିବା ଭଳି ସେ ଉତ୍ତର ଦେଲା, "ପ୍ରଥମେ ମୁଁ ଭାବୁଥିଲି ମତେ ନ ଶିଖାଇବା ପାଇଁ ଏଲିସା ତାଙ୍କୁ ବାଧ୍ୟ କରୁଛି, ତାପରେ ଦେଖିଲି ଯେ ଏଲିସା ଏହାର ବିନ୍ଦୁବିସର୍ଗ ମଧ୍ୟ ଜାଣେ ନାହିଁ। ସେ ରୁହଁ ନ ଥିଲେ, ଆଉ ଏଇଟା ହିଁ ଥିଲା ନିଚ୍ଛକ ବାସ୍ତବତା। ମୁଁ ଭାବିଲି ଯେ ବୋଧେ ମୋର ତାଙ୍କ ଷ୍ଟୁଡିଓ ଯାଇ ଶିଖିବାଟା ତାଙ୍କୁ ପସନ୍ଦ ଲାଗୁ ନାହିଁ। ମୁଁ ତେଣୁ ତାଙ୍କୁ ଆମ ଘରେ ଆସି ଶିଖାଇବା ପାଇଁ ମଧ୍ୟ ଅନୁରୋଧ କରିଥିଲି। ତଥାପି ବି ସେ ମନାକଲେ। ବାସ୍ତବରେ, ସେ ଚିତ୍ରାଙ୍କନ ଶିଖାଇବା ପାଇଁ ରୁହଁ ନ ଥିଲେ।"

: "ମାତ୍ର ବାଲେସ୍ଵାଯେରିଙ୍କ ଠାରୁ ଚିତ୍ରରଞ୍ଜନ ଶିଖିବା ପାଇଁ ତୁମେ କାହିଁକି ଏଭଳି ବ୍ୟସ୍ତ ହେଉଥିଲ ?"

ସେ ଉତ୍ତର ଦେବାକୁ ଦ୍ୱିଧା କଲା। ଆଉ ତାପରେ ମୁଁ ଦେଖିଲି ତା'ର ପାଣ୍ଡୁର ମୁଖ ପାଟଲି ଗଲା, ଅରା ଅରା ଲାଲିମା ଉକୁଟି ଅସମ ଭାବରେ ରକ୍ତାଭ ଦିଶୁଥିଲା ତା'ର ମୁହଁ। "ମୁଁ ତାଙ୍କୁ ଭଲପାଇ ବସିଥିଲି", ସେ କହିଲା। "କିୟ, ମୁଁ ବରଂ ଭାବୁଥିଲି ଯେ ମୁଁ ତାଙ୍କୁ ଭଲପାଏ।"

: "ଏବଂ ସେ ତୁମ ପ୍ରତି ଆକୃଷ୍ଟ ନ ଥିଲେ। କିନ୍ତୁ କାହିଁକି ?"

: "ମୁଁ ଜାଣେ ନାଇଁ।" ପୁନର୍ଣ୍ଣ ସେ ଦ୍ୱିଧା ପ୍ରକାଶ କଲା। ଆଉ ତାପରେ, ଯେମିତିକି ପରିଶେଷରେ ସେ ତା'ର ଦ୍ୱିଧା ଅତିକ୍ରମ କରି ପାରିଛି, ତା'ର ଆଲାପର ସ୍ରୋତ ଖୋଲିଗଲା। ଯଦିଚ ବର୍ତ୍ତମାନ ମଧ୍ୟ ସେ ଅନର୍ଗଳ ଅନୁଲାପରୁ ବିରତ ଥିଲା, ତଥାପି ସେ ଆଲାପ କରୁଥିଲା ପୂର୍ବ ଅପେକ୍ଷା ଅଧିକ ସ୍ୱଚ୍ଛନ୍ଦରେ।

: "ମୁଁ ଭାବୁଛି ମୁଁ ତାଙ୍କୁ ଆକୃଷ୍ଟ କରୁ ନ ଥିଲି, ଆଉ ସେଇଟାଇ ଶେଷକଥା। ଏଇଭଳି ପ୍ରାୟ ଦୁଇତିନି ମାସ ଋଲିଲା ଆଉ ଶେଷବେଲକୁ ସେ ମତେ ନିଃସନ୍ଦେହରେ ଏଡ଼ାଇ ଚଲୁଥିଲେ। ଏହା ମତେ ବଡ଼ କଷ୍ଟ ଦେଉଥିଲା। ସେତେବେଲକୁ ମୁଁ ପ୍ରକୃତରେ ତାଙ୍କ ପ୍ରେମରେ ପଡ଼ି ଯାଇଥିଲି। ଶେଷରେ ମୁଁ ଗୋଟିଏ ଋଲାକି କଲି।"

: "ଋଲାକି ?"

: “ହଁ। ଥରେ ମୁଁ ଏକଥା ଆଗରୁ ଜାଣିଥାଏ ଯେ ଏଲିସାର ତାଙ୍କ ଶିକ୍ଷଶାଳାକୁ ଯିବାର ଅଛି, ମୁଁ ସେଦିନ ମଧ୍ୟାହ୍ନଭୋଜନ ପାଇଁ ଏଲିସାକୁ ଆମ ଘରକୁ ନିମନ୍ତ୍ରଣ କଲି। ଭୋଜନବେଳେ ମୁଁ ତାକୁ ଗଚ୍ଛ ଛଳରେ ଜଣାଇ ଦେଲି ଯେ ବାଲେଶ୍ୱାୟେରି କୌଣସି କାମରେ ବ୍ୟସ୍ତ ଥିବାରୁ ଦୂରଭାଷ ଯୋଗେ ତାକୁ ଷ୍ଟୁଡିଓକୁ ଯିବାକୁ ବାରଣ କରିଛନ୍ତି। ଆଉ ତା ବଦଳରେ ମୁଁ ନିଜେ ଝୁଲିଗଲି।”

: “ଆଉ ବାଲେଶ୍ୱାୟେରି ତୁମର ଏ ଠକାମିକୁ କିଭଳି ଗ୍ରହଣ କଲେ ?”

: “ପ୍ରଥମେ ସେ ମତେ ଫେରାଇ ଦେବାକୁ ଝୁଁ ଥିଲେ। ପରେ ତାଙ୍କର ଟିକେ ଦୟା ହେଲା।”

: “ତୁମେ ତାଙ୍କ ସହ ସେଦିନ ମୈଥୁନ କରିଥିଲ, ନୁହେଁ କି ?” ଆଉ ଥରେ ତା ମୁହଁ ଲଜ୍ଜାରେ ପାଟଳିଗଲା, ସେଇ ଛାପିଛାପିକା ଅସମ ରକ୍ତାଭା ଖେଳିଗଲା ତା ମୁହଁରେ, ଆଉ ମୌନ ରହି ସେ ମୁଣ୍ଡ ଲାଡ଼ିଲା ସମ୍ମତିରେ।

: “ଏଲିସା କଥା କ’ଣ ହେଲା ?”

: “ଏଲିସା ଜାଣେନାଁୀ ଯେ ସେଦିନ ମୁଁ ତା ବଦଳରେ ଯାଇଥିଲି। ତା’ର ଅଚ୍ଛଦିନ ପରେ ବାଲେଶ୍ୱାୟେରି ଆଉ ସେ ପରସ୍ପର ଠାରୁ ଦୂରେଇ ଯାଇଥିଲେ।”

: “ଏବେ ସୁଦ୍ଧା। ଏଲିସା ସହ ତୁମର ବନ୍ଧୁତା ଅଛି କି ?”

: “ନା, ଏବେ ଆଉ ଆମର ଦେଖା ବି ହୁଏନା।”

    ନୀରବତା ଖେଳିଗଲା କିଛି ସମୟ। ମୁଁ ହୃଦୟଙ୍ଗମ କଲି ଯେ ମୁଁ ପ୍ରାୟ ପୋଲିସ ଭଳି ତାକୁ ଜେରା କରି ଝୁଲିଛି ଏପର୍ଯ୍ୟନ୍ତ, ଆଉ ସିଏ ନିଜକୁ ମୋ ପାଖରେ ଉନ୍ମୁକ୍ତ କରି ଦେଇଛି ବିନା ଦ୍ୱିଧାରେ। ଆଉ ମୁଁ ପ୍ରକୃତରେ କ’ଣ ଜାଣିବାକୁ ଝୁଁଛି ବୋଲି ନିଜକୁ ପଚାରିଲି। ଏହା ସ୍ପଷ୍ଟ ଯେ, ତଥ୍ୟଗୁଡ଼ିକ ବିଷୟରେ ମୋର କିଛି କୌତୁହଲ ନ ଥିଲା। ମୁଁ ପ୍ରକୃତରେ ଜାଣିବାକୁ ଝୁଁଥିଲି ଯାହା କିଛି ଲୁଚି ରହିଛି ତଥ୍ୟର ଦେହଳୀ ସେପଟେ; ଯାହା ତଥ୍ୟର ନେପଥ୍ୟରେ ରହି ତାକୁ ସମ୍ଭବ କରିଛି। କିନ୍ତୁ ସେଇ ଯାହା କିଛିଟା କ’ଣ ? ମୁଁ ରୁକ୍ଷ ଭାବରେ ପଚାରିଲି, “ତୁମେ ବାଲେଶ୍ୱାୟେରିକୁ ଭଲପାଇ ବସିଲ କାହିଁକି ?”

: “ତାଁ’ର ମାନେ କ’ଣ ?”

: "ମାନେ ମୁଁ କହୁଛି କି, ଠିକ୍ ଭାବରେ କହିଲେ ବାଲେଷ୍ଟୀୟେରିଙ୍କୁ କାହିଁକି, ଯିଏ କି ତୁମ ଜେଜେବାପା ବୟସର ମଣିଷ ?"

: "ଭଲ ପାଇବାର କିଛି କାରଣ ନ ଥାଏ । ମଣିଷ ଏମିତି ପ୍ରେମରେ ପଡ଼ିଯାଏ, ବାସ୍ ସେୟା ହିଁ ।"

: "ନା । ସବୁ ଜିନିଷର ଗୋଟାଏ କିଛି କାରଣ ଥାଏ ।"

ସେ ମତେ ଗୋଟାଏ ଅଭୁତ ଭଙ୍ଗୀରେ ଚାହିଁଲା । ମତେ ଲାଗୁଥିଲା ଆମେ ବସିଥିବା ଡିଭାନ ଉପରେ ସେ ମୋ ପାଖକୁ ଲାଗି ଆସିଛି । ଅବା ତାହା ଥିଲା ମୋର ଦୃଷ୍ଟିର ବିଭ୍ରମ । ଏଇ ବାରମ୍ବାର ପଚରାଉଚୁରା ଭିତରେ ସେ ଧାରେ ଧାରେ ମୋ ଆଗରେ ସ୍ପଷ୍ଟ ହୋଇ ଉଠିଛି, ଅଚିହ୍ନାପଣ ହଟି ଯାଇଛି, ବୋଧହୁଏ ତାହା ସୃଷ୍ଟି କରିଛି ଦୃଷ୍ଟିର ଏଇ ଭେଲ୍କି । ଶେଷରେ ଟିକିଏ ଆଗକୁ ନଇଁ ଯାଇ, ଆଉ ମତେ ସିଧା ଅନେଇ, ସେ ଧୀର ସ୍ୱରରେ କହିଲା, "ମୁଁ ତାଙ୍କ ପ୍ରତି ତୀବ୍ର ଭାବରେ ଆକୃଷ୍ଟ ହୋଇ ପଡ଼ିଥିବା ଭଳି ଅନୁଭବ କରୁଥିଲି ।"

: "କେଉଁ ପ୍ରକାରର ଆକର୍ଷଣ ?" ସିଏ କିଛି କହିଲା ନାଇଁ, କେବଳ ମତେ ଚାହିଁ ରହିଲା ।

: "ହୁଁ... କୁହ ।" ମୁଁ ଜୋର ଦେଲି ।

: "ଆଛା, ଠିକ୍ ଅଛି । ମୁଁ ତୁମକୁ କହିବି । ବାଲେଷ୍ଟୀୟେରି ଦେଖିବାକୁ ଟିକେ ମୋ ବାପାଙ୍କ ଭଳି, ଆଉ ମୁଁ ଯେତେବେଲେ ସାନ ଥିଲି, ମୋ ବାପାଙ୍କ ପ୍ରତି ମୋର ଥିଲା ଏକ ତୀବ୍ର ଆକର୍ଷଣ ।"

: "ଯୌନ-ଆକର୍ଷଣ ?"

: "ହଁ । ମୁଁ ତାଙ୍କୁ ରାତିରେ ସ୍ୱପ୍ନ ଦେଖୁଥିଲି ।"

: "ତା ହେଲେ ତୁମେ ବାଲେଷ୍ଟୀୟେରିଙ୍କୁ ଭଲପାଇ ବସିଲ କାରଣ ସେ ଦେଖିବାକୁ ଟିକେ ତୁମ ବାପାଙ୍କ ଭଳି ?"

: "ହଁ, ସେଇଟା ଗୋଟେ କାରଣ ।"

ପୁନର୍ବାର ଛାଇଗଲା ନୀରବତା । ତାପରେ ମୁଁ ପୁଣି ପଚରିଲି, "କିନ୍ତୁ ବାଲେଷ୍ଟୀୟେରି ଯେ ପ୍ରଥମରୁ ତୁମ ସହିତ ସମ୍ପର୍କ ରଖିବାକୁ ଚାହୁଁ ନ ଥିଲେ, ତା'ର କାରଣ କ'ଣ ବୋଲି ତୁମେ ଭାବୁଛ ?"

: "ମୁଁ ତୁମକୁ ମୂଳରୁ କହିଛି, ମୁଁ ତାଙ୍କୁ ଆକୃଷ୍ଟ କରୁ ନ ଥିଲି।"

: "ତୁମେ ତାଙ୍କୁ ଆକୃଷ୍ଟ କରୁ ନ ଥିଲ କହିଦେଲେ ଯେ ସବୁ ବୁଝି ହୋଇଗଲା, ଏ କଥା ନୁହେଁ। ଜଣେ କାଇଁକି ଅନ୍ୟଜଣକୁ ଆକୃଷ୍ଟ କରେନାଁ ତା'ର ଅନେକ କାରଣ ଥାଇପାରେ।"

: "ହେଇଥିବ। କିନ୍ତୁ ସେ କାରଣ ମୁଁ ଜାଣିନାଁ।"

: "କିନ୍ତୁ ତୁମେ କିଛି ଅନୁମାନ କରି ପାରିବ। ତୁମେ ଭାବୁଛ କି ବାଲେଶ୍ୱୀୟେରି ସମ୍ପର୍କ ରଖିବାକୁ ଋହୁଁ ନ ଥିଲେ କାରଣ ତୁମେ ବୟସରେ ବହୁତ ସାନ ଥିଲ।"

: "ନା, ସେଇଟା ନୁହେଁ।"

: "କିମ୍ୱା ହୁଏତ ତୁମର ତାଙ୍କ ପ୍ରତି ଯୋଉ ପ୍ରକାରର ମନୋଭାବ, ତାଙ୍କର ମଧ ତୁମ ପ୍ରତି ସେଇ ପ୍ରକାରର ମନୋଭାବ ଥାଇପାରେ – ମାନେ ହୁଏତ ସିଏ ତୁମକୁ ଝିଅ ଭଲି ଦେଖୁଥାଇ ପାରନ୍ତି।"

: "ମୁଁ ସେଇଆ ଭାବୁନାଁ। ନହେଲେ, ସିଏ ମତେ ସେକଥା କହି ଥାଆନ୍ତେ।"

ମୁଁ ଘଡ଼ିଏ ଅଟକି ଗଲି ଆଉ ଚିନ୍ତାରେ ବୁଡ଼ିଗଲି। ବର୍ତ୍ତମାନ ମୁଁ ସ୍ୱସ୍ଥ ବୁଝି ପାରୁଥିଲି ଯେ ମୁଁ ବାଲେଶ୍ୱୀୟେରିଙ୍କ ସମ୍ପର୍କରେ ଝିଅଟିକୁ ପଚରୁଥିଲି କାରଣ ମୁଁ ମୋ ବିଷୟରେ ଜାଣିବାକୁ ଋହୁଥିଲି। ବାସ୍ତବିକ ମୁଁ ମଧ ଏ ପର୍ଯ୍ୟନ୍ତ ତା'ର ହାବଳାଈଲାକୁ ପ୍ରତ୍ୟାଖ୍ୟାନ କରିଛି ଆଉ ମୋ ସହିତ ମଧ ସେ ପ୍ରେମରେ ପଡ଼ିଥିଲା ଭଲି ପ୍ରତୀତ ହେଉଛି।

: "କିମ୍ୱା ତୁମେ ଭାବୁନାହଁ କି ବାଲେଶ୍ୱୀୟେରି ହୁଏତ ତୁମ ସଂସର୍ଗରେ ଆସିବାକୁ ଭୟ କରୁଥିବେ, ଏକଥା ମଧ ସମ୍ଭବ।" ମୁଁ କହିଲି।

: "ଭୟ ? ଭୟ କାହିଁକି ?"

: "ଭୟର କାରଣ, ସେ ଜାଣିଥିଲେ ଠିକ ସେଇଆ ଘଟିବ ବୋଲି, ଯାହା ବାସ୍ତବରେ ପରେ ଘଟିଲା। ଜାଣିଥିଲେ ଯେ, ସେ ତୁମର ପ୍ରେମରେ ପଡ଼ିଯିବେ। ପ୍ରେମ ବି ବେଳେ ବେଳେ ଲୋକମାନଙ୍କୁ ଭୟଭୀତ କରିଦିଏ।"

: "ପ୍ରେମ କିନ୍ତୁ ମତେ ଭୟଭୀତ କରାଏନା।" ସେ କହିଲା ରହସ୍ୟମୟ ଭାବରେ।

: "ତୁମେ ମୋ ପ୍ରଶ୍ନର ଉତ୍ତର ଦେଇ ନାହଁ।" ମୁଁ ଜୋର ଦେଇ କହିଲି। "ବାଲେସ୍ୱୀୟେରି ତୁମକୁ ଉପେକ୍ଷା କରିବାର କାରଣ କ'ଣ ଏଇଆ ଯେ, ସେ ତୁମକୁ ଭୟ କରୁଥିଲେ?"

: "ନା ସେ ଭୟ କରୁ ନ ଥିଲେ। ବାସ୍ତବିକ, ମୋର ବର୍ତ୍ତମାନ ମନେ ପଡୁଛି ଯେ ସେ ଥରେ ମତେ କହିଥିଲେ, ଯଦି ତୁମେ ସେଦିନ ସେଭଳି ଝଲାକି କରି ନ ଥାନ୍ତ, ମୁଁ ତୁମ ପ୍ରତି କେବେବି ଧ୍ୟାନ ଦେଇ ନ ଥାନ୍ତି। ମୁଁ ତୁମ ପ୍ରତି କୌଣସି ଆକର୍ଷଣ ଅନୁଭବ କରୁ ନ ଥିଲି।"

ସିଏ ଘଡ଼ିଏ ନିରବ ରହିଲା ଆଉ ତାପରେ କହିଲା, "ପୁରା କଥାଟା ଏତିକି। ଆଉ ଅଧିକ କିଛି ମୁଁ ଜାଣେନାଇଁ।" ମୁଁ ଦେଖିଲି ଯୋଉ ଦିଗରେ ଆମର ଆଲୋଚନା ଝଲିଛି, ସେଥିରେ ମୁଁ ବିଶେଷ କିଛି ଅଗ୍ରଗତି କରିବାର ସମ୍ଭାବନା ନାହିଁ। ତେଣୁ ମୁଁ ହଠାତ୍ କଥାର ଦିଗ ବଦଲାଇଲି।

: "କିନ୍ତୁ ପରେ..", ମୁଁ ପଚାରିଲି, "ପରେ ତ ସିଏ ତୁମ ପ୍ରେମରେ ପଡ଼ିଗଲେ, ନୁହେଁ କି?"

: "ହଁ।"

: "କ'ଣ ବହୁତ ବେଶୀ?"

: "ହଁ, ବହୁତ ବେଶୀ।"

: "କାହିଁକି?" ସିଏ ଆଗକୁ ନଇଁ ପଡ଼ିଲା ଆଉ ମତେ ଝୁଣ୍ଡିଲା। ସେ ବର୍ତ୍ତମାନ ଥିଲା ମୋର ବହୁତ ନିକଟରେ। ଏଥିରେ ଆଉ ଦୃଷ୍ଟିଭ୍ରମର ପ୍ରଶ୍ନ ନ ଥିଲା; ବର୍ତ୍ତମାନ ଆମ ଆଣ୍ଠୁକୁ ଆଣ୍ଠୁ ଛୁଉଁଥିଲା।

: "ମୁଁ ଜାଣେନାଇଁ", ସିଏ କହିଲା।

: "କିନ୍ତୁ ସିଏ କ'ଣ ତୁମ ପ୍ରତି ତାଙ୍କର ପ୍ରେମ ବିଷୟରେ କିଛି କହୁ ନ ଥିଲେ?"

: "ହଁ, ଏ ବିଷୟରେ ସେ କହୁଥିଲେ।"

: "କ'ଣ ସବୁ କହୁଥିଲେ?"

ସେ କିଛି ଭାବୁଥିଲା ଭଳି ଜଣା ପଡ଼ିଲା। ଆଉ ସାଥେ ସାଥେ ମୁଁ ଲକ୍ଷ୍ୟ କଲି ଯେ, ସେ ମୋ ଆଡ଼କୁ ଧୀରେ ଧୀରେ ଅଣେଇ ଆସୁଛି, ଯେମିତି କି ସେ ମୋ

ଉପରକୁ ଚାଲି ପଡ଼ିବ । ଅନ୍ୟ ଭାବରେ କହିଲେ, ମୁଁ ପିଇବାକୁ ସକ୍ଷମ ହେବା ପାଇଁ ଚକ୍ଷକଟି ଯେମିତି ନଈଁ ଆସୁଚି ମୋର ଅଧରପୁଟକୁ । ବାସ୍ତବରେ ତା ଶରୀରରେ ଖୋଲ ଭଲି ଗୁଡ଼ାଯାଇଥିବା ଟାଓ୍ୱେଲ ଯୋଗୁଁ ସେ ଲାଗୁଥିଲା ଉଚ୍ଛଳ ପରିପୂର୍ଣ୍ଣ ମଦ୍ୟ ପାତ୍ରଟିଏ ଭଲି । ପରିଶେଷରେ ସେ ଉଉର କଲା, "ସେ କ'ଣ କହୁଥିଲେ ମୋର ମନେନାଇଁ । ସେ କ'ଣ କରୁଥିଲେ ମୋର ମନେ ଅଛି ।"

: "ସେ କ'ଣ କରୁଥିଲେ ?"

: "ଉଦାହରଣ ସ୍ୱରୂପ ସେ କାନ୍ଦୁଥିଲେ ।"

: "କାନ୍ଦୁଥିଲେ ?"

: "ହଁ । ହଠାତ୍ ସେ ମୁଣ୍ଡରେ ହାତ ଦେଇ ବସିଯାନ୍ତି ଆଉ କାନ୍ଦିବା ଆରମ୍ଭ କରି ଦିଅନ୍ତି ।"

ମୁଁ ବାଲେଶ୍ୱରୀୟେରିଙ୍କୁ ଯେଭଲି ସବୁବେଳେ ଦେଖ୍ ଆସିଥିଲି, ତାଙ୍କ ବିଷୟରେ ସେଇଭଲି ଧାରଣା ପୋଷଣ କରିଥିଲି । ବୃଦ୍ଧ ନିଶ୍ଚୟ, କିନ୍ତୁ ସବଳ, ବୃଷସ୍କନ୍ଧ ଆଉ ଦୃଢ଼ପଦ । ପଲିତ କେଶ ତଳେ ପ୍ରାଣପ୍ରାଚୁର୍ଯ୍ୟରେ ଭରା ତାଙ୍କର ମୁଖମଣ୍ଡଲ । ତେଣୁ ମୁଁ ତା କଥାରେ ଆଶ୍ଚର୍ଯ୍ୟ ନ ହୋଇ ରହି ପାରିଲି ନାହିଁ ।

: "ସେ କାନ୍ଦୁଥିଲେ କାହିଁକି ?" ମୁଁ ପଚାରିଲି ।

: "ମୁଁ ଜାଣି ନାଇଁ ।"

: "କାହିଁକି କାନ୍ଦୁଥିଲେ ଏ ବିଷୟରେ କ'ଣ ତୁମକୁ କେବେ କିଛି ସେ କହି ନାହାନ୍ତି ?"

: "ନା, ସେ କେବଳ କହୁଥିଲେ ଯେ ସେ ମୋ ପାଇଁ କାନ୍ଦୁଥିଲେ ।"

: "ବୋଧହୁଏ, ସେ ଈର୍ଷା କରୁଥିବେ ।"

: "ନା, ସେ ଈର୍ଷା କରୁ ନ ଥିଲେ ।"

: "କିନ୍ତୁ ସେ ଈର୍ଷା କରିବା ପାଇଁ କିଛି ପରିସ୍ଥିତି ତୁମେ ସୃଷ୍ଟି କରିଥିଲ କି ?"

ସେ ମତେ ଘଡ଼ିଏ ନୀରବରେ ରହିଁଲା, ଯେମିତିକି ସେ ପ୍ରଶ୍ନଟି ବୁଝିପାରିନାଇଁ । ତାପରେ ସେ ଅଜ୍ଜରେ କହିଲା, "ନା" ।

: “ସିଏ କ’ଣ କିଛି କଥା ନ କହି ନୀରବରେ ଖାଲି କାନ୍ଦୁଥିଲେ ?”

: “ନା, ସିଏ କ’ଣ ନା କ’ଣ କହି ସବୁବେଳେ କାନ୍ଦୁଥିଲେ ।”

: “ଠିକ୍, ଦେଖିଲ ନା, ସିଏ କିଛି ନା କିଛି କହୁଥିଲେ । ଆଚ୍ଛା, ସିଏ କ’ଣ କହୁଥିଲେ ?”

: “ଉଦାହରଣ ସ୍ୱରୂପ ସେ କହୁଥିଲେ ଯେ ମତେ ଛାଡ଼ି ସିଏ ରହି ପାରିବେ ନାହିଁ ।”

: “ଆଃ ! ତାହେଲେ, ତାଙ୍କର କାନ୍ଦିବାର କାରଣ ଥିଲା । ସେ ତୁମକୁ ଛାଡ଼ିବା ପାଇଁ ରୁହୁଁଥିଲେ କିନ୍ତୁ ଛାଡ଼ି ପାରୁ ନ ଥିଲେ ।”

: “ନା, ସେ କେବଳ କହୁଥିଲେ ଯେ ସେ ମତେ ଛାଡ଼ି ରହି ପାରିବେ ନାହିଁ । ସେ କେବେବି କହୁ ନ ଥିଲେ ଯେ ସେ ମତେ ଛାଡ଼ି ରହିବା ପାଇଁ ରୁହାଁନ୍ତି ବୋଲି । ବରଂ ବିପରୀତରେ, ଥରେ ଯେତେବେଳେ ମୁଁ ତାଙ୍କୁ ଛାଡ଼ିଦେବା ପାଇଁ ରୁହିଁଥିଲି, ସେ ଆମ୍ଭହତ୍ୟା କରିବାକୁ ଚେଷ୍ଟା କରିଥିଲେ ।” ଏକ ତଭ୍ୟକ୍ଷ ନ୍ୟାୟଶାସ୍ତ୍ରୀ ଭଳି ସେ ମୋ କଥାର ଭ୍ରମ ସଂଶୋଧନ କଲା ।

ଏହା କହିବାବେଳେ ତା ସ୍ୱରଗ୍ରାମରେ ସାମାନ୍ୟ ମଧ୍ୟ ପରିବର୍ତ୍ତନ ଘଟି ନ ଥିଲା ଆଉ ତାହାଁ ମତେ ଆଶ୍ଚର୍ଯ୍ୟ କଲା । ସିଏ କିଛି ଗୁରୁତ୍ଵହୀନ ସାଧାରଣ କଥା କହୁଥାଉ ଅବା ତା ପାଇଁ ବାଲେସ୍ଵାୟେରି ଆମ୍ଭହତ୍ୟା କରିବାକୁ ଚେଷ୍ଟା କରିଥିବା ବିଷୟ କହୁ, ଉଭୟ କ୍ଷେତ୍ରରେ ତା’ର ସ୍ୱର ଥିଲା ନିୟନ୍ତ୍ରିତ ଓ ଅବିଚଳିତ ।

: “କେମିତି ସେ ଆମ୍ଭହତ୍ୟା କରିବାକୁ ଚେଷ୍ଟା କରିଥିଲେ ?” ମୁଁ ପରୁରିଲି ।

: “ନିଦ୍ରାହୀନତା ପାଇଁ ଯେଉଁ ପ୍ରସ୍ଵାପକ ବଟିକାଗୁଡ଼ିକ ଲୋକେ ଖାଆନ୍ତି, ତାକୁଇ ଖାଇ ମରିବାକୁ ବସିଥିଲେ ସିଏ । କ’ଣ ସେ ଔଷଧର ନାଁଟା ଯେ, ମୋର ମନେ ନାହିଁ ।”

: “ବାର୍ବିଚୁରେଟ୍ ?”

: “ହଁ ସେଇ ବାର୍ବିଚୁରେଟ୍ ।”

: “ତାକୁ ଖାଇଲା ପରେ ସିଏ ଅସୁସ୍ଥ ହୋଇ ପଡ଼ିଥିଲେ କି ?”

: “ଅଳ୍ପ ଦିନ ପାଇଁ, ତା ପରେ ସେ ଭଲ ହୋଇ ଗଲେ ।”

: “ବାଲେଷ୍ଟାୟେରି କ’ଣ ନିଦ୍ରାହୀନତା ଭୋଗୁ ଥିଲେ କି ?”

: “ହଁ । ସେଥିପାଇଁ ସେ ବାର୍ବିଚୁରେଟ୍ ଖାଉଥିଲେ । ବହୁତ ବେଳେ ରାତିରେ ସେ ମାତ୍ର ଘଣ୍ଟାଏ କି ଦୁଇଘଣ୍ଟା ଶୋଉଥିଲେ ।”

: “କାହିଁକି ?”

: “କାହିଁକି ତାଙ୍କୁ ନିଦ ହେଉ ନ ଥିଲା ମୁଁ ସେ କଥା କହି ପାରିବି ନାହିଁ ।”

: “କ’ଣ ତୁମରି ପାଇଁ ?”

: “ସେ କହୁଥିଲେ ଯେ ଯାହା ସବୁ ତାଙ୍କ ଜୀବନରେ ଘଟି ଯାଉଛି, ସେସବୁ କେବଳ ମୋରି ପାଇଁ ।”

: “ସେ ଆଉ ଅଧିକ କିଛି କହୁ ନ ଥିଲେ ? କାହିଁକି ତୁମେ ସବୁ ଘଟଣା ବା ଦୁର୍ଘଟଣାର କାରଣ, ଏସବୁ କେବେବି ତୁମକୁ ବୁଝାଇବାକୁ ଚହୁଁ ନ ଥିଲେ ସିଏ ?”

: “ହଁ, ଏବେ ଭାବିଲା ବେଳକୁ ମନେ ପଡୁଛି, ସେ କହୁଥିଲେ ମୁଁ ଥିଲି ତାଙ୍କର ନିଶା ।”

: “ବହୁତ ବେକାର, ନୁହେଁ କି ?”

: “ବେକାର ମାନେ କ’ଣ ?”

: “ମାନେ ଏ କଥାରେ କିଛି ନୂତନତ୍ୱ ନାଇଁ, ପ୍ରାୟ ଲୋକ ଏଭଳି କୁହନ୍ତି ।”

ପୁଣି ଛାଇଗଲା ନୀରବତା । ଶେଷରେ ମୁଁ ପଚାରିଲି, “କିନ୍ତୁ ତୁମେ ବାଲେଷ୍ଟାୟେରିଙ୍କ ପାଇଁ ଅମଳୀ ଓଷ ହେଲ କେମିତି ?” ପ୍ରତ୍ୟୁତ୍ତରରେ ସେ ମତେ ପ୍ରଶ୍ନ କଲା, ଧୀର ସ୍ୱରରେ, “ମତେ କହିଲ, ତମେ ମତେ ଏତେ ସବୁ ପ୍ରଶ୍ନ ପଚାରୁଛ କାହିଁକି ?” ମୁଁ ଅକପଟ ଭାବରେ କହିଲି, “କାରଣ ତୁମ ଯୁଗଳ କାହାଣୀରେ ଏଭଳି କିଛି ଅଛି ଯାହା ମତେ କୌତୂହଳୀ କରି ଦେଇଛି ।”

: “କ’ଣ ସେଇଟା ?”

: “ମୁଁ ଜାଣିନି । ସେଇଥିପାଇଁ ତ ତୁମକୁ ଏଇସବୁ ପ୍ରଶ୍ନ ପଚାରୁଛି; ମୁଁ ବି ଏଇୟା ଜାଣିବାକୁ ଚହୁଁଛି ଯେ ମୁଁ ପଚାରୁଛି କାହିଁକି ।”

ସେ ହସିଲା ନାହିଁ, ଖାଲି ରୁହିଁ ରହିଲା ନିବିଷ୍ଟ ଅଥଚ ଅଭିବ୍ୟକ୍ତିହୀନ ଭାବରେ। ସେ ମୋ ଆଡ଼କୁ ଢଳି ଆସିଥିଲା, ଆଉ ମୁଁ ତା ଶରୀରର ସ୍ନାୟୁ ଉତ୍ତେଜକ ମୃଦୁ ଗନ୍ଧ ଆଘ୍ରାଣ କରିପାରୁଥିଲି।

ପରିଶେଷରେ ସେ ବୁଝାଇ କହିଲା, "ମୁଁ ଭାବୁଛି ମୁଁ ତାଙ୍କ ପାଇଁ ଏଇ ଅର୍ଥରେ ନିଶା ହୋଇ ପଡ଼ିଥିଲି ଯେ, ସେ ମତେ କ୍ରମଶଃ ଅଧିକରୁ ଅଧିକ ଆବଶ୍ୟକ କରୁଥିଲେ। ସେ ଏକଥା ନିଜେ କହୁଥିଲେ ଯେ, 'ଯୋଉ ମାତ୍ରାର ଅମଲ ମୋ ପାଇଁ ଦିନେ ଯଥେଷ୍ଟ ଥିଲା, ଆଜି ସେ ମତେ ନଅଣ୍ଟ'।"

: "କୋଉ ଅର୍ଥରେ ସେ ତୁମକୁ ନିରନ୍ତର ଆବଶ୍ୟକ କରୁଥିଲେ ?"

: "ସବୁ ଅର୍ଥରେ।"

: "ଯୌନ-ସଂଭୋଗ ଅର୍ଥରେ ?"

ସେ ମତେ ରୁହିଁଲା ଏବଂ କିଛି କହିଲା ନାହିଁ। ମୁଁ ମୋ ପ୍ରଶ୍ନର ପୁନରାବୃତ୍ତି କଲି। ତାପରେ ସେ ନିଜ ମନସ୍ଥିର କଲାଭଳି ଜଣା ପଡ଼ିଲା ଆଉ ନିର୍ଦ୍ଦିଷ୍ଟ ଭାବରେ ଉତ୍ତର ଦେଲା, "ହଁ, ସେଇ ଅର୍ଥରେ"।

: "ତୁମେ କ'ଣ ବହୁବାର ମୈଥୁନ କରୁଥିଲ ?"

: "ପ୍ରଥମେ ସପ୍ତାହରେ ଥରେ ବା ଦୁଇଥର, ତାପରେ ଦିନେ ଛାଡ଼ି ଦିନେ, ତାପରେ ପ୍ରତିଦିନ, ତାପରେ ଦିନକୁ ଦୁଇଥର। ଶେଷରେ ମୁଁ ଗଣିବା ଛାଡ଼ିଦେଲି।"

: "କାହିଁକି ?"

: "ସେ ଅନବରତ କରି ରଖିଥିଲେ।" ଝିଅଟି ବର୍ତ୍ତମାନ ସ୍ୱଚ୍ଛନ୍ଦ ଭାବରେ କଥା କହୁଥିଲା, "ସିଏ ମତେ ଚିତ୍ରଭଙ୍ଗିମାରେ ବସାଇବେ ଆଉ ତାପରେ ଚିତ୍ର କରିବା ବନ୍ଦ କରିଦେଇ ହଠାତ୍ ରତିକ୍ରୀଡ଼ା କରିବାକୁ ରୁହିଁବେ; ଆଉ ଏମିତି ରଖୁଥିଲା ଦିନସାରା।"

: "ସେ କ'ଣ କେବେ ତୃପ୍ତ ହେଉ ନ ଥିଲେ ?"

: "ସେ କ୍ଲାନ୍ତ ହୋଇ ପଡ଼ୁଥିଲେ, ବେଳେ ବେଳେ ଅସୁସ୍ଥ ବି ହୋଇ ପଡ଼ୁଥିଲେ। କିନ୍ତୁ ଯେତେ ମୈଥୁନ କଲେ ବି ତାହା ତାଙ୍କ ପାଇଁ ପର୍ଯ୍ୟାପ୍ତ ହେଉ ନ ଥିଲା।"

: "ଆଉ ତୁମେ ? ତୁମକୁ କ'ଣ ଏସବୁ ଭଲ ଲାଗୁଥିଲା ?"

ସେ ଟିକିଏ ଇତସ୍ତତ କଲା ଆଉ ତାପରେ ମନ୍ତବ୍ୟ ଦେଲା, "ଯେତେବେଳେ ପୁରୁଷଟିଏ କୌଣସି ନାରୀ ପ୍ରତି ତା'ର ପ୍ରେମ ପ୍ରଦର୍ଶନ କରେ; ନାରୀଟି ଖରାପ ଭାବେ ନାହିଁ ।"

: "କିନ୍ତୁ ସେ କ'ଣ ତୁମକୁ ବାସ୍ତବରେ ପ୍ରେମ କରୁଥିଲେ ? ବରଂ ଏହା କ'ଣ ଠିକ୍ ନୁହେଁ ଯେ, ସେ ତୁମକୁ ଅଭ୍ୟାସବଶତଃ ଆବଶ୍ୟକ କରୁଥିଲେ, ଯେମିତି ଜଣେ ନିଶାଖୋର ନିଜର କଲୁଷିତ ଅଭ୍ୟାସ ଛାଡ଼ି ପାରେନା, ଠିକ ସେମିତି ।"

ଏକ ଅନୁରାଗପୂର୍ଣ୍ଣ ସ୍ୱରରେ ସେ କହିଲା, "ନା, ସେ ବାସ୍ତବରେ ମତେ ଭଲ ପାଉଥିଲେ ।"

: "କେମିତି ? ଉଦାହରଣ ସ୍ୱରୂପ, କେମିତି ସେ ତାଙ୍କର ଭଲପାଇବା ଦେଖାଉ ଥିଲେ ?"

: "ଜଣେ କେମିତି ଯ଼ାକୁ ବୁଝେଇ ପାରିବ ? ଏସବୁ ଜିନିଷ କେବଳ ଜଣେ ନିଜେ ହିଁ ଅନୁଭବ କରେ ।"

: "ଯ଼ାଠୁ ଅଧିକ କିଛି ନୁହେଁ ?"

: "ଆଛା, ଉଦାହରଣ ସ୍ୱରୂପ ସିଏ ମତେ ବିବାହ କରିବାକୁ ଚ଼ହୁଁଥିଲେ ।"

: "କିନ୍ତୁ ସେ ତ ବିବାହିତ ଥିଲେ, ନୁହେଁ କି ?"

: "ହଁ, ସେ କିନ୍ତୁ କହୁଥିଲେ ଯେ, ସେ ତାଙ୍କ ପତ୍ନୀଙ୍କୁ ଛାଡ଼ପତ୍ର ଦେଇଦେବେ ।"

: "ତୁମେ ସେ ପ୍ରସ୍ତାବ ଗ୍ରହଣ କରିଥିଲ କି ?"

: "ନା ।"

: "କାହିଁକି ଗ୍ରହଣ କରି ନ ଥିଲ ?"

: "ଜାଣିନି, ତାଙ୍କୁ ବିବାହ କରିବାକୁ ମୁଁ ଚ଼ହୁଁ ନ ଥିଲି ।" ସେ ଅଟକି ଗଲା ଘଡ଼ିଏ, ବୋଧହୁଏ ବିବେକର ତାଡ଼ନାରେ । ଆଉ ତାପରେ ଯୋଗ କଲା, "କିମ୍ବା, ବରଂ ଏଇଟା ଠିକ୍ ଯେ, ମୁଁ ତାଙ୍କୁ କେବଳ ସେଇ ପ୍ରଥମେ ପ୍ରଥମେ ଭଲ ପାଇଥିଲି, ତାଙ୍କ ସାଙ୍ଗେ ଦେଖା ହେବାର ଠିକ୍ ପରେ ପରେ ।"

ଛାଇଗଲା ଏକ ଦୀର୍ଘ ନୀରବତା । ସେ ବର୍ତ୍ତମାନ ବସିଥିଲା ମୋ ସହିତ ପ୍ରାୟ ସଂଲଗ୍ନ ହୋଇ, ତା'ର ସମଗ୍ର ଶରୀର ଓହ୍ଲି ପଡ଼ିଥିଲା ମୋ ଉପରେ ।

ତା'ର ବକ୍ଷ ଆଗକୁ ଢଳି ଆସିଥିଲା, ଆଉ ସିଏ ସ୍ଥିର ନିଷ୍ପଳକ ଦୃଷ୍ଟିରେ ମତେ ରହିଁଥିଲା । ତାକୁ ଦେଖିଲେ ମୋ ଭିତରେ ଏକ ବେପଥୁର ଅନୁଭୂତି ଆସୁଥିଲା । ଲାଗୁଥିଲା ସିଏ ଯେମିତି ଏକ କ୍ଷୀଣ ଓ ସ୍ଫୀତବକ୍ଷ ପାନପାତ୍ର, ଏକ ସୁନ୍ଦର ଦୁଇ ବେଣ୍ଟିଆ ଚଷକ, ଯିଏ କାମ ମଦିରାରେ ପୂର୍ଣ୍ଣଗର୍ଭା ଆଉ ଯାହାର ପ୍ଲାବନ ମଧ୍ୟରେ ମୋର ନିମଜ୍ଜିତ ହେବା ପ୍ରାୟ ଆସନ୍ନ । ପରିଶେଷରେ ମୁଁ କହିଲି, "ମୁଁ ତୁମକୁ ପୁରା ଗୋଟାଏ ଜେରା କଲି । ବୋଧହୁଏ ତୁମେ କ୍ଲାନ୍ତ ହୋଇ ପଡ଼ିବଣି ।"

ସିଏ ତରତରରେ କହିଲା, "ଆରେ ନା, ତୁମ ଯୋଗୁଁ ମୁଁ ଅବସନ୍ନ ହୋଇ ନାହିଁ, ବରଂ ଠିକ୍ ଓଲଟା ।"

: "ଓଲଟା କ'ଣ ?"

: "ବରଂ ଓଲଟି ତୁମେ ମତେ ଆନନ୍ଦ ଦେଇଛ ।" ସେ କହି ଲିଲା ଘଡ଼ିଏ ରହି । "ତୁମେ ମତେ ବହୁତ କିଛି ଜିନିଷ ବିଷୟରେ ଭାବିବାକୁ ସାହାଯ୍ୟ କରିଛ ଯାହା ବିଷୟରେ ମୁଁ କେବେ ଚିନ୍ତା କରେନାହିଁ ।"

: "ତୁମେ ବାଲେଶ୍ୱରୀଯେରିଙ୍କ ବିଷୟରେ ଚିନ୍ତା କର ନା ?"

: "ନା ।"

: "ଆଜି ବି ନୁହେଁ ? ଆଜି ଯେତେବେଳେ ସେମାନେ ତାଙ୍କୁ ନେଇ ଯାଉଥିଲେ ସେତେବେଳେ ବି ନୁହେଁ ?"

: "ନା, ସବୁଦିନ ଅପେକ୍ଷା ଆଜି ଆଉରି ବି କମ୍ ।"

: "ଅନ୍ୟ ଦିନ ଅପେକ୍ଷା ଆଜି ଆଉରି କମ୍ କାହିଁକି ?"

ସେ କେବଳ ନିରୁତ୍ତର ଭାବରେ ମୋତେ ରହିଁ ରହିଲା । ମୁଁ ଆଉଥରେ ମୋ ପ୍ରଶ୍ନର ପୁନରାବୃଭି କଲି, "ଅନ୍ୟ ଦିନ ଅପେକ୍ଷା ଆଜି ଆଉରି କମ୍ କାହିଁକି ? ସେ ପରିଶେଷରେ ଉତ୍ତର ଦେଲା ବେଶ୍ ସାଧାସିଧା ଭାବରେ, "କାରଣ ଆଜି ମୁଁ କେବଳ ତୁମରି କଥା ହିଁ ଭାବିଛି । ମୁଁ ଶବଯାତ୍ରା ସହିତ ଅଙ୍କବାଟ ଗଲି, ତାପରେ ନିଜକୁ ଅଟକାଇ ପାରିଲି ନାହିଁ ଆଉ ସ୍ଟୁଡିଓକୁ ଫେରି ଆସିଲି । କାଲେ ସେମାନେ ସ୍ଟୁଡିଓର ତାଲା ବଦଲାଇ ଦେଇଥିବେ ଏଇଆ ଭାବି ମୁଁ ଡରି ଯାଇଥିଲି ।"

: "ତାପରେ ?"

: "ତାହେଲେ ତୁମକୁ ଭେଟିବା ପାଇଁ ମୋ ପାଖରେ ଆଉ କିଛି ବାହାନା ହିଁ ନ ଥାନ୍ତା।"

ଯେମିତି ଏ ମନ୍ତବ୍ୟକୁ ମୁଁ କିଛି ଗୁରୁତ୍ୱ ଦେଇ ନାହିଁ ସେଭଳି ଛଲନା କରି ମୁଁ ତାକୁ ପଚାରିଲି, "ଯାହା ହେଲେ ବି ତୁମ ଜୀବନରେ ବାଲେସ୍ତ୍ରାୟେରିଙ୍କର କିଛି ବି ଗୋଟାଏ ଭୂମିକା ଥିଲା, ନୁହେଁ କି?"

: "ହଁ, ନିଶ୍ଚୟ।"

: "ସେଇଟା କ'ଣ?"

ସେ ଘଡ଼ିଏ ଭାବିଲା ଆଉ ଉତ୍ତର ଦେଲା, "ମୁଁ ଜାଣି ନାହିଁ। ନିଶ୍ଚୟ କିଛି ଭୂମିକା ଥିବ, କିନ୍ତୁ ଯେହେତୁ ମୁଁ ସେ ବିଷୟରେ କିଛି ଭାବିନାଇଁ, ସେଇଟା କ'ଣ ମୁଁ କହି ପାରୁନାଇଁ।"

: "ଏବେ ସେ ବିଷୟରେ ଟିକେ ଭାବ।"

: "ମୁଁ ଭାବି ପାରୁ ନାଇଁ। ତୁମେ କ'ଣ ଇଚ୍ଛା କରି କୋଉ ଲୋକ ବା ଜିନିଷ ବିଷୟରେ ଭାବ କି? ତୁମେ ସେମାନଙ୍କ ବିଷୟରେ ସ୍ୱାଭାବିକ ଭାବରେ ଭାବ ବା ଜମା ଭାବନାଇଁ।"

: "ତୁମେ ଯେମିତି ସ୍ୱାଭାବିକ ଭାବରେ ଭାବିବା କଥା କହୁଛ, ବର୍ତ୍ତମାନ ତୁମେ କ'ଣ ଭାବୁଛ?"

: "ତୁମ କଥା।"

ମୁଁ ଘଡ଼ିଏ ଚୁପ ରହିଲି ଆଉ ସିଗାରେଟଟିଏ ଲଗାଇଲି। ତାପରେ ଉଦ୍ଦେଶ୍ୟ ମୂଳକ ଭାବେ କହିଲି, "ତୁମେ ବର୍ତ୍ତମାନ ଆଶ୍ୱସ୍ତ ହେବ, ମୋର ଜେରା ସରିଗଲା, ଆଉ ମୁଁ ବିଶ୍ୱରର ଏଇ ବିନ୍ଦୁରେ ଆଛ୍ଛା, ବାଲେସ୍ତ୍ରାୟେରି ତୁମ ପାଇଁ ବିଶେଷ କିଛି ନ ଥିଲେ, ଅଥବା, ବୋଧହୁଏ, କିଛି ହିଁ ନ ଥିଲେ। କିନ୍ତୁ ତୁମେ ବାଲେସ୍ତ୍ରାୟେରିଙ୍କ ପାଇଁ ଥିଲ ଏକ ଦୃଢ଼, ସଘନ ବାସ୍ତବତା, ଏଭଳି କିଛି ଯାହାକୁ ଛାଡ଼ି ସେ ରହି ପାରୁ ନ ଥିଲେ। ତାଙ୍କ ନିଜ ଭାଷାରେ କହିଲେ, ମାନେ ବାଲେସ୍ତ୍ରାୟେରିଙ୍କ ଭାଷାରେ କହିଲେ, 'ତୁମେ ଥିଲ ତାଙ୍କ ପାଇଁ ନିଶାଓସ ଭଲି ମଦିର', ନୁହେଁ କି?"

: "ହଁ।"

: "ଅନ୍ୟ ଭାବରେ କହିଲେ, ତୁମେ ବାଲେସ୍ତ୍ରାୟେରିଙ୍କ ପାଇଁ କେବଳ ମାତ୍ର ଏକ ବାସ୍ତବତା ନ ଥିଲ, କିନ୍ତୁ ପ୍ରକୃତରେ ତୁମେ ଥିଲ ତାଙ୍କ ଜୀବନର ଏକମାତ୍ର

ଡ. ଜୟକୃଷ୍ଣ ଚୌଧୁରୀ | ୧୩୯

ବାସ୍ତବତା, ଯାହା କି ତାଙ୍କ ପାଇଁ ଥିଲା ଗୁରୁତ୍ୱପୂର୍ଣ୍ଣ। ଏଭଳିକି, ପ୍ରକୃତରେ, ତୁମେ ଯେତେବେଳେ ତାଙ୍କୁ ଛାଡ଼ି ଦେବାକୁ ରୁହିଁଲ, ସେ ଆମ୍ୱହତ୍ୟା କରିବାକୁ ବସିଲେ। ଆଉ ସେ ଆମ୍ୱହତ୍ୟା କରିବାକୁ ଚେଷ୍ଟା କଲେ ଖାସ୍ ଏଇଥିପାଇଁ ଯେ, ତୁମେ ଛାଡ଼ି ରୁହିଁ ଯିବା ଦ୍ୱାରା, ତାଙ୍କ ପାଇଁ ଯାହା କିଛି ଥିଲା ସତ୍ୟ ଓ ବାସ୍ତବ, ତାକୁ ତୁମେ ତାଙ୍କଠାରୁ ଛଡ଼ାଇ ନେଉଥିଲ।"

ସେ ମତେ ରୁହିଁଥିଲା ଏକ ନମ୍ର, ନିରୀହ ରୁହାଣିରେ। କିନ୍ତୁ ତା ମୁହଁର ଭାବରୁ ଜଣାପଡ଼ୁଥିଲା ଯେ ସେ ମୋ କଥାକୁ ଗ୍ରହଣ କରୁନାହିଁ, ଯେମିତି ଛୁଆଟିଏ ତା ମାଆ ମିଠେଇ ଦେଲା ପୂର୍ବରୁ ଗାଳି କରୁଥିଲେ ରୁହିଁରହେ, ଧୈର୍ଯ୍ୟର ସହିତ ଗାଳି ସରିବା ପର୍ଯ୍ୟନ୍ତ, ଗାଳିକୁ ଏ କାନରେ ଭର୍ତ୍ତି କରି ସେ କାନରେ କାଢ଼ିଦିଏ, ତାକୁ ମନକୁ ନିଏ ନା କି ସେଥ୍ରୁ କିଛି ବୁଝେନା, ଅପେକ୍ଷା କରି ରହେ ଗାଳି ସରିବା ଯାଏଁ ଯେମିତିକି ତାପରେ ଯାଇ ସେ ପାଇ ପାରିବ ତାର ଇସ୍ପିତ ମିଠେଇ, ସେଇ ଭାବ ଥିଲା ତା ମୁହଁରେ। ସେ ତଥାପି କହିଲା, "ହଁ, ଠିକ୍ କଥା। ମୁଁ ଭାବିଲା ପରେ ସେ ମତେ କହିଥିବା ମନେ ପଡ଼ୁଚି ଯେ, ମୁଁ ଥିଲି ତାଙ୍କ ପାଇଁ ସବୁକିଛି।"

: "ଆଚ୍ଛା, ତାହେଲେ ତୁମେ ବୁଝି ପାରୁଛ ନା ? ଯଦିଚ ବାଲେଶ୍ୱାରେରି ଥିଲେ ଜଣେ ଅସୁଖୀ ପ୍ରେମିକ ଏବଂ ଜଣେ ନିତାନ୍ତ ନିକୃଷ୍ଟ ତୋଲିକ, ତଥାପି ମଧ କିଛି ଦୃଷ୍ଟିରୁ ସେ ଥିଲେ ଈର୍ଷଣୀୟ।"

: "ଈର୍ଷଣୀୟ କାହିଁକି ?"

: "କାରଣ ସେ ଜଣେ କାହାକୁ ବି 'ମୋର ଜୀବନର ସବୁକିଛି' ବୋଲି କହି ପାରିବାକୁ ସକ୍ଷମ ଥିଲେ।"

ସେ ପୁଣି ନିରବ ରହିଲା, ଯେମିତିକି ମୋ କଥାର ଅର୍ଥ ବିଷୟରେ ସେ ଥିଲା ସନ୍ଦିହାନ, ଆଉ ସିଏ ବି ଅର୍ଥ ବୁଝିବା ପାଇଁ ଖାସ୍ ବେଶୀ ଇଚ୍ଛୁକ ନ ଥିଲା। ତା ମନରେ ଥିଲା ମିଠେଇର ଲାଳସା, ଗାଳି ତେଣୁ ରେଖାପାତ କରୁ ନ ଥିଲା ତା ମନରେ। ମୁଁ ଆରମ୍ଭ କଲି, "ବର୍ତ୍ତମାନ ବାଲେଶ୍ୱାରେରିଙ୍କ ବିଷୟ ଯଥେଷ୍ଟ ହୋଇଗଲା, ରୁହ ଆମେ ଆମ ବିଷୟରେ କଥାବାର୍ତ୍ତା ହେବା।"

ସେ ଏକଥାରେ ଖୁସି ଜଣା ପଡ଼ିଲା; କିନ୍ତୁ ତା'ର ନିଜସ୍ୱ ସତର୍କ ଓ ପ୍ରାୟ ଅଲକ୍ଷ୍ୟଣୀୟ ଭଙ୍ଗୀର ଅଭିବ୍ୟକ୍ତିରେ। ଆଗ୍ରହ ଓ ମନଯୋଗ ପ୍ରଦର୍ଶନ

କଲାଭଲି ତା'ର ମୁହଁ ସାମାନ୍ୟ ଆଗକୁ ଲମ୍ବି ଆସିଲା। ସେ ମୋର ଆଉରି ନିକଟକୁ ଢଳି ଆସିଲା, ଆଉ ତାର ନିତମ୍ବ ଡିଭାନ୍ ଉପରୁ ଆଉରି ଟିକେ ଉପରକୁ ଉଠିଗଲା। "ଗତ ତିନି ଋରି ମାସ ହେଲା ଆମେ ଗମାରେ ନ ହେଲେ ଅଗଣାରେ ପରସ୍ପରକୁ ଭେଟୁଛେ। ଆଉ ପ୍ରତି ଥର ଯେତେ ବେଳେ ଦେଖାହୁଏ, ତୁମେ ମତେ ଋହଁ, ଆଉ ମତେ ଅନେଇ ଅଦ୍ଧ ହସ, ଯାହାକୁ କହନ୍ତି ଏକ ଅର୍ଥପୂର୍ଣ୍ଣ ଭଙ୍ଗୀରେ। ନୁହେଁ କି? ଯଦି ଏହା ସତ ନୁହେଁ, ତୁମେ ଏ କଥାଟା ଅସ୍ୱୀକାର କର, ତାହେଲେ ମୁଁ ଜାଣିବି ମୋର ଗୋଟେ ଭୁଲ ଧାରଣା ସୃଷ୍ଟି ହୋଇ ଯାଇଥିଲା।" ମୁଁ କହିଲି।

ସେ କିଛି କହିଲା ନାଇଁ, କେବଳ ସେ ମୋତେ ଏପରି ଭଙ୍ଗୀରେ ଋହିଁଲା ଯେପରି କି ମୋ କଥା ସରିବା ପାଇଁ ଖାଲି ସେ ଅପେକ୍ଷା କରି ରହିଛି। ଆଉ ସେ ପର୍ଯ୍ୟନ୍ତ ଯାହା କିଛି ଘଟୁଛି ସେ ବିଷୟରେ ତା'ର କିଛି ଆଗ୍ରହ ନାହିଁ। "ତୁମେ ଉତ୍ତର ଦେଉ ନା", ମୁଁ କହିଲି, "ତେଣୁ ମୁଁ ଭାବୁଛି ଯେ ମୋ କଥାରେ କିଛି ଭୁଲ ନାଇଁ। ତା ଛଡ଼ା ତୁମେ ମୋଠୁ ଯାହା ଋହୁଁଛ ତାହା ସ୍ୱଷ୍ଟ ଜଣା ପଡ଼ି ଯାଉଛି। ମତେ କ୍ଷମା କର; ମୁଁ ଜାଣିଛି ଯେ ମୁଁ ନିଷ୍ଠୁର ସତ୍ୟ କହୁଛି। ଋରି ପାଞ୍ଚ ମାସ ହେଲା ତୁମେ ମତେ ଜଣାଇ ଦେବାକୁ ଋହୁଁଛ ଯେ ତୁମେ ବାଲେସ୍ତ୍ରୀୟେରିଙ୍କ ସହିତ ଯାହା କରୁଥିଲ, ମୋ ସହିତ ସେଇଆ କରିବାକୁ ପ୍ରସ୍ତୁତ ଅଛ। ଅନ୍ତତଃ, ମୁଁ ତ ସେଇଆ ବୁଝୁଛି। ପୁଣି, ଯଦି ମୁଁ ଭୁଲ କହୁଛି, ମତେ କୁହ।"

ଆଉରି ଥରେ ଛାଇଗଲା ନିରବତା। ତା'ର ମୁହଁରେ ଥିଲା ଏକ ପ୍ରକାର ସଲ୍ଲଜ ସନ୍ତୋଷର ଅଭିବ୍ୟକ୍ତି। ମୁଁ ତାକୁ ଯେ ଏତେ ଭଲ ଭାବରେ ବୁଝି ପାରିଚି, ସେଇ ଖୁସିରେ ଝଲମଲ କରୁଥିଲା ତା'ର ମୁହଁ। "ବାଲେସ୍ତ୍ରୀୟେରି", ମୁଁ କହିଋଲିଲି, "ତୁମକୁ କହୁଥିଲେ ଯେ ତୁମେ ତାଙ୍କର ସବୁ କିଛି। ଆଉ ସବୁ କିଛି ଶବ୍ଦର ଅର୍ଥ, ମୁଁ ଯେତେ ଦୂର ବୁଝିଚି, ପ୍ରକୃତରେ ସବୁ କିଛି। ଦୁର୍ଭାଗ୍ୟବଶତଃ ମୁଁ ତା'ର ବିପରୀତ ବିନ୍ଦୁରେ। ବାଲେସ୍ତ୍ରୀୟେରିଙ୍କ ପାଇଁ ତୁମେ ସବୁ କିଛି, ମୋ ପାଇଁ ତୁମେ କିଛି ବି ନୁହେଁ।"

ମୁଁ ଘଡ଼ିଏ ଅଟକି ଯାଇ ତା ମୁହଁକୁ ଋହିଁଲି, ଆଉ ମୁଁ ତା'ର ପ୍ରଶାନ୍ତ ଅବିଚଲତାକୁ ପ୍ରଶଂସା ନ କରି ରହିପାରିଲି ନାହିଁ। ସେ ବଡ଼ ନମ୍ରଭାବରେ ଦୃଷ୍ଟି

ଅବନତ କରି କହିଲା, "ଆମେ ତ ପରସ୍ପରକୁ ମାତ୍ର ଅଧଘଣ୍ଟାଏ ହେଲା ଜାଣୁଛେ।" ମୁଁ ତାକୁ ବୁଝାଇବାକୁ ଯାଇ ବ୍ୟସ୍ତ ହୋଇ ପଡ଼ିଲି। "ତୁମେ ମତେ ଭୁଲ ବୁଝିବା ମୁଁ ଚାହୁଁନି। ଏଇଟା ବାସ୍ତବିକ ତୁମ ପାଇଁ ଅସମ୍ଭବ ଯେ ତୁମେ ମୋ ପାଇଁ ସବୁ କିଛି ହୋଇ ପାରିବ। ଏପରିକି ଅଳ୍ପ କିଛି ହେବାବି ଅସମ୍ଭବ, ସେଇ ଅର୍ଥରେ, ଯୋଉ ଅର୍ଥରେ ଆମେ ଏଭଳି ବକ୍ତବ୍ୟ ବ୍ୟବହାର କରୁ। ବାସ୍ତବରେ, ତୁମେ କହିଲା ଭଳି ଏହା ନିଶ୍ଚିତ ଭାବରେ ସତ୍ୟ ଯେ ଆମେ ପରସ୍ପରକୁ ଅଧଘଣ୍ଟାଏ ହବ କି ନ ହବ ଚିହ୍ନିଲେ। ହେଲେ ମୋର କହିବା କଥାଟା ସମ୍ପୂର୍ଣ୍ଣ ଅଲଗା। ଦୟାକରି ମତେ ବୁଝିବାକୁ ଚେଷ୍ଟା କର, ଯଦିଚ ଏ ପ୍ରକାର କୈଫିୟତ ଶୁଣିବାକୁ ତୁମର ଆଗ୍ରହ ନାହିଁ, ତଥାପି ବି ଶୁଣ। ମୁଁ ତୁମକୁ ମୋର ଷ୍ଟୁଡିଓକୁ ଚିତ୍ରରଞ୍ଜନ କରିବା ବାହାନାରେ ଡାକିଥିଲି, ନୁହେଁ କି ?"

: "ହଁ।"

: "ଏହା ପ୍ରକୃତରେ ଥିଲା ଏକ ଛଳନା, ଅର୍ଥାତ୍ ଏକ ମିଥ୍ୟା। ମୁଁ ବହୁବର୍ଷ ଧରି କୌଣସି ମନୁଷ୍ୟର ବା ଅନ୍ୟ କିଛି ପଦାର୍ଥର ପ୍ରତିରୂପ ଆଙ୍କି ନାହିଁ। ଏ କଥାକୁ ଛାଡ଼ି ଦେଲେ ବି ମୁଁ ତୁମକୁ ମିଥ୍ୟା କହିଛି, କାରଣ ମୁଁ ପ୍ରକୃତରେ ଚୌଳିକ ନୁହେଁ, ବରଂ ଏ କଥା କହିଲେ ଠିକ୍ ହେବ ଯେ ବେଶ୍ କିଛି ଦିନ ଧରି ମୁଁ ଆଉ ଚୌଳିକତା କରୁ ନାହିଁ। ଆଉ ମୁଁ ରଙ୍ଗସାଜୀ ଛାଡ଼ିବାର କାରଣ ଏଇଆ ଯେ, ଏମିତି କିଛି ନାହିଁ ଯାହାକୁ ନେଇ ମୁଁ ରଙ୍ଗସାଜୀ କରି ପାରିବି, ଅର୍ଥାତ୍ ଯାହା ବାସ୍ତବ, ଯାହା ସତ୍ୟ, ତା ସହିତ ମୁଁ ସମ୍ପର୍କ ହରାଇ ବସିଛି।"

ସିଏ ହଟ କଳାଭଳି କହିଲା, "କିନ୍ତୁ ତୁମେ ମୋର ପ୍ରତିରୂପ ଅଙ୍କନ କରିବା ନ କରିବା ନେଇ କିଛି ଫରକ ପଡ଼ିବନି। ଏହାର କିଛି ଗୁରୁତ୍ୱ ନାହିଁ।"

ମୁଁ ନ ହସି ରହି ପାରିଲି ନାହିଁ। "ମୁଁ ଭାବୁଛି", ମୁଁ କହିଲି, "ମୋର ରଙ୍ଗସାଜୀ ଛାଡ଼ିବା ଓ ତୁମ ଅଭିଳାଷ ପୂର୍ଣ୍ଣ କରିବା ମଧ୍ୟରେ ଥିବା ସମ୍ପର୍କ ତୁମେ ଦେଖି ପାରୁନାହଁ। କିନ୍ତୁ ଉଭୟ ମଧ୍ୟରେ ଏକ ସମ୍ପର୍କ ରହିଛି। ବର୍ତ୍ତମାନ ଶୁଣ, ମୁଁ କହିଥିଲି ଯେ ତୁମେ ମୋ ପାଇଁ କିଛି ବି ନୁହେଁ। ମୁଁ ଏ କଥାର ପୁନରାବୃତ୍ତି ମଧ୍ୟ କରୁଛି, କିନ୍ତୁ ତୁମେ ଏଇ ମନ୍ତବ୍ୟ ପ୍ରତି କୌଣସି ଭାବପ୍ରବଣ ଗୁରୁତ୍ୱ ଦେବା ଠିକ ହେବ ନାହିଁ। ମୁଁ ତୁମକୁ ଆଉ ଏକ ପ୍ରକାରେ ବୁଝାଇବାକୁ ଚେଷ୍ଟା କରିବି। ତୁମେ

ନିଜକୁ ମୋ ପାଖରେ ଅର୍ପଣ କରୁଛ ଯେଭଳି କୌଣସି ଏକ ବସ୍ତୁ ବା ପଦାର୍ଥ ନିଜକୁ ଅର୍ପଣ କରେ । ଗୋଟିଏ ବାସ୍ତବ ଉଦାହରଣ ନିଅ । ଟେବୁଲ ଉପରେ ସେଇ ଯେଉ ଗ୍ଲାସ ସେଇଟି ଅଛି, ତା'ର ତୁମ ଭଳି ଚମତ୍କାର ନୟନ, ତୁଙ୍ଗ ସ୍ତନ ବା ଗୁରୁ ନିତମ୍ବ ନାହିଁ । ସିଏ ନିଜକୁ ଏଇ ଯେଉଁ ସମର୍ପଣ କରିଛି, ତାକୁ ଯଦି ମୁଁ ଗ୍ରହଣ କରେ, ସେ ମତେ ଚୁମ୍ବନ ଦେବ ନାହିଁ ବା ଆଲିଙ୍ଗନ କରିବ ନାହିଁ । କିନ୍ତୁ ତଥାପି ବି ତୁମେ ନିଜକୁ ଯେଭଳି ସମର୍ପଣ କରିଛ, ସେ ମଧ୍ୟ ନିଜକୁ ସେଇଭଳି ସମର୍ପଣ କରିଛି । ତୁମର ଏ ସମର୍ପଣ ତାଠାରୁ ବେଶୀ ନୁହେଁ କି କମ ନୁହେଁ । ବିନା ଲଜ୍ଜାରେ, ବିନା ଶଙ୍କାରେ, ବିନା ଛଳନାରେ, ବିନା ବିଢ଼ରେ ସିଏ ନିଜକୁ ସମର୍ପଣ କରିଛି, ଠିକ ତୁମ ଭଳି । ଏବଂ ମୁଁ ତା'ର ସେଇ ସମର୍ପଣ ଗ୍ରହଣ କରିବାକୁ ପରାଂମୁଖ । ଯେମିତି ମୁଁ ତୁମକୁ ପ୍ରତ୍ୟାଖ୍ୟାନ କରୁଚି ତାକୁ ମଧ୍ୟ ମୁଁ ସେହିଭଳି ପ୍ରତ୍ୟାଖ୍ୟାନ କରୁଛି । କାରଣ ତୁମ ଭଳି, ସେଇ ଗ୍ଲାସଟି ମଧ୍ୟ ମୋ ପାଇଁ କିଛି ନୁହେଁ । ମୁଁ ଗ୍ଲାସଟି ସମ୍ପର୍କରେ କେବଳ ଉଦାହରଣ ସ୍ୱରୂପ କହୁଚି, କିନ୍ତୁ ତା ସ୍ଥାନରେ ଅନ୍ୟ ଯେ କୌଣସି ବସ୍ତୁକୁ ମଧ୍ୟ ନିଆ ଯାଇପାରେ, ଏପରିକି ସେଇ ପଦାର୍ଥ ମଧ୍ୟ ନିଆ ଯାଇପାରେ ଯାହା ଇନ୍ଦ୍ରିୟଗ୍ରାହ୍ୟ ନୁହେଁ ।"

: "କିନ୍ତୁ ଏ ଗ୍ଲାସଟା ତୁମ ପାଇଁ କିଛି ନୁହେଁ କାହିଁକି ?" ସେ ଏ କଥା କହିଲା ଏକ ଧୀର ଭୟାତୁର ସ୍ୱରରେ, ଯେମିତିକି ସେ ଗ୍ଲାସ ବିଷୟରେ କିଛି ଅନୁରୋଧ କରୁଛି, ତା ନିଜ ବିଷୟରେ ନୁହେଁ ।

ମୁଁ ସ୍ତୋକରେ ଉତ୍ତର ଦେଲି, "ଏ କଥାଟା ସମ୍ପୂର୍ଣ୍ଣ ଭାବରେ ବୁଝାଇ ବସିଲେ, ଆମେ ଯେଉ ବିଷୟରେ କଥାବାର୍ତ୍ତା କରୁଛେ ତା ଠାରୁ ଦୂରେଇ ଯିବା, ତେଣୁ ଯାହା ହେଉ ନା କାହିଁକି, ଏ ଆଲୋଚନା ମୂଲ୍ୟହୀନ ହେଇଯିବ । କେବଳ ଏତିକି କୁହାଯାଇ ପାରେ ଯେ, ଗ୍ଲାସଟା କିଛି ନୁହେଁ କାରଣ ତା ସହିତ ମୁଁ କୌଣସି ପ୍ରକାରର ସମ୍ପର୍କ ସ୍ଥାପନରେ ଅକ୍ଷମ ।"

ସେ ମୋ କଥାରେ ପ୍ରତିବାଦ କଲା । ଏଥର ଯେମିତି କିନ୍ତୁ ତା ଅନୁରୋଧର ବିଷୟବସ୍ତୁ ଥିଲା ସେ ନିଜେ । "କିନ୍ତୁ ସମ୍ପର୍କ ତ ସୃଷ୍ଟି ହୁଏ, ନୁହେଁ କି ? ଏମିତି ବାରମ୍ବାର ଘଟେ ଯେ, ଜଣେ ଆଗରୁ ଯାହାକୁ ଜମା ଚିହ୍ନି ନ ଥାଏ ପରେ ହୁଏତ ତା ସାଙ୍ଗରେ ବି ଗଭୀର ସମ୍ପର୍କ ଗଢ଼ି ଉଠେ ।"

ଡ. ଜୟକୃଷ୍ଣ ଚୌଧୁରୀ | ୧୪୩

: “ଚିତ୍ରାଧାର ଉପରେ ରଖା ଯାଇଥିବା ସେଇ ଚିତ୍ରପଟଟିକୁ ତୁମେ ଦେଖ ପାରୁଛ ?” ମୁଁ ତାକୁ ପଚାରିଲି।

: “ହଁ।”

: “ଏହା ଏକ ଶୂନ୍ୟ ଚିତ୍ରପଟ। ଏହି କାନଭାସ ଉପରେ ମୁଁ କିଛି ରଙ୍ଗସାଜୀ କରିନାହିଁ। ତେଣୁ କେବଳ ଏଇ ଚିତ୍ରପଟଟିର ତଳେ ମୁଁ ମୋର ଦସ୍ତଖତ କରି ଦେଇ ପାରେ। ଦେଖ।” ମୁଁ ଉଠିଲି ଆଉ ଏଜେଲ ପାଖକୁ ଗଲି, ପେନସିଲଟିଏ ନେଲି ଆଉ ଚିତ୍ରପଟଟିର ଗୋଟିଏ କୋଣରେ ମୋର ନାମ ଲେଖିଦେଲି। ତା’ର ଦୃଷ୍ଟି ମୋର ଅନୁଗମନ କରୁଥିଲା। ଚିତ୍ରାଧାର ପାଖକୁ ଯାଇ ଫେରି ଆସିବା ପର୍ଯ୍ୟନ୍ତ ମୁଁ ଥିଲି ତା ଦୃଶ୍ୟ ପରିଧିର କେନ୍ଦ୍ରବିନ୍ଦୁ। କିନ୍ତୁ ସିଏ ନିରବ ଥିଲା। ପୁଣି ବସି ପଡ଼ି ମୁଁ ଆରମ୍ଭ କଲି, “ଗୋଟିଏ ନାରୀ ଓ ମୋ ଭିତରେ ଯେଉଁ ଏକମାତ୍ର ସମ୍ପର୍କ ରହି ପାରିବା ସମ୍ଭବ, ତାହା ହେଲା ସମ୍ପର୍କହୀନତାର ସମ୍ପର୍କ, ଅର୍ଥାତ୍ ଠିକ ଯେଉଁ ସମ୍ପର୍କ ଏପର୍ଯ୍ୟନ୍ତ ତୁମ ଆଉ ମୋ ଭିତରେ ରହିଛି, ମାନେ ଏପରି ଏକ ସମ୍ପର୍କ ଯାହା ସ୍ଵୟଂ ସ୍ଥିତିହୀନ। ଏ କଥା ଜାଣ ଯେ ମୁଁ ନପୁଂସକ ନୁହେଁ, କିନ୍ତୁ କାର୍ଯ୍ୟତଃ ମୁଁ ସେଇ ଭଳିଆ, ଆଉ ଯାହା ହେଉ ନା କାହିଁକି, ମୁଁ ନପୁଂସକ ବୋଲି ତୁମେ ଭାବିନେବା ଉଚିତ ହେବ।”

ମୁଁ କଥାଟା କହିଲି ଏକ ରୂଢ଼, ନିଷ୍ଠୁରିମୂଳକ ଭାବରେ, ଯେମିତି ସେ ବୁଝି ପାରିବ ଏହା ଚୂଡ଼ାନ୍ତ, ଏହା ଉପରେ ଆଉ କିଛି କୁହା ଯିବାର ନାହିଁ। କିନ୍ତୁ ମୁଁ ଯେତେବେଲେ ଦେଖିଲି ଯେ ସେ ତଥାପି ନିରବ, ସ୍ଥିର ହୋଇ ବସି ରହିଛି, ଯେମିତିକି ସେ ତଥାପି କିଛି ଆଶା କରୁଛି, ମୁଁ ପ୍ରାୟ ତିକ୍ତତାର ସହିତ ଯୋଗ କଲି, “ଯଦି ତୁମ ପ୍ରତି ମୋର କିଛି ଭାବପ୍ରବଣତା ନାହିଁ, ମାନେ ଯଦି ତୁମ ସହିତ ମୋର କୌଣସି ସମ୍ପର୍କ ନାହିଁ, ମୁଁ କିଭଳି ତୁମ ସହ ମୈଥୁନ କରି ପାରିବି ? ଏହା ହେବ ଏକ ଯାନ୍ତ୍ରିକ, ନିର୍ବ୍ୟକ୍ତିକ ପ୍ରକ୍ରିୟା; ସମ୍ପୂର୍ଣ୍ଣ ମୂଲ୍ୟହୀନ ଏବଂ ଅବସାଦପୂର୍ଣ୍ଣ। ଏବଂ ତେଣୁ ...।”

ମୁଁ ମୋ ବାକ୍ୟ ପୂର୍ଣ୍ଣ କଲି ନାହିଁ କିନ୍ତୁ ତା ଆଡ଼କୁ ଅର୍ଥପୂର୍ଣ୍ଣ ଭାବରେ ଅନାଇଲି, ଯେଭଳିକି ମୁଁ କହିବାକୁ ଚାହେଁ, “ତେଣୁ ତୁମ ପାଇଁ ଚଲିଯିବା ବ୍ୟତୀତ ଆଉ କିଛି ଅବଶିଷ୍ଟ ରହିଲା ନାଇଁ।” ଏଇଥର, ପରିଶେଷରେ ସେ ବୁଝିଲା ଭଳି

ଜଣା ପଡ଼ିଲା ଏବଂ ନିତାନ୍ତ ମୃଦୁ ମନ୍ଥର ଭଙ୍ଗୀରେ ପରିତାପ, ଦ୍ବିଧା ଓ ଅନିଚ୍ଛାର ସହିତ ସେ ଡିଭାନ ଉପରୁ ଉଠିବାକୁ ଆରମ୍ଭ କଲା; ଯଦିଚ, କହିବାକୁ ଗଲେ ଏବେ ମଧ୍ୟ ସେ ବସିଥିଲା, ଅର୍ଥାତ୍ ଧୀରେ ଧୀରେ ସେ ନିତମ୍ବ ଉତ୍ତୋଳିତ କରୁଥିଲା, ତା'ର ଗୋଡ଼ ବଙ୍କା ହୋଇ ରହିଥିଲା ଉଠିବା ମୁଦ୍ରାରେ କିନ୍ତୁ ଶରୀରର ଉପର ଭାଗ ଥିଲା ରଜୁ ଓ ସଲଖ। କିନ୍ତୁ ଯେମିତି ଏବେ ମଧ୍ୟ ତା'ର ଏକ କ୍ଷୀଣ ଆଶା ଥିଲା ଯେ ମୁଁ ତାକୁ ମୋ ବାହୁବନ୍ଧନରେ ଅଟକାଇ ରଖିବି, କିନ୍ତୁ ମୁଁ ତାକୁ ମୋ ବାହୁ ବଳୟରେ ଭରିନେଲି ନାହିଁ ଆଉ ପରିଶେଷରେ ସିଏ ସମ୍ମୁଖରେ ଆସି ଠିଆ ହେଲା। ବିନୀତ ଭାବରେ ସେ କହିଲା, "ମୁଁ ଦୁଃଖିତ। କିନ୍ତୁ ଯଦି କେବେ ତୁମେ ମତେ ଚିତ୍ରନମୁନା ଭାବରେ ନବା ପାଇଁ ଭବିଷ୍ୟତରେ କେବେ ଚାହିଁବ, ତୁମେ ମତେ ଦୂରଭାଷ କରି ପାରିବ। ମୁଁ ମୋର ଦୂରଭାଷ ସଂଖ୍ୟା ଲେଖି ଦେଇଯିବି।"

ସେ ଟେବୁଲ ନିକଟକୁ ରୁଳି ରୁଳି ଗଲା ଆଉ ତା ଛାତିରେ ଗୁଡ଼େଇଥିବା ଟାଓ୍ଟେଲକୁ ଗୋଟିଏ ହାତରେ ମୁଠାଇ ଧରି ଆର ହାତରେ ଗୋଟିଏ କାଗଜରେ କିଛି ଲେଖିଲା। "ମୁଁ ଏପର୍ଯ୍ୟନ୍ତ ତୁମକୁ ମୋର ନାମ କହିନାହିଁ", ସେ କହିଲା। "ନାଁ ଟା ହେଲା ସେସିଲିଆ ରିନାଲ୍ଡି। ମୁଁ ଏଠି ମୋର ନାଁ, ଠିକଣା ଆଉ ଟେଲିଫୋନ ନମ୍ବର ଲେଖି ଦେଇଛି।"

ସେ ପୁନର୍ବାର ସଲଖ ହେଇ ଠିଆହେଲା ଆଉ ପ୍ରପଦରେ ରୁଳି ରୁଳି ଗାଧୁଆ ଘର ଆଡ଼କୁ ଗଲା। ତଉଲିଆ ଆବୃତ ତନୁରେ ସିଏ ସାଢ୍ୟ ପୋଷାକ ପରିଧାନ କରିଥିବା ଭଳି ମନେ ହେଉଥିଲା, ଯେଉଁ ପୋଷାକର ସ୍କନ୍ଧ ଓ ବାହୁ ଥିଲା ଉନ୍ମୁକ୍ତ, ଆଉ ନିତମ୍ବର ସୀମାରେଖା ଛୁଇଁ ପୋଷାକଟି ତା'ର ଅନୁଗମନ କଲା ଭଳି ମନେ ହେଉଥିଲା। ଗାଧୁଆ ଘରର କବାଟ ବନ୍ଦ କରି ତା ଭିତରେ ସେ ଅଦୃଶ୍ୟ ହୋଇଗଲା କିନ୍ତୁ ଦୁଆର ବନ୍ଦ କରିବାକୁ ଠିକ୍ ବୁଲିଲା ବେଳକୁ ଅତର୍କିତ ଭାବରେ ତା'ର ଟାଓ୍ଟେଲଟି ଖସିଗଲା, ଆଉ ଘଡ଼ିକ ପାଇଁ କାନ୍ଥ ଓ ଦୁଆର ମଝିରେ ମୁଁ ଦେଖିଲି ସେଇ ଶରୀର ଯାହାକୁ ବାଲେସ୍ତ୍ରାଯେରି ପାଗଳ ପରି ବାରମ୍ବାର ଆଙ୍କି ରୁଳିଥିଲେ, ଆଉ ଯାହାର ଆକାର ତା ପୋଷାକ ତଳୁ କଳ୍ପନା କରିବା ବାସ୍ତବରେ ଥିଲା ଏକ ଅସମ୍ଭବ ବ୍ୟାପାର।

ଡ. ଜୟକୃଷ୍ଣ ଚୌଧୁରୀ | ୧୪୫

କହିବାକୁ ଗଲେ ବଡ଼ ଅଭୁତ ଭାବରେ, ସିଏ ଗାଧୁଆଘର ଭିତରେ ଅଦୃଶ୍ୟ ହୋଇଯିବା କ୍ଷଣି, ମୁଁ ବାଲେସ୍ତ୍ରୀୟେରିଙ୍କ ବିଷୟରେ ଭାବିବା ଆରମ୍ଭ କରିଦେଲି। ମୋର ମନେ ପଡ଼ିଲା କିପରି ସେ ବୃଦ୍ଧ ତୈଳିକ ତା'ର ଆଦରକୁ ମାସ ମାସ ଧରି ପରିହାର ଓ ଉପେକ୍ଷା କରି ଋଳିଥିଲେ। ଏକ ସ୍ୱତଃସ୍ଫୁର୍ତ ଜାତ୍ତବ ଭୟ ଓ ଅସ୍ପଷ୍ଟ ଶଙ୍କାର ସହିତ ସେ ଉପଲବ୍ଧି କରି ପାରିଥିଲେ ଏ ତରୁଣୀଟି ତାଙ୍କ ଜୀବନରେ ଗ୍ରହଣ କରିବାକୁ ଯାଉଥିବା ଅବଶ୍ୟମ୍ଭାବୀ ଭୂମିକା ସମ୍ପର୍କରେ। ଆଉ ମୁଁ ଭାବୁଥିଲି, ଯୋଉଦିନ ଏଲିସା ବଦଳରେ ସେସିଲିଆ ଶିକ୍ଷଶାଳାରେ ଉପସ୍ଥିତ ହେଲା, ସେଦିନ ଯଦି ବାଲେସ୍ତ୍ରୀୟେରି ତା'ର ତନୁଦାନକୁ ଗ୍ରହଣ ନ କରି ପୂର୍ବଭଳି ଉପେକ୍ଷା କରି ଥାଆନ୍ତେ, ତାହେଲେ କ'ଣ ଘଟିଥାନ୍ତା ? ଏହା ପୁରାପୁରି ସମ୍ଭବ ଯେ ବାଲେସ୍ତ୍ରୀୟେରି ଏ ପର୍ଯ୍ୟନ୍ତ ଜୀବିତ ଥାଆନ୍ତେ, କାରଣ ଏହା ନିଃସନ୍ଦେହ ଯେ ଏଇ ତରୁଣୀଟି ପ୍ରତି ତାଙ୍କର ଆସକ୍ତି ହିଁ ତାଙ୍କ ମୃତ୍ୟୁର କାରଣ। କିନ୍ତୁ, କାହିଁକି ତାହେଲେ ସେ ତା ପ୍ରତି ପୂର୍ବଭଳି ଅବହେଳା ପ୍ରଦର୍ଶନ କଲେ ନାହିଁ ସେଦିନ ? ଅଥଚ ଏହା ସ୍ପଷ୍ଟ ପ୍ରତୀତ ହେଉଛି ଯେ ପ୍ରାରମ୍ଭରୁ ତାକୁ ଉପେକ୍ଷା କରିବା ଉଚିତ ବୋଲି ସେ ହୃଦୟଙ୍ଗମ କରୁଥିଲେ। ଅନ୍ୟ ଭାବରେ କହିଲେ, ସେଇ ରହସ୍ୟମୟ ଜିନିଷଟି କ'ଣ ଯାହା ବାଲେସ୍ତ୍ରୀୟେରିଙ୍କୁ ତାଙ୍କ ଭବିତବ୍ୟକୁ ଗ୍ରହଣ କରିବା ପାଇଁ ବାଧ୍ୟ କରିଥିଲା, ଯେଉଁ ଭବିତବ୍ୟ ବିଷୟରେ କି ଆପାତତଃ ଅସ୍ପଷ୍ଟ ଭାବରେ ହେଲେ ମଧ୍ୟ ସେ ସଚେତନ ଥିଲେ ? ଅଙ୍କକେ କହିଲେ, କପାଲ ଲିଖନକୁ କେହି ମଣିଷ କ'ଣ ବଦଳାଇ ଦେଇପାରେ ? ଆଉ ଯଦି ନୁହେଁ, ମଣିଷ ଯାହା ବି କରେ, ତାକୁ ଜାଣିକରି କରିବା ବା ନ ଜାଣି କରିବା ଭିତରେ କ'ଣ ବା ବିଶେଷ ପ୍ରଭେଦ ରହିଛି ? ଅଚେତନ ଭାବରେ ହେଉ ବା ସ୍ପଷ୍ଟ ସଚେତନତାର ସହ ହେଉ ଭାଗ୍ୟକୁ ଯଦି ମାନି ନେବାକୁ ହୁଏ, ତେବେ ଏହା କ'ଣ ଠିକ୍ ନୁହେଁ କି ଉଭୟ ମଧ୍ୟରେ କୌଣସି ଫରକ ନାହିଁ ?

ଆଉ ବର୍ତ୍ତମାନ, ସେସିଲିଆ ତାଙ୍କୁ ପରିତ୍ୟାଗ କରିବାକୁ ନିଷ୍ପତ୍ତି ନେବାରେ ବାଲେସ୍ତ୍ରୀୟେରି ଯେଉଁ ପ୍ରଥମ ଥର ଆମ୍ମହତ୍ୟା ଉଦ୍ୟମ କରିଥିଲେ, ସେ ସମ୍ପର୍କର ଚିନ୍ତା କରିବାରେ ମତେ ମନେହେଲା ଯେ, ସେଇ ବୃଦ୍ଧ ତୈଳିକ ସେସିଲିଆ ସହ ସମ୍ପର୍କ କାୟମ ରଖ୍ ସ୍ପଷ୍ଟ ଭାବରେ ଏକ ଦ୍ୱିତୀୟ ଓ ଅଧିକତର ସଫଳ ଆମ୍ମହତ୍ୟା କରିବାରେ ସକ୍ଷମ ହୋଇଛନ୍ତି। ଆଉ ତେଣୁ, ଏକ ପ୍ରକାରେ କହିଲେ, ସେ

ପ୍ରଥମେ ଆତ୍ମହତ୍ୟା କରିବାକୁ ଉଦ୍ୟମ କରିଥିଲେ, କାରଣ କ୍ଷଣକ ପାଇଁ ତାଙ୍କୁ ଲାଗିଲା ଯେ ସେସିଲିଆ ଚାଲି ଯିବା ଦ୍ୱାରା ସେ ତାଙ୍କ ଦ୍ୱିତୀୟ ଆତ୍ମହତ୍ୟା ସୁଯୋଗରୁ ବଞ୍ଚିତ ହୋଇ ପଡ଼ିବେ ।

ଯେତେବେଳେ ମୁଁ ଏସବୁ ଚିନ୍ତା କରୁଥିଲି, ମୁଁ କାହିଁକି ଏସବୁ ଚିନ୍ତା କରୁଛି ଭାବି ଆଶ୍ଚର୍ଯ୍ୟ ହେଉଥିଲି । କିମ୍ଭା ବରଂ, ଏସବୁ ଚିନ୍ତା କରିବାକୁ ମୁଁ କିଭଳି ଯନ୍ତ୍ରିତ ହୋଇ ପଡ଼ିଛି, କୌଣସି ଉଦ୍ଦେଶ୍ୟହୀନ ଉତ୍ସୁକତା ହେତୁ ନୁହେଁ ବରଂ ଏକ ବିମୁଗ୍ଧ ଆକର୍ଷଣର ଅଭୁତ ପ୍ରଚୋଦନରେ ଏସବୁ ଘଟିଛି, ଯେମିତିକି ବାଲେଶ୍ୱୟେରିଙ୍କ କାହାଣୀ ପ୍ରତ୍ୟକ୍ଷରେ ମୋର କାହାଣୀ, ଆଉ ସେଇ ବୃଦ୍ଧ ତୌଲିକଙ୍କ କପାଲରେଖା ମୋର ଭବିତବ୍ୟ, ଏଇ ସବୁ ଚିନ୍ତା କରି ମୁଁ ଆଶ୍ଚର୍ଯ୍ୟ ହେଉଥିଲି । ମୁଁ ହୃଦୟଙ୍ଗମ କରୁଥିଲି ଯେ, ଏହା ହୋଇ ନ ଥିଲେ ମୁଁ ସେସିଲିଆକୁ ଏତେ ସବୁ ପ୍ରଶ୍ନ ପଚରି ନ ଥାନ୍ତି । ଏହା ନିଃସନ୍ଦେହ ଯେ ସେଦିନ ମୁଁ ତା ସହ ରତିକ୍ରୀଡ଼ା କରିଥାନ୍ତି କେବଲ ଗୋଟିଏ ଥର, କିନ୍ତୁ ତାକୁ ଏତେ ଜେରା କରି ନ ଥାନ୍ତି । ଅଥଚ ଏହାର ପ୍ରତିବଦଲରେ ମୁଁ ତା ସହ କେବଲ ମୈଥୁନ କଲି ନାଇଁ ନୁହେଁ, ତାକୁ ଦୀର୍ଘ ସମୟ ଧରି ଜେରା କଲି ଏକ ଅତୃପ୍ତ ବିବିଦିଷାର ପୀଡ଼ନରେ; କିନ୍ତୁ ଏହାର ଅନ୍ତିମ ଫଲାଫଲ ଥିଲା ବି ସେଇ ଏକା ଅପରିତୃପ୍ତି । ମୁଁ ତାକୁ କହିଥିଲା ଭଲି, ମୁଁ ପ୍ରକୃତରେ ତାକୁ ଜେରା କରୁଥିଲି ଏଇଆ ଜାଣିବା ପାଇଁ ଯେ ମୁଁ କାଇଁକି ତାକୁ ଏତେ ଜେରା କରୁଛି । ଯଦିଚ ଏହା ଏକ ଶଢ଼ର ଖେଲ ଭଲି ପ୍ରତୀତ ହେଉଛି କିନ୍ତୁ ବାସ୍ତବରେ ତାହା ସେଭଲି ନୁହେଁ । ଏହାଦ୍ୱାରା ମୁଁ ବହୁତ କିଛି ଜିନିଷ ଶିଖିଛି, କିନ୍ତୁ ମୋର ଅତୃପ୍ତି ସ୍ପଷ୍ଟ କରି ଦେଇଥିଲା ଯେ, ଯାହା ଜାଣିବା ମୋ ପାଇଁ ଥିଲା ବାସ୍ତବିକ ଗୁରୁତ୍ୱପୂର୍ଣ୍ଣ, ତାହା ମୋ ହାତରୁ ଖସି ଯାଉଛି ।

ମୁଁ ମୋ ଚିନ୍ତାରେ ଏଭଲି ବୁଡ଼ି ଯାଇଥିଲି ଯେ ସେସିଲିଆ କେତେବେଳେ ଗାଧୁଆଘରୁ କାମ ସାରି ଆସି ଡିଭାନ ପାଖରେ ଠିଆ ହୋଇଛି, ଜାଣିପାରି ନ ଥିଲି । ମୁଁ ଚମକି ପଡ଼ିଲି, ଯେତେବେଳେ ତା'ର ସ୍ୱର ଶୁଣିଲି । ସେ କହୁଥିଲା, "ଆଚ୍ଛା ତାହେଲେ ମୁଁ ବିଦାୟ ନେଉଛି ।"

ଏକ କଷ୍ଟକର କାମ କଲାଭଲି ମୁଁ ଉଠି ଠିଆ ହେଲି ଆଉ କରମର୍ଦ୍ଦନ କଲି ତା ସହିତ । ଯାନ୍ତ୍ରିକ ଭାବରେ କହିଲି, "ବିଦାୟ" । ମୋ ପାଟି ଖନି ମାରୁଥିଲା ।

: “ମୋ ସହିତ ଆସିବାର କଷ୍ଟ କରିବା କିଛି ଆବଶ୍ୟକ ନାହିଁ।” ସେ ଗୁଣୁଗୁଣୁ କରି କହିଲା। ଆଉ ଶେଷ ଥର ପାଇଁ ତା’ର ସେଇ ଆୟତ, କୃଷ୍ଣ ନୟନର ସ୍ଥିର ଦୃଷ୍ଟି ମୋ ଉପରେ ପହଁରି ଆସିବା ଭଳି ମୁଁ ଅନୁଭବ କଲି। ମୁଁ ଦେଖିଲି ସିଏ ତା’ର ବୁଜୁଲା ଟେବୁଲ ଉପରୁ ଉଠାଇଲା, ଆଉ ଦୁଆର ଆଡ଼କୁ ଅନିଚ୍ଛାକୃତ ଭାବରେ ଧୀର ପଦପାତରେ ଢ଼ଲି ଢ଼ଲି ଗଲା, ଯେମିତିକି ସେ ମୋ ସହିତ ଏକ ଦୃଢ଼, ଅଛିନ୍ନ ବନ୍ଧନରେ ବାନ୍ଧି ହେଲାଭଳି ଅନୁଭବ କରୁଛି, ଆଉ ବିପରୀତ ଦିଗରେ ଗତି କରିବା ତା ପାଇଁ ହୋଇ ଉଠିଛି ଆତ୍ୟନ୍ତିକ ଆୟାସସାଧ୍ୟ। ମତେ ବିଶେଷ ଭାବରେ ସ୍ପର୍ଶ କଲା, ତା’ର ସେଇ ଛୋଟିଆ, ଚଉଡ଼ା ସ୍କାର୍ଟଟି ଯେଭଳି ସାମାନ୍ୟ କମ୍ପି ଉଠିଲା ଆଉ ତା’ର ପରେ ପରେ ତା’ର ଶରୀରର ଉପରାର୍ଦ୍ଧରେ ସୃଷ୍ଟି ହେଲା ଏକ କମନୀୟ କମ୍ପ। ସ୍କାର୍ଟ ଉପରୁ ସେ ଲାଗୁଥିଲା ଅଶ୍ୱ ଉପରେ ବସିଥିବା ସାଦୀ ପରି। ତା’ର ଚଲନ, ସ୍କାର୍ଟର ଘୂର୍ଣ୍ଣନ ଆଉ ଉର୍ଦ୍ଧ୍ୱତନୁର ବିଧୁନନ ଭିତରେ ଭରିଥିଲା ଏକ ଶୃଙ୍ଗାର ଚେତନାର ତୀବ୍ର ଆବେଦନ ଯାହା ସମ୍ପର୍କରେ ସେ ସଚେତନ ନ ଥିଲା, ଆଉ ତେଣୁ ବୋଧହୁଏ ସେ ଆବେଦନ ଥିଲା ଏତେ ଫଳପ୍ରଦ ଆଉ ଅପ୍ରତିରୋଧ। ସେ ଦୁଆର ଖୋଲି ଅଦୃଶ୍ୟ ହୋଇଯିବା ପର୍ଯ୍ୟନ୍ତ ମୋର ଦୃଷ୍ଟି ତା ପଛରେ ଧାଇଁଥିଲା। ତା ପରେ ମୁଁ ସିଗାରେଟଟିଏ ଜଳାଇଲି ଆଉ ଝରକା ପାଖରେ ଯାଇ ଠିଆ ହେଲି।

ସେ ଥିଲା ଏକ କ୍ଲାନ୍ତ, ତପ୍ତ ଦିବସର ଉଦାସ ଗୋଧୂଳି। ଭବନର ପ୍ରାଙ୍ଗଣ ଥିଲା ଜନଶୂନ୍ୟ। ମୁଁ ଦେଖି ପାରୁଥିଲି ଅନ୍ୟ ସମସ୍ତ ଶିକ୍ଷଶାଲାର ବିଶାଲ ବାତାୟନ। ଗୋଟିଏ ବାତାୟନର ପ୍ରଚ୍ଛଦରେ ସନ୍ଧ୍ୟା ଦୀପର ଆଲୋକରେ ଉଭାସିତ ଦିଶୁଥିଲେ ଏକ ଦମ୍ପତି। ଝୁହିଁ ଦେଖୁ ଥିଲି ପୁଷ୍କେଦାରକୁ ବେଢ଼ି ରହି ଥିବା କୃଷ୍ଣସବୁଜ ଆକାନ୍ତ୍ତ୍ୱସର ବୁଦା ଗୁଡ଼ିକୁ। ଅଦୂର ଗୃହ କୁଟିମ ଦିଶୁଥିଲା ନିସ୍ତବ୍ଧ, ପାଣ୍ଡୁର। ସବୁବେଳ ଭଳି କୁଟିମ ସାରା ଏଣେତେଣେ ବିଛାଡ଼ି ହୋଇ ରହିଥିଲେ ଦଳେ ବିରାଡ଼ି। ଏକ ରହସ୍ୟମୟ ଶୃଙ୍ଖଳା ହେତୁ ଶ୍ରେଣୀବଦ୍ଧ ଭାବରେ ସଜାଡ଼ି ହୋଇଥିବା ଭଳି ଲାଗୁଥିଲେ ସେମାନେ, ଯାହା ଆପାତତଃ ଆକସ୍ମିକ ଲାଗୁ ନ ଥିଲା। କିଛି ବିରାଡ଼ି ଗୋଡ଼ ଜାକି ଆଣ୍ଠୁମାଡ଼ି ପଞ୍ଜା ଉପରେ ଶୋଇ ରହିଥିଲେ, ଅନ୍ୟମାନେ ବସିଥିଲେ ପାଦ ପାଖରେ ଟାଙ୍କର କୁଟିଲ ଲାଙ୍ଗୁଲ ଥୋଇ, ପୁଣି ଆଉକିଛି ଭୁଆଁ ଶୁଘି ଶୁଘି, ଲାଙ୍ଗୁଲ ଟେକି

ଧୀର ସତର୍କ ଭାବରେ ପାଦ ପକାଉଥିଲେ ଶିକାର ଅନ୍ୱେଷଣରେ। ଧଳାକଳା ଛଉଛଉକା ବିରାଡ଼ି, ଧଳା ବିରାଡ଼ି, କଳା ବିରାଡ଼ି, ମାଟିଆ ବିରାଡ଼ି, ପଟାପଟା ଚିତ୍ରିତ ବିରାଡ଼ି, ପିଙ୍ଗଳ ବର୍ଣ୍ଣର ବିରାଡ଼ି, ଏମିତିକା ନାନା ପ୍ରକାରର ବିରାଡ଼ି। ମୁଁ ମନଯୋଗ ସହକାରେ ବିରାଡ଼ିମାନଙ୍କୁ ଲକ୍ଷ୍ୟ କରେ, ଆଜିବି ରହିଁଥିଲି, କାଇଁକିନା ବେଳ କାଟିବା ପାଇଁ ବିଭିନ୍ନ ଉପାୟ ଭଳି ଇଏ ମଧ ଗୋଟାଏ ଭଲ ଉପାୟ। ସେତିକିବେଳେ ସେସିଲିଆ ତା'ର ବଡ଼ ବୁଜୁଲାଟି କାଖତଲେ ଜାକି ବାହାରକୁ ବାହାରିଲା। ସେ ଧୀରେ, ଅବନତ ମସ୍ତକରେ ବିରାଡ଼ିମାନଙ୍କ ମଧରେ ଘଲି ଘଲି ଯାଉଥିଲା। ସେଇ ବିରାଡ଼ି ମାନେ ସେମିତି ବସି ରହିଥିଲେ। ଯେତେବେଳେ ସେ ମୋ ବାତାୟନ ତଳ ଦେଇ ଗଲା, ମୁଁ ଦେଖିଲି ସେ ଉପ୍ରକ୍ଷ ହୋଇ ମୋ ଦିଗରେ ରହିଁଲା। କିନ୍ତୁ ଏଥର ତା ମୁହଁରେ ନ ଥିଲା ପୂର୍ବର ସ୍ମିତହସ। ମୋ ପାଟିରୁ ସିଗାରେଟ କାଢ଼ିବା ପାଇଁ ମୁଁ ହାତ ଉଠାଇଲି ଉପରକୁ। କିନ୍ତୁ ସେଇଆ କରିବା ପରିବର୍ତ୍ତେ, ମୁଁ ଦେଖିଲି, ତାକୁ ଫେରି ଆସିବା ପାଇଁ ସ୍ୱଷ୍ଟଭାବରେ ନିର୍ଦ୍ଦେଶ ଦେଲି ମୁଁ; ହାତଠାରି ଗମା ମଧକୁ ଉନ୍ମୁକ୍ତ ଦୁଆରକୁ ଦେଖାଇ ଡାକିଲି ତାକୁ। ତା'ର ଆଖିରେ ସମ୍ମତି ଫୁଟି ଉଠିଲା, ଆଉ ତା'ର ସେଇ ଧୀର ରସାଳସା ଘଲିରେ କୌଣସି ପରିବର୍ତ୍ତନ ନ ଆଣି, ବ୍ୟସ୍ତ ନ ହୋଇ, ଯେମିତି ଲୋକଟିଏ କିଛି ଛାଡ଼ି ଆସିଛି କିନ୍ତୁ ଜାଣିଛି ଯେ ଜିନିଷଟା ଠିକ ଜାଗାରେ ହିଁ ଅଛି, ଆଉ ସେ ନିଷ୍ଚୟ ତାକୁ ଫେରି ପାଇବ, ସେଇ ଭଙ୍ଗୀରେ ସେ ବୁଲି ପଡ଼ିଲା ଆଉ ଫେରି ଆସିଲା। ମୁଁ ୫ରକାର ପର୍ଦ୍ଦା ଟାଣି ଦେଲି ଆଉ ଯାଇ ଡିଭାନ ଉପରେ ବସି ପଡ଼ିଲି।

———

ତୃତୀୟ ପରିଚ୍ଛେଦ

ସେଇ ଦିନଠୁ ସେସିଲିଆ ମତେ ଭେଟିବା ପାଇଁ ନିୟମିତ ଆସୁଥିଲା, ପ୍ରଥମେ ସପ୍ତାହରେ ଦୁଇ ଥର, ତାପରେ ଦିନେ ଛାଡ଼ି ଦିନେ, ଆଉ ଶେଷରେ ଆମେ ପରସ୍ପରକୁ ଜାଣିବାର ମାସକ ବାଦେ, ପ୍ରାୟ ପ୍ରତିଦିନ। ତା'ର ଭେଟିବା ପ୍ରକ୍ରିୟା ଥିଲା ସୁନିର୍ଦ୍ଦିଷ୍ଟ, ସବୁବେଳେ ଦିନର ଠିକ ସେଇ ସମୟରେ ସେ ଆସୁଥିଲା, ନିର୍ଦ୍ଦିଷ୍ଟ ସମୟ ପର୍ଯ୍ୟନ୍ତ ରହୁଥିଲା, ଆଉ ନିର୍ଦ୍ଦିଷ୍ଟ ପ୍ରକାରରେ ସେ ତା'ର ରହୁଥିବା ସମୟଟି ଅତିବାହିତ କରୁଥିଲା। ତେଣୁ ତା'ର ଗୋଟିଏ ଅଭ୍ୟାଗମନକୁ ବର୍ଣ୍ଣନା କରିବା ଯାହା, ସବୁତକ ମଧ୍ୟ ବର୍ଣ୍ଣନା କରିବା ପ୍ରାୟ ସେଇଆ। ସେସିଲିଆ ଆସେ, ଆଉ ଥରୁଟିଏ ମାତ୍ର ଦୁଆରଘଣ୍ଟି ବଜାଇ ନିଜର ଉପସ୍ଥିତି ଘୋଷଣା କରେ। ସେ ବାଜିବା ପୁଣି ଏତେ କ୍ଷୀଣ ଯେ, ସତରେ ମୁଁ ଶୁଣିଛି ନା ନାହିଁ ବୋଲି ସନ୍ଦେହରେ ପଡ଼ିଯାଏ। କିନ୍ତୁ ଠିକ ସେଇ ସନ୍ଦେହ ହିଁ ମତେ ଜଣାଇ ଦିଏ ଯେ, ଇଏ କେବଳ ସେସିଲିଆ। ମୁଁ ଯାଏ, କବାଟ ଖୋଲେ, ଆଉ ତତ୍‌କ୍ଷଣାତ୍‌ ସେସିଲିଆର କରକଙ୍କଣ ମୋ ଗଳାକୁ ବେଢ଼ିଯାଏ। ସେଇ ଆଶ୍ଳେଷ ଭିତରେ ଆମେ ପରସ୍ପରକୁ ଚୁମ୍ବନ କରୁ। ବର୍ଣ୍ଣନାର ଏଇ ବିନ୍ଦୁରେ ମୁଁ କହିବାକୁ ରୁହେଁ ଯେ, ସେସିଲିଆ ନିଧୁବନ ନିପୁଣା ହେଲେବି, ଚୁମ୍ବନରେ ପାରଦର୍ଶୀ ନ ଥିଲା। କହିବାକୁ ଗଲେ ଚୁମ୍ବନ ଏକ ପ୍ରତୀକଧର୍ମୀ ସଂଯୋଗ; ତା'ର ପୁଲକ ମାତ୍ରାସ୍ପର୍ଶ-ହେତୁକ ନୁହେଁ, ବରଂ ମନସ୍ତାତ୍ତ୍ୱିକ। ଆଉ ଆମେ ଅବିଳମ୍ବେ ଦେଖିବା ଯେ ମନସ୍ତତ୍ତ୍ୱ ସେସିଲିଆର ପଟୁତା ମାନଙ୍କର ଅନ୍ତର୍ଭୁକ୍ତ ଏକ କଳା ନୁହେଁ। କିମ୍ବା ଅଧିକତର ସରଳ ଭାବରେ କହିଲେ ଚୁମ୍ବନ କିଭଳି ରଭସମୟ ହୋଇପାରେ ସେ ସମ୍ପର୍କରେ ସେସିଲିଆର ସାମାନ୍ୟ ମାତ୍ର ଧାରଣା ନଥିଲା। ଅର୍ଥାତ୍‌ ଆମର ସମ୍ପର୍କ ସେଇ ପର୍ଯ୍ୟାୟର ନ ଥିଲା ଯାହା ଚୁମ୍ବନ ଦେଇ ନିଜକୁ ପ୍ରକାଶ କରିପାରିବ। ନିଃସନ୍ଦେହରେ ତା'ର ଓଷ୍ଠାଧର ଥିଲା ନିଃଶବ୍ଦ, ନିଃସ୍ପୃହ ଓ ଶୀତଳ; ଯେମିତିକି ତାହା ଏକ କୁନି ଝିଅର ରଦଚ୍ଛଦ, ଯିଏ ପବନ ସାଥରେ ଦଉଡ଼ୁ ଦଉଡ଼ୁ ହଠାତ୍‌ ତା'ର ବାପାକୁ କୁଣ୍ଢାଇ ଧରି ବୋକ

ଦେଉଛି। ଆଉ ସେସିଲିଆର ଯୁଗଳ ସ୍ୱଭାବ, ଯାହା ଏକାଦିକ୍ରମେ ଥିଲା ଶିଶୁ ସୁଲଭ ଓ ରମଣୀ ସୁଲଭ, ଚୁମ୍ବନଦାନର ସେଇ ବିଶେଷ ମୁହୂର୍ତ୍ତରେ ସ୍ୱଷ୍ଟ ଭାବେ ପରିଦୃଷ୍ଟ ହେଉଥିଲା। ବାସ୍ତବିକ ସେ ମତେ ଚୁମ୍ବନ ପାଇଁ ଅର୍ପଣ କରୁଥିବା ତାର ଓଷ୍ଠାଧରରେ ନ ଥାଏ ସ୍ୱତଃସ୍ଫୁର୍ତ୍ତ ଉତ୍ସାହ ଓ ଉତ୍ତେଜନା, ମୋ ଓଷ୍ଠାଧର ସ୍ପର୍ଶରେ ମଧ୍ୟ ସେ ମୁକୁଳିତ ହୁଏନା, ଅନିସ୍ତାବ ସେ ଚୁମ୍ବନରେ ନ ଥାଏ ଜିହ୍ୱାର ସ୍ପର୍ଶ ବୁଭୁକ୍ଷା। ଅଥଚ ସେହି ସମାନ ମୁହୂର୍ତ୍ତରେ ମୁଁ ଅନୁଭବ କରେ କିଭଳି ତା ଶରୀର ଉଚ୍ଚଳ ହୋଇ ବାଙ୍କିଯାଏ ଆଉ ତା ଜଘନ ଦ୍ୱାରା ସେ ଦୃଢ଼ ଓ ତୀବ୍ର ଆଘାତ ସହ ରୂପ ପ୍ରଦାନ କରେ ମୋ ନଳକିନୀରେ; ଯାହା ତାର ଯୌନ ଆବେଗର ଅଧୀର, ଅବ୍ୟକ୍ତ ପ୍ରକୃତି ସମ୍ପର୍କରେ ଘୋଷଣା କଲା ଭଳି ଜଣାଯାଏ। ଏଇଭଳି, ଆମର ପ୍ରଥମ ଚୁମ୍ବନ ମାତ୍ର ଅଳ୍ପ କେତେ ମୁହୂର୍ତ୍ତରେ ଶେଷ ହୋଇଯାଏ। କାରଣ ମୁଁ ଏଥିରେ କୌଣସି ପୁଲକର ଉତ୍ତେଜନା ଖୋଜି ପାଉ ନ ଥିଲି ଆଉ ତୁରନ୍ତ ଚୁମ୍ବନରୁ ବିରତି ନେଉଥିଲି। ଚୁମ୍ବନର ସେଇ ନିରାନନ୍ଦ ପର୍ଯ୍ୟାୟ ପରେ, ସେସିଲିଆ ନିଜକୁ ମୋଠାରୁ ବିଚ୍ଛିନ୍ନ କରାଏ, ତା'ର ବ୍ୟାଗ ତଳେ ଥୁଏ, ଆଉ ହାତରୁ ଦସ୍ତାନା ଖୋଲି ଥୁଏ ମେଜ ଉପରେ। ତାପରେ ସେ ବାତାୟନ ପାର୍ଶ୍ୱକୁ ଯାଏ, ପର୍ଦ୍ଦା ଟାଣେ ଆଉ ପରିଶେଷରେ, ନିଜକୁ ଅନାବୃତ କରେ, ସବୁବେଳେ ସେଇ ନିର୍ଦ୍ଦିଷ୍ଟ ଭଙ୍ଗୀରେ ଆଉ ନିର୍ଦ୍ଦିଷ୍ଟ ସ୍ଥାନରେ। ଡିଭାନ ଆଉ ଆରାମଚେୟାର ମଝିରେ ଠିଆହେଇ, ଆରାମଚେୟାର ଉପରେ ଗୋଟିକ ପରେ ଗୋଟିଏ ତା'ର ପରିଧାନ ଗୁଡ଼ିକ ଖୋଲି ସଜାଇ ରଖେ ସିଏ।

ମୁଁ ସେସିଲିଆକୁ ପ୍ରଥମେ ଭେଟିଥିଲି ଜୁଲାଇ ମାସରେ। ସେତେବେଳେ ସିଏ ମୁଁ ବର୍ଣ୍ଣନା କରିଥିବା ପ୍ରକାରେ, ପିନ୍ଧିଥାଏ ଗ୍ରୀଷ୍ମାଶୁଙ୍କ – ଏକ ପତଳା ପଯ୍ଘାତ ବ୍ଲାଉଜ ଆଉ କ୍ଷୁଦ୍ର ଅଥଚ ପ୍ରସାରିତ ସ୍କାର୍ଟ, ପ୍ରାୟ ବାଲେସ୍କାର୍ଟ ଭଳି। ପରେ ଶରଦ ଆସିବା ସହ ଯେତେବେଳେ ଉଷ୍ଣତାର ହ୍ରାସ ଘଟିଲା, ସେ ପିନ୍ଧିଲା ଗୋଟିଏ ଲମ୍ବା, ହୁଗୁଲା, ସବୁଜ ପଶମ ସ୍ୱେଟର ଆଉ ଗୋଟିଏ ଆଣ୍ଠୁ ନ ଲୁଚୁ ଥିବା, କଳା ଚିପା ସ୍କାର୍ଟ। ସେତେବେଳେ ସେ ନିରାବରଣ ହେବାବେଳେ ପ୍ରଥମେ ସ୍ୱେଟରକୁ ମୁଣ୍ଡବାଟେ ଉତାରି ପକାଏ। ଉତାରିବା ବେଳେ ସ୍ୱେଟରଟି ଯେତେବେଳେ ଅଧା ଉଠିଥାଏ, ତା ମୁଣ୍ଡ ଘୋଡ଼େଇ ହୋଇ ଅଦୃଶ୍ୟ ହୋଇ

ଯାଇଥାଏ ସେ ସ୍ବେଟରଟିକୁ ଅଭ୍ୟନ୍ତରରେ, ଆଉ ସେ ଊର୍ଦ୍ଧ୍ୱବାହୁ ହୋଇ ଠିଆ ହୋଇଥାଏ, ସେ ଅଟକି ଯାଏ ଘଡ଼ିଏ। ତାପରେ ସେ ଧୀରେ ଅଥଚ ବେଶ୍ ଶକ୍ତି ପ୍ରୟୋଗ କରି ସ୍ବେଟରଟିକୁ ଉତାରି ପକାଏ ଆଉ ସେମିତି ଭିତର ପଟ ବାହାରକୁ ହୋଇ ଓଲଟା ଥିବା ଅବସ୍ଥାରେ ସ୍ବେଟରଟିକୁ ଆରାମ ଚେୟାର ଉପରେ ଫୋପାଡ଼ି ଦିଏ। ବର୍ତ୍ତମାନ ସିଏ ପିନ୍ଧିଥାଏ ଖାଲି ତା'ର ସ୍କାର୍ଟଟି ଆଉ ତା ଉପରାର୍ଦ୍ଧ ଥାଏ ସମ୍ପୂର୍ଣ୍ଣ ନଗ୍ନ, କାରଣ ଦ୍ରଢ଼ ଉପରେ ପଶମର କର୍କଶ ସ୍ପର୍ଶ ସତ୍ତ୍ୱେ ସେ ସ୍ବେଟର ତଳେ କୌଣସି ଅନ୍ତର୍ବାସ ପିନ୍ଧେନା। ଏକ ନିର୍ବିବାଦୀୟ ତଥ୍ୟ ପ୍ରଦାନ କରିବା ଭଙ୍ଗୀରେ ସେ ଟିକିଏ ଅହଂକାରର ସହ ସବୁବେଳେ କହେ ଯେ, ତା ଉରୋଜ ବିନା ଅବଲମ୍ବନରେ ମଧ୍ୟ ଉତ୍ତୋଳିତ ହୋଇ ରହେ, ତେଣୁ ତା ପାଇଁ ଅନ୍ତର୍ବାସର ଆବଶ୍ୟକତା ନାହିଁ। ମୁଁ କିନ୍ତୁ ଭାବେ ଯେ ସିଏ ଏଭଳି କରେ ଏକ ସୁବିଚାରିତ ହାବଲାପାର ସହ, ଏଇ ଅଭିପ୍ରାୟରେ କି, ସେ ସ୍ବେଟର କାଢ଼ିବା କ୍ଷଣି ଯେମିତି ତା'ର ଚମତ୍କାର ବକ୍ଷୋଜ ଦୃଷ୍ଟି ଗୋଚର ହେବ, କିମ୍ବା ବରଂ ହଠାତ୍ ପ୍ରତିଭାତ ହେବ ଏକ ବନ୍ୟ ଆବେଗର ସହିତ ତା ଦୟିତର ଚକ୍ଷୁ ଆଗରେ। ଏବଂ ସେଇ ଉଦ୍ଦେଶ୍ୟରେ ହିଁ ସେ ଅନ୍ତର୍ବସ୍ତ୍ର ପରିଧାନ କରେ ନାହିଁ। ତଥାପି ତାକୁ ଦେଖିଲେ ଯେଉଁ ଶିଶୁସୁଲଭ ଅପରିପକ୍ବତାର ଅନୁଭୂତି ଆସେ, ସେଇ ଅନୁଭବକୁ ତା'ର ତୁଙ୍ଗସ୍ତନର ଆବେଦନ ମଧ୍ୟ ଦୂର କରି ପାରେନା। ଆପୀନ ଓ ସୁଗଠିତ ସେଇ ସ୍ତନ ଜମା ଲାଗେ ନାହିଁ ଏକ କ୍ଷୀଣତନୁ କିଶୋରୀର ଅଙ୍ଗ ଭଳି। ଏହି ଅନୁଭବ ବିଶେଷ ଭାବରେ ସ୍ପଷ୍ଟ ହୋଇ ଉଠୁଥିଲା ଯେତେବେଳେ ସେ ଘୁରି ଯାଉଥିଲା। ମୁଁ ସେତେବେଳେ କେବଳ ଦେଖୁ ପାରୁଥିଲି ତା'ର କିଶୋର ତନୁର ହାଡୁଆ, ଦୁର୍ବଳ ଆଉ ଗୋରା ପୃଷ୍ଟଦେଶ; ଆଉ ତା'ର କକ୍ଷପୁଟ ତଳେ, ବାହୁ ଓ ପାର୍ଶ୍ୱ ମଧ୍ୟଦେଇ ପରିଦୃଷ୍ଟ ତା'ର ପୀନ ପୟୋଧର ଯାହାକି ତା'ର ଶରୀର ତୁଳନାରେ ଲାଗେ ଅଧିକତର ଉତ୍ତେଜକ, କୃଷ୍ଟତର ଏବଂ ପରିଣତ ଏକ ତନୁର ଅଂଶବିଶେଷ ଭଳି।

ସ୍ବେଟର କାଢ଼ିବା ପରେ ସେସିଲିଆ ତା'ର ଉପରାର୍ଦ୍ଧକୁ ଅଳ୍ପ ଘୁରାଇ ଉଭୟ ପାପୁଲିକୁ ଅଣ୍ଟା ପାଖକୁ ଆଣେ, ଆଉ ତା' ସ୍କାର୍ଟରେ ଲାଗିଥିବା ଜିପ୍‌ର ହୁକ୍‌କୁ ଖୋଲି ତଳକୁ ଖସାଏ। ସ୍କାର୍ଟ ଖସିପଡ଼େ ଚଟାଣ ଉପରେ, ଆଉ ଏକ ଅଧୈର୍ଯ୍ୟ ସଂଚଳନର ସହ, ଠିକ ଯେମିତି ପରିଦୃଷ୍ଟ ହୋଇଥିଲା ସ୍ବେଟର ଓହ୍ଲାଇଲା ବେଳେ,

ସେ କେଇଥର ଅଧିକ ବ୍ୟଗ୍ରତାର ସହିତ ପଦପାତ କରେ ସ୍କାର୍ଟ ଉପରେ । ତାପରେ ସ୍କାର୍ଟଟିକୁ ଉଠାଇ ନେଇ ସେ ଥୁଏ ଆରାମଚେୟାର ଉପରେ । ସେତେବେଳକୁ ସେ ହୋଇ ସାରିଥାଏ ସମ୍ପୂର୍ଣ୍ଣ ଉଲଗ୍ନ, କିମ୍ୱା ବରଂ ସେ ତଥାପି ପିନ୍ଧିଥାଏ, ଯାହାକୁ ମୁଁ କହି ପାରିବି, ତା'ର ସବୁଠୁ ଅନ୍ତରଙ୍ଗ ସୁକ୍ଷ୍ମ ଅଧୋବାସ । ନିତମ୍ବକୁ ଘେରି ରହିଥାଏ ମେଖଳା ଯୋଉଥରେ ଗାର୍ଟର ଲାଗିଥାଏ, ତା' ବସ୍ତିକୁ ଘୋଡ଼ାଇ ଥାଏ ଚଡ଼ିର ତ୍ରିକୋଣ ଆବରକ ଆଉ ଗୋଡ଼ରେ ଥାଏ ଜୁରାବ । ଏହି ଅନ୍ତର୍ବାସଗୁଡ଼ିକ କିନ୍ତୁ ସେତେବେଳକୁ ମୋଡ଼ାମୋଡ଼ି ହୋଇ ଅବିନ୍ୟସ୍ତ ଅବସ୍ଥାରେ ଥାଆନ୍ତି । ଯେମିତିକି ସେସିଲିଆ ନିଜକୁ ନିରାବରଣ କରିବା ଅବସରରେ, ସେମାନଙ୍କୁ ତାଙ୍କର ଦାୟିତ୍ୱରୁ ସମ୍ପୂର୍ଣ୍ଣ ମୁକ୍ତ କରି ଦେଇଛି; ଚଡ଼ି ମୋଡ଼ା ମକରୁ ଅବସ୍ଥାରେ ଅଧାଗୁଡ଼ା ହୋଇ ରହିଥାଏ, କମରପଟିର ରୁରୋଟି ଗାର୍ଟରରୁ ହୁଏତ ଦୁଇଟି ଖୋଲି ଯାଇଥାଏ ଆଉ ସିଏ ତେଢ଼େଇ ହେଇ ରହିଥାଏ ଗୋଟିଏ ଆଡ଼କୁ, ଲମ୍ବା ମୋଜା ଗୋଟିଏ ଠିକ୍ ଥାଏ ଆଉ ଆରଟି ଅଧାମୋଡ଼ା ହୋଇ ହୁଏତ ଝୁଲୁଥାଏ ଆଣ୍ଠୁତଳେ । ଏହି ବିଶୃଙ୍ଖଳା କିନ୍ତୁ ଲାଗୁଥାଏ ସମ୍ପୂର୍ଣ୍ଣ ଲାଳନିକ ଓ ଯୁଦ୍ଧସୁଲଭ; ଆଉ ବଡ଼ ବିଚିତ୍ର ଭାବରେ ତାହା ତା' ମୁଖର ଶିଶୁସୁଲଭ, ଅଭିବ୍ୟକ୍ତିହୀନ ସରଳତା ସହିତ ବଡ଼ ଅସଙ୍ଗତ ଲାଗୁଥାଏ । ବାସ୍ତବରେ ସେସିଲିଆର ଚରିତ୍ର ଥାଏ ଦୁଇଟି ବିଭାବ, ଏକା ସମୟରେ ଲାଳନିକ ଓ ଶିଶୁସୁଲଭ; ଆଉ ଖାଲି ତା'ର ଶରୀରରେ ନୁହେଁ, ତା'ର ଅଭିବ୍ୟକ୍ତି ଓ ସଂଚଳନ ଭିତରେ ବି ସେଇ ବିରୋଧାଭାସ ଫୁଟିଉଠେ ।

ତା'ର ଏଇ ଯୁଗଳ ଚରିତ୍ର ବିଶେଷ ଭାବରେ ପ୍ରକାଶିତ ହୁଏ ତା'ର ଶରୀରର ଉପରାର୍ଦ୍ଧ ଓ ନିମ୍ନାର୍ଦ୍ଧ ମଧ୍ୟରେ ପରିଦୃଷ୍ଟ ଅସଙ୍ଗତି ଭିତରେ । ଉଭୟ ମଧ୍ୟରେ ଥିବା ପ୍ରଭେଦ ହାତରେ ତଉଲିବା ପୂର୍ବରୁ ବି, ଖାଲି ଆଖିରେ ହିଁ ବାରି ହୋଇପଡ଼େ । ଉଦାହରଣ ସ୍ୱରୂପ ସୀଖାରେ ତିଆରି ଜିନିଷଟିଏ ନିରୀକ୍ଷକର ଆଖିକୁ ନିଃସନ୍ଦେହରେ ଆଉ କୌଣସି ଅନ୍ୟାନ୍ୟ ହାଲୁକା ପଦାର୍ଥରେ ଗଠିତ ଏକା ଆକାରର ଜିନିଷ ଅପେକ୍ଷା ଭାରି ଜଣାପଡ଼େ । ସେଇଭଳି ସେସିଲିଆର ଅପୟନ, କଟିରୁ ନିମ୍ନକୁ ବାସ୍ତବରେ ଜଣାପଡ଼େ ସତେ ଯେମିତି କୌଣସି ସାନ୍ଦ୍ର ଘନ ନିତାନ୍ତ ଭାରି ପଦାର୍ଥରେ ଗଠିତ ହୋଇଛି । ଉଦାହରଣ ସ୍ୱରୂପ, କାଖ ସହିତ ତା'ର ହାତର ଯୋଡ଼େଇ ତୁଳନାରେ, ଜାନୁସନ୍ଧି ସହ ତା'ର ଗୋଡ଼ର ଯୋଡ଼େଇ ଜଣାପଡ଼େ

କେଡେ ଦୃଢ଼ ଆଉ କଠିନ ! ଉପରାର୍ଦ୍ଧର ସୁକ୍ଷ୍ମ କ୍ଷୀଣତା ତୁଳନାରେ କେତେ ଅଲଗା ତା ନିତମ୍ବର ସମୃଦ୍ଧ ବର୍ତ୍ତୁଳତା, କଟିର ପେଶୀଳତା, ଆଉ ଘନ ଜଘନର ବିଶାଳତା ! କଟିର ଉପରାର୍ଦ୍ଧରେ ସେ ଥିଲା କିଶୋରୀ, କିନ୍ତୁ ନିମ୍ନାର୍ଦ୍ଧରେ ସେ ଥିଲା ପ୍ରାପ୍ତବୟସ୍କା ରମଣୀ। ସେସିଲିଆକୁ ଦେଖିଲେ ମନରେ ଆସୁଥିଲା ପ୍ରାଚୀନ ଫ୍ରେସ୍କୋ ମାନଙ୍କରେ ଶୋଭାବର୍ଦ୍ଧନ ପାଇଁ ଅଙ୍କା ଯାଇଥିବା ସେଇ ସ୍ଫିଙ୍କ୍ସ ବା ହାର୍ପି ଭଳି ଦାନବ ସବୁ। ତା'ର କିଶୋର-ସୁଲଭ କ୍ଷୀଣ ତନୁରେ ଯୋଡ଼ା ହୋଇଥିବା ଦୃଢ଼ ପଦ ଓ ଜଘନର ସେ ଅସଙ୍ଗତି ମନରେ ସୃଷ୍ଟି କରୁଥିଲା ସେଇଭଳି ଏକ ବିକୃତ ପ୍ରଭାବ।

ରତିକ୍ରିୟା ସମୟରେ ସେସିଲିଆର କାର୍ଯ୍ୟକଳାପ ମଧ୍ୟ ତା' ଚରିତ୍ରର ଉଭୟ ଲାଳନିକ ଓ ଶିଶୁସୁଲଭ ବିଭାବ ମଧ୍ୟରେ ଥିବା ଅସଙ୍ଗତିକୁ ପ୍ରତିଫଳିତ କରୁଥିଲା। ମୁଁ ବହୁଥର ଏ ବିଷୟରେ ଚିନ୍ତା କରିଛି ଏବଂ ପରିଶେଷରେ ମୁଁ ଏଇ ଉପସଂହାରରେ ଉପନୀତ ହୋଇଛି ଯେ ସେସିଲିଆର ଭିତରେ ଥିଲା ଆବେଗାନୁଭୂତିର ଏକ ଗୁରୁତର ଅଭାବ; ଏବଂ ଏପରିକି କୌଣସି କାମୋଦ୍ଦୀପନା ମଧ୍ୟ ସମ୍ଭବତଃ ସିଏ ଅନୁଭବ କରୁ ନ ଥିଲା। କିନ୍ତୁ ତା'ର ଥିଲା କେବଳ ଏକ ଯୌନବୁଭୁକ୍ଷା ଯାହା ସମ୍ପର୍କରେ ସେ ସ୍ୱୟଂ ସମ୍ପୂର୍ଣ୍ଣଭାବରେ ସଚେତନ ନ ଥିଲା, ଆଉ ଯାହାର ପ୍ରୟୋଜନ ନିକଟରେ ସେ ବିନା ପ୍ରତିରୋଧରେ ଆମ୍ଭ ସମର୍ପଣ କରୁଥିଲା। ମୋର ବାହୁବନ୍ଧନ ଭିତରେ ଥିବାବେଳେ ତା'ର ମନୋବୃତ୍ତି ଥିଲା ଶିଶୁଟିଏ ଭଳି ଯିଏକି ବାଧ୍ୟ ଭାବରେ ତା'ର ମାଆ ବଢ଼େଇ ଦେଇଥିବା ସ୍ତନ୍ୟ ଆଗରେ ମୁହଁ ଖୋଲି ଦେଇଛି। କେବଳ ତା କ୍ଷେତ୍ରରେ ସେ ମୁହଁ ଥିଲା ତା'ର ଯୋନି ଆଉ ତା'ର ପ୍ରେମିକ ହିଁ ତାକୁ ଖୁଆଇ ଦେଉଥିଲା। ତା'ର ସୁଗୋଳ ପାଣ୍ଡୁର ମୁଖ ଥିଲା ଶିଶୁସୁଲଭ ଆଉ କବିତା ଭଳି ଲଳିତ। କିନ୍ତୁ ଯେଉଁ ଦୃଢ଼ତା, ବ୍ୟଗ୍ରତା ଆଉ ତୀବ୍ର ପ୍ରଲୋଭନର ସହ ସେ ରତିମଗ୍ନ ରହୁଥିଲା, ଲାଗୁଥିଲା ଯେମିତିକି ତୃପ୍ତିର ଚରମ ବିନ୍ଦୁକୁ ମତେ ଘେନି ଆସିବା, ଆଉ ମୋର ଶରୀରର ଶେଷ ଶୀକ୍ରାର ପର୍ଯ୍ୟନ୍ତ ସେଇ ରସଘନ ଆନନ୍ଦକୁ ତା' ଭିତରକୁ ଶୋଷି ନେବା ତାର ଏକ ମାତ୍ର ଲକ୍ଷ୍ୟ। ତା'ର ପିଲାଳିଆ ମୁହଁ ଲାଗୁଥିଲା ଲଳିତ ଓ ଭଙ୍ଗୁର। ଅଥଚ ତା'ର ଛେବଲ ମୁହଁ ସହିତ ତା'ର ବ୍ୟଗ୍ର ଯୌନ ବୁଭୁକ୍ଷା ମଧ୍ୟରେ ରହିଥିଲା ଏକ ଅବିଚ୍ଛିନ୍ନ ଅସାମଞ୍ଜସ୍ୟ। ପରିଶୀଳନର ସେଇ ନିବିଡ଼ ମୁହୂର୍ତ୍ତରେ, ନିଧୁବନର ଛଦୋମୟତା ସହ ତା'ର ଉଦର ଓ ଜଘନର

ଦୋଳନ ହେଉଥିଲା ଅଧିକ ତୀବ୍ର; ଆଉ ସେଇ ସଂଚଳନର ଶକ୍ତି ଓ ନିୟମିତତା ଯେପରି ଏକ ଅନିୟନ୍ତ୍ରିତ ଯାନ୍ତ୍ରିକ ପ୍ରକ୍ରିୟାର ପରିଣାମ ହିଁ ଥିଲା, ଯାହାକୁ ପ୍ରତିରୋଧ କରିବାର କ୍ଷମତା ଆମ ଉଭୟଙ୍କର ନ ଥିଲା। ପ୍ରଥମରୁ କ୍ଷୀଣ ଓ ଦୁର୍ବଳ, ଅନୁଭବ ସାପେକ୍ଷ ଭଳି ମନେ ହେଉ ନ ଥିବା, ସେଇ ଶ୍ରମକୁଣ୍ଠ ସଂଚଳନ ଶେଷବେଳକୁ ଲାଗୁଥିଲା ବାସ୍ତବରେ ଋପଦଣ୍ଡର ଚଳନ ଭଳି, ଯିଏ ଏକ ସ୍ୱୟଂକ୍ରିୟ ଅକ୍ଲାନ୍ତ ବଳ ଦ୍ୱାରା ପ୍ରଚୋଦିତ ହୋଇ କାମ କରୁଛି। କିନ୍ତୁ ଏ ସମସ୍ତ ଭିତରେ ବି ତା'ର ମୁହଁର ଭାବ ଥିଲା ନିରୁତ୍ତେଜିତ ଆଉ ଜଡ଼ ଭଳି ପ୍ରଶାନ୍ତ। ତା' ମୁଖଭାଗରେ କୌଣସି ଆଗ୍ରହ ବା ଆବେଗ ପରିଦୃଷ୍ଟ ହେଉ ନ ଥିଲା। ତା'ର ଆୟତ ଚକ୍ଷୁ ଥିଲା ଅର୍ଦ୍ଧ-ନିର୍ମୀଳିତ, ଓଷ୍ଠ ଥିଲା ଅର୍ଦ୍ଧ-ଉନ୍ମୀଳିତ ଆଉ ତା'ର ମୁହଁ ଲାଗୁଥିଲା ଅନ୍ୟ ସମୟ ଅପେକ୍ଷା ଅଧିକ ଶାନ୍ତ ଓ ଶିଶୁସୁଲଭ। କେବଳ ତା'ର କପୋଳର ସାମାନ୍ୟ ଆରକ୍ତିମା ସୂଚାଇ ଦେଉଥିଲା ଯେ ସେସିଲିଆ ଶୋଇ ନ ଥିଲା, ବରଂ ସେ ସମ୍ପୂର୍ଣ୍ଣ ସଜାଗ ଓ ସଚେତନ ଭାବରେ ନିଜର ଯୌନ ସଂଧୁକ୍ଷଣ ଉପଭୋଗ କରୁଥିଲା।

କିନ୍ତୁ ବେଳେବେଳେ ମୈଥୁନବ୍ୟସ୍ତ ଏକ ମୁହୂର୍ତ୍ତରେ ସେ ହଠାତ୍, କୌଣସି ଆପାତକାରଣ ବିନା, ମୁଁ ବର୍ଣ୍ଣନା କରିଥିବା ତା'ର ସେଇ ସାଗ୍ରହ ଯାନ୍ତ୍ରିକ ନିଷ୍କ୍ରିୟତା ଭିତରୁ ନିଜକୁ ମୁକ୍ତ କରି ମୋର ଆଦରର ପ୍ରତ୍ୟୁତ୍ତର ଦିଏ। ସନ୍ତାନ ପାଇଁ ସଙ୍ଗମ, ଏକ ବିଶୁଦ୍ଧ ଓ ନିର୍ଲିପ୍ତ ରତିକ୍ରିୟା। ଅନ୍ୟପକ୍ଷରେ ପ୍ରଣୟୀମାନେ ପରସ୍ପରର ସଂଭୋଗ ପାଇଁ ଯେଉଁ ରତିବନ୍ଧମାନ ବ୍ୟବହାରର ପ୍ରଚେଷ୍ଟା କରିଥାନ୍ତି ସେଥିରେ ବିଶୁଦ୍ଧି ବା ନିର୍ଲିପ୍ତତା ନ ଥାଏ। କିନ୍ତୁ ସେସିଲିଆ ଯେଉଁ ପ୍ରକାରରେ ମୋ ତନୁରେ ସୁରତସ୍ପର୍ଶ ଦେଉଥିଲା ତାହା ଥିଲା ସମ୍ପୂର୍ଣ୍ଣ ବିଶୁଦ୍ଧ ଓ ନିର୍ଲିପ୍ତ କାରଣ ତାହା ଥିଲା ଅଭୂତ ଭାବରେ ସ୍ୱୟଂକ୍ରିୟ ଓ ଅଚେତନ। ହଠାତ୍ ନିଧୁବନର କୌଣସି ଏକ କ୍ଷଣରେ ସେ ବସି ପଡ଼େ ଆଉ ଆଗକୁ ନଇଁ ଆସି, ତା'ର ଅଧର ମୋର ଉଦରରେ ଏଭଳି ସ୍ପର୍ଶ କରାଏ ଯେଭଳି କି ସେ ତାକୁ ନିରୀକ୍ଷଣ କରୁଛି। କିନ୍ତୁ ତା'ର ଏଇ ଆକସ୍ମିକ ଉଦ୍ଦୀପନ ଏକ ସ୍ୱପ୍ରଚଳକ ପ୍ରତିକ୍ରିୟା ଭଳି ମନେହୁଏ, ପ୍ରାୟ ଯେମିତି କି ସ୍ୱପ୍ନାଭିଭୂତ ଅବସ୍ଥାରେ ତା'ର ଏଇ କାର୍ଯ୍ୟକଳାପ ପ୍ରକାଶ ପାଇଛି; ଯେମିତିକି ସେତେବେଳକୁ ସେ ସମ୍ପୂର୍ଣ୍ଣ ଅଚେତନ ଅବସ୍ଥାରେ ହିଁ ଥିଲା। ତାପରେ ଉଦରକୁ ଚୁମ୍ବନ କରି କରି ସନ୍ତୁଷ୍ଟ ହୋଇଯିବା ପରେ କିମ୍ବା ବରଂ ଚୁମ୍ବନର ସମସ୍ତ ସମ୍ଭାବ୍ୟ ବିଭାବକୁ ସମ୍ପୂର୍ଣ୍ଣ

ନିଃଶେଷ କରି ଦେବା ପରେ, ସିଏ ପୁଣି ଫେରିଆସେ ତା'ର ସେଇ ନିର୍ଲିପ୍ତ ନିଧୁବନକୁ। ସେତେବେଳେ ତା'ର ଚକ୍ଷୁ ପୁଣି ହୋଇଯାଇଥାଏ ନିମୀଲିତ ଆଉ ଅଧର ଅର୍ଦ୍ଧ ଉନ୍ମୀଲିତ, ଆଉ ମୋର ଏକ ଅଭୁତ ଅନୁଭବ ଆସେ, ଯେମିତିକି ହଠାତ୍ କୌଣସି ନିଦ୍ରିତ ବ୍ୟକ୍ତି ନିଦ୍ରାମଗ୍ନ ଥାଇ ମଧ କାର୍ଯ୍ୟଟିଏ କରୁଛି, ତା'ର ସମସ୍ତ ଅଙ୍ଗଚାଳନା ତେଣୁ ହୋଇ ଉଠିଛି ଉଦ୍ଦେଶ୍ୟ ବିହୀନ, ଆଉ ତାପରେ ତଥାପି ନିଦରୁ ନ ଉଠି ସେ ଗଡ଼ିପଡ଼ି ପୁଣି ଶୋଇ ଯାଇଛି। ରତିକ୍ରିୟା ମଧ୍ୟରେ ବି ତା'ର ସେଇ ନିର୍ଲିପ୍ତତା ସେତେବେଳେ ଆଉରି ଅଧିକ ପରିସ୍ଫୁଟ ହୋଇଉଠେ।

ରତିତୃପ୍ତିର ଚରମ ବିନ୍ଦୁରେ, ଯେତେବେଳେ କି ତା'ର ସମଗ୍ର ଶରୀର ସ୍ପନ୍ଦିତ ହୋଇ ଉଠେ ଏକ ଅତୀବ୍ର ଅପସ୍ମାରରେ ପୀଡ଼ିତ ହେଲା ଭଳି, ସେତେବେଳେ ମଧ୍ୟ ତା' ମୁଖଭାବର ଉଦାସୀନ ପ୍ରଶାନ୍ତି ଥାଏ ଅବ୍ୟାହତ। ସେସିଲିଆ ରତିକ୍ଲାନ୍ତ ହୋଇ, ମୋ ତଳେ ପଡ଼ି ରହିଥାଏ, ଗୋଟାଏ ହାତ ଥାଏ ମୁଣ୍ଡତଳେ ଆଉ ଆର ହାତ ଅସାଡ଼ ହୋଇ ପଡ଼ି ରହିଥାଏ ଡିଭାନ୍ ଉପରେ, ମୁହଁ ବାଙ୍କି ଯାଇଥାଏ କାନ୍ତୁ ଆଡ଼କୁ, ଆଉ ତା'ର ଶିଥିଲ ମୂର୍ଚ୍ଛିତ ଜଘନ, ନିଧୁବନର ଚରମ ମୁହୂର୍ତ୍ତରେ ଯେଉଁ ଅବସ୍ଥାରେ ଥିଲା, ଠିକ ସେମିତି ଉନ୍ମୁକ୍ତ ହୋଇ ପଡ଼ି ରହିଥାଏ। ମୁଁ ତାଠାରୁ ବିଚ୍ଛିନ୍ନ ହେବାର ଅବ୍ୟବହିତ ପରେ କେବଳ ମୁହୂର୍ତ୍ତକ ପାଇଁ, ତା ଅଧରରେ ସ୍ମିତଟିଏ ଫୁଟିଉଠେ ମୋ ଉଦ୍ଦେଶ୍ୟରେ, ଆଉ ବୋଧହୁଏ ସେହିକ୍ଷଣଟି ହିଁ ଏହି ଶୃଙ୍ଗାର ପ୍ରକ୍ରିୟାର ମଧୁରତମ ମୁହୂର୍ତ୍ତ। ସେଇ ମଧୁର ସ୍ମିତହାସ, ରତି ରଭସରେ ସନ୍ତୋଷର ଦ୍ୟୋତକ ସେ ହାସ୍ୟ ମାଧୁରିମା, ଧୀରେ ଧୀରେ ଅପସୃୟମାଣ ହୋଇ ମିଳାଇ ଯାଏ। କିନ୍ତୁ ସେଇ ସ୍ମିତ ମଧ, ମୁଁ ଇତ୍ୟବସରରେ ବର୍ଣ୍ଣନା କରିଥିବା ତା'ର ସେଇ ଶିଶୁସୁଲଭ ନିର୍ଲିପ୍ତ କାର୍ଯ୍ୟକଲାପର ରହସ୍ୟମୟ ଅବୋଧତାକୁ ଘୋଡ଼ାଇ ପାରେ ନାହିଁ। ଯେତେବେଳେ ସେସିଲିଆ ମୋ ଉଦ୍ଦେଶ୍ୟରେ ତୃପ୍ତିର ହସ ହସୁଥାଏ, ସେତେବେଳେ ମଧ ସେ ମତେ ଚୁହୁଁ ନ ଥାଏ, କିମ୍ବା ଲାଗୁଥାଏ ଯେପରି ସେ ମତେ ଦେଖୁ ମଧ ନାହିଁ; ଯେମିତିକି ସେ ମୋ ଉଦ୍ଦେଶ୍ୟରେ ନୁହେଁ ବରଂ ତା ନିଜ ଉଦ୍ଦେଶ୍ୟରେ ହିଁ ହସୁଛି; ଯେମିତିକି ରତିସୁଖର ଏ ଅନୁଭବ ପାଇଁ ସେ ତା ନିଜ ପାଖରେ କୃତଜ୍ଞ, ଯିଏ ତାକୁ ଏ ଅନୁଭବର ସ୍ୱାଦ ଦେଇଛି, ତା ପାଖରେ ନୁହେଁ। ଯା ହେଉ ନା କାହିଁକି, ସେଇ ନୈର୍ବ୍ୟକ୍ତିକ ଓ ବିବିକ୍ତ ସ୍ମିତହାସ ହିଁ ଥିଲା ଆମ

ନିଧୁବନର ଶେଷ ପର୍ଯ୍ୟାୟ। ଅର୍ଥାତ୍ ଆମ ପରସ୍ପର ସଂଭୋଗର, ଦୁଇଟି ଶରୀର ମଧ୍ୟରେ ନିଶ୍ଛିଦ୍ର ନିବିଡ଼ ମିଳନର ଅନ୍ତ ଘଟିବାର ସୂଚକ ଥିଲା ସେ ସ୍ଖିତ। ତା'ର ଠିକ୍ ପରେ ପରେ, ଆମେ ଦୁହେଁ ପରସ୍ପର ଠାରୁ ବିଚ୍ଛିନ୍ନ ହୋଇ ଡିଭାନ ଉପରେ ଗଡ଼ି ପଡ଼ୁ ଆଉ ମୋ ପକ୍ଷରେ କିଛି କହିବା ଆବଶ୍ୟକ ହୋଇ ପଡ଼େ।

କିନ୍ତୁ, ସିଧାସଳଖ ଭାବରେ ଏହା ମୋର ସମ୍ପର୍କିତ ନ ହେଲେ ବି, ଘଟଣାକ୍ରମର ଏଇ ବିନ୍ଦୁରେ ମୁଁ ଅନୁଭବ କରୁଥିଲି ଯେ, ତା'ର ଯୌନକ୍ଷୁଧା ଉପଶମ ହେବାପରେ, ଯୋଉଥିପାଇଁ ମୁଁ ଥିଲି ଏକ ନିମିଉମାତ୍ର, ସେସିଲିଆ ହୋଇଉଠିଛି ବେଶ୍ ନିଃସ୍ପୃହ ଓ ଉଦାସୀନ। ମୁଁ ଯେତେବେଳେ ଉଦାସୀନତା କଥା କହୁଚି, ମୁଁ ଏହାଦ୍ୱାରା ସେସିଲିଆ ମୋ ପ୍ରତି ଅଶ୍ରଦ୍ଧା ବା ଅବଜ୍ଞା ପ୍ରଦର୍ଶନ କରୁଥିଲା ବୋଲି କହୁନାହିଁ। ନା, ରତିକ୍ରିୟାର ଅବ୍ୟବହିତ ପରେ ପରେ ସେସିଲିଆର ମୋ ପ୍ରତି ଉଦାସୀନତା କେବଳ ଥିଲା ଏକ ଅଭୁତ ନିରାସକ୍ତିର ପ୍ରତିଫଳନ। ତାହା ଥିଲା ସେହି ପର୍ଯ୍ୟାୟର ଏକ ଶୂନ୍ୟତା ଯାହା ମତେ ଏତେ ଯନ୍ତ୍ରଣା ଦେଇଛି ଆଉ ଯାହାକୁ ମୁଁ ବୋରିୟାତ ବୋଲି କହୁଛି। କିନ୍ତୁ ସେସିଲିଆର ଉଦାସୀନତା ମୋ ବୋରିୟାତ ଠାରୁ କେବଳ ଏତିକି ଭିନ୍ନ ଯେ, ସେ ଏଥିଯୋଗୁଁ କୌଣସି ଯନ୍ତ୍ରଣା ଭୋଗୁ ନ ଥିଲା, ଏପରିକି ସେ ଏ ସମ୍ପର୍କରେ ସଚେତନ ଥିବା ଭଳି ମଧ୍ୟ ମନେ ହେଉ ନ ଥିଲା। ଅଳ୍ପକେ କହିଲେ, ଯେମିତିକି ସେ ବାହ୍ୟ ବସ୍ତୁ ସମୂହ ପ୍ରତି ଏହି ଅନାସକ୍ତି ନେଇ ହିଁ ଜନ୍ମ ହୋଇଥିଲା, ଯାହାକି ମତେ ଭିନ୍ନ ଏକ ମୌଳିକ ସ୍ଖିତିରୁ ଅସହ୍ୟ ବିଚ୍ୟୁତି ଭଳି ପ୍ରତୀତ ହେଉଥିଲା। ଯାହା ମତେ ଲାଗୁଥିଲା ଏକ ରୁଗ୍ଣ ସ୍ଖିତି, ତାହା ଥିଲା ତା'ପାଇଁ ଏକ ସୁସ୍ଥ, ସାଧାରଣ ବାସ୍ତବତା।

ଏବଂ ପୂର୍ବରୁ ମୁଁ କହିଥିବା ମତେ, ଏ ସବୁ ସତ୍ତ୍ୱେ ମଧ୍ୟ ମୋର ତା' ସହିତ କଥା କହିବା ଆବଶ୍ୟକ ହୋଇ ପଡ଼ୁଥିଲା। ଶାରୀରିକ ପ୍ରେମର ଏଇ ସାମ୍ପ୍ରତିକ ଘନିଷ୍ଠତା ମୋ ହୃଦୟରେ ଅନ୍ୟ ଏକ ଅଧିକତର ବାସ୍ତବ ଅନୁରାଗର ଅନ୍ତରଙ୍ଗତା ପାଇଁ ଆବେଗ ସୃଷ୍ଟି କରୁଥିଲା। ମୁଁ ଜାଣିଥିଲି ଯେ, ସେଇ ଆମ୍ମୀୟତା କେବଳ ଭାଷା ମାଧମରେ ହିଁ ମୂର୍ତ୍ତ ହୋଇ ପାରିବ। ମୁଁ ତେଣୁ ତା ସହିତ କଥାବାର୍ତ୍ତା କରିବା ପାଇଁ ଚେଷ୍ଟା କରୁଥିଲି। କିୟ ବରଂ ଯେହେତୁ ସେସିଲିଆ କଥାବାର୍ତ୍ତାକୁ କେବେ ବି ତା ତରଫରୁ ଆଗକୁ ବଢ଼ାଇ ନ ଥିଲା, କିନ୍ତୁ ନିଜକୁ କେବଳ ମୋ ପ୍ରଶ୍ନର

ଉତ୍ତର ଦେବାରେ ସୀମିତ ରଖୁଥିଲା, ମୁଁ ତାକୁ ତା ନିଜ ବିଷୟରେ ଆଉ ତା'ର
ଜୀବନ ସମ୍ପର୍କରେ ଜେରା କରିବାକୁ ଲାଗୁଥିଲି। ଆଉ ମୁଁ ଜାଣିବାକୁ ପାଇଲି ଯେ,
ସିଏ ଥିଲା ତା'ର ବାପାମାଆଙ୍କର ଏକୋଇର ବଲା ବିଶିକେଶନ, ଆଉ ସେମାନଙ୍କ
ସହିତ ସିଏ 'ପ୍ରାଡି' ଅଞ୍ଚଳରେ ଏକ ଆପାର୍ଟମେଣ୍ଟରେ ରହୁଥିଲା, ତା'ର ବାପା
ଥିଲେ ଜଣେ ବଣିକ, ସେ ଗୋଟିଏ କନଭେଣ୍ଟ ସ୍କୁଲରେ ପଢୁଥିଲା, ତା'ର
ବାନ୍ଧବବାଙ୍କ ସଂଖ୍ୟା ଥିଲା ବଡ ସୀମିତ, କାହା ସହିତ ବିବାହ ପାଇଁ ସେ ନିର୍ବନ୍ଧିତ
ନ ଥିଲା – ଆଉ ଏମିତିକା ଛୋଟବଡ ସେଇ ଭଳି କିଛି କଥା। ଏଇଭଳି ସଂକ୍ଷିପ୍ତ
ବିବରଣୀ ତ ସେସିଲିଆର ସମବୟସ୍କ ଆଉ ସମସ୍ଥିତିରେ ଥିବା ଯେ କୌଣସି
କିଶୋରୀ ବିଷୟରେ ଦେଇ ହେବ। କିନ୍ତୁ ବାସ୍ତବରେ କେବଳ ଏତିକି ତଥ୍ୟ ମୁଁ
ସେସିଲିଆ ଠାରୁ ସଂଗ୍ରହ କରିବାକୁ ସମର୍ଥ ହୋଇ ଥିଲି ଆଉ ସେତକ ମଧ ଥିଲା
ବଡ ଆୟାସଲବ୍ଧ। ନିଶ୍ଚିତ ଭାବରେ ମତେ ଏହା ମନେ ହେଉ ନ ଥିଲା ଯେ,
ସେସିଲିଆ ମୋଠାରୁ କିଛି ଗୋପନ ରଖିବାକୁ ଇଚ୍ଛା କରୁଛି। କିନ୍ତୁ ଏହା ସ୍ପଷ୍ଟ ଥିଲା
ଯେ, ମୁଁ ଯାହା ତାକୁ ପଚରୁ ଥିଲି, ସେ ବିଷୟରେ ସେ ଅଜ୍ଞ ବା ନିସ୍ପୃହ ଥିଲା। କିଛି
ନ ହେଲେ ବି, ଘଟଣାକୁ ବର୍ଣ୍ଣନା କରିବା ଅବା ତା'ର ପୁଙ୍ଖାନୁପୁଙ୍ଖ ବିବରଣୀ
ପ୍ରଦାନ କରିବାରେ ସେ ଅକ୍ଷମ ଥିଲା। ଏଭଳି ଚିନ୍ତା କରାଯାଇପାରେ ଯେ, ସେ
ତା' ନିଜକୁ ଆଉ ନିଜର ପୃଥିବୀକୁ ଲକ୍ଷ୍ୟ କରିବାକୁ ଘଡିଏ ଅଟକି ଯାଇ ନ ଥିଲା।
ଜଣେ କେବେ ମଧ ଦୃକ୍‌ପାତ କରି ନ ଥିବା ଲୋକ ବା ଜିନିଷ ମାନଙ୍କ ସମ୍ପର୍କରେ
ଉତ୍ତର ଦେବା ପାଇଁ ବାଧ୍ୟ ହେଉଥିବ, ଏଭଳି ଏକ ବିଚିତ୍ର ପରିସ୍ଥିତିରେ ମୁଁ ତାକୁ
ଅଜ୍ଞେ ବହୁତେ ପକାଇ ଦେଇଥିଲି। ଏଭଳି ଏକ ଖେଳ ଅଛି ଯେ ଜଣକୁ ଠିକ୍‌
ଗୋଟାଏ ମିନିଟ୍ ପାଇଁ ଚିତ୍ରଟିଏ ଦେଖାଇ ଦିଆଯିବ ଆଉ ତାପରେ ସେଥରେ
ଥିବା ସମସ୍ତ ପଦାର୍ଥ ଗୁଡିକୁ ନାମିତ କରିବା ପାଇଁ ତାକୁ କୁହାଯିବ। ଏ
ଖେଳରେ ଜଣଙ୍କର ପରିଲକ୍ଷଣ ଶକ୍ତିକୁ ପରୀକ୍ଷା କରାଯାଏ; ଯଦି ସେସିଲିଆକୁ
ଏଭଳି ଖେଳ ଖେଳିବାକୁ ହେଇ ଥାଆନ୍ତା ସେ ନିଶ୍ଚିତ ଭାବରେ ସବୁଠାରୁ କମ
ନମ୍ବର ରଖ ଥାଆନ୍ତା। କାରଣ, ଯଦିଚ ସେ ତା'ର ଜୀବନର ଚିତ୍ର ଆଗରେ ଘଡିଏ
ନୁହେଁ, ବର୍ଷ ବର୍ଷ ଧରି ଠିଆ ହୋଇ ରହିଛି, ତେବେବି ସେ କିଛି ଦେଖିଥିବା ବା
ଲକ୍ଷ୍ୟ କରିଥିବା ଭଳି ଜଣା ପଡୁ ନ ଥିଲା। ସେ ପ୍ରଦାନ କରୁଥିବା ତଥ୍ୟଗୁଡିକ

ଥିଲେ ସାର୍ବଜନୀନ ଏବଂ ଅନିର୍ଦିଷ୍ଟ । ଯେମିତିକି ଏହ ତଥ୍ୟଗୁଡ଼ିକ ମଧ୍ୟ ପିତାମାତାଙ୍କ ଏକମାତ୍ର କନ୍ୟା, ବଣିକ ପିତା, କନଭେଣ୍ଟ ଶିକ୍ଷା, ବାନ୍ଧବୀ ଇତ୍ୟାଦି; ତା' ମନ ଭିତରେ କୌଣସି ପ୍ରକାରେ ସ୍ପଷ୍ଟଭାବେ ଅଙ୍କିତ ହୋଇ ନ ଥିଲା । ଜିନିଷ ଗୁଡ଼ିକ ଆମ ନିକଟରେ ଥିଲେ ବି ଆଉ ସହଜରେ ଦୃଶ୍ୟ ହେଉଥିଲେ ବି ଯଦି ତାହା ଆମ ଭିତରେ ଅନୁସନ୍ଧିସ୍ସା ଜାଗ୍ରତ କରାଉ ନ ଥାଏ, ତାହେଲେ ତାହା ମନରେ ରେଖାପାତ କରେନା । ଠିକ୍ ସେମିତି ହୋଇ ଥିଲା ସେସିଲିଆ କ୍ଷେତ୍ରରେ । ଆଉ ଯେତେ ବେଲେ ବି ସେ ମୋତେ ଏକ ନିର୍ଦିଷ୍ଟ ଉତ୍ତର ଦେଉ ଥିଲା, ମୁଁ ପୂର୍ବଭଳି ସଂଶୟାଚ୍ଛନ୍ନ ହୋଇ ରହୁଥିଲି । କାରଣ ଯେଉଁଭଳି ଶୀତଲ, ନୈର୍ବ୍ୟକ୍ତିକ ରଙ୍ଗଛଡ଼ା ଭଙ୍ଗୀରେ ସେ ନିଜକୁ ପ୍ରକାଶ କରୁଥିଲା । ମତେ ଲାଗୁଥିଲା ଯେ ଏକ ଅନତିକ୍ରମ୍ୟ ଅମନୋଯୋଗୀତାର ବଶବର୍ତ୍ତୀ ହୋଇ ସେ ଏଭଳି ଉତ୍ତର ଦେଉଛି ।

ତେଣୁ ପରିଶେଷରେ, ଯେହେତୁ ସେସିଲିଆର ପରିବାର ବା ସାମାଜିକ ସ୍ଥିତି ସମ୍ପର୍କରେ ମୋର ଖାସ୍ ବେଶୀ ଆଗ୍ରହ ନ ଥିଲା, ବାଧ୍ୟ ହୋଇ ମୁଁ ବାଲେସ୍ତାଯେରିଙ୍କ ବିଷୟରେ ହିଁ ଆଲୋଚନା କରୁଥିଲି । ମୁଁ ପୂର୍ବରୁ କହିଥିବା ମତେ, କୌଣସି ଏକ ଦୁର୍ବୋଧ, ଅଦୃଶ୍ୟ ସମ୍ପର୍କର ସ୍ପର୍ଶରେ ମୁଁ ବାଲେସ୍ତାଯେରିଙ୍କ ସହ ଗୁନ୍ଥି ହୋଇଯିବା ଭଳି ଅନୁଭବ କରୁଥିଲି; ଯେମିତିକି ସେସିଲିଆ, ମୁଁ ଓ ବାଲେସ୍ତାଯେରି ଥିଲୁ ଏକ ଅଦୃଶ୍ୟ ସମ୍ପର୍କ ତ୍ରିଭୁଜର ତିନି ଶୀର୍ଷ ବିନ୍ଦୁ । ବାସ୍ତବରେ ବାଲେସ୍ତାଯେରିଙ୍କ ସମ୍ପର୍କରେ କହିଲା ବେଲେ ମଧ୍ୟ ସେସିଲିଆର ସ୍ୱଭାବସ୍ୱୀ ଗୁଣରେ କିଛି ପରିବର୍ତ୍ତନ ଆସୁ ନ ଥିଲା, କିନ୍ତୁ ତାହା ମୋତେ ନିରୁତ୍ସାହିତ କରୁ ନ ଥିଲା । ପ୍ରତିବଦଲରେ, ବୃଦ୍ଧ ତୌଲିକଙ୍କ ସମ୍ପର୍କରେ ଆଲୋଚନା କରିବା ପାଇଁ ତା'ର ନିସ୍ପୃହତା, ତାଙ୍କ ସମ୍ପର୍କରେ ଅଧିକତର ଜାଣିବା ପାଇଁ ମୋ ଭିତରେ ଏକ ଅଧୀର ଆଗ୍ରହ ସୃଷ୍ଟି କରିଥିଲା । ସେ ଆଗ୍ରହ ସବୁବେଲେ ଥିଲା ଅତୃପ୍ତ । ଯେତେବେଲେ ବି ମୁଁ ତାକୁ ତା'ର ଅତୀତ ଓ ବାଲେସ୍ତାଯେରିଙ୍କ ସହ ତା'ର ସମ୍ପର୍କ ବିଷୟରେ ପଚରୁ ଥିଲି, ମୁଁ ତୁରନ୍ତ ହୃଦୟଙ୍ଗମ କରି ପାରୁଥିଲି ଯେ, ମୁଁ ତାକୁ କେବଲ ମାତ୍ର ଆମ ଦୁହିଁଙ୍କର ଭବିଷ୍ୟତ ସମ୍ପର୍କରେ ପ୍ରଶ୍ନ କରୁଛି । ତାହା ଥିଲା ଏକ ଅଭୁତ ଅନୁଭବ ।

ସେସିଲିଆ ମୋର ଶିକ୍ଷଶାଲାକୁ ଆସିବାର ଦୁଇ ମାସ ଖଣ୍ଡେ ହୋଇଥାଏ । ବାଲେସ୍ତାଯେରି କାହିଁକି ତା ପାଇଁ ଏପରି ତୀବ୍ର ଆବେଗ ଅନୁଭବ କରୁଥିଲେ ଏ

କଥା ଭାବି ଆଶ୍ଚର୍ଯ୍ୟ ହେବା ମୁଁ ଆରମ୍ଭ କରି ଦେଇ ଥାଏ । ବାସ୍ତବରେ ସେସିଲିଆ କେମିତି ଓ କାହିଁକି ତାଙ୍କ ଜୀବନରେ 'ମାର-ରମଣୀ'ର ଭୂମିକାରେ ଅବତୀର୍ଣ୍ଣ ହେଲା, ଶବ୍ଦ ଦୁଇଟିର ଦୁଃଖଦ ଭବିତବ୍ୟତାର ସମ୍ପୂର୍ଣ୍ଣ ଅର୍ଥ ନେଇ, ତାହା ମୁଁ ବୁଝିପାରୁ ନ ଥିଲି । ମତେ ବିଶ୍ୱାସ କରିବାକୁ କଷ୍ଟ ହେଉଥିଲା କାରଣ, ତା'ର ଅସାଧାରଣ ଭାବେ ତୀବ୍ର ଯୌନ ଅଭୀପ୍ସାକୁ ଛାଡ଼ି ଦେଲେ, ଯେଉଁଟାକି ତା ବୟସର ଅନେକ କିଶୋରୀଙ୍କ ପାଖରେ ଦେଖିବାକୁ ମିଳିବ, ସେସିଲିଆ ମତେ ବିଶେଷତ୍ୱହୀନତାର ଏକ ପ୍ରତୀକ ଭଳି ମନେ ହେଉଥିଲା । ଆଉ ତେଣୁ ବାଲେଷ୍ଟୀୟେରିଙ୍କ କ୍ଷେତ୍ରରେ ସେ ଯେଉଁ ମାରକ ଆବେଗ ସୃଷ୍ଟି କରି ପାରିଥିଲା, ସେଭଳି ଆବେଗ ସୃଷ୍ଟି କରିବାରେ ସେ ଯେ ବାସ୍ତବିକ ସକ୍ଷମ, ଏହା ମୋର ବିଶ୍ୱାସ ହେଉ ନ ଥିଲା । ଅନ୍ୟମାନଙ୍କ ମନରେ ତା ନିଜ ପ୍ରତି ଆଗ୍ରହ ଉଦ୍ରେକ କରାଇବାରେ ତା'ର ଅକ୍ଷମତା, ଆଉ ତେଣୁ ଅନ୍ୟମାନଙ୍କ ହୃଦୟରେ ତା ପାଇଁ ଅନୁରାଗ ଜାତ କରାଇବାରେ ତା'ର ଅକ୍ଷମତା, ଥିଲା ତା'ର ଏକ ଚରିତ୍ରିକ ବୈଶିଷ୍ଟ୍ୟ । ମୁଁ ପୂର୍ବରୁ କହିଥିବା ମତେ, ତା'ର ରଙ୍ଗହୀନ ଓ 'ସାରାଂଶ କହିବା ଭଙ୍ଗୀରେ' ଭାବ ପ୍ରକାଶ କରିବା ଘଟଣାରୁ, ଏହାର ସୂଚନା ମିଳୁଥିଲା । ଏହି ନିର୍ଦ୍ଦିଷ୍ଟ ଭଙ୍ଗୀରେ ଭାବ ପ୍ରକାଶ କରିବାର ଆଧ୍ୟାତ୍ମିକ ଦିଗ ସମ୍ପର୍କରେ ମୁଁ ବହୁବାର ଚିନ୍ତା କରିଛି, ଆଉ ମୁଁ ଏ‍ଇ ନିଷ୍କର୍ଷରେ ପହଞ୍ଚିଛି ଯେ ଏହା ଏକ ବ୍ୟକ୍ତିର ମାତ୍ରାଧିକ ସରଳତାର ପରିଚୟକ । ଅବଶ୍ୟ ସାଧାରଣ ଅର୍ଥରେ ଯେଉଁ ସରଳତା ବିଷୟରେ ଆମେ କହୁ, ଯାହା ଗୋଟାଏ ଅଖଣ୍ଡ ହୃଦୟର ପରିଚୟକ, ଏହା ସେହି ପର୍ଯ୍ୟାୟର ସରଳତା ନୁହେଁ । ବରଂ ଏହା ସେହି ବିବ୍ରତ, ଦୁର୍ବୋଧ୍ୟ, ଅନିପୁଣ ସରଳତା ଯାହା ଏକ ମାନସିକ ବିକଳତା ଭିତରୁ ଜନ୍ମ; ଆଉ ବାକ୍‍ସଂଯମର ପ୍ରବୃତ୍ତି, ତାହା ଯେତେ ଅଚେତନ ଏବଂ ଅନଭିପ୍ରେତ ହେଲେ ମଧ୍ୟ, ତାହାରି ଫଳାଫଳ । ସେସିଲିଆ ସହ କଥା ହେଲେ, ଅବିରତ ଏ‍ଇ ପ୍ରକାରର ଅସ୍ପଷ୍ଟ ଧାରଣା ଆସେ ଯେ, ଯେମିତିକି ସେ ମିଛ କହୁନାହିଁ, କିନ୍ତୁ ବୋଧହୁଏ ସତ କହିବା ପାଇଁ ସିଏ ଅକ୍ଷମ । ଆଉ ବି ଏହାର କାରଣ ନୁହେଁ ଯେ ସେ ମିଥ୍ୟାବାଦୀ । ବରଂ ସତ କହିବାଟା ଜଣଙ୍କ ସହ ଏକ ପ୍ରକାର ସମ୍ପର୍କର ସେତୁ ବାନ୍ଧିବାକୁ ସୂଚିତ କରାଇଥାଏ, ଆଉ ମତେ ଏଭଳି ପ୍ରତୀତ ହେଉଥିଲା ଯେ ସେସିଲିଆର କାହା ସହିତ କୌଣସି ବାସ୍ତବ ସମ୍ପର୍କ ନ

ଥିଲା । ତାର ଏଇ ସମ୍ପର୍କହୀନତା ଏତେ ଦୂର ପର୍ଯ୍ୟନ୍ତ ଯାଇଥିଲା ଯେ, ଯେତେବେଳେ ସେ ବାସ୍ତବରେ ମିଥ୍ୟା କହୁଥିଲା (ଏବଂ ଏହା ଜଣାପଡ଼ିବ ଯେ ସେ ମିଥ୍ୟା ଭାଷଣରେ ସମ୍ପୂର୍ଣ୍ଣ ସକ୍ଷମ ଥିଲା), ଜଣକୁ ପ୍ରାୟ ଲାଗିବ ଯେ ତା' କଥାରେ କିଞ୍ଚିଟା ସତ୍ୟତା ଅଛି, ଯଦିଚ ଏକ ନେତିବାଚକ ଅର୍ଥରେ, କାରଣ ସାଧାରଣ ଭାବେ ମିଥ୍ୟା ଭିତରେ ମଧ ସତ୍ୟର ଏକ ଭାଗିଦାରୀ ଥାଏ, ଆଉ ସେଇଥି ପାଇଁ ପ୍ରତିଟି ସମ୍ପର୍କରେ, ସବୁ ମିଥ୍ୟା ଭିତରେ ବି କିଛି ସତ୍ୟ ଲୁଚି ରହିଥାଏ ।

କେମିତି ତାହେଲେ ବାଲେସ୍ତ୍ରାଏରି ଏତେ ତୀବ୍ର ଭାବରେ ତା' ସହିତ ପ୍ରେମରେ ପଡ଼ି ପାରିଲେ ? ଅଥବା ତାଙ୍କ ଭିତରେ କ'ଣ ଏମିତି ଘଟିଗଲା ଯେ ସେସିଲିଆ ଭଲି ସମ୍ପୂର୍ଣ୍ଣ ବିଶେଷତ୍ୱହୀନ ବ୍ୟକ୍ତିତ୍ୱ ପ୍ରତି ସେ ଅନୁଭବ କଲେ ଏଭଲି ଦୁରନ୍ତ ଆବେଗ ? କ'ଣ ଏମିତି ଖାସ୍ ବିଶେଷତ୍ୱ ଥିଲା ସେଇ ନିର୍ଦ୍ଦିଷ୍ଟ ବାରମ୍ବାର ଅଭିନୀତ ଘଟଣା ଭିତରେ ? ମୁଁ ଜାଣେ ଅନ୍ୟ କାହାର ପ୍ରେମ ଆବେଗ ବିଷୟରେ ବିଶ୍ଳର କରିବା ଏକ ଅସମ୍ଭବ ବ୍ୟାପାର; କିନ୍ତୁ ଯାହା ହେଲେବି ସେସିଲିଆ ଜୀବନରେ ମୁଁ ବାଲେସ୍ତ୍ରାଏରିଙ୍କ ସ୍ଥାନ ନେଇ ସାରିଥିଲି ଆଉ ବସ୍ତୁତଃ ମୁଁ ବର୍ତ୍ତମାନ ସେଇ ମିଠା ଜହର ପିଇ ସାରିଥିଲି ଯାହା ବାଲେସ୍ତ୍ରାଏରି ଏକଦା ସେସିଲିଆ ପ୍ରତି ଉଦ୍ଦେଶ୍ୟ କରି କହିଥିଲେ । ଆଉ ମୁଁ ଅବିରତ ଏଇ କଥା ନ ଭାବି ରହି ପାରୁ ନ ଥିଲି, ଆଉ ଭାବୁଥିଲି ଏକ ଅବିଚ୍ଛିନ୍ନ ସନ୍ଦେହର ଆଶଙ୍କା ସହିତ, ଯେମିତିକି ଏକ ଅନାଗତ ବିପଦ ସମ୍ପର୍କରେ ମତେ ପୂର୍ବାଭାସ ଦିଆ ଯାଇଛି, ଅଥଚ ମୁଁ ବେଶ୍ କିଛି ସମୟ ଅପେକ୍ଷା କଲା ପରେ ବି ବିପଦଟି ଆମ୍ପ୍ରକାଶ କରୁ ନାହିଁ, ମୁଁ ଭାବୁଥିଲି ମୋ ଅବସ୍ଥାଟା ଠିକ୍ ସେଇଭଲି । କାହିଁକି ସେଇ ନିଶାଓଷର କୌଣସି ପ୍ରଭାବ ମୋ ଉପରେ ପଡ଼ୁ ନାହିଁ, ସେଇଆ ଭାବି ଭାବି ମୁଁ ଅବିରତ ଧନ୍ଦି ହେଉ ଥିଲି ।

ତେଣୁ ମୁଁ ସେସିଲିଆକୁ ପ୍ରଶ୍ନ କରୁଥିଲି ବିଶଦ ଭାବରେ ଆଉ କହିବାକୁ ଗଲେ ତାହା ଥିଲା ଅନ୍ଧାରରେ ଦରାଣ୍ଡି ହେବା ଭଲି ଏକ ଅବସ୍ଥା । କାରଣ ମୁଁ ନିଜେ ବି ଜାଣି ନ ଥିଲି, ଠିକ୍ କ'ଣ ମୁଁ ତା'ଠାରୁ ଜାଣିବାକୁ ଚାହୁଁଥିଲି । ଆମ ଆଲାପର ଏଇଟା ଗୋଟିଏ ଉଦାହରଣ । "ମତେ କୁହ, ବାଲେସ୍ତ୍ରାଏରି କ'ଣ କେବେବି କହୁ ନ ଥିଲେ ସେ କାହିଁକି ତୁମକୁ ଭଲ ପାଉଥିଲେ ବୋଲି ?"

: "ଓଃ, ସେଇ ଚିରାଚରିତ ପ୍ରଶ୍ନ । ସବୁବେଳେ ବାଲେସ୍ତ୍ରାଏରି ।"

: "ମୁଁ ଦୁଃଖିତ। କିନ୍ତୁ ମୋର ଜାଣିବା ଦରକାର .. ।"

: "କ'ଣ?"

: "କ'ଣଟା ଦରକାର ମୁଁ କହି ପାରିବି ନାହିଁ। କିନ୍ତୁ ଏହା ବାଲେସ୍ତୀୟେରି ଏବଂ ତୁମକୁ ନେଇ। ମତେ କୁହନା, ସେ କ'ଣ କେବେବି ତୁମକୁ କହି ନାହାନ୍ତି କାହିଁକି ସେ ତୁମକୁ ଏତେ ଭଲ ପାଉଥିଲେ ବୋଲି?"

: "ନା, ସେ ଭଲପାଉଥିଲେ, ଆଉ କଥାଟା ଖାଲି ସେଇଆ।"

: "ମୁଁ କଥାଟା ଠିକ ଭାବେ ବୁଝାଇ ପାରିଲି ନାହିଁ। ଭଲ ପାଇବାର କିଛି କାରଣ ନାହିଁ, ଏ କଥାଟା ସତ। ଜଣେ ଭଲପାଏ ଆଉ ସେଇଟା ହିଁ ଶେଷ କଥା। କିନ୍ତୁ ଭଲ ପାଇବାର ରକମ ବା ମାତ୍ରାର ତ କାରଣ ଥାଏ, ନା କଣ କହୁଛ? ଜଣେ ବିନା କାରଣରେ ଭଲ ପାଏ; କିନ୍ତୁ ଜଣଙ୍କ ଭଲ ପାଇବାରେ ଥାଏ ବିଷାଦ ବା ଉଚ୍ଛଳ ଆନନ୍ଦ, ଏକ ପ୍ରଶାନ୍ତ ନିରୁଦ୍‌ବିଗ୍ନତା ବା ଅଧୀର ଆବେଗ, ଈର୍ଷା ବା ଆମ୍ବିଶ୍ୱାସ; ଅର୍ଥାତ୍ ଏଇ ଫରକର ପଛରେ ନିଶ୍ଚିତ କିଛି କାରଣ ରହିଥାଏ। ଯେତେଦୂରକୁ ବାଲେସ୍ତୀୟେରିଙ୍କ କଥା ପଢ଼ିଛି, ସେ ତୁମକୁ ଭଲ ପାଉଥିଲେ – କେମିତି ମୁଁ ସେଟା ବର୍ଣ୍ଣନା କରିବି ଯେ? – ଗୋଟେ ପ୍ରକାର ପାଗଲାମିର ସହ। ତୁମେ ନିଜେ ମତେ ଏଇଟା କହିଛ। ତାଙ୍କ ପାଇଁ ତୁମେ ଥିଲ ନିଷିଦ୍ଧ ପାପ ଭଳି, ଅମଲ ନିଶା ଭଳି ଅପରିହାର୍ଯ୍ୟ; ଏମିତି କିଛି ଯାହା ବିନା ତାଙ୍କର ବଞ୍ଚିବା ଥିଲା ଅସମ୍ଭବ – ଏଗୁଡ଼ାକ ସବୁ ତାଙ୍କର ନିଜ ଭାଷା। କିନ୍ତୁ ଏଭଳି ପାଗଲାମିର ହେତୁ କ'ଣ?"

: "ମୁଁ ଜାଣେ ନାହିଁ।"

: "ତୁମେ ତ ସେଇ ଧରଣର ତରୁଣୀ ନୁହେଁ ଯିଏ ଏଭଳି ଆବେଗର ଜ୍ୱାଲା ସୃଷ୍ଟି କରି ପାରିବ, ଅତତଃ ମତେ ତ ସେଇଭଳି ଲାଗେ।"

: "ମୁଁ ବି ସେଇଆ ଭାବେ।" ସେ ଏହା କହିଲା ସାମାନ୍ୟତମ ଶ୍ଲେଷ ବା ଉପହାସର ବିନା, ବେଶ୍ ଏକ ନମ୍ର ଓ ଅକପଟ ଆନ୍ତରିକତାର ସହ।

: "ମତେ ଯଦି ସ୍ୱଷ୍ଟଭାବରେ ମୋ ମନୋଭାବ ବ୍ୟକ୍ତ କରିବାକୁ ହୁଏ, ବର୍ତ୍ତମାନ ଯେତେବେଳେ କି ମୁଁ ତୁମକୁ ଭଲଭାବରେ ଜାଣି ସାରିଲିଣି, ମୁଁ କହିବି ଯେ

ବାଲେସ୍ଥାୟେରି ଏବଂ ତାଙ୍କର ଆବେଗକୁ ମୁଁ ଜମା ବୁଝି ପାରୁନାହିଁ। ଯଦିଚ ତାଙ୍କର ଏଇ ବ୍ୟବହାର ମତେ ହତାଶ କରିଛି ବୋଲି କହିବା ଠିକ୍ ହେବ ନାଇଁ, ତାହା ମତେ ନିଶ୍ଚୟ ଆଶ୍ଚର୍ଯ୍ୟ କରିଛି। ତମେ ମତେ ବାଲେସ୍ଥାୟେରିଙ୍କ ସହ ତୁମର ସମ୍ପର୍କ ବିଷୟରେ କହିଲା ପରେ, ମୁଁ ତୁମକୁ ଏକ ଭୟଙ୍କର ନାରୀ ଭାବରେ କଳ୍ପନା କରିଥିଲି, ସେଇ ମାର-ରମଣୀ ପର୍ଯ୍ୟାୟର ନାରୀ ୟିଏ କି ଏକ ପୁରୁଷକୁ ଧ୍ୱଂସ କରିଦେଇ ପାରେ। ତା'ର ପରିବର୍ତ୍ତେ ମୁଁ ଦେଖୁଚି ତୁମେ ଏକବେଶ୍ ସାଧାରଣ ଝିଅ। ମୁଁ ନିଶ୍ଚିତ ଯେ ତୁମେ ଏକ ଭଲ ଗୃହିଣୀ ହୋଇ ପାରିବ।"

: "ତୁମେ ଏଭଳି ଭାବୁଚ କି ?"

: "ହଁ। ତୁମକୁ ଦେଖିଲେ ସେଭଳି ହିଁ ଜଣା ପଡୁଛି।"

: "ମୁଁ ବି ମୋଟାମୋଟି ଭାବରେ ସେଇଆ ଭାବୁଛି।"

: "ତେବେ ତୁମେ କେଉଁ ଭାବରେ ବାଲେସ୍ଥାୟେରିଙ୍କର ତୁମ ପ୍ରତି ସେଇ ଆବେଗ, ବରଂ ସେଇ ପ୍ରକାରର ଆବେଗକୁ ବୁଝାଇ ପାରିବ ?"

: "ମୁଁ ଜାଣେନାଇଁ।"

: "ଚେଷ୍ଟା କର, ଭାବ ଘଡ଼ିଏ।"

: "ସତରେ ମୁଁ ଜାଣେ ନାଇଁ। ମତେ ଲାଗୁଚି ସିଏ ସେଇଭଳି ଏକ ପାଗଳ ମଣିଷ।"

: "ମାନେ ତୁମେ କ'ଣ କହୁଛ ?"

: "ମାନେ ସେଇ ପାଗଳ ଭଳି ଭଲ ପାଇବା ବ୍ୟତୀତ ଅନ୍ୟ ପ୍ରକାରେ ଭଲ ପାଇବା ତାଙ୍କ ପାଇଁ ସମ୍ଭବ ହେଉ ନ ଥିବ।"

: "ଏଇଟା ସତ ନୁହେଁ। ବର୍ଷ ବର୍ଷ ଧରି ମୁଁ ଦେଖିଛି ବାଲେସ୍ଥାୟେରି ଅବିରତ ପ୍ରେମିକା ବଦଳାଇ ଋଲି ଥିଲେ। ତାଙ୍କ କ୍ଷେତ୍ରରେ ପାଗଳ ଭଳି ଭଲ ପାଇବାଟା ଏହି ଯାହା ଘଟିଥିଲା, କେବଳ ତୁମରି ସହିତ ହିଁ ଘଟିଥିଲା।"

ଏହାପରେ ଛାଇଗଲା ଲମ୍ବା ନୀରବତା। ଆଉ ତାପରେ ସେ କହିଲା, "ମତେ ଏକ ନିର୍ଦ୍ଦିଷ୍ଟ ପ୍ରଶ୍ନ ପଚର ଆଉ ମୁଁ ତା'ର ଉତ୍ତର ଦେବି।" ତା'ର ସ୍ୱରରେ ଥିଲା ଏକ ଅକପଟ ସୌହାର୍ଦ୍ୟ।

: “ନିର୍ଦ୍ଦିଷ୍ଟ ପ୍ରଶ୍ନ ମାନେ ତୁମେ କ’ଣ କହୁଛ ?”

: “ଏକ ଭୌତିକ ପଦାର୍ଥ ବା ବସ୍ତୁ ସମ୍ପର୍କୀୟ ପ୍ରଶ୍ନ । ତୁମେ ମତେ ସବୁବେଳେ ପ୍ରଶ୍ନ କରୁଚ ଅନୁଭୂତି ସମ୍ପର୍କରେ, କ’ଣ ଜଣେ ଭାବେ ବା ନ ଭାବେ ସେଇ ସମ୍ପର୍କରେ । ଆଉ ମୁଁ କ’ଣ ଉତ୍ତର ଦେବି ମୁଁ ଜାଣି ପାରୁନାଇଁ ।”

: “ଏକ ଭୌତିକ ପଦାର୍ଥ ? ଆଚ୍ଛା ତାହେଲେ ମତେ କୁହ, ତୁମ ମତ ଅନୁସାରେ, ବାଲେଶ୍ୱରୀୟେରି ଜାଣିଥିଲେ କି ତୁମ ସହିତ ସମ୍ପର୍କ ରଖିବା ଦ୍ୱାରା ତାଙ୍କର ସ୍ୱାସ୍ଥ୍ୟହାନୀ ଘଟୁଛି ?”

: “ହଁ ସେ ଜାଣିଥିଲେ ।”

: “ସେ ଏ ବିଷୟରେ କ’ଣ କହୁଥିଲେ ?”

: “ସେ କହୁଥିଲେ, ‘ଦିନେ ନା ଦିନେ ମୁଁ ଏଇଥିପାଇଁ ମରିଯିବି’ । ତାପରେ ମୁଁ ତାଙ୍କୁ ଟିକେ ଏ ବିଷୟରେ ସତର୍କ ହେବା ପାଇଁ କହିଲି, କିନ୍ତୁ ସିଏ ଉତ୍ତର ଦେଲେ ଯେ, ‘ସେଥିରେ କିଛି ଯାଏନା ଆସେନା’ ।”

: “ଯେ ସେଥିରେ କିଛି ଯାଏନା ଆସେନା ?”

: “ହଁ ।” ତାପରେ ଏକ ଅସ୍ପଷ୍ଟ ନିର୍ଦ୍ଦିଷ୍ଟ ଭଙ୍ଗୀରେ, ଯେମିତିକି ସେ କଷ୍ଟକରି ମନେ ପକାଉଛି ସବୁ କଥା, ସେ କହି ଚାଲିଲା, “ପ୍ରକୃତରେ ମୁଁ ଯେତେବେଳେ ଏ ସମ୍ପର୍କରେ ଚିନ୍ତା କରୁଛି, ମୋର ମନେପଡୁଛି, ଦିନେ ଆମେ କେଳି କଲା ବେଳେ, ସେ ମତେ କହିଥିଲେ, ‘ଜୋରେ ଆଉରି ଜୋରେ କର । ମୋ କଥା ସମ୍ପୂର୍ଣ୍ଣ ଭୁଲି ଯାଇ ତୁମେ ଏମିତି କରିଚାଲ । ମୁଁ ମନା କଲେବି, ମୁଁ ଅସୁସ୍ଥ ହେଇ ପଡ଼ିଲେ ବି କରିଚାଲ । ମୁଁ ଚାହୁଁଛି ତୁମେ ମତେ ଏମିତି ମାରିଦିଅ, ହଁ ମାରିଦିଅ’ ।”

: “ଆଉ ତୁମ କଥା କ’ଣ ?”

: “ମୁଁ ସେତେବେଳେ ତାଙ୍କ କଥା ଉପରେ ସେତେ ବେଶୀ ଗୁରୁତ୍ୱ ଦେଇ ନ ଥିଲି । ସେ ବହୁତ କିଛି କହୁଥିଲେ । କେବଳ ତୁମ ପାଇଁ ବର୍ତ୍ତମାନ ସେସବୁ ସମ୍ପର୍କରେ ଭାବିବାକୁ ମୁଁ ଏକ ପ୍ରକାର ବାଧ୍ୟ ହେଉଛି ।”

: “ତେଣୁ ତୁମେ ଭାବୁଛ ଯେ ସେ ତୁମକୁ ଭଲ ପାଉଥିଲେ କାରଣ ତୁମେ ତାଙ୍କୁ ଧୀରେ ଧୀରେ ମରଣ ଦିଗକୁ ଟାଣି ନେଉଥିଲ । ଅର୍ଥାତ୍ ସେ ଭଲ ପାଉଥିଲେ କାରଣ ତୁମେ ଥିଲ ତାଙ୍କ ଆତ୍ମହତ୍ୟାର ମାଧ୍ୟମ ।”

: "ମୁଁ ଜାଣେନାଁ। ମୁଁ କେବେ ଏ ସମ୍ପର୍କରେ ଭାବିନାଁ।"

ଆଉ ମୁଁ ଏମିତି ଧୀରେ ଧୀରେ ସତ୍ୟର ନିକଟବର୍ତ୍ତୀ ହେବାରେ ଲାଗିଥିଲି; ଅଥବା ମତେ ଲାଗୁଥିଲା ଯେମିତି ମୁଁ ସତ୍ୟର ନିକଟବର୍ତ୍ତୀ ହେଉଛି। ତଥାପି ମଧ ମୁଁ ସର୍ବଦା ଅସନ୍ତୁଷ୍ଟ ରହୁଥିଲି। ମୋର ଭାବନା ଏଇଆ ଥିଲା ଯେ ସେସିଲିଆ ଆଉ ଅନେକ ଝିଅଙ୍କ ପରି ଏକ ସାଧାରଣ ଲଳନା; ଆଉ ବାଲେସ୍ତୀୟେରି ତା' ଭିତରେ ବାସ୍ତବରେ ନ ଥିବା ଏକ ଆକର୍ଷଣ ଦେଖି ଅନ୍ଧ ହୋଇ ପଡ଼ିଥିଲେ। ଏବଂ ତାହାର ପରିଣତିରେ ସେ ମୃତ୍ୟୁକୁ ଆଲିଙ୍ଗନ କରିଥିଲେ। ମୋର ଏହି ପ୍ରକାରର ଚିନ୍ତାଧାରା, ଅର୍ଥାତ୍ ସମଗ୍ର ଘଟଣାର ସାରାଂଶରେ ଉପନୀତ ହେବାର ମାନସିକତା, ଥିଲା ମୋ ପାଇଁ ବେଶ୍ ପ୍ରଲୁବ୍ଧକର। କାରଣ ଅନ୍ୟ ସବୁ କିଛି ଛାଡ଼ି ଦେଲେ ବି, ତାହା ବୁଝାଉଥିଲା, କାହିଁକି ବାଲେସ୍ତୀୟେରିଙ୍କ ପରି ମୁଁ ସେସିଲିଆ ପ୍ରତି କେବଳ ଏକ ଜୈବିକ ଆକର୍ଷଣ ଛାଡ଼ି ଦେଲେ ଆଉ କିଛି ଗଭୀର ମାନସିକ ଆବେଗ ଅନୁଭବ କରି ପାରୁନାଁ। ଏବଂ ତଥାପି ମଧ, ମୁଁ ଜାଣେନାଁ କାହିଁକି କେଜାଣି ଏପ୍ରକାରର ବ୍ୟାଖ୍ୟା ମତେ ସନ୍ତୁଷ୍ଟ କରିବାରେ ସକ୍ଷମ ହେଉ ନ ଥିଲା। ଲାଗୁଥିଲା ଯେ, ସବୁକିଛି ବୁଝାଇବାକୁ ଯାଇ ଏହା କିଛି ବି ବୁଝାଇ ପାରିନାହିଁ। ଆଉ ସେସିଲିଆ ସମ୍ପର୍କିତ ସମସ୍ୟାକୁ ମଧ ଏହି ବ୍ୟାଖ୍ୟା ଅସମାହିତ କରି ଛାଡ଼ିଥିଲା, ଅର୍ଥାତ୍ ତା'ର ବାସ୍ତବ ସରଳତା ଆଉ ଅନାକର୍ଷଣୀୟ ବ୍ୟକ୍ତିତ୍ ସହିତ ସେ ସୃଷ୍ଟି କରି ପାରିଥିବା ତାବ୍ର ଆବେଗର ଅସାମଞ୍ଜସ୍ୟ ଯେଉଁ ଗୋଲକଧନ୍ଦା ସୃଷ୍ଟି କରିଥିଲା, ତାହାର କୈଫିୟତ୍ ଏଇ ବ୍ୟାଖ୍ୟାରେ ନ ଥିଲା।

ଇତିମଧ୍ୟରେ ଅବଶ୍ୟ ମୁଁ ସଚେତନ ହୋଇ ଉଠିଥିଲି ଯେ ସେସିଲିଆ ମୋ ଭିତରେ ଏକ ବୋରିୟାତ, ଏକ ବିରକ୍ତି ସୃଷ୍ଟି କରିବାକୁ ଆରମ୍ଭ କଲାଣି। ମୁଁ ମତେ ପୁନର୍ବାର ଆବିଷ୍କାର କରୁଥିଲି ନିଃସଙ୍ଗତା ଓ ନିଃସ୍ପୃହାର ସେଇ ଇଲାକାରେ ଯେଉଁଟା କି ତାକୁ ଭେଟିବାର ଅବ୍ୟବହିତ ପୂର୍ବରୁ ଥିଲା ମୋର ପ୍ରଥମ ନିବାସ। ସେସିଲିଆ ଦ୍ୱାରା ମୁଁ ବୋରାୟିତ ହେବା ଆରମ୍ଭ କରିଥିଲି ବୋଲି କହିବା ଦ୍ୱାରା ହୁଏତ ଏଇଆ ମନେ ହୋଇପାରେ ଯେ ସେ ମତେ ଆନନ୍ଦ ଦେଉ ନ ଥିଲା, ଅର୍ଥାତ୍ ସେ ସ୍ୱୟଂ ଥିଲା ବୋରିୟାତିଆ। କିନ୍ତୁ ମୁଁ ଇତିମଧ୍ୟରେ ଅନ୍ୟତ୍ର କହିଥିବା ମତେ, ମୋର ନିଃସ୍ପୃହା ବା ବୋରିୟାତ, ସେଇ ଅର୍ଥରେ ନୁହେଁ ଯାହା ସଚରାଚର ଶବ୍ଦଟି ଦ୍ୱାରା

ବୁଝାଯାଇଥାଏ । ବାସ୍ତବରେ ସେସିଲିଆ ଯେ ଏକ ବୋରିୟାତିଆ ବ୍ୟକ୍ତିତ୍ୱ ଥିଲା, ଏ କଥା ସତ୍ୟ ନୁହେଁ । ବରଂ କଥା ହେଲା ଯେ ମୁଁ ହିଁ ନିଶ୍ଚିହ୍ନିତ ହେଉଥିଲି, ଯଦିଚ ମୋ ଅନ୍ତରରେ ମୁଁ ନିଶ୍ଚିତ ଭାବେ ଜାଣିଥିଲି ଯେ, ଏଇ ବୋରିୟାତ, ଏଇ ଅବସାଦ ମୁଁ ଆଉ ଅନୁଭବ କରିବି ନାହିଁ ଯଦି କୌଣସି ଅଲୌକିକ ଘଟଣାକ୍ରମରେ ମୁଁ ସେସିଲିଆ ସହ ମୋର ସମ୍ପର୍କକୁ ଅଧିକତର ବାସ୍ତବ କରିବାରେ ସକ୍ଷମ ହେବି । କିନ୍ତୁ ବିପରୀତରେ ମୁଁ ଅନୁଭବ କରୁଥିଲି ଯେ ମୋର ସମ୍ପର୍କ ଦିନ ପରେ ଦିନ ଅଧିକ ଅବାସ୍ତବ, କ୍ଷୀଣ ଓ ଅନ୍ତଃସାର ଶୂନ୍ୟ ହୋଇ ଚଳିଥିଲା ।

ଦୈହିକ ପ୍ରେମ ବିଷୟରେ ମୋର ବର୍ତ୍ତମାନର ଆଉ ଆଗର ଦୃଷ୍ଟିକୋଣ ଭିତରେ ସୃଷ୍ଟି ହୋଇଥିଲା ବିରାଟ ପାର୍ଥକ୍ୟ ଏବଂ ମୁଖ୍ୟତଃ ସେଇ ହେତୁରୁ ମୁଁ ଆମ ସମ୍ପର୍କରେ ଆସିଥିବା ଏଇ ପରିବର୍ତ୍ତନ ବିଷୟରେ ହଠାତ୍ ସଚେତନ ହୋଇ ଉଠିଲି । କହିବାର କାରଣ ଏହା ଯେ, ଦୈହିକ ପ୍ରେମ ହିଁ ଥିଲା ସେସିଲିଆ ଓ ମୋ ଭିତରେ ଏକମାତ୍ର ସମ୍ଭାବ୍ୟ ପ୍ରେମ ସମ୍ପର୍କ । ପ୍ରଥମରୁ ମୁଁ ମନେ କରୁଥିଲି ଏ ପ୍ରକାରର ପ୍ରେମ ସମ୍ପୂର୍ଣ୍ଣ ପ୍ରାକୃତିକ । ଏପରିକି ଦୈହିକ ପ୍ରେମ ସମ୍ପର୍କରେ ମୁଁ ଅନୁଭବ କରୁଥିଲି ଯେ ଏଥିପାଇଁ ପ୍ରକୃତି ନିଜକୁ ପରିଣତ କରିଛି ମାନବ ଶରୀରରେ, ଆଉ ଏପରିକି ସମ୍ଭବତଃ ମାନବୋଉର କୌଣସି ମହତ୍ ସଭାରେ । ଅପର ପକ୍ଷରେ ବର୍ତ୍ତମାନ ଦେହଜ ପ୍ରେମରେ ମୁଁ ଆବିଷ୍କାର କରୁଥିଲି ମୁଖ୍ୟତଃ ଏକ ଅପ୍ରାକୃତିକତା । ଏକ କାର୍ଯ୍ୟ ପ୍ରକ୍ରିୟା ଭାବରେ, ଏହା ଏକ ପ୍ରକାରେ ପ୍ରକୃତିର ବିରୁଦ୍ଧାଚରଣ କରୁଥିବା ଭଳି ମୋତେ ମନେ ହେଉଥିଲା, ଆଉ ସେଇଥି ପାଇଁ ଯୌନ ସଙ୍ଗମର କାର୍ଯ୍ୟକଳାପ ମତେ ଲାଗୁଥିଲା କୃତ୍ରିମ ଓ ଅଯୌକ୍ତିକ । ଚଳିବା, ବସିବା, ଗଡ଼ିବା ଆଉ ଉଠ‌ପଡ଼ ହେବା ଆଦି ଶରୀରର ସମସ୍ତ କାର୍ଯ୍ୟକଳାପରେ ବାସ୍ତବରେ ମୁଁ ବର୍ତ୍ତମାନ ଦେଖୁଥିଲି ଏକ ସ୍ୱତଃସ୍ଫୂର୍ତ୍ତ ଆବଶ୍ୟକତା ଏବଂ ତେଣୁ ତାହା ମନେ ହେଉଥିଲା ସମ୍ପୂର୍ଣ୍ଣ ପ୍ରାକୃତିକ । କିନ୍ତୁ ତା ବିପରୀତରେ ଯୌନ ସଙ୍ଗମ ମତେ ଲାଗୁଥିଲା ଏକ ଅନାବଶ୍ୟକୀୟ ପ୍ରବଳ ପ୍ରଚେଷ୍ଟା ଭଳି, ଯେଉଁ କାର୍ଯ୍ୟ ପାଇଁ ବିଧାତା ମାନବ ଶରୀରକୁ ଉପଯୁକ୍ତ କରି ଗଢ଼ି ନାହିଁ; ଏବଂ ସେଥିପାଇଁ ଏଥରେ ମାନବ ଶରୀର ବିନା ଉଦ୍ୟମ ଓ ବିନା କ୍ଲାନ୍ତିରେ ପ୍ରବୃତ ହୋଇ ପାରେ ନାହିଁ । ମୁଁ ବର୍ତ୍ତମାନ ଅନୁଭବ କରୁଥିଲି ଯେ କେବଳ ଯୌନ ସଙ୍ଗମକୁ ଛାଡ଼ିଦେଲେ, ପ୍ରତ୍ୟେକ ମାନବିକ କାର୍ଯ୍ୟ ସହଜରେ

ଏବଂ ରୁଚିପୂର୍ଣ୍ଣ ଓ ସୁସଙ୍ଗତ ଭାବରେ ସମ୍ପନ୍ନ କରିହୁଏ । କିନ୍ତୁ ଯୌନାଙ୍ଗର ଆକୃତି ବା ଗଠନ ହିଁ ଯୌନ ସଙ୍ଗମର ଉଭଟତାକୁ ପ୍ରତିପାଦନ କରୁଛି ବୋଲି ମୋତେ ଅଧୁନା ସ୍ପଷ୍ଟ ବୋଧ ହେଉଥିଲା । ସ୍ତ୍ରୀ ଅଙ୍ଗ ବା ଯୋନିର ଗଠନ ଏହିଭଳି ଯେ ତାହା ସଙ୍କୁଚିତ ରହିଥାଏ ଏବଂ ତାହାର ସାନ୍ନିଧ୍ୟ ସହଜଲଭ୍ୟ ନୁହେଁ । ଆଉ ପୁରୁଷାଙ୍ଗ ନିଜ ମନକୁ ମନ, ଯେମିତିକି ହାତ କିୟା ଗୋଡ଼ ଆପଣା ଇଚ୍ଛାରେ କାର୍ଯ୍ୟ କରନ୍ତି, ସେଭଳି କରିବା ପାଇଁ ଅକ୍ଷମ । ଦୈହିକ ସମ୍ପର୍କର ଉଭଟତାର ଭାବନାରୁ ସେସିଲିଆ ସହ ସମ୍ପର୍କର ଅଯୌକ୍ତିକତା ଥିଲା ଗୋଟିଏ ସୋପାନ ମାତ୍ର । ମୁଁ ଆଗରୁ କହିଥିବା ମତେ, ମୋର ନିସ୍ପୃହା ସମସ୍ତ ବାହ୍ୟ ପଦାର୍ଥ ସହ ମୋର ସମ୍ପର୍କକୁ ଧ୍ୱଂସ କରି ଦେଇଥିଲା ଆଉ ତାପରେ ସେ ପଦାର୍ଥ ଗୁଡ଼ିକ ମୋ ପାଇଁ ହୋଇ ଉଠୁଥିଲେ ଅର୍ଥହୀନ ଏବଂ ଅବୋଧ; ଅର୍ଥାତ୍ ମୋ ଭିତରେ ମୁଁ ଅନୁଭବ କରୁଥିବା ବୋରିୟାତ ସମଗ୍ର ବାହ୍ୟ ପୃଥିବୀକୁ ମୋ ପାଇଁ ଧ୍ୱସ୍ତ କରି ଦେଇଥିଲା । କିନ୍ତୁ ଏ କ୍ଷେତ୍ରରେ, ସେସିଲିଆ ମୋ ପାଇଁ ଏକ ଅପ୍ରାକୃତିକ ଉଭଟତାରେ ପରିଣତ ହେବାରେ, ଏକ ନୂଆ ସମ୍ଭାବନା ମୁଣ୍ଡ ଟେକିଲା । ତା ସହିତ ଯୌନ ସଂସର୍ଗର ଅଭ୍ୟାସ, ଯାହା ମୁଁ ସେହି ସମୟରେ ଭାଙ୍ଗିବା ପାଇଁ ଆପାତତଃ ଆବଶ୍ୟକ ମନେ କରୁ ନ ଥିଲି, ମୋ ହୃଦୟରେ ସୃଷ୍ଟି କଲା ଏକ ଯୌନ ନିସ୍ପୃହା । ଏହା ମୋ ହୃଦୟରେ ଏକ ଶୀତଳ ଉଦାସୀନତା ଭରି ଦେଲା । କେବଳ ସେତିକି ନୁହେଁ, ସେଇ ଅନୁଭବ ଠାରୁ ଆଉରି ଗଭୀର ଏକ ଅନୁଭବଶୂନ୍ୟତା, ବରଂ ଏକ ହତାଦର ମଧ ତାହା ସୃଷ୍ଟି କଲା, ଶେଷକୁ ଯାହା ଏକ ନିଷ୍ଠୁରତାରେ ପର୍ଯ୍ୟବସିତ ହୋଇଥିଲା ।

ସେସିଲିଆ କିନ୍ତୁ ଏକ ଗିଲାସ ନ ଥିଲା, ସେ ଥିଲା ଏକ ଜୀବନ୍ତ ମଣିଷ । ଯଦିଚ ନିସ୍ପୃହାର ସେଇ କ୍ଷଣରେ, ଅନ୍ୟ ସମସ୍ତ ପଦାର୍ଥ ଭଳି ସେ ମଧ ମୋ ପାଇଁ ତା'ର ସ୍ଥିତି ହରାଇ ବସୁଥିଲା, ତଥାପି ଚେତନା ସ୍ତରରେ ମୁଁ ଅବଗତ ଥିଲି ଯେ, ସେ ଏକ ମଣିଷ । ସମ୍ପ୍ରତି, ଯେତେବେଳେ ଗିଲାସ ପ୍ରତି ମୋର ନିସ୍ପୃହା ହେତୁ ମତେ ତାହା ମନେହୋଇଛି ଅବୋଧ ଏବଂ ଉଭଟ, ତାକୁ ଧରି, ପିଟି, ଭାଙ୍ଗି ଖଣ୍ଡ ଖଣ୍ଡ ଭଗ୍ନାଂଶରେ ପରିଣତ କରି ଦେବା ପାଇଁ ସେତେବେଳେ ମୋ ହୃଦୟରେ ସୃଷ୍ଟି ହୋଇଛି ଏକ ହିଂସ୍ର ଆବେଗ । ଯେପରିକି ତାକୁ ଧ୍ୱଂସ କରି ପାରିଲେ ହିଁ, ମୁଁ ତା'ର ବାସ୍ତବ ସ୍ଥିତିର ନିର୍ଭୁଲ ପ୍ରମାଣ ପାଇ ପାରିବି । ଠିକ୍ ସେଇଭଳି ହଠାତ୍

ଯେତେ ବେଳେ ମୁଁ ଅବସାଦଗ୍ରସ୍ତ ହୋଇ ପଡୁଥିଲି ଓ ସେସିଲିଆ ପ୍ରତି ବୋରିୟତ ଅନୁଭବ କରୁଥିଲି, ତାକୁ ନିର୍ଦ୍ଦିଷ୍ଟ ଭାବରେ ଧ୍ୱଂସ ଓ ବିନଷ୍ଟ କରିବାକୁ ନ ହେଲେ ବି, ଅନ୍ତତଃ ପକ୍ଷେ ତାକୁ ଯନ୍ତ୍ରଣା ଦେବା ପାଇଁ ଓ ସେ ବେଦନା ବିକ୍ଷୁବ୍ଧ ହୋଇ ଛଟପଟ ହେଉଥିବା ଦେଖିବା ପାଇଁ ମୋ ଭିତରେ ଏକ ତୀବ୍ର ନିଷ୍ଠୁର ଆବେଗ ସୃଷ୍ଟି ହେଉଥିଲା। ବାସ୍ତବରେ ମୋତେ ମନେ ହେଉଥିଲା ଯେ ତାକୁ ଯନ୍ତ୍ରଣା ଦେଇ, ତା'ର କଲବଲ ହେବାଟା ଦେଖିବା ଦ୍ୱାରା ବୋଧହୁଏ ମୁଁ ତା'ର ବାସ୍ତବତା ଅନୁଭବ କରି ପାରିବି ଆଉ ତା ସହିତ ସମ୍ପର୍କ ସ୍ଥାପନ କରିବାରେ ପୁନର୍ବାର ସକ୍ଷମ ହେବି, ଯେଉଁ ସମ୍ପର୍କ କି ଆଜି ବୋରିୟତ ପାଇଁ ଭାଙ୍ଗି ଯାଇଛି। ଏବଂ ଯଦି ବାସ୍ତବରେ ମୁଁ ମୋର ସେଇ ସମ୍ପର୍କକୁ ଫେରି ପାଇ ପାରେ, ପ୍ରେମର ମାଧ୍ୟମରେ ନ ହୋଇ ନିଷ୍ଠୁରତାର ମାଧ୍ୟମରେ ହେଉ ପଛକେ, ଏଥିରେ ଖାସ୍ କିଛି ଯାଏଆସେ ନାହିଁ।

ମୁଁ ବେଶ୍ ଭଲଭାବରେ ସେଇ ଦିନଟିକୁ ମନେ ରଖିଛି ଯୋଉଦିନ ମୋର ଏହି ନିଷ୍ଠୁରତା ପ୍ରଥମଥର ପାଇଁ ଆମ୍ପ୍ରକାଶ କଲା। ଦିନେ ଅପରାହ୍ନରେ ସେସିଲିଆ ନିଜକୁ ଅନାବୃତ କରି ନଗ୍ନ ଶରୀରରେ ଡିଭାନ ଆଡ଼କୁ ଆଗେଇ ଆସୁଥିଲା; ମୁଁ ମଧ୍ୟ ଆବରଣହୀନ ଶରୀରରେ ଡିଭାନ ଉପରେ ପଡ଼ି ରହିଥିଲି ତା'ର ଆସିବାର ପ୍ରତୀକ୍ଷାରେ, ଆଉ ମୋର ଆଖି ତା ଉପରେ ଲାଖି ରହିଥାଏ। ସେ ଆସୁଥାଏ ପ୍ରପଦରେ, ପାଦ ଟିପି ଟିପି, ତା'ର ବକ୍ଷ ସ୍ଫୀତ ହୋଇ ଆଗକୁ ବାହାରି ଆସିଥାଏ ଆଉ ତା'ର ସ୍କନ୍ଧ ଓ ନିତମ୍ବ ଯେମିତି ସାମାନ୍ୟ ପଛକେ ଯାଇଥାଏ। ତା'ର ମୁହଁରେ ଫୁଟି ଉଠିଥାଏ ଏକ ବ୍ୟାକୁଳ ପ୍ରତ୍ୟାଶା ଆଉ ପୁଣି ସେଇ ଗମ୍ଭୀର ଅଭିବ୍ୟକ୍ତି, ଯାହା ଫୁଟିଉଠେ ଜଣେ ବହୁବାର କରିଥିବା ଈପ୍ସିତ କାମଟିକୁ ଆଉଥରେ କରିବାପାଇଁ ପ୍ରସ୍ତୁତ ହେବାବେଳେ; ସୁଭୋଗ୍ୟ ହେବା କାରଣରୁ ସେଇ କାମଟିକୁ ଯେତେଥର କଲେ ମଧ୍ୟ ତାହା ନୂଆ ଲାଗୁଥାଏ। ସେ ମୋ ଆଡ଼କୁ ଧୀର ପଦପାତରେ ଆଗେଇ ଆସୁଥିବା ମୁଁ ଦେଖିଲି, ଆଉ ମୋ ମନରେ ଚିନ୍ତା ଆସିଲା ଯେ, ମୁଁ କେବଳ ମାତ୍ର ତାକୁ କାମନା କରେନା ଏକଥା ନୁହେଁ, ବରଂ ମୋ ସଂସ୍ରବରେ ଆସୁ ଥିବା କୌଣସି ଏକ ଦ୍ରବ୍ୟ ଭାବରେ ତାକୁ ରହିଁ ଦେଖିବାଟା ମଧ୍ୟ ମୋ ପକ୍ଷରେ ଅସହ୍ୟ। (ଯଦିଚ ମୁଁ ଏହା ଜାଣିଥିଲି ଯେ ତା' ସହ ରତିକ୍ରିୟା କରି ମୁଁ

ଯଥେଷ୍ଟ ପରିମାଣରେ ଯୌନ-ଉତ୍ତେଜନା ଅନୁଭବ କରିବି ଏବଂ ଏହା ଘଟିଯିବ ଏକ ସ୍ୱୟଂକ୍ରିୟ ଭାବରେ, ଏପରିକି ମୋର କୌଣସି ମାନସିକ ଆବେଗ ବ୍ୟତିରେକେ ମଧ୍ୟ।) ସମ୍ପ୍ରତି ମୁଁ ଏଭଳି ଚିନ୍ତା କରୁଥିବା ବେଳେ ସେସିଲିଆ ଦିଭାନ ପାଖକୁ ଆସି ସାରିଥାଏ ଆଉ ଦିଭାନ ଉପରେ ଆଣ୍ଠୁଟି ଥୋଇଥାଏ ମୋ ପାଖରେ ଶୋଇଯିବା ପାଇଁ। ଏହି ସମୟରେ ମୁଁ ଲକ୍ଷ୍ୟ କଲି ଯେ, ମୋ ଶିକ୍ଷଶାଳାର ବିଶାଳ ଗବାକ୍ଷ ପର୍ଦ୍ଦା ଦ୍ୱାରା ଅର୍ଦ୍ଧାବୃତ ହୋଇ ରହିଛି। କ୍ଲେଦାକ୍ତ ସେଇ ଦିବସର ଉଜ୍ଜ୍ୱଲ ସୂର୍ଯ୍ୟକିରଣ ମତେ ବିବ୍ରତ କଲା। ଏତଦ୍‌ବ୍ୟତୀତ ଅଗଣାର ଅପରପାର୍ଶ୍ୱରୁ କୌଣସି ଅନୁସନ୍ଧିତ୍ସୁ ଆଖି ଇଚ୍ଛାକଲେ ବ୍ୟଖରାର ଅଭ୍ୟନ୍ତର ଦେଖିପାରେ। ତେଣୁ ମୁଁ ହଠାତ୍‌ କିଛି ନ ଭାବି କହିଦେଲି, "ଏଇ, ପର୍ଦ୍ଦାଟା ଟିକେ ଟାଣି ଦେବକି?"

: "ଓଃ, ପର୍ଦ୍ଦା!" ସେ କହିଲା ଆଉ ସବୁ ବେଳ ପରି ଏକ ବାଧ୍ୟ ସୁନା ଝିଅ ଭଳି ସେ ମୋ ପାଖରୁ ଉଠି ପାଦ ଟିପି ଟିପି ଝରକା ପାଖକୁ ଗଲା। ଯେତେବେଳେ ପ୍ରପଦରେ ଝୁଲୁଥିବା ସେଇ ଅଭୁତ ଅଥଚ ଅର୍ଥଦ୍ୟୋତକ ଆକୃତିର ଶରୀରକୁ, ଯାହାକି ଅର୍ଦ୍ଧ କିଶୋରୀ ଏବଂ ଅପର ଅର୍ଦ୍ଧାଂଶରେ ପୂର୍ଣ୍ଣ ବିକଶିତା ଏକ ରମଣୀ, ମୁଁ ରହିଁ ଦେଖୁଥିଲି, ସେତେବେଳେ ପ୍ରଥମଥର ପାଇଁ ଏକ ନିଷ୍ଠୁର ଉତ୍ତେଜନା ମତେ ଆଚ୍ଛନ୍ନ କରି ବସିଲା। ଏହା ଥିଲା ସେହି ଆବେଗ ଯାହା କାଳର ପ୍ରତିଲୋମରେ ମତେ ଭସାଇ ନେଲା ମୋର ଶୈଶବର ସମୟକୁ, ଯେତେବେଳେ ମୁଁ ଜୀବନରେ କେବଲ ସେଇ ଥରଟି ସଚେତନ ଭାବରେ ନିଷ୍ଠୁର ଆଚରଣ କରିଥିଲି। ମୋର ସେତେବେଳେ ଥାଏ ଗୋଟାଏ କଳାଦାଗିଆ ବିରାଡ଼ି; ଆଉ ତା' ପ୍ରତି ମୋର ଥାଏ ପ୍ରବଲ ଅନୁରାଗ। କିନ୍ତୁ ବହୁବାର ଏଭଳି ଘଟୁଥିଲା ଯେ ତା' ପ୍ରତି ମୁଁ ବୋରିୟାତ ଅନୁଭବ କରୁଥିଲି, ବିଶେଷ କରି ଯେତେବେଳେ ମୁଁ ତା' ସହିତ ବେଶ୍‌ କିଛି ସମୟ ଖେଳୁଥିଲି ଆଉ ବିଭିନ୍ନ କାର୍ଯ୍ୟକଳାପ ଦ୍ୱାରା, ଯାହାକି ଜୀବଟି କରିବାରେ ସଫଲ ହୋଇ ପାରିବ, ତା ଦ୍ୱାରା ସେଭଳି କରାଇ ତା'ର ବୁଦ୍ଧି ମାପି ବସୁଥିଲି। ପରିଶେଷରେ ସେଇ ବୋରିୟାତିଆ ନିଃସହା ମୋ ହୃଦୟରେ ଏକ ନିଷ୍ଠୁରତା ସୃଷ୍ଟି କଲା ଆଉ ମୁଁ ନିମ୍ନୋକ୍ତ ଖେଳରେ ମାତିଗଲି। ଗୋଟିଏ ପ୍ଲେଟରେ ମୁଁ, ବିରାଡ଼ିଟି ଭଲ ପାଉଥିବା କଞ୍ଜାମାଛରୁ ଅକ୍ତକିଛି ନେଇ ପ୍ଲେଟଟିକୁ ବ୍ୟଖରାର ଗୋଟିଏ କୋଣରେ ଥୋଇଲି। ତାପରେ ମୁଁ ଯାଇ ବିରାଡ଼ିକୁ ଆଣିଲି, ଆଉ ତାକୁ

ପ୍ଲେଟର ମାଛ ଶୁଙ୍ଘାଇ ସାରିବା ପରେ କକ୍ଷର ଅପର କୋଣରେ ନେଇ ଛାଡ଼ିଦେଲି । ବିରାଡ଼ିଟି ତତ୍‌କ୍ଷଣାତ୍‌ ପ୍ଲେଟ୍‌ ଆଡ଼କୁ ଦୌଡ଼ିଗଲା । ତା’ ଲାଙ୍ଗୁଡ଼ ଅଗରୁ ନାସାଗ୍ର ପର୍ଯ୍ୟନ୍ତ ସମସ୍ତ ଶରୀରରେ ଆନନ୍ଦ ଓ ଲାଳସାର ଏକ ସ୍ପଷ୍ଟ ଅଭିବ୍ୟକ୍ତି ଫୁଟି ଉଠିଥିଲା । କିନ୍ତୁ ମୁଁ ମଧ୍ୟ ପ୍ରସ୍ତୁତ ଥିଲି । ଯେଉଁ ମୁହୂର୍ତ୍ତରେ ବିରାଡ଼ି ଅର୍ଦ୍ଧପଥ ଅତିକ୍ରମ କରିଛି, ବିଦ୍ୟୁତ ଗତିରେ ତା’ର ବେକକୁ ଧରି, ପ୍ରଥମେ ଯେଉଁଠି ତାକୁ ଛାଡ଼ିଥିଲି ସେଠିକି ଘେନି ଆସିଲି । ମୁଁ ଏହି ଖେଳ, ଯଦି ଏହାକୁ ଏକ ଖେଳ କହି ହେବ, ବାରମ୍ବାର ଖେଳି ଚାଲିଲି । ଏବଂ ପ୍ରତ୍ୟେକ ଥର ବିରାଡ଼ିଟି ଅଧିକରୁ ଅଧିକତର ସଚେତନ ହୋଇ ଉଠୁଥିଲା ଯେ ସେ ଏକ ରହସ୍ୟମୟ ଦୁର୍ଭାଗ୍ୟର ଶିକାର ହୋଇ ପଡ଼ିଛି, ଆଉ ତା ଫଳାଫଳରେ ତା’ର ବ୍ୟବହାର ବଦଲି ଗଲା । ପ୍ରଥମେ ପ୍ରଥମେ ତା’ର ଆଚରଣରେ ପ୍ରକାଶ ପାଉଥିଲା ଲୋଭ, ହିଂସ୍ରତା ଓ ଆତ୍ମବିଶ୍ୱାସ । ତାପରେ ସେ ହୋଇ ଉଠିଲା ଅଧିକତର ସତର୍କ । ବୋଧେ ସେ ଭାବୁଥିଲା, ଚଟାଣ ସହିତ ତା ଶରୀରକୁ ମିଶାଇ ଦେଇ ପେଟେଇ ପେଟେଇ ପାଦ ଚିପି ଚିପି ସାବଧାନରେ ଗଲେ, ମୋ ହୁସିଆର ନଜରରୁ ସେ ବର୍ତ୍ତିଯାଇ ପାରିବ । ନିଜକୁ ସଂକୁଚିତ କରିଦେଇ ସେ ଭାବୁଥିଲା ଯେ ସିଏ ମୋ ଆଖି ଆଗରୁ ନିଜକୁ ଅଦୃଶ୍ୟ କରି ଦେଇଛି । ଶେଷରେ ବିଚରା ପୁଷି ପ୍ଲେଟ୍‌ ଦିଗରେ ଅତି ସାମାନ୍ୟ ଆଗେଇଲା, ଅନିଶ୍ଚିତ ପଦପାତରେ, ତା’ର ଏଇ ପରୀକ୍ଷାମୂଳକ ପ୍ରଚେଷ୍ଟାର ଫଳାଫଳ ଲକ୍ଷ୍ୟ କରିବା ପାଇଁ । ତା’ର ଏଇ ପରୀକ୍ଷାରେ ଥିଲା ‘ଏକାଧାରରେ ଧୂର୍ତ୍ତତା ଏବଂ ଏକ ପ୍ରଚ୍ଛନ୍ନ ବିଷାଦ, ଯେମିତି କି ସେ ଜାଣିବାକୁ ଚାହୁଁଥିଲା ମୋର ସେଇ ନିଷ୍ଠୁର ଅଭିପ୍ରାୟ ଏବେ ସୁଦ୍ଧା କାଏମ ରହିଛି ନା ନାଁ । ତାପରେ ହଠାତ୍‌ ସବୁକିଛି ବଦଲିଗଲା ଏବଂ ବିରାଡ଼ିଟି କଥା କହିଲା । ମାନେ ମୁଁ କଣ କହୁଚି କି, ସେ ତା ମୁଣ୍ଡ ପଛକୁ ଘୁରାଇ ମୋ ଆଖିକୁ ଚାହିଁଲା ଏକ ଗଭୀର ଦୃଷ୍ଟିରେ, ଆଉ ତା ହୃଦୟର ଭାବ ପ୍ରକାଶିତ ହେଲା ଏକ ଦୀର୍ଘ, କରୁଣ ଅର୍ଥପୂର୍ଣ୍ଣ ମ୍ୟାଉଁ ରେ । ସେ ଧ୍ୱନି ଥିଲା ଯୁକ୍ତିଯୁକ୍ତ ଏବଂ ହୃଦୟସ୍ପର୍ଶୀ; ଯେମିତିକି ତାହା ପ୍ରଶ୍ନ କରୁଥିଲା, ତୁମେ କାହିଁକି ଏମିତି କରୁଛ ? ତୁମେ କାହିଁକି ଏମିତି କରୁଛ ? ସେ ମ୍ୟାଉଁ ଥିଲା ଏଭଳି ସ୍ପଷ୍ଟ ଓ ଭାବଦ୍ୟୋତକ ଯେ ମତେ ତାହା ତତ୍‌କ୍ଷଣାତ୍‌ ଲଜ୍ଜିତ କରି ପକାଇଲା । ମୋର ଏହିଭଳି ମନେ ପଡ଼ୁଛି ଯେ ମୋ ମୁହଁ ଯେମିତି ଲଜ୍ଜାରେ ପାଟଲିଗଲା ସେଦିନ ।

ମୁଁ ବିରାଡ଼ିକୁ ମୋ କୋଳରେ ଉଠାଇ ଧରିଲି, ସ୍ୱୟଂ ତାକୁ ପ୍ଲେଟ ପାଖକୁ ଟେକି ଟେକି ନେଲି ଆଉ ଶାନ୍ତିରେ ମାଛ ଖାଇବା ପାଇଁ ତାକୁ ଛାଡ଼ି ଦେଲି ।

ଆଉ ବର୍ତ୍ତମାନ ମୁଁ ଯେତେବେଳେ ଦେଖିଲି ସେସିଲିଆ ବାଧ୍ୟ ଝିଅଟି ଭଳି ପାଦ ଟିପି ଟିପି ୫ରେକା ଦିଗକୁ ଆଗେଇ ଯାଉଛି, ତା ସହିତ ସେହି ନିଷ୍ଠୁର ଖେଳ ଖେଳିବା ପାଇଁ ମୋର ଇଚ୍ଛା ହେଲା ଯେମିତି ମୁଁ ସେଦିନ ବିରାଡ଼ି ସହିତ ଖେଳିଥିଲି । ତା କ୍ଷେତ୍ରରେ ମଧ୍ୟ ସେ ଆସିଥିଲା ଡିଭାନ ପାଖକୁ ତା କ୍ଷୁଧାର ପ୍ରଶମନ ପାଇଁ । ଆଉ ପୁଷି ଭଳି ସେ ମଧ୍ୟ ତା’ର ସମ୍ପୂର୍ଣ୍ଣରୂପେ ସ୍ୱାଭାବିକ ଓ ଯଥାର୍ଥ କ୍ଷୁଧାର ଲାଳସାକୁ ଆପାଦମସ୍ତକ ତା’ର ଶରୀରର ସମସ୍ତ ଅଙ୍ଗରେ ପ୍ରସ୍ଫୁଟିତ କରାଇଥିଲା ସେତେବେଳେ ତୀବ୍ର ଆବେଗର ସହ । ଆଉ ମୁଁ ତା ସହିତ ସେହି ଖେଳ ଖେଳିବାକୁ ଇଚ୍ଛା କଲି ଯାହା ମୁଁ ଖେଳିଥିଲି ବିରାଡ଼ି ସହ ସେଦିନ । କିନ୍ତୁ ଏ କ୍ଷେତ୍ରରେ ଖେଳର ବାସ୍ତବ ଅଭିପ୍ରାୟ ସମ୍ପର୍କରେ ମୁଁ ସମ୍ପୂର୍ଣ୍ଣ ସଚେତନ ଥିଲି । ମୋର ଅଭିପ୍ରାୟ ଥିଲା, ବୋରିୟାତ ଯୋଗୁଁ ବାହ୍ୟ ପୃଥିବୀ ସହିତ ମୋର ଯେଉଁ ସମ୍ପର୍କ ଛିନ୍ନ ହୋଇ ଯାଇଛି, ନିଷ୍ଠୁରତା ମାଧ୍ୟମରେ ତା’ର ପୁନଃପ୍ରତିଷ୍ଠା କରାଇବା ।

ସେସିଲିଆ ଇତିମଧ୍ୟରେ ୫ରେକା ପାଖକୁ ଯାଇ ପର୍ଦ୍ଦା ଟାଣି ଫେରି ଆସୁଥିଲା ଡିଭାନ ପାଖକୁ । ତା’ର ଯେଉଁ ମୁହଁରେ କିଛି କ୍ଷଣ ପାଇଁ ଏକ ଅଳ୍ପବୟସ୍କା ଝିକରାଣୀର ଆଦେଶ ତାମିଲ କରିବାର ଉତ୍ସାହପୂର୍ଣ୍ଣ ଅଭିବ୍ୟକ୍ତି (ଯଦିଚ ସେ ଥିଲା ସେତେବେଳେ ଉଲଗ୍ନ) ଫୁଟି ଉଠିଥିଲା, ସେଠିରେ ଅଧୁନା ଦେଖା ଦେଇଥିଲା ଶୃଙ୍ଗାର ଅନୁଷ୍ଠାନର ସେଇ ଆଦିମ ରୁହାଣୀ, ପ୍ରଲୋଭନ ନିକଟରେ ଆମୃସମର୍ପଣର ସେଇ କ୍ଷମାପ୍ରାର୍ଥୀ ଦୃଷ୍ଟି, ଯାହା ଥିଲା ତା’ର ରତି-ରଭସର ପ୍ରାକ୍ ଭୂମିକା । ସେଇଭଳି ପ୍ରପଦରେ ଚଲି, ଚିତ୍ରାଧାରକୁ ପ୍ରାୟ ପ୍ରଦକ୍ଷିଣ କରି, ଚଟାଣର ଦୈର୍ଘ୍ୟ ଅତିକ୍ରମ କରି, ଡିଭାନ ପାଖରେ ପହଞ୍ଚି ତାକୁ ଆରୋହଣ କରିବାକୁ ସେସିଲିଆ ଯାଉଥିବା ବେଳେ ମୁଁ ତାକୁ ଅଟକାଇ ଦେଲି । କହିଲି, "ମୁଁ ଦୁଃଖିତ, କିନ୍ତୁ ଖୋଲା ଦୁଆର ଆଗରେ ମୈଥୁନ କଲାବେଳେ ମତେ କେମିତି ଅସହଜ ଲାଗେ । ଦୟାକରି ଯାଇ ଗାଧୁଆଘର ଦୁଆରଟା ଦେଇ ଦିଅନ୍ତ ।"

: "କେତେ ହଇରାଣ କରୁଛ !", ଗୁଣୁଗୁଣୁ ହୋଇ ସେ କହିଲା । ତଥାପି ସବୁବେଳ ପରି ଆଜ୍ଞାବହ ଭଙ୍ଗୀରେ ସେ ଶିଳ୍ପଶାଲାର ଚଟାଣ ଅତିକ୍ରମ କରି ଚଲିବାରେ

ଲାଗିଲା, ଆଉ ଅନ୍ଧକାର କୋଣର ଛାୟା ଭିତରକୁ ସେ ଏକ କମନୀୟ ପ୍ରେତାମ୍ବା ପରି ଧାରେ ଧାରେ ଅଦୃଶ୍ୟ ହୋଇ ଯାଉଥିବାର ମୁଁ ଦେଖିଲି। ଘନ ମେଘ ପରି ତା'ର ବିଛୁରିତ କୁଞ୍ଚିତ କେଶ, ତା'ର ସୁନ୍ଦର ପତଳା ପୃଷ୍ଠଦେଶ, ଆଉ ତା'ର ସରୁ ସିଂହକଟି ତଳେ ଶରୀର ତୁଳନାରେ ଶେଥୋଲିଆ ଦିଶୁଥିବା ତା'ର ପୀନ ନିତମ୍ବ-ବିମ୍ବର ସମଭିବ୍ୟାହାରରେ ସେ ଦିଶୁଥିଲା ଅପୂର୍ବ। ସେ ଯତ୍ନର ସହିତ ଦୁଆରକୁ ଆଉଯାଇ ଆଣିଲା ଆଉ ବୁଲି ପଡିଲା। ପ୍ରାୟୋନ୍ଧକାରର ଆବରଣ ତଳେ ତା'ର ଅସ୍ପଷ୍ଟ ତନୁରେଖା ପ୍ରେତାୟିତ ମନେ ହେଉଥିଲା, କିନ୍ତୁ ତାହା ତା'ର ଚକ୍ଷୁକୁ କରିଥିଲା ଅଧିକତର ଆୟତ ଓ କୃଷ୍ଣାଭ। ତା'ର ଓରଜ ଲାଗୁଥିଲା ଅଧିକ ପୀବର ଓ ଶ୍ୟାମଘନ ଆଉ ତା'ର ଗଭୀର ଉରୁସନ୍ଧି ଲାଗୁଥିଲା ଗଭୀରତର ଏବଂ ଅଧିକତର କୃଷ୍ଣାୟିତ। ଏଥର ଡିଭାନ ଉପରେ ସେ ଯେତେବେଳେ ତା'ର ଆଣ୍ଠୁ ଥୋଇଲା ମୁଁ ତାକୁ ଅଟକାଇଲି ନାହିଁ। କିନ୍ତୁ ଯୋଉ ମୁହୂର୍ତ୍ତରେ ସେ ଆସି ଶୋଇଗଲା ମୋ ପାଖରେ, ସାମାନ୍ୟ ଅନନିଃଶ୍ୱାସୀ ହୋଇ, ମୁଁ କହିଲି, "ମତେ ଆଉ ଥରେ କ୍ଷମା କର, କିନ୍ତୁ ଟିକେ ଦୟା କରି ଯାଆ ଆଉ ଦୂରଭାଷ ଯନ୍ତ୍ରର ରିସିଭରଟା କାଢ଼ି ଦିଅ। ଗତକାଲି ସେଇଟା ଶଢ କଲା ଆନନ୍ଦର ଚରମ ମୁହୂର୍ତ୍ତରେ। ଏଇଟା ସତ ଯେ ମୁଁ ଉଠି ଯାଇ ରିସିଭର ଧରିଲି ନାଇଁ କିନ୍ତୁ ସବୁ ସଙ୍ଗେ ବି ତା'ର ସେଇ କର୍କଶ ଧ୍ୱନି ମୋର ଭିତରେ ସ୍ନାୟବିକ ବିପର୍ଯ୍ୟୟ ସୃଷ୍ଟି କଲାଭଳି ଲାଗିଲା।"

ସେ ମତେ ରୁହିଁଲା ଘଡ଼ିଏ। "ଏଇଟା ତୃତୀୟ ଥର ହେଲା" ସେ କହିଲା, କ୍ରୁଦ୍ଧଭାବେ ନ ହେଲେ ବି ଗମ୍ଭୀର ଭାବରେ। ତାପରେ ସେ ଉଠିଲା ଆଉ କକ୍ଷର ମଧ୍ୟଭାଗରେ ଥିବା ଟେବୁଲ ପାଖକୁ ଗଲା ରିସିଭରଟି କାଢ଼ିବା ପାଇଁ। ସେଇଠି ସେ ଠିଆହେଲା ଘଡ଼ିଏ; ଆଲୋକର ପୃଷ୍ଠଭୂମିରେ। ମୁଁ ତା'ର ଗୋଟିଏ ପାର୍ଶ୍ୱ ହିଁ ଦେଖି ପାରୁଥିଲି। ତାପରେ ସେ ପୁନର୍ବାର ଫେରି ଆସିଲା ଡିଭାନ ଆଡ଼କୁ ଆଉ ତୃତୀୟଥର ପାଇଁ ତା' ମୁହଁରେ ଫୁଟି ଉଠିଲା ସେଇ କ୍ଷମାପ୍ରାର୍ଥୀ ଲାଳାୟିତ ଅଭିବ୍ୟକ୍ତି। ସେ ମୋ ପାଖକୁ ଆସିବା ପର୍ଯ୍ୟନ୍ତ ମୁଁ ଅପେକ୍ଷା କଲି ଆଉ ତାପରେ ନିରୀହତାର ଛଳନା କରି କହି ଉଠିଲି ଈଷତ୍ ଉଚ୍ଚ ସ୍ୱରରେ, "ଦେଖ ମ, ମୋ ଭୁଲାପଣିଆ! ପ୍ରିୟତମା, ମୋ ପ୍ରତି ଆଉ ଟିକିଏ ଅନୁଗ୍ରହ କର। ଝରକା ତଳବନ୍ଧରେ ଥୁଆ ହେଇଥିବା ମୋର ସିଗାରେଟ ଡିବାଟା ନେଇ ଆସ, ତୁମେ ଜାଣିଛ କେଳି ପରେ ମତେ ସିଗାରେଟ ଟାଣିବାକୁ ଇଚ୍ଛା ହୁଏ, ଟିକେ ଦୟାକରି ଯାଆନ!"

ସେ କିଛି କହିଲା ନାହିଁ, କିନ୍ତୁ ମତେ ରହିଁଲା ଏକ ଗଭୀର ଆଶ୍ଚର୍ଯ୍ୟାନ୍ୱିତ ଦୃଷ୍ଟିରେ । ତଥାପି ମଧ୍ୟ ବାଧ୍ୟ ଝିଅଟିଏ ଭଳି ସେ ଆଦେଶ ତାମିଲ କଲା ଚତୁର୍ଥ ଥର ପାଇଁ, ପୁଣି ଗଲା ଝରକା ନିକଟକୁ ଆଉ ସିଗାରେଟ ଆଣି ଫେରି ଆସିଲା ମୋ ପାଖକୁ, ନିଜକୁ ମୋ ପାଖେ ଅର୍ପଣ କରିବା ଇଚ୍ଛାରେ ପ୍ରସ୍ତୁତ ହୋଇ ।

: "ନିଅ ତମର ସିଗାରେଟ", ସେ କହିଲା ବେଶ୍ ଏକ ଅଧୀର ଉସ୍ସାହର ଭଙ୍ଗୀରେ ଆଉ ସିଗାରେଟ କେସ୍‌ଟାକୁ ଫିଙ୍ଗିଦେଲା ମୋ ଉପରକୁ । ସେ ମୋ ଉପରକୁ ଝାମ୍ପି ପଡ଼ିବାକୁ ଉପକ୍ରମ କରୁଥିଲା କିନ୍ତୁ ତା ପୂର୍ବରୁ ମୁଁ ତାକୁ ଅଟକାଇ ଦେଲି । "ଆଉ ଦିଆସିଲି ଆସିବ କେଉଁଠୁ?" ମୁଁ ପର୍ଚରିଲି ।

: "ଉଃ" । ଆଉଥରେ ସିଏ ସେମିତି ପ୍ରପଦରେ ରହିଲି ଶିକ୍ଷଶାଳାର ଚଟାଣ ପାର ହୋଇଗଲା ଆଉ ପୁଣି ଫେରି ଆସିଲା । କିନ୍ତୁ ତା'ର ପ୍ରାକ୍-ନିଧୁବନ ଆବେଗର ଅଭିବ୍ୟକ୍ତିରେ ସାମାନ୍ୟ ଭଟ୍ଟା ପଡ଼ି ଆସିଥିଲା । ଲଜ୍ଜା ଏବଂ ଅପମାନର ଅନୁଭବ ଛାୟାପାତ କରିଥିଲା ତା'ର ସନ୍ଦିଗ୍ଧ ମନରେ । ସେ ମୋ ଉପରକୁ ଦିଆସିଲି ଖୋଲ ଫୋପାଡ଼ିଲା, ଯେମିତି ଟିକେ ଆଗରୁ ଫୋପାଡ଼ି ଥିଲା ସିଗାରେଟ କେସ୍ । କିନ୍ତୁ ଡିଭାନ ଉପରକୁ ନ ଚଢ଼ି ସେ ରହିଗଲା ଟିକେ ଦୂରରେ, ଆଉ ପର୍ଚରିଲା, ତୁମର ଆଉ କ'ଣ ସବୁ ଦରକାର ଅଛି, ମୁଁ ଏଇ ଠିଆ ହୋଇ ଥିଲାବେଳେ ହିଁ ଶୀଘ୍ର ଶୀଘ୍ର କହିଦିଅ ।"

: "ହଁ" ମୁଁ ମିଛରେ କହିଲି । "ରୋସେଇଘରକୁ ଯାଇ ଗ୍ୟାସ ପାଇପର କଳଟା ବନ୍ଦ କରିଦିଅ । ମତେ ଯେମିତି ଲାଗୁଛି ଯେ ମୁଁ ସେଇ କଳଟା ଖୋଲି ଦେଇ ଆସିଛି ।"

: "ଆଉ ତାପରେ କ'ଣ?"

: "ଆଉ ତାପରେ, ହଁ, ଆଉ ଗୋଟେ କାମ କର । ଦୁଆର ମୁହଁକୁ ଯାଇ, କଲିଂବେଲଟାକୁ ଭିତରୁ ଅସଂଲଗ୍ନ କରି ଦିଅ; ଯେମିତିକି କିଏ ଆସି ଆମ କାର୍ଯ୍ୟରେ ବ୍ୟାଘାତ ସୃଷ୍ଟି କରି ନ ପାରେ ।"

ମୁଁ ଆଶା କରୁଥିଲି ସେ ବାଧ୍ୟ ଝିଅଟି ଭଳି ଉଠିଯାଇ କାମଟି କରିଦେବ । କିନ୍ତୁ ତା ପ୍ରତିବଦଳରେ ମୁଁ ଦେଖିଲି ସେ ଯାଇ ପାଖ ଚୌକି ଉପରେ ଗୁମ୍ ମାରି ବସିଗଲା । ସେ ଗୋଟାଏ ଗୋଡ଼ ଉପରକୁ ଉଠାଇ ଆଣିଲା ଆଉ ଆଣ୍ଠୁତଲେ ହାତଛନ୍ଦି ସେ ଗୋଡ଼କୁ ଛାତିରେ ଜାକି ଧରିଲା । ସେଇଭଳି ଭଙ୍ଗୀରେ ସେ ବସି

ରହିଲା ବେଶ୍ କିଛି ବେଳଯାଏ । ସେ ବିଷଣ୍ଣ ଜଣା ପଡ଼ୁଥିଲା ଆଉ ତା'ର ମନୋଭାବ ଥିଲା ସନ୍ଦେହ ଦୋଳାୟିତ । ସେ ମତେ ନୀରବରେ ରହିଁ ରହିଲା କିଛି ସମୟ । ମୁଁ ଆଶ୍ଚର୍ଯ୍ୟ ହୋଇ ପଚାରିଲି, "ଘଟଣା କ'ଣ ? ତୁମେ ଶୀଘ୍ର କାମଟି ସାରି ଦେଉନ କାହିଁକି ?"

ସେ ସାଙ୍ଗେ ସାଙ୍ଗେ କିଛି ଉତ୍ତର ଦେଲା ନାହିଁ । ପରିଶେଷରେ ଏକ ସତର୍କ ଭଙ୍ଗୀରେ ସେ ପଚାରିଲା, "ଖାଲି ସେଇ ଦିଓଟି କାମ ନା ଆଉ ବି କିଛି ଅଛି ?"

: "କେବଳ ସେଇ ଦିଓଟି ।"

ସେ ନିଜକୁ ଉଠାଇଲା ଏକ ଅସ୍ୱସ୍ତ ଦୀର୍ଘଶ୍ୱାସର ସହ ଆଉ ପୁଣି ଥରେ ସ୍ତୁଡିଓ ଚଟାଣ ଅତିକ୍ରମ କଲା କାମ ତାମିଲ ପାଇଁ, ପ୍ରଥମେ ଗଲା ରୋଷେଇଘର ଆଉ ତାପରେ ଦାଣ୍ଡ ଦୁଆର । ସେ ଯେତେବେଳେ ଫେରି ଆସିଲା ମୁଁ ଦେଖିଲି ତା ମୁହଁରେ ପୁଣି ଆଗ୍ରହ ଆଉ କାମନା ଉକୁଟି ଉଠିଛି, ଆଉ ମୁଁ ଭାବିଲି ମୁଁ ଯଦି ମୋର ଏଇ ନିଷ୍ଠୁର ଖେଳ ଆଉ ଅଧିକ ଖେଳିବି, ତେବେ ମୁଁ ତାକୁ ଆଉ ବୋଧେ ଦ୍ୱିତୀୟ ଥର ଦେଖିବାକୁ ପାଇବି ନାହିଁ । ଏଇଟା ତା'ର ପ୍ରେମ । ମୁଁ ନିଜକୁ ନିଜେ କହିଲି । କେବଳ ଏହି ପ୍ରକାରର ଦୈହିକ ପ୍ରେମ ପାଇଁ ହିଁ ସେ ସକ୍ଷମ ଆଉ ମୁଁ ତା'ର ସେଇ ପ୍ରେମକୁ ପ୍ରାୟ ହତ୍ୟା କରିବା ଉପରେ । କିନ୍ତୁ ଯେତେବେଳେ ସେ ଆସି ପୁଣି ମୋ ପାଖରେ ଶୋଇ ପଡ଼ିଲା, ମୋ ପାଟିରୁ ଅକସ୍ମାତ୍ ବାହାରି ପଡ଼ିଲା, "ମୁଁ ଦୁଃଖିତ, କିନ୍ତୁ ତୁମକୁ ଆଉ ଥରେ ଉଠିବାକୁ ପଡ଼ିବ । ମୋର ଆସଟ୍ରେଟା ଦରକାର । ସିଗାରେଟ ପାଉଁଶକୁ ଚଟାଣ ଉପରେ ଏଣେତେଣେ ଫୋପାଡ଼ିବା ମତେ ଭଲ ଲାଗେ ନାହିଁ ।"

ମୋର ଅତିକ୍ରାନ୍ତ କୈଶୋରରେ ବିରାଡ଼ି କରିଥିବା କାମର ଠିକ ଓଲଟା ହିଁ କରି ବସିଲା ସେସିଲିଆ ଏଥର । ବିରାଡ଼ି ଆପଣାକୁ ବ୍ୟକ୍ତ କରିଥିଲା ଏକ ମାନବସୁଲଭ, ବିରୂପସମ୍ମତ ଏବଂ ଯାହାକି ମୁଁ କହିବି ପ୍ରାୟ ଧର୍ମାନୁମୋଦିତ ଭଙ୍ଗୀରେ । ମୁଁ ତାକୁ ଦେଇଥିବା ଯନ୍ତ୍ରଣା ତାକୁ ଏକ ମାନବ ପର୍ଯ୍ୟାୟକୁ ଉନ୍ନୀତ କରାଇଥିଲା । ସେସିଲିଆ ସେଇ ସମାନ ନିଷ୍ଠୁରତାର ପରିପ୍ରେକ୍ଷୀରେ ଏକ ପଶୁସୁଲଭ ବିକଳ ଭାବଭଙ୍ଗୀ ପ୍ରଦର୍ଶିତ କଲା ଯାହାକି ଏକାଧାରରେ ଥିଲା ନୀରବ ଓ ହୃଦୟସ୍ପର୍ଶୀ । ମୁଁ କହିଥିବା ଅନୁସାରେ ଡିଭାନରୁ ଉଠି କାମଟି କରିଦେବା ପରିବର୍ତ୍ତେ

ସେ ମୋ ଆଡ଼କୁ ଆଉରି ଲାଗି ଆସିଲା ଏବଂ ତା ହାତ ଆଉ ଗୋଡ଼ରେ ମତେ କୁଣ୍ଢେଇ ଜାକି ଧରିଲା । ଯେମିତିକି ନୀରବରେ, ଏକ ମୂକ ପଶୁ ଭଳି, ସେ ମତେ ଅନୁରୋଧ କରୁଥିଲା ତାକୁ ଆଉ ଅଧିକ ଯନ୍ତ୍ରଣା ନ ଦେବା ପାଇଁ, ଯୋଉ କାରଣରୁ ମୁଁ ଦଉଥାଏ ନା କାହିଁକି, ଯୋଉ ଆନନ୍ଦ ପାଇବା ଲୋଭରେ ଦେଉ ଥାଏନା କାହିଁକି, ମୁଁ ସେଇ ଯନ୍ତ୍ରଣା । ବହୁଦିନ ତଳର ଠିକ ସେଇ ବିରାଡ଼ିର ପଶୁସୁଲଭ ମ୍ୟାଉଁ, ତା'ର ମାନବିକ ଓ ଯୁକ୍ତିସଙ୍ଗତ ଆବେଦନରେ ଯେଉଁଭଳି ଫଳପ୍ରସୂ ହୋଇଥିଲା; ସେସିଲିଆର ସେଇ ଆଲିଙ୍ଗନ, ଯହିଁରେ ଫୁଟି ଉଠିଥିଲା ତା'ର ବିଷାଦ, ଅବମାନନା ଆଉ ଅନୁନୟ, ଠିକ ସେଇଭଳି ଫଳପ୍ରସୂ ହେଲା । ହଠାତ୍ ମୁଁ ମୋ ନିଷ୍ଠୁରତାରେ ଲଜ୍ଜିତ ହୋଇ ପଡ଼ିଲି, ସେଇ ନିଷ୍ଠୁରତା ଯାହା ଆଉ ଜଣେ ମଣିଷକୁ ଯନ୍ତ୍ରଣାଦଗ୍ଧ କରି ବାସ୍ତବତାର ପ୍ରମାଣ ଖୋଜୁଥିଲା । ଏବଂ ମୋର ସେଇ ମୂଲ୍ୟହୀନ ଅନୁରୋଧକୁ ଆଉ ଆଗେଇବାକୁ ନ ଦେଇ ମୁଁ ନିବିଡ଼ ପରିଶୀଳନରେ ସେସିଲିଆକୁ ବାନ୍ଧି ରଖିଲି । ତତ୍‌କ୍ଷଣାତ୍ ତା'ର ଶରୀର ଭିନ୍ନ ଏକ ଭଙ୍ଗୀର ଆଶ୍ଲେଷରେ ମୋ ଅଙ୍ଗରେ ଜଡ଼ିଗଲା, ଯେମିତିକି କେବଳ ଏଇ ସଂକେତ ପାଇଁ ସେ ଅପେକ୍ଷା କରି ରହିଥିଲା । ତା'ର ଆଶ୍ଲେଷରେ ଆଉ ନ ଥିଲା ଅନୁନୟ, ଥିଲା ଏକ ଉତ୍କଣ୍ଠା । ତା'ର ଜଘନର ତୀବ୍ର, ଅଧୈର୍ଯ୍ୟ ଆଘାତ ମତେ ତା'ର କେଳି ପାଇଁ ପ୍ରସ୍ତୁତି ସମ୍ପର୍କରେ ସୂଚନା ଦେଉଥିଲା । ଆଉ ମୁଁ ଭାବିଲି, ବୋରିୟତରୁ ନୁହେଁ ଆମୋଦରେ, 'ଏଥର ତା'ର ଖାଇବା ଆରମ୍ଭ ହେଲା' ।

ସେଇ ଦିନଠାରୁ ନିଷ୍ଠୁରତା ପ୍ରତି ମୋର ଏକ ବିତୃଷ୍ଣା ଜାତ ହେଲା ଯାହାକି ସେସିଲିଆ ସହିତ ମୋର କ୍ରମଶଃ ତୁଟି ଯାଉଥିବା ସମ୍ପର୍କ ବିଷୟରେ ସୃଷ୍ଟ ଥିଲା । ଏହି ବିତୃଷ୍ଣା ସହ ଏକାଦିକ୍ରମେ ସୃଷ୍ଟି ହୋଇଥିଲା ଭୟ, କାଲେ ଭବିଷ୍ୟତରେ ଏଇ ଭଳି ବା ଏହା ଠାରୁ ଅଧିକ ଭୟଙ୍କର, ଅପୂରଣୀୟ ଓ ଲଜ୍ଜାଜନକ କୌଣସି ନିଷ୍ଠୁର ଅପକାର୍ଯ୍ୟ ମୁଁ କରି ବସିବି, ସେହି ଭୟ ମତେ ଗ୍ରାସ କରି ଯାଇଥିଲା । ମୁଁ ବୁଝି ପାରୁଥିଲି ମୋର ଏହି ନିଷ୍ଠୁର ଆଚରଣ ଥିଲା ଏକ ପ୍ରାରମ୍ଭ ମାତ୍ର । ଯଦି ସେସିଲିଆ ସହ ମୋର ସମ୍ପର୍କରେ ଏହିଭଳି ବୋରିୟତ ଜାରି ରହେ, ତେବେ ତା ଫଳାଫଳରେ ଅନ୍ୟର ଯନ୍ତ୍ରଣାରୁ ଆନନ୍ଦ ପାଇବା ଭଳି ବିଷାଦବାଦୀ ବିକୃତିର ମୁଁ ଶିକାର ହୋଇ ପଡ଼ିବି । କାରଣ, ସେସିଲିଆ ସହ ସମ୍ପର୍କ ଯୋଡ଼ିବାର ବାଧବାଧକତା

ମତେ ଠିକ ସେଇ ଦିଗରେ ହିଁ ଠେଲି ନେଉଥିଲା। ସେସିଲିଆର ସେହି ପଶୁସୁଲଭ ଅନୁନୟପୂର୍ଣ୍ଣ, ହୃଦୟସ୍ପର୍ଶୀ ଆଲିଙ୍ଗନ ମୋର ନିଷ୍ଠୁର ଖେଳ ଉପରେ ଯବନିକା ଟାଣି ଦେଇଥିଲା ସତ, କିନ୍ତୁ ମୁଁ ବୁଝିଥିଲି ଯେ ଏଥିରେ ଭଳିଯିବା ମୋର ଉଚିତ ହେବ ନାହିଁ। ବାସ୍ତବରେ ମୁଁ ତାକୁ ସେଦିନ ଯନ୍ତ୍ରଣା ଦେବାରୁ ବିରତ ହେବାର ଏଇ କାରଣ ନ ଥିଲା ଯେ ମୁଁ ତା ପ୍ରତି ଦୟା ବା ମୋର କାର୍ଯ୍ୟରେ ଲଜ୍ଜା ଅନୁଭବ କରୁଥିଲି। ବରଂ ତା ଆଶ୍ଳେଷ ଭିତରେ ସେ ସ୍ୱୀକାର କରିଥିଲା ଯେ ସେ ଯନ୍ତ୍ରଣା ପାଉଥିଲା ଆଉ ତା'ର ସେଇ ସ୍ୱୀକାରୋକ୍ତି ହିଁ ମୁଁ ତାଠାରୁ ଆଦାୟ କରିବାକୁ ଚାହୁଁଥିଲି। ତା'ର ସେଇ ଯନ୍ତ୍ରଣାଦଗ୍ଧ ହେବାର ଦୃଶ୍ୟ ହିଁ ତାକୁ ମୋ ପାଇଁ ବାସ୍ତବ କରିଦେଲା ଓ ମୋର ବୋରିୟାତକୁ ଅପନୀତ କରିଥିଲା। କିନ୍ତୁ ସେହି ପ୍ରକ୍ରିୟା ମଧ୍ୟରେ ଧୀରେ ଧୀରେ ମୋର ଚେତନା ଜଡ଼ୀଭୂତ ହେଉଥିଲା ଆଉ ମୁଁ ବିଷାଦବାଦୀ ବିକୃତିର କ୍ରମଶଃ ଶିକାର ହୋଇ ଚାଲିଥିଲି। ଅର୍ଥାତ୍ ବୋରିୟାତ ପରିଣତ ହେଉଥିଲା ଏକ ନୃଶଂସ ଯାନ୍ତ୍ରିକ ପ୍ରକ୍ରିୟାରେ। ବୋରିୟାତ ମୋ ହୃଦୟରେ ଭୟ ଉଦ୍ରେକ କରାଉଥିଲା, ଆମ୍ଲାନୀ ନୁହେଁ; କାରଣ ବୋରିୟାତ ଭିତରେ ଥାଏ ଏକପ୍ରକାର ଅକୃତ୍ରିମ ଅଖଲାପଣ ଓ ଅପରିହାର୍ଯ୍ୟତା। କିନ୍ତୁ ଅପରପକ୍ଷରେ ବିଷାଦବାଦୀ ବିକୃତିରେ ଲୁଚି ରହିଥାଏ ଏକ କୈତବ, ଯେଉଁଥିପାଇଁ କି ମୁଁ ଏହାକୁ ଘୃଣାକରୁଥିଲି। (ଏହି ବିକୃତିର ଶିକାର ହୋଇଥିବା ଲୋକଟି ଦାବୀ କରୁଥାଏ ଯେ, ସିଏ ପୀଡ଼ିତ ବ୍ୟକ୍ତିକୁ କୌଣସି ଯୁକ୍ତିଯୁକ୍ତ କାରଣରୁ ଦଣ୍ଡ ଦେଉଛି, କିନ୍ତୁ ବାସ୍ତବରେ ଦଣ୍ଡ ଦ୍ୱାରା ସେ ପୀଡ଼ିତ ବ୍ୟକ୍ତି ଛଟପଟ ହେଉଥିବା ଦେଖି ସେଥିରୁ ସେ ତୃପ୍ତି ଆହରଣ କରୁଥାଏ।) ଏବଂ ଏହି ବିକୃତି ମତେ ଦେଉଥିବା ବିଶୁଦ୍ଧ ଉତ୍ତେଜନା ପାଇଁ, କେବଳ ସେଇ କାରଣରୁ ହିଁ ତାହା ଥିଲା ଏଡ଼େ ଦୂଷିତ, ମୁଁ ତାକୁ ଘୃଣା କରୁଥିଲି। ସେହି ଉତ୍ତେଜନା ପରିଶେଷରେ ସମସ୍ତ କୈତବର କଲଙ୍କ ହଟାଇ, ନିଜକୁ ଉନ୍ମୁକ୍ତ କରୁଥିଲା ରତିକ୍ରିୟାର ତୀବ୍ର ଉଦ୍ଦାମତା ମଧ୍ୟରେ। ଅର୍ଥାତ୍ ଏହି ବିକୃତି ମୋ ପାଇଁକି ଧୀରେ ଧୀରେ ଏକ ନିଶାରେ ପରିଣତ ହୋଇ ପଡ଼ୁଥିବା ଭଳି ମତେ ଜଣା ପଡ଼ୁଥିଲା।

ସୌଭାଗ୍ୟବଶତଃ, ମୁଁ ସ୍ୱଭାବରେ ନିଷ୍ଠୁର ନ ଥିଲି, ମୋ ନିଷ୍ଠୁରତାର ସେଇ ଆଦିପର୍ବ ହିଁ ଥିଲା ଅନ୍ତିମ। ଅପର ପକ୍ଷରେ ମୁଁ ଭାବିଲି ଯେ ବେଶ୍ କିଛି ଡେରି ହୋଇଯିବା ପୂର୍ବରୁ ହିଁ ସେସିଲିଆ ସହିତ ମୋର ସମସ୍ତ ସମ୍ପର୍କ ତୁଟାଇ ଦେବା ଉଚିତ ହେବ। ଏଭଳି କରିବାରେ ମୁଁ ବଡ଼ ଦୁଃଖିତ ଅନୁଭବ କରୁଥିଲି। ଅବଶ୍ୟ ମୁଁ

ଯେ କିଛି ହରାଇ ବସୁଛି ଏହି ଧାରଣାର ବଶବର୍ତ୍ତୀ ହୋଇ ମୁଁ ଦୁଃଖିତ ଅନୁଭବ କରୁଥିଲି ତା ନୁହେଁ। କାରଣ ତାକୁ ଭଲ ପାଏନା ବୋଲି ସେ ପର୍ଯ୍ୟନ୍ତ ନିଜକୁ ନିଜେ ମୁଁ ଠକାଇ ରଖିଥିଲି। ମୁଁ କିନ୍ତୁ ଦୁଃଖିତ ଅନୁଭବ କରୁଥିଲି ସେସିଲିଆ ପାଇଁ। କାରଣ ମୁଁ ଚିନ୍ତା କରୁଥିଲି ଯେ ତା'ର ନିଜସ୍ୱ ନୀରବ ନିର୍ବାକ ଭଙ୍ଗୀରେ ସେ ମତେ ଭଲ ପାଏ। 'ମୁଁ ସେସିଲିଆକୁ ଭଲପାଏନା, ବରଂ ସେ ମତେ ଭଲପାଏ' ଏଭଳି ଚିନ୍ତା କାହିଁକି ମୋ ମନରେ ଦୃଢ଼ ହୋଇ ଯାଇଥିଲା, କହିବା ବଡ଼ କଠିନ। ମୁଁ ଯେତେବେଳେ ରହୁଁଥିଲି, ଯୋଉ ପ୍ରକାରରେ ରହୁଁଥିଲି, ଯେତେ ପରିମାଣ ଓ ଭଙ୍ଗୀରେ ରହୁଁଥିଲି ସେସିଲିଆକୁ ବ୍ୟବହାର କରି ପାରୁଥିଲି; ଅର୍ଥାତ୍ ତା'ର ଶରୀରକୁ ବ୍ୟବହାର କରି ପାରୁଥିଲି। ତେଣୁ ଯେତେଦୂର ଯାଏଁ ମୋ କଥା ପଢ଼ିଛି, ଉଲ୍ଲିଖିତ ବାସ୍ତବତା ମୋ ମନରେ ଏକ ଭ୍ରାନ୍ତି ସୃଷ୍ଟି କରିଥିଲା ଯେ ମୁଁ ସେସିଲିଆକୁ ସମ୍ପୂର୍ଣ୍ଣ ଦଖଲ କରିଛି। ସେସିଲିଆ ସହ ମୋର ସମ୍ପର୍କ ଏଭଳି ନିବିଡ଼ ଓ ପରିପୂର୍ଣ୍ଣ ଯେ ତା ସହିତ ସମ୍ପର୍କର କ୍ରମାନୁବୃଦ୍ଧି ହୋଇ ପଡ଼ିଥିଲା ମୂଲ୍ୟହୀନ ଏବଂ ତାହା ମୋର ହୃଦ୍‌ବୋଧ କରାଇ ଥିଲା ଯେ ମୁଁ ତାକୁ ଭଲପାଏ ନାହିଁ। ଠିକ୍ ସେଇଭଳି ସେସିଲିଆ ମୋର ଏତେ ବାଧ୍ୟ, ବିନୀତ ଓ ଆଜ୍ଞାନୁବର୍ତ୍ତୀ ଥିଲା ଯେ, ସେଥିପାଇଁ ସେ ମୋତେ ଗଭୀରଭାବେ ଭଲପାଏ ବୋଲି ମୋର ହୃଦ୍‌ବୋଧ ହୋଇଥିଲା। ଏହା ଥିଲା ଏକ ନିହାତି ସାଧାରଣ ପୁରୁଷ ସୁଲଭ ଅହଙ୍କାର। ଏବଂ ଏହି ଅହଙ୍କାରର ବଶବର୍ତ୍ତୀ ହୋଇ ମୁଁ ସେସିଲିଆର ଆଜ୍ଞାବହତାକୁ ତା'ର ପ୍ରେମ ବୋଲି ମନେ କରୁଥିଲି। ଅଥଚ ସତ କହିବାକୁ ଗଲେ ମୁଁ ଭାବୁଥିବା ଏହି ପ୍ରେମ ଏତେ ସ୍ୱତଃସ୍ଫୁର୍ତ୍ତ ଓ ଅନୁଚାରିତ ଥିଲା ଯେ, ଏହା ସମ୍ପର୍କରେ ମୁଁ ସତର୍କ ରହିବା ଉଚିତ ହୋଇଥାଆନ୍ତା। ତେଣୁ ଏହିଭଳି ଭାବରେ ମୁଁ ଅନୁଭବ କରୁଥିଲି ଯେ, ଯଦିଚ ସେସିଲିଆ ଠାରୁ ବିଚ୍ଛିନ୍ନ ହେବା ଫଳରେ ମୋର ବୋରିୟତ ଉପଶମ ହେବ ଓ ମୁଁ ସନ୍ତୋଷ ଫେରି ପାଇବି, କିନ୍ତୁ ତା ପ୍ରତିବଦଲରେ ସେସିଲିଆ ଯନ୍ତ୍ରଣା ପାଇବ ଏବଂ ସେଇ କାରଣରୁ ମୁଁ ଏହି ଅନିବାର୍ଯ୍ୟ ବିଚ୍ଛେଦକୁ ଦିନ ପରେ ଦିନ ଗଡ଼ାଇ ରଖିଥିଲି। ମୁଁ କେବଳ ଗୋଟିଏ ସୁଯୋଗ ଖୋଜୁଥିଲି ଯାହାଦ୍ୱାରା କି ମୁଁ ନିଜକୁ ସେସିଲିଆ ଠାରୁ ଦୂରେଇ ନେବି କିନ୍ତୁ ତା' ପାଇଁ ଏହି ବିଚ୍ଛେଦଜନିତ ଦୁଃଖ ଯେତେ ସମ୍ଭବ କମ୍ ମର୍ମାନ୍ତିକ ହେବ।

<hr>

ଚତୁର୍ଥ ପରିଚ୍ଛେଦ

ଯୋଉଦିନ ଉଲ୍ଲିଖିତ ନିଷ୍ଠୁର ଆଚରଣ ମୋ ବ୍ୟବହାରରେ ପ୍ରକାଶ ପାଇଥିଲା, ସେସିଲିଆ ସହିତ ସମ୍ପର୍କ ଛିନ୍ନ କରିବାକୁ ମୁଁ ସେଇଦିନ ହିଁ ନିଷ୍ପତ୍ତି ନେଇଥିଲି। ସେସିଲିଆ ମୋ ଠାରୁ ବିଦାୟ ନେଇ ଯିବାର ପରେ ପରେ ମୁଁ ହଠାତ୍ ଏଇ ନିଷ୍ପତ୍ତି ଗ୍ରହଣ କରିଥିଲି। ହେଲେ, ପୂର୍ବରୁ ମୁଁ କହିଥିବା ମତେ, କିଛି ସପ୍ତାହ ଅତିକ୍ରାନ୍ତ ହେବା ପର୍ଯ୍ୟନ୍ତ ମୁଁ ଅଟକି ଗଲି, ଯେମିତିକି ଏ ବିଚ୍ଛେଦ ପାଇଁ ଉଚିତ କୈଫିୟତଟିଏ ଦେଇ ହେବ। ଏ ସମସ୍ତ ସଙ୍ଗେ, ମୁଁ କେବେ ବି ଏଭଳି ତିକ୍ତ ବୋରିୟାତର ଶିକାର ହୋଇ ନ ଥିଲି, ଯାହା ଏ ସମୟରେ ସମ୍ଭବ ହୋଇଥିଲା। ମତେ ଲାଗୁଥିଲା ବୋରିୟାତ ଯେମିତି ସେଇ ସ୍ୱୈରିଣୀ ସେସିଲିଆ ଭାବରେ ରକ୍ତମାଂସର ରୂପ ନେଇ ମୋର ଆଖି ଆଗରେ ଠିଆ ହୋଇଛି। ମୋର ମନେ ପଡୁଛି, ଯେତେବେଳେ ଆଧ୍ୟାୟକ ଘଣ୍ଟିଟି ସେଇ ନିର୍ଦ୍ଦିଷ୍ଟ ସୁପରିଚିତ ଅନିଚ୍ଛୁକ ଭଙ୍ଗୀରେ କିୟତକ୍ଷଣ ପାଇଁ ମାତ୍ର ବାଜିଉଠେ, ଏକ ଅସହଣୀୟ ଧୈର୍ଯ୍ୟର ସହିତ ତାକୁ ବରଦାସ୍ତ କରିବାକୁ ଯାଇ ମୋର ଦୀର୍ଘଶ୍ୱାସଟିଏ ବାହାରି ଆସେ। ଆଉ ତାପରେ ଯେତେବେଳେ ସେସିଲିଆ ଷ୍ଟୁଡିଓ ମଧ୍ୟରେ ପ୍ରବେଶ କରେ, ମୋତେ ଲାଗେ ଯେମିତି ସବୁକିଛି ନିମଜ୍ଜିତ ହୋଇ ଯାଇଛି ଏକ ନିରୁତ୍ସାହଜନକ, ଅପରିମିତ କ୍ଲାନ୍ତିରେ; ଯେଉଁ ଜଡ଼ତା ମଧ୍ୟରୁ ପୁନରୁତ୍ଥାନ ଆଉ କୌଣସି ମତେ ବି ସମ୍ଭବ ନୁହେଁ। ସେ ତା'ର ଶରୀରକୁ ଅନାବରଣ କରିବାର ଦୃଶ୍ୟ, ତା'ର ଚୁମ୍ବନ ଆଉ ସାଦର ସ୍ପର୍ଶ ଏବଂ ଅନ୍ୟାନ୍ୟ ଯୌନ-ଉଦ୍ଦୀପକ କାର୍ଯ୍ୟକଲାପ, ଯେଉଁଥି ପାଇଁ ସେସିଲିଆ କେବେ ବି କାର୍ପଣ୍ୟ କରେ ନାହିଁ; ଏପରିକି ଆମର ରତିକ୍ରିୟା, ଯାହା ପରିଣତ ହୋଇ ପଡ଼ିଥିଲା ଏକ ନିର୍ଦ୍ଦିଷ୍ଟ ଏକତାନିକ କର୍ମବିଧିରେ; ଏବଂ ପରିଶେଷରେ ଚରମତୃପ୍ତିର ଶୀର୍ଷବିନ୍ଦୁରେ ଅପସ୍ମାର ରୋଗୀର ଅଙ୍ଗବିକ୍ଷେପ ଭଳି ସେଇ ଚିରାଚରିତ ଶିହରଣ, କିଛିବି ସଫଳ ହେଉ ନ ଥିଲା ସେଇ କ୍ଲାନ୍ତିକର ଜଡ଼ତାକୁ ଦୂର କରିବା ପାଇଁ। ସେ ଉଲଗ୍ନ ହୋଇଥାଉ ବା ପୋଷାକ ପରିହିତ ରହିଥାଉ, ସୁରତ କାଲରେ ମୋର ତଳେ ରହି

ଉଚ୍ଚନ୍ଦ ଆଲିଙ୍ଗନରେ ମତେ ବନ୍ଦୀ କରିଥାଉ ବା ରତିକ୍ରିୟା ନିସ୍ତବ୍ଧ ହେବା ପରେ ମୋ କଡ଼ରେ ମୂର୍ଚ୍ଛିତ ହେବାଭଳି ପଡ଼ିଥାଉ, ଅଚ୍ଛେଦ୍ୟ ଅନ୍ଧକାର ଭିତରେ ଥାଉ ବା ଦିବସର ପୂର୍ଣ୍ଣ ଆଲୋକ ମଧ୍ୟରେ ଥାଉ, ପ୍ରତିଦିନ ସେସିଲିଆ ମୋ ଦୃଷ୍ଟିରୁ ଅନ୍ଧ ଅନ୍ଧ କରି ତାର ବସ୍ତୁସଭା ହରାଇ ବସୁଥିଲା ଏବଂ ଧୀରେ ଧୀରେ ସେ ହୋଇ ଉଠୁଥିଲା ମୋ ପାଇଁ ଅଧିକରୁ ଅଧିକ ଅପରିଚିତ। ଏବଂ ମୁଁ ରୁହେଁ ନ ଥିଲି ଯେ ମୋର ଆଚରଣରେ ମୁଁ ପୁନର୍ବାର ନିଷ୍ଠୁର ହେବି, ଯଦିଚ ତାହା ସାମୟିକ ଭାବରେ ହେଲେ ମଧ୍ୟ, ନିଃସନ୍ଦେହ ଭାବେ ଆମର ସମ୍ପର୍କକୁ ଦେଇ ପାରନ୍ତା ଏକ ଅସ୍ଥାୟୀ ବାସ୍ତବତା। ସେଇ ହେତୁରୁ ମତେ ସ୍ପଷ୍ଟ ଜଣା ପଡ଼ୁଥିଲା ଯେ, ଏମିତି ଗୋଟିଏ ଦିନ ଆସିବ ଯେତେବେଳେ କି ମୁଁ ସେସିଲିଆ ପ୍ରତି ଏଭଳି ନିଷ୍ଠୁର ବ୍ୟବହାର କରିବି, ଯେପରି କି ସେ ମୋ ପାଇଁ ଏକ ଅବାଞ୍ଛିତ ଦ୍ରବ୍ୟ। ସେତେବେଳେ ତା ସହିତ ମୋର ସେଇ ଘୁଣଖିଆ ସମ୍ପର୍କ କୌଣସି ନ୍ୟାୟ୍ୟ କାରଣ ନ ଥାଇ ମଧ୍ୟ ସ୍ୱୟଂକ୍ରିୟ ଭାବେ ଛିନ୍ନ ହୋଇ ପଡ଼ିବ। ତେଣୁ ଖୁବ ବେଶୀ ଡେରି ହୋଇଯିବା ପୂର୍ବରୁ ହିଁ ମତେ କୌଣସି ବାହାନା ଖୋଜିବାକୁ ପଡ଼ିବ, ଯାହାଦ୍ୱାରା କି କୌଣସି ଅପ୍ରୀତିକର ପରିସ୍ଥିତି ସୃଷ୍ଟି ନ ହୋଇ ମଧ୍ୟ ଆମର ସମ୍ପର୍କ ଛିନ୍ନ ହୋଇ ଯିବ ଓ ଆମେ ପରସ୍ପରଠାରୁ ଅଲଗା ହୋଇ ଯାଇ ପାରିବୁ।

ଦିନେ ସକାଳେ ମୁଁ ଯାଇଥିଲି, ମାୟାଙ୍କୁ ଭେଟିବା ପାଇଁ। ତାଙ୍କ ପାଖରୁ ସେଇ ଯେ ଲୁଚି ପଳାଇ ଆସିଥିଲି, ତା ପରଠାରୁ ତାଙ୍କୁ ଆଉ ମୁଁ ଭେଟି ନ ଥିଲି। ତେଣୁ ମୁଁ ମୋର ସେଇ ପୁରୁଣା ଭଙ୍ଗା କାରରେ ବସି ଭିୟା ଆପିଆର, ସେଇ ରୋମାନ ସଭ୍ୟତା ସମୟର କି ତାଠୁ ବି ଆଉରି ପ୍ରାଚୀନ ସେଇ ପୁରୁଣା ସଡ଼କରେ ଗାଡ଼ି ଚଲାଇଲି। ଗାଡ଼ି ଧରି ସେଇ ପୁରାତନ ରାସ୍ତାରେ ଘୁରି ବୁଲିବା ଏବେ ଧନୀ ଲୋକ ମାନଙ୍କର ଏକ ସଉକରେ ପରିଣତ ହେଇଚି। ଲତାଗୁଲ୍ମ ଆଚ୍ଛାଦିତ ଜୀର୍ଣ୍ଣ ପ୍ରାଚୀର, ବୃକ୍ଷବାଟିକା ମଧ୍ୟରେ ଈଷତ୍ ଦୃଶ୍ୟ ହେଉଥିବା ହର୍ମ୍ୟ ଆଉ ତା'ର ବିଶାଳ ଲୌହଫାଟକ, ସାଇପ୍ରେସ ବୀଥିକା ମଧ୍ୟରେ କାହିଁ କାହିଁ ନିଃସଙ୍ଗ ପାଇନ୍, ଶାଦ୍ୱଳ ତଟଭୂମି ଆଉ ଭଗ୍ନ ଗୃହ ମାନଙ୍କର ଲାଲ ଇଟାର ଧ୍ୱଂସାବଶେଷ ମଧ୍ୟରେ ଖଣ୍ଡ ଖଣ୍ଡ ଶ୍ୱେତ ମାର୍ବଲ, ଏସବୁକୁ ଅତିକ୍ରମ କରି ମୁଁ ପରିଶେଷରେ ମାୟାଙ୍କ ଭିଲ୍ଲାର ପ୍ରବେଶପଥର ଦୁଇ ସ୍ତମ୍ଭ ମଧ୍ୟକୁ ଗାଡ଼ି ବୁଲାଇଲି। ତାପରେ ସେଇ କଙ୍କରିଲ

ସମତଳ ପଥରେ ଗାଡ଼ି ଚଲାଇ ମାଆଙ୍କ ଭିଲ୍ଲାର ଲୋହିତ ହର୍ମ୍ୟ ସମ୍ମୁଖସ୍ଥ ଲରେଲ ଆଉ ହୋମଓକ୍ ପରିବେଷ୍ଟିତ ଖାଲି ଜାଗାଟିରେ ଗାଡ଼ି ଆଣି ରଖିଲି। ଚଷମାପିନ୍ଧା ଧୂର୍ଭ ଚେହେରାର ରୀତା ବୋଲି ଯେଉଁ ପରିଚରିକା ଥିଲା, ସିଏ କିନ୍ତୁ ଏଥର ଆସି ଦୁଆର ଖୋଲିଲା ନାହିଁ। ମୋ ପାଇଁ ଦୁଆର ଖୋଲି ଧରିଲା ଏକ ଗେଡ଼ା ଓ ସ୍ଥୁଳକାୟ ଶରୀର ବିଶିଷ୍ଟ, ଗୀର୍ଜାର କର୍ମଚରୀ ଭଳି ପ୍ରଥୁଲ ଦିଶୁଥିବା, ଚନ୍ଦା ପରିଚରକଟିଏ। ସେ ପିନ୍ଧିଥିଲା ସାଧାରଣତଃ ପରିଚରକମାନେ ପିନ୍ଧୁଥିବା ଡୋରିଆ କୋଟ। 'ସିନ୍ୟୋର ମାରକିଜି' ବୋଲି ସମ୍ବୋଧନ କରି ସିଏ ମତେ ଜଣାଇଦେଲା ଯେ 'ସିନ୍ୟାରା ମାରକେଜା' ଘରେ ଅଛନ୍ତି। ମୋ ପାଇଁ ସମ୍ପୂର୍ଣ୍ଣ ନୂତନ ଏଇ ସମ୍ଭ୍ରାନ୍ତ ଉପାଧିରେ ମୁଁ ହଠାତ୍ ଚକିତ ହୋଇ ପଡ଼ିଲି। ତାପରେ ମାଆଙ୍କ ଅଧ୍ୟୟନ ପ୍ରକୋଷ୍ଠ ମଧ୍ୟକୁ ମୁଁ ପ୍ରବେଶ କଲି। ସେ ବସିଥିଲେ ତାଙ୍କ ନିର୍ଦ୍ଦିଷ୍ଟ ଚୌକିରେ, ଆଉ ଟେ'ବୁଲ ଉପରେ ଥିବା ଲେଜର ବହିରେ ମନୋନିବେଶ କରି ସେ ସେଥିରେ ସମ୍ପୂର୍ଣ୍ଣ ନିମଜ୍ଜିତ ହୋଇ ଯାଇଥିଲେ। ତାଙ୍କ ନାକ ଉପରେ ଥିଲା ତାଙ୍କ ଚଷମା ଆଉ ଲମ୍ବା ସିଗାରେଟ୍ ହୋଲଡରଟିଏ ସେ ଘୁପି ଧରିଥିଲେ ଦାନ୍ତରେ। ତାଙ୍କ ଶୁଷ୍କ ଆଉ ଶୀର୍ଣ୍ଣ ଗଣ୍ଡଦେଶରେ ଚୁମ୍ବନ ଦେବାର ଚିରାଚରିତ ପର୍ବ ପରେ ମୁଁ ତାଙ୍କୁ ପଚରିଲି, "ତୁମର ପରିଚରକ ମତେ ଏଇ ସମ୍ଭ୍ରାନ୍ତ ମାରକିଜି ଉପାଧିରେ ଭୂଷିତ କରିବାର କାରଣ କ'ଣ? ଆଉ ଏଇ ନୂଆ ପରିଚରକଟି ପୁଣି ଆସିଲା କୋଉଠୁ? ରୀତାର କ'ଣ ହେଲା?"

ମୋର ମାଆ ତାଙ୍କ ଚଷମା କାଢ଼ି ତାଙ୍କ ପେଜୁଆ ନୀଳନୟନରେ ମତେ ଚାହିଁଲେ ଗଭୀର ଭାବରେ। କିଛିକ୍ଷଣ ନୀରବ ରହିଲେ ସିଏ। ତାପରେ ଏକ ତିକ୍ତ, ଅପ୍ରୀତିକର ସ୍ୱରରେ ସେ କହିଲେ, "ରୀତା ଭଲ ଝିଅ ନୁହେଁ, ସେଥିପାଇଁ ତାକୁ ବାହାର କରିଦେଲି।"

: "କାଇଁକି? କ'ଣ କଲା ସିଏ?"

: "ଘର ଭିତରେ ଆଉ ଏଇ ଆଖପାଖରେ ଯେତେ ପୁରୁଷ, କୋଉ ଜଣକୁ ବି ସିଏ ଛାଡ଼ିନି", ମାଆ କହିଲେ। "ରତିଉନ୍ମାଦୀ ଦୁଷ୍ଚରିତ୍ରା କୋଉଠିକାର!"

: "ହେ ଭଗବାନ!" ମୁଁ କହିଲି। "କିଏ ଏକଥା ଭାବି ପାରିବ? ସିଏ କେତେ ଗମ୍ଭୀର ଓ ଭଦ୍ର ଜଣାପଡ଼େ।"

ମୋର ମାଆ କିଛି ସମୟ ନୀରବ ରହିଲେ। ଯେମିତିକି ସିଏ ଅପେକ୍ଷା କରିବାକୁ ରଖୁଁଥିଲେ ମୋର ଉତ୍ତେଜନା ଯଥେଷ୍ଟ ପରିମାଣରେ ହ୍ରାସ ପାଇବା ପର୍ଯ୍ୟନ୍ତ, ଯାହା ଫଳରେ କି ସିଏ ଦେଉଥିବା ସୂଚନା ମୁଁ ଗୁରୁତ୍ୱ ସହକାରେ ଗ୍ରହଣ କରିବାକୁ ସମର୍ଥ ହେବି। ତାପରେ ସିଏ କହିଲେ, "ଆଉ ଏଇ ଉପାଧ୍ୟ କଥା ! କିଛି ଦିନ ତଳେ ବଂଶ ପରମ୍ପରା ସମ୍ପର୍କରେ ଗବେଷଣା କରିଥିବା ଜଣେ ବିଶେଷଜ୍ଞ ଆସିଥିଲେ। ସିଏ ମତେ ସୂଚନା ଦେଲେ ଯେ ଆମେ ଏକ ସମ୍ଭ୍ରାନ୍ତ ପରିବାର ବଂଶଧର। ଆମେ ହେଲେ ମାର୍କ୍ୱେସ୍। ପ୍ରାୟ ଏକ ଶତାବ୍ଦୀ ତଳେ କେଜାଣି କାହିଁକି ତୁମ ବାପାଙ୍କ ପରିବାର ଏଇ ଉପାଧ୍ୟ ବ୍ୟବହାର କରିବା ବନ୍ଦ କରିଦେଲେ। ମୁଁ ଏ ସମ୍ପର୍କରେ ବର୍ତ୍ତମାନ ଗବେଷଣା କରାଇବାକୁ ସ୍ଥିର କରିଛି। ତେଣୁ ବହୁତ ଶୀଘ୍ର ଆମେ ଏ ଉପାଧ୍ୟ ବ୍ୟବହାର କରିବାର ଅଧିକାର ପାଇ ପାରିବା। ଯାହା ଆମେ ଉତ୍ତରାଧିକାର ସୂତ୍ରରେ ପାଇଛେ ତାକୁ ବ୍ୟବହାର ନ କରିବାଟା ବଡ଼ ଦୁଃଖର କଥା ନୁହେଁ କି ?"

ମୁଁ କିଛି କହିଲି ନାହିଁ। ମୋ ମାଆଙ୍କର ଅହଂକାରୀ ସ୍ୱଭାବ ବିଷୟରେ ମୁଁ ଜାଣିଥିଲି। ମୁଁ ତେଣୁ ଏଥିରେ ଆଶ୍ଚର୍ଯ୍ୟ ହେଲି ନାହିଁ। କିଛିକ୍ଷଣ ପରେ ସେ ଏକ ଅସନ୍ତୁଷ୍ଟ ସ୍ୱରରେ କହିଲେ, "ତୁମର ଜନ୍ମଦିନରେ, ଯାହାକୁ କହନ୍ତି ହଠାତ୍ ସେଇ ଉଭାନ ହେଇଯିବା ପରଠାରୁ, ତୁମେ ଆଜି ତୁମ ମାଆଙ୍କୁ ପ୍ରଥମଥର ପାଇଁ ଭେଟିବାକୁ ଆସୁଛ, ଏ କଥାଟା ତୁମେ ହୃଦୟଙ୍ଗମ କଲଣି କି ନାଇଁ ମୁଁ ଠିକ୍ ଜାଣି ପାରୁନି।

: "ହଁ ତୁମେ ଠିକ୍ କହୁଛ।" ମୁଁ କହିଲି ଏକ ଯଥେଷ୍ଟ ପରିମାଣରେ ଅନୁତପ୍ତ ସ୍ୱରରେ। "ମୋର ବହୁତ କାମ ଥିଲା କରିବାକୁ।"

: "ତୁମେ ପୁଣି ଚିତ୍ରରଞ୍ଜନ ଆରମ୍ଭ କଲଣି କି ?" ସେ ପଚାରିଲେ।

: "ରଙ୍ଗସାଜୀ ? ନା। ସେ କଥା ଛାଡ଼।" ମୁଁ କହିଲି। "ମୁଁ ଅନ୍ୟାନ୍ୟ କାମରେ ବ୍ୟସ୍ତ ଥିଲି।"

: "ମୁଁ ତୁମର ରଙ୍ଗସାଜୀ ନେଇ ବ୍ୟସ୍ତ ନୁହେଁ। ବ୍ୟକ୍ତିଗତ ଭାବରେ ବରଂ ତୁମେ ସେଥିରେ ନିମଜ୍ଜିତ ରହିବା ମୁଁ ବେଶୀ ପସନ୍ଦ କରିବି।"

: "କାଇଁକି ?"

: “ତାହେଲେ ତୁମେ ଝିଅମାନଙ୍କ ସମ୍ପର୍କରେ ଟିକେ କମ୍ ଭାବିବ”, ମୋର ମାଆ କହିଲେ ଅପ୍ରତ୍ୟାଶିତ ଭାବରେ ନିତାନ୍ତ ରୂଢ଼ ସ୍ୱରରେ । ତାପରେ ମୋର ମୁହଁକୁ ଚାହିଁ ସେ କହିଲେ, “ତୁମେ କ’ଣ ଭାବୁଛ ଏ ମଣିଷଟା କିଛି ଦେଖୁନି ?”

: “କ’ଣ ଦେଖୁଛ ତୁମେ ? ମୁଁ କିଛି ବୁଝି ପାରୁ ନାହିଁ ।”

ମୋର ମାଆ ମୋର ଏହି କଥାର କୌଣସି ସିଧା ଉତ୍ତର ଦେଲେ ନାଇଁ । “ତୁମେ ଜାଣିଛ ତୁମେ କିଭଳି ଭୟଙ୍କର ଭାବେ କ୍ଲାନ୍ତ ଓ ନିର୍ଜୀବ ଦିଶୁଚ ?” ସିଏ ପଚରିଲେ ।

ମୁଁ ବାସ୍ତବରେ ଜାଣିଥିଲି । ଗତ ଦୁଇମାସ ଧରି ମାତ୍ରାତିରିକ୍ତ ଯୌନ ସଙ୍ଗମ ମୋ ସ୍ୱାସ୍ଥ୍ୟ ଉପରେ ପ୍ରତିକୂଳ ପ୍ରଭାବ ପକାଇ ଥିଲା । ଆଉ, ସବୁଠୁ ବଡ଼ କଥା ହେଲା, ମୈଥୁନ ଛାଡ଼ିଦେଲେ ମୁଁ ଆଉ ଅନ୍ୟ କିଛି ହିଁ କରୁ ନ ଥିଲି । ସେସିଲିଆର ରତି ରଭସରେ ମୁଁ ସମ୍ପୂର୍ଣ୍ଣଭାବେ ନିମଜ୍ଜିତ ହୋଇ ପଡ଼ିଥିଲି । “ହେଇଥବ”, ମୁଁ କହିଲି । “ହେଲେ ମୁଁ ନିଜକୁ ପୁରା ସୁସ୍ଥ ଅନୁଭବ କରୁଛି ।”

: “ମୋ ମତରେ ତୁମର ବିଶ୍ରାମ ଆବଶ୍ୟକ । ବାହାରକୁ ବାହାର, ଖୋଲା ପବନରେ ବୁଲ, ବ୍ୟାୟାମ କର । ତୁମେ ମାସେ ଦୁଇମାସ ପାଇଁ କୌଣସି ଶୈଳନିବାସକୁ ବୁଲି ଯାଉନା କାହିଁକି ? ଏଇ ଯେମିତି କୌଣସି ପାହାଡ଼....।”

: “ସେଗୁଡ଼ାକ ବୁଲି ଯିବା ପାଇଁ ଟଙ୍କା ଦରକାର । ଆଉ ମୋ ପାଖରେ ଧନ ନାହିଁ ।”

ମୋ ଦାରିଦ୍ର୍ୟ ସ୍ୱେଚ୍ଛା-ପ୍ରଣୋଦିତ ଏବଂ ବାସ୍ତବରେ ଏହା ଏକ ପ୍ରକାରର କୃତ୍ରିମ ଓ କାଳ୍ପନିକ ଦାରିଦ୍ର୍ୟ । ତେଣୁ ମୁଁ ଯେତେବେଳେ ବି ମୋ ଦାରିଦ୍ର୍ୟ ସମ୍ପର୍କରେ କିଛି କହେ, ମୋର ମାଆ ପ୍ରତ୍ୟେକ ଥର ବଡ଼ କ୍ଷୁବ୍ଧ ଓ ବ୍ୟତିବ୍ୟସ୍ତ ହୋଇ ପଡ଼ନ୍ତି । ଯେମିତିକି ଏହା ବେଶ୍ ଦୁର୍ବୋଧ, ଜଟିଳ ଏବଂ ମୂଳତଃ ଅନୈତିକ ଏକ ଓଜର ଆପତ୍ତି । ଏଥର ମଧ୍ୟ ସେଇଆ ହେଲା । “ଟିନୋ, ତୁମର ଏଭଳି କହିବାଟା ଉଚିତ୍ ହେଉ ନାହିଁ” ସେ କହିଲେ ।

: “କାହିଁକି ନୁହେଁ ? ମାସ ମାତ୍ର ଅଧା ହେଇଛି, କିନ୍ତୁ ମୋର ମାସିକ ଭତ୍ତାରୁ ଆଉ ଚାଳିଶ ହଜାର କେବଳ ବଳିଛି ।”

: "କିନ୍ତୁ ଡିନୋ ତୁମର ଅର୍ଥ ଅଭାବର କାରଣ ଏହି କି ଯେ ତୁମେ ଧନ ରଖୁନ। ତୁମେ ଧନୀ ଡିନୋ, ତୁମେ ବହୁତ ବହୁତ ଧନୀ। ଆଉ ତୁମର ଏହି ଦରିଦ୍ର ଅଭିନୟର କିଛି ଅର୍ଥ ନାହିଁ। ତୁମେ ଧନୀ, ଆଉ ତୁମେ ଯାହା କଲେ ବି ଧନୀ ହୋଇ ରହିବ।"

ଠିକ୍ ଏଇ କଥା ହିଁ ମୁଁ ସବୁବେଳେ ଭାବେ ଏବଂ ଏଥିରେ ଅନ୍ତର୍ନିହିତ ସତ୍ୟତା ମୋର ଶୈକ୍ଷିକ ଉତ୍କରତା ସମ୍ପର୍କରେ ମତେ ସଚେତନ କରାଇଦିଏ। ତେଣୁ କଥାର ପ୍ରତିଟି ପଦ ଉପରେ ଗୁରୁତ୍ୱ ଦେଇ ମୁଁ ଉତ୍ତର ଦେଲି, "ଯଦି ତୁମେ ରୁହଁ ଯେ ମୁଁ ତୁମକୁ ଭେଟିବାକୁ ଆସିବି, ତେବେ ଦୟାକରି ମୁଁ ଧନୀ ବୋଲି ମତେ ଚେତାଇ ଦିଅ ନାହିଁ। ଏ କଥା ବୁଝି ପାରୁଛ କି?"

: "କିନ୍ତୁ କାହିଁକି? ଏଇଟା କ'ଣ ସତ ନୁହେଁ?"

: "ହଁ ସତ। କିନ୍ତୁ ଏହା ଏଭଳି ଏକ ସତ ଯାହା ମତେ ବିଷାଦଗ୍ରସ୍ତ କରାଇଦିଏ....ମୋ ମନରେ ଅବସାଦ ଭରିଦିଏ।"

: "କିନ୍ତୁ ତୁମକୁ ଏହା ବିଷାଦଗ୍ରସ୍ତ କରାଏ କାହିଁକି? ଥରେ ଭାବ ନା, ତୁମ ଜାଗାରେ ରହିବା ପାଇଁ କେତେ ଲୋକ ହାଇଁପାଇଁ ହେବେ। ମୋର ଗେହ୍ଲା ଧନଟା କହିଲ, ଯାହା ଅନ୍ୟ କାହାକୁ ବି ଖୁସି କରିବ, ତୁମ ପାଇଁ କାହିଁକି ତା ଅବସାଦ ଆଣେ?"

ମୋର ମାଆଙ୍କ ସ୍ୱରରେ ବାସ୍ତବରେ ପୀଡ଼ା ଓ ବେଦନା ଫୁଟି ଉଠିଥିଲା। ଆଉ ମୋ ହୃଦୟରେ ତାହା ହଠାତ୍ ବିରକ୍ତି ଓ କ୍ଲାନ୍ତିର ମିଶ୍ରିତ ଅନୁଭୂତି ସୃଷ୍ଟି କଲା। "କିଛି ଲୋକ ଅଛନ୍ତି", ମୁଁ କହିଲି, "ଯେଉଁମାନଙ୍କର ଷ୍ଟ୍ରବେରୀ ଆଲର୍ଜି ହୁଏ। ସେମାନେ ଷ୍ଟ୍ରବେରୀ ଖାଇଲେ ଦେହସାରା ଲାଲ ଲାଲ ହୋଇ ଫଲି ଯାଏ। ସେମିତି ମୋର ଟଙ୍କା ପାଇଁ ଆଲର୍ଜି। ଟଙ୍କା ପଇସା କଥା ପଡ଼ିଲେ ମୁଁ ଲଜ୍ଜାରେ ପାଟଲି ଯାଏ।"

କିଛି କ୍ଷଣ ନୀରବତା ଛାଇଗଲା। ତାପରେ ମୋର ମାଆ ସୌହାର୍ଦ୍ୟର ସ୍ୱରରେ ଆରମ୍ଭ କଲେ, "ଠିକ୍ ଅଛି ତାହେଲେ, ତୁମେ ଜଣେ ଦରିଦ୍ର ବ୍ୟକ୍ତି। କିନ୍ତୁ ତୁମେ ଦରିଦ୍ର ହେଲେ ମଧ୍ୟ ତୁମ ମାଆ ତ ଧନୀ। ଅନ୍ତତଃ ପକ୍ଷେ ତୁମେ ଏ କଥା ତ ସ୍ୱୀକାର କରିବ।"

: "ସେଉଠୁ କ'ଣ ହେଲା?"

: "ତୁମର ମାଆ ତୁମକୁ ଯେ କୌଣସି ଶୈଳନିବାସରେ ଛୁଟି କାଟିବା ପାଇଁ ଆବଶ୍ୟକ ଅର୍ଥ ଦେଇ ପାରିବେ, ଏମିତି ଧର କୋର୍ଟିନା ଡି ଆମ୍ପେଜୋକୁ ବି ତୁମେ ଯାଇ ପାରିବ।"

ମୋର ମାଆଙ୍କ ପାରମ୍ପରିକ ଉପଦେଶ ଯେ ମୁଁ କୋର୍ଟିନା ଡି ଆମ୍ପେଜୋରେ ଶୀତ, ଲାଡୋରେ ଗ୍ରୀଷ୍ମ ଆଉ ରିଭେରିୟାରେ ବସନ୍ତ କାଟିବା ଉଚିତ୍। ତେଣୁ ତାଙ୍କର ସେଇ ବେଶ୍ ଅନୁମେୟ ଉପଦେଶ ଆରମ୍ଭ ହେବାରେ ମୁଁ ଭର୍ତ୍ସନାର ସ୍ୱରରେ ଚିତ୍କାର କରିବାକୁ ଯାଉ ଯାଉ ରହିଗଲି। ହଠାତ୍ ମୁଁ ହୃଦୟଙ୍ଗମ କଲି ଯେ ସେସିଲିଆ ଠାରୁ ବିଚ୍ଛିନ୍ନ ହେବା ପାଇଁ ମୁଁ ଯେଉଁ ବାହାନା ଆବଶ୍ୟକ କରୁଥିଲି, ମୋର ମାଆ ତାଙ୍କ ଅଜାଣତରେ ମତେ ତାହା ଯୋଗାଇ ଦେଉଛନ୍ତି। କୋର୍ଟିନାରେ ରହିବା ପାଇଁ ଆବଶ୍ୟକ ପରିମାଣର ମୁଦ୍ରା ଦେବା ପାଇଁ ମୁଁ ତାଙ୍କୁ ବାଧ୍ୟ କରିବି, ଆଉ ସେଇ ଅର୍ଥରେ ସେସିଲିଆ ପାଇଁ ମୁଁ ଏକ ଉପହାର କିଣିବି, ଆଉ ଉପହାର ଦେବା ଦିନ ହିଁ ତାକୁ ଜଣାଇଦେବି ଯେ ମୁଁ ମାଆଙ୍କ ସହ ଶୈଳନିବାସକୁ ଛୁଟି କାଟିବା ପାଇଁ ଯାଉଛି। ବିଦାୟର ବେଦନାକୁ ଉପହାର ହ୍ରାସ କରିଦେବ, ତାପରେ ବି ମୁଁ ତାକୁ ବୁଝାଇ ଦେବି ଯେ ଏ ବିଚ୍ଛେଦ କେବଳ ସାମୟିକ। ପରେ ଅବଶ୍ୟ ମୁଁ ସେସିଲିଆକୁ ପତ୍ର ଲେଖି ତାଠାରୁ ସ୍ଥାୟୀ ଭାବରେ ବିଦାୟ ନେଇ ଯିବି। "ଠିକ୍ ଅଛି", ମୁଁ ଏକ ବିନୀତ ସ୍ୱରରେ କହିଲି। "ମୁଁ କୋର୍ଟିନା ଯିବି। କିନ୍ତୁ ତୁମେ ମତେ ଟଙ୍କାଟା ଦେବ।"

ମୋର ମାଆ ଅବଶ୍ୟ ଏଭଳି ତୁରନ୍ତ ଆମୃସମର୍ପଣ କଳ୍ପନା କରି ନ ଥିଲେ। ସେ ମତେ ଏକ ବିଚଳିତ, ଆଶ୍ଚର୍ୟ୍ୟ ମୁଦ୍ରାରେ ରହିଁଲେ ଘଡ଼ିଏ, ତାପରେ ପଚାରିଲେ, "ଆଚ୍ଛା, ତୁମେ ତାହେଲେ କେବେ ଯାଉଚ?"

: "ଏବେ ହିଁ। ଆଜି ତ ପନ୍ଦର ତାରିଖ। ଧର, ଏଇ ଅଠର ତାରିଖ ଦିନ।"

: "କିନ୍ତୁ ହୋଟେଲରେ ରହିବା ପାଇଁ ତ ତୁମକୁ ସ୍ଥାନ ସଂରକ୍ଷଣ କରିବାକୁ ପଡ଼ିବ।"

: "ମୁଁ ଟେଲିଗ୍ରାମ କରିଦେବି।"

: "ଆଉ, ତୁମେ କେତେଦିନ ରହିବା ପାଇଁ ଚିନ୍ତା କରୁଛ?"

: "ଏଇ ଦୁଇ କି ତିନି ସପ୍ତାହ।"

ମୋର ମାଆ ବର୍ତ୍ତମାନ ସିଏ ଦେଇ ଥିବା ପ୍ରସ୍ତାବ ପାଇଁ ସ୍ୱସ୍ଥ ଭାବେ ଅନୁଶୋଚନା କରୁଥିଲେ । ବରଂ ପ୍ରକୃତରେ କହିବାକୁ ଗଲେ, ସେ ଏଭଳି ପ୍ରସ୍ତାବ ଦେଇଥିବା ଯୋଗୁଁ ଅନୁତାପ କରୁ ନ ଥିଲେ; ହେଲେ ତାଙ୍କ ଅନୁଶୋଚନା ଥିଲା ଏଇଆ ଯେ, ପ୍ରତିବଦଳରେ କିଛି ପାଇବା ପାଇଁ ଠିକ୍ ଭାବରେ ମୂଲଚାଲ କରିବା ପୂର୍ବରୁ ତାଙ୍କୁ ଟଙ୍କାଟା ଦେବାକୁ ପଡ଼ୁଛି । ତାଙ୍କ ବେପାରୀ ବୁଦ୍ଧି ଏତେ ତୀବ୍ର ଥିଲା ଯେ ତାହା ସବୁ କ୍ଷେତ୍ରରେ ଫୁଟି ଉଠୁଥିଲା, ଏପରିକି ମୋ ସହିତ କାରବାର କଲାବେଳେ ମଧ୍ୟ । ଏକ କଠୋର ସଦିଗ୍ଧ ସ୍ୱରରେ ସେ କହିଲେ, "ଅବଶ୍ୟ ମୁଁ ତୁମକୁ ତୁମେ ଆବଶ୍ୟକ କରୁଥିବା ଅର୍ଥ ଦେବି । ମୁଁ ମୋ କଥାରେ ନିର୍ଦ୍ଦିଷ୍ଟ ମୁକରିର ରହିବି ।"

: "ଠିକ୍ ଅଛି, ତାହେଲେ ମତେ ଦେଇଦିଅ ।"

: "ଏତେ ତରତର ହେଉଛ କାହିଁକି ? ଏ ପର୍ଯ୍ୟନ୍ତ ତୁମେ ମତେ କହିନାହଁ ତୁମର କେତେ ଟଙ୍କା ଦରକାର ।"

: "ଧର, ଦିନକୁ କୋଡ଼ିଏ ହଜାର ଲିରେ । ମତେ ତାହେଲେ ଏଇନା ଦୁଇ ଲକ୍ଷ ଲିରେ ଦେଇଥାଅ ।"

: "ଦିନକୁ କୋଡ଼ିଏ ହଜାର ଲିରେ !"

: "ତୁମ କଥା ହିସାବରେ, ମୁଁ ଧନୀ ନା ଧନୀ ନୁହେଁ ? ଆଉ ମୁଁ ବି କିଛି ପ୍ରଥମ ଶ୍ରେଣୀର ହୋଟେଲରେ ରହିବାକୁ ଯାଉନାହିଁ । ଗୋଟିଏ ସାଧାରଣ ସ୍ଥାନରେ ରହିଲେ ବି ଦିନକୁ କୋଡ଼ିଏ ହଜାର ଲିରେ ଖର୍ଚ୍ଚ ହେଇଯିବ ।"

: "ମୁଁ ଏଇଠି ଟଙ୍କା ରଖିନି", ମାଆ କହିଲେ । ସିଏ ଟଙ୍କା ଦେବାପାଇଁ ସିଧାସଳଖ ମନା ନ କରି, ମୋ ଅନୁରୋଧକୁ ଉପେକ୍ଷା କରିବା ପାଇଁ କିଛି ବାହାନା କରୁଥିବା ଭଳି ମୋର ମନେ ହେଲା । "ମୁଁ କେବେବି ଏଠି ଟଙ୍କା ରଖେ ନାହିଁ", ସେ କହିଲେ ଟିକିଏ ରହି ।

: "ଠିକ୍ ଅଛି", ମୁଁ ଠିଆ ହୋଇ ପଡ଼ି କହିଲି । "ଚାଲ, ଉପର ମହଲାର ତୁମ ବଖରାକୁ ଯିବା ।"

: "ଉପର କକ୍ଷରେ ବି ଟଙ୍କା ନାହିଁ । ଆଜି ସକାଳେ ହିଁ ମତେ ଟଙ୍କାଟା ଦେବାକୁ ହେଲା ।"

: "ଠିକ୍ ଅଛି, ଚେକ୍ ଲେଖ୍ ଦିଅ। ତୁମ ପାଖରେ ତ ଚେକ୍ ବହି ଏଇଟି ନିଶ୍ଚୟ ଥିବ।"

ମୋର ଏହି ସମ୍ପୂର୍ଣ ଯୁକ୍ତିଯୁକ୍ତ ପ୍ରସ୍ତାବରେ, ହଠାତ୍ ବଡ଼ ଆଶ୍ଚର୍ଯ୍ୟ ଭାବରେ ସେ ତାଙ୍କ ମତ ପରିବର୍ତ୍ତନ କଲେ।

: "ନା, ତୁମକୁ ଟଙ୍କା ହିଁ ଦେବାକୁ ପଡ଼ିବ ମୋତେ, କାରଣ କାଲି ହିଁ ମୋ ଚେକ୍ ବହିଟା ସରିଗଲା। ଉପରକୁ ଋଲ।" ସେ କହିଲେ।

ସେ ଉଠି ଠିଆହେଲେ ଏବଂ ମୁଁ ତାଙ୍କୁ ଅନୁସରଣ କରି ତାଙ୍କ ପଛେ ପଛେ ଅଧ୍ୟୟନ ପ୍ରକୋଷ୍ଠରୁ ବାହାରି ଆସିଲି। ଚେକ୍‌ରେ ନ ଦେଇ ହଠାତ୍ ଟଙ୍କା ଆକାରରେ ଦେବାପାଇଁ ସେ ଯେଭଳି ମନସ୍ଥିର କଲେ, ସେଥିରେ ମୁଁ ବିସ୍ମିତ ହୋଇ ପଡ଼ିଥିଲି। କ'ଣ ଯାର କାରଣ ବୋଲି ମୁଁ ମନେ ମନେ ଧ୍ୟଦି ହେଉଥିଲି। କିନ୍ତୁ କାରଣ ଖୋଜି ପାଇବା ପାଇଁ ମତେ ବେଶୀ ସମୟ ଅପେକ୍ଷା କରିବାକୁ ପଡ଼ିଲା ନାହିଁ। ଉପର ମହଲାକୁ ଉଠିଲା ବେଲେ, ମୁଁ ଯେତେବେଲେ ନୀରବରେ ତାଙ୍କ ଅନୁଗମନ କରୁଥିଲି, ସେ ପଛକୁ ନ ବୁଲି ଏବଂ ମତେ ନ ଋହିଁ କହିଲେ, "ମୁଁ ତୁମକୁ ପ୍ରଥମ କିସ୍ତିରେ ଏଇଲା ଲକ୍ଷେ ଲିରେ ଦେଉଛି। ବାକିତକ ମୁଁ କାଲି ଦେବି। ମୁଁ ଅଧିକ ଦେଇ ପାରୁନି। କାରଣ ମୋ ପାଖରେ ଏଇନେ ସେତିକି ହିଁ ଅଛି।"

ତାହେଲେ ମାଆଙ୍କ ମନ ପରିବର୍ତ୍ତନର କାରଣ ଏଇଆ ଯେ, ଚେକ୍ ଦେଇଥିଲେ ପୁରା ଟଙ୍କାଟା ଦେବାକୁ ହୋଇ ଥାଆନ୍ତା; ଆଉ ନଗଦରେ ଦେଲେ ସେ ମତେ ଅଧା ହିଁ ଦେବେ। ଅବଶ୍ୟ ସିଏ ଏଇ ବାହାନା ଦେଖାଇବେ ଯେ ତାଙ୍କ ପାଖରେ ପୁରା ଟଙ୍କାଟା ନାହିଁ। ହଠାତ୍ ଏଭଳି ଉକ୍ଟ ଧନଲିସ୍ସାର କାରଣ ବା କ'ଣ? ମୁଁ ଭାବିଲି ବୋଧହୁଏ ଏହାର କାରଣ ଏଇଆ ଯେ, ସେ ଭାବୁଛନ୍ତି ଟଙ୍କାଟା ଏକା ଥରକେ ଦେଇଦେଲେ ମୁଁ ତାଙ୍କ ଅକ୍ତିଆରରୁ ବାହାରି ଯିବି। ଏହା ମଧ୍ୟ ସମ୍ଭବ ଯେ, ଏଇ ଅର୍ଥ ପ୍ରଦାନର ପ୍ରତିବଦଲରେ ସେ କିଛି ହୁଏତ ଆଶା କରୁଥାଇ ପାରନ୍ତି। ମୁଁ କିଛି କହିଲି ନାଇଁ କିନ୍ତୁ ତାଙ୍କ ପଛେ ପଛେ ପାହାଚ ଚଢ଼ି ତାଙ୍କ ଶୋଇବା ଘରକୁ ପ୍ରବେଶ କଲି। ଏହା ଥିଲା ଏକ ବିରାଟ ଏବଂ ବେଶ୍ ଆରାମଦାୟକ ବଖରା। ଏହା ରଙ୍ଗ କରା ହୋଇଥିଲା ଧୂସର ଓ ଶ୍ବେତ ବର୍ଣ୍ଣର ବିଭିନ୍ନ ଗାଢ଼ତାରେ, ଆଧୁନିକ ଶୈଲୀରେ। ଗାଲିଋ, ଝାଡ଼ଣ ଓ ପର୍ଦ୍ଦାର ବହୁଲ

ବ୍ୟବହାର ହେତୁ ଚଟାଣ ବା କାନ୍ଥର କୌଣସି ଅଂଶ ଦୃଶ୍ୟ ହେଉ ନ ଥିଲା ଏବଂ ଏହା ଏକ ବିରକ୍ତିକର ଅନୁଭବ ସୃଷ୍ଟି କରୁଥିଲା। ସ୍ତିମିତ କ୍ଷୀଣ ଆଲୋକରେ ପରିବେଶ ଲାଗୁଥିଲା ରହସ୍ୟମୟ, ଆଉ ମୁକୁର ବିମ୍ବିତ ଆମର ପ୍ରତିଛବି ଦୁଇଟି ଲାଗୁଥିଲେ କୌଣସି ଅନୈତିକ ଗୋପନୀୟ ପ୍ରୟାସରେ ଆମର ସହଯୋଗୀ ଭଳି। ମୋର ମାଆ କକ୍ଷର ଶେଷ କୋଣରେ ଥିବା ଗାଧୁଆଘର ଦୁଆର ପାଖକୁ ଗଲେ ଆଉ ଦୁଆର ଖୋଲିଲେ। ମୁଁ ଯେଉଁଠି ଠିଆ ହୋଇଥିଲି ସେଇଠି ଠିଆ ହୋଇ ରହିଲି। "ତୁମେ ସେଇଠି ଠିଆ ହୋଇ ରହିଛ କାହିଁକି ?" ମାଆ କହିଲେ, "ଆସ। ତୁମ ପାଖରେ ମୋର କିଛି ଗୋପନୀୟ ନାହିଁ।"

: "ତୁମେ ମୋ ପାଖରୁ କିଛି ଗୁପ୍ତ ନ ରଖିବାର କାରଣ, ତୁମେ ଜାଣ ଯେ ତୁମର ଧନସମ୍ପଭି ପ୍ରତି ମୋର ଲାଳସା ନାହିଁ", ମୁଁ କହିଲି। "ଯଦି ମୋର ସେଭଳି ଲାଳସା ଥାଆନ୍ତା ତେବେ ତୁମେ ଅନେକ କିଛି ଜିନିଷ ମୋ ପାଖରୁ ଗୁପ୍ତ ରଖ୍ ଥାଆନ୍ତ।"

: "କି ବେକାର କଥା", ସେ ପ୍ରତିବାଦର ସ୍ୱରରେ କହିଲେ। "ତୁମେ ପରା ମୋର ପୁଅ।"

ତାପରେ ସେ ମୋ ଆଗେ ଆଗେ ଗାଧୁଆଘର ଭିତରକୁ ଗଲେ। ଏହା ଥିଲା ଏକ ବେଶ୍ ବିରାଟ ବଖରା। ନିଜକୁ ବିଜ୍ଞାପିତ କଲାଭଳି ଆଡ଼ମ୍ବରପୂର୍ଣ୍ଣ, ଅନାବଶ୍ୟକ ଓ ସ୍ଥାନର ଅପଚୟ କଲାଭଳି ପ୍ରଶସ୍ତ ଥିଲା ବଖରାଟି। ଯେମିତି ଧନୀମାନଙ୍କ ହର୍ମ୍ୟରେ ଦେହର ଯତ୍ନ ନେବା ପାଇଁ ଉଦ୍ଦିଷ୍ଟ ସ୍ଥାନ ସଚରାଚର ହୋଇଥାଏ ବେଶ୍ ବିସ୍ତୃତ, ସେଇଭଳି ହୋଇଥିଲା ଗାଧୁଆଘରଟି। ଗାଧୁଆଟବ୍ ଆଉ ବେସିନର ଭିତରେ ଥିଲା ପ୍ରାୟ ବାରଫୁଟ୍ ପରିମିତ ମାର୍ବଲ ଚଟାଣ। ବେସିନ ଆଉ ପାଇଖାନା ମଝରେ ଥିଲା ବି ପ୍ରାୟ ସେତିକି ପରିମିତ ଜାଗା। ଚଟାଣ ମାର୍ବଲ ଆଚ୍ଛାଦିତ ହୋଇଥିବା ବେଳେ କାନ୍ଥରେ ଲାଗିଥିଲା ଟାଇଲ। ମୁଁ ଦେଖିଲି ମାଆ କାନ୍ଥ ପାଖକୁ ଗଲେ ଆଉ ଟାଓୱେଲ ହେରିକା ଟାଙ୍ଗିବା ପାଇଁ ଖଞ୍ଜା ହୋଇଥିବା ହୁକ ଗୁଡ଼ିକ ମଝରୁ ଗୋଟିଏ ହାତ ବଢ଼ାଇ ବାଁରୁ ଡାହାଣକୁ ମୋଡ଼ିଲେ ଆଉ ତାପରେ ତାକୁ ତାଙ୍କ ଆଡ଼କୁ ଭିଡ଼ି ଆଣିଲେ। ରୁରୋଟି ଶ୍ୱେତବର୍ଣ୍ଣର ଟାଇଲ ଏକ କ୍ଷୁଦ୍ର ଦୁଆର ଉନ୍ମୁକ୍ତ ହେବାଭଳି କାନ୍ଥରୁ ଅଲଗା ହୋଇଗଲା। ଆଉ ତା ପଶ୍ଚାତରେ ଏକ କ୍ଷୀଣ ଲକରର ଧୂସର ଚେହେରା ସ୍ୱଷ୍ଟ ଫୁଟି ଉଠିଲା।

: "ବର୍ତ୍ତମାନ ଦେଖିବା।" ମାଆ କହିଲେ ଏକ ସ୍କୁଲ ଶିକ୍ଷୟିତ୍ରୀ ପରୀକ୍ଷା କରିବା ଭଙ୍ଗୀରେ। "ତୁମକୁ ଯେଉଁ ଗୁପ୍ତ ସଂଖ୍ୟା ବତାଇ ଥିଲି, ତା ସାହାଯ୍ୟରେ ତୁମେ ୟାକୁ ଚେଷ୍ଟା କରି ଖୋଲ।"

ମୋର ମାଆ ମତେ ସେଇ କ୍ଷୁଦ୍ର ଲୁହା ସିନ୍ଦୁକଟି ଖୋଲିବା ପାଇଁ ଆବଶ୍ୟକ ସଂଖ୍ୟା ଗୁଡ଼ିକର ଗୋପନୀୟ ସମାଧାନ ବତାଇ ଥିଲେ ବହୁଦିନ ତଳେ, ଆଉ ମୋ ଇଚ୍ଛା ବିରୁଦ୍ଧରେ ହିଁ ସେଇ ଗୁପ୍ତ ତଥ୍ୟଟି ଶିଖା ହୋଇ ଯାଇଥିଲା। ସମ୍ଭବତଃ ଏଇ କାରଣରୁ ଯେ ମୋର ସ୍ମୃତି ଶକ୍ତି ଥିଲା ବଡ ତୀବ୍ର। କିନ୍ତୁ ମୁଁ ତାକୁ ବ୍ୟବହାର କରିବା ପାଇଁ, ବିଶେଷକରି ମାଆଙ୍କ ସମ୍ମୁଖରେ ବ୍ୟବହାର କରିବା ପାଇଁ ସମ୍ପୂର୍ଣ୍ଣ ଅନିଚ୍ଛୁକ ଥିଲି। ପୂଜାର୍ଚ୍ଚନାର ଧାର୍ମିକ ପ୍ରକ୍ରିୟାରେ ଭାଗ ନେବାପାଇଁ ଏକ ବିଧର୍ମୀର ଯେଉଁ ପ୍ରକାର ଅନିଚ୍ଛା ସୃଷ୍ଟି ହୋଇଥାଏ, ମୋର ଅନିଚ୍ଛା ଥିଲା ପ୍ରାୟ ସେଇ ପର୍ଯ୍ୟାୟର। "କାହିଁକି? ତୁମେ ଖୋଲନା। ତା ସହିତ ମୋର କ'ଣ ସମ୍ପର୍କ?", ମୁଁ କହିଲି।

"ମୁଁ ଦେଖିବାକୁ ଚୁହୁଁଥିଲି ତୁମେ ଏହା ଖୋଲିବାର ସାଂକେତିକ ସଂଖ୍ୟା ମନେ ରଖିଛ କି ନାହିଁ", ମାଆ କହିଲେ ବେଶ୍ ଏକ ଉତ୍‌ଫୁଲ୍ଲ ଭଙ୍ଗୀରେ। ବୃତ୍ତାକାର ସେ ଲକରର ଏକ ଚତୁର୍ଥାଂଶ ପରିମିତ ସ୍ଥାନରେ ଲାଗିଥିବା ଧାତବ ଚକିଗୁଡ଼ିକୁ ତାଙ୍କର ସେଇ ବିରାଟ ରତ୍ନମୁଦି ପିନ୍ଧା ଆଙ୍ଗୁଠି ଗୁଡ଼ିକରେ ସେ ତରତର ହୋଇ ଘୁରାଇ ଚଲିଲେ ଆଉ ହଠାତ୍ ଲକରଟି ଖୋଲିଗଲା। ତା ଭିତରେ ସେୟାର ସାର୍ଟିଫିକେଟ ଗୁଡ଼ିକର ତାଡ଼ା ଆଉ ଇତସ୍ତତଃ ବିକ୍ଷିପ୍ତ ହୋଇ ପଡ଼ିଥିବା ବହୁତ ଗୁଡ଼ିଏ ଧଳା ଏବଂ ହଳଦିଆ ବର୍ଣ୍ଣର ଲଫାପା ମୋର ଆଖିରେ ପଡ଼ିଲା। ମୁଁ ଦେଖିଲି ମାଆଙ୍କ ଉତ୍‌ଫୁଲ୍ଲ ମୁଖଭଙ୍ଗୀ ଉପରେ ହଠାତ୍ ସଂଶୟର କଳାବାଦଲ ଘୋଟି ଆସିଲା। ସେ ମତେ ଚୁହିଁଲେ ଏକ ସନ୍ଦେହୀ ଚୁହାଣିରେ। ମୁଁ ଲଜ୍ଜିତ ଅନୁଭବ କଲି ଏବଂ ମୋର ଦୃଷ୍ଟି ଅବନମିତ ହେଲା। ମୁଁ ଦେଖିଲି ପାଇଖାନାର ପୋର୍ସଲେନ୍ ପ୍ୟାନ ଉପରେ କିଛି ଅବାଞ୍ଛିତ ତୁଲା ପଡ଼ିଛି। ମୁଁ ହାତ ବଢ଼ାଇ ଫ୍ଲସ କରିବା ପାଇଁ ଉଦ୍ଦିଷ୍ଟ ଲିଭରଟିକୁ ଚିପି ଧରିଲି। ଗବଗବ ହୋଇ ପାଣି ବାହାରି ଆସି ସେଇ ତୁଲାକୁ ଭସାଇ ନେଲା। ମୁଁ ଆଖି ତୋଲି ଚୁହିଁବା ବେଳକୁ ମୋର ମାଆ ଏକ ଫୁଲକା ଲଫାପା ଲକରରୁ କାଢ଼ି ଧରିଥାନ୍ତି ଆଉ ଧଳା ଟାଇଲକୁ ପୁନଶ୍ଚ

ଯଥାସ୍ଥାନରେ ଅବସ୍ଥାପିତ କରି ସାରି ଥାଆନ୍ତି । ତାପରେ ଶୟନକକ୍ଷକୁ ଫେରି ଆସି ସେ କହିଲେ, "ମୁଁ ତୁମକୁ ଆଜି ପାଇଁ ପଚଶ ହଜାର ଲିରେ ଦେଉଛି । ମୋର ହଠାତ୍ ମନେ ପଡ଼ିଲା ଯେ ଆଉ ପଚଶ ହଜାର ଲିରେ ମତେ ଗୋଟେ ବେପାରୀକୁ ଆଜି ହିଁ ଦେବାକୁ ଅଛି ।"

ଅର୍ଥାତ୍ ମୁଁ ମାଗିଥିବା ଟଙ୍କା । ମାଆ ପୁଣି କମେଇ ଦେଲେ । ମୁଁ ସେସିଲିଆକୁ ଦୁଇ ଲକ୍ଷ ଲିରେର ଉପହାରଟିଏ ଦେବା ପାଇଁ ମନରେ ସ୍ଥିର କରିଥିଲି । ମାଆ ଲକ୍ଷେ ଲିରେ କହିବା ପରେ, ଅନିଚ୍ଛା ସହ ହେଲେ ବି, ମୁଁ ସେଇ ଲକ୍ଷେ ଲିରେକୁ ଗ୍ରହଣ କରି ନେଇଥିଲି । କିନ୍ତୁ ଉପହାର ଦେବା ପାଇଁ ପଚଶ ହଜାର ଲିରେ ମତେ ବହୁତ କମ୍ ଜଣା ପଡ଼ୁଥିଲା, ନିର୍ଦ୍ଦିଷ୍ଟ ଭାବରେ କହିବାକୁ ଗଲେ ବିଚ୍ଛେଦର ଦୁଃଖକୁ ପ୍ରଶମିତ କରିବା ପାଇଁ ପଚଶ ହଜାର ଲିରେ ଥିଲା ବହୁତ ତୁଚ୍ଛ । ମୁଁ ଦୃଢ଼ତାର ସହିତ ପ୍ରତିବାଦ କଲି, "ମୋର ଆଜି ହିଁ ଏକ ଲକ୍ଷ ଲିରେ ଆବଶ୍ୟକ । ତୁମେ ସେଇ ବେପାରୀକୁ ଆଉ କେବେ ଦେଇ ଦେବ ।"

"ମୋ ସୁନାଟା ପରା, ସେମିତି ହେଇ ପାରିବ ନାହିଁ । ତାକୁ ଆଜି ହିଁ ଦେବାକୁ ପଡ଼ିବ ।" ମାଆ ଏକ ଉଚ୍ଚ, ପ୍ରାଚୀନ ଆଉ ଦରାଜ ସମନ୍ବିତ ମେଜ ନିକଟକୁ ଗଲେ, ଏବଂ ମତେ ପଛ କରି, ମୁଁ ଯେତେଦୂର ଦେଖ୍ ପାରୁଥିଲି, ମାର୍ବଲର ପୃଷ୍ଠତଳ ଉପରେ ଲଫାପା ଅନ୍ତର୍ନିହିତ ଦ୍ରବ୍ୟଗୁଡ଼ିକୁ କାଢ଼ିବାରେ ଲାଗିଲେ । ମୁଁ ଠିଆ ହୋଇଥିଲି ବଖରାଟିର ମଧ୍ୟ ଭାଗରେ । ସେଇଠୁ ସାମାନ୍ୟ ମାତ୍ର ନ ଘୁଞ୍ଚି, ମୁଁ ତାଙ୍କୁ କହିଲି, "ସେଇ ଲଫାପାରେ ନିଶ୍ଚିତ ଭାବରେ ପଚଶ ହଜାର ଲିରେ ଠାରୁ ବହୁତ ଅଧିକ ଟଙ୍କା ଅଛି । ବୋଧହୁଏ ଏପରିକି ତିନିଲକ୍ଷ ଲିରେରୁ ମଧ୍ୟଅଧିକ ଅଛି । ସେ ଲଫାପାରେ, ଅତ୍ତଃ ପକ୍ଷେ ପାଞ୍ଚ ଲକ୍ଷ ଲିରେ ଥିବା ଭଳି ମୋତେ ମନେ ହେଉଛି । ତେଣୁ କାହିଁକି ତୁମେ ମୋତେ ଏ କାହାଣୀ ଗୁଡ଼ାକ ଶୁଣାଉଛ ?"

ସେ ପଛକୁ ନ ରହିଁ ତରତର ହୋଇ ଉଭର ଦେଲେ, "ନାଇଁ ଏ ଲଫାପାରେ ଲକ୍ଷେ ଲିରେ ହିଁ ରହିଛି ।"

: "ଠିକ୍ ଅଛି । ତାହେଲେ ମତେ ସେଇଟା ଦିଅ । ମୁଁ ଦେଖ୍ବି ।"

ସେ ହଠାତ୍ ବୁଲି ପଡ଼ିଲେ । ତାଙ୍କ ପଞ୍ଝାତରେ ଥିବା ଲଫାପାଟି ମତେ ଆଉ ଦୃଶ୍ୟ ହେଉ ନ ଥିଲା । ତାଙ୍କ ଶୀର୍ଷ, ଶୁଷ୍କ ମୁଖମଣ୍ଡଳରେ ଭାବପ୍ରବଣତାର ଏକ ବିକଳ ଝଲକ ଫୁଟି ଉଠିଲା ।

: “ଡିନୋ, ତୁମେ ପୁଣି ଫେରି ଆସି ତୁମ ମାଆଙ୍କ ସହିତ ରହୁ ନାହଁ କାହିଁକି ? ତୁମେ ଯେତେ ଟଙ୍କା ଚାହିଁବ, ମୁଁ ସବୁ ଦେବି ।”

ଆଛା, ତାହେଲେ ଭାଉବଟାରେ ମାଆ ଏଇଆ ରହୁଁ ଥିଲେ ମୋଠୁ । କେବଳ ପ୍ରଭେଦ ଥିଲା ଏତିକି ଯେ, ଦେବାଳିଆ ଖାତକ ଆଗରେ ସେ ସିଧାସଳଖ ରଖୁଥିଲେ ଏକ ସଂଶୟାକୁଳ ସମ-ସଙ୍କଟ ପ୍ରସ୍ତାବ । ‘ଏଣୁ ମାଇଲେ ଗୋହତ୍ୟା, ତେଣୁ ମାଇଲେ ବ୍ରହ୍ମହତ୍ୟା’ ଭଳି ପରିସ୍ଥିତିରେ ପଡ଼ିଥିବା ଦେଣାଦାର ଠାରୁ ମୂଳଧନ କରି ଯଥାସମ୍ଭବ ଲାଭ ଉଠାଉ ଥିଲେ ସିଏ । ଆଉ ମୋ କ୍ଷେତ୍ରରେ ପ୍ରସ୍ତାବଟିକୁ ସିଏ ଉପସ୍ଥାପିତ କରିଥିଲେ ଏକ କରୁଣ ପ୍ରାର୍ଥନା ଭଳି । ମୁଁ ତାଙ୍କୁ ପଚାରିଲି, “ଏ କଥାର ଟଙ୍କା ସହିତ କ’ଣ ସମ୍ପର୍କ ?”

: “ମତେ ସ୍ପଷ୍ଟ ଜଣାପଡ଼ୁଛି ଯେ, କେବଳ ଟଙ୍କାର ଆବଶ୍ୟକତା ପଡ଼ିଛି ବୋଲି ତୁମେ ମତେ ଆଜି ଦେଖିବାକୁ ଆସିଛ । ତୁମକୁ ଦୀର୍ଘ ଦୁଇ ମାସ ହେଲା ମୁଁ ଦେଖି ନ ଥିଲି ।”

: “ମୁଁ ତୁମକୁ କହିଲି ପରା ମୁଁ ବ୍ୟସ୍ତ ଥିଲି ବୋଲି ।”

: “ଏଠି ରହିଲେ ବି, ତୁମର ଯେମିତି ଇଛା ସେମିତି ତୁମେ ଚଲି ପାରିବ । ମୁଁ ତୁମର କୌଣସି କାମରେ ବାଧା ଦେବି ନାହିଁ ।”

: “ଛାଡ଼, ମତେ ଟଙ୍କା ଦିଅ । ଏ ବିଷୟରେ ଆମେ କିଛି କଥାବାର୍ତ୍ତା କରିବା ନାହିଁ ।”

: “ତୁମେ ଏଠି ରହିଲେ ବି ଯେତେବେଳେ ଇଛା ବାହାରକୁ ଯାଇ ପାରିବ, ରାତିରେ ଡେରି ପର୍ଯ୍ୟନ୍ତ ବାହାରେ ରହିପାରିବ, ଯାହାକୁ ଇଛା ତାକୁ ଘରକୁ ଆଣି ପାରିବ, ଯେ କୌଣସି ନାରୀ ସହିତ ସମ୍ପର୍କ ରଖି ପାରିବ, ମୁଁ କୌଣସିଥିରେ ଆପତ୍ତି କରିବି ନାହିଁ ।”

: “କିନ୍ତୁ ମୋର କାହା ସହିତ ସମ୍ପର୍କ ନାହିଁ ।”

: “ତୁମେ ସେଦିନ ଛାଡ଼ି ପଳେଇଲ କାରଣ ତୁମେ ବୋଧହୁଏ ଭାବିଲ ଯେ ରୀତା ସହିତ ତୁମେ ସମ୍ପର୍କ ରଖିବାରେ ମୁଁ ପ୍ରତିବନ୍ଧକ ହୋଇ ଥାଆନ୍ତି । ତୁମେ ଭୁଲ ଭାବିଥିଲ । ତୁମେ ସାମାନ୍ୟ ଭଦ୍ରାମି ରକ୍ଷା କରି ଚଳିଥିଲେ, ମୁଁ ରୀତା ସହ ତୁମର ଗୋପନ ସମ୍ପର୍କକୁ ମଧ୍ୟ ଗ୍ରହଣ କରି ନେଇ ଥାଆନ୍ତି ।”

ମାଆଙ୍କର ଏଇ କଥାଟି ମତେ ହତବାକ୍ କରିଦେଲା। ତାହେଲେ ରୀତା ସହିତ ମୋର କାରବାର ସବୁ ମାଆ ଲକ୍ଷ୍ୟ କରି ପାରି ଥିଲେ। କିନ୍ତୁ ସେ ଏଇଥିପାଇଁ ନୀରବତା ରକ୍ଷା କରିଥିଲେ ଯେ ରୀତା ସହ ମୋର ଗୋପନ ସମ୍ପର୍କ ଯୋଗୁଁ, ଭିଲ୍ମା ସହ ମୋର ଯୋଗସୂତ୍ର ଅଧିକ ସୁଦୃଢ଼ ହେବ ଆଉ ଫଳାଫଳରେ ତାଙ୍କର ଏ ବାରବୁଲା ପୁଅଟି ଘରମୁହାଁ ହେବ। କେତେବେଳେ ସେ ଏସବୁ ଲକ୍ଷ୍ୟ କରି ପାରିଲେ ? ମଧ୍ୟାହ୍ନ ଭୋଜନ ସମୟରେ ? ନା ତା ପରେ ? ହଠାତ୍ ମୋ ମନରେ ଏକ ଅପ୍ରୀତିକର ଦୋଷୀ ଦୋଷୀ ଭାବ ସୃଷ୍ଟି ହେଲା। ସେଇ ପୁରୁଣା ଅସ୍ୱସ୍ତି ଭାବ, ଯେମିତି ମୁଁ ପୁଣି ପିଲା ହେଇ ଯାଇଛି ଆଉ ମୋ ମାଆ ମୋ ବିଟୋଳ ପାଇଁ ମତେ ଶାସନ ଆଉ ଗାଳି କରୁଛନ୍ତି। କିନ୍ତୁ କିଛି ସମୟ ପରେ ମୁଁ ନିଜକୁ ବୁଝାଇଲି ଯେ ମାଆଙ୍କ ପାଖକୁ ବୁଲି ଆସିଲା ବେଳକୁ ମୋ ହୃଦୟରେ ବରାବର ଯେଉଁ ବିତୃଷ୍ଣା ଆଉ ହତାଶାବୋଧ ଜାତ ହୁଏ, ତାଠାରୁ ରକ୍ଷା ପାଇବାକୁ ମାନସିକ ପ୍ରତିକ୍ରିୟା ଭାବେ ରୀତା ପ୍ରତି ମୋର ଆସକ୍ତି ସୃଷ୍ଟି ହୋଇଥିଲା। ଏକଥା ଭାବିବାରୁ ମତେ ଟିକେ ଭଲ ଲାଗିଲା। ମୁଁ ତାଙ୍କ ମୁହଁକୁ ସିଧା ଭାବରେ ରଖିଁ ଏକ ତିକ୍ତ ସ୍ୱରରେ କହିଲି, "ନା, ମୁଁ ରୀତା ପାଇଁ ନୁହେଁ, ତୁମ ପାଇଁ ହିଁ ଛାଡ଼ି ପଳାଇଥିଲି।"

: "ମୋ ପାଇଁ କାହିଁକି ? ଏମିତିକି ଯେତେବେଳେ ତୁମେ ଦିବାହାର ସମୟରେ ତାକୁ ଆଉଁସୁ ଥିଲ, ସେସବୁ କିଛି ନ ଦେଖ ପାରୁଥିବାର ଛଳନା କରି ମୁଁ ନୀରବରେ ବସି ରହିଥିଲି।"

ତାଙ୍କର ଏଇ କଥା, ଆଉ ତାଉ ଅଧିକ ବି ଯେଉ ସ୍ୱରରେ ସେ କଥାଟି କହିଲେ, ମୋ ଦେହରେ ନିଆଁ ଲଗାଇ ଦେଲା। "ଠିକ୍ ସେଇଆ। ତୁମେ ଏଇ ଯାହା ଆଉଁସିବା କଥା କହୁଚ, କେବଳ ତୁମ ପାଇଁ ହିଁ ମୁଁ ତାକୁ ଆଉଁସୁଥିଲି।" ମୁଁ ବଡ଼ କ୍ରୁଦ୍ଧ ଓ ତିକ୍ତ ସ୍ୱରରେ କହିଲି।

: "କାହିଁକି ? ଏଥିରେ ମୋର ଭୂମିକା ବା କ'ଣ ? ତୁମେ ରଙ୍କରାଣୀ ମାନଙ୍କ ସାଙ୍ଗରେ ବଦମାସି କରିବ, ଆଉ ସେଇଟା ବି ମୋ ଦୋଷ ?"

: "ମୁଁ ରୀତାକୁ ଛୁଇଁବାକୁ ଗଲି କାରଣ ତୁମେ ତୁମ ପାଦରେ ମତେ ଖୋଞ୍ଚୁଥିଲ।"

: "ପାଦରେ .. ତୁମେ ଏ କ'ଣ କହୁଛ ?"

: “ରୁକର ମାନଙ୍କ ଆଗରେ ପଇସାପତ୍ର ବିଷୟରେ କଥା ହେବାକୁ ବାରଣ କରି ତୁମେ ପାଦରେ ମତେ ସେଦିନ ଖେଞ୍ଚୁ ନ ଥିଲ ? ଆଉ ମୁଁ ବି ତୁମକୁ କହୁଛି...”, ବର୍ତ୍ତମାନ ମୁଁ ତାଙ୍କ ପାଖକୁ ଘୁଞ୍ଚିଗଲି ଆଉ ତାଙ୍କ ମୁହଁ ଆଗରେ ମୁହଁ ରଖି କହିବାରେ ଲାଗିଲି, “ମୁଁ ତୁମକୁ ଶେଷ ଥର ପାଇଁ କହୁଚି, ଯେତେ ଯେତେ ମୂର୍ଖତାପୂର୍ଣ୍ଣ ବଦମାସି ସବୁ ମୁଁ ଜୀବନରେ କରିଛି, ସେଥିପାଇଁ ତୁମେ ହିଁ ଦାୟୀ।”

: “ମୁଁ ଦାୟୀ ?” ମାଆ ମୋର ହତବାକ୍ ହୋଇ ପଡ଼ିଲେ।

: “ମୋର ଟୋକା ବୟସରେ, ମୋର ଇଚ୍ଛା ହେଉଥିଲା ଗୋଟେ ଚୋର କି ଖୁନୀ ଭଲି ଅପରାଧୀ ହେବା ପାଇଁ, ଖାସ୍ ଏଇଥିପାଇଁ ଯେ, ମୋ ପାଇଁ ତୁମେ ଦେଖୁଥିବା ସ୍ୱପ୍ନ ସବୁକୁ ମୁଁ ଚୂର୍ଣ୍ଣ କରି ଦେବାକୁ ଚାହୁଁଥିଲି।” ମୁଁ ପ୍ରବଳ କ୍ରୋଧରେ ହଠାତ୍ ଚିତ୍କାର କରି ଉଠିଲି। “ଭଗବାନଙ୍କୁ ଧନ୍ୟବାଦ ଦିଅ ଯେ ସେଭଲି କିଛି ଘଟି ନାହିଁ, କାରଣ ମୁଁ ସେଥିପାଇଁ ସୁଯୋଗ ପାଇ ପାରିଲି ନାହିଁ। ଆଉ ଏସବୁ ପାଗଲାମି ମୋର ଆସିଛି କାରଣ ମୁଁ ତୁମ ସାଙ୍ଗରେ ଏ ଘରେ ରହିଛି ବୋଲି।”

ଏଥର ମୋ ସ୍ୱରର ଗ୍ରାମ ବାସ୍ତବରେ ମାଆଙ୍କୁ ଆତଙ୍କିତ କରି ପକାଇଲା। ସେ ସାଧାରଣ କଥାବାର୍ତ୍ତାରେ ଥିଲେ ସାହସୀ, ଭାବବତାର ଆଲୋଚନାରେ ଅସାଧାରଣ ଭାବେ କୁଶଳୀ। କିନ୍ତୁ ବର୍ତ୍ତମାନ ମୋର ଏଇ ଉଗ୍ର ରୂପରେ ସେ ଭୟଭୀତ ହୋଇ ମୁଣ୍ଡ ଏପଟରୁ ସେପଟକୁ ହଲାଇବାକୁ ଲାଗିଲେ। ସେ ସ୍ପଷ୍ଟଭାବେ ବିଚଳିତ ହୋଇ ପଡ଼ିଥିଲେ ଆଉ ତାଙ୍କ ମୁହଁରେ ଏକ କିଂକର୍ତ୍ତବ୍ୟବିମୂଢ଼ତା ପ୍ରତିଭାତ ହେଉଥିଲା।

: “ହଉ ଠିକ୍ ଅଛି। ଏମିତି କଥା ଯଦି, ତୁମେ ମତେ ଦେଖିବାକୁ ଆଉ ଆସ ନାହିଁ। ଏ ଘରକୁ ଆଉ ଜମା ଆସ ନାହିଁ।” ସେ ଖଣେଇ ଖଣେଇ କହିଲେ।

ପୁନର୍ବାର ମୁଁ ହଠାତ୍ ଶାନ୍ତ ହୋଇ ପଡ଼ିଲି। “ନାଁ, ମୁଁ ଏ ଘରକୁ ପୁଣିଆସିବି, କିନ୍ତୁ ମତେ ଯେ ଯାକୁ ଭଲପାଇବାକୁ ହେବ, ଏକଥା କହିବ ନାହିଁ।” ମୁଁ କହିଲି।

: “କ’ଣ ପାଇଁ ଏ ଘର ତୁମକୁ ଏଭଲି ଜଘନ୍ୟ ଭାବେ ଖରାପ ଲାଗୁଛି ? ଏହା ଅନ୍ୟ ଯେ କୌଣସି ଗୋଟିଏ ଘର ଭଲି ନୁହେଁ କି ?”

: "ବରଂ ଏହା ଅନ୍ୟାନ୍ୟ ବହୁତ ଘରଠୁ ଅଧିକ ସୁନ୍ଦର ଓ ଅଧିକ ଆରାମଦାୟକ ।"

: "ତାହେଲେ ?"

ମୁଁ ଦେଖିଲି ଯେ ମୁଁ ବର୍ତ୍ତମାନ ତାଙ୍କୁ ସିଧାସଳଖ ଆକ୍ରମଣ ନ କରିବାରେ ମାଆ ଟିକେ ଆଶ୍ୱସ୍ତ ହୋଇ ପଡ଼ିଛନ୍ତି । ମୁଁ ତାଙ୍କ ପ୍ରଶ୍ନର ଉତ୍ତର ଗୋଟିଏ ପ୍ରଶ୍ନ ମାଧ୍ୟମରେ ହିଁ ଦେଲି ।

: "ମୋର ବାପା ବି ଏ ଘରେ ରହିବାକୁ ଭଲ ପାଉ ନ ଥିଲେ । ସେଇଟା ପୁଣି କାହିଁକି ?"

: "ତୁମ ବାପା ବୁଲିବାକୁ ଭଲ ପାଉଥିଲେ ।"

: "କଥାଟା ବରଂ ଏଇଆ ଯେ ସେ ଘୁରି ବୁଲୁଥିଲେ କାରଣ ଏଠି ରହିବାକୁ ତାଙ୍କୁ ଭଲ ଲାଗୁ ନ ଥିଲା । ଏହା ଠିକ୍ ନୁହେଁ କି ?"

: "ତୁମ ବାପା ଥିଲେ ଜଣେ ଅଲଗା ମଣିଷ ଆଉ ତୁମେ ହେଲ ତୁମେ ।"

ମାଆଙ୍କ ସହ ମୋର ଏଭଳି ଯୁକ୍ତିତର୍କ ହେବାରେ ଏଇଟା ପ୍ରଥମ ଥର ନୁହେଁ । ମୁଁ ଚିତ୍କାର କରେ, ମୋ ବାକ୍ୟବାଣରେ ତାଙ୍କୁ ଆହତ କରେ; ଯାହା ବି କରେ, କିନ୍ତୁ ମୁଁ ବୁଝିଥାଏ ଯେ, ବାସ୍ତବ ସତ୍ୟ ହେଉଛି ଏ ଗୃହ ପାଇଁ ମୋର ବିତୃଷ୍ଣାର କାରଣ ଏଇଆ ଯେ ଏହା ଏକ ଧନିକର ହର୍ମ୍ୟ । ଆଉ ମୋର ମାଆ, ମୋ ସହିତ ତର୍କ କରି ମୁଁ ରାଗିବା ପର୍ଯ୍ୟନ୍ତ ମତେ ଉଖାରି ରଖନ୍ତି, ଆଉ ମୁଁ ଯେ ଏ ଘରକୁ ଘୃଣା କରେ, ମୋ ମୁହଁରୁ ଏହି କଥା ବାହାର କରିବାର ଶେଷ ସୀମାନ୍ତ ଯାଏ ମତେ ଉତ୍ତେଜିତ କରି ରଖନ୍ତି; କିନ୍ତୁ ବାସ୍ତବରେ ମୋ ମୁହଁରେ ଏହାର ଉଦ୍‌ଘୋଷଣା ସେ ରଖାନ୍ତି ନାହିଁ । ସବୁବେଳେ ଏଭଳି ଘଟେ ଯେ, ଆମ ତର୍କରେ ଏମିତି ମୁହୂର୍ତ୍ତିଏ ପହଞ୍ଚେ ଯେତେବେଳେ ସିଏ ପଛଘୁଞ୍ଚା ଦିଅନ୍ତି ଆଉ କଥାବାର୍ତ୍ତାର ଦିଗ ବଦଳାଇ ଦିଅନ୍ତି । ବର୍ତ୍ତମାନ ବି ସେହି ଭଳି ଘଟିଲା । ମୁଁ ତାଙ୍କୁ ଉତ୍ତର ଦେବାକୁ ଯାଉଥିବା ମୁହୂର୍ତ୍ତରେ ହିଁ ସେ ଡରି ଡରି ଉଦ୍‌ବିଗ୍ନତାର ସହିତ କହିଲେ, "ବରଂ କୁହ ଯେ ତୁମେ ଅଲଗା ରହିବାକୁ ଚାହଁ । କିନ୍ତୁ ତୁମେ ଭୁଲ କରୁଚ । ଏଠି ରହିଲେ ବି ତୁମେ ତୁମର ପୂର୍ଣ୍ଣ ସ୍ୱାଧୀନତାରେ ରହି ପାରିବ । ଛାଡ଼ ସେ କଥା । ତାହେଲେ ତୁମେ ତୁମର ଆବଶ୍ୟକ ଲକ୍ଷେ ଲିରେ ନେଇ ଯାଅ ।"

ମାଆ ଟଙ୍କାଟା ମୋ ଆଡ଼କୁ ବଢ଼ାଇଲେ, କିନ୍ତୁ ପୂର୍ଣ୍ଣ ଭାବରେ ନୁହେଁ । ଆଉ ମୁଁ ଯେତେବେଳେ ହାତ ବଢ଼ାଇଲି ସେ ହାତଟି ଘୁଞ୍ଚାଇ ନେଲେ ପଛକୁ ।

ଯେମିତିକି ସେ ହଠାତ୍ ବୁଝି ପାରିଛନ୍ତି ଏ ଭାଉବଟାର ଦିଆନିଆରେ ମୁଁ ତାଙ୍କ ଠାରୁ ଟଙ୍କା ନେବାର ପ୍ରତିବଦଲରେ ତାଙ୍କୁ କିଛି ଦେଇ ନାହିଁ । ଆଉ ସେ କହିଲେ, "ଅନ୍ତତଃ ଦିବାରାଶ ଯାଏ ରୁହ, ଏଠି ଖାଇ କରି ଯିବ ।"

: "ନା, ମୁଁ ଏତେ ସମୟ ରହି ପାରିବି ନାଇଁ ।"

: "ମୁଁ କିଛି ଲୋକଙ୍କୁ ମଧାହ୍ନ ଭୋଜନ ପାଇଁ ନିମନ୍ତ୍ରିତ କରିଛି । ମନ୍ତ୍ରୀ ତ୍ରିଓଲୋ ଆଉ ତାଙ୍କ ପତ୍ନୀ ଆଜି ଆସୁଛନ୍ତି । ତ୍ରିଓଲୋ ଜଣେ ଆକର୍ଷଣୀୟ ବ୍ୟକ୍ତିତ୍ୱ । ବେଶ୍ ବୁଦ୍ଧିମାନ ମଧ ।"

: "ମନ୍ତ୍ରୀ ! ଓଃ କି ବେକାର, ଜଘନ୍ୟ କାମ । ଛାଡ଼ ସେ କଥା, ମତେ ଟଙ୍କାଟା ଦେଲ ।"

ଏଥର ସେ ମତେ ଟଙ୍କା ଦେଲେ । କିନ୍ତୁ ଦେବାର ଭଙ୍ଗୀରେ ଥିଲା ଏକ ରୂପା କ୍ରୋଧ ଓ ଅନିଚ୍ଛା । ଯେମିତିକି ମୋ ହାତକୁ ବଢ଼ାଇବା ମୁହୂର୍ତ୍ତରେ ବି ଟଙ୍କାଟା ସିଏ ଫେରାଇ ନେବାକୁ ରୁହାନ୍ତି । "ତାହେଲେ କାଲି ମଧାହ୍ନ ଭୋଜନ ସମୟକୁ ଆସ । ତମକୁ ଆଉ ମତେ ଛାଡ଼ିଦେଲେ ଆଉ କେହି ନ ଥିବେ । ଆଉ ମୁଁ ବି ତମକୁ ବାକି ଟଙ୍କାଟା ଦେଇ ପାରିବି । ଯଦି ତୁମେ ସତରେ କୋର୍ଟନା ଯାଉଥାଅ ..."

: "କାହିଁକି ? ତୁମେ କ'ଣ ମତେ ସନ୍ଦେହ କରୁଛ ?"

: "ତୁମ ବିଷୟରେ କିଛି ମନ୍ତବ୍ୟ ଦେବା ବଡ଼ କଷ୍ଟକର ବ୍ୟାପାର ।"

ମୋର ମାଆ ବର୍ତ୍ତମାନ ଆପାତତଃ ସନ୍ତୁଷ୍ଟ ଜଣା ପଡୁଥିଲେ । ସେ ଯେଭଳି ଭାବରେ ମୋ ଆଗେ ଆଗେ, ମୁଣ୍ଡ ଉଚା କରି ପାହାଚର ପିଉଲ ବାଡ଼ାକୁ ଧରି ତଲକୁ ଓହ୍ଲାଉଥିଲେ; ସେଥିରୁ ମୁଁ ଏହା ସ୍ପଷ୍ଟ ବୁଝି ପାରୁଥିଲି । ମୁଁ ଭାବୁଥିଲି ଯେ, ବୋଧହୁଏ ଆମ ଯୁକ୍ତିତର୍କରେ ଅପ୍ରୀତିକର କୈଫିୟତ୍ ଦେବାର ପରିସ୍ଥିତିକୁ ସଫଳରୂପେ ଏଡ଼ାଇ ଦେଇ ପାରିଥିବାରୁ ସେ ସନ୍ତୁଷ୍ଟ ଅଛନ୍ତି । ଆମ ତର୍କର ସେଇ ନିର୍ଦ୍ଦିଷ୍ଟ ସ୍ଥିତିରେ ତାଙ୍କୁ ଏହି ବ୍ୟାଖ୍ୟା ଦେବାକୁ ହୋଇ ଥାଆନ୍ତା ଯେ, ଧନୀ ବ୍ୟକ୍ତି ଧନୀ ହେବାକୁ ରୁହେଁ ନାହିଁ, କାରଣ ଧନୀ ହେବାଦ୍ୱାରା ସେ ତା'ର ଧନକୁ ଶାନ୍ତିର ସହ ଉପଭୋଗ କରିପାରେ ନାହିଁ । ସେ ସେଇ ସ୍ଥିତିକୁ ଏଡ଼ାଇ ଦେବାରେ ଏଭଳି

ସନ୍ତୋଷ ଅନୁଭବ କରୁଥିଲେ ଯେ ସମ୍ପ୍ରତି ମୁଁ ତାଙ୍କ ଅନୁରୋଧ ପ୍ରତ୍ୟାଖ୍ୟାନ କରିବା ସଙ୍ଗେ ମଧ ସେ ପୁନର୍ବାର ନିଃସରଣ କକ୍ଷରେ ପ୍ରସ୍ତାବ କରି ବସିଲେ, "ମନ୍ତ୍ରୀ ମହୋଦୟ ଖାଲି ଆସିବା ପର୍ଯ୍ୟନ୍ତ ତୁମେ ରୁହ ନା ! ତାଙ୍କ ସହ ସାମାନ୍ୟ ପାନୀୟ ଉପଭୋଗ କରିବା ପରେ ତୁମେ ରଳି ଯାଇ ପାରନ୍ତ । ସେ ଜଣେ ପ୍ରଭାବଶାଳୀ ବ୍ୟକ୍ତି, ଆଉ ସେଭଳି ଲୋକ ସବୁବେଳେ କାମରେ ଆସନ୍ତି ।"

: "ଦୁର୍ଭାଗ୍ୟ ବଶତଃ ସେଭଳି ଲୋକ ମୋ କାମରେ ଆସନ୍ତି ନାହିଁ", ମୁଁ ଗୋଟିଏ ଦୀର୍ଘଶ୍ୱାସ ପକାଇ କହିଲି । "ଆଉ ବାସ୍ତବରେ ବି ମୋର ଡେରି ହୋଇ ଗଲାଣି ।"

ମୋର ମାଆ ଆଉ ବାଧ କଲେ ନାହିଁ । ସେ ଦେହୁଡ଼ି ଦୁଆର ଖୋଲି ଦେହଲୀ ଉପରେ ଆସି ଠିଆ ହେଲେ ଆଉ ପାହାଚ ତଳର ଗୃହାୟନକୁ ରହିଁ ରହିଲେ । ସେ କାଖତଳେ ହାତ ଭର୍ତ୍ତି କରି ଠିଆ ହୋଇଥିଲେ ଆଉ ସେଇ ସନ୍ତସନ୍ତିଆ ଶରତର ଶୈତ୍ୟ ପ୍ରଭାବରେ ଅଳ୍ପ ଅଳ୍ପ ଥରୁଥିଲେ । ମେଘ ମେଦୁର ଆକାଶ ଆଡ଼େ ରହିଁ ହଠାତ୍ ସେ କହିଲେ, "ଯଦି ଏମିତି ବର୍ଷା ହେଇ ରଳେ, ବିଚରା ମୋ ଫୁଲମାନଙ୍କ ଅବସ୍ଥା ଖରାପ ହୋଇଯିବ ।"

: "ଆଚ୍ଛା ମା, ତାହେଲେ ବିଦାୟ ।" ମୁଁ କହିଲି ଆଉ ଟିକିଏ ନଇଁ ପଡ଼ି, ଚିରାଚରିତ ଶୁଷ୍କ ଚୁମ୍ବନଟିଏ ତାଙ୍କର ସମପରିମାଣରେ ଶୁଷ୍କ କପୋଲ ଉପରେ ଆଙ୍କି ଦେଲି । ତାପରେ ତରତର ହୋଇ ମୋର କାର ନିକଟକୁ ଦ୍ରୁତ ପଦକ୍ଷେପରେ ଆଗେଇ ଗଲି । ଗୃହାୟନର ଅପର ପ୍ରାନ୍ତରେ ଭିଲ୍ଲାର ପ୍ରବେଶ ପଥ ନିକଟରେ ଆଉ ଗୋଟିଏ କାର ଆସିବା ମୁଁ ଦେଖ ପାରିଥିଲି ଆଉ କୌଣସି ମତେ ମଧ ମାଆଙ୍କର ଅତିଥ ମାନଙ୍କ ସହିତ ଭେଟାଭେଟି ହେବାଟା ଏଡ଼ାଇବାକୁ ମୁଁ ରହୁଥିଲି । ମୁଁ କାରରେ ବସିବା ମୁହୂର୍ତ୍ତରେ ହିଁ ଅପର କାରଟି ହର୍ମ୍ୟ ସମ୍ମୁଖସ୍ଥ ଖାଲି ଜାଗାଟିରେ ଆସି ରହିଲା । ମୋର ମାଆ ବର୍ତ୍ତମାନ ଦେହୁଡ଼ି କବାଟ ନିକଟରେ ମହାର୍ଘ ଅତିଥିମାନଙ୍କ ସ୍ୱାଗତ ପାଇଁ ପ୍ରସ୍ତୁତ ହୋଇ ରହିଥିଲେ । ମୁଁ ଗାଡ଼ି ଚଲାଇ ବାହାରି ଯିବା ବେଳକୁ ହିଁ ଦେଖିଲି ସୁବର୍ଣ୍ଣର ବେଣୀବନ୍ଧ ଅଲଙ୍କୃତ ବର୍ଦ ପିନ୍ଧଥିବା ସୁଗ୍ୟବାହ ଜନକ ଗାଡ଼ିରୁ ଓହ୍ଲାଇ କାରର ଦୁଆର ଖୋଲି ଧରିଲା । ଏକାଦିକ୍ରମେ ଅପର ହାତରେ ସେ ମୁଣ୍ଡରୁ ଟୋପିଟି ଖୋଲି ଧରିଥିଲା ଆଉ ବିନୀତ ଭାବରେ ଅଣ୍ଟା ନୁଆଁଇ ଠିଆ ରହିଥିଲା । ଆଉ କଳା ଜୋତା ପରିହିତ ପୁରୁଷ ପାଦଟି କାର ଭିତରୁ ବାହାରି ଆସି ଭୁଇଁ ଉପରେ ସ୍ଥାପିତ ହେବା ପୂର୍ବରୁ ହିଁ ମୁଁ ଗାଡ଼ି ଧରି ବାହାରି ଯାଇଥିଲି ।

ସେତେବେଳକୁ ପ୍ରାୟ ଗୋଟାଏ ବାଜିବାକୁ ଯାଉ ଥିଲା । ମୁଁ ଭିୟା ଆପିଆ ଦେଇ ଦ୍ରୁତ ବେଗରେ 'ପିଆଜା ଦି ସ୍ପାନିଆ'ରେ ଦୋକାନ ବଜାର ବନ୍ଦ ହେବାର ଅବ୍ୟବହିତ ପୂର୍ବରୁ ହିଁ ପହଞ୍ଚିଗଲି । ସେସିଲିଆ ପାଇଁ ବିଦାୟକାଳୀନ ଉପହାର ଯେଉଁଠାରୁ କିଣିବି ତାହା ମୁଁ ଆଗରୁ ଭାବି ରଖିଥିଲି । 'ଭିଆଦେଇ କଦୋରି'ରେ ଥିଲା ସେଇ ଦୋକାନ ଯେଉଠି କେବଳ ବ୍ୟାଗ ଆଉ ଛତା ବିକ୍ରି ହୁଏ । ମହିଳା ଗରାଖ ମାନଙ୍କରେ ଭରିଥିଲା ଦୋକାନଟି । ମୁଁ ସେ ଗହଳି ଭିତରେ ପ୍ରବେଶ କରିବାରେ ସେମାନେ ମୁହଁରେ ସାମାନ୍ୟ ଆଶ୍ଚର୍ଯ୍ୟଭାବ ଫୁଟାଇ ଆଡ଼ ହୋଇଗଲେ । ଯେତେବେଳେ ମୁଁ ବ୍ୟସ୍ତ ହୋଇ କୁମ୍ଭୀର ଚମଡ଼ାର ବ୍ୟାଗଟିଏ ବାଛୁଥିଲି, ଦୋକାନରେ ଖଞ୍ଜା ଯାଇଥିବା ମୁକୁରଟିରେ ମୁଁ ମୋର ପ୍ରତିଚ୍ଛବି ଦେଖିଲି । ଆଉ ମୁଁ ତତ୍‌କ୍ଷଣାତ୍ ବୁଝି ପାରିଲି କାହିଁକି ସେହି ମହିଳାମାନେ ମତେ ଏଭଳି ଆଶ୍ଚର୍ଯ୍ୟ ଚକିତ ଦୃଷ୍ଟିରେ ରୁହଁଥିଲେ । ବାରବୁଲାଟିଏ ପରି ଦିଶୁଥିଲି ମୁଁ, ଅତି ନିଉଛଣିଆ ବାରବୁଲା ଯାହାକୁ କହନ୍ତି । ଉନ୍ନତ ଚଦା କପାଳ ଉପରେ ଅସଜଡ଼ା ଭାବେ ପଡ଼ିଥିବା ସୁନେଲୀ ବାଳ ନିହାତି ଭାବେ ଖିଅର ହେବା ଆବଶ୍ୟକ କରୁଥିଲା । ଗାଲରେ ମେଞ୍ଜାଏ ନାଲିଆସିଆ ଦାଢ଼ି । କାଠ କୋଇଲା ରଙ୍ଗର ସୁଇଟର ତଳେ ଯେଉ ସାର୍ଟ ପିନ୍ଧିଥିଲି ସେଥିରେ ଟାଇ ଭିଡ଼ା ହୋଇ ନ ଥିଲା । ଅଲିଭ ରଙ୍ଗର ସବୁଜ କର୍ଡ ପ୍ୟାଣ୍ଟି ମୋକରୁ ମକଟି ହୋଇ ଲାଗୁଥିଲା ସାତସିଆଁ ପୁରୁଣା । ମୁଁ ଲାଗୁଥିଲି ଡେଙ୍ଗା; ବାସ୍ତବରେ ଦୋକାନର ନୀଚ ଛାତ ଆଗରେ ବଡ଼ ଅସ୍ୱାଭାବିକ ଭାବରେ ଡେଙ୍ଗା ଲାଗୁଥିଲି ମୁଁ । ମୋର ନୀଳ ଆଖି ଲାଲ ଲାଲ ଦିଶୁଥିଲା, ଯେମିତି ବେଶ୍ କିଛିଦିନ ଧରି ଶୋଇନାଇଁ ମୁଁ । ଆଉ ହେଲମେଟ୍ ଆଗର କାଚଭଳି ବାହାରକୁ ବାହାରି ଆସିଥିବା ମୋର କପାଳ ଯେମିତି ମୋର ସେଇ ନୀଳ, ରକ୍ତାଭ ଆଖିକୁ ଘୋଡ଼ାଇ ପକାଇ ଥିଲା; ମୋର କୁନି ନାକ ଆଉ ଉଚ୍ଚା ମାଡ଼ିରେ ମୁଁ ଲାଗୁଥିଲି ଏକ ଗରିଲା ଭଳି । ମୋର ଏଇ ରୁକ୍ଷ ଅସୁନ୍ଦର ଛବି ଦେଖିବାମାତ୍ରେ ମୁଁ ବୁଝିପାରିଲି, ମତେ ମନ୍ତ୍ରୀ ଓ ଅନ୍ୟାନ୍ୟ ମହାର୍ଘ ଅତିଥ ମାନଙ୍କ ସହିତ ଦିବାହାରକୁ ନିମନ୍ତ୍ରଣ କରି ମାଆ ମୋ ପ୍ରତି ତାଙ୍କ ସ୍ନେହର କେଡ଼େ ବଡ଼ ପ୍ରମାଣ ଦେଇଛନ୍ତି । କିନ୍ତୁ ତାପରେ ମୁଁ ଭାବିଲି ଯେ, ଉଚିତ୍ ପୋଷାକ ପ୍ରତି ରୁଚି ରଖିଥିବା ମୋର ମାଆ ବୋଧହୁଏ ଚିନ୍ତା କରୁଥିବେ ମୋର ଏଇ ରୁକ୍ଷ କେଶ ଓ ଅସଜଡ଼ା ପୋଷାକରେ ମୁଁ ପ୍ରକୃତରେ

ଏକ ତୈଳିକ ପରି ଲାଗୁଛି । ଅର୍ଥାତ୍ ମୁଁ ପିନ୍ଧିଛି ଏକ ରଙ୍ଗାଜୀବର ସାଜ ଯାହା ମୋର କଳାକାର ପଣିଆକୁ ପ୍ରତିଷ୍ଠା କରୁଛି । ତେଣୁ ତାଙ୍କ ସାମାଜିକ ପରିଧ୍ୱର ରୀତି ନିୟମ ଅନୁସାରେ ଏକ ତୈଳିକ ପାଇଁ ଏ ପୋଷାକ ଅସମ୍ମାନଜନକ ହୋଇ ନ ଥିବ ନିଶ୍ଚୟ । ଅର୍ଥାତ୍ ଜଣେ ମନ୍ତ୍ରୀଙ୍କ ପାଇଁ ଦୁଇ ପକେଟ୍‌ବାଲା ଜ୍ୟାକେଟ୍ ଯେଭଳି ରୀତି-ସମ୍ମତ, ଲୋକ୍‌କୋର୍ ସ୍ଵେଟରଟିଏ ମଧ ସେଇଭଳି ରୀତି-ସମ୍ମତ ତୈଳିକଟିଏ ପାଇଁ । ଦୋକାନ ପରିଚାରିକାର ସ୍ୱରରେ ହଠାତ ଚମକି ପଡ଼ି ସମ୍ୱିତ୍ ଫେରି ପାଇଲି ମୁଁ । ପରିଚାରିକାଟି ମତେ ବ୍ୟାଗ ବଢ଼ାଉ ଥିଲା । ମୁଁ ଦାମ୍ ପଇଠ କଲି, ହାତରେ ପାର୍ସଲଟି ଧରିଲି ଆଉ ବାହାରକୁ ବାହାରି ଆସିଲି ।

ଘଣ୍ଟାରେ ବର୍ତ୍ତମାନ ଗୋଟାଏ ବାଜି ସାରିଥିଲା । ତେବେ ସେସିଲିଆ ସହ ସାକ୍ଷାତ ପାଇଁ ନିର୍ଦ୍ଧାରିତ ସମୟ ଥିଲା ପାଞ୍ଚଟା । ସେସିଲିଆ ସହ ମୋର ସମ୍ପର୍କ ବଳବତ୍ତର ଥିବା ସମୟରେ, ମୁଁ ଯେତେବେଳେ ତା ପ୍ରତୀକ୍ଷାରେ ବସି ରହୁଥିଲି, ସେ ପ୍ରତୀକ୍ଷା ସମ୍ପର୍କରେ ମୁଁ ସଚେତନ ନ ଥିଲି । ସବୁକିଛି ଘଟୁଥିଲା ସ୍ୱୟଂକ୍ରିୟ ଭାବରେ, କିନ୍ତୁ ମୁଁ ବର୍ତ୍ତମାନ ଯେତେବେଳେ ସମ୍ପର୍କ ଛିନ୍ନ କରିବା ସମ୍ପର୍କରେ ମନ ସ୍ଥିର କରି ବସିଲି, ମୁଁ ଦେଖିଲି ଏ ପ୍ରତୀକ୍ଷା ଲାଗିଲା ବଡ଼ ନିରୁତ୍ସାହଜନକ ଓ କ୍ଲାନ୍ତିକର । ମୁଁ ତେଣୁ ପାଞ୍ଚଟା ବାଜିବା ପର୍ଯ୍ୟନ୍ତ ଯାହା କିଛି କାର୍ଯ୍ୟ କରାଯାଇ ପାରିବ, ତାକୁ ଯେତେ ଦୂର ସମ୍ଭବ ବିଳମ୍ବତର କରିବା ପାଇଁ ଚେଷ୍ଟା କଲି । ମୁଁ ଆଶା କରୁଥିଲି ଏହା ଫଳରେ ମୋ ଆଗରେ ବୋଝ ଭଳି ପଡ଼ିଥିବା ସମୟ ଅଲକ୍ଷିତ ଭାବରେ ବିନା କଷ୍ଟରେ କଟିଯିବ । ମୁଁ ତେଣୁ ପାଖର ଏକ ରେସ୍ତୋରାଁରେ ଦିବାରାଶ କରି ବସିଲି । ଖାଦ୍ୟକୁ ଉପଭୋଗ କରୁଥିବାର ଛଲନା କରୁଥିଲି ମୁଁ ନିଜ ସହିତ, ଆଉ ଦୁଇଟି ଆହାର୍ଯ୍ୟର ଅନ୍ତରାଣ ସମୟକୁ ଏଣୁତେଣୁ ଚିନ୍ତା କରି କରି କେବଳ ଦୀର୍ଘତର କରୁଥିଲି । ତା ପରେ ମୁଁ ଗୋଟିଏ ବାର୍ ମଧକୁ ଯାଇ କପେ କଫି ପିଇଲି ଆଉ କିଛି ସମୟ ବସି ଜ୍ୟୁକ-ବାକ୍ସରେ ପଇସା ପକେଇ ଗୀତ ମଧ ଶୁଣିଲି । ପୁଣି ତାପରେ ଗଲି ଆଉ ଗୋଟିଏ ବାର୍ । ଆଉ ସେଇ ପାନଶାଲାରେ ପିଇଲି ଦ୍ୱିତୀୟ କପ୍ କଫି । ତାପରେ ଗୋଟିଏ ଷ୍ଟୁଲ ଉପରେ ବସି ଖବରକାଗଜଟିଏ ମୂଲରୁ ଶେଷ ପର୍ଯ୍ୟନ୍ତ ନିଟେଇ କରି ପଢ଼ିବାରେ ଲାଗିଲି । ତାପରେ ଫୁଟପାଥ ଉପରେ ଜଣେ ଯୁବକ ତୈଳିକଙ୍କ ସହ କଥା ହେଲି ପ୍ରାୟ କୋଡ଼ିଏ ମିନିଟ

ଖଣ୍ଡେ । ଯଦିଚ ତାଙ୍କ ସହ ମୋର ବିଶେଷ ପରିଚୟ ନ ଥିଲା, ଏପରିକି ମୁଁ ତାଙ୍କର ନାମ ମଧ ଜାଣି ନ ଥିଲି, ତଥାପି ମଧ ଚିତ୍ର ପ୍ରଦର୍ଶନୀ ଏବଂ ପୁରସ୍କାର ସମ୍ପର୍କରେ ତାଙ୍କର ଦୀର୍ଘ ବିଷୋଦ୍ଗାର ମନଯୋଗ ସହକାରେ ଶୁଣୁଥିବାର ଛଳନା କରି ମୁଁ ଠିଆ ହୋଇ ରହିଲି । କିନ୍ତୁ ଏ ସମସ୍ତ ସ‌ତ୍ତ୍ୱେ ମଧ, ଆମର ସାକ୍ଷାତ ପାଇଁ ବାକିଥିବା ଚ‌ରିଘଣ୍ଟା ମଧରୁ, ମାତ୍ର ଦୁଇଟି ଘଣ୍ଟା ମୁଁ କାଟି ପାରିଲି । ପରିଶେଷରେ ଏକ ବିଷଣ୍ଣ ହୃଦୟର ସହ ମୋ ଶିଳ୍ପଶାଳାକୁ ମୁଁ ଫେରି ଆସିଲି ।

ଧଳା ପର୍ଦ୍ଦା ପରିସ୍ରବିତ ସ୍ୱଚ୍ଛ କ୍ଷୀଣାଲୋକ ବିଛାଡ଼ି ହୋଇ ପଡ଼ିଥିଲା ଶିଳ୍ପଶାଳା ଭିତରେ । ସେଇ ପରିଚିତ ମୃଦୁ ଆଲୋକ ଯାହା ମୋ ବୋରିୟାତ, ଆଉ ବାହ୍ୟପଦାର୍ଥ ସମୂହ ସହିତ ମୁଁ ଅନୁଭବ କରୁଥିବା ମୋର ବିଚ୍ଛିନ୍ନତାବୋଧକୁ, ଆବୋରି ରଖିଛି ଏକ ଅନ୍ତରଙ୍ଗ ସ୍ୱାଭାବିକତାର ସହିତ । କିନ୍ତୁ ତା’ର ଏ ଆତ୍ମୀୟପଣ ମୋର ବୋରିୟାତକୁ ହ୍ରାସ କରିବା ପରିବର୍ତ୍ତେ, ତା ଘନିଷ୍ଠପଣର କାରଣରୁ ହିଁ, ମୋର ଅବସାଦକୁ ତିକ୍ତତର କରି ଦେଇଛି । ଆଉ ବାସ୍ତବରେ ସେଦିନ ମୁଁ ଯେତେବେଳେ ଶିଳ୍ପଶାଳାକୁ ଆସି ମୋର ଶୂନ୍ୟ ଚିତ୍ରପଟ ଆଗରେ ପଡ଼ିଥିବା ଆରାମଚୌକିରେ ବସି ପଡ଼ିଲି, ଆଉ ଚିତ୍ରାଧାର ଉପରେ କ୍ଷୀଣ-ଆଲୋକ ଉଭାସିତ ଧଳା ଚିତ୍ରପଟଟିକୁ ରୁହିଁ ଦେଖିଲି, ମୁଁ ହଠାତ୍‌ ନିଜକୁ କହିଲି, “ମୁଁ ଏଇଠି, ଆଉ ସେମାନେ ସେଇଠି ।” ‘ସେମାନେ’ର ଅର୍ଥ ମୋ ଚ‌ରିପାଖର ବସ୍ତୁ ସମୂହ; ଏଇ ଚିତ୍ରାଧାର ଉପରେ ରଖା ଯାଇଥିବା ଚିତ୍ରପଟ, ମଝିରେ ଥୁଆ ହୋଇଥିବା ଗୋଲଟେବୁଲ, ବାଁ ପାଖ କଣର ପର୍ଦ୍ଦା, ଯାହା ପଛରେ କି ଲୁଚି ରହିଚି ମୋର ଖଟ, ଅଗ୍ନିକୁଣ୍ଡ ଓ ଚିମିନି, ବିକ୍ଷିପ୍ତ ଚେୟାର ଆଉ ତା ଉପରେ ଫୋପଡ଼ା ହୋଇଥିବା ଖାତାସବୁ, ବହି ଆଉ ବହିଥାକ । ସେମାନେ ସେଠି ଅଛନ୍ତି ଆଉ ମୁଁ ଏଠି ଅଛି, ମୁଁ ନିଜକୁ ବୁଝାଇଲି, ଆଉ ଆମ ଉଭୟଙ୍କ ମଧରେ ରହିଛି ଶୂନ୍ୟତା, ବାସ୍ତବ ଶୂନ୍ୟତା, ବୋଧହୁଏ ମହାଶୂନ୍ୟ ମଣ୍ଡଳରେ ଅୟୁତ ଅୟୁତ ଆଲୋକବର୍ଷ ଦୂରତାରେ ଥିବା ତାରାମାନଙ୍କ ମଧରେ ଯେମିତି ଶୂନ୍ୟତା ଥାଏ, ସେମିତି ବାସ୍ତବ ଶୂନ୍ୟତା ।

ମୁଁ ପୁନରାବୃତ୍ତି କଲି, “ମୁଁ ଏଠାରେ ଆଉ ସେମାନେ ସେଠାରେ ।” ଆଉ ହଠାତ୍‌ ସେସିଲିଆ କଥା ମୋର ମନେ ପଡ଼ିଲା । ଗତକାଲି ଡିଭାନ୍‌ ଉପରେ ପଡ଼ିଥିଲା ସିଏ, ନିମୀଳିତ ଚକ୍ଷୁ, ତକିଆ ଉପରେ ମୁଣ୍ଡ ବାଙ୍କି ଯାଇଥାଏ ପଛକୁ ।

ତା'ର ଉନ୍ମୁକ୍ତ ଜଘନ ତେସି ହୋଇ ରହିଥାଏ ଆଗକୁ, ସମ୍ପୂର୍ଣ୍ଣ ସ୍ୱସ୍ଥ ଓ ଅବିକଳ ଭାବରେ ଆପଣାକୁ ଅର୍ପଣ କରୁଥାଏ ସିଏ ସଂଭୋଗ ପାଇଁ। ଯେମିତି ବସ୍ତୁଟିଏ ନିଜକୁ ଅର୍ପଣ କରେ ଭୁକ୍ତି ପାଇଁ, ଆଉ ଅଭୁକ୍ତ ହୋଇ ରହିବା ତା ଧର୍ମର ବିରୁଦ୍ଧାଚରଣ କରେ, ସେମିତି ଆଦିମ ଥିଲା ତା'ର ଏ ଆମ୍ଭସମର୍ପଣ। ଆଉ ମୋର ମଧ୍ୟ ମନେ ପଡ଼ିଲା, ଯେତେବେଳେ ମୁଁ ତା ଆଡ଼କୁ ଆଗେଇ ଯାଉଥିଲି, ମୁଁ ଠିକ୍ ସେମିତି ଭାବୁଥିଲି, ଯାହା ବର୍ତ୍ତମାନ ଭାବୁଛି, "ସିଏ ସେଠାରେ, ଆଉ ମୁଁ ଏଠାରେ।" ଆଉ ଅନୁଭବ କରୁଥିଲି ତା'ର ମୋର ଭିତରେ ଭରି ରହିଥିବା ଶୂନ୍ୟତାକୁ, ଯାହାକୁ ମତେ ଅତିକ୍ରମ କରିବାକୁ, ଭେଦ କରିବାକୁ, ପଡ଼ିବ। ବାସ୍ତବରେ ସେସିଲିଆର ଉନ୍ମୁକ୍ତ ଜଘନ ଉପରକୁ ଲଂଘ ପ୍ରଦାନ ପାଇଁ ମତେ ମୋ ଶରୀର-ଚଳନ ଦ୍ୱାରା ଏ ଶୂନ୍ୟତାକୁ ପୂର୍ଣ୍ଣ କରି ଦେବାକୁ ପଡ଼ିବ। ପର୍ଯ୍ୟଙ୍କିକା ଉପରେ ପଡ଼ି ରହିଥିବା ସେସିଲିଆକୁ ଆଲିଙ୍ଗନ କରିବା ପାଇଁ ଆଗେଇ ଯିବାର ପ୍ରକ୍ରିୟା ମତେ ଲାଗୁଥିଲା କୌଣସି ଅଦୃଶ୍ୟ ପ୍ରତିବନ୍ଧକୁ ଅତିକ୍ରମ କରିବାର ଏକ ପ୍ରଚେଷ୍ଟା ଭଳି। ସେଇ ପ୍ରଚେଷ୍ଟାର ଇତିହାସ ସ୍ମରଣ କରୁ କରୁ ମୁଁ ହଠାତ୍ ଅନୁଭବ କଲି ଯେ ସେସିଲିଆକୁ ପରିତ୍ୟାଗ କରିବା ପାଇଁ ମୁଁ ନେଇଥିବା ନିଷ୍ପତ୍ତି ବାସ୍ତବିକ ଥିଲା ଏକ ବିଦ୍ୟମାନ ପରିସ୍ଥିତି ସମ୍ପର୍କରେ ଔପରଠିକ ଘୋଷଣା ଭଳି। ହଁ, ଏହା ଠିକ୍ ଯେ ମୁଁ ଆଜି ସେସିଲିଆକୁ ଛାଡ଼ିବାକୁ ଯାଉଛି, କିନ୍ତୁ ବାସ୍ତବରେ ତାକୁ ମୁଁ ବହୁପୂର୍ବରୁ ଛାଡ଼ି ସାରିଲିଣି, ଯଦି କେବେବି କିଛି ସମ୍ପର୍କ ତା ସହିତ ମୋର ଥାଏ, ସେ ସମ୍ପର୍କ ବହୁଦିନ ଆଗରୁ ହିଁ ତୁଟି ଗଲାଣି।

ଏହିଭଳି ଚିନ୍ତା କରୁ କରୁ, ମତେ ନିଦ ଲାଗିବା ଆରମ୍ଭ ହେଲା। ମୁଁ ଆରାମ ଚେୟାରରୁ ଉଠିଲି ଆଉ ପର୍ଯ୍ୟଙ୍କିକା ଉପରେ ଗଡ଼ି ପଡ଼ିଲି। ସଙ୍ଗେ ସଙ୍ଗେ ମୁଁ ପ୍ରଗାଢ଼ ନିଦ୍ରାରେ ଅଚେତନ ହୋଇ ପଡ଼ିଲି। ସେଇ ନିଦରେ ହେଲା ମୋର ଏକ ବିଚିତ୍ର ସ୍ୱପ୍ନାନୁଭୂତି। ମୁଁ ବହୁ ଉଚ୍ଚରୁ ତଳକୁ ଖସି ପଡୁଚି। ମୋର ଦାନ୍ତପାଟି ପଡ଼ି ଯାଇଛି, ହାତ ମୁଠା ହୋଇ ଯାଇଛି। ମୁଁ ବସ୍ତାଟିଏ ଭଳି ଯାକିଯୁକି ହୋଇ ଯାଇଛି ଆଉ ମହାଶୂନ୍ୟର ଅସୀମ ବିସ୍ତାର ଭିତରେ ମୁଁ ତଳକୁ ଖସି ଚାଲିଛି। ଆଉ ଯେତେ ଅଧିକ ମୁଁ ଖସୁଛି, ମୋର ଓଜନ ସେତେ ବଢ଼ି ବଢ଼ି ଚାଲିଛି। ତାପରେ ମୁଁ ହଠାତ୍ ଚମକି ଯାଇ ନିଦରୁ ଉଠି ପଡ଼ିଲି। ମୋର ପାଟି ଲୁହାଳିଆ ଲାଗୁଥିଲା; ଯେମିତିକି

ମୁଁ ଦାନ୍ତରେ ଗୋଟିଏ ଲୌହଦଣ୍ଡକୁ କାମୁଡ଼ି ଧରିଥିଲି । ମୋ ଶିଳ୍ପଶାଳା ଭିତରେ ଅନ୍ଧାର ଘୋଟି ଆସିଥିଲା । ଅତିକ୍ରାନ୍ତ ପ୍ରଦୋଷର ପ୍ରାୟୋଦ୍ଧକାର ଭିତରେ ଗୃହ ଅଭ୍ୟନ୍ତରର ବସ୍ତୁଗୁଡ଼ିକ କଳା ନେଇହେଲା ଭଳି ଦିଶୁଥିଲେ । ମୁଁ ଡିଭାନରୁ ତଳକୁ ଡେଇଁ ପଡ଼ି, ଯାଇ ଆଲୁଅ ଲଗାଇ ଦେଲି । ଝରକା ବାହାରେ ରାତି ଓହ୍ଲାଇ ଆସିଥିଲା । ତାପରେ ମୁଁ ମେଜ ଉପରେ ରଖା ଯାଇଥିବା ଟେବୁଲ ଘଣ୍ଟାକୁ ଚାହିଁଲି । ଦେଖିଲି ଛଅଟା ବାଜି ସାରିଲାଣି କେତେବେଲୁ, ସେସିଲିଆର ପାଞ୍ଚଟାରେ ଆସିବାର ଥିଲା ।

ତା'ର ବିଳମ୍ବ ଯେ କାକତାଳୀକ ନୁହେଁ, ଏ କଥା ବୁଝିବା ପାଇଁ ଯଥେଷ୍ଟ ଚିନ୍ତାଶକ୍ତିର ଆବଶ୍ୟକତା ନ ଥିଲା । ଅର୍ଥାତ୍ କୌଣସି ଅଜ୍ଞାତ କାରଣରୁ ଯେ ସେ ବିଲମ୍ବିତ ଏକଥା ମନେ ହେଉ ନ ଥିଲା । ବରଂ ଏହା ସ୍ପଷ୍ଟ ମନେହେଉଥିଲା ଯେ ସେ ଆଜି ଆଉ ଆସିବ ନାଇଁ । କିନ୍ତୁ ଏ ବ୍ୟତିକ୍ରମ ଥିଲା ଏପରି ଅସାଧାରଣ ଯେ ଏହାକୁ ବେଶ୍ ପ୍ରଶାନ୍ତିର ସହ ମାନିନେବା ସମ୍ଭବ ହୁଏ ନା । ମାନୁଚି, ସେସିଲିଆର ଚରିତ୍ରରେ ଥିଲା ଅନେକ ବିରୋଧାଭାସ । ଯେଉଁମାନେ ଆମକୁ ଭଲ ପାଆନ୍ତି ସେମାନଙ୍କୁ କଷ୍ଟ ନ ଦେବା ଭଳି ମାନସିକତା ପ୍ରଦର୍ଶନ କରିବା ଦିଗରେ ସେ ଥିଲା ଅକ୍ଷମ । କିନ୍ତୁ ତଥାପି ମଧ୍ୟ ସେସିଲିଆ ମୋ ପାଖକୁ ଆସିବାରେ ଥିଲା ଅତ୍ୟନ୍ତ ସମୟାନୁବର୍ତ୍ତୀ, ଯେମିତି କି ସିଏ ମତେ ବାସ୍ତବରେ ଭଲ ପାଉଥିଲା ନିବିଡ଼ ଭାବେ । ଆଉ ଯେତେବେଲେ କୌଣସି କାରଣରୁ ହେଉ ନା କାହିଁକି ତା'ର ବିଲମ୍ବ ହେବା ଅନିବାର୍ଯ୍ୟ ହୋଇ ପଡ଼ୁଥିଲା, ସେ ମତେ ଯେମିତି ହେଲେ ଠିକ୍ ସମୟରେ ସେ କଥା ଜଣାଇ ଦେଉଥିଲା । ତେଣୁ ତା'ର ସେଦିନର ବିଲମ୍ବ ଥିଲା ଅସ୍ୱାଭାବିକ । ତାକୁ ଏକମାତ୍ର ଏହିଭଳି ବୁଝାଯାଇ ପାରିବ ଯେ, ଆମ ସାକ୍ଷାତ ଅପେକ୍ଷା ଅଧିକ ଗୁରୁତ୍ୱପୂର୍ଣ୍ଣ କୌଣସି ଘଟଣା ହେତୁ ସେ ଆସିବାକୁ ସକ୍ଷମ ହୋଇ ନାହିଁ । ଘଟଣାଟି ଏଭଳି ଗୁରୁତ୍ୱପୂର୍ଣ୍ଣ ଯେ ସେ କେବଲ ଆସିପାରି ନାହିଁ ନୁହେଁ, ସେ ଯେ ଆସି ପାରିବନି ଏକଥା ଜଣାଇ ମଧ୍ୟ ପାରିନାହିଁ ।

ଏ ସମସ୍ତ ସତ୍ତ୍ୱେ, ମୋ ମୁଣ୍ଡକୁ ପ୍ରଥମ ଚିନ୍ତା ଆସିଲା ଯେ, ଆଛା, ତତେ ଖୁସି ଲାଗୁନାହିଁ କି ? ତୁ ତ ତାଠାରୁ ମୁକ୍ତି ଚାହୁଁଥିଲୁ, ଆଉ ବର୍ତ୍ତମାନ ତତେ ମୁକ୍ତି ମିଲି ଯାଇଛି, ଭଲ ହେଲା ନା ! କିନ୍ତୁ ଏପ୍ରକାର ଚିନ୍ତା ଥିଲା ବାହୁଲ୍ୟ ମାତ୍ର । କାରଣ

ମୁଁ ଆଶ୍ଚର୍ଯ୍ୟାନ୍ବିତ ହୋଇ ସଚେତନ ହେଲି ଯେ, ସେସିଲିଆର ବିଳମ୍ବ ମତେ କେବଳ ଆନନ୍ଦିତ କରିନାହିଁ ନୁହେଁ, ତାହା ମଧ୍ୟ ମତେ ନିତାନ୍ତ ବିବ୍ରତ କରି ପକାଇଛି ।

ମୁଁ ଫେରିଯାଇ ପର୍ଯ୍ୟଙ୍କିକା ଉପରେ ବସି ପଡ଼ିଲି ଆଉ ଚିନ୍ତା କରିବାରେ ଲାଗିଲି, ସେସିଲିଆର ଏ ବିଳମ୍ବ ମତେ କାହିଁକି ବିବ୍ରତ କରୁଛି ? ମୁଁ ଏ କଥା ଚିନ୍ତା କରି ଦେଖିଲି ଯେ, ମୁଁ ପୂର୍ବରୁ କହିଥିବା ମତେ, ସେ ଏପର୍ଯ୍ୟନ୍ତ ମୋ ପାଇଁ ଥିଲା ତୁଚ୍ଛ ଓ ମୂଲ୍ୟହୀନ କାରଣ ସେ ଥିଲା ମୋ ପାଇଁ ସହଜ ସୁଲଭ । ଏବଂ ତା’ର ସେଇ ତୁଚ୍ଛତା ତା’ର ବାସ୍ତବତାକୁ କରିଥିଲା ସ୍ଖାଣାୟିତ । କିନ୍ତୁ ଅଧୁନା ତା’ର ବିଳମ୍ବ, ତା’ର ଅଲଭ୍ୟତା ତାକୁ ସଭା ପ୍ରଦାନ କରିଛି ଆଉ ଏହା ଫଳରେ ସେ ଧୀରେ ଧୀରେ ବାସ୍ତବତା ଫେରି ପାଉଛି । ପୁନଶ୍ଚ ସେହି ସଭାଟି, ବାସ୍ତବତା ପରିଗ୍ରହଣ କରିବା ମୁହୂର୍ତ୍ତରେ ହିଁ, ମାୟାମିରିଗ ଭଳି ଖସି ଯାଇଛି ମୋ ହାତରୁ; କାରଣ ଅପ୍ରାପ୍ତିର ବେଦନା ଭିତରେ ହିଁ ସେସିଲିଆ ବାସ୍ତବାୟିତ ହୋଇଛି । ତେଣୁ ମୁଁ ଏଇ ଉପସଂହାରରେ ପହଞ୍ଚିଲି ଯେ ମୋର ଶିକ୍ଷଶାଳା ଭିତରେ ଯେତେବେଳେ ସେସିଲିଆ ମତେ ତା’ର ନିବିଡ଼ ଆଲିଙ୍ଗନରେ ବାନ୍ଧି ରଖିଥାଏ ସେତେବେଳେ ସେ ମୋ ପାଇଁକି ବାସ୍ତବରେ ହୋଇ ଉଠିଥାଏ ସଭାହୀନ, ଆଉ ଅଧୁନା ଯେତେବେଳେ ସିଏ ଅନୁପସ୍ଥିତ ଆଉ ଯେତେବେଳେ ମୁଁ ନିଶ୍ଚିତ ଯେ ଆଜି ସେ ଆଉ ଆସିବ ନାଇଁ, ମୁଁ ଏକ ମଧୁର ବ୍ୟଥାର ସହ ତା’ର ସେ ଅଭାବକୁ ପ୍ରତ୍ୟକ୍ଷ କରୁଛି, ଅର୍ଥାତ୍ ଅଲକ୍ଷିତ ଭାବରେ ସେ ମୋ ପାଖରେ ତା’ର ଉପସ୍ଥିତି ଜାହିର କରୁଛି ।

ମୁଁ ଏ ସମ୍ପର୍କରେ ବିଶଦ ଭାବରେ ଅଧିକ ସ୍ବଚ୍ଛତାର ସହିତ ଚିନ୍ତା କରିବାକୁ ଚେଷ୍ଟା କଲି, ଯଦିଓ ଏହା କରିବା ମୋତେ ବଡ଼ ଦାରୁଣ ଓ କଠିନ ବୋଧ ହେଉଥିଲା, କାରଣ ଏହି ଚିନ୍ତା ମତେ ଯନ୍ତ୍ରଣାଦଗ୍ଧ କରୁଥିଲା । ସେସିଲିଆ କେବଳ ଆସି ନ ଥିଲା ନୁହେଁ, ସେ ନ ଆସିବା ସମ୍ପର୍କରେ ଜଣାଇବାକୁ ମଧ୍ୟ ଉଚିତ ମନେକରି ନ ଥିଲା । ତେଣୁ ସେ ନିଶ୍ଚିତଭାବରେ ମତେ ଆଉ ଭଲ ପାଉ ନ ଥିଲା; ଅଥବା ମୋ ପ୍ରତି ତା’ର ପ୍ରେମ ଏଭଳି ପର୍ଯ୍ୟାପ୍ତ ନ ଥିଲା ଯାହା ଦ୍ୱାରା କି ସେ ଠିକ୍ ସମୟରେ ଆସି ପହଞ୍ଚି ଯିବ, କିମ୍ବା ନ ଆସି ପାରିଲେ ଏ ସମ୍ପର୍କରେ ଜଣାଇ ଦେବ । ଅନ୍ୟଭାବରେ କହିବାକୁ ଗଲେ ତା’ର ମୋ ପ୍ରତି ପ୍ରେମ ଥିଲା ସ୍ବଳ୍ପ ଓ

ଅପ୍ରତୁଳ। ଏହି ସମୟରେ ହଠାତ୍ ମୋର ମନେ ପଡ଼ିଲା, ଏବଂ ବେଶ୍ ଆଶ୍ଚର୍ଯ୍ୟ ହୋଇ ମୁଁ ଏକଥା ସ୍ମରଣ କଲି ଯେ ଆମର ଏଇ ବିଗତ ଦୁଇମାସର ସମ୍ପର୍କ ଭିତରେ ସେସିଲିଆ ଥରକ ପାଇଁ ବି ମତେ ଭଲପାଏ ବୋଲି ମୁହଁ ଖୋଲି କହି ନାହିଁ ଏବଂ ଏ ବିଷୟରେ ମୁଁ କେବେ ବି ତାକୁ ସ୍ପଷ୍ଟ ଭାବେ ପଚାରି ନାହିଁ। ଏହା ନିଶ୍ଚିତ ଯେ ତା'ର ତନୁଦାନ ଆଉ ରତି କାଳୀନ ମଧୁର ଇସିକାରକୁ ତା'ର ମୋ ପ୍ରତି ପ୍ରେମର ଏକ ଉଦ୍ଘୋଷଣା ଭଳି ଗ୍ରହଣ କରା ଯାଇ ପାରିବ। କିନ୍ତୁ ମୁଁ ହଠାତ୍ ସଚେତନ ଭାବରେ ଏ ସମ୍ପର୍କରେ ଚିନ୍ତା କରି ଦେଖିଲି ଯେ, ଯୌନ ସଙ୍ଗମର ତୀବ୍ର ରଭସ ପ୍ରେମର ଯଥାର୍ଥ ଉଦ୍ଘୋଷଣା ନୁହେଁ। ଏବଂ ନିଧୁବନର ସାକ୍ଷାର ସମ୍ପୂର୍ଣ ପ୍ରେମ ବିରହିତ ହେବା ମଧ୍ୟ ସମ୍ଭବ।

ଯାହା ହେଉନା କାହିଁକି, ଯେଉଁ ଗୁରୁତ୍ୱହୀନତାର ସହିତ ସେସିଲିଆ ତା'ର ଶରୀରକୁ ସମ୍ଭୋଗ ନିମନ୍ତେ ଅର୍ପଣ କରୁଥିଲା, ସେଥିରୁ ଏହା ପ୍ରମାଣିତ ହେଉଥିଲା ଯେ ତା ପାଇଁ ଏହି କାର୍ଯ୍ୟର ପ୍ରଣୟ-ସୂଚକ ଅର୍ଥ ଥିବା ସମ୍ଭବପର ନୁହେଁ। କିଛି ଜିନିଷ କେବଳ ଅନୁଭବ ସାପେକ୍ଷ। ଯେମିତି ବଣୁଆ ଆଦିବାସୀଟିଏ ଏକ ସରଳ ନିଃସ୍ପୃହତାର ସହିତ ଆପଣା ବେକରେ ପିନ୍ଧିଥିବା ମୂଲ୍ୟବାନ ରତ୍ନ ପଥରର ମାଲାଟିକୁ ଲୁବ୍ଧ ପର୍ଯ୍ୟଟକ ହାତକୁ ସାମାନ୍ୟ ମୂଲ୍ୟରେ ବଢ଼ାଇ ଦିଏ, ସେସିଲିଆ ତା'ର ତନୁକୁ ମୋ ପାଖରେ ସେଇ ଆଦିମ ଉଦାସୀନତାର ସହିତ ଅର୍ପଣ କରି ଦେଇଥିଲା। ବାସ୍ତବରେ ଏପରି ମନେ ହେଉଥିଲା ଯେ, ନାରୀ ତନୁ ଏକ ପ୍ରେମିକ ପାଇଁ କିଭଳି ମହାର୍ଘ ଭାବରେ ବାଞ୍ଛିତ ହୋଇ ପାରେ, ସେ ବିଷୟରେ କୌଣସି ଦୟିତ କେବେ ତା ନିକଟରେ ନିଜ ଅକୁଣ୍ଠ ପ୍ରଣୟ ଯାଚନା ଦ୍ୱାରା ତାକୁ ସଚେତନ କରାଇବା ଘଟି ନାହିଁ। ଏହା ସତ୍ୟ ଯେ, ବାଲେଷ୍ଟ୍ରିୟେରି ଥିଲେ ତା'ର ରୂପର ଉପାସକ ଆଉ ତାହାହିଁ ପରିଶେଷରେ ତାଙ୍କର ମୃତ୍ୟୁର କାରଣ ହୋଇ ଥିଲା। କିନ୍ତୁ ତାଙ୍କର ସେହି ତୀବ୍ର ଆକର୍ଷଣକୁ ସେସିଲିଆ ସ୍ୱୟଂ ବୁଝି ପାରୁ ନ ଥିଲା ଏବଂ ଏଥିରେ ସିଏ ଆଶ୍ଚର୍ଯ୍ୟ ଅନୁଭବ କରୁଥିଲା। ତା ଚିନ୍ତାରେ ଏଭଳି ଆକର୍ଷଣ ଥିଲା ସମ୍ପୂର୍ଣ ଅଯଥାର୍ଥ।

ହଠାତ୍ ମୁଁ ଅନୁଭବ କଲି ଏକ ତୀବ୍ର ଆବେଗର ଯନ୍ତ୍ରଣା ଏବଂ ଏଭଳି ଭୟଙ୍କର ଭାବେ ଚମକି ପଡ଼ିଲି ଯେ ମୋର ସମଗ୍ର ଶରୀର ଥରିଗଲା। ଯେଉଁ ଚିନ୍ତା ମୋର ହୃଦୟକୁ ଶୂଳ ଭଳି ବିନ୍ଧ କଲା, ତାହା ଏ ପ୍ରକାରେ: 'ମୁଁ ଯାହା

ଭାବୁଥାଏ ନା କାହିଁକି, ସେସିଲିଆ କିନ୍ତୁ ଏ ପର୍ଯ୍ୟନ୍ତ ଆସି ନାହିଁ ।' ସେସିଲିଆର ଅବର୍ତ୍ତମାନରେ ତାକୁ ଝୁରି ହେବାର ସେଇ ଅଭୂତ ଭାବପ୍ରବଣତା ଏକ ଭୌତିକ ବାସ୍ତବତାର ରୂପ ନେଇ ମୋ ହୃଦୟରେ ପ୍ରତିଭାତ ହେଲା । ମୁଁ କାନ୍ଥ ଘଣ୍ଟା ଆଡ଼କୁ ଅନାଇ ବୁଝିଲି ଯେ ପ୍ରାୟ ଅଧଘଣ୍ଟାଏ ହବ ମୁଁ ନିଦରୁ ଉଠିଲିଣି । ଏହା ନିଶ୍ଚିତ ଯେ ସେସିଲିଆ ଆଜି ଆଉ ଆସିବ ନାହିଁ । ଏବଂ ବର୍ତ୍ତମାନ, ତା ଆସିବା ନ ଆସିବା ସମ୍ପର୍କରେ ମୁଁ ବୀତସ୍ପୃହ ବୋଲି ଆଗରୁ ଯେ ନିଜ ପାଖରେ ଛଳନା କରୁଥିଲି, ଏହା ସ୍ପଷ୍ଟ ଜଣା ପଡ଼ି ଯାଉଥିଲା ।

ମୁଁ ଭାବିଲି ଯେ ବୋଧହୁଏ ସେ ଅସୁସ୍ଥ । ତା'ର ନ ଆସିବାର ଏହି ସମ୍ଭାବ୍ୟ କାରଣଟି, ତା କାର୍ଯ୍ୟର ଯଥାର୍ଥ୍ୟ ପ୍ରତିପାଦନ କରିବା ସହିତ ତାକୁ ଦୋଷମୁକ୍ତ କରୁଥିଲା । ଏବଂ ମୁଁ ପର୍ଯ୍ୟଙ୍କିକାରୁ ଉଠି ଦୂରଭାଷ ନିକଟକୁ ଗଲି । ତା'ର ସ୍ୱାସ୍ଥ୍ୟ ସମ୍ପର୍କରେ ପଚରି ବୁଝିବାକୁ ମୁଁ ଅନୁଭବ କଲି ଏକ ତୀବ୍ର ଆବେଗ । ଏବଂ ହଠାତ୍, ମୋର ମନକୁ ଏ କଥା ଆସିଲା ଯେ, ଆଜି ପର୍ଯ୍ୟନ୍ତ ଥରୁଟିଏ ମଧ୍ୟ ମୁଁ କେବେ ସେସିଲିଆକୁ ଫୋନ କରି ନାହିଁ । ଏ ସମ୍ପର୍କରେ ପ୍ରଥମ ଥର ପାଇଁ ମୁଁ ସଚେତନ ହୋଇ ଚିନ୍ତା କଲି । ସେସିଲିଆ ହିଁ ମତେ ପ୍ରତିଦିନ ଫୋନ କରୁଥିଲା । ମୁଁ ତାକୁ ଫୋନ କରୁ ନ ଥିଲି କାରଣ ତାକୁ ଫୋନ କରିବା ପାଇଁ ମୋର ଆବଶ୍ୟକତା ପଡୁ ନ ଥିଲା । ସେସିଲିଆ ସମ୍ପର୍କରେ ମୋର ଏଇ ଆଗ୍ରହର ଅଭାବ ମତେ ବଡ଼ ଗୁରୁତ୍ୱପୂର୍ଣ୍ଣ ମନେ ହେଲା । ମୁଁ ତାକୁ ଫୋନ କରିବାକୁ କେବେ ଚେଷ୍ଟା କରି ନାହିଁ କାରଣ ତା ସହିତ କୌଣସି ବାସ୍ତବ ସମ୍ପର୍କ ସ୍ଥାପନ କରିବାକୁ ମୁଁ କେବେ ଚେଷ୍ଟା କରି ନାହିଁ । ତେଣୁ ଆମ ସମ୍ପର୍କରେ ରହିଛି ଗୋଟାଏ ବିରାଟ ଫାଙ୍କ ଆଉ ବୋରିଯାତର ଘୁଣ ତାକୁ ସହଜରେ ଖାଇ ନିଃସ୍ୱ କରି ଦେଇଛି । ପରିଶେଷରେ ସେଇଥିପାଇଁ ହିଁ ମୁଁ ଏ ସମ୍ପର୍କର ଯବନିକା ଟାଣିବା ପାଇଁ ମନ ସ୍ଥିର କରିଛି ।

ସେସିଲିଆର ଦୂରଭାଷ ସଂଖ୍ୟା ମୁଁ ଡାଏଲ କରିବା ପରେ ତାହା ବାଜିଥିଲା ଦୀର୍ଘ ସମୟ ଧରି । କିନ୍ତୁ ଏକ ରହସ୍ୟମୟ ନୀରବତା ହିଁ ଥିଲା ସେ ଧ୍ୱନିର ପ୍ରତ୍ୟୁତ୍ତର । ବରଂ ନିର୍ଦ୍ଦିଷ୍ଟ ଭାବରେ କହିବାକୁ ଗଲେ ମୁଁ ଅନୁଭବ କରୁଥିଲି ଯେ ପ୍ରତ୍ୟୁତ୍ତରର ଅଭାବ ରହସ୍ୟମୟ ହୋଇ ଉଠିଛି, କାରଣ ତା'ର ପ୍ରଚ୍ଛଦପଟରେ ରହିଥିବା ନାୟିକା ମୋ ପାଇଁ ଏକ ପ୍ରହେଲିକାରେ ପରିଣତ ହୋଇଛି । ଯେମିତି

ପଣ୍ଡିଟିଏ ତା'ର ଗୁମ୍ଫାର ଆଦିମ ଅନ୍ଧାର ଭିତରେ ନିଜକୁ ସଙ୍କୁଚିତ କରି ଢାଙ୍କି ରଖିଥାଏ ଗୂଢ଼ ରହସ୍ୟମୟତାରେ, ସେସିଲିଆର ଅପ୍ରକଟନ ତାକୁ ଦେଇଛି ଏକ ଗୋପନ ରହସ୍ୟମୟତାର ଆବରଣ । କିନ୍ତୁ ଅପର ପକ୍ଷରେ ରହସ୍ୟମୟ ମନେ ହେଉଥିବା ଏଇ ନୀରବତା ମତେ ନକାରାତ୍ମକ ଲାଗୁ ନ ଥିଲା । ଯେମିତି ଏକ ଜୁଆଡ଼ି ବାରମ୍ବାର ହାରିବା ସତ୍ତ୍ୱେ ମଧ, ଏକ ଅସୁରକ୍ଷିତ ମନୋବୃତ୍ତି ନେଇ ଏଇ ଥରକ ସେ ନିଶ୍ଚୟ ଜିତିବ ବୋଲି ନିଜକୁ ଠକି ରଖିଥାଏ, ସେମିତି ମୁଁ ଆଶା କରୁଥିଲି ଯେ ହଠାତ୍ ସେପଟୁ ସେସିଲିଆର ସ୍ୱର ଗୁଞ୍ଜରି ଉଠିବ । କିନ୍ତୁ ତା ପରିବର୍ତ୍ତେ ଏକ ଅଭୁତ ଘଟଣା ଘଟିଲା । ଦୂରଭାଷର କ୍ରିଁ କ୍ରିଁ ଧ୍ୱନି ହଠାତ୍ ବନ୍ଦ ହୋଇଗଲା, କିଏ ଜଣେ ଫୋନର ଆଦାତୁଟିକୁ ଉଠାଇଲା, କିନ୍ତୁ ତଥାପି ମଧ ସେ ପାଖରେ ଭରିଥିଲା ଏକ ଅନାକାଂକ୍ଷିତ ନୀରବତା, ମତେ କେବଳ ଶୁଭୁଥିଲା ଏକ ଗଭୀର ନିଃଶ୍ୱାସର ଶବ୍ଦ, ଅଥବା ଏକ ପ୍ରକାରର ରହସ୍ୟମୟ ମ୍ଲିଷ୍ଟସ୍ୱର । ମୁଁ ଚିତ୍କାର କଲି, "ହ୍ୟାଲୋ, ହ୍ୟାଲୋ" ଏବଂ ବାରମ୍ବାର ପଚାରି ଚଲିଲି, "କିଏ କହୁଛ କିଏ କହୁଛ ?" ପରିଶେଷରେ ମୁଁ ସଚେତନ ହେଲି ଯେ ରିସିଭରଟି ଇତିମଧ୍ୟରେଫୋନ ଉପରେ ଥୁଆ ହୋଇଗଲାଣି । ଏକ ସୁତୀବ୍ର କ୍ରୋଧର ଯାତନାରେ ମୁଁ ଆଉଥରେ ଡାଏଲ କଲି ସେଇ ନମ୍ବର । ପୁନର୍ବାର ମଧ ତା'ର ପ୍ରତ୍ୟୁତ୍ତର ଥିଲା ସେଇ ନୀରବତା ଆଉ ନିଃଶ୍ୱାସର ମୃଦୁଧ୍ୱନି । ଏବଂ ଆଉଥରେ ଆଦାତୁଟିକୁ କିଏ ଥୋଇ ଦେଲା ଫୋନର ହାଡ୍ଲ ଉପରେ । ତୃତୀୟ ଥର ପାଇଁ ପୁଣି ଟେଲିଫୋନ ବାଜି ଚଲିଲା ଦୀର୍ଘସମୟ ଧରି, କିନ୍ତୁ କେହି ଆଉ ଆଦାତୁଟିକୁ ଉଠାଇଲେ ନାହିଁ ।

ମୁଁ ଟେଲିଫୋନ ଥୋଇ ଦେଇ ପର୍ଯ୍ୟଙ୍କିକା ଉପରେ ଫେରିଯାଇ ବସିଲି । ମୁଁ ଏତେଦୂର ଆଶ୍ଚର୍ଯ୍ୟାନ୍ଵିତ ହୋଇ ପଡ଼ିଥିଲି ଯେ, କିଛି ସମୟ ପର୍ଯ୍ୟନ୍ତ ମୁଁ କିଛି ଚିନ୍ତା ମଧ କରି ପାରିଲି ନାହିଁ । କେବଳ ମୋ ମଥା ଭିତରେ ଏଟିକି ପ୍ରତିଧ୍ୱନିତ ହେଉଥିଲା ଯେ ଯେଉଁ ନିର୍ଦ୍ଦିଷ୍ଟ ଦିନ ମୁଁ ଆମ ସମ୍ପର୍କରେ ପୂର୍ଣ୍ଣଚ୍ଛେଦ ଟାଣିବା ବିଷୟରେ ଘୋଷଣା କରିବା ପାଇଁ ସ୍ଥିର କଲି, ଠିକ୍ ସେଇଦିନ କୌଣସି କାରଣରୁ, ଯାହାକି ଏ ପର୍ଯ୍ୟନ୍ତ ବି ମୁଁ ଜାଣେନାହିଁ, ସେସିଲିଆ ପ୍ରଥମଥର ପାଇଁ ନିର୍ଦ୍ଧାରିତ ସାକ୍ଷାତକୁ ଆସିଲା ନାହିଁ । ଅର୍ଥାତ୍ ସେସିଲିଆ ସହ ଯେଉଁ ବିଚ୍ଛେଦକୁ ମୁଁ ନିଜେ ନିମନ୍ତ୍ରଣ କରୁଥିଲି ତାଙ୍କୁ ସେ ତା ତରଫରୁ, ସାମୟିକ ଭାବରେ ହେଲେ ମଧ, ମୋ

ଉପରେ ଲଦିଦେଲା । ଏହା ମତେ ଦେଲା ଏକ ଅବାଞ୍ଛିତ ଅନୁଭବ । ଯେମିତି ଅନ୍ଧାର ଭିତରେ ଜଣେ ପାହାଚରୁ ଓହ୍ଲାଉଛି, ଆଶା କରୁଛି ତଳେ ଥିବ ଆଉ ଏକ ପାହାଚ, କିନ୍ତୁ ପାଦ ପଡୁଚି ସମତଳ ଚଟାଣରେ, ଯାହା ଫଳରେ କି ସେ ତା'ର ଭାରସାମ୍ୟ ହରାଇ ବସୁଛି । ସାଧାରଣତଃ ପାହାଚରୁ ଓହ୍ଲାଇବା ସମୟରେ ଜଣକର ଭାରସାମ୍ୟ ବିଗିଡ଼ିଯାଏ, କିନ୍ତୁ ସମତଳ ଚଟାଣରେ ପାଦ ଦେଲେ ସେ ଫେରି ପାଏ ତା ଭାରସାମ୍ୟ । କିନ୍ତୁ ଏ କ୍ଷେତ୍ରରେ ଭାରସାମ୍ୟ ବିଗିଡିବାର କାରଣ ନ ଥିବା ହେତୁ ହିଁ ଭାରସାମ୍ୟ ବିଗିଡ଼ି ଯାଇଛି । ମୋର ଆସୁଥିଲା ସେଇଭଳି ଏକ ବିଚିତ୍ର ଅନୁଭବ ।

ସେଇ ଚିନ୍ତାମଗ୍ନ ଅବସ୍ଥାରେ ମୁଁ ଉଠିଲି ଏବଂ ଯନ୍ତ୍ରଚାଳିତ ଭଳି ଦ୍ୱାର ନିକଟକୁ ଗଲି । କପାଟ ଖୋଲି ମୁଁ ଗମା ମଧକୁ ରୁହିଁଲି । ମୁଁ ରୁହିଁଲି ସେଇ ନିର୍ଦ୍ଦିଷ୍ଟ କୋଣକୁ ଯେଉଁଠି ତାହା ବାଙ୍କ ଯାଇଥିଲା । ଯେମିତିକି ମୁଁ ନିଭୃତରେ ଆଶା କରୁଥିଲି, ମୁଁ ଅନାଇ ଦେଖିବା କ୍ଷଣି ହଠାତ୍ ସେଠି ସେସିଲିଆ ଆବିର୍ଭୂତ ହେବ । ତାପରେ ମୁଁ ରୁହିଁଲି ବିପରୀତ ଦିଗରେ । ମୋର ଦୃଷ୍ଟି ଗମାର କାନ୍ତରେ ପହଁରି ପହଁରି ଯାଇ ଅଟକିଗଲା ଶେଷ ଦୁଆରରେ । ସେଇଟା ଥିଲା ବାଲେସ୍ଥାୟେରିଙ୍କ ଶିକ୍ଷଶାଳା । ମତେ ଲାଗୁଥିଲା, ଯେତେବେଳେ ସେସିଲିଆ ପୂର୍ବ ନିର୍ଦ୍ଧାରିତ ସମୟରେ ଆସି ନ ଥିବ, ବାଲେସ୍ଥାୟେରି ନିଜେ ମଧ ଏମିତି ଅନେକ ଥର ଗମା ମଧକୁ ମୁଣ୍ଡ କାଢ଼ି ରୁହିଁ ଥିବେ କାଲେ ସିଏ ଆସୁଥିବ ବୋଲି ! ମୁଁ ଜାଣିଥିଲି ତାଙ୍କ ଷ୍ଟୁଡିଓ ଏବେ ମଧ ଭଡ଼ା ଲାଗି ନ ଥିଲା । ପ୍ରକୃତରେ ଏମିତି ମଧ ଶୁଣା ଯାଉଥିଲା ଯେ ତାଙ୍କର ବିଧବା ପତ୍ନୀ ଏଠି ଆସି ରହିବା ପାଇଁ ସ୍ଥିର କରିଛନ୍ତି । ସେଇ ବୃଦ୍ଧ ତୈଲିକଙ୍କ ଶିକ୍ଷଶାଳାର ଛବି ଆମ ପ୍ରଥମ ସାକ୍ଷାତର ଦିନ ହିଁ ସେସିଲିଆ ମୋ ଟେବୁଲ ଉପରେ ଛାଡ଼ି ଯାଇଥିଲା । ସେ ତାକୁ ଫେରାଇ ନେଇ ନ ଥିଲା ଆଉ ତାକୁ ମୁଁ ଟେବୁଲର ଦରାଜ ଭିତରକୁ ଫୋପାଡ଼ି ଦେଇଥିଲି । ମତେ ଲାଗୁଥିଲା ଭବିଷ୍ୟତରେ ଦିନେ ଏହା ମୋ ବ୍ୟବହାରରେ ଆସିବ । ବାଲେସ୍ଥାୟେରିଙ୍କ ଶିକ୍ଷଶାଳା ଭିତରକୁ ଯିବା ପାଇଁ ମୋର ହଠାତ୍ ସୃଷ୍ଟି ହେଲା ଏକ ତୀବ୍ର ଆଗ୍ରହ । ଯୋଉ ଅନିଶ୍ଚିତତାର ଜ୍ୱାଲାରେ ଆଜି ମୁଁ ବେଦନାର୍ତ, ଠିକ୍ ସେଇ ଯନ୍ତ୍ରଣାରେ ଦିନେ ଉତ୍ପୀଡ଼ିତ ହୋଇଥିବେ ବାଲେସ୍ଥାୟେରି ଏଇ ଶିକ୍ଷଶାଳାର ଆବଦ୍ଧ ଭିତରେ ।

ମୁଁ ରୁବିଟି କାଢ଼ିଲି ଆଉ କପାଟକୁ ଦରଅଉଜା ରଖ ବାଲେସ୍ଥାୟେରିଙ୍କ

ଦୁଆର ଖୋଲି ଭିତରକୁ ଗଲି। ମୁଁ ମୋ ଦୁଆରକୁ ଦରଆଉଜା ରଖ୍ଥିଲି କାରଣ ଇତିମଧ୍ୟରେ ଯଦି ସେସିଲିଆ ଅକସ୍ମାତ୍ ଆସେ, ତାହେଲେ ତାକୁ ଫେରି ଯିବାକୁ ପଡ଼ିବ ନାହିଁ। ସୁଇଚ ଟିପିବା କ୍ଷଣି ଷ୍ଟୁଡିଓ ଅଭ୍ୟନ୍ତରରେ ଥିବା ଝାଡ଼ର ଦୀପାଧାରରେ ରଖା ଯାଇଥିବା ନକଲି ମହମବତୀ ଗୁଡ଼ିକ ଜଳି ଉଠିଲା। କିନ୍ତୁ ସେ ଆଲୋକରେ ଷ୍ଟୁଡିଓଟି ପୂର୍ବାପେକ୍ଷା ଅଧିକ ଅନୁଜ୍ଜ୍ୱଳ ଓ ନିରାନନ୍ଦମୟ ମନେହେଲା। ବୋଧହୁଏ ଶିକ୍ଷଣଶାଳାର କାନ୍ଥକୁ ଆବୃତ କରିଥିବା ରକ୍ତାଭ ପ୍ରଚ୍ଛଦ ଓ ପ୍ରତ୍ନ-ଶୈଲୀର ଆସବାବପତ୍ର ସୃଷ୍ଟି କରୁଥିଲା ଏଭଳି ଦୃଷ୍ଟି-ବିଭ୍ରମ। ମୁଁ ମୋଟା ଗାଲିଚ ଉପର ଦେଇ ଟେବୁଲ ନିକଟକୁ ଗଲି। ମୋ ନାକରେ ବାଜୁଥିଲା ରୁଦ୍ଧ, ଧୂଳିଧୂସରିତ ସେଇ ଗୃହ ଅଭ୍ୟନ୍ତରର ଅପ୍ରୀତିକର ଈଷତ୍ ଗନ୍ଧିଆ ପବନର ବାସ୍ନା। ଟେବୁଲଟି ଥିଲା ବିରାଟକାୟ, ରେନେସାଁ ଷ୍ଟାଇଲର। ଘସି ଘସି ଚିକ୍କଣ କରାଯାଇଥିବା ତା'ର ପୃଷ୍ଠଦେଶ ଉପରେ ଜମିଥିଲା ଆଙ୍ଗୁଳେ ବହଳର ଧୂଳି। ପ୍ରାୟ ଦୁଇମାସ ହେବ ପରିତ୍ୟକ୍ତ ହୋଇ ପଡ଼ିଥିଲା ଏ ଷ୍ଟୁଡିଓ। ଟେବୁଲ ଉପରେ ଟେଲିଫୋନଟି ରଖା ଯାଇଥିଲା। ଆଉ ତା ସହିତ ଥିଲା ଦୂରଭାଷ ତଥ୍ୟପଞ୍ଜିକା ଆଉ ଏକ ସବୁଜ ରଙ୍ଗର ପାଉଣା-ରସିଦ୍। ମୁଁ ଅନୁମାନ କଲି ଯେ ଭଦ୍ରମହିଳା ବୋଧହୁଏ ବାସ୍ତବରେ ଏଠାରେ ଆସି ରହିବା ପାଇଁ ସ୍ଥିର କରିଛନ୍ତି। ସେଥିପାଇଁ ସିଏ ଦୂରଭାଷର ମାସୁଆରୀ ପାଉତି ଦେଇ ଆସୁଛନ୍ତି। ତାପରେ ମୋର ଆଖି ପଡ଼ିଲା ତିଲତଣ୍ଡୁଳିତ ମର୍ମରର ମଲାଟ୍ ଲାଗିଥିବା ଆଉ ବନ୍ଧେଇ ହୋଇଥିବା ଏକ ଠିକଣା-ବହି ଉପରେ। ମୁଁ ତାକୁ ଉଠାଇଲି ଆଉ ପୃଷ୍ଠା ଖୋଲାଇଲି। ବାଲେସ୍ତ୍ରୀୟେରି ଠିକଣାଗୁଡ଼ିକ ଲେଖ୍ଥିଲେ ବେଶ୍ ବଡ଼ ବଡ଼ ଆଉ ମୋଟା ଅକ୍ଷରରେ - ବଡ଼ ଅମାର୍ଜିତ ହସ୍ତାକ୍ଷରରେ। ଏବଂ ହଠାତ୍ କୌଣସି ଅଜ୍ଞାତ କାରଣରୁ ମୋର ସ୍ମୃତିକୁ ଆସିଲା ତାଙ୍କର ଚଉଡ଼ା କାନ୍ଧ ଓ ବିଶାଳ ପାଦ। ଉଲ୍ଲେଖଯୋଗ୍ୟ ଯେ ଠିକଣା ଖାତାର ପ୍ରତିଟି ପୃଷ୍ଠାରେ ଭରି ଥିଲା ମୁଖ୍ୟତଃ ଲାଲନିକ ନାମ। ସେଗୁଡ଼ିକ ଥିଲା ସାଙ୍ଗିଆ ବିବର୍ଜିତ ପ୍ରଥମ ନାମ- ଏଇ ଯେମିତି ପାଓଲା, ମାରିଆ, ମିଲି, ଇବେ, ଦାନିଏଲା, ଲରା, ସୋଫିଆ, ଜିଓଭାନୀ ଇତ୍ୟାଦି ଇତ୍ୟାଦି। ମୁଁ ଜାଣିଥିଲି ବାଲେସ୍ତ୍ରୀୟେରିଙ୍କ ଗୁଣଗ୍ରାମ। ତେଣୁ ମୁଁ ନିଃସନ୍ଦେହ ଥିଲି ଯେ, ଏଗୁଡ଼ିକ ସେସିଲିଆର ପ୍ରେମରେ ଅନ୍ଧ ଭାବରେ ମଜ୍ଜି ଯିବା ପୂର୍ବରୁ ଯେଉଁ ତରୁଣୀମାନଙ୍କ ସହିତ ସିଏ ସମ୍ପର୍କ ରଖ୍ଥିଲେ, ସେଇମାନଙ୍କର ନାମ। ଅହରହ

ସେମାନଙ୍କର ଧାଡ଼ି ଲାଗିଥିଲା ବାଲେସ୍ଟାଯେରିଙ୍କ ଶିକ୍ଷଶାଳାକୁ, ଯାହାର ସ୍ୱଯଂ ମୁଁ ହିଁ ଥିଲି ସାକ୍ଷୀ। ମୁଁ ପୃଷ୍ଠା ଲେଉଟାଇ ଋଲିଲି ଆଉ 'ସି' ଅକ୍ଷରକୁ ଋହିଁ ଦେଖିଲି। ସେଇଠି ଲେଖା ଥିଲା ସେସିଲିଆର ନାଁ ଆଉ ସେଇ ଦୂରଭାଷ ନମ୍ୱର ଯାହାକୁ ମୁଁ ଏଇ ଅଳ୍ପ ସମଯ ପୂର୍ବରୁ ବାରମ୍ୱାର ବୃଥାଟାରେ ଡାଏଲ କରୁଥିଲି। ମୁଁ ବେଶ୍ କିଛି କ୍ଷଣ ସେଇ ନାଁ ଆଉ ତା ପାଖରେ ଲେଖା ଯାଇଥିବା ସଂଖ୍ୟାକୁ ଅପଲକ ନଯନରେ ଋହିଁ ରହିଲି। ମୁଁ ବାଲେସ୍ଟାଯେରିଙ୍କ ବିଷଯରେ ଭାବୁଥିଲି। ସେଇ ପ୍ରଥମ ଦିନ ବାଲେସ୍ଟାଯେରି ଯେବେ ସେସିଲିଆର ଦୂରଭାଷ ସଂଖ୍ୟା ଏ ଖାତାରେ ଲେଖୁଥିବେ କ'ଣ ଥିବ ତାଙ୍କ ମନର ଭାବନା ? ତାପରେ କେମିତି ତାହା ବଦଲି ଯାଇଥିବ, ପ୍ରତିଟି ଥର ଯେତେବେଳେ ସିଏ ଅଧୀର ପଦପାତରେ ସେସିଲିଆକୁ ଫୋନ କରିବା ପାଇଁ ଯ଼ାକୁ ଋହିଁ ଦେଖୁ ଥିବେ ! ବୋଧେ ଶେଷ ବେଲକୁ ଏଇ ଠିକଣାଖାତାକୁ ଦେଖିବା ଆଉ ଆବଶ୍ୟକ ପଡ଼ୁ ନ ଥିବ। ସେତେବେଲକୁ ସେସିଲିଆର ଦୂରଭାଷ ନମ୍ୱର ତାଙ୍କ ହୃଦଯରେ ଉତ୍କୀର୍ଣ୍ଣ ହୋଇ ରହି ଯାଇଥିବ। କିନ୍ତୁ ତଥାପି ମଧ କେବେ କେବେ ସିଏ 'ସି' ଅକ୍ଷର ଥିବା ସେଇ ପୃଷ୍ଠାକୁ ଦେଖୁଥିବେ, ସେଇ ପ୍ରଥମ ମାରକ ଦୁର୍ଘଟଣାର ସ୍ମୃତିକୁ ମନେ ପକାଉଥିବେ ମନରେ। ସେସିଲିଆର ନାଁ ଆଉ ଦୂରଭାଷ ସଂଖ୍ୟା ପ୍ରଥମ ଥର ଲେଖିବାକୁ ଯିବାର ସେଇ ଭଯାନକ ସ୍ମୃତି, ଯାହାକି ତାଙ୍କ ଧ୍ୱଂସକୁ ଡାକି ଆଣି ଥିଲା, ତାହା ସମ୍ୱବତଃ ସେତେବେଲେ ଭାସି ଉଠିଥିବ ତାଙ୍କ ମାନସ ପଟରେ। ଏହି ସମଯରେ ମେଜ ଉପରେ ଥୁଆ ଯାଇଥିବା ଟେଲିଫୋନ୍ ହଠାତ୍ ବାଜି ଉଠିଲା।

ମୁଁ ଦ୍ୱିଧା କଲି ମନରେ ଘଡ଼ିଏ, ତାପରେ ଫୋନର ଆଦାଡ଼ିକୁ ଉଠାଇଲି। ମତେ ଅଭୁତ ପ୍ରକାରେ ଲାଗୁଥିଲା ଯେମିତି କି ମୁଁ ମୁଁ ନୁହେଁ, ମୁଁ ବାଲେସ୍ଟାଯେରି; ଆଉ ଫୋନ ଉଠାଇବା କ୍ଷଣି ଅପରପ୍ରାନ୍ତରୁ ଭାସି ଆସିବ ସେସିଲିଆର ସ୍ୱର। ମୋର ଏହି ଅତୀନ୍ଦ୍ରିଯ ଆବେଗାନୁଭୂତି ନିର୍ଭୁଲ ପ୍ରମାଣିତ ହେଲା ଅପ୍ରତ୍ୟାଶିତ ଭାବରେ। ମୁଁ ବାସ୍ତବରେ ଶୁଣିଲି ମୋର ସେଇ ପରିଚିତ ସ୍ୱର, "ମାଉରୋ, ତୁମେ ତ ?" ଏକ ତୀବ୍ର ବେଦନା ଓ ଅସହ୍ୟ ବିତୃଷାରେ ହୃତ୍ସ୍ପନ୍ଦନ ବନ୍ଦ ହୋଇଯିବା ଭଲି ମତେ ଲାଗିଲା। ତେବେ ବାସ୍ତବରେ ସେସିଲିଆ ଫୋନ କରୁଛି ! ଆଉ ମତେ ନୁହେଁ ସେ ଫୋନ କରୁଛି ଦିବଙ୍ଗତ ବାଲେସ୍ଟାଯେରିଙ୍କୁ, ସିଏ ମୃତ ବୋଲି ଭଲ ଭାବରେ ଜାଣିବା ପରେ ମଧ।

ମୋର ଚେତନାର ଏଇ ଆକ୍ସନ୍ଦ ପ୍ରତିକ୍ରିୟା ଅଛ କେତେ ଘଡ଼ିମାତ୍ର ଥିବ। ମୁଁ ଏକ କ୍ଷୀଣ, ଅସାଢ଼ ସ୍ୱରରେ କହିଲି, "ନା, ମୁଁ ଡିନୋ।" ତତ୍କ୍ଷଣାତ୍ ସେଇ ଅପର ସ୍ୱରଟି ସେସିଲିଆର ସ୍ୱର ସହିତ ତା'ର ସାଦୃଶ୍ୟ ହରାଇ ବସିଲା। ବାସ୍ତବରେ ସେ ସ୍ୱର ଥିଲା ସେସିଲିଆର ସ୍ୱରଠାରୁ ବହୁତ ବେଶୀ ଅଲଗା। ଅଥଚ ମୋର ଉଦ୍‌ବେଳିତ ମନର ଅଧୀରତା ଅରୁନକ ସୃଷ୍ଟି କରିଥିଲା ଏଇ ସ୍ୱର-ସାଦୃଶ୍ୟ। ସେପଟ ସ୍ୱରରେ ଫୁଟି ଉଠିଥିଲା ଏକ ବିଭ୍ରାନ୍ତିର ଅସହାୟତା। "ଓଃ, ମୁଁ ବହୁତ ଦୁଃଖିତ। ମୁଁ କ'ଣ ଶ୍ରୀୟୁକ୍ତ ବାଲେସ୍ତ୍ରାୟେରିଙ୍କ ଦୂରଭାଷ ନମ୍ବରକୁ ଫୋନ ଲଗାଇ ନାହିଁ କି?"

: "ହାଁ, ଏଇଟା ତାଙ୍କ ନମ୍ବର।"

: "ବାଲେସ୍ତ୍ରାୟେରି କ'ଣ ଏଠାରେ ରହୁ ନାହାନ୍ତି? ଦେଖନ୍ତୁ ମୁଁ ରୁରିମାସ ହେଲା ରୋମରୁ ବାହାରକୁ ଋଲି ଯାଇଥିଲି ଆଉ ମୁଁ ତାଙ୍କ ସହିତ ଦିପଦ କଥା ହେବାକୁ ରୁହେଁ। ଆପଣ କ'ଣ ତାଙ୍କର କେହି ବନ୍ଧୁ?"

: "ହାଁ, ମୁଁ ତାଙ୍କର ଜଣେ ବନ୍ଧୁ। ଆଉ ତୁମେ? ତୁମେ କିଏ?"

: "ମୁଁ ମିଲି।" ବ୍ୟର୍ଥ ମନୋରଥର ନୈରାଶ୍ୟ ସହିତ, ଏକ ଆଶାୟୀ ଉଦ୍‌ବିଗ୍ନତା ଥିଲା ସେ ସ୍ୱରରେ। ତା କଥାରୁ ବୃଦ୍ଧ ତୌଲିକଙ୍କ ସହିତ ଥିବା ତା'ର ଘନିଷ୍ଟତା ପ୍ରତୀତ ହେଉଥିଲା।

: "ସିନ୍ୟୁରିନା ମିଲି, ବାଲେସ୍ତ୍ରାୟେରି ଋଲି ଯାଇଛନ୍ତି।"

: "ଋଲି ଯାଇଛନ୍ତି? ସେ କେବେ ଫେରିବେ ଆପଣ ଜାଣିଛନ୍ତି କି?"

: "ନା।"

: "ଆଛା ଠିକ୍ ଅଛି। ତାଙ୍କୁ ଦେଖାହେଲେ ଦୟାକରି କହିଦେବେ ମିଲି ଫୋନ କରିଥିଲା ବୋଲି।"

ମୁଁ ହାଣ୍ଡ୍‌ଲ ଉପରେ ଫୋନର ଆଦାତୃଟିକୁ ଥୋଇ ଚିତ୍ରାର୍ପିତ ହୋଇ ଠିଆ ହେଲି ଘଡ଼ିଏ। ଏଇ ଦୂରଭାଷର ବାର୍ତ୍ତାଳାପ ମୋ ଭିତରେ ସୃଷ୍ଟି କରିଥିବା ଅସ୍ବସ୍ତ ଅସ୍ବସ୍ତିକର ଅନୁଭବ ସମ୍ପର୍କରେ ମୁଁ ଭାବି ହେଉଥିଲି। ହଠାତ୍ ପ୍ରକୃତିସ୍ଥ ହୋଇ ମୁଁ ସଚେତନ ହେଲି ଯେ ଷ୍ଟୁଡିଓ ଭିତରଟା ହିମଶୀତଳ ଲାଗୁଛି ଆଉ ସେ ଥଣ୍ଡାରେ

ମୋ ହାଡ଼ର ମଜ୍ଜା ଥରି ଉଠୁଛି । ସେ ଥଣ୍ଡାରେ ଥିଲା ଏକ ଭିନ୍ନ ରକମର ଶୀତଳତା, ଯେମିତିକି ସେଥିରେ ରହିଛି ମୃତ୍ୟୁର ଅଣ୍ଡୁଚି ସ୍ପର୍ଶ, ଠିକ୍ ଯେଉ ଶୀତଳତା ଥାଏ ନିଭୃତ ମକବରା ଭିତରେ । ସେଇ ଷ୍ଟୁଡ଼ିଓରେ ବସି ରହିଥିଲି ମୁଁ, ଦୂରଭାଷରେ ସେସିଲିଆର ସ୍ୱର ଶୁଣି ଥବାର ବିଭ୍ରାନ୍ତି କବଳିତ ହୋଇ । ଏକ ଅଭୁତ ଉତ୍ତେଜନାରେ ଥରୁ ଥିଲା ମୋର ଦେହ । ମୁଁ ଧୀରେ ଉଠିଲି ଆଉ ଗମା ମଧକୁ ବାହାରି ଆସିଲି ।

ମୋର ଶିଳ୍ପଶାଳାକୁ ଫେରି ମୁଁ କାଚୁଘଣ୍ଟାକୁ ରହିଁଲି । ମୁଁ ଜାଣିଥିଲି ଯେ ସେସିଲିଆ ଆଜି ଆଉ ଆସିବ ନାହିଁ । ତଥାପି ମୁଁ ଅନୁଭବ କରୁଥିଲି ଯେ ମତେ ଘଣ୍ଟା ଦେଖିବାକୁ ପଡ଼ିବ । ଖାସ୍ ଏଇଆ ଜାଣିବା ପାଇଁ ଯେ ଆଉ କେତେ ସମୟ ଲାଗିବ ସେସିଲିଆକୁ ଆସନ୍ତାକାଲିର ଫୋନ ପାଇଁ । ସେସିଲିଆ ମତେ ଫୋନ କରେ ପ୍ରତିଦିନ, ଆଉ ମୁଁ ସଚେତନ ହେଲି ଯେ, ପ୍ରଥମଥର ପାଇଁ ସେସିଲିଆର ଫୋନ ସମ୍ପର୍କରେ ମୁଁ ଏଭଳି ଚିନ୍ତା କରୁଛି । ଆଉ ମତେ ଲାଗିଲା, ଏମିତି ମର୍ମଭେଦୀ ବିବଶତାର ଏଥର ବାରମ୍ବାର ସମ୍ମୁଖୀନ ହେବାକୁ ପଡ଼ିବ ମତେ । ମୋ ପାଇଁ ଏହା ବୋଧେ ନିୟତିର ପରିହାସ ।

ପଞ୍ଚମ ପରିଚ୍ଛେଦ

ପରଦିନ ସକାଳେ, ସେସିଲିଆର ନ ଆସିବା ସମ୍ପର୍କରେ ଚିନ୍ତା କରିବାକୁ ଯାଇ ମୋର ହୃଦ୍‌ବୋଧ ହେଲା ଯେ, ବରଂ ମୁଁ ନିଜକୁ ଏଇଆ ବୁଝାଇବାକୁ ଚେଷ୍ଟା କଲି ଯେ, ସେସିଲିଆର ସେଇ ଆକସ୍ମିକ ଅନୁପସ୍ଥିତି ଆମ ସମ୍ପର୍କରେ ଫାଟ ବା ଦୁର୍ବଳତା କାରଣରୁ ନିଶ୍ଚୟ ନୁହେଁ। ଅବଶ୍ୟ ସେସିଲିଆ ସହ ସମ୍ପର୍କ ଛିନ୍ନ କରିବାକୁ ବର୍ତ୍ତମାନ ମଧ ମୁଁ ଋହୁଁଥିଲି, କିନ୍ତୁ ମୁଁ ବିଚ୍ଛିନ୍ନ ହେବାକୁ ଋହୁଁଥିଲି ସେଇ ସେସିଲିଆ ଠାରୁ ଯିଏ ମୋ ପ୍ରେମର ପଡ଼ିଛି, ବା ଯିଏ ମୋ ପ୍ରେମରେ ପଡ଼ିଛି ବୋଲି ମୁଁ ଭାବୁଛି। କିନ୍ତୁ ଯେଉଁ ସେସିଲିଆ ମତେ ଭଲପାଏନା, ଯିଏ କଥା ଦେଇ ବି ନିର୍ଦ୍ଧାରିତ ସମୟରେ ଦେଖା ଦିଏନା, ତାଠାରୁ ମୁଁ ସମ୍ପର୍କ ଛିନ୍ନ କରିବି କିପରି ? ଅବଶ୍ୟ ମୋର ପ୍ରେମ ସେଇ ନିର୍ଦ୍ଦିଷ୍ଟ ଧରଣର ବିକାରଗ୍ରସ୍ତ ପ୍ରତୀପ ପ୍ରଣୟ ନୁହେଁ, ଯାହା ପ୍ରତ୍ୟାଖ୍ୟାତ ହେଉଥିବା ଯାଏଁ ପ୍ରଣୟୀ ନିକଟରେ ପ୍ରେମ ନିବେଦନ କରି ଋଲିଥାଏ ଏବଂ ଯେତେବେଳେ ତା'ର ପ୍ରେମ ନିବେଦନ ସଫଳ ହୋଇଯାଏ ସେତେବେଳେ ତା'ର ଭଲପାଇବା ବୀତସ୍ପୃହତାରେ ରୂପାନ୍ତରିତ ହେଲଯାଏ। ଏହା ଏକ ବିକୃତ ମାନସିକତା। କିନ୍ତୁ ମୋ କ୍ଷେତ୍ରରେ ଏହା ଥିଲା ଅଲଗା। ମତେ ପ୍ରେମ କରୁଥିବା ସେସିଲିଆ ତା'ର ସୁଲଭତା କାରଣରୁ ମତେ ବୋରିୟାତିଆ ଲାଗୁଥିଲା ଆଉ ସେଇ ହେତୁରୁ ମୋର ନିକଟରେ ସେ ଅତଥ୍ୟ ଓ ସ୍ଥିତିଶୂନ୍ୟ ହୋଇ ପଡ଼ୁଥିଲା। କିନ୍ତୁ ତା ବିପରୀତରେ ମତେ ଭଲ ନ ପାଇଥିବା ସେସିଲିଆ, ଭଲ ନ ପାଉଥିବାର କାରଣରୁ ହିଁ, ମୋ ଦୃଷ୍ଟିରେ ଧୀରେ ଧୀରେ ଅଧିକତର ବାସ୍ତବ ଏକ ସଭାରେ ପରିଣତ ହେଉଥିଲା। ସେ ଯାହା ହେଉ ନ କାହିଁକି, ସେସିଲିଆ ମତେ ଭଲପାଏ ବୋଲି ଚିନ୍ତା କରିବାକୁ ମୁଁ ବର୍ତ୍ତମାନ ଅଧିକ ପସନ୍ଦ କରୁଥିଲି ଯାହା ଫଳରେ କି ତା ସହିତ ସମ୍ପର୍କ ଛିନ୍ନ କରିବା ପାଇଁ ମୁଁ ନେଇଥିବା ସିଦ୍ଧାନ୍ତ ପରିବର୍ତ୍ତନ କରିବାର ଅବକାଶ ଆଉ ରହିବ ନାହିଁ। ମୁଁ ପୂର୍ବରୁ ବୁଝାଇଥିବା ମତେ, ସେ ଆଉ ବୋରିୟାତିଆ ଲାଗୁନାହିଁ ବୋଲି ଭାବିବା ଦ୍ୱାରା ସେ ମୋ ଦୃଷ୍ଟିରେ ବାସ୍ତବ ହୋଇ ଉଠୁଥିଲା; ଏବଂ ଏହା ମୋ ହୃଦୟରେ ଏକ ପ୍ରକାରର ଆତଙ୍କ ସୃଷ୍ଟି କରୁଥିଲା,

ଯେମିତିକି ଏହାଦ୍ୱାରା ମତେ ଏକ ଅଦାଲତକୁ ଭିଡ଼ା ଯାଉଛି ଯାହାର ସମ୍ମୁଖୀନ ହେବା ପାଇଁ ମୁଁ ନିଜେ ପ୍ରସ୍ତୁତ ହୋଇନାହିଁ।

ଇତିମଧ୍ୟରେ କିନ୍ତୁ ମୋ ଆଗରେ ଆଉ ଏକ ସମସ୍ୟା, ଏକ କ୍ଷୁଦ୍ର ଅଥଚ ବେଶ୍ ଯନ୍ତ୍ରଣାଦାୟକ ସମସ୍ୟା, ଉପସ୍ଥିତ ହୋଇଥିଲା। 'ମୁଁ ସେସିଲିଆକୁ ମୋ ତରଫରୁ ପ୍ରଥମେ ଫୋନ କରିବା ଉଚିତ ହେବ ନା ସେ ଫୋନ କରିବା ପର୍ଯ୍ୟନ୍ତ ଅପେକ୍ଷା କରିବା ଉଚିତ ହେବ?' ମୁଁ ଏଇ ଗୋଲକଧନ୍ଦାରେ ଧନ୍ଦି ହେଉଥିଲି। ସେସିଲିଆ ମତେ ସବୁଦିନ ଦୂରଭାଷ କରୁଥିଲା, ସେଇ ନିର୍ଦ୍ଦିଷ୍ଟ ସମୟରେ, ପ୍ରାୟ ସକାଳ ଦଶଟା ବେଳକୁ। ଫୋନରେ ସାଦର ସମ୍ଭାଷଣ ସହିତ ଅପରାହ୍ନର ସାକ୍ଷାତକୁ ପକ୍କା କରି ନେଉଥିଲା ସିଏ। ମୁଁ ତେଣୁ ଅନ୍ୟାନ୍ୟ ଦିନ ଭଳି ସେଦିନ ମଧ୍ୟ ଆଶା କରୁଥିଲି ଯେ ସେ ନିଶ୍ଚୟ ଫୋନ କରିବ। କିନ୍ତୁ ତା ସହିତ ମୋ ଭିତରେ ଏକ ଉଦ୍‌ବିଗ୍ନତା ସୃଷ୍ଟି ହୋଇଥିଲା ଯେ, ଯଦି ସେଇ ନିର୍ଦ୍ଦିଷ୍ଟ ସମୟରେ ସେସିଲିଆ ଫୋନ ନ କରେ, ଆଉ ବାହାରକୁ ତା କାମରେ ଚାଲିଯାଏ, ତାକୁ ଫୋନ କରିବା ପାଇଁ ମୁଁ ମନସ୍ଥିର କଲାବେଳକୁ ସେ ଆଉ ଘରେ ନ ଥିବ। ଯାହା ଫଳରେ କି ମୋର ପୁରା ଦିନଟା ସେ ଆସୁଛି ବା ନ ଆସୁଛି ଏଇ ଅନିଶ୍ଚିତତା ଭିତରେ କଟିଯିବ। ନିଃସନ୍ଦେହରେ ଏଇ ଅନିଶ୍ଚିତତା ମୋ ପାଇଁ ହୋଇ ଉଠିଥିଲା ତୀବ୍ର ଯନ୍ତ୍ରଣାଦାୟକ। ଏବଂ ପୁନଶ୍ଚ ମୁଁ ବୁଝି ପାରୁଥିଲି, ଦୂରଭାଷର ଏଇ ସମ୍ପର୍କ ଭିତରେ ମୋର ମୌଲିକ ଦ୍ୱନ୍ଦ୍ୱର ସେଇ ନିର୍ଦ୍ଦିଷ୍ଟ ଲକ୍ଷଣ ଗୁଡ଼ିକର ପୁନରାବୃତ୍ତି ଘଟୁଛି। ମୁଁ ଚାହୁଁଛି ସେସିଲିଆ ମତେ ପ୍ରଥମେ ଫୋନ କରୁ, ଯାହାଫଳରେ କି ମୁଁ ତାକୁ ଅନାବଶ୍ୟକ ଓ ପରିହାର୍ଯ୍ୟ ମନେ କରିପାରିବି। ଏବଂ ଏହା ଫଳରେ ସେ ମୋ ପାଇଁ ହୋଇ ପଡ଼ିବ ଏକ ଅନ୍ତଃସାରଶୂନ୍ୟ ଅବାସ୍ତବ ସ୍ଥିତି। କିନ୍ତୁ ଅପର ପକ୍ଷରେ ଯଦି ମୁଁ ତାକୁ ଫୋନ କରେ, ତା' ଅର୍ଥ ମୁଁ ସ୍ୱୀକାର କରୁଛି ଯେ ସେ ମୋ ପାଇଁ ଏକ ଜଟିଳ ଗୋଲକଧନ୍ଦାରେ ପରିଣତ ହୋଇଛି। ଏବଂ ସେ ମୋ ପାଇଁ ବାସ୍ତବ ହୋଇ ପଡ଼ିଛି କାରଣ ସେ ମାୟା ମିରିଗ ଭଳି ମୋ ନିକଟରେ ଅଲଭ୍ୟ ହୋଇ ପଡ଼ିଛି। ମୁଁ ଏଇଭଳି ଚିନ୍ତାରେ ବୁଡ଼ି ରହିଥିଲି ପ୍ରାୟ ଅପରାହ୍ନ ତିନିଟା ଯାଏଁ, ଯେତେବେଳେ କି ଦୂରଭାଷର ଅବାରିତ ଅନୁରଣନରେ ମୁଁ ସମ୍ବିତ ଫେରି ପାଇଲି। ଶିକ୍ଷଶାଳାର ଅପର ପ୍ରାନ୍ତରୁ ଭାସି ଆସୁଥିବା ସେଇ ମନ୍ଦ ମୁଖର ସ୍ୱର, ସ୍ନେହାତ୍ମକ

ଭାବରେ ମତେ ଜଣାଇ ଦେଉଥିଲା ଯେ, ମୋର ଚିନ୍ତା ଯେତେ ଗୁରୁତ୍ୱପୂର୍ଣ୍ଣ ହେଉନା କାହିଁକି ତା ଅପେକ୍ଷା ଏ ଦୂରଭାଷର ଆହ୍ବାନ ଅଧିକ ଗୁରୁତ୍ୱପୂର୍ଣ୍ଣ। ମୁଁ ଉଠିଲି, ଟେଲିଫୋନ ନିକଟକୁ ଗଲି ଏବଂ ରିସିଭରଟିକୁ କାନରେ ଲଗାଇଲି। ସଙ୍ଗେ ସଙ୍ଗେ ଶୁଣାଗଲା ସେସିଲିଆ ସ୍ୱର। "ଯା ହେଉ ଶେଷକୁ ଧରିଲ! ଏତେ ଡେରି ହେଲା କାହିଁକି? କୋଉଠି ଥିଲ ତୁମେ?"

ମୁଁ ବଡ଼ ଧୀର ସ୍ୱରରେ କହିଲି, "ଏଇ ଷ୍ଟୁଡିଓ ଭିତରେ ହିଁ ଥିଲି, ହେଲେ ଶୁଣି ପାରି ନ ଥିଲି।"

କ୍ଷଣିକ ପାଇଁ ବ୍ୟାପିଗଲା ନୀରବତା। ତାପରେ ସେ କହିଲା, "ମୁଁ ସକାଳେ ଫୋନ କରି ପାରିଲି ନାହିଁ କାରଣ ଟେଲିଫୋନ ଖରାପ ଥିଲା। ଆଜି ତାହେଲେ ଠିକ୍ ସମୟରେ ଭେଟ ହେବ। ହେଲା?"

ସାମାନ୍ୟ ତୀବ୍ରତାର ସହିତ ପ୍ରଶ୍ନ କରିବାରୁ ମୁଁ ନିଜକୁ କ୍ଷାନ୍ତ କରି ପାରିଲି ନାହିଁ, "କିନ୍ତୁ ଗତକାଲି ତୁମେ ଆସିଲ ନାହିଁ କାହିଁକି?"

ମୁଁ ଆଶା କରୁଥିଲି ଯେ ତା'ର ଉତ୍ତର ଅକପଟ ହେଉ ବା ମୃଷାତ୍ମକ ହେଉ, ଯାହା ହେଲେ ବି ହେବ ସୁନିର୍ଦ୍ଦିଷ୍ଟ। କିନ୍ତୁ ତା ପରିବର୍ତ୍ତେ ଏଇ ଅସ୍ୱସ୍ତିକର ଶବ୍ଦ ମୋ କାନରେ ବାଜିଲା।

: "କାରଣ ଆସି ପାରିଲି ନାହିଁ।"

: "କାହିଁକି ଆସି ପାରିଲ ନାହିଁ?"

: "କାରଣ ଟିକେ କାମ ଥିଲା କରିବା ପାଇଁ।"

ସେସିଲିଆର ଏହି ଉତ୍ତରରେ, ସତ୍ୟ ଓ ମିଥ୍ୟା ଉଭୟରୁ ଊର୍ଦ୍ଧ୍ୱରେ ରହି, ଅନିର୍ଦ୍ଦିଷ୍ଟ ଉତ୍ତର ଦେବାର ସ୍ୱାଭାବିକ ସାମର୍ଥ୍ୟକୁ ମୁଁ ଲକ୍ଷ୍ୟ କରିପାରୁଥିଲି। "ଠିକ୍ ଅଛି ତାହେଲେ, ଶୀଘ୍ର ଦେଖାହେବ", ମୁଁ ରାଗିକରି କହିଲି।

: "ହଁ, ଶୀଘ୍ର। ଏଇଲା ପାଇଁ ବିଦାୟ।"

ତାପରେ ମୁଁ ତୁରନ୍ତ ଅନୁଭବ କଲି ଯେ ସେସିଲିଆ ମତେ ପ୍ରଥମେ ଫୋନ କରିବାଟା, ମତେ ଯେଉଁଭଳି ଆଶ୍ୱସ୍ତ କରିବ ବୋଲି ମୁଁ ଭାବୁଥିଲି, ସେଭଳି ହେଉ ନାହିଁ। ସେ ପ୍ରକୃତରେ ପ୍ରଥମେ ଫୋନ କଲା, କିନ୍ତୁ ତା'ର ଗଇବି ଢଙ୍ଗରେ ସେ

ଏଭଳି ରହସ୍ୟମୟୀ ହୋଇ ପଡ଼ିଲା ଯେ, ତାଦ୍ୱାରା ସେଇ ଦୂରାହୂତିର ଆଶାନୁରୂପ ଅର୍ଥ ରହିଲା ନାହିଁ। ତା'ର ପ୍ରଥମେ ଫୋନ କରିବାର ଅର୍ଥ ଏଇଆ ହେବା ଉଚିତ ଥିଲା ଯେ, ସେ ମୋ ସହିତ ସମ୍ପର୍କ ରଖିବା ପାଇଁ ବ୍ୟଗ୍ର, ଆଉ ତା ସହିତ ଯଥେଚ୍ଛା ବ୍ୟବହାର କରିବା ମୋ କ୍ଷମତା ବହିର୍ଭୂତ ନୁହେଁ। ଅର୍ଥାତ୍ ସେ ମୋ ଉପରେ ନିର୍ଭରଶୀଳ ଏବଂ ସେଇଥିପାଇଁ ମୋ ନିୟନ୍ତ୍ରଣାଧୀନ। କିନ୍ତୁ ବାସ୍ତବରେ ସେଭଳି କିଛି ଘଟିଲା ନାହିଁ। ମୁଁ ଠିକଣା କରିଥିବା ମତେ, ତା'ର ପ୍ରଥମ ଫୋନ କରିବା ହେତୁ ଯେ ସେ ମୋ ପାଇଁ ପରିହାର୍ଯ୍ୟ, ଏକଥା ପ୍ରମାଣିତ ହେଲା ନାହିଁ। ଏବଂ ମୁଁ ସ୍ଥିର କରିଥିବା ମତେ, ତା କବଳରୁ ମୁକ୍ତି ପାଇବାଟା ମୋର ଏପର୍ଯ୍ୟନ୍ତ ଘଟିନଥିଲା।

କିନ୍ତୁ ଇତିମଧ୍ୟରେ ମତେ ଅବଶିଷ୍ଟ ସମୟ କାଟିବା ଆବଶ୍ୟକ ପଡ଼ୁଥିଲା। ଅର୍ଥାତ୍ ବର୍ତ୍ତମାନ ଓ ଯେଉଁ ନିର୍ଦ୍ଦିଷ୍ଟ ମୁହୂର୍ତ୍ତରେ ସେସିଲିଆ ମୋ ଶିକ୍ଷଣଶାଳାରେ ଆବିର୍ଭୂତ ହେବ, ତା' ମଧ୍ୟରେ ଯେଉଁ ଦୁଇଟି ଘଣ୍ଟା ଅବଶିଷ୍ଟ ଅଛି, ତାକୁ କୌଣସି ମତେ ତ ବ୍ୟତୀତ କରିବାକୁ ପଡ଼ିବ! ମୋ ଅସ୍ଥିରତା ସମ୍ପର୍କରେ ସୂଚନା ଦେବାକୁ ଯାଇ ମୁଁ କେବଳ ଏତିକି କହିପାରିବି ଯେ, କେମିତି ସମୟ କାଟିବାକୁ ହେବ ଜାଣି ନ ପାରି, ପ୍ରାୟ ଦୀର୍ଘ ଦୁଇମାସ ପରେ ମୁଁ ଚିତ୍ରରଞ୍ଜନରେ ପ୍ରବୃତ୍ତ ହେଲି। ଏଇ ଦୀର୍ଘ ଅବଧି ମଧ୍ୟରେ ମୁଁ ତୂଳିକା ସ୍ପର୍ଶ ମଧ୍ୟ କରି ନ ଥିଲି। ମୁଁ ନିଜକୁ କହିଲି ଯେ, ଯଦି କୌଣସି ମତେ ମୋ ଚିତ୍ରାଧାର ଉପରେ ରଖା ଯାଇଥିବା ଶୂନ୍ୟ ଚିତ୍ରପଟରେ ମୁଁ ଚିତ୍ରରଞ୍ଜନ କରିପାରେ, ତାହା ହେଲେ କିଛି ନ ହେଲେ ବି ସେସିଲିଆ ସହ ବିଚ୍ଛେଦ ପାଇଁ ମତେ ଏକ ବଳିଷ୍ଠ ସମର୍ଥନ ମିଳି ଯାଇ ପାରିବ। ମୁଁ ଜାଣିଥିଲି ଯେ, ଆମର ବିଚ୍ଛେଦ ଜନିତ ଯେଉଁ ଶୂନ୍ୟତା ମୋ ଜୀବନରେ ସୃଷ୍ଟି ହେବାକୁ ଯାଉଛି, ବାସ୍ତବରେ କେବଳ ଚିତ୍ରରଞ୍ଜନ ହିଁ ତାକୁ ପୂର୍ଣ୍ଣ କରିପାରିବ। କିନ୍ତୁ ଚିତ୍ରପଟକୁ ରହିଁଦେବା କ୍ଷଣି ମୁଁ ଜାଣି ପାରିଲି ଯେ, ଚିତ୍ରରଞ୍ଜନ ତ ଦୂରର କଥା, ହାତ ତୋଲି ଚିତ୍ରପଟ ଉପରେ ରଙ୍ଗର ରେଖାଟିଏ ମଧ୍ୟ ଟାଣିବା ପାଇଁ ମୁଁ ଅସମର୍ଥ। ବାସ୍ତବରେ ସେହି ମୁହୂର୍ତ୍ତରେ ମୋର ସମସ୍ତ ସମ୍ପର୍କ ସମସ୍ୟାମୟ ହୋଇ ଉଠିଥିଲା, ଯାହା ସାଥିରେ ହେଉ ବା ଯେଉଁ ପ୍ରକାରେ ହେଉ ନା କାହିଁକି ସେଇ ସମ୍ପର୍କ। ଏହା ମଧ୍ୟ ସତ୍ୟ ଥିଲା ସେସିଲିଆ ଏବଂ ମୋ ଭିତରେ ଥିବା ସମ୍ପର୍କ ସମ୍ବନ୍ଧରେ, ଯାହା ଏଭଳି ବୋରିୟତିଆ ହୋଇ ପଡ଼ିଥିଲା ଯେ, ତାକୁ ଭାଙ୍ଗିବା ପାଇଁ ମୁଁ ଅନ୍ତଃକରଣରେ

କାମନା କରୁଥିଲି । ତେଣୁ କେମିତି ମୁଁ ରଙ୍ଗସାଜୀ କରି ପାରି ଥାଆନ୍ତି, ଯେତେବେଳେ କି ସେସିଲିଆ ସହ ମୋର ପ୍ରଥମ ମିଶିବାର ଦିନ ହିଁ ସେଇ ଶୂନ୍ୟ ଚିତ୍ରପଟର ତଳେ ମୁଁ ଦସ୍ତଖତ କରି ଥିଲି ଖାଲି ଏଇଆ ସୂଚେଇ ଦେବା ପାଇଁ ଯେ, ଚିତ୍ରରଞ୍ଜନ ମୋ ଜୀବନରୁ ଚିରଦିନ ପାଇଁ ବିଦାୟ ନେଇ ଯାଇଛି ! ନିଜକୁ ସାନ୍ତ୍ୱନା ଦେବା ପାଇଁ ମୁଁ ପୁନର୍ଶ୍ଚ ପଢ଼ି ବସିଲି, ଯାହା ରଷୀୟ ତୌଲିକ କାଣ୍ଡିନସ୍କି ଲେଖିଥିଲେ ଶୂନ୍ୟ ଚିତ୍ରପଟ ସମ୍ପର୍କରେ । "ବାହ୍ୟ ଲକ୍ଷଣ ଅନୁସାରେ ଶୂନ୍ୟ ଚିତ୍ରପଟ ବାସ୍ତବରେ ଶୂନ୍ୟ, ନୀରବ, ନିସ୍ପୃହ । ପ୍ରାୟ ସ୍ତମ୍ଭିତ ଓ ବିମୁଖ । ପରିଣାମରେ ତାହା ହୋଇଉଠେ ତାନ ବା ତନାବ ପୂର୍ଣ୍ଣ, ସହସ୍ର ନିଃଶବ୍ଦ ସ୍ୱରରେ ଶବ୍ଦାୟିତ, ପ୍ରତ୍ୟାଶାରେ ପୂର୍ଣ୍ଣଗର୍ଭା । ଧର୍ଷିତା ହେବାକୁ ଯାଉଥିବା ରମଣୀ ପରି ସେ ଭୟାତୁର କିନ୍ତୁ ପ୍ରତିରୋଧହୀନ । ସେ ବାଧ୍ୟ ଭଳି ନିର୍ଦ୍ଦେଶମତେ କାର୍ଯ୍ୟ କରିଯାଏ, ଅଥଚ କେବଳ କରୁଣ ପ୍ରାର୍ଥନାରେ ନିଜ ପାଇଁ ସମ୍ମାନ ମାଗୁଥାଏ । ତାହା ସମସ୍ତ ସମ୍ଭାବନାରେ ପୂର୍ଣ୍ଣ କିନ୍ତୁ ତଥାପି ମଧ କୌଣସି ବିଭବ ଅତ୍ୟାଚାର ସହିବା ପାଇଁ ଅକ୍ଷମ । ଶୂନ୍ୟ ଚିତ୍ରପଟଟି ଏକ ଚମତ୍କାର ଚିଜ । ଅନେକ ରଙ୍ଗ-ଫର୍ଦ୍ଦେରାଙ୍କ ଠାରୁ ଶୂନ୍ୟ ଚିତ୍ରପଟଟିଏ ଅଧିକତର ସୁନ୍ଦର..." ଇତ୍ୟାଦି ଇତ୍ୟାଦି । ହଠାତ୍ ବହିଟିକୁ ଫୋପାଡ଼ି ଦେଲି ମୁଁ ଚଟାଣ ଉପରକୁ ଆଉ ପ୍ରାୟ ଦୌଡ଼ିଲା ଭଳି ଷ୍ଟୁଡିଓରୁ   ବାହାରିଗଲି ।

ମୋ ଅନ୍ତରର ଆହ୍ୱାନରେ ମୁଁ ଛୁଟିଲି ମୋ ଗନ୍ତବ୍ୟ ଦିଗରେ । ମୁଁ ନିର୍ଦ୍ଦିଷ୍ଟ କୁଆଡ଼େ ଯାଉଛି ତାହା ଯୁକ୍ତି ବା ବିରକ୍ତ ଆଧାରିତ ନ ଥିଲା ବରଂ ଥିଲା ପ୍ରବୃତ୍ତି ପ୍ରରୋଚିତ । ଯେମିତି ଶିକାରୀ କୁକୁର ଜଙ୍ଗଲ ଓ ଜଲାଭୂମି ଡେଇଁ ଦୌଡ଼ିଯାଏ ବାସ୍ନା ବାରି ବାରି, ସେମିତି ଛୁଟି ଚଳିଥିଲି ମୁଁ । ତେଣୁ ମୁଁ 'ଭିୟା ମାର୍ଗୁଡ଼ା'ରୁ ବାହାରି 'ଭିୟା ଦେ ବାବୁଇନୋ'କୁ ଆସିଲି ଆଉ 'ପିଆଜା ଦି ସ୍ପାନିଆ' ଦିଗରେ ଚଳିବାରେ ଲାଗିଲି । ମୁଁ ତରତର ହୋଇ ଦୋକାନ ବଜାର ପାରି ହେଇ ଚଳୁଥିଲି । ଲୋକଙ୍କ ସାଙ୍ଗରେ ଧକ୍କା ଖାଇ ଭିଡ଼ କାଟି ଚଳିଥିଲି ମୁଁ, ଯେମିତି କି କୌଣସି ନିର୍ଦ୍ଧାରିତ ସାକ୍ଷାତକାର ପାଇଁ ଡେରି ହେଇଯିବା ଭୟରେ ମୁଁ ତରତର ହେଉଛି । ମୁଁ ପ୍ରାୟ ଶହେ ମିଟର ଖଣ୍ଡେ ଯାଇଥିବି କି ନାହିଁ ମୋ ଆଗରେ ସେସିଲିଆକୁ ଦେଖିଲି । ସେ ମଧ ବ୍ୟସ୍ତ ହୋଇ ତରତରରେ ଚଳିଥିଲା, ଯେମିତିକି ସେ ତା'ର ଗନ୍ତବ୍ୟସ୍ଥଲ ସମ୍ପର୍କରେ ପୂର୍ଣ୍ଣ ସଚେତନ ଆଉ ସେଠି ପହଞ୍ଜିବା ପାଇଁ ବହୁତ ବ୍ୟସ୍ତ ।

ତା' ପାଖରେ ପହଞ୍ଚି ତାକୁ ଚମକାଇ ଦେବା ପାଇଁ ହଠାତ୍ ମୁଁ ଚିନ୍ତା କଲି । ତାପରେ କିନ୍ତୁ ମୋର ଗତି ଧୀର କରିଦେଇ ମୁଁ ତା'ର ଅନୁଗମନ କରିବାରେ ଲାଗିଲି । ହଠାତ୍ ମୋର ଏପରି ଅନୁଭବ ଆସିଲା ଯେ, ଏଇ ବର୍ତ୍ତମାନ ଯେତେବେଳେ ମୁଁ ତାଠାରୁ ବିଚ୍ଛେଦ ପ୍ରାର୍ଥନା କରିବାକୁ ଯାଉଛି, ସେ ମତେ ଏଭଳି ବାସ୍ତବ ପ୍ରତୀତ ହେଉଛି ଯାହା ଆଗରୁ କେବେ ମଧ୍ୟ ସେଭଳି ମନେ ହୋଇ ନ ଥିଲା । ମୁଁ ରହୁଁଥିଲି ବାସ୍ତବତାର ସେଇ ମାତ୍ରାସର୍ଶ ଅକୁଣ୍ଠ ଭାବରେ ଉପଭୋଗ କରିବା ପାଇଁ ଏବଂ ଇତ୍ୟବସରରେ ବୁଝିବା ପାଇଁ ଯେ, କାହିଁକି ଏଇ ନିର୍ଦ୍ଦିଷ୍ଟ ମୁହୂର୍ତ୍ତରେ ସେ ଅନୁଭବ ମୂର୍ତ୍ତ ହୋଇ ଉଭା ହେଲା । ତେଣୁ ମୁଁ ବେଶ୍ ମନଯୋଗ ସହକାରେ ତାକୁ ଲକ୍ଷ୍ୟ କରିବାକୁ ଲାଗିଲି । ମତେ ମନେହେଲା ଯେମିତିକି ମୁଁ ତାକୁ ଆଜି ମୋ ଜୀବନରେ ପ୍ରଥମ ଥର ପାଇଁ ଦେଖୁଛି । ତାହା ପୁଣି ସୃଷ୍ଟିର ପ୍ରଥମ ଦିବସ ପରି ସତେଜ ଓ ଉଜ୍ଜ୍ୱଳ ପରିବେଶର ପୃଷ୍ଠଭୂମିରେ । ବିସ୍ମୟକର ଭାବରେ ତା' ଚେହେରାର ପୁଙ୍ଖାନୁପୁଙ୍ଖ ଲକ୍ଷଣ ସବୁ ସ୍ପଷ୍ଟ ହୋଇ ଉଭାସିତ ହୋଇ ଉଠୁଥିଲା; ଯେମିତିକି ତାହା ଉଜ୍ଜଳି ଉଠୁଛି ସ୍ୱକୀୟ ଗୁଣରେ, ମୋର ଦୃଷ୍ଟିଗୋଚର ହେବା ବା ନ ହେବା ସହିତ ତା'ର କୌଣସି ସମ୍ପର୍କ ନାହିଁ । ତା'ର ଲଘୁ, କୁଞ୍ଚିତ, ପିଙ୍ଗଳ ଚିକୁର ସୁବିନ୍ୟସ୍ତ କେଶଦାମ ଭଳି ଲାଗିବା ପରିବର୍ତ୍ତେ ଉପସ୍ତର ଲୋମ ଭଳି ଲାଗୁଥିଲା ଘଞ୍ଚ ଓ ବନ୍ୟ । ପୋଷାକ ତଳେ ଲୁଚିଥିବା ତା'ର ଗ୍ରୀବାର ଚଳିଷ୍ଣୁ ଭଙ୍ଗିମା ଦୃଶ୍ୟ ନ ହେଲେ ମଧ୍ୟ ଅନୁଭବ କରି ହେଉଥିଲା, ଆଉ ତା'ର ଅସ୍ଥିର ଚଳନରେ ଥିଲା ଏକ କମ୍ର ଆବେଦନ । ତା'ର ଧଡ଼କୁ ଆବୃତ କରି ରହିଥିଲା ଏକ ଲମ୍ବ, ହୁଗୁଲା, ରୁଗୁରୁମିଆ ସବୁଜ ସୁଇଟର, ଯାହା ତଳେ ତା'ର ବକ୍ଷ ସର୍ବଦା ସମ୍ପୂର୍ଣ୍ଣ ଅନାବୃତ ରହିଥାଏ ବୋଲି ମୁଁ ଜାଣେ । ତା'ର ଗତି ସହିତ ଦୋଲାୟମାନ ସେଇ ସୁଇଟରର କର୍କଶ ପଶମାର ଘର୍ଷଣ ତା'ର ପୀନସ୍ତନର ସମ୍ବେଦନଶୀଲ ଚୁଚୁକକୁ କିଭଳି ଉନ୍ମୁଖ କରି ରଖିଥାବ, ମୁଁ ତାହା ବେଶ୍ ବୁଝି ପାରୁଥିଲି । ତା'ର ଛୋଟିଆ ଚିପା କୃଷ୍ଣ ଘାଗରା ତଳୁ ତା'ର ନିତମ୍ବର ପୀବରତ୍ୱ ସ୍ପଷ୍ଟ ପ୍ରତିଭାତ ହେଉଥିଲା, ଆଉ ତା'ର ପ୍ରତିଟି ପଦକ୍ଷେପର ସହିତ ତାହା ଦୋଲାୟିତ ହେଉ ଥିଲା । ବାସ୍ତବରେ ତା'ର ସମଗ୍ର ଶରୀର ମତେ ଆକର୍ଷଣ କରୁଥିଲା, ଆଉ ଯେମିତି ଶୁଷ୍କ ଧରା ପ୍ରଥମ ବାରିପାତର ପରିମିତ ଜଳବିନ୍ଦୁକୁ ପିଇ ଯାଏ, ସେମିତି ତା'ର ହାବଳୀଲାକୁ ମୋର

ଲୋଭାତୁର ଦୃଷ୍ଟି ବ୍ୟଗ୍ର ଭାବେ ଶୋଷି ନେଉ ଥିଲା । ମୋ ଦୃଷ୍ଟି ଆଗରେ ନିଜକୁ ବିଜ୍ଞାପିତ କରୁଥିବା ଏସବୁ ବାହ୍ୟ ଲକ୍ଷଣ ଗୁଡ଼ିକୁ ଛାଡ଼ିଦେଲେ ମଧ୍ୟ, ଏକ ଦୀର୍ଘ ଅବଧି ପରେ ପ୍ରଥମ ଥର ପାଇଁ ମୁଁ ସଚେତନ ହେଲି ଯେ, ମୁଁ ଏକ ବାସ୍ତବତାର ସ୍ପର୍ଶ ଅନୁଭବ କରିବାକୁ ସକ୍ଷମ ହୋଇଛି । କେମିତି ମୁଁ ତାହା ବର୍ଣ୍ଣନା କରିବି ? ଏହା ଥିଲା ଏକ ଭିନ୍ନ ଧରଣର ବାସ୍ତବତା, ଅର୍ଥାତ୍ ଏହା ହେଲା ସେଇ ଜିନିଷ ଯାହା କି ତା'ର ଏଇ ସ୍ପଷ୍ଟ, ଉଜ୍ଜ୍ୱଲ ରୂପକାନ୍ତିର ଅନ୍ତରାମ୍ନା ଥିଲା, ଯାହା ସେଇ ଦୃଶ୍ୟରେ ଭରି ଦେଇଥିଲା ଏକ ମର୍ମସ୍ପର୍ଶୀ ଆବେଗ । ପରିଶେଷରେ ମୁଁ ସେଇ ବାସ୍ତବତାର ରହସ୍ୟ ବୁଝିବାରେ ସକ୍ଷମ ହେଲି । ତା'ର ଶରୀରର ସମସ୍ତ ଅଙ୍ଗ ପ୍ରତ୍ୟଙ୍ଗର ଚଳନରେ ନିହିତ ଥିଲା ଏକ ଅଚେତନ ଶକ୍ତି । ଆଉ ସେସିଲିଆ ଏ ସମ୍ପର୍କରେ ନିଜେ ମଧ୍ୟ ଅବଗତ ନ ଥିଲା, ଆଉ ତାହା ଏକ ଅଦୃଶ୍ୟ ରଜ୍ଜୁ ଭଳି ସେସିଲିଆକୁ ଆଗକୁ ଭିଡ଼ି ନେଉ ଥିଲା । ଯେମିତି ମୁଦ୍ରିତ ଚକ୍ଷୁ, ଚୈତନ୍ୟହୀନ ସ୍ୱପଚଳନ ରୋଗୀଟିଏ ନିଦ୍ରାଚ୍ଛନ୍ନ ରହି ଚଲୁଥାଏ, ସେମିତି ଚଲୁଥିଲା ସେସିଲିଆ । ଏହି ଶକ୍ତି ହିଁ ସେସିଲିଆକୁ ମୋ ଠାରୁ ବିଚ୍ଛିନ୍ନ କରାଉ ଥିଲା, ଯାହା ଫଳରେ ସେସିଲିଆ ମୋ ନିକଟରେ ହୋଇ ଉଠୁଥିଲା ଏକ ଜୀବନ୍ତ ବାସ୍ତବତା ।

ଯେତେବେଳେ ସେ 'ପିଆଜା ଦି ସ୍ପାନିଆ'ରେ ପହଞ୍ଚିଲା, ସେସିଲିଆ ସୁନିର୍ଦ୍ଦିଷ୍ଟ ଭାବରେ ସେଠାର ସେଇ ବିଶାଳ ପାବଚ୍ଛଶ୍ରେଣୀ ଦିଗରେ ଆଗେଇ ଗଲା । ମୁଁ ଘଡ଼ିକ ପାଇଁ ଅଟକି ଗଲି ଏବଂ ମୋର ଦୃଷ୍ଟି ତା ଠାରୁ ବିଚ୍ଛିନ୍ନ ହୋଇ, ତା'ର ସମ୍ଭାବ୍ୟ ଗନ୍ତବ୍ୟସ୍ଥଳ ଦିଗରେ ପ୍ରସରି ଗଲା । ମୋର ଆଖିରେ ପଡ଼ିଲା ଏକ ପୁରୁଷ ଯିଏ ଆପାତତଃ କାହା ପ୍ରତୀକ୍ଷାରେ ଗୋଟିଏ ଫୁଲ ବିକାଳିର ବିଶାଳ ଛତା ତଳେ ଠିଆ ହୋଇଥିଲା । ସେ ଥିଲା ବେଶ୍ ବଳିଷ୍ଠ ଓ ହୃଷ୍ଟପୁଷ୍ଟ ମନେ ହେଉଥିବା ଏକ ଦୀର୍ଘଦେହୀ ଯୁବା । ତା'ର ଶରୀରର ଦୁଇଟି ବିଭାବ ମୋର ଦୃଷ୍ଟି ଆକର୍ଷଣ କଲା । ତା'ର ଦୃଢ଼ ବୃଷସ୍କନ୍ଧରୁ ଆପାତତଃ ଏକ ହୃଷ୍ଟପୁଷ୍ଟ ଶରୀରର ସୂଚନା ମିଳୁଥିଲା ଏବଂ ତା'ର କୃତ୍ରିମ-ସୁନେଲି କେଶପାଶ ପେରକ୍ସାଇଡ ଦ୍ୱାରା ବ୍ଲିଚ୍ ହୋଇଥିବାର ଜଣା ପଡୁଥିଲା । ଇତି ମଧ୍ୟରେ ସେସିଲିଆ, 'ପିଆଜା ଦି ସ୍ପାନିଆ'ର ସମସ୍ତ ବିତତି ଅତିକ୍ରମ କରି, ଯୁବାଟିର ଦିଗରେ ଅଗ୍ରସର ହେଉଥିଲା । ତା'ର ଦୃଷ୍ଟି ଥିଲା ଆନତ ଓ ଗତି ଥିଲା ଅଚଞ୍ଚଳ । ଧୀର ପଦକ୍ଷେପରେ ସେ ଆଗଉଥିବା ସତ୍ତ୍ୱେ ମଧ୍ୟ ତା

ନିତମ୍ବର ଦୋଳନରେ ଥିଲା ଏକ ଅପ୍ରତିରୋଧ ବ୍ୟଗ୍ରତାର ଆବେଦନ। ସେ ଯୁବତିର ନିକଟରେ ପହଞ୍ଚି ଅଟକିଗଲା ଏବଂ ସେମାନେ କରମର୍ଦ୍ଦନ କଲାପରି ମତେ ମନେହେଲା। ମୁଁ ତାପରେ ସତ୍ବର ଆଗେଇ ଚାଲିଲି। ଏହା ଭିତରେ ସେସିଲିଆ ସୋପାନଶ୍ରେଣୀର ପ୍ରଥମ ପାହାଚ ଉପରେ ଚଢ଼ି ସାରିଥାଏ, ତଥାପି ମଧ୍ୟ ଯୁବତି ତୁଳନାରେ ସେ ଦିଶୁଥାଏ ଅନୁଚ୍ଚ।

ଅବିଳମ୍ବେ ମୁଁ ତାଙ୍କର ନିକଟତର ହୋଇଗଲି। ମୁଁ ବୁଝି ପାରିଲି ଯେ ସେସିଲିଆ ମତେ ଦେଖିନାହିଁ, ତେଣୁ ମୁଁ ପ୍ରାୟ ତା' ସନ୍ନିକଟକୁ ଚାଲିଗଲି, ଏଇ ପାହୁଣ୍ଡେ ଦି ପାହୁଣ୍ଡ ଦୂରତାକୁ। ତଥାପି ମଧ୍ୟ ମୁଁ ସୁନିଶ୍ଚିତ ଭାବରେ ଜାଣୁଥିଲି ଯେ ସେ ମତେ ଦେଖି ପାରିନାହିଁ। ମୁଁ ପାହାଚ ଚଢ଼ି, ତା' ପାଖ ଦେଇ, ଏଥର ପ୍ରାୟ ଛୁଇଁବା ଭଳି ଦୂରତାରେ, ଗଲି। ସେ ପେରକ୍ବାଇଡ ଚିକୁର ବିଶିଷ୍ଟ ଯୁବା ସହ ବେଶ୍ ଖୁସିରେ ହସୁଥିଲା ଏବଂ କଥା ହେଉଥିଲା। ଏବଂ ହଠାତ୍ ତା'ର ଆୟତ କୃଷ୍ଣ ଚକ୍ଷୁର ଦୃଷ୍ଟି ମୋ ଉପରେ ସ୍ଥିର ହୋଇଗଲା। କିନ୍ତୁ ତଥାପି ମଧ୍ୟ, ଯଦିଚ ଏହା ମତେ ଅସମ୍ଭବ ମନେ ହେଉଥିଲା, ମତେ ସ୍ୱୀକାର କରିବାକୁ ପଡ଼ିଲା ଯେ ସେ ମତେ ଦେଖିନାହିଁ। ମୋ ମନରେ ଏଭଳି ଧାରଣା ମୁଁ କିଛି ଚିନ୍ତା ନ କରିବା ସତ୍ତ୍ୱେ ମଧ୍ୟ ସ୍ୱୟଂକ୍ରିୟ ଭାବରେ ସୃଷ୍ଟି ହେଉଥିଲା। ମୁଁ ଏତିକି ବୁଝୁଥିଲି ଯେ, ମୁଁ ଅଧୁନା ଭୋଗୁଥିଲି ଏକ ତୀବ୍ର ଯନ୍ତ୍ରଣା ଆଉ ସେହି କାରଣରୁ କିଛି ଚିନ୍ତା କରିବା ପାଇଁ ସକ୍ଷମ ନ ଥିଲି। ପରିଶେଷରେ ମୁଁ ଯାଇ, ସେମାନଙ୍କ ଠାରୁ ଅଳ୍ପ କେତେ ପାହୁଣ୍ଡ ଦୂରରେ ଥିବା ସେହି ମାଲିକର ଛତା ତଳେ ନିଜକୁ ଲୁଚାଇ ଠିଆ ହେଲି।

ବର୍ତ୍ତମାନ ପେରକ୍ବାଇଡ ଚିକୁର ବିଶିଷ୍ଟ ଯୁବତି ସେସିଲିଆ ସହିତ ବାହୁରେ ବାହୁ ଛନ୍ଦି ଠିଆ ହୋଇଥିଲା। ତା' ବ୍ୟବହାରରେ ଏକ ସ୍ନେହସିକ୍ତ କୋମଳତା ସ୍ପଷ୍ଟ ଓ ପ୍ରାଞ୍ଜଳ ଭାବରେ ଫୁଟି ଉଠିଥିଲା। ସେସିଲିଆକୁ ସେ ଧୀରେ ଭିଡ଼ୁଥିଲା ସେଇ ଛତା ତଳକୁ ଯାହା ପଛରେ ମୁଁ ଲୁଚି ଠିଆ ହୋଇଥିଲି। ସେମାନେ ସେଇଠି ଆସି ଠିଆ ହେଲେ ଆଉ ଯୁବତି, ସେସିଲିଆର ବାହୁକୁ ସେମିତି ବନ୍ଦୀ କରି ରଖିଥିବା ଅବସ୍ଥାରେ ହିଁ, ବାଛିଲା ନୀଳଲୋହିତ ପୁଷ୍ପ ସ୍ତବକଟିଏ ଆଉ ସେସିଲିଆକୁ ବଢ଼ାଇଦେଲା ପୁଷ୍ପଗୁଚ୍ଛଟି। ସେସିଲିଆ ତାକୁ ହାତରେ ଧରି ଆଘ୍ରାଣ କଲା ତା'ର ସୁରଭି। ଯୁବତି ପୁଷ୍ପାଜୀବକୁ ସ୍ତବକର ମୂଲ୍ୟ ବଢ଼ାଇ ଦେଲା ଆଉ ସେସିଲିଆ

ସହିତ ସେଇମିତି ବାହୁଛନ୍ଦି ପାବଚ୍ଛଶ୍ରେଣୀ ଅତିକ୍ରମ କରି 'ତ୍ରିନିତା ଦେ ମୋନ୍ତି' ଦିଗରେ ଆଗେଇଗଲା। ପ୍ରଥମଥର ପାଇଁ ମୁଁ ଲକ୍ଷ୍ୟ କଲି ଯୁବତି ପିନ୍ଧିଥିଲା ସବୁଜବର୍ଣ୍ଣର ଅପେକ୍ଷାକୃତ ଛୋଟ ଓଭରକୋଟଟିଏ। ସେ ପର୍ଯ୍ୟନ୍ତ ସେ କ'ଣ ପିନ୍ଧିଛି ସେ ବିଷୟରେ ମୁଁ ସଚେତନ ନ ଥିଲି।

ସେମାନେ ଅଦୃଶ୍ୟ ହୋଇ ଯିବାର କିଛିକ୍ଷଣ ପର୍ଯ୍ୟନ୍ତ ମୁଁ ସେମିତି ଚିତ୍ରାର୍ପିତ ହୋଇ ଠିଆ ହୋଇ ରହିଥିଲି, ଆଉ ସେ ପାବଚ୍ଛଶ୍ରେଣୀ ଦିଗରେ ଶୂନ୍ୟଦୃଷ୍ଟିରେ ରହିଁଥିଲି। ମୁଁ ଅନୁଭବ କରୁଥିଲି ଏକ ତୀବ୍ର ଯନ୍ତ୍ରଣା ଏବଂ ଅଶାନ୍ତି। ତା' ସହିତ ମଧ୍ୟ ଏ ଯନ୍ତ୍ରଣା ନିକଟରେ ମୋର ଅସହାୟ ଆତ୍ମସମର୍ପଣ ହେତୁ ନିଜ ପ୍ରତି ମୁଁ ଅନୁଭବ କରୁଥିଲି ଏକ ନିଷ୍ଫଳ, ନିର୍ବାର୍ଯ୍ୟ କ୍ରୋଧ। ମୁଁ ରହିଁଥିଲି ସେସିଲିଆ ଠାରୁ ବିଚ୍ଛେଦ, କିନ୍ତୁ ମୁଁ ଏହା ବୁଝୁଥିଲି, ଯେ ପର୍ଯ୍ୟନ୍ତ ମୁଁ ଏ ଯନ୍ତ୍ରଣା ଭୋଗି ରହିଥିବି ସେ ପର୍ଯ୍ୟନ୍ତ ତାଠାରୁ ନିଜକୁ ବିଚ୍ଛିନ୍ନ କରିବା ପାଇଁ ମୁଁ ସକ୍ଷମ ହେବି ନାହିଁ। ଏବଂ ଏ କଥା ମଧ୍ୟ ବୁଝୁଥିଲି ଯେ, ସେସିଲିଆ ସହିତ ମୋର ସମ୍ପର୍କ କେବଳ ବୋରିୟାତର କିମ୍ବା ଯନ୍ତ୍ରଣାର। ଏ ପର୍ଯ୍ୟନ୍ତ ମୁଁ ତା' ଦ୍ୱାରା ବୋରିୟାତୁର ହୋଇ ରହିଥିଲି ଏବଂ ସେଇ ହେତୁରୁ ତାକୁ ପରିତ୍ୟାଗ କରିବାକୁ ରହୁଁଥିଲି। ବର୍ତ୍ତମାନ ମୁଁ ବ୍ୟଥିତ ହୃଦୟରେ ଅନୁଭବ କରୁଥିଲି ଯେ, ପୁଣି ସେ ମୋତେ ବୋରିୟାତୁର ନ କରିବା ଯାଏ ମୁଁ ତାକୁ ପରିତ୍ୟାଗ କରି ପାରିବି ନାହିଁ।

ଏହି ଚିନ୍ତା ଏବଂ ଏଇ ସମୟସ୍ଥାୟ ଚିନ୍ତା ନିଶ୍ଚିତଭାବରେ ବଡ଼ ତୀବ୍ର ଏବଂ ଏକାଗ୍ରକର ହୋଇଥିବ। କାରଣ ହଠାତ୍ ମୁଁ ବଡ଼ ଆଶ୍ଚର୍ଯ୍ୟ ହୋଇ ନିଜକୁ ପୁଣି ଥରେ ମୋ ଶିକ୍ଷଶାଳା ଭିତରେ ଆବିଷ୍କାର କଲି। ଚିନ୍ତା ଜଳଦ ଆଚ୍ଛନ୍ନ ହୋଇ ଅଚେତନ ଭାବରେ ମୁଁ 'ଭିୟା ମାର୍ଗୁଡ଼ା'କୁ ଫେରି ଆସିଥିଲି ଏବଂ ମୋ ଶିକ୍ଷଶାଳାରେ ପଶି ପର୍ଯ୍ୟସ୍ତିକା ଉପରେ ଗଡ଼ି ପଡ଼ିଥିଲି। ସେଇ ବଖରା ମଝିରେ ଥିବା ମେଜ ଉପରେ ରଖା ଯାଇଥିବା ଘଡ଼ିରେ ବାଜିଥିଲା ସାଢ଼େ ରୁରିଟା, ତେଣୁ ସେସିଲିଆର ଆଗମନ ପାଇଁ ମାତ୍ର ଅଧଘଣ୍ଟାଏ ବାକି ଥିଲା। କିନ୍ତୁ ତା ପ୍ରତୀକ୍ଷାରେ ବସି ରହିବା ବ୍ୟତୀତ ଆଉ କିଛି କରିବା ମୋ ପାଇଁ ସମ୍ଭବ ନ ଥିଲା। ଆଉ ସେଇ ଅଧଘଣ୍ଟାଟା ଯେମିତି ଜମା କଟୁ ନାହିଁ, ମତେ ସେଭଳି ମନେ ହେଉଥିଲା। ଯେମିତିକି ସମୟ ସେଇଠି ସ୍ଥିର ହୋଇ ଯାଇଛି ଏବଂ ଅପେକ୍ଷା କରିଛି ମତେ। ମୁଁ ଟିକିଏ ପେଲି

ଦେଲେ ସିଏ ତା'ର ଚିରାଚରିତ ଯାତ୍ରା ଆରମ୍ଭ କରିବ । ପ୍ରକୃତରେ କିନ୍ତୁ ମୁଁ ହିଁ
ଅଟକି ଯାଇଥିଲି । ସେସିଲିଆର ଚିନ୍ତାକୁ ମୁଁ ଯେତେ ଚେଷ୍ଟା କଲେ ବି ମୁଣ୍ଡରୁ
ହଟେଇ ପାରୁ ନ ଥିଲି ଏବଂ ଏହି ଚିନ୍ତା ମତେ ସମ୍ପୂର୍ଣ୍ଣ ଆଚ୍ଛନ୍ନ କରି ରଖିଥିଲା ।

ଯଦିଚ ମୁଁ ସେସିଲିଆକୁ ପ୍ରେମ କରୁ ନ ଥିଲି, ପରିସ୍ଥିତି କହିବାକୁ ଗଲେ
ଏଭଳି ଥିଲା ଯେ, ମୋର ଅନୁଭବ ଥିଲା ପ୍ରେମାନୁଭୂତିର ଅନୁରୂପ । ଏକ ବିପ୍ରଲବ୍ଧ
ପ୍ରେମିକର ଅନୁରୂପ ବ୍ୟବହାର କରିବାକୁ ପରିସ୍ଥିତି ମତେ ବାଧ୍ୟ କରୁଥିଲା ଏବଂ
ତାହାହିଁ ମତେ କ୍ଷୁବ୍ଧ ଓ ବିରକ୍ତ କରୁଥିଲା । ମୁଁ ଏହି ପ୍ରକାର ପରିସ୍ଥିତିରୁ ନିଜକୁ ମୁକ୍ତ
କରିବାକୁ ଚାହୁଁଥିଲି ଯେମିତିକି ବେକରେ ଯୁଆଳି ପଡ଼ିଥିବା ବଳଦଟିଏ ନିଜକୁ
ବନ୍ଧନରୁ ମୁକ୍ତ କରିବାକୁ ଚାହେଁ । କିନ୍ତୁ ମୁଁ ଅନୁଭବ କରୁଥିଲି ଯେ ନିଜକୁ ମୁକ୍ତ
କରିବାକୁ ମୁଁ ଯେତେ ଛଟପଟ ହେଉଛି, ସେ ଯୁଆଳି ମୋ ବେକରେ ସେତେ
ବେଶୀ ଚିପିହେଇ ଯାଉଛି ଏବଂ ମୁଁ ପ୍ରେମ ନ କରିବା ସତ୍ତ୍ୱେ ମଧ୍ୟ, ପ୍ରେମିକ-ସୁଲଭ
ଆଚରଣ କରିବା ପାଇଁ ତାହା ମତେ ବାଧ୍ୟ କରୁଛି ।

ଉଦାହରଣ ସ୍ୱରୂପ, ମୁଁ ମୋ ନିଜକୁ କହିଲି, ସେସିଲିଆ ବର୍ତ୍ତମାନ ତା'ର
ଦୟିତ ସହ ବୋରଘେଜ ଉଦ୍ୟାନର କୌଣସି ନିକାଞ୍ଜନ କୋଣରେ ବସିଥିବ ଆଉ
ତା' ସହିତ ସେଇ ନିର୍ଦ୍ଦିଷ୍ଟ କ୍ରିୟାକଳାପ ସବୁ ଚଲାଇଥିବ ଯାହା ସେ ବହୁବାର ମୋ
ସହିତ କରିଛି । ଏତେବେଳକୁ ସେ ଯୁବକଟିକୁ ଆଲିଙ୍ଗନ କରି, ତା'ର ଚିରାଚରିତ
ଅଖାଡ଼ୁଆ ଢଙ୍ଗରେ, ଶିଶୁସୁଲଭ ଅଧର ଦ୍ୱାରା ସେ ଆଙ୍କି ଚାଲିଥିବ ନିରୁଦ୍ଦେଜିତ
ଚୁମ୍ବନ । ଏବଂ ସେଟିକିବେଳେ ପୁଣି ତା'ର କଟି ସଂଚାଳନ କରି ଜଘନ ଦ୍ୱାରା
ଦେଉଥିବ ରୁକ୍ଷ, ଅଧୈର୍ଯ୍ୟ ଆଘାତ, ଏବଂ ତା'ର ଠିକ୍ ପରେ ପରେ ମୁଁ ଚିନ୍ତା
କଲି, ମୁଁ କାହିଁକି ଏସବୁ ଭାବୁଛି ଏବଂ ଏହି ଭାବନା ଦ୍ୱାରା ଯନ୍ତ୍ରଣାକୁ ଆମନ୍ତ୍ରଣ
କରୁଛି ? ସ୍ପଷ୍ଟ ରୂପେ ଏହି କାରଣରୁ ଯେ, ମୁଁ ସେ ଉଭୟଙ୍କୁ ଏକାଟି ଦେଖୁଛି ।
ସେସିଲିଆ ପ୍ରତି ମୋର ଆକର୍ଷଣର ଅଭାବ ସତ୍ତ୍ୱେ ମଧ୍ୟ, ପରିସ୍ଥିତି ମତେ ଈର୍ଷ୍ୱକ
ହେବା ପାଇଁ ବାଧ୍ୟ କରିଛି ଏବଂ ଖାସ୍ ସେଇଥି ପାଇଁ ମୁଁ ଯନ୍ତ୍ରଣା ଭୋଗୁଛି ।

ମୁଁ ନତମୁଖ ଏବଂ ଆନତ ଦୃଷ୍ଟିରେ ଧ୍ୟାନମଗ୍ନ ହୋଇ ବସିଥିଲି । ପରିଶେଷରେ
ମୁଁ ଉପରକୁ ମୁଣ୍ଡ ତୋଲି ଘଡ଼ି ଦିଗରେ ଚାହିଁଲି । ମୁଁ ଆବିଷ୍କାର କଲି ଯେ,
ସେସିଲିଆର ଆସିବା ପାଇଁ ମାତ୍ର ଆଉ ଅଳ୍ପ ସମୟ ରହିଛି । ତାପରେ ମୁଁ ପର୍ଯ୍ୟଟନିକାରୁ

ଉଠି ଭିଡ଼ିମୋଡ଼ି ହୋଇ ଅଙ୍ଗପ୍ରତ୍ୟଙ୍ଗର ଖଲି ଭାଙ୍ଗିଲି। ମୁଁ ଚିନ୍ତା କଲି ଯେ, ସବୁ ସନ୍ଦେ ମଧ ସେସିଲିଆ ଯେ ମୋ ସହିତ ବିଶ୍ୱାସଘାତ କରୁଛି, ଏ ବିଷୟରେ ମୁଁ ନିଶ୍ଚିତ ନୁହେଁ। ବାସ୍ତବିକ କହିବାକୁ ଗଲେ ମୁଁ କ'ଣ ବା ଦେଖିଛି ? ଏକ ଉନ୍ମୁକ୍ତ ସ୍ଥାନରେ ଏକ ନିରୀହ ସାକ୍ଷାତକାର, ପୁଣି ସାକ୍ଷାତକାର ସ୍ଥାନଟିକୁ ମଧ କୌଣସିମତେ ଗୁପ୍ତସ୍ଥାନ ବୋଲି କୁହାଯାଇ ପାରିବ ନାହିଁ। ଆଉ ସଚରାଚର ଶିଷ୍ଟାଚାର ମନେ କରାଯାଉ ଥିବା ଭଙ୍ଗୀରେ ଯୁବତିର ପୁଷ୍ପଗୁଚ୍ଛ ଅର୍ପଣ, ଏବଂ ପିଆନ୍ନୋ ଦିଗରେ ଉଭୟଙ୍କର ପରିଚାଳନ। ଏହିଭଳି ଘଟଣା ତ ପ୍ରତି ଦିନ ପ୍ରତି ନିୟତ ଘଟୁଛି। ଏଇଥି ପାଇଁ ସେ ଘଟଣାର ପାତ୍ରମାନେ ପ୍ରେମ ରଜ୍ଜୁରେ ବନ୍ଧା ବୋଲି କୁହାଯିବ ନାହିଁ। ତେଣୁ ଏଭଳି ସାକ୍ଷାତକାରକୁ ନିତାନ୍ତ ଭାବରେ ଅର୍ଥପୂର୍ଣ୍ଣ ବୋଲି ମଧ କୁହାଯିବ ନାହିଁ। ଅବଶ୍ୟ ଏହା ସତ୍ୟ ଯେ ସେସିଲିଆ ପୂର୍ବଦିନ ନିର୍ଦ୍ଧାରିତ ସାକ୍ଷାତ ପାଇଁ ଆସି ନଥିଲା। କିନ୍ତୁ ଏଭଳି ଦୁଇଟି ଭିନ୍ନ ଭିନ୍ନ ଓ ଅସଦୃଶ ଘଟଣା ମଧ୍ୟରେ ମନମୁଖୀ, ଅସଙ୍ଗତ ସମ୍ପର୍କ ସ୍ଥାପନ କରିବାର ଯେଉଁ ମାନସିକ ପ୍ରବଣତା ସେ ସମ୍ପର୍କରେ ମୁଁ ସଚେତନ ଓ ସତର୍କ ରହିବା ଆବଶ୍ୟକ। ସେସିଲିଆ ପୂର୍ବଦିନ ଆମ ସାକ୍ଷାତକୁ ଆସି ନ ଥିଲା, ଏହା ଏକ ପ୍ରକୃତ ବାସ୍ତବିକତା। ମୁଁ ତାକୁ ତା ପରଦିନ ଅପରାହ୍ନରେ ପେରକ୍ୱାଇଡ ଚିକୁର ବିଶିଷ୍ଟ ଗୋଟିଏ ଯୁବକ ସହିତ ଦେଖିଲି, ତାହା ଅନ୍ୟ ଏକ ବାସ୍ତବିକତା। କିନ୍ତୁ ଏଥରୁ ଏହା ପ୍ରମାଣିତ ହେଉ ନାହିଁ ଯେ ଏ ଦୁଇ ଘଟଣା ମଧ୍ୟରେ ଗୋଟିଏ ସମ୍ପର୍କର ଡୋରି ବିଦ୍ୟମାନ। ଆଉ ସମ୍ପର୍କ ତ ସମ୍ପର୍କ, ସେସିଲିଆ ମୋ ସହିତ ବିଶ୍ୱାସଘାତକତା କରୁଛି ବୋଲି ଏଥରୁ ନିର୍ଦ୍ଧାରଣ କରିବା, ଆଉରି ବେଶୀ ଅସଙ୍ଗତ।

କହିବାକୁ ଅଭୁତ ଲାଗୁଛି, କିନ୍ତୁ ମୁଁ ଏହିଭଳି ଚିନ୍ତା କରିବା ସାଙ୍ଗେ ସାଙ୍ଗେ, ଅର୍ଥାତ୍ ସେ ମୋ ସହିତ ବିଶ୍ୱାସଘାତକତା କରୁଛି ବୋଲି ଯେ ମୁଁ ଭାବୁଥିଲି, ଏ ବିଷୟରେ ମୁଁ ସନ୍ଦେହ ପ୍ରକାଶ କରିବା ସଙ୍ଗେ ସଙ୍ଗେ, ପୂର୍ବ ଭଳି ସେସିଲିଆ ଅନ୍ତଃସାରଶୂନ୍ୟ, ଅବାସ୍ତବ ଏବଂ ବୋରିୟାତିଆ ଲାଗିଲା। ଅଥଚ ଯେ ପର୍ଯ୍ୟନ୍ତ ସେ ବିଶ୍ୱାସଘାତିନୀ ବୋଲି ମୁଁ ସନ୍ଦେହ କରୁଥିଲି, ମତେ ସେସିଲିଆ ମୂଢ଼ ଓ ଅବୋଧ ମନେ ହେଲେ ମଧ ମନେ ହେଉଥିଲା ବାସ୍ତବ ଓ ପ୍ରାଣ ପ୍ରାଚୁର୍ଯ୍ୟରେ ପରିପୂର୍ଣ୍ଣ। ବାସ୍ତବରେ ସେ ଯେତେବେଳ ପର୍ଯ୍ୟନ୍ତ ମୋ ଆଖିରେ ଥିଲା ରହସ୍ୟମୟୀ,

ସେତେବେଳ ପର୍ଯ୍ୟନ୍ତ ସେ ଥିଲା ମୋର ଇସ୍ପିତା, ଆଉ ମୋର ସନ୍ଦେହର ଲତାତନ୍ତୁ ହଟିଗଲା ପରେ ସେ ଲାଗିଲା ସାଧାରଣୀ। ଏବଂ ପୂର୍ବପରି ମୁଁ ଭାବିଲି ଯେ, ମୁଁ କୌଣସି ମତେ ମଧ ତା'ଠାରୁ ନିଷ୍କୃତି ପାଇବା ଆବଶ୍ୟକ; ଆଉ ମୁଁ ଡରୁଥିଲି ଯେ ମୁଁ ଏଥିରେ ସଫଳ ହେବା ପାଇଁ ଯେତିକି ଦୃଢ଼ ହେବା ଆବଶ୍ୟକ, ହୁଏତ ତା'ହେବା ପାଇଁ ମୁଁ ସକ୍ଷମ ହୋଇ ନ ପାରେ। ମୋର ନିଷ୍ଠିରେ ଅଟଳ ରହିବା ପାଇଁ ମୁଁ ଚିନ୍ତା କରିବାକୁ ଲାଗିଲି କିଭଳି ଆମର ପୂର୍ବ ସାକ୍ଷାତରେ ବୋରିୟାତରୁ ଆମୃରକ୍ଷା କରିବାକୁ ଯାଇ ମୁଁ ତା'ସହିତ ନିଷ୍ଠୁର ଆଚରଣ କରିବାର ନୀଚତା ପ୍ରଦର୍ଶନ କରିଥିଲି ଏବଂ ଏ ପ୍ରକାର ଚିନ୍ତା ଦ୍ୱାରା ମୁଁ ନିଜକୁ ଦୃଢ଼ କରିବାକୁ ଚେଷ୍ଟା କଲି।

ସେସିଲିଆ ଆସିଲା ତା'ର ସେଇ ସ୍ୱଭାବସିଦ୍ଧ ସମୟାନୁବର୍ତ୍ତିତାର ସହ। ଠିକ୍ ପାଞ୍ଚଟାରେ ମୁଁ ଶୁଣିଲି ଆଧ୍ୱାୟକ ଘଣ୍ଟିର ସେଇ ପରିଚିତ ଧ୍ୱନି ଯାହା ନିର୍ଦ୍ଦିଷ୍ଟ ଭାବରେ ସେସିଲିଆର ଚରିତ୍ର-ସୁଲଭ। ସେ ଧ୍ୱନି ନିତାନ୍ତ ସାମାନ୍ୟ, ଭାରି ଅନିଚ୍ଛୁକ ଯେମିତି, କିନ୍ତୁ ତଥାପି ବି ବଡ଼ ଅନ୍ତରଙ୍ଗ। ମୁଁ ନିଜକୁ କହୁଥିଲି, "ତାକୁ ଦେଖିବାକ୍ଷଣି ମୁଁ କହିଦେବି ଯେ ମୁଁ ବୁଲିବାକୁ ଶୈଳନିବାସକୁ ଯାଉଛି। ଯାହାଫଳରେ କି ଯଦି ବି ଏଥିପାଇଁ ପରେ ମତେ ଅନୁଶୋଚନା କରିବାକୁ ପଡ଼େ, ବାସ୍ତବ ପକ୍ଷରେ ପରିସ୍ଥିତି ଏଭଳି ହୋଇଥିବ ଯେ, ତାକୁ ପରିବର୍ତ୍ତନ କରିବା ମୋ ପକ୍ଷରେ ଆଉ ସମ୍ଭବ ହେବ ନାହିଁ।" ମୁଁ ସ୍ୱଷ୍ଟ ଦେଖି ପାରୁଥିଲି ଯେ ସେସିଲିଆ ତା' ଚିରାଚରିତ ଢଙ୍ଗରେ ଶିକ୍ଷଶାଳାରେ ପ୍ରବେଶ କରିବା କ୍ଷଣି ମୋ ଗଳାରେ ମାଲା ହୋଇ ଝୁଲିପଡ଼ିବ, ତା'ର ଯନ୍ତ୍ରସୁଲଭ ଆବେଗପୂର୍ଣ୍ଣ ଭଙ୍ଗୀରେ। କିନ୍ତୁ ଏଥର ମୁଁ ତା'ର ହାତ ଧରିନେବି ଆଉ ମୋ ଗଳାର କଙ୍କଣ ହେବା ପାଇଁ ତାକୁ ସୁଯୋଗ ନ ଦେଇ, ତା'ର ଆଲିଙ୍ଗନରୁ ନିଜକୁ ମୁକ୍ତ କରି ତାକୁ କହିବି, "ପ୍ରଥମେ ତୁମକୁ ମୋର କିଛି କହିବାର ଅଛି।" ଏହିଭଳି ନିଜକୁ କହି ମୁଁ ଗଲି ଏବଂ ଦୁଆର ଖୋଲିଦେଲି।

କିନ୍ତୁ ଯାହା ଘଟିଲା, ତାହା ଥିଲା ମୋ କଳ୍ପନାର ବାହାରେ, ଯଦିଚ ଏଭଳି କିଛି ସନ୍ଦେହ କରିବା ମୋ ପକ୍ଷରେ ଉଚିତ ଥିଲା। ଯେତେ ବେଳେ ମୁଁ ଦୁଆର ଖୋଲିଦେଲି, ସେସିଲିଆ ଆସି ମୋ ଗଳାରେ ଓହଲି ପଡ଼ିଲା ନାହିଁ; ବରଂ ନିଜକୁ ସାମାନ୍ୟ ପଛେଇ ନେଲା ସିଏ, ଯେମିତିକି ମୋ ସହିତ କିଛି ଦୂରତା ରକ୍ଷା କରିବା ପାଇଁ ସିଏ ରହୁଛି। ଆଉ କହିଲା, "ପ୍ରଥମେ ତୁମକୁ ମୋର କିଛି କହିବାରଅଛି।"

ମୁଁ ଏହା ନ ଭାବି ରହି ପାରିଲି ନାହିଁ ଯେ ଠିକ୍ ଏଇ କଥାହିଁ ମୁଁ ତାକୁ କହିବାକୁ ଚାହୁଁ ଥିଲି । ହଠାତ୍ ମୋ ମୁଣ୍ଡକୁ ଆସିଲା, ସେସିଲିଆ ମୋ ଭଳି ସେଇ ସମାନ ନିଷ୍ପଭି ନେଇଛି, ଯାହାକୁ ସେ ବର୍ତ୍ତମାନ ଘୋଷଣା କରିବାକୁ ଯାଉଛି । ଅର୍ଥାତ୍ ମତେ ସେ ପରିତ୍ୟାଗ କରିବାକୁ ଚାହୁଁଛି ବୋଲି କହିବାକୁ ଯାଉଛି । ଇତି ମଧ୍ୟରେ ସେସିଲିଆ ନୀରବରେ ଯାଇ ପର୍ଯ୍ୟଙ୍କିକା ଉପରେ ବସିଥିଲା । ମୁଁ ତା' ନିକଟକୁ ଗଲି, ପାଖରେ ବସି ଏକ ରୁକ୍ଷ ଓ ଉଚ୍ଚ ସ୍ୱରରେ କହିଲି, "ନା, ପ୍ରଥମେ ତୁମକୁ ମତେ ଚୁମ୍ବନ ଦେବାକୁ ପଡ଼ିବ ।"

ବାଧ୍ୟ ଭାବରେ ସେସିଲିଆ ଆଗକୁ ଝୁଙ୍କି ପଡ଼ିଲା ଆଉ ଖୁସି ଦେବାଭଳି କ୍ଷିପ୍ର ଏକ ଚୁମ୍ବନ ମୋ ଗାଲରେ ଆଙ୍କିଦେଲା । ତାପରେ ନିଜକୁ ପଛକୁ ଘୁଞ୍ଚାଇ ନେଇ ସେ କହିଲା, "ମୁଁ ତୁମକୁ କହିବାକୁ ଚାହୁଁଥିଲି କି, ଏଥରକ ଆମେ ସବୁଦିନ ଭେଟି ପାରିବା ନାହିଁ । କେବଳ ସପ୍ତାହରେ ଦୁଇ ଥର ମିଶିବା ଆମେ ।"

: "ଏମିତି କାହିଁକି ?"

: "ଆରେ ଧୈର୍ଯ୍ୟ ଧର, ରାଗ ନାଇଁ ।" ମୋ ପ୍ରଶ୍ନର ଉଭର ଦେବା ପୂର୍ବରୁ ସେ ଆଗ କହିଲା । ମୋ ସ୍ୱର ପ୍ରକୃତରେ ଶୁଭୁଥିଲା ଉଚ୍ଚ ଓ କ୍ରୁଦ୍ଧ । ମୁଁ ସେତେବେଳକୁ ବାସ୍ତବରେ ନିରାଶ ଓ ରୁଷ୍ଟ ହୋଇ ଉଠିଥିଲି । ମୁଁ ନିଜର ସ୍ୱର ଶୁଣିଲି, "ମୁଁ ଶାନ୍ତ ଅଛି ଏବଂ ନିଶ୍ଚିତ ଭାବରେ ରାଗିନାହିଁ । ମୁଁ କେବଳ ଏସବୁର କାରଣ କ'ଣ ଜାଣିବାକୁ ଚାହୁଁଛି ।"

: "ମୁଁ ତୁମକୁ ସବୁଦିନେ ଭେଟିବାରୁ ଘରେ ରାଗୁଛନ୍ତି ।"

: "କିନ୍ତୁ ତୁମେ ତ ତାଙ୍କୁ କହିଛ ଯେ ତୁମେ ଚିତ୍ରାଙ୍କନ ଶିଖିବାକୁ ଆସୁଛ ।"

: "ହଁ, କିନ୍ତୁ କହିଛି ଯେ ସପ୍ତାହରେ ଦୁଇ ଥର ଆସୁଛି ଚିତ୍ରାଙ୍କନ ଶିଖିବା ପାଇଁ । ଅନ୍ୟ ଦିନମାନଙ୍କରେ ମୁଁ କ'ଣ ନା କ'ଣ ବାହାନା କରି ଚାଲି ଆସେ । ଆଉ ବର୍ତ୍ତମାନ ଏ କଥା ଜଣା ପଡ଼ିଗଲାଣି ।"

: "ତୁମ ଘର ଲୋକେ ଯେ ରାଗୁଛନ୍ତି, ଏ କଥା ଠିକ୍ ନୁହେଁ । କାଇଁକି ନା, ଧର ଯେତେବେଳେ ବାଲେସ୍ତ୍ରୀୟେରିକୁ ଭେଟିବା ପାଇଁ ତୁମେ ପ୍ରତି ଦିନ ଆସୁଥିଲ, ସେତେବେଳେ ତ କାଇଁ ସେମାନେ ରାଗୁ ନ ଥିଲେ ।"

: "ବାଲେଶ୍ୱରୀଯେରି ତୁମ ଭଳି ପଇଁଚିରିଶ ବର୍ଷର ଯୁବକ ନ ଥିଲେ, ସେ ଥିଲେ ପଁଷଠି ବର୍ଷର ବୃଦ୍ଧ। ସେମାନେ ତାଙ୍କୁ ସନ୍ଦେହ କରୁ ନ ଥିଲେ। ତାପରେ ବି ଘରେ ସମସ୍ତେ ତାଙ୍କୁ ଜାଣିଥିଲେ।"

: "ଆଚ୍ଛା, ତାହେଲେ ତୁମ ଘର ଲୋକଙ୍କ ସାଙ୍ଗରେ ମୋର ପରିଚୟ କରାଇ ଦିଅ।"

: "ଠିକ୍ ଅଛି, ମୁଁ କରେଇ ଦେବି। ତେବେ ସେ ପର୍ଯ୍ୟନ୍ତ ଆମେ ସପ୍ତାହରେ କେବଳ ଦୁଇଥର ମିଶିବା।"

କିଛି ସମୟ ପର୍ଯ୍ୟନ୍ତ ନୀରବରେ ବସିଲୁ ଉଭୟ। ମୁଁ ହଠାତ୍ ଉପଲବ୍ଧି କଲି ଯେ ମୁଁ ବର୍ତ୍ତମାନ କେବଳ ସେସିଲିଆଠାରୁ ବିଚ୍ଛେଦ ରହୁଁ ନାହିଁ ନୁହେଁ, ସପ୍ତାହରେ ମାତ୍ର ଦୁଇ ଦିନ ଦେଖା ହେବାର ସମ୍ଭାବନା ମଧ ମତେ ପୀଡ଼ାଦାୟକ ମନେ ହେଉଛି। ତାପରେ ହଠାତ୍ ମୁଁ ଆବିଷ୍କାର କଲି ଯେ ମୁଁ ମଧ ପ୍ରସ୍ତୁତ ଅଛି ଏଭଳି ରାଜି ଫଏସଲାରେ ଆମ ଭେଟାଭେଟିର ସଂଖ୍ୟାକୁ ସୀମିତ କରିବା ପାଇଁ। କିନ୍ତୁ ଏଥିପାଇଁ କେବଳ ମୁଁ ଏକ ଗାଣିତିକ ନିର୍ଭରଯୋଗ୍ୟତା ସହ ଜାଣିବା ଆବଶ୍ୟକ ଯେ ସେସିଲିଆ ମୋ ସହିତ ଛଳନା କରୁନାହିଁ। ଆଉ ତା'ର ବାପାମାଆ ହିଁ ବାସ୍ତବରେ ଏଇ ଅପ୍ରୀତିକର ଜଞ୍ଜାଳ ସୃଷ୍ଟି କରିଛନ୍ତି। କିନ୍ତୁ ଯେହେତୁ ମୁଁ ଏ ବିଷୟରେ ନିଶ୍ଚିତ ନ ଥିଲି, 'ସେ ମତେ ମିଛ କହୁଛି', ଏହି ସମ୍ଭାବନା ମୋ ମୁଣ୍ଡକୁ ଆସିଲା ଏବଂ ଏହା କଳ୍ପନା କରିବା ମାତ୍ରେ ହିଁ ଏକ ଗଭୀର ମର୍ମବେଦନାରେ ମୁଁ ଆକ୍ରାନ୍ତ ହୋଇ ପଡ଼ିଲି। ମତେ ମନେହେଲା ଯେମିତିକି ଏଇ ମିଥ୍ୟାଚରର ଆଶ୍ରୟ ନେଇ ସେ ମୋ ହାତରୁ ଖସି ଯାଉଛି, ଆଉ ଠିକ୍ ସେଇ ମୁହୂର୍ତ୍ତରେ ହିଁ ସେସିଲିଆ ମୋ ଆଗରେ ହୋଇ ଉଠିଲା ଅଧିକ ବାସ୍ତବ ଏବଂ ଅଧିକ ଆକାଂକ୍ଷିତ, ଆଉ ଅଧିକ କାମ୍ୟ। ମୁଁ ତା'ର ଦୁଇ ହାତକୁ ଜାବୁଡ଼ି ଧରିଲି। "ମତେ ସତ କୁହ। ତୁମେ ମତେ ଆଉ ଭେଟିବାକୁ ରହୁଁ ନ ନା?" ମୁଁ କହିଲି। ସେ ସଙ୍ଗେ ସଙ୍ଗେ କହିଲା, "ସେ କଥା ନୁହେଁ। ମୁଁ କେବଳ ଏତିକି କହୁଛି ଯେ ଯ଼ା ପରଠୁ ସପ୍ତାହରେ ମାତ୍ର ଦୁଇଥର ଆମେ ଭେଟି ପାରିବା। କଥାଟା କେବଳ ସେଇଆ।"

ମୁଁ ଲକ୍ଷ୍ୟ କଲି ଯେ ତା'ର ସ୍ୱର ଥିଲା ସମ୍ପୂର୍ଣ୍ଣ ଭାବେ ବୈଶିଷ୍ଟ୍ୟହୀନ ଓ ନିରପେକ୍ଷ। ରତ ଓ ଅନୃତ ଉଭୟଠାରୁ ତାହା ଥିଲା ସମଦୂରସ୍ଥ। ଅନ୍ୟାନ୍ୟ

ଘଟଣାରେ ବି ୟ୍ୟା ପୂର୍ବରୁ ମୁଁ ଠିକ୍ ସେଇ ସିଦ୍ଧାନ୍ତରେ ଉପନୀତ ହୋଇ ଥିଲି। କିନ୍ତୁ ତାକୁ ମୁଁ ସେସିଲିଆର ଚରିତ୍ରର ଏକ ନିର୍ଦ୍ଦିଷ୍ଟ ବିଭାବ ହିସାବରେ ଲକ୍ଷ୍ୟ କରିଥିଲି ଏବଂ ଏଥ୍ରପ୍ରତି କୌଣସି ଗୁରୁତ୍ୱ ଆରୋପ କରି ନ ଥିଲି। ସାଧାରଣତଃ, ମତେ ଏଇଆ ଲାଗେ ଯେ, ସେସିଲିଆ ଯାହା କହେ, ତା'ର ଅର୍ଥ ହିଁ ସେତିକି। ତାହାଠାରୁ ସାମାନ୍ୟ ମାତ୍ରାରେ ଅଧିକ ନୁହେଁ ବା କମ ନୁହେଁ। ତା'ର ବକ୍ତବ୍ୟରେ ଭାବପ୍ରବଣତାର ସାମାନ୍ୟତମ ଗନ୍ଧ ମଧ୍ୟ ନ ଥାଏ। ତା'ର ଚରିତ୍ରର ଭାବପ୍ରବଣହୀନତା ଆମ କେଳିତି ସମୟରେ ମଧ୍ୟ ପୂର୍ଣ୍ଣ ପ୍ରକାଶିତ ହେଉ ଥିଲା ଏବଂ ସେଇଥରୁ ହିଁ ମୁଁ ତା'ର ଏହି ନିର୍ଦ୍ଦିଷ୍ଟ ମିଶାଲି ଲକ୍ଷଣ ସମ୍ପର୍କରେ ସଚେତନ ହୋଇଥିଲି। କିନ୍ତୁ ସେ ମତେ ମିଥ୍ୟା କହୁଛି କି ନାହିଁ ଏହା ଜାଣିବା ମୋ ପକ୍ଷରେ ସମ୍ପୂର୍ଣ୍ଣ ଭାବରେ ଆବଶ୍ୟକ ହୋଇ ପଡ଼ିଥିଲା, କାରଣ ମୁଁ ଏବେ ମଧ୍ୟ ତା ସହିତ ସମ୍ପର୍କ ଛିନ୍ନ କରିବାକୁ ଚୁହୁଁଥିଲି। କିନ୍ତୁ ତା'ର ମିଥ୍ୟାର୍ର ସମ୍ପର୍କରେ ମୁଁ ସଚେତନ ହୋଇ ଉଠିବା କ୍ଷଣି ମୋ ଦୃଷ୍ଟିରେ ସେ ହୋଇ ଉଠୁଥିଲା ଈସ୍ସିତ ଓ ଉଦ୍ଦୀପକ, ଏବଂ ତାହାହିଁ ଆମ ସମ୍ପର୍କ ଛିନ୍ନ କରିବା ପଥରେ ଥିଲା ପ୍ରଧାନ ବାଧକ। ତେଣୁ ମୁଁ ଜିଗର କଲାଭଲି କହିଲି, "ତୁମେ ପ୍ରକୃତରେ ମୋ ଠାରୁ ବିଚ୍ଛେଦ ଚୁହୁଁଛ, କିନ୍ତୁ ଏ କଥା ହଠାତ୍ କହିବା ପାଇଁ ତୁମର ସାହସ ହେଉ ନାହିଁ, ତେଣୁ ପରିଶେଷରେ ମୁଁ ଯେପରି ସେଇ ରୂଢ଼ ବାସ୍ତବତାର ସମ୍ମୁଖୀନ ହୋଇ ପାରିବି, ସେଥିପାଇଁ ତୁମେ ମତେ ପ୍ରସ୍ତୁତ କରିବାକୁ ଚୁହୁଁଛ। ଆଜି ତୁମେ କହୁଛ ସପ୍ତାହରେ ଦୁଇଥର, କାଲି କହିବ ମାସରେ ଦୁଇଥର ଆଉ ଶେଷରେ ମୋ ଆଗରେ ତୁମେ ସତଟା ହିଁ କହିବ।"

: "କୋଉ ବିଷୟରେ ସତ?"

ମୋର ଜିଭକୁ କହିବା ପାଇଁ ଚୁଲି ଆସୁଥିଲା, ସତ ଏଇ ବିଷୟରେ ଯେ ତୁମେ ଆଉ ଜଣଙ୍କ ପ୍ରେମରେ ପଡ଼ିଚ। କିନ୍ତୁ ମୁଁ ନିଜକୁ ସମ୍ୱରଣ କରିନେଲି। ଆମ ଭେତର ପୌନଃପୁନିକତା ହ୍ରାସ କରାଇବା ବିଷୟରେ ତା'ର ନିଷ୍ପତ୍ତି ଏବଂ 'ପିଆଜ୍ଜା ଦି ସ୍ପାନିଆ'ର ସେଇ ଅଭିସାର ମଧ୍ୟରେ ସମ୍ପର୍କ ଥିଲା ବେଶ୍ ସ୍ପଷ୍ଟ, ଆଉ ଏହାକୁ ଗ୍ରହଣ କରି ନେବା ମୋତେ ମନେ ହେଉଥିଲା ଅପମାନଜନକ। ତେଣୁ ସେସିଲିଆର ଏଇ ନୂତନ ପ୍ରେମ ସମ୍ପର୍କ ବିଷୟରେ କିଛି ଉଚ୍ଚାରଣ କରିବା ପାଇଁ ଥିଲ ଜିଭ

ଅସମର୍ଥ ହୋଇ ପଡ଼ିଲା । ତେଣୁ ସେ କଥା ନ ଉଠାଇବାକୁ ଯାଇ ମୁଁ ବେଶ୍ ରୁକ୍ଷ ଭାବରେ କହିଲି, "ଠିକ୍ ଅଛି । ତୁମେ ଯେମିତି ରହୁଁଛ ସେମିତି ହେଉ । ଏଥର ଆମେ ସପ୍ତାହରେ ଦୁଇ ଥର ମାତ୍ର ଭେଟିବା । ଛାଡ଼, ଆମେ ଅଲଗା ବିଷୟରେ କଥାବାର୍ତ୍ତା ହେବା ।"

: "କିନ୍ତୁ ଘଟଣା କ'ଣ ? ତୁମେ ଏମିତି ବିଷଣ୍ଣ କାହିଁକି ?"

: "ସେ କଥା ଛାଡ଼ । ତୁମେ ଜାଣିଛ କି ଆଜି ମୁଁ ତୁମ ମୁହଁ ଆଗରେ ରଲି ରଲି ଗଲି କିନ୍ତୁ ତୁମେ ମତେ ଦେଖ ପାରିଲ ନାହିଁ ।"

: "ମାନେ ? କୋଉଠି ?"

: "ପିଆଜା ଦି ସ୍ପାନିଆର ପାବଚ୍ଛଶ୍ରେଣୀ ପାଖରେ ।"

: "କେତେବେଲେ ?"

: "ପାଖାପାଖି ରରିଟା ହେଇଥିବ ।"

        ମୁଁ ତାକୁ ଗଭୀରଭାବେ ନିରୀକ୍ଷଣ କରୁଥିଲି । ତା' ମୁହଁରେ ଥିଲା ସେଇ ଚିରାଚରିତ ଅନିଶ୍ଚିତତାପୂର୍ଣ୍ଣ ଶିଶୁ ସୁଲଭ ଅଭିବ୍ୟକ୍ତି । ଏମିତିକି ଏତେ ବଡ଼ ଚୋରି ଧରା ପଡ଼ିବା ସତ୍ତ୍ୱେ ମଧ ସେ ଚମକିବା ତ ଦୂରର କଥା, ତା' ମୁଖଭଙ୍ଗୀରେ ସାମାନ୍ୟତମ ପରିବର୍ତ୍ତନ ମଧ ଆସିଲା ନାହିଁ, "ଓଃ ହଁ", ସିଏ କହିଲା । "ଲୁସିଆନି ବୋଲି ଜଣେ ଅଭିନେତାକୁ ମୁଁ ସେଠିକି ଭେଟିବାକୁ ଯାଇଥିଲି ।"

        ତା'ର ସ୍ୱରଗ୍ରାମରୁ ସ୍ପଷ୍ଟଭାବେ କିଛି ଅନୁମାନ କରିବା ଥିଲା କଷ୍ଟକର । ଏହା ଥିଲା ଉଦାପହୀନ ଓ ଅନିର୍ଦ୍ଦିଷ୍ଟ । ଏଥରୁ ତା'ର ନିର୍ଦୋଷତା ବା ଦୋଷ ସ୍ୱୀକାର କୌଣସି ବିଷୟରେ ମଧ କିଛି ସୂଚନା ମିଳୁ ନ ଥିଲା । ମୁଁ ଏମିତି କିଛି ନ ଭାବି ପଚରି ଦେଲି, "ସିଏ ତା' କେଶରେ ପେରକ୍ସାଇଡ ଲଗାଇ ଥିଲା କାହିଁକି ?"

: "କାରଣ ସେଇଭଳି ଏକ ଚରିତ୍ରରେ ତାଙ୍କର ଅଭିନୟ କରିବାର ଥିଲା ।"

: "ତୁମେ ତାଙ୍କ ସଙ୍ଗେ ଯେଭଳି ରହୁ ଥିଲ ସେଥରୁ ଜଣା ପଡ଼ୁଥିଲା ଯେ ତୁମ ଉଭୟଙ୍କର ସମ୍ପର୍କ ବେଶ୍ ନିବିଡ଼ ।"

: "କିଭଳି ରହୁ ଥିଲି ?" ଏକ ଅକପଟ ଆଗ୍ରହର ସହ ସେ ପଚରିଲା ।

ମତେ ଲାଗିଲା ଯେ, ଯୋଉ କୋମଳ ସ୍ନେହସିକ୍ତ ଭଙ୍ଗୀରେ ସେ ଅଭିନେତା ତା'ର ବାହୁରେ ସେସିଲିଆକୁ ଜଡ଼ାଇ ରଖିଥିଲା ତାକୁ ଭାଷାରେ ପ୍ରକାଶ କରିବା ସମ୍ଭବ ନୁହେଁ। ମୁଁ କହିଲି, "ଉଠ! ଠିଆହୁଅ।"

: "କାହିଁକି ?"

: "ଠିଆ ହୁଅ ନା।"

ସେ କଥା ମାନି ଠିଆ ହେଲା। ମୁଁ ତାକୁ ବାହୁଲଗ୍ନା କରି ଷ୍ଟୁଡିଓରେ କିଛି ବାଟ ଚଲାଇଲି, ଠିକ୍ ଯେମିତି ସେ ଅଭିନେତା ରଖୁଥିଲା, ସେଇ ଭଙ୍ଗୀରେ। "ବୁଝିଲ ତ", ତାକୁ ଛାଡ଼ିଦେଇ ମୁଁ କହିଲି, "ଏଭଳି ରଖୁଥିଲ ତୁମେ ଦି'ଜଣ।"

ସେ ଫେରିଯାଇ ପର୍ଯ୍ୟଙ୍କିକା ଉପରେ ବସିଲା ଆଉ ମତେ ଘଡ଼ିଏ ଅନାଇ କହିଲା, "ସେ ସବୁବେଳେ ସେମିତି କରନ୍ତି।" ସେ ମନ୍ତବ୍ୟରୁ ସେମାନେ ପ୍ରଣୟୀ ନୁହନ୍ତି ବୋଲି ସୂଚନା ମିଳୁ ନଥିଲା। "ତୁମେ କ'ଣ ସେ ଲୁସିଆନି ଭଦ୍ରବ୍ୟକ୍ତିଙ୍କୁ ଦୀର୍ଘଦିନ ଧରି ଜାଣିଛ ?" ମୁଁ ପରଖିଲି।

: "ଏଇ କେତେ ମାସ ହେଲା ତାଙ୍କ ସହ ମୋର ପରିଚୟ ହୋଇଛି।"

: "ତାଙ୍କୁ ତୁମେ କ'ଣ ବାରମ୍ବାର ଭେଟିଥାଅ ?"

: "ମଝିରେ ମଝିରେ ଭେଟିଥାଉ ଆମେ।"

ସେ ପର୍ଯ୍ୟଙ୍କିକାରୁ ଉଠି ଠିଆ ହେଲା ଆଉ ସୁଇଚରଟିକୁ ମୁଣ୍ଡବାଟେ କାଢ଼ିବା ପାଇଁ ଉପକ୍ରମ କଲା। "ତାଙ୍କ ସହ ଆଜିର ସାକ୍ଷାତ ପାଇଁ ଆଗରୁ ଠିକଣା ହୋଇଥିଲା ନା ?" ମୁଁ ପରଖିଲି।

: "ସେ ମତେ ଚଳଚିତ୍ରରେ ଅଭିନୟ କରିବାକୁ କହୁଛନ୍ତି, ଆଉ ଆଜି ସେ ସମ୍ପର୍କରେ କଥା ହେବାର ଥିଲା।"

ମୁଁ ତା' ଆଡ଼େ ରୁହିଁଲି। ସେ ସୁଇଚର ଉପରକୁ ଉଠାଇଥିଲା ଏବଂ ତା'ର ଶୁଭ୍ର କକ୍ଷପୁଟ ଉନ୍ମୁକ୍ତ ଓ ଆବରଣହୀନ ଭାବେ ପ୍ରତିଭାତ ହେଲା। ସେଠି ଦୃଷ୍ଟ ହେଉଥିଲା ଅଳ୍ପ କେତୋଟି ଦୀର୍ଘ, କୋମଳ, ପିଙ୍ଗଳ କେଶ। ମାତ୍ର ତା'ର ସ୍ତନ ତଥାପି ମଧ ଅନାବୃତ ହୋଇ ନ ଥିଲା ଆଉ କେବଳ ତା'ର ଶୀର୍ଷ କିଶୋରୀ ଅବୟବ ପରିଷ୍କାର ଦେଖା ପଡ଼ୁଥିଲା। ତାପରେ ସାମାନ୍ୟ ବଳ ପ୍ରୟୋଗ କରି ସେ

ସୁଇଚରଟିକୁ ଭିଡ଼ିଲା ଉପରକୁ ଏବଂ ତା'ର ମୁକ୍ତ ଉରୋଜ ହଠାତ୍ ଆମ୍ପ୍ରକାଶ କଲା । ସଙ୍ଗେ ସଙ୍ଗେ ତା'ର ସେଇ କିଶୋରୀ ତନୁ ପୂର୍ଣ୍ଣ ଯୌବନା ତରୁଣୀର ଅବୟବରେ ରୂପାନ୍ତରିତ ହୋଇଗଲା, ଯଦିଚ ସେଥିରେ ମଧ୍ୟ ପରିଦୃଷ୍ଟ ହେଉଥିଲା କିଞ୍ଚିତ୍ କିଶୋରୀ ସୁଲଭ କୃଶତା ଓ ଅପରିପକ୍ବତା । ହଠାତ୍ ମୋର କାହିଁ ମନେ ହେଲା ଯେ ଏଇ ଲଜ୍ଜାକର ଜେରାର ଅପ୍ରତିଭତାରୁ ଆମ୍ରକ୍ଷା କରିବା ପାଇଁ ସେ ନିଜକୁ ଅନାବୃତ କରିବାକୁ ଆରମ୍ଭ କରିଛି । "ତୁମେ କ'ଣ ସିନେମାରେ କାମ କରିବ ?" ମୁଁ ପରୁରିଲି ।

: "ମୁଁ ଏ ପର୍ଯ୍ୟନ୍ତ କିଛି ଠିକଣା କରିନାହିଁ ।"

: "ଆଛା, ସେଇଠୁ ତୁମେ କୁଆଡ଼େ ଗଲ ?"

: "ଆମେ ପିଇନ୍ନୋ ଗଲୁ ଆଉ କଫି ପିଇଲୁ ।"

ସେ ପୁନର୍ବାର ଆଉ ଥରେ ଆସି ପର୍ଯ୍ୟଙ୍କିକା ଉପରେ ବସି ପଡ଼ିଲା, ଯେମିତିକି ମୋ ପ୍ରଶ୍ନର ଉତ୍ତର ଦେବାପାଇଁ ସେ ନିଜକୁ ପ୍ରସ୍ତୁତ କରି ନେଇଛି । ତା'ର ଉପରାର୍ଦ୍ଧ ଅନାବୃତ ଥିଲା ଆଉ ସେ ବସି ବଡ଼ ଯତ୍ନର ସହିତ ସୁଇଚରର ହାତକୁ ଓଲଟାଇ ସିଧା କରୁଥିଲା । ମୁଁ କହିଲି, "ହଁ, ମୁଁ ଦେଖିଲି ଯେ ତୁମେ 'ତ୍ରିନିତା ଦେ ମୋନ୍ତି' ଆଡ଼କୁ ଗଲ । ବୋଧେ ଏଇ ଅଭିନେତା ଜଣକ ତା' ପାଖରେ 'ଭିୟା ସିସ୍ତିନା'ରେ ରହନ୍ତି । ରହନ୍ତି ନା ?"

: "ନା, ସେ ପାରିଓଲି ଅଞ୍ଚଳରେ ରହନ୍ତି । 'ଭିୟା ଆର୍କିମେଦେ'ରେ ।"

: "ଆଉ କଫି ପିଇସାରି ତୁମେ କ'ଣ କଲ ?"

: "ଆମେ ବୋର୍ଗେଜେ ବଗିଚ଼ରେ ବୁଲାବୁଲି କରୁଥିଲୁ ଏଇ ଅଳ୍ପ ସମୟ ଯାଏଁ । ଆଉ ମୁଁ ସେଠୁ ସିଧା ଏଠିକି ଋଲି ଆସିଲି ।"

ମୁଁ ହଠାତ୍ ସଚେତନ ହୋଇ ଉଠିଲି ଯେ ମୁଁ ଏକ ଲୋଭିଲା ଆଖିରେ ତାକୁ ଋହିଁଛି । ଏବଂ ମୁଁ ବୁଝି ପାରୁଥିଲି ଯେ ତା'ର ନଗ୍ନତା ମତେ ସେତେ ଲାଲାୟିତ କରୁନାହିଁ, ବରଂ ତା'ର ମିଥ୍ୟାଋର, ମୋ ହୃଦୟରେ ସୃଷ୍ଟି କରିଛି ଏକ ବିଚିତ୍ର ଲୋଲୁପତା ଓ କାମତୃଷା । ସେ ମୋ ଆଖିର ଲାଲସାପୂର୍ଣ୍ଣ ଭାଷା ପଢ଼ିପାରିଲା ଆଉ ବଡ଼ ସାଧାରଣ ଭାବେ କହିଲା, "ଆଛା, ତୁମେ ବର୍ତ୍ତମାନ ମୈଥୁନ କରିବାକୁ ଋହୁଁଛ କି ?"

ନିଧୁବନ ନିମନ୍ତେ ତା'ର ଏହି ଆମନ୍ତ୍ରଣ ଯେ କେବଳ ତା'ର ମିଥ୍ୟା ଭାଷଣକୁ ଘୋଡ଼ାଇବା ପାଇଁ ଅଭିପ୍ରେତ, ଏ କଥା ମୁଁ ବୁଝିପାରିଲି ଏବଂ ଏହା ମତେ ହଠାତ୍ କ୍ରୁଦ୍ଧ କଲା । ମୁଁ ନିଷ୍ଠିତ ଥିଲି ଯେ କେବଳ ଜଣେ ପ୍ରେମିକ ହିଁ ଜଣେ ତରୁଣୀର ବାହୁକୁ ଏଭଳି ଭଙ୍ଗୀରେ ସ୍ପର୍ଶ କରି ପାରିବ ଯେମିତି ଲୁସିଆନି ସେସିଲିଆର ବାହୁକୁ ମଞ୍ଜୁଳିତ କରୁଥିଲା । କିନ୍ତୁ ବର୍ତ୍ତମାନ ପୁଣି ଥରେ ଅଭିନେତାର ନାମ ନ ଧରି ମୁଁ ଏକ ତୀବ୍ର କଣ୍ଠରେ ଘୋଷଣା କଲି, "ମୁଁ ମୈଥୁନ କରିବା ଚାହେଁନାହିଁ, ମୁଁ ପ୍ରକୃତ ସତ୍ୟ ଜାଣିବାକୁ ଚାହେଁ ।"

: "କିନ୍ତୁ ସତ ଜାଣିବାକୁ ଚାହିଁବାର ଅର୍ଥ ନିର୍ଦ୍ଦିଷ୍ଟ ଭାବରେ କ'ଣ ?"

: "ପ୍ରକୃତ ସତ୍ୟ, ସେଇଟା ଯାହା ହେଇଥାଉ ନା କାହିଁକି ।"

: "ମୁଁ ତୁମ କଥା ବୁଝି ପାରୁନାହିଁ ।"

: "ଗତକାଲି ତୁମେ ମତେ ଭେଟିବା ପାଇଁ ଆସିଲ ନାହିଁ, ଆଉ ଆସି ପାରିବ ନାହିଁ ବୋଲି ମଧ୍ୟ ଜଣାଇଲ ନାହିଁ । ଆଜି ତୁମେ କହୁଛ ଆମ ଭେଟର ପୁନରାବୃତ୍ତି ହ୍ରାସ କରିବା ପାଇଁ । ମୁଁ ସତ୍ୟତା କ'ଣ ଜାଣିବାକୁ ଚାହୁଁଛି । ଏଇ ସବୁର ନେପଥ୍ୟରେ କ'ଣ ରହିଛି ତାହା ମୁଁ ଜାଣିବାକୁ ଚାହେଁ ।"

: "ମୁଁ ତ ତୁମକୁ ମୂଳରୁ କହିଚି ସେ କଥା । ବାପା, ମା ବଡ଼ ହଇରାଣ କରୁଛନ୍ତି ।"

ପୁଣି ଥରେ ମୋ ପାଟିକୁ କହିବା ପାଇଁ ଚଲି ଆସୁଥିଲା ଯେ, "ଏ କଥା ସତ ନୁହେଁ । ପ୍ରକୃତ ସତ ହଉଛି ଯେ ମୋଠାରୁ ତୁମର ମନ ଛାଡ଼ି ଗଲାଣି, ଆଉ ତୁମେ ଏଥର ଲୁସିଆନି ସହିତ ମିଳନ ପାଇଁ ବ୍ୟଗ୍ର ।" ଏବଂ ଠିକ୍ ସେତିକିବେଳକୁ ମଧ୍ୟ ମୁଁ ଏହା ଅନୁଭବ କରି ପାରୁଥିଲି ଯେ କସ୍ମିନକାଲେ ମୁଁ ଏ କଥା କହି ପାରିବା ପାଇଁ ସକ୍ଷମ ହେବି ନାହିଁ । ତେଣୁ ମୁଁ ବିଷଣ୍ଣ, ନୀରବ ହୋଇ ଅଧୋମୁଖରେ ବସି ରହିଲି । ହଠାତ୍ ମୁଁ ସେସିଲିଆର କୋମଳ ହାତର ସ୍ପର୍ଶ ମୋ କପୋଳରେ ଅନୁଭବ କଲି ଆଉ ଶୁଣିଲି ଯେ ସେ କହୁଛି, "ମତେ ପ୍ରତିଦିନ ଦେଖ ପାରିବନି ବୋଲି କ'ଣ ତୁମେ ବହୁତ ବେଶୀ ଦୁଃଖିତ ?"

: "ହଁ ।"

: "ଠିକ୍ ଅଛି । ମୁଁ ଯାହା କହିଥିଲି ତୁମେ ଭୁଲି ଯାଅ । ପୂର୍ବଭଳି ଆମେ ସବୁଦିନ ମିଶିବା । କେବଳ ଆମକୁ ଟିକିଏ ଅଧିକ ସତର୍କ ହେବାକୁ ପଡ଼ିବ । ଆମେ ଅଲଗା

ଅଲଗା ଦିନ ଅଲଗା ଅଲଗା ସମୟରେ ଭେଟିବା। ଆଉ ମୁଁ ପ୍ରତିଦିନ ସକାଳେ କେତେବେଳେ ଭେଟିବା ଫୋନ୍‌ କରି କହି ଦେଉଥିବି। ଏଥର ତୁମେ ଖୁସି ତ?”

ଏବଂ ଏମିତି ଏକ ରହସ୍ୟମୟ, ଅପ୍ରତ୍ୟାଶିତ ଭଙ୍ଗୀରେ ଆମ ଭେଟିବାର ପୌନଃପୁନିକତାକୁ ହ୍ରାସ କରିବାର ଯୋଜନା ସେସିଲିଆ ଅଚିରେ ତ୍ୟାଗ କରିଦେଲା। ମୁଁ ଏତେ ଆଶ୍ଚର୍ଯ୍ୟ ହୋଇ ପଡ଼ିଲି ଯେ ତା ସମ୍ପର୍କରେ କୌଣସି ଅପ୍ରୀତିକର ଚିନ୍ତାକୁ ମୁଁ ମନରେ ସ୍ଥାନ ଦେଇ ପାରିଲି ନାହିଁ। ବର୍ତ୍ତମାନ ମତେ ସବୁକଥା ସ୍ପଷ୍ଟ ଜଣା ପଡ଼ିଗଲା। ଯୌନ ସମ୍ପର୍କ କ୍ଷେତ୍ରରେ ତା’ର ଅକାଳପକ୍ୱତା ସତ୍ତ୍ୱେ ମଧ୍ୟ ସେସିଲିଆ ଥିଲା ଏକ ଅଳ୍ପବୟସ୍କା କୁମାରୀ ଏବଂ ସେଇ ହେତୁରୁ ପିତାମାତାଙ୍କ ମନୋଭାବ ପ୍ରତି ସେ ଥିଲା ନିତାନ୍ତ ସମ୍ବେଦନଶୀଲ। ପିତାମାତାଙ୍କ ପ୍ରତି ଭୟ ହେତୁ ସେ ଆମ ମିଳନର ପୁନରାବୃତ୍ତି ହ୍ରାସ କରିବାକୁ ଋହୁଁଥିଲା। ଆଉ ମୋର ଦୁଃଖ ଓ ସନ୍ଦେହର ପରିପ୍ରେକ୍ଷୀରେ ସେ ପୁଣି ତା’ର ନିଷ୍ପତ୍ତି ବଦଳାଇ ଦେଲା ଏବଂ ମୋ ଋହିଁବା ମତେ କାର୍ଯ୍ୟ କରିବାକୁ ପ୍ରସ୍ତୁତ ହୋଇଗଲା। ତେଣୁ ସେ ବ୍ୟଭିଚାରିଣୀ ନୁହେଁ, ଅବା ମୋ ସହିତ ସେ ପ୍ରତାରଣା କରୁନାହିଁ। ସେ କେବଳ ଏକ ସାଧାରଣ, ଅଣରହସ୍ୟମୟୀ ଲଳନା, ଯିଏ କି ପିତାମାତାଙ୍କ ପ୍ରତି ଆନୁଗତ୍ୟ ଓ ପ୍ରେମିକ ପ୍ରତି ଅନୁରକ୍ତିର ଦ୍ୱନ୍ଦ୍ୱ ଭିତରେ ଛଟପଟ ହେଉଛି। ମୁଁ ଜିନିଷଟିକୁ ଏଇ ଦୃଷ୍ଟିରୁ କେମିତି ଏ ପର୍ଯ୍ୟନ୍ତ ଦେଖ ନ ଥିଲି ଏହା ମତେ ବଡ଼ ଅଭୁତ ଓ ଅସଙ୍ଗତ ଲାଗିଲା ଏବଂ ହଠାତ୍‌ ସେ ଅଭିନେତା ସେସିଲିଆକୁ ଯେଭଳି ଭଙ୍ଗୀରେ ସ୍ପର୍ଶ କରୁଥିଲା ତାହା ମୋ ପାଇଁ ବଡ଼ ଗୁରୁତ୍ୱହୀନ ମନେହେଲା। ଏକଥା ମଧ୍ୟ ସମ୍ଭବ ଯେ ସମ୍ପର୍କ ନିର୍ବିଶେଷରେ ଅନ୍ୟାନ୍ୟ ମହିଳାଙ୍କ ସହ ମଧ୍ୟ ସେ ଏହିଭଳି ଆଚରଣ କରେ। ଏହି ଭଳି ଅନୁଚିନ୍ତା କିନ୍ତୁ ଥିଲା କ୍ଷଣସ୍ଥାୟୀ। ହଠାତ୍‌ ଏକ ନୂତନ ବାସ୍ତବତା ସମ୍ପର୍କରେ ମୁଁ ସଚେତନ ହୋଇ ଉଠିଲି। ସେସିଲିଆ ଆମ ମିଳନର ପୁନରାବୃତ୍ତି ହ୍ରାସ କରାଇବାର ନିଷ୍ପତ୍ତି ତ୍ୟାଗ କରି ଥିବାରୁ ମୁଁ ଆଉ ଖୁସି ଅନୁଭବ କରୁ ନ ଥିଲି। କେବଳ ସେତିକି ନୁହେଁ, ମୁଁ ସ୍ପଷ୍ଟ ଭାବରେ ଦେଖ ପାରୁଥିଲି ଯେ, ପୂର୍ବର ସେଇ ବୋରିୟାତ ଆମ ସମ୍ପର୍କର ଚକ୍ରବାଳରେ ପୁଣି ଆମ୍ପ୍ରକାଶ କରିଛି। ଯେମିତି ଏକ ନିର୍ମେଘ ଆକାଶର ସୀମାନ୍ତରେ ଅତି କ୍ଷୁଦ୍ର, ଅଥଚ ନିଶ୍ଚିତ ଭାବରେ ଘନ କୃଷ୍ଣ ଏକ ଅଶୁଭ ମେଘ ପଟଳ। “ଧନ୍ୟବାଦ”, ମୁଁ କହିଲି। “କିନ୍ତୁ ଯଦି ତୁମେ ଋହଁ ଆମେ ସପ୍ତାହରେ ସାତ ଥର

ପରିବର୍ତ୍ତେ ଧର ଏଇ ତିନି ଋରି ଥର ବି ମିଶି ପାରିବା।"

: "ନା, ଏହା ଖାସ୍ କିଛି ଗୁରୁତ୍ୱପୂର୍ଣ୍ଣ ନୁହେଁ। ମୁଁ କିଛି ବି ବାହାନା କରି ଘଲି ଆସିବି।" ସେସିଲିଆ କହିଲା।

ଯୋଉ ଚୌକି ଉପରେ ସେ ତା'ର ସ୍ୱେଟର ରଖିଥିଲା, ସେ ବର୍ତ୍ତମାନ ସେଇ ଚୌକି ପାଖକୁ ଫେରି ଯାଇଥିଲା ଆଉ ନିଜକୁ ଅନାବୃତ କରିବା ଆରମ୍ଭ କରି ଦେଇଥିଲା। କେମିତି ସେ ତା' ସ୍କର୍ଟ କଡ଼ରେ ଥିବା ଚେନକୁ ଦୁଇହାତରେ ଧରି ଖୋଲୁଥିଲା ମୁଁ ତାହା ଋହେଁ ଦେଖିଥିଲି। ବର୍ତ୍ତମାନ ସେସିଲିଆର ବିଶ୍ୱସନୀୟତା ସମ୍ପର୍କରେ ନିଃସନ୍ଦେହ ହେବାପରେ, ସିଏ ଚେନର ହୁକକୁ ଅବନମିତ କରୁଥିବା ସମୟରେ ମୁଁ ମନେ ମନେ ଚିନ୍ତା କରୁଥିଲି ଯେ, ତା'ର ଏଇ ଅଧୀର ଲଲିତ ଭଙ୍ଗିମା, ଯାହା ଫଳରେ ଧୀରେ ଧୀରେ ଅପସାରିତ ଅମ୍ବର ତଲୁ ଆମ୍ପ୍ରକାଶ କରୁଛି ତା'ର ଆବରଣହୀନ ତନୁବଲ୍ଲରୀ, ମତେ ବୋରିୟାତିଆ ଏବଂ ହାସ୍ୟାସ୍ପଦ ଭାବେ ଅଯୌକ୍ତିକ ଲାଗୁଛି କି, ଯେମିତି ଏକଦା ଅତୀତରେ ଆକର୍ଷଣହୀନ ଲାଗୁଥିଲା ଏସବୁ? ଏବଂ ପଲକ ମାତ୍ରକର ଅନୁଚିନ୍ତା ପରେ ମୁଁ ଏହା ସ୍ୱୀକାର କରିବାକୁ ବାଧ ହେଲି ଯେ ବାସ୍ତବରେ ତାହା ହିଁ ସତ୍ୟ। ବାଜିକରର ଅଲୌକିକ କୁହୁକରେ ଶୂନ୍ୟରୁ ଉଦ୍ଭୂତ ହୁଏ କୌଣସି ଦ୍ରବ୍ୟ। କିନ୍ତୁ ଏହା ଯେପରି ଥିଲା ଏକ ପ୍ରତିଲୋମୀ ଅଲୌକିକତା। ଉଦ୍ଭୂତ କରାଇବା ପରିବର୍ତ୍ତେ ଏ ଇନ୍ଦ୍ରଜାଲ ଏକ ବାସ୍ତବ ସତ୍ତାକୁ ରହସ୍ୟମୟ ଭାବେ ଆଖିରୁ ଅଦୃଶ୍ୟ କରାଇ ଦେଉଥିଲା। ଯେ ପର୍ଯ୍ୟନ୍ତ ମୁଁ ସନ୍ଦେହ କରୁଥିଲି ଯେ ଏହି ବିଟ୍ପା ମୋ ସହିତ ବିଶ୍ୱାସଘାତକତା କରୁଛି ସେ ପର୍ଯ୍ୟନ୍ତ ସେ ଥିଲା ମୋର ଇସ୍ପିତା, ସେ ପର୍ଯ୍ୟନ୍ତ ସେ ମତେ ଅଧୀର କରୁଥିଲା ଏକ ଉତ୍ତେଜକ ଯୌନ ଆବେଦନରେ। କିନ୍ତୁ ଯେତେବେଲେ ମୋର ଏ ସନ୍ଦେହ ବ୍ୟପନୀତ ହେଲା, ସେ ପୁନର୍ବାର ମୋ ଆଖିରେ ହୋଇ ପଡ଼ିଲା ଅନାକାଙ୍କ୍ଷିତ ଓ ଗୁରୁତ୍ୱହୀନ। ଉପରଠାଉରିଆ ଭାବରେ କହିଲେ, ବୋଧହୁଏ ଏହା ସତ୍ୟ ଯେ, ସେ ବର୍ତ୍ତମାନ ମାତ୍ରାସ୍ପର୍ଶର ଆଧାର ଭାବରେ ମୋ ପାଖରେ ଉପସ୍ଥିତ ଥିଲା। କିନ୍ତୁ ସେହି କାରଣରୁ ସେ ଯେ ପ୍ରକୃତରେ ବାସ୍ତବ ଥିଲା ତାହା ନୁହେଁ। ମତେ ଲାଗୁଥିଲା ଚେନର ହୁକକୁ ଅବନମିତ କରୁଥିବାର କ୍ରିୟା ଭିତରେ ତା'ର ସମଗ୍ର ବ୍ୟକ୍ତିତ୍ୱ ଅବରୁଦ୍ଧ ହୋଇ ରହି ଯାଇଛି। ତା'ର ସ୍ୱାଧୀନ ବ୍ୟକ୍ତିତ୍ୱର ରହସ୍ୟମୟତା ମୋର ଦୃଷ୍ଟିରୁ ଅନ୍ତର୍ହିତ ହୋଇ

ଯାଇଛି । ଏବଂ ସେହି କାରଣରୁ ସେ ମୋ ପାଇଁ ହୋଇ ଉଠିଛି ଅନ୍ତଃସାର ଶୂନ୍ୟ ଏକ ଅବ୍ୟକ୍ତିଭୂତ ସତ୍ତା । ମୁଁ ଚିନ୍ତା କରି ଦେଖିଲି ଯେ ନିଧୁବନ ପୂର୍ବରୁ ମଧ ସେ ମୋର ଅଧିକୃତା ହୋଇ ସାରିଛି, ଯଦିଚ ଯୌନ ସଂସର୍ଗର ଅନୁଭବ ହିଁ ମତେ ଦେଇ ଥାଆନ୍ତା ଏହି ଅଧିକାରର ଏକ ସ୍ୱାଭାବିକ ସ୍ୱୀକୃତି । ଶାରୀରିକ ମୈଥୁନ ଏଇ ମନସ୍ତାତ୍ତ୍ୱିକ ଅଧିକାରର ପ୍ରତିଫଳନ ମାତ୍ର; ଅଥଚ ଥରେ ଅଧିକାର ସାବ୍ୟସ୍ତ ହୋଇଯିବା କ୍ଷଣି, ମତେ ସେ ବୋରିୟାତିଆ ଲାଗିଲା । ମୋର ମନେପଡୁଛି ଯେ, ଏହିଭଳି ଚିନ୍ତା କରୁ କରୁ ମୁଁ ନିଜେ ନିଜକୁ ଅନାବୃତ କରୁଥିଲି ଏବଂ ମୋ ଯୌନାଙ୍ଗ ଦିଗରେ ଦୃକ୍ପାତ ନ କରି ମୁଁ ରହି ପାରିଲି ନାହିଁ । ମୋର ଆଶଙ୍କା ହେଲା ଯେ ଚିନ୍ତାନୁରୂପ ଭାବରେ ମୋର ଧ୍ୱଜଭଙ୍ଗ ଘଟିଥିବ, ଏବଂ ଲିଙ୍ଗ ଶିଥିଳ ହୋଇ ପଡ଼ିଥିବ । କିନ୍ତୁ ସେଭଳି କିଛି ଘଟି ନଥିଲା । ମୋ ଜୀବନରେ ମୁଁ ଆଉ କେବେ ପ୍ରକୃତି ପ୍ରତି ଏଭଳି ଉଚ୍ଛ୍ୱସିତ ଶ୍ରଦ୍ଧା ଅନୁଭବ କରି ନାହିଁ । ସେଇ ପ୍ରକୃତିର ସାମର୍ଥ୍ୟ ହେତୁ ମାନସିକ ପ୍ରବଣତା ବିରହିତ ହୋଇ ମଧ ମୋର ସ୍ୱରାଙ୍କୁଶ ଥିଲା ଉତ୍ତେଜିତ । ସେତେବେଳେ ମୁଁ ସମ୍ପୂର୍ଣ୍ଣ ଉଲଗ୍ନ ହୋଇ ସାରିଥିଲି । ମୁଁ ଯାଇ ପର୍ଯ୍ୟସ୍ତିକା ଉପରେ ପଡ଼ି ରହିଲି ଯେମିତିକି ରୋଗ ପରୀକ୍ଷା ଖଟିଆରେ ରୋଗୀଟିଏ ଡାକ୍ତରଙ୍କୁ ଅପେକ୍ଷା କରି ପଡ଼ିରହେ । ଠିକ୍ ରୋଗୀଟିଏ ଭଳି ମଧ ମତେ ଲାଗୁଥିଲା, ଯେମିତିକି ପ୍ରେମଠାରୁ ନିର୍ବାସିତ ଏକ ନିରାନନ୍ଦମୟ ଶାରୀରିକ ବ୍ୟବହରଣର ଅବଶ୍ୟମ୍ଭାବୀ ହରକତ ପାଖରେ ମୁଁ ଆତ୍ମସମର୍ପଣ କରି ପଡ଼ି ରହିଛି ।

ଏହି ସମୟରେ ଏକ ଅପ୍ରତ୍ୟାଶିତ ଜିନିଷ ଘଟିଲା । ସେସିଲିଆ ଯିଏ କି ସେତେବେଳକୁ ସମ୍ପୂର୍ଣ୍ଣ ଉଲଗ୍ନ ହୋଇ ସାରିଥିଲା, ଯେମିତି ସାଧାରଣତଃ ସିଏ ଟିପେଇ ଟିପେଇ ଯାଏ, ସେଇଭଳି ଯାଇ ଶିକ୍ଷଶାଳାର ବିଶାଳ ଗବାକ୍ଷର ପର୍ଦ୍ଦାଟିକୁ ଟାଣିଦେଲା ଆଉ ତାପରେ ଏକ ଉଚ୍ଛ୍ୱସିତ ଭଙ୍ଗୀରେ ପର୍ଯ୍ୟସ୍ତିକା ଆଡ଼କୁ ଦଉଡ଼ି ଆସି ମୋ ଉପରେ ଲଦି ହୋଇ ପଡ଼ିଲା । ତା'ର ଭଙ୍ଗୀରେ ଥିଲା ସମୁଦ୍ରସ୍ନାନ ପାଇଁ ଅନୁମତି ପାଇଥିବା ଦୁଷ୍ଟ କିଶୋରୀର ମୁକ୍ତିର ଆନନ୍ଦ । କିଶୋରୀଟି ଯୋଉ ଉଚ୍ଛ୍ୱସିତ ଭଙ୍ଗୀରେ ସମୁଦ୍ର ଆଡ଼କୁ ଦଉଡ଼ି ଯାଇ ଜଳ ମଧକୁ ଲମ୍ଫ ପ୍ରଦାନ କରେ, ସେମିତି ଧୁପକିନା, ବେଶ୍ ତୀବ୍ରଭାବେ ଦଉଡ଼ି ଆସି ସେ ମୋ ଉପରକୁ ଡେଇଁ ପଡ଼ିଲା, ଆଉ ସେତେବେଳେ ତା କଣ୍ଠରେ ଥିଲା ଯୁଦ୍ଧଜୟର ଏକ ମ୍ଲିଷ୍ଟ ପ୍ରଣାଦ । ତାପରେ

ସେ ସାମାନ୍ୟ ଉଠି ମୋ ଉପରେ ଘୋଡ଼ା ଚଢ଼ିବା ଭଳି ବସି ପଡ଼ିଲା ଆଉ ତାର ଦୁଇ ହାତରେ ମୋ କାନ୍ଧ ଉପରେ ଭରା ଦେଇ ଘୋଷଣା କଲା ଭଳି କହିଲା, "ସତ କୁହ, ତୁମକୁ ଏଇନା ମାନିବାକୁ ହବ ଯେ ତୁମେ ଭାବୁଥିଲ ମୁଁ ତୁମକୁ ଧୋକା ଦେଇ ଲୁସିଆନି ସହ ପ୍ରେମ କରୁଛି । ସତ ନା ?"

ମୁଁ ତା'ର ଉଦ୍ଦୀପ୍ତ ମୁଖ ମଣ୍ଡଳକୁ ଚାହିଁଲି । ତାହା ଆନନ୍ଦର ଉତ୍ତେଜନାରେ ଲାଲ ଦିଶୁଥିଲା ଆଉ ତା'ର ହାଲକା କୁଞ୍ଚିତ କେଶ ଫଟୋଫ୍ରେମ୍ ଭଳି ତା' ମୁହଁକୁ ଘେରି ରହିଥିଲା । ତା'ର ଚେହେରାରେ ଥିଲା ଏକ ବନ୍ୟ ଉଚ୍ଛ୍ୱାସ ଆଉ ମୁଁ ହଠାତ୍ ଏ ପର୍ଯ୍ୟନ୍ତ ଯାହା ଭାବୁଥିଲି ଠିକ୍ ତା'ର ବିପରୀତ ହିଁ ସତ୍ୟ ବୋଲି ନିଶ୍ଚିତ ହୋଇ ପଡ଼ିଲି । ହଁ, ସେସିଲିଆ ମତେ ମିଛ କହିଛି, ସେସିଲିଆ ମତେ ଧୋକା ଦେଇ ସେଇ ଅଭିନେତା ସହ ପାପ ପ୍ରଣୟରେ ଲିପ୍ତ ରହିଛି । ତା'ର ପ୍ରମାଣ ପାଇଁ ଦୂରକୁ ଖୋଜି ଯିବାର ଆବଶ୍ୟକତା ନାହିଁ, ସେ ପ୍ରମାଣ ରହିଛି ତା'ର ସ୍ୱରରେ ଥିବା ବିଜୟର ଆନନ୍ଦରେ । ସେ ସ୍ୱରରେ ଥିଲା ଏକ ଅନିବାର୍ଯ୍ୟ ସରଳତା, ଯେମିତି ଛୋଟ ଝିଅଟିଏ ସଫଳତାର ସହ ଠକେଇ ଦେବା ପରେ ପାଟି କରି ତା' ସାଥୀକୁ କୁହେ, "ମାନି ଯା ଯେ ତୁ ଧରା ପଡ଼ିଯାଇଛୁ ।"

ଆଉ ମୁଁ ତାକୁ ଏକ ନୂଆ ଦୃଷ୍ଟିରେ ଦେଖିଲି । ସେ ଲାଗୁଥିଲା ପୂର୍ବାପେକ୍ଷା ଅଧିକ ବାସ୍ତବ ଏବଂ ସେଥିପାଇଁ ଅଧିକ ବାଞ୍ଛିତ । ଏକ ଲାଳନିକ ପୂର୍ଣ୍ଣତାର ସହ ପ୍ରତିଭାତ ହେଉଥିବା ତା'ର ପୀନସ୍ତନ, ଶ୍ୱେତ ବର୍ଣ୍ଣର କିଶୋରୀ ସୁଲଭ କୃଶ ବକ୍ଷରୁ ଝୁଲି ପଡ଼ିଥିଲା ଆଗକୁ । ସିଂହକଟି ଏବଂ ଦୃଢ଼ ଓ ଘନ ଜଘନ ସମନ୍ୱିତା ହୋଇ ସେ ଲାଗୁଥିଲା ଅପୂର୍ବ ଓ ଈପ୍ସିତା । ମତେ ମନେହେଲା ସେ ଖାସ୍ ଏଇଥିପାଇଁ ମତେ ଏତେ ବାସ୍ତବ ଓ ଲୋଭନୀୟ ଲାଗୁଛି, କାରଣ ମିଛ ଓ ଧୋକା ସାହାଯ୍ୟରେ ମାୟାମିରିଗ ଭଳି ସେ ମତେ ବାରମ୍ବାର ଭୁରୁଟୁକେଇ ଚାଲିଛି । ଏଭଳି ଚିନ୍ତା ମୋ ମନରେ ଏକ ଅଧୀର ପ୍ରତିହିଂସା ଓ କ୍ରୋଧ ଭରିଦେଲା । ମୁଁ ତା'ର କେଶଗୁଚ୍ଛକୁ ଏଭଳି ଯୋରରେ ମୁଠାଇ ଧରି ଝିଙ୍କି ଆଣିଲି ଯେ ସେ ଯନ୍ତ୍ରଣାରେ ଚିତ୍କାର କରି ଉଠିଲା । ମୋ ଉପରୁ ତାକୁ ହଟାଇ ଦେଇ ମୁଁ ତାକୁ ପର୍ଯ୍ୟଙ୍କିକା ଉପରେ ପକାଇ ଦେଲି ଏବଂ ତା' ଉପରକୁ ଲଙ୍ଘ ପ୍ରଦାନ କଲି । ମୈଥୁନ ଶରୀର ଉପରେ ଅଧିକାର ସାବ୍ୟସ୍ତ କରିବାର ମାଧମ ଏବଂ ତାହା କେବଲ ତା'ର ପୂର୍ବବର୍ତ୍ତୀ

ମାନସିକ ଅନ୍ଧକାରର ପୁନରାବୃତ୍ତି ମାତ୍ର । ସେସିଲିଆର ସହଜଲଭ୍ୟତା ମୋ ଭିତରେ ସୃଷ୍ଟି କରିଥିଲା ତା' ଉପରେ ଏକ ଅଧିକାରର ଭ୍ରମ, ଆଉ ଯେଉଁ ବୋରିୟାତ ସେସିଲିଆକୁ ମୋ ଦୃଷ୍ଟିରେ ଅବାସ୍ତବ ଓ ଉଦ୍ଭଟ କରି ତୋଳିଥିଲା ତାହା ଥିଲା କେବଳ ସେଇ ମାନସିକତାର ପରିଣତି । କିନ୍ତୁ ଏଥରକ ମୁଁ ଅଚିରେ ଅନୁଭବ କଲି ଯେ, ସେସିଲିଆ ଉପରେ ମୁଁ ଯେଉଁ ଶାରୀରିକ ଅଧିକାର ସାବ୍ୟସ୍ତ କରିବାକୁ ଯାଉଛି ତାହା ସେସିଲିଆକୁ ମୋର ଅଧିକୃତା କରାଇବା ପରିବର୍ଦ୍ଦେ, ତାକୁ ଅଧିକାର କରିବାରେ ମୋର ଅକ୍ଷମତାକୁ ବିଧିବଦ୍ଧ ଭାବରେ ପ୍ରମାଣ କରୁଛି । ମୈଥୁନ ସମୟରେ ମୁଁ ଯେତେ ଅବିଶୃଙ୍ଖଳିତ ଓ ନିର୍ମମ ବ୍ୟବହାର କରେନା କାହିଁକି, ମୋ ଦନ୍ତ ଓ କରଜରେ ତାକୁ ଯେତେ ପୀଡ଼ିତ କରେ ନା କାହିଁକି, ତାକୁ ଯେତେ ମଥିତ ଓ ସ୍ନାୟୁକ୍ଷଣବିଦ୍ଧ କରେନା କାହିଁକି, ମୁଁ ତା' ଉପରେ ମୋର ଅଧିକାର ସାବ୍ୟସ୍ତ କରି ପାରୁ ନ ଥିଲି, ଯେମିତି ସେ ଅନ୍ୟତ୍ର କାହିଁ ରହିଛି, ଭଗବାନ ଜାଣନ୍ତି କୋଉଠି ! ମୈଥୁନ ଥିଲା ମୋ କ୍ରୋଧର ଅନିୟନ୍ତ୍ରିତ ପରିପ୍ରକାଶ ଏବଂ ପରିଶେଷରେ, ମୋର କ୍ରୋଧ ହ୍ରାସ ନ ହୋଇଥିବା ସତ୍ତ୍ୱେ ମଧ୍ୟ, ଅପରିସୀମ କ୍ଲାନ୍ତିରେ ମୁଁ ସେସିଲିଆର ଯୋନିରୁ ନିଜକୁ ପ୍ରତ୍ୟାହାର କରି ଆଣିଲି, ଯେମିତି ତାହା ଏକ ପୂତିଗନ୍ଧମୟ କ୍ଷତ । ମତେ ଲାଗୁଥିଲା, ମୋ ପାଖରେ ନିମୀଲିତ ନୟନରେ ପଡ଼ି ରହିଥିବା ସେସିଲିଆର ମୁହଁରେ ଯୌନତୃପ୍ତିର ମୂର୍ଚ୍ଛିତ ପ୍ରଶାନ୍ତି ଭିତରେ ମଧ୍ୟ ଲାଖି ରହିଥିଲା ଚେନାଏ ଶ୍ଲେଷାମ୍ୱକ ହସ । ମୁଁ ସ୍ୱଗତ କରି କହିଲି ଯେ ଏହା ପ୍ରକୃତ ବାସ୍ତବତାର ଅଭିବ୍ୟକ୍ତି, କିନ୍ତୁ ଏହା ଏକ ବିପଳାୟୀ ବାସ୍ତବତା ଯାହା କି ମୋ ଠାରୁ ତରକି ଖସି ପଳାଉଛି ପ୍ରତି ନିୟତ । ଯେଉଁ ମୁହୂର୍ତ୍ତରେ ମୁଁ ଭାବୁଛି ଯେ ତାକୁ ମୁଁ ଧରି ପାରିଛି, ଠିକ୍ ସେଇ ମୁହୂର୍ତ୍ତରେ ସେ ପୁଣି ଖସି ଯାଉଛି ମୋ ହାତରୁ ।

ମୁଁ ତାକୁ ନିବିଷ୍ଟ ଭାବରେ ଋହିଁଥିଲି । ସେ ବୋଧହୁଏ ମୋର ଦୃଷ୍ଟିକୁ ଅନୁଭବ କରି ପାରିଲା, କାରଣ ସେ ଆଖି ଖୋଲି ମତେ ଋହିଁ ରହିଲା । ତାପରେ ସେ କହିଲା, "ଜାଣିଛ, ଆଜି କେଡ଼େ ଚମତ୍କାର ଲାଗିଲା !"

: "ସବୁଦିନ କ'ଣ ସେଇ ଏକାଭଳି ଚମତ୍କାର ଲାଗେନା ?"

: "ନା, ନା, ପ୍ରତିଦିନ ଅଲଗା ଅଲଗା । ଗୋଟେ ଗୋଟେ ଦିନ ଏତେଟା ବି ଭଲ

ଲାଗେନା। ଆଜି କିନ୍ତୁ ଚମତ୍କାର ଲାଗିଲା।"

: "କ'ଣଟା ଆଜି ତୁମ୍କୁ ଏତେ ଭଲ ଲାଗିଲା ?"

: "ଏଇଟା ବୁଝେଇ ହବାର ଜିନିଷ ନୁହେଁ। କୋଉଦିନ ଏଇ ମିଶିବାଟା ବହୁତ ଭଲ ଲାଗେ ଆଉ କୋଉଦିନ ଏତେଟା ବି ଭଲ ଲାଗେନା। କେବଳ ନାରୀଟିଏ ଏହା ଅନୁଭବ କରିପାରେ। ଆଜି କେତେଥର ମୋର ସେମିତି ହେଲା ଜାଣିଛ ନା ?"

: "କେତେଥର ?"

ସେ ତା'ର ହାତରେ ତିନୋଟି ଆଙ୍ଗୁଳି ଖୋଲା କରିକି ହାତ ଉପରକୁ ଟେକି ଧରିଲା, ଆଉ କହିଲା, "ତିନି"। ତାପରେ ପୁଣି ତା'ର ଆଖିପତା ବୁଜି ଆସିଲା ଆଉ ହାଲୁକା ଭାବରେ ସେ ମତେ ଋପି ଧରିଲା ଏକ ଅଳସ ତୃପ୍ତିରେ। ସିଏ ଏପରି କରିବା ସହିତ ତା' ମୁହଁରେ ପୁନର୍ବାର ଫୁଟି ଉଠିଲା ସେଇ ଶ୍ଲେଷାମୂକ ହସ, ଯାହା ସେ ଆଖ ବୁଜିଥିବା ବେଳେ ମୁଁ ଲକ୍ଷ୍ୟ କରିଥିଲି। ଆଉ ମୁଁ ଭାବିଲି ଯେ ବୋଧହୁଏ ପରିଶେଷରେ ମୁଁ ତା' ଉପରେ ମୋର ଅଧିକାର ସାବ୍ୟସ୍ତ କରିବାରେ ସଫଳ ହୋଇଛି। ମୁଁ ତାକୁ ବାସ୍ତବରେ ସମ୍ପୂର୍ଣ ଭାବରେ ଅଧିକାର କରି ନେଇଛି, ସମ୍ଭବତଃ ମୁଁ ତାକୁ ଏଭଳି ଅଧିକାର କରିଛି ଯେ ତା'ର ଆଉ କିଛି ଅବଶିଷ୍ଟ ସ୍ୱାଧୀନତା ନାହିଁ, ଅବା ତା'ର ଆଉ କିଛି ରହସ୍ୟମୟତା ମଧ ମୋ ନିକଟରେ ଗୋପନୀୟ ହୋଇ ରହିନାହିଁ। କିନ୍ତୁ ଏ ସମ୍ପର୍କରେ ମୁଁ ନିଧାର୍ଯ୍ୟ ଭାବରେ ନିଷ୍ଟିତ ହୋଇ ପାରୁ ନ ଥିଲି, ତେଣୁ ମୋର ଏ ଅଧିକାରକୁ ଉପଭୋଗ ମଧ କରି ପାରୁ ନ ଥିଲି। ମତେ ମନେହେଲା ଯେ କେବଳ ଅଧିକୃତ ହିଁ ଅଧିକାରର ନିଷ୍ଟିତତା ସମ୍ପର୍କରେ ସଚେତନ ହୋଇପାରେ, ଅଧିକାରୀ ଏ ସମ୍ପର୍କରେ ନିଃସନ୍ଦେହ ହେବା ଅସମ୍ଭବ। ତେଣୁ ପୁଣି ଆଉଥରେ, ଏଥରକ ପୂର୍ବ ଅପେକ୍ଷା ତୀବ୍ରତର ଭାବରେ ମୁଁ ଅନୁଭବ କଲି ଯେ ସେସିଲିଆ ସହ ଏକ ପରିପୂର୍ଣ ଯୌନ ସମ୍ପର୍କ ସତ୍ତ୍ୱେ, ବାସ୍ତବରେ ତା' ଉପରେ ଅଧିକାର ସାବ୍ୟସ୍ତ କରିବା ପାଇଁ ମୁଁ ଅକ୍ଷମ। ମୋର ପଚରିବାକୁ ଇଚ୍ଛା ହେଉଥିଲା, 'ଲୁସିଆନି ସହ ବେଶୀ ଚମତ୍କାର ଲାଗୁଥିଲା, ନା ଏଇନା ମୋ ସହିତ ?' କିନ୍ତୁ ପୁଣି ଥରେ ମୁଁ ଅନୁଭବ କଲି ଯେ, ସେ ଅଭିନେତାର ନାମ ଉଚ୍ଚାରଣ କରିବାକୁ ମୁଁ ଅକ୍ଷମ। ତା ପରିବର୍ତ୍ତେ କୌଣସି ଅଚିନ୍ତ୍ୟ, ଅବୋଧ କାରଣରୁ, ମୁଁ ତାକୁ ପଚରିଲି, "ଏ କଥା କ'ଣ ସତ ଯେ ବାଲେସ୍ତୋଯେରି ସଙ୍ଗମ

ସମୟରେ ତୁମ ବାହୁବନ୍ଧନୀ ଭିତରେ ପ୍ରାଣତ୍ୟାଗ କରିଥିଲେ ?”

ମୁଁ ତାକୁ ଲକ୍ଷ୍ୟ କରୁଥିଲି । ତା’ର ଆଖ୍ଯ ଥିଲା ସେମିତି ମୁଦ୍ରିତ, କିନ୍ତୁ ଘଡ଼ିକ ପାଇଁ ତା’ର ମୁହଁ କୁଞ୍ଚିତ ହୋଇ ପଡ଼ିଲା; ଯେମିତିକି ଉଡ଼ି ଯାଉଥିବା କୌଣସି ପତଙ୍ଗ ଘସି ହୋଇଗଲା ତା ମୁହଁରେ । ତାପରେ ସେ ମ୍ଲାନ ସ୍ୱରରେ କହିଲା, “ତୁମେ କାହିଁକି ଜାଣିବାକୁ ଚୁହଁଛ ?”

: “କୁହ, ଏହା କ’ଣ ସତ ?”

ସେ ସେମିତି ପଡ଼ିଥାଏ ଆଖ୍ଯ ବୁଜି । ଆଉ ମତେ ଲାଗିଲା ମୁଁ ଯେମିତି କୌଣସି ସ୍ୱପଚଳନକାରୀକୁ ପ୍ରଶ୍ନ କରୁଛି, ଯିଏ ଚେତନାର ସମସ୍ତ ବାହ୍ୟ ଲକ୍ଷଣ ସଙ୍ଗେ ମଧ ନିଦ୍ରା-ଅଚେତନ । “କଥାଟା ଠିକ୍ ସେଇଆ ନୁହେଁ ।” ସିଏ କହିଲା । “ଆମେ ମୈଥୁନ କରୁଥିବା ସମୟରେ ସିଏ ଅସୁସ୍ଥ ହୋଇ ପଡ଼ିଲେ, କିନ୍ତୁ ସିଏ ମଲେ ତା’ର କିଛି ସମୟ ପରେ ।”

: “ତୁମେ ସତ କହୁନ ।”

: “ମୁଁ ସତ ନ କହିବି ବା କାହିଁକି ? ମୁଁ ବହୁତ ଡରି ଯାଇଥିଲି । ମୁଁ ଭାବିଲି ଯେ ସିଏ ବୋଧେ ମରି ଯାଇଛନ୍ତି, କିନ୍ତୁ ସୌଭାଗ୍ୟବଶତଃ ସିଏ ଠିକ୍ ହୋଇଗଲେ ଆଉ ମୁଁ ତାଙ୍କୁ ଧରାଧରି କରି ଶେଯ ଉପରକୁ ଉଠାଇ ଆଣିଲି ।”

: “ତାହେଲେ ତୁମେ ଖଟ ଉପରେ ମୈଥୁନ କରୁ ନ ଥିଲ ?”

: “ନା ।”

: “ତାହେଲେ ତୁମେ କେଳତି କରୁଥିଲ କେଉଁଠି ?”

: “କେତେ କଥା ସବୁ ତୁମେ ଜାଣିବାକୁ ଚୁହଁଛ ଯେ !” ସିଏ ଏକ ଅଭିଯୋଗ ଭରା ସ୍ୱରରେ କହିଲା ।

: “ପଚରୁଛି ପରା, ତୁମେ କେଳତି କରୁଥିଲ କେଉଁଠି ?” ମୁଁ ପୁଣି ମୋ ପ୍ରଶ୍ନକୁ ଦୋହରାଇ ପଚରିଲି ।

: “ପାହାଚ ଉପରେ ।”

: “ପାହାଚ ଉପରେ ?”

: “ହଁ, କହିବାକୁ ଗଲେ ସିଏ ଯେ କୌଣସି ମୁହୂର୍ତ୍ତରେ ବି ମୋ ସହିତ ମିଶିବାକୁ ରଛୁଁଥିଲେ । ଆମେ ସେତେବେଳକୁ ଉପର ମହଲାର ସେଇ ଛୋଟ ବଖରାରେ ଥରେ ମୈଥୁନ କରିସାରିଥିଲୁ, ଆଉ ତାପରେ ଆମେ ପାହାଚରେ ଓହ୍ଲାଇ ଶିକ୍ଷାଶାଳାକୁ ଯାଉଥିଲୁ, କାଇଁକିନା ସିଏ ଚିତ୍ରରଞ୍ଜନ କରିବାକୁ ରଛିଁଲେ । ମୁଁ ତାଙ୍କ ଆଗେ ଆଗେ ପାହାଚରେ ଓହ୍ଲାଇ ଥାଏ, ହଠାତ୍ ସେ ରଛିଁଲେ ମୈଥୁନ କରିବା ପାଇଁ ; ଆଉ ସେଇଠି, ସେଇ ପାହାଚ ଉପରେ ହଁ, ମୋ ସହିତ କେଳଟି କରିବା ଆରମ୍ଭ କରି ଦେଲେ । କିନ୍ତୁ ଗୋଟେ କଥା କହିବି ?”

: “କ’ଣ ?”

: “ତାଙ୍କର ସେଇ ଅସୁସ୍ଥ ଅବସ୍ଥାରେ ମୁଁ ଯେତେବେଳେ ତାଙ୍କୁ ଉପର ମହଲାର ଶୋଇବା ଘରକୁ ନେଇ ଶେଯ ଉପରେ ଗଡ଼ାଇ ଦେଲି, ସେ ସେମିତି ଆଖି ବୁଜି ସ୍ଥିର ଭାବରେ କିଛି ସମୟ ପଡ଼ି ରହିଲେ, ତାପରେ ଧୀରେ ଧୀରେ ସେ ସାମାନ୍ୟ ସୁସ୍ଥ ହେଲେ, ଆଉ – କଥାଟା ଟିକେ କଳ୍ପନା କର, ସେଇ ଅବସ୍ଥାରେ ବି, ତୃତୀୟଥର ପାଇଁ ସେ ମୈଥୁନ କରିବାକୁ ରଛିଁଲେ । ମୁଁ ହଁ ମନାକଲି । ସେତେବେଳକୁ ସେ ସାକ୍ଷାତ ମୃତ୍ୟୁ ଭଳି ଦିଶୁଥିଲେ, ଆଉ ମୁଁ ଡରି ଯାଇଥିଲି । ଶେଷରେ ବଡ଼ ଅନିଚ୍ଛାର ସହ ବାଧ୍ୟ ହୋଇ ସେ ଏଇ ଖିଆଲ ତ୍ୟାଗ କଲେ, କିନ୍ତୁ ବହୁତ ରାଗିଗଲେ ସିଏ । ମୁଁ ବେଳେବେଳେ ଭାବେ ଯେ ସେଇ କ୍ରୋଧ ହେତୁ ହଁ ସିଏ ମରିଗଲେ ।”

‘ତେଣୁ ବାଲେସ୍ୱୀୟେରି ପ୍ରକୃତରେ ନିଜକୁ ହତ୍ୟା କରିବାକୁ ରଛୁଁଥିଲେ’, ମୁଁ ମନେ ମନେ ଭାବିଲି । ମୁଁ ମୋ କଳ୍ପନାର ନେତ୍ରରେ ଦେଖୁଥିଲି, ସେ ଦୁଇଜଣ ସଙ୍ଗମର ଚରମ ମୁହୂର୍ତ୍ତରେ ପରସ୍ପରଠାରୁ ବିଚ୍ଛିନ୍ନ ହୋଇଛନ୍ତି କାରଣ ସେ ବୃଦ୍ଧ ତୈଳିକ ଅସୁସ୍ଥତାର ସହସା ଆକ୍ରମଣରେ ପାହାଚର ବାଡ଼କୁ ଦୁଇ ହାତରେ ବିକଳରେ ମୁଠେଇ ଧରୁଛନ୍ତି । ତାପରେ ସେ ବାଡ଼ ଉପରେ ଭରା ଦେଇ ଧୀରେ ଧୀରେ ପାହାଚ ଉଠୁଛନ୍ତି ଆଉ ବଡ଼ କଷ୍ଟରେ ଖଟ ପାଖକୁ ଯାଇ ଶେଯ ଉପରେ ଗଡ଼ି ପଡ଼ୁଛନ୍ତି । ତାପରେ ମୁର୍ଦ୍ଦାର ଭଳି ପଡ଼ିଥିବା ସେଇ ଶରୀର ହଠାତ୍ ଉଠି ପଡ଼ୁଛି ଆଉ ସେସିଲିଆକୁ କୁଣ୍ଢେଇ ଧରୁଛି । ଏମିତି ଚିନ୍ତା କରୁ କରୁ ମୁଁ ହଠାତ୍ ପଚାରି ବସିଲି, “ତୁମେ ମଝିରେ ମଝିରେ ପ୍ରେମ ବ୍ୟାପାରରେ ବାଲାସ୍ୱୀୟେରିକୁ ଧୋକା ଦେଉଥିଲ ନା ?”

ସିଏ ଭୃକୁଞ୍ଚିତ କଲା ବିରକ୍ତିରେ । ଯେମିତିକି ଦୁରାଗ୍ରହୀ ମଶକଟିଏ ତାକୁ ବାରମ୍ବାର ବିରକ୍ତ କରି ରଖିଛି ତା'ର ଗୁଣୁଗୁଣୁ ଶବ୍ଦରେ । ଆଉ ମୁଁ ହଠାତ୍ ସଚେତନ ହେଲି ଯେ ମୁଁ ତାକୁ ବାସ୍ତବରେ ପଚାରୁଛି, "ତୁମେ ମୋ ସହିତ ପ୍ରତାରଣା କରୁଛ ନା ?" ଆଉ ବାସ୍ତବରେ ସିଏ ମଧ ମୋ ପ୍ରଶ୍ନର ସେଇ ଗୂଢ଼ାର୍ଥ ବୁଝୁଥିଲା ପରି ମନେହେଲା, କାରଣ ସେ କେବଳ ଅସ୍ପଷ୍ଟ ସ୍ୱରରେ କହିଲା, "ଫେରେ ଆରମ୍ଭ କରିଦେଲ ନା !" ମୁଁ କିନ୍ତୁ ନଛୋଡ଼ବନ୍ଧା ଭାବରେ ପଚାରିଲି, "ପ୍ଲିଜ୍‌, ମତେ କୁହନା, ତୁମେ ତାଙ୍କ ସହ କେବେ ପ୍ରବଞ୍ଚନା କରିଛ ?"

ପରିଶେଷରେ ସେ ଉତ୍ତର ଦେଲା, "ତୁମେ କାହିଁକି ଏସବୁ ଜାଣିବାକୁ ରଖୁଁଛ ? ହଁ, ମୁଁ ତାଙ୍କ ସହ କେବେ କେବେ ପ୍ରତାରଣା କରେ, ସିଏ ଯୋଉ ବୋରିୟାତିଆ ମଣିଷ ନା !"

ମୋର ନିଃଶ୍ୱାସ ବନ୍ଦ ହୋଇଗଲା ଭଳି ଲାଗିଲା । "ବୋରିୟାତିଆ ? ମାନେ ତୁମେ କ'ଣ କହିବାକୁ ରଖୁଁଛ ?"

: "ମାନେ ବୋରିୟାତିଆ ।"

: "କିନ୍ତୁ ତା'ର ଅର୍ଥ କ'ଣ ବୋଲି ତୁମେ କହିବାକୁ ରଖୁଁଛ ।"

: "ବୋରିୟାତିଆ ମାନେ ବୋରିୟାତିଆ । ତାକୁ ଫେରେ କ'ଣ କହିବି ?"

'ତାହେଲେ ସେସିଲିଆ ମୋ ସହିତ ବି ପ୍ରତାରଣା କରୁଛି !' ମୁଁ ମନେ ମନେ ଭାବିଲି । ଆଉ ସିଏ ମୋ ସହିତ ପ୍ରତାରଣା କରୁଛି କାରଣ ମୋ ସହ ସେ ବୋରିୟାତ ଅନୁଭବ କରୁଛି । ଅନ୍ୟଭାବରେ କହିବାକୁ ଗଲେ, ସିଏ ମୋ ପାଇଁ ଯେମିତି, ମୁଁ ମଧ ତା' ପାଇଁ ସେମିତି ଅସ୍ତିତ୍ୱହୀନ ଏକ ସଭାରେ ପରିଣତ ହୋଇଛି । ଆମ ଭିତରେ ରହିଛି କେବଳ ଏତିକି ମାତ୍ର ପ୍ରଭେଦ ଯେ ମୁଁ ବୋରିୟାତକୁ ବାସ୍ତବ ପକ୍ଷେ ଚିହ୍ନିଛି, କାରଣ ଜୀବନସାରା ମୁଁ ସେଇ ନିସ୍ପୃହା ଓ ଅବସାଦର ନିଆଁରେ ଜଳିଛି । କିନ୍ତୁ ଅନ୍ୟ ପକ୍ଷରେ ତା' ପାଇଁ ବୋରିୟାତର ଅର୍ଥ ହେଲା, ଅନିବାର୍ଯ୍ୟ ଭାବରେ ଯୌନ ଆବେଦନରେ ସମ୍ମୋହକ ତା'ର ସେଇ ଘୃଣ୍ୟ ଜଘନ, ଯାହାକୁ ଗୋଟିଏ ସ୍ଥାନରୁ ଉଠାଇ ଅନ୍ୟ ସ୍ଥାନରେ ଅନ୍ୟ ଏକ ପୁରୁଷ ନିକଟରେ ସେ ଅର୍ପଣ କରେ । ମୁଁ ତାକୁ ଆଉଥରେ ରଖିଁଲି । ସେ ସିଧାଭାବରେ ଚିତ୍ ହୋଇ

ପଡ଼ି ରହିଥିଲା, ତା'ର ଗୋଡ଼ ଦୁଇଟି ମେଲେଇ ହୋଇ ରହିଥିଲା। ରତିନିବୃଭି ପରେ ଯୋଉ ଅବସ୍ଥାରେ ତାକୁ ଛାଡ଼ି ଉଠି ଆସିଥିଲି ମୁଁ, ଠିକ୍ ସେଇଭଳି ପଡ଼ିଥିଲା ସିଏ। ସାମାନ୍ୟତମ ଲଜ୍ଜା ନ ଥିଲା ତା'ର। ବରଂ ଆପାତତଃ ତା'ର ବିଶ୍ୱାସ ଥିଲାଭଳି ଜଣା ପଡ଼ୁଥିଲା ଯେ, ତା'ର ଏ ପ୍ରକାରର ଅସଂଯତ ଅଙ୍ଗବିନ୍ୟାସ ଆଉ ବେଫିକର ଢଙ୍ଗକୁ ମୁଁ ଏକ ସରଳ ସ୍ୱାଭାବିକତା ଓ ଘନିଷ୍ଠ ପ୍ରଣୟର ନିଦର୍ଶନ ଭଳି ମଣିବି। ଯୌନ ସମ୍ପର୍କ ବିଷୟରେ ପୁରୁଷମାନଙ୍କର ଏକ ଭ୍ରମ ଥାଏ ଯେ ଶାରୀରିକ ଉପଭୋଗ ହିଁ ଏକମାତ୍ର ବାସ୍ତବ ଅଧିକାର। ଆଉ ମୁଁ ସେସିଲିଆକୁ ଏଭଳି ନିବିଷ୍ଟ ଭାବରେ ରଖିଁଥିଲା ବେଲେ ଅଚିରେ ସେଇ ପୁରୁଷ ସୁଲଭ ପ୍ରତିଭାସର କବଲିତ ହୋଇ ପଡ଼ିଲି। ହଁ, ମୁଁ ଭାବିଲି, ସେସିଲିଆ ବାରମ୍ବାର ତରକି ଖସି ଯାଉଛି ମୋଠାରୁ। ନିଜକୁ ମୋଠାରୁ ଦୂରେଇ ନେଉଛି ସିଏ। କିନ୍ତୁ ମୁଁ ଯଦି ତା' ସହ ପୁଣି ଥରେ କେଳି କରେ, କିଏ ଜାଣେ ସମ୍ଭବତଃ ଏଇଥର ହିଁ, ସେଇ ଅନଧିକାରର ବିକଳ ଅନୁଭବକୁ ମୁଁ ଅନ୍ୟଥା କରି ଦେଇ ପାରେ। ଏଇଥର ହୁଏତ ମୁଁ ତାକୁ ବାସ୍ତବରେ ଓ ସମ୍ପୂର୍ଣ୍ଣ ଭାବରେ ଅକ୍ତିଆର କରିବାରେ ସଫଳ ହେବି। ମୁଁ ଶେଯରୁ ଉଠି ବସିଲି ଆଉ ସେସିଲିଆ ଉପରକୁ ନଇଁ ଆସି ତା'ର ଓଷ୍ଠାଧରରେ ଚୁମ୍ବନ ଆଙ୍କି ଦେଲି। ତା' ଚକ୍ଷୁ ଥିଲା ସେଇଭଳି ନିମୀଲିତ। ସେ ମ୍ଲିଷ୍ଟ ସ୍ୱରରେ କହିଲା, "ମୁଁ ଭାବୁଛି ମୋର ଯିବା ବେଳ ହେଇଗଲାଣି।"

: "ରୁହ।"

ଏବଂ ସେ ସେଇଭଳି ଆଖି ବୁଜି ରହିଥିବା ଅବସ୍ଥାରେ ହିଁ ମୁଁ ତା ସହ ଆଉ ଥରେ ମୈଥୁନ କଲି। ନିମୀଲିତ ଚକ୍ଷୁରେ ସେ ସେମିତି ନିର୍ବେଦ ଉଦାସୀନ ଭାବରେ ପଡ଼ି ରହିଥିଲା। ଅବଶ୍ୟ ତା'ର ଶରୀର ସ୍ୱଷ୍ଟଭାବେ ମୋର ଏଇ ଆଶ୍ଲେଷକୁ ନିମନ୍ତ୍ରଣ କଲା। ମୈଥୁନ ପାଇଁ ସଦା ଉନ୍ମୁଖ ସେସିଲିଆ ସଙ୍ଗମକୁ ସହଜ ସୁଗମ କରିବା ପାଇଁ ତା'ର ସ୍ୱାଭାବିକ କ୍ଷୁଧାତ ଭଙ୍ଗୀରେ ଶରୀରକୁ କେବଳ ସାମାନ୍ୟ ସଂକୁଳିତ କରି ମତେ ଗ୍ରହଣ କଲା। ମାତ୍ର ନିଧୁବନର ଏଇ ନିଷ୍କ୍ରିୟ ଅନୁମୋଦନ, ମୋତେ ମନେହେଲା, ଯଦି କିଛି ପ୍ରମାଣ ଆବଶ୍ୟକ ଥାଏ ଏଇ ବୋଧେ ତା'ର ଚରମ ପ୍ରମାଣ ଯେ, ବାସ୍ତବପକ୍ଷେ ସେସିଲିଆ ଅନ୍ୟତ୍ର କାହିଁ ରହିଛି ଆଉ ମୁଁ ଅଧୁନା ଯାହା ଅଧିକାର କରୁଛି ତାହା ତା' ପାଇଁ ନିତାନ୍ତ ଗୁରୁତ୍ୱହୀନ। ତେଣୁ ତାହା

ମୋ ପାଇଁ ମଧ ସେହି କାରଣରୁ ମୂଲ୍ୟହୀନ ଓ ତୁଚ୍ଛ । ମୈଥୁନ ପରେ ପରେ ସେସିଲିଆ ତା'ର ଅଜଣା ପୃଥିବୀରୁ ଫେରି ଆସି ଆଖ୍ ଖୋଲିଲା, ଆଉ କହିଲା, "ବର୍ତ୍ତମାନ ମତେ ନିହାତି ଯିବାକୁ ପଡ଼ିବ ।"

ସିଏ ଉଠିଲା, ଆଉ ସାମାନ୍ୟ ତରତରରେ ଯାଇ ଗାଧୁଆଘର ଭିତରେ ଅଦୃଶ୍ୟ ହୋଇଗଲା । ସେଇ ବିବିକ୍ତ ଅବସ୍ଥାରେ ମୁଁ ଆମୃଚିନ୍ତନରେ ମଜ୍ଜିଗଲି । ମୋ ଚେତନାର ମୁକୁର ଭିତରେ ମୁଁ ମୋ ବାସ୍ତବ ପୃଥିବୀର ପ୍ରତିଫଳନ ହିଁ ଦେଖୁଥିଲି । ମୁଁ ନିର୍ବେଦ ଓ ନିରାବରଣ ହୋଇ ପର୍ଯ୍ୟଙ୍କିକାରେ ପଡ଼ି ରହିଛି, ବାତାୟନ ପାର୍ଶ୍ୱରେ ଚିତ୍ରାଧାର ଉପରେ ରହିଛି ଶୂନ୍ୟ ଚିତ୍ରପଟ । ରହିଛି ମଧ ମୋର ଶିଳ୍ପଶାଳା ଆଉ ତା' ମଧରେ ଥିବା ସମସ୍ତ ଦ୍ରବ୍ୟ । ମୋର ଚେତନାର ମୁକୁରରେ ଏ ଯେଉଁ ନିର୍ଜୀବ, ବସ୍ତୁପର ପୃଥିବୀ ପ୍ରତିଭାତ ହେଲା, ତା ମଧକୁ ଅସ୍ପଷ୍ଟ ଭାବରେ ଧାରେ ଧାରେ ଏକ ନୂତନ ଚିନ୍ତା ପ୍ରବେଶ କଲା । ତାହା ଏହି ଯେ, ଦ୍ୱିତୀୟ ବାର ମୈଥୁନ ପରେ ସେସିଲିଆ ପୂର୍ବାପେକ୍ଷା ଆଉରି ଅଧିକ ବିପଳାୟୀ ହୋଇ ଉଠିଛି, ସେ ଆଉରି ସଫଳତାର ସହିତ ଭୁରୁଚ୍ଚୁକେଇ ଖସି ଯାଇଛି ମୋ ହାତ ପାହାନ୍ତାରୁ, ଆଉ ଖାସ ସେଇଥିପାଇଁ, ତାକୁ ଅଧିକାର କରିବାରେ ମୋର ବ୍ୟର୍ଥତା ହେତୁ, ସେ ମୋ ପାଇଁକି ହୋଇ ଉଠିଛି ଅଧିକ ଇସ୍ପିତ, ଅଧିକ ବାସ୍ତବ । ଯାହା ଫଳରେ କି ଯଦି କୌଣସି ଚମତ୍କାର ବଳରେ, ମୁଁ ତା' ସହ ଲାଗିଲାଗି କେବଳ ଦୁଇଥର ନୁହେଁ ଦୁଇଶହ ଥର ମଧ ମୈଥୁନ କରିବାରେ ସକ୍ଷମ ହୋଇପାରେ, ତେବେ ବି ପରିଶେଷରେ ମୁଁ ଠିକ୍ ସେଇ ପ୍ରଥମ ଥର ଭଲି ଅତୃପ୍ତ ରହିବି । ସଂକ୍ଷେପରେ କହିଲେ ଯେତେ ଅଧିକ ଥର ମୁଁ ତା' ସହିତ ମୈଥୁନ କରୁଛି, ତା' ଉପରେ ଅଧିକାର ସାବ୍ୟସ୍ତ କରିବାରେ ମୋର ଅକ୍ଷମତା ସେତେ ଅଧିକ ବଢ଼ି ଯାଉଛି । ବୋଧହୁଏ ଖାସ ଏଇଥିପାଇଁ ଯେ ତା' ଉପରେ ବାସ୍ତବ ପକ୍ଷରେ ଅଧିକାର ସାବ୍ୟସ୍ତ କରିବା ପାଇଁ ଯେଉଁ ଶକ୍ତି ମୁଁ ଆବଶ୍ୟକ କରୁଛି ତାହା ଏହି ଶୃଙ୍ଗାର ପ୍ରକ୍ରିୟା ମାଧ୍ୟମରେ ହିଁ ମୁଁ ହରାଇ ବସୁଛି । କିନ୍ତୁ କାହିଁକି ବା କେଉଁ ପ୍ରକାରେ ମୁଁ ଏ ଶକ୍ତି ହରାଉଛି, ତାହା ବୁଝିବାକୁ ବାରମ୍ବାର ଚେଷ୍ଟା କରି ମଧ ମୁଁ ବିଫଳ ହେଉଥିଲି । ଅନ୍ତତଃ ପକ୍ଷେ, ଚେତନାର ସେଇ ଦୁର୍ବଳ କ୍ଷଣରେ, ମୁଁ କିଛି ବି ସ୍ପଷ୍ଟ ବୁଝି ପାରୁ ନ ଥିଲି ।

এহি সময়রে মুঁ শুণিলি, সেসিলিআ গାଧୁଆଘର କବାଟ ଖୋଲି ବାହାରକୁ ଆସିଲା। କହୁଣି ଉପରେ ଭରା ଦେଇ ଅଳ୍ପ ଉଠି ମୁଁ ତାକୁ କହିଲି, "ସେଇ କପବୋର୍ଡ ଭିତରେ ଦେଖ। ତୁମ ପାଇଁ ଗୋଟିଏ ଉପହାର ରହିଛି।" ମୁଁ ଶୁଣିଲି ସେ ଚିଲେଇଲା, "ମୋ ପାଇଁ?", କିନ୍ତୁ ତା' ସ୍ୱରରେ ନା ଆନନ୍ଦ ଥିଲା, ନା ଆଶ୍ଚର୍ଯ୍ୟ। ତାପରେ ଅବଶ୍ୟ ସେ କପବୋର୍ଡ ଖୋଲିଲା। ପ୍ୟାକେଟଟିକୁ ଫିଟାଇ ବ୍ୟାଗକୁ ଦେଖିଲା। ସେତେବେଳକୁ ମୁଁ ପୁଣି ଚିତ୍ ହୋଇ ଶୋଇ ଯାଇଥିଲି ଆଉ ଘର ଛାଦିକୁ ରହିଁଥିଲି ଅପଲକ ନୟନରେ। କିଛି ସମୟ ପରେ ମୁଁ ଅନୁଭବ କଲି ତା' ରଦନଚ୍ଛଦ ଅତି ସାମାନ୍ୟ ଭାବେ ଘସି ହେଲା ମୋ ଓଷ୍ଠାଧରରେ। ତା'ର ସେଇ ସ୍ୱଭାବସିଦ୍ଧ, ଶିଶୁ ସୁଲଭ ଅନିଚ୍ଛୁକ ଚୁମ୍ବନ ଭିତରେ ମୁଁ ଶୁଣିଲି ସେ ଫୁସଫୁସ କରି କହିଲା, "ଧନ୍ୟବାଦ"। କିୟତକ୍ଷଣ ପରେ, ପରିଶେଷରେ ମୁଁ କହୁଣି ଉପରେ ଭରାଦେଇ ପୁଣି ଉଠିଲି। ପୂର୍ଣ୍ଣଭାବେ ବସ୍ତ୍ର ପରିହିତା ସେସିଲିଆ ସେତେବେଳକୁ ବଖରାର ମଝିରେ ଥିବା ମେଜ ଉପରେ ତା'ର ପୁରୁଣା ହାତବ୍ୟାଗରୁ ବ୍ୟକ୍ତିଗତ ସାମଗ୍ରୀମାନ କାଢ଼ି ରଖୁଥାଏ ଉପହାରରେ ପାଇଥିବା ନୂଆ ହାତବ୍ୟାଗରେ। ମୁଁ ଫେରେ ଶୋଇଗଲି ଚିତ୍ ହୋଇ।

———

ଷଷ୍ଠ ପରିଚ୍ଛେଦ

ମୁଁ ଭାବୁଛି ମୁଁ ଏକଥା ଆଗରୁ ସ୍ପଷ୍ଟ କରି ଦେଇଛି ଯେ ସେସିଲିଆ ପ୍ରଗଲ୍‌ଭ ନ ଥିଲା । ବାସ୍ତବରେ ବରଂ ଏ‍ଇଆ କହିହେବ ଯେ, ନୀରବ ରହିବା ଥିଲା ତାର ସ୍ୱାଭାବିକ ପ୍ରକୃତି । ସେ ସହଜେ ମିତଭାଷୀ, ପୁଣି ବଡ଼ ଆବେଗହୀନ ଓ ଅନିଚ୍ଛୁକ ଥିଲା ତା’ର ବାର୍ତ୍ତାଳାପର ଭଙ୍ଗୀ । ସେହି କାରଣରୁ ଯେତେବେଳେ ମଧ ସେ କିଛି କହୁଥିଲା, ସେତେବେଳେ ମନେ ହେଉଥିଲା ଯେ, ସେ ବରଂ କିଛି ନ କହିବା ପାଇଁ‍ ଚେଷ୍ଟା କରୁଛି । ତାର ମୁଖୋଚ୍ଚାରିତ ଶବ୍ଦମାନେ ଅନ୍ତଃସାରହୀନ ଲାଗୁଥିଲେ, ଯେମିତିକି ସେସିଲିଆର ଉଚ୍ଚାରଣ ଦ୍ୱାରା ସେମାନେ ନିଜ ନିଜର ବାସ୍ତବ ଅର୍ଥ ହରାଇ ବସିଛନ୍ତି । ସେ କଥା କହିଲେ ଶବ୍ଦ ଗୁଡ଼ିକ ଲାଗନ୍ତି ଅଚିହ୍ନା ସମ୍ପର୍କହୀନ ଧ୍ୱନି ଭଳି, ଯେମିତି ସେମାନେ ମୁଁ ନ ଜାଣିଥିବା କୌଣସି ବିଦେଶୀ ଭାଷାର ଶବ୍ଦ । ସେସିଲିଆ ସେଗୁଡ଼ିକୁ ଉଚ୍ଚାରଣ କଲାବେଳେ ସେଥିରେ କୌଣସି ମାତ୍ରା ସ୍ୱାତନ୍ତ୍ୟ ପରିଲକ୍ଷିତ ହୁଏ ନାହିଁ, ଯେଉଁଥିରୁ କି ସାଧାରଣତଃ ଆମେ ଜଣେ ବ୍ୟକ୍ତିର ସାମାଜିକ ସ୍ଥିତିର ସୂଚନା ପାଇଥାଉ । ସେଥିରେ ମଧ କୌଣସି ଉପଭାଷାର ପ୍ରଭାବ ଅନୁଭୂତ ହେଉ ନ ଥିଲା । ମୋଟ‍ଉପରେ ତା’ ଆଲାପକୁ ଲକ୍ଷ୍ୟ କରି ତା’ ସମ୍ପର୍କରେ କୌଣସି ଉପସଂହାରରେ ଉପନୀତ ହେବା ଥିଲା ଏକ ଅସମ୍ଭବ ବ୍ୟାପାର । ଆଲାପ ସମୟରେ ତା’ର ବକ୍ତବ୍ୟଗୁଡ଼ିକ ନିର୍ବିବାଦୀୟ ବାସ୍ତବ ତଥ୍ୟର ନିଚ୍ଛକ ଘୋଷଣା ଭଳି ମନେ ହେଉଥିଲା, ଉଦାହରଣ ସ୍ୱରୂପ ‘ଆଜି ବଡ଼ ଗରମ ହେଉଛି’ ଭଳି ଶୁଷ୍କ ଥିଲା ତା’ର ମନ୍ତବ୍ୟ । ସେସିଲିଆର ସମଗ୍ର ଆଚରଣରେ ନିହିତ ଥିଲା ଏକ ଅମୂର୍ତ୍ତ ରହସ୍ୟମୟତା । ବାର୍ତ୍ତାଳାପ ସମୟରେ ତା’ର ଉଚ୍ଚାରଣ ତା’ ସମ୍ପର୍କରେ ମୋର ଏ‍ଇ ଧାରଣାକୁ ଅନୁମୋଦିତ କରୁଥିଲା । ଉଦାହରଣ ସ୍ୱରୂପ, ଧର ମୁଁ ତାକୁ ପଚାରିଲି “ଗତକାଲି ସଂଧ୍ୟାରେ ତୁମେ କ’ଣ କଲ ?” ସେସିଲିଆ କହିବ, “ମୁଁ ଘର ସନ୍ଧ୍ୟାରାଶ ସମାପ୍ତ କରିବା ପରେ ମାଆଙ୍କ ସହିତ ବାହାରକୁ ଗଲି ଆଉ ଆମେ ଦୁହେଁ ସିନେମା ଦେଖିଲୁ ।” କିନ୍ତୁ ମୁଁ ଅଚିରେ ଲକ୍ଷ୍ୟ କଲି ଯେ ‘ଘର’,

'ସନ୍ଧ୍ୟାରାଶ', 'ମାଆ' ଆଉ 'ସିନେମା' ଭଳି ଶବ୍ଦମାନ, ଯାହା ଆଉ ଜଣଙ୍କ କଣ୍ଠରେ ଉଚ୍ଚାରିତ ହୋଇଥିଲେ ତା'ର ନିଜସ୍ୱ ଅର୍ଥ ବହନ କରି ଥାଆନ୍ତା, ଆଉ ସେଥିପାଇଁ ସେଗୁଡ଼ିକର ଉଚ୍ଚାରଣ ଭଙ୍ଗୀରୁ ଜଣାପଡ଼ି ଯାଇଥାଆନ୍ତା ମଣିଷଟି ସତ କହୁଛି ନା ମିଛ କହୁଛି, ତାହା ସେସିଲିଆ କ୍ଷେତ୍ରରେ ସମ୍ଭବ ହୋଇପାରୁ ନ ଥିଲା। ସେସିଲିଆର ମୁଖୋଚ୍ଚାରିତ ଶବ୍ଦମାନ ଅର୍ଥହୀନ ଧ୍ୱନି ଭଳି ପ୍ରତୀତ ହେଉଥିଲେ, ଆଉ ସେଇ ଧ୍ୱନି-ଯବନିକାର ପଛାତରେ ଲୁଚିଥିବା ବାସ୍ତବତାକୁ ହୃଦୟଙ୍ଗମ କରିବା, ତାହା ସତ୍ୟ ହେଉ ବା ମିଥ୍ୟା ହେଉ, ମୋ ପାଇଁ ଥିଲା ଏକ ଅସମ୍ଭବ ବ୍ୟାପାର। ଆଶ୍ଚର୍ଯ୍ୟ ହେଉଥିଲି ଯେ କିଭଳି ସେସିଲିଆ କଥା କହିବା ସତ୍ତ୍ୱେ ମଧ୍ୟ କିଛି କହୁ ନ ଥିଲା, ଆଉ ମୁଁ ପରିଶେଷରେ ଏଇ ସିଦ୍ଧାନ୍ତରେ ଉପନୀତ ହେଲି ଯେ, କେବଳ ଯୌନ ଅଭିବ୍ୟକ୍ତି ବ୍ୟତୀତ ଅନ୍ୟ ପ୍ରକାର ଅଭିବ୍ୟକ୍ତି ପ୍ରଦାନରେ ସେ ଥିଲା ଅକ୍ଷମ। କିନ୍ତୁ ଯଦିଚ ଯୌନ ଅଭିବ୍ୟକ୍ତି ନିତାନ୍ତ ଆଦିମ, ମୌଳିକ ଏବଂ ଏକ ଅତ୍ୟନ୍ତଶକ୍ତିଶାଳୀ ଅଭିବ୍ୟକ୍ତି, ତଥାପି ମଧ୍ୟ ଏହାକୁ ବ୍ୟାଖ୍ୟା କରିବା ବେଶ୍ କଷ୍ଟକର। ଆଉ ହଠାତ୍ ମୁଁ ସଚେତନ ହେଲି ଯେ ସେସିଲିଆ ତା' ମୁହଁରେ କିଛି କୁହେ ନାହିଁ, ଏପରିକି ଯୌନତା ସମ୍ପର୍କୀୟ ବକ୍ତବ୍ୟ ମଧ୍ୟ। କହିବାକୁ ଗଲେ, ତା'ର ମୁଖ ଥିଲା ଏକ ନକଲି ରନ୍ଧ୍ର। ଯେମିତିକି ସେ ଗହ୍ୱରର କୌଣସି ଗଭୀରତା ନାହିଁ କି ସେଥିରେ କମ୍ପନ ସୃଷ୍ଟି ହୁଏ ନାହିଁ। ତା'ର ଶରୀର ଅଭ୍ୟନ୍ତରର କୌଣସି ଅଙ୍ଗ ସହିତ ଯେପରି ଏହି ଗହ୍ୱର କୌଣସି ସମ୍ପର୍କ ମଧ୍ୟ ନାହିଁ। ଏପରିକି ଯେତେବେଳେ କେଳି ପରେ, ପର୍ଯ୍ୟଙ୍କା ଉପରେ ସିଏ ମୋ ପାଖରେ ପାଆମେଲି ପିଠିମାଡ଼ି କେଳିକ୍ଲାନ୍ତିରେ ମୂର୍ଚ୍ଛିତ ହୋଇ ପଡ଼ି ରହିଥାଏ, ମୁଁ ବହୁବାର ତାକୁ ଭ୍ରହଁ ଦେଖେ। ତା'ର ମୁଖର ଆନୁଭୂମିକ ଫାଟ ଓ ଯୋନିର ଉଲ୍ଲମ୍ୱ ଫାଟ ମଧ୍ୟରେ ତୁଳନା ନ କରି ମୁଁ ରହିପାରେ ନାହିଁ। ଏବଂ ପ୍ରତ୍ୟେକଥର ଆଶ୍ଚର୍ଯ୍ୟାନ୍ୱିତ ହୋଇ ମୁଁ ସଚେତନ ହୁଏ ଯେ, ଉଭୟ ମଧ୍ୟରୁ ପ୍ରଥମ ଅପେକ୍ଷା ଦ୍ୱିତୀୟଟି ତା' ଅଭିବ୍ୟକ୍ତିରେ କେତେ ପ୍ରାଞ୍ଜଳ! ମୁଖର ବିଭିନ୍ନ ବିଭାବ ଏବଂ ତାହାର ବିକାର ମଧ୍ୟରେ ଫୁଟି ଉଠୁଥିବା ମନସ୍ତାତ୍ତ୍ୱିକ ଲକ୍ଷଣ ଗୁଡ଼ିକ ଯେଭଳି ବ୍ୟକ୍ତିର ଚରିତ୍ର ଓ ମାନସିକତାକୁ ପ୍ରଦର୍ଶିତ କରନ୍ତି, ସେଭଳି ଅଭିବ୍ୟକ୍ତି ସେସିଲିଆର ସ୍ୱରମନ୍ଦିର ହିଁ ପ୍ରଦର୍ଶିତ କରେ; ତା'ର ମୁଖ ନୁହେଁ।

"ଘରେ ସନ୍ଧ୍ୟାରାଶ ପରେ ମୁଁ ମାଆଙ୍କ ସଙ୍ଗେ ବାହାରକୁ ଗଲି ଏବଂ ଆମେ ଏକାଠି ସିନେମା ଗଲୁ।" ଏଭଳି ବାକ୍ୟର ପଛାତରେ କ'ଣ ସବୁ ରହସ୍ୟ

ଉହ୍ୟ ରହିଛି ତାହା ଆବିଷ୍କାର କରିବା ପାଇଁ ମୁଁ ଚେଷ୍ଟା କଲି। ବାସ୍ତବରେ ଏ ବାକ୍ୟଟି ସନ୍ଧ୍ୟାରାଶ, ଗୃହ, ମାଆ ଏବଂ ଚଲଚିତ୍ର ଇତ୍ୟାଦିକୁ କେବଳ ବୁଝାଉଛି ନା, ସମ୍ଭବତଃ, ପେରକ୍ୱାଇଡ ଚିକୁର ବିଶିଷ୍ଟ ଅଭିନେତା ସହ ସାକ୍ଷାତକାରକୁ ମଧ୍ୟ ବୁଝାଉଛି, ଏହା ଥିଲା ମୋ ପାଇଁକି ଏକ ଗୁରୁତ୍ଵପୂର୍ଣ୍ଣ ପ୍ରଶ୍ନ। ତେଣୁ ସେସିଲିଆକୁ ଭଲଭାବରେ ବୁଝିଟ କରିବା ପାଇଁ ମୋ ଭିତରେ ଏକ ତୀବ୍ର ସ୍ପୃହା ସୃଷ୍ଟି ହେଲା। କାରଣ ଏ ପର୍ଯ୍ୟନ୍ତ ମୋର ଭ୍ରମ ଧାରଣା ଥିଲା ଯେ, କେଳତି ମାଧ୍ୟମରେ ମୁଁ ସେସିଲିଆ ଉପରେ ମୋର ଅଧିକାର ସାବ୍ୟସ୍ତ କରିଛି, ଏବଂ ସେ ମୋର ଅଧିକୃତା ହୋଇଥିବା ହେତୁ ମୁଁ ତା ସମ୍ପର୍କରେ ସବୁକିଛି ପ୍ରାଞ୍ଜଳ ଭାବରେ ଜାଣିଛି। ମୋର ଏଇ ଭ୍ରମ ଧାରଣା ଯୋଗୁଁ ଏପର୍ଯ୍ୟନ୍ତ ସେସିଲିଆ ସମ୍ପର୍କରେ ଜାଣିବାକୁ ମୁଁ କୌଣସି ଉଦ୍ୟମ ହିଁ କରି ନ ଥିଲି। କିନ୍ତୁ ମୁଁ ଯେ ତା' ସମ୍ପର୍କରେ ସବୁକିଛି ଜାଣେ, ମୋର ଏଇ ଭ୍ରମ ଧାରଣା ଅଚିରେ ଧୂଳିସାତ୍ ହୋଇ ଗଲା। ଉଦାହରଣ ସ୍ୱରୂପ ତା'ର ପରିବାର। ସେସିଲିଆ ତା'ର ସ୍ୱାଭାବିକ ମିତଭାଷଣ ମାଧ୍ୟମରେ ମତେ ଜଣାଇଥିଲା ଯେ ସେ ତା' ପିତାମାତାଙ୍କ ଏକମାତ୍ର ସନ୍ତାନ ଏବଂ ସେ ସେମାନଙ୍କ ସହ ଏକତ୍ର ବାସକରେ। ସେମାନଙ୍କର ଆର୍ଥିକ ଅବସ୍ଥା ଭଲ ନୁହେଁ, କାରଣ ତା'ର ପିତା ଅସୁସ୍ଥ ଏବଂ ସେଇ ହେତୁ କର୍ମକ୍ଷମ ନୁହନ୍ତି। ମୁଁ ଏହି ତଥ୍ୟରେ ସନ୍ତୁଷ୍ଟ ଥିଲି। ବସ୍ତୁତଃ, ମତେ ସେ ଏ ସମ୍ପର୍କରେ ଅଧିକ କିଛି ସଂବାଦ ନ ଦେଇଥିବା ହେତୁ ପ୍ରାୟ କୃତଜ୍ଞ ହିଁ ଥିଲି। କାରଣ ଅନ୍ୟ କିଛି ଜିନିଷ ଅପେକ୍ଷା, ସେସିଲିଆ ମୋ ପାଖକୁ ପ୍ରତିଦିନ ଆସିବା ଏବଂ ମୋ ସହ ମୈଥୁନ କରିବା ହିଁ କେବଳ ମୋ ପାଇଁକି ଗୁରୁତ୍ଵପୂର୍ଣ୍ଣ ଥିଲା। କିନ୍ତୁ ସେ ମୋ ସହିତ ପ୍ରତାରଣା କରୁଛି ବୋଲି ମୋର ଯେଉଁ ସନ୍ଦେହ ସୃଷ୍ଟି ହେଲା, ତାହା ହଠାତ୍ ସେସିଲିଆକୁ ଏକ ବୋରିୟାତିଆ ବିପର୍ଯ୍ୟାସରୁ ଏକ ଆକାଙ୍କ୍ଷିତ ବାସ୍ତବତାରେ ପରିଣତ କରିଦେଲା ଏବଂ ତା'ର ବ୍ୟକ୍ତିଗତ ଜୀବନ ସମ୍ପର୍କରେ ଅଧିକ ଜାଣିବା ପାଇଁ ସେବଠାରୁ ମୋ ହୃଦୟରେ ଆଗ୍ରହ ସୃଷ୍ଟି ହେଲା। ସମ୍ଭବତଃ ମୁଁ ଆଶା କରୁଥିଲି ଯେ, ମୈଥୁନ ଦ୍ୱାରା ତା' ଉପରେ ଯେଉଁ ଅଧିକାର ସାବ୍ୟସ୍ତ କରିବାକୁ ଚେଷ୍ଟା କରି ମୁଁ ବିଫଳ ହୋଇଛି, ତା' ବିଷୟରେ ବିଶେଷ ଭାବରେ ଜାଣିବା ଦ୍ୱାରା ତା' ଉପରେ ସେଇ ଅଧିକାର ସାବ୍ୟସ୍ତ କରିବାରେ ମୁଁ ସଫଳ ହେବି, ଯାହା ଫଳରେ କି ରହସ୍ୟମୟତାର ଖୋଲରୁ ବାହାରି ସେ ମୋ ପାଖରେ

ପ୍ରାଞ୍ଜଳ ହୋଇ ଉଭା ହେବ । ତେଣୁ ମୁଁ ତାକୁ ପ୍ରଶ୍ନ କରିବା ଆରମ୍ଭ କଲି । ଯେଉଁ ଭଙ୍ଗୀରେ ବାଲେଶ୍ୱରୀୟେରିଙ୍କ ସହ ତା'ର ସମ୍ପର୍କ ବିଷୟରେ ମୁଁ ପ୍ରଶ୍ନ କରୁଥିଲି, ମୋର ବର୍ତ୍ତମାନର ପ୍ରଶ୍ନାବଳୀ ଥିଲା ପ୍ରାୟ ସେହି ପର୍ଯ୍ୟାୟର । ଆମ ଆଳାପର ଗୋଟିଏ ନମୁନା ପେଶ୍ କରୁଛି ।

: "ତୁମର ପିତା କ'ଣ ଖୁବ ବେଶୀ ଅସୁସ୍ଥ ?"

: "ହଁ ।"

: "କ'ଣ ହେଇଛି ?"

: "କ୍ୟାନ୍‌ସର ।"

: "ଡାକ୍ତରମାନେ କ'ଣ କହୁଛନ୍ତି ?"

: "ଡାକ୍ତରମାନେ କହୁଛନ୍ତି ଯେ ତାଙ୍କୁ କ୍ୟାନ୍‌ସର ହୋଇଛି ।"

: "ନା ! ମାନେ ମୁଁ କ'ଣ କହୁଛି ଯେ – ସେମାନେ କ'ଣ ଭାବୁଛନ୍ତି ଯେ ସେ ସୁସ୍ଥ ହୋଇଯିବେ ?"

: "ନା, ସେ ଭଲ ହେବେ ନାହିଁ ।"

: "ତାହେଲେ ସେ ଶୀଘ୍ର ମରିଯିବେ !"

: "ହଁ ।"

: "ତୁମକୁ ଦୁଃଖ ଲାଗୁନାହିଁ ?"

: "କୋଉଥିପାଇଁ ଦୁଃଖ ?"

: "ତୁମର ବାପା ମୃତ୍ୟୁଶଯ୍ୟାରେ ପଡ଼ିଚନ୍ତି ବୋଲି ।"

: "ହଁ ।"

: "ଖାଲି ହଁ, ଏହା ଛଡ଼ା ତୁମର ଅନ୍ୟ କିଛି କହିବାକୁ ନାହିଁ ?"

: "ଆଉ କ'ଣ କହିବି ଯେ ?"

: "କିନ୍ତୁ ତୁମେ ତୁମ ପିତାଙ୍କୁ ଭଲ ପାଅ ତ ?"

: "ହଁ ।"

: “ଛାଡ଼! ଆମେ ଅନ୍ୟ ବିଷୟରେ ଆଲୋଚନା କରିବା। ଧର ତୁମର ମାଆ। ସେ କେମିତିକା ମଣିଷ ?”

: “କେମିତିକା ମାନେ ?”

: “ମାନେ ସିଏ ଗେଡ଼ା କି ଡେଙ୍ଗା, ସୁନ୍ଦର କି କୁସ୍ରିତ, ଗୋରା କି କଳା, ଦେଖ୍‌ବାକୁ ସେ କେମିତିକା ?”

: “ଓଃ, ଏଇ କଥା! ମୁଁ ସେମିତି କିଛି କହିପାରିବିନି। ସିଏ ଅନ୍ୟାନ୍ୟ ସାଧାରଣ ସ୍ତ୍ରୀ ଲୋକଙ୍କ ଭଳି।”

: “କିନ୍ତୁ ମତେ କୁହ, ସିଏ ଦେଖ୍‌ବାକୁ କେଉଁ ଭଳି ?”

: “ହେ ଭଗବାନ! ସିଏ ଦେଖ୍‌ବାକୁ କାହା ଭଳି ବି ନୁହେଁ।”

: “କାହା ଭଳି ବି ନୁହେଁ ? ତୁମେ କ’ଣ କହିବାକୁ ଚାହୁଁଛ ?”

: “ମାନେ ସିଏ ଦେଖ୍‌ବାକୁ ନିର୍ଦ୍ଦିଷ୍ଟ କାହା ଭଳି ନୁହେଁ। ଯେ କୌଣସି ସ୍ତ୍ରୀଲୋକ ଭଳି ସିଏ ସ୍ୱାଟିଏ।”

: “ତୁମେ ମାଆଙ୍କୁ ଭଲପାଅ କି ?”

: “ହଁ।”

: “ବାପାଙ୍କ ଠାରୁ ବେଶୀ ଭଲପାଅ ?”

: “ବେଶୀ କି କମ ନୁହେଁ, ଅଲଗା ପ୍ରକାରର।”

: “ଅଲଗା ମାନେ କ’ଣ ?”

: “ଅଲଗା ମାନେ ଅଲଗା।”

: “କେମିତି ଅଲଗା ?”

: “ମୁଁ ଜାଣିନି, ଅଲଗା।”

: “ଆଚ୍ଛା ଛାଡ଼, ତୁମର ମାଆ କ’ଣ ବାପାଙ୍କୁ ଭଲ ପାଆନ୍ତି ?”

: “ମୁଁ ସେଇଆ ଭାବୁଛି।”

: “ମାନେ ତୁମେ ଏ ସମ୍ବନ୍ଧରେ ନିଶ୍ଚିତ ନୁହେଁ ?”

: "ସେମାନଙ୍କ ଭିତରେ ତ ସବୁ ଠିକ୍‌ଠାକ୍‌ ଅଛି, ମୁଁ ସେଥିପାଇଁ ଭାବୁଛି ଯେ ସେମାନେ ପରସ୍ପରକୁ ଭଲ ପାଆନ୍ତି ।"

: "ତୁମ ବାପା ଦିନସାରା କ'ଣ କରନ୍ତି ?"

: "କିଛି ନାହିଁ ।"

: "କିଛି ନାହିଁ ମାନେ ?"

: "କିଛି ନାହିଁ ମାନେ କିଛି ନାହିଁ ।"

: "କିନ୍ତୁ ଲୋକ ଯେତେବେଳେ କହନ୍ତି 'ଅମୁକ କିଛି କରୁନାହିଁ', ସେମାନେ ତାହା ଖାଲି କହିବା ପାଇଁ କହନ୍ତି । କିଛି ନ କଲେ ବି ସେମାନେ ବିଭିନ୍ନ ପ୍ରକାର କାମ କରୁ ଥାଆନ୍ତି । ତୁମର ବାପା କାମ କରନ୍ତି ନାହିଁ, ତା'ମାନେ ତ ନୁହେଁ ସେ ନିର୍ଜୀବ ଭଲି ପଡ଼ିଥିବେ ଗୋଟେ ଜାଗାରେ । ପ୍ରତିବଦଳରେ ସେ କିଛି ତ କରୁଥିବେ,ନୁହେଁ କି ?"

: "ସେ କିଛି ବି କରନ୍ତି ନାହିଁ ।"

: "ତା' ମାନେ ?"

: "ତା' ମାନେ କ'ଣ ମୁଁ ଜାଣେ ନାହିଁ । ଘରେ ସେ କେବଳ ଆରାମଚେୟାରରେ ବସି ରେଡ଼ିଓ ଶୁଣନ୍ତି । ତାଛଡ଼ା ସେ ପ୍ରତିଦିନ ସାମାନ୍ୟ ଗ୍ଲନ୍ତି । କେବଳ ସେତିକି ତାଙ୍କର କାମ ।"

: "ଓଃ, ବୁଝିଲି ।"

: "ତୁମେ ପ୍ରାତି ଅଞ୍ଚଲରେ ଗୋଟିଏ ଆପାର୍ଟମେଣ୍ଟରେ ରୁହ ନା ?"

: "ହଁ ।"

: "ତୁମ ସଦନିକାରେ କେତୋଟି ବଖରା ଅଛି ?"

: "ମୁଁ ଜାଣିନି ।"

: "ମୁଁ ଜାଣିନି ମାନେ କ'ଣ ?"

: "ମୁଁ କେବେ ଗଣି ନାହିଁ ।"

: "କିନ୍ତୁ ଏହା କ'ଣ ଏକ ବହୁତ ବଡ଼ ଫ୍ଲାଟ ?"

: "ମାନେ ? ନା, ଏଇଟା ବହୁତ ବଡ଼ ନୁହେଁ କି ଛୋଟ ନୁହେଁ ।"

: "ଆଛା, ତାହେଲେ ସେ ଘର ବିଷୟରେ ବର୍ଣ୍ଣନା କର।"

: "ଅନ୍ୟାନ୍ୟ ଫ୍ଲାଟ୍ ଭଳି ଏଇଟା ମଧ୍ୟ ଗୋଟିଏ ଫ୍ଲାଟ୍। କ'ଣଟା ବା ବର୍ଣ୍ଣନା କରିବି ?"

: "କିନ୍ତୁ ମୁଁ ଭାବୁଛି, ତୁମର ଏଇ ସଦନିକାଟି ଫାଙ୍କା ହୋଇ ନ ଥିବ। ସେଥିରେ ନିଶ୍ଚିତ ଭାବରେ କିଛି ଆସବାବପତ୍ର ଥିବ।"

: "ହଁ, ଅଛି। ଏଇ ସାଧାରଣ ଆସବାବପତ୍ର ଯଥା ଖଟ, ଆରାମଚେୟାର, କପବୋର୍ଡ ଇତ୍ୟାଦି।"

: "ସେ ଆସବାବପତ୍ର କେଉ ଭଳିଆ ?"

: "ମୁଁ ସତରେ ଜାଣିନି, ଠିକ୍ ଅନ୍ୟ ଆସବାବପତ୍ର ଭଳି।"

: "ଧର, ଉଦାହରଣ ସ୍ୱରୂପ, ବୈଠକଘର। ତୁମର ଗୋଟିଏ ବୈଠକଘର ଅଛି ତ ?"

: "ହଁ।"

: "ସେଥିରେ କ'ଣ ସବୁ ଆସବାବପତ୍ର ଅଛି ?"

: "ଏଇ ସାଧାରଣ ଆସବାବପତ୍ର ଯେମିତିକି ଚୌକି, ଛୋଟ ଟେବୁଲ, ଆରାମ ଚେୟାର, ସୋଫା। ସବୁ ବୈଠକଘରେ ଯାହା ଥାଏ ସେଇଆ।"

: "ସେଗୁଡ଼ିକର ଡିଜାଇନି କ'ଣ ? ମାନେ ଏ ଆସବାବପତ୍ରର ଗଠନଶୈଳୀ ବିଷୟରେ କିଛିଟା କୁହ।"

: "ମୁଁ ଜାଣିନି।"

: "ସେଗୁଡ଼ିକର ରଙ୍ଗ ବିଷୟରେ କୁହ।"

: "ତା'ର କିଛି ରଙ୍ଗ ନାଇଁ।"

: "ତା'ର ରଙ୍ଗ ନାଇଁ ମାନେ କ'ଣ ?"

: "ମାନେ ତା'ର କିଛି ରଙ୍ଗ ନାଇଁ। ତାହା ଗିଲିଟି।"

: "ହେଲା ଯେ, କିନ୍ତୁ ଗିଲିଟି ସୁନେଲି ବି ଏକ ରଙ୍ଗ। ତୁମ ଘରଟି ତୁମକୁ ଭଲ ଲାଗେ ?"

: "ଭଲ ଲାଗେ କି ନାଇଁ ଜାଣେନି। ମୁଁ ତ ସେଠି ବେଶୀ ସମୟ ନ ଥାଏ।"

ଏଇଭଳି ମୁଁ ନିରବଧି ବର୍ଣ୍ଣନା କରି ଚଲିପାରିବି। କିନ୍ତୁ ମୁଁ ଭାବୁଛି, ମୁଁ ସେସିଲିଆର ଶୂନ୍ୟମନସ୍କତା ବିଷୟରେ ଯଥେଷ୍ଟ ପ୍ରମାଣ ଦେଇ ସାରିଲିଣି। କିନ୍ତୁ ଆଲୋଚନାର ଏଇ ବିନ୍ଦୁରେ ଏକଥା ମନେ ହୋଇପାରେ ଯେ, ସେସିଲିଆ ଏକ ନିର୍ବୋଧ, ବ୍ୟକ୍ତିତ୍ୱହୀନ ମଣିଷ। କିନ୍ତୁ ଏହା ସତ୍ୟ ନୁହେଁ। ବାସ୍ତବିକ ମୁଁ ଥରେ ମଧ କେବେ ତାକୁ ନିର୍ବୋଧ ମନ୍ତବ୍ୟ ଦେବାର ଶୁଣିନାହିଁ; ଅନ୍ୟ ସବୁ କିଛି ଛାଡ଼ି ଦେଲେ ବି, ଏହା ହିଁ ଅନ୍ତତଃ ସିଏ ନିର୍ବୋଧ ହୋଇ ନ ଥିବାର ପ୍ରମାଣ ହିସାବରେ ନିଆ ଯାଇ ପାରିବ। ଆଉ ତା' ବ୍ୟକ୍ତିତ୍ୱ ମୁଁ ପୂର୍ବରୁ କହିଥିବା ମତେ ତା' ଆଲାପ ମାଧମରେ ପ୍ରସ୍ତୁଟିତ ହେଉ ନ ଥିଲା। ତେଣୁ ଏ ସମ୍ପର୍କରେ ଆଲୋଚନାରେ ଯଦି ଆମେ ତା'ର ଚେହେରା ଓ ତା'ର ରୂପରଙ୍ଗକୁ ବାଦ ଦେବା, ତାହା ହେଲେ ସେଇଟା ସଙ୍ଗୀତ ବିନା ଗୀତିନାଟ୍ୟର ଆଲୋଚନା ପରି ବା ପର୍ଦ୍ଦା ଉପରେ ନ ଦେଖ କେବଲ ସଂଲାପରୁ ହିଁ ଚଲଚିତ୍ରର ଆଲୋଚନା କରିବା ଭଲି ଉଭଟ କାର୍ଯ୍ୟ ହେବ। କିନ୍ତୁ ମୁଁ ଏଇଥିପାଇଁ ଆମ ଆଲାପର ଉଦାହରଣ ଦେଲି ଯେ, ଏଥରୁ ସେସିଲିଆର ବାଚନିକ ଭଙ୍ଗୀ କିଭଲି ପ୍ରାଣହୀନ ଓ ଔପଚରିକ ତା'ର ସୂଚନା ମିଲି ପାରିବ। ଏହାର କାରଣ ବୋଧହୁଏ ଏହି କି ଯେ, ମୁଁ ଯେଉଁ ବିଷୟରେ ପ୍ରଶ୍ନ କରୁଥିଲି ସେସିଲିଆ ସ୍ୱୟଂ ହିଁ ସେ ବିଷୟରେ କିଛି ଜାଣି ନ ଥିଲା। ଯଦିଚ ଆଲାପଟି ତା' ସମ୍ପର୍କିତ, ସେ ମୋ ଭଲି କିମ୍ବ ମୋ ଠାରୁ ବେଶୀ ଏ ବିଷୟରେ ଅଜ୍ଞ ଥିଲା। ଅନ୍ୟ ଭାବରେ କହିଲେ, ଯଦିଚ ସେ ବାପାମାଆଙ୍କ ସାଙ୍ଗରେ ପ୍ରାତି ଅଞ୍ଚଲରେ ଏକ ଆପାର୍ଟମେଣ୍ଟରେ ରହୁଥିଲା ଏବଂ ବାଲେସ୍ତ୍ରୀୟେରିଙ୍କ ପ୍ରଣୟିନୀ ଥିଲା କିନ୍ତୁ ସେ କେବେ ଘଟିଏ ଅଟକି ନିଜ ପୃଥିବୀ ପ୍ରତି ଦୃକ୍ପାତ କରି ନ ଥିଲା। ତେଣୁ ତା' ଜୀବନ ସହ ସଂଶ୍ଲିଷ୍ଟ ମଣିଷ ବା ପଦାର୍ଥକୁ ସେ ନିରୀକ୍ଷଣ କରିବା ତ ଦୂରର କଥା, କେବେ ଠିକ ଭାବରେ ଦେଖ ମଧ ନ ଥିଲା। ନିଜ ପୃଥିବୀରେ ଏବଂ ନିଜ ପାଖରେ ସେ ସ୍ୱୟଂ ଥିଲା ଏକ ଅଜଣା ଆଗନ୍ତୁକ; ତା' ନିଜକୁ ବା ତା' ଆପଣାର ପୃଥିବୀକୁ ଜାଣି ନ ଥିବା କୌଣସି ଅଚିହ୍ନା ପରଦେଶୀ ଭଲି ଥିଲା ତା'ର କାର୍ଯ୍ୟକଲାପ।

ସେ ଯାହା ହେଉନା କାହିଁକି ସେସିଲିଆର ପ୍ରତାରଣାକୁ ନେଇ ମୋ ମନରେ ସୃଷ୍ଟି ହୋଇଥିବା ସନ୍ଦେହ, ତାକୁ ମୋ ଦୃଷ୍ଟିରେ ଏକ ରହସ୍ୟମୟ ପ୍ରହେଲିକାରେ

ପରିଣତ କରି ଦେଇଥିଲା। ସେ ହୋଇ ପଡ଼ିଥିଲା ଏକ ବିପଳୋୟୀ ବାସ୍ତବତା ଏବଂ ତାହା ହିଁ ସେ ଦେଉଥିବା ଅସ୍ପଷ୍ଟ ତଥ୍ୟ ଟୁକୁଡ଼ା ଗୁଡ଼ିକର ସତ୍ୟତା ପରଖିବା ପାଇଁ ମୋ ହୃଦୟରେ ଏକ ଆକାଂକ୍ଷା ସୃଷ୍ଟି କଲା। ଏହାଦ୍ୱାରା ତା' ସମ୍ପର୍କରେ କିଛି ସତ୍ୟତା ମୁଁ ଅନ୍ତତଃ ଆବିଷ୍କାର କରି ପାରିବି, ଆଉ ଆମ ଯୌନସମ୍ପର୍କ ବାହାରେ ହେଲେ ମଧ୍ୟ, କିଛି ଅଂଶରେ ତା'ର ରହସ୍ୟମୟ ଗୋପନୀୟତାକୁ ଉନ୍ମୋଚନ କରି ପାରିବି ବୋଲି ମୁଁ ଚିନ୍ତା କଲି। ତେଣୁ ଦିନେ ତା'ର ପରିବାର ସହ ପରିଚୟ କରାଇ ଦେବା ପାଇଁ ସେସିଲିଆକୁ ମୁଁ କହିଲି। ମୁଁ ଆଶ୍ଚର୍ଯ୍ୟ ହୋଇ ଲକ୍ଷ୍ୟ କଲି ଯେ, ଯଦିଚ ଆମର ଭେଟର ପୁନରାବୃତ୍ତି ହ୍ରାସ କରାଇବା ଉଦ୍ଦେଶ୍ୟରେ ପରିବାରର ଆପତ୍ତି ହିଁ କାରଣ ବୋଲି ସେ ଘୋଷଣା କରିଥିଲା, ମୋର ତା' ପରିବାର ସହିତ ମିଶିବା ପାଇଁ ଅନୁରୋଧ ଦ୍ୱାରା ସେ ଆଦୌ ଅପ୍ରତିଭ ବା ଲଜ୍ଜିତ ହେଲାନାହିଁ। "ମୁଁ ମଧ୍ୟ ସେଇଆ ଭାବୁଛି। ମୋ ମାଆ ସବୁବେଳେ ତୁମ ବିଷୟରେ ପଚାରୁଛନ୍ତି।" ସେ କହିଲା।

: "ତୁମେ କ'ଣ ବାଲେସ୍ଥାୟେରିଙ୍କୁ ତୁମ ପରିବାର ସହ ପରିଚିତ କରାଇ ଥିଲ?"

: "ହଁ।"

: "ବାଲେସ୍ଥାୟେରିଙ୍କ ସହ ତୁମର ପ୍ରେମ ସମ୍ପର୍କ ଥିବା କଥା ଘରେ କ'ଣ ଜାଣିଥିଲେ?"

: "ନା।"

: "ଯଦି ଜାଣି ଥାଆନ୍ତେ, ତେବେ କ'ଣ ହେଇ ଥାଆନ୍ତା?"

: "କ'ଣ ହେଇ ଥାଆନ୍ତା କିଏ ଜାଣେ?"

: "ବାଲେସ୍ଥାୟେରି କ'ଣ ତୁମ ଘରକୁ ଅନେକ ସମୟରେ ଆସୁଥିଲେ?"

: "ହଁ।"

: "ସିଏ ସେଠି କ'ଣ କରୁଥିଲେ?"

: "କିଛି ନାହିଁ। ସିଏ କେବେ ଦିବାହାର କରୁ ଥିଲେ ତ, କେବେ କଫିପାନ କରୁ ଥିଲେ। ଆଉ ତାପରେ ଆମେ ଏକାଠି ତାଙ୍କ ଶିଳ୍ପଶାଳାକୁ ଯାଉଥିଲୁ।"

: "ତୁମେ ତୁମ ଘରେ ବାଲେସ୍ଥାୟେରିଙ୍କ ସହ କେବେ ମୈଥୁନ କରିଛ?"

: "ସିଏ ସବୁବେଳେ ସେମିତି କରିବାକୁ ଚାହୁଁଥିଲେ। କିନ୍ତୁ କାଳେ ଧରା ପଡ଼ିଯିବୁ ସେଇ ଭୟରେ ମୁଁ ରାଜି ହେଉ ନ ଥିଲି।"

: "କିନ୍ତୁ ତୁମ ଘରେ କେଳ୍ତି କରିବା ପାଇଁ ସେ ବା ଚାହୁଁଥିଲେ କାହିଁକି ?"

: "ମୁଁ ଜାଣେନି। ଏମିତି ଗୋଟେ ଖିଆଲ ତାଙ୍କ ମୁଣ୍ଡ ଭିତରେ ପଶି ଯାଇଥିଲା।"

: "କିନ୍ତୁ ଶେଷକୁ ତୁମେ କଲ ନା କଲନି ?"

: "ହଁ, ବେଳେବେଳେ ଆମେ ମୈଥୁନ କରିଛୁ।"

: "କୋଉଠି ?"

: "ଏଇଲା ଆଉ ମନେ ପଡୁନି।"

: "ମନେ ପକାଇବାକୁ ଚେଷ୍ଟା କର।"

: "ଆଃ, ହଁ, ଥରେ ଆମ ରୋଷେଇ ଘରେ କରିଥିଲୁ।"

: "ରୋଷେଇ ଘରେ ?"

: "ହଁ। ମାଆ କ'ଣ ଗୋଟେ ଆଣିବା ପାଇଁ ଦୋକାନକୁ ଯାଇଥିଲେ ଆଉ ମୁଁ ରୋଷେଇ ଦେଖୁଥିଲି।"

: "ତୁମେ ତ ଘରେ ଏକୁଟିଆ ଥିଲ। ତୁମେ କ'ଣ ତୁମ ନିଜ ବଖରାକୁ ଚାଲି ଯାଇ ପାରି ନଥାନ୍ତ ?"

: "ଯେତେବେଳେ ତାଙ୍କର ମୈଥୁନ କରିବାକୁ ଇଚ୍ଛା ହେଉଥିଲା, ସିଏ ଯୋଉ ସ୍ଥାନରେ ଥାଆନ୍ତୁ ନା କାହିଁକି, ସେଇଠି କରିବାକୁ ଅଡ଼ି ବସୁଥିଲେ। ତାଙ୍କର ନିଜ ଉପରେ ନିୟନ୍ତ୍ରଣ ରହୁ ନ ଥିଲା। ତାଛଡ଼ା ସବୁ ବିଚିତ୍ର ଯାଗାରେ କେଳ୍ତି କରିବା ପାଇଁ ସିଏ ଚାହୁଁଥିଲେ।"

: "କାହିଁକି ?"

: "ମୁଁ ଜାଣେନାଇଁ।"

: "କିନ୍ତୁ ରୋଷେଇ ଘରେ ତୁମେ କଲ ବା କେମିତି ?"

: "ଠିଆ ଠିଆ।"

ଆଉ ଏମିତି ହଠାତ୍‌ ଗୋଟେ ଦିନ, ସେସିଲିଆ ତା'ର ବାପାମାଆଙ୍କ ତରଫରୁ ମତେ ତୋ' ଘରକୁ ଦିବାରାଶ ପାଇଁ ନିମନ୍ତ୍ରଣ କଲା। ସେଦିନ ସକାଳେ

ମୁଁ ମୋ ସୁଇଟର ଆଉ କର୍ଡପ୍ୟାଣ୍ଟ ବଦଳାଇ ଏକ କଳାରଙ୍ଗର ସୁଟ୍ ଆଉ ତାକୁ ଜୋଟ କଳାଭଲି ଧଳା ସାର୍ଟ ଏବଂ ଫିକା ରଙ୍ଗର ଗଳାବନ୍ଧ ପିନ୍ଧିଲି। ମୁଁ ଜଣେ କଳାଶିକ୍ଷକ ବୋଲି ସେସିଲିଆ ତା' ଘରେ କହିଥିଲା ଏବଂ ସେଇଥିପାଇଁ ସେଇ ଅନୁରୂପ ପୋଷାକ ପିନ୍ଧି ପ୍ରାୟ ଗୋଟାଏ ବେଳକୁ ତା' ଘରର ଠିକଣା ଅନୁସାରେ ପ୍ରାତି ଅଞ୍ଚଲରେ ଥିବା ଏକ ନିର୍ଦ୍ଦିଷ୍ଟ ଗଲିକୁ ତା ଘର ଖୋଜିବା ପାଇଁ ବାହାରି ଗଲି। ସତ କହିବାକୁ ଗଲେ, ମୁଁ ଅଧୁନା ମୋ ଭିତରେ ଏକ ତୀବ୍ର ଉତ୍ସୁକତା ଅନୁଭବ କରୁଥିଲି। ମୁଁ ଯେ ତାକୁ ତା' ଘରେ ଭେଟିବାକୁ ଯାଉଛି, ତାହା ମୋର ଉତ୍ସୁକତାକୁ ଉତ୍ତେଜନା ପର୍ଯ୍ୟାୟକୁ ଘେନି ଆସିଥିଲା। କାରଣ ସେସିଲିଆ ସମ୍ପର୍କରେ ମୁଁ ଯାହା ଯାହା ଆବିଷ୍କାର କରିଛି, ଅଥବା ଯାହା ମୁଁ ତା' ସମ୍ପର୍କରେ ଜାଣେ ବୋଲି ଭାବିଛି, ବର୍ତ୍ତମାନ ଇନ୍ଦ୍ରିୟାନୁଭୂତି ଦ୍ୱାରା ତାକୁ ପରଖିବା ପର୍ଯ୍ୟାୟକୁ ସେସବୁ ଆସି ଯାଇଛି, ଫଳରେ ମୋର ଆବିଷ୍କାରର ଏକ ମାତ୍ରାସ୍ପର୍ଶୀ ଦିଗନ୍ତ ଉନ୍ମୋଚିତ ହୋଇଛି, ଏହାହିଁ ଥିଲା ମୋ ଉତ୍ତେଜନାର କାରଣ। ସେସିଲିଆର ଜୀବନ ସମ୍ପର୍କରେ ମୁଁ ଜାଣି ନ ଥିବା ତଥ୍ୟର ଆବିଷ୍କାର ପରିପ୍ରେକ୍ଷୀରେ, ମୁଁ ଯେମିତି ଭୌତିକ ସ୍ତରରେ ତା'ର ରହସ୍ୟମୟ ଗୋପନୀୟତାକୁ ଧୀରେ ଧୀରେ ଅନାବରିତ କରି ତାକୁ ଉଲଗ୍ନ କରିବାକୁ ଯାଉଛି, ସେଇଭଲି ମତେ ମନେ ହେଉଥିଲା।

ସେ ଗଲିଟି ଖୋଜି ପାଇବାରେ ମୋର ବେଶୀ କିଛି ଅସୁବିଧା ହେଲା ନାହିଁ। ଏହା ଥିଲା ଏକ ନୀରବ, ନିର୍ଜ୍ଜନ, ଉଦାସ ବୀଥିକା। ସରଳ ପଥର ଉଭୟ ପ୍ରାନ୍ତରେ ଥିଲା ପତ୍ରହୀନ ଚିନାର ବୃକ୍ଷର ବିତାନ। ବୃକ୍ଷଗୁଡ଼ିକ ପତ୍ରଝଡ଼ା ଦେଇ ଲାଗୁଥିଲେ ନିଃସ୍ୱ, ମଳିନ। ପୀତ ଓ ଧୂସର ବର୍ଣ୍ଣର ସୌଧ ମାନଙ୍କର ତଲ ମହଲାରେ ଥାଏ ବିପଣିବୀଥ। ସେସିଲିଆଙ୍କ ଆପାର୍ଟମେଣ୍ଟର ପଲିଘରୁ ପଥ ଲମ୍ବି ଯାଇଥିଲା ଏକ ବିଶାଲ ପ୍ରାଙ୍ଗଣକୁ। ସେଠାରେ ଥିବା ପୁଷ୍ପକେଦାର ପରିଣତ ହୋଇ ପଡ଼ିଥିଲା ଉଷର ବଞ୍ଜରରେ। ତା'ର ମଝିରେ ମଝିରେ ଦିଶୁଥିଲା ଅଚ୍ଚ କେତୋଟି ତାଲଜାତୀୟ ବୃକ୍ଷ, ଯାହାର ଲୁଣ୍ଠିତ ପତତ୍ ଭଲି ପାତାଭ ଚୂଡ଼ା, ଉପର ମହଲାରୁ ଶୁଖାଇବା ପାଇଁ ଓହେଲା ଯାଇଥିବା ଲୁଗାମାଲକୁ ଉନ୍ମୁଖ ହୋଇ ରହିଥିଲେ। ସେଠି ଥିଲା 'ଏ'ରୁ 'ଏଫ୍' ପର୍ଯ୍ୟନ୍ତ ଚିହ୍ନିତ ବିଭିନ୍ନ ପାବଛଶ୍ରେଣୀ। ସେସିଲିଆଙ୍କ ଫ୍ଲାଟକୁ ଯାଇଥିବା ପାବଛଶ୍ରେଣୀ ଥିଲା 'ଇ'। ଅଚଲ ବୋଲି ନିବେଦନ କରାଯାଇ ଥିବା

ବିଜ୍ଞପ୍ତିଟିଏ ଜୀର୍ଣ୍ଣ ପୁରାତନ ଲିଫ୍ଟର ଜାଲିରୁ ଓହ୍ଲା ଯାଇଥିଲା। ତେଣୁ ମୁଁ ପାହାଚ ପରେ ପାହାଚର ଅସରନ୍ତି ପଥ ଆରୋହଣ କରି ଗୋଟିଏ ମହଲାରୁ ଆର ମହଲାକୁ ଉଠିବାକୁ ଲାଗିଲି। ବିଛାଡ଼ି ହୋଇ ପଡ଼ିଥିଲା ଅପରାହ୍ନର ନିସ୍ତବ୍ଧ, ଉଦାସ ଆଲୋକ। ତା' ଭିତରେ ଗୋଟିଏ ସୋପାନସାନୁରୁ ଆଉ ଗୋଟିଏକୁ ଉଠୁଥିଲି ମୁଁ, ପ୍ରତି ମହଲାର ଦୁଆରେ ଲାଗିଥିବା ସଂଖ୍ୟାଗୁଡ଼ିକୁ ଦେଖ ଦେଖ। ଫ୍ଲାଟ ସଂଖ୍ୟା ଏକ, ଦୁଇ, ତିନି; ତାପରେ ଚାରି, ପାଞ୍ଚ, ଛଅ ଆଉ ସାତ, ଆଠ, ନଅ। ପୁଣି ଫ୍ଲାଟ ସଂଖ୍ୟା ଦଶ, ଏଗାର ଆଉ ବାର। ଏଇ ତାହେଲେ ସେଇ ସୋପାନଶ୍ରେଣୀ ଯାହାକୁ ଅତିକ୍ରମ କରି ସେସିଲିଆ ପ୍ରତିଦିନ ମତେ ଭେଟିବାକୁ ଆସେ ଆଉ ପୁଣି ଘରକୁ ଫେରିଯାଏ। ମୁଁ ଏମିତି ଭାବୁ ଭାବୁ ଚତୁର୍ଥ ମହଲାର ତେର ନମ୍ବର ଫ୍ଲାଟରେ ଶେଷକୁ ଆସି ପହଞ୍ଚିଲି, ଆଉ ଆଦ୍ୟାୟକ ଘଣ୍ଟିର ସୁଇଚଟିକୁ ଟିପିଲି। ମୁଁ ଭାବୁଥିଲି, ଯଦି ଏଇ ସୋପାନଶ୍ରେଣୀ ବିଷୟରେ ମୁଁ ସେସିଲିଆକୁ ପଚରି ଥାଆନ୍ତି, ତେବେ ତାଠୁ କ'ଣ ଜାଣିବାକୁ ପାଇଥାନ୍ତି ପ୍ରତ୍ୟୁତ୍ତରରେ? କିଛି ନୁହେଁ, ନିଶ୍ଚିତ ଭାବରେ କିଛି ନୁହେଁ। ସିଏ ତା'ର ସ୍ୱଭାବସିଦ୍ଧ ଦ୍ୱିରୁକ୍ତିମୂଳକ ବଚନଭଙ୍ଗୀରେ କହି ଥାଆନ୍ତା 'ପାହାଚ ତ ପାହାଚ', ଆଉ କଥାଟା ସରିଯାଇ ଥାଆନ୍ତା ସେଇଠି। ତଥାପି ଏଇ ସୋପାନ ଶ୍ରେଣୀରେ ତା' ଜୀବନର କିଛି ଅଂଶ ଜଡ଼ି ରହିଛି। ଏଇ ଧୂସର ନିସ୍ତବ୍ଧ ଆଲୋକ, ଶଙ୍ଖମର୍ମର ପାହାଚ, ସୋପାନସାନୁରେ ବିଛାଯାଇଥିବା ଲୋହିତବର୍ଣ୍ଣର ଟାଇଲ, ଏଇ କୃଷ୍ଣବର୍ଣ୍ଣର କାଠ କବାଟ, ସବୁକିଛି ତ ତା' ସ୍ମୃତିରେ ଉତ୍କୀର୍ଣ୍ଣ ହୋଇ ରହି ଯାଇଥିବ। ଏମିତି ତ ହୁଏ ସାଧାରଣତଃ। କୌଣସି ଅଧିକତର ସୌଭାଗ୍ୟବାନ ଯଦି ତା'ର ବାଲ୍ୟ ଆଉ କୈଶୋର ଏକ ନୈସର୍ଗିକ ଦୃଶ୍ୟଭୂମିର ଉଜ୍ଜ୍ୱଳ ଆନନ୍ଦ ଭିତରେ କାଟି ଦେଇଥାଏ, ସେ ତ ନିଶ୍ଚୟ ସେ ସ୍ମୃତିକୁ ଭୁଲି ପାରିବ ନାହିଁ। ଏମିତି ଭାବିବା ଭିତରେ ମୁଁ ଶୁଣିଲି ଦୁଆର ଆର ପାଖରୁ ପଦପାତର ଶବ୍ଦ। ଘରର ପୁରୁଣା ଚଟାଣର ଇଟାଖଣ୍ଡର ଜୋଡ଼େଇ ଦୁର୍ବଳ ହୋଇ ପଡ଼ିଥିବ ନିଶ୍ଚୟ। କାରଣ, ପଦପାତ ଧୀର ହେଲେ ବି ଶବ୍ଦର ମାତ୍ରା ଥିଲା ବେଶ୍ ଉଚ୍ଚ। ପରିଶେଷରେ କବାଟ ଖୋଲିଲା ଆଉ ଦେହୁଡ଼ିର ଦେହଳୀ ଉପରେ ଦେଖାଦେଲା ସେସିଲିଆ। ସେ ତା'ର ଚିରାଚରିତ ସବୁଜ ରୁମୁରୁମିଆ ସୁଇଟର ପିନ୍ଧିଥିଲା ଯାହା ଅଣ୍ଟା ତଳକୁ ନଇଁ ଆସିଥିଲା। ସୁଇଟରର ତ୍ରିକୋଣାକାର ଗଭୀର ବେକ ତଳୁ ସେସିଲିଆ ଉରଜ-

ସ୍ଥିତିର ଆଭାସ ଜଣା ପଡ଼ି ଯାଉଥିଲା । ତା'ର ଚିପା ଓ କ୍ଷୁଦ୍ର କୃଷ୍ଣ ଘାଗରା ତା'ର କଟି ଏବଂ ଉଦରକୁ ଘେରି ରହିଥିଲା । ମୋର ସହାସ୍ୟ ଅଭିବାଦନର ପ୍ରତ୍ୟୁଉରରେ ସେସିଲିଆ ନିଭାଁ ଆସିଲା ମୋ ଆଡ଼କୁ । ମୁଁ ଆଶ୍ଚର୍ଯ୍ୟ ହୋଇ ପଡ଼ିଲି କାରଣ ମୁଁ ଭାବୁଥିଲି ଯେ ସେ ମତେ ଚୁମ୍ବନ ଦେବାକୁ ଯାଉଛି, ଯାହା ସାଧାରଣତଃ ଏପରି ପରିସ୍ଥିତିରେ ସେ କରିବା ମୁଁ ଆଶା କରୁ ନଥିଲି । କିନ୍ତୁ ତା' ପରିବର୍ତ୍ତେ ସେ ମ୍ଲାନସ୍ୱରରେ କହିଲା, "ମନେରଖ, କହିବ ଆଜି ଆମ ପଢ଼ାଦିନ । ଆଉ ଦିବାରାଶ ସମାପ୍ତ ହେବା ପରେ ଆମେ ଏକାଠି ତୁମ ଶିକ୍ଷଶାଳାକୁ ଯିବାଟା ଆଗରୁ ନିର୍ଦ୍ଧାରିତ ହୋଇଛି ।" କୌଣସି ଅବୋଧ କାରଣରୁ ତା'ର ସ୍ୱରର ଏଇ ଅସାଧାରଣ ବ୍ୟସ୍ତତା ମୋର ସନ୍ଦେହ ସୃଷ୍ଟି କଲା । ମତେ ମନେହେଲା ଯେମିତିକି ସେସିଲିଆ ତା'ର କୌଣସି ଅଜ୍ଞାତ ଉଦ୍ଦେଶ୍ୟ ସାଧନ ପାଇଁ ମତେ ବ୍ୟବହାର କରିବାକୁ ରଖୁଁଛି । ଆମ ସାକ୍ଷାତର ବାହାନା ତଳେ ସିଏ ଯେମିତି ଭିନ୍ନ ଏକ ଗୋପନ ଅଭିସାରକୁ ଛୁପାଇବାକୁ ରଖୁଁଛି, ସେଇଭଳି ଲାଗିଲା ମତେ ।

କୌଣସି କଚ୍ଛ-ଅଧ୍ୟସ୍ଥାନରେ ଥିବା ପୁରୁଣା ପାଚ୍ଚନିବାସର ପ୍ରକୋଷ୍ଠ ଭଳି ଲାଗୁଥିଲା ସେଇ ବଖରା । ବେତଚୌକି ଆଉ ଟେବୁଲ ବାଦେ ଘରର ଗୋଟିଏ କୋଣରେ ଥିଲା ଶୋଭନ ଗୁଲ୍ମଟିଏ । ଅନ୍ୟ ଗୋଟିଏ କୋଣରେ ଥିଲା ପାରିସ ପ୍ଲ‌ଷ୍ଟାରେ ଗଢ଼ା ଉଲଗ୍ନ ନାରୀମୂର୍ତ୍ତି । କିନ୍ତୁ ସେଇ ଚେୟାର ଟେବୁଲ ଲାଗୁଥିଲା ଅସିଆ କାଳର ମସିଆ ଭଳି ଜୀର୍ଣ୍ଣ ଓ ଦଦରା । ମୂର୍ତ୍ତିଟିର କୁଟି ଓ କୃପକ ଅଞ୍ଚଳ ବହଳ ଧୂଳିରେ ଆଚ୍ଛାଦିତ ହୋଇ ଧୂସର ଦିଶୁଥିଲା । ତା' ସାଙ୍ଗକୁ ପୁଣି ମୂର୍ତ୍ତିର ଗୋଟିଏ ହାତ ଭାଙ୍ଗି ଯାଇଥିଲା । ଫିକସ ପ୍ରଜାତିର ସେଇ ଗୁଲ୍ମର ଦୀର୍ଘ ବୃନ୍ତରେ ଅଳ୍ପ କେତୋଟି ପତ୍ର ଅବଶିଷ୍ଟ ଲାଗି ରହିଥିଲା । ମୁଁ ଲକ୍ଷ୍ୟ କଲି ଯେ କାନ୍ଥଗୁଡ଼ିକ ଧଳା ରଙ୍ଗରେ ଧଉଲା ଯାଇଥିଲା, କିନ୍ତୁ ସବୁଟି ଥିଲା ଧୂଳିର ଅଠାଳିଆ ଆସ୍ତରଣ । ବହୁଦିନର ବହଳ ଧୂଳି ଛାତକୋଣରେ ଜମି ରହିଥିଲା, ଆଉ ବି ଥିଲା କୃଷ୍ଣାଭ ଲୂତାତନ୍ତୁର ଘନ ଗହଳ । ମୋ ମନକୁ ହଠାତ୍ ଆସିଲା ଯେ, ଏଭଳି ଘରକୁ ନିଜ ପ୍ରେମିକକୁ ଆଣିବା ପାଇଁ ଯେ କୌଣସି ସାଧାରଣ ତରୁଣୀ ନିର୍ଷ୍ଟିତଭାବେ ଲଜ୍ଜା ଅନୁଭବ କରିବ; ସେସିଲିଆ ଭିନ୍ନ ଅନ୍ୟ ଯେ କେହି ତରୁଣୀ ତ ନିଶ୍ଚୟ, କିନ୍ତୁ ସେସିଲିଆ ନୁହେଁ । ସେତେବେଳକୁ ସେସିଲିଆ ମତେ ବାଟ କଢ଼େଇ ନେଉଥିଲା

ଗୋଟିଏ ଦୀର୍ଘ ଆଉ ବିଜନ ଗମା ମଧ୍ୟ ଦେଇ। ତାପରେ ସିଏ ଗୋଟିଏ ଦୁଆର ଆଗରେ ଅଟକିଲା ଆଉ ତା'ର ଅନୁଗମନ କରିବାକୁ ହାତରେ ଠାରିଦେଲା।

ମୁଁ ଦେଖିଲି ଏହା ଥିଲା ଏକ ବଡ଼ ଚତୁଷ୍କୋଣାକାର ପ୍ରକୋଷ୍ଠ ଆଉ ସେଥିରେ ଥିଲା ଝରୋଟି ଝରକା। ସେଇ ଝରକାଗୁଡ଼ିକ ଧାଡ଼ି ହୋଇ ଗୋଟିଏ କାନ୍ଥରେ ହିଁ ଲାଗିଥିଲେ ଆଉ ସେଗୁଡ଼ିକୁ ଆବୃତ କରିଥିଲା ହଳଦିଆ ରଙ୍ଗର ପରଦା। ଅଳ୍ପକିଛି ପାହାଚ ଓ ଖୁଲାଣ ସେହି କକ୍ଷଟିକୁ ଦୁଇଟି ଭାଗରେ ବିଭକ୍ତ କରୁଥିଲା। ଏହାର ବୃହତ୍ତର ଅଂଶ ବୈଠକଖାନା ଭାବରେ ବ୍ୟବହୃତ ହେଉଥିଲା ଏବଂ ଏଠି ଥିଲା ସେଇ ଆସବାବପତ୍ର ଯାହାକୁ ସେସିଲିଆ ଏକଦା ରଙ୍ଗହୀନ, ଆଉ ବ୍ୟାଖ୍ୟା କରିବାକୁ ବାଧ୍ୟ ହେବାପରେ ସୁନେଲି ବୋଲି, ବର୍ଣ୍ଣନା କରିଥିଲା। ଏଗୁଡ଼ିକ ବାସ୍ତବରେ ପଞ୍ଚଦଶ ଲୁଇଙ୍କ ସମୟର ପ୍ରତ୍ନଶୈଳୀର ଅନୁକରଣରେ ତିଆରି ହୋଇ ଥିଲା। ଏହା ଥିଲା ଚାଳିଶ ବର୍ଷ ତଳର ଫେସନ। ଛୋଟ ଗୋଲ ଟେବୁଲ ଝରିପଟେ ଶୂନ୍ୟ ଚେୟାର ଗୁଡ଼ିକ ପଡ଼ିଥିଲା। ଗୁଡ଼ାଏ ଶଙ୍ଖାଲିଆ ଆଲଙ୍କାରିକ ଜରିପଞ୍ଜର ଓ ତା'ସହିତ ମାଳି ଦ୍ୱାରା ସଜାଯାଇଥିବା ପ୍ରଦୀପଶେଯ ଟେବୁଲ ଉପରେ ଶୋଭା ପାଉଥିଲା। ପ୍ରଥମ ଦୃକ୍‌ପାତରେ ମୋ ନଜରକୁ ଆସିଲା କାନ୍ଥର ସୁନେଲି ପ୍ରଚ୍ଛଦ ଉଠ୍‌ଯାଇ ଦିଶୁଥିବା ଧଳା ଧଳା ଚକଡ଼ା, ଚୌକି ହାତବାଡ଼ାରେ ଫୁଲର ଡିଜାଇନି ଉପରେ ନାନାଦି ଅସନା ଚିହ୍ନ, ବୀରତ୍ୱବ୍ୟଞ୍ଜକ ବିଷୟବସ୍ତୁକୁ ନେଇ ଅଙ୍କିତ କ୍ଷୁଦ୍ର କ୍ଷୁଦ୍ର ଚିତ୍ରଫଳକ ଉପରେ ଓଦାଳିଆ ଦାଗର କଳଙ୍କ। କିନ୍ତୁ ଭଙ୍ଗା ଦଦରା ପୁରୁଣା ଆସବାବପତ୍ର ସେଇ ଜାଗାର ଅପରିଚ୍ଛନ୍ନତା ଯେତେ ଜାହିର କରୁ ନ ଥିଲା, ତାଠାରୁ ଅଧିକତର ଭାବରେ ତାହା ସୂଚିତ କରୁଥିଲା ଏକ ଦୀର୍ଘମିଆଦୀ ଅବିଶ୍ୱସନୀୟ ଅବହେଲା। ଏହି ଅସମର୍ଥନୀୟ ଅବହେଲାର ଉଦାହରଣ ସ୍ୱରୂପ, କାନ୍ଥରେ ଲଗା ଯାଇଥିବା ପ୍ରଚ୍ଛଦ, ଯୋଉଥିରେ କି ଛୋଟ ଛୋଟ ପୁଷ୍ପଗୁଚ୍ଛ ଆଉ ଫୁଲଡାଲାର ନକ୍‌ସା ଚିତ୍ରିତ ହୋଇଥିଲା, ତାହା ଚିରି ଯାଇଥିଲା ମଝିରେ ଏବଂ ଦେବାଲ ପ୍ରଚ୍ଛଦର ଖଣ୍ଡେ ସରୁ ଲମ୍ବାପଟି କାନ୍ଥର ପଲସ୍ତରାକୁ ଅନାବୃତ କରି କାନ୍ଥ ମଝିରୁ ତଳକୁ ଓହଲି ପଡ଼ିଥିଲା। ବାତାୟନକୁ ଆବୃତ କରିଥିବା ହଳଦିଆ ପର୍ଦ୍ଦାରୁ ଗୋଟିଏ ଚିରି ମେଲା ହୋଇ ଯାଇଥିଲା ଆଉ ସେଇ ବସ୍ତ୍ରର ଫାଟର ଧାରରୁ ସୂତା ଉଲୁରି ହୋଇ ଓହଲୁ ଥିଲା। ଏବଂ ଛାଦିର ଗୋଟିଏ କୋଣରେ ଏଡେ କଣାଟିଏ ମୁଖ ବ୍ୟାଦାନ କରିଥିଲା।

'ସେସିଲିଆର ଘର ଲୋକେ ପ୍ରଚ୍ଛଦର ଚିରାପଟିକୁ ଅଠାଦେଇ କାନ୍ଥରେ ପୁନର୍ବାର ଲଗାଇ ଦେବା, ପର୍ଦ୍ଦାର ଫଟା ଅଂଶକୁ ସିଲେଇ କରିଦେବା, ଆଉ ଛଦିକୁ ଯତ୍‌ସାମାନ୍ୟ ମରାମତି କରିଦେବା ଭଲି ଛୋଟ ଛୋଟ କାମ ଗୁଡ଼ିକ କରିଦେଉ ନାହାନ୍ତି କାହିଁକି ?' ମୁଁ ଏକଥା ଆଶ୍ଚର୍ଯ୍ୟ ହୋଇ ଭାବୁଥିଲି। ଆଉ ସେସିଲିଆ କ'ଣ ଏଇ ଘରକୁ ଘର ବୋଲି କହୁଥିଲା ? ଏଇ ବୈଠକ ଘର କ'ଣ ବୈଠକଘର କୁହାଯିବାର ଯୋଗ୍ୟ ? ନା ଏଇ ଆସବାବପତ୍ର ବାସ୍ତବରେ ଆସବାବ ପଦବାଚ୍ୟ ? ଏ କଥା କ'ଣ ସମ୍ଭବ ଯେ ସେସିଲିଆ ଏହି ଫ୍ଲାଟରେ ରହୁଛି କିନ୍ତୁ ଏହି ଦୁସ୍ଥ ବାତାବରଣର ଅପରିଚ୍ଛନ୍ନ ବୈଶିଷ୍ଟ୍ୟ ସମ୍ପର୍କରେ ସେ ସଚେତନ ନୁହେଁ ? ମନରେ ଏଭଲି ଚିନ୍ତା କରୁ କରୁ ମୁଁ ସେସିଲିଆର ଅନୁଗମନ କରୁଥିଲି ଏବଂ ଆମେ ବୈଠକସ୍ଥଳ ରୂପେ ବ୍ୟବହୃତ ହେଉଥିବା ଅଂଶକୁ ଛାଡ଼ି ଖ୍ଲାଣ ଅତିକ୍ରମ କରି ଭୋଜନକକ୍ଷ ରୂପେ ବ୍ୟବହୃତ ହେଇଥିବା କ୍ଷୁଦ୍ରତର ଅଂଶକୁ ଆସିଲୁ। ଏଠାରେ ଥିବା କୃଷ୍ଣବର୍ଣ୍ଣର ବୃହତ ଆସବାବପତ୍ର ଗୁଡ଼ିକ ପୁରୁଣା ରେନେସାଁ ଷ୍ଟାଇଲରେ ତିଆରି ହୋଇଥିଲା, ଯାହାକି ମୁଁ ବାଲେସ୍ତ୍ରୀୟେରିଙ୍କ ଶିଳ୍ପଶାଲାରେ ଦେଖିଥିଲି। କକ୍ଷର ଏକ ନିର୍ଦ୍ଦିଷ୍ଟ ବାତାୟନ ପାର୍ଶ୍ୱରୁ ନିସ୍ତବ୍ଧତା ଭଙ୍ଗ କରି ରହିରହିକା ରେଡ଼ିଓରୁ ଭାସି ଆସୁଥିଲା ସୁଗମ ସଙ୍ଗୀତର ବାଦ୍ୟଧ୍ୱନି। କକ୍ଷର ନିସ୍ତବ୍ଧତାରେ ଥିଲା ଏକ ତୁହିନ ଶୀତଳତାର ସ୍ପର୍ଶ। ରେଡ଼ିଓର ସହସା ଧ୍ୱନିରେ ମୁଁ ସଚେତନ ହେଲି ଯେ, ଯଦିଚ ଡିସେମ୍ବର ଆରମ୍ଭ ହୋଇ ଗଲାଣି, ସଦନିକାର ଉତ୍ତାପ ବ୍ୟବସ୍ଥା ଆରମ୍ଭ କରାଯାଇ ନାହିଁ। ଏହି ସମୟରେ ମୋ ଆଗରେ ଠିଆ ହୋଇଥିବା ସେସିଲିଆ କହିଲା, "ବାପା ! ଇଏ ମୋର ଚିତ୍ର ଶିକ୍ଷକ।"

ସେସିଲିଆର ବାପା ଆରାମ ଚେୟାରରେ ବସି ରେଡ଼ିଓ ଶୁଣୁଥିଲେ। ସେ ଉଠି ଠିଆହେଲେ ବେଶ୍‌ ଆୟାସର ସହିତ, ଆଉ ନୀରବରେ ମୋ ଆଡ଼କୁ ତାଙ୍କ ହାତ ବଢ଼ାଇଦେଲେ। ଆଉ ଯୁଗପତ୍‌ ତାଙ୍କ କଣ୍ଠ ଆଡ଼କୁ ତର୍ଜନୀ ନିର୍ଦ୍ଦେଶ କରାଇ ମତେ ବୁଝାଇ ଦେଲେ ଯେ ତାଙ୍କ ରୁଗ୍ଣତା ହେତୁ ସେ କଥା କହିବାକୁ ଅକ୍ଷମ। ମୋର ମନେ ପଡ଼ିଗଲା କିଛିଦିନ ପୂର୍ବେ ମୁଁ ଦୂରଭାଷରେ ଶୁଣିଥିବା ସେଇ ଅଭୁତ ମ୍ଲିଷ୍ଟସ୍ୱର ଆଉ ରୁଛା ଦୀର୍ଘଶ୍ୱାସର ରହସ୍ୟମୟ ଶବ୍ଦ। ମୁଁ ବୁଝିପାରିଲି ଯେ ସେସିଲିଆର ପିତା ହିଁ ସେଦିନ ଟେଲିଫୋନ ଧରି ଥିଲେ ଆଉ ମୁଁ ଶୁଣିଥିବା ଶବ୍ଦ ଥିଲା ତାଙ୍କର

ଉତ୍ତର ଦେବା ପାଇଁ ବ୍ୟର୍ଥ ପ୍ରୟାସର ଅସ୍ପଷ୍ଟ ଧ୍ୱନି । ମୁଁ ତାଙ୍କୁ ଏହିଭଳି ରହିଁଥିବା ବେଳେ ସେ ପୁନରାୟ ଆରାମ ଚେୟାର ଉପରେ ବସି ପଡ଼ିଲେ ଏବଂ ଆଗକୁ ଟିକିଏ ନଇଁ ଆସି ରେଡ଼ିଓର ସ୍ୱରଗ୍ରାମକୁ ଟିକିଏ କମାଇ ଦେଲେ । ତାଙ୍କ ଆରାମ ଚେୟାରର ପଟିଟି ଥିଲା ଚମଡ଼ାରେ ତିଆରି ଆଉ ବେଶ୍ ପୁରୁଣା । ବସି ବସି ତାହା କଳା ଓ ଘସରା ହୋଇ ଯାଇଥିଲା । ସେ ନିଶ୍ଚୟ ଏକ ସୁନ୍ଦର ଚେହେରାର ବ୍ୟକ୍ତି ହୋଇଥିବେ । କିନ୍ତୁ ତାହା ଥିଲା ଏକ ସାମାନ୍ୟ ଅରୁଚିକର ସୁଠାମତା, ଯାହା ସାଧାରଣତଃ କେତେକ ଅତି-ସମନ୍ୱିତ ଚେହେରାର ଗଢ଼ଣରେ ଦେଖାଯାଏ । କିନ୍ତୁ ତାଙ୍କର ସେଇ ସୌନ୍ଦର୍ଯ୍ୟର ଆଉ ଲେଶମାତ୍ର ବି ଅବଶେଷ ରହି ନ ଥିଲା । ତାଙ୍କ ମୁଖମଣ୍ଡଳ ଆମୟଧ୍ୱସ୍ତ ହୋଇ ପଡ଼ିଥିଲା, କେଉଁଠି ତାହା ଫୁଲି ଯାଇଥିଲା ତ, କେଉଁଠି ସିଙ୍କୁଡ଼ି ଯାଇଥିଲା । ପୁଣି କେଉଁଠି ତାହା ରକ୍ତାଭ ଦିଶୁଥିଲା ତ, କେଉଁଠି ଦିଶୁଥିଲା ଶ୍ୱେତାଭ । ମୁଁ ତାଙ୍କ ଚେହେରାରେ ମୃତ୍ୟୁର କରାଳ ଛାୟା ଦେଖୁଥିଲି । ନିର୍ଜୀବ ଓ ଅବସନ୍ନ କୃଷ୍ଣକେଶ ଗୁଡ଼ିକ ଆମୟ ଜନିତ ସ୍ୱେଦ ହେତୁ ତାଙ୍କର କପାଳ ଓ କାନମୂଳରେ ଅଠାଭଳି ଜଡ଼ି ରହିଥିଲେ । ତାଙ୍କର ନୀଳଲୋହିତାଭ ଓଷ୍ଠାଧର ଓ ତାଙ୍କ ଚକ୍ଷୁ ଗୋଲକରେ ଫୁଟି ଉଠୁଥିବା ତୀବ୍ର ବିଷଣ୍ଣତାର ଅଭିବ୍ୟକ୍ତିରେ ମୁଁ ଦେଖି ପାରୁଥିଲି ସେହି ମୃତ୍ୟୁର ଛାୟା । ତାଙ୍କ ଆଖିରେ ଫୁଟି ଉଠୁଥିବା ନୀରବ ଦୁଃଖର ଭାଷାକୁ ବୋଧହୁଏ ତାଙ୍କର ତୁଣ୍ଡ, ଯଦିବା ତାହା କାମ କରୁଥାନ୍ତା, ତେବେ ମଧ ଅଧିକ ସ୍ପଷ୍ଟତର ଭାବରେ ପ୍ରକାଶ କରି ପାରନ୍ତା ନାହିଁ । ତାହା କେବଳ ତାଙ୍କର ବ୍ୟାଧି ଜନିତ ମୂକତ୍ୱକୁ ପ୍ରତିଫଳିତ କରୁ ନ ଥିଲା, ତାଠାରୁ ଆହୁରି ଅଧିକ ତାହା ବ୍ୟକ୍ତ କରୁଥିଲା ତାଙ୍କ ଉପରେ ଲଦି ଦିଆଯାଇଥିବା ଅସହାୟ ପଣର ବୋଝକୁ । ହାତପାଦ ବାନ୍ଧି, ପାଟିରେ ବିଣ୍ଡା ଦେଇ, ଆମ୍ରକ୍ଷା ଅସମର୍ଥ ଜଣେ ଲୋକକୁ ଏକୁଟିଆ ଏକ ଭୟଙ୍କର ବିପଦର ସମ୍ମୁଖୀନ ହେବା ପାଇଁ ଛାଡ଼ି ଦେବାରେ ସେ ଯେଉଁ ଅସହାୟତା ଅନୁଭବ କରେ, ତାହା ଥିଲା ସେଇ ପର୍ଯ୍ୟାୟର ।

ସେସିଲିଆ ତା'ର ବାପାଙ୍କୁ ବସି ରହିବାକୁ କହିଲା, ଆଉ ମତେ ବି ଅନୁରୋଧ କଲା ତା' ବାପାଙ୍କ ସମଭିବ୍ୟାହାରରେ ବସିବା ପାଇଁ । 'ତାଙ୍କୁ ରୋଷେଇ ଘରକୁ ଯିବା ପାଇଁ ପଡ଼ିବ' – ଏ କଥା ସେ କହିଲା ବେଶ୍ ଉଚ ସ୍ୱରରେ । ସେ ଏପରି ଭଙ୍ଗୀରେ କହୁଥିଲା ଯେମିତିକି ତା'ର ବାପା ଏକ ନିର୍ଜୀବ ପଦାର୍ଥ ଯାହା

ସହିତ ମନଇଚ୍ଛା ଭାବରେ ବ୍ୟବହାର କରାଯାଇ ପାରିବ, ଆଉ ଯାହା ସମ୍ମୁଖରେ କିଛି ବି କୁହାଯାଇ ପାରିବ। ମୁଁ ତେଣୁ ସେହି ଅସହାୟ ଓ ଅକର୍ମଣ୍ୟ ମଣିଷଟିର ଆଗରେ ବସି ପଡ଼ିଲି ଏବଂ କ'ଣ କଥା କହିବାକୁ ହେବ ଜାଣି ନ ପାରି ସେସିଲିଆର ଚିତ୍ରକଳା ନିପୁଣତା ସମ୍ପର୍କରେ ଋଟୁକାରୀ ମନ୍ତବ୍ୟମାନ ମନକୁ ମନ ପ୍ରଦାନ କରିବାରେ ଲାଗିଲି। ସେ ମୋ କଥା ଶୁଣିଲେ ଆଉ ତାଙ୍କର କୁରାଲଚକ୍ର ଭଳି ଘୁରୁଥିବା ଆଖିରେ ଆତଙ୍କ ଫୁଟି ଉଠିଲା। ଯେମିତିକି ତାଙ୍କ ଝିଅ ବିଷୟରେ ମୁଁ ପ୍ରଶଂସା କରୁନାହିଁ ବରଂ କଟୁ ଭର୍ସନା ଓ ଧମକରେ ତାଙ୍କୁ ଆହତ କରୁଛି। ମଝିରେ ମଝିରେ ସେ ମଧ୍ୟ କିଛି କହୁଥିଲେ ଅଥବା କହିବାକୁ ଚେଷ୍ଟା କରୁଥିଲେ ଯେମିତିକି ସେଦିନ ସେ ଦୂରଭାଷ ଯୋଗେ ଅସ୍ପଷ୍ଟ ଭାବରେ କିଛି କହିବାକୁ ଚେଷ୍ଟା କରୁଥିଲେ। କିନ୍ତୁ ତାଙ୍କ କଣ୍ଠରୁ ନିର୍ଗତ ସେଇ ଧ୍ବନି, ଶବ୍ଦରେ ପରିଣତ ହେବା ପରିବର୍ତ୍ତେ ପବନରେ ଉଡ଼ି ଯାଉଥିଲା, ଆଉ ସେହି କାରଣରୁ ତାହା ବୋଧଗମ୍ୟ ହେଉ ନ ଥିଲା। ବେମାରୀର ଅପ୍ରୀତିକର ଦୃଶ୍ୟ ଅସହ୍ୟ ମନେହେବା କାରଣରୁ ସୁସ୍ଥ ମଣିଷମାନେ ବ୍ୟାଧିଗ୍ରସ୍ତ ଲୋକଙ୍କ ଆଗରେ ସାଧାରଣତଃ ଯେଉଁ ଅନଭିପ୍ରେତ ଅସୌଜନ୍ୟତା ପ୍ରଦର୍ଶନ କରି ଥାଆନ୍ତି, ତାହା ମୋ ବ୍ୟବହାରରେ ଫୁଟି ଉଠିଲା। ହଠାତ୍ ବିନା ଉପକ୍ରମଣିକାରେ 'ଟିକେ ହାତ ଧୋଇ ଆସେ' କହି ମୁଁ ଉଠିଲି ଆଉ ସେ ପ୍ରକୋଷ୍ଠ ଛାଡ଼ି ଭିତରକୁ ଉଠି ଆସିଲି।

ଏକ ଅଭୁତ ଅନୁସନ୍ଧିସା ମୋତେ ଏଭଳି ଭାବରେ ଭିତରକୁ ପ୍ରବେଶ କରିବାର ପ୍ରେରଣା ଯୋଗାଇ ଦେଲା। ଏଥିରେ ଥିଲା ସେଇ ଉତ୍ସୁକତା, ଯାହାର ବଶବର୍ତ୍ତୀ ହୋଇ ତା' ପରିବାରର ଲୋକଙ୍କ ସହ ଭେଟ କରାଇ ଦେବାକୁ ମୁଁ ସେସିଲିଆକୁ ଅନୁରୋଧ କରିଥିଲି। ମୁଁ ବର୍ତ୍ତମାନ ଏକ ଗମା ମଧ୍ୟରେ ଯାଉଥିଲି ଆଉ ତାହାର ଏକପାର୍ଶ୍ବରେ ବଖରାଗୁଡ଼ିକ ଥିଲା। ପ୍ରଥମ ବଖରା ଭିତରକୁ ଉଦ୍ଦେଶ୍ୟହୀନ ଭାବରେ ଦୁଆର ଖୋଲି ମୁଁ ପଶିଗଲି। ଏହା ଥିଲା ଏକ ଛୋଟିଆ ଶୟନକକ୍ଷ। ପରଦାହୀନ ଗବାକ୍ଷ ଦେଇ ଅଗଣାର ସ୍ତିମିତ ଶୀତଳ ଆଲୋକ ବିଛାଡ଼ି ହୋଇ ପଡ଼ିଥିଲା। ସେ ଘରେ ଥିଲା ଏକ ଦୁଃସହ ଦାରିଦ୍ର୍ୟର ଛାପ। କଳାରଙ୍ଗ ବୋଲା ଯାଇଥିବା ଲୁହାର ଖଟ ଉପରେ ଥିଲା ଏକ ପତଲା ଗଦି ଆଉ ତା' ସହିତ ବେଶ୍ ଭଲଭାବରେ ଖୋସା ହୋଇଥିଲା ଗୋଟିଏ ଲାଲ ରଦର।

ଖଟର ବାଡ଼ାରେ ବନ୍ଧା ହୋଇଥିଲା ଗୋଟିଏ ମନ୍ତ୍ରପୂତ ଅଲିଭ ଡାଲ । ଆଉ ମଧ୍ୟ ଥିଲା ଦୁଇଟି କିଚେନ ଚେୟାର ଆଉ ସେ ଚୌକିର ଉପରେ ଥିଲା ହଳଦିଆ ଛଣପତ୍ରର ଆସନ, ଏହା ବ୍ୟତୀତ ଦନ୍ତୁରା କାଠପଟାରେ ତିଆରି ଛୋଟିଆ ତୋଷବିରୁଆଟିଏ ଥିଲା ସେ ପ୍ରକୋଷ୍ଠର ସର୍ବମୋଟ ଆସବାବପତ୍ର । ମତେ ଲାଗିଲା ଏଇ ପ୍ରାୟଶୂନ୍ୟ କ୍ଷୁଦ୍ର ପ୍ରକୋଷ୍ଠଟି ନିଶ୍ଚିତ ସେସିଲିଆର ବଖରା ହୋଇଥିବ । କାଇଁକିନା ସେ ଘରେ ପୁରି ରହିଥିଲା ଏକ ନିଛକ ଲାଲନିକ ଗନ୍ଧ । ମୋର ମନେ ପଡ଼ିଲା ଏଇ ନିଆରା ବାସ୍ନା ମୁଁ ଆଘ୍ରାଣ କରିଥିଲି ସେସିଲିଆର ଶରୀରରେ ଆଉ ସେସିଲିଆର କୁନ୍ତଳରେ ବି । ଅଧିକ ନିଶ୍ଚିତ ହେବା ପାଇଁ ମୁଁ କପବୋର୍ଡଟି ଖୋଲିଲି । ସେଠି ବାସ୍ତବରେ ହ୍ୟାଙ୍ଗର ଦେହରେ ଓହଲା ହୋଇଥିଲା ଅଳ୍ପକିଛି ଲୁଗାପଟ୍ଟା, ଯାହାକି ମୋର ଅତି ପରିଚିତ, କାରଣ ତାହା ଥିଲା ସେସିଲିଆର ସମଗ୍ର ଚେଲସମ୍ପଦ । ସେ ସବୁଦିନେ ପିନ୍ଧୁଥିବା କୁନି ବାଲେଘାଗରା ଯାହା ମୁଁ ଦେଖିଥିଲି ଆମ ପ୍ରଥମ ପରିଚୟ ସମୟରେ, ଧୂସର ପଶମର ଚେଲମିଥୁନ ଯାହା ସେ ଶୀତଦିନେ ପିନ୍ଧେ, ଗୋଟିଏ କୃଷ୍ଣବର୍ଣ୍ଣର କୋଟ୍ ଯାହା ତାର ସାୟଂ ପୋଷାକ, ଏବଂ ଆଉ ଗୋଟିଏ କଳା ପୋଷାକ ଯାହାକୁ ସାଧାରଣତଃ ସେଇ ସନ୍ଧ୍ୟା ସମୟରେ ହିଁ ପିନ୍ଧା ଯାଏ, ଓହଲା ହୋଇଥିଲା ସେଠି । ଗୋଟିଏ ଥାକରେ ଧଳା ଟିସୁ ପେପରରେ ଗୁଡ଼ା ହୋଇ ରଖାଯାଇଥିଲା ମୁଁ ତାକୁ ଉପହାର ଦେଇଥିବା ହାତବ୍ୟାଗ, ଯାହା ମୁଁ ଆମ ବିଚ୍ଛେଦକୁ ସହଣୀୟ କରିବା ନିମନ୍ତେ ତା' ପାଇଁ କିଣିଥିଲି । ମୁଁ କପବୋର୍ଡଟି ବନ୍ଦ କରିଦେଲି ଏବଂ ଭରିଆଡ଼କୁ ଭଙ୍ଗୀ ଦେଖିଲି । ବଖରାର ଦୃଶ୍ୟ ମୋ ଭିତରେ ଉଦ୍ରେକ କରୁଥିବା ଅସ୍ପଷ୍ଟ ଅନୁଭବକୁ ମୁଁ ପରଖିବାରେ ଲାଗିଥିଲି ଏବଂ ପରିଶେଷରେ ମୁଁ ତାହା ହୃଦୟଙ୍ଗମ କରିବାରେ ସଫଳ ହେଲି । ଏହା ଥିଲା ଏକ ଦୁସ୍ଥ, ନିରାଭରଣ ଏବଂ ଅପରିଷ୍କୃତ କକ୍ଷ । କିନ୍ତୁ ଏହି ଦୁସ୍ଥତା ଓ ଆଭରଣହୀନତାରେ ଥିଲା ଏକ ବଣ୍ୟ ନୈସର୍ଗିକତା । ଯେମିତିକି ଏହା ଏକ ବଣ୍ୟ ପଶୁ ଅଧ୍ୟୁଷିତ ପାର୍ବତ୍ୟ ଦରୀ । ତା'ର ରୁକ୍ଷ ଆଭରଣହୀନତା, ଦାରିଦ୍ର୍ୟ ପ୍ରପୀଡ଼ିତ ଗୃହର ଅସହାୟ କ୍ଷମା-ଯାଚନା ନୁହେଁ; ତାହା ଅରଣ୍ୟ ଗୁହାର ରୁକ୍ଷତା ଭଳି ସମ୍ପୂର୍ଣ୍ଣ ପ୍ରାକୃତିକ ।

ମୁଁ ସେଠାରୁ ପାଦ ଟିପି ଟିପି ବାହାରି ଆସିଲି ଆଉ ତା' ପର ଦୁଆରଟି ଖୋଲିଲି । କକ୍ଷର ପ୍ରାୟୋଦ୍ଧକାର ଭିତରେ ଗୋଟିଏ ଦିଶଯ୍ୟାର ଅସ୍ପଷ୍ଟ ସୀମାରେଖା

ପରିଦୃଷ୍ଟ ହେଉଥିଲା । ରୁଦ୍ଧ ପ୍ରକୋଷ୍ଠର ସେଇ ଗନ୍ଧ ସେସିଲିଆର ବଖରାର ଲାଲନିକ ଗନ୍ଧଠାରୁ ସମ୍ପୂର୍ଣ୍ଣ ଅଲଗା । ତାହା ଥିଲା ଏକ ଭାରୀ ଅସୁସ୍ଥତାର ଗନ୍ଧ । ମୁଁ ମନରେ ସ୍ଥିର କଲି ଯେ ଏହା ସେସିଲିଆର ବାପାମାଆ ଶୋଉଥିବା ବଖରା । ମୁଁ ଏହି ଦୁଆରଟି ବନ୍ଦ କରିଦେଲି ଏବଂ ତୃତୀୟ ଦ୍ୱାରଟି ଖୋଲିଲି ।

ଏହା ଥିଲା ଗାଧୁଆଘର । କିନ୍ତୁ ଏହା ଘର ପରିବର୍ତ୍ତେ ଲମ୍ବା ଗମାଟିଏ ଭଳି ଲାଗୁଥିଲା । ଦୁଆରର ସାମନାରେ ଥିଲା ଝରକା, ଯାହାର ଗବାକ୍ଷ-କପାଟ ଥିଲା ଅର୍ଦ୍ଧମୁଦ୍ରିତ । ଗୋଟିଏ କାନ୍ଥକୁ ଲାଗି ଧାଡ଼ିହୋଇ ରହିଥିଲା ଗାଧୁଆ କୁଣ୍ଡ, ବିଡେ (ସଂକୀର୍ଣ୍ଣ ବେସିନ୍), ହାତଧୁଆ ବେସିନ ଏବଂ ଫ୍ଲସ ସଂଯୁକ୍ତ ପାଇଖାନା । ବାଥଟବ୍‌ଟି ଥିଲା ପୁରୁଣାକାଲିଆ, ତା'ର ହଳଦିଆ ପଡ଼ି ଯାଇଥିବା ପ୍ରାଚୀନ ଏନାମେଲରେ କଳଙ୍କି ଜମି ଯାଇଥିଲା । ହାତଧୁଆ ବେସିନରେ ପରସ୍ପର କଟାକଟି ହେଇ, କଳା କଳା ଫଟା ଗାରର ଚିହ୍ନ ସ୍ପଷ୍ଟ ପରିଦୃଷ୍ଟ ହେଉଥିଲା । ଉପସ୍ତର ପରିଷ୍କରଣ ପାଇଁ ଉଦ୍ଦିଷ୍ଟ ବିଡେ ଦେହରେ ଏକ ପ୍ରକାରର କସରା ଅଠାଳିଆ ବହଳ ବସି ଯାଇଥିଲା । ମୋର ଆଖି ଗୋଟାକ ପାଖରୁ ଆରଟିକୁ ଘୁରୁଥିଲା ଅଧିକରୁ ଅଧିକତର ବିତୃଷ୍ଣାର ସହ । ପରିଷ୍କାର ପରିଚ୍ଛନ୍ନତା ପାଇଁ ଉଦ୍ଦିଷ୍ଟ ସେଇ ନିଷ୍ଠଭାୟିତ ଉପକରଣ ଗୁଡ଼ିକ ସ୍ୱୟଂ ଥିଲେ ଅପରିଚ୍ଛନ୍ନ । ଏହି ସମୟରେ ମୋର ଦୃଷ୍ଟିରେ ପଡ଼ିଲା ପାଇଖାନାର ଭିତର ଧାରରେ ଲାଗି ରହିଥିବା କୃଷ୍ଟବର୍ଣ୍ଣର କିଛି ଜିନିଷ, ଯାହା ସଜ ମନେ ହେଉଥିଲା ଏବଂ ବେଶ୍ ସ୍ପଷ୍ଟଭାବେ ପରିଦୃଷ୍ଟ ହେଉଥିଲା । ସ୍ୱାଭାବିକ ଭାବରେ ସେଇ ପୁରୁଣା ଦଦରା ଫ୍ଲସରୁ ବାହାରୁଥିବା ଅଣପର୍ଯ୍ୟାପ୍ତ ଜଳଧାରାର ଆଘାତ ତାକୁ ନିଜସ୍ଥାନରୁ ବିଚଳିତ କରିପାରି ନାହିଁ । ମୁଁ ହାତଧୁଆ ବେସିନ ପାଖକୁ ଗଲି, ସାମାନ୍ୟ ସାବୁନ ହାତରେ ନେଇ ହାତ ଧୋଇବାରେ ଲାଗିଲି । ହାତ ଧୋଉ ଧୋଉ ମୁଁ ମନେ ପକାଉଥିଲି ତା' ଘର ସମ୍ପର୍କରେ ମୁଁ ସେସିଲିଆକୁ ବାରମ୍ବାର ପଚରୁଥିବା ପ୍ରଶ୍ନମାନ ଏବଂ ତା'ର ପ୍ରତିବଦଳରେ ତାଠାରୁ ପାଉଥିବା ଉତ୍ତର । ତା'ର ସେଇ ବିମୂର୍ଢ଼ ଓ ଔପରଢ଼ିକ ଉତ୍ତର ମୋର ତା' ସମ୍ପର୍କରେ ଥିବା ଧାରଣାକୁ ସମର୍ଥନ କରୁଥିଲା । ସେସିଲିଆ ତା'ର ଘର ସମ୍ପର୍କରେ ମତେ କିଛି କହିବାକୁ ସକ୍ଷମ ହୋଇ ନ ଥିଲା, କାରଣ ବାସ୍ତବରେ ସେ କେବେ କିଛି ଦେଖି ହିଁ ନ ଥିଲା । ଏହି ସମୟରେ କବାଟ ଖୋଲିଗଲା ଏବଂ ସେସିଲିଆ ନିଜେ ଭିତରକୁ ପଶି

ଆସିଲା। "ଆରେ, ତୁମେ ଏଠି!" ମୁଁ ଯେ ତା' କଥାନୁସାରେ ତା'ର ପିତାଙ୍କ ସମଭିବ୍ୟାହାରରେ ବୈଠକଘରେ ବସିନାହିଁ, ଏ ସମ୍ପର୍କରେ ତା'ର ସାମାନ୍ୟତମ ଉଦ୍‌ବିଗ୍ନତା ନ ଥିଲା। ସେ ମୋ ପଛ ଦେଇ ପାଇଖାନାକୁ ଗଲା ଆଉ ଦୁଇ ହାତରେ ତା ସ୍କାର୍ଟକୁ ଟେକିଧରି ବସି ପଡ଼ିଲା ଏବଂ ପରିସ୍ରା କରିବାକୁ ଲାଗିଲା; ସେ ସେଇଭଳି ବସିଥିବାଟା ମୁଁ ରୁହିଁ ଦେଖୁଥିଲି। ତାର ଆଣ୍ଠୁ ବାଙ୍କି ଯାଇଥିଲା, ଗୋଡ଼ ଫରକଟେଇ ହେଇ ରହିଥିଲା, ତା'ର ବକ୍ଷ ଆଗକୁ ଠେଲି ହୋଇ ରହିଥିଲା ଆଉ ସେ ମୁହଁ ବୁଲାଇ ମୋ ଆଡ଼କୁ ରୁହିଁଥିଲା। ମୁଁ ତା'ର ସେଇ ସୁନ୍ଦର, ଭାବଲେଶହୀନ କୃଷ୍ଣଚକ୍ଷୁର ଦୃଷ୍ଟି ମୋ ଉପରେ କେନ୍ଦ୍ରିତ ହୋଇ ଥିବାର ଦେଖ ପାରୁଥିଲି। ଯେମିତି ପଶୁଟିଏ ବଡ଼ ନିର୍ଲିପ୍ତ ଭାବରେ ସମସ୍ତଙ୍କ ଦୃଷ୍ଟି ସମ୍ମୁଖରେ ହିଁ ରୂପରେଖ ନିଜକୁ ପ୍ରକୃତିର ତାଡ଼ନାରୁ ଖଲାସ କରି ବସେ, ସେସିଲିଆର ନିରୀହ ଦୃଷ୍ଟିରେ ଥିଲା ସେଇ ନିର୍ଲିପ୍ତ ସରଲତା। ମୁଁ ଅଳ୍ପ ସମୟ ତଳେ ସେସିଲିଆର ବଖରାରେ ଥିବାବେଳେ ଯେଉଁ ବଣ୍ୟପଶୁର ଆବାସ କଥା ମୋ କଳ୍ପନାକୁ ଆସିଥିଲା, ସେ ଚିନ୍ତା ଫେରେ ମୋ ମୁଣ୍ଡକୁ ଫେରି ଆସିଲା। 'ହଁ', ମୁଁ ସ୍ୱଗତୋକ୍ତି କଲି, 'ଏ ଘରେ ମଣିଷମାନେ ବସବାସ କରୁଥିବା କଥା ଭାବିଲେ ହୃଦୟ ହାହାକାର କରି ଉଠେ। କିନ୍ତୁ ଯେଉଁ ମୁହୂର୍ତ୍ତରେ ଗୋଟିଏ ବଣ୍ୟ ପଶୁ, ଏଇ ଧରନ୍ତୁ ଗୋଟେ ଛୋଟ କମନୀୟ କୋକିଶିଆଲି, ପାହାଡ଼ୀ ନେଉଳ ବା ଉଟର ଭଳି ଜୀବଟିଏ ଏଠାରେ ରହୁଥିବା ଜଣେ କଳ୍ପନା କରିବ ତେବେ ସବୁକିଛି ଲାଗିବ ସ୍ୱାଭାବିକ ଓ ସାଧାରଣ। ସେସିଲିଆ ସେତେବେଲକୁ ପରିସ୍ରା କରି ସାରିଥିଲା। ତା'ର ସେଇ ଉନ୍ମୁକ୍ତ ନିତମ୍ବକୁ ପାଇଖାନା ଉପରୁ ସେ ଉଠାଇ ଆଣିଲା ବିଡ଼େ ଉପରକୁ ଆଉ ସେମିତି ଆଣ୍ଠୁଟେକି ବସି ନିଜକୁ ଭଲଭାବରେ ପରିସ୍କାର କଲା ଗୋଟେ ହାତରେ। ତାପରେ ସେ ଉଠି ଠିଆହେଲା ଆଉ ଗୋଡ଼କୁ ଚଉଡ଼ା କରି ଫରକଟେଇ ଗୋଟେ ଟାଓଲରେ ନିଜକୁ ଭଲକରି ପୋଛିଲା। ପରିଶେଷରେ ତା'ର ସ୍କାର୍ଟିକୁ ତଳକୁ ଭିଡ଼ି ସମାନ କଲା ସିଏ, ଆଉ କହିଲା, "ଟିକେ ଘୁଞ୍ଚିଲ, ଚୁଟି କୁଣ୍ଢେଇ ଦିଏ ମୁଁ।"

ମୁଁ ଘୁଞ୍ଚିଗଲି। ସେ ଥାକରୁ ଗୋଟିଏ ବ୍ରସ ଆଣିଲା ଯାହାର ରୁମଗୁଡ଼ିକ ପ୍ରାୟ ଉପୁଡ଼ି ଯାଇଥିଲା ଏବଂ ଏକ ନିତାନ୍ତ ଅପରିସ୍କାର ପାନିଆ ଆଣିଲା ଯାହାର ବହୁତ ଗୁଡ଼ିଏ ଦାନ୍ତ ଭାଙ୍ଗି ଯାଇଥିଲା। ତାପରେ ସେ ବେଶ୍ ସ୍ଫୁର୍ତିର ସହ ମୁଣ୍ଡ କୁଣ୍ଢାଇବାରେ ଲାଗିଲା। ମୁଁ ହଠାତ୍ କହିଲି, "ତୁମର ବାପା ବାସ୍ତବରେ ବହୁତ ଅସୁସ୍ଥ। ମତେ

ଡର ଲାଗୁଛି ଯେ ଡାକ୍ତରମାନେ ବୋଧେ ଠିକ୍ ହିଁ କହିଛନ୍ତି ।"

: "ମାନେ କ'ଣ କହୁଛ ?"

: "ସିଏ ବେଶିଦିନ ବଞ୍ଚିବେ ନାହିଁ ।"

: "ହଁ, ମୁଁ ଜାଣିଛି ।"

: "ତୁମେ ତାହେଲେ ଚଳେଇବ କେମିତି ?"

: "କ'ଣଟା ଚଳେଇବୁ ?"

: "ଘର, ଯେତେବେଲେ ସିଏ ମରିଯିବେ ।"

: "ତୁମେ କ'ଣ କହିବାକୁ ଚାହୁଁଛ ।"

: "ତୁମେ ସବୁ ଚଳିବ କେମିତି ।"

ତା'ର ଓଷ୍ଠାଧାରରେ ଲିପିଷ୍ଟିକ୍କୁ ବୁଲେଇ ଆଣ୍ତ ଆଣ୍ତ ସେ ବେଶ୍ ତରତରରେ କହିଲା, "ଯେମିତି ଚଳୁଛୁ ସେମିତି ଚଳିବୁ ।"

: "ତୁମେ ଚଳୁଛ କେମିତି ?"

: "ଆମର ଦୋକାନଟିଏ ଅଛି, ଆମେ ସେଇଥିରେ ଚଳୁ ।"

: "ତୁମର ଦୋକାନଟିଏ ଅଛି ? କାହିଁ ତୁମେ ତ କେବେ ମତେ କିଛି କହି ନାହଁ ।"

: "ତୁମେ ତ ଏ ବିଷୟରେ କିଛି ପଚରି ନାହଁ ।"

: "ସେ ଦୋକାନରେ କ'ଣ ବିକ୍ରି ହୁଏ ?"

: "ଏଇ ଛତା, ସୁଟ୍‌କେଶ, ବ୍ୟାଗ, ଚମଡ଼ା ଜିନିଷ ଇତ୍ୟାଦି ।"

: "ଦୋକାନରେ ବସନ୍ତି କିଏ ?"

: "ମୋର ମାଆ ଆଉ ମୋର ମାଉସୀ ।"

: "ଦୋକାନରୁ କ'ଣ ଭଲ ଲାଭ ହୁଏ ?"

ସେତେବେଳକୁ ସେ ତା'ର ଓଠ ରଞ୍ଜେଇ ସାରିଥିଲା । ତାପରେ ସେ ଏକ ନିଷ୍ଠୁରିମୂଳକ ଭଙ୍ଗୀରେ କହିଲା, "ନା, ବିଶେଷ କିଛି ମିଲେ ନାହିଁ ।"

ଡ. ଜୟକୃଷ୍ଣ ଚୌଧୁରୀ | ୨୬୧

ମୁଁ ତା'ର କଟିକୁ ମୋ ବାହୁରେ ବେଢ଼େଇ ଧରିଲି, ଆଉ ନିଜକୁ ତା' ସହିତ ଜଡ଼ାଇ ରଖିଲି। ତା'ର ପୃଷ୍ଠଦେଶ ମୋ ଉଦରକୁ ସ୍ପର୍ଶ କରୁଥିଲା। ସିଏ ମତେ ଅପାଙ୍ଗରେ ରୁହିଁଲା ନିମିଷେ। ସେ ଦୃଷ୍ଟିରେ ସହାନୁଭୂତି ଥିଲା ନା ବିସ୍ମୟ ମୁଁ ବୁଝି ପାରିଲି ନାହିଁ। ତାପରେ ସେ ଗୋଟିଏ କଳା ପେନସିଲ ନେଇ ଭୁଲତାରେ ମାରିବାରେ ଲାଗିଲା। "ତୁମେ କେବେ ମୃତ୍ୟୁ କଥା ଚିନ୍ତା କର ?" ମୁଁ ତାକୁ ପଚରିଲି।

ମୁଁ ତାକୁ ଦୃଢ଼ ଆଲିଙ୍ଗନରେ ବାନ୍ଧି ରଖିଥିଲି। ସେ ତା'ର ନିତମ୍ବକୁ ଧୀରେ ଅଥଚ ବେଶ୍ ବଳିଷ୍ଠ ଭାବରେ ଡାହାଣରୁ ବାଁକୁ ଚଲାଇ ମୋ ଜଘନରେ ସ୍ପର୍ଶ ପ୍ରଦାନ କରୁଥିଲା। "ନା", ସିଏ କହିଲା। "ମୁଁ କେବେବି ମୃତ୍ୟୁ ସମ୍ପର୍କରେ ଚିନ୍ତା କରେ ନାହିଁ।"

: "ବାପାଙ୍କୁ ଏମିତି ଖରାପ ଅବସ୍ଥାରେ ଦେଖିବା ପରେ ବି ନୁହେଁ ?"

: "ନା।"

: "କିନ୍ତୁ ତୁମ ଜାଗାରେ ଅନ୍ୟ ଯେ କେହି ଥିଲେ ସେ ନିଶ୍ଚିତ ଭାବରେ ଏ ସମ୍ପର୍କରେ ଚିନ୍ତା କରି ଥାଆନ୍ତା।"

: "ମୁଁ ତ ସମ୍ପୂର୍ଣ୍ଣ ସୁସ୍ଥ ଅଛି। ମୁଁ କାହିଁକି ମୃତ୍ୟୁ ସମ୍ପର୍କରେ ଚିନ୍ତା କରିବାକୁ ଯିବି ?"

: "କିନ୍ତୁ ଅନ୍ୟମାନେ ତ ଭାବନ୍ତି।"

: "ହଁ, ଏମିତି ସମସ୍ତେ ଭାବନ୍ତି ବୋଲି ଲୋକେ କହନ୍ତି।"

: "କାହିଁକି ? ତୁମେ ଏ ବିଷୟରେ ନିଶ୍ଚିତ ନୁହେଁ ?"

: "ନା, ସେମିତି କହୁଥିଲି।"

: "ଆଉ ତୁମ ବାପା ? ସେ କ'ଣ ଆପଣାର ମୃତ୍ୟୁ ସମ୍ପର୍କରେ ଚିନ୍ତା କରନ୍ତି ବୋଲି ତୁମେ ଭାବୁଛ ?"

: "ହଁ, ସେ ଚିନ୍ତା କରନ୍ତି।"

: "ବାପା କ'ଣ ମୃତ୍ୟୁକୁ ଭୟ କରନ୍ତି ?"

: "ହଁ ନିଶ୍ଚିତ।"

: "ସେ କ'ଣ ଜାଣନ୍ତି ଯେ, ସେ ମରିବାକୁ ଯାଉଛନ୍ତି ?"

: "ନା, ସେ ଜାଣନ୍ତି ନାହିଁ।"

: "ତୁମେ କେବେ ତାଙ୍କ ମୃତ୍ୟୁର କଥା ଭାବ କି ?"

: "ଯେ ପର୍ଯ୍ୟନ୍ତ ସେ ବଞ୍ଚିଛନ୍ତି, ଅସୁସ୍ଥ ଥାଆନ୍ତୁ ପଛକେ, ତାଙ୍କ ମୃତ୍ୟୁ ବିଷୟରେ ମୁଁ କାହିଁକି ଚିନ୍ତା କରିବି ? ସିଏ ଯେଉଁ ଦିନ ମରିବେ ମୁଁ ଏ ବିଷୟରେ ଚିନ୍ତା କରିବି। ମୁଁ ବର୍ତ୍ତମାନ କେବଳ ଏତିକି ଭାବୁଚି ଯେ ସେ ଅସୁସ୍ଥ ଅଛନ୍ତି।"

ମୁଁ ହଠାତ୍ ତାକୁ ଛାଡ଼ିଦେଲି। କହିଲି, "ଜାଣିଛ ନା, ମୋର ମୈଥୁନ କରିବାକୁ ଇଚ୍ଛା ହେଉଛି।"

: "ହଁ, ସେକଥା ମୁଁ ବୁଝି ପାରୁଛି।"

ସିଏ ତା'ର ଭୁଲତାର ଶୃଙ୍ଗାର ଶେଷ କଲା, କଲା ପେନସିଲ ଥାକରେ ଥୋଇଲା ଆଉ ମତେ ଦୁଆର ଆଡ଼କୁ ଠେଲିଲା। ବାହାରକୁ ଚଲ, ମାଆ ଆସିବା ବେଳ ହୋଇ ଗଲାଣି।

ପ୍ରକୃତରେ ସିଏ ଆସି ସାରିଥିଲେ। ଆମେ ଗମା ମଧକୁ ଆସିବା କ୍ଷଣି, ଏକ ତୀବ୍ର କର୍କଶ ଧ୍ୱନିର ଚିତ୍କାର ଆମ କାନରେ ପଡ଼ିଲା; ଯେମିତି କିଛି ଦୋକାନରେ ଦୁଆର ଖୋଲି ଦେଲା ବେଳକୁ ଘଣ୍ଟି ସମୂହର ବିରକ୍ତିକର କ୍ରନ୍ଦନ କାନରେ ବାଜେ, ସେଇଭଳିଆ ଟିଣିଟିଣିଆ ସ୍ୱରର ଚିତ୍କାର ଶୁଭିଲା, "ସେସିଲିଆ ! ସେସିଲିଆ !"

ସେସିଲିଆ ସ୍ୱର ଦିଗରେ ଚାଲିଲା ଏବଂ ମୁଁ ମଧ ତା'ର ଅନୁଗମନ କଲି। ରୋଷେଇ ଘରର ଦୁଆର ଖୋଲା ଥିଲା ଆଉ ତା'ର ମାଆ ଦେହରୁ କୋଟ୍ ଆଉ ଟୋପି ନ ଓହ୍ଲାଇ ଚୁଲା ଆଗରେ ଠିଆ ହୋଇ ଛୋଟ ଡଙ୍କିଟିଏରେ କ'ଣ ଗୋଟାଏ ଘାଣ୍ଟୁଥିଲେ। ରନ୍ଧନଶାଲାଟି ଥିଲା ତମସାୟିତ ଓ ଧୂମାଚ୍ଛନ୍ନ। ଏବଂ ଏହାର ଆକାର ଥିଲା ନିଆରା। ଏହା ଥିଲା ଏକ ବିଲକ୍ଷଣ ତ୍ରିକୋଣାକାର ବଖରା। ଏହାର ଦୀର୍ଘତମ ବାହୁ ଦିଗରେ ଗୋଟିଏ ତାଜା ତଳେ ରଖା ଯାଇଥିଲା ଚୁଲାଟି। ଦୁଇ କାତ୍ତ୍ଵର କୋଣାକୃତି ଜୋଡ଼େଇ ନିକଟ୍ରେ ଉଚ୍ଚରେ ଥିଲା ସରୁ ଝରକାଟିଏ, ତାକୁ ବରଂ ଛୋଟିଆ ଗବାକ୍ଷ କୁହାଯାଇ ପାରେ। ତାହା ପୁଣି ଶୁଖିବା ପାଇଁ ଓହଲା ଯାଇଥିବା କନାଗୁଡ଼ିକ ପଛରେ ପ୍ରାୟ ଅଦୃଶ୍ୟ ହୋଇ ଯାଇଥିଲା। ବଖରାଟି ଥିଲା

ଅପରିଷ୍କାର ଏବଂ ସମ୍ପୂର୍ଣ୍ଣ ରୂପେ ଅସଜଡ଼ା। କଟା ହୋଇଥିବା ପରିବା ଚୋପା ଇତ୍ୟାଦି ଚଟାଣସାରା ବିଛାଡ଼ି ହୋଇ ପଡ଼ିଥିଲା। ଶଙ୍ଖମର୍ମର ରଙ୍ଗଡ଼ା ପଥର ମେଜରେ କୁଢ଼ା ହୋଇଥିଲା କାଗଜ ଠୁଙ୍ଗା ଓ ଖୋଲ। ଗବାକ୍ଷ ନିକଟରେ ଥିବା ବାସନମଜା ବେସିନରେ ଅଇଁଠା ବାସନର ତୁଙ୍ଗ ସ୍ତୂପଟିଏ ଜମା ହୋଇଥିଲା। ବାସନଗୁଡ଼ିକ ଇତସ୍ତତଃ ଅସଜଡ଼ା ଭାବରେ ଗୋଟିକ ଉପରେ ଗୋଟିଏ ଲଦା ହୋଇଥିଲେ। ସେସିଲିଆର ମାଆ ପଛକୁ ନ ଘୁରି କହିଲେ, "ସେସିଲିଆ! ପ୍ଲେଟଗୁଡ଼ିକ ପରା ମଜା ହୋଇ ଥାଆନ୍ତା।"

: "ମୁଁ ଆଜି ସଞ୍ଜରେ ସବୁତକ ମାଜି ଦେବି", ସେସିଲିଆ କହିଲା। "ଆଜିର ବାସନ ଆଉ ଗତକାଲିର ବାସନ ବି।"

: "ଆଉ ପରଦିନର ବାସନ ବି", କହିଲେ ତା'ର ମାଆ। "ତୁ ଏଇ କଥା ପ୍ରତିଦିନ କହୁଛୁ ଆଉ ବର୍ତ୍ତମାନ ଆମ ଖାଇବା ପାଇଁ ବି ପ୍ଲେଟ ନ ଥିବ। ପ୍ରାତଃରାଶର ପ୍ଲେଟଗୁଡ଼ିକ ଆଜି ସକାଳେ ମୁଁ ମାଜି ଦେଇଥିଲି। କିନ୍ତୁ ତତେ ସନ୍ଧ୍ୟାରାଶର ପ୍ଲେଟଗୁଡ଼ିକୁ ମାଜିବାକୁ ହେବ କାରଣ ମତେ ଦୋକାନ ବି ଯିବାକୁ ଅଛି।"

: "ମାଆ! ଇଏ ହେଲେ ଡିନୋ।"

: "ଓଃ ପ୍ରଫେସର! ମତେ କ୍ଷମା କରନ୍ତୁ, ମତେ କ୍ଷମା କରନ୍ତୁ। ଆପଣ ଆମ ଘରକୁ ଆସିବା ବଡ଼ ଆନନ୍ଦର କଥା।" ତାଙ୍କ ଝଣଝଣିଆ ସ୍ୱରର ଝଙ୍କାର ମଧ୍ୟରେ ଅବିରତ 'କ୍ଷମା କରନ୍ତୁ' ଆଉ 'ବହୁତ ଖୁସି' ବାରମ୍ବାର ପୁନରାବୃତ ହୋଇ ଝଲିଥିଲା ଆଉ ମୁଁ ତାଙ୍କର କରମର୍ଦ୍ଦନ କରି ଝଲିଥିଲି। ମୁଁ ତାଙ୍କୁ ଋହିଁ ଦେଖୁଥିଲି; ମଣିଷ ହିସାବରେ ଛୋଟିଆ ମଣିଷଟିଏ। ରୁଗ୍ଣ ଓ ପତଳା ମୁହଁ। କିନ୍ତୁ ହାଲେ ସେ ମୁହଁରେ ଯୌବନର ଉଚ୍ଛ୍ୱାସ ଫୁଟି ଉଠିଲା ଭଲି ଜଣା ପଡ଼ୁଥିଲା, ତାଙ୍କର ଅନଳଙ୍କୃତ କୃଷ୍ଣ ଚକ୍ଷୁକୁ ବେଢ଼ିଥିଲା ସାମାନ୍ୟ ଲୋଲିତଚର୍ମର ଅସ୍ୱଚ୍ଛ କୁଞ୍ଚନ। ତଥାପି ବି ସେ ଆଖିରେ ଥିଲା ଏକ ଦୁଷ୍ଟ ଚମକ। ଏକ ଅଭୁତ ଉତ୍ତେଜନାର ସ୍ପର୍ଶରେ ତାଙ୍କର କପୋଲ ସଜୀବ ଓ ବର୍ଣ୍ଣାଢ୍ୟ ମନେ ହେଉଥିଲା। ତେବେ କପୋଲରେ ସେ ରଙ୍ଗ ବାସ୍ତବ ଥିଲା ନା କୃତ୍ରିମ, ତାହା ମୁଁ ଜାଣିପାରୁ ନ ଥିଲି। ତାଙ୍କର ରଞ୍ଜିତ ଓଷ୍ଠାଧାର ସମ୍ପନ୍ନ ବିରାଟ ପାଟିଟି ମେଲା ହୋଇ ରହିଥିଲା ସ୍ମିତହାସର ସ୍ପର୍ଶରେ। ମୁଁ ଲକ୍ଷ୍ୟ କଲି ଯେ ତାଙ୍କ ଚେହେରାରେ ଥିଲା ସେସିଲିଆର ଚେହେରାର ଛାପ। ବିଶେଷତଃ

ତାଙ୍କର ଉନ୍ମୀଲିତ ଆୟତ ଚକ୍ଷୁର ଆଗକୁ ବାହାରି ଆସିଥିବା ଭୁଲତା ଏବଂ ତାଙ୍କ ଚନ୍ଦ୍ରାନନର ଶିଶୁସୁଲଭ ସରଳତା ଭିତରେ ସେସିଲିଆର ଚେହେରା ସହ ତାଙ୍କର ସାମ୍ୟ ଫୁଟି ଉଠୁଥିଲା। ତାଙ୍କର ଟିଣିଟିଣିଆ ଉଚ୍ଚ ସ୍ୱରରେ ସେ ଚିଲେଇ ଉଠିଲେ, "ମୁଁ ଜାଣି ନଥିଲି ଯେ ପ୍ରଫେସର ଏଠି ଅଛନ୍ତି। ସେସିଲିଆ! ପ୍ରଫେସରଙ୍କୁ ବୈଠକ ଘରେ ନେଇ ବସା। ମୁଁ ରନ୍ଧାବଢ଼ା ଦେଖୁଛି।"

ଗମା ମଧ୍ୟ ଦେଇ ଫେରିବାବେଳେ ମୁଁ ସେସିଲିଆକୁ କହିଲି, "ତୁମେ ତୁମ ପିତାଙ୍କ ସହିତ ପରିଚୟ କରାଇଲ ଚିତ୍ରଶିକ୍ଷକ ଭାବେ, ଆଉ ମାଆଙ୍କୁ 'ଡିନୋ' କହି ପରିଚୟ ଦେଲ। ମୋର ସାଙ୍ଗିଆ କ'ଣ ତୁମର ମନେ ନାଇଁ?"

ସେ ଏକ ଅନ୍ୟମନସ୍କ ଭଙ୍ଗୀରେ ଉତ୍ତର ଦେଲା, "ତୁମେ ଏକଥା ବିଶ୍ୱାସ କରିବ କି ନାଇଁ ମୁଁ ଠିକ୍ ଜାଣେନି; କିନ୍ତୁ ମୁଁ ଏବେସୁଦ୍ଧା ତୁମ ସାଙ୍ଗିଆଟା କ'ଣ ଜାଣେନା। ମୁଁ କେବଳ ତୁମର ନାମ ଡିନୋ ବୋଲି ଜାଣେ। ଆଉ ତୁମର ସାଙ୍ଗିଆଟା କ'ଣ ପଚାରିବାକୁ କେବେ ମୋ ମନକୁ ମଧ୍ୟ ଆସି ନାହିଁ। ସେ ଯା ହେଉ, ତୁମ ସାଙ୍ଗିଆଟା କ'ଣ କହିଲ?"

: "ଠିକ୍ ଅଛି।" ମୁଁ କହିଲି। "ଏତେଦିନ ଯାଏଁ ନ ଜାଣି ଯଦି ତୁମର ଚଳିଛି, ଏଇନା ବି ଜାଣିବା ଆବଶ୍ୟକ ହେବ ନାହିଁ। ମୁଁ ତୁମକୁ ପରେ କେତେବେଳେ କହିବି।" ହଠାତ କହିବାକୁ ଗଲେ, ନାମହୀନ ହୋଇଯିବା ପାଇଁ ମୋର ସୃଷ୍ଟି ହେଲା ଏକ ଅଭୁତ ଅଭିଳାଷ। ବୋଧହୁଏ ଏହାର କାରଣ ଏହିକି ଯେ, ମତେ ଲାଗିଲା ମୋର ଏଇ ଅନାମିକାପଣ ସେସିଲିଆକୁ ଭଲ ଲାଗିଛି।

: "ତୁମର ଯେମିତି ଇଚ୍ଛା।"

ଆମେ ବୈଠକଘରକୁ ଗଲୁ। ମୁଁ ସେସିଲିଆକୁ କହିଲି, "ମାଆଙ୍କ ଚେହେରାଟା ତ ତୁମ ଭଳିଆ। କିନ୍ତୁ ତାଙ୍କ ଗୁଣ, ପ୍ରକୃତି, ଚରିତ୍ର ସେସବୁ କ'ଣ ତୁମ ପରି?"

: "ମାନେ ତୁମେ କ'ଣ କହିବାକୁ ଚାହୁଁଛ?"

: "ସିଏ କେମିତି ପ୍ରକୃତିର ମଣିଷ; ଭଲ ନା ଖରାପ, ଶାନ୍ତ ନା ଚିଡ଼ିଚିଡ଼ା, ଉଦାର ନା କୃପଣ?"

: "ମୁଁ ସତରେ ଜାଣିନି । ମୁଁ ଏ ବିଷୟରେ କେବେ ମଧ୍ୟ ଭାବି ନାହିଁ । ସାଧାରଣ ସ୍ତ୍ରୀ ଲୋକଙ୍କ ଭଳି ତାଙ୍କର ଗୁଣଗ୍ରାମ । ମୋ ପାଇଁ ସିଏ ମୋର ମାଆ ଆଉ ସେଇଟା ହିଁ ଶେଷ କଥା ।"

: "ଆଉ ସିଏ ?" ରେଡ଼ିଓ ପାଖରେ ଆରାମ ଚେୟାର ଉପରେ ବସିଥିବା ମଣିଷଟିକୁ ନିର୍ଦ୍ଦେଶ କରି ମୁଁ କହିଲି । "ତୁମ ହିସାବରେ ତାଙ୍କର ଗୁଣଗ୍ରାମ କେମିତି ?"

ଏଥର ସିଏ ମତେ କୌଣସି ଉତ୍ତର ଦେଲା ନାହିଁ । ସିଏ ଏକ ବିଚିତ୍ର ଭଙ୍ଗୀରେ କାନ୍ଧ ଝିଡ଼ିଲା । ଯେମିତିକି ମୁଁ ଗୋଟିଏ ସମ୍ପୂର୍ଣ୍ଣ ଅର୍ଥହୀନ, ଅବାଞ୍ଛିତ ପ୍ରଶ୍ନଟିଏ କରିଛି । ସହସା ଏକ ତୀବ୍ର ବିରକ୍ତି ଦ୍ୱାରା ଆକ୍ରାନ୍ତ ହୋଇ ମୁଁ ତା'ର ବାହୁଧରି ଭିଡ଼ି ଆଣିଲି ଆଉ ତା' କାନରେ ଚିଲ୍ଲେଇ ପଚାରିଲି, "ଘର ଛାଦରେ ସେଇ ଯେଉଁ କୃଷ୍ଣ ଗର୍ତ୍ତଟି ଦିଶୁଛି, ସେଇଟା କ'ଣ ?" ସିଏ ଗାତଟି ଆଡ଼କୁ ରହିଁଲା ଯେମିତି ଜୀବନରେ ପ୍ରଥମଥର ପାଇଁ ସିଏ ସେଇଟା ଦେଖୁଛି । "ସେଇଟା ଗୋଟେ କଣା । କେତେଗୁଡ଼େ ଦିନ ହେଲା ହେଲାଣି ସେଇ କଣାଟା ।"

: "ଆଃ । ତୁମକୁ ତାହେଲେ କଣାଟା ଦିଶୁଛି ।"

: "ମତେ ଦିଶିବନି କାହିଁକି ଯେ ?"

: "ତାହେଲେ କେମିତି ତୁମ ବାପାମାଆଙ୍କ ଗୁଣ ଆଉ ଚରିତ୍ର ଦିଶୁନାହିଁ ତୁମକୁ ?"

: "ଜଣେ କଣାଟା ଦେଖ ପାରିବ, କିନ୍ତୁ ପ୍ରକୃତି ବା ଚରିତ୍ର ଦେଖିବ କେମିତି ? ମୋ ମାଆବାପା ଆଉ ହଜାରେ ମଣିଷଙ୍କ ଭଳି ଦିଜଣ ମଣିଷ । ଆଉ ଏଇଟା ହିଁ ତ ଶେଷ କଥା ।"

ଆମେ ସେତେବେଳକୁ ତା'ର ବାପାଙ୍କ ପାଖାପାଖି ହେଇ ଯାଇଥିଲୁ । ସିଏ ଚିତ୍ରାର୍ପିତ ଭଳି ବସି ରେଡ଼ିଓ ଶୁଣୁଥିଲେ । ମୁଁ ତାଙ୍କ ସାମନା ଚେୟାରରେ ବସି ପଡ଼ି ବଡ଼ ପାଟିରେ ପଚାରିଲି, "ଆଜି ଦେହ କେମିତି ଲାଗୁଛି ?"

ସେ ତାଙ୍କ ଆରାମଚେୟାରରୁ ଚମକି ଉଠି ପଡ଼ିଲେ, ଆଉ ମତେ ବଡ଼ ବିଷଣ୍ଣ ଦୃଷ୍ଟିରେ ରହିଁଲେ । ତାପରେ ସିଏ କିଛି କହିଲେ ଯାହା ମୁଁ ବୁଝି ପାରିଲି ନାହିଁ । "ସିଏ କହୁଚନ୍ତି ଯେ, ବଡ଼ ପାଟି କରିବା କିଛି ଆବଶ୍ୟକ ନାହିଁ । ସିଏ କାଲ ନୁହନ୍ତି ।" ସେସିଲିଆ ମତେ ବୁଝାଇ କହିଲା । ଜଣା ପଡ଼ୁଥିଲା ତା'ର ବାପାଙ୍କ

ଅସ୍ପଷ୍ଟ ମ୍ଲିଷ୍ଟସ୍ୱରକୁ ଭଲଭାବରେ ବୁଝି ପାରିବାର କଳା ସେ ଆୟତ୍ତ କରି ନେଇଛି। ତା କଥାଟା କିନ୍ତୁ ଠିକ୍ ଥିଲା। ଭଗବାନ ଜାଣନ୍ତି ମୋ ମୁଣ୍ଡକୁ କାହିଁକି ଏପରି ବିଚିତ୍ର ଧାରଣା ଆସିଲା ଯେ, ଯେହେତୁ ସେ ପ୍ରାୟ ମୂକ, ସେହେତୁ ସେ କାଳା। "ମୁଁ ନିତାନ୍ତ ଦୁଃଖିତ", ମୁଁ ଅନୁତପ୍ତ ଭାବରେ କହିଲି। "ମୁଁ ଆପଣଙ୍କର ଦେହ କେମିତି ଲାଗୁଛି ବୋଲି ପଚାରୁଥିଲି।" ସେ ଚେରକାକୁ ଦେଖାଇ କିଛି କହିଲେ ଯାହାକୁ ସେସିଲିଆ ଏଇଭଳି ବୁଝାଇଲା, "ସିରୋକୋ (ଏକ ଭୂମଧ୍ୟସାଗରୀୟ ବାୟୁପ୍ରବାହ) ପ୍ରବାହିତ ହେଉଛି; ଆଉ ଏହି ପବନ ବୋହୁଥିବା ଦିନମାନଙ୍କରେ ତାଙ୍କ ଦେହ ସୁସ୍ଥ ରହେ ନାହିଁ।"

: "ଆପଣ ଦୋକାନରେ ଯାଇ ବସୁ ନାହାନ୍ତି କାହିଁକି ?" ମୁଁ ପଚାରିଲି। "ସେଠି ବସିଲେ ମନଟା ଟିକେ ହାଲକା ଲାଗନ୍ତା। ନୁହେଁ କି ?"

ବଡ଼ ନମ୍ର ଭାବରେ ମୋ କଥାକୁ ଅଗ୍ରାହ୍ୟ କରିବାର ଅଙ୍ଗଭଙ୍ଗୀ କଲେ ସିଏ। ତାପରେ ତାଙ୍କ କଣ୍ଠ ଓ ମୁଖକୁ ନିର୍ଦ୍ଦେଶ କରି ପୁଙ୍ଖାନୁପୁଙ୍ଖ ଭାବରେ କିଛି ବର୍ଣ୍ଣନା କଲେ। ସେସିଲିଆ କହିଲା, "ସିଏ କହୁଛନ୍ତି ଯେ ସେ ଦୋକାନକୁ ଯାଇ ପାରିବେ ନାହିଁ। ତାଙ୍କ ବିଗିଡ଼ି ଯାଇଥିବା ଚେହେରା ଦେଖିଲେ ଗରାଖମାନେ ଆଉ ଆସିବେ ନାହିଁ, ବେପାର ମାରା ହେବ। ସେ କହୁଛନ୍ତି ଯେ ଦେହ ଭଲ ହେବାପରେ ପୁଣି ସିଏ ଦୋକାନକୁ ଯିବେ।"

: "ଆପଣଙ୍କର ଠିକ୍ ଚିକିସ୍ତା ଚଲିଛି ତ ?"

ସିଏ ପୁଣି ଅବୋଧ ଭାଷାରେ କିଛି କହିଲେ ଆଉ ତାଙ୍କର ଝିଅ ବୁଝାଇ ଚଲିଲା, "ରଞ୍ଜନରଶ୍ମି ପକାଯାଇ ତାଙ୍କର ଚିକିସ୍ତା କରାଯାଉଛି। ସିଏ ବର୍ଷକ ମଧ୍ୟରେ ସୁସ୍ଥ ହୋଇଯିବେ ବୋଲି ଆଶା କରୁଛନ୍ତି।" ତା'ର ପିତାଙ୍କର ଏହି ଦୟନୀୟ ଭ୍ରାନ୍ତିର କିଭଳି ପ୍ରଭାବ ତା ଉପରେ ପଡ଼ିଛି, ତାହା ଜାଣିବା ଲାଗି ମୁଁ ସେସିଲିଆ ମୁହଁକୁ ଚାହିଁଲି। ଚିରାଚରିତ ଭାବରେ ତା'ର ଚନ୍ଦ୍ରନିଭ ସୁଢଲ ମୁଖମଣ୍ଡଳ ଆଉ ଭାବଲେଶହୀନ ଚକ୍ଷୁରେ କିଛି ପ୍ରତିଫଳିତ ହେଉ ନ ଥିଲା। ମତେ ଲାଗିଲା ତା'ର ବାପା ମୁମୂର୍ଷୁ ଅବସ୍ଥାରେ ବୋଲି ସେସିଲିଆ ଯେମିତି ହୃଦୟଙ୍ଗମ କରିପାରି ନାହିଁ। ଖାଲି ସେତିକି କାହିଁକି, ତା'ର ଏ ସମ୍ପର୍କରେ ସମସ୍ତ ବକ୍ତବ୍ୟ ସତ୍ତ୍ୱେ, ତା'ର ବାପା ଅସୁସ୍ଥ ବୋଲି ମଧ୍ୟ ସେ କେବେ ଚିନ୍ତା କରିନାହିଁ। କିମ୍ୱା ସେ ଏ କଥା ବୁଝିଛି

ଆଉ ଏ ସମ୍ପର୍କରେ ସଚେତନ ଅଛି, ଠିକ୍ ଯେମିତି ବୈଠକଘର ଛଦିର କୃଷ୍ଣ ଗର୍ତ୍ତ ସମ୍ପର୍କରେ ସେ ସଚେତନ। ଆଉ ରୋଗଟା ତାଠାରୁ କିଛି ଅଧିକ ନୁହେଁ। ଘର ଛଦିର କଣାଟା ଯେମିତି କଣାଟିଏ ମାତ୍ର, ବାପାଙ୍କର ରୋଗଟା କେବଳ ରୋଗଟିଏ ମାତ୍ର। କଣା ଏବଂ ରୋଗ ଉଭୟଠାରୁ ସେ ଯେପରି ମାନସିକଭାବେ ବିଚ୍ଛିନ୍ନ ଆଉ ସମ୍ପୂର୍ଣ୍ଣ ନିର୍ଲିପ୍ତ। ହଠାତ୍ ଆମ ପଛରୁ ତା' ମାଆଙ୍କର ସେଇ ଚିଣିଚିଣିଆ ସ୍ୱର ଶୁଭିଲା, "ଖାଦ୍ୟ ପ୍ରସ୍ତୁତ, ଏଥର ଖାଇବାକୁ ଆସ।"

ଆମେ ଉଠି ଖାଇବା ଟେବୁଲ ପାଖ ଚୌକିରେ ବସିଲୁ। ଆଉ ସେସିଲିଆର ମାଆ ରୁଚିର ନ ଥିବା ହେତୁ କ୍ଷମା ପ୍ରାର୍ଥନା କରି ନିଜେ ପାସ୍ତା ରଖା ଯାଇଥିବା ପାତ୍ରଟିକୁ ଜଣଙ୍କ ପାଖରୁ ଆଉ ଜଣଙ୍କ ପାଖକୁ ଘୁରାଇ ନେଲେ। ଆଉ ମୁଁ ରୁଚିନା ବାସନରେ ରଖା ଯାଇଥିବା ସେଇ ଲାଲ, ତେଲାକ୍ତ ଏବଂ ସରୁ କାଠି ଭଳି ପାସ୍ତାକୁ ରୁହିଁ ଦେଖୁଥିଲି। ସେଇ ସ୍ପାଘେଟି ଗୁଡ଼ିକ ଅଡ଼ୁଆ ସୂତାର ଗଦା ଭଳି ଛନ୍ଦାଛନ୍ଦି ହୋଇ ରହିଥିଲେ। ମତେ ଲାଗିଲା ସେଇ ଖାଦ୍ୟରେ ବି ଏମିତି କିଛି ଅଛି ଯାହା ସେସିଲିଆଙ୍କର ଫ୍ଲାଟ ଘରର ଅନୁରୂପ – ସେଇ ଘରର ପ୍ରାଚୀନ ଜୀର୍ଣ୍ଣ ଚେହେରା ସହ ଅଭୁତ ସାଦୃଶ୍ୟ ଥିଲା ପାସ୍ତାର, ଆଉ ଠିକ୍ ସେଇ ଘରଭଳି ପାସ୍ତାରେ ମଧ ଥିଲା ଏକ ଅଯତ୍ନ ଅବହେଲାର ବାସ୍ନା। ବଡ଼ ବିତୃଷ୍ଣାର ସହ ସେହି କଦର୍ଯ୍ୟ ପାସ୍ତା ମୁଁ ଖାଇବାରେ ଲାଗିଲି। ଯେଉଁ କଣ୍ଟାରୁମୁଚରେ ମୁଁ ସ୍ପାଘେଟି ଗୁଡ଼ିକ ଉଠାଇ ନେଇ ଖାଉଥିଲି ତା'ର ହଳଦିଆ ରଙ୍ଗର ହାଡ଼-ନିର୍ମିତ ହ୍ୟାଣ୍ଡେଲଟି ନଡ଼ନଡ଼ ହେଉଥିଲା। ମୁଁ ମନେମନେ ଆର ତିନିକୁ, ବିଶେଷତଃ ସେସିଲିଆକୁ, ଈର୍ଷା କରିବାରେ ଲାଗିଥିଲି। ସେମାନେ ବେଶ୍ ତୃପ୍ତିର ସହ ତାଙ୍କର ଖାଦ୍ୟ ଗିଲି ରୁଲିଥିଲେ। ସେସିଲିଆର ମାଆ ମୋ ଚଷକରେ କିଛି ମଦ୍ୟ ଢାଲିଲେ। ତା'ର ପ୍ରଥମ ଢୋକରୁ ମୁଁ ଜାଣି ପାରିଲି ଯେ ତାହା ଖଟା ହୋଇ ନଷ୍ଟ ହୋଇ ଗଲାଣି। ତେଣୁ ତାପରେ, ମୁଁ କିଛି ଥଣ୍ଡା ପାଣି ରୁହିଁଲି। ଚଷକ ପାଖରେ ଥିବା ଅନ୍ୟ ଏକ ଗ୍ଲାସଟିରେ ସିଏ ବୋତଲରୁ ଖଣିଜ-ଜଳ (ମିନେରାଲ ଓ୍ୱାଟର) ଢାଲିଲେ। କିନ୍ତୁ ତାହା ମଧ ଲାଗୁଥିଲା ବାସି ଓ ବିସ୍ୱାଦ। ତାହା ଉଷ୍ଣୁମ ହୋଇ ଯାଇଥିଲା ଆଉ ସଜ କିଣା ବୋତଲର ପାଣିରେ ଥିବା ଚମକ ସେଥିରେ ନ ଥିଲା। କିନ୍ତୁ ଅପ୍ରୀତିକର ଖାଦ୍ୟର ନିରାନନ୍ଦମୟତାକୁ ଟପି ଯାଇଥିଲା ସେସିଲିଆର ମାଆଙ୍କର ଅପ୍ରୀତିକର ଆଲାପ। କେବଳ ସେ ହିଁ କଥା କହୁଥିଲେ

ଏବଂ ମୋ ସହିତ ଅବିରତ ଭାବରେ ବକବକ କରି ଚାଲିଥିଲେ। ସ୍ୱାଭାବିକ ଭାବରେ ସେ ବୁଝି ପାରିଥିଲେ ଯେ, ସେଇ ସଚରାଚର ପାଣିପାଗ, ରଙ୍ଗମଞ୍ଚ ଇତ୍ୟାଦି ସମ୍ବନ୍ଧୀୟ ଆଲୋଚନାକୁ ଛାଡ଼ିଦେଲେ, ତାଙ୍କର ଓ ମୋ ଭିତରେ ସାଧାରଣ ଆଲୋଚନାର ବିଷୟବସ୍ତୁ ହେବେ ବାଲେସ୍ତ୍ରାଏରି। କାରଣ ମୋ ପୂର୍ବରୁ ସେସିଲିଆକୁ ଚିତ୍ରକଳା ସମ୍ପର୍କରେ ସେ ଶିକ୍ଷା ପ୍ରଦାନ କରୁଥିଲେ ଏବଂ ସେହି ହିସାବରେ ତାଙ୍କର ପରିଚିତ ଥିଲେ। ତେଣୁ ଏହି ଖାଦ୍ୟ ପର୍ବର ମଧ୍ୟାମଝି, ଯେତେବେଳେ ଅରୁଚିକର ପାସ୍ତା ଖାଇବା ପରେ ମୁଁ ଅତି ନିକୃଷ୍ଟ କିସମର ତେଲରେ ରନ୍ଧା ହୋଇଥିବା ପରିବାପକା ମାଂସ ତରକାରିରୁ ଟେମେଡ଼ା ମାଂସ ଖଣ୍ଡେ ନେଇ ଚୋବାଉଥାଏ, ସେ ତାଙ୍କର ଟିଣିଟିଣିଆ ସ୍ୱରରେ ମତେ ହଠାତ୍ ଆକ୍ରମଣ କଲେ, "ପ୍ରଫେସର, ଆପଣ ପ୍ରଫେସର ବାଲେସ୍ତ୍ରାଏରିଙ୍କୁ ତ ନିଶ୍ଚୟ ଜାଣିଥିବେ, ନୁହେଁ କି?"

ମୁଁ ଉତ୍ତର ଦେବା ପୂର୍ବରୁ ସେସିଲିଆ ଆଡ଼େ ଚାହିଁଲି। ସେ ମୋ ଆଡ଼େ ଚାହିଁଥିଲା, କିନ୍ତୁ ମୋତେ ନୁହେଁ। ତା'ର ଦୃଷ୍ଟି ଏଭଳି ଅନ୍ୟମନସ୍କ ଆଉ ଅନିର୍ଦ୍ଦିଷ୍ଟ ଥିଲା ଯେ ତାହା କେଉଁଠି କେନ୍ଦ୍ରିତ ହୋଇଛି ତାହା ଜଣାପଡୁ ନ ଥିଲା। ମୁଁ ଶୃଙ୍ଖଳା ସ୍ୱରରେ କହିଲି, "ହଁ, ମୁଁ ତାଙ୍କୁ ଅଳ୍ପାଅଳ୍ପ ଜାଣେ।"

: "କେଡ଼େ ଭଲ ଲୋକ! ମନୋମୁଗ୍ଧକାରୀ ବ୍ୟକ୍ତିତ୍ୱ ସହିତ ବୁଦ୍ଧିର କି ଅପୂର୍ବ ସମନ୍ୱୟ! ସେ ବାସ୍ତବିକ ଥିଲେ ଜଣେ ଚାରୁକଳା ଶିଳ୍ପୀ। ଆପଣ ବିଶ୍ୱାସ କରି ପାରିବେନି ତାଙ୍କ ମୃତ୍ୟୁରେ ମୁଁ କେତେ ବେଶୀ ଦୁଃଖିତ।"

: "ହଁ! ହଁ!" ମୁଁ ତାଙ୍କ ସହ ଯୋଗ ଦେଲି। "ଆଉ ସେମିତି ବି କିଛି ବୟସ ହେଇ ନ ଥିଲା ତାଙ୍କର।"

: "ପଁଷଠି ହେଇଥିବ କି ନାଁ କେଜାଣି। ଆଉ ଚେହେରା ଦେଖିଲେ ତ ପଚଶ ଭଲି ଲାଗୁଥିଲା। ମାତ୍ର ଦୁଇବର୍ଷ ହେଲା ତାଙ୍କ ସାଙ୍ଗେ ଚିହ୍ନା ପରିଚୟ। କିନ୍ତୁ ଲାଗୁଥିଲା ମୁଁ ଯେମିତି ତାଙ୍କୁ ମୂଳରୁ ହିଁ ଜାଣିଛି। କହିବାକୁ ଗଲେ ସେ ଆମ ପରିବାରର ଏକ ଅଙ୍ଗ ଥିଲେ। ଆଉ ସେସିଲିଆକୁ ସିଏ ବହୁତ ଭଲ ପାଉଥିଲେ। ସିଏ କହୁଥିଲେ ଯେ ତାକୁ ସିଏ ନିଜ ଝିଅ ଭଲି ଦେଖୁଥିଲେ।"

: "ବରଂ ତାଙ୍କର କହିବା ଉଚିତ ଥିଲା ଯେ ସେ ନାତୁଣୀ ଭଲି ଦେଖୁଥିଲେ।" ମୁଁ ଗମ୍ଭୀର ଭାବରେ ଭ୍ରମ ସଂଶୋଧନ କଲାଭଲି କହିଲି।

: "ହଁ, ସେସିଲିଆ ପ୍ରକୃତରେ ତାଙ୍କ ନାତୁଣୀ ବୟସର।" ସେ ଯାନ୍ତ୍ରିକ ଭାବରେ ମୋ ସହିତ ସହମତି ପ୍ରକାଶ କଲେ। "ଆଉ ଭାବନ୍ତୁ ନା, ପଢ଼େଇବା ପାଇଁ ସେ ପଇସା ମଧ୍ୟ ନେଉ ନ ଥିଲେ। କଳା ଅମୂଲ୍ୟ, ତାକୁ ଅର୍ଥ ଦ୍ୱାରା ମାପ କରିହେବ ନାହିଁ, ସେ କହୁଥିଲେ ସବୁବେଳେ। ବାସ୍ତବିକ, କେଡ଼େ ସତ ନୁହେଁ ଏ କଥା।"

: "ବୋଧହୁଏ ଆପଣ ଏଇଆ ଇସାରା କରୁଛନ୍ତି ଯେ ମୁଁ ମଧ୍ୟ ସେସିଲିଆକୁ ବିନା ମୂଲ୍ୟରେ ପଢ଼େଇବା ଉଚିତ୍।" ମୁଁ ପରିହାସ କରିବାକୁ ଯାଇ କହିଲି।

: "ନା, ନା ମୁଁ କେବଳ ଏତିକି କହୁଥିଲି ଯେ, ବାଲେସ୍ତ୍ରାୟେରି ସେସିଲିଆକୁ ବହୁତ ଭଲ ପାଉଥିଲେ। ଆପଣଙ୍କ କ୍ଷେତ୍ରରେ ତ କଥାଟା ଅଲଗା। କିନ୍ତୁ ବାଲେସ୍ତ୍ରାୟେରି – ସତରେ ଆପଣ କହିପାରନ୍ତି ଯେ ସେସିଲିଆ ପ୍ରତି ସ୍ନେହ ହେତୁ ସେ ଜୀବନ ଦେବାକୁ ବି ପ୍ରସ୍ତୁତ ଥିଲେ।"

ମୋ ଜିଭ ଅଗକୁ କଥାଟା ରୁଲି ଆସୁଥିଲା ଯେ ବାସ୍ତବରେ ତା' ପ୍ରେମରେ ହିଁ ସେ ଜୀବନ ଦେଲେ। କିନ୍ତୁ ନିଜକୁ ସମ୍ଭାଳି ନେଇ ମୁଁ ପଚରିଲି, "ଆପଣଙ୍କ ସହ ତାଙ୍କର କ'ଣ ବାରମ୍ବାର ଭେଟାଭେଟି ହେଉଥିଲା?"

: "ବାରମ୍ବାର କାଇଁକି ? ପ୍ରାୟ ପ୍ରତିଦିନ ହିଁ ଭେଟ ହେଉଥିଲା। ସେ ଆମ ପରିବାରର ସଦସ୍ୟ ଭଳି ଥିଲେ। ଖାଇବା ଟେବୁଲରେ ତାଙ୍କ ପାଇଁ ଗୋଟିଏ ସ୍ଥାନ ପ୍ରାୟ ସଂରକ୍ଷିତ ହୋଇ ରହୁଥିଲା। କିନ୍ତୁ ଆପଣ ଭାବିବେନି ଯେ ସେ ଅବିବେକୀ ଥିଲେ। ବରଂ କଥାଟା ଥିଲା ସମ୍ପୂର୍ଣ୍ଣ ଓଲଟା।"

: "ମାନେ ଆପଣ କ'ଣ କହୁଛନ୍ତି ?"

: "ମାନେ କ'ଣ କି, ସେ କେବେବି କାହାର ରଣୀ ରହୁ ନ ଥିଲେ। ଜିନିଷପତ୍ର କିଣାକିଣି ପାଇଁ ଆମେ ଦୋକାନକୁ ଗଲେ ସେ ନିଜେ ଆଗତୁରା ପଇସା ଦେଇ ପକାଉଥିଲେ। ତା ଛଡ଼ା ବହୁବାର ଉପହାର ରୂପେ ସେ କେକ, ମଦ୍ୟ ବା ପୁଷ୍ପଗୁଚ୍ଛ ପଠାଉଥିଲେ ଆମକୁ। 'ମୋର ତ ନିଜର ପରିବାର ନାହିଁ, ଏଇଟା ବର୍ତ୍ତମାନ ମୋ ପରିବାର', ଏକଥା ସିଏ କହୁଥିଲେ ସବୁବେଳେ। ବିଚରା ! ତାଙ୍କ ସ୍ତ୍ରୀଙ୍କ ସହିତ ବିଚ୍ଛେଦ ଘଟିବା ପରେ ସେ ସମ୍ପୂର୍ଣ୍ଣ ଏକୁଟିଆ ହୋଇ ଯାଇଥିଲେ।"

ସେସିଲିଆ ଏହି ସମୟରେ କହିଲା, "ପ୍ରଫେସର ଆପଣଙ୍କର ପ୍ଲେଟଟା ଦିଅନ୍ତୁ। ମାଆ ତୁମ ପ୍ଲେଟଟା ବି ଦିଅ। ଆଉ ବାପା ତୁମେ ବି।" ସିଏ ରୁରୋଟିଆକ

ପ୍ଲେଟ୍‌କୁ ଏକାଠି କଲା, ରୁରୋଟିଯାକ ବାଉଲ (ବାଟି) ଥୋଇଲା ଗୋଟିକ ଉପରେ ଗୋଟିଏ। ଆଉ ରୁମ୍ ଛାଡ଼ି ରୁଲିଗଲା ସିଏ। ଶବସଂକାର ସମୟରେ ମୃତକର ସମ୍ମାନାର୍ଥେ ଦିଆଯାଉଥିବା ଅଭିଭାଷଣ ଭଳି ସେସିଲିଆର ମାଆ ବାଲେସ୍ୱାୟେରିଙ୍କ ଗୁଣଗାନ କରି ରୁଲିଥିବା ବେଲେ ତାଙ୍କର ସ୍ୱାମୀ କେବଲ ନୀରବରେ ଏକ ଭୟାର୍ତ ଆକୁଲ ଦୃଷ୍ଟିରେ ଆମକୁ ରୁହୁଁଥିଲେ ଏବଂ ଜଣଙ୍କ ପାଖରୁ ଆଉ ଜଣଙ୍କ ପାଖକୁ ଦୃଷ୍ଟି ଫେରାଉ ଥିଲେ। କିନ୍ତୁ ସେସିଲିଆ ରୁଲିଯିବା କ୍ଷଣି ସେ ଯେମିତି ମୋତେ ଉଦ୍ଦେଶ୍ୟ କରି କିଛି କହିବାକୁ ଚେଷ୍ଟା କରୁଛନ୍ତି, ସେଭଳି ଜଣା ପଡ଼ିଲା। ମୁଁ ଟିକିଏ ତାଙ୍କ ଆଡ଼କୁ ନଇଁ ଆସିଲି ତାଙ୍କ କଥା ଶୁଣିବା ପାଇଁ। ବିଚରା ସେଇ ରୁଗ୍ନ ମଣିଷଟି ପ୍ରଚଣ୍ଡ ପ୍ରଚେଷ୍ଟାର ସହିତ କ'ଣ କ'ଣ କହି ରୁଲୁଥିଲେ, କିନ୍ତୁ ତାହାର ବିନ୍ଦୁବିସର୍ଗ ମଧ୍ୟ ମୁଁ ବୁଝି ପାରିଲି ନାହିଁ। ତାଙ୍କର ପତ୍ନୀ ପଦେ କିଛି ନ କହି ଉଠିଗଲେ ଆଉ ପାଖ ଥାକରୁ ଗୋଟିଏ ଖାତା ଆଉ ପେନସିଲ ଆଣି ତାଙ୍କ ସ୍ୱାମୀଙ୍କ ଆଗରେ ଟେବୁଲ ଉପରେ ରଖିଲେ। କହିଲେ, "ଯାହା କହୁଛ ଲେଖିଦିଅ। ପ୍ରଫେସର ତମ କଥା ବୁଝିପାରୁ ନାହାନ୍ତି।"

କିନ୍ତୁ ସେ ଏକ ହିଂସ୍ର ଭଙ୍ଗୀରେ ଖାତା ଓ ପେନସିଲ ଫୋପାଡ଼ି ଦେଲେ ଚଟାଣ ଉପରକୁ। ତାଙ୍କ ପତ୍ନୀ କହିଲେ, "ଆମେ ତାଙ୍କ କଥା ବୁଝିପାରୁ। କିନ୍ତୁ ବାହାର ଲୋକେ ତ ବୁଝି ପାରନ୍ତି ନାହିଁ। ତେଣୁ ଆମେ ତାଙ୍କୁ କଥା କହିବା ବଦଲରେ ଲେଖିଦେବା ପାଇଁ ହଜାର ଥର ବୁଝାଇଲୁଣି। ସେ କିନ୍ତୁ କିଛି ବୁଝୁ ନାହାନ୍ତି। କହୁଛନ୍ତି, 'ମୁଁ ମୂକ ନୁହେଁ'। ସେ ମୂକ ନୁହନ୍ତି ଠିକ୍, କିନ୍ତୁ ଯଦି ଲୋକମାନେ ବୁଝିପାରୁ ନାହାନ୍ତି, କଥାଟା ଲେଖିବା ତାଙ୍କ ପକ୍ଷରେ ବେଶୀ ଉଚିତ୍ ହେବ ନାହିଁ କି? ଆପଣ କ'ଣ ଭାବୁଛନ୍ତି?"

ତାଙ୍କ ସ୍ୱାମୀ ତାଙ୍କୁ ରୁହିଁଲେ ଏକ କ୍ରୁଦ୍ଧ ଦୃଷ୍ଟିରେ ଆଉ ତାପରେ ମତେ ରୁହିଁ ପୁଣି କଥା କହିବାକୁ ଆରମ୍ଭ କଲେ। "ସେ କହୁଛନ୍ତି ଯେ ସେ ବାଲେସ୍ୱାୟେରିକୁ ଭଲ ପାଆନ୍ତି ନାହିଁ", ତାଙ୍କ ସ୍ତ୍ରୀ କହିଲେ ଦୁଃଖପୂର୍ଣ୍ଣ ସ୍ୱରରେ। ତାଙ୍କ କଣ୍ଠରେ ଥିଲା କୌଣସି କାମ କରିବାକୁ ବାଧ୍ୟ ହେଉଥିବାର ଅସହାୟତା। ତାପରେ ସେ ମୁଣ୍ଡ ହଲାଇଲେ ଏକ ଅକପଟ ବିଷାଦ ଓ ସମ୍ବେଦନାର ସହ। "ଭଗବାନ ଜାଣନ୍ତି ବିଚରା ବାଲେସ୍ୱାୟେରି ତାଙ୍କର କ'ଣ ବିଗାଡ଼ି ଦେଇଛନ୍ତି!" ତାଙ୍କର ସ୍ୱାମୀ ପୁଣି

କିଛି କହିଲେ ବେଶ୍ ଜୋର ଦେଇ । ତାଙ୍କ ପତ୍ନୀ ବ୍ୟାଖ୍ୟା କରି କହିଲେ, "ସେ କହୁଛନ୍ତି ଯେ ତାଙ୍କ ଉପରେ ତାଙ୍କ ନିଜ ଘରେ ବାଲେସ୍ଵାଯେରି ପ୍ରଭୁତ୍ଵ ଦେଖାନ୍ତି ।"

ତାଙ୍କର ସ୍ଵାମୀ ତାଙ୍କୁ ଚାହିଁଲେ ଅପଲକ ନୟନରେ । ସୁନିଷ୍ଠିତ ଭାବରେ ସେ ଦୃଷ୍ଟିରେ ଥିଲା ଏକ ତୀବ୍ର ବେଦନା । ତାପରେ ମୂକ ବ୍ୟକ୍ତିଟିଏ ନିଜକୁ ଯେଉଁଭଳି ବୁଝାଇବାକୁ ଚେଷ୍ଟା କରି ହତାଶ ଭାବରେ ଗାଁ ଗାଁ ଚିତ୍କାର କରେ, ଠିକ୍ ସେଇଭଳି ସେ ଏତେ ବଡ଼ ଆଁ କରି ତାଙ୍କର ସେଇ ଅବୋଧ ଧ୍ଵନିଗୁଡ଼ିକୁ ମୋ ଆଡ଼କୁ ନିକ୍ଷେପ କରିବାକୁ ଲାଗିଲେ । ସେସିଲିଆ ସେତେବେଳକୁ ଭୋଜନ ପ୍ରକୋଷ୍ଠ ଭିତରକୁ ଫେରି ଆସିଥିଲା । ମୁଁ ଦେଖିଲି ସେ ଆଖି ତୋଲି ମୋ ଆଡ଼େ ଚାହିଁଛି । ତାର ମାଆ କହି ଚାଲିଥିଲେ, "ମୋ ସ୍ଵାମୀ ବଡ଼ ବିଚିତ୍ର ବିଚିତ୍ର କଥା କୁହନ୍ତି । ଆପଣ ବୁଝିଲେ କି ସେ କଅଣ କହୁଛନ୍ତି ?"

"ନା ।"

ମତେ ଲାଗିଲା ସେ ଘଡ଼ିଏ ଅଟକିଗଲେ ଦ୍ଵିଧାପୂର୍ଣ୍ଣ ଭାବରେ । ତାପରେ ବୁଝାଇ କହିଲେ, "ସେ କହୁଛନ୍ତି ଯେ ବାଲେସ୍ଵାଯେରି ମୋ ସହିତ ମୈଥୁନ କରିବା ପାଇଁ ଉଦ୍ୟମ କରୁଥିଲେ ।" ସେ ଏହା ଉଚ୍ଚାରଣ କଲେ ଏକ ଉଦ୍‌ବିଗ୍ନତାର ସହିତ ଆଉ ମୋତେ ଏହା କହିବାବେଳେ ସେ ମୋତେ ନୁହେଁ ତାଙ୍କ ସ୍ଵାମୀଙ୍କୁ ଚାହିଁ କଥା କହୁଥିଲେ । ସେ ତାଙ୍କୁ ଚାହିଁଥିଲେ ଏକ ଗଭୀର ଦୃଷ୍ଟିରେ । ସେ ଦୃଷ୍ଟିରେ ଫୁଟି ଉଠୁଥିଲା ପରିତାପ, ଭର୍ତ୍ସନା ଓ କାତର ଅନୁରୋଧର ଏକ ମିଶ୍ର ଆବେଦନ । ମୁଁ ତାଙ୍କ ସ୍ଵାମୀଙ୍କୁ ଘୁରି ଚାହିଁଲି; ଆଉ ଦେଖିଲି ଯେ ତାଙ୍କ ପତ୍ନୀଙ୍କର ଏଇ ଚାହାଣିର ଅଭିପ୍ରେତ ପ୍ରଭାବ ଅବଶ୍ୟ ପଡ଼ିଛି । ଗୋଇଠା ଖାଇଥିବା କୁକୁରଟିଏ ପରି ସେ ଦିଶୁଥିଲେ ଧ୍ଵସ୍ତ ଓ ଅବମାନିତ । ତାଙ୍କ ପତ୍ନୀ ଆଶ୍ଵସ୍ତ ଦିଶିବା ଆରମ୍ଭ କରିଥିଲେ । ସେ କହିଲେ, "ବାଲେସ୍ଵାଯେରି ମତେ ପ୍ରଶଂସା କରନ୍ତି, ବେଳେବେଳେ ଠଟ୍ଟା ପରିହାସ ବି କରନ୍ତି, ପ୍ରକୃତରେ ଛୋପରାଙ୍କ ଭଳି କମେଣ୍ଟ ମଧ ମାରନ୍ତି । କିନ୍ତୁ କଥା ମାତ୍ର ସେତିକି । ସତରେ, କଥା ସେତିକି । ନା, ସତରେ ପ୍ରଫେସର..." ସେ ତାଙ୍କ ସ୍ଵାମୀଙ୍କ ବିଷୟରେ କହି ଚାଲିଲେ; ଯେମିତିକି ସିଏ ସେଠି ଅନୁପସ୍ଥିତ ଅବା ସିଏ ଏକ ନିର୍ଜୀବ ପଦାର୍ଥ । ତାଙ୍କ ବ୍ୟବହାର ଥିଲା ଅଳ୍ପସମୟ ପୂର୍ବରୁ ସେସିଲିଆ ପ୍ରଦର୍ଶିତ କରାଇ ଥିବା ବ୍ୟବହାରର ଅନୁରୂପ । "ମୋର ସ୍ଵାମୀ ଜଣେ

ଅତି ଭଲ, ସୁନ୍ଦର ମଣିଷ। କିନ୍ତୁ ତାଙ୍କର ମୁଣ୍ଡ ସବୁବେଳେ କାମ କରୁଥାଏ, ଅନବରତ ହିଁ କାମ କରି ଚଳିଥାଏ। ଖାଲି ତାଙ୍କ ଆଖିକୁ ଚାହିଁଲେ ବି ଏକଥା ବୁଝି ପଡ଼ିଯାଏ। ଭାବନା ଗୁଡ଼ିକ ତାଙ୍କ ମୁଣ୍ଡରେ ସାରାଦିନ ଖେଳୁଥାଏ। ତାଙ୍କ ମୁଣ୍ଡ କାମ କରି ଚଳିଥାଏ ଆଉ ତାପରେ ସିଏ ଏମିତି ଅବାଞ୍ଛିତ ହାସ୍ୟାସ୍ପଦ କଥାଗୁଡ଼େ କହନ୍ତି।"

ମୁଁ ତାଙ୍କ ସ୍ୱାମୀଙ୍କ ଆଡ଼େ ଚାହିଁଲି। ସେ କ୍ଷିପ୍ତ ଓ ହତଚକିତ ହୋଇ ନୀରବରେ ବସିଥିଲେ। ତାଙ୍କ ଭୟାର୍ତ୍ତ ଚକ୍ଷୁଯୁଗଳ ଏଣେ ତେଣେ ଖେଳି ବୁଲୁଥିଲା ଆଉ ରୁଟିର ଟୁକୁଡ଼ା ଗୁଡ଼ିକୁ ସେ ଆଙ୍ଗୁଠିରେ ଏକାଠି କରୁଥିଲେ। ହଠାତ୍ ତାଙ୍କ ତୁରନ୍ତ ଶାନ୍ତ ହୋଇ ଯାଇଥିବା କ୍ରୋଧର ଏକ ସମ୍ଭାବ୍ୟ ବ୍ୟାଖ୍ୟା ମୋ ମଥାରେ ଚମକି ଉଠିଲା। ତାହା ଏହିକି ଯେ, ବାଲେସ୍ଟ୍ରାୟେରି ଓ ସେସିଲିଆ, ଉଭୟଙ୍କର ମଧ୍ୟରେ ଥିବା ସମ୍ପର୍କର ଆଭାସ ସେ କୌଣସିମତେ ପାଇ ଯାଇଥିଲେ। ଅନ୍ତତଃ ସେ ଏ କଥା ସନ୍ଦେହ କରିଥିଲେ ଯେ ସେସିଲିଆ ପ୍ରତି ବାଲେସ୍ଟ୍ରାୟେରିଙ୍କ ମନୋଭାବ ନିତାନ୍ତ ପିତୃସୁଲଭ ନୁହେଁ ଯାହା ସେ ଦେଖାଇ ହେବା ପାଇଁ ଚେଷ୍ଟା କରୁଥିଲେ। ସେସିଲିଆର ପିତା ସେତେବେଳେ ତାଙ୍କ ପତ୍ନୀଙ୍କ ଆଗରେ କ୍ରୁଦ୍ଧ ସ୍ୱରରେ ବାଲେସ୍ଟ୍ରାୟେରିଙ୍କ ସମ୍ପର୍କରେ ଏହି ଦୋଷାରୋପ କରିଥିଲେ। କିନ୍ତୁ ମୋ ପାଇଁ ଭାଷାନ୍ତରଣ କଲାବେଳେ ସେସିଲିଆର ମାଆ ତୁରନ୍ତ ଠିଆ ସ୍ଥାନରେ ନିଜକୁ ବସାଇ ଦେଇଥିଲେ। ବାଲେସ୍ଟ୍ରାୟେରି ତାଙ୍କ ସହ ମୈଥୁନ କରିବାକୁ ଚାହୁଁଥିବା ନେଇ ଏକ ଭ୍ରମଧାରଣାର ବଶବର୍ତ୍ତୀ ହୋଇ ତାଙ୍କ ସ୍ୱାମୀ ବାଲେସ୍ଟ୍ରାୟେରିଙ୍କ ପ୍ରତି ଈର୍ଷ୍ଟୁକ ହୋଇ ପଡ଼ିଛନ୍ତି ବୋଲି ବର୍ଣ୍ଣନା କରି ସେ ତାଙ୍କ ସ୍ୱାମୀଙ୍କର କ୍ରୋଧର ଏକ ଯଥାର୍ଥ ବ୍ୟାଖ୍ୟା ଦେବାକୁ ଚେଷ୍ଟା କରୁଥିଲେ। ତେବେ ମୁଁ ଏକଥା ଜାଣିବାକୁ ଚାହୁଁଥିଲି ଯେ କାହିଁକି ସେସିଲିଆର ମାଆ ତାଙ୍କ ସ୍ୱାମୀଙ୍କ ବକ୍ତବ୍ୟର ବାସ୍ତବ ଅଭିପ୍ରାୟକୁ ମୋଠାରୁ ଗୋପନ କରିବାକୁ ଚେଷ୍ଟା କରୁଥିଲେ। ସେ କ'ଣ ଏହାର ଗୁରୁତ୍ୱ ହ୍ରାସ କରିବାକୁ ଚାହୁଁଥିଲେ ଏହି କାରଣରୁ ଯେ ଏ ପ୍ରକାର ଅଭିଯୋଗକୁ ସେ ମିଥ୍ୟା ଓ ଅସମ୍ଭବ ମନେ କରୁଥିଲେ? ଅଥବା ଏହି କାରଣରୁ ଯେ ସେ କିଛି ସନ୍ଦେହ କରୁଥିଲେ କିନ୍ତୁ ସେସିଲିଆ ଓ ବାଲେସ୍ଟ୍ରାୟେରିଙ୍କ ପ୍ରେମ ସମ୍ପର୍କ ବିଷୟରେ ସଠିକ ଭାବେ କିଛି ଜାଣି ନ ଥିଲେ ଓ ତେଣୁ ବାଲେସ୍ଟ୍ରାୟେରିଙ୍କ ସ୍ୱାର୍ଥକୈନ୍ଦିକ ଉଦାରତାର ପୁରା

ଫାଇଦା ଉଠାଇବାକୁ ଚେହିଁଥିଲେ ? ଅଥବା, ପରିଶେଷରେ ଏହି କାରଣରୁ ଯେ, ସେ ତାଙ୍କର କନ୍ୟା ଓ ସେହି ବୃଦ୍ଧ ତୈଳିକଙ୍କ ମଧ୍ୟରେ ଥିବା ସମ୍ପର୍କ ବିଷୟରେ ମୂଳରୁ ହିଁ ଜାଣିଥିଲେ ଏବଂ ଜାଣିବା ସତ୍ତ୍ୱେ ମଧ୍ୟ ସେ ଦେଉଥିବା ଉପହାର ଓ ସାହାଯ୍ୟକୁ ପ୍ରତ୍ୟାଖ୍ୟାନ କରୁ ନ ଥିଲେ । ଏହି ତିନୋଟି ଯାକ ଅବଧାରଣା, ମୁଁ ବୁଝି ପାରିଲି, ଅଲଗା ଅଲଗା ଗୁରୁତ୍ୱ ବହନ କରୁଥିଲେ ମଧ୍ୟ ସମ୍ଭାବରେ ସମ୍ଭବପର ଏବଂ ସମପରିମାଣରେ ଯୁକ୍ତିଯୁକ୍ତ । ମୁଁ ମୋ ମନ ଭିତରେ ଏଭଳି ଚିନ୍ତାକୁ ସ୍ଥାନିତ କରିବା ସମୟରେ ମୁଁ ସେସିଲିଆକୁ ଚେହିଁଥିଲି ଏବଂ ଏକଥା ଆଉ ଥରେ ହୃଦୟଙ୍ଗମ କଲି ଯେ, ମୋର ଏଠାକୁ ବୁଲି ଆସିବା ଭିତରେ ମୁଁ ଯାହା ଯାହା ଆବିଷ୍କାର କଲି, ମୂଳତଃ ସେ ସମ୍ପର୍କରେ ସିଏ ନିର୍ଲିପ୍ତ । ଅର୍ଥାତ୍ ଯଦି ମୋର ଅଧମତମ ଅବଧାରଣାଟି ମଧ୍ୟ ସତ୍ୟ ପର୍ଯ୍ୟବେଶିତ ହୁଏ, ଆଉ ସେସିଲିଆର ମାଆ ସବୁ ଜାଣିବା ସତ୍ତ୍ୱେ ମଧ୍ୟ ସେସିଲିଆର ରାଜିରୁଜାରେ ବୈଷୟିକ ଲାଭ ଗ୍ରହଣ କରୁ ଥାଆନ୍ତି, ତେବେ ମଧ୍ୟ ମୋ ପକ୍ଷରେ ଏ କଥା କହିବା ସମ୍ଭବ ହେବନାହିଁ ଯେ ମୁଁ ସେସିଲିଆ ସମ୍ପର୍କରେ ନିର୍ଦ୍ଦିଷ୍ଟଭାବେ କିଛି ଜାଣି ପାରିଲି । ତାହା ଏଇଥିପାଇଁ ଯେ, ଯେଭଳି ସ୍ୱପଚଳକ ବ୍ୟକ୍ତିଟିଏ ତା ଗୃହର ଆସବାବପତ୍ର ମଧ୍ୟରେ ଅଚେତନ ଭାବରେ ଘୁରାଫେରା କରେ, ସେସିଲିଆ ତା ପରିବାର ମଧ୍ୟରେ ଚଳପ୍ରଚଳ ହେଉଥିଲେ ମଧ୍ୟ ସେ ଥିଲା ଏସବୁ ଠାରୁ ମାନସିକ ଭାବେ ବିଚ୍ଛିନ୍ନ ।

ଆମ ଦିବାହାର ଶେଷ ହେଲା ଏକ ଅପ୍ରତ୍ୟାଶିତ ଭାବରେ । ଆମେ ପ୍ରତ୍ୟେକ ଗୋଟିଏ ଗୋଟିଏ ଅଧା ଲାଲ ଅଧା ସବୁଜ ସେଓ ଖାଇବା ପରେ, ସେସିଲିଆର ପିତା ହଠାତ୍ ଉଠି ଠିଆ ହୋଇ ପଡ଼ିଲେ, ଆଉ ସେ ବଖରାରୁ ବାହାରି ଚାଲିଗଲେ । ଏକ ଅସ୍ଥିର, ଅନିୟନ୍ତ୍ରିତ ପଦପାତରେ ସେ ଆଗେଇ ଯାଉଥିଲେ ଆଉ ତାଙ୍କ ପ୍ୟାଣ୍ଟ ଏଭଳି ଚଉଡ଼ା ଆଉ ହୁଗୁଲା ଥିଲା ଯେ ତା’ ଭିତରେ ତାଙ୍କ ଗୋଡ଼ ନ ଥିଲା ଭଳି ଲାଗୁଥିଲା । ଘଡ଼ିକ ପରେ ସେ ତାଙ୍କ ଆକାରରୁ ବହୁତ ବଡ଼ ଏକ ଓଭରକୋଟ ପିନ୍ଧି ପୁଣି ଉପସ୍ଥିତ ହେଲେ । ସେ ପିନ୍ଧିଥିବା ଟୋପିର ଆଢୁଆଲରେ ତାଙ୍କ ମୁହଁର ଫାଲେ ଲୁଚି ଯାଇଥିଲା । ସେଇଟା ଆଉ କାହାର ଟୋପି ଭଳି ଲାଗୁଥିଲା । ସେ ଖଣ୍ଡେ ଦୂରରୁ ମୋ ଉଦ୍ଦେଶ୍ୟରେ ହାତ ହଲାଇଲେ ଆଉ ଝରେକାକୁ ଦେଖାଇ କିଛି ମନ୍ତବ୍ୟ ଦେଲେ । ଏକ ନିସ୍ତବ୍ଧ,

ବର୍ତ୍ତୁଳ ସୂର୍ଯ୍ୟର ଆଲୋକରେ ଉଭାସିତ ଦିଶୁଥିଲା ବାତାୟନ। "ସେ କହୁଛନ୍ତି ଯେ ସେ ଝୁଲିବାକୁ ଯିବେ", ତାଙ୍କ ସ୍ତ୍ରୀ ବୁଝାଇ କହିଲେ। "ଆଉ ମତେ ମଧ ତାଙ୍କ ସହ ଯିବାକୁ ପଡ଼ିବ।" କହୁ କହୁ ଉଠି ଠିଆ ହେଲେ ସିଏ। "ଆମେ ଟିକେ ଘୁରାଘୁରି କରିବୁ ଆଉ ମୁଁ ତାଙ୍କ ସହ ପ୍ରେକ୍ଷାଳୟକୁ ଯିବି। ମୁଁ ତାଙ୍କୁ ସେଠାରେ ଛାଡ଼ି ଝୁଲି ଆସିବି, କାରଣ ଝରିଟାରେ ଦୋକାନ ଖୋଲିବାକୁ ହେବ। ପ୍ରଫେସର, ଜଣେ ମଣିଷ ଏଭଳି ଅବସ୍ଥାକୁ ଆସିଯିବା ଯେ କି ଦୁଃଖର କଥା, ଆଉ ତାକୁ ଏହି ଅବସ୍ଥାରେ ସମ୍ଭାଳିବା ଯେ କି ବିରାଟ ଦାୟିତ୍ୱ !" ତାଙ୍କ ସ୍ୱାମୀଙ୍କ ବିଷୟରେ ସେ ଏହିଭଳି କିଛି ମନ୍ତବ୍ୟ ଦେଉଥିବା ବେଳେ, ତାଙ୍କ ସ୍ୱାମୀ କକ୍ଷର ଅପର କୋଣରେ ଦ୍ୱାରର ଦେହଲୀ ଉପରେ ଠିଆ ହୋଇ ତାଙ୍କୁ ଅପେକ୍ଷା କରି ରହିଥିଲେ। ସେ ଦିଶୁଥିଲେ ପାଲ୍‌ଭୂତଟିଏ ପରି ବିଚିତ୍ର। ସେସିଲିଆର ମାଆ ମତେ ଶୁଭେଚ୍ଛା ଜ୍ଞାପନ କରି ମୋଠାରୁ ବିଦାୟ ନେଲେ, ଆଉ ଆମେ ଗଲାବେଳେ ଭଲଭାବରେ ଦୁଆର ବନ୍ଦ କରିଦେବା ପାଇଁ ସେସିଲିଆକୁ ନିର୍ଦ୍ଦେଶ ଦେଇ ତାଙ୍କର ପତିଙ୍କ ସହ ବାହାରକୁ ବାହାରି ଗଲେ। ଘଡ଼ିକ ପରେ ହଲ୍‌ଘରୁ ତାଙ୍କ ସ୍ୱର ଶୁଣାଗଲା, କିନ୍ତୁ ସେ କ'ଣ ସବୁ କହୁଥିଲେ ମୁଁ ବୁଝି ପାରିଲି ନାହିଁ। ଏହାପରେ ଘରର ମୁଖ୍ୟଦ୍ୱାର ବନ୍ଦ ହେବାର ଶଦ ଶୁଭିଲା ଆଉ ତାପରେ ସବୁ ଶାନ୍ତ ଓ ନିସ୍ତବ୍ଧ ହୋଇ ପଡ଼ିଲା।

ସେଇ ଅପରିଷ୍କୃତ ଟେବୁଲ ପାଖରେ ପରସ୍ପରଠୁ ଅଳ୍ପଦୂରରେ ସେସିଲିଆ ଓ ମୁଁ ବସି ରହିଥିଲୁ ସେମିତି। ଘଡ଼ିକ ପରେ ମୁଁ କହିଲି, "ତାହେଲେ ତୁମ ହିସାବରେ ତୁମର ଏଇ ବାପାମାଆ ଆମେ କାଇଁକି ପରସ୍ପରକୁ ପ୍ରତିଦିନ ଭେଟୁ ବୋଲି ତୁମ ଉପରେ ବିରକ୍ତ ହେଉଥିଲେ।" ସିଏ ଉଠି ଠିଆହେଲା ଆଉ କିଛିବି ନ କହି ଟେବୁଲ ସଫା କରିବାରେ ଲାଗିଲା। ଲଜ୍ଜାଜନକ ପ୍ରଶ୍ନମାନଙ୍କର ଅପ୍ରତିଭତାରୁ ରକ୍ଷା ପାଇବା ପାଇଁ ସେ ସଚରାଚର ଏହା ହିଁ କରେ ବୋଲି ମୁଁ ଜାଣେ। ତଥାପି ମୁଁ ଛାଡ଼ିଲି ନାଇଁ। "ତୁମେ କେମିତି ଆଶା କରୁଛ ଏକଥା ମୁଁ ବିଶ୍ୱାସ କରିବି ଯେ, ତୁମ ବାପାମାଆଙ୍କ ଭଳି ମଣିଷ ପ୍ରକୃତରେ ତୁମ ସ୍ୱାଧୀନତାରେ ବାଧା ଦେଉଛନ୍ତି ?"

: "କାଇଁକି ? ମୋ ବାପାମାଆଙ୍କର କ'ଣ ଏମିତି ବିଶେଷତ୍ୱ ତୁମେ ଦେଖିଲ କି ?"

: "କିଛି ବିଶେଷତ୍ୱ ନାହିଁ। ବରଂ କହିବାକୁ ଗଲେ ସେମାନେ ସମ୍ପୂର୍ଣ୍ଣ ଭବେ ସାଧାରଣ।"

: "ମାନେ ତୁମେ କ'ଣ କହିବାକୁ ଚାହୁଁଛ ?"

: "ମୁଁ କହିବାକୁ ଚାହୁଁଛି ଯେ ତୁମ ବାପାମାଆ ମତେ ଖାସ୍ କଡ଼ା ଲୋକ ଭଲି ଜମା ଜଣାପଡ଼ୁ ନାହାନ୍ତି ।"

: "ତଥାପି ବି ଏଇଟା ସତ । ସେମାନେ ବେଶ୍ ରକ୍ଷଣଶୀଳ । ଆମେ ବେଶି ମିଶିବାଟା ସେମାନେ ଚାହାନ୍ତି ନାହିଁ ।"

: "ତମ ବାପା ହୋଇ ପାରନ୍ତି, କିନ୍ତୁ ତୁମର ମାଆ କଦାପି ନୁହେଁ ।"

: "ମୋ ମାଆ ନୁହେଁ କାହିଁକି ?"

: "କାରଣ ତୁମର ମାଆ ବାଲେଶ୍ୱାୟେରିଙ୍କ ସମ୍ପର୍କରେ ସବୁକିଛି ଜାଣିଥିଲେ । ଯଦି ତାଙ୍କ ସହ ତୁମ ସମ୍ପର୍କକୁ ନେଇ ସେ ଅଭିଯୋଗ କରୁ ନ ଥିଲେ, ତେବେ ମୋ ସହ ସମ୍ପର୍କକୁ ନେଇ ସେ ଅଭିଯୋଗ କରିବେ ବା କାହିଁକି ?"

: "ମୁଁ ତୁମକୁ ଆଗରୁ କହିଛି, ସେ ଏ ବିଷୟରେ କିଛି ବି ଜାଣନ୍ତି ନାହିଁ ।"

: "ଆଛା, ଠିକ୍ ଅଛି । ଯଦି ଏ ବିଷୟରେ ସେ ଜାଣନ୍ତି ନାଇଁ, ତେବେ ତୁମ ବାପାଙ୍କ କଥା ସେ ଏମିତି ବଦଲାଇ ଦେଲେ କାହିଁକି ?"

: "କାହିଁକି ମାନେ ? କେତେବେଳେ କ'ଣ ବଦଲାଇ ଦେଲେ ସିଏ ?"

: "ତୁମେ ଭାବୁଛ ମୁଁ କିଛି ଜାଣି ପାରୁନାଇଁ ? ତୁମର ବାପା ପ୍ରକୃତରେ କହିଲେ ଯେ ସେ ବାଲେଶ୍ୱାୟେରିଙ୍କୁ ଭଲ ପାଆନ୍ତି ନାହିଁ କାରଣ ସେ ତୁମ ସହ ଅନୈତିକ ସମ୍ପର୍କ ରଖିଥିଲେ । କିନ୍ତୁ ତୁମର ମାଆ ତାଙ୍କ କଥାକୁ ବଦଲାଇ ଏମିତି ବର୍ଣ୍ଣନା କଲେ ଯେମିତିକି ବାଲେଶ୍ୱାୟେରି ତୁମ ମାଆଙ୍କ ସହ ମୈଥୁନ କରୁଥିଲେ ବୋଲି ବାପା ଅଭିଯୋଗ କରୁଥିଲେ । ଏହା ସତ ନୁହେଁ କି ?"

ସେସିଲିଆ ସାମାନ୍ୟ ଇତସ୍ତତଃ ହେଲା । ତାପରେ ଅନିଚ୍ଛା ସହକାରେ ସ୍ୱୀକାର କଲା, "ହଁ, ଏହା ସତ ।"

: "ତାହେଲେ ମତେ କୁହ । ଯଦି ତୁମର ମାଆ ବାସ୍ତବରେ ବାଲେଶ୍ୱାୟେରିଙ୍କ ସହ ତୁମର ସମ୍ପର୍କ ବିଷୟରେ ଜାଣି ନ ଥିଲେ, ତାହେଲେ ତାଙ୍କର କ'ଣ ଗରଜ ପଡ଼ିଥିଲା ବାଲେଶ୍ୱାୟେରି ତାଙ୍କ ସହ ମୈଥୁନ କରୁଥିଲେ ବୋଲି କହି କଥା ବାଆଁରେଇବା ପାଇଁ ?"

: "କାରଣ ଏହା ବାସ୍ତବରେ ସତ ।" ସେ ଅତି ସରଳ ଭାବରେ କହିଲା ।

: "କ'ଣ ଟା ସତ ?"

: "ମୁଁ ନିଜେ ବାଲେସ୍ତ୍ରାୟେରିଙ୍କୁ ମାଆଙ୍କ ସହ ମୈଥୁନ କରିବାକୁ କହିଥିଲି । କାରଣ ଏହା ଫଳରେ ବାଲେସ୍ତ୍ରାୟେରିଙ୍କ ସହ ମୋର ସମ୍ପର୍କ ସେ ଲକ୍ଷ୍ୟ କରିପାରିବେ ନାହିଁ ।"

: "ଅବଶ୍ୟ ଉପାୟ ହିସାବରେ ଏଇଟା ଠିକ୍ । ତୁମେ ବହୁତ ଚତୁର । ଆଛା ତୁମ ମାଆ କ'ଣ ବାଲେସ୍ତ୍ରାୟେରିଙ୍କର ତାଙ୍କ ସହ ମୈଥୁନକୁ ଏକ ସ୍ୱାଭାବିକ ପ୍ରଣୟ ପ୍ରଦର୍ଶନ ବୋଲି ବିଶ୍ୱାସ କରି ନେଇଥିଲେ ?"

: "ସେ ସମ୍ପୂର୍ଣ୍ଣ ବିଶ୍ୱାସ କରୁଥିଲେ ଯେ ବାଲେସ୍ତ୍ରାୟେରି ତାଙ୍କୁ ପ୍ରେମ କରୁଛନ୍ତି ।"

: "କିନ୍ତୁ ତୁମ ବାପା ? ସେ ଏକଥା ବିଶ୍ୱାସ କରୁ ନ ଥିଲେ । ନୁହେଁ କି ?"

: "ନା ।"

: "କାହିଁକି ?"

: "ଥରେ ସେ ଆମ ଦୁହିଙ୍କ ଏକାଠି ଦେଖ୍ ନେଇଥିଲେ ।"

: "ସେ କ'ଣ ଦେଖିଲେ ?"

: "ବାଲେସ୍ତ୍ରାୟେରି ମତେ ଚୁମ୍ବନ ଦେବାବେଳେ ସେ ଦେଖ୍ ପକାଇଲେ ।"

: "ଏ କଥା କ'ଣ ସେ ତୁମ ମାଆଙ୍କୁ କହିଲେ ନାହିଁ ?"

: "ହଁ ସେ କହିଲେ, କିନ୍ତୁ ମାଆ ତାଙ୍କ କଥା ବିଶ୍ୱାସ କଲେ ନାହିଁ । କାରଣ ବାଲେସ୍ତ୍ରାୟେରି ତାଙ୍କ ସହ ପ୍ରାୟ ମୈଥୁନଲିପ୍ତ ରହୁଥିଲେ, ଆଉ ସେ ଭାବିଲେ ଯେ ବାପା ଈର୍ଷାପରାୟଣ ହୋଇ ଏଭଳି ମିଥ୍ୟା ଅଭିଯୋଗ କରୁଛନ୍ତି ।"

: "ବାଲେସ୍ତ୍ରାୟେରି ତାପରେ ମଧ ତୁମ ଘରକୁ ଆସୁଥିଲେ ?"

: "ହଁ ସେ ଆସୁଥିଲେ । କିନ୍ତୁ ଆମେ ଅଧିକ ସତର୍କ ହୋଇ ଯାଇଥିଲୁ । ଏମିତିକି ଶେଷକୁ ବାପା ମଧ ଭାବିଲେ ଯେ ତାଙ୍କର ବୋଧହୁଏ କିଛି ଭୁଲ ହୋଇ ଯାଇଛି । କିନ୍ତୁ ତଥାପି ମଧ ବାଲେସ୍ତ୍ରାୟେରିଙ୍କ ଉପରୁ ତାଙ୍କର ରାଗ ଯାଇ ନ ଥିଲା । ଯେତେବେଳେ ସିଏ ବାଲେସ୍ତ୍ରାୟେରିଙ୍କୁ ଘରକୁ ଆସିବା ଦେଖୁଥିଲେ, ସେ ବାହାକୁ ବାହାରି ଚାଲି ଯାଉଥିଲେ ।"

ସେତେବେଳକୁ ଟେବୁଲ ସଫା ହୋଇ ଯାଇଥିଲା ଆଉ ସେସିଲିଆ ଚେୟାରଗୁଡ଼ିକୁ ସଜାଡ଼ି ନିର୍ଦ୍ଦିଷ୍ଟ ସ୍ଥାନରେ ରଖୁଥିଲା । ଯେତେବେଳେ ସିଏ ମୋ ପାଖ ଦେଇ ଗଲା ମୁଁ ତା ବାହୁକୁ ଧରି ଭିଡ଼ି ଆଣିଲି ଆଉ ମୋ କୋଳରେ ବସାଇ ଦେଲି । ସେ ବସିଲା; କିନ୍ତୁ ବଡ଼ ଆଗ୍ରହଶୂନ୍ୟ ଭାବରେ । ସେ ବଡ଼ ଅନ୍ୟମନସ୍କ ଲାଗୁଥିଲା । "ମୋ ଶିଳ୍ପଶାଳାକୁ ଏଇଣା ଯିବା କି ?", ମୁଁ ପଚାରିଲି ।

ମୁଁ ଲକ୍ଷ୍ୟ କଲି ଯେ ସେ ତାର ହାତଘଣ୍ଟାକୁ ଚାହିଁଲା । ତାପରେ ସେ ଉତ୍ତର ଦେଲା, "ମୁଁ ଗୋଟିଏ ଦୂରାଳାପ୍ତିର ଅପେକ୍ଷାରେ ଅଛି ।"

: "ଷ୍ଟୁଡ଼ିଓକୁ ଯିବା ସହିତ ୟାର ବା କି ସମ୍ପର୍କ ?"

: "ମୁଁ ଷ୍ଟୁଡ଼ିଓକୁ ଯାଇ ପାରିବି କି ନାହିଁ ତାହା ସେଇ ଫୋନକଲ ଉପରେ ନିର୍ଭର କରେ ।"

: "ତୁମକୁ କିଏ ଫୋନ କରିବ ?"

ସେ ଘଡ଼ିକ ପାଇଁ ମତେ ଚାହିଁଲା ଅସ୍ଵସ୍ତ ଚିନ୍ତିତ ଅଭିବ୍ୟକ୍ତିର ସହ । ଆଉ ତାପରେ ସେ କହିଲା, "ଜଣେ ସିନେମା ନିର୍ମ୍ମାତା । ତାଙ୍କ ସହ ଭେଟ ହେବା ପାଇଁ ସମୟ ଦେବାର ଥିଲା । ଯଦି ସାଙ୍ଗେ ସାଙ୍ଗେ ଭେଟିବାକୁ ହେବ ତ ମୁଁ ତୁମ ସାଙ୍ଗେ ଯାଇ ପାରିବି ନାହିଁ ।"

ମୁଁ ନିଶ୍ଚିତ ହୋଇ ପଡ଼ିଲି ଯେ ସେ ମିଛ କହୁଛି । ଯେଉଁ ସ୍ଵରରେ ସେ ଏକଥା କହିଲା ତାହା ହିଁ ତାକୁ ଧରା ପକାଇ ଦେଲା । ସେ ସ୍ଵର ଏତେ ସାବଲୀଳ ଥିଲା ଯେ, କେବଳ ଜଣେ ମିଛ କହୁଥିଲେ ହିଁ ଏଭଳି ସାବଲୀଳତା ଫୁଟି ପାରିବ ।

: "ସତ କହୁନା କାହିଁକି ? ସେଇ ଅଭିନେତା ତୁମକୁ ଫୋନ କରିବ ।"

: "କୋଉ ଅଭିନେତା ?"

: "ଲୁସିଆନି ।"

: "ମୁଁ କାଲି ତାଙ୍କୁ ଭେଟିଥିଲି ।" ସେ ହଠାତ୍ କହିଲା । ଏହି ଚବିଶ ଘଣ୍ଟାର ପୁରୁଣା ସତକୁ ମୋ ଆଗରେ ଉପସ୍ଥାପିତ କରି ସେ ଯେ ତାର ଘଡ଼ିଏ ପୂର୍ବର ମିଛକୁ ଘୋଡ଼ାଇବାକୁ ଚାହୁଁଛି, ଏ କଥା ମୁଁ ସ୍ଵଷ୍ଟ ବୁଝିପାରିଲି । "ଆମେ ଏକାଠି ହୋଇ ଜଣେ ଚିତ୍ର-ନିର୍ମ୍ମାତାଙ୍କ ପାଖକୁ ଯାଇଥିଲୁ । ମୋର ଲୁସିଆନିଙ୍କ ସହିତ ପ୍ରତିଦିନ ଦେଖା କରିବାର କିଛି ଆବଶ୍ୟକତା ନାହିଁ ।"

: “ତୁମେ ଗତକାଲି ବି ଜଣେ ଚିତ୍ର-ନିର୍ମାତାଙ୍କ ପାଖକୁ ଯାଇଥିଲ !”

: “ସେଇ ଏକା ଲୋକ । ଲୁସିଆନି ହିଁ ମତେ ତାଙ୍କ ସହ ପରିଚୟ କରାଇ ଦେଇଥିଲେ । ଚିତ୍ର-ନିର୍ମାତା ଜଣକ ଗତକାଲି ମତେ ସମୟ ଦେଇ ପାରିଲେ ନାହିଁ, ଆଉ ଖବର ଦେଇଥିଲେ ଯେ ଆଜି କେତେବେଲେ ଭେଟ ହୋଇପାରିବ ସେ ଫୋନ କରି ଜଣାଇବେ ।”

ମୁଁ ଲକ୍ଷ୍ୟ କଲି କଥାଟା କେତେ ଯୁକ୍ତିଯୁକ୍ତ ଓ ବିଶ୍ୱସନୀୟ ! ଏବଂ ସମ୍ଭବତଃ ଏହି ପୁଙ୍ଖାନୁପୁଙ୍ଖ ବିବରଣୀର ସମସ୍ତ ଅଂଶଗୁଡ଼ିକ ମଧ ସତ୍ୟ । କାରଣ ମୁଁ ଜାଣିଥିଲି ଯେ, ଯେତେବେଲେ ସେସିଲିଆ ମିଛ କହିବାକୁ ବାଧ ହୁଏ, ସେ ସତ୍ୟର କଣିକାଗୁଡ଼ିକୁ ନେଇ ମିଥ୍ୟାର ସୌଧଟିଏ ରଚନା କରିଥାଏ ।

: “ଆରେ ମାନିଯାଅ”, ମୁଁ ଯୋର ଦେଲି । “ଲୁସିଆନି ହିଁ ତୁମକୁ ଫୋନ କରିବ । କାହିଁକି ତୁମେ ଏ ସତ୍ୟକୁ ସ୍ୱୀକାର କରୁ ନାହିଁ ?”

: “ସତ୍ୟ ହେଇଥିଲେ ସ୍ୱୀକାର ନ କରିବାର କିଛି କାରଣ ହିଁ ନାହିଁ । କିନ୍ତୁ ଏହା ସତ ନୁହେଁ ।”

: “ଆଛା ଯଦି ଏହା ସତ ନୁହେଁ ତାହେଲେ ମୁଁ ଯାଇ ଟେଲିଫୋନ ଧରିବି ।”

: “ଠିକ୍ ଅଛି । ଯଦି ତୁମେ ଋହୁଁଛ, ଫୋନ ବାଜିଲେ ତୁମେ ଯାଇ ଧରିପାର ।”

ମୋ କଥାରେ ସିଏ ଏଭଲି ତୁରନ୍ତ ରାଜି ହୋଇଯିବା ଫଲରେ ମୁଁ ଏପରି ଚିନ୍ତା କରିବାକୁ ବାଧ ହେଲି ଯେ ସମ୍ଭବତଃ ଲୁସିଆନି ସହ ସେ ଆଗରୁ କିଛି ବ୍ୟବସ୍ଥା କରି ରଖିଛି ଯାହା ପ୍ରେମିକ ପ୍ରେମିକା ମାନେ ସାଧାରଣତଃ ଧରା ନ ପଡ଼ିବା ପାଇଁ କରନ୍ତି । ‘ଯଦି ସେସିଲିଆ ଫୋନ ଧରେ ତ ଲୁସିଆନି ନିଜ ପରିଚୟରେ କଥା ହେବ, କିନ୍ତୁ ଆଉ କିଏ ଧରିଲେ ସେ ନିଜକୁ ଚିତ୍ର-ନିର୍ମାତା ବୋଲି ପରିଚୟ ଦେବ’ ଏଭଲି ବ୍ୟବସ୍ଥା ମଧ ସିଏ ଆଗରୁ କରି ରଖ଼ ଥିବା ସମ୍ଭବ । ତେଣୁ ଏକ ଅସ୍ୱସ୍ତ ତିକ୍ତତାର ସହ ମୁଁ କହିଲି, “ନା, ତୁମକୁ ମୋର ପରୀକ୍ଷା କରିବାର ଆବଶ୍ୟକତା ନାହିଁ । ମୁଁ ଖାଲି ଏଇଆ ଋହେଁ ଯେ ତୁମେ ଗୋଟିଏ କଥା ଭଲଭାବରେ ବୁଝିବ... କେବଲ ଏଇ ଗୋଟିଏ କଥା ।”

: “କଣ ସେଇଟା ?”

: “ତୁମେ ମତେ ପ୍ରେମ କରିବ ମୁଁ ଏହା ଆଶା କରେନୋ, କିନ୍ତୁ ମୁଁ ଆଶା କରେ ଯେ ତୁମେ ମତେ ସତ କହିବ। ଯଦି ତୁମେ ପ୍ରକୃତରେ ଲୁସିଆନିକୁ ଭେଟିବାକୁ ଯାଉଥାଅ ତେବେ ବି ମୁଁ ରହିଁବି ଯେ ତୁମେ ମତେ ସତ ହିଁ କହିବ। ମତେ କେବଳ ଖୁସି କରିବା ପାଇଁ, ତୁମେ ଯାଉନାହିଁ ବୋଲି କହିବାଟା ମୁଁ ପସନ୍ଦ କରିବି ନାହିଁ।”

ଆମେ ପରସ୍ପରକୁ ରହିଁ ରହିଲୁ। ତାପରେ ଏକ କୋମଳ ମୁଦ୍ରାରେ ସେ ଥାପୁଡ଼େଇଲା ମୋର ଗାଲକୁ। “ମୋର ସତଟି ହେଲା ଏଇଆ ଯେ ମୁଁ ଆଜି ଲୁସିଆନିକୁ ଭେଟିବି ନାହିଁ। ତୁମେ ବରଂ କ’ଣ ତୁମର ସତଟି ଶୁଣିବାକୁ ରହିଁବ ଯେ ମୁଁ ତାଙ୍କୁ ଭେଟିବି ବୋଲି ?”

ଏଭଳି ଭାବରେ ସେସିଲିଆ, ଯଦିଚ ତାର ଏପରି କହିବାରେ ଏଇ ଅଭିପ୍ରାୟ ନ ଥିଲା, ମୋ ଆଗରେ ପ୍ରମାଣ କରିଦେଲା ଯେ ତା ପାଇଁ ସତ୍ୟ ଓ ମିଥ୍ୟା ଉଭୟ ମୂଳତଃ ସମାନ। ହଠାତ୍ ଗମା ମଧ୍ୟରୁ ଦୂରଭାଷର କ୍ରିଂ କ୍ରିଂ ଧ୍ୱନି ଭାସି ଆସିଲା। ସେସିଲିଆ ମୋ କୋଳରୁ ତଳକୁ ଡେଇଁ ପଡ଼ି ଚିଲ୍ଲେଇଲା, “ଫୋନ୍”। ଆଉ ତରତର ହୋଇ ଫୋନ ଧରିବାକୁ ଦଉଡ଼ିଗଲା। ମୁଁ ବି ତା ପଛେ ପଛେ ଛୁଟିଲି।

ଗମାର ଅପର ପ୍ରାନ୍ତରେ ଯୋଉଠି ଅନ୍ଧାର ଥିଲା ସବୁଠୁ ବହଳ, ଫୋନଟି ଗୋଟିଏ ଥାକ ଉପରେ ରଖା ହୋଇଥିଲା। ମୁଁ ଦେଖିଲି ସେସିଲିଆ ରିସିଭରଟିକୁ ଉଠାଇଲା, କାନରେ ଲଗାଇଲା ଆଉ ତତ୍‌କ୍ଷଣାତ୍ କହିଲା, “ଶୁଭ ଦିବସ।” ମୁଁ ଗଲି ଆଉ ତା ପାଖରେ ଠିଆ ହେଲି। ସେସିଲିଆର ଅଙ୍ଗଭାଷାରୁ ଏପରି ଲାଗୁଥିଲା ଯେମିତିକି ସିଏ ସେଇ କଳା ଭଲକାନାଇଟ୍ ରବରର ଦୂରଭାଷ ଯନ୍ତ୍ରଟିକୁ ଯାହାକୁ ମୁହଁରେ ଲଗାଇ ସେ ଏତେ ଆନ୍ତରିକତାର ସହିତ ଭାବ ବିନିମୟ କରୁଥିଲା, ତାକୁ ସିଏ ମୋ ପାଖରୁ ଲୁଚାଇ ଘୋଡ଼ାଇ ପକାଇବାକୁ ଚେଷ୍ଟା କରୁଛି, ଆଉ ସତେ ଯେମିତି ମୋ ହାବୁଡ଼ରୁ ତାକୁ ରକ୍ଷା କରିବାକୁ, ନିରାପଦରେ ରଖିବାକୁ ହଠାତ୍ ପିଠି ବୁଲାଇ, ମତେ ପଛ କରି ଠିଆହେଲା ସିଏ। କଥାବାର୍ତ୍ତା ଛୁଟିଥିଲା, କିନ୍ତୁ ମୁଁ ଲକ୍ଷ୍ୟ କଲି ଯେ ସେସିଲିଆର ଉତ୍ତର ପ୍ରାୟ ଗୋଟିଏ ଶବ୍ଦରେ ସୀମିତ ଥିଲା। ଆଉ ମଧ୍ୟ ଯେତେବେଳେ ତାହା ଏକପଦୀ ବକ୍ତବ୍ୟ ନ ଥିଲା, ସେତେବେଳେ ବି ମୁଁ ତାର ଅର୍ଥ ବୁଝି ପାରୁ ନ ଥିଲି। ସାଧାରଣତଃ ସେସିଲିଆର ବକ୍ତବ୍ୟ ଅଳ୍ପ ଓ ସୀମିତ। ତେଣୁ ସଚରାଚର ନିଜକୁ ସେ ଯେଉଁ ଭଙ୍ଗୀରେ ପ୍ରକାଶ କରେ, ତାହା

ସ୍ୱାଭାବିକ ଭାବରେ ଅର୍ଥପୂର୍ଣ୍ଣ ମନେ ହୁଏନା। କିନ୍ତୁ ଯଦି ତା ଠାରୁ ମଧ୍ୟ ଅଧିକ ଅର୍ଥହୀନ ବାର୍ତ୍ତାଳାପ ସମ୍ଭବ, ତାହେଲେ ତା'ର ସେଦିନ ଦୂରଭାଷର ସତର୍କ ଉଚ୍ଚାରଣ ଥିଲା ସେହି ପର୍ଯ୍ୟାୟର। ଏବଂ ସଙ୍ଗେ ସଙ୍ଗେ ମୁଁ ଏ ବିଷୟରେ ନିଃସନ୍ଦେହ ହୋଇଗଲି ଯେ, ସେଇ ଅଭିନେତା ହିଁ ସେସିଲିଆ ସହ ଆଲାପ କରୁଛି; ଆଉ ସେମାନେ ତାଙ୍କର ନିଭୃତ ମିଳନର ବ୍ୟବସ୍ଥା କରୁଛନ୍ତି, ଆଉ ଏଇ ବିଟପୀ ସେସିଲିଆ ମୋ ସହିତ ବିଶ୍ୱାସଘାତକତା କରୁଛି। ଏହିଭଳି ଭାବୁଥିବା ବେଳେ ମୁଁ ସଚେତନ ହେଲି ଯେ ମୁଁ ତା ପ୍ରତି ଅନୁଭବ କରୁଛି ଏକ ହିଂସ୍ର ଆକର୍ଷଣ। ସେ ମୋ ସହ ଛଳନା କରି ମତେ ଭୁତୁକେଇବା ବିଷୟରେ ମୁଁ ସୁନିଷ୍ଠିତ ହୋଇଯିବା କ୍ଷଣି, ସେସିଲିଆ ମତେ ବାସ୍ତବ ଏବଂ ଅଭୂତରୂପେ ଆକର୍ଷଣୀୟ ମନେହେଲା। ଯେମିତିକି ତା' ସହିତ ସେକ୍ଷଣି ଏବଂ ସେଇଠି, ସେଇ ଗମା ଭିତରେ ଯେତେବେଳେ ସିଏ ତା'ର ପ୍ରେମିକ ସହ ଆଲାପ କରୁଛି, ମୁଁ ତା' ସହ ମୈଥୁନ କଲେ ଯାଇ ତା' ଉପରେ ମୋର ଅଧିକାର ସାବ୍ୟସ୍ତ କରିବାରେ ମୁଁ ସକ୍ଷମ ହେବି। କାରଣ ଏଇ ମୁହୂର୍ତ୍ତରେ ଏଇ ଦୂରଭାଷ ସାହାଯ୍ୟରେ ସେ ମୋର ଅଧିକାରକୁ ଅସ୍ୱୀକାର କରିଛି, ମାୟାମିରିଗ ଭଳି ନିଜକୁ ଦୂରେଇ ନେଇଛି ମୋ ଠାରୁ। ମୁଁ ଯାଇ ତା' ଦେହରେ ଘସି ହୋଇ ଠିଆହେଲି, ଠିକ୍ ଯେମିତି କରିଥିଲି ମୁଁ ଗାଧୁଆଘରେ। ମୋ ପେଟ ଉପରେ ମୁଁ ଅନୁଭବ କଲି ତା' ନିତମ୍ବର ସାମାନ୍ୟ ଚଳନର ଅସ୍ପଷ୍ଟ ଅନୁଭବ। ସେଥିରୁ ମୁଁ ବୁଝିଲି ଯେ ଏଭଳି ଅସୁବିଧାପୂର୍ଣ୍ଣ ଏବଂ ଅସ୍ୱାଭାବିକ ପରିସ୍ଥିତିରେ ମଧ୍ୟ ମୈଥୁନ ପାଇଁ ସେ ପ୍ରତିବାଦ କରିବ ନାଇଁ। ବରଂ ଏହାକୁ ସେ ସ୍ୱାଗତ କରିବ। କାରଣ ପ୍ରଣୟର ଏଇ ମିଥ୍ୟା ଆତ୍ମସମର୍ପଣ ଦ୍ୱାରା ସେ ମତେ ବୋଧ କରିଦେବ, ଯେମିତି ଭଣ୍ଡେଇ ଦିଆଯାଏ ଅଜ୍ଞ ଶିଶୁଟିଏକୁ। ଆଉ ଦୂରଭାଷରେ ବାର୍ତ୍ତାଳାପ କରୁଥିବା ତା'ର ପ୍ରଣୟୀ ନିକଟରେ ତା'ର ବାସ୍ତବ ଆତ୍ମସମର୍ପଣକୁ ସଫଳତାର ସହିତ ସେ ମୋ ପାଖରେ ଗୋପନ ରଖିବାକୁ ସକ୍ଷମ ହେବ। ମୁଁ ଏକାଧାରରେ ଅନୁଭବ କରୁଥିଲି ଏକ ତୀବ୍ର କ୍ରୋଧ ଏବଂ ଏକ ଜାନ୍ତବ ଆକର୍ଷଣ। ତାକୁ ମୁଁ ମୋ ଦେହରେ ଜାକି ଧରିଥିଲି। ଏବଂ ମୋର ମନେ ପଡ଼ିଲା ବାଲେଷ୍ଟାୟେରି ତା' ସହ ରୋଷେଇଶାଳାରେ ମୈଥୁନ କରିଥିଲେ। ବୋଧହୁଏ ଠିକ୍ ଏଇ ପ୍ରକାରରେ ଏବଂ ଏଇ ଭଳି ଆବେଗର ବଶବର୍ତ୍ତୀ ହୋଇ ସେ ତାହା କରିଥିବେ। ମୁଁ ହଠାତ୍ ତା'

ଠାରୁ ଦୂରେଇ ଆସିଲି । ମୁଁ ଯେ ତା' ଦେହରେ ଲାଗି କରି ଠିଆ ହୋଇନାହିଁ ଏକଥା ସେସିଲିଆ ଅନୁଭବ କରି ପାରିଲା ଏବଂ ମୁହଁ ପଛକୁ ବୁଲାଇ ମତେ ସେ ରହିଁଲା ଏକ ପ୍ରଶ୍ନିଳ ଦୃଷ୍ଟିରେ । ତାପରେ ସେମିତି ଦୂରଭାଷରେ କଥା କହୁଥିବା ଅବସ୍ଥାରେ, ଫୋନ ନ ଧରିଥିବା ହାତଟିକୁ ପଛକୁ ବୁଲାଇ ସେ ମୋ ହାତ ମୁଠାଇ ଧରିଲା । ମୁଁ ତାକୁ ମୋ ହାତ ଧରିବାକୁ ଦେଲି ଆଉ ତା ପଛରେ ଥିବା କାନ୍ଥୁରେ ଆଉଜି ରହିଲି । ମୁଁ ମଥାନତ କରି ଠିଆ ହୋଇଥିଲି, ମୋ ମୁଣ୍ଡ ବିଭ୍ରାନ୍ତ ହୋଇ ପଡ଼ିଥିଲା । ପରିଶେଷରେ ସେସିଲିଆ କହିଲା, "ଠିକ୍ ଅଛି । ବିଦାୟ । ଶୀଘ୍ର ଭେଟିବା ଆମେ ।" ତାପରେ ଦୂରଭାଷର ଆଦାତୁଟିକୁ ସେ ଥୋଇଦେଲା ଯଥା ସ୍ଥାନରେ, ଆଉ ଘଡ଼ିଏ ଠିଆ ହେଲା ବଡ଼ ଚିନ୍ତାକୁଳ ଭାବରେ । ମୋ ହାତକୁ ସେ ଧରିଥିଲା ସେମିତିକା । "ମୁଁ ଦୁଃଖିତ", ସେ କହିଲା ମୋ ଆଡ଼କୁ ବୁଲି ପଡ଼ି । "ମୁଁ ଆଜି ତୁମ ଷ୍ଟୁଡିଓକୁ ଆସି ପାରିବି ନାହିଁ । ମତେ ଅଧଘଣ୍ଟା ଭିତରେ ସେ ଚିତ୍ର-ନିର୍ମାତା ସହ ଦେଖା କରିବାକୁ ପଡ଼ିବ ।"

: "ଠିକ୍ ଅଛି । ମୁଁ ତାହେଲେ ଯାଉଛି ।"

: "ଟିକିଏ ରୁହ । ମୋ ସହିତ ଟିକିଏ ଆସ ।"

ସେ ମୋ ଆଗେ ଆଗେ ଗମା ମଧ୍ୟ ଦେଇ ତା ପ୍ରକୋଷ୍ଠ ଆଡ଼କୁ ଚାଲିଲା । ସେ ପ୍ରଥମେ ପ୍ରବେଶ କଲା ଆଉ ମୁଁ ତା ପଛେ ପଛେ ପ୍ରକୋଷ୍ଠରେ ପ୍ରବେଶ କରିବାକ୍ଷଣି ସେ ଦୁଆର ଆଉଜାଇ ଦେଲା । "ତୁମେ ବର୍ତ୍ତମାନ ଏଠାରେ ମୋ ସହ ମୈଥୁନ କରିବାକୁ ଚାହୁଁଛ କି ?", ସେ ପଚାରିଲା । "କିନ୍ତୁ ଆମକୁ ଶୀଘ୍ର କାମ ସାରିବାକୁ ହେବ । ମୋ ହାତରେ ସତରେ ସମୟ ନାହିଁ ।"

ମୋ ଆଗରେ ଥିଲା ସେଇ ଘୃଣ୍ୟ ଅଥଚ ନିତାନ୍ତଭାବେ ଆକର୍ଷଣୀୟ ପ୍ରସ୍ତାବର ନମ୍ର ଆବେଦନ । ପୁଣି ଥରେ ମୋ ଭିତରେ ଜାଗି ଉଠିଲା ସେଇ ଜାନ୍ତବ ପିପାସା, ଯାହାକି କେବେ ତୃପ୍ତ ହବାର ନୁହେଁ । କାଇଁକି ନା ମୁଁ ଚାହିଁ ନ ଥିଲି ତା'ର ଶରୀର । ସେ ଶରୀର ତ ବଡ଼ ବାଧ୍ୟ ଆଉ ସଦା ପ୍ରସ୍ତୁତ ରହିଥିଲା ସମର୍ପିତ ହେବା ପାଇଁ । ମୁଁ ଚାହିଁଥିଲି ତା'ର ସମଗ୍ର ସମର୍ପଣ - ଆଉ ସେଇଥି ପାଇଁ ସେ ପିପାସା ଥିଲା ଚିର ଅତୃପ୍ତ । କିନ୍ତୁ ତା ସତ୍ତ୍ୱେ ମଧ୍ୟ ମୁଁ କହିଲି, "ନା, ସେ ବିଷୟରେ ଆଉ ଭାବନା । ତରତର ହୋଇ କିଛି କରିବା ପାଇଁ ମତେ ଭଲ ଲାଗେନା ।"

: "ନାଈଁ, ତରତର ହେବା ଦରକାର ନାଈଁ। ଖାଲି ଏତିକି ଯେ ତା' ପରେ ପରେ ମତେ ଝଲିଯିବାକୁ ହେବ।"

: "ନା, ମୁଁ ବାଲେଷ୍ଟାୟେରିଙ୍କ ଭଲି ନୁହେଁ। ତୁମ ଘରେ ତୁମ ସହ ମୈଥୁନ କରିବା ପାଇଁ ମୋର ସେମିତି କିଛି ଆକର୍ଷଣ ନାଈଁ।"

: "ବାଲେଷ୍ଟାୟେରିଙ୍କୁ ୟା' ଭିତରକୁ ଆଣୁଚ କାହିଁକି ?"

: "ତାଙ୍କ ବିଷୟରେ ଗୋଟିଏ କଥା ଜାଣିବାକୁ ରହୁଁଛି।"

: "କ'ଣ ?"

: "ତୁମେ ତାଙ୍କ ସହ ରୋଷେଇଘରେ ସେଥର ଯୋଉ ମୈଥୁନ କରିଥିଲ, ତା'ର ଅଳ୍ପ ପୂର୍ବରୁ କିଛି ଯୁକ୍ତିତର୍କ, କଳିକଜିଆ ବା ମନୋମାଳିନ୍ୟ ଘଟିଥିଲା କି ?"

: "ତୁମେ କେମିତି ଭାବୁଚ ମୁଁ ଏକଥା ମନେ ରଖିଥିବି ? କେତେ ପୁରୁଣା ସେ କଥା !"

: "ଟିକେ ମନେ ପକାଇବାକୁ ଚେଷ୍ଟାକର।"

: "ହଁ, ମୁଁ ଭାବୁଚି ଅଳ୍ପଟିକେ ଯୁକ୍ତିତର୍କ ହୋଇ ଥିଲା। ବଡ଼ ବିରକ୍ତିଆ ମଣିଷ ଥିଲେ ବାଲେଷ୍ଟାୟେରି। ସବୁବେଳେ ତାଙ୍କର ସବୁ ଜିନିଷ ଜାଣିବା ଦରକାର।"

: "ସବୁ ଜିନିଷ ?"

: "ହଁ ସବୁ ଜିନିଷ। କାହାକୁ ମୁଁ ଭେଟିଲି, କୁଆଡ଼େ ଗଲି, କ'ଣ କଲି, ସବୁ କଥା।"

: "ଆଉ ତୁମର ସେଦିନ ଏକଥା ନେଇ ଯୁକ୍ତିତର୍କ ହେଇଥିଲା ନା ?"

: "ହଁ ମୋର ସେମିତି ମନେ ପଡୁଛି।"

: "ଆଉ ସେଇଟା ଖତମ ହେଲା କେମିତି।"

: "ଯେମିତି ସବୁ ଗଣ୍ଡଗୋଳ ସରେ।"

: "ମାନେ... କ'ଣ କହୁଚ ତୁମେ ?"

: "ଗୋଟାଏ ସମୟ ଆସିଲା ଯେତେବେଳେ ମୁଁ ତାଙ୍କ କଥାର କିଛି ଉତ୍ତର ଦେଲି ନାହିଁ। ଆଉ ତାପରେ ସେ ରହିଁଲେ ମୋ ସହ ମୈଥୁନ କରିବା ଲାଗି।"

: “ଠିକ୍ ମୋ ଭଳି !” ମୁଁ ହଠାତ୍ କହି ପକାଇଲି ।

: “ନା ତୁମେ ତ ତାର ଠିକ୍ ବିପରୀତ । ତୁମେ ମୈଥୁନ କରିବା ପାଇଁ ରୁହଁ ନାହିଁ । ଆଛା, କାହିଁକି ଆମେ ବର୍ତ୍ତମାନ ମିଶି ପାରିବାନି କହିଲ ?”

ସେ ମତେ ରୁହିଁଲା ଏକ କାମାସକ୍ତ ଦୃଷ୍ଟିରେ । ଯେମିତିକି ସେ ମୋ ପାଖରେ ନିଜକୁ ରୁଣୀ ବା ଅପରାଧୀ ଭଳି ମନେ କରୁଚି, ଆଉ ମତେ କୌଣସି ପ୍ରକାରେ କିଛି ଶୁଝେଇ ଦେଲେ ଯାଇ ସେ ଶାନ୍ତି ପାଇବ । ମତେ କହିବାକୁ ଇଛା ହେଉଥିଲା ଯେ, “ମୁଁ ଏଇଥିପାଇଁ କେଳ‌ତ କରିବାକୁ ରୁହଁନାଇଁ କାରଣ ବାଲେସ୍ତାୟେରି ଯାହା କରୁଥିଲେ ମୁଁ ତାହା କରିବାକୁ ରୁହେଁ ନା ।” କିନ୍ତୁ ତା ବଦଲରେ ମୁଁ ତାର ଗ୍ରୀବାକୁ ଚୁମ୍ବନ କଲି ଆଉ କହିଲି, “କାଲି ଆମେ କେଳ‌ତ କରିବା ମୋ ଶିକ୍ଷାଶାଳାରେ, ବିନା ତରତରରେ ଆଉ ଯଥେଷ୍ଟ ଅବକାଶର ସହିତ ।” ସେ ମୁଣ୍ଡ ହଲାଇଲା ମୋ କଥାର ଅନୁମୋଦନରେ, କିନ୍ତୁ ତା ଅଙ୍ଗଭାଷାରେ ଥିଲା ସାମାନ୍ୟ ହତାଶାର ଅଭିବ୍ୟକ୍ତି । ତାପରେ ସିଏ ଗଲା, ଆଉ ତୋଷବିରୁଆ ଖୋଲିଲା । ବ୍ୟାଗ ଥିବା ପାର୍ସଲଟିକୁ କାଢ଼ି କାଗଜକୁ ଚିରିଲା ସିଏ । “ଦେଖୁଛ ନା ?” ସ୍ମିତମୁଖରେ କହିଲା ସିଏ, “ତୁମର ବ୍ୟାଗ ହିଁ ମୁଁ ଧରିଛି ।”

ଆମେ ତା ସଦନିକାରୁ ବାହାରକୁ ବାହାରିଲୁ । ସେସିଲିଆ ମୋ ଆଗେ ଆଗେ ପାହାଚରେ ଓହ୍ଲାଉଥାଏ । ମୁଁ ତାକୁ ଅନୁଗମନ କରୁ କରୁ ତା’ ସମ୍ପର୍କରେ ଭାବି ରୁଲିଥିଲି । ମୁଁ ବୁଝୁଥିଲି ଯେ କେବଳ ଏକ ଅତିମାନବୀୟ ପ୍ରଚେଷ୍ଟା ଦ୍ୱାରା ହିଁ ମୁଁ ସେ ଗମା ମଧରେ ସେସିଲିଆ ସହ ମୈଥୁନ କରିବାରୁ ନିଜକୁ ନିବୃତ୍ତ କରିଛି । କାରଣ ମୁଁ ତା ପ୍ରତି ଅନୁଭବ କରୁଥିଲି ଏକ ତୀବ୍ର ଜୈବିକ ଆକର୍ଷଣ । ଅନ୍ତତଃପକ୍ଷେ ଏଇ ଥରକ ମୁଁ ମୋ ପୂର୍ବରୁ ଯାହା ବାଲେସ୍ତାୟେରି କରିଥିଲେ, ଠିକ୍ ସେଇଆ କରିବାରୁ ନିଜକୁ ନିବୃତ୍ତ କରିପାରିଛି । କିନ୍ତୁ ତଥାପି ମଧ ଏହା ଥିଲା ଏକ ଅବିଚ୍ଛିନ୍ନ କାମାଭିଲାଷର ଏକ କ୍ଷୁଦ୍ର ବିରତି । ଆଉଁ ମୋର ସେଇ କାମାଭିଲାଷ ତା’ର ସମଗ୍ର ବିସ୍ତାରରେ, ସେଇ ବୃଦ୍ଧ ତୌଲିକ ସେସିଲିଆ ପ୍ରତି ଅନୁଭବ କରୁଥିବା କାମୋଦ୍ଦୀପନାର ମୁକୁର-ଛବି ଭଳି ଅଧିକରୁ ଅଧିକତର ଭାବରେ ପ୍ରତୀତ ହେବାକୁ ଆରମ୍ଭ କରିଥିଲା । ବାସ୍ତବିକ ମୁଁ ଏଭଳି ସ୍ପଷ୍ଟ ଭାବରେ ପରିସ୍ଥିତିକୁ ହୃଦୟଙ୍ଗମ କରିଥିବାରୁ ହିଁ, ବାଲେସ୍ତାୟେରି ସେଇ ନିର୍ଦ୍ଦିଷ୍ଟ ମୁହୂର୍ତ୍ତମାନଙ୍କରେ ଯେଭଳି ବ୍ୟବହାର

କରୁଥିଲେ ସେଇଭଳି କରିବାରୁ ନିଜକୁ ବିରତ କରି ପାରିଥିଲି। କିନ୍ତୁ ମତେ ଲାଗୁଥିଲା ଯେ ମୋ ପୂର୍ବରୁ ଯେଉଁ ଆମ୍ମେହନନର ପଥରେ ସିଏ ଯାଇଛନ୍ତି, ସେଇ ଅବଧାରିତ ଯାତ୍ରାରୁ ନିଜକୁ ନିବୃଇ କରିବାରେ ମୁଁ ସକ୍ଷମ ହେବି ନାହିଁ। ଯେତେବେଲେ ଆମେ ନିର୍ଗମନ କକ୍ଷରେ ପହଞ୍ଚିଲୁ ମୁଁ ସେସିଲିଆକୁ ହଠାତ୍ ରୁକ୍ଷଭାବେ କହିଲି, "ତାହେଲେ ବିଦାୟ।"

ସିଏ ଉଭୟ ମୋ କଥା ଏବଂ ମୋ ସ୍ୱରର ଉଷ୍ମତାରେ ଆଶ୍ଚର୍ଯ୍ୟ ହେଲା ଭଳି ମନେ ହେଲା। "କାହିଁକି ? ତୁମେ କ'ଣ ମୋ ସାଙ୍ଗେ ଯିବ ନାହିଁ ?", ସିଏ ପଚରିଲା।

: "କୁଆଡ଼େ ?"
: "ମୁଁ ତ ତୁମକୁ କହିଛି; ସେଇ ଚିତ୍ର-ନିର୍ମାତାଙ୍କ ପାଖକୁ।"
: "ଠିକ୍ ଅଛି, ତାହେଲେ ଚଲ।"

ସମଗ୍ର ଯାତ୍ରାକାଲରେ ମୁଁ ଥିଲି ସମ୍ପୂର୍ଣ ନୀରବ। ମୂଲତଃ ଯେଉଁଥିପାଇଁ ମୁଁ ସ୍ତବ୍ଧ ଥିଲି ତାହା ଖାଲି ଏଥିପାଇଁ ନୁହେଁ ଯେ ସେସିଲିଆକୁ ତା'ର ପ୍ରେମିକ ସହ ମିଲିତ ହେବାପାଇଁ ମୁଁ ସ୍ୱୟଂ ହିଁ ନେଇକରି ଯାଉଥିଲି। ବରଂ ଏହି କାରଣରୁ ଯେ, ସେସିଲିଆର ଏହି ଅନୁରୋଧ ପଛରେ କୌଣସି ବିଦ୍ୱେଷ ବା ନିଷ୍ଠୁର ଭାବନା ନ ଥିଲା। ଏହା ଥିଲା ଏକ ପ୍ରକାରର ଉଦ୍ଦେଶ୍ୟହୀନ ଅନୁରୋଧ। ଯେମିତିକି ସିଏ ତା'ର ନିୟମିତ ଜନାକୀର୍ଣ୍ଣ ବସଯାତ୍ରାରେ କ୍ଲାନ୍ତି ଅନୁଭବ କରୁଛି, ଆଉ ଯୋଗକୁ ସେତେବେଲେ ମୁଁ ସେଇଠି ମୋ କାର ସହିତ ଉପସ୍ଥିତ ଅଛି। ମୋର ମନେହେଲା ତା'ର ସେଇ ନିଷ୍ଠୁରତା, ମୋର ଭାବାବେଗ ପ୍ରତି ସେଇ ଶିଶୁସୁଲଭ ନିର୍ଲିପ୍ତତା ମତେ ଦେଉଥିଲା ଅଧିକ ମର୍ମତୁଦ ଯନ୍ତ୍ରଣା। ସେ ଯଦି ଇଚ୍ଛାକୃତ ଭାବରେ ଏକ ନିଷ୍ଠୁର ମାନସିକ ପ୍ରବଣତାର ସହିତ ଏଭଳି ଆଚରଣ କରିଥାନ୍ତା ମୁଁ ବରଂ କମ ଯନ୍ତ୍ରଣା ପାଇଥାନ୍ତି ।

ପରିଶେଷରେ ଚଲଚିତ୍ର କମ୍ପାନୀର ଅଫିସ ଦୁଆରେ ମୋର କାର ଅଟକିଲା। ପ୍ରବେଶ କକ୍ଷର ପ୍ରାୟୋଭକାର ଭିତରେ ସେସିଲିଆ ଧାରେ ଧାରେ ଅଦୃଶ୍ୟ ହୋଇ ଯାଉଥିବା ମୁଁ ଚୁହିଁ ଦେଖୁଥିଲି। ସେ ଚଲୁଥିଲା ତାର ସ୍ୱାଭାବିକ ଧୀର କ୍ଲାନ୍ତ ଲତକ

ଛନ୍ଦରେ। ଏହା ସ୍ପଷ୍ଟ ଯେ ଚିତ୍ରନିର୍ମାତା ସହିତ ସେ ଯଥାର୍ଥରେ ଭେଟିବାକୁ ଯାଉଥିଲା। କିନ୍ତୁ ମୁଁ ଦୃଢ଼ନିଶ୍ଚିତ ଥିଲି ଯେ ସେ ଅଭିନେତା ଅଫିସ ଭିତରେ ସେସିଲିଆକୁ ଅପେକ୍ଷା କରି ବସିଛି କିମ୍ବା ଚିତ୍ରନିର୍ମାତାକୁ ଭେଟିବା ପରେ ସେସିଲିଆ ସେ ଅଭିନେତା ଘରକୁ ଯିବା ପାଇଁ ମନ ସ୍ଥିର କରିଛି। ଉଭୟ କ୍ଷେତ୍ରରେ ହିଁ ସତ୍ୟତା କ'ଣ ବୋଲି ଜାଣିବାଟା ମୋ ପାଇଁ ବେଶ୍ ସହଜ ହୋଇ ଥାଆନ୍ତା। ଅଫିସର ପ୍ରବେଶ କକ୍ଷ ମଧ୍ୟକୁ ମୁଁ ଅଳ୍ପ ସମୟ ପରେ ସେସିଲିଆର ପଛେ ପଛେ ଯାଇ ପାରି ଥାଆନ୍ତି କିମ୍ବା ସିଏ ବାହାରକୁ ଆସିବା ପର୍ଯ୍ୟନ୍ତ ତାକୁ ଅପେକ୍ଷା କରି ବସି ରହି ପାରିଥାଆନ୍ତି। କିନ୍ତୁ ସେଇ ପ୍ରକାରର ଚିନ୍ତାକୁ ମୁଁ ତ୍ୟାଗ କଲି। କାରଣ ସେତେବେଳକୁ ମୁଁ ଈର୍ଷାର ସେଇ ନିର୍ଦ୍ଦିଷ୍ଟ ସ୍ତରରେ ଥିଲି ଯେତେବେଳେ ପ୍ରେୟସୀକୁ ଗୁପ୍ତରେ ଅନୁସରଣ କରିବାକୁ ଜଣଙ୍କର ଆମ୍ପମର୍ଯ୍ୟାଦା ନିଜକୁ ବାଧା ଦିଏ। କିନ୍ତୁ ସେଠାରୁ ଛାଡ଼ି ଘୁଲି ଆସିବା ପରେ ମୁଁ ବୁଝି ପାରିଲି ଯେ ତାକୁ ଗୁପ୍ତରେ ଅନୁସରଣ କରିବାଟା ଯେମିତି ମୋର ଭବିତବ୍ୟ, ଆଉ ସେଇଟା ଆଜି ମୁଁ କେବଳ ସ୍ଥଗିତ କରି ଦେଇଛି ଏକ ଅନିର୍ଦ୍ଦିଷ୍ଟ ଭବିଷ୍ୟତ ପାଇଁ। ଯା ପର ଥର ଯେତେବେଳେ ଏଇ ଭଳି ପରିସ୍ଥିତି ସୃଷ୍ଟି ହେବ, ସେସିଲିଆ ବିଷୟରେ ଗୁପ୍ତରେ ଅନୁସନ୍ଧାନ କରିବାରୁ ମୁଁ ନିବୃତ୍ତ ରହିପାରିବି ନାହିଁ। ପରିସ୍ଥିତିର ବିଡ଼ମ୍ବନା ହିଁ ଏଥିପାଇଁ ମତେ ପ୍ରଚୋଦିତ କରିଛି।

ସପ୍ତମ ପରିଚ୍ଛେଦ

ମୁଁ ବର୍ତ୍ତମାନ ଯେଉଁ ଘଟଣା ବର୍ଣ୍ଣନା କରିବାକୁ ଯାଉଛି, ତହିଁରୁ ସମ୍ଭବତଃ ଏହା ପ୍ରତୀତ ହେବ ଯେ ଏହା ନିତାନ୍ତ ସାଧାରଣ ଈର୍ଷାର ଏକ ନିଚ୍ଛକ ନମୁନା। ମତେ ତତ୍କାଳୀନ ଅବସ୍ଥାରେ ଯଦି କେହି ଯତ୍ନର ସହିତ ପ୍ରତ୍ୟକ୍ଷ କରିଥାଆନ୍ତା, ମୁଁ ତା ସମ୍ମୁଖରେ ଏକ ଈର୍ଷା କବଳିତ ବ୍ୟକ୍ତିର ଉଦାହରଣ ଭଳି ପ୍ରତୀୟମାନ ହୋଇ ଥାଆନ୍ତି। କିନ୍ତୁ ବାସ୍ତବରେ ଏହା ସେଭଳି ନ ଥିଲା। ଈର୍ଷୁକ ପୁରୁଷଟିଏ ଅଧିକାର କରିବା ବା ଆମୃସାତ୍‌ କରିବାର ଏକ ରୁଗ୍ଣ ମାନସିକତା ଦ୍ୱାରା ପ୍ରପୀଡ଼ିତ ହେଉଥାଏ। ସେ ଅବିରତ ଏହି ସନ୍ଦେହରେ ଛଟପଟ ହୁଏ ଯେ ଅନ୍ୟ ଏକ ପୁରୁଷ ତାର ପ୍ରଣୟିନୀକୁ ତା'ଠାରୁ ଅପହରଣ କରିବାକୁ ଉଦ୍ୟମ କରୁଛି। ଅବିରତ ସଦେହ ଆକୁଳିତ ତାର ସେଇ ମନ ଅଲୀକ କଳ୍ପନାର ଲୂତାତନ୍ତୁଜାଲ ବୁଣିଯାଏ ଏବଂ ତାହା ପରିଶେଷରେ ଅପରାଧ ପ୍ରବଣତାରେ ମଧ୍ୟ ପରିଣତ ହୋଇଥାଏ। ମୁଁ କିନ୍ତୁ ଯନ୍ତ୍ରଣା ଭୋଗୁଥିଲି ଭିନ୍ନ ଏକ କାରଣରୁ। ମୁଁ ସେସିଲିଆକୁ ଭଲପାଇ ବସିଥିଲି ଆଉ ବର୍ତ୍ତମାନ ପ୍ରଶ୍ନ ଥିଲା ପ୍ରେମର। ସେ ମୋ ସହିତ ପ୍ରତାରଣା କରୁଛି ବୋଲି ମୁଁ ସୁନିଶ୍ଚିତ ହେବା ହିଁ ଥିଲା ତା ସମ୍ପର୍କରେ ଗୁଇଦାଗିରି କରିବାରେ ମୋର ଉଦ୍ଦେଶ୍ୟ। କିନ୍ତୁ ତାହା ତାକୁ ଦଣ୍ଡିତ କରିବା ପାଇଁ ନୁହେଁ। ଏହା ମଧ୍ୟ ନୁହେଁ ଯେ ତାର ସେଇ ଅବୈଧ ପ୍ରତାରଣାରୁ ତାକୁ ନିବୃତ୍ତ କରିବା ପାଇଁ ମୁଁ ଏଭଳି ଗୁଇଦାଗିରି କରୁଛି। ପ୍ରକୃତରେ ମୁଁ ଝୁଁଥିଲି ପ୍ରଣୟର ନିଗଡ଼ରୁ ମୁକ୍ତି, ସେସିଲିଆ ଠାରୁ ମୁକ୍ତି। ବାସ୍ତବରେ ଈର୍ଷୁକ ପୁରୁଷଟିଏ, ସେ ନିଜେ ଯାହା ଭାବୁ ନା କାହିଁକି, ନିଜକୁ ଦାସତ୍ୱର ବେଡ଼ି ପିନ୍ଧାଇ ଝୁଲିଥାଏ। ମୁଁ କିନ୍ତୁ ତା ବିପରୀତରେ ଝୁଁଥିଲି ସେଇ ଦାସତ୍ୱରୁ ମୁକ୍ତି। ଆଉ ସେଇ ଲକ୍ଷ୍ୟ ସାଧନର ଏକମାତ୍ର ପନ୍ଥା ଥିଲା, ଅନ୍ତତଃ ପକ୍ଷେ ମୋ ଦୃଷ୍ଟିରେ, ସେସିଲିଆର ରହସ୍ୟମୟତା ଆଉ ସ୍ୱାଧୀନତାକୁ ନଷ୍ଟ କରିଦେବା। ତାର ବିଶ୍ୱାସଘାତକତା ନିର୍ଦ୍ଦିଷ୍ଟ ଭାବରେ ଜାଣିବା ଦ୍ୱାରା ମୋ ଦୃଷ୍ଟିରେ ସେ ଅବନମିତ ହେବ, ତାର ରହସ୍ୟମୟତା ଭୁସୁଡ଼ି ପଡ଼ିବ, ସେ ହୋଇଯିବ ଅତି ସାଧାରଣ, ନିରର୍ଥକ ଓ ନଗଣ୍ୟ, ଏହାହିଁ ଥିଲା ମୋର ଧାରଣା।

ମୁଁ ପ୍ରଥମତଃ ଦୂରଭାଷକୁ ଏଥିପାଇଁ ବ୍ୟବହାର କରିବାକୁ ଚିନ୍ତା କଲି। ମୁଁ ପୂର୍ବରୁ କହିଥିବା ମତେ, ସେସିଲିଆ ମୋତେ ପ୍ରତ୍ୟହ ସକାଳେ ପ୍ରାୟ ଦଶଟା ସମୟରେ ଫୋନ କରୁଥିଲା। ପ୍ରଥମ ଅବସ୍ଥାରେ ସେ କେବଳ ଅଭିବାଦନ ପାଇଁ ହିଁ ଫୋନ କରୁଥିଲା। କିନ୍ତୁ ବର୍ତ୍ତମାନ ତାର ମତେ ଭେଟିବାକୁ ଆସିବାଟା କମିଯିବା ସହିତ, ଆମ ସମ୍ପର୍କରେ ଦୂରଭାଷର ଗୁରୁତ୍ୱ ଅଧିକ ବଢ଼ି ଯାଇଥିଲା। (ମତେ ସିଏ ସବୁଦିନ ଆଗପରି ଭେଟିବାକୁ ଆସିବ ବୋଲି ଦେଇଥିବା ପ୍ରତିଶ୍ରୁତି ପାଣିର ଗାର ଭଳି ମିଳାଇ ଯାଇଥିଲା।) ବାସ୍ତବିକ ସେସିଲିଆ ବର୍ତ୍ତମାନ ଦୂରଭାଷ ଯୋଗେ ଆମର ମିଳିତ ହେବାର ଦିନ ଏବଂ ସମୟ ସମ୍ପର୍କରେ ମତେ ସୂଚନା ଦେଉଥିଲା, ଯଦିଚ ଏ ସୂଚନା ଦେବାର ଭଙ୍ଗୀ ଥିଲା ଅପ୍ରତ୍ୟାଶିତ ଓ ଅନିୟମିତ। ମୁଁ ଲକ୍ଷ୍ୟ କରୁଥିଲି ଯେ ତାର ଫୋନ କରିବାର ସମୟ ଅଧୁନା ଦିନ ଦଶଟାରୁ ବାରଟାକୁ ପରିବର୍ତ୍ତିତ ହୋଇଯାଇଥିଲା। ଏହି ପରିବର୍ତ୍ତନର ଯଥାର୍ଥତା ସାବ୍ୟସ୍ତ କରିବା ପାଇଁ ସେସିଲିଆ ଜଣାଇଥିଲା ଯେ ତାଙ୍କର ଦୂରଭାଷ ସେମାନେ ଭାଗକରି ବ୍ୟବହାର କରନ୍ତି। ଯେଉଁ ଅପର ଗ୍ରାହକ ତାକୁ ବ୍ୟବହାର କରନ୍ତି, ସିଏ ଏବେ ସକାଳୁ ସକାଳୁ ଗୁଡ଼ାଏ ଫୋନ କରୁଛନ୍ତି। ତେଣୁ ସିଏ ତାର ଫୋନ କରିବାର ସମୟ ବଦଲାଇ ଦେଇଛି। ମୁଁ କିନ୍ତୁ ଏ ବିଷୟରେ ନିଃସନ୍ଦେହ ଯେ ଏହି ପରିବର୍ତ୍ତନର ପ୍ରକୃତ କାରଣଟି ଭିନ୍ନ। ସେ ମୋତେ ଦଶଟା ସମୟରେ ଆଉ ଫୋନ କରୁ ନ ଥିଲା କାରଣ ସେତେବେଳ ପର୍ଯ୍ୟନ୍ତ ସେ ସେଇ ଅଭିନେତା ସହ ଆଲୋଚନା କରିପାରୁ ନ ଥିଲା। ଏହା ସ୍ୱାଭାବିକ ଯେ, ସବୁ ଅଭିନେତାଙ୍କ ଭଳି ସେସିଲିଆର ପ୍ରେମିକ ମଧ୍ୟ ଡେରି ପର୍ଯ୍ୟନ୍ତ ଶୋଇ ରହୁଥିବ ଆଉ ତା ସହିତ କଥାବାର୍ତ୍ତା ନ ହେବା ଯାଏଁ ସେସିଲିଆ ଦିନର କାର୍ଯ୍ୟକ୍ରମକୁ ଠିକଣା କରିପାରୁ ନ ଥିବ, ଆଉ ସେଇଥିପାଇଁ ହିଁ ସେ ମୋତେ ଫୋନ କରିବାର ସମୟ ଘୁଞ୍ଚାଇ ଦେଇଥିବ।

ସେ ଅଭିନେତାର ଦୂରଭାଷ ସଂଖ୍ୟା ଫୋନ-ପଞ୍ଜିକାରେ ନ ଥିଲା। ମୁଁ କିନ୍ତୁ ତାହା ସହଜରେ ଏକ ଚିତ୍ରନିର୍ମାଣ ସଂସ୍ଥାରୁ ପାଇଗଲି, ଯେଉଁଠିକି ସେ ଅତୀତରେ କାର୍ଯ୍ୟ କରୁଥିଲା। ତାର ଦୂରଭାଷ ସଂଖ୍ୟା ଜାଣିବା ପରେ ମୁଁ ନିମ୍ନୋକ୍ତ ମତେ ମୋର ଅନୁମାନର ସତ୍ୟତା ନିର୍ଦ୍ଧାରଣ କରିବାକୁ ଚେଷ୍ଟା କଲି। ବାରଟା ବାଜିବାକୁ ପନ୍ଦର ମିନିଟ ଥିବା ସମୟରେ ମୁଁ ପ୍ରଥମେ ସେସିଲିଆକୁ ଫୋନ

କରୁଥିଲି ଆଉ ସଦେବ ତାର ଟେଲିଫୋନ ବ୍ୟସ୍ତ ରହୁଥିଲା। ସାଙ୍ଗେ ସାଙ୍ଗେ ମୁଁ ସେ ଅଭିନେତାକୁ ଫୋନ କରୁଥିଲି ଏବଂ ଆବିଷ୍କାର କରୁଥିଲି ଯେ ତାର ଫୋନ ମଧ ବ୍ୟସ୍ତ ଅଛି। ତାପରେ ମୁଁ ପାଞ୍ଚ ଦଶ ମିନିଟ ଅପେକ୍ଷା କରୁଥିଲି, ଆଉ ପୁନର୍ବାର ଉଭୟଙ୍କୁ ଫୋନ କରୁଥିଲି। ଏକା ସମୟରେ ଉଭୟ ଫୋନ ଅନିଯୋଜିତ ରହୁଥିଲା। ଆଉ ଠିକ୍ ତାର ଅଳ୍ପ ସମୟ ପରେ, ଏକ ଦୁଃଖପୂର୍ଣ୍ଣ ହୃଦୟର ସହ ମୁଁ ରହିଁ ଦେଖୁଥିଲି ଯେ ଏକ ଅଭୁତ ସମୟାନୁବର୍ତିତାର ସହ ମୋ ନିଜ ଫୋନ ବାଜି ଉଠୁଥିଲା ଆଉ ତାର ଅପର ପ୍ରାନ୍ତରେ, ଏକ ପ୍ରଶିକ୍ଷିତ ସେକ୍ରେଟାରୀ ଭଳି ସେସିଲିଆ ଶାନ୍ତ, ନିରୁଦ୍ବିଗ୍ନ ଭାବରେ ଆମର ଭେଟଭାଟ ହେବ କି ନାହିଁ ସେ ସମ୍ପର୍କରେ ପରିସ୍ଥିତିକୁ ରହିଁ ସୁନିର୍ଦ୍ଦିଷ୍ଟ କରୁଥିଲା।

ସେସିଲିଆର ଯାତାୟାତ ଉପରେ ଦୃଷ୍ଟି ରଖିବା ପାଇଁ ମଧ ମୁଁ ଦୂରଭାଷକୁ ବ୍ୟବହାର କରୁଥିଲି। ଏକ ଈର୍ଷ୍ୟୁକ ହୃଦୟର ବ୍ୟାକୁଳିତ ଫନ୍ଦିଫିକରକୁ ଯଦି ଯୋଜନା କୁହାଯାଇପାରେ, ତାହେଲେ ମୁଁ ଯୋଜନାବଦ୍ଧ ଭାବରେ ଦିନର ବିଭିନ୍ନ ସମୟରେ ସେସିଲିଆକୁ ଫୋନ କରୁଥିଲି। ମୁଁ ଲକ୍ଷ୍ୟ କରୁଥିଲି ଯେ ହୁଏତ କେହି ଫୋନ ଧରୁ ନ ଥିଲେ କିମ୍ବା କେବଳ ସେସିଲିଆର ମାଆ ଫୋନ ଧରୁଥିଲେ। ଏବେ କୌଣସି ଅଜ୍ଞାତ କାରଣରୁ ସେସିଲିଆର ମାଆ ପ୍ରାୟ ସମୟରେ ଦୋକାନଟିକୁ ତାଙ୍କ ଭଉଣୀଙ୍କ ଦାୟିତ୍ବରେ ରଖି ଘରେ ରହୁଥିଲେ। ସେ ଫୋନ ଧରିଲେ ମୁଁ ତାଙ୍କ ସହ ଗପସପ ହେଉଥିଲି ଆଉ ସେ ମଧ କିଛି ବାର୍ତ୍ତାଲାପ କରି ହୃଦୟ ହାଲୁକା କରିବାକୁ ରହୁଁଥିଲେ। ଆଉ ସେଇ ବାର୍ତ୍ତାଲାପ ମାଧ୍ୟମରେ ମୁଁ ଯାହା ଜାଣିବାକୁ ରହୁଥିଲି ପ୍ରାୟ ଜାଣି ଯାଉଥିଲି। ସେସିଲିଆର ମାଆ ମତେ ପ୍ରଦାନ କରୁଥିବା ତଥ୍ୟର ଟୁକଡା ଗୁଡିକ ଅବଶ୍ୟ ସମ୍ପୂର୍ଣ୍ଣ ଭାବେ ସେସିଲିଆ ପାଖରୁ ହିଁ ଆସୁଥିଲା ଆଉ ମତେ ସିଏ ମିଛ କହି ଭୁଆଁ ବୁଲାଇଲା ଭଳି ତାର ମାଆଙ୍କୁ ମଧ ମିଛ ହିଁ କହୁଥିଲା। ଯଦିଚ ସିଏ ତାର ନିଜକୁ ସୁହାଇଲା ଭଳି କଥା ତା ମାଆଙ୍କୁ କହୁଥିଲା କିନ୍ତୁ ବର୍ତ୍ତମାନ ମୁଁ ସେହି ତଥ୍ୟରୁ ମୋର ଆବଶ୍ୟକ ସୂଚନା ଆହରଣ କରିବାରେ ନିପୁଣତା ହାସଲ କରି ପାରିଥିଲି। ଏହାର ଏକ ବିଶେଷ କାରଣ ମଧ ଥିଲା। ମୁଁ ସେସିଲିଆ ପଛରେ ଗୁଇଦାଗିରି ଚଳାଇବା ବିଷୟରେ ସେ ପରିକ୍ଷାତ ନ ଥିଲା, ଆଉ ତେଣୁ ମତେ ଆଉ ତାର ମାଆଙ୍କୁ ଯେଉଁ ମିଥ୍ୟା ସୂଚନା ଗୁଡିକ ସେ ଦେଉଥିଲା ଉଭୟ ମଧରେ

ସଙ୍ଗତି ରଖିବା ପାଇଁ ସେ ଉଦ୍ୟମ ମଧ୍ୟ କରୁ ନ ଥିଲା । ତାର ମାଆଙ୍କ ସହ କଥୋପକଥନରୁ ମୁଁ ଜାଣି ପାରିଥିଲି ଯେ ସେସିଲିଆ ସେହି ଅଭିନେତା ସହ ତାର ସମ୍ପର୍କର ଯଥାର୍ଥତା ଠିକ୍ ସେହି ଭଙ୍ଗୀରେ ପ୍ରତିପାଦିତ କରିଥିଲା ଯୋଉ ଭଙ୍ଗୀରେ ସେ ବାଲେସ୍ତାଏରିଙ୍କ ସହ ବା ମୋ ସହ ତାର ସମ୍ପର୍କର ଯଥାର୍ଥ୍ୟ ପ୍ରମାଣ କରିଥିଲା । କେତେକ ଲୋକ ଥାଆନ୍ତି ଅଭ୍ୟାସର ଦାସ । ସେମାନଙ୍କର କଳ୍ପନା ଶକ୍ତି ସେଭଳି ତୀକ୍ଷ୍ଣ ନୁହେଁ । ସେସିଲିଆ ଥିଲା ସେଇ ପର୍ଯ୍ୟାୟର ମଣିଷ । ସେ ତାର ମାଆଙ୍କୁ କହିଥିଲା ଯେ ସେ ଅଭିନେତାକୁ ଭେଟିବାକୁ ଯାଉଛି କାରଣ ସେ ସିନେମାରେ ତା ପାଇଁ କାମ ଯୋଗାଡ଼ କରିଦେବ ବୋଲି ପ୍ରତିଶ୍ରୁତି ଦେଇଛି; ଠିକ୍ ଯେମିତି ସିଏ ଅତୀତରେ ତା' ଘରେ କହିଥିଲା ଯେ ସିଏ ବାଲେସ୍ତାଏରିଙ୍କୁ କିମ୍ବା ମୋତେ ଭେଟିବାକୁ ଆସୁଥିଲା ଚିତ୍ରଶିକ୍ଷା ପାଇଁ । କିନ୍ତୁ ଚିତ୍ରଶିକ୍ଷା ଅତି ବେଶୀରେ ଘଣ୍ଟାଏ ବା ଦୁଇଘଣ୍ଟା ଲାଗୁଥିବା ବେଳେ, ଜଣେ କାର୍ଯ୍ୟାଳୟରେ ସାରାଦିନ ମଧ୍ୟ ଅତିବାହିତ କରିପାରେ । ଆଉ ମୁଁ ଆବିଷ୍କାର କଲି ଯେ, ସେସିଲିଆ ସେଇ ଆଳରେ ଅଭିନେତା ସହ ପ୍ରତିଦିନ, ଏପରିକି ଦିନରେ ଦୁଇ ତିନିଥର ମଧ୍ୟ ମିଳିତ ହେଉଛି । ପ୍ରାୟ ଦିନ ସକାଳ ସମୟଟା ସିଏ ଅଭିନେତାର ସହିତ ହିଁ କାଟୁଥିଲା ; ବିଶେଷତଃ ପାଗ ଭଲ ଥିଲେ ଦିବାହାର ପୂର୍ବରୁ ସୁରାପାନ ସହ ନଗର ଭ୍ରମଣରେ ଉଭୟ ବ୍ୟସ୍ତ ରହୁଥିଲେ । ପୁନଶ୍ଚ ଅପରାହ୍ନରେ ମଧ୍ୟ ସିଏ ଅଭିନେତାକୁ ଭେଟୁଥିଲା । ତାହା ଥିଲା ସମ୍ଭବତଃ ମୈଥୁନର ସମୟ । ତାପରେ ସନ୍ଧ୍ୟାରେ ସେମାନେ ମିଳିତ ହୋଇ ସନ୍ଧ୍ୟାରାଶ କରିବା ସହ ଚଳଚ୍ଚିତ୍ର ଦେଖିବାକୁ ଯାଉଥିଲେ । ସେସିଲିଆର ମାଆ ନିଜ ଝିଅ ଏତେ ସମୟ ସିନେମା କାର୍ଯ୍ୟରେ ନିୟୋଜିତ ରହିବାରେ କିଞ୍ଚିତ ଛାନିଆ ଓ ତ୍ରସ୍ତ ହେଉଥିଲେ । ଏକାଦିକ୍ରମେ ଏଥିପାଇଁ ସେ ଗର୍ବ ଓ ସନ୍ତୋଷ ମଧ୍ୟ ଅନୁଭବ କରୁଥିଲେ । ମତେ ବିଶ୍ୱାସ କରି ସେ ତାଙ୍କ ହୃଦୟର ଭାବ ବଖାଣି ବସୁଥିଲେ । ସିନେଜଗତର ଉଦ୍ଦାମ ଉଚ୍ଛୃଙ୍ଖଳତା ଓ ଲମ୍ପଟତାର ପ୍ରଭାବରେ ସେସିଲିଆ ନଷ୍ଟ ହେବାର ସମ୍ଭାବନା ସମ୍ପର୍କରେ ବେଳେ ବେଳେ ଉଦ୍‌ବିଗ୍ନ ହୋଇ ସେ ମତେ ପଚରୁଥିଲେ । ପୁଣି ବେଳେ ବେଳେ ଠିକ୍ ସେଟିକି ଉଦ୍‌ବିଗ୍ନତାର ସହିତ ତାଙ୍କ କନ୍ୟାର ସିନେତାରକା ହେବା ପାଇଁ ଆବଶ୍ୟକୀୟ ଗୁଣମାନ ଅଛି କି ନାହିଁ ବୋଲି ସେ ବ୍ୟାକୁଳ ଭାବରେ ପଚରି ବସୁଥିଲେ । ସେ କଥା କହୁଥିଲେ ଏକ ଅକପଟ

ସରଳତାର ସହିତ । କିନ୍ତୁ ମତେ ବେଳେ ବେଳେ ଲାଗୁଥିଲା ଯେ, ସେ ସବୁକିଛି ଜାଣିଥିଲେ; ମୋ ବିଷୟରେ ବି, ଆଉ ଅଭିନେତା ବିଷୟରେ ବି । ଆଉ ମୁଁ ସନ୍ଦେହ କରୁଥିଲି ଯେ ତାଙ୍କର ସେଇ ସରଳତାର ଅଭିନୟ ଅନ୍ତରାଳରେ ସେ ମତେ ଏକ ସଚେତନ ଚତୁରତାର ସହ ନିର୍ଯାତନା ଦେଇ ଚଳିଥିଲେ ଏବଂ ନିଜର ସେଇ ନିଷ୍ଠୁରତାକୁ ବେଶ୍ ଉପଭୋଗ କରୁଥିଲେ । କିନ୍ତୁ ବାସ୍ତବରେ ମୁଁ ଜାଣିଥିଲି ଯେ ମୋର ଏଇ ଯନ୍ତ୍ରଣା ପାଇଁ ପରିସ୍ଥିତି ହିଁ କେବଳ ଦାୟୀ ।

ଏଇଭଳି ସେସିଲିଆର ମିଥ୍ୟା ଓ ତାର ମାଆଙ୍କର ଭ୍ରାନ୍ତି ଭିତରେ ମୁଁ ଛଟପଟ ହେବାକୁ ଲାଗିଥିଲି । ଦୂରଭାଷକୁ ମାଧ୍ୟମ କରି ମୁଁ ଯେଉଁ ଅନୁସନ୍ଧାନ ଚଲାଇ ଥିଲି ତାହା ସେସିଲିଆର ବିଶ୍ୱସ୍ତତା ସମ୍ପର୍କରେ ନା ମତେ ଆଶ୍ୱସ୍ତ କରି ପାରୁଥିଲା ନା ସେସିଲିଆର ବ୍ୟଭିଚାର ସମ୍ପର୍କରେ ଅକାଟ୍ୟ ପ୍ରମାଣ ପ୍ରଦାନ କରି ପାରୁଥିଲା ଯାହା ମୁଁ ସେଇ କୁନି ଛିଣ୍ଡାଳୀର ପ୍ରେମଜାଲରୁ ନିଜକୁ ମୁକ୍ତ କରିବା ପାଇଁ ଆବଶ୍ୟକ କରୁଥିଲି । ଦୂରଭାଷ ସ୍ୱାଭାବିକ ଭାବରେ ଏକ ପରୋକ୍ଷ ଏବଂ ବିମୂଢ଼ ମାଧ୍ୟମ, ଏବଂ ତାହା ବର୍ତ୍ତମାନ ମୋ ଦୃଷ୍ଟିରେ ପ୍ରତୀକାମ୍ଳକ ଭାବରେ ମୋର ସ୍ଥିତିକୁ ହିଁ ସୂଚଉଥିଲା । ଦୂରଭାଷ ଥିଲା ତଥ୍ୟ ଆହରଣର ମାଧ୍ୟମ, କିନ୍ତୁ ଏହା ଥିଲା ମୋର ଯୋଗାଯୋଗରେ ପ୍ରତିବନ୍ଧ । ଏହା ଥିଲା ମୋର ଅନୁସନ୍ଧାନର ମାଧ୍ୟମ, ଅଥଚ ତାହା ମୋତେ କୌଣସି ନିର୍ଦ୍ଦିଷ୍ଟ ତଥ୍ୟ ପ୍ରଦାନ କରିବା ପାଇଁ ସକ୍ଷମ ନ ଥିଲା । ବ୍ୟବହାର ଉପଯୋଗୀ ଏହି ସରଳ ଯନ୍ତ୍ରଟି, ପ୍ରକାରାନ୍ତରେ ମୋ ଅନୁସନ୍ଧାନ ପାଇଁ ଏକ ଖାମଖିଆଲି ଅବିଶ୍ୱସ୍ତ ମାଧ୍ୟମରେ ବଲେ ବଲେ ପରିଣତ ହୋଇ ପଡ଼ିଥିବା ଭଳି ମୋତେ ମନେ ହେଉଥିଲା ।

ପୁନଶ୍ଚ ମତେ ଲାଗୁଥିଲା ଦୂରଭାଷ ବୋଧହୁଏ ସେସିଲିଆର ବିପଳାୟୀ ଚରିତ୍ରକୁ ପ୍ରତିପାଦିତ କରିବା ପାଇଁ ହିଁ ସୃଷ୍ଟି ହୋଇଥିଲା । ଅବଶ୍ୟ ଏହା ସତ୍ୟ ଯେ ସେସିଲିଆ ମତେ ଡେରିରେ ଫୋନ କରିବା ବା ଜମା ଫୋନ ନ କରିବା, ତାର ମତେ ମିଥ୍ୟା କହିବା ବା ହତାଶ କରିବା, ଏସବୁ ଜମା ସେଇ ଛୋଟ କଳା ଯନ୍ତ୍ରଟିର ଦୋଷ ନୁହେଁ । କିନ୍ତୁ ମୋ ପାଇଁ ଏସବୁ ଟେଲିଫୋନ ମାଧ୍ୟମରେ ହିଁ ସଂଘଟିତ ହୋଇଥିଲା ଆଉ ତେଣୁ ମୁଁ ସେଇ ନିର୍ଦ୍ଦୋଷ ବସ୍ତୁଟି ପ୍ରତି ପ୍ରବଳ ବିଦ୍ୱେଷରେ ଘାରି ହେଉଥିଲି । ଆଜିକାଲି ମୁଁ ଯେତେବେଳେ ଫୋନ କରିବାକୁ

ଯାଉଥିଲି, ପ୍ରବଳ ବିତୃଷ୍ଣାରେ ମୋ ମନ ଭରି ଯାଉଥିଲା। ଆଉ ବର୍ଭା ଆସିବା ସଂପର୍କରେ ସୂଚନା ଦେଉଥିବା ଦୂରଭାଷର ସେଇ ଯାନ୍ତ୍ରିକ ଅନୁରଣନ ତତ୍କ୍ଷଣ ଏକ ଗଭୀର ବେଦନା ମୋ ହୃଦୟରେ ସୃଷ୍ଟି କରୁଥିଲା। ପ୍ରଥମ କ୍ଷେତ୍ରରେ ମୁଁ ଫୋନ୍ କରିବାକୁ ଯିବାବେଳେ ସେସିଲିଆକୁ ନ ପାଇବାର ଆଶଙ୍କାରେ ବିବ୍ରତ ରହୁଥିଲି। ବାସ୍ତବରେ ସାଧାରଣତଃ ତାହା ହିଁ ଘଟୁଥିଲା ଆଉ ତାହା ଥିଲା ଫୋନ କରିବାକୁ ଯିବା ସମୟରେ ଦୂରଭାଷ ଯନ୍ତ୍ର ପ୍ରତି ମୁଁ ଅନୁଭବ କରୁଥିବା ବିତୃଷ୍ଣାର ପ୍ରଧାନ କାରଣ। କିନ୍ତୁ ଦ୍ୱିତୀୟ କ୍ଷେତ୍ରରେ ଫୋନ ଗ୍ରହଣ କରିବାକୁ ଗଲାବେଳେ, ମୁଁ ଜାଣୁଥିଲି ମୋତେ ବର୍ଭମାନ ସେସିଲିଆର ସଦେିବ ମିଥ୍ୟା ଭାଷଣ ଓ ପ୍ରବଞ୍ଚନାର ସମ୍ମୁଖୀନ ହେବାକୁ ପଡିବ। ଯାହା ଅନ୍ୟ ପ୍ରକାରେ କହିଲେ, ମୋ ନିକଟରେ ତାର ଅଲଭ୍ୟତାର ଆଉ ଏକ ବାସ୍ତବିକତା। କିନ୍ତୁ ଏସବୁ ଛାଡ଼ିଲେ ମଧ୍ୟ ଦୂରଭାଷ ସେସିଲିଆର ବିପଳାୟିତ୍ବକୁ ଅନ୍ୟପ୍ରକାରେ ସମର୍ଥନ କରୁଥିଲା। କାରଣ ଦୂରଭାଷ ସେସିଲିଆର ସମ୍ପୂର୍ଣ୍ଣ ଭୌତିକ ଉପସ୍ଥିତି ବଦଲରେ ତାର ଏକ ନିର୍ଦ୍ଦିଷ୍ଟ ବିଭାବକୁ ପ୍ରତିନିଧିତ୍ୱ କରୁଥିଲା। ଏବଂ ସେଇ ବିଭାବଟି ମଧ୍ୟ ଥିଲା ସବୁଠାରୁ ଅଧିକ ବିମୂର୍ଭ – ତାର କଣ୍ଠସ୍ୱର। ଯେତେବେଳେ ସେସିଲିଆ ମିଛ କହୁ ନ ଥିଲା, ସେତେବେଳେ ମଧ୍ୟ ତା'ର ସ୍ୱର ମତେ ଭୁରୁଚୁକା ଓ ଦ୍ୱୟାର୍ଥବ୍ୟଞ୍ଜକ ମନେ ହେଉଥିଲା; ଖାସ୍ ଏଇଥିପାଇଁ ଯେ ତାହା ଥିଲା ଏକ ବିମୂର୍ଭ ଅସ୍ତିତ୍ୱ, ଏକ କଣ୍ଠସ୍ୱର ମାତ୍ର। ଏହା ମୋତେ ପୁଣି ଅଧିକତର ଭାବେ ଅସ୍ତୁତ ଓ ପ୍ରହେଲିକା ପୂର୍ଣ୍ଣ ଲାଗୁଥିଲା, କାରଣ ଚିରାଚରିତ ଭାବରେ ସେସିଲିଆର କଣ୍ଠସ୍ୱର ଥିଲା ଅଭିବ୍ୟକ୍ତିହୀନ।

କିନ୍ତୁ ସେସିଲିଆ ସଂପର୍କରେ ସିଧାସଳଖ ଅନୁସନ୍ଧାନ ଚଲାଇବା ପାଇଁ ପରିଶେଷରେ ମୋର କ୍ଲାନ୍ତି ହିଁ ମତେ ବାଧ କରିଥିଲା। ମୁଁ ବର୍ଭମାନ ମୋର ସମଗ୍ର ଦିନଟିକୁ ଟେଲିଫୋନକୁ ଝହିଁ ଝହିଁ କାଟି ଦେଉଥିଲି। ସେସିଲିଆ କେତେବେଳେ ଫୋନ କରିବ ଏହି ପ୍ରତୀକ୍ଷାରେ ମୁଁ କେବେ ବସି ରହୁଥିଲି ତ, ଆଉ କେବେ ସେ ଉପସ୍ଥିତ ଥିବା ସମୟରେ ଫୋନ କରିବା ପାଇଁ ସୁବର୍ଣ୍ଣ ମୁହୂର୍ଭଟିଏର ସନ୍ଧାନରେ ବସି ମୁଁ କାଟି ଦେଉଥିଲି ମୋର ଦିନର ସମୟ। ଅନେକ ସମୟରେ ଦୂରଭାଷର ପ୍ରତ୍ୟୁତ୍ତର ଦେବା ପାଇଁ କେହି ରହୁ ନ ଥିଲେ, କିମ୍ବ ସେସିଲିଆର ପିତାଙ୍କ ଅସ୍ୱସ୍ତ ମ୍ଲିଷ୍ଟସ୍ୱର ହିଁ କେବଳ ଶୁଭା ଯାଉଥିଲା। ବେଲେବେଲେ ସେସିଲିଆର ମାଆ ମଧ୍ୟ

ଫୋନ ଧରୁଥିଲେ। ତାଙ୍କର ସେଇ କ୍ଲାନ୍ତିକର ଓ ବିରକ୍ତିକର ଦୀର୍ଘ ଆଳାପ ମତେ ସେସିଲିଆର ସାରାଦିନର କାର୍ଯ୍ୟକଳାପ ବିଷୟରେ ଜାଣିବା ପାଇଁ ସାହାଯ୍ୟ କରୁଥିଲା। କିନ୍ତୁ ଦୂରଭାଷ ମାଧ୍ୟମରେ ଅନୁସନ୍ଧାନର ମୋର ଏଇ ଫନ୍ଦି ଦିନକୁ ଦିନ ଅଧିକ ଜଟିଳ ଓ ବିଡ଼ମ୍ବିତ ହେବାରେ ଲାଗିଲା। ପରିଶେଷରେ ମୁଁ ଲକ୍ଷ୍ୟ କରି ଦେଖିଲି ଯେ ଯେଉଁ ଯନ୍ତ୍ରଣାର ଉପଶମ ପାଇଁ ମୁଁ ଦୂରଭାଷକୁ ବ୍ୟବହାର କରି ବସିଥିଲି, ଦୂରଭାଷ ହେତୁ ମୁଁ ପ୍ରାୟ ସେତିକି ଯନ୍ତ୍ରଣା ଅନ୍ୟପ୍ରକାରେ ଭୋଗି ଚାଲିଥିଲି। ଯେତେ ଭୋଜନ କଲେ ମଧ୍ୟ କ୍ଷୁଧା ଶାନ୍ତ ହେଉ ନ ଥିବା ଏକ ବୁଭୁକ୍ଷୁ ଭଳି, ସେସିଲିଆ ସହିତ ଦୂରଭାଷରେ ଆଳାପ କରିବାରେ ସଫଳ ହେବାପରେ ମଧ୍ୟ ମୋତେ ପୂର୍ବପରି କ୍ଷୁବ୍ଧ ଓ କଲବଲିଆ ଲାଗୁଥିଲା। ଏହି ଶୂନ୍ୟତାବୋଧ ମୋ ଭିତରେ ଏକ ରୁଗ୍ଣ ମଦନ ବିକାର ସୃଷ୍ଟି କରୁଥିଲା। ଯଦିଚ ମୁଁ ପୂର୍ବରୁ ମନସ୍ଥିର କରି ବସୁଥିଲି ଯେ ସେସିଲିଆ ଆସିଲେ ମୁଁ ତାକୁ ଶାନ୍ତ ଓ ନିରୁତ୍ତେଜିତ ଭାବରେ, ସିଏ ତାର ଦୋଷ ସ୍ୱୀକାର କରିବା ପର୍ଯ୍ୟନ୍ତ ଜେରା କରି ଚାଲିବି, କିନ୍ତୁ ତାକୁ ମୋ ଶିଳ୍ପଶାଳାର ଦେହଳୀ ସମ୍ମୁଖରେ ପାଇବା କ୍ଷଣି ମୁଁ ମୋର ପ୍ରତିଜ୍ଞା ଭୁଲି ଯାଉଥିଲି। ଏକ ଉଦଗ୍ର ଯୌନ ଉତ୍ତେଜନାରେ ଅଧୀର ହୋଇ ମୁଁ ତାକୁ ମୋ ପର୍ଯ୍ୟଙ୍କିକା ଉପରକୁ ଭିଡ଼ି ନେଉଥିଲି। ସେ ଉଲଗ୍ନ ହେବା ପର୍ଯ୍ୟନ୍ତ ଅପେକ୍ଷା କରିବାକୁ ମଧ୍ୟ ମୋର ତର ସହୁ ନ ଥିଲା। ବେଳେ ବେଳେ ଏକ ଶିଶୁସୁଲଭ ସରଳତାର ସହିତ ସେ ଅଭିଯୋଗ କରୁଥିଲା ଯେ ମୁଁ ତାକୁ ନିଃଶ୍ୱାସ ମାରିବାକୁ ମଧ୍ୟ ସମୟ ଦେଉ ନ ଥିଲି। ବସ୍ତୁତଃ ତାହା ଥିଲା ସତ୍ୟ। ଏହା ଏକ ସ୍ୱାଭାବିକ ପୁରୁଷୋଚିତ ଭ୍ରାନ୍ତି ଯେ କେଳତିର ଦୈହିକ ପ୍ରକ୍ରିୟା ନାରୀଟିଏ ଉପରେ ପୁରୁଷର ଅଧିକାରକୁ ସାବ୍ୟସ୍ତ କରେ। ଆଉ ସେଇ ସ୍ୱାଭାବିକ ପୁରୁଷସୁଲଭ ଭ୍ରାନ୍ତି ମତେ ଚରମ ଯୌନ ଉତ୍ତେଜନାର ବଶବର୍ତ୍ତୀ କରି ପକାଉଥିଲା। କିନ୍ତୁ କେଳତିର ଠିକ୍ ପରେ ପରେ ସେସିଲିଆ ମନେ ହେଉଥିଲା ପୂର୍ବଠାରୁ ଅଧିକ ବିପଳାୟୀ, ମାୟାମିରିଗ ଭଳି ଦ୍ରୁତ ଅପସୃୟମାଣ ଏକ ଅନିଶ୍ଚିତ ସତ୍ତା। ମୁଁ ମୋର ଭ୍ରମ ବୁଝି ପାରୁଥିଲି ଆଉ ନିଜକୁ ବୁଝାଉଥିଲି ଯେ, ଯଦି ବାସ୍ତବରେ ମୁଁ ତା ଉପରେ ନିଜର ଅଧିକାର ସାବ୍ୟସ୍ତ କରିବାକୁ ଚାହେଁ, ମୁଁ ଏହିଭଳି ରତିକ୍ରିୟାରେ ଶକ୍ତିକ୍ଷୟ କରିବା ଉଚିତ ନୁହେଁ। କାରଣ ଏହା କେବଳ କ୍ଷଣିକ ଅଧିକାରର ଭ୍ରାନ୍ତି ହିଁ ମନରେ ସୃଷ୍ଟି କରିଥାଏ।

ମୁଁ ସେସିଲିଆ ବିରୁଦ୍ଧରେ ଗୁଇଦାଗିରି କରିବା ପାଇଁ ମନସ୍ଥିର କରିବା ପଛରେ ଥିବା ଆଶୁ କାରଣଟି କିନ୍ତୁ ଥିଲା ନିତାନ୍ତ ଗୌଣ ଓ ଗୁରୁତ୍ୱହୀନ। ଏହା ବର୍ଣ୍ଣନା କରିବା ଏହି କାରଣରୁ ଉଚିତ ଯେ ଏଥିରୁ ମୋର ତତ୍କାଳୀନ ମାନସିକ ଅବସ୍ଥା ସମ୍ପର୍କରେ କିଛି ସୂଚନା ମିଳି ପାରିବ। ଦିନେ ସକାଳେ ମୁଁ ମୋର ସବୁଦିନ ଭଳି ଦୂରଭାଷିକ ଅନୁସନ୍ଧାନ ଜାରି ରଖି ଦେଖିଲି ଯେ ଉଭୟ ସେସିଲିଆ ଏବଂ ଅଭିନେତାର ଫୋନ ବ୍ୟସ୍ତ ଅଛି। ତାପରେ ସେସିଲିଆ ମତେ ଫୋନ କରିବା କ୍ଷଣି ମୁଁ ସିଧାସଳଖ ପଚାରି ଦେଲି, "ତୁମେ କାହା ସଙ୍ଗେ କଥା ହେଉଥିଲ କି ? ତୁମର ଫୋନ ପ୍ରାୟ କୋଡ଼ିଏ ମିନିଟ ଧରି ବ୍ୟସ୍ତ ରହିଥିଲା।" ସେ ସଙ୍ଗେ ସଙ୍ଗେ ସମ୍ପୂର୍ଣ୍ଣ ସ୍ୱାଭାବିକତାର ସହ ଉତ୍ତର ଦେଲା, "ମୁଁ ଜାଆନ୍ନା ସହିତ କଥା ହେଉଥିଲି।" ଜାଆନ୍ନା ଥିଲା ସେସିଲିଆର ବାନ୍ଧବୀ। ସୌଭାଗ୍ୟବଶତଃ ମୁଁ ତାକୁ ଜାଣିଥିଲି। ଏପରିକି ତାର ସାଙ୍ଗିଆ ଓ ଠିକଣା ମତେ ଜଣାଥିଲା। ମୁଁ ସେସିଲିଆ ଠାରୁ ଫୋନରେ ବିଦାୟ ନେବା ପରେ ଜାଆନ୍ନାର ଦୂରଭାଷ ନମ୍ବର ଡିରେକ୍ଟୋରିରେ ଖୋଜିଲି। ନିହାତି ବିରକ୍ତ ହୋଇ ମୁଁ ସେଦିନ ସେସିଲିଆକୁ ରଙ୍ଗା ହାତରେ ଧରିବା ପାଇଁ ସ୍ଥିର କରିଥିଲି। ମୁଁ ଜାଆନ୍ନା ନମ୍ବର ଘୁରାଇଲି ଆଉ ସେପଟରୁ ଗୋଟିଏ ସ୍ତ୍ରୀ ଲୋକର କଣ୍ଠସ୍ୱର ଶୁଭିଲା। ସେ ସ୍ତ୍ରୀଲୋକଟି ବୋଧହୁଏ ଜାଆନ୍ନାର ମାଆ।

: "ମ୍ୟାଡାମ ଜାଆନ୍ନା ଅଛନ୍ତି କି ?" ମୁଁ ପଚାରିଲି।

: "ସେ ବାହାରକୁ ଯାଇଛନ୍ତି।"

: "କେତେବେଳ ହେଲାଣି ସେ ଗଲେଣି ?"

: "ଓ, ପ୍ରାୟ ଘଣ୍ଟେରୁ ଅଧିକ ହେବ। ଆପଣ କିଏ କହୁଥିଲେ କି ?"

ମୁଁ ଫୋନ ରଖିଦେଇ ସେସିଲିଆର ନମ୍ବର ଘୁରାଇଲି। ତାର ସ୍ୱର ଶୁଭିବା କ୍ଷଣି ମୁଁ ଚିତ୍କାର କରି କହିଲି, "ତୁମେ ମତେ ମିଛ କହିଲ କାହିଁକି ?"

: "ମାନେ ତୁମେ କ'ଣ କହିବାକୁ ଚାହୁଁଛ ?"

: "ଜାଆନ୍ନା ସହିତ ତୁମେ ଘଡ଼ିକ ତଳେ କଥା ହେଉଥିଲ ବୋଲି ମତେ କହିଲ। ମୁଁ ତାକୁ ଫୋନ କଲି ଆଉ ତା ମାଆ କହିଲେ ଯେ ସେ ଘଣ୍ଟାଏ ହବ ବାହାରକୁ ଗଲାଣି।"

: “ଜାଣିନ୍ନା ମତେ ବାହାରୁ ଫୋନ କରିଥିଲା, ଗୋଟାଏ ପବ୍ଲିକ୍ ଟେଲିଫୋନ ବୁଥ୍‌ରୁ।”

ମୁଁ ହତବାକ୍ ହୋଇ ରହିଗଲି। ମୁଁ ବୁଝି ପାରିଲି ଯେ ମୋର ଅଧୁନା କ୍ଲାନ୍ତ ମାନସିକ ସ୍ଥିତିରେ ମୁଁ ସ୍ପଷ୍ଟ ସରଳଭାବେ କିଛି ଚିନ୍ତା କରିବା ପାଇଁ ଅକ୍ଷମ। ମୁଁ ସେସିଲିଆଙ୍କୁ ବେଶ୍ ଦୃଢ଼ ଭାବରେ ଜାଲରେ ବାନ୍ଧି ଦେଇଛି ଭାବିବା ବେଳକୁ, ବାସ୍ତବରେ ଏଥରୁ ମୁକୁଳିବାଟା ତା ପାଇଁ ଥିଲା ପିଲାଖେଳ ଭଳି ସହଜ। ମୁଁ ପ୍ରାୟ ଆଶ୍ଚର୍ଯ୍ୟ ହୋଇ କହିଲି, “ମୁଁ ଦୁଃଖିତ। ମୁଁ ଏକଥା ଭାବି ପାରି ନଥିଲି। ଏବେ ଏମିତି ହୋଇଛି ଯେ ମୁଁ କିଛି ଠିକ୍ ଭାବରେ ବୁଝି ପାରୁନାହିଁ।”

“ମତେ ବି ସେଭଳି ଲାଗୁଛି”, ସିଏ କହିଲା।

ଯଦିଓ ଘଟଣାଟି ସେଭଳି କିଛି ଗୁରୁତ୍ବପୂର୍ଣ୍ଣ ନ ଥିଲା ତଥାପି ମଧ୍ୟ ଏଥରୁ ମୋର ହୃଦବୋଧ ହେଲା ଯେ ମୋର ଏଇ କ୍ଲାନ୍ତ ଆଉ ବିଭ୍ରାନ୍ତ ମାନସିକ ଅବସ୍ଥାରେ ମୋ ନିଜର ବୋଧଶକ୍ତି ଉପରେ ଭରସା ରଖିବାଟା ଆଉ ଉଚିତ ନୁହେଁ। ତେଣୁ ସେସିଲିଆ ସମ୍ପର୍କରେ ମୁଁ କରୁଥିବା ଅନୁସନ୍ଧାନ ସିଧାସଳଖ ଓ ରକ୍ଷୁସ ହେବା ଆବଶ୍ୟକ। ପ୍ରଥମେ ମତେ କଥାଟି ବେଶ୍ ସହଜ ଓ ସରଳ ଲାଗିଲା। କିନ୍ତୁ ଏହାକୁ କାର୍ଯ୍ୟରେ ପରିଣତ କରିବାକୁ ଗଲାବେଳେ ମୁଁ ବୁଝି ପାରିଲି ଯେ ଏହା ସେଭଳି ସହଜ ନୁହେଁ।

ମୁଁ ପ୍ରଥମେ ଚିନ୍ତା କରୁଥିଲି ଯେ ପହିଲେ ସେସିଲିଆଙ୍କୁ ତା ଘର ପାଖର କୌଣସି ବୁଥରୁ ଦୂରଭାଷ କରିବି। ଆଉ ସେସିଲିଆ ଘରେ ଥିବା ବିଷୟରେ ନିଃସନ୍ଦେହ ହେବାପରେ ଆପାର୍ଟମେଣ୍ଟ ଦୁଆର ଉପରେ ଦୂରରୁ ନଜର ରଖିବି ଆଉ ସେ ଘରୁ ବାହାରିବା ପର୍ଯ୍ୟନ୍ତ ଅପେକ୍ଷା କରିବି। ସେ ପ୍ରାୟ ତିନିଟା ବେଳକୁ ଘରୁ ବାହାରୁଥିଲା। ବିଭିନ୍ନ ସୂତ୍ରରୁ ଅନୁସନ୍ଧାନ କରି ମୁଁ ଜାଣିଥିଲି ଯେ ଅଭିନେତା ସହ ମିଳିତ ହେବା ପାଇଁ ସେ ପ୍ରାୟ ଏହି ସମୟରେ ଯାଉଥିଲା। ମୁଁ ଠିକ୍ କଲି ଯେ ସେ ଲୁସିଆନିର ଗୃହରେ ପ୍ରବେଶ କରିବା ପର୍ଯ୍ୟନ୍ତ ମୁଁ ତାର ଅନୁଗମନ କରିବି। ତାପରେ ସେ ସେଠାରୁ ବାହାରୁଥିବା ଅବସ୍ଥାରେ ହିଁ ମୁଁ ତାକୁ ଧରିବି। ଅବଶ୍ୟ ସେସିଲିଆ ସେଭଳି ଅବସ୍ଥାରେ ମଧ୍ୟ ମିଥ୍ୟା ଭାଷଣ କରିବାଟା ଅସମ୍ଭବ ନୁହେଁ। ବରଂ ଏହା ସମ୍ଭବ ଯେ ସେସିଲିଆ ସେତିକି ମାତ୍ର ସତ୍ୟ ସ୍ବୀକାର କରିବ ଯାହା

ତାର ନିରୀହତା ପ୍ରମାଣ କରିବ । ଆଉ ସମସ୍ତ ଅପରାଧିକ କାର୍ଯ୍ୟକଳାପ ଭିତରେ ନିଜକୁ ସଚରାଚର ନିର୍ଦ୍ଦୋଷ ପ୍ରମାଣିତ କରିବା ପାଇଁ, କିଛି ନା କିଛି ବାହାନା ଖୋଜିଲେ ନିଶ୍ଚିତ ଭାବରେ ମିଳିଯାଏ । କିନ୍ତୁ ମୁଁ ଭାବୁଥିଲି ତାକୁ ରଙ୍ଗାହାତରେ ଧରି ପକାଇଲେ ସେ ଆଶ୍ଚର୍ଯ୍ୟ ହୋଇଯିବ ଆଉ ତାର ଗୋପନ ପ୍ରତାରଣା ପ୍ରକାଶିତ ହେବା କ୍ଷଣି ସେ ସତ୍ୟ ସ୍ୱୀକାର କରିବାକୁ ବାଧ୍ୟ ହୋଇଯିବ । ମୁଁ ନିଶ୍ଚିତ ଥିଲି ଯେ ତାର ଏଇ ସ୍ୱୀକାରୋକ୍ତି ପାଇବାରେ ମୁଁ ସକ୍ଷମ ହେବାକ୍ଷଣି ମୋ ଦୃଷ୍ଟିରେ ସେସିଲିଆର ଅବମୂଲ୍ୟାୟନ ଘଟିବ ଆଉ ତାହା ପରିଶେଷରେ ତା ପାଖରୁ ମୋର ମୁକ୍ତି ପାଇଁ ବାଟ ଫିଟାଇ ଦେବ ।

ମୁଁ ଲକ୍ଷ୍ୟ କରିଥିଲି ଯେ ସେସିଲିଆର ଆପାର୍ଟମେଣ୍ଟ ଠାରୁ ଦୁଇଟି ବ୍ଲକ୍ ଆଗରେ ମୁଖ୍ୟ ରାସ୍ତା ସହିତ ଏକ ଉପପଥ ସଂଯୁକ୍ତ ହୋଇଛି, ଆଉ ତାରି କଡ଼ରେ ରହିଛି ପାନଶାଳାଟିଏ । ତେଣୁ ଏକ ଅପରାହ୍ନରେ ମୁଁ ସେହି ପାନଶାଳା ଆଗରେ ମୋର କାର୍‌ ରଖିଲି, ଆଉ ପାନଶାଳା ଭିତରକୁ ଯାଇ ସେସିଲିଆକୁ ଫୋନ୍‌ କଲି । ଦୂରଭାଷର ଧ୍ୱନି ସମୟରେ ମୁଁ ହୃଦୟଙ୍ଗମ କଲି ଯେ ତା ସହ ବାର୍ତ୍ତାଳାପ ପାଇଁ ମୋ ପାଖରେ ହଠାତ୍‌ କିଛି ବାହାନା ନାହିଁ । ଆମେ ସେଦିନ ସକାଳେ ଫୋନରେ କଥା ହୋଇଥିଲୁ, ଆଉ ପର ଦିନ ଭେଟିବା ପାଇଁ ଠିକଣା କରିଥିଲୁ । ତେଣୁ ମୁଁ ବର୍ତ୍ତମାନ ତାକୁ କଣ କହିବି ? ପରିଶେଷରେ ମୁଁ ଠିକଣା କଲି ଯେ ତାକୁ ମୋ ଶିକ୍ଷଶାଳାକୁ ଆସିବା ପାଇଁ ମୁଁ ଅନୁନୟ କରିବି । ଆଉ ମୁଁ ମନ ନିର୍ଦ୍ଦିଷ୍ଟ କଲି ଯେ, ଯଦି ବାସ୍ତବରେ ସିଏ ମୋର ଏଇ ପ୍ରସ୍ତାବ ଗ୍ରହଣ କରିନିଏ, ତେବେ ମୁଁ ଚଲାଇଥିବା ଏଇ ଅନୁସନ୍ଧାନକୁ ସବୁଦିନ ପାଇଁ ତ୍ୟାଗ କରିଦେବି ।

ଦୂରଭାଷ ଅନୁରଣିତ ହୋଇ ଚାଲିଥିଲା ଦୀର୍ଘ ସମୟ ଧରି । ପରିଶେଷରେ ସେପଟୁ ଶୁଭିଲା ସେସିଲିଆର ଆବେଗହୀନ ଶୁଷ୍କ ସ୍ୱର । "ଓଃ ତୁମେ ? କଥା କ'ଣ ? ଆମେ ପରା କାଲି ଭେଟ ହେବା ବିଷୟରେ ଠିକଣା କରିଥିଲେ ?"

: "ମୁଁ ସେଇ ବିଷୟରେ ଭାବୁଥିଲି । ମୋର କିନ୍ତୁ ତୁମକୁ ଭେଟିବା ପାଇଁ ହଠାତ୍‌ ଇଚ୍ଛା ହେଉଛି । ପ୍ଲିଜ୍‌ ଆସନା ।"

: "ଆଜି ଭେଟ ହେବା ତ ସମ୍ପୂର୍ଣ୍ଣ ଅସମ୍ଭବ ।"

: "ଅସମ୍ଭବ କାହିଁକି ?"

: "କାରଣ ମୁଁ ତୁମ ପାଖକୁ ଯାଇ ପାରିବି ନାହିଁ ।"

: "ଆଜି କ'ଣ ତୁମର ସେଇ ଚିତ୍ର ନିର୍ମାତାକୁ ଦେଖା କରିବାକୁ ଯିବାର ଅଛି ?"

ଏଥର ସେ ନିରୁତ୍ତର ରହିଲା । ଯେମିତିକା ବିରକ୍ତ ହୋଇ ମୁଁ ଫୋନ ରଖିଦେବା ପାଇଁ ସେ ଅପେକ୍ଷା କରି ରହିଥିଲା । ମୁଁ ମଧ୍ୟ ଅପେକ୍ଷା କରି ରହିଥିଲି ଏଇ ଆଶାରେ ଯେ, ଅନ୍ତତଃପକ୍ଷେ ଛଳନାରେ ହେଉ ପଛେ ସେ ମତେ କିଛି ମଧୁର ଶବ୍ଦ କହିବ । ଉଚିତ କାରଣରୁ ସନ୍ଦିଗ୍ଧ ହୋଇଥିବା ସାଧାରଣ ନାରୀଟିଏ ଯେମିତିକା ନିଜର ବିଚକ୍ଷଣକୁ ଘୋଡ଼ାଇବାକୁ ମଧୁର ଛଳନାର ସାହାଯ୍ୟ ନେଇଥାଏ, ମୁଁ ପ୍ରାୟ ତାହାହିଁ ଆଶା କରୁଥିଲି ତା ଠାରୁ । କିନ୍ତୁ ସେସିଲିଆର କଳ୍ପନାଶକ୍ତି ଥିଲା ସୀମାବଦ୍ଧ । ସେ ଆବଶ୍ୟକତା ଠାରୁ ପଦୁଟିଏ ଅଧିକ ମଧ୍ୟ କହିବାରେ ଥିଲା ଅକ୍ଷମ । ତେଣୁ ଦୀର୍ଘ ନୀରବତା ପରେ ସେ କହିଲା, "ତାହେଲେ କାଲି ଦେଖାହେବ । ସେୟାଁ ବିଦାୟ ।" ମୁଁ ପାନଶାଳାରୁ ବାହାରି ଆସିଲି ଆଉ ସେସିଲିଆର ଆପାର୍ଟମେଣ୍ଟର ମୁଖ୍ୟଦ୍ୱାର ଉପରେ ନଜର ରଖି କାରରେ ବସିରହିଲି । ମୁଁ ଜୀବନରେ ପ୍ରଥମଥର ପାଇଁ ଜଣଙ୍କ ବିଷୟରେ ଏଭଳି ଅନୁସନ୍ଧାନ କରୁଥିଲି, ଆଉ ମୁଁ ପୂର୍ବରୁ କହିଥିବା ମତେ, ମୋର ଏକ ଭ୍ରମ ଧାରଣା ଥିଲା ଯେ ଏହା ଏକ ନିତାନ୍ତ ସହଜ ସରଳ କାମ । ଏହାକୁ ବୃତ୍ତି ହିସାବରେ ଗ୍ରହଣ କରିଥିବା ଗୁଇନ୍ଦାମାନଙ୍କୁ ବାଦ ଦେଲେ ବି, ୫ରକାର ସତ୍ତର ଫାଙ୍କରୁ ଉଣ୍ଡୁଥିବା ଆଜେବାଜେ ନିର୍ବୋଧ ସ୍ତ୍ରୀଲୋକ, କି-ହୋଲ୍ ଭିତରଦେଇ ଚକ୍ଷୁଁଥିବା ବାରବୁଲା ବଜାରି ଟୋକା ଆଉ କାମ ନ ଥିବା ଅଳସୁଆ ଲୋକ ସମୟ କାଟିବା ପାଇଁ ଏଭଳି କାର୍ଯ୍ୟରେ ସାଧାରଣତଃ ବ୍ୟାପୃତ ରୁହନ୍ତି ନାହିଁ କି ? କିନ୍ତୁ ମୁଁ ଯେତେବେଲେ ସ୍ୱୟଂ ତହକିକତ ଆରମ୍ଭ କଲି, ସେତେବେଲେ ମୁଁ ଆଗରୁ ଚିନ୍ତା କରି ପାରି ନ ଥିବା ଏକ ନିତାନ୍ତ ସରଳ ତଥ୍ୟ ଆବିଷ୍କାର କରିବାରେ ସକ୍ଷମ ହେଲି । ପୋଲିସ ଭଳି ବୃତ୍ତିଗତ ଭାବରେ ଅନୁସନ୍ଧାନ କରିବା ହେଉ କିମ୍ୱା ନିର୍ବୋଧ ସ୍ତ୍ରୀ ଲୋକ ଅବା ବାରବୁଲାଙ୍କ ଭଳି ଅଳସ କୌତୂହଲ ହେତୁ ଅନୁସନ୍ଧାନ କରିବା ହେଉ, ତା ଏକ ଭିନ୍ନ କଥା । କିନ୍ତୁ ମୋ ଭଳି କ୍ଷେତ୍ରରେ, ଯେତେବେଲେ ଜଣେ ଏକ ସିଧାସଳଖ ନିର୍ଦ୍ଦିଷ୍ଟ ବ୍ୟକ୍ତିଗତ କାରଣରୁ ଜାସୁସି ଅନୁସନ୍ଧାନ କରୁଥାଏ, ତାହା ଏକ ସମ୍ପୂର୍ଣ୍ଣ ଅଲଗା ଅନୁଭୂତି । ମାତ୍ର ଦଶମିନିଟ ବ୍ୟତୀତ ହୋଇଥିବ କି ନାଇଁ ମୁଁ ବୁଝିପାରିଲି ଯେ ପ୍ରତୀକ୍ଷାର ଏଇ ଯନ୍ତ୍ରଣା କେତେ

ତୀବ୍ର। ମୁଁ ଯଦି ମୋର ସନ୍ଦେହର ବାସ୍ତବତା ଅନୁସନ୍ଧାନ କରିବା ପରିବର୍ତ୍ତେ ଶିକ୍ଷଶାଳାରେ ବସି ତତ୍ ସମ୍ପର୍କୀୟ ମାନସିକ ବିଶ୍ଳେଷଣରେ ବ୍ୟସ୍ତ ଥାଆନ୍ତି ତେବେ ହୁଏତ ବର୍ତ୍ତମାନ ଏହାଠାରୁ ଢେର କମ୍ ଯନ୍ତ୍ରଣା ଭୋଗୁ ଥାଆନ୍ତି। ସନ୍ଦେହର ଅନିଶ୍ଚିତତା ଭିତରେ ଲୁକ୍କାୟିତ ରହିଥାଏ ଏକ ବିଚିତ୍ର ଯନ୍ତ୍ରଣା। ପୂର୍ବପରି ବର୍ତ୍ତମାନ ମଧ ମୁଁ ଭୋଗୁଥିଲି ସେସିଲିଆର ଚରିତ୍ରକୁ ସନ୍ଦେହ କରି ସ୍ୱୟଂ ଜଳୁ ଥିବାର ସେଇ ଯନ୍ତ୍ରଣା। ଅଧିକନ୍ତୁ ତା ସହିତ ଯୁକ୍ତ ହୋଇଥିଲା ଅନୁସନ୍ଧାନର କଷ୍ଟକର ଅନୁଭୂତି। ମୁଁ ଯଦି ତାର ଘରୁ ବାହାରିବାର ନିର୍ଦ୍ଦିଷ୍ଟ ସମୟ ଜାଣି ଥାଆନ୍ତି ତାହେଲେ ଅନ୍ତତଃପକ୍ଷେ ଧରା ଯାଉ ତାର ଏକମିନିଟ ପୂର୍ବ ପର୍ଯ୍ୟନ୍ତ ଶାନ୍ତିରେ ରହିପାରନ୍ତି। କିନ୍ତୁ ଯେହେତୁ କେବେ ସେଇ ପ୍ରତୀକ୍ଷିତ ମୁହୂର୍ତ୍ତଟି ଆସିଯିବ ତାହା ମୁଁ ଜାଣି ନ ଥିଲି, ବ୍ୟତୀତ ହେଉଥିବା ପ୍ରତିଟି ମୁହୂର୍ତ୍ତ ମୋ ପାଇଁ ଥିଲା ତୀବ୍ର ବେଦନାଦାୟକ। ପ୍ରତିଟି ମୁହୂର୍ତ୍ତ ଥିଲା ମୋର ପାଇଁ ଠିକ୍ ସେଇ ଚରମ ଉତ୍କଣ୍ଠାର ମୁହୂର୍ତ୍ତ ଭଳି, ଯେତେବେଳେ କି ସେସିଲିଆ ମୋର ଦୃଷ୍ଟିଗୋଚର ହେବ ବୋଲି ମୁଁ ଭାବୁଥିଲି। ଆଉ ମୋର ପ୍ରତୀକ୍ଷା କ୍ରମେ ଦୀର୍ଘରୁ ଦୀର୍ଘତର ହୋଇ ଚଳିଥିଲା। ଧରାଯାଉ ପ୍ରତୀକ୍ଷାର ଅବଧକୁ କାଳଦଣ୍ଡର ମାପରେ ଭାଗ ଭାଗ କରାଗଲା। ବିଳମ୍ବର କିଛିଟା ଅବଧ – ସ୍ତ୍ରୀଲୋକମାନଙ୍କର ଆବଶ୍ୟକତା ଯଥା ପ୍ରସାଧନ, ହଠାତ୍ ପଡ଼ିଶାଘରକୁ ଚଳିଯିବା ବା ଦୂରଭାଷରେ ବାର୍ତ୍ତାଳାପ ଇତ୍ୟାଦି ଦୃଷ୍ଟିରୁ ହୁଏତ ଯଥାର୍ଥ ପଦବାଚ୍ୟ ହୋଇପାରେ। ବିଳମ୍ବକୁ ଏ ପ୍ରକାରର ଯଥାର୍ଥ୍ୟ ପ୍ରଦାନ ଦୀର୍ଘ ପ୍ରତୀକ୍ଷାକୁ ମଧ ସହ୍ୟ କରିବାକୁ ଧୈର୍ଯ୍ୟ ଦିଏ। କିନ୍ତୁ ଏସବୁର ଊର୍ଦ୍ଧ୍ୱରେ ଥିଲା ମୋର ପ୍ରତୀକ୍ଷା। ମୋର ଉତ୍କଣ୍ଠାର ସେଇ ପ୍ରତିଟି କ୍ଷଣ, ଆଉ ପରିଶେଷରେ ମୁଁ ସମ୍ମୁଖୀନ ହେଉଥିବା ହତାଶ ବିଫଳତା – କ୍ରମାଗତ ଭାବରେ ତୀବ୍ରତର ହୋଇ ଚଳିଥିଲା। ତାହା ଥିଲା ଏକ କ୍ଲାନ୍ତିକର ବିଫଳ ପ୍ରତୀକ୍ଷା। ଲାଗୁଥିଲା ସ୍ୱରର ଏକ ନିର୍ଦ୍ଦିଷ୍ଟ ଗ୍ରାମ, ପ୍ରତି ମୁହୂର୍ତ୍ତରେ ଯେପରି ତୀକ୍ଷ୍ଣରୁ ତୀକ୍ଷ୍ଣତର ହୋଇ ଚଳିଛି ତାର ଦୀର୍ଘାୟିତ ଲୟରେ। ଅବା ଏକତାନିକ ଯନ୍ତ୍ରଣାଟିଏ ଉତ୍କଟତର ହୋଇ ଚଳିଛି ଯେମିତି।

ମୁଁ ପ୍ରଥମ ଦଶମିନିଟ ଅପେକ୍ଷା କଲି ବେଶ୍ ଶାନ୍ତ ଭାବରେ। କାରଣ ମୁଁ ନିଶ୍ଚିତ ଥିଲି ଯେ ଇତ୍ୟବସରରେ ସେସିଲିଆ ବାହାରକୁ ବାହାରିବ ନାହିଁ। ତିନିଟା ବାଜିବାକୁ ଦଶ ମିନିଟ ବାକି ଥାଏ ମୁଁ ତା ଆପାର୍ଟମେଣ୍ଟର ଦୁଆରକୁ ନିଘା

କଲାବେଳକୁ। ଆଉ ମୁଁ ଭଲଭାବରେ ଜାଣିଥିଲି ଯେ ତିନିଟା ନ ବାଜିଲେ ସିଏ ଘରୁ ବାହାରେ ନାହାଁ। ତେଣୁ ସ୍ୱାଭାବିକ ଭାବରେ ସେଇ ପ୍ରଥମ ଦଶମିନିଟ କଟିଗଲା ନିରୁଦ୍‌ବିଗ୍ନ ଭାବରେ। ତାପର ଦଶମିନିଟ ବେଳକୁ ମୁଁ ଭାବିଲି ଏଥର ସିଏ ଆସିଯିବ; କିନ୍ତୁ ସିଏ ଆସିଲା ନାହିଁ। ତାପରେ ଆଉ ଦଶମିନିଟ ମଧ୍ୟ ବିତିଗଲା ଉଲ୍‌ଙ୍ଖାର ପ୍ରତୀକ୍ଷା ଭିତରେ। ତାପରେ ମୁଁ ଚିନ୍ତା କଲି ଆଉ ଅଧିକ ଦଶମିନିଟ ଅପେକ୍ଷା କରିବି, ଯଦିଚ ସେତେବେଳକୁ ସେସିଲିଆ କାହିଁକି ବାହାରୁ ନାହିଁ ସେକଥା ବୁଝିବାକୁ ମୁଁ ଅକ୍ଷମ ହୋଇ ପଡ଼ିଥିଲି। ଏହି ବିଫଳ ପ୍ରତୀକ୍ଷାଟି ଥିଲା ତଥାପି ମଧ୍ୟ ସହଣୀୟ। ପ୍ରଥମ ତିରିଶ ମିନିଟ ପରେ ଏଇ ଶେଷ ଦଶ ମିନିଟ ମନେ ହୋଇଥିଲା ଅଧିକ ଦୀର୍ଘତର। ସେସିଲିଆର ବାଟ ଚାହିଁ ବସିବାକୁ ମୋର ଧୈର୍ଯ୍ୟ ସରି ଆସୁଥିଲା ଆଉ ମୁଁ ପ୍ରତି ମୁହୂର୍ତ୍ତରେ ଆଶା କରୁଥିଲି ଯେ ସେସିଲିଆ ଏଇ ସଙ୍ଗେ ସଙ୍ଗେ ବାହାରକୁ ବାହାରି ଆସିବ। କିନ୍ତୁ ଏଇ ଦଶମିନିଟ ମଧ୍ୟ କଟିଗଲା ବ୍ୟର୍ଥତାରେ ଆଉ ମୁଁ ଦେଖିଲି ଯେ, ପଞ୍ଚମ ଥର ପାଇଁ ମୁଁ ଆଉ ଏକ ବିଫଳ ଅବଧିର ସମ୍ମୁଖୀନ ହେବାକୁ ଯାଉଛି। ସେଇ ମର୍ମନ୍ତୁଦ ପ୍ରତୀକ୍ଷାର ଶୂନ୍ୟତାକୁ ମୁଁ ଏକାନ୍ତିକ ଭାବରେ ଘୃଣା କରୁଥିଲି ଯେପରି ଏକ ବିଜନ ବିସ୍ତୃତ ଚତୁଷ୍ଠକୁ ହଇଚାସ ପୀଡ଼ିତ ରୋଗୀ ଘୃଣା କରେ। ତଥାପି ମଧ୍ୟ ମୁଁ ଅପେକ୍ଷା କଲି। ଏକ ରହସ୍ୟମୟ ଆଶାବାଦର ସହ ମୁଁ ଆପଣାକୁ ପ୍ରତିଶ୍ରୁତି ଦେଲି ଯେ ଏଥରକ ସେସିଲିଆ ଆସିବା ପାଇଁ ବାଧ୍ୟ। କିନ୍ତୁ ସେ ଆସିଲା ନାହିଁ, ମୁଁ ପୁନଶ୍ଚ ଆଉ ଏକ ଦଶ ମିନିଟିଆ ଅବଧି ପାଇଁ ନିଜକୁ ମାନସିକ ସ୍ତରରେ ପ୍ରସ୍ତୁତ କରିନେଲି। ମୁଁ ନିଜକୁ ଏଇଆ କହି ସାନ୍ତ୍ୱନା ଦେଲି ଯେ ଏଇ ଦଶମିନିଟ ମିଶିଗଲେ ପ୍ରତୀକ୍ଷାର ଅବଧି ସମ୍ପୂର୍ଣ୍ଣ ଘଣ୍ଟାଟିଏ ହୋଇଯିବ, ଆଉ ପରିସ୍ଥିତି ଯାହା ହେଉ ନା କାହିଁକି ଜଣେ ଏକ ଘଣ୍ଟାରୁ ଅଧିକ ସମୟ କାହାପାଇଁ ଅପେକ୍ଷା କରିବା ଏକ ଅସମ୍ଭବ ବ୍ୟାପାର। ବସ୍ତୁତଃ ଏହାଠାରୁ ଅଧିକତର ବିଶ୍ୱସନୀୟ ସାନ୍ତ୍ୱନା ପାଇଁ ମୋ ପାଖରେ ଶଢର ଅଭାବ ଥିଲା। କିନ୍ତୁ ସ୍ୱାଭାବିକ ଭାବରେ ଏଥରକ ମଧ୍ୟ ସେସିଲିଆ ଆସିଲା ନାହିଁ। (ମୁଁ ଏହାକୁ ସ୍ୱାଭାବିକ କହୁଛି କାରଣ ମତେ ବର୍ତ୍ତମାନ ସେସିଲିଆର ଆସିବାଟା ଅପ୍ରାକୃତିକ ଓ ଅସମ୍ଭବ ବୋଲି ପ୍ରତୀତ ହେବା ଆରମ୍ଭ କରିଥିଲା ଆଉ ବର୍ତ୍ତମାନ ଯଦି ସେ ବାହାରକୁ ଆସି ଯାଇଥାଆନ୍ତା ମୁଁ ତାହାକୁ ଏକ ଅଲୌକିକ ବିସ୍ମୟ ବୋଲି ମନେ କରି ଥାଆନ୍ତି।) ତେଣୁ ମୁଁ ସପ୍ତମଥର ପାଇଁ ଆଉ ଦଶମିନିଟ ଅପେକ୍ଷା କରିବାକୁ ନିଜକୁ ପ୍ରସ୍ତୁତ କଲି। ମେର

ଏଇ ନିଷ୍ଠି ସପକ୍ଷରେ ମୁଁ ଏକ ଦୁର୍ବୋଧ ଏବଂ ବିଲକ୍ଷଣ ଯୁକ୍ତିର ଅବତାରଣା କଲି। ଖାମଖ୍ୟାଲି ଭାବରେ ମୁଁ ଚିନ୍ତା କଲି ଯେ ଯେହେତୁ ଜଣେ ସର୍ବାଧିକ ଏକଘଣ୍ଟା ପର୍ଯ୍ୟନ୍ତ ଅପେକ୍ଷା କରିବା ସମ୍ଭବ, ମୁଁ ସେସିଲିଆକୁ ଭଦ୍ରାମି ଦୃଷ୍ଟିରୁ ଆଉ ଅଧିକ ଦଶମିନିଟ୍ ଦେବାଟା ଉଚିତ ହେବ। କିନ୍ତୁ ପ୍ରତୀକ୍ଷାର ସେଇ ବିନ୍ଦୁରେ ମୁଁ ସଚେତନ ହୋଇ ଉଠୁଥିଲି ଯେ ମୋ ଚେତନସତ୍ତା ତା କାର୍ଯ୍ୟକ୍ଷମତା ହରାଇ ବସୁଛି। ମୁଁ ସେସିଲିଆକୁ ଅପେକ୍ଷା କରିବାର ଅବଧି ମଧ୍ୟରେ ତାହା ଯେପରି ଧୀରେ ଧୀରେ ଅପସୃତ ହେବାରେ ଲାଗିଛି। ମୋ ସହିତ ରହିଯାଇଛି କେବଳ ମୁଁ, ଅର୍ଥାତ୍ ମୋର ଦୟନୀୟ ଯାତନା। ବସ୍ତୁତଃ ଏହି ଯାତନା ହିଁ ଥିଲା ମୋର ସ୍ଥିତିର ଅବିଚ୍ଛେଦ୍ୟ ପରିପ୍ରକାଶ। କେବଳ ଦୁଇଟି ଜିନିଷରେ ମୋର ସମଗ୍ର ଚେତନା କେନ୍ଦ୍ରିତ ଥିଲା; ମୋର ମଣିବନ୍ଧରେ ବନ୍ଧା ହୋଇଥିବା ଘଡ଼ି, ଆଉ ମୁଁ ନିବିଷ୍ଟ ଭାବରେ ରହିଁଥିବା ସେଇ ଦୁଆର। ମୁଁ ସ୍ଥିର କରିଥିଲି ଯେ କେବଳ ତିନି ମିନିଟ ଅନ୍ତରରେ ହିଁ ମୋର ହାତଘଡ଼ିକୁ ମୁଁ ରହିଁବି। ତାଛଡ଼ା ଅବଶିଷ୍ଟ ସମୟତକ ମୋ ଦୃଷ୍ଟି କେନ୍ଦ୍ରୀଭୂତ ହୋଇ ରହିଥିବ ସେଇ ଦୁଆର ଉପରେ। ଯେପରି କି ମୁଁ ଏଇଆ ଡରୁଥିଲି ଯେ, ଯେଉଁ ମୁହୂର୍ତ୍ତରେ ମୁଁ ଘଡ଼ିକି ରହିଁବି ସେଇ ଅବସରରେ ସେସିଲିଆ ବିଦ୍ୟୁତ୍ ବେଗରେ ବାହାରି ଆସି ମୋ ଦୃଷ୍ଟିପଥରୁ ଉଭେଇଯିବ। କିନ୍ତୁ ପ୍ରାୟଶଃ ଏଭଳି ଘଟୁଥିଲା ଯେ ମୋର ଅଧୈର୍ଯ୍ୟପଣିଆରେ ମୁଁ ଭାବୁଥିଲି ତିନି ମିନିଟ ବିତିଗଲାଣି ଅଥଚ ମାତ୍ର ସେତେବେଳକୁ ଗୋଟିଏ ମିନିଟ ହିଁ ବିତିଥାଏ। ଆଉ ଯେଉଁ ପ୍ରୟାସର ସହ ମୁଁ ମୋର ଦୃଷ୍ଟିକୁ ସେଇ ଦୁଆରରେ କେନ୍ଦ୍ରିତ କରି ରଖିବାକୁ ବାଧ୍ୟ କରୁଥିଲି ହଠାତ୍ ମତେ ତାହା ଅସହ୍ୟ ମନେହେଲା। ସେଇଭଳି ମଧ୍ୟ ଅସହ୍ୟ ମନେହେଲା ନିରବଚ୍ଛିନ୍ନ ଦୀର୍ଘ ଅବଧି ଧରି ପେଶୀୟ ସଙ୍କୁଚାରଣର ବେଦନା। ତେଣୁ ମୁଁ ବାରମ୍ବାର ହାତଘଡ଼ିକୁ ରହିଁଥିଲି ଆଉ ଏଇଆ ଦେଖିକରି ଆଶ୍ଚର୍ଯ୍ୟ ହେଉଥିଲି ଯେ ପ୍ରତୀକ୍ଷାର ଏଇ ଶେଷ ମିନିଟ କେତୋଟି, ମୋର ଅନ୍ୟତ୍ର ଆଉ କେଉଁ ପ୍ରତୀକ୍ଷାର ଠିକ୍ ସେଇ ଅବଧି ତୁଲନାରେ, ଅକଳନୀୟ ଭାବରେ ମନ୍ଥର ହୋଇ ଯାଇଛି। ଅପରପକ୍ଷରେ ସେଇ ଦୁଆର ଉପରୁ ମୋର ଦୃଷ୍ଟି ହଟାଇଦେବା ପାଇଁ ମୁଁ ଅନୁଭବ କରୁଥିଲି ଏକ ତୀବ୍ର ଆକାଂକ୍ଷା। ମତେ ଲାଗୁଥିଲା ଯେମିତିକି ଦେହଲୀଟି କେବଳ ମୋର ଆବେଗ କାରଣରୁ ହିଁ ସେସିଲିଆର ପଦପାତରୁ

ବଞ୍ଚିତ ହୋଇ ରହିଛି ! ଯେମିତିକି ଏରୁଣ୍ଠିର ସେଇ ଇଟା, ପଥର ଆଉ ପଲସ୍ତରାମାନେ ମୋର ଏଇ ପ୍ରତୀକ୍ଷା ବିଷୟରେ ଜାଣିଯାଇ ଅସୂୟା ପ୍ରଣୋଦିତ ହୋଇ ସେସିଲିଆକୁ ଲୁଚାଇ ଦେଇଛନ୍ତି !

ମୁଁ ଏହିଭଳି ଘଣ୍ଟାଏ ପରେ ମଧ ଆଉ ଦଶମିନିଟ ଅପେକ୍ଷା କଲି। ଆଉ ତାପରେ ଆଉ ଦଶମିନିଟ। କାରଣ ମୁଁ ଜାଣିଥିଲି ଯେ ଘରିଟା କୋଡ଼ିଏରେ ସେସିଲିଆର ମାଆ ଗୃହ ସନ୍ନିକଟସ୍ଥ ତାଙ୍କ ଦୋକାନକୁ ଯାଆନ୍ତି ଆଉ ଠିକ୍ ସାଢ଼େ ଘରିଟାରେ ଦୋକାନ ଖୋଲନ୍ତି। ବେଳେ ବେଳେ ସେସିଲିଆ ତାର ମାଆ ଦୋକାନକୁ ଯିବା ପରେ ପରେ ହିଁ ବାହାରକୁ ବାହାରିଯାଏ। କିନ୍ତୁ ଠିକ୍ ଘରିଟା ପନ୍ଦର ବେଳକୁ ହଠାତ୍ ଯେମିତିକା ମୋର ମାଂସପେଶୀମାନେ ମୋର ବିନା ଇଚ୍ଛାରେ ସ୍ୱୟଂଚଳିତ ହୋଇ ଉଠୁଛନ୍ତି, ସେମିତିକା କିଛି ଚିନ୍ତା ନ କରି ମୁଁ କାର୍ ସ୍ଟାର୍ଟ୍ କଲି ଆଉ ଗାଡ଼ି ଚଲାଇବା ଆରମ୍ଭ କଲି। ମୁଁ କିନ୍ତୁ ଦୂରକୁ ଗଲି ନାହିଁ। ଗଲିର ସେଇ ବାଙ୍କରେ ପୂର୍ବୋକ୍ତ ପାନଶାଳା ପାଖରେ ମୁଁ ଅଟକିଗଲି। କାରରୁ ବାହାରି ଟେଲିଫୋନ ବୁଥକୁ ଗଲି, ଆଉ ସେସିଲିଆଙ୍କ ଘରକୁ ଦୂରଭାଷ ଲଗାଇଲି। "ସିଏ ତ ଚାଲି ଗଲାଣି", ସେସିଲିଆର ମାଆ କହିଲେ ଏକ ଅନିଷ୍ଠିତ ସ୍ୱରରେ। "ମୁଁ ରୋଷେଇ ଘରେ ଥିଲି ଆଉ ମୁଁ ତାକୁ ଦେଖ ପାରିନି। କହିପାରିବିନି କେତେବେଳେ ସିଏ ଗଲା, ପାଞ୍ଚ ମିନିଟ ତଳୁ ଅଥବା ଅଧଘଣ୍ଟା ଆଗରୁ – କିନ୍ତୁ ସିଏ ଚାଲି ଗଲାଣି।" ମୁଁ ସଦ୍ୟର ପାନଶାଳାରୁ ବାହାରି ଆସି ମୋ କାର ଭିତରକୁ ଡେଇଁ ପଡ଼ିଲି ଆଉ ତୀବ୍ର ବେଗରେ ଏ ଗଲି ସେ ଗଲି ପାର ହୋଇ ସେଇ ବସସ୍ତପରେ ପହଞ୍ଚି ଗଲି ଯେଉଠୁ ସେସିଲିଆ ବସ ଧରେ ବୋଲି ମୁଁ ଜାଣେ। କିନ୍ତୁ ସେ ସେଠି ନ ଥିଲା। ନିଶ୍ଚିତ ଭାବରେ ସେସିଲିଆର ମାଆ ଭୁଲ କଥା କହିଥିଲେ ଯେ ସେସିଲିଆ ପାଞ୍ଚ ମିନିଟଠାରୁ ଅଧଘଣ୍ଟାଏ ଭିତରେ ବାହାରକୁ ବାହାରି ଯାଇଛି। ହୁଏତ ସିଏ ମିନିଟିଏ ତଳେ ବାହାରି ଆସିଛି ଆଉ ମୁଁ ଯେତେବେଳେ ତାକୁ ଗଲି ଉପଗଲି ଧରି ଖୋଜି ଚାଲିଛି ସିଏ ଠିକ୍ ସେଇ ସମୟରେ ଆପାର୍ଟମେଣ୍ଟର ଦେହଲୀ ଡେଇଁଛି। ହୁଏତ ଏହା ମଧ ହେଇପାରେ ଯେ, ତା ମାଆ କହିଲା ବେଳକୁ ସେସିଲିଆ ଘରୁ ବାହାରି ଆସିଛି, କିନ୍ତୁ ତଳକୁ ଓହ୍ଲାଉ ଓହ୍ଲାଉ ଅଧବାଟରେ ଫେରେ କେଉଁ ଅଜ୍ଞାତ କାରଣରୁ ଘରକୁ ଲେଉଟି ଯିବାକୁ ସ୍ଥିର କରିଛି। ଘରେ ସେ ବର୍ତ୍ତମାନ ଅଛି କି ନାହିଁ

ଜାଣିବାକୁ ଆଉଥରେ ଟେଲିଫୋନ କରିବାକୁ ଚିନ୍ତା କରି ମୁଁ ନିଜକୁ ସେଥିରୁ ନିବୃତ୍ତ କଲି। ମୁଁ ଠିକଣା କଲି ଯେ ଲୁସିଆନିର ଗୃହ ସମ୍ମୁଖରେ ମୁଁ ବରଂ ତାକୁ ଅପେକ୍ଷା କରି ରହିବି। ପାରିଓଲି ଅଞ୍ଚଳର ଭିଆ ଆର୍କିମିଡି ଗଲିରେ ଲୁସିଆନିର ଘର। କୁଣ୍ଡଳାୟିତ ଏହି ସରଣି ଗୋଟିଏ ପାହାଡ଼ ଉପରେ ଘୁରି ଘୁରି ଯାଇଛି, ଯାହାର ଉଭୟ ଦିଗରେ ରହିଛି ଆଧୁନିକ ଭଙ୍ଗୀରେ ନିର୍ମିତ ଗୃହମାନ। ମୁଁ ଏହାର କିଛିଦିନ ପୂର୍ବରୁ ଏହି ପଥରେ ଆସି ବୁଲାବୁଲି କରି ଯାଇଥିଲି। ତେବେ ଏହା ଏକ ଜାସୁସି ତଦନ୍ତ ନ ଥିଲା। ମୁଁ କେବଳ ସେଇ ଜାଗାକୁ ଦେଖିବାକୁ ରୁହିଁଥିଲି ଯେଉଁଠିକୁ ସେସିଲିଆ ଅଧୁନା ବାରମ୍ବାର ବୁଲି ଆସୁଥିଲା। ମୋର ମନେ ପଡ଼ିବା ଭଳି ଲାଗିଲା ଯେ ଅଭିନେତାର ଠିକ୍ ଘର ସାମନାରେ ପାନଶାଳାଟିଏ ରହିଛି, ଯେଉଁଠୁ କି ତା'ର ଦୁଆର ଉପରେ ନଜର ରଖାଯାଇପାରେ। ବାସ୍ତବିକ ମୁଁ କାରରୁ ବାହାରି ବାର୍‌ ମଧକୁ ଦେଖିବାବେଳେ ବୁଝିପାରିଲି ଯେ ମୋର ଜମା ଭୁଲ ହୋଇନାହିଁ। ପାନଶାଳାର କାଚ ଜାନଲା ପାର୍ଶ୍ବରେ ଥିଲା ଦୁଇ ତିନୋଟି ଛୋଟ ଟେବୁଲ, ଯେଉଁଠାରୁ କି ସଜା ହୋଇଥିବା ବୋତଲ ଆଉ ମିଠାପେଟିର ଫାଙ୍କ ଦେଇ ମୁଁ ସହଜରେ, ଉହାଡ଼ରେ ରହି ମଧ୍ୟ, ସାମନା ଘରର ଦୁଆର ଉପରେ ନଜର ରଖି ପାରିବି।

ମୁଁ ପାନଶାଳାରେ ବସିଲି, କଫି ମଗାଇଲି ଆଉ ପ୍ରଣିଧ୍ରେ ବ୍ୟାପୃତ ହେଲି। କିନ୍ତୁ ଏହି ଗୁଇନ୍ଦାଗିରିକୁ ମୁଁ ଇତି ମଧରେ ସର୍ବାନ୍ତଃକରଣରେ ଘୃଣା କରିବାକୁ ଆରମ୍ଭ କରି ଦେଇଥିଲି। ଅଭିନେତା ରହୁଥିବା ଗୃହ ଦୁଆରର ଋରି ପାଖରେ ଖଞ୍ଜା ହୋଇଥିଲା କଳା ମାର୍ବଲ। ତା'ର ପରିଚ୍ଛିତିଟି ଥିଲା ଶ୍ବେତବର୍ଣ୍ଣର। ଆଉ ସେଇ ଧଳା ପୃଷ୍ଠଭୂମିରେ କଳା ଦୁଆରଟି ମତେ ଲାଗିଲା ଏକ ଖବରକାଗଜ ପୃଷ୍ଠାରେ ଲେଖା ହୋଇଥିବା ମୃତ୍ୟୁଲେଖ ବ୍ନା ଶୋକସମ୍ବାଦଟିଏ ଭଳି। ଏହି ସମୟରେ ହଠାତ୍‌ ମୁଁ ଆବିଷ୍କାର କଲି ଯେ ଦୋକାନ ଜାନଲାରେ ପ୍ରଦର୍ଶିତ ହେଉଥିବା ମଦ ବୋତଲଟିଏ ଅଭିନେତାର ଦୁଆରଟିକୁ ପ୍ରାୟ ଅଧାଅଧ୍ ଘୋଡ଼ାଇ ପକାଉଛି। ବର୍ତ୍ତମାନ ତେଣୁ ସେସିଲିଆ ମୋ ନଜର ବାହାରେ ସେ ଘରକୁ ପଶିବା ବା ବାହାରି ଆସିବା ସମ୍ପୂର୍ଣ୍ଣ ସମ୍ଭବ ବୋଲି ମତେ ବିଶ୍ବାସ ହେଲା। ମୁଁ ମୋ ଚୌକିଟିକୁ ଟିକିଏ ଘୁଞ୍ଚାଇବାକୁ ଚେଷ୍ଟା କଲି। ହେଲେ ଦୁଆରଟିକୁ ମୁଁ ଜମା ଦେଖି ପାରିଲି ନାହିଁ, କାରଣ ଗୋଟିଏ ବଡ଼ ବିସ୍ତୃତ ବାଣ୍ବ ଆଢୁଆଲରେ ତାହା ରହିଗଲା। ମୁଁ ଭାବିଲି

ହାତ ବଢ଼େଇ ମଦ ବୋତଲଟିକୁ ଟିକିଏ ଘୁଞ୍ଚାଇ ଦେବି । କିନ୍ତୁ ଆପାନର ଜଗାଲ ମନରେ ସନ୍ଦେହ ନ ଜନ୍ମାଇ ତାହା କରିବା ଅସମ୍ଭବ ହେବ । ତେଣୁ ତହିଁରୁ କ୍ଷାନ୍ତ ହୋଇ ମୁଁ ସ୍ଥିର କଲି ଯେ ଏହି ଅପ୍ରତିଭ ପରିସ୍ଥିତିରୁ ରକ୍ଷା ପାଇବା ପାଇଁ ମୁଁ ମଦ ବୋତଲଟି କିଣି ନେବି । ଅବଶ୍ୟ ଏହା ସତ୍ୟ ଯେ ଜଗାଲ ଜଣକ ପାଖରେ ଠିକ୍ ସେଇଭଳି ଆଉ ଏକ ବୋତଲ ଥାଇପାରେ, ଆଉ ସିଏ ମତେ ଦୋକାନ ଜାନଲାରେ ପ୍ରଦର୍ଶିତ ହେଉଥିବା ବୋତଲଟି ନ ଦେଇପାରେ । କିନ୍ତୁ ମୋର ଲକ୍ଷ୍ୟ ହାସଲ ପାଇଁ ଆଉ କିଛି ଉପାୟ ମତେ ଦିଶିଲା ନାହିଁ । ମୁଁ ଜଗାଲକୁ ଡାକିଲି । “ମୋର ସେଇ ବୋତଲଟି ଦରକାର”, ମୁଁ କହିଲି ।

ଜଗାଲ ପିଲାଟି ସାଙ୍ଗେ ସାଙ୍ଗେ ଆସିଲା । କଠୋର ଦର୍ଶନ, ପତଲା ଓ ଶେଥା ଦିଶୁଥିବା ଯୁବକଟିଏ ଥିଲା ସିଏ । ତାର ଥିଲା ବିଶେଷ ଦ୍ରଷ୍ଟବ୍ୟ ଲକ୍ଷଣଟିଏ – ଓହଲି ପଡ଼ିଥିବା କଳା ମଟମଟ ନିଶ ମଧ ତାର ସେଇ ଗ୍ରହଣଖଣ୍ଡିଆ ଓଠଟିକୁ ଘୋଡ଼େଇ ପାରୁନଥିଲା । ଏକ ବିଶ୍ବସ୍ତ ଗଭୀର ସ୍ବରରେ ସିଏ ପଚରିଲା, “ସେଇ କାନାଡ଼ିଆନ୍ ହ୍ବିସ୍କି ବୋତଲ ତ ?”

: “ହଁ, ସେଇଟା ।”

ସେ ଆଗକୁ ନଇଁ ପଡ଼ିଲା; ବେଶ୍ ସତର୍କତାର ସହିତ ଦୋକାନ ଜାନଲାରୁ ବୋତଲଟି ଉଠାଇ ଆଣିଲା ସିଏ – ବୋଧହୁଏ ପାଖରେ ଥିବା ଆଉ ଗୋଟିଏ ବୋତଲକୁ ସେହି ଜାଗାକୁ ଘୁଞ୍ଚେଇ ଆଣିବା ପାଇଁ ସେ ଉଦ୍ୟମ କରୁଥିଲା । ମୁଁ ପୂର୍ଣ୍ଣ ଆଦେଶ ଦେବା ଭଙ୍ଗୀରେ କହିଲି, “ମତେ ଆଗ ଟିକେ ଦେଖିବାକୁ ଦିଅ ।”

ସାମାନ୍ୟ ଆଶ୍ଚର୍ଯ୍ୟ ହେବା ଭଳି ମନେହେଲା ସିଏ, ଆଉ ମତେ ବଢ଼ାଇ ଦେଲା ବୋତଲଟି । ମୁଁ ତାକୁ ଏକ ଅଳସ ଭଙ୍ଗୀରେ ନିରୀକ୍ଷଣ କରିବାକୁ ଲାଗିଲି । ମୁଁ ମନେ ମନେ ଆଶା କରୁଥିଲି ଜାନଲାର ସେଇ ଶୂନ୍ୟସ୍ଥାନଟି ବିଷୟରେ ସେ ଇତି ମଧରେ ଭୁଲି ଯାଇଥିବ । ସୌଭାଗ୍ୟବଶତଃ ଠିକ୍ ସେଇ ମୁହୂର୍ତ୍ତରେ ଆଉ ଜଣେ ଗ୍ରାହକ ପ୍ରବେଶ କଲେ ଆଉ ଜଗାଲ ମତେ ଛାଡ଼ି କାଉଣ୍ଟର ପଛରେ ଥିବା ତାର ନିର୍ଦ୍ଦିଷ୍ଟ ସ୍ଥାନକୁ ଢଳିଗଲା । କିଛି ସମୟ ପରେ ସେ ମୋ କଫି ଘେନି ଆସିଲା କିନ୍ତୁ ସେହି ଶୂନ୍ୟସ୍ଥାନରେ ଆଉ ଏକ ନୂତନ ବୋତଲ ରଖିଲା ନାହିଁ । ମୁଁ ସ୍ବସ୍ତିର ନିଃଶ୍ବାସ ନେଲି ଆଉ ଦୁଆର ଉପରେ ନିଘା ରଖିବା କାର୍ଯ୍ୟରେ ବ୍ୟାପୃତ ରହିଲି ।

ଡ. ଜୟକୃଷ୍ଣ ଚୌଧୁରୀ | ୩୦୩

ମୁଁ ହିସାବ କଲି ଯେ ସେସିଲିଆ ବସରେ ହିଁ ଆସିଥିବ। କାରଣ ମୁଁ ଜାଣିଥିଲି ଯେ ତାର ପଇସାପତ୍ର ଅଭାବ ଲାଗି ରହିଥାଏ। ଦ୍ୱିତୀୟତଃ କୌଣସି ସାକ୍ଷାତକାର ପାଇଁ ସେ କେବେ ବିଶେଷ ତରତର ହେବା ମୁଁ ଜାଣି ନ ଥିଲି। ସେସିଲିଆର ଘରୁ ଏଇ ପାରିଓଲି ଅଞ୍ଚଲକୁ ବସରେ ଆସିବା ପାଇଁ ଅନ୍ତତଃ ପକ୍ଷେ କୋଡ଼ିଏ ମିନିଟ୍ ଲାଗିଯାଏ। ତେଣୁ ସେସିଲିଆ ଅଳ୍ପ ସମୟ ମଧ୍ୟରେ ଏଇ ସାମନା ଦୁଆର ପାଖରେ ଆସି ପହଞ୍ଚିବ। ଅବଶ୍ୟ ଏହା ନିର୍ଭର କରେ ଯଦି ସେ ମୋ ଦୂରଭାଷର ଠିକ୍ ମିନିଟିଏ ପୂର୍ବରୁ ବାହାରି ଆସିଥିବ ଆଉ ଯଦି ସେ ବାସ୍ତବରେ ଲୁସିଆନିକୁ ହିଁ ଭେଟିବା ପାଇଁ ବାହାରି ଥିବ। ମୁଁ ଅନ୍ତତଃ ସାମୟିକ ଭାବରେ ଧରିନେଲି ଯେ ଏହି ଉଭୟ ଅବଧାରଣା ଠିକ୍ ଏବଂ ସେଥିପାଇଁ ମୁଁ ପ୍ରାୟ କୋଡ଼ିଏ ମିନିଟ୍ ଏକପ୍ରକାର ସହନୀୟ ସ୍ୱାଚ୍ଛନ୍ଦ୍ୟର ସହ କାଟିଦେଲି। କିନ୍ତୁ ଏହା ଭିତରେ କ୍ଷଣକ ପାଇଁ ମଧ୍ୟ ଦୁଆର ଉପରୁ ମୁଁ ମୋର ଦୃଷ୍ଟି ହଟାଇ ନ ଥିଲି।

ପ୍ରଥମ କୋଡ଼ିଏ ମିନିଟ୍ ବ୍ୟତୀତ ହେବାପରେ ମୁଁ ଧୈର୍ଯ୍ୟର ସହ ଆଉ ଦଶ ମିନିଟ୍ ଅପେକ୍ଷା କଲି। କିନ୍ତୁ ତାପରେ ମୁଁ ଦ୍ୱନ୍ଦ୍ୱରେ ପଡ଼ିଗଲି। ସେସିଲିଆ କଣ ଟ୍ୟାକ୍ସି ଧରି ବାହାରି ଆସିଲା ? ବାଟରେ ମତେ ତିନିଥର ଟ୍ରାଫିକ୍ ଛକରେ ରହିବାକୁ ପଡ଼ିଥିଲା ଆଉ ସେ କ୍ଷେତ୍ରରେ ସେସିଲିଆ ମୋ ଠାରୁ ଆଗରେ ପହଞ୍ଚି ଥିବା ମଧ୍ୟ ସମ୍ଭବ। କିମ୍ବା ଏ କଥା ମଧ୍ୟ ସମ୍ଭବ ଯେ ସେ ଜମା ଏଠାକୁ ଆସି ନାହିଁ। ମୁଁ ତେବେ କଣ କରିବା ଉଚିତ ହେବ ? ସେସିଲିଆ ଅଭିନେତାର ଘରୁ ବାହାରିବା ପର୍ଯ୍ୟନ୍ତ ଅପେକ୍ଷା କରିବା ଠିକ୍ ହେବ ନା ଏଠାରୁ ଖୁଲିଯିବାଟା ଠିକ୍ ହେବ ? କିନ୍ତୁ ସେସିଲିଆ ଲୁସିଆନିକୁ ଦେଖିବା ପାଇଁ ସେଦିନ ସେଠିକି ଆସିଛି ବୋଲି ମୁଁ ଏତେ ନିଶ୍ଚିତ ହୋଇ ପଡ଼ିଥିଲି ଯେ, ପରିଶେଷରେ ଅପେକ୍ଷା କରିବା ପାଇଁ ସ୍ଥିର କଲି। ମୁଁ ନିଜକୁ ବୁଝାଇ ଦେଲି ଯେ, ସେସିଲିଆ ଯଦି, ଧର ମୋର ପାଞ୍ଚମିନିଟ୍ ପୂର୍ବରୁ ଆସିଥାଏ ତେବେ ମତେ ବର୍ତ୍ତମାନ ପଇଁତିରିଶ ମିନିଟ୍ କମ ଅପେକ୍ଷା କରିବାକୁ ପଡ଼ିବ।

କିନ୍ତୁ ଯେମିତି କି ଏହି ସାମାନ୍ୟତମ ଆଶ୍ୱାସନରୁ ମଧ୍ୟ ମତେ ବଞ୍ଚିତ କରିବା ପାଇଁ, ମୁଁ ଦେଖିଲି ମୋ ଆଖ ଆଗ ଦେଇ, ସବୁଜ ଓଭରକୋଟ ପିନ୍ଧା ଲୋକଟିଏ ଖୁଲି ଖୁଲି ଆସିଲା। ପଛରୁ ଲୋକଟି ଲାଗୁ ଥିଲା ଚିହ୍ନା ଚିହ୍ନା। ଆଉ

ଯେତେବେଳେ ସିଏ ରାସ୍ତା ଅତିକ୍ରମ କରୁଥିଲା, ତାର ଚଉଡ଼ା କାନ୍ଧ ଆଉ ସର୍ବୋପରି ତାର କୃତ୍ରିମ ମନେ ହେଉଥିବା ଉଜ୍ଜ୍ୱଳ ଧଳା ବାଳ ଦେଖି ମୁଁ ନିଃସନ୍ଦେହ ହେଲି ଯେ ସିଏ ଥିଲା ସେଇ ଅଭିନେତା ଲୁସିଆନି। ମୁଁ ଦେଖିଲି ସିଏ ଘରର ଦୁଆର ଭିତରେ ପଶିଲା ଆଉ ଦୃଷ୍ଟି ପଥରୁ ଅଦୃଶ୍ୟ ହୋଇଗଲା।

ତାହାହେଲେ ମୋର ଜାଗର୍ତି ଏଇ ମାତ୍ର ଆରମ୍ଭ ହେଲା। ହୁଏତ ସେସିଲିଆ ଲୁସିଆନି ପୂର୍ବରୁ ଆସି ତା ସଦନିକାରେ ତା ପାଇଁ ଅପେକ୍ଷା କରି ବସିଛି କିମ୍ବା ସେ ଜମା ହିଁ ଆସି ନାହିଁ। କିନ୍ତୁ ଏ ବିଷୟରେ ନିଃସନ୍ଦେହ ହେବା ପାଇଁ ଭଗବାନ ଜାଣନ୍ତି ମତେ କେତେ ସମୟ ଅପେକ୍ଷା କରିବାକୁ ପଡ଼ିବ। ତାପରେ ବି ଯୋଉ ଅଧ ଘଣ୍ଟେ ମୁଁ ଅପେକ୍ଷା କରି କାଟିଦେଲି ସିଏ ବି ନିଷ୍ଫଳ ଗଲା।

ତୁରନ୍ତ ମୁଁ ହୃଦୟଙ୍ଗମ କରିପାରିଲି, ଯଦି ସେସିଲିଆର ଗୃହ ସମ୍ମୁଖରେ ମୋର ପ୍ରତୀକ୍ଷା ଥିଲା ଯନ୍ତ୍ରଣାଦାୟକ, ଅଭିନେତାର ଗୃହ ଆଗର ଏଇ ପ୍ରତୀକ୍ଷା ଥିଲା ତା ଠାରୁ ଶହେ ଗୁଣ ଅଧିକ ଦୁଃସହ। ସେସିଲିଆ ଘର ଆଗରେ ତା ପ୍ରତ୍ୟାଶାରେ ବସିଥିବା ବେଳେ, ମୁଁ ଅପେକ୍ଷା କରିଥିଲି କେତେବେଳେ ତାର ଖାଇବା, ବେଶ ହେବା ବା ମାଆଙ୍କ ସହିତ କଥା ହେବାଭଳି ନିର୍ଦୋଷ କାର୍ଯ୍ୟକଳାପ ମାନ ସାରି ସେ ବାହାରି ଆସିବ। କିନ୍ତୁ ଲୁସିଆନିର ଘର ଆଗରେ ମୁଁ ବାସ୍ତବରେ ଅପେକ୍ଷା କରିଥିଲି କେତେବେଳେ ତା'ର ରତିକ୍ରିୟା ସରିବ ଆଉ ସିଏ ବାହାରକୁ ବାହାରିବ। ଘଣ୍ଟାଏ ପୂର୍ବରୁ ସେସିଲିଆର ଘର ଆଗରେ ଠିଆ ହୋଇଥିବା ବେଳେ ମୁଁ ଏକ ଅନିର୍ଦିଷ୍ଟ ପ୍ରତ୍ୟାଶାର ଶୂନ୍ୟତା ଭିତରେ ଜର୍ଜରିତ ହେଉଥିଲି ଯାହାକୁ ମୁଁ ମୋର କଳ୍ପନାର ରଙ୍ଗରେ ଭରିପାରୁ ନଥିଲି। ବର୍ତ୍ତମାନ ମୁଁ କିନ୍ତୁ ସୁନିର୍ଦିଷ୍ଟ ଭାବେ ଜାଣିଥିଲି ସେସିଲିଆ କାହିଁକି ଲୁସିଆନିର ଫ୍ଲାଟକୁ ଯାଇଛି, ତେଣୁ ବର୍ତ୍ତମାନର ପ୍ରତୀକ୍ଷାରେ ମୋର କଳ୍ପନାରେ ଚହଟୁ ଥିଲା ନାନାଦି ଯୌନକ୍ରିୟାର ଛନ୍ଦ ଓ ବନ୍ଧ। ପୂର୍ବ ପ୍ରତୀକ୍ଷା ତୁଳନାରେ ମୁଁ ବର୍ତ୍ତମାନ ନିର୍ଦିଷ୍ଟ ଭାବରେ ଘଣ୍ଟା ଓ ମିନିଟି କଣ୍ଠାରେ, ଅଭିନେତା ଘର ଭିତରେ କ'ଣ କ'ଣ ଖଳିଥିବ କହିପାରିବା ସମ୍ଭବ ଥିଲା। 'ବର୍ତ୍ତମାନ ସେସିଲିଆ ତାର ସ୍ୱେଟର ଉପରକୁ ଉଠାଇ ଥିବ। ଏହିକ୍ଷଣି ଉଲଗ୍ନ ହୋଇ ସେ ଶେଯ ଉପରକୁ ଉଠୁଥିବ। ତାପରେ ବର୍ତ୍ତମାନ ସେ ଶେଯ ଉପରେ ଚିତ୍ ହୋଇ ଶୋଇ ଯାଇଥିବ। ବର୍ତ୍ତମାନ ପ୍ରଥମଥର ପାଇଁ ତାର ରସଚ୍ୟୁତି

ଘଟିଥିବ; ରତି ନିଷ୍ପତ୍ତିର ଚରମ ଅନୁଭବରେ ତାର ପେଟ ଥରି ଉଠିଥିବ ଦୁଇ ତିନିଥର। ମୁଣ୍ଡ ନାଡ଼ିଦେଇ ସେ ବର୍ତ୍ତମାନ ପଡ଼ି ରହିଥିବ ମୂର୍ଚ୍ଛିତ ଭାବରେ।' ଏଇ କଳ୍ପନା ସ୍ୱାଭାବିକ ଭାବରେ ମୋ ଭିତରେ ଥାକୁ ପାଇ ପାରିନଥିବାର ଅନୁଭୂତିକୁ ଖୋଷ୍ଟିବାରେ ଲାଗିଲା। ମୁଁ ଏ ପର୍ଯ୍ୟନ୍ତ ଏକ ଆତ୍ମ-ପ୍ରତାରଣା ଭିତରେ ଥିଲି ଯେ ସେସିଲିଆ ମୋର ଆୟତ୍ତରେ, କାରଣ ମୁଁ ତାର ଶରୀର ଉପରେ ଅଧିକାର ସାବ୍ୟସ୍ତ କରି ପାରିଥିଲି। କିନ୍ତୁ ବର୍ତ୍ତମାନ ସେଇ ଶରୀର ଥିଲା ଲୁସିଆନିର ବାହୁ ବନ୍ଧନରେ।

ସେସିଲିଆ ତେଣୁ ମୋ ପାଇଁକି ହୋଇ ପଡ଼ିଥିଲା ଏକ ବିପଳାୟୀ ବାସ୍ତବତା, ଯାହାକୁ ମୁଁ ଧରିବାକୁ ଚେଷ୍ଟା କରୁଥିଲି ଅଥଚ ମୋ ହାତରୁ ସେ ଖସି ଯାଉଥିଲା ବାରମ୍ବାର। ତାର ଚରିତ୍ରର ଏଇ ଅସ୍ବସ୍ତତା ଓ ଅନିର୍ଦ୍ଦିଷ୍ଟତା ମୋ ପାଇଁକି ଆଉରି ବଢ଼ି ଯାଉଥିଲା କାରଣ, ସେ ବାସ୍ତବରେ ଲୁସିଆନି ସହ ସେଇଠି ଅଛି ବୋଲି ମୁଁ ନିଶ୍ଚିତ ନ ଥିଲି। ସବୁ ସଙ୍ଗେ ବି, ଏକଥା ସମ୍ଭବ ଯେ କୌଣସି ଅଜ୍ଞାତ କାରଣରୁ ସେମାନେ ଆଜି ଭେଟ ହେଉ ନ ଥାଇ ପାରନ୍ତି। ସେ କ୍ଷେତ୍ରରେ ମୋର କଳ୍ପନା ଅନ୍ୟ ଯେକୌଣସି ସାଧାରଣ ଈର୍ଷାଲୁ ପ୍ରେମିକର କଳ୍ପନା ସହିତ ସମାନ, ଯିଏକି ଏକ ଅକିଞ୍ଚିତ୍କର ଏବଂ ଭ୍ରାନ୍ତ ତଥ୍ୟ ଉପରେ ପ୍ରତ୍ୟାନୁମାନର ହର୍ମ୍ୟଟିଏ ଠିଆ କରାଇଦିଏ। କିନ୍ତୁ ଯଦି ଆଜି ବାସ୍ତବରେ ସେସିଲିଆ ଅଭିସାର ପାଇଁ ଆସି ନ ଥାଏ, ଏହା ଏତିକି ମାତ୍ର ପ୍ରମାଣ କରିବ ଯେ ସେଇ ନିର୍ଦ୍ଦିଷ୍ଟ ଦିନରେ ସେସିଲିଆ ମୋ ସହିତ ବିଶ୍ୱାସଘାତକତା କରି ନାହିଁ। ଏହା କେବେ ବି ପ୍ରମାଣ କରି ପାରିବ ନାହିଁ ଯେ ଅନ୍ୟ ଦିନମାନଙ୍କରେ ସେ ମୋ ପ୍ରତି ବିଶ୍ୱସ୍ତ ଥିଲା ବା ରହିବ।

ପରିଶେଷରେ ମୁଁ ସ୍ଥିର କଲି ଯେ ମୁଁ ଲୁସିଆନିକୁ ଦୂରଭାଷ କରିବି। ତେବେ ସମ୍ଭବତଃ, କୌଣସି ଶବ୍ଦ ଇତ୍ୟାଦିରୁ, ସେଠାରେ ସେସିଲିଆର ଉପସ୍ଥିତି ସମ୍ପର୍କରେ ଜାଣିବାରେ ମୁଁ ସକ୍ଷମ ହେବି। ସୌଭାଗ୍ୟବଶତଃ ଦୂରଭାଷ ଯନ୍ତ୍ରଟି ଦୁଆର ନିକଟରେ ଥିଲା ଯଦ୍ୱାରା କି ମୁଁ ଲୁସିଆନି ସହ କଥା ହେବା ସମୟରେ ମଧ୍ୟ ରାସ୍ତାର ଅପରପାର୍ଶ୍ୱରେ ଥିବା ଦୁଆର ଉପରେ ଦୃଷ୍ଟି ରଖ ପାରିବି। ମୁଁ ସେଠାକୁ ଯାଇ ଲୁସିଆନିର ନମ୍ବର ଘୁରାଇଲି। ଅପର ପାର୍ଶ୍ୱରୁ ଭାସି ଆସିଲା ଅଭିନେତାର ସ୍ୱର। ମୁଁ ଦେଖିଲି ଯେ, ମୁଁ ଯେଉଁ ଉଦ୍ଦେଶ୍ୟରେ ଦୂରଭାଷ କରିଥିଲି ତାହା ସମ୍ପୂର୍ଣ

ବ୍ୟର୍ଥ ଯାଇନାହିଁ। ଯେତେବେଳେ ସେ ଅଭିନେତା ହ୍ୟାଲୋ ହ୍ୟାଲୋ କରୁଥିଲା ମୁଁ ସ୍ପଷ୍ଟ ଭାବରେ ଏକ ନୃତ୍ୟ ସଙ୍ଗୀତର ସୁର ରାଗିଣୀ ଶୁଣି ପାରୁଥିଲି। ମୋର ହୃଦୟ ଦୁଃଖରେ ଭାଙ୍ଗି ପଡ଼ିଲା, କାରଣ ମୁଁ ଜାଣିଥିଲି ଯେ ସେସିଲିଆ ସଙ୍ଗୀତର ମଧୁର ଧ୍ୱନିରେ ନିମଜ୍ଜିତ ରହି ରତିସୁଖ ଭୋଗିବାକୁ ଇଚ୍ଛା କରିଥାଏ। ଅଭିନେତା ଆଉ ଥରେ ହ୍ୟାଲୋ କହି ପରିଶେଷରେ ଗୋଟିଏ ଶବ୍ଦ ଯୋଗ କଲା, "ଗଧା କାହାଙ୍କା"। ତା ପରେ ଫୋନ କାଟିଦେଲା ସିଏ। ଦୂରଭାଷ ମଧ୍ୟ ଦେଇ ଆସୁଥିବା ସଙ୍ଗୀତ ଧ୍ୱନି ମତେ ସେଇ ବଖରାର ଆକାର ଆଉ ଅଳଙ୍କରଣ ବିଷୟରେ ମଧ୍ୟ ସାମାନ୍ୟ କିଛି ସୂଚନା ଦେଲା। ଆଉ ତାର ସେଇ ତିରସ୍କାର ଭିତରେ ମୁଁ ଅନୁଭବ କରିପାରୁଥିଲି କେଉଁ ପ୍ରକାର କାର୍ଯ୍ୟରେ ବ୍ୟାଘାତ ହେବାରୁ ତାର ଏଇ ପାରୁଷ୍ୟ ସୃଷ୍ଟିହୋଇଛି; ଏହି ପରିପ୍ରେକ୍ଷୀରେ ମୋ ଦୃଷ୍ଟିପଥରେ ଭାସି ଉଠିଲା ଯେଉଁଭଳି ଭଙ୍ଗୀରେ ସେସିଲିଆ ଆଉ ଅଭିନେତା ଏହିକ୍ଷଣି ଉପସ୍ଥିତ ଥିବେ। ଯେଉଁ ଛୋଟ ମେଜ ଉପରେ ଦୂରଭାଷ ଯନ୍ତ୍ରଟି ରଖା ଯାଇଥିବ ତା ନିକଟରେ ଉଲଗ୍ନ ହୋଇ ଠିଆ ହୋଇଥିବ ଅଭିନେତା। ସ୍ପଷ୍ଟ ଦେଖା ଯାଉଥିବ ତା'ର ବିଶାଳ ବକ୍ଷ, କେଶଯୁକ୍ତ ବ୍ୟୂଢ଼ ସ୍କନ୍ଧ, ପେଶୀଳ ଉଦର ଆଉ ତାର ଖେଳାଳି ସୁଲଭ ସୁପୁଷ୍ଟ ପେଣ୍ଡା ଓ ଉରୁଦେଶ। ନିଜ ଅଳସ ତନୁବଲ୍ଲରୀକୁ ଢାଳିଦେଇ ସେସିଲିଆ ଥିବ ଶଯ୍ୟା-ଶାୟିତା। ତାର ସାନନ୍ଦ ଦୃଷ୍ଟି ପହଁରି ଯାଉଥିବ ପ୍ରିୟତମର ଅଙ୍ଗ ସୌଷ୍ଠବରେ। ଦୂରଭାଷ ଯନ୍ତ୍ର ଆଦାୟୁଟିକୁ ରଖିଦେଇ ମୁଁ ଯାଇ ଜାନଲା ପାଖର ମୋ ଚୌକିରେ ପୁନର୍ବାର ବସିଗଲି।

ମୁଁ ଆଉ କୋଡ଼ିଏ ମିନିଟ୍ ଅପେକ୍ଷା କଲାପରେ ଲୁସିଆନି ଫ୍ଲାଟରେ ସେସିଲିଆ ଥିବାର ପୁନଃ ପ୍ରମାଣ ପାଇଲି। ଆପାନର ଦୂରଭାଷ ଯନ୍ତ୍ରଟି ହଠାତ୍ ବାଜି ଉଠିଲା ଆଉ ଆପାନ-ଜଗାଳ ଫୋନ ରିସିଭର ଉଠାଇ ଧରିଲା ଏବଂ ଶୁଣିଲା ଧୈର୍ଯ୍ୟର ସହ। ପରିଶେଷରେ ଏକ ଅର୍ଥହୀନ ସୈନିକ ସୁଲଭ ଭଙ୍ଗୀରେ ସିଏ କହିଲା, "ଠିକ୍ ଅଛି ଲୁସିଆନି ମହାଶୟ। ଆମେ ସର୍ବଦା ଆପଣଙ୍କ ସେବାରେ।" କିୟତ୍କ୍ଷଣ ପରେ ମୁଁ ଦେଖିଲି ଲାଲିମୁହାଁ ଆପାନ ପରିଚରକଟିଏ ହାତରେ ଟ୍ରେ ଧରି, ବାହାରକୁ ବାହାରି ଗଲା। କିନ୍ତୁ ଇତିମଧ୍ୟରେ ମୁଁ ଦେଖ ନେଇଥିଲି ଯେ ଟ୍ରେ ଉପରେ ଥିଲା ଗୋଟିଏ ବିଅର ବୋତଲ, ନାପକିନ ଗୁଡ଼ାଯାଇଥିବା କିଛି ସ୍ୟାଣ୍ଡଉଇଚ୍ ଆଉ କମଲାରସ ଭରା ଗୋଟିଏ ବଡ଼ ଗିଲାସ। ମୁଁ ପୂର୍ବରୁ ଜାଣିଥିଲି ଯେ କେଲଟି

ପରେ ସେସିଲିଆ ରତିକ୍ଲାନ୍ତି ଜନିତ ତୃଷାର ଅପନୋଦନ ପାଇଁ ତିନିଠରିଟି କମଳାର ରସ ପିଇବାକୁ ଇଚ୍ଛା କରିଥାଏ । ମୋର ଦୃଷ୍ଟି ପରିଚରକର ଅନୁଗମନ କଲା । ମୁଁ ଦେଖିଲି ସେ ରାସ୍ତା ସେପଟର ଗୃହ ମଧ୍ୟକୁ ପ୍ରବେଶ କଲା ଆଉ ସାଙ୍ଗେ ସାଙ୍ଗେ ଶୂନ୍ୟ ଟ୍ରେଟିକୁ ଧରି ବାହାରି ଆସିଲା । ପରିଚରକର ମୁହଁକୁ ଅନାଇ ଆପାନ-ଜ୍ଜାଲ ଠଜାଲିଆ ସ୍ୱରରେ କହିଲା, "କ'ଣ ହେଲା କିରେ ? କ'ଣ ଦେଖିଲୁ କି ? ବେଶୀଗୁଡ଼େ କିଛି ଦେଖିଦେଲା ଭଲି ଜଣା ପଡ଼ୁଛି ! ତତେ କେତେ ଥର କହିଛି - ଲୋକଙ୍କ ଘରେ ଯାହା ଦେଖିବୁ ସେଥିରେ ମୁଣ୍ଡ ଖେଲେଇବୁ ନାହିଁ । ଯା, ଶୀଘ୍ର ଯାଇ ଗିଲାସ ଗୁଡ଼ାକ ଧୋଇ ପକା ।" ଆଉ ତତ୍‌କ୍ଷଣାତ୍ ଏକ ଶକ୍ତିଶାଳୀ ସ୍ପ୍ରିଙ୍ଗ ଦ୍ୱାରା ଛାଟି ହୋଇଗଲା ପରି, ଠିକ୍ ଯେଉଁଭଲି ଏକ ମାଂସପେଶୀର ସ୍ୱୟଂକ୍ରିୟ ଝଟକା ସହିତ ଅଳ୍ପସମୟ ପୂର୍ବରୁ ମୁଁ ସେସିଲିଆ ଘର ଆଗରେ ମୋର ସତର୍କ ଜାଗର୍ତ୍ତୀ ତ୍ୟାଗକରି ଉଠି ଆସିଥିଲି, ମୁଁ ଟେବୁଲ ଉପରେ ଟଙ୍କା ରଖି ମୋର ହୁଇସ୍କି ବୋତଲଟିକୁ ଧରିଲି ଆଉ ବାହାରକୁ ବାହାରି ଆସିଲି । ମୁଁ ବେଶ୍ ଭଲଭାବରେ ବୁଝିଥିଲି ଯେ ଏତେ ଦୀର୍ଘ ପ୍ରତୀକ୍ଷା ପରେ ଏଇଲା ଝୁଲିଯିବା ଫଲରେ ମୋର ଆଜିର ସମସ୍ତ ପ୍ରଚେଷ୍ଟା ଆଉ ଏଇ ଅପରାଧରେ ମୁଁ ସହ୍ୟ କରିଥିବା ମୋର ସମସ୍ତ ଯନ୍ତ୍ରଣା ପଣ୍ଡ ହୋଇଯିବ । କିନ୍ତୁ ଏହି ସମସ୍ତ ପ୍ରଚେଷ୍ଟା ବ୍ୟର୍ଥ ହେବାର ଆଶଙ୍କା ସତ୍ତ୍ୱେ, ମୁଁ ଅନୁଭବ କଲି ଯେ ଆଜି ପାଇଁ ଆଉ ଅପେକ୍ଷା କରିବା ମୋ ଦେଇ ସମ୍ଭବ ହେବ ନାହିଁ । ମୁଁ ପରେ ଯେତେବେଲେ ଏ ସମ୍ପର୍କରେ ଚିନ୍ତା କଲି ମୁଁ ବୁଝି ପାରିଲି ଯେ ମୁଁ ସମ୍ଭବତଃ ମୋ ଅନ୍ତଃକରଣରେ ସେସିଲିଆର ବିଟାଲପଣର ସମ୍ମୁଖୀନ ହେବାକୁ ଚାହୁଁ ନଥିଲି । ମୁଁ ସେଇ ମୁହୂର୍ତ୍ତର ଅପେକ୍ଷାରେ ଥିଲି ଯେତେବେଲେ ମୁଁ ସେସିଲିଆକୁ ପୁନର୍ବାର ମୋର କରି ପାଇପାରିବି, ଆଉ ତା ଉପରେ ମୋର ଅଧିକାର ସାବ୍ୟସ୍ତ କରିବି । କେବଲ ସେତେବେଲେ ଯାଇ ମୁଁ ତାକୁ ବିଚର କରିବାକୁ ସକ୍ଷମ ହେବି ଏବଂ ତାର ପ୍ରେମର ମୋହକୁ ନିରଙ୍କୁଶ ବୈରାଗ୍ୟର ସହ ପରିତ୍ୟାଗ କରିଦେଇ ପାରିବି । ତେବେ ଯାଇ ତା ବନ୍ଧନର ନାଗପାଶରୁ ମୁଁ ପାଇବି ମୁକ୍ତି । ସେ ଯାହା ହେଉ ନା କାହିଁକି ଏହି ରୂପେ ତା ପ୍ରତାରଣାକୁ ସ୍ପଷ୍ଟ ଭାବରେ ପ୍ରମାଣ କରିବାର ଅବକାଶ ଘୁଞ୍ଚିଗଲା, ଆଉ ତା ସହିତ ଘୁଞ୍ଚିଗଲା ତାର ଅବମୂଲ୍ୟାୟନର ତାରିଖ, ଯେଉଁ ଦିନକି ମୋ ଦୃଷ୍ଟିରେ ସେ ରହସ୍ୟମୟୀ ପ୍ରଣୟିନୀରୁ ଅବନମିତ ହେବ ଏକ ତୁଚ୍ଛ ଜାରବନିତାରେ ।

ମୁଁ ସେସିଲିଆ ସମ୍ପର୍କରେ ଅନୁସନ୍ଧାନର ଏଇ ପ୍ରଥମ ପ୍ରଚେଷ୍ଟାକୁ ବେଶ୍ ଟିକିନିଖ୍ ଭାବରେ ବର୍ଣ୍ଣନା କରିବାର କାରଣ ହେଉଛି ଯେ ତାର ପରବର୍ତ୍ତୀ ଅନୁସନ୍ଧାନ ଗୁଡ଼ିକ ଥିଲା ଠିକ୍ ଏକା ଭଳିଆ। ତେଣୁ ତା ସମ୍ପର୍କରେ ସବିଶେଷ ବର୍ଣ୍ଣନା କରିବାରୁ ମୁଁ ବିରତ ରହିବି। କେବଳ ଗୋଟିଏ ପ୍ରଭେଦ ଥିଲା ଯାହାକି ମୁଁ କହିବାକୁ ଯାଉଛି। ପ୍ରଥମ ଦିନର ସେଇ ଅନୁସନ୍ଧାନ ସମୟରେ ମୁଁ ଏକ ନିର୍ଦ୍ଦିଷ୍ଟ ଶୃଙ୍ଖଳାର ସହିତ କାର୍ଯ୍ୟ କରିବାରେ ସକ୍ଷମ ଥିଲି। କିନ୍ତୁ ସମୟ ବିତିବା ସହିତ ଯେତେବେଳେ ଏହି କ୍ଲାନ୍ତିକର ଜାଗର୍ତ୍ତିମାନ ପୁନରାବୃତ୍ତ ହେବାରେ ଲାଗିଲା, ମୋର କାର୍ଯ୍ୟରୀତି ଅଧିକତର ବିଶୃଙ୍ଖଳ ଓ ମୂର୍ଖ ସୁଲଭ ହେବାକୁ ଲାଗିଲା। ବାସ୍ତବରେ ଏକ ପାରଙ୍ଗମ ଗୁଇଦା ହେବା ପାଇଁ ଆବଶ୍ୟକ ଏକ ନିରୁଦ୍‌ବିଗ୍ନ ଏବଂ ବୃତ୍ତିକୁଶଳ ଉଦାସୀନତା କିମ୍ବ ନିଜ ଅନୁସନ୍ଧିସାକୁ ଖୋରାକ ଯୋଗାଇବା ପାଇଁ ଏକ ଅକର୍ମା-ସୁଲଭ କୌତୁହଳ। କିନ୍ତୁ ଏହା ପ୍ରତିବଦଲରେ ମୁଁ ସେସିଲିଆକୁ ନିରୀକ୍ଷଣ କରୁଥିଲି ଏକ ଭଗ୍ନହୃଦୟ ପ୍ରେମିକର ଦୃଷ୍ଟିରେ। ଯଦିଓ ମୁଁ ଥିଲି ଏଭଳି ଏକ ପ୍ରେମିକ ଯିଏ କି ତାର ପ୍ରଣୟିନୀ ଠାରୁ ମୁକ୍ତି ରହୁଁଥିଲା; କିନ୍ତୁ ତାହା ଏହି ପରିପ୍ରେକ୍ଷୀରେ ଥିଲା ସମ୍ପୂର୍ଣ୍ଣ ମୂଲ୍ୟହୀନ ଓ ଅବାନ୍ତର।

ସେ ସବୁ ଦିନମାନଙ୍କରେ କେତେ ଘଣ୍ଟା ମୁଁ ନ ବିତେଇ ଦେଇଛି ସେସିଲିଆର ଘର ଆଗରେ କାରରେ ବସି ବସି! କେତେ କେତେ ଘଣ୍ଟା ମୁଁ କାଟି ନ ଦେଇଛି ସେଇ ଆପାନର ଜାନଲା ପାଖ କ୍ଷୁଦ୍ର ଟେବୁଲ ନିକଟରେ! ଈର୍ଷା ମତେ ମୂର୍ଖତାର କେଉଁ ସ୍ତରକୁ ଘେନି ଆସିଥିଲା ଏକଥା ଜଣାଇବା ପାଇଁ ମୁଁ ଏତିକି ମାତ୍ର କହିବି ଯେ ସପ୍ତାହକର କ୍ଲାନ୍ତିକର ଜାଗର୍ତ୍ତି ପରେ ମୁଁ ହଠାତ୍ ଆବିଷ୍କାର କଲି ଯେ ସେସିଲିଆର ଆପାର୍ଟମେଣ୍ଟ ସମ୍ମୁଖରେ ମୋର ଏଇ ଅବେକ୍ଷଣ ନିଷ୍ଫଳ ହେବାକୁ ବାଧ୍ୟ। କାରଣ ସେ ଆପାର୍ଟମେଣ୍ଟର ଥିଲା ଦୁଇଟି ଦ୍ୱାର। ଗୋଟିଏ ଫିଟିଥିଲା ସେଇ ରାସ୍ତାକୁ ଯେଉଁଠିକି ମୁଁ ସେସିଲିଆର ପ୍ରତୀକ୍ଷାରେ ଜଗି ରହୁଥିଲି। ଆଉ ଆର ଦ୍ୱାରଟି ଫିଟିଥିଲା ଗୋଟିଏ ସମାନ୍ତରାଲ ଏବଂ ଅଧିକ ଗୁରୁତ୍ୱପୂର୍ଣ୍ଣ ରାସ୍ତାକୁ, ଯେଉଁ ପଥ ଦେଇ ସାଧାରଣତଃ ବସ ଚଳାଚଳ କରେ, ଆଉ ଟ୍ୟାକ୍ସି ମଧ ମିଳିଥାଏ। ସ୍ୱାଭାବିକ ଭାବରେ ସେସିଲିଆ ଏଇ ଦ୍ୱିତୀୟ ଦ୍ୱାର ଦେଇ ବହୁ ସମୟରେ ବାହାରି ଯାଉଥିଲା, କାରଣ ତାହା ଥିଲା ତା ପକ୍ଷରେ ଅଧିକ ସୁବିଧାଜନକ। ମୋର ଏଇ ଆବିଷ୍କାର

ମୋ ପାଇଁକି ଥିଲା ବେଶ୍ ଗୁରୁତ୍ୱପୂର୍ଣ୍ଣ । ମୋ ମୂର୍ଖତା ଏଭଳି ସୀମାରେ ପହଞ୍ଚିଥିଲା ଯେ ମତେ ଏଇ ସାମାନ୍ୟ କଥାଟି ଆବିଷ୍କାର କରିବା ପାଇଁ ସୁଦୀର୍ଘ ସପ୍ତାହଟିଏ ଲାଗିଗଲା ଯାହାକି ମୁଁ ପ୍ରଥମ ଦିନରେ ହିଁ ଜାଣି ପାରିବା ଉଚିତ ଥିଲା ।

ସେସିଲିଆଙ୍କ ଅଟାଳିକାର ଦ୍ୱିତୀୟ ଦ୍ୱାର ସମ୍ପର୍କରେ ଆବିଷ୍କାର କରିବା ପରେ ମୁଁ ଚିନ୍ତା କଲି ଯେ, ମୋ ଅନୁସନ୍ଧାନକୁ ଅଭିନେତା ରହୁଥିବା ଗୃହ ଆଗରେ ସୀମିତ ରଖିବା ଉଚିତ ହେବ । ଏହା ମୋର କାର୍ଯ୍ୟକୁ ବହୁତ ପରିମାଣରେ ସହଜ କରିଦେବ । କିନ୍ତୁ ମୋର ଚିନ୍ତା ଭୁଲ ବୋଲି ପୁନରାୟ ସାବ୍ୟସ୍ତ ହେଲା । ମୋତେ ଏହା ପ୍ରତୀତ ହେଲା, ଦିବସର ଯେଉଁ ମୁହୂର୍ତ୍ତମାନ୍ ମୁଁ ଅନୁସନ୍ଧାନ ପାଇଁ ବାଛି ନେଉଛି ତାହା ଯେପରି ସେସିଲିଆର ଘଡ଼ିରେ ଦୃଶ୍ୟ ହେଉ ନାହିଁ । ସେସିଲିଆ ଆଉ ତାର ଦୟିତ ପାଇଁ ସମୟ ଯେଉଁ ଅର୍ଥ ବହନ କରୁଥିଲା, ମୋ ପାଇଁ ତାର ଅର୍ଥ ଥିଲା ତା ଠାରୁ ବହୁତ ଭିନ୍ନ । ସେମାନଙ୍କ ପାଇଁ ତାହା ଥିଲା ଏକ ନିରୁଦ୍‌ବିଗ୍ନ, ନିଶ୍ଚିତ ଓ ନିୟମିତ କେଳିର ମୁହୂର୍ତ୍ତ । କିନ୍ତୁ ମୋ ପାଇଁକି ସେ ସମୟ ଥିଲା ଏକ କରାଳ ଈର୍ଷାର ଘୂର୍ଣ୍ଣ । ତେଣୁ ସମ୍ଭବତଃ ଏଭଳି ଘଟିଛି ଯେ ମୁଁ ଆପାନରେ ପହଞ୍ଚିବା ବେଳକୁ ସେସିଲିଆ ଅଭିନେତାର ଘର ମଧ୍ୟକୁ ଚାଲି ଯାଇଛି ଆଉ ସେ ବାହାରିବାର ବହୁ ପୂର୍ବରୁ ମୁଁ ଅଧୈର୍ଯ୍ୟ ହୋଇ ଚାଲି ଆସିଛି । ବାସ୍ତବରେ ଏହା ସତ୍ୟ ଯେ ଏ ପ୍ରକାର ପ୍ରଣିଧି ପାଇଁ ମୋର ବିରାଗକୁ ମୁଁ ଅତିକ୍ରମ କରିପାରୁ ନ ଥିଲି । ମୋତେ ଏହା ଏକାଧାରେ ବିଭ୍ରାନ୍ତିକର ଓ ଅସମ୍ମାନଜନକ ମନେ ହେଉଥିଲା । ଏହା ଫଳରେ ଏ ପ୍ରକାର ପ୍ରଣିଧି ପାଇଁ ମୁଁ ବାହାରିବା ବେଳକୁ ମୋର ଯିବା ପାଇଁ ଅନିଚ୍ଛା ସୃଷ୍ଟି ହେଉଥିଲା ଓ ସେଠାରେ ଅପେକ୍ଷାରତ ରହିଥିବା ସମୟରେ ମୋ ପ୍ରତୀକ୍ଷାର ଅନ୍ତିମ ପର୍ଯ୍ୟାୟ ବେଳକୁ ମୁଁ ବଡ଼ ଅସ୍ଥିରତା ଅନୁଭବ କରୁଥିଲି । ତେଣୁ ମୋର ଏହି ସମଗ୍ର ଅନୁସନ୍ଧାନ କାଳରେ ସେସିଲିଆକୁ ରଙ୍ଗାହାତରେ ଧରିବା ପାଇଁ ଦୃଢ଼ ପ୍ରଚେଷ୍ଟା କରିବା ସତ୍ତ୍ୱେ ମଧ୍ୟ, ମୁଁ ଥରେ ବି ସେସିଲିଆକୁ ଲୁସିଆନିର ଘରେ ପ୍ରବେଶ କରିବା ବା ବାହାରିବାର ଦେଖିପାରି ନ ଥିଲି । ମତେ ଏହା ଅବିଶ୍ୱସନୀୟ ମନେ ହେଉଥିଲା । ଏହା ଥିଲା ଏଭଳି ଏକ ଅଲୌକିକତା ଯେ ମତେ ବେଳେବେଳେ ମନେହେଉଥିଲା ସେସିଲିଆ ଅଦୃଶ୍ୟ ହେବାର କୌଣସି କଳା ଆୟଉ କରି ନେଇଛି । ବାସ୍ତବରେ ଅତତଃ ମୋ ପାଇଁ ସେ ଅଦୃଶ୍ୟ ଥିଲା, ଏହା ଥିଲା ଏକ ଏଭଳି ଅଦୃଷ୍ଟ

ଯାହା ଇନ୍ଦ୍ରିୟ ମାନେ ଅନୁଭବ କରିପାରୁଥିଲେ ମଧ ମୋର ବିହ୍ୱଳ ମନ ତାକୁ ମାନିନେବା ପାଇଁ ପ୍ରସ୍ତୁତ ନ ଥିଲା ।

ସେସିଲିଆ ଥିଲା ମାୟା-ମିରିଗ ଭଳି ଏକ ବିପ୍ଳାୟୀ ସତ୍ତା । କେବଳ ମୋର ଜାଗର୍ତ୍ତିର ବିଫଳତା ଯେ ତାର ସେଇ ବିପଳାୟିତ୍‌କୁ ସମର୍ଥନ କରୁଥିଲା ତାହା ନୁହେଁ, ଲୁସିଆନି ସହ ତାର ସମ୍ପର୍କକୁ ନେଇ ମୋର ଅନୁସନ୍ଧାନ ଭିତରେ ମଧ ତାହା ପରିଲକ୍ଷିତ ହେଉଥିଲା । ମୁଁ ଭଲଭାବରେ ଜାଣିଥିଲି ଯେ ଏ ବିଷୟକୁ ନେଇ ମୁଁ ସେସିଲିଆ ଉପରେ ମୁହାଁମୁହିଁ ହମଲା କରି ପାରିବି ନାହିଁ । କାରଣ ସିଏ ସାଙ୍ଗେ ସାଙ୍ଗେ ମିଛ କହିବାକୁ ପ୍ରସ୍ତୁତ ହୋଇଯିବ ଆଉ ସୁନାହରିଣୀ ଭଳି ମତେ ଫାଙ୍କି ଦେଇ ଖସିଯିବ ମୋ ଖାପଚରୁ । ଅଧିକତର ସୁତରଳ ହୋଇଯିବ ତାର ବିପଳାୟିତ୍‌ । ତେଣୁ ମୁଁ କେବେ କେବେ ଅଭିନେତା ସମ୍ପର୍କରେ ତା ସହିତ ସାଧାରଣ ଭାବେ ଆଲୋଚନା କରିବାକୁ ଚେଷ୍ଟା କରେ ଯେଉଁଁଥିରୁ କି ତାର ଲୁସିଆନି ସହ ଆବେଗିକ ସମ୍ପର୍କ ସମ୍ବନ୍ଧରେ ମୁଁ ସୂଚନା ପାଇ ପାରିବି । ଏଠାରେ ମୁଁ ସେଇଭଳି ଏକ ଆଲୋଚନାର ଉଦାହରଣ ଦେଉଛି ।

: "ବର୍ତ୍ତମାନ ଆଉ ଲୁସିଆନିଙ୍କ ସାଙ୍ଗରେ ଦେଖା ହେଉଛି ?"

: "ହଁ, ବେଳେ ବେଳେ ଦେଖା ହେଉଛି ।"

: "ତାହେଲେ ତାଙ୍କ ବିଷୟରେ ତୁମେ ସବୁକିଛି ଜାଣି ଯିବଣି ।"

: "ହଁ, କିଛି କିଛି ଜାଣେ ।"

: "ତା ହେଲେ ମତେ କୁହତ, ତାଙ୍କ ସମ୍ପର୍କରେ ତୁମର ଧାରଣା କ'ଣ ?"

: "ଧାରଣା କ'ଣ କହିଲେ ତୁମେ କ'ଣ ବୁଝୁଛ ?"

: "ମାନେ ତୁମେ ତାଙ୍କ ସମ୍ପର୍କରେ କଣ ଭାବ, ତାଙ୍କ ସମ୍ପର୍କରେ ତୁମର କ'ଣ ମତାମତ ?"

: "ମୋର କିଛି ମତାମତ ନାହିଁ, ମତାମତ କଣ ରହିବ ଯେ ?"

: "ଆରେ ନା, ମୋର କହିବା କଥା ତୁମେ ତାଙ୍କ ସମ୍ପର୍କରେ କ'ଣ ଚିନ୍ତା କର, ତୁମକୁ ସେ କେମିତି ଲାଗନ୍ତି ?"

: "ସିଏ ବେଶ୍ ଭଲ ଲୋକ ।"

: "ଖାଲି ସେତିକି ?"

: "ଖାଲି ସେତିକିର ମାନେ କ'ଣ ?"

: "ଖାଲି ଭଲ ଲୋକ ?"

: "ମାନେ, ହଁ, ମୁଁ ଭାବୁଛି ଯେ ସେ ଜଣେ ଭଲ ଲୋକ – ଖାଲି ସେତିକି ।"

: "ତୁମେ ତାଙ୍କ ସାଙ୍ଗରେ ଘୁରାଫେରା କରୁଛ କାରଣ ଖାଲି ଏତିକି ବୋଲି ଯେ ସିଏ ଜଣେ ଭଲ ଲୋକ ?"

: "ହଁ ।"

: "କିନ୍ତୁ ମୁଁ ଭଲ, ତୁମେ ଭଲ, ତୁମ ବାପା ଭଲ । ଖାଲି ଜଣେ ଭଲ ଲୋକ କହିବା ବାସ୍ତବରେ ସେ ଲୋକ ବିଷୟରେ କିଛି ସୂଚୃଏ କି ?"

: "ମୁଁ ତାହେଲେ କ'ଣ କହିବି ?"

: "ତାଙ୍କର ଦୋଷ, ଗୁଣ । ତାଙ୍କର କୌଣସି ଗୁଣ ସମ୍ପର୍କରେ କହିବ ଯାହା ଭଲ ବା ଖରାପ । କହିବ ସିଏ ଚଲାକ ନା ବୋକା, ଖର୍ଚୀ ନା କାଞ୍ଜି ?"

          ଏଥରକ ସିଏ କିଛି ଉତ୍ତର ଦେଲା ନାହିଁ । ମୋର ଏଇ ଜେରାର ଜବାବ ଥିଲା ଏକ ନିରୀହ ନୀରବତା ଯାହା ଉଦ୍ଧତ କିମ୍ବା କ୍ରୁଦ୍ଧ ମନେ ହୁଏନା କିନ୍ତୁ ଯାହା, ମୋର ହଠାତ୍ ମନେହେଲା, ଏକ ପାଶବ ନୀରବତା ।

: "ଆଚ୍ଛା ତୁମେ କଣ କିଛି କହିବ ନାହିଁ ?" ମୁଁ ପୁନରାୟ ପଚରିଲି ।

: "ମୋର କିଛି କହିବାକୁ ନାଇଁ । ତୁମେ ଜାଣିବାକୁ ଚହୁଁଛ ଲୁସିଆନି କେମିତି ମଣିଷ, ଆଉ ମୁଁ ସେ ବିଷୟରେ କିଛି କହିପାରିବି ନାହିଁ । କାରଣ ଏ ବିଷୟରେ ମୁଁ ଚିନ୍ତା ହିଁ କରିନି ଆଉ ମୁଁ ତାର ଉତ୍ତର ଜାଣିନି । ମୁଁ ଖାଲି ଏତିକି ଜାଣିଛି ଯେ ତାଙ୍କ ସାଙ୍ଗରେ ଥିଲେ ମତେ ଭଲ ଲାଗେ ।"

: "ମୁଁ ଶୁଣିଛି ଯେ ତାଙ୍କର ଅଭିନୟ ଭଲ ନୁହେଁ ।"

: "ହେଇଥିବ । ମୁଁ ସେ ବିଷୟରେ କିଛି ଜାଣେନା ।"

: "ତାଙ୍କର ମୂଳ ବାସସ୍ଥାନ କେଉଁଠ ?"

: "ଜାଣିନି ।"

: "ତାଙ୍କର ବୟସ କେତେ ?"

: “ମୁଁ ତାଙ୍କୁ କେବେ ପଚାରିନି ।”

: “ସିଏ ମୋଠୁ ବୟସରେ ବଡ଼ ନା ସାନ ?”

: “ବୋଧେ ତୁମଠୁ ବୟସରେ କମ ହେବେ ।”

: “ବୋଧେ କମ ହେବେ ? ସିଏ ମୋଠୁ ଅନ୍ତତଃ ଦଶ ବର୍ଷ ସାନ । ମତେ କହିଲ ତାର ବାପା, ମାଆ, ଭାଇ, ଭଉଣୀ କିଏ ସବୁ ଅଛନ୍ତି ? ମାନେ ତା ପରିବାର !”

: “ଆମେ ସେ ବିଷୟରେ କେବେ କଥା ହୋଇ ନାହୁଁ ।”

: “ତୁମେ ଏକାଠି ଥିଲାବେଳ କ’ଣ କଥା ହୁଅ ?”

: “ସବୁ କିଛି ବିଷୟରେ ।”

: “ଉଦାହରଣ ସ୍ୱରୂପ ?”

: “ତୁମେ କେମିତି ଭାବୁଛ ମୁଁ ସେସବୁ ମନେ ରଖିଥିବି ? ଆମେ କିନ୍ତୁ କଥାହେଉ ।”

: “ତୁମର ମୋର ଯେତେବେଳେ ଯାହା କଥା ହେଇଛେ ମୁଁ କିନ୍ତୁ ସବୁ ବେଶ୍ ଭଲ ଭାବରେ ମନେ ରଖିଛି ।”

: “ମୁଁ କିନ୍ତୁ ମନେ ରଖିନାଇଁ । ମୁଁ କିଛିବି ମନେ ରଖି ପାରେନା ।”

: “କିନ୍ତୁ ମତେ କୁହ ତୁମକୁ ଯଦି ଲୁସିଆନି ସମ୍ପର୍କରେ କହିବାକୁ ପଡ଼ିଲା, ଯଦି ତୁମେ କହିବାକୁ ବାଧ୍ୟ ହେଲ ଆଉ ଯଦି ଏଭଳି ସ୍ଥିତି ଅପରିହାର୍ଯ୍ୟ, ତୁମେ ଲୁସିଆନିକୁ କିଭଳି ବର୍ଣ୍ଣନା କରିବ ?”

ସେ ଟିକିଏ ଚଟ୍‍ସ୍ତତଃ କଲା । ତାପରେ ଉତ୍ତର ଦେଲା ବଡ଼ ସରଳଭାବରେ, “ମତେ ତ କିଏ ବାଧ୍ୟ କରୁନି, ତେଣୁ ତାଙ୍କୁ ବର୍ଣ୍ଣନା କରିବା ଦରକାର କ’ଣ ?”

: “ତାହେଲେ ଶୁଣ ମୁଁ ତାକୁ ବର୍ଣ୍ଣନା କରୁଛି ତୁମ ପାଇଁ; ତାର ଶରୀର ଦୀର୍ଘ, ଖେଳାଳୀ ସୁଲଭ, ତା କାନ୍ଧ ଚଉଡ଼ା, ଆଖି କଳା, ଆଉ କୃପମଣ୍ଡୁକ ଭଳି ଚେହେରା ।”

: “କୃପମଣ୍ଡୁକ ଅର୍ଥ କ’ଣ ?”

: “ତା ମାନେ ମୂର୍ଖ ଅଥଚ ବେଶ୍ ଅହଂକାରୀ ।”

ସିଏ ଚୁପ ରହିଲା ଘଡ଼ିଏ, ତାପରେ ଉତ୍ତର ଦେଲା, “ହଁ ଏଇଟା ସତ । ତାଙ୍କର ହାତପାଦ ସାନ ସାନ । ତୁମେ କହିଲା ପରେ ମୋର ମନେ ପଡ଼ୁଛି ।”

: “ମାନେ ମୁଁ ନ କହିଥିଲେ ତୁମେ ଏହା ଜାଣି ପାରି ନ ଥାନ୍ତ ?”

: “ତୁମେ ଯେମିତି ପୁଙ୍ଖାନୁପୁଙ୍ଖ ଭାବରେ ଲୋକଙ୍କୁ ଦେଖ, ମୁଁ ସେମିତି ଦେଖେ ନାହିଁ। ମୁଁ ଖାଲି ଦେଖେ ସେମାନେ ଭଲ ନା ଖରାପ – ମୋର ସେତିକି ଦରକାର।”

ଆମ ଆଲୋଚନାର ଏଇ ବିନ୍ଦୁରେ, ସ୍ୱାଭାବିକ ଭାବରେ, ସେସିଲିଆ ମୋ ସମ୍ପର୍କରେ କ’ଣ ଭାବେ ଜାଣିବା ପାଇଁ ମୋର କୌତୂହଲ ଜାତ ହେଲା। “ଆଉ ମୋ ବିଷୟରେ ତୁମେ କ’ଣ ଭାବ ?” ପ୍ରଶ୍ନଟି ମୋ ଜିଭ ଆଗକୁ ଚାଲି ଆସିଲା। କିନ୍ତୁ ତାକୁ ଏହା ପଚାରିବାକୁ ମୁଁ ମନସ୍ଥିର କରି ପାରିଲି ନାହିଁ। ବୋଧହୁଏ ମୁଁ ଭୟ କରୁଥିଲି ଯେ, ଲୁସିଆନି କ୍ଷେତ୍ରରେ ଯେଭଳି ଘଟିଲା ମୋ କ୍ଷେତ୍ରରେ ମଧ ସେ ସେଇ ଉତ୍ତର ଦେବ ଯେ ସେ କିଛି ଭାବେ ନାହିଁ। କିନ୍ତୁ ପରିଶେଷରେ ଦିନେ ମୁଁ ତାହା ପଚାରିବାକୁ ସ୍ଥିର କଲି।

: “ତୁମେ ମୋ ବିଷୟରେ କ’ଣ ଭାବ ?”

ଅପ୍ରତ୍ୟାଶିତ ଭାବରେ ସେ ତୁରନ୍ତ ଉତ୍ତର ଦେଲା, “ଓଃ, ବହୁତ ଭାବେ।”

ମୁଁ ବେଶ୍ ଉଶ୍ୱାସ ଅନୁଭବ କଲି, ଆଉ ପଚାରିଲି, “ସତରେ ? କ’ଣ ଭାବ କହିଲ।”

: “ମୁଁ ଠିକ୍ ଭାବରେ କହି ପାରିବି ନାହିଁ। କିନ୍ତୁ ବହୁତ କଥା ଭାବେ।”

: “ଗୋଟିଏ ହେଲେ କଥା କୁହ।”

ସେ କିଛି ଗଭୀରଭାବେ ଚିନ୍ତା କଲାଭଳି ପ୍ରତୀତ ହେଲା। ତାପରେ ସେ ଉତ୍ତର ଦେଲା, “ବୋଧେ ତୁମେ ପଚାରୁଛ ବୋଲି କି କ’ଣ, ବର୍ତ୍ତମାନ ମୋର କିଛି ମନେ ପଡୁନି।”

: “ତାର ମାନେ କ’ଣ ?”

: “ତାର ମାନେ ଏଇଆ ଯେ ଏବେଲା ମୁଁ କିଛି ଭାବି ପାରୁନି।”

: “କିଛି ବି ନାହିଁ ?”

: “ନା। କିଛି ନାହିଁ।”

: “କିନ୍ତୁ ଏବେଲା ତୁମେ କହୁଥିଲ ଯେ ତୁମେ ବହୁତ କିଛି ଭାବ।”

: "ହଁ, କହୁଥିଲି ଯେ, ବର୍ତ୍ତମାନ ମୁଁ ଭାବୁଛି ଭୁଲ କହୁଥିଲି।"

: "ତୁମେ ଯାହାକୁ ପ୍ରେମ କରୁଛ, ତା ବିଷୟରେ କିଛି ନ ଜାଣିବା, ତା ବିଷୟରେ କିଛି ବି ନ ଭାବିବା, ଏଇ କଥାଟା ତୁମକୁ ଅଖାଡୁଆ ଲାଗୁନି ?"

: "ନା, ଅଖାଡୁଆ ଲାଗିବ କାହିଁକି ? କିଛି ଭାବିବା ବି କ'ଣ ଦରକାର ?"

ଏହିଭଳି ଭାବରେ ସେସିଲିଆ ମୋ ପାଇଁ ହୋଇ ଯାଇଥିଲା ସୁନା ହରିଣୀ ପରି ଏକ ବିପଳାୟୀ ବାସ୍ତବତା। କେବଳ ସେତିକି ନୁହେଁ ତା ସମ୍ପର୍କିତ ସବୁ ଜିନିଷରେ ସେ ଭରି ଦେଉଥିଲା ଏକ ବିପଳାୟିତ୍ୱର ସ୍ପର୍ଶ। ସେ ଥିଲା ଯେମିତି ସେଇ ପରୀଗଣ୍ଠର ଚରିତ୍ର ଯିଏ ସ୍ୱୟଂ ଅଦୃଶ୍ୟ ରହିବା ସହିତ ଯାହାକୁ ବି ସ୍ପର୍ଶ କରୁଥିଲା ତାକୁ ଅଦୃଶ୍ୟ କରି ଦେଉଥିଲା।

ଏବଂ ତଥାପି ମଧ ସପ୍ତାହରେ ଦୁଇ ତିନିଥର ମୁଁ ତା ଶରୀର ଉପରେ ମୋ ଅଧିକାର ସାବ୍ୟସ୍ତ କରୁଥିଲି, ଅର୍ଥାତ୍ ତା ସହିତ ଯୌନ ସଂଯୋଗ କରୁଥିଲି। ଆଉ ଅନ୍ୟ ଯେ କେହି ହୋଇଥିଲେ ଶାରୀରିକ ସମ୍ପର୍କର ଏଇ କ୍ରମବର୍ଦ୍ଧମାନ ଅପୂର୍ଣ୍ଣତାର ସମ୍ମୁଖୀନ ହୋଇ ଭିନ୍ନ ଏକ ସ୍ଥାନ ଖୋଜି ନେଇଥାଆନ୍ତା ତା ତୃଷାର ଅପନୋଦନ ପାଇଁ। କାରଣ ଭୋଗ ସହିତ ସମାନୁପାତୀ ରାତିରେ ବଢ଼ି ଚାଲିଥିଲା ମୋ ତୃଷାର ଏଇ ଯନ୍ତ୍ରଣା। କିନ୍ତୁ ମୁଁ ବୁଝି ପାରୁଥିଲି ଯେ ମୁଁ ଥିଲି ଏକ ଭ୍ରାନ୍ତ ଓ ମାରାମ୍କ ପଥର ପଥିକ। ତେଣୁ ସେଇ ମିଥ୍ୟା ଓ ଅଳୀକ ଶାରୀରିକ ଆଧିପତ୍ୟ ଭିତରେ ମୁଁ ଏକ ବାସ୍ତବ ଅଧିକାରକୁ ଆବିଷ୍କାର କରିବା ପାଇଁ ଲାଲାୟିତ ହୋଇ ଉଠିଥିଲି। ସେସିଲିଆ ଉପରେ ସେଇ ବାସ୍ତବ ଅଧିକାର ପାଇଁ ମୁଁ ଅନୁଭବ କରୁଥିଲି ପ୍ରୟାସର ଏକ ବ୍ୟାକୁଳ ପ୍ରୟୋଜନ। ସେସିଲିଆର ସମର୍ପିତ ତନୁ ସହ କେତଟି କଲାବେଳେ, ମୁଁ ବୋଧହୁଏ ଅନୁଭବ କରୁଥିଲି, ତାର ସେ ଦୁଇଘଣ୍ଟାର ବିପଳାୟୀ ଉପସ୍ଥିତି ଭିତରେ ମୁଁ ତାର ଦୀର୍ଘ ଅନୁପସ୍ଥିତିର ପାଉଣା ଭରୁଛି। ତାର ସେଇ ଅଭ୍ରାନ୍ତ ସମର୍ପଣ ଭିତରେ ମୁଁ ଖୋଜୁଥିଲି ବୋରିୟାତର କାରଣ ଓ ତାର ନିରାକରଣ। କିନ୍ତୁ ସେସିଲିଆର ଦେହ ତ ସେସିଲିଆ ନୁହେଁ, ଆଉ ସେସିଲିଆ ବାସ୍ତବରେ କ'ଣ ତାହା ଜାଣିବା ପାଇଁ ମୁଁ ଥିଲି ଅକ୍ଷମ। ତେଣୁ ଧୀରେ ଧୀରେ ତାର ନମ୍ର ସମର୍ପଣ ମୋ ଭିତରେ ଆଉ ବୋରିୟାତ ସୃଷ୍ଟି କଲା ନାହିଁ ବରଂ ତାହା ସୃଷ୍ଟି କଲା ଏକ ତୀବ୍ର ଅବିଶ୍ୱାସ, ଯେମିତିକି ପ୍ରକୃତି ମୋ ପାଇଁ ସଜାଇ ରଖିଥିଲା ଯନ୍ତାଟିଏ, ଯାହା ଭିତରେ ମୁଁ ଫସି

ଯାଇଛି ଆଉ ଯହିଁରୁ ମୁକ୍ତି ପାଇଁ ମୋର କୌଣସି ପ୍ରଚେଷ୍ଟା ସଫଳ ହୋଇ ପାରିବ ନାହିଁ।

ତେବେ ସେ ଯା ହେଉନା କାହିଁକି, ମୁଁ ସେସିଲିଆ ସହ ଅତୀତରେ ଏଭଳି ତୀବ୍ର ଜାନ୍ତବ ରତିକ୍ରିୟାରେ ଆଉ କେବେ ଲିପ୍ତ ହେବାଭଳି ମୋର ମନେପଡ଼ୁ ନାହିଁ, ଯାହା ମୁଁ ତା ସମ୍ପର୍କରେ ପ୍ରଣିଧରତ ଥିବା ସମୟରେ ଘଟୁଥିଲା। ସେ ମୋ ସହ ପ୍ରତାରଣା କରୁଥିବା ସନ୍ଦେହରେ ଜର୍ଜରିତ ହୋଇ ମୁଁ ତା ଶରୀର ଉପରକୁ ଲିଙ୍ଗ ପ୍ରଦାନ କରୁଥିଲି, ଯେମିତିକି ତାହା ମୋର ବଇରୀର ଶରୀର ଯାହାକୁ ମୁଁ ମୋ ଜାନ୍ତବ କାମନାରେ ଖିନଭିନ୍ କରିଦେବି। ଅବଶ୍ୟ ସେ ବଇରୀ ମୋର ଅତି ଆଦରର ବଇରୀ, ଯିଏ ବଡ଼ ଅସ୍ୱସ୍ତ ଭାବରେ ମୋ ଭିତରେ ଦୁଇ ବିରୁଦ୍ଧ ଭାବପ୍ରବଣତାକୁ ଉଦ୍ଦୀପ୍ତ କରୁଥିଲା। ଆଉ ଗୋଟିଏ ଥରର ନିଧୁବନରେ ମୁଁ କେବେବି ତୃପ୍ତ ହେଉ ନ ଥିଲି। ଏହା ପ୍ରଣିଧାନଯୋଗ୍ୟ ଯେ, କେଳ୍ତି ପରେ ସେସିଲିଆ ସମ୍ପୂର୍ଣ୍ଣ ପୋଷାକ ପିନ୍ଧି ମୋଠୁ ବିଦାୟ ନେଇ ଯେତେବେଳେ ଦୁଆର ଆଡ଼କୁ ଆଗେଇ ଯାଏ ଫେରିଯିବା ପାଇଁ, ସେଇ ମୁହୂର୍ତ୍ତରେ ତାକୁ ସମ୍ପୂର୍ଣ୍ଣଭାବେ ପାଇ ପାରି ନ ଥିବାର ଏକ ଅଭୁତ ଆବେଗ ମତେ ବିବ୍ରତ କରେ। ଯେମିତିକି ସେ ମୋଠାରୁ ଶାରୀରିକ ଭାବେ ବିଚ୍ଛିନ୍ନ ହେବାଟା ତାର ନିଜକୁ ମୋଠାରୁ ଦୂରେଇ ନେଇ ପାରିବାର ଅବିକଳ କ୍ଷମତାକୁ ହଠାତ୍ ପ୍ରକଟିତ କରେ ମୋ ଆଗରେ। ସେ ପୁଣି ହୋଇଯାଏ ସେଇ ପୁରୁଣା ବିପଳାୟୀ ସୁନା ହରିଣୀ ଯିଏ ମତେ ଏଡ଼ିଦେଇ ଖସି ଯାଉଛି ମୋ ହାତରୁ। ଆଉ ମୁଁ ତାପରେ ଗୋଡ଼େଇ ଯାଏ ତା ପଛରେ, ତା ବାଳକୁ ମୁଠେଇ ଧରି ଭିଡ଼ିଆଣେ ମୋର ଡିଭାନ ଉପରକୁ। ତାର ମ୍ଲାନ ପ୍ରତିବାଦକୁ ଏଡ଼ାଇ ଦେଇ, ସେଇଭଳି ଲୁଗା ପିନ୍ଧିଥିବା ଅବସ୍ତାରେ ହିଁ ମୁଁ ସଙ୍ଗମ କରେ ତା ସହିତ। ସେତେବେଳେ ତା ପାଦରେ ଥାଏ ତାର ଜୋତା ଆଉ ହାତରୁ ଓହଲିଥାଏ ତାର ବ୍ୟାଗ। ମୁଁ କିନ୍ତୁ କେଳ୍ତି କରି ରଖିଥାଏ ଗୋଟିଏ ଉଦ୍ଭ୍ରାନ୍ତ ଉଦ୍ଦୀପନାରେ – ଯେମିତିକା ତାକୁ ରମଣ କରିବା ଦ୍ୱାରା ତା ଶରୀର ଉପରେ ମୁଁ ମୋ ଆଧିପତ୍ୟ ସାବ୍ୟସ୍ତ କରୁଛି ଆଉ ତଦ୍ୱାରା ମୁଁ ତାର ସ୍ୱାଧୀନତା ଆଉ ତାର ନାରୀତ୍ୱର ରହସ୍ୟମୟତାକୁ ନିଷ୍ଫଳ କରି ଦେଉଛି। ଅବଶ୍ୟ କେଳ୍ତି ପରେ ପରେ ହିଁ ମୁଁ ହୃଦୟଙ୍ଗମ କରେ ଯେ ସେ ମତେ ଏଡ଼ି ଦେଇ ଖସି ଯାଇଟି ପୁନର୍ବାର। କିନ୍ତୁ

ସେତେବେଳକୁ ବହୁତ ବିଳମ୍ବ ହୋଇ ଯାଇ ଥାଏ, ସେସିଲିଆ ଋଳିଯାଇ ଥାଏ ଆଉ ମୁଁ ବୁଝି ଯାଇଥାଏ ଯେ ପୁଣି ସେଇ ଘଟଣାକ୍ରମର ପୁନରାବୃଭି ହେବ ତା ପରଦିନ – ସେଇ ମୂଲ୍ୟହୀନ ଅନୁସନ୍ଧାନ, କେଲ୍ଟିର ସେଇ ଅସଫଳ ମାଲିକାନା ଆଉ ସେଇ ଅନ୍ତିମ ହତାଶାବୋଧ।

ପରିଶେଷରେ, ଦୀର୍ଘ ଏକମାସର ମୂଲ୍ୟହୀନ ପ୍ରଣିଧ୍ୟ ଆଉ ଅଧିକତର ମୂଲ୍ୟହୀନ ମଦନୋନ୍ମାଦ ପରେ, ମୁଁ ସେଇକଥା ବୁଝି ପାରିବାରେ ସକ୍ଷମ ହେଲି, ଯାହା ପ୍ରଥମ ଦିନରୁ ହିଁ ବୁଝିବା ମୋର ଉଚିତ ଥିଲା। ଗୁଇନ୍ଦା ଅନୁସନ୍ଧାନ ଏଭଳି ଏକ କାର୍ଯ୍ୟ ଯେ, ଯଦି ଗୁଇନ୍ଦାଟିର ଅନ୍ଦିଷ୍ଟ ବ୍ୟକ୍ତି ସହିତ ଆବେଗିକ ସମ୍ପର୍କ ଥାଏ ତାହେଲେ ସେହି କ୍ଷେତ୍ରରେ ସିଏ ଗୋଇନ୍ଦାଗିରି କରିବା ଆଦୌ ଉଚିତ ନୁହେଁ। ଏବଂ ଯଦି ମୁଁ ବାସ୍ତବରେ ସେସିଲିଆ ସମ୍ପର୍କରେ ଅନୁସନ୍ଧାନ ଋହେଁ, ତେବେ କୌଣସି ବେସରକାରୀ ଜାସୁସି ଅନୁଷ୍ଠାନର ସାହାଯ୍ୟ ନେବା ମୋ ପକ୍ଷରେ ଉଚିତ ହେବ। ମୋର ଏପ୍ରକାର ଭାବନା ସ୍ୱୟଂ ସେସିଲିଆ ଠାରୁ ହିଁ ଆସିଥିଲା। ମୁଁ ଯେତେବେଳେ ସେସିଲିଆର ପଛରେ ଅନୁସନ୍ଧାନ କରି ବୁଲୁଥିଲି, ସେତେବେଳେ କେବଳ ବାଲେଷ୍ଟାଯେରିଙ୍କ କଥା ହିଁ ଭାବୁଥିଲି। ସେଇ ବୃଦ୍ଧ ତୌଲିକ, ଯାହାଙ୍କ ଜୀବିତ ଅବସ୍ଥାରେ ତାଙ୍କ ସ୍ମୃତି ପ୍ରତି ମୁଁ ସମ୍ପୂର୍ଣ୍ଣ ଉଦାସୀନ ଥିଲି; ତାଙ୍କ ମୃତ୍ୟୁ ପରଠାରୁ ସିଏ ମୋ ପାଇଁ ଏକ ଅବୋଧ ବିକଟ ଆକର୍ଷଣର କେନ୍ଦ୍ରବିନ୍ଦୁ ହୋଇ ପଡ଼ିଥିଲେ। ପ୍ରକୃତରେ ମୁଁ ବେଳେ ବେଳେ ନିଜକୁ କହୁଥିଲି ଯେ, ଗୋଟିଏ ରୁଗ୍ଣ ବ୍ୟକ୍ତି ପାଇଁ ଦର୍ପଣ ଯେଭଳି ରୋଗର ଅଗ୍ରଗତିର ଅକାଟ୍ୟ ସାକ୍ଷୀ ହୋଇ ରହିଥାଏ ବାଲେଷ୍ଟାଯେରି ମୋ ପାଇଁ ଥିଲେ ଠିକ୍ ସେଇଆ। ମୁଁ ବାଲେଷ୍ଟାଯେରିଙ୍କ ସମ୍ପର୍କରେ ବିଶେଷ ଭାବରେ ଭାବୁଥିଲି, ଯେତେବେଳେ ମୁଁ ସନ୍ଦେହ କରୁଥିଲି ଯେ ମୁଁ ଠିକ୍ ସେଇଆ କରୁଛି ଯାହା ସେ କରୁଥିଲେ ମୋ ପୂର୍ବରୁ। ତେଣୁ ଏକଦା ଅନୁସନ୍ଧାନର ସେଇ ଅବଧ୍ୟ ମଧ୍ୟରେ ଦିନେ ମୁଁ ସେସିଲିଆକୁ ସେଇ ବୃଦ୍ଧ ତୌଲିକ ତା ପଛରେ ଜାସୁସି କଳାଭଳି ଦୁର୍ବଳତା କେବେ ପ୍ରଦର୍ଶନ କରିଥିଲେ କି ବୋଲି ପ୍ରଶ୍ନ ପଋରିବାର ଲୋଭ ସମ୍ବରଣ କରି ପାରିଲି ନାହିଁ। ସେଦିନ ଗୋଧୂଲି ସନ୍ଧ୍ୟରେ ସେସିଲିଆକୁ ତାଙ୍କ ଘରେ ଛାଡ଼ିବା ପାଇଁ ମୁଁ କାରରେ ନେଇ ଯାଉଥାଏ। ସେସିଲିଆଙ୍କ ଘର ଗଲିରେ, ଯେଉଁଠିକି ମୁଁ ବହୁବାର କେତେବେଳେ ସିଏ ଘରୁ ବାହାରକୁ ବାହାରିବ

ବୋଲି ତାର ପଥ ରୁହେଁ ବ୍ୟର୍ଥ ପ୍ରତୀକ୍ଷାରେ ସମୟ କାଟି ଦେଇଛି, ସେଇଟି ମୋ କାର ଅଟକାଇଲି ଆଉ ତାକୁ ସିଧା ସଲଖ ପରୁରିଦେଲି, "ବାଲେସ୍ଵାୟେରି କେବେ ତୁମ ବିଷୟରେ ଜାସୁସି କରିଥିଲେ ?"

: "ମାନେ ତୁମେ କ'ଣ କହିବାକୁ ଚୁହୁଁଛ ?"

: "ମାନେ ତୁମ ପଛେ ପଛେ ଯିବା, ତୁମକୁ ଅପେକ୍ଷା କରି ବସିବା, ତୁମ ଉପରେ ନଜର ରଖିବା ଭଳି କିଛି କାମ ସେ କେବେ କରିଥିଲେ ?"

: "ହଁ ।"

: "ତୁମେ ଏ ବିଷୟରେ ମତେ କେବେ କିଛି କହିନ ତ ?"

: "ତୁମେ ତ କେବେ ପରୁରି ନ ଥିଲ ।"

: "ତୁମ ଉପରେ ସେ ନଜର ରଖୁଥିଲେ କେମିତି ?"

: "ସିଏ ଏଇ ଅଗଣାରେ ଠିଆ ହୋଇ ରହୁଥିଲେ ଆଉ ମୁଁ ବାହାରିବା ପର୍ଯ୍ୟନ୍ତ ଅପେକ୍ଷା କରୁଥିଲେ ।"

     ମୁଁ ବୁଝିପାରିଲି ଯେ ବାଲେସ୍ଵାୟେରି ଥିଲେ ମୋଠାରୁ ଅଧିକ ଚତୁର । ସେସିଲିଆଙ୍କ ଆପାର୍ଟମେଣ୍ଟରୁ ବାହାରିବା ପାଇଁ ଦୁଇଟି ଦ୍ୱାର ଥିବା ସମ୍ପର୍କରେ ସେ ସଙ୍ଗେ ସଙ୍ଗେ ଜାଣି ନେଇଥିଲେ ନିଶ୍ଚୟ ।

: "ଆଉ ତା ପରେ ?" ମୁଁ ପରୁରିଲି ।

: "ଆଉ ମୁଁ ବାହାରକୁ ବାହାରି ଗଲା ପରେ ସିଏ ମୋର ଅନୁସରଣ କରୁଥିଲେ ।"

: "ସେ କ'ଣ ଏହା ଅନେକ ଥର କରିଥିଲେ ?"

: "ଗୋଟେ ସମୟ ଥିଲା ଯେତେବେଲେ ସିଏ ପ୍ରତିଦିନ ଏଭଳି କରୁଥିଲେ ।"

: "ସିଏ ପ୍ରାୟ କେଉଁ ସମୟରେ ଆସି ଅଗଣାରେ ଠିଆ ହେଉଥିଲେ ?"

: "ତାର କିଛି ନିର୍ଦ୍ଦିଷ୍ଟ ସମୟ ନ ଥିଲା । ଏମିତିକି ଦିନେ ଦିନେ ଯେତେବେଲେ ସିଏ ଜାଣୁଥିଲେ ଯେ ମୁଁ ଶୀଘ୍ର ବାହାରିଯିବି, ସେତେବେଲେ ପ୍ରାୟ ସକାଲ ଆଠଟା ବେଲକୁ ବି ଆସି ହାଜର ହେଇ ଯାଉଥିଲେ ସିଏ ।"

: "ତୁମେ ଏ ବିଷୟରେ ଜାଣିଲ କେମିତି ?"

: “ମୋ ଶୋଇବା ଘର ଝରକାରୁ ମୁଁ ତାଙ୍କୁ ଦେଖ ପାରୁଥିଲି ।”

: “ଆଉ ଅଗଣାରେ ସିଏ କ’ଣ କରୁଥୋନ୍ତି ?”

: “ସିଏ ପାଆରୁଚାରୀ କରନ୍ତି, ଖବରକାଗଜ ପଢ଼ିବାର ଛଳନା କରନ୍ତି, କିମ୍ବା ଚିତ୍ର ଆଙ୍କନ୍ତି ।”

: “ତୁମେ ବାହାରିଲା ବେଳକୁ ଧରା ନ ପଡ଼ିବା ପାଇଁ ସେ କ’ଣ କରନ୍ତି ?”

: “ସିଏ ମତେ ଦେଖିବା କ୍ଷଣି କବାଟ ପଛ ପଟେ ଅବା କୌଣସି ଅନ୍ଧାରୁଆ ଜାଗାରେ କି ଗଛ ଆଢୁଆଲରେ ଲୁଚି ଯାଆନ୍ତି ।”

: “ଆଉ ତାପରେ କ’ଣ ହୁଏ ?”

: “ତା ପରେ ସିଏ ମୋର ଅନୁସରଣ କରନ୍ତି ।”

ମୁହୂର୍ତ୍ତକ ପାଇଁ ମୁଁ ଚୁପ ରହିଲି । ମୋ କଳ୍ପନା ନେତ୍ରରେ ମୁଁ ଦେଖୁଥିଲି, ସେଇ ବାଣ୍ଡୁରା, ଚଉଡ଼ା, ବୟସ୍କ ଚିତ୍ରଶିଳ୍ପୀ; ଦୀର୍ଘପଦ, ବ୍ୟୁଢ଼ ସ୍କନ୍ଧ, ରକ୍ତାଭ ମୁଖ ଓ ଶୁକ୍ଳକେଶ ସମନ୍ଵିତ ହୋଇ କିଭଳି ସିଏ ନିଜ ବର୍ଷାତିର କଲାର ଟେକି ଦେଇଛନ୍ତି ଆଉ ଟୋପିର ଧାର ନୁଆଁଇ ଆଣିଛନ୍ତି ନିଜ ଆଖି ଉପରକୁ; ଆଉ ସେଇ ଭଙ୍ଗୀରେ ଏକ ଷୋଡ଼ଶୀର ପଛରେ ସେ ସଙ୍ଗୋପନରେ ଘୁରି ବୁଲୁଛନ୍ତି ଅଗଣାରୁ ରାସ୍ତା, ଆଉ ଗୋଟିଏ ଗଳିରୁ ଅନ୍ୟ ଏକ ଗଳି । ତାଙ୍କର କାର୍ଯ୍ୟରେ ସ୍ଵାଭାବିକ ଭାବରେ ଲଜ୍ଜା ଅନୁଭବ କଲାବେଳେ ମୁଁ ସେଇ ବ୍ୟଳୀକର ଛଟା ନିଜ ଉପରେ ଦେଖି ସଂକୁଚିତ ହୋଇଗଲି । କାରଣ ଅଧୁନା ମୁଁ ଠିକ୍ ସେଇଆ ହିଁ କରୁଥିଲି । ତାପରେ ମୁଁ ପୁଣି ପଚାରିଲି, “କିନ୍ତୁ ସେ ତୁମର ଅନୁସରଣ କରୁଥିବା ତୁମେ ଲକ୍ଷ୍ୟ କରି ପାରୁଥିଲ କି ?”

: “ବେଳେବେଳେ ଜାଣି ପାରୁଥିଲି ଆଉ ବେଳେବେଳେ ଜାଣି ପାରୁ ନ ଥିଲି ।”

: “ଯେତେବେଳେ ତୁମେ ଜାଣି ପାରୁଥିଲ, ତୁମେ କରୁଥିଲ କ’ଣ ?”

: “କିଛି ନାହିଁ । ଯେମିତି ମୁଁ କିଛି ଦେଖିନାଁ ସେମିତି କାମ କରି ଝଲୁଥିଲି କିନ୍ତୁ ଥରେ ମୁଁ ପଛକୁ ବୁଲିକରି ତାଙ୍କ ମୁହାଁମୁହିଁ ହୋଇ ଯାଇଥିଲି ଆଉ ତାପରେ ଆମେ ଦୁହେଁ ଏକାଠି ହୋଇ ଗୋଟାଏ କଫିଘରକୁ ଗଲୁ ।”

ଡ. ଜୟକୃଷ୍ଣ ଚୌଧୁରୀ | ୩୧୯

: “କଫିଘରେ ସେ କ’ଣ କହିଲେ ?”

: “ସେ କିଛି କହିଲେ ନାହିଁ, ଖାଲି କାନ୍ଦି ଚାଲିଲେ ।”

 କ୍ଷଣକ ପାଇଁ ମୁଁ ନୀରବ ରହିଲି । ସେସିଲିଆ ସାଧାରଣତଃ କୌଣସି ସୁଆଲର ସମ୍ମୁଖୀନ ହେବାଲାଗି ପସନ୍ଦ କରେ ନାହିଁ । ମୋ ନୀରବତାର ସୁଯୋଗ ନେଇ ସେ କାରରୁ ବାହାରି ଯିବାକୁ ଉଦ୍ୟତ ହେଲା । ମୁଁ କିନ୍ତୁ ତାକୁ ଅଟକାଇ ଦେଲି । “ଟିକିଏ ରୁହ”, ମୁଁ କହିଲି ।

: “ଆଛା କୁହ ତ, ଯେତେବେଳେ ସିଏ ତୁମର ଏପରି ଅନୁସରଣ କରୁଥିଲେ, ତୁମେ ତାଙ୍କ ପ୍ରତି ଅବିଶ୍ୱସ୍ତ ଥିଲ କି ?”

କଥାର କାକତାଲିକତାରେ ଆମୋଦିତ ହେଲାଭଳି ସିଏ ଉତ୍ତର ଦେଲା, “ନା, ନା, ସେ ସମୟରେ ମୁଁ ତାଙ୍କ ପ୍ରତି ଜମା ଅବିଶ୍ୱସ୍ତ ନ ଥିଲି । ମାତ୍ର ତାର କିଛି ମାସ ପରେ ମୁଁ ମିଶି ଥିଲି ଆଉ ଜଣଙ୍କ ସହିତ ।”

: “ତାହେଲେ ବିନା କାରଣରେ ସିଏ ତୁମ ପଛରେ ଜାସୁସି ଚଲାଇଥିଲେ ?”

: “ହଁ, କଥାଟା ସେଇଆ ।”

: “ଆଉ ତୁମେ ଆଉ ଜଣଙ୍କ ସହ ସମ୍ପର୍କ ସ୍ଥାପନ କଲାବେଳକୁ ତୁମକୁ ସିଏ ଅନୁସରଣ କରିବାଟା ଛାଡ଼ି ଦେଇଥିଲେ ।”

: “ହଁ, କାରଣ ମୁଁ ଅବିଶ୍ୱସ୍ତ ନୁହେଁ ବୋଲି ସିଏ ପ୍ରମାଣ ପାଇ ଯାଇଥିଲେ ।”

: “କେମିତି ?”

: “ସିଏ ମୋ ପଛରେ ଲୋକ ଲଗାଇଥିଲେ ।”

: “କାହାକୁ ?”

ସେ ନିର୍ଦ୍ଦିଷ୍ଟ ଭାବରେ କିଛି କହିଲା ନାହିଁ । “ଓଃ, ସେଇ ଯୋଉ ଅନୁଷ୍ଠାନ ଗୁଡ଼ିକ ନାହିଁ ଏଇସବୁ ପାଇଁ ? ତୁମେ ଜାଣିଥିବ ମ । ଯୋଉମାନେ ଗୁଇନ୍ଦା ନିଯୁକ୍ତ କରି ଅନୁସନ୍ଧାନ କରାନ୍ତି । ସେଇମାନେ । ସେମାନେ ତାଙ୍କୁ କହିଲେ ଯେ ତାଙ୍କ ଛଡ଼ା ମୋର ଆଉ କାହା ସହିତ ସମ୍ପର୍କ ନାହିଁ ।”

: “କିନ୍ତୁ ତୁମ ବିଷୟରେ ଅନୁସନ୍ଧାନ କରିବା ପାଇଁ ସିଏ ଯେ ଗୁଇନ୍ଦା ଏଜେନ୍ସି ନିଯୁକ୍ତ କରିଛନ୍ତି, ଏକଥା ତୁମେ ଜାଣିଲ କିପରି ?”

: “ପରେ ସିଏ ନିଜେ ମତେ କହିଲେ । ମତେ ସିଏ ଗୋଟିଏ ଲମ୍ବା ବିବରଣୀର ପୃଷ୍ଠା ପରେ ପୃଷ୍ଠା ପଢ଼ାଇଥିଲେ । ତାଙ୍କର ସେଥିରେ କେତେ ପଇସା ଖର୍ଚ୍ଚ ହେଇଥିବ କେଜାଣି ?”

: “ପରିଣାମରେ ସିଏ ବହୁତ ଖୁସି ହୋଇ ଯାଇଥିଲେ ?”

: “ହଁ, ଖୁସି ହୋଇଥିଲେ ତ ।”

କିଛି ମୁହୂର୍ତ୍ତର ନିରବତା ପରେ ମୁଁ ପଚାରିଲି, “ଆଉ ସେ ଗୁଇନ୍ଦା ସଂସ୍ଥା ତୁମକୁ ବିଶ୍ୱସ୍ତ ପ୍ରମାଣିତ କରିବାର ପରେ ପରେ ହିଁ ତୁମେ ତାଙ୍କ ସହ ପ୍ରତାରଣା କଲ ?”

: “ହଁ, ମାସକ ପରେ । କିନ୍ତୁ ମୁଁ ଇଚ୍ଛା କରି ଏଭଳି କରି ନ ଥିଲି । ଏମିତି ହଉ ହଉ ହେଇଗଲା ।”

: “ଆଉ ସିଏ ଜାଣି ପାରିଲେ ?”

ସିଏ ଟିକିଏ ସଂକୋଚ କଲା, ଆଉ ତାପରେ କହିଲା, “ମୁଁ ଭାବୁଛି ସିଏ ବୋଧେ କିଛି ସନ୍ଦେହ କରିଥିଲେ, କିନ୍ତୁ ସିଏ ଏ ବିଷୟରେ କେବେବି ନିଶ୍ଚିତ ହୋଇପାରି ନଥିଲେ ।”

: “ତା’ର ମାନେ କ’ଣ ?”

: “ସିଏ ମତେ ଦୁଇ ତିନିଥର ସେଇ ନିର୍ଦ୍ଦିଷ୍ଟ ଯୁବକଟି ସାଥିରେ ଦେଖିଥିଲେ ଆଉ ତାପରେ ପୁଣି ନିଜେ ନିଜେ, ଗୁଇନ୍ଦା ସଂସ୍ଥାର ବିନା ସାହାଯ୍ୟରେ ମୋର ଅନୁସରଣ କରିବା ଆରମ୍ଭ କରି ଦେଇଥିଲେ । କିନ୍ତୁ ସିଏ କ୍ଲାନ୍ତ ହେଇ ପଡ଼ୁଥିଲେ ବାରମ୍ବାର, ଏବଂ ଆଗଭଳି ପ୍ରାୟ ବେଳେ ଅନୁସରଣ କରିବା ତାଙ୍କ ପକ୍ଷରେ ସମ୍ଭବ ହେଉ ନ ଥିଲା । ତା ପରେ ପରେ ତାଙ୍କର ମୃତ୍ୟୁ ଘଟିଲା ।”

: “ସେ ଗୁଇନ୍ଦା ସଂସ୍ଥା ଦ୍ୱାରା ପୁନର୍ବାର ଅନୁସନ୍ଧାନ କରାଇଲେ ନାହିଁ କାହିଁକି ?”

ସିଏ ଟିକିଏ ଚିନ୍ତା କଲା ଭଙ୍ଗୀରେ କହିଲା, “ଯଦି ସିଏ ସଂସ୍ଥାକୁ ଦାୟିତ୍ୱ ଦେଇ ଥାଆନ୍ତେ ତେବେ ମୋ ବିଷୟରେ ସବୁକିଛି ଜାଣି ପାରି ଥାଆନ୍ତେ । କିନ୍ତୁ ସେତେବେଳକୁ ସେ ସଂସ୍ଥା ଉପରୁ ତାଙ୍କର ବିଶ୍ୱାସ ତୁଟି ଯାଇଥିଲା । ସେ କହୁଥିଲେ ଯେ ମୁଁ ତାଙ୍କ ସହିତ ମୂଳରୁ ହିଁ ପ୍ରତାରଣା କରି ଆସୁଛି, ଆଉ ସେ ସଂସ୍ଥା ସତ୍ୟ ଉନ୍ମୋଚନ କରିବାରେ ସକ୍ଷମ ହୋଇପାରି ନାହିଁ ।”

ଏହି ବାର୍ତ୍ତାଳାପ ପରେ, ମୁଁ ମଧ୍ୟ ବାଲେଷ୍ଟ୍ରାୟେରିଙ୍କ ପରି, କୌଣସି ଗୁଇନ୍ଦା ସଂସ୍ଥାର ସାହାଯ୍ୟ ନେବା ବିଷୟରେ ବାରମ୍ବାର ଚିନ୍ତା କରିବାରେ ଲାଗିଲି। ପୂର୍ବରୁ ମୁଁ କିଛି କାର୍ଯ୍ୟ କରିବାରୁ ଖାସ୍ ଏଇଥିପାଇଁ ବିରତ ରହୁଥିଲି ଯେ ମୁଁ ଜାଣିଥିଲି ଦିନେ ଅତୀତରେ ବାଲେଷ୍ଟ୍ରାୟେରି ଏହା କରିଥିଲେ। କିନ୍ତୁ ମୁଁ ବର୍ତ୍ତମାନ ଗୁଇନ୍ଦା ସଂସ୍ଥା ସହ ଯୋଗାଯୋଗ କରିବାକୁ ଖାସ୍ ଏଇଥିପାଇଁ ଚିନ୍ତା କଲି ଯେ, କାରଣ ବାଲେଷ୍ଟ୍ରାୟେରି ଏଇଭଳି ଏକ ସଂସ୍ଥାକୁ ନିଯୁକ୍ତ କରିଥିଲେ। ଯେଉଁ ଗଡ଼ାଣିରେ ବାଲେଷ୍ଟ୍ରାୟେରି ଗଡ଼ି ଯାଇଥିଲେ ପତନର ଅତଳ ଗହ୍ବରକୁ, ସେଇ ପଥରୁ ନିଜକୁ ବିରତ କରିବାରେ ମୋର ବିଫଳ ପ୍ରଚେଷ୍ଟାକୁ ମୁଁ ଭଲଭାବରେ ଲକ୍ଷ୍ୟ କରି ପାରିଥିଲି। ତେଣୁ ବର୍ତ୍ତମାନ ମୁଁ ବେଶ୍ ଭାବିଚିନ୍ତି ସ୍ଥିର କରି ନେଇଥିଲି ଯେ, ବାଲେଷ୍ଟ୍ରାୟେରି ମୋ ପୂର୍ବରୁ ଯାହା ସବୁ କରିଛନ୍ତି ଠିକ୍ ସେଇଆ ମୁଁ କରିବି; କିନ୍ତୁ ସ୍ୱେଚ୍ଛାରେ ଓ ସଚେତନ ଭାବରେ ହିଁ ମୁଁ କରିବି। ତାହାହିଁ ହେବ ତାଙ୍କଠାରୁ ମୋର ପାର୍ଥକ୍ୟ, କାରଣ ସିଏ ଏସବୁ କରିଥିଲେ ଆମ୍ଭନିୟନ୍ତ୍ରଣ ହରାଇ, ପାଗଳାମିର ପାଖାପାଖି ଏକ ମଦମତ୍ତ ଅବସ୍ଥାରେ।

ପରିଶେଷରେ ଦିନେ ମୁଁ 'ବାଜ' ନାମକ ଗୁଇନ୍ଦା ସଂସ୍ଥାଟିଏ 'ଭିଆ ନାଜିଓନାଲେ'ର ଏକ ଅବସାଦପୂର୍ଣ୍ଣ ଅନ୍ଧାରୁଆ ହର୍ମ୍ୟ ଭିତରେ ଖୋଜି ପାଇଲି। ହର୍ମ୍ୟଟି ବାହାରୁ ଲାଗୁଥିଲା ବିଶାଳ, ପ୍ରଶାନ୍ତ ଓ ଗମ୍ଭୀର। ଏହା ନାନା ସ୍ତମ୍ଭ, ମୂର୍ତ୍ତି ଓ ଲାଟିନୀୟ ଉତ୍କୀର୍ଣ୍ଣ ଲିପିରେ ମଣ୍ଡିତ ହୋଇଥିଲା। କିନ୍ତୁ ଅଭ୍ୟନ୍ତର ଥିଲା ତିମିରିତ ଓ ନିରାନନ୍ଦମୟ। ଏକ ଜୀର୍ଣ୍ଣ, ପୁରାତନ, ଅଶୁଭଙ୍କର ମନେ ହେଉଥିବା ଲିଫ୍ଟ ସହାୟତାରେ ମୁଁ ଚତୁର୍ଥ ମହଲାକୁ ଉଠିଲି। ବାହାରକୁ ବାହାରି ପାଦ ଥୋଇଲି ଏକ ନିରନ୍ଧ୍ର ଅନ୍ଧକାର କବଳିତ ଗମାରେ। ଏକ ଅସ୍ୱଚ୍ଛ କାଚ ଦୁଆର ଦେଇ ବିଚ୍ଛୁରିତ କ୍ଷୀଣ ସୀମିତ ଆଲୋକ ଦିଗରେ ଆଗେଇ ଗଲି ମୁଁ। କାଚ ଦୁଆର ଉପରେ ଲେଖା ରହିଥିଲା ସଂସ୍ଥାର ନାମ ଆଉ ଏକ ପ୍ରତୀକଧର୍ମୀ ପକ୍ଷୀର ଚିତ୍ର। ସମ୍ଭବତଃ ଛଅଣ। ଦୁଆରଟି ମୁଁ ଖୋଲିଦେବା କ୍ଷଣ ସ୍ୱୟଂକ୍ରିୟ ଘଣ୍ଟିଟିଏ ବାଜି ଉଠିଲା, ଆଉ ମୁଁ ସମ୍ମୁଖ କକ୍ଷକୁ ପ୍ରବେଶ କଲି। ଅଳ୍ପ କେତୋଟି ବେତ ଚୌକିକୁ ଛାଡ଼ିଦେଲେ କକ୍ଷଟି ଥିଲା ପ୍ରାୟ ଶୂନ୍ୟ। ଠିକ୍ ସେଇ ସମୟରେ ଦୁଇଟି ଲୋକ ସେମାନଙ୍କ ୱାଟରପ୍ରୁଫ ଓଭରକୋଟ୍‌ର ବେଲ୍ଟ ଭିଡ଼ି ଭିଡ଼ି ଏକ ଦୁଆର ଦେଇ ସେଇ କକ୍ଷ ଭିତରକୁ ପଶି ଆସିଲେ। ଟୋପିରେ ତାଙ୍କର ମୁହଁ ଅଧାଘୋଡ଼ା ରହିଥିଲା। ତାଙ୍କୁ ଦେଖ ମୋତେ

ଲାଗିଲା ଏମାନେ ଗୋଇନ୍ଦା ହୋଇଥିବେ । ସମ୍ଭବତଃ ସେସିଲିଆ ସମ୍ପର୍କୀୟ ପ୍ରଣିଧି ଏହାଙ୍କ ଉପରେ ହିଁ ନ୍ୟସ୍ତ ହେବ । ସେଇ ଖୋଲା ଦୁଆର ଦେଇ ମୁଁ ସଂଲଗ୍ନ କକ୍ଷକୁ ପ୍ରବେଶ କଲି । ଅପେକ୍ଷାକୃତ ବିରାଟ ସେଇ କକ୍ଷର ଅପରପ୍ରାନ୍ତରେ ଏକ ଚନ୍ଦା, ପତଲା ଓ କଳା ଲୋକଟିଏ ଗୋଟିଏ ଡେସ୍କ ପଛରେ ବସି ଖବରକାଗଜ ପଢୁଥିଲା । ତା ମୁହଁ ଚେପେଟା, ନାକ ବଡ଼ ଆଉ ଗାଲ ଠାକରା । ସଂସ୍ଥାର ନିର୍ଦ୍ଦେଶକ କେଉଁଠିବୋଲି ମୁଁ ତାକୁ ପଚରିଲି । ମତେ ଆଶ୍ୱସ୍ତ କଲାଭଳି ଏକ ଦୃଢ଼ ଏବଂ ଆନ୍ତରିକ ଭଙ୍ଗୀରେ ସିଏ ଉତ୍ତର ଦେଲେ, "ମୁଁ ହେଲି ଏ ସଂସ୍ଥାର ନିର୍ଦ୍ଦେଶକ । ଆସନ୍ତୁ, ବସନ୍ତୁ ।"

ମୁଁ ତାଙ୍କ ନିକଟକୁ ଗଲି ଆଉ ସିଏ ଠିଆ ହୋଇପଡ଼ି କରମର୍ଦ୍ଦନ ପାଇଁ ହାତ ପ୍ରସାରିତ କଲେ । "ମେଜର ମୋସ୍ତୋନି ।", ନିଜର ପରିଚୟ ଦେଇ ସିଏ କହିଲେ । କରମର୍ଦ୍ଦନ ପରେ ମୁଁ ବସିଲି । ଆଉ ତାଙ୍କ ପତଲା ମୁହଁ, ପୁରୁଣା କଳା କୋଟ ଆଉ ମୋକରୁ ଟାଇକୁ କିଛି ସମୟ ରହିଁଲି । ଆଉ ତାପରେ ରହିଁଲି ତାଙ୍କ ଡେସ୍କ ଉପରେ ଟୋପା ଟୋପା ହେଇ କୋଉଠି କୋଉଠି ଲାଗିଥିବା କାଲିର ପୁରୁଣା ଦାଗ ଆଡ଼େ । ମୁଁ ମନରେ ଭାବୁଥିଲି ସେସିଲିଆ ଆଉ ମୋ ସହିତ ଏ ସମସ୍ତର କ'ଣ ବା ସମ୍ପର୍କ ଥାଇପାରେ ? ତତ୍କ୍ଷଣାତ୍ ମୋ ଅନ୍ତରରୁ ଉତ୍ତର ଆସିଲା, "କିଛି ନୁହେଁ" । ତଥାପି ମଧ୍ୟ ମୁଁ କହିଲି, "ଜଣେ ଲୋକ ଉପରେ ନଜର ରଖିବାକୁ ମୁଁ ରହୁଁଛି ।"

ମେଜର ଉତ୍ତର ଦେଲେ ଏକ ସ୍ଫୂର୍ତ୍ତିଶୀଳ ଓ ଉତ୍ସାହିତ ଭଙ୍ଗୀରେ, "ଆମ କାମ ତ ସେଇଆ । ବ୍ୟକ୍ତି ଜଣକ ପୁରୁଷ ନା ନାରୀ ?"

: "ନାରୀ ।"

: "ସେହି ମହିଲା ଜଣକ ଆପଣଙ୍କର ପତ୍ନୀ କି ?"

: "ନା, ମୁଁ ବିବାହ କରି ନାହିଁ । ତେବେ ତାଙ୍କ ସହିତ ମୋର ପ୍ରେମ ସମ୍ପର୍କ ରହିଛି ।"

: "ତାହାହେଲେ ଏହା ପ୍ରାକ୍-ବିବାହ ଅନୁସନ୍ଧାନର ଏକ କେସ୍ ।"

: "ଆପଣ ରହିଁଲେ ତାକୁ ସେଇଭଳି କହି ପାରନ୍ତି ।"

ମେଜର ତାଙ୍କ ଅଙ୍ଗଭଙ୍ଗୀ ଦ୍ୱାରା ଆଭାସ ଦେଲେ ଯେ ଏଭଳି ଆଲୋଚନା କିଛି ଜରୁରୀ ନୁହେଁ ଆଉ ଏ ବିଷୟରେ ମୋର ଅଧିକ କିଛି କହିବାର ଆବଶ୍ୟକତା

ନାହିଁ । ତାପରେ ସେ ପଚାରିଲେ, "କେଉଁ କାରଣରୁ ଆପଣ ତାଙ୍କ ଉପରେ ନଜର ରଖାଯିବା ରୁହୁଁଛନ୍ତି ?"

ମୁଁ ତାଙ୍କୁ ଆଉଥରେ ରୁହିଁଲି । 'ବାଜ' ବୋଲି ନାମିତ ସେହି ଅନୁଷ୍ଠାନର ନିର୍ଦ୍ଦେଶକ ହିସାବରେ ତାଙ୍କର ଚେହେରା ସମସ୍ତ ପ୍ରକାରରେ ସେଇ ତୀକ୍ଷ୍ମ-ଦୃଷ୍ଟି ଅଭିଧା ବହନ କରୁଥିବା ଜୀବଟିର ଚେହେରାର ବିପରୀତ ହିଁ ଥିଲା । ତାଙ୍କର ଛୋଟ ଛୋଟ, କୋରଡ଼ିଆ ଆଖିର ଭାବଲେଶହୀନ, ମ୍ଲାନ ଦୃଷ୍ଟି ମାନସପଟରେ ଶ୍ୟେନ ପକ୍ଷୀର ଚିତ୍ର ଆଙ୍କିବା ବଦଳରେ ଏକ ଅନ୍ଧ ରୁଫଣ୍ଠ ଚଢ଼େଇର ଚିତ୍ର ଆଙ୍କୁଥିଲା । ଈଷତ୍ ରୁଷ୍ଟ ଭାବରେ ମୁଁ କହିଲି, "ମୋର ଏକଥା ଭାବିବା ପାଇଁ ଯଥେଷ୍ଟ କାରଣ ଅଛି ଯେ, ସିଏ ମୋ ପ୍ରତି ଅବିଶ୍ୱସ୍ତା ।" ଆଉ ମୋର ଏଭଳି ରୁକ୍ଷତା ପ୍ରଦର୍ଶନ ମତେ ଯଥେଷ୍ଟ ଆମ୍ର-ସନ୍ତୋଷ ପ୍ରଦାନ କଲା ।

ତାଙ୍କ କଥାରୁ ସ୍ପଷ୍ଟ ହେଉଥିଲା ଯେ, ଆମ ଆଲୋଚନାର ମୁଖ୍ୟ ବିନ୍ଦୁକୁ ତୁରନ୍ତ ଆସିବା ପାଇଁ ମେଜର ଉସ୍ସୁକ ନାହାନ୍ତି । ସିଧା ଭାବରେ କହିଲେ ଜିନିଷଟିକୁ ଠିକ୍ ଭାବରେ ବୁଝିବା ଅପେକ୍ଷା ନିଜ ଦପ୍ତରର ମହିମା ବଜାୟ ରଖିବା ପାଇଁ ବୋଧହୁଏ ସିଏ କୌଣସି ସରଳ ସତ୍ୟରେ ଉପନୀତ ହେବାକୁ ରୁହୁଁ ନ ଥିଲେ । "ଏହି ମହିଳା ଜଣକ କ'ଣ ବିବାହିତା ?", ସିଏ ପଚାରିଲେ ।

: "ନା, ସିଏ ଅନୂଢ଼ା ।"

: "ଆପଣ ବିବାହିତ ?"

: "ମୁଁ ଆପଣଙ୍କୁ ତ କହି ସାରିଛି ମୁଁ ବିବାହିତ ନୁହେଁ ।"

: "କ୍ଷମା କରିବେ, ମୁଁ ଭୁଲି ଯାଇଥିଲି । ଆଉ ଆପଣ ଭାବୁଛନ୍ତି ଯେ ଏହି ଯୁବତୀ – କଥାଟା ଜଣେ ଯୁବତୀଙ୍କ ସମ୍ପର୍କରେ ନୁହେଁ କି ?"

ମୁଁ ବେଶ୍ ଅଧୈର୍ଯ୍ୟ ଭାବରେ ତାଙ୍କର ସହମତ ହୋଇ କହିଲି, "ନିଶ୍ଚିତ ।"

: "କ୍ଷମା କରନ୍ତୁ । ମୁଁ କଥାଟା ଠିକ୍ ଭାବେ ଉପସ୍ଥାପିତ କରି ପାରିନାହିଁ । ମୁଁ ଜାଣିବାକୁ ରୁହୁଁଥିଲି ଏହି ଯୁବତୀ ଜଣକ ଏକ ଭଦ୍ର ପରିବାରର ଘରୁଆ ଝିଅ ନା ସ୍ୱତନ୍ତ୍ରଭାବେ ସ୍ୱାଧୀନ ଜୀବନ ଯାପନ କରୁଥିବା ଜଣେ ମହିଳା ?"

: "ସେ ଜଣେ ଭଦ୍ର ପରିବାରର ଯୁବତୀ କନ୍ୟା ।"

: “କଥାଟା ଠିକ୍ ଏଇଆ ହୋଇଥିବ ବୋଲି ମୁଁ ରାଣଖାଇ କହିପାରିବି।” ଏକ ଅଭୁତ ରହସ୍ୟମୟତାର ସହିତ ସେ ମୋ ସହ ସହମତି ପ୍ରକାଶ କଲେ।

ଏଥର ମୁଁ ପ୍ରଶ୍ନ କରିବାକୁ ନିଜକୁ ଅଟକାଇ ରଖ୍ ପାରିଲି ନାହିଁ, “କଥାଟା ଏଇଯ୍ୟା ହୋଇଥିବ ବୋଲି ଆପଣ କାହିଁକି ରାଣଖାଇ କହି ପାରିବେ?”

: “ଏଇମାନେ ହିଁ ଆମକୁ ବେଶୀ ଅସୁବିଧାରେ ପକାଇ ଥାଆନ୍ତି। ଏଇ ଛୋଟ ଛୋଟ ଝିଅ, ଅଠର କି କୋଡ଼ିଏ ବର୍ଷର କିଶୋରୀ, ଏଇମାନେ ହିଁ। ଆଚ୍ଛା ଆପଣଙ୍କର ତାହାହେଲେ ଏଇଆ ଧାରଣା ଆସିଛି ଯେ ଭଦ୍ରମହିଲା ଆପଣଙ୍କ ପ୍ରତି ବିଶ୍ୱସ୍ତା ନୁହନ୍ତି।”

: “ବାସ୍ତବିକ ସେଇଆ।”

: “ଏଇଟା ଏକ ସାଧାରଣ କାରଣ। ମୁଁ ଏଭଳି କହୁଥିବାରୁ ଆପଣ ମତେ କ୍ଷମା କରିବେ, କିନ୍ତୁ ଏଠାକୁ ଆସୁଥିବା ଲୋକମାନଙ୍କ ମଧ୍ୟରୁ ନବେ ପ୍ରତିଶତ ଲୋକ ଖାସ୍ ଏଇ କାରଣରୁ ହିଁ ଏଠାକୁ ଆସି ଥାଆନ୍ତି। ଏବଂ ମତେ ବଡ଼ ଦୁଃଖର ସହିତ କହିବାକୁ ପଡୁଛି ଯେ, ନିତାନ୍ତ ପକ୍ଷେ ଷାଠିଏ ପ୍ରତିଶତ ଘଟଣାରେ ସେମାନଙ୍କର ସନ୍ଦେହ ବାସ୍ତବିକତା ଉପରେ ଆଧାରିତ ଥାଏ।”

: “ଯଦି ସେମାନଙ୍କ ସନ୍ଦେହ ବାସ୍ତବ ବୋଲି ସେମାନେ ଜାଣନ୍ତି, ତାହାହେଲେ ସେମାନେ ଆପଣଙ୍କ ଏଜେନ୍ଡିର ସାହାଯ୍ୟ ଲୋଡ଼ନ୍ତି କାହିଁକି ?”

: “ଗାଣିତିକ ନିର୍ଭୁଲ ସତ୍ୟରେ ଉପନୀତ ହେବା ପାଇଁ।”

: “ଏବଂ ଆପଣ ? ଆଚ୍ଛା ଆପଣ ଏଭଳି ନିର୍ଭୁଲ ତଥ୍ୟ ଦେବାରେ ସକ୍ଷମ କି ?”

ମେଜର ଏକ ଅବୋଧ ବ୍ୟକ୍ତିର କ୍ଷମଣୀୟ ମୂଢ଼ତାକୁ ସହ୍ୟ କରି ନେଉଥିବା ଭଙ୍ଗୀରେ ମୁଣ୍ଡ ନାଡ଼ିଲେ। “ଦେଖନ୍ତୁ”, ସେ କହିଲେ, “ଆପଣ ଭାବି ପାରନ୍ତି, ଯେ କୌଣସି ଲୋକ ଏକ ନିର୍ଦ୍ଦିଷ୍ଟ ବିଷୟରେ ତଦାରଖ କରି ପାରିବ। ଏପରିକି ଆପଣ ଭାବି ପାରନ୍ତି ଯେ, ଯେଉଁ ବ୍ୟକ୍ତି ତଥ୍ୟ ଉନ୍ମୋଚନ କରିବା ପାଇଁ ଆଗ୍ରହୀ, ସେ ମଧ୍ୟ ସ୍ୱୟଂ ଅନୁସନ୍ଧାନ କରି ପାରିବେ। କିନ୍ତୁ ଏହା ସତ୍ୟ ନୁହେଁ। ଜଣେ ଅନଭିଜ୍ଞ ଅନୁସନ୍ଧିସୁ ଆବଶ୍ୟକୀୟ ବୈଜ୍ଞାନିକ ଉପକରଣ ଓ ଜ୍ଞାନ ଅଭାବରେ କୌଣସି ତଥ୍ୟ ସମ୍ପର୍କରେ ଯେଉଁ ପ୍ରକାର ବିଶ୍ଳେଷଣ କରିବ, ଏକ ବିଜ୍ଞାନାଗାରରେ କରାଯାଉଥିବା ବିଶ୍ଳେଷଣ ତାହାଠାରୁ ନିଶ୍ଚୟ ଅଲଗା ହେବ। ସେଇଭଳି ଏକ

ଅନାଡ଼ି ଗୁଇନ୍ଦାର ଅନୁସନ୍ଧାନ ଆଉ ଆମ ପେଶାଦାରୀ ଅନୁସନ୍ଧାନ ମଧ୍ୟରେ ପାର୍ଥକ୍ୟ ରହିବ । ଯଦି ଆପଣ କୌଣସି ନିର୍ଦ୍ଦିଷ୍ଟ ରୋଗ ସମ୍ପର୍କରେ ନିଶ୍ଚିତ ହେବାକୁ ଚାହୁଁଛନ୍ତି ଆପଣ ତାର ବିଶ୍ଳେଷଣ ପାଇଁ ଜଣେ ଛଳବୈଦ୍ୟ ପାଖକୁ ଯିବେ ନା ଏକ ଉପଯୁକ୍ତ ସ୍ୱୀକୃତିପ୍ରାପ୍ତ ଏବଂ ଆଇନସଙ୍ଗତ ପାଥୋଲାବ୍‌କୁ ଯିବେ ? ଏହା ସ୍ପଷ୍ଟ ଯେ ଶେଷୋକ୍ତ ସ୍ଥାନକୁ ଯିବେ ଆପଣ । ବର୍ତ୍ତମାନ ବୁଝନ୍ତୁ 'ଏଜେନ୍ସି ବାଜ' ହେଲା ସେଇଭଳି ଏକ ପେଶାଦାରୀ ସ୍ୱୀକୃତିପ୍ରାପ୍ତ ପାଥୋଲାବ୍ ।"

ଏଇଠି ମେଜର ଟିକେ ରହିଗଲେ, ଆଉ ତାଙ୍କ ମୁଣ୍ଡ ଉପରେ କାନ୍ଥରୁ ଝୁଲୁଥିବା ଏକ ବନ୍ଧେଇ ପ୍ରମାଣପତ୍ରକୁ ନିର୍ଦ୍ଦେଶ କରି କହିଲେ, "ଏବଂ ଏଇ ସଂସ୍ଥା ହିଁ ଆପଣଙ୍କୁ ଦେଇ ପାରିବ ଆପଣ ଆବଶ୍ୟକ କରୁଥିବା ନିଶ୍ଚିତତା ଏକ ବିଜ୍ଞାନସଙ୍ଗତ ଭଙ୍ଗୀରେ ।"

"ଅନ୍ୟ ଭାଷାରେ କହିବାକୁ ଗଲେ" ମୁଁ କିଛି ସମୟ ରହି ମନ୍ତବ୍ୟ କଲି, "ଆପଣ କହୁଛନ୍ତି ଯେ ପ୍ରକୃତ ସତ୍ୟ ଉନ୍ମୋଚନ କରିବାରେ ଆପଣ ସମର୍ଥ ।"

"ସବୁବେଳେ ଏବଂ ସବୁ କ୍ଷେତ୍ରରେ । ଆମ ଅନୁସନ୍ଧାନରେ କୌଣସି କେସର ସଫଳତା ସମ୍ପର୍କରେ ଅନିଶ୍ଚିତତା ନାହିଁ କହିଲେ ଚଳେ । ଆମର ଗୁଇନ୍ଦାମାନେ ବିଶ୍ୱାସଯୋଗ୍ୟ ଓ ସଚ୍ଚୋଟ । ପ୍ରତ୍ୟେକ ହେଲେ ପୂର୍ବତନ ସୈନିକ ବା ପୁଲିସ କର୍ମଚାରୀ । ଆଉ ସେମାନେ କୌଣସି ତଥ୍ୟ ଉନ୍ମୋଚନ କରିବାରେ ଯେ ଅସଫଳ ହେବେ, ତାହା ବାସ୍ତବରେ ପ୍ରାୟ ଅସମ୍ଭବ ।"

: "ଆଉ ଏ ଅନୁସନ୍ଧାନ ପ୍ରାୟ କେତେ ଦିନ ଲାଗିବ ?"

ମେଜର ଜଣେ ଅଫିସ କର୍ମଚାରୀ ସୁଲଭ ଅଙ୍ଗଭଙ୍ଗୀ କଲେ । ଯଥାସ୍ଥାନରେ ଥିବା ପେନ୍‌ସିଲ୍‌ଟିକୁ ସିଏ ଆଉ ଗୋଟିଏ ଜାଗାକୁ ନେଲେ, ହାତ ନେଡ଼ି ଉପରେ ଚିବୁକ ଭରାଦେଇ ତାଙ୍କର ସେଇ କ୍ଷୁଦ୍ର କୃଷ୍ଣ ଚକ୍ଷୁର ମ୍ଲାନଦୃଷ୍ଟିରେ ମତେ ସ୍ଥିରଭାବରେ ରହିଁଲେ । "ମୁଁ ଦୁଇ ବା ତିନି ସପ୍ତାହ ଲାଗିବ ବୋଲି କହି ପାରନ୍ତି", ସେ କହିଲେ । "ମୁଁ ବି କହିପାରନ୍ତି ଯେ ତାହା ଠାରୁ ବି ଅଧିକ ସମୟ ଲାଗିବ । କିନ୍ତୁ ଆପଣଙ୍କୁ ଠକି ପଇସା ନେଇଯିବା ମୋର ଇଚ୍ଛା ନୁହେଁ । ସପ୍ତାହେ ଭିତରେ ଆମେ ସବୁକିଛି ଜାଣି ପାରିବୁ । ଝିଅଟିଏ ଯେତେବେଳେ ଗୋଟିଏ ପୁରୁଷକୁ ପ୍ରେମ କରେ, ତାଙ୍କୁ ସିଏ ସପ୍ତାହରେ ଥରେ ଭେଟେନି । ତା ସହିତ ପ୍ରତିଦିନ ଭେଟେ ।

ଏପରିକି ଗୋଟିଏ ଦିନରେ ବି କେତେଥର ଭେଟେ। ବର୍ତ୍ତମାନ ଯଦି ଆମେ ପ୍ରମାଣ କରିଦେଇ ପାରିଲୁ ଯେ ଝିଅଟି ଟୋକାଟିକୁ ପ୍ରତିଦିନ ଭେଟୁଛି ବା ଦିନରେ କେତେଥର ଭେଟୁଛି, ବହୁତ ମହକିଲ ତାଙ୍କ ସନ୍ତୋଷ ମୁତାବକ ପ୍ରମାଣ ପାଇଯାନ୍ତି। ଆଉ ଯଦି ଏଭଳି ପ୍ରମାଣରେ ତାଙ୍କର ହୃଦବୋଧ ନ ହୁଏ ଆମେ ଅଧିକ ଅନୁସନ୍ଧାନ ବି କରିପାରୁ। ଘଟଣାର ଆହୁରି ଗଭୀରତର ପ୍ରଣିଧ୍ୟ ମଧ କରିପାରୁ।"

: "ଘଟଣାର ଗଭୀରତର ପ୍ରଣିଧ୍ୟ ଅର୍ଥ କ'ଣ ?"

: "ମତେ କ୍ଷମା କରନ୍ତୁ, ଏଗୁଡ଼ିକ ଏଭଳି ଜିନିଷ ଯେ ପୂର୍ବରୁ ଏ ବିଷୟରେ କିଛି କହିହେବ ନାହିଁ। କେସ୍ ସମ୍ପର୍କରେ ଜାଣିବାକୁ ହେବ। କିନ୍ତୁ ଆପଣ ବ୍ୟସ୍ତ ହୁଅନ୍ତୁ ନାହିଁ ସପ୍ତାହେ ଯଥେଷ୍ଟ ହେବ। ଯଦି ମତେ ଏଭଳି କହିବାକୁ ଆପଣ ଅନୁମତି ଦିଅନ୍ତି, ଆପଣଙ୍କ କେସ୍ଟି ଏକ ସାଧାରଣ କେସ୍।"

: "ସାଧାରଣ କାଇଁକି ?"

: "ସବୁଠାରୁ ସରଳ କେସ୍‌ର ବର୍ଗରେ ଏହା ଯିବ। ଆପଣ ଜାଣି ପାରିବେନି ବେଳେ ବେଳେ ଯେଉଁ ପ୍ରକାର ଜଟିଳତାର ଆମେ ସମ୍ମୁଖୀନ ହେଉ। ମୁଁ ଆପଣଙ୍କୁ ଯେଭଳି କହିଛି, ଗୋଟିଏ ସପ୍ତାହ ହିଁ ଏ କେସ୍ ପାଇଁ ଯଥେଷ୍ଟ ହେବ।"

"ହଁ, ବୁଝିଲି।" ମୁଁ କହିଲି ଆଉ ଅଳ୍ପ ସମୟ ପାଇଁ ଚୁପ୍ ରହିଲି। ମୁଁ ଭାବୁଥିଲି, ମେଜର ନିଃସଂଶୟ ଯେ ତାଙ୍କର ତଥାକଥିତ ବୈଜ୍ଞାନିକ ଅନୁସନ୍ଧାନ ଦ୍ୱାରା ସେ ପ୍ରକୃତ ସତ୍ୟ ପାଖରେ ପହଞ୍ଚି ପାରିବେ। କିନ୍ତୁ ମୁଁ ମଧ୍ୟ ଭାବୁଥିଲି ଯେ ତାଙ୍କ ସତ୍ୟ ଆଉ ମୋ ସତ୍ୟ ସମାନ ନୁହେଁ। ପରିଶେଷରେ ମୁଁ ପଚାରିଲି, "ମତେ ପାରିଶ୍ରମିକ କେତେ ଦେବାକୁ ପଡ଼ିବ ?"

: "ଦିନକୁ ଦଶ ହଜାର ଲିରେ। ତା ବାଦେ ପରିସ୍ଥିତି ଅନୁସାରେ ଅଧିକ। ଧରନ୍ତୁ ଅନ୍ଦିଷ୍ଟ ବ୍ୟକ୍ତି କାରରେ ଯାଉଛନ୍ତି, ତାହେଲେ ଆମ ଗୁଇନ୍ଦାଙ୍କୁ କାର ବ୍ୟବହାର କରିବାକୁ ପଡ଼ିବ।"

ମୁଁ ସଙ୍ଗେ ସଙ୍ଗେ କହିଲି, "ସେ କାର ବ୍ୟବହାର କରନ୍ତି ନାଇଁ, ଝଲିକରି ଯାଆନ୍ତି।"

: "ତାହେଲେ ଦିନକୁ ଦଶ ହଜାର ଲିରେ।"

: "ଆପଣ କେବେ ଆରମ୍ଭ କରି ପାରିବେ ?"

: "ଆସନ୍ତା କାଲି। ଆପଣ ମତେ ଏ ସମ୍ପର୍କିତ ସବିଶେଷ ତଥ୍ୟ ଦିଅନ୍ତୁ, ମୁଁ ଏ ବିଷୟରେ ଅନୁଧ୍ୟାନ କରିବି ଆଉ କାଲି ସକାଳୁ ଆମ ଗୁଇନ୍ଦା ତାଙ୍କ ଅନୁସରଣ କରିବା ଆରମ୍ଭ କରିବେ।"

ମୁଁ ହଠାତ୍ ଉଠି ଠିଆ ହେଲି। "ଆମେ ସପ୍ତାହକ ପରେ କାମ ଆରମ୍ଭ କରିବା। କାରଣ ସିଏ ବର୍ତ୍ତମାନ ରୋମରେ ନାହାନ୍ତି ଆଉ ସପ୍ତାହେ ଯାଏଁ ତାଙ୍କର ଫେରିବାର ବି ନାହିଁ।" ମୁଁ କହିଲି।

"ଯାହା ଆପଣ କହିବେ।" ମେଜର ମୋସ୍କୋନି ମଧ୍ୟ ଉଠି ଠିଆହେଲେ। "କିନ୍ତୁ କୌଣସି ହିସାବରେ ବି ପଇସାପତ୍ର ପାଇଁ ଯଦି ଆପଣ ପରାଦୁଃଖ ହେଉ ଥାଆନ୍ତି, ଆପଣ ଦେଖିବେ ଯେ, କୌଣସି ଏଜେନ୍ଟ ମଧ୍ୟ ଏହାଠାରୁ କମ ଦାବୀ କରିବେ ନାହିଁ।"

ମୁଁ ଉତ୍ତର ଦେଲି ଯେ ଏହା ନିଶ୍ଚିତଭାବେ ମୂଲ୍ୟ ସମ୍ପର୍କିତ ନୁହେଁ। ପୁଣି ମୁଁ ପୁନରାବୃତ୍ତି କଲି ଯେ ସପ୍ତାହେ ପରେ ମୁଁ ଆସି ପହଞ୍ଚି ଯିବି। ଏ କଥା କହି ମୁଁ ସେଠାରୁ ଚାଲି ଆସିଲି।

ମୁଁ ଯନ୍ତ୍ରବତ୍ ଶିକ୍ଷଶାଳାକୁ ଗଲି ଆଉ ସେସିଲିଆ ପାଇଁ ଅପେକ୍ଷା କରିବାକୁ ଲାଗିଲି। କାରଣ ଏଇଟା ଥିଲା ସପ୍ତାହରେ ସେଇ ଦୁଇ ତିନି ଦିନରୁ ଗୋଟିଏ ଦିନ, ଯେତେବେଳେ ସେସିଲିଆ ମୋ ସହିତ ମିଶିବା ପାଇଁ ଆସୁଥିଲା। ବେଶ୍ କିଛିଦିନ ହେବ ମୋର ଅନିଦ୍ରା ରୋଗଟା ବାହାରି ପଡ଼ିଥିଲା। ସେସିଲିଆ ସହିତ ସମ୍ପର୍କର ଅନିର୍ଦ୍ଧିଷ୍ଟତା ମତେ ଏକ ରିକ୍ତ, ଶୋଚନୀୟ ଅବସ୍ଥାକୁ ଠେଲି ଦେଇଥିଲା। ଆଉ ଏ ଅନିଦ୍ରାରୋଗ ଥିଲା ତାହାର କାରଣ। ସାଧାରଣତଃ ଖଟରେ ପଡ଼ିଲା କ୍ଷଣି ମତେ ନିଦ ହୋଇ ଯାଉଥିଲା, କିନ୍ତୁ ଘଣ୍ଟେ ହୋଇଥିବ କି ନାଇଁ ମୁଁ ଚମକି କରି ଉଠିଯାଉଥିଲି, ଯେମିତି କିଏ ମତେ ହଲେଇ ହଲେଇ ଉଠେଇ ଦେଇଛି ନିଦରୁ। ଆଉ ତାପରେ ସ୍ୱାଭାବିକ ଭାବରେ ସେସିଲିଆ କଥା ମୋ ମୁଣ୍ଡକୁ ଆସି ଯାଉଥିଲା, ଆଉ ସିନ୍ଦୁରା ଫାଟିବା ଯାଏ ମୁଁ ସେମିତି ବସି ରହୁଥିଲି। ଆଉ ତାପରେ ମୋ ଆଖି ଟିକିଏ ଲାଗି ଯାଉଥିଲା। କିନ୍ତୁ ଫେରେ ମୋ ନିଦ ଭାଙ୍ଗି ଯାଉଥିଲା ଶୀଘ୍ର, ସକାଳୁ ଯେତେବେଳେ କି ସାଧାରଣତଃ ମୁଁ ନିଦରୁ ଉଠେ ସେହି ସମୟରେ। କିନ୍ତୁ ଯା ଫଳରେ ଏକ

ଅଭୁତ କ୍ଲାନ୍ତି ଓ ଅବସାଦର କବଳିତ ହୋଇ ଦିନରେ ମଧ ହଠାତ ବେଶ୍ ଗଭୀର ନିଦରେ ଦୁଇ ତିନି ଘଣ୍ଟା ମୁଁ ଶୋଇ ଯାଉଥିଲି ଯୋଉଠି ସେଇଠି । ସେଦିନ ମଧ ସେହିଭଳି ଘଟିଲା । ଝରକାର ପର୍ଦ୍ଦା ଟଣା ହୋଇ ଯାଇଥାଏ; ଏକ ଉଷ୍ମ, ପୀତାଭ, ସ୍ନିଗ୍ଧ ଆଲୋକ ଖେଳି ବୁଲୁଥାଏ ମୋ ଶିଳ୍ପଶାଳା ଭିତରେ । ମୁଁ ଡିଭାନ ଉପରେ ପଡ଼ି ରହିଥାଏ, ଆଉ ଗୋଟିଏ ପଟକୁ କଡ଼େଇ ଯାଇ ମୁଁ ଦେଖୁଥାଏ ମୋର ଶୂନ୍ୟ ଚିତ୍ରପଟ, ଯେଉଁଟାକି ଝରକା ନିକଟ ଚିତ୍ରଦାନୀ ଉପରେ ରଖା ହୋଇଥାଏ । ମୁଁ ଚିନ୍ତା କଲି ଯେ ମୋ ଚିତ୍ରପଟ ଶୂନ୍ୟ ହୋଇ ରହିଛି କାରଣ ବାସ୍ତବତାକୁ ଅକ୍ତିଆର କରିବାରେ ମୁଁ ସଫଳ ହୋଇନାହିଁ, ତାହା ବାରମ୍ବାର ଖସି ଯାଉଛି ମୋ ଖାପଚରୁ । ଠିକ ସେହିଭଳି ମୋ ମାନସପଟ ସେସିଲିଆ ସମ୍ମୁଖରେ ଶୂନ୍ୟ ହୋଇ ଯାଉଛି, କାରଣ ମାୟା ହରିଣୀ ଭଳି ସିଏ ମୋ ହାତରୁ ଖସି ଯାଉଛି ବାରମ୍ବାର, ଆଉ ମୁଁ ତାକୁ ଅକ୍ତିଆର କରିବାରେ ସଫଳ ହୋଇନାହିଁ । ଯୌନତାର ଘନିଷ୍ଠ ଅଙ୍ଗାଙ୍ଗିତା ଭିତରେ ବେଳେବେଳେ ତାକୁ ଅଧିକାର କରି ପାରି ଥିବାର ଭ୍ରାନ୍ତ ପ୍ରତୀତି ମୋ ମନରେ ସୃଷ୍ଟି ହୋଇଛି । କିନ୍ତୁ ସେଇ ପ୍ରତୀତି ବାଲେସ୍ୱାୟେରିଙ୍କ ପର୍ଣ୍ଣୋଗ୍ରାଫୀୟ ଆଲେଖ୍ୟର ସମଗୋତ୍ରୀୟ ଏକ ଭାବନା । ସେସିଲିଆ ଯେଭଳି ମୋର ନିଜର ନୁହେଁ, ବାଲେସ୍ୱାୟେରିଙ୍କ ପର୍ଣ୍ଣୋଚିତ୍ର ବାସ୍ତବରେ ଏକ ଆଲେଖ୍ୟ ନୁହେଁ । ଆଉ ସେସିଲିଆ କ୍ଷେତ୍ରରେ ମୁଁ ଯେମିତି ବୋରିୟାତ ଆଉ ଯୌନ-ଉନ୍ମାଦନା ଭିତରେ ଦୋଲାୟମାନ ରହୁଛି, କଳା କ୍ଷେତ୍ରରେ ମଧ ମୁଁ ସେଇଭଳି ଅପକଳା ଓ କଳାହୀନତା ମଧ୍ୟରେ ଦୋଲାୟିତ । ଆଉ ବର୍ତ୍ତମାନ ମୁଁ ବାଜ ଏଜେଣ୍ଡର ଶରଣାଗତ ହୋଇଛି ସେସିଲିଆ ସମ୍ପର୍କରେ ନିର୍ଦ୍ଦିଷ୍ଟ କିଛି ଜାଣିବା ପାଇଁ । କିନ୍ତୁ କଥାଟା ସେହିଭଳି ଉଭଟ ଯେମିତିକି ଚିତ୍ରରଞ୍ଜନ ପାଇଁ ମତେ ରଞ୍ଜକର ଗୁଣ ଓ ସଂରଚନା ସମ୍ବନ୍ଧୀୟ ବୈଜ୍ଞାନିକ ତତ୍ତ୍ୱ ସମ୍ବଲିତ ପୁସ୍ତକଟିଏ ପଢ଼ିବା ଦରକାର । ମୋର ଚିତ୍ରପଟ ଶୂନ୍ୟ ଥିଲା । ମୁଁ ବିଭ୍ରାନ୍ତ ହୋଇ ଚିନ୍ତା କରିବାକୁ ଲାଗିଲି ଯେ, ସେସିଲିଆ ମତେ ଭୁରୁଟୁକେଇ ମୋ ହାତରୁ ଖସିଯିବାରୁ ମୋର ଚିତ୍ରପଟ ଶୂନ୍ୟ ହୋଇ ପଡ଼ିଛି । ଆଉ ସେଇଭଳି, ବାସ୍ତବତା ମତେ ଭୁରୁଟୁକେଇବା ଫଳରେ ମୋର ଚିଉ ଶୂନ୍ୟ ଓ ବିଭ୍ରାନ୍ତ ହୋଇ ପଡ଼ିଛି । ବାସ୍ତବତା ଓ ସେସିଲିଆ ଏହି ଦୁଇଟି ଶବ୍ଦ କ୍ଷଣରୁ କ୍ଷଣାନ୍ତର ହୋଇ ମୋ ମୁଣ୍ଡ ଭିତରେ ପ୍ରତିଧ୍ୱନିତ ହେବାକୁ ଲାଗିଲା । ଏମାନେ ଦୁଇ ଭିନ୍ନ କ୍ରିୟାକଳାପ

ବିଷୟରେ ମତେ ସଚେତନ କରାଉ ଥିଲେ, କିନ୍ତୁ ମୋ ଅନୁଭବରେ ଉଭୟ କ୍ରିୟା ନିଃସନ୍ଦେହରେ ଏକ ଅନିବାର୍ଯ୍ୟ ସମ୍ପର୍କ ଦ୍ୱାରା ସଂଯୁକ୍ତ ଥିଲେ। ମତେ ସ୍ପଷ୍ଟଭାବେ ଜଣା ପଡୁଥିଲା ଯେ ସେହି ସମ୍ପର୍କ ଥିଲା ଅଧିକୃତ କରି ରଖିବାର ଉନ୍ମାଦ। ଆଉ ଉଭୟ କ୍ରିୟା ଅନଶ୍ୱର ଅଧିକାରର ଅସମ୍ଭବତା ଯୋଗୁଁ ହିଁ ବିଫଳ ପର୍ଯ୍ୟବେଶିତ ହେଉଥିଲେ। ଏଇଭଳି ଭାବନା ଫଳରେ ମୁଁ ଅଧିକରୁ ଅଧିକ ମାନସିକ ଭାବରେ କ୍ଲାନ୍ତ ହୋଇ ପଡ଼ିଲି ଏବଂ ପରିଶେଷରେ ଶୋଇଗଲି।

ମୁଁ ଠିକ୍ ଭାବେ ଶୋଇଥିବି କି ନାଇଁ ହଠାତ୍ ଉଠି ପଡ଼ିଲି। ସେତେ ବେଳକୁ ଶିକ୍ଷଶାଳା କିନ୍ତୁ ଅନ୍ଧାର ଲାଗୁଥିଲା। ଆଉ ଆଲୁଅ ଲଗାଇବା ପରେ ମୁଁ ବୁଝି ପାରିଲି ଯେ ବାସ୍ତବରେ ମୁଁ ଘଣ୍ଟାଏ ହେଲା ଶୋଇ ଗଲିଣି। ସେତେବେଳକୁ ସାଢ଼େ ପାଞ୍ଚଟା ବାଜିଥିଲା। ଆଉ ଏଜେନ୍ଡ୍ରୁ ମୁଁ ରୁରିଟାରେ ଫେରିଥିଲି। କିନ୍ତୁ ଏ ନିଦ୍ରା ଏଭଳି ପ୍ରଗାଢ଼ ଥିଲା ଯେ, ନ ଶୋଇଥିବା ଭଳି ଲାଗିବା ସତ୍ତ୍ୱେ ବି ମୁଁ ଆରାମ ଅନୁଭବ କରୁଥିଲି। ମୁଁ ସଫା ଓ ସୁସ୍ପଷ୍ଟ ଭାବରେ ସବୁ କିଛି ବୁଝି ପାରୁଥିବା ଭଳି ଅନୁଭବ କରୁଥିଲି। ଅତୀତରେ ବେଳେବେଳେ ଘଟିଲା ଭଳି, ମୁଁ ଚିତ୍ରରଞ୍ଜନ ପାଇଁ ପ୍ରସ୍ତୁତ ହେବାବେଳେ ଯେମିତି ମୋ ଧୀଶକ୍ତି ବ୍ୟବସ୍ଥିତ ଓ ବିଲକ୍ଷଣ ମନେ ହୁଏ, ସେଇଭଳି ଲାଗୁଥିଲା ମତେ। ମୁଁ ନିର୍ଦିଷ୍ଟ ଏବଂ ସଚେତନ ସୃଜନଶକ୍ତିରେ ଭରି ଯାଇ ମୋ ଚିତ୍ରପଟକୁ ରୁହିଁଲି, ଆଉ ବଲେ ବଲେ ମୋ ମନରେ ଚିନ୍ତା ଆସିଲା ଯେ, ଚିତ୍ରରଞ୍ଜନ ପରିତ୍ୟାଗ କରି ଦେବାଟା ମୋ ପକ୍ଷରେ ଠିକ୍ ହୋଇ ନାହିଁ। ଏହା ଥିଲା କାର୍ଯ୍ୟ କରିବା ପାଇଁ ଉପଯୁକ୍ତ ଏକ ମାନସିକ ସ୍ଥିତି। କିନ୍ତୁ ଅଚିରାତ୍, ପ୍ରାୟ ସ୍ୱୟଂକ୍ରିୟ ଭାବରେ, ମୁଁ ଡିଭାନ ଉପରୁ ଓହ୍ଲାଇ ପଡ଼ି ଶିକ୍ଷଶାଳାର ବାହାରକୁ ବାହାରି ଆସିଲି। ହଠାତ୍ ମୋ ମୁଣ୍ଡକୁ ଆସିଲା ଯେ ସେସିଲିଆ ବର୍ତ୍ତମାନ ନିଶ୍ଚୟ ଅଭିନେତାର ଫ୍ଲାଟରେ ରହିଛି, ଆଉ ଯେଉଁ ମୁହୂର୍ତ୍ତରେ ସେଠାରୁ ସେ ବାହାରିବ ମୋ ଶିକ୍ଷଶାଳାକୁ ଆସିବା ପାଇଁ, ମୁଁ ଠିକ୍ ସେଟିକି ବେଳକୁ ତାକୁ ଧରି ପାରିବି।

ଏ ପର୍ଯ୍ୟନ୍ତ ମୁଁ ସେସିଲିଆ ଉପରେ ସେଇ ଦିନମାନଙ୍କରେ ଦୃଷ୍ଟି ରଖିବାରେ ଲାଗି ପଡ଼ିଥିଲି ଯେବେ ଆମେ ଦେଖା ହେଉ ନ ଥିଲୁ। କୌଣସି ଏକ ଅନିର୍ଦିଷ୍ଟ କାରଣରୁ ମୁଁ ଭାବି ନେଇଥିଲି ଯେ ସେଇ ଏକା ଅପରାହ୍ନରେ ସେସିଲିଆ ଆମ

ଉଭୟଙ୍କର ଶଯ୍ୟାସଙ୍ଗିନୀ ହେବା ପାଇଁ ପସନ୍ଦ କରିବ ନାହିଁ । କିନ୍ତୁ ସେସିଲିଆ ମତେ ସେଦିନ ସକାଳେ ଦୂରଭାଷରେ କହିଥିଲା ଯେ ସେ ମତେ ଛଅଟା ପୂର୍ବରୁ ଭେଟିବାକୁ ଆସି ପାରିବ ନାଇଁ । ଆଉ ମୁଁ ବର୍ତ୍ତମାନ ବୁଝି ପାରିଲି କାହିଁକି ଆମ ଭେଟିବା ପାଇଁ ସେ ସେଇ ନିର୍ଦ୍ଦିଷ୍ଟ ସମୟ ଦେଇଛି; ସେ ମତେ ଭେଟିବା ପୂର୍ବରୁ ନିଶ୍ଚୟ ଲୁସିଆନିକୁ ଭେଟିବାକୁ ଠିକଣା କରିଛି । ତେଣୁ ଯଦିଓ ଅନ୍ୟ ଦିନମାନଙ୍କରେ ମୁଁ ଜାଣି ପାରୁ ନ ଥିଲି କେବେ ସିଏ ଲୁସିଆନିକୁ ଭେଟିବାକୁ ଯାଉଛି, ଆଉ କେବେ ତା ପାଖରୁ ଫେରୁଛି, ଆଜି ଅନ୍ତତଃପକ୍ଷେ ସେ କେତେବେଳେ ତାଥାରୁ ବିଦାୟ ନେଇ ବାହାରିବ ସେ ସମ୍ପର୍କରେ ମୁଁ ନିଶ୍ଚିତ ଥିଲି । କାରଣ ସେଇଟା ଥିଲା ସେଇ ସମୟ ଯେତେବେଳେ ସିଏ ମତେ ଭେଟିବାକୁ ଆସିବ । ମୁଁ ଆଶ୍ଚର୍ଯ୍ୟ ହେଲି ଯେ କିଭଳି ଏପରି ସହଜ କଥାଟି ଏପର୍ଯ୍ୟନ୍ତ ମୋ ମୁଣ୍ଡକୁ ଆସି ନ ଥିଲା । ତା ବାଦେ ମଧ ମୁଁ ଏଇଆ ଭାବି ଆଶ୍ଚର୍ଯ୍ୟ ହେଲି ଯେ, କଥାଟା କିଭଳି ସେସିଲିଆର ସରଳ ଅଥଚ ନିଷ୍ଠୁର ମନସ୍ତତ୍ତ୍ବ ସହିତ ସୁନ୍ଦରଭାବେ ଖାପ ଖାଇ ଯାଉଛି । ବାସ୍ତବରେ ତାର ଚରିତ୍ର ଏଭଳି ଥିଲା ଯେ, ମାତ୍ର ଅଧଘଣ୍ଟାର ବ୍ୟବଧାନରେ ଅଭିନେତାର ବାହୁବନ୍ଧନରୁ ନିଜକୁ ମୁକୁଳାଇ ମୋ ବାହୁବନ୍ଧନରେ ନିଜକୁ ସମର୍ପି ଦେବା ତା ପାଇଁ ଥିଲା ସମ୍ପୂର୍ଣ୍ଣ ସ୍ବାଭାବିକ । ମୋ ସହ ସିଏ ନିଧୁବନରେ ଠିକ୍ ସେଇଭଳି ଉତ୍ତେଜକ ଭାବରେ ରୋମାଞ୍ଚିତ ହୋଇ ଉଠିବା ସମ୍ଭବ ଯେମିତି ସିଏ ଯୌନ ଉତ୍ତେଜନାରେ ନିଜକୁ ସମର୍ପି ଦେଇଥିଲା ଅଭିନେତା ନିକଟରେ । ଏକ ନିର୍ଲଜ ପାଶବିକ କ୍ଷୁଧାର ସହ ତା ନିଜ ଗର୍ଭରେ ଆମ ଦୁହିଙ୍କ କାମସଲିଲ ମିଳାଇ ଦେବା ତା ପାଇଁ ହିଁ ସମ୍ଭବ । ମୁଁ କେମିତି ଏହା ପୂର୍ବରୁ ଏଇ ସାଧାରଣ କଥାଟି ଭାବି ପାରି ନ ଥିଲି ?

    ପନ୍ଦର ମିନିଟ୍ ପରେ ମୁଁ ଅଭିନେତା ରହୁଥିବା ଗୃହ ନିକଟରେ ପହଞ୍ଚି ଯାଇଥିଲି । ମୁଖ୍ୟଦ୍ବାରର ପ୍ରାୟ ପାଖାପାଖି ହିଁ ମୁଁ କାର୍ ରଖିବାକୁ ସ୍ଥାନ ପାଇ ଗଲି ଆଉ କାର୍ ଭିତରେ ବସି ରହିଲି । ଆପାନରେ ଅପେକ୍ଷା କରିବାର ଅର୍ଥ ନ ଥିଲା, କାରଣ ମୋ ହିସାବ ମୁତାବକ ସେସିଲିଆ ମାତ୍ର ପାଞ୍ଚ ମିନିଟ୍ ମଧରେ ବାହାରି ଆସିବ ବୋଲି ମୁଁ ଜାଣିଥିଲି । ମୁଁ ସିଗାରେଟଟିଏ ଲଗାଇଲି ଆଉ ନିବିଷ ଭାବରେ ତଳମହଲା ଘରର ଚଳନଶୀଳ କପାଟ ଉପରେ ଦୃଷ୍ଟି ରଖି ବସି ରହିଲି । ସେଠାରୁ ଆଲୋକ ବିଚ୍ଛୁରିତ ହେଉଥିଲା । ସେଇଟା ଥିଲା ଲୁସିଆନି ଫ୍ଲାଟର ସଦର୍ । ବୋଧହୁଏ

ଏଇ ମୁହୂର୍ତ୍ତରେ ସେସିଲିଆ ତରତର ହୋଇ ପ୍ରସାଧନରେ ବ୍ୟସ୍ତ ଥିବ, ଅଭିନେତାକୁ ସେଇ ପିଲାଳିଆ ମିଛ କହୁଥିବ ଯାହା ସେ ମତେ ସାଧାରଣତଃ କହେ, "ମତେ ଯିବାକୁ ହେବ, ମା ମତେ ଅପେକ୍ଷା କରିଥିବେ।" ସେଇ ବନ୍ଦ ସଟରକୁ ରହିଁବା କ୍ଷଣି ଏକ ଅଭୁତ ବିବମିଷା ମତେ ଆକ୍ରାନ୍ତ କଲା ଏବଂ ମୁଁ ସହସା ସଚେତନ ହେଲି ଯେ ଠିକ୍ ସେଇଭଳି ଦେହ ଉଗ୍ରୁଟେଇ ହେବାର ଅନୁଭବ ଅତୀତରେ ମତେ ଆସିଛି ଯେତେବେଳେ ମୁଁ ଚିତ୍ରରଞ୍ଜନ କରିବାକୁ ଯାଇ ଶୂନ୍ୟ ଚିତ୍ରପଟକୁ ଦେଖିଛି। କୃଷ୍ଣମର୍ମର ବେଷ୍ଟିତ ସେଇ ଦୁଆର ଭିତରୁ ଯାହା ବାହାରି ଆସିବ ତା ପାଇଁ ମୁଁ ଏକାଧାରରେ ଅନୁଭବ କରୁଥିଲି ଏକ ଗଭୀର ଆକର୍ଷଣ ଆଉ ପୁଣି ଏକ ତୀବ୍ର ବିତୃଷ୍ଣା। ସେ ଥିଲା ସେସିଲିଆ, କିମ୍ୱା ଅନ୍ୟ ଭାଷାରେ କହିବାକୁ ଗଲେ 'ବାସ୍ତବତା'। ମୁଁ ଜାଣିଥିଲି ଯେ ସିଏ ବାହାରକୁ ବାହାରିବା ପର୍ଯ୍ୟନ୍ତ ମୁଁ କାର୍ ଭିତରେ ବସି ରହିବା ଆବଶ୍ୟକ। କିନ୍ତୁ ତା ସହିତ ତତ୍କ୍ଷାଳ ମୁଁ ସେଠାରୁ ନିଷ୍କ୍ରାନ୍ତ ହେବା ପାଇଁ ଏକ ତୀବ୍ର ଇଚ୍ଛା ମଧ ଅନୁଭବ କରୁଥିଲି। ପୁଣି ଥରେ ଏହି ପରସ୍ପର ବିରୋଧୀ ଯୁଗଳ ଅନୁଭୂତି ପରିପ୍ରେକ୍ଷାରେ ମୁଁ କାହିଁକି ଏଇ ଶେଷ ମୁହୂର୍ତ୍ତରେ ମୋ ପ୍ରଣିଧ ଛାଡ଼ି ବାରମ୍ବାର ଋଲି ଯାଉଛି ତାର କାରଣ ବିଷୟରେ ମୁଁ ସଚେତନ ହେଲି। ମୁଁ ପୂର୍ବରୁ ଭାବୁଥିଲି ଏ ପ୍ରକାର ପ୍ରଣିଧ ମୋ ଆତ୍ମମର୍ଯ୍ୟାଦାକୁ ଧକ୍କାର କରୁଛି, ଯେଉଁଥିପାଇଁ ମୁଁ ଏହାକୁ ତ୍ୟାଗ କରି ଋଲି ଯାଉଛି। କିନ୍ତୁ ପ୍ରକୃତରେ ତାହା ସତ୍ୟ ନ ଥିଲା। ବରଂ ତାହାର କାରଣ ଥିଲା ସେସିଲିଆର ବାସ୍ତବତା ପ୍ରତି ମୋର ବିତୃଷ୍ଣା, କିମ୍ୱା ଅନ୍ୟ ଭାବରେ କହିଲେ, ବୋରିୟାତ ପରିପ୍ରେକ୍ଷାରେ ବାସ୍ତବତା ପ୍ରତି ମୋର ବିମୁଖତା।

ପାଞ୍ଜମିନିଟ ପରେ ମୁଁ ଯେଭଳି ଆଶା କରୁଥିଲି, ସେସିଲିଆ ଆଉ ଅଭିନେତା ବାସ୍ତବିକ ସେଇ ଦୁଆର ଦେଇ ବାହାରକୁ ବାହାରିଲେ। ସେମାନେ ହାତ ଧରାଧରି ହୋଇଥିଲେ, ଆଉ ମତେ ଲାଗୁଥିଲା ଉଭୟ ସାମାନ୍ୟ ଟଳଟଳ ଭାବରେ ସ୍ଖଲିତ ପଦରେ ଋଲୁଥିଲେ। ଉଭୟ ଲାଗୁଥିଲେ ବିହ୍ୱଳ। ମୁଁ ଲକ୍ଷ୍ୟ କରି ପାରୁଥିଲି ଯେ, ସେସିଲିଆ ଏକ ବିଶେଷ ଅନ୍ତରଙ୍ଗତାର ସହିତ ଅଭିନେତାର ହାତକୁ ମୁଠେଇ ଧରିଛି। ଆଙ୍ଗୁଠି ଗୁଡ଼ିକ ରହିଛନ୍ତି ଛନ୍ଦାଛନ୍ଦି ହୋଇ, ଯେମିତିକା ଅଚେତନ ଭାବରେ ସେମାନେ ତାଙ୍କର ସାମ୍ପ୍ରତିକ ପରିଶୀଳନର ପୁନରାବୃତ୍ତି କରୁଛନ୍ତି ଆଙ୍ଗୁଳି ମାଧମରେ। ସେଇମିତି ହାତ ଧରାଧରି ହୋଇ ସେମାନେ ପଦପଥର ପଟରୀ ଉପରେ ଋଲି ଋଲି ପାହାଡ଼ ତଳକୁ ଖସିବାରେ ଲାଗିଲେ।

ଆଗରୁ ସବୁକଥା ଅନୁମାନ କରିହୁଏ, କିନ୍ତୁ ଯାହା ଆମେ ଅନୁମାନ କରୁ ତାକୁ ପ୍ରତ୍ୟକ୍ଷ କରିବା ପରେ ତାହା ଆମ ହୃଦୟରେ କେଉଁ ପ୍ରକାର ଅନୁଭୂତି ଉଦ୍ରେକ କରାଇବ, ସେଇକଥା ପୂର୍ବାନୁମାନ କରିବା ସବୁବେଳେ ସମ୍ଭବ ହୁଏନା। ଉଦାହରଣ ସ୍ୱରୂପ ଜଣେ ଆଶଙ୍କା କରିପାରେ ଯେ ପଥର ତଳର ବିଲ ଭିତରୁ ସାପଟିଏ ବାହାରି ଆସିବ। କିନ୍ତୁ ପରିଦୃଷ୍ଟ ସରୀସୃପ ହୃଦୟରେ ଯେଉଁ ପ୍ରକାରର ଓ ଯେଉଁ ତୀବ୍ରତାର ଭୟ ସୃଷ୍ଟି କରିବ, ତାର ପୂର୍ବାନୁମାନ କରିବା ବଡ଼ କଷ୍ଟ। ଅସଂଖ୍ୟ ଥର ମୁଁ କଳ୍ପନା କରିଥିବି ସେସିଲିଆ ଅଭିନେତା ଗୃହ ଅଭ୍ୟନ୍ତରରୁ ବାହାରି ଆସୁଥିବାର ଦୃଶ୍ୟ, ଏକାକିନୀ ଅଥବା ମିଥୁନ ଛଦରେ। କିନ୍ତୁ ଯେତେବେଳେ ବାସ୍ତବରେ ସେ ଲୁସିଆନି ସହିତ ହାତ ଛଦାଛଦି ହୋଇ କୃଷ୍ଣମର୍ମର ପରିଧିସ୍ଥ ସେଇ ବଡ଼ ଦୁଆର ଉହାଡ଼ରୁ ବାହାରି ଆସିବା ଦେଖିଲି, ତାହା ମୋ ହୃଦୟରେ ଯେଉଁଭଳି ଆବେଗାନୁଭୂତି ସୃଷ୍ଟି କଲା, ସେ ସମ୍ପର୍କରେ ମୁଁ ଅନୁମାନ କରି ପାରି ନ ଥିଲି। ତେଣୁ ମୁଁ ଆଶ୍ଚର୍ଯ୍ୟ ହୋଇ ପଡ଼ିଲି ଯେତେବେଳେ ସେସିଲିଆ ସେଇ ଅଭିନେତା ସହିତ ଦେହୁଡ଼ି ଦ୍ୱାରର ଦେହଲୀରେ ଉପସ୍ଥିତ ହେଲା, ସେଇ ମୁହୂର୍ତ୍ତି ଏକ ଅନ୍ତହୀନ ଚିରନ୍ତନତାରେ ମତେ ସ୍ତବ୍ଧ କରିଦେଲା। ଆଉ ମୁଁ ସଚେତନ ହେଲି ଯେ, ଏକ ଅତିଷ୍କର ଆବେଗ ମତେ ଗ୍ରାସ କରି ଯାଉଛି, ଯାହା ଫଳରେ କି ମୁଁ ଚେତନା ହରାଇବାର ଉପକ୍ରମ କରୁଛି। ମୁଁ ଅନୁଭବ କରୁଥିଲି ଭୟଙ୍କର ଯନ୍ତ୍ରଣା, ଆଉ ଏକାଦିକ୍ରମେ ଆଶ୍ଚର୍ଯ୍ୟ ହେଉଥିଲି ଯେ, ତଥାପି କିପରି ଏହା ମତେ ଏଭଳି ତୀବ୍ର ଅନନୁଭୂତ ଯାତନା ଦେଇ ପାରୁଛି, ଯେତେବେଳେ କି ଏକ ନିର୍ଦିଷ୍ଟ ପୂର୍ବାନୁମାନ ସହ ଏ ମୁହୂର୍ତ୍ତ ପାଇଁ ମୁଁ ଆଗରୁ ନିଜକୁ ପ୍ରସ୍ତୁତ କରି ରଖିଥିଲି। ମତେ ଲାଗିଲା ତାଙ୍କର ସେଇ ଯୁଗଳ ମୂର୍ତ୍ତି ଏକ ଅଲିଭା କାଲିରେ ମୋ ସ୍ମୃତିପଟରେ ଆଙ୍କି ହୋଇ ଯାଇଛି, ଆଉ ମୁଁ ଅନୁଭବ କଲି ଏକ ତୀବ୍ର ବେଦନା, ଯେମିତିକି ସେ ଚିତ୍ରଟି ଗୋଟିଏ ଲୋହିତ-ତପ୍ତ ଲୌହପିଣ୍ଡ ଆଉ ମୋର ସ୍ମୃତିର ସ୍ପର୍ଶକାତର ପଲଲ ତାର ଏଇ ସ୍ପର୍ଶରେ ବିଦ୍ରୋହ କରି ଉଠୁଛି।

ମୁଁ ପୂର୍ବରୁ କହିଛି ଯେ ମୋର ଯନ୍ତ୍ରଣା ଏହି ପର୍ଯ୍ୟାୟର ଥିଲା, ଯେପରିକି ମୁଁ ସଂଜ୍ଞାହତ ହୋଇ ପଡ଼ିବି। ବାସ୍ତବରେ ମୋର ଚେତନାର ଗୋଟିଏ ବିନ୍ଦୁକୁ ଛାଡ଼ିଦେଲେ ଅନ୍ୟତ୍ର ଜୀବନର ସତ୍ତା ନ ଥିଲା। ଯେମିତିକା ମୋର ସମସ୍ତ ପ୍ରାଣଶକ୍ତି

ସେହିଠାରେ କେନ୍ଦ୍ରୀଭୂତ ହୋଇ ରହି ଯାଇଥିଲା। ସେଇ ହେତୁରୁ ମୁଁ ଯେ କେବଳ ଚେତନା ହରାଇ ନ ଥିଲି ତାହା ନୁହେଁ, ମୁଁ ମୋ ବିଷୟରେ ତୀବ୍ରଭାବେ ସଚେତନ ହୋଇ ପଡ଼ିଥିଲି। ଆଉ ତାହା ହିଁ ଥିଲା ମୋର ଯନ୍ତ୍ରଣାର କେନ୍ଦ୍ରବିନ୍ଦୁ, ମୋ ଦେହର ସମସ୍ତ ଅଙ୍ଗରୁ ଜୀବନ ଛାଡ଼ି ଯାଇଥିଲା କେବଳ ସେଇ ଦାରୁଣ ବିନ୍ଦୁ ବ୍ୟତୀତ। ଇତିମଧ୍ୟରେ ମୁଁ ଯାନ୍ତ୍ରିକ ଭାବରେ କାର୍ ଷ୍ଟାର୍ଟ କଲି, ତାକୁ ପାର୍କ କରାଯାଇଥିବା ସ୍ଥାନରୁ ବାହାରକୁ କାଢ଼ିଲି ଆଉ ସେହି ପ୍ରଣୟୀ ଯୁଗଳଙ୍କ ପଛେ ପଛେ ଚାଲିଲି।

ସେମାନେ ବେଶ୍ ଧୀର ଭାବରେ ଚାଲୁଥିଲେ ହାତ ଧରାଧରି ହୋଇ, ଆଉ ନିଃସନ୍ଦେହରେ ସୁଖୀ ମନେ ହେଉଥିଲେ ଦୁହେଁ। ତାପରେ ଗୋଟେ ସେଲୁନ ସମ୍ମୁଖରେ ଅଭିନେତା ଅଟକିଗଲା। ସେସିଲିଆ ତାକୁ କିଛି କହିଲା ଆଉ ନିଜ ହାତ ବଢ଼ାଇ ଦେଲା। ଲୁସିଆନି ସେଇ ପ୍ରସାରିତ ହାତକୁ ଚୁମ୍ବନ କଲା ଆଉ ବାରିକ ଦୋକାନ ଭିତରକୁ ପଶିଗଲା। ସେସିଲିଆ ନିଜ ବାଟରେ ଚାଲିବାକୁ ଲାଗିଲା। ଆଉ ମୁଁ ତା ଉପରେ ଦୃଷ୍ଟିରଖି ତା ପଛରେ ଧୀରେ ଧୀରେ ଗାଡ଼ି ଚଲାଇବାକୁ ଲାଗିଲି। ବେଳେବେଳେ ସିଏ ଅଦୃଶ୍ୟ ହୋଇ ଯାଉଥିଲା ସର୍ପିଲ ସେଇ ପାଦପଥର ବାଙ୍କରେ – ଆଉ ଦୃଶ୍ୟ ହେଉଥିଲା ପୁନର୍ବାର। ମୁଁ ତା ପଛେ ପଛେ ରାସ୍ତାର ବେଶ୍ କିଛି ଦୂର ଯାଏ ଚାଲିଲି। ମୁଁ ତାକୁ ଚାହିଁଥାଏ; ବିଶେଷ ଭାବରେ ତାର ଛୋଟିଆ ଚିପା ପୋଷାକତଲୁ ଦେଖୁଥାଏ ତାର ନିତମ୍ବର ଦୋଲନ। ସେଇ ବେଢ଼ଙ୍ଗିଆ ଅଳସ ଦୋଲନ ଭିତରେ ତାର ନିତମ୍ବର ଦୃଢ଼ତା ବାରି ହୋଇ ପଡ଼ୁଥିଲା। ଆଉ ମୁଁ ସଚେତନ ହେଲି ଯେ, ମୁଁ ତଥାପି ମଧ୍ୟ ତା ପ୍ରତି ଯୌନ ଆବେଗ ଅନୁଭବ କରୁଛି; ଯେମିତିକି ତାର ବ୍ୟଭିଚାର ସମ୍ପର୍କରେ ମୁଁ ଏପର୍ଯ୍ୟନ୍ତ ସମ୍ପୂର୍ଣ୍ଣ ନିଃସନ୍ଦେହ ହୋଇପାରି ନାହିଁ। ମୁଁ ବୁଝିପାରିଲି ଯେ ତା ପ୍ରତି ମୋର କାମନାର ସେତେବେଳେ ଯାଇ ଅନ୍ତ ହେବ, ଯେତେବେଳେ ମୁଁ ତାକୁ ତାର ପ୍ରତାରଣାର ସତ୍ୟ ତା ନିଜ ମୁହଁରେ ସ୍ୱୀକାର କରାଇ ପାରିବି। କେବଳ ସତ୍ୟ ହିଁ ଅପରିହାର୍ଯ୍ୟ ଭାବରେ ତାର ବାସ୍ତବତା ମୋ ଆଗରେ ପ୍ରତିପାଦନ କରିବ, ଆଉ ତା ପ୍ରତି ଥିବା ମୋର ପ୍ରେମ ଉପରେ ଯବନିକା ଟାଣିବା ପାଇଁ ମୋତେ ବାଧ୍ୟ କରିବ। ସେସିଲିଆ ଇତି ମଧ୍ୟରେ ରାସ୍ତାର ଅଜ୍ଞ ଆଗରେ ଥିବା ବସଷ୍ଟପକୁ ଚାଲି ଯାଇଥିଲା। ମୁଁ ମୋ ଘଣ୍ଟାକୁ ଚାହିଁଲି। ମୋ ସହିତ ଭେଟ ହେବାପାଇଁ ତଥାପି ଦଶମିନିଟ ଥିଲା। ସେ ସଦାବେଳେ

ସମୟାନୁବର୍ତ୍ତୀ, ଆଜିବି ଠିକ୍ ସେ ସମୟ ହିସାବ କରି ଆସିଛି ସିଏ। ବସକୁ ଅତି ବେଶୀରେ ପନ୍ଦର ମିନିଟ୍ ଲାଗିବ ‘ପିଆଜା ଦେଲ୍ ପପୋଲୋ’ରେ ପହଞ୍ଚିବା ପାଇଁ। ସେଇଟା ମୋ ଶିକ୍ଷାଶାଳାରୁ କେଇ ଖୋଜ ମାତ୍ର। ତେଣୁ ଠିକ୍ ଛଅଟାରେ, ଆଗରୁ ହୋଇଥିବା ବ୍ୟବସ୍ଥା ଅନୁସାରେ, ମୋର ପ୍ରସାରିତ ବାହୁର ଆଶ୍ଲେଷ ଭିତରେ ବନ୍ଦୀ ହେବାପାଇଁ ସେ ନିଜକୁ ଉପସ୍ଥାପିତ କରିପାରିବ।

ମୁଁ ହଠାତ୍ ତା ସମ୍ମୁଖରେ କାର୍ ନେଇ ବନ୍ଦ କରିଦେଲି। ସେତେବେଳକୁ ସିଏ ମୁଣ୍ଡ ନୁଆଁଇ ତା ହାତବ୍ୟାଗରୁ କ’ଣ ଖୋଜି ଚଳିଥିଲା। ମୁଁ କାରର ଦୁଆର ଖୋଲିଦେଲି ଆଉ ସାଧାରଣ ଭାବେ କହିବା ଭଳି କହିଲି, “ତୁମେ ଭିତରକୁ ଆସିବାକୁ ଚୁହିଁବ କି?” ସିଏ ମୁଣ୍ଡ ଉପରକୁ ଟେକି ଚୁହିଁଲା ଆଉ ମତେ ଦେଖିଲା। ସିଏ କିଛି କହିବାକୁ ଯାଉଛି, ଏଭଳି ମନେହେଲା ମତେ। କିନ୍ତୁ ସେ ତାର ମନ ପରିବର୍ତ୍ତନ କରିଦେଲା, ଆଉ ନୀରବରେ ଆସି କାର୍ ଭିତରେ ବସିଲା। ମୁଁ କଥାବାର୍ତ୍ତା ନିଜେ ହିଁ ଆରମ୍ଭ କଲି ଆଉ ହଠାତ୍ ତାକୁ ପଚରି ବସିଲି, “ତୁମେ ଚୁଆଡ଼େ କେମିତି?”

: “ମୁଁ ସେ ଚିତ୍ରନିର୍ମାତାକୁ ଭେଟିବାକୁ ଆସିଥିଲି।” ସିଏ ଉତ୍ତର ଦେଲା।

: “ତାଙ୍କର ଅଫିସ ପରା ‘ଭିୟା ମଣ୍ଡେବଲୋ’ରେ?”

: “କିନ୍ତୁ ତାଙ୍କ ନିଜ ଘରଟି ଏଇ ପାଖରେ।”

ମୁଁ ତାକୁ କଣେଇ ଚୁହିଁଲି। ମୁଁ ନିଜେ ଘାବରାଇ ଯାଇଥିବା ସଙ୍ଗେ ଲକ୍ଷ୍ୟ କରି ପାରିଲି ଯେ, ସେ ଦିଶୁଛି ବିଚଳିତ; ତା ଭଳିକା ଭାବଲେଶହୀନ ବ୍ୟକ୍ତି ପାଖରେ ଏ ଶବ୍ଦ ବ୍ୟବହାର କରିବା ଯେତେ ଅନୁପଯୁକ୍ତ ଲାଗୁ ନା କାହିଁକି, ସେ ବିବ୍ରତ ଜଣା ପଡୁଥିଲା। ମୁଁ ଏହା ଜାଣି ପାରିଲି ତାର ଭୁଲତାର ସାମାନ୍ୟତମ କୁଞ୍ଚନରୁ, ଯାହାକି ତା କ୍ଷେତ୍ରରେ ସଂଶୟ ଓ ଉଦ୍‌ବିଗ୍ନତାର ଚିହ୍ନ ବୋଲି ମୁଁ ଜାଣିଥିଲି। କଠୋରତାର ସହିତ ମୁଁ ତାକୁ ତର୍କପୂର୍ଣ୍ଣ ଆକ୍ରମଣ କରିବାକୁ ସ୍ଥିର କଲି, ଯେମିତିକା ପୋଲିସ ଜେରା କଲାବେଳକୁ କରିଥାଏ।

: “ସେ ଚିତ୍ରନିର୍ମାତାର ନାଆଁ କ’ଣ? ଶୀଘ୍ର କୁହ ତାର ନାମ ଓ ସାଙ୍ଗିଆ।”

: “ତାଙ୍କ ନାଁ ମାରିଓ ମେଲୋନି।”

ଡ. ଜୟକୃଷ୍ଣ ଚୌଧୁରୀ | ୩୩୫

: "ସିଏ କେଉଁଠି ରହନ୍ତି ? ଶୀଘ୍ର କୁହ ତାଙ୍କ ଗଲି ସଂଖ୍ୟା, ତାଙ୍କ ମହଲା ଆଉ ଘର ନମ୍ବର ।"

: "ସିଏ ଏଠି ରୁହନ୍ତି, ଏଇ ଭିୟା ଆର୍କିମେଡେରେ ।" ସିଏ ଉତ୍ତର ଦେଲା ଏକ କୁଣ୍ଠିତ ସ୍ୱରରେ, ଯେମିତି ସ୍କୁଲଝିଅଟେ ତାର ଶିକ୍ଷକର ପ୍ରଶ୍ନର ଉତ୍ତର ଦିଏ । "ଛଅ ନମ୍ବର ଫ୍ଲାଟର ତୃତୀୟ ମହଲାରେ ଛତିଶ ନମ୍ବର ଆପାର୍ଟମେଣ୍ଟରେ ।"

ଏହା ଥିଲା ଲୁସିଆନିର ଆପାର୍ଟମେଣ୍ଟର ନମ୍ବର, କିନ୍ତୁ ତାର ମହଲା ନୁହେଁ କି ସଦନିକା ସଂଖ୍ୟା ନୁହେଁ । ମୁଁ ବୁଝି ପାରିଲି ସେସିଲିଆ ମତେ ଆପାର୍ଟମେଣ୍ଟ ନମ୍ବରଟା ଠିକ୍ ଦେଇଛି ଏଇ କାରଣରୁ ଯେ, ଯଦି ମୁଁ ତାକୁ ସେଇ ନିର୍ଦ୍ଦିଷ୍ଟ ଘରୁ ବାହାରିଥିବାର ଦେଖିଥିବି, ତଥାପି ବି ସିଏ ଆତ୍ମରକ୍ଷା କରି ପାରିବ । କିନ୍ତୁ ତା ପାର୍ଶ୍ୱରେ ତ ଅଭିନେତା ଉପସ୍ଥିତ ଥିଲା । ତାର କୈଫିୟତ ସିଏ କିଭଳି ଦେବ ? କିଭଳି ନିଜ ବକ୍ତବ୍ୟର ଯଥାର୍ଥତା ପ୍ରତିପାଦନ କରିବ ସିଏ ?

: "ମୁଁ ତୁମକୁ ଏଇ ସାଙ୍ଗେ ସାଙ୍ଗେ ଦେଖିଲି", ମୁଁ କହିଲି । "ତୁମେ ଛତିଶ ନମ୍ବର ଆପାର୍ଟମେଣ୍ଟରୁ ବାହାରିଲ । କିନ୍ତୁ ତୁମେ ଏକୁଟିଆ ନ ଥିଲ । ତୁମ ସହିତ ଲୁସିଆନି ଥିଲେ ।"

: "ସିଏ ବି ଚିତ୍ରନିର୍ମାତାଙ୍କ ପାଖରେ ଥିଲେ । ଆମେ ସେଠିକି ଏକାଠି ଯାଇଥିଲୁ ।"

: "କାହିଁକି ?"

: "ସିଏ ଆମ ସହିତ ଗୋଟିଏ କାମ ବିଷୟରେ କଥାବାର୍ତ୍ତା କରିବାକୁ ଚାହୁଁଥିଲେ ।"

: "କେଉଁ କାମ ?"

: "ଗୋଟିଏ ଚଳଚ୍ଚିତ୍ର ସମ୍ପର୍କରେ ।"

: "ଏଇ ଚଳଚିତ୍ର ନାମ କ'ଣ ?"

: "ସେ ବିଷୟରେ ସେ କିଛି କହି ନାହାଁନ୍ତି ।"

: "ମେଲୋନିଙ୍କ ଘରେ ତୁମେ କେଉଁଠି ବସିଥିଲ ?"

: "ଡ୍ରଇଂ ରୁମ୍‌ରେ ।"

: "ସେ ରୁମ୍ ବିଷୟରେ ଶୀଘ୍ର ଶୀଘ୍ର ବର୍ଣ୍ଣନା କର । ଆସବାବରୁ ଆରମ୍ଭ କର ଆଉ କୁହ କିଭଳି ସେଗୁଡ଼ିକ ସଜା ହୋଇଥିଲା ।"

ମୁଁ ଅବଶ୍ୟ ଜାଣିଥିଲି ଯେ ସେସିଲିଆ କୌଣସି ଜିନିଷପତ୍ର ଉପରେ ଲକ୍ଷ୍ୟ ରଖ୍ୟ ନ ଥାଏ। ଏପରିକି ସେଗୁଡିକ କେଉଁ ସ୍ଥାନରେ ଥାଏ ତାହା ମଧ ନିଜେ ସିଏ ଜାଣି ନ ଥାଏ। ତେଣୁ ମୁଁ ଭାବୁଥିଲି ଯେ, ଯଦି ମତେ ଆଶ୍ୱସ୍ତ କରିବା ପାଇଁ ସେ ମେଲୋନିଙ୍କ ଡ୍ରଇଁରୁମର ଆସବାବର ପୁଙ୍ଖାନୁପୁଙ୍ଖ ବର୍ଣ୍ଣନା ଦିଏ, ଯେଉଁ ରୁମକୁ ସେ କେବେବି ଯାଇ ନାହିଁ କାରଣ ସେଭଳି କକ୍ଷ ହିଁ ନାହିଁ, ତାହା ତାର ମିଥ୍ୟାଭରର ପ୍ରମାଣ ହେବ। ଏମିତି ଭାବିବାରେ ମୁଁ କିନ୍ତୁ ତାର ସେଇ ଦୁର୍ନିବାର ନେତିବାଦୀ ନିଖଟୁପଣକୁ ହିସାବକୁ ନେଇ ନ ଥିଲି। ସେ ଏକ ଶୃଙ୍ଖଳା ସ୍ୱରରେ କହିଲା, "ଅନ୍ୟାନ୍ୟ ସବୁ ବଖରା ଭଳି ସେଇଟା ଗୋଟେ ବଖରା।"

ବିଚଳିତ ଏବଂ ସାମାନ୍ୟ ଭାବେ ଆଶ୍ଚର୍ଯ୍ୟାନ୍ବିତ ହୋଇ ମୁଁ ପଚରିଲି, "ଏ କଥାର ମାନେ କ'ଣ?"

: "ସେ ରୁମରେ ଆରାମଚେୟାର, ସୋଫା, ଟୋକି ଓ ମେଜ ଇତ୍ୟାଦି ଥିଲା।"

ଠିକ୍ ଏଇ ଶବ୍ଦ ସେ ବ୍ୟବହାର କରିଥିଲା ଯେତେବେଳେ ମୁଁ ତାକୁ ତା ନିଜ ଘରର ଡ୍ରଇଁରୁମକୁ ବର୍ଣ୍ଣନା କରିବାକୁ କହିଥିଲି। ମୁଁ ତା ଉପରେ ଆଉ ଟିକେ ରୂପ ପ୍ରୟୋଗ କଲି।

: "ଆରାମଚେୟାର ଆଉ ସୋଫାର ରଙ୍ଗ କଣ ଥିଲା?"

: "ମୁଁ ତାକୁ ଲକ୍ଷ୍ୟ କରି ନାହିଁ।"

: "ଲୁସିଆନି କେଉଁ ରଙ୍ଗର ଚଢ଼ି ପିନ୍ଧିଥିଲା? ତୁମେ ତ ଯେମିତି ହେଲେ ତାକୁ ଦେଖ୍ୟଥବ।"

: "ଏଥର ଆରମ୍ଭ ହେଲା। ମୁଁ ଜାଣିଥିଲି ତୁମେ ମତେ ବୁଲେଇ ବଙ୍କେଇ ଆକ୍ଷେପ କରିବା ଆରମ୍ଭ କରିବ।"

ସେତେ ବେଳକୁ ଆମେ 'ଭିୟା ମାର୍ଗୁଇା'ରେ ପହଞ୍ଚି ଯାଇଥଲୁ। ମୁଁ ଗୃହର ପ୍ରାଙ୍ଗଣ ଭିତରକୁ ଗାଡ଼ି ଭର୍ତ୍ତି କଲି ଆଉ ଗାଡ଼ି ଅଟକାଇଲି। ତାପରେ ଡେଇଁ ପଡ଼ିଲି ଗାଡ଼ିରୁ। ଯେଉଁ ସୁଚିନ୍ତିତ ଭୟ ପ୍ରଦର୍ଶନ ପଦ୍ଧତି ବ୍ୟବହାର କରିବାକୁ ମୁଁ ଠିକଣା କରିଥିଲି, ସେହି ଅନୁସାରେ ସେସିଲିଆର ବାହୁକୁ ହାତରେ ଜାବୁଡ଼ି ତାକୁ ଝିଙ୍କି ଆଣିଲି କାର୍ ବାହାରକୁ।

ଡ. ଜୟକୃଷ୍ଣ ଚୌଧୁରୀ | ୩୩୭

: “ବର୍ତ୍ତମାନ ତୁମେ ଦେଖିବ”, ମୁଁ ଚିତ୍କାର କଲି। “ଦେଖିବ ତୁମେ ସତ କହିଛ କି ନାଇଁ!”

ମୁଁ ବେଶ୍ ଦୃଢ଼ଭାବରେ ତାର ପତଲା ଛୁଆଳିଆ ବାହୁକୁ ଜାବୁଡ଼ି ଧରିଥିଲି ଆଉ ମୁଁ ସଚେତନ ଥିଲି ଯେ ମୁଁ ଦୌଡ଼ିବା ଭଳି ଇଚ୍ଛାକରି ରଖିଛି ଏଥ ପାଇଁ ଯେ ମୁଁ ତାକୁ ତୀବ୍ର ଭାବରେ ଝିଙ୍କି ନେଇ ପାରିବି। ଏଥ ପାଇଁ ସେ ବାରମ୍ବାର ଝୁଣ୍ଟୁଥିଲା ଆଉ ପ୍ରାୟ ପଡ଼ିଗଲା ଭଳି ହେଉଥିଲା।

: “ଇଏ କି ବ୍ୟବହାର!” ସିଏ କହିଲା ଥରେ, ଆଉ ତାପରେ, “ତୁମର କ’ଣ ମୁଣ୍ଡ ଖରାପ?” ତଥାପି ସିଏ ଆଶ୍ଚର୍ଯ୍ୟ ହେବା, ବିରକ୍ତ ହେବା ବା ଭୟାତୁର ହେବାଭଳି ଜଣା ପଡ଼ୁ ନ ଥିଲା। ମୁଁ ରଖିଟା ତାଲାରେ ଭର୍ତ୍ତି କଲି, ଘୁରାଇଲି ଆଉ ଗୋଇଠା ମାରି ଖୋଲିଦେଲି ଦୁଆର। ତାପରେ ଆଲୁଅ ଲଗାଇଲି ଏବଂ ଶେଷକୁ ଆଉ ଏକ ତୀବ୍ର ଧକ୍କାରେ ସେସିଲିଆକୁ ଫୋପାଡ଼ି ଦେଲି ଡିଭାନ ଉପରକୁ। ସେ ପଡ଼ିଗଲା ଡିଭାନ ଉପରେ ଆଉ ମୁଣ୍ଡ ନୁଆଇଁ ବସି ରହିଲା। ମୁଁ ଦୌଡ଼ିଲି ଦୂରଭାଷ ଯନ୍ତ୍ର ପାଖକୁ ଆଉ କ୍ରୁଦ୍ଧ ଭାବରେ ଗଲି, ନାମ ଓ ଦୂରଭାଷ ସଂଖ୍ୟା ସନ୍ନିବିଷ୍ଟ ହୋଇଥିବା ବିବରଣୀ ପଞ୍ଜିକାର ପୃଷ୍ଠା ଓଲଟାଇ ରଖିଲି। ମୁଁ ଅଟକୁଥିଲି ଓ ଖୋଜୁଥିଲି, ଆଉ ଶେଷକୁ ମୁଁ ଯାହା ଖୋଜୁଥିଲି ତାହା ପାଇଗଲି। ତାପରେ ତାଲିକାର ଏକ ନିର୍ଦ୍ଦିଷ୍ଟ ବିନ୍ଦୁରେ ଆଙ୍ଗୁଠି ରଖି, ସେତେ ବେଳକୁ ଠିଆ ହେଇ ସାରିଥିବା ସେସିଲିଆର ନାକ ତଲେ ନେଇ ମାଡ଼ି ଦେଲି।

: “ଛତିଶ, ଭିୟା ଆର୍କିମିଡିରେ ମେଲୋନି ବୋଲି କେହି ନାହାନ୍ତି”, ମୁଁ କହିଲି।

: “ଡିରେକ୍ଟୋରିରେ ତାଙ୍କ ନମ୍ବର ନାହିଁ।”

: “କାହିଁକି?”

: “କାରଣ ଲୋକମାନେ ତାଙ୍କୁ ବିବ୍ରତ କରିବାଟା ସେ ରଖାନ୍ତି ନାହିଁ।”

: “ଅପର ପକ୍ଷରେ ଏଠି ଛତିଶ ନମ୍ବରରେ ଲୁସିଆନି ଅଛି।”

: “ଅସମ୍ଭବ, ଦୂରଭାଷ ପଞ୍ଜିକାରେ ତାର ନାମ ନାଇଁ।”

: “ନାହିଁ। କିନ୍ତୁ ଗଲି ପଞ୍ଜିକାରେ ତାର ନାମ ଅଛି, ଦେଖ ଏଇଠି, ହେଇଟି ତାର ନାଁ।”

ସେ ଅନିଚ୍ଛାର ବାହାନା କରି ରହିଁଲା, କିନ୍ତୁ କିଛି କହିଲା ନାହିଁ । ମୁଁ ବିଦ୍ରୁପ କରି ମନ୍ତବ୍ୟ କଲି, "କି ବିଚିତ୍ର କାକତାଳୀକ ନ୍ୟାୟ ! ମେଲୋନି ଓ ଲୁସିଆନି ଏକା ଘରେ ରହନ୍ତି ।"

: "ହଁ ଲୁସିଆନି ତଳ ମହଲାରେ ରହେ ଆଉ ମେଲୋନି ତୃତୀୟ ମହଲାରେ ।"

: "ଠିକ୍ ଅଛି ତାହେଲେ ବର୍ତ୍ତମାନ ଆମେ କାରରେ ବସି ଏକାଠି ମେଲୋନି ଘରକୁ ଯିବା ।"

ତା' ପରେ ବ୍ୟାପିଗଲା ଏକ ଦୀର୍ଘ ନୀରବତା । ସେସିଲିଆ ମତେ ରହିଁଥିଲା ତାର ଢଳଢଳ ଯୁଗଳ ନୟନରେ । କିନ୍ତୁ ତାର ଦୃଷ୍ଟି ଥିଲା ଅସ୍ପଷ୍ଟ ଆଉ କାବ୍ୟିକ । କବିତାର ନିରୀହ ପ୍ରଣୟ ଫୁଟି ଉଠିଥିଲା ସେଇ ଦୃଷ୍ଟିରେ ।

: "ଉଠ, ଉଠ । ଆଉ ଡେରି କାହିଁକି ?", ମୁଁ ତାକୁ ପ୍ରରୋଚିତ କରିବାରେ ଲାଗିଲି ।

ମୁଁ ଦେଖିଲି ହଠାତ୍ ତା ମୁହଁ ଲଜ୍ଜାରେ ପାଟଳିଗଲା । ଅସମ ରକ୍ତାଭ ଚକଡ଼ା ଗୁଡ଼ିଏ ଗ୍ରୀବାଥାରୁ ଉର୍ଦ୍ଧ୍ୱକୁ ଉଠି ତାର କପୋଳ ଉପରେ ବ୍ୟାପିଗଲା ।

: "ହଁ ଏହା ସତ ।" ସେ କହିଲା ।

: "ଏହା ସତ ? କ'ଣଟା ସତ ?"

: "ମୁଁ ଆଉ ଲୁସିଆନି ପରସ୍ପରକୁ ଭେଟୁଛୁ ।"

ମୁଁ ବେଶ୍ କିଛିଦିନ ହେଲା କଳ୍ପନା ଚକ୍ଷୁରେ ତାର ଆତ୍ମ୍ସ୍ୱୀକାରର ଘଟଣାବଳୀ ସଂଦର୍ଶନ କରୁଥିଲି, ଶୁଣୁଥିଲି ସେଇ ସ୍ୱୀକାରୋକ୍ତିର ଶବ୍ଦାବଳୀ । କିନ୍ତୁ କଳ୍ପନାଚକ୍ଷୁରେ ଦେଖିବା ଆଉ କାନରେ ଶୁଣିବା ଭିତରେ ଥାଏ ବହୁତ ପ୍ରଭେଦ । ପୁଣି ଥରେ, ଠିକ୍ ଯେମିତି ହୋଇଥିଲା ମୁଁ ତାକୁ ଲୁସିଆନି ଘରୁ ବାହାରୁ ଥିବାର ଦେଖିବା ବେଳେ, ମତେ ଅସୁସ୍ଥ ଅସୁସ୍ଥ ଲାଗିଲା । ମୋତେ ଲାଗିଲା ଯେମିତିକି ମୁଁ ମୋର ଚେତନା ଶକ୍ତି ହରାଇ ବସୁଛି ।

: "ତମେ ପରସ୍ପରକୁ ଭେଟୁଛର ଅର୍ଥ କ'ଣ ?" ମୁଁ ଏକ ନିର୍ବୋଧ ଭଳି ଖନେଇ ଖନେଇ କହିଲି । "ମୁଁ ଜାଣିଛି ତ ତୁମେ ପରସ୍ପରକୁ ଭେଟ ।"

: "ମାନେ ମୁଁ କହିବାକୁ ରହୁଛି ତା ସହିତ ମୋର ଯୌନ ସମ୍ପର୍କ ରହିଛି ।"

: "ଆଉ ତୁମେ କଥାଟା ଏମିତି ସାଧାରଣ ଭାବେ କହି ପାରୁଛ ?"

: "ଆଉ କେମିତିକା ମୁଁ କହନ୍ତି ?"

ମୁଁ ଅନୁଭବ କଲି ଯେ ସେ ଠିକ୍ କହୁଛି । ସେ ମତେ ଭଲପାଏ ନାହିଁ, ସେ ମୋ ସହିତ ବିଶ୍ୱାସଘାତକତା କରିଛି, ଆଉ ତାର ମ୍ଲାନ କଣ୍ଠସ୍ୱର, ସୀମିତ ବକ୍ତବ୍ୟ, ବାସ୍ତବିକ ପରିସ୍ଥିତିକୁ ଠିକ୍ ଖାପ ଖାଉଛି । ତଥାପି ମୋ ଭିତରେ ଘୁରି ବୁଲୁଥିଲା ଏକ ଅଶାନ୍ତ କ୍ଷୁଧା, ଯାହା ରହୁଁଥିଲା ତାକୁ ତା ସ୍ୱୀକାରୋକ୍ତିର ବନ୍ଧନରେ ବାନ୍ଧିନେବା ପାଇଁ, ଯେମିତିକା ସେ ତା ଆପଣା ଲଜ୍ଜାର ପଞ୍ଜୁରୀ ଭିତରେ ଛଟପଟ ହେଉଥିବ କିନ୍ତୁ ମୁକ୍ତି ପାଇ ପାରୁ ନ ଥିବ ସେଥିରୁ ।

: "କାଇଁକି ତୁମେ ଏପରି କଲ ?" ମୁଁ ପରୁରିଲି ।

ମତେ ଲାଗିଲା ଯେମିତି ସେ ଉଉର ଦେବା ପୂର୍ବରୁ ବେଶ୍ ସତ୍ୟନିଷ୍ଠ ହୋଇ ନିବିଡ଼ ଭାବରେ ଚିନ୍ତା କରୁଛି । ତାପରେ ସେ କହିଲା ସହଜ ଭାବରେ, "କାରଣ ମତେ ଭଲ ଲାଗିଲା ।"

: "କିନ୍ତୁ ତୁମେ କ'ଣ ବୁଝି ପାରୁନ ଯେ ତୁମର ଏଭଳି କରିବାଟା ଅନୁଚିତ ?"

: "ଅନୁଚିତ କାହିଁକି ?"

: "କାରଣ ସ୍ତ୍ରୀ ଟିଏ, ଗୋଟିଏ ପୁରୁଷକୁ ଭଲ ପାଇଲେ, ତା ସହିତ ବିଶ୍ୱାସଘାତକତା କରେ ନା । ଆଉ ତୁମେ ମତେ ଭଲପାଅ ବୋଲି ବାରମ୍ୱାର କହିଛ ।"

: "ହଁ, ମୁଁ ତୁମକୁ ଭଲପାଏ, କିନ୍ତୁ ଲୁସିଆନିକୁ ବି ଭଲପାଏ ।"

"ତାହେଲେ ତୁମେ ସେଇ ବ୍ୟଭିଚାରିଣୀ ମାନଙ୍କ ମଧରୁ ଜଣେ ଯିଏ ନିଜକୁ ସମସ୍ତଙ୍କ ପାଖରେ ଅର୍ପଣ କରିଦିଏ । ଗତକାଲି ଏକ ଟୌଲିକ ପାଖରେ ଶୋଇଲେ ଆଜି ହୁଏତ ସେ ଶୋଇଯାଏ ଏକ ଅଭିନେତା ପାଖରେ, ଆଉ ଆସନ୍ତାକାଲି, ଏମିତି କହିଲେ ହୁଏତ ଗୋଟେ ଇଲେକ୍ଟ୍ରିସିଆନ ସାଥିରେ ।"

ସିଏ ମତେ ନୀରବରେ ରହିଁଲା ଆଉ କିଛି ଉଉର ଦେଲା ନାହିଁ । ମୁଁ ପୁଣି ଆରମ୍ଭ କରିଦେଲି, "ତୁମେ ଗୋଟେ ସବୁଥି ପାଇଁ ଅଯୋଗ୍ୟ ବେକାର ସ୍ତ୍ରୀ ଲୋକ ।" ସିଏ ତଥାପି ନିରୁଉର ରହିଲା । ମୁଁ କାହିଁକି ଏମିତି ଜିଗର କରୁଥିଲି ? କାରଣ ମୁଁ ନିଜକୁ ଦୃଢ଼ନିର୍ଣ୍ଣିତ କରିବାକୁ ରହୁଁଥିଲି ଯେ, ଆପଣାର ସ୍ୱୀକାରୋକ୍ତି

ପରେ ସେସିଲିଆର ସମ୍ମାନ ଏଭଳି ଭୁଲୁଣ୍ଠିତ ହୋଇଛି ଯେ ମୋ ଆଖିରେ ସିଏ ସମ୍ପୂର୍ଣ୍ଣ ମୂଲ୍ୟହୀନ ହୋଇ ପଡ଼ିଛି । କିନ୍ତୁ ମୁଁ ଅନୁଭବ କରି ପାରୁଥିଲି ଯେ ପ୍ରକୃତରେ ତାହା ନୁହେଁ । ତଥାପି ଏଇ ଅପମାନର ପର୍ବଟି ଏ କ୍ଷେତ୍ରରେ ନ ସଂଘଟିତ ହେବା ଯେ ସମ୍ଭବ ତାହା ମୁଁ ଚିନ୍ତା କରିପାରୁ ନ ଥିଲି । କଥାବାର୍ତ୍ତାରେ ତ୍ରୁଟି, ଅନୁପଯୁକ୍ତ ବ୍ୟବହାର ବା ଅଶିଷ୍ଟ ମନୋଭାବ ଭଳି ସାମାନ୍ୟ କାରଣରୁ ବହୁ ନାରୀ ମୋର ସମ୍ମାନ ଓ ସ୍ନେହରୁ ବଞ୍ଚିତ ହୋଇଛନ୍ତି । ତାହେଲେ ସେସିଲିଆ, ଯିଏ କି ମୋ ସହିତ ଅତି ନୀଚ ଧରଣର ବିଶ୍ୱାସଘାତକତା କରିଛି, ସିଏ ମଧ୍ୟ ସେହିଭଳି ବ୍ୟବହାର ପାଇବା ଉଚିତ୍ । ମୁଁ ଅତି କ୍ରୁଦ୍ଧ ଭାବରେ କଥାର ପରିସମାପ୍ତି କଲି । "ତୁମେ ବୁଝି ପାରୁଛ କି ଜଣେ ଯେଭଳି କାର୍ଯ୍ୟ କରେ ସିଏ ସେହିଭଳି ମଣିଷ ଏବଂ ସେଥିପାଇଁ ତୁମେ ଯାହା କରିଛ, ସେଇଟା ତୁମକୁ ସମ୍ପୂର୍ଣ୍ଣ ଭାବରେ ତୁମେ ଯାହା ଥିଲ ତାଠାରୁ ଭିନ୍ନ ଏକ ମଣିଷରେ ପରିଣତ କରିଛି ?"

ମୁଁ ରହୁଁଥିଲି ଯେ ସିଏ ମତେ ପଚରିବ, 'ମୁଁ ଅତୀତରେ କ'ଣ ଥିଲି, ଆଉ ବର୍ତ୍ତମାନ କ'ଣଟା ହୋଇ ଯାଇଛି ?' ଆଉ ତାହେଲେ ମୁଁ ଉତ୍ତର ଦେଇ ଥାଆନ୍ତି, 'ତୁମେ ଥିଲ ଏକ ବିଶ୍ୱସ୍ତା ପ୍ରଣୟିନୀ, ଆଉ ତୁମେ ବର୍ତ୍ତମାନ ଏକ ବିଟପୀ ଗଣିକା ।' ଏହାଛଡ଼ା ମଧ୍ୟ ତା ପକ୍ଷରେ ଏଭଳି ପ୍ରଶ୍ନ, ମୋ ଦ୍ୱାରା ତା ତ୍ରୁଟିର ଦୟାର୍ଦ୍ର ବିଚାର, ମୋ ଦୃଷ୍ଟିରେ ତାର ହୃତ ସମ୍ମାନକୁ ଫେରିପାଇବା ଓ ମୋ ଦ୍ୱାରା ପୁନଃପ୍ରଶଂସିତ ହେବାପାଇଁ ତାର ଆକାଙ୍କ୍ଷା ସମ୍ପର୍କରେ ସୂଚନା ଦେଇ ଥାଆନ୍ତା । କିନ୍ତୁ ମୋର ଆଶା ନିରାଶାରେ ପରିଣତ ହେଲା । ସେସିଲିଆ ତାର ମୁହଁ ବନ୍ଦ କରି ରହିଲା ଏବଂ ମୁଁ ଦେଖିଲି ଯେ ମୌନତା ହିଁ ଏକମାତ୍ର ଉତ୍ତର ଯାହା ମୁଁ ତା ପାଖରୁ ଆଶା କରିପାରିବି । ଏହି ନିରବତାର କେବଳ ଏହାହିଁ ଅର୍ଥ ଥିଲା ଯେ ମିଥ୍ୟା ଓ ବିଶ୍ୱାସଘାତକତା ତା ପାଇଁ କେବଳ ଅର୍ଥହୀନ ଶବ୍ଦ ମାତ୍ର; ଏଥିପାଇଁ ନୁହେଁ ଯେ ସିଏ ଏହାର ଅର୍ଥ ବୁଝିନାହିଁ, ବରଂ ଏଥିପାଇଁ ଯେ ତା ଜୀବନରେ ଏହାର କୌଣସି ଗୁରୁତ୍ୱ ନାହିଁ । ମତେ ଲାଗିଲା ପୁଣି ସେ ମାୟାମିରିଗ ପରି ଖସି ଯାଉଛି ମୋ ହାତରୁ ଆଉ ମୁଁ ତାର ବାହୁ ମୁଠାଇ ଧରି ତାକୁ ଝାଙ୍କିନେଲି ଆଉ କ୍ରୋଧରେ ଚିକ୍ତାର କରି ଉଠିଲି । "ତୁମେ କିଛି କହୁନା କାହିଁକି ? କିଛି ତ କୁହ । ମୋ କଥାର ଉତ୍ତର ଦେଉନା କାହିଁକି ?"

ସେ ବେଶ୍ ସଙ୍କୋଚ ଭାବରେ କହିଲା, "ମୋର କିଛି କହିବାକୁ ନାଇଁ ।"

: "ଅପର ପକ୍ଷରେ ମୋର କିଛି କହିବାକୁ ଅଛି ।" ମୁଁ ଭୀଷଣ କ୍ରୋଧରେ ଚିତ୍କାର କରି କହିଲି, "ଆଉ କଥାଟା ଏଇଆ ଯେ ତୁମେ ଗୋଟେ ଅତି ନୀଚ ଧରଣର ବେଶ୍ୟା ।"

ସେ ମତେ ରୁହିଁଲା, କିନ୍ତୁ କିଛି କହିଲା ନାହିଁ । ମୁଁ ତାକୁ ଧିକ୍କିଦେଲି ଆଉ ଥରେ । "ତାହେଲେ ତୁମେ ନିଜକୁ ବେଶ୍ୟା କୁହାଯିବାକୁ ସମର୍ଥନ କରୁଛ ଏବଂ ତୁମେ ଏହାର ପ୍ରତିବାଦ କରୁନାହଁ ।"

ସେ ଉଠି ଠିଆ ହେଲା । "ଡିନୋ, ମୁଁ ଯାଉଛି ।"

ଯେଉଁ କେତୋଟି ଜିନିଷର ପୂର୍ବାନୁମାନରେ ମୁଁ ସଫଳ ହୋଇ ନ ଥିଲି, ତା ମଧ୍ୟରୁ ଏଇଟା, ଅର୍ଥାତ ମୋଠାରୁ ତାର ସମ୍ଭାବ୍ୟ ପଳାୟନ ଥିଲା ଗୋଟିଏ । ଏକ ଅକସ୍ମାତ୍ ଉଦ୍‌ବିଗ୍ନତା ମତେ ଆଚ୍ଛନ୍ନ କରିଗଲା । ମୁଁ ପଚାରିଲି, "ତୁମେ କୁଆଡ଼େ ଯାଉଛ ?"

: "ମୁଁ ତୁମଠୁ ଦୂରେଇ ଯାଉଛି । ଆଉ ଆମର ପରସ୍ପର ଭେଟ ନ ହବାଟା ଭଲ ହେବ ।"

: "କିନ୍ତୁ କାହିଁକି ? ରୁହ; ଅପେକ୍ଷା କର ଘଡ଼ିଏ । ଆମେ କଥା ହେବା ନିତାନ୍ତ ଦରକାର ।"

: "ଆଉ କଥାବାର୍ତ୍ତାର ଅର୍ଥ କ'ଣ ? ଯାହା ହେଲେ ବି ଆମର ମତ ମିଶିବ ନାଇଁ । ଆମ ଉଭୟଙ୍କର ଚରିତ୍ର ପରସ୍ପରଠୁ ବହୁତ ଅଲଗା ।"

ଏହିଭଳି ଭାବରେ ସେଇ ମାୟାବିନୀ ସେସିଲିଆ ମତେ ପୁଣି ଥରେ ଭୁରୁଟୁକାଇ ଦେଲା, ଆଉ ତାର ସେଇ ଭୁରୁକାନିର ଥିଲା ଦୁଇଟି ଭିନ୍ନ ଭିନ୍ନ ବିଭାବ । ପ୍ରଥମତଃ ନିଜ ସ୍ୱୀକାରୋକ୍ତିର ମୂଲ୍ୟକୁ କମାଇ ଦେଇ ସେ ମତେ ଏଡ଼ାଇ ଗଲା । କାରଣ ତା ଅନୁସାରେ ତାର ମୋର ଭିତରେ ପାର୍ଥକ୍ୟ କେବଳ ବିଚ୍ଚରଗତ ବା ଚରିତ୍ରଗତ । ଯେମିତିକା ବିଶ୍ୱାସଘାତକତା ଜଣକର ବ୍ୟକ୍ତିଗତ ସ୍ୱଭାବର ପ୍ରଶ୍ନ, ଏହା ନୈତିକତା ବା ଆଦର୍ଶ ଆଧାରିତ ନୁହେଁ । ଦ୍ୱିତୀୟତଃ ମୁଁ ତାକୁ ପରିତ୍ୟାଗ କରିବା ପୂର୍ବରୁ ହିଁ ସେ ମୋତେ ଛାଡ଼ି ଚାଲିଗଲା; ଆଉ ତା ଦ୍ୱାରା ସେ ଭୁରୁକଡ଼

ତରୁଣୀ ପୁଣି ମତେ ଏଡ଼ିଦେଇ ଖସିଗଲା ମୋ ହାତରୁ। ମୁଁ ହଠାତ୍ ଖସି ଆସିଲି ନୈତିକ ଆଦର୍ଶର ସ୍ତରରୁ ଦୈହିକ କାମନାର ସ୍ତରକୁ; ଆଉ ତା ପ୍ରତି ଅନୁଭବ କଲି ଏକ ତୀବ୍ର ଆକର୍ଷଣ। ଯେମିତିକି ଏଇ ମୁହୂର୍ତ୍ତରେ ହିଁ ତାକୁ ଭୋଗ କଲେ ମୁଁ ଏଇଆ ପ୍ରତିପାଦିତ କରିଦେଇ ପାରିବି ଯେ, ତା ଉପରେ ମୋର ମନସ୍ତାତ୍ତ୍ୱିକ ଅଧିକାର ବିଫଳ ହେବା ପରେ ବି ମୁଁ କେଲଟିର ଦୈହିକ ପ୍ରକ୍ରିୟା ଦ୍ୱାରା ତା ଉପରେ ମୋର ଅଧିକାର ସାବ୍ୟସ୍ତ କରିଛି। ଇତିମଧ୍ୟରେ ସେସିଲିଆ ଦୁଆର ଦିଗରେ ଅଗ୍ରସର ହେଉଥିଲା। ମୁଁ ତାର ଅଣ୍ଟାରେ ବାହୁ ବେଢ଼ାଇ ନେଇ ତା କାନରେ ଫୁସଫୁସ କରି କହିଲି, "ଆମେ ମୈଥୁନ କରିବା – ବାସ୍ ଶେଷ ଥର ପାଇଁ।"

: "ନା, ନା, ନା", ସେ ନିଜକୁ ଛଡ଼ାଇବାକୁ ଚେଷ୍ଟା କରି କହିଲା। "ସେସବୁ ସରି ଯାଇଛି।"

: "ଆସ ଇଆଡ଼େ।"

: "ନା, ମତେ ଛାଡ।"

ମୋ ଆଶ୍ଳେଷକୁ ନ ଆସିବା ପାଇଁ ସେ ଦୃଢ଼ଭାବରେ ମୋର ପ୍ରତିରୋଧ କରୁଥିଲା, କିନ୍ତୁ ସେଥିରେ ବିରୋଧ ନ ଥିଲା। ଯେମିତିକି ତା ଅସମ୍ମତିର କାରଣ ଖାସ୍ ଏଇଆ ଯେ, ମୁଁ ତା ପାଖରେ ଉପଯୁକ୍ତ ଭାବରେ ପ୍ରେମ ନିବେଦନ କରିବାରେ ଅସଫଳ ହୋଇଛି। ତାର ରହସ୍ୟମୟ ସ୍ଥିର ଦୃଷ୍ଟିରେ, ବାସ୍ତବରେ ଥିଲା କାମଲାଳସାର ଏକ ଅସ୍ପଷ୍ଟ ଆଭାସ। ଆଉ ତା କଟିର ନିମ୍ନଦେଶରେ ଥିଲା ଏକ ନୀରବ ସମର୍ପଣ ଭାବ ଯାହାକି ତାର ପିଲାଳିଆ, ପତଳା ଦେହର ଉପରଭାଗରେ ପରିଦୃଷ୍ଟ ହେଉ ନ ଥିଲା। ତଥାପି ସେ ପ୍ରତିରୋଧ ହିଁ କରୁଥିଲା। ଆଉ ଯେତେବେଲେ ମୁଁ ତାକୁ ଆଉଥରେ ଡିଭାନ୍ ଉପରେ ବସାଇବାରେ ସଫଳ ହେଲି ସେ ମୋ ଠାରୁ ଟିକେ ଦୂରେଇ ବସିଲା, ମୋ ଓଠ ପହଞ୍ଚରୁ ସାମାନ୍ୟ ଦୂରରେ। ତାପରେ ହଠାତ୍ ଗୋଟିଏ ଭାବନା ମୋ ମୁଣ୍ଡକୁ ଆସିଲା, କିମ୍ବା ତାକୁ ଅଭୁତ ଏକ ଆବେଗର ଝୁଙ୍କ କହି ହେବ। ସେଦିନ ସକାଲେ ମୁଁ ମୋ ଦରାଜରୁ ଦଶହଜାରିଆ ଲିରେର ଦୁଇଟି ନୋଟ ଅର୍ଥାତ୍ ମୋଟ କୋଡ଼ିଏ ହଜାର ଲିରେ କାଢ଼ି ପକେଟରେ ରଖିଥିଲି। ମୁଁ ହିଂସ୍ରଭାବେ ସେସିଲିଆକୁ ମୋ ଆଡ଼କୁ ଭିଡ଼ି ଆଣିଲି ଆଉ ଇତ୍ୟବସରରେ ଯେତେବେଲେ ସେ ତା ମୁହଁକୁ ମୋଠାରୁ ବୁଲେଇ ନେଉଥିଲା, ମୋ ଚୁମ୍ବନ ତା

ଗ୍ରୀବାକୁ ସ୍ପର୍ଶ କଲା ଆଉ ମୁଁ ନୋଟ ଦୁଇଟି ତା ହାତରେ ଗୁଞ୍ଜି ଦେଲି। ମୁଁ ସ୍ପଷ୍ଟଭାବେ ଦେଖିଲି ଯେ ସେ ତା ଆୟତ ଚକ୍ଷୁର ଚପଳ ଦୃଷ୍ଟିରେ ଦେଖିନେଲା ତା ପାପୁଲିରେ ଗୁଞ୍ଜା ଯାଇଥିବା ସେଇ ଅନଭ୍ୟସ୍ତ ଦ୍ରବ୍ୟଟିକୁ, ଯେମିତିକି ସେଇଟା କ'ଣ ବୋଲି ଖାଲି ଦେଖିବା ପାଇଁ; କିନ୍ତୁ ତା ପରେ ପରେ ତାର ହାତମୁଠା ବନ୍ଦ ହୋଇଗଲା, ଆଉ ମୁଁ ଅନୁଭବ କରିପାରିଲି ଯେ ତା ଶରୀରରେ ଆଉ ପ୍ରତିରୋଧ ନ ଥିଲା। ମୁଁ ଦେଖିଲି ତା ଚକ୍ଷୁ ନିମୀଳିତ ହୋଇଗଲା, ଯେମିତି ସେ ଶୋଇ ଯାଉଛି ନିଦ୍ରାର କାଉରୀ ଛୁଆଁରେ। ମୁଁ ଜାଣିଥିଲି ତାର ସେଇ ଭଙ୍ଗୀ ଥିଲା ମୋର ପ୍ରେମକୁ ସ୍ୱୀକାର କରିବାର ଆଉ ମୋର ଉପଭୋଗ ପାଇଁ ତାର ତନୁଦାନର ସୂଚନା।

ତେଣୁ ସେ ଲୁଗା ଓହ୍ଲାଇ ନ ଥିବା ସତ୍ତ୍ୱେ ମୁଁ ତା ସହିତ କେଳି କରିବା ଆରମ୍ଭ କରିଦେଲି। ସେଦିନର ସେ ମୈଥୁନ ଥିଲା ଅନ୍ୟ ଦିନଠାରୁ ଅଧିକ ହିଂସ୍ର ଆଉ ପାଶବିକ, କାରଣ ମତେ ଏଭଳି ଲାଗୁଥିଲା କି ତାର ସେଇ ଶରୀର ଏକ ରଙ୍ଗଭୂମି ଯେଉଁଠି ମୁଁ ଶକ୍ତି ଓ ଦାର୍ଢ୍ୟତାର ସହ ସେଇ ଅଭିନେତା ସହିତ ପ୍ରତିଯୋଗିତା କରୁଛି। ମୁଁ ନୀରବରେ ମୈଥୁନ କରୁଥିଲି ଆଉ ରସଚ୍ୟୁତିର ଚରମ ମୁହୂର୍ତ୍ତରେ ମୁଁ ତା ମୁହଁରେ ହିଁ ବିସ୍ଫୋରଣ କରି କହି ଉଠିଲି, "କୁଢ଼ି"। ହୁଏତ ଏହା ମୋର ଭ୍ରମ ହୋଇଥାଇ ପାରେ, କିନ୍ତୁ ମତେ ଲାଗିଲା ମ୍ଲାନ ଏକ ସ୍ମିତହାସ ସେସିଲିଆର ଅଧରରେ ଖେଳିଗଲା। ତେବେ ମୁଁ କହିପାରିବି ନାହିଁ ସେ ସ୍ମିତ ଥିଲା ନିଧୁବନ ଜନିତ ଆନନ୍ଦର ଅବା ତିରସ୍କାରର ପ୍ରତିକ୍ରିୟା।

ପରେ, ଯେତେବେଳେ ସିଏ ଅର୍ଦ୍ଧ ମୂର୍ଚ୍ଛିତ ଅବସ୍ଥାରେ ମୋ ପାଖରେ ଶୋଇ ରହିଥିଲା, ମୁଁ ଚିନ୍ତା କରୁଥିଲି ଯେ ପୂର୍ବଭଳି ଏଇ ଦୈହିକ ଅଧିକାର ମତେ କୌଣସି ପ୍ରକାରେ ତୃପ୍ତି ଦେଇପାରି ନାହିଁ। ସେସିଲିଆ ଅଧରରେ ସେଇ କ୍ଷଣସ୍ଥାୟୀ ରହସ୍ୟମୟ ସ୍ମିତ ବୋଧହୁଏ ଥିଲା ବ୍ୟଙ୍ଗାମୂକ। ସେଥିରେ ସେ ଦେଇଥିଲା ମୋ ତିରସ୍କାରର ପ୍ରତ୍ୟୁଭର। କିନ୍ତୁ ଏହା ମଧ କେବଳ ଦୈହିକ ସମ୍ପର୍କର ବ୍ୟର୍ଥତାକୁ ପ୍ରମାଣିତ କରୁଥିଲା। କିନ୍ତୁ ମୁଁ ଦେଖୁଥିଲି ସିଏ ହାତରେ ଟଙ୍କା ମୁଠେଇ ଧରିଥିଲା ଆଉ ଆମ ମୈଥୁନ ସମୟରେ ହାତ ଟେକି କପାଳ ଉପରେ ଏଭଳି ରଖିଥିଲା ଯେ ଯେମିତିକି ସେ ଟଙ୍କା ମୋ ଆଖି ଆଗରେ ରହିବ। ତା ଉପରେ ମୋର ଅଧିକାର ସାବ୍ୟସ୍ତ କରିବା ପାଇଁ, ଆଉ ତାକୁ ମୋ କବ୍‍ଜାରେ ରଖିବା ପାଇଁ ମୋର ସମସ୍ତ

ପ୍ରଚେଷ୍ଟା ବ୍ୟର୍ଥ ହେବା ପରିପ୍ରେକ୍ଷାରେ ମୁଁ ଏଭଳା ଚିନ୍ତା କଲି ଯେ, ସମ୍ଭବତଃ ଅର୍ଥ ହିଁ ତାକୁ ଆୟତ କରିବାର ଏକମାତ୍ର ମାଧ୍ୟମ। ସେ ନିଜକୁ ମୋ ପାଖରେ ସେ ପର୍ଯ୍ୟନ୍ତ ଅର୍ପଣ କରି ନ ଥିଲା, ଯେ ପର୍ଯ୍ୟନ୍ତ ମୁଁ ତା ହାତରେ ଟଙ୍କା ଗୁଞ୍ଜି ଦେଇ ନ ଥିଲି। ତେଣୁ ମୁଁ ଏ ପର୍ଯ୍ୟନ୍ତ ତା ସମ୍ପର୍କରେ ଯାହା ଚିନ୍ତା କରିଥିଲି, ତା ବିପରୀତରେ ଏହା ସତ୍ୟ ଯେ ସେ ନିତାନ୍ତ ଧନଲୋଭୀ। ତେଣୁ ବର୍ତ୍ତମାନ ମତେ କେବଳ ଏଇ କଥାଟି ପ୍ରମାଣିତ କରିବାକୁ ପଡ଼ିବ। ଅର୍ଥାତ୍ ତା ସ୍ୱାଧୀନତାର ରହସ୍ୟମୟତା ଅବନମିତ ହେବ ସାମାନ୍ୟ ଅର୍ଥଲିପ୍ସାର ସ୍ତରକୁ।

ସେସିଲିଆ ମୋ ପାଖରେ ଅଳ୍ପ ସମୟ ଶୋଇଥିଲା, ଠିକ୍ ଯେତିକି ସମୟ ସିଏ ଶୁଏ ଆଉ ଯେମିତି ଭଙ୍ଗୀରେ ସିଏ ଶୁଏ। ତାପରେ ସିଏ ଉଠି ପଡ଼ିଲା, ଆଉ ସେମିତି ତାର ଆପଣାର ଯାନ୍ତ୍ରିକ କୋମଳତାର ସହିତ ମୋ ଗଣ୍ଡରେ ଆଙ୍କି ଦେଲା ଚୁମ୍ବନଟିଏ। ପରିଶେଷରେ ଉଠି ଠିଆ ହେଲା ସିଏ, ଦୁଇହାତରେ ତାର ମୋକରଡ଼ ହୋଇଥିବା ପୋଷାକକୁ ସମାନ କଲା ସିଏ। ସେଇ ଦୁଇଟି ନୋଟ ଘରିଚଉଟା ହୋଇ ବର୍ତ୍ତମାନ ତଳେ ପଡ଼ିଥିଲା। ଆମ କେଲଟିର ପୂର୍ଣ୍ଣତା ପରେ ସିଏ ସେଇଟାକୁ ପକେଇ ଦେଇଥିଲା ତଳେ। ସିଏ ବର୍ତ୍ତମାନ ତାକୁ ଉଠାଇଲା, ତାର ବ୍ୟାଗ ଖୋଲିଲା, ଆଉ ଅତି ଯତ୍ନର ସହିତ ତାକୁ ତା ପର୍ସ ଭିତରକୁ ଗଳାଇ ଦେଲା। “ତାହେଲେ ତଥାପି ବି ଆମେ ଅଲଗା ହୋଇ ଯିବାଟା କ’ଣ ତୁମେ ରୁହଁଛ ?”, ମୁଁ ପଚରିଲି।

‘ତଥାପି ବି’ ଶବ୍ଦରେ ନିହିତ ଥିବା ଇଙ୍ଗିତକୁ ସେ ବୁଝି ପାରିବା ଭଳି ଜଣାପଡ଼ିଲା ନାହିଁ। ସେ ନିସ୍ପୃହ ଭାବରେ ଉତ୍ତର ଦେଲା, “ଯେମିତି ତୁମେ ରୁହଁବ। ତୁମେ ଯଦି ମୋ ସହିତ ସମ୍ପର୍କ ରଖିବାକୁ ରୁହଁଛ ତେବେ ମୋର ଆପଉ ନାହିଁ। କିନ୍ତୁ ଯଦି ଆମେ ଅଲଗା ହୋଇ ଯିବାଟା ତୁମେ ରୁହଁଛ, ତାହେଲେ ଆମେ ତାହା ହିଁ କରିବା।”

ତେଣୁ ମୁଁ ଆଶ୍ଚର୍ଯ୍ୟ ହୋଇ ଏହିପରି ଚିନ୍ତା କଲି, ଯେଉଁ ଅର୍ଥ ଆଜି ସିଏ ଗ୍ରହଣ କରିଛି ତାହା ଏଇ ଥରକ ପାଇଁ ବୋଲି ସିଏ ଧରି ନେଇଛି। ଏହି ପ୍ରକାରେ ସେ ଯେ ଭବିଷ୍ୟତରେ ବହୁତ ବେଶୀ ରୋଜଗାର କରି ପାରିବ, ତାର ମଧ୍ତର କଳ୍ପନାରେ ଏଭଳି ପ୍ରଲୋଭନର ସମ୍ଭାବନା ଉଦ୍ରେକ ହୋଇ ପାରି ନାହିଁ। ସେଥିପାଇଁ

ମୁଁ ପଚାରିଲି, "କିନ୍ତୁ ତୁମେ ଯଦି ମୋ ସହିତ ସମ୍ପର୍କ ରଖିବ, କାହିଁକି ଏଭଳି କରିବ ?"

: "କାରଣ ମୁଁ ତୁମକୁ ଭଲ ପାଏ।"

: "ମୁଁ ଯଦି ତୁମକୁ କହିବି ଲୁସିଆନିକୁ ଛାଡ଼ି ଦେବା ପାଇଁ, ତୁମେ ତାହା କରିବକି ?"

: "ଆଃ। ନା, ସେଇଟା ନୁହେଁ।"

ଉତ୍ତର ପ୍ରତ୍ୟାଶିତ ଥିବା ସତ୍ତ୍ୱେ ମଧ୍ୟ ତା ପ୍ରତ୍ୟାଖ୍ୟାନର ଦୃଢ଼ତା ମତେ ଆଘାତ ଦେଲା। "ଏଭଳି ବ୍ୟଗ୍ର ଭାବରେ ଉତ୍ତର ଦେଇ ନ ଥିଲେ ଭଲ ହୋଇ ଥାଆନ୍ତା", ମୁଁ କହିଲି।

: "ମୁଁ ଦୁଃଖିତ।"

: "ତାହେଲେ ଏବେଠୁ ଲୁସିଆନି ସହିତ ମୁଁ ଭାଗରେ ରହିବି।"

ସିଏ ଟିକିଏ ଉତ୍ତେଜିତ ଜଣା ପଡ଼ିଲା, ଯେମିତିକି ମୁଁ ପରିଶେଷରେ ଏକ ସ୍ପର୍ଶକାତର ବିନ୍ଦୁକୁ ଛୁଇଁ ଦେଇଛି। "କିନ୍ତୁ ଏଥିରେ ତୁମର ଅସୁବିଧାଟା କ'ଣ ?" ସେ ପଚାରିଲା। "ତୁମେ ଏ ବିଷୟରେ ଏତେ ଚିନ୍ତା କରୁଛ କାହିଁକି ? ମୁଁ ପୂର୍ବଭଳି ଆସୁଥିବି ତୁମ ସହିତ ମିଶିବା ପାଇଁ। କୌଥିରେ କିଛି ବି ବଦଳିବନି।"

'କୌଥିରେ କିଛି ବି ବଦଳିବନି' ମୁଁ ପୁନରାବୃତ୍ତି କଲି ମନରେ। 'ତା ପାଇଁ ଅତତଃ ଏଇଟା ସତ୍ୟ', ମୁଁ କହିଲି ନିଜକୁ। ସେ ବର୍ତ୍ତମାନ ମତେ ଚାହିଁଥିଲା ଏକ ବିଚିତ୍ର ଦୃଷ୍ଟିରେ, ପ୍ରାୟ ଏକ ଅନୁତପ୍ତ ଅଭିବ୍ୟକ୍ତିର ସହ। ପରିଶେଷରେ ସେ କହିଲା, "ତୁମେ ଜାଣିଛ ନା, ତୁମକୁ ଛାଡ଼ିବାକୁ ମତେ ବି ବହୁତ ଦୁଃଖ ଲାଗିବ।"

ନିଃସନ୍ଦେହରେ ତା ଉକ୍ତିର ଆନ୍ତରିକତା ମୋ ହୃଦୟକୁ ସ୍ପର୍ଶ କଲା। "ସତରେ କ'ଣ ତୁମକୁ ଦୁଃଖ ଲାଗିବ ?" ମୁଁ ପଚାରିଲି।

: "ହଁ। ମୁଁ ତୁମ ସହିତ ଏକପ୍ରକାର ଅଭ୍ୟସ୍ତ ହୋଇ ଯାଇଛି।"

: "କିନ୍ତୁ ଲୁସିଆନିକୁ ଛାଡ଼ିବା ପାଇଁ ତୁମେ ସମପରିମାଣରେ ଦୁଃଖିତ ହେବ, ନୁହେଁ କି ?"

: "ହଁ, ସତରେ।"

: "ତୁମେ କ'ଣ ତା ସହିତ ବି ଅଭ୍ୟସ୍ତ ହୋଇ ଗଲଣି ?"

: “ତୁମେ ଦିଜଣ ବହୁତ ଅଲଗା।”

ମୁଁ ଘଡ଼ିଏ ଚୁପ୍ ରହିଲି। ସେସିଲିଆ ଆମ ଦୁଇଜଣଙ୍କ ଠାରୁ ସେଇ ଏକା ଜିନିଷ ହିଁ ଋହେଁ, ଯାହାକି ବସ୍ତୁତଃ ଏକ ଦୈହିକ ଉତ୍ତେଜନା। ସେଇ ଦୃଷ୍ଟିରୁ ଦେଖିଲେ ଆମେ ଦୁହେଁ କିଭଳି ଅଲଗା ?

: “ତାହେଲେ ତୁମେ ଆମ ଦୁହିଁଙ୍କ ଋହଁ ?” ମୁଁ ପଋରିଲି।

ଏକ ରହସ୍ୟମୟ ନୀରବତାର ସହିତ ସେ ମୁଣ୍ଡ ଟୁଙ୍ଗାରିଲା ସମ୍ମତିସୂଚକ ଭାବରେ। ସେ ନୀରବତାରେ ଭରିଥିଲା ଏକ ପିଲାଳିଆ ଅଶିଷ୍ଟ ଲୋଭାତୁରତା। ତାପରେ ସିଏ କହିଲା, “ଯଦି ମତେ ତୁମେ ଦୁଇ ଜଣ ଯାକ ଭଲ ଲାଗିଲ, ତେବେ ଏଥିରେ ମୋର ଦୋଷ ରହିଲା କୋଉଠି ? ମୁଁ ତୁମ ଉଭୟଙ୍କଠୁ କିଛି କିଛି ଅଲଗା ଜିନିଷ ହିଁ ପାଏ।”

“ମୁଁ ତୁମକୁ ଅର୍ଥ ଦିଏ, ଲୁସିଆନି ଦିଏ ପ୍ରେମ; ଏଇ କଥା ନା ?” ଏଭଳି କିଛି ପଋରିବା ପାଇଁ ମୋ ଭିତରେ ଏକ ପ୍ରକାରର ପ୍ରଲୋଭନ ସୃଷ୍ଟି ହେଲା। କିନ୍ତୁ ଏଭଳି ପ୍ରଶ୍ନ ପଋରିବାରୁ ମୁଁ ନିଜକୁ ବିରତ କଲି। ମୁଁ ବୁଝି ପାରିଲି ଯେ ଏ ପ୍ରକାର ପ୍ରଶ୍ନ ପାଇଁ ଭବିଷ୍ୟତକୁ ଅପେକ୍ଷା କରିବାକୁ ପଡ଼ିବ। ମୁଁ ଏହା ପଋରିବା ପୂର୍ବରୁ ମତେ ତାର ନୂତନ ଆବିଷ୍ୟତ ଧନଲିପ୍ସାର ଗହନ ଅଭ୍ୟନ୍ତରକୁ ଯିବାକୁ ପଡ଼ିବ। ସେ ମୋଠାରୁ ଏଇ ଗୋଟିଏ ଥର ଅର୍ଥଗ୍ରହଣ କରିବାଟା, ବାସ୍ତବରେ ନିର୍ଦ୍ଦିଷ୍ଟ କିଛି ସୁଋଉ ନ ଥିବା ମଧ୍ୟ ସମ୍ଭବ। ପରିଶେଷରେ କ୍ରୋଧ ଓ ବିମର୍ଷର ଏକ ଫେଣ୍ଟାଫେଣ୍ଟି ଅନୁଭବ ଭିତରେ ମୁଁ କହିଲି, “ଠିକ୍ ଅଛି, ତାହେଲେ ତୁମେ ଆମ ଉଭୟଙ୍କୁ ଗ୍ରହଣ କର। ଏଇଟା ବି ପରୀକ୍ଷା କରି ଦେଖାଯାଉ। କିନ୍ତୁ ତୁମେ ନିଜେ ଦେଖିବ, ଦୁଇଜଣ ପୁରୁଷଙ୍କୁ ଏକା ସମୟରେ ପ୍ରେମ କରିବା ଏକ ଅସମ୍ଭବ ବ୍ୟାପାର।”

: “ଜମା ନୁହେଁ। ମୁଁ ତୁମକୁ କହି ରଖୁଛି, ଏଇଟା ପୁରାପୁରି ସମ୍ଭବ।”

ଆମ ସମ୍ପର୍କର ଅଡ଼ୁଆ ସୂତାକୁ ସଜାଡ଼ି ଦେଇ ଥିବାର ଖୁସି ତା ମୁହଁରେ ପ୍ରତିଫଳିତ ହେଉଥିଲା। ସିଏ ନଇଁପଡ଼ି ତା ଓଷ୍ଠାଧରରେ ମୋ ଗାଲକୁ ସ୍ପର୍ଶ କଲା ଟିକିଏ, ଆଉ ତାପରେ ଦୁଆର ଆଡ଼କୁ ଯାଉ ଯାଉ କହିଗଲା ଯେ ତା ପରଦିନ ପ୍ରଭାତରେ ସେ ମତେ ଯଥାରୀତି ଦୂରଭାଷ କରିବ।

ମୁଁ କାନ୍ଥ ଆଡ଼କୁ ମୁହଁ ବୁଲାଇ ଦେଲି, ଆଉ ବୁଜିଦେଲି ମୋର ଅକ୍ଷପଟା।

———

ଅଷ୍ଟମ ପରିଚ୍ଛେଦ

ମତେ ବର୍ତ୍ତମାନ କେବଳ ଏତିକି ପ୍ରମାଣିତ କରିବାକୁ ଥିଲା ଯେ ସେସିଲିଆ ଏକ ବିକ୍ରେୟ ଏବଂ ଅର୍ଥ-ଲୋଲୁପା ନାରୀ। ମୁଁ ପ୍ରତିଥର ଗଣିକା ମାନଙ୍କୁ ଅର୍ଥ ଦେବା ସମୟରେ ମୋର ସେଇ ନିର୍ଦ୍ଦିଷ୍ଟ ମନୋଭାବ କଥା ମନେ ପକେଇଲି ଆଉ ଚିନ୍ତା କଲି ଯେ, ଯଦି ସେସିଲିଆ ବାସ୍ତବରେ ସେମାନଙ୍କ ଭଳି ବିକାଉ, ପରିଶେଷରେ ମୋର ତା ପ୍ରତି ମଧ୍ୟ ସେଇ ସମାନ ମନୋଭାବ ସୃଷ୍ଟି ହେବ ଯାହା ସେଇ ରୂପଜୀବୀ ମାନଙ୍କୁ ତାଙ୍କର ମୂଲ୍ୟ ଦେବା ପରେ ମୁଁ ଅନୁଭବ କରେ। ସେଇ ଅନୁଭୂତି ଥିଲା ସେମାନଙ୍କ ଉପରେ ଏକ ପ୍ରକାର ଅଧିକାରର ଅନୁଭବ, ଯଦିଚ ତାହା ଥିଲା ଏକ ଅବମୂଲ୍ୟାୟିତ ଓ ଅନାବଶ୍ୟକ ଅଧିକାର । ସେ ଅନୁଭବ ଏଭଳି ଯେ, ଅର୍ଥଗ୍ରହଣ କରିଥିବା ବ୍ୟକ୍ତିଟି ମୋ ଦୃଷ୍ଟିରେ ଏକ ବସ୍ତୁ ସ୍ତରକୁ ଅବନମିତ ହୁଏ, କାରଣ ଏପରି ବାଣିଜ୍ୟିକ ମୂଲ୍ୟାୟନ ଦ୍ୱାରା ନାରୀଟି ତାର ପ୍ରକୃତ ମୂଲ୍ୟ ହରାଇ ଥାଏ । ଏହି ପ୍ରକାର ଅନୁଭବରୁ ତ ବୋରିୟାତ ମାତ୍ର ପାହୁଣ୍ଡକର କଥା – ସେଇ ବୋରିୟାତ ଯାହାକି ସେସିଲିଆ ଓ ତା ପ୍ରତି ମୋର ପ୍ରେମରୁ ମତେ ମୁକ୍ତି ଦେବ। ଗୋଟିଏ ରୂପଜୀବୀକୁ ଅର୍ଥ ଦ୍ୱାରା କିଣିବା ଏକ ଗର୍ହିତ ଧରଣର ଅଧିକାର – ଅଧିକ୍ରେତା ଓ ଅଧିକୃତା ଉଭୟଙ୍କ ଦୃଷ୍ଟିରୁ । ନିଃସନ୍ଦେହରେ ମୁଁ ଏକ ଭିନ୍ନ ଧରଣର ଅଧିକାର ଖୋଜୁଁଥିଲି, ଯାହା ଫଳରେ କି ସେସିଲିଆ ଠାରୁ ମୁଁ ବିଦାୟ ନେଇ ପାରନ୍ତି ଏଭଳି ଭଙ୍ଗୀରେ ଯେ, ତାକୁ ଘୃଣା ନ କଲେ ମଧ୍ୟ ମୁଁ ତାକୁ ଏତେ ତନ୍ନତନ୍ନ ଭାବରେ ସେତେବେଳକୁ ଜାଣି ସାରିଥାନ୍ତି ଯେ ତା ପ୍ରତି ମୋର ବୋରିୟାତ ସୃଷ୍ଟି ହୋଇ ଯାଇଥାନ୍ତା। କିନ୍ତୁ ଯାହାକିଛି ମୂଲ୍ୟ ଦେବାକୁ ହେଉ ନା କାହିଁକି ମତେ ମୋର ଦୁରବସ୍ଥାରୁ ମୁକ୍ତି ଆବଶ୍ୟକ । ବାସ୍ତବରେ ମୁଁ ସେସିଲିଆକୁ ରହସ୍ୟମୟୀ ଭାବିବା ଅପେକ୍ଷା ବିକାଉ ଭାବିବା ପାଇଁ ଅଧିକ ପସନ୍ଦ କରିବି, କାରଣ ତାର ବିକାଉପଣ ତା ଉପରେ ମୋର ଅଧିକାର ସାବ୍ୟସ୍ତ କରିବାକୁ ସୁଯୋଗ ଦେବ। ଅପରପକ୍ଷରେ ତାର ରହସ୍ୟମୟତା ତା ଉପରେ ମୋ ଅଧିକାରକୁ ପ୍ରତ୍ୟାଖ୍ୟାନ କରିବ ।

ତେଣୁ ଯେତେବେଳେ ସେସିଲିଆ ମୋ ପାଖକୁ ଆସୁଥିଲା ମିଶିବା ପାଇଁ ମୁଁ ତା ହାତରେ ବିନା ବାକ୍ୟବ୍ୟୟରେ ଗୁଞ୍ଜି ଦେଉଥିଲି କିଛି ଟଙ୍କା, ଯେମିତିକା ମୁଁ କରିଥିଲି ସେଇ ପ୍ରଥମଥର। ମୁଦ୍ରାର ପରିମାଣ ଅବଶ୍ୟ ବଦଳୁଥିଲା ମୋର ସେଇ ଦିନର କ୍ଷମତା ହିସାବରେ – ପ୍ରାୟ ପାଞ୍ଚ ହଜାରରୁ ତିରିଶ ହଜାର ଲିରେ ଯାଏଁ। ଏହିଭଳି ଭାବରେ ତାକୁ ଅର୍ଥ ଦେଇ ମୁଁ ଭାବୁଥିଲି ଯେ ସେଇ ରହସ୍ୟମୟୀ ମାୟାମିରିଗ ସେସିଲିଆ, ଯାହା ଠାରୁ ମୁଁ ନିଜକୁ ବିଚ୍ଛିନ୍ନ କରିବାରେ ସଫଳ ହୋଇପାରୁ ନାହିଁ, ବର୍ତ୍ତମାନ ଏକ ନୂତନ ସେସିଲିଆ ଦ୍ୱାରା ସ୍ଥାନଚ୍ୟୁତ ହେବ ଅଳ୍ପଦିନ ମଧ୍ୟରେ। ଆଉ ସେଇ ସେସିଲିଆ ହରାଇ ବସିଥିବ ତାର ସମସ୍ତ ମାୟାବୀ ଶକ୍ତି ଆଉ ତାର ସମସ୍ତ ବିପଳାୟିତ୍। କିନ୍ତୁ ଏଭଳି ପରିବର୍ତ୍ତନ ତ ଘଟିଲା ନାଇଁ ବରଂ ତାର ସମ୍ପୂର୍ଣ୍ଣ ବିପରୀତ ହିଁ ଘଟିଲା। ଅର୍ଥ ସେସିଲିଆର ଚରିତ୍ରକୁ ବଦଳାଇଲା ନାହିଁ, ବରଂ ଅପର ପକ୍ଷରେ ସେସିଲିଆ, ଯିଏକି ସ୍ୱାଭାବିକ ଭାବରେ ଦୁହିଙ୍କ ମଧ୍ୟରେ ଥିଲା ଅଧିକ ଶକ୍ତିଶାଳୀ, ଅର୍ଥର ଚରିତ୍ରକୁ ବଦଳାଇ ଦେଲା।

ଯେତେବେଳେ ଚଉତା ହୋଇଥିବା ନୋଟ୍ ଗୁଡ଼ିକୁ ମୁଁ ସେସିଲିଆ ହାତରେ ଗୁଞ୍ଜି ଦେଉଥିଲି, ସେ ତୁରନ୍ତ ହାତମୁଠା କରି ଦେଉଥିଲା; କିନ୍ତୁ ଏତଦ୍ ବ୍ୟତୀତ ସେ ଯେ ଟଙ୍କା ଗ୍ରହଣ କରିଛି, ତାର ଅନ୍ୟ କୌଣସି ସୂଚନା ତା ବ୍ୟବହାରରୁ ପ୍ରତୀତ ହେଉ ନ ଥିଲା। ଯେମିତି ବାସ୍ତବରେ ସେଇ ଅର୍ଥ ଆଉ ତାକୁ ଦେଉଥିବା ଓ ନେଉଥିବା ହାତ ଏକ ଭିନ୍ନ ଜଗତର ଅଂଶ ଆଉ ଆମର ଏଇ ପାର୍ଥିବ ଜଗତ ସହିତ ସେମାନଙ୍କର କୌଣସି ସମ୍ପର୍କ ନାହିଁ! ତାପରେ ମୁଁ ଯେତେବେଳେ ତାକୁ ମୋର ଆଶ୍ଳେଷରେ ବନ୍ଦୀ କରିଦିଏ, ସେତେବେଳେ ନୋଟ୍ ଗୁଡ଼ିକୁ ସିଏ ଚଟାଣ ଉପରକୁ ଖସାଇଦିଏ ହାତରୁ। ମୁଁ ଯେତେବେଳେ ତାକୁ ମୈଥୁନ କରୁଥାଏ, ଡିଭାନ ପାଖରେ ଚଟାଣ ଉପରେ ମୋଡ଼ିମାଡ଼ି ହୋଇ ପ୍ରକାଶ୍ୟ ଓ ସୁପରିଦୃଷ୍ଟ ଭାବରେ ପଡ଼ିଥାଏ ସେଇ ନୋଟ୍‌ଗୁଡ଼ିକ। ମତେ ଲାଗୁଥାଏ ସେଗୁଡ଼ିକ ଯେମିତି ପ୍ରତୀକାମ୍ୟକ ଭାବରେ ଏକ ନିର୍ଦ୍ଦିଷ୍ଟ ପ୍ରକାରରେ ମୋର ଅଧିକାରକୁ ପ୍ରଦର୍ଶିତ କରୁଛନ୍ତି। ମୁଁ ବେଶ୍ ଖୁସିରେ କଳ୍ପନା କରେ ଯେ କେଳ୍ଟିର କ୍ଷଣିକ ଅଧିକାର ଅପେକ୍ଷା ତାହା ଏକ ପୂର୍ଣ୍ଣତର ଏବଂ ଅଧିକ ତୃପ୍ତିଦାୟକ ଅଧିକାର। ତାପରେ ସେସିଲିଆ ସେଇ ନଗ୍ନ ଅବସ୍ଥାରେ ହିଁ ଟିପେଇ ଟିପେଇ ଗାଧୁଆଘରକୁ ଯାଏ, ଆଉ

ଯାଉ ଯାଉ ହଠାତ୍ ନିଁଆପଡ଼େ ଆଉ ଆଙ୍ଗୁଠି ଟିପରେ ନୋଟଗୁଡ଼ିକୁ ଉଠାଇନିଏ ଏକ ଲାଳିତ୍ୟପୂର୍ଣ୍ଣ ଅଙ୍ଗଭଙ୍ଗୀର ସହ, ଯେମିତିକି ଆଗରେ ଯାଉଥିବା ତାର କୌଣସି ସାଥୀ ପକେଇ ଦେଇଥିବା ରୁମାଲଟିକୁ ସେ ଉଠାଇ ନେଉଛି ସଯତ୍ନରେ। ତାପରେ ନୋଟଗୁଡ଼ିକୁ ସେ ରଖିଦିଏ ଟେବୁଲ ଉପରେ ତା ବ୍ୟାଗ ପାଖରେ। ଆଉ ଯେତେବେଳେ ସିଏ ପୋଷାକ ପରିହିତ ହୋଇ ଯିବାପାଇଁ ବାହାରେ, ଟେବୁଲ ପାଖକୁ ଯାଇ ସିଏ ନୋଟଗୁଡ଼ିକୁ ଉଠାଏ ଆଉ ସତର୍କତାର ସହିତ ତାର ପର୍ସରେ ରଖି ତାକୁ ତା ବ୍ୟାଗ ଭିତରେ ବନ୍ଦ କରିଦିଏ। ସେସିଲିଆ କାମଗୁଡ଼ିକୁ ସବୁବେଳେ ସେଇ ନିର୍ଦ୍ଦିଷ୍ଟ ପ୍ରକାରେ କରିବାକୁ ଭଲପାଏ, ପ୍ରାୟ ଊପରଣ୍ଟିକ ବିଧରେ। ତେଣୁ ଅର୍ଥ ସମ୍ପର୍କିତ ଏଇ ଅନୁଷ୍ଠାନ, ଆମର ଗତାନୁଗତିକ ପ୍ରଣୟଲୀଳାର ଏକ ଅଙ୍ଗ ହୋଇଗଲା। ଏହା ହୋଇଥିଲା ସମ୍ପୂର୍ଣ୍ଣ ସ୍ୱାଭାବିକ ରୀତିରେ, ଏପରିକି ଏଥିରେ ମଧ ଥିଲା ଏକ ଅନ୍ତର୍ନିହିତ ଲାବଣ୍ୟ। ବାସ୍ତବରେ ଏହି ଅର୍ଥ ହସ୍ତାନ୍ତରରେ ବେଶ୍ୟାଭୋଗର ବ୍ୟଞ୍ଜନା ନ ଥିଲା, ଯାହା ଘଟିବା ଅପରିହାର୍ଯ୍ୟ ବୋଲି ମୁଁ ଧରି ନେଇଥିଲି। ପ୍ରକୃତରେ ସେସିଲିଆର ପ୍ରତ୍ୟେକଟି କାମ ଭଳି ଏ କାମଟି ମଧ ମନେ ହେଉଥିଲା ଗୁରୁତ୍ୱହୀନ ।

ମୁଁ ପୂର୍ବରୁ କହିଥିବା ମତେ, ମୁଁ ପ୍ରଥମେ ତାକୁ ପାଞ୍ଚରୁ ତିରିଶ ହଜାର ଲିରେ ପର୍ଯ୍ୟନ୍ତ ଦେଉଥିଲି। ମୁଁ ଦେଖିବାକୁ ଚୁହୁଁଥିଲି ଅର୍ଥର ଏଇ ପରିମାଣଗତ ପରିବର୍ତ୍ତନ ଯୋଗୁଁ ସେ କିଭଳି ପ୍ରତିକ୍ରିୟା ପ୍ରଦର୍ଶନ କରୁଛି। ମୁଁ ଭାବିଲି ଯଦି ସେ ମତେ କହେ, 'ଗତଥର ତମେ ମତେ କୋଡ଼ିଏ ହଜାର ଲିରେ ଦେଇଥିଲ, ଆଜି ମାତ୍ର ପାଞ୍ଚ ହଜାର କାହିଁକି ?' ତେବେ ତାହା ଯଥେଷ୍ଟ କାରଣ ହେବ ତାକୁ ଅର୍ଥଲିସ୍ସୁ ଭାବିବା ପାଇଁ। କିନ୍ତୁ ମୁଁ ତା ହାତରେ ଗୁଞ୍ଜି ଦେଉଥିବା ନୋଟଗୁଡ଼ିକ ଏକ ବା ଏକାଧିକ, ସବୁଜ ନା ଲାଲ ଏ ସମ୍ପର୍କରେ ସେ କୌଣସି ପ୍ରକାରେ ଲକ୍ଷ୍ୟ କରିବାର ସୂଚନା ମିଳୁ ନଥିଲା। ଯେମିତିକା ଅର୍ଥ ସମ୍ପର୍କିତ ଏଇ ଅନୁଷ୍ଠାନଟିର କୌଣସି ନିର୍ଦ୍ଦିଷ୍ଟ ଅଥବା ସ୍ୱତନ୍ତ୍ର ଗୁରୁତ୍ୱ ନାହିଁ, ଯେମିତିକା ମୁଁ ତା ସହିତ ଥିବାବେଳେ ମୋ ଦ୍ୱାରା ପ୍ରଦର୍ଶିତ ବିଭିନ୍ନ ଭାବବ୍ୟଞ୍ଜନା ମଧରୁ ଇଏ କେବଳ ଗୋଟିଏ ଅଭିବ୍ୟକ୍ତି, ଯାହାକି ମୁଁ ଭିନ୍ନ ପ୍ରକାରେ ପ୍ରଦର୍ଶିତ କରି ପାରି ଥାଆନ୍ତି, ଅବା ଯମା କରି ନ ଥାନ୍ତି, ସେଥିରେ ତା'ର କିଛି ଯା-ଆସ ନାଇଁ; ଆଉ ଯେମିତିକା ଗୋଟାଏ ନିର୍ଦ୍ଦିଷ୍ଟ ଯୌନ ଅଭିବ୍ୟକ୍ତି ବା

ତାର ଅଭାବ ଆମ ସମ୍ପର୍କକୁ ପ୍ରଭାବିତ କରନ୍ତା ନାହିଁ, ଏଇ ଅର୍ଥ ସମ୍ପର୍କୀୟ ଦେଣନେଣ ମଧ୍ୟ ତା ପାଇଁ ସେଇଆ, ଏହି ପ୍ରକାରର ଅନୁଭବ ଆସୁଥିଲା ମୋର । ତାପରେ ମୁଁ ସମ୍ପୂର୍ଣ ଭାବରେ ଅର୍ଥ ପ୍ରଦାନ ବନ୍ଦ କରିଦେବାର ପରିଣତି କ'ଣ ହେବ ଦେଖିବା ପାଇଁ ସ୍ଥିର କଲି । ଏ କଥା କହିବାକୁ ବିଚିତ୍ର ଲାଗୁଛି ଯେ, ମୁଁ ଏଇ ପରୀକ୍ଷା କରିବାକୁ ଗଲା ବେଳକୁ ମୋ ହୃତ୍ସ୍ପନ୍ଦନ ବଢ଼ିଗଲା । ଏହା ମୁଁ ଖୋଲାଖୋଲି ସ୍ୱୀକାର କରିବାକୁ ପ୍ରସ୍ତୁତ ନ ଥିଲି, କିନ୍ତୁ ମୁଁ ପାଖାପାଖି ଦୃଢ଼ ନିଶ୍ଚିତ ଥିଲି ଯେ ମୁଁ ଲୁଚାଇ କରି ଯୋଉ ନୋଟଗୁଡ଼ିକ ସେସିଲିଆ ପାପୁଲିରେ ଗୁଞ୍ଜି ଦେଉଥିଲି ତାହା ବର୍ତ୍ତମାନ ଆମ ସମ୍ପର୍କର ମୂଳଭିତ୍ତି ରୂପରେ ପ୍ରତିଷ୍ଠିତ ହୋଇ ସାରିଥିଲା । ଆଉ ସେଇ ନିର୍ଦ୍ଦିଷ୍ଟ ମୁହୂର୍ତ୍ତରେ ଯେତେବେଳେ ମୁଁ ନିଜ ପାଖରେ ଏଇଆ ପ୍ରମାଣିତ କରିବାକୁ ଚେଷ୍ଟା କରୁଥିଲି ଯେ ତାକୁ ହରାଇବା ଦ୍ୱାରା ମୁଁ କିଛି ବି ହରାଉ ନାହିଁ, ତାକୁ ହରାଇବାର ଭୟ ମୋର ହୃଦସ୍ପନ୍ଦନକୁ ବହୁଗୁଣିତ କରି ଦେଉଥିଲା ।

ତେଣୁ ଦିନେ ମୁଁ ତା ହାତରେ କିଛି ବି ଦେଲି ନାହିଁ । କିନ୍ତୁ ଯେତେବେଳେ ମୁଁ ହୃଦୟଙ୍ଗମ କଲି ଯେ ହତାଶା ପ୍ରଦର୍ଶନ କରିବା ତ ଦୂରର କଥା, ସେସିଲିଆ ଆମର ଅଧୁନା ପ୍ରବର୍ତ୍ତିତ ପ୍ରଣୟବିଧିର ପରିବର୍ତ୍ତନକୁ ଲକ୍ଷ୍ୟ ମଧ୍ୟ କରି ପାରିଥିବା ଜଣା ପଡୁନାହିଁ, ମୁଁ ଆଶ୍ଚର୍ଯ୍ୟାନ୍ଵିତ ହୋଇ ପଡ଼ିଲି । ମୋର ଶୂନ୍ୟ ହସ୍ତକୁ ଯେଉଁ ହାତ ମୁଠା ଆଶ୍ଲିଷ୍ଟ କରି ରଖ୍ଥିଲା ତା ଭିତରେ କୌଣସି ବିସ୍ମୟ ବା ଅସନ୍ତୋଷର ଚିହ୍ନ ନ ଥିଲା । ଏଇଥର ମଧ୍ୟ ତା ପାପୁଲିରେ ଥିଲା ଆଶ୍ଳେଷର ଠିକ୍ ସେଇ ନିବିଡ଼ତା, ଯେଉଁଥିରୁ କି ପୂର୍ବ ଦିନମାନଙ୍କରେ ସିଏ ଅର୍ଥ ଗ୍ରହଣ କଲାପରେ, ତା'ର ତନୁଦାନର ପ୍ରସ୍ତୁତି ସମ୍ପର୍କରେ ମୁଁ ସୂଚନା ପାଇ ଥାଏ । ସେଇ ଦିନ ମଧ୍ୟ ଆମ ନିଧୁବନ ସମୟରେ ସିଏ ଠିକ୍ ସେଇ ବ୍ୟବହାର କରିଥିଲା ଯେମିତି ସିଏ କରୁଥିଲା ଯେବେ ମୁଁ ତାକୁ ଅର୍ଥ ପ୍ରଦାନ କରୁ ଥିଲି । ତାପରେ ସିଏ ବାହାରି ଚାଲି ଗଲା ଆଉ ମୁଁ ଯେ ସେଦିନ ତାକୁ ଅର୍ଥ ଦେଇ ନାଇଁ ସେ ସମ୍ପର୍କରେ ସିଏ କୌଣସି ପରୋକ୍ଷ ଇଙ୍ଗିତ ମଧ୍ୟ ପ୍ରଦର୍ଶନ କରି ନ ଥିଲା । ମୁଁ ଦୁଇତିନି ଥର ସେଇ ଭଳି କଲି କିନ୍ତୁ ତାର ଅବୋଧ ପିଲାଳିଆମିରେ, ସେ ଯେ କିଛି ପରିବର୍ତ୍ତନ ଲକ୍ଷ୍ୟ କରିଛି, ତାର କୌଣସି ସୂଚନା ମିଳି ପାରିଲା ନାହିଁ । ତେଣୁ ମତେ ବର୍ତ୍ତମାନ ତିନୋଟି ସମ୍ଭାବନାର ସମ୍ମୁଖୀନ ହେବାକୁ ହେଲା: ହୁଏତ ସେସିଲିଆ ଅର୍ଥଲିସୁ କିନ୍ତୁ ତାର ଚତୁରତା ଏତେ

ଅଧିକ ଆଉ ପରିମାର୍ଜିତ ଯେ ସେ ତାର ଅର୍ଥଲିପ୍ସାକୁ ଗୋପନ ରଖିବାରେ ସକ୍ଷମ ହେଲା କିମ୍ବା ସିଏ ଅନ୍ୟମନସ୍କ କିନ୍ତୁ ତାହା ଏକ ଅଭୁତ ରହସ୍ୟମୟ ଅନ୍ୟମନସ୍କତା, ଅର୍ଥାତ୍ ସେ ରହିଛି ପୂର୍ବଭଳି ବିପଳାୟୀ, ମୋ ଠାରୁ ଅର୍ଥ ନେବା ସତ୍ତ୍ୱେ ସେ ସୁନାହରିଣୀ ମୋ ହାତରୁ ଖସି ଯାଇଛି ପୁନର୍ବାର, ନଚେତ ସେ ଅର୍ଥ ସମ୍ପର୍କରେ ସମ୍ପୂର୍ଣ୍ଣ ଆଗ୍ରହଶୂନ୍ୟ ଆଉ ଏଥିରେ ମଧ ତାର ବିପଳାୟିତ୍ ସାବ୍ୟସ୍ତ ହୋଇଛି ଆଉ ସିଏ ନିଜକୁ ମୋ ପକଡ଼ରୁ ଦୂରେଇ ନେବାରେ ସକ୍ଷମ ହୋଇଛି । ମୁଁ ମୋ ମନରେ ଏ ବିଷୟରେ ବେଶ୍ କିଛି ସମୟ ଧରି ଗଭୀର ଭାବେ ଚିନ୍ତା କଲି । ପରିଶେଷରେ ମୁଁ ହତାଶ ହୋଇ ଏକ କାର୍ଯ୍ୟପନ୍ଥା ସ୍ଥିର କଲି । ଦିନେ ପୁନର୍ବାର ମୁଁ ଦୁଇଟି ଦଶହଜାରିଆ ଲିରେର ନୋଟ ତା ହାତରେ ଗୁଞ୍ଜି ଦେଲି ଆଉ ସାଙ୍ଗେ ସାଙ୍ଗେ ତାପରେ ତାକୁ କହିଲି, "ଦେଖ, ମୁଁ ତୁମକୁ କୋଡ଼ିଏ ହଜାର ଲିରେ ଦେଇଛି" ।

: "ହଁ, ମୁଁ ଜାଣିଛି ।"

: "ଗତ ସପ୍ତାହେ ହେଲା କିଛି ନ ଦେବା ପରେ ମୁଁ ପ୍ରଥମ ଥର ପାଇଁ ଆଜି ଦେଉଛି, ଏ କଥା ତୁମେ ଲକ୍ଷ୍ୟ କରିଛ କି ?"

: "ଅବଶ୍ୟ ।"

: "ମୁଁ ଟଙ୍କା ନ ଦେବାରୁ ତୁମେ ବିରକ୍ତ ହେଉ ନ ଥିଲ ?"

: "ମୁଁ ଭାବିଥିଲି ଯେ ତୁମ ପାଖରେ ଟଙ୍କା ନାଇଁ ବୋଲି ।"

ଗନ୍ଥର ଏଇ ବିନ୍ଦୁରେ ମୁଁ ବର୍ଣ୍ଣନା କରିବା ଉଚିତ ହେବ ଯେ, ସେସିଲିଆର ସ୍ୱଭାବ ଥିଲା ସମ୍ପୂର୍ଣ୍ଣ ଭାବେ ଅନୁସନ୍ଧିସା-ଶୂନ୍ୟ । ସେ କେବେ ବି ମୋତେ ମୋ ପରିବାର ବିଷୟରେ ପ୍ରଶ୍ନ କରି ନ ଥିଲା, ତେଣୁ ମୁଁ ଯେ ଏକ ଧନାଢ୍ୟ ପରିବାରର ସନ୍ତାନ ଏ ବିଷୟରେ ତାର ଜ୍ଞାନ ନ ଥିଲା । ମୁଁ ଯେଭଳି ଦିଶେ, ଅର୍ଥାତ୍ ସବୁବେଳେ ସ୍ୱେଟର ଆଉ କର୍ଡ ପ୍ୟାଣ୍ଟ ପିନ୍ଧୁଥିବା ଏକ ନିର୍ଦ୍ଧନ ରଙ୍ଗାଜୀବୀ, ଯାହାର ଅଛି ଏକ ଅପରିଚ୍ଛନ୍ନ ଶିକ୍ଷାଶାଳା ଆଉ ଗୋଟିଏ ଭଙ୍ଗା ଦଦରା କାର, ସେଇଭଳି ମୋତେ ଧରି ନେଇଥିଲା ସିଏ । ତେଣୁ ତାର ଉତ୍ତର ସ୍ୱାଭାବିକ ଭାବରେ ସେଇଆ ହିଁ ଥିଲା । "ସତ କଥା", ମୁଁ କହିଲି । "ମୋ ପାଖରେ ଟଙ୍କା ନ ଥିଲା । କିନ୍ତୁ ମୁଁ ଭାବୁଥିଲି ଯେ ତୁମେ ବିରକ୍ତ ହେଉଥିବ କାରଣ ମୁଁ ତୁମକୁ ଟଙ୍କା ଦେବା ବନ୍ଦ କରି ଦେଇଛି ।"

: “ପାଖରେ ପଇସା ନ ଥିବା ଅବସ୍ଥାଟା କାହାର ବି ଭାଗ୍ୟରେ ଆସିପାରେ।” ସେ ଏକ ଅନିଶ୍ଚିତ ମନ୍ତବ୍ୟ ଦେଲା।

: “ଧର ବର୍ତ୍ତମାନ ଠାରୁ ମୁଁ ତୁମକୁ ଆଉ ପଇସା ଦେଇ ପାରିବି ନାହିଁ, ତୁମେ ତାହେଲେ କଅଣ କରିବ ?”

: “ତୁମେ ତ ଆଜି ମତେ ଦେଇଛ। ଭବିଷ୍ୟତ କଥା ଭାବିବା କ’ଣ ଦରକାର ?”

ମୁଁ ଜାଣିଥିବା ମତେ ଏହା ଥିଲା ସେସିଲିଆର ଏକ ମୌଲିକ ପ୍ରତିକ୍ରିୟା। ତା ପାଇଁ ଅତୀତ ଓ ଭବିଷ୍ୟତର ସ୍ଥିତି ହିଁ ନ ଥିଲା। କେବଳ ଆଶୁ ବର୍ତ୍ତମାନ, ବସ୍ତୁତଃ କ୍ଷଣସ୍ଥାୟୀ ନଶ୍ୱର ଉପସ୍ଥିତ ମୁହୂର୍ତ୍ତି ହିଁ କେବଳ ତା’ପାଇଁ ଅର୍ଥ ରଖୁଥିଲା। ତଥାପି ମୁଁ ଜିଗର କଲାଭିଲି ପରିଲିଲି, “କିନ୍ତୁ ଧର ମୁଁ ତୁମକୁ କିଛି ବି ଦେବି ନାହିଁ, ତୁମେ ତଥାପି ମୋ ସାଙ୍ଗେ ମିଶିବାକୁ ଆସିବ କି ?”

ସିଏ ମତେ ରୁହିଁଲା ଆଉ ତାପରେ ପରିଶେଷରେ ଉତ୍ତର ଦେଲା, “ତୁମେ ମତେ ଅର୍ଥ ଦେବାକୁ ଆରମ୍ଭ କରିବା ପୂର୍ବରୁ କ’ଣ ଆମେ ପରସ୍ପର ମିଶୁ ନ ଥିଲେ ?” ମୁଁ ଭାବିଲି ବାସ୍ତବରେ ଏହା ଥିଲା ମୋ ପ୍ରଶ୍ନର ଏକ ଯଥାର୍ଥ ଉତ୍ତର। କିନ୍ତୁ ତାର ଅନିଶ୍ଚିତ, ସଂଶୟପୂର୍ଣ୍ଣ ପ୍ରଶ୍ନବାଚୀ ସ୍ୱର, ଯେମିତିକା ସିଏ ଯାହା କହୁଛି, ସେ ସମ୍ପର୍କରେ ସିଏ ନିଜେ ବି ସମ୍ପୂର୍ଣ୍ଣ ନିଶ୍ଚିତ ନୁହେଁ, ସେଇ ସ୍ୱର ମତେ ତା ଉତ୍ତରର ସତ୍ୟତା ସମ୍ପର୍କରେ ସନ୍ଦିହାନ କରି ପକାଇଲା। ସେ ସ୍ୱର ଏଏଠା ଭାବିବା ପାଇଁ ଯଥେଷ୍ଟ ସୁଯୋଗ ଦେଉଥିଲା ଯେ ଯଦି ମୁଁ ବାସ୍ତବରେ ଅର୍ଥ ପ୍ରଦାନ ବନ୍ଦ କରିଦେବି, ସେ ହୁଏତ ଆମର ଏଇ ସମ୍ପର୍କ ସମ୍ବନ୍ଧରେ ପୁନର୍ବିଚାର କରିପାରେ। ଏବଂ ତଥାପି ମୁଁ ଭାବିଲି ଯେ, ମୁଁ ଯାହା ଭାବୁଛି ବୋଧହୁଏ ତାହା ମଧ୍ୟ ସୁନିଶ୍ଚିତ ଭାବେ ସତ୍ୟ ନୁହେଁ। କାରଣ ଏସବୁ ଭିତରେ ମୁଁ ଉପଲବ୍ଧି କରୁଥିଲି ଯେ ବୋଧହୁଏ ସେସିଲିଆ ନିଜେ ମଧ୍ୟ ସଠିକ୍ ଜାଣେନା ମୁଁ ଅର୍ଥ ପ୍ରଦାନ ବନ୍ଦ କରି ଦେଲେ ସେ କିଭଳି ପ୍ରତିକ୍ରିୟା ପ୍ରକାଶ କରିବ। ଏହା ଏଇ କାରଣରୁ ଠିକ୍ ଯେ, ସେସିଲିଆ ଭଳି ଝିଅ ଯିଏ କି ବର୍ତ୍ତମାନ ମୁହୂର୍ତ୍ତି ସହ ହିଁ ଘନିଷ୍ଟ ଭାବେ ଜଡ଼ିତ ଆଉ ଯିଏ କଳ୍ପନା ଶକ୍ତି ଶୂନ୍ୟ, ମୋର ଅର୍ଥନୈତିକ ଅକ୍ଷମତା ପରିପ୍ରେକ୍ଷୀରେ ଭବିଷ୍ୟତରେ ତା ହୃଦୟରେ କେଉଁ ପ୍ରକାର ଭାବନା ଜନ୍ମ ନେବ ତାହା ସିଏ ନିଜେ ମଧ୍ୟ ଅନୁମାନ କରି ପାରିବ ନାହିଁ। ଏବଂ ସର୍ବୋପରି, ଥରେ ମୁଁ ଅର୍ଥ ପ୍ରଦାନ ବନ୍ଦ କଲେ ମୋ

ପ୍ରତି ତାର କାମାବେଗ କେତେଦୂର କମିଯିବ, ବଢ଼ିଯିବ ଅବା ପୂର୍ବଭଳି ସେଇ ଢଙ୍ଗରେ ରହିବ କିୟ। ତାହା ଭିନ୍ନ ଭଙ୍ଗୀରେ ଆତ୍ମପ୍ରକାଶ କରିବ ଅବା ଜମା ହିଁ ରହିବ ନାହିଁ, ତାହା ସେସିଲିଆ ପକ୍ଷରେ ସ୍ୱୟଂ ଅନୁମାନ କରି ପାରିବା ମଧ ଥିଲା ସମ୍ପୂର୍ଣ୍ଣ ଅସମ୍ଭବ। "ବର୍ତ୍ତମାନ ଶୁଣ", ମୁଁ କହିଲି। "ମୁଁ ତୁମକୁ ଗୋଟେ ପ୍ରସ୍ତାବ ଦେଉଛି। ମୁଁ କେତେବେଳେ ତୁମକୁ ପାଞ୍ଚ ତ କେତେବେଳେ ଦଶ, କେତେବେଳେ କୋଡ଼ିଏ ତ, କେତେବେଳେ ତିରିଶ ହଜାର ଲିରେ ବର୍ତ୍ତମାନ ଦେଉଛି। ଏହା ବଦଳରେ ଆମେ ଏକ ନିର୍ଦ୍ଦିଷ୍ଟ ପରିମାଣର ଅର୍ଥ ଉପରେ ସହମତ ହୋଇ ପାରିବା, ଯାହାକି ମୁଁ ତୁମକୁ ମାସକୁ ଥରେ ହିଁ ଦେଉଥିବି। ତୁମେ କ'ଣ କହୁଛ ?"

ସେ ତତ୍‍କ୍ଷଣାତ୍ ପ୍ରତିବାଦ କଲା। ଯେମିତିକି ଏଇଟା ତା'ର ଏକ ନିର୍ଦ୍ଦିଷ୍ଟ ବାଞ୍ଛିତ ଅଭ୍ୟାସ, ଯାହା ସାମାନ୍ୟ ଉଭଟ ମନେ ହେଲେ ମଧ କେବଳ ଏକ କବି ସୁଲଭ ଲଳିତ ଅସଙ୍ଗତି, ଆଉ ତା ମଧରୁ ତାକୁ ଠେଲି ଦିଆଯାଉଛି ଏକ ଯୁକ୍ତିଯୁକ୍ତ ଅଥଚ ଗଦ୍ୟମୟ ଅଭ୍ୟାସର ଅର୍ଗଳ ଭିତରକୁ। "ନା, ନା" ସେ କହିଲା। "ଏ ପର୍ଯ୍ୟନ୍ତ ଯେମିତି ଚଳିଛି, ସେମିତି ଚଳିବା ଆମେ। ତୁମେ ମତେ ଯାହା ଦବାକୁ ରୁହଁ, ଯେତେ ବେଳେ ଦେବାକୁ ରୁହଁ, ସେତେ ବେଳେ ସେତିକି ହିଁ ଦେବ, କିଛି ଧରାବନ୍ଧା ନିୟମ ବିନା। ଏଭଳି ଏମିତି କିଛି ପାଇବାରେ ଥାଏ ଏକ ଅପ୍ରତ୍ୟାଶିତ ବିସ୍ମୟ।"

ପୁଣି ଥରେ ସେସିଲିଆକୁ ଏକ ଭ୍ରଷ୍ଟ ଲୋଲୁପତାର ପଞ୍ଜୁରୀ ଭିତରେ କଏଦ କରିବାରେ ମୁଁ ଅକ୍ଷମ ହେଲି। ବିଫଳ ହେଲି ତାକୁ ଏକ ବିପଳାୟୀ ରହସ୍ୟମୟ ବାସ୍ତବତାରୁ ଏକ ସାଧାରଣ, ବୋରିୟାତିଆ, ଅର୍ଥଲିପ୍ସୁ ନାରୀରେ ପରିଣତ କରିବା ପାଇଁ। ମୁଁ ପରିଶେଷରେ ଏହି ଉପସଂହାରରେ ଉପନୀତ ହେଲି ଯେ ଏକ ଗଣିକାକୁ ଦିଆ ଯାଉଥିବା ଅର୍ଥର ଚରିତ୍ରରେ ବାସ୍ତବରେ ରହିଛି ଏକ ଅଧିକାରର ସମ୍ପର୍କ। କାରଣ ଯିଏ ଅର୍ଥ ପ୍ରଦାନ କରେ କେବଳ ସିଏ ନୁହେଁ, ଯିଏ ଗ୍ରହଣ କରେ ସିଏ ମଧ ବିଚାର କରେ ଯେ ଏହି ଅର୍ଥ ଏକ ନିର୍ଦ୍ଦିଷ୍ଟ ଧରଣର ସେବାର ପ୍ରତିଦାନ। ଅନ୍ୟ ଭାଷାରେ କହିଲେ ଗରାଖଟି ଜାଣେ ଯେ ପଇସା ବିନା ସେହି ନାରୀଟି ତାକୁ ପ୍ରତ୍ୟାଖ୍ୟାନ କରିବ, ଆଉ ଗଣିକାଟି ଜାଣେ ଯେ ପଇସା ନେବାର ଅର୍ଥ ହେଉଛି ସେହି ବ୍ୟକ୍ତି ନିକଟରେ ତାକୁ ଶରୀର ସମର୍ପଣ କରିବାକୁ

ହେବ । କିନ୍ତୁ ମୁଁ ସଚେତନ ଥିଲି ଯେ ସେସିଲିଆ ମତେ ତନୁଦାନ କରିବାର ପଶ୍ଚାତରେ ଯେଉଁ କାରଣ ରହିଛି ତା'ର ଅର୍ଥ ସହ କୌଣସି ସମ୍ପର୍କ ନାହିଁ । ଏବଂ ତା ତରଫରୁ ଦେଖିଲେ, ସେ ଏକଥା ଜାଣିବା ଭଲି ଜଣା ଯାଉ ନ ଥିଲା ଯେ ଥରୁଟେ ଅର୍ଥ ଗ୍ରହଣ କଲେ ଜଣେ ଦେହ ସମର୍ପଣ କରିବା ପାଇଁ ବାଧ୍ୟ । ଏ ସମ୍ପର୍କରେ ମୁଁ ଦିନେ ହଠାତ୍ ପ୍ରମାଣ ପାଇଲି, ଯେତେବେଲେ କି ଚିରାଚରିତ ଭାବରେ ତା ହାତରେ ଟଙ୍କା ଗୁଞ୍ଜି ଦେବା ପରେ ସେଦିନ ସେ ମତେ ଏଇଆ କହି ପ୍ରତ୍ୟାଖ୍ୟାନ କଲା, ଦେଖ ଆଜି ମୋର ସେ ସବୁ ଇଚ୍ଛା ନାହିଁ, ଆଜି ଆମେ ଖାଲି ଭାଇ-ଭଉଣୀ ଭଲି ରହିବା । ସେଦିନ ତାର କଥାରେ କୌଣସି ହିସାବ କିତାବର ସୁଆ ହିଁ ନ ଥିଲା । ସେଥିରେ ଥିଲା କେବଲ ଏକ ଅକପଟ ଉଦାସୀନତା । ଇତି ମଧ୍ୟରେ ତା ହାତ ମୁଠାରେ ହିଁ ନୋଟଗୁଡ଼ିକ ରହି ଥିଲା ଓ ତାର ଅବ୍ୟବହିତ ପରେ ପରେ ସେ ତାକୁ ତା ବ୍ୟାଗରେ ପୁରାଇଲା । ତେଣୁ ସେଇ ଅର୍ଥ ଯାହା ମୋ ପକେଟରେ ଥିବା ପର୍ଯ୍ୟନ୍ତ ମତେ ଅଧିକାରର ପ୍ରତୀକ ଭଲି ପ୍ରତୀତ ହେଉଥିଲା, ତାହା ସେସିଲିଆ ବ୍ୟାଗକୁ ଯିବା ସହିତ ଅଧିକାରର ଅସମ୍ୟାବ୍ୟତାର ପ୍ରତୀକ ହୋଇ ଉଭା ହେଲା ।

ଅପରପକ୍ଷରେ ପ୍ରତିଥର ସିଏ ମତେ ଭେଟିବାକୁ ଆସିବା ସହିତ ତା'ର ଅର୍ଥଲାଭ ଘଟୁଥିବା ସତ୍ତ୍ୱେ ମଧ୍ୟ ତାହା ତା'ର ପ୍ରତ୍ୟାଗମନର ଅନିଶ୍ଚିତତା ଓ ଅନିର୍ଦ୍ଧିଷ୍ଟତାରେ କିଛି ପରିବର୍ତ୍ତନ ଆଣି ନ ଥିଲା । ପ୍ରତ୍ୟେକଟି ଭେଟରେ ପୂର୍ବଭଲି ଥିଲା ଅପ୍ରତ୍ୟାଶିତତା ଓ ସଦିହାନତା । ବର୍ତ୍ତମାନ ମଧ୍ୟ ସେସିଲିଆ ସପ୍ତାହକୁ ଦୁଇତିନି ଥର ମତେ ଭେଟିବାକୁ ଆସୁଥିଲା ପୂର୍ବ ଭଲି, ଯେତେ ବେଲେ ସିଏ ମୋ ଠାରୁ କିଛି ହିଁ ପାଉ ନ ଥିଲା । କେବଲ ସେତିକି ନୁହେଁ, ସେ ମତେ ଭେଟିବାକୁ ଆସିବା ପୂର୍ବରୁ ସକାଲେ କରୁଥିବା ଦୂରଭାଷରେ ମୁଁ ତା ସ୍ୱରରେ ସ୍ପଷ୍ଟ ଅନୁଭବ କରିପାରୁଥିଲି ସେଇ ଅଦୃଶ୍ୟ ସଦିହାନତା ଓ ଅନିଶ୍ଚିତତାର ସ୍ପର୍ଶ । ତାହା ମତେ ସ୍ପଷ୍ଟ ସୂଚନା ଦେଉଥିଲା ଯେ ଆମର ମିଲନ ପୂର୍ବଭଲି ତାର ସେଇ ନିର୍ଲିପ୍ତ ଓ ରହସ୍ୟମୟ ବାଧବାଧକତା ଉପରେ ନିର୍ଭର କରେ ଆଉ ଅର୍ଥ ସହିତ ତାର କୌଣସି ସମ୍ପର୍କ ହିଁ ନାହିଁ ।

ସେସିଲିଆକୁ ଆର୍ଥିକ ଭ୍ରଷ୍ଟତା ମାଧମରେ ଦଖଲ କରିବାର ମୋର ଯେଉଁ ପାଗଲାମୀ ତାର ପ୍ରଥମ ଫଲାଫଲ ହେଲା ଏଇଆ ଯେ ମୋର ଏଇ ପରୀକ୍ଷଣରୁ

ଉପୁଯୁଥିବା ବ୍ୟୟଭାର ସମ୍ଭାଳିବା ପାଇଁ ମତେ ପୁଣି ମୋ ମାଆଙ୍କ ନିକଟକୁ ଯିବାକୁ ପଡ଼ିଲା, ଯାହାଙ୍କ ଠାରୁ କି ମୁଁ ଏ ପର୍ଯ୍ୟନ୍ତ ବଞ୍ଚିବାର ଆବଶ୍ୟକତା ବ୍ୟତୀତ ଅଧିକ କେବେ କିଛି ଗ୍ରହଣ କରି ନ ଥିଲି। ତାଙ୍କର ସଂପଦ ପାଇଁ ମୁଁ ଦେଖାଇଥିବା ଘୃଣାପୂର୍ଣ୍ଣ ଅବହେଳା ଲାଗି ମୁଁ ଅନୁତାପ କରୁଥିଲି। ମୁଁ ଅବଗତ ଥିଲି ଯେ, ମୋର ଅର୍ଥ ପ୍ରତି ଥିବା ଅନାସକ୍ତି ସହ ସେ ଅଭ୍ୟସ୍ତ ହୋଇ ପଡ଼ିଥିଲେ ଯାହାକୁ ବର୍ତ୍ତମାନ ସ୍ୱଇଚ୍ଛାରେ ବଦଳାଇବା ପାଇଁ ମୁଁ ରୁହୁଁଥିଲି; କାରଣ ତାହା ମତେ ସେସିଲିଆ କ୍ଷେତ୍ରରେ ଠିକ୍ କୃପଣତା ନ ହେଲେ ମଧ ମିତବ୍ୟୟିତା ପ୍ରଦର୍ଶନ କରିବାକୁ ବାଧ୍ୟ କରୁଥିଲା। କଥାଟା ଠିକ୍ ଏଇଆ, ମୁଁ ଦାରିଦ୍ର୍ୟ ରୁହୁଁଥିଲି ସ୍ୱଇଚ୍ଛାରେ କାରଣ ମୁଁ ସେତେବେଳେ ଭାବି ପାରି ନ ଥିଲି ଯେ, ଦିନେ ସେସିଲିଆ ଭଳି ଝିଅଟିଏ ମୋ ଜୀବନରେ ଆସିବ ଯାହା ପାଇଁକି ମୋର ଧନର ଆବଶ୍ୟକତା ପଡ଼ିବ। ଆଉ ବର୍ତ୍ତମାନ ମୋ ମାଆଙ୍କର ମୋ ପ୍ରତି ଥିବା ଧାରଣାକୁ ବଦଳାଇବା ପାଇଁ ଖୁବ୍ ଡେରି ହୋଇ ଯାଇ ଥିଲା। ଆଉ ତାଙ୍କର ସେଇ ଧାରଣା ପୁଷ୍ଟ ହେବା ଲାଗି ସୁଯୋଗ ଦେଇ ଥିଲା ମିତବ୍ୟୟିତା ପାଇଁ ତାଙ୍କର ସ୍ୱାଭାବିକ ପ୍ରବଣତା। ଏସବୁ ସତ୍ତ୍ୱେ ବି ମୁଁ ଜାଣିଥିଲି ଯେ ମୋ ମାଆ ମୋତେ ଯାହା ଦେଉଛନ୍ତି, ତାର ବହୁ ଗୁଣ ସେ ମୋତେ ଦେବାପାଇଁ ପ୍ରସ୍ତୁତ। କିନ୍ତୁ ଏହା ମଧ ମୁଁ ଜାଣିଥିଲି ଯେ, କେବଳ କିଛି ପ୍ରତିଦାନର ବଦଳରେ ହିଁ ସେ ମୋତେ, ମୁଁ ରୁହୁଁଥିବା ଅର୍ଥ ଦେବେ। ବର୍ତ୍ତମାନ ମୋ ମାଆ ବଡ଼ ତୀବ୍ରଭାବେ ରୁହୁଁଥିଲେ ଯେ ମୁଁ ପୁଣି ତାଙ୍କ ପାଖକୁ ଫେରିଯାଇ ତାଙ୍କ ସହିତ ବାସ କରେ। ଏବଂ ଯେଉଁ ଅର୍ଥ ଅତୀତରେ ସେ ମୋତେ ଦେବାପାଇଁ ବାରମ୍ବାର ଚେଷ୍ଟା କରି ବ୍ୟର୍ଥ ହୋଇଛନ୍ତି, ଆଉ ଯେଉଁ ଅର୍ଥ ସେ ମତେ ବର୍ତ୍ତମାନ ଦେଉଛନ୍ତି ଅଧିକରୁ ଅଧିକ ମାତ୍ରାରେ ମୁଁ ମାଗିବା କ୍ଷଣି, ମୁଁ ବୁଝୁଥିଲି ତାହା କେବଳ ଏଇ ଉଦ୍ଦେଶ୍ୟରେ ଯେ ଏହାଦ୍ୱାରା ତାଙ୍କର ଇଚ୍ଛାକୁ ମୋ ଉପରେ ଥୋପିବା ପାଇଁ ସେ ସକ୍ଷମ ହେବେ। ମୁଁ ଜାଣୁଥିଲି ଯେ ଆମ ଦୁହିଁଙ୍କର ଏହି ପରସ୍ପର ବିରୋଧୀ ଇଚ୍ଛା ଭିତରେ ଏକ ଅବଶ୍ୟମ୍ଭାବୀ ସଂଘାତ ସୃଷ୍ଟି ହେବାକୁ ଯାଉଚି। ତେବେ ମୁଁ ଏହାକୁ ପାରୁପର୍ଯ୍ୟନ୍ତ ଟାଳିବା ପାଇଁ ଚେଷ୍ଟା ଚଲାଇଥିଲି। ତେଣୁ ମାଆଙ୍କର ପ୍ରତିଟି ଅପ୍ରତ୍ୟାଶିତ ବଦାନ୍ୟତାର ପ୍ରତିବଦଳରେ ମୁଁ ତାଙ୍କ ପ୍ରତି ସାତିଶୟ ମନଯୋଗ, ପ୍ରଯତ୍ନ ଓ ଅନୁରାଗ ପ୍ରଦର୍ଶିତ କରାଉଥିଲି, ଯାହାକି ସେ

ଅତୀତରେ କେବେ ମୋ ଠାରୁ ପାଇବାରେ ଅଭ୍ୟସ୍ତ ନଥିଲେ । ମୁଁ ଲକ୍ଷ୍ୟ କରି ଦେଖିଲି ଯେ ଏହାଦ୍ୱାରା ସେ ମୋର ଅର୍ଥ ପାଇଁ ପ୍ରାର୍ଥନାକୁ କେବେ ନାମଞ୍ଜୁର କରୁ ନାହାନ୍ତି ଖାଲି ନୁହେଁ, ବରଂ ଆପାତତଃ ଅଧିକ ଅର୍ଥ ମାଗିବା ପାଇଁ ସେ ମତେ ଉସ୍ଲାହିତ କରୁଛନ୍ତି । ଏବଂ ମୁଁ ହଠାତ୍ ହୃଦୟଙ୍ଗମ କଲି ଯେ, ମାଆଙ୍କ ସହ ମୋ ସମ୍ପର୍କ ସେସିଲିଆ ସହ ମୋର ସମ୍ପର୍କ ଠାରୁ ମୂଳତଃ ଭିନ୍ନ ନୁହେଁ । ମୁଁ ଯେଉଁଭଳି ଅର୍ଥ ଦ୍ୱାରା ସେସିଲିଆକୁ ଆୟତ୍ତ କରିବାକୁ ଚାହୁଁଛି, ମୋର ମାଆ ମଧ ଅର୍ଥ ଦ୍ୱାରା ମତେ ବଶୀଭୂତ କରିବାକୁ ଚାହୁଁଛନ୍ତି । ମାତ୍ର ଏଇଠି ହିଁ ଏହି ଉଭୟ ସମ୍ପର୍କ ମଧ୍ୟରେ ଥିବା ସାଦୃଶ୍ୟ ଓ ଅନୁରୂପତାର ଅନ୍ତ ଘଟିଛି । କାରଣ ମୁଁ ସେସିଲିଆ ନ ଥିଲି ଏବଂ ମୋର ମାଆ ମୋ ପରି ନଥିଲେ । ସେସିଲିଆ ଓ ମୁଁ ଉଭୟ ଭିନ୍ନ ଭିନ୍ନ କାରଣରୁ ଅର୍ଥକୁ ଗୁରୁତ୍ୱ ପ୍ରଦାନ କରୁ ନଥିଲୁ ଓ ଆମପାଇଁ ଅର୍ଥ ଏକ ଆର୍ଥିକ ସମ୍ପର୍କ ନ ହୋଇ ଆମ କେଳିର କ୍ରୀଡାର ଅଂଶ ବିଶେଷରେ ପରିଣତ ହୋଇଥିଲା, କିନ୍ତୁ ମୋ ସହିତ ମାଆଙ୍କ ସମ୍ପର୍କରେ ଅର୍ଥର ମୌଳିକ ଚରିତ୍ର ଅକ୍ଷୁଣ୍ଣ ରହୁଥିଲା । କାରଣ, ମୋ ମାଆଙ୍କ ପାଇଁ ଅର୍ଥ ଖାସ୍ ଅର୍ଥ ଛଡା ଅନ୍ୟ କିଛି ନୁହେଁ, ଏବଂ କିଛି ହେବା ସମ୍ଭବ ମଧ ନୁହେଁ । ଅର୍ଥାତ୍ ଅର୍ଥ ତାଙ୍କ ପାଇଁ ସର୍ବଦା ଏକ ବିନିମୟର ମାଧ୍ୟମ ଥିଲା ।   ଅନ୍ୟ ଭାଷାରେ କହିଲେ, ଯଦିଚ ମୋର ମାଆ ମତେ ନିଃସନ୍ଦେହରେ ଭଲ ପାଉଥିଲେ, ତେବେ ସେ ଖାଲି ଭଲ ପାଇବା ପାଇଁ ଯେ ମୋ ଉପରେ ସବୁ ବେଳେ ଅର୍ଥଶ୍ରାଦ୍ଧ କରି ଝଲିଥିବେ, ସେ ସେଭଳି ମଣିଷ ନ ଥିଲେ । ତେଣୁ ଏଭଳି କିଛି କାର୍ଯ୍ୟ କରିବାରେ ସେ ଅସମର୍ଥ ଥିଲେ ଯାହା ଫଳରେ କି ଅର୍ଥ ତାଙ୍କ ପାଖରେ ତାର ଚିରାଚରିତ ଗୁରୁତ୍ୱକୁ ହରାଇ ବସିବ ।

ଏହି ଉଭୟ ସମ୍ପର୍କ ମଧ୍ୟରେ ଥିବା ପ୍ରଭେଦ ବିଷୟରେ ମୁଁ ଏକ ନିଶ୍ଚିତ ସିଦ୍ଧାନ୍ତରେ ପହଞ୍ଚିଲି, ଦିନେ ଯେତେବେଳେ ମୁଁ ମାଆଙ୍କୁ ବେଶ୍ ବଡ଼ ଅଙ୍କର ଅର୍ଥ ମାଗିଲି ଗୋଟିଏ ଆଲରେ, ଯାହା କି ମୋ ପକ୍ଷରେ ମୂର୍ଖତାପୂର୍ଣ୍ଣ ଥିଲା ବୋଲି ଭବିଷ୍ୟତ ଘଟଣାବଳୀ ପରିପ୍ରେକ୍ଷୀରେ ସାବ୍ୟସ୍ତ ହେବ । ଦିବାହାର ସରିଥାଏ, ଆଉ ମୋର ମାଆ ସବୁଦିନ ଭଳି, ତାଙ୍କ ନିଜ ବଖରାରେ ପଲଙ୍କ ଉପରେ ବିଶ୍ରାମ ନେଇ ଥାଆନ୍ତି । ତାଙ୍କର ମୁହଁକୁ ଅଧା ଘୋଡ଼େଇ ଥାଏ ତାଙ୍କ ହାତ, ଆଉ ଗୋଡ଼ ଦିଇଟା ଓହଲି ଥାଏ ତଳକୁ । ମୁଁ ବସିଥାଏ ପଲଙ୍କ ପାଖରେ ପଡ଼ିଥିବା ଗୋଟିଏ

ଆରାମ ଚେୟାରରେ ଆଉ ତାଙ୍କୁ ବିଭିନ୍ନ ପ୍ରକାରେ ପ୍ରଶ୍ନମାନ ପଚରୁ ଥାଏ, ବୋଧହୁଏ ମୋ ବାପାଙ୍କ ବିଷୟରେ; ଯାହାକି ଆମ ଉଭୟଙ୍କ ମଧ୍ୟରେ ଆଲୋଚନାର ସାଧାରଣ ବିଷୟବସ୍ତୁ ଥିଲା ଏବଂ ଯାହା କେବେ ବି ମୋ ଉସ୍କତାରେ ଭଟ୍ଟା ଆଣୁ ନ ଥିଲା। ମୋ ମାଆଙ୍କର ଉତ୍ତର କ୍ରମଶଃ ଅଧିକରୁ ଅଧିକତର ସଂକ୍ଷିପ୍ତ ଏବଂ ଅସ୍ପଷ୍ଟ ହୋଇ ଚଳିଥିଲା। ମନେ ହେଉଥିଲା ସିଏ ଏଇଲା ହିଁ ଶୋଇ ପଡ଼ିବେ। ହଠାତ୍ କିଛି ନ ବିଚରି ମୁଁ ତାଙ୍କୁ କହି ପକାଇଲି, "ଆରେ ହଁ, ମୁଁ କ'ଣ କହୁଥିଲି କି ମୋର ତିନି ଲକ୍ଷ ଲିରେ ଦରକାର ଥିଲା।"

ମୁଁ ଲକ୍ଷ୍ୟ କଲି ଯେ ସିଏ ତାଙ୍କ ହାତ ସାମାନ୍ୟ ଘୁଞ୍ଚାଇ ନେଲେ ତାଙ୍କର ଗୋଟାଏ ଆଖ୍ ଉପରୁ ଆଉ ମତେ ଘଡ଼ିକ ପାଇଁ ସେହି ଆଖିରେ ହିଁ ଚହିଁ ରହିଲେ। ତାପରେ ତାଙ୍କ ନିଦୁଆ ସ୍ୱରରେ ପ୍ରଥମଥର ପାଇଁ ଅସନ୍ତୋଷର ସ୍ୱର୍ଶ ଦେଇ ସେ କହିଲେ, "ମୁଁ ତୁମକୁ ପଚ୍ଚିଶ ହଜାର ଦେଇଥିଲି ଏଇ ଶନିବାର ଦିନ, ଆଉ ଆଜି ହେଲା ମଙ୍ଗଳବାର, ତୁମର ଏତେ ପଇସା କ'ଣ ପାଇଁ ଆବଶ୍ୟକ ପଡ଼ୁଛି ?"

ମୁଁ ଆଗରୁ କରିଥିବା ଯୋଜନା ମୁତାବକ ଉତ୍ତର ଦେଲି, "ମୁଁ ଯାହା ଖର୍ଚ୍ଚ କରିବା ପାଇଁ ସ୍ଥିର କରିଛି, ଏଇଟା ତାର ମାତ୍ର ପ୍ରଥମ କିସ୍ତି। ମୁଁ ମୋର ଶିଳ୍ପଶାଲାକୁ ରହିବା ଉପଯୋଗୀ କରିବା ପାଇଁ ଚାହୁଁଛି। ତାହା ବର୍ତ୍ତମାନ ବଡ଼ କଦର୍ଯ୍ୟ ଅବସ୍ଥାରେ ଅଛି।"

: "ସମୁଦାୟ କେତେ ଖର୍ଚ୍ଚ ହେବ ?"

: "ଏହାର ପ୍ରାୟ ତିନିଗୁଣା ଲାଗିବ। ପ୍ଲାଷ୍ଟର କରିବା ଆଉ ରଙ୍ଗ ଦେବା ବାଦ ଦେଲେ, ଗାଧୁଆ ଘରର ବି କାମ ଦରକାର। ନୂଆ ପର୍ଦ୍ଦା ପଡ଼ିବ, ଚଟାଣ ବି ମରାମତ ହେବ, ଏମିତିଆ ଆଉ କ'ଣ ?"

ମତେ ଲାଗୁଥିଲା ଟଙ୍କା ଆଦାୟ ପାଇଁ ଏହା ଏକ ଭଲ ଯୋଜନା। ବାସ୍ତବିକ ଶିଳ୍ପଶାଲାଟିର ମରାମତି ଆବଶ୍ୟକ ଥିଲା। ତେଣୁ ମାଆଙ୍କ ଠାରୁ ଦଶ ପନ୍ଦର ଲକ୍ଷ ଝ଼ଡ଼ାଇବା ପାଇଁ ମୋ ପାଖରେ ଯଥାର୍ଥ କାରଣ ଥିଲା। ଅଧିକନ୍ତୁ, ମୁଁ ଜାଣିଥିଲି ଯେ ମୁଁ କିଭଲି ତାଙ୍କ ଟଙ୍କା ଖର୍ଚ୍ଚ କରୁଛି ଦେଖିବା ପାଇଁ ମାଆ 'ଭିୟା ମାର୍ଗୁଆ'କୁ ଆସିବେ ନାଇଁ, କାରଣ ମୋ ଶିଳ୍ପଶାଲା ପ୍ରତି ବିତୃଷ୍ଣା ଓ ବିରାଗ ଥିଲା ତାଙ୍କ ଆତ୍ମମର୍ଯ୍ୟାଦାର ଏକ ଗୁରୁତ୍ୱପୂର୍ଣ୍ଣ ଅଙ୍ଗ।

        ତେଣୁ ମୁଁ ବେଶ୍ ଆତ୍ମପ୍ରତ୍ୟୟ ସହ ତାଙ୍କ ଉତ୍ତରକୁ ଅପେକ୍ଷା କରୁଥିଲି। ସେ ସ୍ଥିର ହୋଇ ପଡ଼ି ରହିଥିଲେ ଅଧୁନା, ଜଣା ପଡ଼ୁଥିଲା ସତରେ ଯେମିତି ସିଏ ଶୋଇ ଯାଇଛନ୍ତି ନିଦରେ। କିନ୍ତୁ ପରିଶେଷରେ ତାଙ୍କ ମୁହଁକୁ ଘୋଡ଼ାଇ ରଖିଥିବା ହାତ ତଳୁ ଆସିଲା ସ୍ପଷ୍ଟ ବିନିଦ୍ର ସ୍ୱରଟିଏ।

: "ହେଲେ ଏଥରକ ମୁଁ ତୁମକୁ ଟଙ୍କା ଦେବି ନାହିଁ।"

: "କିନ୍ତୁ କାହିଁକି ?"

: "କାରଣ ତୁମେ ତୁମ ଘର ମାଲିକକୁ ଦଶଲକ୍ଷ ଟଙ୍କାର ଉପହାର ଦେବାର ଯଥାର୍ଥତା ମୁଁ ଦେଖି ପାରୁନି, ଯେତେବେଳେ କି 'ଭିୟା ଆପିଆ'ର ଏକ ପ୍ରାସାଦରେ ରହିବା ପାଇଁ ତୁମର ସମସ୍ତ ସୁଯୋଗ ରହିଛି।"

        ମୁଁ ଦେଖି ପାରିଲି ସେ କିଭଳି କୌଶଳର ସହିତ ମୋର ପ୍ରତିବେଦନକୁ ନିଷ୍କ୍ରିୟ କରିଦେଲେ। ଆଉ ମୁଁ ସଚେତନ ହେଲି ଯେ, ଅବଶ୍ୟ ବେଶ୍ ଡେରି ହେଇ ଯାଇଥିଲା ସେତେବେଳକୁ, ତାଙ୍କଠାରୁ ଟଙ୍କା ଆଦାୟ ପାଇଁ ମୁଁ ଯେଉଁ ବାହାନା ବନାଇ ଥିଲି, ନିର୍ଦ୍ଦିଷ୍ଟ ଭାବରେ ତାକୁହିଁ ଏଡ଼େଇ ରହିବା ମୋ ପକ୍ଷରେ ଉଚିତ୍ ଓ ବୁଦ୍ଧିମାନର କାମ ହୋଇ ଥାଆନ୍ତା। ଅବଶ୍ୟ ଆଶ୍ଚର୍ଯ୍ୟ ହେବାର ଛଲନା କରି ମୁଁ କହିଲି, "ୟା ସହିତ ତା'ର କି ସମ୍ପର୍କ ?"

        "ତୁମେ ଏ ପର୍ଯ୍ୟନ୍ତ ମତେ ବୁଝିବାକୁ ଦେଇଛ ଯେ, ତୁମେ ଏହଁ ଏଠିକି ଫେରି ଆସିବା ପାଇଁ ଓ ମୋ ସହିତ ରହିବା ପାଇଁ", ମୋ ମାଆ କହିଲେ ଏକ ଧୀର, କଠିନ ଓ ମଳିନ ସ୍ୱରରେ। "ଆଉ ତୁମେ ବୁଝି ପାରୁଥିବ ଯେ ମୁଁ ସେଇ ପର୍ଯ୍ୟନ୍ତ ଧୈର୍ଯ୍ୟ ରଖିବାର ବିଘ୍ନରବୁଦ୍ଧି ପ୍ରଦର୍ଶନ କରିଛି, ଯେ ପର୍ଯ୍ୟନ୍ତ ତୁମେ ନିଷ୍ପତ୍ତି ନେବା ପାଇଁ ସମୟ ରହିଛ। କିନ୍ତୁ ବର୍ତ୍ତମାନ ତୁମେ ଅର୍ଥ ରଖୁଛ ତୁମ ଶିକ୍ଷାଶାଳାର ମରାମତି ପାଇଁ। ତେଣୁ ଏହି ଉପସଂହାରରେ ଉପନୀତ ହେବା ପାଇଁ ମୁଁ ବାଧ୍ୟ ହେଉଛି ଯେ, ତୁମେ ତୁମ କଥାରୁ ଓହରି ଯାଇଛ।"

: "ମୁଁ ତ କେବେ ଏଭଳି ପ୍ରତିଶ୍ରୁତି ଦେଇ ନଥିଲି", ମୁଁ କହିଲି ବିରକ୍ତ ଭାବରେ। "ବରଂ ବିପରୀତ କ୍ରମେ, ତୁମ ସହିତ ଏକାଠି ରହିବାର ଧାରଣା ସମ୍ପର୍କରେ ମୋର ବିତୃଷ୍ଣା ମୁଁ କେବେ ମଧ୍ୟ ଗୋପନ ରଖିନାହିଁ।"

: "ଆଚ୍ଛା ତାହେଲେ, ପ୍ରିୟ ଡିନୋ, ଏଇ ପରିପ୍ରେକ୍ଷୀରେ ମୁଁ ତୁମକୁ କିଛି ଦେବି ନାହିଁ କହିବାରେ ତୁମେ ଆଶ୍ଚର୍ଯ୍ୟ ହେବାର କାରଣ ନାହିଁ।"

ବର୍ତ୍ତମାନ ମୁଁ ସେସିଲିଆକୁ ଅର୍ଥ ଦବା ଭିତରେ ଦୁଇଦିନ ବିତି ଯାଇଥିଲା। ସେଇଟା ଥିଲା ମୋ ପାଖରେ ଥିବା ଶେଷ ତିରିଶ ହଜାର ଲିରେ। ଆଉ ସେସିଲିଆର ସେଇଦିନ ଉପରଓଳି ମତେ ଆସି ଭେଟିବାର ଥିଲା। ଅବଶ୍ୟ, ଯେମିତିକା ମୁଁ ତାକୁ ଅତୀତ ଦିନମାନଙ୍କରେ କିଛି ଦେଉ ନ ଥିଲି, ସେଇଭଳି ବର୍ତ୍ତମାନ ମଧ କିଛି ତାକୁ ନ ଦେବା ଥିଲା ଏକ ସମ୍ଭାବ୍ୟ ବିକଳ୍ପ। କିନ୍ତୁ ମୁଁ ହଠାତ୍ ସଚେତନ ହେଲି ଯେ, ଆଉ ଏଭଳି କରିବା ପାଇଁ ମୁଁ ବର୍ତ୍ତମାନ ସକ୍ଷମ ନୁହେଁ। ଅର୍ଥ ମାଧମରେ ମୁଁ ତା ଉପରେ ମୋ ଅଧିକାର ସାବ୍ୟସ୍ତ କରିବାର ଉପଲଢ଼ି ପାଇଁ ଏହା ଯେତେ ଆବଶ୍ୟକ ନ ଥିଲା, ସେତେ ଥିଲା ଠିକ୍ ତା ବିପରୀତ କାରଣ ପାଇଁ – ଅର୍ଥ ବର୍ତ୍ତମାନ ସେସିଲିଆର ବିପଳାୟିତ୍ବୁକୁ ଅନ୍ତିତ କରିଥିଲା ଅନ୍ୟ ଏକ ଦୃଶ୍ୟରୂପରେ, ଯାହା ସେହି ବିପଳାୟିତ୍ବୁକୁ ଦୃଢ଼ୀଭୂତ କରିବା ସହିତ, ତାକୁ ଆହୁରି ଦୁର୍ବୋଧ ଓ ଜଟିଳ କରି ଦେଇଥିଲା। ତାର ବିପଳାୟିତ୍ବର ସେଇ ନୂଆ ବିଭାବଟି ଥିଲା ଅର୍ଥପ୍ରତି ତାର ଉଦାସୀନତା। ଅର୍ଥ ଦ୍ବାରା ତାକୁ ଅଧିକାର କରିବାକୁ ଯେହେତୁ ତାର ଏହି ଉଦାସୀନତା ମତେ ସୁଯୋଗ ଦେଉ ନ ଥିଲା, ମୁଁ ବର୍ତ୍ତମାନ ତାକୁ ଅର୍ଥ ଦେବାପାଇଁ ମୋ ଭିତରେ ଅନୁଭବ କରୁଥିଲି ଏକ ଅପ୍ରତିରୋଧ ତାଡ଼ନା। କେଲଟି କ୍ରିୟାରେ ମୁଁ ତାକୁ ସମ୍ପୂର୍ଣ୍ଣ ଆୟତ୍ତ କରି ନ ପାରିବାର ଅନୁଭବ ହେତୁ କେଲଟିର ବାରମ୍ବାର ପୁନରାବୃତ୍ତି ପାଇଁ ମୁଁ ଯେଭଳି ଏକ ତାଡ଼ନା ଅନୁଭବ କରୁଥିଲି, ଏହି ଅର୍ଥ ଦେବା କ୍ଷେତ୍ରରେ ମଧ କଥାଟା ଠିକ୍ ସେଇ ଭଳି ଘଟିଲା। ବାସ୍ତବରେ ଉଭୟ ଅର୍ଥ ଓ ରତିକ୍ରିୟା ମତେ କ୍ଷଣକ ପାଇଁ ଅଧିକାରର ଭ୍ରମ ଆଣି ଦେଉଥିଲା, ଆଉ ମୁଁ ବର୍ତ୍ତମାନ ସେହି କ୍ଷଣିକ ପ୍ରାପ୍ତିର ମୋହକୁ ହରାଇ ରହି ପାରୁ ନ ଥିଲି; ଯଦିଚ ମୁଁ ଜାଣୁଥିଲି ଯେ ଏହିଭଳି ବିଭ୍ରମକୁ ନିୟମିତ ଅନୁସରଣ କରୁଥିଲା ଏକ ପ୍ରଗାଢ଼ ମୋହଭଙ୍ଗର ଅନୁଭୂତି। ମୁଁ ମାଆକୁ ଋହେଁଥିଲି, ସେ ଉଭାନଶାୟୀ ହୋଇ ପଡ଼ି ରହିଥିଲେ ଖଟରେ। ତାଙ୍କର ପୁରୋବାହୁ ତାଙ୍କ ମୁଖକୁ ଘୋଡ଼ାଇ ପକାଇଥିଲା। ତାପରେ ସେସିଲିଆ ମୋ ସ୍ମୃତିକୁ ଆସିଲା ଯିଏକି ମୋ ଟଙ୍କାକୁ ମୁଠେଇ ଧରିବା କ୍ଷଣି ତା ଅଧରୋଷ୍ଠ ଉନ୍ମୀଲିତ କରି ଦେଉଥିଲା ମୋ ଚୁମନ ପାଇଁ। ଆଉ ମତେ

ଲାଗିଲା ମୁଁ ସେଇ ଅର୍ଥ ଲାଗି ବର୍ତ୍ତମାନ କୌଣସି ଅପରାଧ କରିବାକୁ ମଧ୍ୟ ସକ୍ଷମ। ମୋର ଦୃଷ୍ଟି ବିଶେଷ ଭାବରେ ମାଆଙ୍କର ଆଖିକୁ ଘୋଡ଼ାଇଥିବା ହାତ ଦିଗରେ ଟାଣି ହୋଇଗଲା; ତାଙ୍କର ପ୍ରତିଟି ଶୀର୍ଷ ଅଙ୍ଗୁଳିରେ ଥିଲା ବୃହଦାୟତନ ମୁଦ୍ରିକା, ଆଉ ପ୍ରତ୍ୟେକରେ ଜଡ଼ିତ ହୋଇ ରହିଥିଲା ଦୁର୍ମୂଲ୍ୟ ପ୍ରସ୍ତର। ଏଇ ଅଙ୍ଗୁରୀୟ ମାନଙ୍କ ମଧ୍ୟରୁ ଯେ କୌଣସି ଗୋଟିଏ ମାତ୍ର ହାତେଇ ନେଲେ ମୁଁ ସେସିଲିଆକୁ ଯେତେ ରୁହେଁ ସେତେ ଅର୍ଥ ଦେଇ ପାରିବି, ଅନ୍ତତଃପକ୍ଷେ ବେଶ୍ କିଛି ମାସ ଯାଏଁ। ତାପରେ ହଠାତ୍ ବିନା କିଛି କାରଣରେ, ମୋର ମନେପଡ଼ିଲା ମୋ ପ୍ରତି ମୋ ମାଆଙ୍କର ସ୍ନେହ, ମନେପଡ଼ିଲା ସେଦିନ ମୁଁ ତାଙ୍କ ପରିଚାରିକା ରୀତା ପ୍ରତି ନିଜ ଉପରୁ ନିୟନ୍ତ୍ରଣ ହରାଇ ଆସକ୍ତି ପ୍ରକାଶ କରିବା ସମୟରେ ତାଙ୍କର ଅନୁକୂଳ ଆଚରଣ, ଯଦିଚ ତାହା ଥିଲା କିଞ୍ଚିତ୍ ସ୍ୱାର୍ଥପର, ଆଉ ମୁଁ ହଠାତ୍ ମୋର ଯୋଜନା ବଦଲାଇ ଦେଲି। ମୁଁ ଚେୟାରରୁ ଉଠି ତାଙ୍କ ପାଖକୁ ଗଲି ଆଉ ଶେଯ ଉପରେ ବସିଲି। ତାପରେ କଣ୍ଠରେ ଏକ ହିସାବୀ କୋମଲତା ଫୁଟାଇ କହିଲି, "ମାଆ, ମୁଁ ତୁମକୁ ଗୋଟାଏ ସତ କହିବି, ମୁଁ ଏ ଟଙ୍କା ଶିକ୍ଷଶାଲାର ମରାମତି ପାଇଁ ନେଉନାହିଁ। ଏକ ଭିନ୍ନ କାରଣରୁ ମୋର ଟଙ୍କାଟା ଦରକାର।"

: "କ'ଣ ତୁମର ସେଇ ଭିନ୍ନ କାରଣ?"

: "ଭଲ ହେବ ତୁମେ ଯଦି ଏତେ ପ୍ରଶ୍ନ ନ ପଚରି ଟଙ୍କାଟା ଦେଇଦେବ। କିଛି କଥା ଥାଏ ଯାହା ପ୍ରକାଶ କରିବା ସହଜ ନୁହେଁ।"

: "ପୁଅ କିଭଳି ପଇସାପତ୍ର ଖର୍ଚ୍ଚ କରୁଛି, ଏକଥା ଜାଣିବାକୁ ଗୋଟିଏ ମାଆର ନିଶ୍ଚିତ କିଛି ଅଧିକାର ଅଛି।"

: "ହଁ, ଷୋହଳ ବର୍ଷର ପୁଅ ପାଇଁକି, ହେଲେ ମୋ ହିସାବରେ ପଇଁତିରିଶ ବର୍ଷର ପୁଅ ପାଇଁ ଏଇଟା ଠିକ୍ ନୁହେଁ। ହଉ ଛାଡ଼, ମୋର ଏ ଟଙ୍କାଟା ଗୋଟିଏ ତରୁଣୀ ପାଇଁ ଆବଶ୍ୟକ।"

ଏକଥା କହିଲା ପରେ, ମୁଁ ମାଆଙ୍କ ଆଡ଼କୁ ରୁହିଁଲି। ସେ ସେମିତି ନିଶ୍ଚଲ ହୋଇ ପଡ଼ରହିଥିଲେ, ଲାଗୁଥିଲା ପୁଣି ଥରେ ଶୋଇଗଲେ ଯେମିତି। ତାପରେ ତାଙ୍କର ସ୍ୱର ଶୁଭାଗଲା ମତେ, "ନିଶ୍ଚିତ ଭାବରେ କୌଣସି ଅର୍ଥଲୋଲୁପା ଚରିତ୍ରହୀନା ତରୁଣୀ।"

: “ମା, ଯଦି ସତରେ ସିଏ ସେଭଳି ହୋଇ ଥାଆନ୍ତା, ତୁମେ ଭାବୁଚ୍ଛ କି ମୁଁ ତୁମକୁ ତିନି ଲକ୍ଷ ଲିରେ ମାଗି ଥାଆନ୍ତି ?”

: “କୌଣସି ସମ୍ଭ୍ରାନ୍ତ ନାରୀ କେବେ ତାର ପ୍ରଣୟୀ ପାଖରୁ ଅର୍ଥର ପ୍ରତୀକ୍ଷା ରଖେନା ।”

: “କିନ୍ତୁ ଧର ତାର ଯଦି ବାସ୍ତବରେ ସେଭଳି କିଛି ଆବଶ୍ୟକତା ଥାଏ ?”

: “ଡିନୋ, ସତର୍କ ରୁହ । ଏପରି ବହୁତ ନାରୀ ଅଛନ୍ତି ଯେଉଁମାନେ ପଇସା ପାଇଁକି ଚମତ୍କାର ରମାଂସକ କାହାଣୀ ମାନ ଉଭାବନ କରି ପାରନ୍ତି ।”

: “ଏହା ରମାଂସର ମାମଲା ନୁହେଁ ମାଆ, ଏହା ନିତାନ୍ତ ମୌଲିକ ଆବଶ୍ୟକତାର କଥା; ଯଥା ଖାଦ୍ୟ, ଘରଭଡ଼ା, ବସ୍ତ୍ର ଇତ୍ୟାଦିର କଥା ।”

: “ଅର୍ଥାତ୍, ତୁମକୁ ତାକୁ ସମ୍ପୂର୍ଣ୍ଣ ପୋଷିବାକୁ ପଡ଼ିବ ।”

: “ଅବିକଳ ସେଇଆ ନୁହେଁ; ଟିକିଏ ତାକୁ ସାହାଯ୍ୟ କରିବାକୁ ହେବ କିଛି ଦିନ ପାଇଁ ।”

: “ଝିଅଟି ବୋଧହୁଏ ନିତାନ୍ତ ତଳସ୍ତରର ।” ମାଆ କହିଲେ । “ଡିନୋ, କେତେ ଭଲ ହେଇ ଥାଆନ୍ତା ଯଦି ତୁମେ, ତୁମ ସମାଜର କାହାର ଭାର୍ଯ୍ୟା ସହ ସମ୍ବନ୍ଧ ରଖି ଥାଆନ୍ତ । ସିଏ ତୁମକୁ କିଛି ମାଗୁ ନଥାନ୍ତା, ଆଉ ତୁମ ଉପରେ ମଧ କୌଣସି ପ୍ରକାର ବୋଝ ହୋଇ ନଥାନ୍ତା ।”

: “ମୋ ସମାଜରେ ସେଭଳି ନାରୀ ମିଳନ୍ତି ନାହିଁ ।” ମୋ ଉଭରରେ କିଛି ଶ୍ଳେଷ ବା ବିଦ୍ରୁପ ନ ଥିଲା ।

: “ମୋର ସମାଜ ହିଁ ତୁମର ସମାଜ ଡିନୋ ।” ମୋ ମାଆ ଉଭର କଲେ । “ସର୍ବୋପରି, ତୁମେ ଟିକେ ସତର୍କ ରୁହ । ଆଜିକାଲି ଯେଉଁ ସ୍ୱୈରିଣୀ ମାନେ ବୁଲୁଛନ୍ତି, କାହାତୁ କେତେବେଲେ କେଉଁ ରୋଗ ଧରିବ କହିହେବ ନାହିଁ ।”

: “ଏ ପର୍ଯ୍ୟନ୍ତ କିଛି ରୋଗ ମତେ ହେଇନି; ଆଉ ଭବିଷ୍ୟତରେ ବି କିଛି ରୋଗ ମତେ ଧରିବ ନାହିଁ ।”

: “ତୁମେ ନ ଥିଲାବେଲେ ସିଏ ଆଉ କେଉଁ ପୁରୁଷ ସହ ମଉଜମସ୍ତି ଚଲେଇଚି କି ନାହିଁ, ସେଇଟା ତୁମେ କେମିତି ଜାଣିଲ ? ମୁଁ ପୁନର୍ବାର କହୁଛି ଡିନୋ, ଟିକ୍କ

ସାବଧାନ ରୁହ । ଅବଶ୍ୟ ତୁମେ ଜାଣିଥିବ ଆଜିକାଲି କେତେ ପ୍ରକାରର ନିରୋଧକ ସବୁ ବ୍ୟବହାର କରିବାକୁ ମିଳିଲାଣି, ସେଗୁଡ଼ିକ ଜଣେ ନିହାତି ପ୍ରୟୋଗ କରିବା ଉଚିତ ।"

: "ବୋଧହୁଏ ୟା ପରେ ତୁମେ, କିଭଳି ରତିକ୍ରିୟା କରିବାକୁ ହେବ ସେ ସମ୍ପର୍କରେ ମତେ ବତେଇବାକୁ ଆରମ୍ଭ କରିବ !"

: "ନା, ମୁଁ ଖାଲି ତୁମକୁ ସତର୍କ କରିଦେବା ପାଇଁ ରହୁଁଥିଲି । ଯାହା ହେଉ ନା କାହିଁକି ତୁମେ ମୋର ପୁଅ, ଆଉ ତୁମର ସ୍ୱାସ୍ଥ୍ୟ ମୋ ପାଇଁ ଏକ ଗୁରୁତ୍ୱପୂର୍ଣ୍ଣ ବିଷୟ ।"

: "ମାଥା ଠିକ୍ ଅଛି, ଏଥର ବିଷୟ ଉପରକୁ ଆସ । ମତେ ତୁମେ ଟଙ୍କାଟା ଦେବ ନା ନାହିଁ କହିଲ ?"

: ମୋ ମାଥା ତାଙ୍କ ଚକ୍ଷୁ ଉପରୁ ହାତ ଅପସାରିତ କରି ମତେ ରୁହିଁଲେ । "ଆଛା, ଏଇ ତରୁଣୀଟି କିଏ ?"

     ସେସିଲିଆ-ସୁଲଭ ବାକ୍‌ବୈଶିଷ୍ଟ୍ୟ ସହିତ ମୁଁ ଉଉର ଦେଲି, "ଏହି ତରୁଣୀଟି – ଏକ ତରୁଣୀ ।"

: "ଦେଖ, ତୁମେ ମୋଠାରୁ ଅର୍ଥ ଆବଶ୍ୟକ କରୁଛ, କିନ୍ତୁ ମତେ ବିଶ୍ୱାସକୁ ନେବା ପାଇଁ ତୁମେ ପ୍ରସ୍ତୁତ ନୁହେଁ ।"

: "ଏଇଟା ବିଶ୍ୱାସର କଥା ନୁହେଁ ମାଥା, କିନ୍ତୁ ତୁମ ପାଇଁ ଏହାର କ'ଣ ମହତ୍ତ୍ୱ ଅଛି ଯଦି ସିଏ ମାରିଆ କିମ୍ବା କ୍ଲାରା କିମ୍ବା ପାଓଲା ହୋଇଥିବ ?"

: "ମୁଁ ତୁମକୁ ତାର ନାଁ ପଚରୁ ନାହିଁ, ମୁଁ ପଚରୁଛି ସିଏ କିଏ ? ଯେମିତିକି ସିଏ ବିବାହିତା ନା ଅନୂଢ଼ା; ସିଏ କିଛି ଚକିରି କରୁଛି ନା ପାଠ ପଢ଼ୁଛି ନା ବେକାର ବସିଛି; ଦେଖ଼ବାକୁ ଝିଅଟି ଭଲ ନା ନାହିଁ, ଏଇଭଳି କଥା ।"

: "ମାତ୍ର ତିନି ଲକ୍ଷ ଲିରେ ପାଇଁ ତୁମେ କେତେ ଜଞ୍ଜାଳରେ ମତେ ପକଉଛ !"

: "ତୁମେ ଭୁଲି ଯାଉଛ ଯେ, କଥାଟା ତିନି ଲକ୍ଷ ଲିରେର ନୁହେଁ । ତୁମକୁ ଯାହା ମୁଁ ଇତିମଧ୍ୟରେ ଦେଇଛି ତାକୁ ଆମେ ଯଦି ହିସାବକୁ ନବା, ଏଇ ଯାହାକୁ ତୁମେ ଛାର ତିନି ଲକ୍ଷ ଲିରେ ବୋଲି ଅବଜ୍ଞା କରୁଛ, ତାର ବହୁଗୁଣ ହୋଇଯିବ ପରିମାଣଟା ।"

: “ଆଃ, ତୁମେ ତାହେଲେ ହିସାବ ରଖୁଛ।”

: “ଅବଶ୍ୟ।”

: “ଠିକ୍ ଅଛି ମାଆ, ମୋର ତୁମକୁ ଆଉ ଅଧିକ କିଛି କହିବାକୁ ଇଚ୍ଛା ନାହିଁ। ମତେ ଶେଷ ଥର ପାଇଁ କହିଦିଅ, ମତେ ତୁମେ ଟଙ୍କା ଦେବ ନା ନାହିଁ ? ହଁ ନା ନାହିଁ ?”

ମୋର ମାଆ ମତେ ଅନାଇଲେ; ଆଉ ସ୍ୱାଭାବିକ ଭାବରେ ମୁଁ ଜଣା ପଡ଼ିଥିବି ବେଶ୍ ଦୃଢ଼ମନସ୍କ, ଏପରିକି କିଛି ପରିମାଣରେ ଉନ୍ମତ୍ତ; ଯୋଉଥିପାଇଁ କି ସେ ଅନୁଭବ କରି ପାରିଲେ ଯେ, ନିୟନ୍ତ୍ରଣର ପଘାକୁ ଅଧିକ ଆଣ୍ଠରେ ଝିଙ୍କିବା ଅବିବେଚନାର କାମ ହେବ। ହାଇଟିକୁ ସମ୍ବରଣ କରିବାର ଛଳନା କରି ସେ କହିଲେ, “ଠିକ୍ ଅଛି ତାହେଲେ। ଏଇ ନିଅ ରୁବି, ଗାଧୁଆଘରକୁ ଯାଅ, ତୁମେ ଜାଣିଚ ଗୁପ୍ତ-ସିନ୍ଦୁକ ଅଛି କେଉଁଠି, ଆଉ ତୁମେ ବି ଜାଣିଚ ଖୋଲିବାର ସଂଖ୍ୟା-ସମାହାର। ତାକୁ ଖୋଲିଲେ ଦେଖିବ ନାଲି ରଙ୍ଗର ଖାମଟିଏ ଅଛି। ତାକୁ କାଢ଼ି ମୋ ପାଖକୁ ନେଇଆସ।”

ମୁଁ ଉଠିଗଲି, ହୁକକୁ ଘୁରାଇ ଟାଇଲ କାଢ଼ିଲି ଯେମିତି ତାହା କଢ଼ାଯାଏ, ଆଉ ଖୋଲିଲି ଲକର ଦୁଆର। ବିଭିନ୍ନ କମ୍ପାନୀର ବଣ୍ଡର ଥାକ ଉପରେ ସତକୁ ସତ ଥିଲା କମଳା ରଙ୍ଗର ଖାମଟିଏ। ମୁଁ ତାକୁ କାଢ଼ି, ହାତରେ ତାର ଓଜନ ପରୀକ୍ଷା କଲି। ଓଜନରୁ ଲାଗୁଥିଲା ସେଥିରେ ଦଶହଜାର ଲିରେ ନୋଟ‌ର ଅନ୍ତତଃପକ୍ଷେ ପାଞ୍ଚ ଲକ୍ଷ ଲିରେ ରହିଛି। ମୁଁ ଫେରିଯାଇ ମାଆଙ୍କୁ ବଢ଼େଇ ଦେଲି ଖାମଟି; ସେତେବେଲକୁ ସେ ବସି ଥାଆନ୍ତି ଖଟ ଧାରରେ, ଆଉ ମନେ ହେଉଥାଆନ୍ତି କ୍ଲାନ୍ତ ଓ ତନ୍ଦ୍ରାକୁଲିତ। ମୁଁ ଦେଖିଲି ସିଏ ଖାମ୍ ଖୋଲିଲେ ଆଉ ଆଙ୍ଗୁଠି ଟିପରେ ଗୋଟିଏ, ଯୋଡ଼ିଏ, ତିନୋଟି, ଚୁରୋଟି, ପାଞ୍ଚୋଟି ଦଶହଜାର ଲିରେ ନୋଟ ବାହାରକୁ କାଢ଼ିଲେ। “ଏଇ ନିଅ ଏତକ”, ସେ କହିଲେ।

: “କିନ୍ତୁ ଖାମଟିରେ ତ ଅନ୍ତତଃପକ୍ଷେ ପାଞ୍ଚ ଲକ୍ଷ ଲିରେ ଥିବ।” ଅସତର୍କ ଚିତ୍କାରଟିଏ ବାହାରି ଗଲା ମୋ କଣ୍ଠରୁ।

: “ସେହି ହିସାବରେ କହିଲେ ତ, ତା ଭିତରେ ଆହୁରି ଯଥେଷ୍ଟ ଅଧିକ ଅଛି। କିନ୍ତୁ ଆଜି ପାଇଁ ମୁଁ ତୁମକୁ କେବଲ ସେତିକି ହିଁ ଦେବି। ବର୍ତ୍ତମାନ ଯାଅ, ଖାମଟିକୁ

ଫେରେ ରଖିଦିଅ ସେଇଟି, ଲକରର ଦ୍ୱାର ବନ୍ଦ କରି ଋବିଟିକୁ ନେଇ ଆସ ଆଉ ତୁମେ ଯାଅ। ମୁଁ ଭୟଙ୍କର ପରିଶ୍ରାନ୍ତ, ଆଉ ମୁଁ ବିଶ୍ରାମ ରଖୁଛି।"

ମତେ ଯେମିତି କୁହାଗଲା ମୁଁ ସେମିତି କଲି। ମୁଁ କିନ୍ତୁ ମୋ ପ୍ରତି ମାଆ ପ୍ରଦର୍ଶିତ କରିଥିବା ବିଶ୍ୱାସରେ ଆଶ୍ଚର୍ଯ୍ୟ ନ ହୋଇ ରହି ପାରିଲି ନାହିଁ, ଏଇଥିପାଇଁ ଯେ ମୋର ମାଆ ସ୍ୱଭାବତଃ ସନ୍ଦେହୀ ଏବଂ ମୋଟ ଉପରେ ମୁଁ ବେଶ୍ ସହଜରେ ଖାମଟି ଆଉ ଥରେ ଖୋଲି ଆଉ ଅଧିକ କିଛି ଟଙ୍କାବି ନେଇ ଯାଇ ପାରିବା ସମ୍ଭବ। କିନ୍ତୁ ମୁଁ ହଠାତ୍ ହୃଦୟଙ୍ଗମ କଲି, ମାଆ ମତେ ବିଶ୍ୱାସ କରିବାର କାରଣ ଏହିକି ଯେ, ମୁଁ ସର୍ବଦା ତାଙ୍କର ଭରସା ରଖିବା ଭଲି ଆଚରଣ କରିଛି। କହିବାକୁ ଗଲେ ପିଲାଟି ଦିନରୁ ହିଁ ଅର୍ଥ ପ୍ରତି ମୋର ବେଖାତର ମନୋଭାବ, ବରଂ ବାସ୍ତବରେ କହିଲେ ତାଚ୍ଛଲ୍ୟ, ଯୋଉଟା ସାମାନ୍ୟ ଜାଇଲ ହେଲେ ମଧ ସମ୍ପୂର୍ଣ୍ଣ ଭାବରେ ଐକାନ୍ତିକ। ସେଇଟା ହିଁ ତାଙ୍କ ଭିତରେ ମୋ ପ୍ରତି ଏହି ଆସ୍ଥା ସୃଷ୍ଟି କରିଛି। ଏବଂ ମୁଁ ହୃଦୟଙ୍ଗମ କଲି ଯେ, ଯଦିଚ ମୋର ମାଆ ବଦଲି ନାହାନ୍ତି, ମୁଁ ଇତିମଧ୍ୟରେ ବଦଲି ଯାଇଛି। କାରଣ ମୁଁ ଅନୁଭବ କରି ପାରୁଥିଲି ଯେ, ସେସିଲିଆଙ୍କୁ ଦେବା ପାଇଁ ଆବଶ୍ୟକ ପଡ଼ିଲେ ମୁଁ ଅର୍ଥ ଚୋରି କରିବା ପାଇଁ ମଧ ସକ୍ଷମ ହେବି ଏବଂ ମତେ ଏଭଲି ଏକ ପୂର୍ବାଭାସ ହେଉଥିଲା ଯେ, ଯଦି ମାଆ ମତେ ଯଥେଷ୍ଟ ପରିମାଣରେ ଅର୍ଥ ନ ଦିଅନ୍ତି, ସିଧା କଥାରେ କହିଲେ, ମୁଁ ତସ୍କରି କରିବି। ପ୍ରକୃତ ସ୍ଥିତି ଏଇଆ ଥିଲା ଯେ ମୁଁ ବଦଲି ଯାଇଛି, କିନ୍ତୁ ମୋର ମାଆ ମୋର ଏହି ପରିବର୍ତ୍ତନ ସମ୍ପର୍କରେ ଏ ପର୍ଯ୍ୟନ୍ତ ସଚେତନ ହୋଇ ନାହାନ୍ତି, ଆଉ ପୂର୍ବ ଭଲି ମୋ ଉପରେ ବିଶ୍ୱାସ ବଜାୟ ରଖିଛନ୍ତି। ମୁଁ ଗୁପ୍ତ ସିନ୍ଦୁକର ଦୁଆର ବନ୍ଦ କଲି, ଟାଇଲ ପାନେଲକୁ ପୂର୍ବସ୍ଥାନକୁ ଫେରାଇ ଆଣିଲି ଆଉ ଶୟନକକ୍ଷକୁ ଫେରି ଆସିଲି। ମାଆ ସେତେବେଳକୁ ପୁନରାୟ ଶେଯ ଉପରେ ଚିତ୍ ହୋଇ ପଡ଼ି ରହିଥିଲେ, ଆଉ ତାଙ୍କର ହାତ ଆଖିକି ଘୋଡେଇ ରଖିଥିଲା।

ମୁଁ ନଇଁ ପଡ଼ି ଋବିଟି ତାଙ୍କ ପାପୁଲିରେ ରଖିଦେଲି, କିନ୍ତୁ ତାଙ୍କ ଅଙ୍ଗୁଲି ଗୁଡ଼ିକ ସେ ଋବିକୁ ଧରି ରଖିଲା ନାହିଁ; ଆଉ ତାହା ତକିଆ ଉପରକୁ ଖସି ପଡ଼ିଲା। ତାଙ୍କ ରଙ୍ଗମଖା ଶୁଖିଲା ଗାଲକୁ ମୁଁ ହାଲକା ଭାବେ ସ୍ପର୍ଶ କଲି ମୋ ଓଠରେ ଆଉ କହିଲି, "ଯାଉଛି ମାଆ, ବିଦାୟ।" ଏକ ତନ୍ଦ୍ରାମ୍ଲିଷ୍ଟ କରାହ ଥିଲା ତାଙ୍କର ଉତ୍ତର,

ବାସ୍ତବରେ ଶୋଇ ପଡ଼ିଥିଲେ ସିଏ ସେତେବେଳକୁ। ମୁଁ ନିଃଶବ୍ଦରେ ସେ କକ୍ଷରୁ ନିଷ୍କ୍ରାନ୍ତ ହେଲି।

ସେଇ ପଚାଶ ହଜାର ଲିରେକୁ ଦୁଇଭାଗ କରିବା ପାଇଁ ମୁଁ ସ୍ଥିର କଲି, ସେଥିରୁ କୋଡ଼ିଏ ହଜାର ଲିରେ ମୋ ପାଇଁ ରଖିଲି ଆଉ ସେସିଲିଆର ଅଭ୍ୟାଗମନରେ ନିହିତ ବିକ୍ରେୟପଣ୍ୟର ଅନିବାର୍ଯ୍ୟ ଆବଶ୍ୟକତା ପୂରଣ ପାଇଁ ତିରିଶ ହଜାର ଲିରେ ତାକୁ ଦେବାକୁ ସ୍ଥିର କଲି। କିନ୍ତୁ ଆଗରୁ କହିଥିବା ମତେ, ମୁଁ ଅନୁଭବ କରୁଥିଲି ଯେ ଅର୍ଥର ପରିମାଣଗତ ବୃଦ୍ଧି ସହିତ ସମାନୁପାତରେ ସେସିଲିଆ ମତେ ବିଦ୍ୟୁତାଇ ଚାଲୁଛି; ଅର୍ଥାତ୍ ଯେତେ ଯେତେ ଅଧିକ ଅର୍ଥ ମୁଁ ତାକୁ ପ୍ରଦାନ କରୁଛି, ସିଏ ସେତିକି ଅଧିକ ପରିମାଣରେ ମତେ ଭୁତୁକାଇ ମୋ ଖାପଚରୁ ନିଜକୁ ମୁକ୍ତ କରି ନେଉଛି। ପୁନଶ୍ଚ, ତାକୁ ସ୍ୱତ୍ୱାୟିତ କରିବାରେ ମୋର ବିଫଳତା ମୋ ହୃଦୟରେ ଯେଉଁ ସନ୍ତାପ ସୃଷ୍ଟି କରୁଥିଲା, ତା ସହିତ ବର୍ଦ୍ଧମାନ ମିଶି ଯାଉଥିଲା ମୋର ପ୍ରତିଦ୍ୱନ୍ଦୀର ଆୟଉକୁ ସେସିଲିଆ ଧୀରେ ଧୀରେ ଢଳି ଯାଉଥିବା ଘେନି ମୋ ସନ୍ଦେହର ଯନ୍ତ୍ରଣା। ବାସ୍ତବରେ ମୁଁ ଅଧିକରୁ ଅଧିକତର ମୋର ଏଇ ଚିନ୍ତା ଦ୍ୱାରା ନିର୍ଯ୍ୟାତିତ ହେଉଥିଲି ଯେ, ଲୁସିଆନି ନିଛକ ସୁରତ କ୍ରୀଡ଼ାରେ ସେସିଲିଆକୁ ଆୟଉ କରିବାରେ ସଫଳ ହୋଇଛି ଯାହାକି ମୋ କ୍ଷେତ୍ରରେ ସମ୍ପୂର୍ଣ୍ଣ ଅପ୍ରତୁଳ ପ୍ରମାଣିତ ହୋଇଛି। ବସ୍ତୁତଃ ମୁଁ ଏଇଆ ଭୟ କରୁଥିଲି ଯେ ଅଭିନେତା ମୋ ଠାରୁ କମ ପ୍ରଜ୍ଞାମୃକ ଏବଂ ଅଧିକ ନୈସର୍ଗିକ ସହଜତା ସମ୍ପନ୍ନ ହୋଇ ଥିବାରୁ ମୁଁ ବିଫଳ ହେଉଥିବା କ୍ଷେତ୍ରରେ ସେ ସଫଳ ହୋଇଛି। ଏବଂ ମୁଁ ବୁଝୁଥିଲି ଯେ ହକିଅତ ସୁରତ କ୍ରୀଡ଼ାରେ ନ ଥାଏ, ବରଂ ଉଦ୍ଦିଷ୍ଟ ବ୍ୟକ୍ତି ଉପରେ ସୁରତର ବାଳସ ପ୍ରଭାବରେ ତାହା ସମଧିକ ପ୍ରତିଷ୍ଠିତ ହୁଏ; ଏହା ଚିନ୍ତା କରି ସେସିଲିଆକୁ ଲୁସିଆନି ସହିତ ତା'ର ସମ୍ପର୍କ ବିଷୟରେ ମୁଁ ଅବିରତ ପ୍ରଶ୍ନ କରୁଥିଲି। ଉଦାହରଣ ସ୍ୱରୂପ ଏଠାରେ ଏଭଳି ଏକ ଆଳାପର ଦୃଷ୍ଟାନ୍ତ ଦିଆ ଯାଇପାରେ।

: "ତୁମେ କାଲି ଲୁସିଆନିକୁ ଭେଟିଥିଲ ?"

: "ହଁ।"

: "ଖାଲି ଭେଟିଲ ନା ତା ସହିତ କେଡ଼ି ମଧ କଲ ?"

: “ତୁମେ ତ ଜାଣିଛ ମୁଁ ତାଙ୍କୁ ଭେଟିଛି କହିବା ଅର୍ଥ ଆମେ ମୈଥୁନ କରିଛୁ ।”

: “କ’ଣ ବହୁତ ବେଶୀ କଲ କାଲି ?”

: “ସବୁବେଳ ଭଲି ।”

: “ସବୁବେଳେ କ’ଣ ଏକା ପରିମାଣର କେଳି କର ତୁମେ ?”

: “ନା, କୋଉ ଦିନ ଟିକେ ଅଧିକ ଓ କୋଉ ଦିନ ଟିକେ କମ୍ ।”

: “ତା ସହିତ କେଳି ତୁମେ ଅଧିକ ଉପଭୋଗ କର ନା ମୋ ସହିତ ?”

: “ତୁମେ ଦୁଇଜଣ ଯାକ ଅଲଗା ।”

: “ତା ମାନେ କ’ଣ ?”

: “ଅଲଗା ।”

: “କିନ୍ତୁ ବାସ୍ତବରେ ପ୍ରଭେଦଟା କ’ଣ ?”

: “ସୁରତ ସମୟରେ ସେ ମୋ ପ୍ରତି ଟିକିଏ ଅଧିକ ସଦୟ ଓ ଶିଷ୍ଟ ।”

: “ରତିଟା ଧୀର ଓ ଅନୁଦ୍ଧାମ ହେବା କ’ଣ ତୁମର ବେଶୀ ପସଦ ?”

: “ସେଇଟା ତାଙ୍କର ସ୍ୱଭାବ ।”

: “କିନ୍ତୁ ତୁମେ ସେଇଟା ପସଦ କର ନା ପସଦ କର ନାହିଁ ?”

: “ଯଦି ମତେ ଖରାପ ଲାଗୁ ଥାଆନ୍ତା, ତା ହେଲେ ତ ମୁଁ ତାଙ୍କ ସହିତ ଏଭଳି ସମ୍ପର୍କ ରଖ୍ ନ ଥାତି ।”

: “ଆମ ଉଭୟଙ୍କ କେଳି ଭଙ୍ଗୀରେ ଆଉ କିଛି ପ୍ରଭେଦ ରହିଛି ?”

: “ହଁ, ସମ୍ଭୋଗ କରୁଥିବା ସମୟରେ ସେ ଟିକିଏ ବେଶୀ ପ୍ରଗଳ୍ଭ ।”

: “କ’ଣ ସବୁ କହନ୍ତି ସିଏ ?”

: “ଭଲ ପାଇଲେ ଲୋକମାନେ ଯେଉଁଭଳି ମଧୁର କଥା ସବୁ କୁହନ୍ତି ।”

: “ମୁଁ ବି ବେଳେବେଳେ କେଳି ସମୟରେ ତୁମକୁ ସେଭଳି କହେ ।”

: “ନା, ତୁମେ କିଛି ବି କୁହ ନାହିଁ । ଖାଲି ଥରୁଟିଏ ତୁମେ କଥା କହିଥିଲ । ମତେ ‘କୁଢ଼ି’ କହିଥିଲ ତୁମେ ସେଇଥର ।”

ଡ. ଜୟକୃଷ୍ଣ ଚୌଧୁରୀ | ୩୬୧

: “ତୁମକୁ ଖରାପ ଲାଗିଲା ?”

: “ନା, ମୁଁ କିଛି ଭାବିନି ।”

: “କିନ୍ତୁ ତାଙ୍କର ବାତକେଲି ତୁମକୁ ଅଧିକ ପସନ୍ଦ ଲାଗେ ।”

: “ଯେତେବେଳେ ତାଙ୍କ ସାଙ୍ଗେ ଥାଏ, ତାଙ୍କର ପ୍ରଗଳ୍ଭ ରତି ମୋତେ ଭଲଲାଗେ । କିନ୍ତୁ ଯେତେବେଳେ ତୁମ ସଙ୍ଗେ ଥାଏ, ତୁମର ନୀରବ ମୈଥୁନ ମୁଁ ଭଲପାଏ ।”

: “କିନ୍ତୁ କୁହ, ତାଙ୍କ ସହ ସମ୍ଭୋଗର ଅନୁଭୂତିଟା କିଭଳି ?”

: “କିଛି କିଛି ଜିନିଷ ଥାଏ, ଯୋଉଟା କି ବୁଝେଇ ହୁଏ ନାହିଁ ।”

: “ମୋ ସହ କେଲିର ଅନୁଭୂତି ଠାରୁ ତାଙ୍କ କେଲିର ଅନୁଭୂତି କ’ଣ ବେଶୀ ଉତ୍ତେଜକ ?”

: “ମୁଁ କହି ପାରିବି ନାହିଁ ।”

: “କହି ପାରିବ ନାହିଁର ଅର୍ଥ କ’ଣ ?”

: “ମୁଁ ଏ ସମ୍ପର୍କରେ କେବେ ଭାବି ନାହିଁ ।”

: “ଏ ସମ୍ପର୍କରେ ତାହେଲେ ଭାବିବାକୁ ଚେଷ୍ଟା କର ଏଇନା ।”

: “ମତେ ଲାଗେ ସିଏ ମତେ ଭଲ ପାଆନ୍ତି ।”

: “ତୁମକୁ ଏଇଟା ଭଲ ଲାଗେ । ନୁହେଁ କି ?”

: “ନିଜକୁ ପ୍ରିୟମାଣା ଅନୁଭବ କରିବା ପାଇଁ ପ୍ରତ୍ୟେକ ନାରୀ ରୁହାନ୍ତି ।”

: “ତା ହେଲେ ମୋ ସହ କେଲି ଅନୁଭୂତି ଠାରୁ ସେ ପ୍ରକାର ଅନୁଭୂତି ତୁମର ଅଧିକ ପ୍ରିୟ ?”

: “କିନ୍ତୁ ତୁମ ସହିତ ଥିଲାବେଳେ ମଧ ମୁଁ ଅନୁଭବ କରେ ଯେ ତୁମେ ମତେ ତୁମ ବାଗରେ ଭଲପାଅ ।”

: “ତୁମକୁ ଏହା ଭଲ ଲାଗେ ?”

: “ଅବଶ୍ୟ ଭଲ ଲାଗେ ସେଇଟା ।”

: “ଲୁସିଆନି ଅପେକ୍ଷା ଅଧିକ ନା କମ ?”

: "ଉଭୟ ଭିନ୍ନ ଧରଣର ଅନୁଭୂତି ।"

: "ଆଛା, ବୁଝିଲି । ବର୍ତ୍ତମାନ କୁହ ତ, ଯଦି କୌଣସି କାରଣ ପାଇଁ, ଲୁସିଆନି ସହ ଭେଟଘାଟ ହୋଇ ପାରିଲା ନାହିଁ, ତାହେଲେ ତୁମେ ଦୁଃଖ କରିବ ? ତାଙ୍କ ଅଭାବରେ ବ୍ୟସ୍ତ ହୋଇ ପଡ଼ିବ ?"

: "ଏ ପର୍ଯ୍ୟନ୍ତ ତ ସେମିତି କିଛି ହେଇନାହିଁ, ତେଣୁ ମୁଁ କହିପାରିବି କେମିତି ?"

: "କିନ୍ତୁ ଯଦି ସେମିତି କିଛି ହୁଏ ?"

: "ତାହେଲେ ଦେଖା ଯିବ । ତେବେ ଭାବୁଛି ଦୁଃଖ ଲାଗିବ ।"

: "ଆଉ ଯଦି ମୋ ସହ ଭେଟଘାଟ ନ ହେଲା ?"

: "ସେ କଥା ବି ହେଇ ନାଇଁ ତ ଏ ପର୍ଯ୍ୟନ୍ତ ।"

: "ଠିକ୍ ଅଛି । ଏମିତି ଖାଲି ଭାବିବାକୁ ଚେଷ୍ଟା କର ।"

: "ମୁଁ ଯେତେବେଳେ ସେଦିନ ତୁମକୁ କହିଲି ଯେ ବର୍ତ୍ତମାନ ଆମେ ଅଲଗା ହୋଇଯିବା ଉଚିତ, ମୋର ମନେପଡ଼ୁଛି, ମତେ ବଡ ଦୁଃଖ ଲାଗିଥିଲା ।"

: "କ'ଣ ଭୀଷଣ ଦୁଃଖ ?"

: "ଏ ଜିନିଷ ଗୁଡ଼ାକ କିଭଳି ମାପି ହେବ ଯେ ? ମତେ କିନ୍ତୁ ଦୁଃଖ ଲାଗିଥିଲା ।"

: "ଛାଡ଼, ମତେ କହିଲ, ତୁମେ ମତେ ବେଶୀ ଭଲପାଅ ନା ତାକୁ ?"

: "ତୁମେ ଦି'ଜଣ ଯାକ ତ ଅଲଗା ଅଲଗା ମଣିଷ ।"

ଦୈହିକ ପ୍ରଣୟ ସମୟରେ ସେସିଲିଆର ଅନୁଭୂତି ସମ୍ପର୍କରେ ତଥ୍ୟ ହାସଲ କରିବାରେ ନିଜ ଅସଫଲତା ହୃଦୟଙ୍ଗମ କରି ମୁଁ କେବେ କେବେ ମୋ ଅନୁସନ୍ଧାନର ଦିଗ ବଦଳାଇ ଦିଏ । ମୋ ତଦନ୍ତରେ ଏକ ନିରୀହ ଅକପଟତା ଫୁଟାଇ ପରେରେ, "ଲୁସିଆନି ସହିତ କାଲି ବାହାରକୁ ବୁଲି ଯାଇଥିଲ ?"

: "ହଁ, ସାନ୍ଧ୍ୟଭୋଜନ ପାଇଁ ଏକାଠି ବାହାରକୁ ଯାଇଥିଲୁ ଆମେ ।"

: "କୋଉଠିକି ଯାଇଥିଲ ?"

: "ଡ୍ରାସ୍ତେଭରେଇର ଗୋଟିଏ ରେଷ୍ଟୋରାଁକୁ ।"

: "ତୁମେ କିନ୍ତୁ ମୋ ସହିତ ସନ୍ଧ୍ୟାରେ ଯିବା ପାଇଁ ମନାକର ।"

: “କୋଉ ଆଲରେ ଯିବି ଯେ ତୁମ ସାଙ୍ଗରେ ? ରଙ୍ଗସାଜୀ ଶିଖ୍‌ବା ପାଇଁ ତ କେବଳ ଦିନରେ ଯାଇହବ ନା । କିନ୍ତୁ ଲୁସିଆନି କ୍ଷେତ୍ରରେ କେତେବେଲେ ହେଲେ ବି ମୁଁ କହିପାରିବି ଯେ ଆମେ ଚିତ୍ର ନିର୍ମାତାଙ୍କୁ ଭେଟିବାକୁ ଯାଉଛୁ ।”

: “ତୁମର ବାପା କି ମାଆ ମୋ ସହ ବୁଲିବାରେ ପ୍ରତିବାଦ କରିବେ, ଏଭଳି କଥା ମୁଁ ବିଶ୍ୱାସ କରି ପାରିବି ନାହିଁ । ମୁଁ ସେମାନଙ୍କୁ ଜାଣିଛି ।”

: “ମାଆ କରିବ ନାହିଁ ସତ, କିନ୍ତୁ ବାପା କରିବେ । ତାଙ୍କ ଦେହ କେତେ ଖରାପ ତ ତୁମେ ଜାଣ! ତାଙ୍କ ଇଚ୍ଛାକୁ ଅମାନ୍ୟ କରି କିଛି କାମ ମୁଁ କରି ପାରେନା ।”

: “ଛାଡ଼ ସେ କଥା, ତୁମେ ତାହେଲେ ତ୍ରାସ୍ତେଭରେଇର ଗୋଟେ ରେସ୍ତୋରାଁକୁ ଯାଇ ଥିଲ ।”

: “ହଁ ।”

: “କୋଉ ବିଷୟରେ କଥା ହେଲ ?”

: “ବିଭିନ୍ନ ସବୁ ବିଷୟରେ ।”

: “ବେଶୀ କଥା କିଏ କୁହେ, ତୁମେ ନା ସିଏ ?”

: “ତୁମେ ଜାଣିଛ, ମୁଁ ଶୁଣିବାକୁ ବେଶି ଭଲପାଏ ।”

: “ଆଚ୍ଛା, ସିଏ କୋଉ ବିଷୟରେ କହୁଥିଲେ ?”

: “ମନେ ନାହିଁ ।”

: “ମନେ ପକାଇବାକୁ ଚେଷ୍ଟା କର, କାଲି ସନ୍ଧ୍ୟାର ତ କଥା ।”

: “କିନ୍ତୁ ତୁମେ ତ ଜାଣିଛ, ମୁଁ କିଛି ମନେ ରଖ୍ ପାରେନି । ପାଞ୍ଚ ମିନିଟ ତଲେ ତୁମେ ମତେ କ’ଣ କହିଥିଲ ସେତକ ବି ମୋର ମନେ ନାଇଁ ।”

: “ଠିକ୍ ଅଛି ତାହେଲେ ସେ କଥା ଛାଡ଼ । ସେ ରେସ୍ତୋରାଁଟା କେମିତି ବତାଅ ?”

: “ଆଉ ହଜାରେଟା ରେସ୍ତୋରାଁ ଭଲି ସେଇଟା ଗୋଟେ ରେସ୍ତୋରାଁ ।”

: “ତା’ର ନାଁଟା କ’ଣ ?”

: “ମୁଁ କହି ପାରିବିନି ।”

: “ରେସ୍ଟୋରାଁଟା ବଡ଼ ଥିଲା ନା ସାନ; ବେଶୀ ଗହଳି ଥିଲା ନା ଖାଲି ଖାଲି ଲାଗୁଥିଲା ? କେତେଟା ବଖରା ଥିଲା ସେଠାରେ ? ଦେଖ‍ିବାକୁ ସେଇଟା ଭବ୍ୟ ଲାଗୁଥିଲା ନା ଦେହାଟି ଲାଗୁଥିଲା ?”

: “ମୁଁ ଭାବୁଛି ମୁଁ କହି ପାରିବିନି ଏସବୁର ଉତ୍ତର । ମୁଁ ଏତେଟା ଲକ୍ଷ୍ୟ କରି ନଥିଲି ।”

: “ତୁମେ ଗପ କଲାବେଳେ ଟେବୁଲ ଉପରେ ହାତ ଧରାଧରି ହୋଇ ବସିଥିଲ ନା ?”

: “ହଁ, ତୁମେ କେମିତି ଜାଣିଲ ?”

: “ସିଏ ତୁମ ହାତ ଧରିଥିବାଟା ତୁମକୁ ଭଲ ଲାଗୁ ଥିଲା ନା ?”

: “ହଁ ।”

: “ବହୁତ ବେଶୀ ନା ଅଳ୍ପ ?”

: “ଭଲ ଲାଗୁଥିଲା, ହେଲେ କେତେ ଭଲ ଲାଗୁଥିଲା କହି ପାରିବି ନାହିଁ ।”

: “ଟେବୁଲ ତଳେ ତୁମ ଆଣ୍ଠୁକୁ ଆଣ୍ଠୁ ବାଜୁ ଥିଲା ?”

: “ନା, ଆମେ ପାଖାପାଖୀ ହୋଇ ବସିଥିଲୁ ।”

: “ହାତ ଧରିବା ସହିତ ସିଏ ତୁମକୁ ସୋହାଗରେ ସଲସଲ କରୁଥିଲା ନା ?”

: “ହଁ, ସେ ମୋର ମୁହଁକୁ ଆଉଁସୁ ଥିଲେ ଆଉ ମୋ ବେକକୁ ଚୁମୁଥିଲେ ।”

: “ତୁମର କଥାବାର୍ତ୍ତା କିଛି ମନେ ନାହିଁ କିନ୍ତୁ ଚୁମା ଦେବା କଥା ତ ବେଶ୍ ମନେ ଅଛି ।”

: “ମୋର ଏଇଥିପାଇଁ ମନେ ଅଛି ଯେ, ସିଏ ଏମିତି ଦୁଲାର କରିବା ମୁଁ ଚହୁଁ ନ ଥିଲି ।”

: “ତୁମେ କଣ କଲ ?”

: “ନା, କିନ୍ତୁ ମୁଁ ଯୋଉସବୁ ଜିନିଷ କରିବାକୁ ଚହେଁନି ସେଇଟା ମତେ କରେଇବାକୁ ସେ ସବୁବେଳେ ଚହାନ୍ତି ।”

: “କ’ଣ ସବୁ ତୁମେ କରିବା ସିଏ ଚହାନ୍ତି, ମାନେ ଉଦାହରଣ ସ୍ୱରୂପ ?”

: “ଆରେ, ମୁଁ ସେଇଗୁଡ଼ାକ କହି ପାରିବି ନାଇଁ। ମୁଁ କହିଲେ ତୁମେ ଆଉରି ବିରକ୍ତ ହେବ।”

: “ନାଁ, ମୁଁ ରାଗିବିନି। ତୁମେ କୁହ।”

: “ସେ ରୁହାନ୍ତି ମୋ ହାତ ନେଇ ରଖିବା ପାଇଁ... ତୁମେ ବୁଝି ପାରୁଥିବ କୋଉଠି। ବୁଝି ପାରୁଛ ନା ?”

: “ହଁ, ବୁଝୁଛି। ଆଉ ତୁମେ ? ତୁମେ କ’ଣ କଲ ?”

: “ମୁଁ ଟିକିଏ ସମୟ ସେମିତି କଲି, କିନ୍ତୁ ଗୋଟେ ହାତରେ କେମିତି ଖାଇ ହବ ଯେ ? ସେଇଥିପାଇଁ ମୁଁ ସେଥରୁ ନିଜକୁ ନିବୃତ୍ତ କଲି। ହେଲେ କଥା କ’ଣ ? ତୁମେ ଏମିତି ପଚରୁଛ କାହିଁକି ?”

: “କିଛି କଥା ନାଇଁ। ତୁମେ ଯେତେବେଲେ ସେମିତି କରୁଥିଲ ତୁମକୁ ମଜା ଆସୁଥିଲା ?”

: “ମତେ ଏଇଥିପାଇଁ ଭଲ ଲାଗୁଥିଲା ଯେ ତାଙ୍କୁ ମଜା ଆସୁଥିଲା।”

: “ଧର ତୁମକୁ ସେମିତି କରିବାକୁ ମୁଁ କହିବି, ମତେ ମଜା ଆସୁଛି ବୋଲି ତୁମକୁ ବି କ’ଣ ସେଇଟା ଭଲ ଲାଗିବ ?”

: “ମୁଁ ଭାବୁଛି ଭଲ ଲାଗିବ। ଜଣେ ଏଭଳି ବହୁତ କାମ ଖୁସିରେ କରିପାରେ, ଖାଲି ଏଇଆ ଭାବିକରି ଯେ ସିଏ ଆଉ ଜଣକୁ ଖୁସି ଦଉଛି।”

: “ଆଉ ଜଣକୁ ? ତାହେଲେ କାହା ପାଇଁ ହେଲେ ବି ତୁମେ ଏପରି କରି ପାରିବ ?”

: “ନା, ଆଉ ଜଣକୁ କହିଲାବେଲେ ମୁଁ ତୁମକୁ କିମ୍ୱ ଲୁସିଆନିକୁ ଉଦ୍ଦେଶ୍ୟ କରି କହୁଥିଲି।”

: “ହଁ ବୁଝିଲି, ଆଉ ତାପରେ କ’ଣ ହେଲା ?”

: “ଆମେ ଖାଇଲୁ ଏବଂ ପିଇଲୁ ବି। ଖାଦ୍ୟପେୟ ପାଇଁ ତ ଲୋକମାନେ ରେଷ୍ଟୋରାଁକୁ ଯାଆନ୍ତି, ନୁହେଁ କି ?”

: “ତୁମେ କ’ଣ ଖାଇଲ ?”

: “ମୋର ମନେ ନାହିଁ। ମୁଁ ଖାଇଲା ବେଳେ କ’ଣ ଖାଏ ଦେଖେ ନାହିଁ, ଏଇ ଗତାନୁଗତିକ ରେଷ୍ଟୋରାଁ ଖାଦ୍ୟ।”

: “ଆଉ ତାପରେ?”

: “ଲୁସିଆନି ସେଠାର ବ୍ୟାଣ୍ଡପାର୍ଟିକୁ ଡାକିଲା, ଆଉ ସେମାନେ କିଛି ନେପଲ୍ୟାୟ ସଙ୍ଗୀତ ପରିବେଷଣ କଲେ।”

: “କୋଉ ଗୀତ ବୋଲିଲେ ସେମାନେ?”

: “ମୋର ମନେ ନାହିଁ।”

: “ତୁମକୁ ନେପଲ୍ୟାୟ ସଙ୍ଗୀତ ଭଲ ଲାଗେ?”

: “ଭଲ ଲାଗେ ବୋଲି ଭାବୁଛି ତ।”

: “ଠିକ୍ ଭାବରେ ଭାବି କରି କୁହ, ଭଲ ଲାଗେ ନା ଭଲ ଲାଗେନା?”

: “ମାନେ ସେଇଟା ତ ପରିସ୍ଥିତି ଉପରେ ନିର୍ଭର କରିବ। ରେଷ୍ଟୋରାଁରେ ବ୍ୟାଣ୍ଡ ସଙ୍ଗୀତ ଭଲଲାଗେ, କିନ୍ତୁ ଧର ମୁଁ ଶୋଇଲା ବେଳେ ସେମାନେ ଗାଇବେ, ମତେ ତ କଦାପି ଭଲ ଲାଗିବ ନାହିଁ।”

: “ତାପରେ ତୁମେ କ’ଣ କଲ?”

: “କ’ଣ କଲୁ? କିଛି ନାହିଁ।”

: “ମୁଁ ବାଜି ମାରି କହୁଛି, ରେଷ୍ଟୋରାଁ ପାଖରେ ଫୁଲ ବିକୁଥିବା ସେଇ ମାଲ୍ୟାଣୀ ମାନଙ୍କଠାରୁ ଲୁସିଆନି, ବୃତ୍ତରେ ରୂପେଲି ଜରି ମୋଡ଼ା ହୋଇଥିବା ଗୋଟାଏ ଗୋଲାପ କିଣି ଆଣି ତୁମକୁ ଉପହାର ଦେଇଥିବ।”

: “ହଁ, ସତ କଥା। ତୁମେ କେମିତି ଜାଣିଲ?”

: “ମୁଁ ବହୁତ କଥା ଜାଣିପାରେ। ମୁଁ ଏକଥା ବି ଜାଣିଛି ଯେ ତୁମେ ଫୁଲଟିକୁ ନାକ ପାଖକୁ ନେଇ ଆଘ୍ରାଣ କଲ ଟିକେ ସମୟ। ତୁମେ ସେମିତି କରିନ?”

: “ଜଣେ ତୁମକୁ ଫୁଲଟିଏ ଦେଲେ, ତୁମେ ତ ତାକୁ ଶୁଂଘିବ ନା, ନୁହେଁ କି?”

: “ଲୁସିଆନି ତୁମକୁ ଗୋଲାପ ଦେବାରେ ତୁମେ ଖୁସି ହେଲ?”

: “ହଁ।”

ଡ. ଜୟକୃଷ୍ଣ ଚୌଧୁରୀ | ୩୭୩

: “ଆଉ ସାନ୍ଧ୍ୟଭୋଜନ ପରେ ତୁମେ କୁଆଡ଼େ ଗଲ ?”

: “ପ୍ରେକ୍ଷାଳୟ ।”

: “ତୁମେ ଯେଉଁ ଚଳଚ୍ଚିତ୍ର ଦେଖିଲ ତାର ନାଁ ଟା କ’ଣ ଥିଲା ?”

: “ମୁଁ ଜାଣିନି ।”

: “କେଉଁ ଅଭିନେତା ମାନେ ସେଠାରେ ଅଭିନୟ କରିଥିଲେ ?”

: “ମୁଁ ଜାଣିନି, ସେ ନାଁ ଗୁଡ଼ାକ ମୋର ମନେ ନାହିଁ ।”

: “ସେସବୁ ଛାଡ଼, ସିନେମାର ବିଷୟବସ୍ତୁ କ’ଣ ଥିଲା ?”

: “ମୁଁ ଭାବୁଛି ସେଇଟା ଗୋଟେ ମାର୍କିନି ସିନେମା ଥିଲା – ତୁମେ ଜାଣିଥିବ ସେଇ ସିନେମା ଗୁଡ଼ାକ ମ, ଯୋଉଥିରେ ଲୋକ ଘୋଡ଼ା ପିଠିରେ ବସି, ବନ୍ଦୁକ ଫୁଟେଇ ଥାଆନ୍ତି ।”

: “ଏକ ପଶ୍ଚିମା ଚଳଚ୍ଚିତ୍ର । ପ୍ରେକ୍ଷାଳୟରେ ତୁମେ ହାତ ଧରାଧରି ହୋଇ ବସିଥିଲ ?”

: “ହଁ ।”

: “ଚୁମାଉଣ୍ଟି କଲ ?”

: “ହଁ ।”

: “କେଲଟି କଲ ?”

: “ହଁ ।”

: “ପ୍ରେକ୍ଷାଳୟରେ ତୁମେ କେଲଟି କଲ କେମିତି ?”

: “ପଛ ସିଟରେ ଆମେ ଥିଲୁ, ଗୋଟିଏ ଖମ୍ବ ପଛରେ । ଆଉ ପ୍ରେକ୍ଷାଳୟଟା ବି ଅଧାଅଧ୍ୱ ଫାଙ୍କା ଥିଲା ।”

: “କିନ୍ତୁ କେଉଁ ବନ୍ଧରେ କେଲଟି କଲ ତୁମେ ?”

: “ମୁଁ ତାଙ୍କ କୋଲ ଉପରକୁ ଉଠିଗଲି ।”

: “ତୁମକୁ ଏମିତି କରିବା ଭଲ ଲାଗିଲା ?”

: “ନା। ମୁଁ ତ ବହୁତ ଡରି ଯାଇଥିଲି। ତାପରେ, ସାର୍ବଜନିକ ସ୍ଥାନରେ ଏମିତି କରିବା ମୋର ପସନ୍ଦ ନୁହେଁ।”

: “ତାହେଲେ ତୁମେ ଏ କାମ କଲ କାହିଁକି ?”

: “କାଇଁକିନା ଇଚ୍ଛା ହେଲା।”

: “ତାହେଲେ ତୁମକୁ ଭଲ ଲାଗିଲା ବୋଲି ତୁମେ କଲ।”

: “ନା। ଇଚ୍ଛା ହେଲା କିନ୍ତୁ ଭଲ ଲାଗିଲା ନାଇଁ।”

: “ଆଉ ତାପରେ କ’ଣ କଲ ରାତିରେ ?”

: “ଗୋଟେ ନୈଶ କ୍ଲବକୁ ଯାଇଥିଲୁ।”

: “କୋଉ କ୍ଲବକୁ ?”

: “ତା ନାଁଟା କ’ଣ ଜାଣିନି। ଭିୟା ବେନେତୋର ପଛ ପଟେ ସେଇ କ୍ଲବଟା।”

: “କେମିତି ଥିଲା ସେଇଟା ?”

: “ବହୁତ ଭିଡ଼ ଥିଲା।”

: “ନାଁ, ମୁଁ ପଚାରିବା କଥା ନୃତ୍ୟକକ୍ଷଟି କିଭଳି ଥିଲା ? ମାନେ ଆସବାବପତ୍ର, ଆଉ ଅନ୍ୟାନ୍ୟ ସାମାନ ସବୁ କଣ ଥିଲା, କେମିତି ସଜା ହୋଇଥିଲା ସେଇଟା ?”

: “ମୁଁ ସେଆଡ଼େ ଲକ୍ଷ୍ୟ କରିନି।”

: “ତୁମେ ନୃତ୍ୟ କଲ ?”

: “ହଁ।”

: “ନାଚିଲା ବେଳେ ତୁମେ ତା ସହିତ ଦେହକୁ ଦେହ ଜଡ଼ାଇ ନାଚୁଥିଲ ?”

: “ନା।”

: “କାହିଁକି ନୁହେଁ ?”

: “ସେଇ ଯୋଉ ନାଚ ଚଳିଥିଲା, ସେଥିରେ ପରସ୍ପର ଭିତରେ ଦୂରତା ରକ୍ଷା କରିବାର ଥିଲା।”

: “ଆଉ କ’ଣ ସବୁ କଲ ତୁମେ ?”

: “ଆଉ ଅଧିକ କିଛି ନୁହେଁ। ପ୍ରାୟ ତିନିଟା ବେଳକୁ ଖଣ୍ଡେ, ସିଏ ମତେ ଘରକୁ ଛାଡିବାକୁ ଆସିଲେ।”

: “ତାଙ୍କର କାର ଅଛି ?”

: “ଆଗରୁ ଥିଲା, ସିଏ କିନ୍ତୁ ଏବେ ବିକି ଦେଇଛନ୍ତି।”

: “ତାଙ୍କର ପଇସାପତ୍ର ବେଶୀ ନାହିଁ ତା ହେଲେ ?”

: “ବର୍ତ୍ତମାନ ନାଇଁ, କାରଣ ତାଙ୍କର ରୁକିରି ଚାଲି ଯାଇଛି।”

: “ତୁମେ ବେଳେ ବେଳେ ତାଙ୍କୁ ଟଙ୍କା ଦିଅ କି ?”

: “ହଁ, ବେଳେ ବେଳେ ଦିଏ।”

: “ମୋ ଟଙ୍କା ?”

: “ହଁ, ତୁମେ ଯୋଉ ଟଙ୍କା ମତେ ଦିଅ।”

: “ତାହେଲେ ତୁମକୁ ଯୋଉ ଅର୍ଥ ମୁଁ ଦେଉଛି, ସେଇଟା ତୁମେ ତୁମ ପାଇଁ ଖର୍ଚ୍ଚ କରୁନ ?”

: “ହଁ, କିଛି ଜିନିଷ ମୁଁ ମୋ ପାଇଁ କିଣେ, କିନ୍ତୁ ପ୍ରାୟ ଅର୍ଥ ତାଙ୍କ ସହ ବୁଲାବୁଲିରେ ଖର୍ଚ୍ଚ ହେଇଯାଏ।”

: “କାଲି ସନ୍ଧ୍ୟାରେ ସିଏ ଖର୍ଚ୍ଚ କଲେ ନା ତୁମେ କଲ ?”

: “କିଛି ସିଏ କଲେ, ଆଉ କିଛି ମୁଁ କଲି। ସିନେମା ପାଇଁ ପଇସା ସିଏ ଦେଲେ, ବାକି ସବୁ ଖର୍ଚ୍ଚ ମୁଁ କଲି।”

: “ତା ଅର୍ଥ ତୁମେ ହିଁ ପୁରା ଖର୍ଚ୍ଚଟା ଉଠେଇଛ।”

: “ପୂର୍ବରୁ ଅନେକ ଉପଲକ୍ଷ୍ୟରେ ସେ ବେଶ୍ ଅର୍ଥ ଖର୍ଚ୍ଚ କରିଛନ୍ତି।”

: “ତୁମେ ତାଙ୍କୁ ଟଙ୍କା କିଭଳି ଦିଅ ?”

: “ରେଷ୍ଟୋରାଁରେ ଟଙ୍କାଟା ମୁଁ ତାଙ୍କୁ ଟେବୁଲ ତଳେ ବଢ଼େଇ ଦେଇଥିଲି, ଆଉ ନେଇଶକ୍ଲବରେ ସେ ମୋ ବ୍ୟାଗ ଖୋଲି ଟଙ୍କା ନେଇ ଯାଇଥିଲେ।”

: “ତାପରେ ସିଏ ଟ୍ୟାକ୍ସିରେ ବସାଇ ତୁମକୁ ଘରକୁ ନେଇଗଲେ ?”

: “ହଁ।”

: "ତୁମେ ଦୁହେଁ ଉପର ମହଲାକୁ ଏକାଠି ଗଲ ?"

: "ହଁ।"

: "ସେଇ ପାହାଚ ଉପରେ ତୁମେ କେଲଟି କଲ କି ?"

: "ହଁ କଲୁ ଅଛ ଟିକିଏ, ଆମ ଘର ପାବଚ୍ଛଶ୍ରେଣୀର ବିରାମରେ।"

: "ଅଛ ଟିକିଏ କେଲଟିର ଅର୍ଥ କ'ଣ ?"

: "ମାନେ ରସଚ୍ୟୁତିର ଅନ୍ତ ପର୍ୟ୍ୟନ୍ତ ନ ଯାଇ।"

: "ତୁମକୁ ଭଲ ଲାଗିଲା ସେମିତି କରିବାକୁ ?"

: "ପ୍ରେକ୍ଷାଳୟ ଠାରୁ ତ ଢେରେ ଭଲ ଲାଗିଲା, କାରଣ ଆମ ବିରାମରେ ମତେ ସେତେଟା ଡର ଲାଗୁ ନ ଥିଲା।"

: "ଆଉ ତା'ପରେ ?"

: "ତା'ପରେ ଆମେ ପରସ୍ପରଠୁ ବିଦାୟ ନେଲୁ।"

: "ଆଉ ତୁମେ ଶଯ୍ୟା ଉପରକୁ ଗଲ ଶୋଇବା ପାଇଁ।"

: "ହଁ।"

: "ଶୋଇବା ପୂର୍ବରୁ ତୁମେ ତାଙ୍କ ବିଷୟରେ ଭାବି ଥବ ନିଶ୍ଚୟ।"

: "ନା, ମୁଁ ତୁମ ବିଷୟରେ ଭାବୁଥିଲି।"

: "ମୋ ବିଷୟରେ ?"

: "ହଁ, ତୁମ ବିଷୟରେ; ଆଉ ଏମିତି ଭାବୁ ଭାବୁ ଶୋଇ ପଡ଼ିଲି।"

: "ମୋ ବିଷୟରେ କ'ଣ ଭାବୁଥିଲ ?"

: "ମନେ ନାହିଁ। ଖାଲି ଏତିକି ମନେ ପଡୁଛି ଯେ ତୁମ କଥା ଭାବୁଥିଲି।"

ସେସିଲିଆର ଭୁତୁକାନି ମୋ ଭିତରେ ସୃଷ୍ଟି କରୁଥିବା ଅନୁଭୂତିକୁ ସତେ ଯେମିତି ପ୍ରତିପାଦିତ କରିବା ପାଇଁ, ଦିନେ ଗୋଟିଏ ଘଟଣା ଘଟିଲା, ଯାହା ମୁଁ ନିମ୍ନରେ ବର୍ଣ୍ଣନା କରିବାକୁ ଯାଉଛି। ବହୁତ ସମୟରେ, ବିଶେଷ କରି ଯେଉଁ ଦିନ ମାନଙ୍କରେ ସେସିଲିଆର ମତେ ଭେଟିବାକୁ ଆସିବାର ନ ଥାଏ, ମୁଁ ବାଲେସ୍ଟ୍ରୀୟେରିଙ୍କ ଶିକ୍ଷାଶାଳା ବୁଲିବାକୁ ଯାଏ। ସେଇ ବୃଦ୍ଧ ଟୌଲିକ ମରିବା ଦିନଠାରୁ ସେଇଭଳି

ପରିତ୍ୟକ୍ତ ଅବସ୍ଥାରେ ପଡ଼ିଥିଲା ସେଇ ଶିଳ୍ପଶାଳା। ତାଙ୍କର ବିଧବା ପତ୍ନୀ ଏ ପର୍ଯ୍ୟନ୍ତ ତାକୁ ଭଡ଼ା ଦେବାର କଷ୍ଟ ସ୍ୱୀକାର କରି ନ ଥିଲେ, ଅବା ଏକଥା ବରଂ ଅଧିକ ସମ୍ଭବ ଯେ, ଉପପ୍ରଜାତିଏ ଏ ପର୍ଯ୍ୟନ୍ତ ମିଳି ନ ଥିଲା। ବାଲେସ୍ତ୍ରାୟେରି ସେସିଲିଆକୁ ଯେଉଁ ଚାବି ଦେଇଥିଲେ ମୁଁ ତାଠାରୁ ସେଇଟା ନେଇ ଆସିଥିଲି ଏବଂ ସେଇ ଚାବି ସାହାଯ୍ୟରେ ମୁଁ ତାଙ୍କ ଶିଳ୍ପଶାଳା ଭିତରକୁ ଯିବା ପାଇଁ ସକ୍ଷମ ହେଉଥିଲି। ଗୁମୁଟ ଓ ଆବର୍ଜନାର ଗନ୍ଧ ନିର୍ଗତ ହେଉଥିବା ସେଇ କକ୍ଷର ଧୂଳି-ଧୂସରିତ ଆସବାବପତ୍ର ମଧ୍ୟରେ କାଇଁକି ଯେ ମୁଁ ଘୁରି ବୁଲୁଥିଲି ତାହା ମୁଁ ନିଜେ ମଧ୍ୟ ଜାଣେନା। ସେସିଲିଆ ଆଉ ବାଲେସ୍ତ୍ରାୟେରିଙ୍କ କେତେ କାମକେଳିର ମୂକସାକ୍ଷୀ, କୃଷ୍ଣବର୍ଣ୍ଣର ଆସବାବପତ୍ର ଓ ମଦଲୋହିତ ବର୍ଣ୍ଣର ଦେବାଲ-ଶୋଭିକ ପରିପୂର୍ଣ୍ଣ ସେଇ ବୃହତ୍ ତମସାଚ୍ଛନ୍ନ ଶିଳ୍ପଶାଳା ମଧ୍ୟରେ ଡେରି ଯାଏଁ ଘୁରାଫେରା କରୁ କରୁ ମୋ ଭିତରେ ଏକ ରୁଦ୍ଧ ଆବେଗର ଶୋକାବହ ଅନୁଭୂତି ସୃଷ୍ଟି ହେଲା। ଯେମିତିକି ମୁଁ ବାଲେସ୍ତ୍ରାୟେରିଙ୍କର ଶିଳ୍ପଶାଳା ଭିତରେ ନୁହେଁ, ମୋ ନିଜ ଶିଳ୍ପଶାଳା ଭିତରେ ବୁଲୁଛି; ମୁଁ ମରିଯାଇଛି ଏବଂ ଏକ ପ୍ରେତାତ୍ମା ରୂପରେ ଫେରି ଆସି ଘୁରି ବୁଲୁଛି, ଯେମିତି ଏକ ପିଆସୀ ଆତ୍ମା ଘୁରି ବୁଲୁଥାଏ ନିଜ କେଳି ମନ୍ଦିରରେ। ପୁନଶ୍ଚ ଏହି ଶୋକାବହ ଅନୁଭୂତି ମୋର ସେସିଲିଆର ସମ୍ପର୍କ ସହିତ ସେସିଲିଆ-ବାଲେସ୍ତ୍ରାୟେରିଙ୍କ ସମ୍ପର୍କର ଏକ ଅସୁସ୍ଥ ଅନୁରୂପତାରୁ କେବଳ ଯେ ସୃଷ୍ଟି ହୋଇଥିଲା ତାହା ନୁହେଁ, ଏହାର ଆଉ ଏକ ଅନ୍ୟତମ କାରଣ ଥିଲା ମୋର ନିଷ୍ପ୍ରାଣତା ସମ୍ପର୍କରେ ମୋର ଦୃଢ଼-ପ୍ରତ୍ୟୟ, ଯାହା ଗୋଟିଏ ପ୍ରକାରେ ସେହି ବୃଦ୍ଧ ଥୈଲିକଙ୍କ ମୃତ୍ୟୁ ଠାରୁ ଥିଲା ଅଧିକ ଚୂଡ଼ାନ୍ତ। ବାଲେସ୍ତ୍ରାୟେରି ତ ଅତ୍ୟତଃପକ୍ଷେ ନିଜର କଳାକାରିତା ସମ୍ପର୍କରେ ନିଃସନ୍ଦେହ ଥିଲେ ଏବଂ କହିବାକୁ ଗଲେ ନିଜର ଶେଷ ନିଃଶ୍ୱାସ ପର୍ଯ୍ୟନ୍ତ ଚିତ୍ର-ରଞ୍ଜନ କରି ଚାଲିଥିଲେ। ଅପର ପକ୍ଷରେ, ସେଇ କାନ୍ଥ ସାରା ଭରି ରହିଥିବା ସେସିଲିଆର ବିଶାଳ ପ୍ରମଉ ନଗ୍ନାଟ ଚିତ୍ର ଗୁଡ଼ିକୁ ଦେଖୁ ଦେଖୁ ମୁଁ ଏଇଆ ଭାବୁ ଥିଲି ଯେ ରଙ୍ଗସାଜୀ ଦୃଷ୍ଟିକୋଣରୁ, ସେସିଲିଆକୁ ଭେଟିବା ପୂର୍ବରୁ ହିଁ ମୋର ମୃତ୍ୟୁ ହୋଇ ସାରି ଥିଲା। ଆଉ ବାଲେସ୍ତ୍ରାୟେରିଙ୍କ ଭଳି ସେସିଲିଆ ଯୋଗୁଁ ଯଦି ମୋର ମୃତ୍ୟୁ ହୁଏ, ତେବେ ମୋର ସେଇ କଳାକାରିତାର ମୃତ୍ୟୁ କେବଳ ଏକ ଭୌତିକ ସ୍ତରରେ ହିଁ ପ୍ରତିପାଦିତ ହେବ। ତେଣୁ ମୁଁ ଏଇଆ ଅନୁଭବ କଲି ଯେ ମୋର

ରଙ୍ଗସାଜୀ ଜୀବନର ସଙ୍କଟ ସହିତ, ମୋର ସେସିଲିଆ ସହିତ ସମ୍ପର୍କରେ ସୃଷ୍ଟି ହୋଇଥିବା ସଙ୍କଟ ଗୋଟିଏ ଶିକୁଳିରେ ବନ୍ଧା ହୋଇଛି। ଚିତ୍ରାଧାର ଉପରେ ଥିବା ଶୂନ୍ୟ ଚିତ୍ରପଟରେ ରଙ୍ଗ ଭରିଦେବା ପାଇଁ ମୋର ଅକ୍ଷମତା, ପର୍ଯ୍ୟଙ୍କିଆର ଗଦି ଉପରେ ସେସିଲିଆକୁ ସତ୍ୟାୟିତ କରିବା ପାଇଁ ମୋର ଅକ୍ଷମତାକୁ ହିଁ ରୂପାୟିତ କରିଛି; ଠିକ୍ ଯେମିତି ବାଲେସ୍ତ୍ରାଯେରିଙ୍କ ସେସିଲିଆ ସହ ସମ୍ପର୍କର ରହିତ୍ରିକ ସଂଯୋଗ ରହିଛି ତାଙ୍କ ଜଘନ୍ୟ ବିକଟ ରଙ୍ଗସାଜୀ ସହିତ। ଏହା ଥିଲା ଏକ ଅସ୍ୱସ୍ଥ, ଅଶୁଭ ସଂଯୋଗ। ଅନ୍ତହୀନ ମରୁର ବାଟବଣା ପଥିକ, ବାଲୁକାରାଶି ମଧ୍ୟରେ ବିକୀର୍ଣ୍ଣ ଶ୍ୱେତ ଅସ୍ଥିମାନଙ୍କ ଭିତରେ ଯେଉଁ ସଂକେତ ପାଇଥାଏ, ତାହାର ଦ୍ୟୋତକ ଥିଲା ଏହି ସଂଯୋଗ।

ଯେମିତି ଜଣେ କୌଣସି ଦୁର୍ବୋଧ ଭାଷାର ରହସ୍ୟମୟ ଅକ୍ଷର-ଚିହ୍ନ ଗୁଡ଼ିକୁ ଅନୁଶୀଳନ କରେ, ଠିକ୍ ସେଇ ଭଙ୍ଗୀରେ, ଦିନେ ଅପରାହ୍ନରେ ମୁଁ ବାଲେସ୍ତ୍ରାଯେରିଙ୍କ ଦ୍ୱାରା ଅଙ୍କିତ ସେଇ କୁସ୍ଥିତ ନଗ୍ନାଟଚିତ୍ର ଗୁଡ଼ିକୁ ନିରୀକ୍ଷଣ କରୁଥିଲି। ହଠାତ୍ ଶିଳ୍ପଶାଳାର ଦୁଆର, ଯେଉଁଟାକି ମୁଁ କିଞ୍ଚତ୍ ଉନ୍ମୁକ୍ତ ରଖିଥିଲି, ଆଉ ଟିକେ ଖୋଲିଗଲା। ଆଉ ତା ଭିତରୁ ଜଣେ ମହିଳାଙ୍କ ମୁଣ୍ଡ ଉଙ୍କି ମାରିଲା। ମୁଁ ସେଠାରେ ଅଛି ଏ କଥା ସୁନିଶ୍ଚିତ ହେବା ପରେ ମହିଳା ଜଣକ ଭିତରକୁ ପ୍ରବେଶ କଲେ ଏବଂ ମୋ ଦିଗରେ ଆସିବାକୁ ଲାଗିଲେ। ମୁଁ ତାଙ୍କୁ ଅବିଳମ୍ବେ ଚିହ୍ନ ପକାଇଲି। ସେ ଥିଲେ ବାଲେସ୍ତ୍ରାଯେରିଙ୍କ ବିଧବା ପତ୍ନୀ ଯିଏକି ତାଙ୍କ ଅନ୍ତ୍ୟେଷ୍ଟି ଦିନ ନିଜ ମୁହଁକୁ ଏକ ଅନଚ୍ଛ କୃଷ୍ଣ ଆବରଣରେ ସମ୍ପୂର୍ଣ୍ଣ ଆଚ୍ଛାଦିତ କରି ରଖିଥିଲେ, ଯାହାକି ସାଧାରଣତଃ ଗ୍ରାମୀଣ ଶବଯାତ୍ରା ମାନଙ୍କରେ ଦେଖାଯାଏ। କିନ୍ତୁ ପରେ, ଥରେ ଦୁଇଥର ତାଙ୍କୁ ଭେଟିବାର ସୌଭାଗ୍ୟ ମୋର ହୋଇଥିଲା। ସେ ଥିଲେ ଜଣେ ବେଶ୍ ତଗଡ଼ା ଓ ଦୀର୍ଘଦେହୀ ନାରୀ ଯିଏ କି ଅତୀତରେ ଦିନେ ସୁନ୍ଦରୀ ଥିଲେ। ଆଉ ଯିଏ କି ନିଜର ପଞ୍ଚାଶତ ବର୍ଷ ବୟସରେ ମଧ୍ୟ ଯୌବନର ଆଭା ବଜାୟ ରଖି ପାରିଥିଲେ, ଯଦିଚ ବର୍ତ୍ତମାନ ସେ ଆଭା କହିବାକୁ ଗଲେ, କ୍ଷୀଣ ହୋଇଆସିଥିଲା। ବଦନର ପଲ୍ଲ ଗଳିତ ହୋଇ ଯାଇଥିଲେ ମଧ୍ୟ ସେ ଆଭା ତାଙ୍କ ସମଗ୍ର ଚେହେରାରେ ବିଚ୍ଛୁରିତ ହୋଇ ରହିଥିଲା। ତାଙ୍କ ତ୍ୱଚାର ଉଜ୍ଜ୍ୱଳ ଶୁଭ୍ରତାରେ, ଗୋସୁଲଭ ଚକ୍ଷୁର କୃଷ୍ଣ ଲାଲିତ୍ୟରେ ଆଉ ତାଙ୍କ ସୁପୁଷ୍ଟ ବିମ୍ବାଧରର

ପ୍ରଗାଢ଼ ରକ୍ତିମାରେ ସେ ଆଭା ସ୍ପଷ୍ଟ ପ୍ରତୀୟମାନ ହେଉଥିଲା । ତାଙ୍କ ଯୌବନରେ ସେ ଥିଲେ ଜଣେ ଚିତ୍ରନମୁନା ଏବଂ ଏକମାତ୍ର ମହିଳା ଯାହାଙ୍କୁ ବାଲେସ୍ତ୍ରାୟେରି, ଅବଶ୍ୟ ତାହା ସେସିଲିଆ ତାଙ୍କ ଜୀବନକୁ ଆସିବା ପୂର୍ବରୁ, ପ୍ରେମ କରିଥିଲେ ବା ପ୍ରେମ କରିଛନ୍ତି ବୋଲି ମନେ କରିଥିଲେ । ସେଇଥିପାଇଁ ସିଏ ତାଙ୍କୁ ବିବାହ କରିଥିଲେ ଆଉ ତାଙ୍କ ସହିତ ଜୀବନର ଦୀର୍ଘ କୋଡ଼ିଏ ବର୍ଷ କାଟି ଦେଇଥିଲେ । ଲାଟିସିଓ, ଯାହା ପରମ୍ପରାଗତ ଭାବେ ରୋମର କଳାକାର ମାନଙ୍କ ପାଇଁ ଚିତ୍ରନମୁନା ଯୋଗାଇବାରେ ପ୍ରସିଦ୍ଧ, ତାହାର ଏକ ଗ୍ରାମରେ ସେ ଜନ୍ମ ଗ୍ରହଣ କରିଥିଲେ । ଏପର୍ଯ୍ୟନ୍ତ ମଧ୍ୟ ସେ ତାଙ୍କ ଆଚରଣରେ ସେଇ ନୈସର୍ଗିକ ଗ୍ରାମ୍ୟ ବାତାବରଣର ଛାପ ଓ ଜନ୍ମଜାତ ସରଳତା ବଜାୟ ରଖି ପାରିଥିଲେ ।

ମୁଁ ସହସା ଲକ୍ଷ୍ୟ କଲି ଯେ, ମତେ ତାଙ୍କ ସ୍ୱାମୀଙ୍କର ଶିକ୍ଷାଶାଳାରେ ଦେଖି ମଧ୍ୟ ସେ ଭଦ୍ରମହିଳା ଏ ପର୍ଯ୍ୟନ୍ତ ବିସ୍ମିତ କିମ୍ୱା ଅସନ୍ତୁଷ୍ଟ ହେବାର ଭାବ ପ୍ରକାଶ କରି ନାହାନ୍ତି । ସେ ମୋ ପାଖକୁ ଆସି ନିଜର ପରିଚୟ ଦେଲେ ଏକ ଅମାୟିକ ଶାନ୍ତ ସ୍ୱରରେ, ଯେଉଁଥିରେ କି ଥିଲା ଏକ ଅନାବିଳ ଗ୍ରାମ୍ୟ ଉଷ୍ମତା । "ମୁଁ ଶ୍ରୀମତୀ ବାଲେସ୍ତ୍ରାୟେରି ।" ସେ କହିଲେ ।

ମୁଁ କ୍ଷମା ପ୍ରାର୍ଥନା ପାଇଁ ବ୍ୟଗ୍ର ହୋଇ ପଡ଼ିଲି । "ମତେ କ୍ଷମା କରିବେ । ମୁଁ ଦେଖିଲି ଦୁଆର ଖୋଲା ଅଛି ଆଉ ଭିତରକୁ ଚିତ୍ର ଦେଖିବା ପାଇଁ ଆସିଗଲି ।"

ସେ ବ୍ୟଗ୍ର ହୋଇ ଉତ୍ତର କଲେ, "ଦୟାକରି ସେଭଳି କୁହନ୍ତୁ ନାହିଁ ପ୍ରଫେସର, ଆପଣଙ୍କର ଯେତେବେଳେ ଇଚ୍ଛା ଆପଣ ଏଠିକି ଆସି ପାରନ୍ତି । ମୁଁ ଜାଣିଛି ମୋର ଦିବଙ୍ଗତ ସ୍ୱାମୀଙ୍କର ଆପଣ ଜଣେ ବିଶିଷ୍ଟ ବନ୍ଧୁ ।"

ତାଙ୍କର କଥାର ପ୍ରତିବାଦ କରିବା ପାଇଁ ମୋର ସାହସ ନ ଥିଲା । ସେତେବେଳକୁ ସେ ମୋତେ ଋହିଁ ସ୍ମିତହାସ ପ୍ରଦାନ କରୁଥିଲେ । ଆଉ ସେ ସ୍ମିତରେ ଏକ ପ୍ରକାରର ସସ୍ନେହ ଆବଦାର ସନ୍ନିବିଷ୍ଟ ଥିଲା ଯାହାର କାରଣ ମୋର ବୋଧଗମ୍ୟ ହେଉ ନ ଥିଲା । "ମୁଁ ଆପଣଙ୍କୁ ଭେଟିବା ପାଇଁ ଆପଣଙ୍କ ଷ୍ଟୁଡିଓକୁ ଆସିଥିଲି", ସେ କହିଲେ । "କାରଣ ଏକ ନିର୍ଦ୍ଦିଷ୍ଟ ବିଷୟରେ, ଯାହା ସମ୍ପର୍କରେ କି ଆପଣ ଆଗ୍ରହୀ, ମୋର ଆପଣଙ୍କୁ କିଛି କହିବାର ଅଛି । ମୁଁ ଦେଖିଲି ଆପଣଙ୍କ ଶିକ୍ଷାଶାଳାର ଦ୍ୱାର ଖୋଲା ଅଛି କିନ୍ତୁ ଆପଣ ସେଠାରେ ନାହାନ୍ତି । ତାପରେ ମୁଁ

ଭାବିଲି ହୁଏତ ଆପଣ ଏଇଠି ଥାଇ ପାରନ୍ତି ।"

: "ମୁଁ ଏଇଠି ଥିବି ବୋଲି ଆପଣ କାହିଁକି ଭାବିଲେ ?"

: "କାରଣ ମୁଁ ଜାଣିଛି ଯେ ମୋ ସ୍ୱାମୀଙ୍କ ଶିକ୍ଷାଶାଳାର ଚୁବି ଆପଣଙ୍କ ପାଖେ ଅଛି ।"

: "ଆପଣଙ୍କୁ ଏ ବିଷୟରେ କିଏ କହିଲା ?"

: "କାଇଁକି, ତତ୍ତ୍ୱାବଧାରକ କହିଲେ ।"

: "ଆପଣ ମତେ କିଛି କହିବା ପାଇଁ ଚୁହୁଁଥିଲେ ?"

: "ହଁ", ସେ କହିଲେ ଶାନ୍ତ ସ୍ୱରରେ । "ଆଉ ଦିନେ ବି ମୁଁ ଆସି ଆପଣଙ୍କୁ ଖୋଜୁଥିଲି, କିନ୍ତୁ ଆପଣଙ୍କୁ ପାଇଲି ନାହିଁ ।" ତାପରେ ସେ କଥାର ବିଷୟବସ୍ତୁ ବଦଲାଇ, ଏକ ଗ୍ରାମୀଣ ଅକପଟତାର ସହ ବେଆଡ଼ା ପ୍ରଶ୍ନଟିଏ କଲେ, "ଏଇ ଚିତ୍ର ଗୁଡ଼ିକ ଆପଣଙ୍କୁ କିଭଳି ଲାଗୁଛି, ପ୍ରଫେସର ?"

ମୁଁ ଅପ୍ରତିଭ ଭାବେ ଉତ୍ତର ଦେଲି, "ଚୌଳିକ ହିସାବରେ ଆପଣଙ୍କ ପତିଙ୍କର କଳାରେ ଉତ୍କର୍ଷ ଥିଲା ।"

: "ସେସବୁ ବେଶ୍ ସୁନ୍ଦର, ନୁହେଁ କି ?" ସେ ପୁଣି ଷ୍ଟୁଡିଓ ଭିତରେ ଚୁଲିବାକୁ ଆରମ୍ଭ କଲେ ଆଉ କାନ୍ଥରେ ଓହଲା ହୋଇଥିବା ଚିତ୍ରପଟ ଗୁଡ଼ିକୁ ଦେଖି କହିଲେ, "ଆପଣ ଜାଣିଥିବେ ପ୍ରଫେସର, କେବଳ ଗୋଟିଏ ଚିତ୍ର-ନମୁନାର ହିଁ ଏ ସବୁ ଗୁଡ଼ିକ ଚିତ୍ର ।"

ମୁଁ କିଛି କହିଲି ନାହିଁ । ଘଡ଼ିକ ପରେ ସେ ପୁଣି ଆରମ୍ଭ କଲେ ତାଙ୍କର ସେଇ ପରୋକ୍ଷ ଇଙ୍ଗିତ ଓ ଶ୍ଳେଷପୂର୍ଣ୍ଣ ଗ୍ରାମ୍ୟ ଭଙ୍ଗୀର ବଚନ । "ଆହା କି ସୁନ୍ଦର ଲଳନା, ନୁହେଁ କି ପ୍ରଫେସର ? ଦେଖନ୍ତୁ କି ସୁନ୍ଦର ତାର ବକ୍ଷଦେଶ, ତାର ଗୋଡ଼, ତାର କାନ୍ଧ ଆଉ ତାର ନିତମ୍ବ । ବାସ୍ତବରେ ଯାହାକୁ ସୁନ୍ଦରୀ କହନ୍ତି, ସେମିତି ଝିଅଟିଏ ।"

: "କିନ୍ତୁ ଆପଣ ?" କଥା ବଦଳାଇବାକୁ ଯାଇ ମୁଁ କହିଲି । "ଆପଣଙ୍କର ସ୍ୱାମୀ କ'ଣ ଆପଣଙ୍କର ଚିତ୍ର କେବେ ଆଙ୍କି ନାହାନ୍ତି ?"

: "ହଁ, ଅତୀତରେ ମୋର ବହୁତ ଚିତ୍ର ଆଙ୍କିଥିଲେ ସିଏ । କିନ୍ତୁ ଏଇଠି ମୋର କିଛି ଚିତ୍ର ନାଇଁ । ଯେତେବେଳେ ଆମର ଅଯୋଗ ଘଟିଲା, ମୋର ସ୍ୱାମୀ କାନ୍ଥରୁ

ମୋର ସମସ୍ତ ଚିତ୍ର ଓହ୍ଲାଇ ଦେଇ ମୋ ବାସସ୍ଥାନକୁ ପଠାଇ ଦେଇଥିଲେ। ମୋ ପାଖରେ ସେଗୁଡ଼ିକ ଏବେ ବି ଅଛି। ମୁଁ କିନ୍ତୁ ଏଇ ଝିଅଟି ଭଳି ମନୋରମା ନୁହେଁ। ମୋ ରୂପରେ ଥିଲା ଏକ ଶାସ୍ତ୍ରୀୟ ସୌନ୍ଦର୍ଯ୍ୟ, ମୁଁ ଥିଲି ମୂର୍ତ୍ତିଏ ଭଳି ସୁଗଠିତା। କିନ୍ତୁ ଏ ଝିଅର ସୌନ୍ଦର୍ଯ୍ୟରେ ରହିଛି ଆଧୁନିକତା; ଅଧା ଶିଶୁ ଅଧା ନାରୀ, ଯେମିତିକା ଆଜିକାଲିକା ଲୋକଙ୍କର ପସନ୍ଦ। ହଁ", ଗୋଟିଏ ଦୀର୍ଘଶ୍ୱାସର ସହିତ ସେ କଥାଟା ସୁନିଶ୍ଚିତ କରି କହିଲେ, "ବାସ୍ତବରେ ସୁନ୍ଦରୀ ଝିଅଟିଏ। ଖାଲି ଦୁଃଖ ଏତିକି ଯେ, ସେ ଯେତିକି ସୁନ୍ଦରୀ ସେତିକି କଲ୍ୟାଣୀ ନୁହେଁ।"

ସମ୍ପୂର୍ଣ୍ଣ ଆନ୍ତରିକତା ସହିତ ନ ହେଲେ ମଧ୍ୟ, ପ୍ରଶ୍ନଟି ପଚାରିବାରୁ ମୁଁ ନିଜକୁ ନିବୃତ୍ତ ରଖିପାରିଲି ନାହିଁ, "ତାହେଲେ ଆପଣ ତାକୁ ଜାଣନ୍ତି ?"

: "ହଁ, ମୁଁ ତାକୁ ଅବଶ୍ୟ ଜାଣିଛି। ତାକୁ ମୁଁ କିଭଳି ନ ଜାଣିବି ? କହିବାକୁ ଗଲେ, ମୋର ବିଚରା ସ୍ୱାମୀ, ତାଆରି ପାଇଁ ହିଁ ମରିଛନ୍ତି।"

: "ସେଇ କଥା ସମସ୍ତେ କହୁଛନ୍ତି।"

: "ହଁ, ମୁଁ ଜାଣିଛି ଲୋକମାନେ ଯାହା କହୁଛନ୍ତି।" ଏକ ସଂଭ୍ରମର ସହିତ ମୋ କଥାକୁ ସଂଶୋଧନ କରି ସିଏ କହିଲେ। "ସେଇ ଗତାନୁଗତିକ ଅରୁଚିକର କଥା ଗୁଡ଼ିଏ। ପ୍ରକୃତରେ ମଧ୍ୟ ସେଭଳି ହୋଇଥାଇ ପାରେ, କିନ୍ତୁ ତାହା ପ୍ରାସଙ୍ଗିକ ନୁହେଁ। କାରଣ ତାହା ଯେ କୌଣସି ଅନ୍ୟ ସ୍ତ୍ରୀଲୋକ ସହିତ ମଧ୍ୟ ଘଟି ପାରିଥାନ୍ତା। ନାଁ, ମୁଁ ସେ କଥା କହୁ ନାହିଁ। ମୋର କହିବା କଥା ଏଇଆ ଥିଲା ଯେ, ସେ ଝିଅଟି ତାଙ୍କୁ ଯେଉଁ ବାରମ୍ବାର ମର୍ମାନ୍ତିକ ଦୁଃଖ ଦେଇ ତାଙ୍କ ହୃଦୟ ଭାଙ୍ଗିଦେଲା, ସେଇଥିରେ ହିଁ ତାଙ୍କର ମୃତ୍ୟୁ ଘଟିଲା।"

: "କେଉଁଥି ପାଇଁ ତାଙ୍କ ହୃଦୟ ଭାଙ୍ଗିଗଲା ?"

: "ତାର ସ୍ୱୈରାଚାର ଯୋଗୁଁ। ନ ହେଲେ କୋଉଥିପାଇଁ ?"

: "ଝିଅଟି କ'ଣ ଏଡେ ଦୁଷ୍ଚରିତ୍ରା ?"

ତାଙ୍କ ଉତ୍ତରରେ ଥିଲା ଏକ ବୈରୁକିକ ସଂଯମ। "ସେ ଦୁଷ୍ଚରିତ୍ରା ବୋଲି ମୁଁ କହିବି ନାହିଁ। ଏକଥା ସମସ୍ତେ ଜାଣନ୍ତି ଯେ ନାରୀଟିଏ ସୁଶୀଳା କିମ୍ୱା ଦୁଃଶୀଳା ତାହା ନିର୍ଭର କରେ ଏଇ କଥା ଉପରେ ଯେ ସିଏ ସେଇ ଲୋକଟିକୁ ପ୍ରେମ

କରେ, ଅବା ପ୍ରେମ କରେ ନାହିଁ । ସେ ଯାହା ହେଉ ନା କାହିଁକି ମୋ ସ୍ୱାମୀଙ୍କ ପ୍ରତି ସିଏ ଅନୁରକ୍ତା ନ ଥିଲା । ତୁମ କ୍ଷେତ୍ରରେ, ଅବଶ୍ୟ ମୁଁ କିଛି କହି ପାରିବି ନାଇଁ । ହୁଏତ ତୁମପାଇଁ ସିଏ ଭଲ ମଧ ହୋଇ ଥାଇପାରେ ।"

ତାଙ୍କର ରୁହାଣି ଆଉ କଥାରେ ଲୁଚିଥିବା ସେଇ ବକ୍ର ଇଙ୍ଗିତ ମୁଁ ପରିଶେଷରେ ବୁଝ ପାରିଲି । ସେସିଲିଆ ମୋର ପ୍ରେମାସ୍ପଦା ବୋଲି ସେ ଜାଣିଛନ୍ତି ଆଉ ତାକୁ ଉପଲକ୍ଷ୍ୟ କରି ସେ ମତେ ଏଇ କଥା କହୁଛନ୍ତି । କିନ୍ତୁ ମୁଁ ଆଶ୍ଚର୍ଯ୍ୟ ହେବାର ଛଳନା କରି କହିଲି, "ଏସବୁ ସହିତ ମୋର ସମ୍ପର୍କ କ'ଣ ?"

ସେ ହାତ ଉଠାଇଲେ ଆଉ ମୋର କାନ୍ଧ ଥାପୁଡ଼େଇଲେ; ତାଙ୍କ ହାବଭାରେ ଥିଲା ଏକ ଗ୍ରାମୀଣ ସହାନୁଭୂତି ପ୍ରକାଶର ବ୍ୟଞ୍ଜନା । "ଆଃ ମୋର ବିଚରା ପ୍ରଫେସର; ଠିକ୍ ଅଛି, ଠିକ୍ ଅଛି, ଠିକ୍ ଅଛି ।"

ତାପରେ ସିଏ ମୋ ଠାରୁ ଦୂରକୁ ଘୁଞ୍ଚିଗଲେ, ଆଉ କାନ୍ଥକୁ ନିର୍ଦ୍ଦେଶ କରି ହଠାତ୍ ପଚାରିଲେ, "ତୁମକୁ ସେଇ ଚିତ୍ରଟି ଭଲ ଲାଗୁଛି ?"

ମୁଁ ଆଗକୁ ଗଲି ଆଉ ଚିତ୍ରଟିକୁ ଲକ୍ଷ୍ୟ କଲି । ଏହି ଚିତ୍ରଟି ଥିଲା ଅନ୍ୟମାନଙ୍କ ଠାରୁ ଅଲଗା । ବାଲେସ୍ଟ୍ରିଯେରିଙ୍କ ପ୍ରାୟ ରଙ୍ଗସାଜୀରେ କେବଳ ସେସିଲିଆ ଏକାକୀ ବିଭିନ୍ନ ଅଙ୍ଗଭଙ୍ଗିମାରେ ଚିତ୍ରିତ ହୋଇଥାଏ । କିନ୍ତୁ ଏହା ଥିଲା ଏକ ଗ୍ରଥନ-ଚିତ୍ର । ତାଙ୍କ ଚିତ୍ର ଗତାନୁଗତିକ କାଦୁଆ ଚିକିଟା ପୃଷ୍ଠଭୂମିରେ ନଗ୍ନ ସେସିଲିଆ ବର୍ଣ୍ଣାଲୀର ଶବଳିତ ଆଭାରେ ଅଂଶୁକିତା ହୋଇ ଏକ ହାମୁଡ଼ିଥିବା ମନୁଷ୍ୟ ଆକୃତି ଉପରେ ସବାର ହୋଇଥିବା ଭଳି ଜଣା ପଡୁଥିଲା । ଏହା ଥିଲା ବାଲେସ୍ଟ୍ରିଯେରିଙ୍କ କଦର୍ଯ୍ୟ ଚିତ୍ରଗୁଡ଼ିକ ମଧରୁ ଅନ୍ୟତମ । ସେସିଲିଆର ଜୈତ୍ରୀ ପ୍ରଦର୍ଶନ ପାଇଁ, ସବୁଠାରୁ ଅଧିକ ଯାହା ସିଏ କରିବା ପାଇଁ ସକ୍ଷମ ହୋଇଥିଲେ, ତାହା ଏହିକି ଯେ ଚିତ୍ରରେ ସେସିଲିଆ ଏକ ଜିତ୍ର ହସ୍ତ ଉପରକୁ ଉତ୍ତୋଲିତ କରି ରଖିଥିଲା ଏବଂ ଅପର ହସ୍ତ ତଳକୁ ଅର୍ଦ୍ଧଚନ୍ଦ୍ର କରି ସେଇ ବିକୃତ କ୍ୟାଲିବାନର ଗ୍ରୀବାକୁ ତଳକୁ ମାଡି ରଖିଥିଲା, ଯିଏକି ତାର ବାହନର କାର୍ଯ୍ୟ ତୁଲାଉ ଥିଲା । ମୁଁ ଶୁଷ୍ଖଲା ସ୍ୱରରେ କହିଲି, "ହଁ, ଖରାପ ହେଇନି ଚିତ୍ରଟି ।"

: "ସେଇ ଚତୁଷ୍ପଦ ବ୍ୟକ୍ତିଟି କିଏ ତୁମେ ଜାଣ କି ?" ବିଧବା ଜଣକ ଚିତ୍ର ନିକଟକୁ ଯାଇ ପଚାରିଲେ । ତାଙ୍କ ଦୃଷ୍ଟିରେ ଥିଲା ଏକ ପ୍ରତିହିଂସାର ପରିଭାବ ।

"ଏଇଟା ସିଏ ନିଜେ, ମାନେ ମୋର ପ୍ରତି ବାଲେସ୍ଟ୍ରାଏରି। ତୁମେ ଭାବୁଥିବ ଚିତ୍ରରେ ସିଏ ନିଜକୁ ଏହିଭଳି ପ୍ରଦର୍ଶିତ କରିଛନ୍ତି କାରଣ ସିଏ ମଜାରେ ଦେଖାଇବାକୁ ରୁହିଁଛନ୍ତି ଯେ ଲଲନାଟି ତାଙ୍କୁ କିଭଳି ମର୍ଦ୍ଦିତ ଓ ପରାଭୂତ କରି ରଖିଛି। କିନ୍ତୁ ତା ନୁହେଁ। ସିଏ ବେଶ୍ ଗମ୍ଭୀରତାର ସହ ଏହାର ସଂଜ୍ଞାପନା କରିଛନ୍ତି।"

: "କିନ୍ତୁ ଏଥିରେ ସିଏ କ'ଣ କହିବାକୁ ରୁହୁଁଛନ୍ତି ?"

: "ସିଏ ଏମିତି ବାସ୍ତବରେ ହାମୁଡ଼ି ରହୁଥିଲେ ଆଉ ଝିଅଟି ତାଙ୍କ ପିଠିର ଚଢ଼ି ବସୁଥିଲା ଏବଂ ସିଏ ଶିକ୍ଷଶାଳା ସାରା ବନ୍ଧିତ ଅଶ୍ୱ ପରି ଡେଇଁ ବୁଲୁଥିଲେ। ଯେମିତି ଛୋଟ ଛୁଆମାନେ ଅଶ୍ୱାରୋହଣ ଖେଳ ଖେଳନ୍ତି। ଆଉ ତାପରେ, ତୁମେ ବିଶ୍ୱାସ କରିବକି ନାଇଁ ମୁଁ ଜାଣିନି, ସିଏ ତାଙ୍କ ପଛଟା ଟେକିଦେବେ ଆଉ ତାକୁ ତଳକୁ ଫୋପାଡ଼ି ଦେବେ; ଆଉ ଝିଅଟି ଉର୍ଦ୍ଧ୍ୱପଦ ହେଇ ତଳେ ପଡ଼ି ରହିଥିବ ଆମନ୍ତ୍ରଣ ମୁଦ୍ରାରେ। ମୁଁ ଦିନେ ମୋ ନିଜ ଆଖିରେ ଝରକା କଣାରେ ସେମାନଙ୍କୁ ଏମିତି କରୁଥିବା ଦେଖିଛି। ଓ ସେମାନେ ବେଶ୍ ଉପଭୋଗ କରୁଥିଲେ ପରସ୍ପରକୁ।" ଗୋଟିଏ ମୁହୂର୍ତ୍ତ ପାଇଁ ସିଏ ଚିତ୍ରଟିକୁ ରହିଁ ନୀରବ ହୋଇଗଲେ। ତାପରେ ହଠାତ୍ କହିଲେ, "ପ୍ରଫେସର, ଚିତ୍ରଟି ଯଦି ତୁମକୁ ଭଲ ଲାଗୁଛି, ତାହେଲେ ମୁଁ ବିକିବା ପାଇଁ ପ୍ରସ୍ତୁତ ଅଛି।"

ପ୍ରସ୍ତାବଟା ଏତେ ଅପ୍ରତ୍ୟାଶିତ ଥିଲା ଯେ ଘଡ଼ିକ ପାଇଁ ମୁଁ କଣ କହିବାକୁ ହେବ ଜାଣି ପାରିଲି ନାହିଁ। ତାପରେ ମୁଁ କଥାଟା ବୁଝି ପାରିଲି। ସେଇ ବିଧବା ଜଣକ ସେସିଲିଆ ପ୍ରତି ମୋର ଅନୁରାଗ ସମ୍ପର୍କରେ ଜାଣିଥିଲେ ଓ ତା'ର ଦର କଷିବାକୁ ରୁହୁଁଥିଲେ। ହଠାତ୍ ମତେ ଭୀଷଣ ଲଜ୍ଜା ଲାଗିଲା, ଯେମିତି ନିଜର ଗୋପନ କଲୁଷକୁ ଲୁକ୍କାୟିତ ରଖି ପାରିଛି ବୋଲି ଭାବୁଥିବା ଏକ ବ୍ୟକ୍ତିକୁ ରାସ୍ତାରେ କିଏ ଜଣେ ଅଶ୍ଲୀଳ ଫଟୋର ଏକ ପୁଲିନ୍ଦା ବିକିବା ପାଇଁ ପ୍ରସ୍ତାବ ଦେଉଛି, ଯେଉଁ ଅଶ୍ଲୀଳତା ଭିତରେ କି ତାର ସେଇ ନିର୍ଦ୍ଦିଷ୍ଟ କଲୁଷ ପ୍ରତିଫଳିତ ହୋଇଛି। ମୁଁ ବିରକ୍ତ ହୋଇ ପଚରିଲି, "ମୁଁ କୋଉ ଖୁସିରେ ସେଇ ଚିତ୍ର କିଣିବାକୁ ଯିବି ?"

ଶାନ୍ତ ଭାବରେ ସିଏ କହିଲେ, "ମୁଁ ପଚରୁଥିଲି କାଲେ ଏ ଚିତ୍ର ପ୍ରତି ତୁମର ଆଗ୍ରହ ଥିବ। ଅଳ୍ପଦିନ ଭିତରେ ମତେ ଏଠୁ ଏ ଚିତ୍ରସବୁ ନେଇ ଯିବାକୁ ପଡ଼ିବ। କାରଣ, ଏ ଶିକ୍ଷଶାଳା ପାଇଁ ଉପପ୍ରଜା ଜଣେ ମିଳି ଯାଇଛନ୍ତି ଆଉ ସେଇ

ନୂଆ ଭଡ଼ାଟିଆ ଜଣକ ଏ ଚିତ୍ରଗୁଡ଼ିକ ଏଠାରେ ରହିବା ଚୁହାନ୍ତି ନାହିଁ। ତାଙ୍କ ମତରେ ଚିତ୍ରଗୁଡ଼ିକ ନିତାନ୍ତ ଯୌନ ଉଦ୍ଦୀପକ। ମୁଁ ଭାବିଲି କାଲେ ଯ। ଭିତରୁ ହୁଏତ ତୁମେ ସ୍ମାରକ ହିସାବରେ କିଛି ରଖିବାକୁ ଚୁହିଁବ।"

: "କେଉଁ ଘଟଣାର ସ୍ମାରକ ? କାହାର ଅଭିଜ୍ଞାନ ? ତୁମ ସ୍ୱାମୀଙ୍କର ? ତାଙ୍କ ସହ ତ ମୋର ଭଲଭାବେ ଚିହ୍ନାଜଣା ବି ନ ଥିଲା।"

ପୁନଶ୍ଚ ସେ ଏକ କପଟ ଦରଦର ଭାବଭଙ୍ଗୀ ଦେଖାଇ ମୋର କାନ୍ଧ ଥାପୁଡ଼େଇଲେ ଓ ନିଜ ମୁଣ୍ଡ ହଲାଇଲେ। "ପ୍ରଫେସର, ପ୍ରଫେସର, ଆମେ ପରସ୍ପରକୁ ବୁଝିବାକୁ ଚେଷ୍ଟା କରିବା ଉଚିତ୍।" ସେ କହିଲେ। "ତୁମେ ମୋ ପାଖରେ ଖୋଲା ହେବାକୁ ଚୁହୁଁନା କାହିଁକି ? ମୋର ଆସି ଚୁଟି ସବୁ ପାଚି ଗଲାଣି।" ନିଜର କାକ୍‌କୃଷ୍ଣ ଚୁଲ ଯାହାକୁ କୁଣ୍ଡେଇ ସେ ଦୁଇଟି ବେଣୀ କରିଥିଲେ ଏବଂ ତାକୁ ଗୋଟିଏ ଖୋଷାରେ ମୁଣ୍ଡ ପଛରେ ବାନ୍ଧି ଥିଲେ, ତାକୁ ନିର୍ଦ୍ଦେଶ କରି ସିଏ କହିଲେ। ଅବଶ୍ୟ ତା ଭିତରେ ତାଙ୍କ ଚୁଲର କିଛି ଶୁକ୍ଲାଭ କେନା ମଧ୍ୟ ପରିଦୃଷ୍ଟ ହେଉଥିଲା। "ମୁଁ ଖୁସିରେ ସେ ଝିଅର ମାଆ ବୟସ ହେବି। ମୋ ପାଖରେ ତୁମେ ସତ୍ୟପରାୟଣ ନ ହେବାର କାରଣ କିଛି ନାହିଁ।"

ଯୋଉ ଟେବୁଲ ଉପରେ ଦୂରଭାଷ ଯନ୍ତ୍ରଟି ଥୁଆ ହୋଇଥିଲା, ମୁଁ ତା ଉପରେ ବସି ପଡ଼ିଲି, ଆଉ ତାଙ୍କୁ ମଧ୍ୟ ବସିବାକୁ ନିର୍ଦ୍ଦେଶ ଦେଲି। ମୋର ଅନ୍ତରେ ସାଧୁତାର ଉନ୍ମାନ ପାଇଁ ତାଙ୍କର ସେଇ ବିନତି ଯେମିତି ମୋର କାନରେ ପଡ଼ିନାହିଁ ସେଇଭଲି ଭଙ୍ଗୀରେ, ସ୍ୱରରେ ଗାମ୍ଭୀର୍ଯ୍ୟ ସହିତ ଧମକ ମିଶାଇ ମୁଁ ତାଙ୍କୁ କହିଲି, "ଶ୍ରୀମତୀ ବାଲେସ୍ୱାୟେରି, ମତେ ଦୟାକରି କୁହନ୍ତୁ, ଏସବୁର ଅର୍ଥ କଅଣ। ଆପଣ କିଛି ପରୋକ୍ଷରେ ଇଙ୍ଗିତ କରି କହୁଛନ୍ତି, ଯାହାକୁ କି ମୁଁ ବୁଝି ପାରୁନାହିଁ। ଆପଣ ତାହା ସ୍ପଷ୍ଟଭାବେ ବୁଝାଇ ଦେବା ପାଇଁ ମୁଁ ଚୁହୁଁଛି।"

ସାମାନ୍ୟ ଶଙ୍କିତା ହୋଇ, ଗୋଟିଏ ପ୍ରକୃତ ଚୁଷୁଣୀ ଭଲି, ସେ ବିଳାପର ଆଶ୍ରୟ ନେଇ ରୋରୁଦ ସ୍ୱରରେ କହିଲେ, "ହାୟ, ମୋ ସ୍ୱାମୀ ମୋ ପାଇଁ କିଛି ହିଁ ଛାଡ଼ି ଯାଇ ନାହାନ୍ତି। ମୁଁ ଭାବୁଥିଲି ଆପଣ ନିଜେ ଜଣେ ଚୌଲିକ ହୋଇ ଥିବାରୁ ମୋ ସ୍ୱାମୀଙ୍କ ଚିତ୍ରକୁ ବୁଝି ସମର୍ଥ ପାରିବେ ଆଉ ସମ୍ଭବତଃ ଅତଃପକ୍ଷେ ଗୋଟିଏ ହେଲେ କିଣିବେ। ମୁଁ ତାକୁ ବିକିବାକୁ ଚେଷ୍ଟା କରୁଛି, କିନ୍ତୁ ତାର କଦର କଲାଭଲି ଲୋକ ମିଲୁ ନାହାନ୍ତି।"

ଡ. ଜୟକୃଷ୍ଣ ଚୌଧୁରୀ | ୩୮୫

: "କିନ୍ତୁ ମୁଁ ଯେ କପର୍ଦ୍ଦକହୀନ", ମୁଁ ଉତ୍ତର ଦେଲି। "ମୁଁ ଗୋଟିଏ ସାମାନ୍ୟ ତୈଳିକ, ଆଉ ଏଭଳି ଏକ କଳାକାର ଯିଏ ଅଧୁନା ଚିତ୍ରରଞ୍ଜନ ମଧ୍ୟ କରୁନାହିଁ।"

ସେ ବାସ୍ତବରେ ଆଶ୍ଚର୍ଯ୍ୟାନ୍ଵିତ ହୋଇଗଲେ। "କେଡ଼େ ଅଭୁତ!" ସିଏ କହିଲେ। "ମୁଁ ଶୁଣିଥିଲି ଯେ ଆପଣଙ୍କ ମାଥା ବହୁତ ବିଉଶାଳୀ।"

: "ମୋର ମାଥା; ମୁଁ ନୁହେଁ।"

: "ଠିକ୍ ଅଛି, ସେ କଥା ତାହେଲେ ଛାଡ଼ନ୍ତୁ ପ୍ରଫେସର। ମୁଁ ଏ ବିଷୟରେ କହିଥିବା କଥା ଭୁଲି ଯାଆନ୍ତୁ ଆପଣ।"

: "ତଥାପି ଟିକିଏ ଶୁଣନ୍ତୁ।" ମୁଁ ଟିକିଏ ଟାଣରେ କହିଲି। "ଆପଣ କିଛି ସମୟ ପୂର୍ବରୁ କଅଣ ଗୋଟେ ଇସାରା କରୁଥିଲେ। ବାସ୍ତବରେ କ'ଣ ପାଇଁ ମୁଁ ଏହି ଚିତ୍ରକୁ ସ୍ମାରକ ରୂପେ ଖରିଦ କରି ଥାଆନ୍ତି? ସିଏ ଯାହା ହେଉ ନା କାହିଁକି, କାହାର ସ୍ମାରକ କଥା ଆପଣ କହୁଛନ୍ତି?"

ସେ ତାଙ୍କର କୃଷ୍ଣଚକ୍ଷୁକୁ ସମ୍ପୂର୍ଣ୍ଣ ଉନ୍ମୀଲିତ କରି ମତେ ସ୍ଥିର ଦୃଷ୍ଟିରେ ରହିଁଲେ। "ସେଇ ଝିଅଟିର ଅବଶ୍ୟ।" ସିଏ କହିଲେ।

: "କିନ୍ତୁ କାହିଁକି?"

: "ପ୍ରଫେସର, କାହିଁକି ତ ଆପଣ ଜାଣନ୍ତି।"

: "ଶ୍ରୀମତୀ ବାଲେସ୍ତାୟେରି, ମୁଁ ଆପଣଙ୍କ କଥା ବୁଝି ପାରୁନାହିଁ।"

: "ଠିକ ଅଛି ପ୍ରଫେସର, ଆପଣ ଜାଣନ୍ତି ଲୋକମାନେ କଣ କହୁଛନ୍ତି? କହୁଛନ୍ତି ଯେ, ସେଇ ଝିଅଟି ଆପଣଙ୍କର ରକ୍ଷିତା।"

: "କିଏ କହୁଛି ଏମିତି?"

: "ତତ୍ତ୍ୱାବଧାରକ ଠାରୁ ଆରମ୍ଭ କରି ସମସ୍ତେ।"

ଏ କଥାରେ ଯେଭଳି ବିଭ୍ରାନ୍ତ ଓ କିଂକର୍ତ୍ତବ୍ୟବିମୂଢ଼ ହୋଇ ପଡ଼ିଛି, ମୁଁ ସେଇ ପ୍ରକାରର ଅଭିନୟ କଲି। ତାପରେ ଧୀରେ ଅଥଚ ଦୃଢ଼ଭାବରେ କହିଲି, "କଥାଟା ତାହେଲେ ଏଇଆ। କିନ୍ତୁ ଏହା ଏକ ଭ୍ରାନ୍ତ ଧାରଣା। ସେଇ ଝିଅ ସହିତ ମୋର କୌଣସି ସମ୍ପର୍କ ନାହିଁ।"

        ଏକ ମିଳିଭଗତିଆ ନୀରବ ପ୍ରଶ୍ରୟର ହସ ସିଏ ହସିଲେ । "ଆଃ ପ୍ରଫେସର,
ଆଃ ପ୍ରଫେସର ।" ମୁଁ କିନ୍ତୁ ସ୍ୱରରେ ବିରକ୍ତି ଭାବ ଫୁଟାଇ କିଞ୍ଚିତ ରୂଢ଼ତାର ସହ
ତାଙ୍କ କଥାରେ ବାଧା ଦେଇ କହିଲି, "ମୁଁ ଯଦି କିଛି କହୁଛି, ତେବେ ଖାଲି କହିବା
ପାଇଁ କହୁନାହିଁ, ବାସ୍ତବରେ ସେଇଟା ମୋର ମତଲବ ବୋଲି କହୁଛି ।"

        ଏକ ଶଙ୍କିତ ଗେଣ୍ଡା ଭଳି ପୁନର୍ବାର ନିଜ ଖୋଳ ଭିତରକୁ ଶାଙ୍କୁଡ଼ି ଗଲେ
ସିଏ । କିନ୍ତୁ ଠିକ୍ ତା ପରମୁହୂର୍ତ୍ତରେ ଯେମିତି ଗେଣ୍ଡା ତାର ମୁଣ୍ଡଟି ବାହାରକୁ କାଢ଼ି
ଉଙ୍କିମାରେ, ସେହିଭଳି ଭଙ୍ଗୀରେ ସିଏ କହିଲେ, "ପ୍ରଫେସର ମୁଁ ଆପଣଙ୍କ କଥା
ବିଶ୍ୱାସ କରୁଛି । ଆଛା, ଏ ବିଷୟରେ ମୁଁ କ'ଣ କହିବି ଆପଣ ଭାବି ପାରୁଛନ୍ତି
କି ? ପ୍ରକୃତରେ କହିଲେ ମୁଁ ଆପଣଙ୍କ ପାଇଁ ବହୁତ ଖୁସି ।"

: "କାହିଁକି ?"

: "ମୁଁ ଆପଣଙ୍କୁ କହିଥିଲି ନା, ଝିଅଟି ସୁନ୍ଦରୀ ହେଲେ କଣ ହେବ, ଶୁଭଙ୍କରୀ
ନୁହେଁ ।"

: "କେମିତି ?"

        ସିଏ ଏକ ଦୀର୍ଘଶ୍ୱାସ ଛାଡ଼ିଲେ । "ମୋ ଠାରୁ ମୋ ସ୍ୱାମୀ ହୁଏତ ଆପଣଙ୍କୁ
ବେଶୀ ଭଲଭାବରେ ବୁଝାଇ ପାରି ଥାଆନ୍ତେ", ସିଏ କହିଲେ । "କିନ୍ତୁ ମୋ ସ୍ୱାମୀ
ତ ମୃତ, ଆଉ ଆପଣ ବୁଝିବା ଉଚିତ ଯେ ମୁଁ ନିର୍ଦ୍ଦିଷ୍ଟ ଭାବେ କିଛି ଜାଣେନା । ମୁଁ
କେବଳ ଗୋଟିଏ କଥା କହିବି, ମୋ ସ୍ୱାମୀଙ୍କର 'ପିଆଜା ବୋଲୋନିଆ'ରେ
ଏକ ପାଞ୍ଚ ବଖୁରିଆ ଆପାର୍ଟମେଣ୍ଟ ଥିଲା ଯାହାର ମୂଲ୍ୟ କେତେ ନିୟୁତ ଲିରେ
ହେବ । କିନ୍ତୁ ଯେତେବେଳେ ସିଏ ମଲେ, ଜଣାପଡ଼ିଲା ଯେ ସିଏ ସେଇଟା ବିକି
ଦେଇଛନ୍ତି । କିନ୍ତୁ ସେ ନିୟୁତ ଗୁଡ଼ିକ ନ ଥିଲା । ଯାହା ମିଳିଲା ସେଇଟା ଗୋଟେ
ହିସାବ ଖାତା । ବେଶ୍ ପରିଷ୍କାର ଭାବରେ ମୋ ସ୍ୱାମୀ ତାଙ୍କ କାମଗୁଡ଼ିକ କରନ୍ତି,
ହିସାବ ଖାତାରେ ମଧ ପରିଷ୍କାର ଭାବରେ ସେ ତାଙ୍କର ଖର୍ଚ୍ଚଗୁଡ଼ିକ ଲେଖି ରଖୁଥିଲେ ।
ସେ ଖାତାର ପ୍ରାୟ ପ୍ରତିଟି ପୃଷ୍ଠାରେ ଲେଖା ରହିଥିଲା, ସେସିଲିଆକୁ ଆଜି ଦେଲି
ଏତିକି ଟଙ୍କା, କାଲି ଦେଲି ଏତିକି ଟଙ୍କା ।... ଏମିତି ।"

: "ଆପଣଙ୍କର କହିବାର ଅଭିପ୍ରାୟ ଏଇଆ ଯେ ସେ ଝିଅ ଆପଣଙ୍କ ସ୍ୱାମୀଙ୍କଠୁ
ଅର୍ଥ ଶୋଷଣ କରୁଥିଲା ?"

: “ଅବିକଳ ସେଇଆ, ପ୍ରଫେସର।” ସେ ଆଉଥରେ ଦୀର୍ଘଶ୍ୱାସ ଛାଡ଼ିଲେ। ଏକ ମୃଦୁସ୍ୱରରେ ଅଥଚ ଅଧୀର ଭାବରେ ସେ କହି ଚଲିଲେ, “ସେ ଝିଅ ପୁରା ଗଭୀର ଜଳର ମାଛ ପ୍ରଫେସର। ହୃଦୟହୀନା, କପଟୀ ଆଉ ଅର୍ଥସର୍ବସ୍ୱା। ଆଉ ତା ସଙ୍ଗେ ବି ତାଙ୍କ ପ୍ରତି ସିଏ ଥିଲା ଅବିଶ୍ୱସ୍ତା। ସିଏ ତାଙ୍କଠାରୁ ଅର୍ଥ ନେଇ ଆଉ ଜଣକୁ ଦେଉଥିଲା।”

: “ଆଉ ଜଣକୁ ଅର୍ଥ ଦେଉଥିଲା?” ମୁଁ ପ୍ରଣାଦ ନ କରି ରହିପାରିଲି ନାହିଁ।

: “ଅବଶ୍ୟ ସିଏ ଦେଉଥିଲା। ମୋ ସ୍ୱାମୀଙ୍କ ସହ ଦିନରେ ସମୟ ବିତେଇବା ପରେ ସବୁଦିନ ସନ୍ଧ୍ୟାରେ ସେଇ ନିକମ୍ମା ଲୋକକୁ ଭେଟିବାକୁ ଯାଉଥିଲା ସିଏ।”

: “କିନ୍ତୁ କିଏ ସେଇ ଲୋକଟି?”

: “ସିଏ ଜଣେ ଭେରୀ ବାଦକ। ଗୋଟେ ନୈଶ କ୍ଲବରେ ସାକ୍ସୋଫୋନ ବଜାଏ ସିଏ। ଦିହେଁ ମିଶି ମୋ ସ୍ୱାମୀଙ୍କ ପଇସା ଉଡ଼ାନ୍ତି। ସେ ଲୋକଟା ଗୋଟାଏ କାର୍ ବି କିଣିଛି ସେଇ ପଇସାରେ।”

: “ତାହେଲେ ତ ଆପଣଙ୍କ ସ୍ୱାମୀ ସେ ଝିଅକୁ ବହୁତ ଟଙ୍କା ଦେଇଥିବେ।”

: “ନିୟୁତ ନିୟୁତ ଲିରେ ପ୍ରଫେସର। ସବୁ ଲେଖା ରହିଛି ତାଙ୍କ ହିସାବ ଖାତାରେ। କିନ୍ତୁ ଗୋଟେ କଥା ତୁମେ ଜାଣିଛ ପ୍ରଫେସର?”

: “କ’ଣ?”

: “ଯଦିଚ ଆମ ଭିତରେ ଅୟୋଗ ଥିଲା, ବାସ୍ତବରେ କହିବାକୁ ଗଲେ ଆମ ସ୍ୱାମୀ–ସ୍ତ୍ରୀଙ୍କର ବନ୍ଧୁତା ଥିଲା ଅତୁଟ। ସିଏ ମଝିରେ ମଝିରେ ମତେ ଦେଖା କରିବାକୁ ଆସୁଥିଲେ। ଆଉ ସିଏ ସେଇ ଝିଅ ବିଷୟରେ ହିଁ ସବୁବେଳେ କହୁଥିଲେ। ଏଇଟା ତାଙ୍କ ପାଇଁ ବହୁତ ବେଶୀ ହୋଇ ଯାଇଥିଲା, ଆଉ ସେ ନିଜକୁ ନିୟନ୍ତ୍ରଣରେ ରଖିପାରୁ ନ ଥିଲେ। ସେଥିପାଇଁ ସେ ମତେ ସବୁକଥା ବିଶ୍ୱାସରେ କହୁଥିଲେ। ଆଉ ତୁମେ ଜାଣିଛ? ତାଙ୍କ ଭଳିଆ ଲୋକ, ଯିଏ କେତେ ନାରୀଙ୍କ ସହିତ କେଳି କରିଥିବେ, ତାଙ୍କ ଭଳି ଅନୁଭୂତି ସମ୍ପନ୍ନ ଆଉ ଅକଲବନ୍ତ ମଣିଷ, ସିଏ ପୁଣି ଭୋ ଭୋ କରି କାନ୍ଦୁଥିଲେ।”

ମୋର ମନେ ପଡ଼ିଲା ସେସିଲିଆ ମଧ ମତେ ବାଲେସ୍ଟାୟେରିଙ୍କ ସହଜ ରୁରୁଦିଷା ବିଷୟରେ କହୁଥିଲା। ମୁଁ କହିଲି, “କିନ୍ତୁ ସିଏ ତ ଅଜ୍ଜକେ କାନ୍ଦି ପକାନ୍ତି – ମାନେ ଆପଣଙ୍କ ସ୍ୱାମୀ।”

: “ଅନ୍ଧକେ ? ଜମା ସେ କଥା ବିଶ୍ୱାସ କରିବେନି ପ୍ରଫେସର । ଆମେ ବର୍ଷ ବର୍ଷ ଧରି ଏକାଠି ଥିଲୁ ଆଉ ମୁଁ କେବେ ବି ତାଙ୍କ ଆଖିରେ ଲୁହ ଠୋପାଏ ଦେଖି ନାହିଁ । ସିଏ କାନ୍ଦୁଥିଲେ କାରଣ ସେ ଝିଅ ତାଙ୍କୁ ସେଭଳି ଏକ ଦୟନୀୟ ସ୍ଥିତିକୁ ଓହ୍ଲାଇ ଆଣିଥିଲା । ତୁମେ ଜାଣିଛ ସିଏ କ’ଣ କହୁଥିଲେ ? ଏ କଥା କହୁଥିଲେ ଯେ, ସେ ଝିଅ ଦିନେ ତାଙ୍କ ମୃତ୍ୟୁର କାରଣ ହେବ । ଏଭଳି ଘଟିବାର ପୂର୍ବାଭାସ ସେ ପାଇ ସାରିଥିଲେ ।”

: “ସେଇ ଭେରୀବାଦକର ନାଁ ଟା କ’ଣ ଯାହାକୁ ସେସି... ମାନେ ଯାହାକୁ ସେ ଝିଅଟି ଟଙ୍କା ଦେଉଥିଲା ?”

ମୋର ଜାଣିବା ପାଇଁ ଆଗ୍ରହ ତାଙ୍କ ପାଖରେ ଧରା ପଡ଼ି ଯାଇଥିଲା ଆଉ ସେ ଯେ ତାହା ବୁଝି ପାରିଛନ୍ତି ଏକଥା ମତେ ଜଣାଇ ଦେବା ପାଇଁ ସେ ରହୁଁଥିଲେ । ଏକ ସନ୍ତମର ସହ ସେ ନିଜକୁ ସଲଜ୍ଜଲେ, “ତାଙ୍କୁ ତାଆରି ନାଁରେ ହିଁ ସମ୍ବୋଧନ କରନ୍ତୁ ପ୍ରଫେସର, ତାଙ୍କୁ ସେସିଲିଆ ହିଁ କୁହନ୍ତୁ ।” ସେ କହିଲେ । “ସେଇ ସାକ୍ସୋଫୋନ ବାଦକର ନାଁ ଟା ହେଲା ‘ଟୋନୀ ପ୍ରୋୟେଡି’ । ‘ଭିୟା ଭେନେତୋ’ରେ ଥିବା କାନେରୀନୋ ବୋଲି ଗୋଟିଏ କ୍ଲବରେ ସିଏ ସାକ୍ସୋଫୋନ ବଜାଏ । ଠିକ୍ ଅଛି ପ୍ରଫେସର, ମୋର ବର୍ତ୍ତମାନ ଯିବା ଦରକାର । ଦୟାକରି ମତେ କ୍ଷମା କରିଦେବେ । ଆଉ ତଥାପି ଯଦି ଏ ଚିତ୍ରଗୁଡ଼ିକରେ ଆପଣଙ୍କର ରୁଚି ହୁଏ, ମତେ ମୋର ଘରେ ଆପଣ ପାଇବେ । ଦୂରଭାଷ ପୁସ୍ତିକାରେ ମୋର ନାମ ସହିତ ଠିକଣା ବି ଅଛି – ‘ଆସୁନ୍ତା ବାଲେସ୍ତ୍ରାୟେରି’ । କିମ୍ୱା ଯଦି ସମ୍ଭବ ହୁଏ ଆପଣ ମାୟାଙ୍କୁ ଚିତ୍ରଟିଏ କିଣିବା ପାଇଁ ମଧ୍ୟ ପ୍ରୋସାହିତ କରି ପାରନ୍ତି, ନା କଣ ପ୍ରଫେସର ? ଆପଣ ଆଉ କିଛି ସମୟ ରହିବେ ନା ଆମେ ଏକାଠି ବାହାରିବା ?”

ମୁଁ ସେଠାରେ ନ ରହି, ତାଙ୍କୁ ବିଦାୟ ଜଣାଇ ମୋ ନିଜ ଷ୍ଟୁଡିଓକୁ ଫେରି ଆସିଲି, ଆଉ ପର୍ଯ୍ୟଙ୍କିକା ଉପରେ ନିଜକୁ ଢାଲିଦେଇ ଗଭୀର ଧ୍ୟାନରେ ବୁଡ଼ିଗଲି । ସେସିଲିଆର ବିକାଉପଣର ପ୍ରମାଣ ବଢ଼ି ରହିଥିଲା, କିନ୍ତୁ ଅଭୂତ ଭାବରେ ସେ ପ୍ରମାଣରୁ କିଛି ପ୍ରମାଣିତ ହେଉ ନ ଥିଲା । ବାସ୍ତବରେ ତାର ଅର୍ଥସର୍ବସ୍ୱତା ପ୍ରଦର୍ଶିତ ହେବା କ୍ଷଣି ଆଉ କିଛି ତଥ୍ୟ ମଧ୍ୟ ପ୍ରକଟିତ ହେଉଥିଲା ଯାହା ଏକ ବିରୋଧାଭାସ ସୃଷ୍ଟି କରୁଥିଲା । ବାଲେସ୍ତ୍ରାୟେରିଙ୍କ ଅର୍ଥ, ତାଙ୍କ ବିଭୂତିକାଙ୍କ କଥା ଅନୁସାରେ,

ସେସିଲିଆ ତାର ପ୍ରଣୟୀ ଟୋନୀ ପ୍ରୋୟେଢ଼ିକୁ ହସ୍ତାନ୍ତରିତ କରି ଦେଇଥିଲା । ଆଉ ଏ କଥାର ସତ୍ୟତା ମଧ ସେସିଲିଆର ତୋଷବିରୁଆରେ ପୋଷାକର ଅନଟନରୁ ଏବଂ ତାର ଯେ ସାମାନ୍ୟ କିଛି ଅଳଙ୍କାର ମଧ ନାହିଁ, ଏ ତଥ୍ୟରୁ ପ୍ରମାଣିତ ହେବାଭଳି ଜଣା ପଡ଼ି ଯାଉଥିଲା । ସିଏ ନିଶ୍ଚିତ ଭାବରେ ଅର୍ଥ ତା'ର ପ୍ରଣୟୀକୁ ଦେଇଛି । ଯଦି ସିଏ ପ୍ରୋୟେଢ଼ିକୁ ବାଲେସ୍ତ୍ରାୟେରିଙ୍କ ଅର୍ଥ ଦେଇ ନାହିଁ, ତାହାହେଲେ ସେ ଅର୍ଥ ଗଲା କୁଆଡ଼େ ?

ବାଲେସ୍ତ୍ରାୟେରିଙ୍କ ବିଧବା ପନ୍ତୀଙ୍କ ସହିତ ମୋର ଭେଟଘାଟର ପରଦିନ, ସେସିଲିଆ ମୋ ଶିକ୍ଷାଶାଳାରେ ଉପସ୍ଥିତ ହେବା ସଙ୍ଗେ ସଙ୍ଗେ ମୁଁ ତାକୁ ସିଧା ପଚରିଦେଲି, "ଟୋନୀ ପ୍ରୋୟେଢ଼ି କିଏ ?"

ବିନା ଦ୍ୱିଧାରେ ସେ ଉତ୍ତର ଦେଲା, "ସିଏ କାନେରୀନୋ କ୍ଲବରେ ସାକ୍ସୋଫୋନ ବଜାନ୍ତି ।"

: "ହଁ ଯେ, କିନ୍ତୁ ତୁମ ସହ ତାଙ୍କର ସମ୍ପର୍କ କ'ଣ ?"

: "ମୁଁ ତାଙ୍କର ବାଗ୍‌ଦତ୍ତା ଥିଲି ।"

: "ତୁମର ନିର୍ବନ୍ଧ ହୋଇଥିଲା ?"

: "ହଁ ।"

: "ଆଉ ତାପରେ ?"

: "ତାପରେ କ'ଣ ?"

: "ତାପରେ କ'ଣ ଘଟିଲା ?"

ଅନିଚ୍ଛା ସହିତ ସେ ଉତ୍ତର ଦେଲା, "ସିଏ ମତେ ଛାଡ଼ିଦେଲେ ।"

: "କାହିଁକି ?"

: "ସିଏ ଆଉ ଜଣଙ୍କ ପ୍ରେମରେ ପଡ଼ିଗଲେ ।"

: "ତୁମର ନିର୍ବନ୍ଧ ବିଷୟରେ ବାଲେସ୍ତ୍ରାୟେରି ଜାଣିଥିଲେ ?"

: "ହଁ, ଅବଶ୍ୟ ସିଏ ଜାଣିଥିଲେ । ମୋର ଚଉଦ ବର୍ଷ ବୟସରେ ଟୋନୀ ସହ ବ୍ୟାସନ ହୋଇ ଥିଲା, ବାଲେସ୍ତ୍ରାୟେରିଙ୍କୁ ଭେଟିବାର ବର୍ଷେ ପୂର୍ବରୁ ।"

ମୁଁ ଆକାଶରୁ ଖସି ପଡ଼ିଲି। "କିନ୍ତୁ ତୁମେ ମତେ କହିଥିଲ ଯେ..." ମୋ ପାଟି ଖନି ମାରିଗଲା। "...ଯେ ବାଲେଶ୍ୱୀୟେରି ତୁମ ସମ୍ପର୍କ ବିଷୟରେ କିଛି ନ ଜାଣି ଖାଲି ସନ୍ଦେହ କରୁଥିଲେ ଆଉ ସେଥିପାଇଁ ଗୋପନରେ ଏକ ଗୁଇନ୍ଦା ସଂସ୍ଥାକୁ ଅନୁସନ୍ଧାନ ପାଇଁ ନିୟୋଜିତ କରିଥିଲେ।"

ସିଏ ସହଜ ଭାବରେ ଉତ୍ତର ଦେଲା, "ବାଲେଶ୍ୱୀୟେରି ଟୋନୀ ପାଇଁ ଈର୍ଷାନ୍ୱିତ ହେଉ ନ ଥିଲେ, କାରଣ ଟୋନୀ ପରେ ହିଁ ସିଏ ମୋ ଜୀବନକୁ ଆସିଥିଲେ, ଆଉ ମତେ ଟୋନୀର ବାଗଦତ୍ତା ବୋଲି ଜାଣିଥିଲେ। ମୁଁ ତାଙ୍କ ପ୍ରତି ଅବିଶ୍ୱସ୍ତ ହୋଇ ଆଉ ଅଲଗା କାହା ସହିତ ପରକୀୟା କରୁଛି ବୋଲି ସନ୍ଦେହ କରି ସେ ଏଭଳି ଉଦ୍‌ବିଗ୍ନ ହୋଇ ପଡ଼ିଥିଲେ।"

: "କିନ୍ତୁ ଏଇ 'ଆଉ କିଏ'ଟି ବାସ୍ତବରେ କ'ଣ ଥିଲା?"

: "ହଁ, କିନ୍ତୁ ଏ ସମ୍ପର୍କର ଅବଧି ନିତାନ୍ତ ଅଳ୍ପ ଥିଲା।"

: "ଟୋନୀ ସହିତ ସମ୍ବନ୍ଧ ଥିଲାବେଳେ ମଧ୍ୟ ତୁମର ଏଇ ପରକୀୟା ଚଳିଥିଲା?"

: "ନା, ଟୋନୀ ଠାରୁ ମୋର ବିଚ୍ଛେଦର ଅବ୍ୟବହିତ ପରେ ପରେ ଏ ସମ୍ପର୍କ ସୃଷ୍ଟି ହୋଇଥିଲା।"

: "ଟୋନୀ ବାଲେଶ୍ୱୀୟେରିଙ୍କ ବିଷୟରେ ଜାଣି ଥିଲା କି?"

: "ହେ ମା, ତୁମେ କ'ଣ କହୁଛ! ଯଦି ସିଏ ତାଙ୍କ କଥା ଜାଣି ଥାଆନ୍ତେ, ମତେ ଜୀବନରୁ ମାରି ଦେଇ ଥାଆନ୍ତେ।"

: "ତୁମ ଜୀବନରେ ପ୍ରକୃତରେ କିଏ ପ୍ରଥମ?"

: "ପ୍ରଥମ ମାନେ ତୁମେ କ'ଣ କହୁଛ?"

: "ପ୍ରଥମେ ତୁମେ ଯାହା ସହିତ କେଳି କରି ଥିଲ।"

: "ଟୋନୀ।"

: "କେତେ ବର୍ଷ ବୟସରେ?"

: "ମୁଁ ପରା ତୁମକୁ କହିଥିଲି, ମତେ ସେତେ ବେଳକୁ ଚଉଦ ବର୍ଷ ବୟସ ହେଇଥିଲା ବୋଲି।"

: "ଆଉ ଟୋନୀ ସାଙ୍ଗେ ତୁମର ଏବେ କେବେ ଦେଖା ହେଉଛି ?"

: "ବେଳେ ବେଳେ ଆମର ଦେଖାହୁଏ, ଆଉ ଦେଖା ହେଲେ ଆମେ ପରସ୍ପରକୁ ଅଭିବାଦନ ମଧ କରୁ।"

: "ମତେ ଆଉ ଗୋଟାଏ କଥା କୁହ, ବାଲେସ୍ଵାୟେରି ତୁମକୁ ପଇସାପତ୍ର ଦେଉଥିଲେ କି ?"

ସିଏ ଘଡ଼ିକ ପାଇଁ ମତେ ରୁହିଁଲା ଆଉ ତାପରେ ତାର ଚିରାଚରିତ ଦୁର୍ବୋଧ ଅନାଗ୍ରହର ସହିତ ଉତ୍ତର ଦେଲା, "ହଁ, ଦେଉଥିଲେ।"

: "ବେଶି ନା ଅଳ୍ପ ?"

: "ସେଇଟା ନିର୍ଭର କରୁଥିଲା।"

: "କାହା ଉପରେ ନିର୍ଭର କରୁଥିଲା ?"

ସିଏ ପୁଣି ଥରେ ନିରବ ହୋଇଗଲା। ତା ପରେ କହିଲା, "ମୁଁ ତାଙ୍କଠୁ ଅର୍ଥ ରଖୁଁ ନ ଥିଲି, କିନ୍ତୁ ସିଏ ମତେ ବ୍ୟାଧ କରି ଦେଉଥିଲେ।"

: "ୟାର ମାନେଟା ପୁଣି କ'ଣ ?"

: "ସିଏ ମତେ ବ୍ୟାଧ କରୁଥିଲେ। ସିଏ ଜାଣି ଥିଲେ ଟୋନୀ ପାଖରେ କପର୍ଦ୍ଦକଟିଏ ମଧ ନ ଥିଲା। ଆଉ ସଞ୍ଜରେ ଯେତେବେଲେ ଟୋନୀ ଆଉ ମୁଁ ବୁଲିବାକୁ ଯାଉ, ଆମେ ସିନେମାତେ ମଧ ଦେଖ ପାରୁନା। ତେଣୁ ସିଏ ମତେ ଟଙ୍କା ନେବା ପାଇଁ ଆଉ ଟୋନୀକୁ ତାହା ଦେବାପାଇଁ ବ୍ୟାଧ କରୁଥିଲେ।"

: "ସିଏ ତୁମକୁ ବ୍ୟାଧ କରୁଥିଲେ ଟୋନୀକୁ ଦେବା ପାଇଁ ?"

: "ହଁ।"

: "ଏଇଟା ଫେରେ ଆରମ୍ଭ ହେଲା କେମିତି ?"

: "ମୁଁ ଦିନେ ତାକୁ କହୁ କହୁ କହିଦେଲି ଯେ, ଯେହେତୁ ଆମ ପାଖରେ ପଇସା ନ ଥାଏ, ସଞ୍ଜଟା ଆମେ ରାସ୍ତାରେ ବୁଲି ବୁଲି କାଟିଦେଉ। ତାପରେ ସେ ଗୋଟେ ଦଶହଜାର ଲିରେର ନୋଟ କାଢ଼ି ମୋ ହାତରେ ଗୁଞ୍ଜି ଦେଲେ ଆଉ କହିଲେ, ୟାକୁ ନିଅ, ତାହେଲେ ତୁମେ ସିନେମା ଦେଖ୍ବାକୁ ଯାଇ ପାରିବ।"

: "ଆଉ ତୁମେ କ'ଣ କଲ ?"

: "ମୁଁ ଟଙ୍କା ନେବାକୁ ମନା କଲି, କିନ୍ତୁ ସେ ମତେ ବାଧ୍ୟ କଲେ; ମତେ ଭୟ ଦେଖେଇଲେ ଯେ ଯଦି ମୁଁ ନ ନିଏ, ତାହେଲେ ତାଙ୍କର ମୋର ସମ୍ପର୍କ ବିଷୟରେ ଟୋନୀକୁ ସିଏ କହି ଦେବେ । ସେଥିପାଇଁ ମୁଁ ବାଧ୍ୟ ହୋଇ ନେଲି ।"

: "ଆଉ ତା ପରଠୁ ସେ ତୁମକୁ ଟଙ୍କା ଦେଇ ଚାଲିଲେ ।"

: "ହଁ ।"

: "ସିଏ ତୁମକୁ କେବେ ବହୁତ ବେଶୀ ପରିମାଣରେ ଅର୍ଥ ଦେଇଥିଲେ କି ?"

: "ହଁ । ଯେହେତୁ ସେ ଜାଣିଥିଲେ ଯେ ଟୋନୀ ଆଉ ମୁଁ ବିବାହ କରିବାକୁ ଯାଉଛୁ, ଆମ ଘର ବସେଇବା ପାଇଁ ଆସବାବପତ୍ର ତ ନିଶ୍ଚୟ ଆବଶ୍ୟକ ହେବ । ତେଣୁ ସେଗୁଡ଼ିକ କିଣିବା ପାଇଁ ସେ ମତେ ଟଙ୍କା ଗୁଡିଏ ବାଧ୍ୟ କରି ଦେଇଥିଲେ ।"

: "ଆଉ ସେ ଆସବାବପତ୍ର ଗୁଡ଼ାକ କ'ଣ ହେଲା ?"

: "ଟୋନୀର ଘରେ ଏବେ ବି ସେଗୁଡ଼ା ପଡ଼ି ରହିଛି । ମୁଁ ସେଗୁଡ଼ିକୁ ତା ପାଇଁ ଛାଡ଼ି ଦେଇ ଆସିଥିଲି ।"

: "ଆଉ କାର୍ ?"

: "କୋଉ କାର୍ ?"

: "ବାଲେସ୍ୱାୟେରି ଟୋନୀର କାର୍ ପାଇଁ ମଧ ପଇସା ଦେଇ ନ ଥିଲେ କି ?"

: "ହଁ, ସିଏ ଦେଇଥିଲେ, ଛୋଟ କାରଟିଏ । ତୁମକୁ କିଏ କହିଲା ?"

: "ବାଲେସ୍ୱାୟେରିଙ୍କ ବିଧବା ପତ୍ନୀ ।"

: "ଓଃ, ସେଇ ସ୍ତ୍ରୀ ଲୋକ ।"

: "ତୁମେ ତାଙ୍କୁ ଜାଣ କି ?"

: "ହଁ, ସିଏ ମତେ ଭେଟିବାକୁ ଆସିଥିଲେ । ତାଙ୍କ ସ୍ୱାମୀଙ୍କ ଟଙ୍କାସବୁ ଫେରେଇ ଦେବାକୁ ଆର୍ଦ୍ଦୋଲି କରୁଥିଲେ ।"

: "ଆଉ ତୁମେ ତାଙ୍କୁ କ'ଣ କହିଲ ?"

: "ମୁଁ ତାଙ୍କୁ ସବୁ ସତ ସତ କହିଦେଲି । ମୁଁ ତାଙ୍କୁ କହିଲି ଯେ ତାଙ୍କ ସ୍ୱାମୀ ମତେ ଅର୍ଥ ନେବା ପାଇଁ ବାଧ୍ୟ କରୁଥିଲେ, ଆଉ ତାଙ୍କ ଇଚ୍ଛା ମତେ ମୁଁ ଟୋନୀକୁ ସେସବୁ ଦେଇ ଦେଇଛି । ମୋ ପାଖରେ କିଛି ହିଁ ନାହିଁ ।"

: "ବାଲେଶ୍ୱାୟେରି ଏମିତି କେତେ ଦିନ ଯାଏଁ ତୁମକୁ ଟଙ୍କା ଦେଇ ଝୁଲିଥିଲେ ?"

: "ପାଖାପାଖି ଦୁଇବର୍ଷ ଯାଏଁ।"

: "ଆଉ ଟୋନୀ ? ତାକୁ ତୁମେ ଯେଉଁ ଅର୍ଥ ଦେଉଥିଲ, କେଉଁଠୁ କେମିତି ସେଗୁଡ଼ା ଆସୁଛି ବୋଲି କୈଫିୟତ ଦେଉଥିଲ ?"

: "ମୁଁ ତାକୁ କହିଥିଲି ଯେ ମୋର ଜଣେ ଧନୀ ମଉସା ଅଛନ୍ତି ଯିଏକି ମତେ ବହୁତ ଭଲ ପାଆନ୍ତି।"

: "ଆଉ ଟୋନୀ ତୁମକୁ ଛାଡ଼ିଗଲା ପରେ ବି କ'ଣ ବାଲେଶ୍ୱାୟେରି ତୁମକୁ ଟଙ୍କା ଦେଇ ଝୁଲିଥିଲେ ?"

: "ହଁ, ମଝିରେ ମଝିରେ। ମୋର ଯେବେ ଦରକାର ହେଉଥିଲା।"

: "କିନ୍ତୁ ସେଇ ଅନ୍ୟ ଲୋକଟି, ଟୋନୀ ପରେ ଯାହା ସହ ତୁମର ସମ୍ପର୍କ ଗଢ଼ି ଉଠିଥିଲା ଆଉ ଯାହାକୁ ନେଇ ବାଲେଶ୍ୱାୟେରି ତୁମକୁ ସନ୍ଦେହ କରୁଥିଲେ, ତାକୁ ତୁମେ କେବେ କିଛି ଦେଉ ନ ଥିଲ ?"

: "ନା, ତା'ର ଦରକାର ନ ଥିଲା। ତାର ବାପା ଜଣେ ଶିକ୍ଷାପତି।"

: "ଆଉ ସିଏ ବି ତୁମକୁ ଛାଡ଼ିଦେଲା ?"

: "ନା, ମୁଁ ତାକୁ ଛାଡ଼ିଦେଲି, କାଇଁକିନା ସେତେବେଳକୁ ତାଠାରୁ ମୋର ମନ ଛାଡ଼ି ଯାଇଥିଲା।"

: "କାହିଁକି ? କାହାଠି ଫେରେ ମନ ଲାଗିଗଲା ସେତେବେଳକୁ ତୁମର ?"

: "ତୁମଠି। ଯେତେବେଳେ ତୁମ ସହିତ ମୋର ଅଳିନ୍ଦରେ ଭେଟ ହେଉଥିଲା, ତୁମକୁ ମୁଁ ଖାଲି ଋହିଁ ରହୁଥିଲି, ତୁମର ମନେ ପଡ଼ୁଛି ନା ? ସେତେବେଳେ ହଁ ମୁଁ ତାକୁ ଛାଡ଼ିଦେଲି।"

: "ତୁମେ ମତେ ଭଲ ପାଉଥିଲ ବୋଲି ବାଲେଶ୍ୱାୟେରି ଜାଣି ପାରିଥିଲେ କି ?"

: "ନା।"

: "ତୁମେ କେବେ ମୋ ବିଷୟରେ ବାଲେଶ୍ୱାୟେରିଙ୍କ ସହିତ ଆଲୋଚନା କରିଥିଲ ?"

: "ହଁ, ଥରେ । ସେ କିନ୍ତୁ ତୁମକୁ ଜମା ସହିପାରୁ ନଥିଲେ ।"

: "ସେ ମୋ ବିଷୟରେ କ'ଣ କହୁଥିଲେ ?"

: "କହୁଥିଲେ ଯେ ତୁମେ ବଡ଼ ଅହଙ୍କାରୀ ।"

: "ଅହଙ୍କାରୀ ?"

: "ହଁ, ସିଏ ତୁମ ରଙ୍ଗସାଜୀକୁ ଘୃଣା କରୁଥିଲେ । ସିଏ କହୁଥିଲେ ଯେ, ଚିତ୍ରରଞ୍ଜନ କେମିତି କରାଯାଏ ତାହା ତୁମେ ଜାଣ ନାହିଁ ।"

ଏହି ବାର୍ତ୍ତାଳାପ ମୋ ଭିତରେ ଏକ ପ୍ରତୀତି ସୃଷ୍ଟି କଲା ଯେ, ସେସିଲିଆ ଅର୍ଥସର୍ବସ୍ୱ ଏକଥା ପ୍ରମାଣ କରିବା ପାଇଁ ମୋର ପ୍ରଚେଷ୍ଟା ବିଫଳତାରେ ପର୍ଯ୍ୟବେଶିତ ହୋଇଛି ବୋଲି ବର୍ତ୍ତମାନ ମତେ ଧରି ନେବାକୁ ପଡ଼ିବ । ସେସିଲିଆ ବିକାଉ ନୁହେଁ; ଅନ୍ୟ ଭାବରେ କହିଲେ ତାର ଚରିତ୍ରରେ ତୁଚ୍ଛା ଅର୍ଥଲିପ୍ସା ପ୍ରତିଫଳିତ ବୋଲି କୁହାଯାଇ ପାରିବ ନାହିଁ । ବାସ୍ତବରେ ଏ କଥା ସ୍ପଷ୍ଟ ଯେ ବାଲେସ୍ତ୍ରୀୟେରି ଟୋନୀ ଠାରୁ ନିଜର ଶ୍ରେଷ୍ଠତା ପ୍ରତିପାଦନ କରିବା ପାଇଁ ସେସିଲିଆ ମାଧ୍ୟମରେ ଟୋନୀର ପ୍ରତିପୋଷଣ କରିବାକୁ ଚେଷ୍ଟା କରୁଥିଲେ, ଯଦିଚ ସେ ଭେରୀବାଦକର ଏ ସମ୍ପର୍କରେ ଧାରଣା ମଧ ନ ଥିଲା; ଆଉ ସେସିଲିଆ, ସିଏ ତ ନିଜ ଅଜ୍ଞାତରେ ବାଲେସ୍ତ୍ରୀୟେରିଙ୍କ ମନସ୍ତାତ୍ତ୍ୱିକ ଦାଓପେଞ୍ଚର ଗୋଟିରେ ପରିଣତ ହୋଇ ଯାଇଥିଲା, ଯଦିଚ ଏ ଖେଳରେ ତାର ସହଭାଗିତା ନ ଥିଲା କିମ୍ବା ଖେଳକୁ ବୁଝିବାର କ୍ଷମତା ମଧ ନ ଥିଲା । ତେଣୁ ମୋ କ୍ଷେତ୍ରରେ ସେସିଲିଆ ଯାହା କରିଛି, ବାଲେସ୍ତ୍ରୀୟେରିଙ୍କ ମାମଲାରେ ମଧ ସିଏ ତାର ସହଜାତ ପ୍ରବୃତ୍ତି ଅନୁସାରେ, ଉଭୟ ଅର୍ଥ ଓ ପ୍ରଣୟର ଜଗତକୁ ବିଚ୍ଛିନ୍ନ ଓ ପୃଥକ କରି ରଖିବାରେ ସଫଳ ହୋଇଥିଲା । ମୁଁ ଓ ବାଲେସ୍ତ୍ରୀୟେରି ଉଭୟ ହଲପ କରି କହିପାରୁ ଯେ ଆମେ ସେସିଲିଆକୁ ଅର୍ଥ ପ୍ରଦାନ କରିଛୁ; କିନ୍ତୁ ସିଏ ତ ପକ୍ଷରୁ ସବୁବେଳେ ସ୍ପଷ୍ଟ କରିଦେଇ ପାରିବ ଯେ ସିଏ ଆମ କାହାଠାରୁ ବି ଅର୍ଥ ଗ୍ରହଣ କରି ନାହିଁ । ଆଉ ମୁଁ ଲକ୍ଷ୍ୟ କରୁଥିଲି ସେସିଲିଆ ସହିତ ମୋର ସମ୍ପର୍କ ଧାରେ ଧାରେ ବାଲେସ୍ତ୍ରୀୟେରିଙ୍କ ସହିତ ତାର ସମ୍ପର୍କର ଅନୁରୂପ ହୋଇ ରଖିଥିଲା । କେବଳ ଗୋଟିଏ ପ୍ରଭେଦ ଯାହା ପରିଲକ୍ଷିତ ହେଉଥିଲା ତାହା ଏହିକି ଯେ ବୃଦ୍ଧ ତୈଳିକ ଜଣକ ସେହି ସମ୍ପର୍କକୁ ଆସକ୍ତିର ଏକ ଚୂଡ଼ାନ୍ତ ସ୍ତରକୁ ଘେନି

ଯାଇଥିଲେ । କିନ୍ତୁ ତାଙ୍କ ସପକ୍ଷରେ ଏଇଆ କହିହେବ ଯେ, ତାଙ୍କ ମୂର୍ଖତା ଠାରୁ ମୋ ମୂର୍ଖତା ଥିଲା ଅଧିକ ଗୁରୁତର । କାରଣ ତାଙ୍କ କ୍ଷେତ୍ରରେ କୌଣସି ପୂର୍ବସୂରୀ ନ ଥିଲେ ଯାହାଙ୍କ ଭିତରେ ସେ ନିଜର ପ୍ରତିଫଳନ ଦେଖି ପାରି ଥାଆନ୍ତେ । ତେଣୁ ଏ କଥା ଅଙ୍ଝେ ବହୁତେ ବୁଝି ହେବ ଯେ, ସେ ନିଜକୁ ସତର୍କ କରିବାରେ ସଫଳ ହୋଇ ପାରି ନ ଥିବେ । କିନ୍ତୁ ବିପରୀତ କ୍ରମେ ମତେ ମୋର ପ୍ରତି ପଦକ୍ଷେପରେ ହୁସିଆର କରି ଦେବା ପାଇଁ ଥିଲା ତାଙ୍କର ଉଦାହରଣ, ତଥାପି ଏସବୁ ସତ୍ତ୍ୱେ ମଧ ମୁଁ ସେଇ ସମାନ ଗଲତି ସବୁର ପୁନରାବୃତ୍ତି କରୁଥିଲି, ଆଉ ବାସ୍ତବରେ କହିଲେ ସେ ଗଲତି ଭିତରେ ମୁଁ ଏକ ପ୍ରକାର ଆନନ୍ଦ ମଧ ଲାଭ କରୁଥିଲି ।

ନବମ ପରିଚ୍ଛେଦ

ଇତି ମଧ୍ୟରେ ସେସିଲିଆ ପ୍ରତିଦିନ ଲୁସିଆନିକୁ ଭେଟିବାକୁ ଯାଉଥିଲା । ଏପରିକି ଯେଉଁ ଦିନ ମାନଙ୍କରେ ସିଏ ମତେ ଭେଟିବାକୁ ଆସୁଥିଲା, ସେଇଦିନ ମାନଙ୍କରେ ମଧ୍ୟ ସିଏ ତାକୁ ଭେଟୁଥିଲା । ତେଣୁ ତାର ଭୁତୁକାନି, ବହୁକାଳ ଧରି ମୋ ପାଇଁ କେବଳ ଏକ ପ୍ରତ୍ୟାନୁମାନ ରହିବା ପରେ, ଶେଷରେ ସତ୍ୟସିଦ୍ଧ ପ୍ରମାଣିତ ହୋଇଥିଲା । ସତେ ଯେପରି ଏହା ଥିଲା ମୋର ଅବଶ୍ୟମ୍ଭାବୀ ନିୟତି, ଯାହାକୁ ମତେ ମାନି ନେବାକୁ ପଡ଼ିବ ଏବଂ ତାକୁ ଗ୍ରହଣ କରିନେଇ ତା ସହିତ ନିଜକୁ ଖାପ ଖୁଆଇ ହିସାବ ନିକାଶ କରିବାକୁ ପଡ଼ିବ । ଏବଂ ମୁଁ ବାସ୍ତବରେ ଅନୁଭବ କରୁଥିଲି ଯେ ସେସିଲିଆକୁ ସ୍ୱଦ୍ୱାୟିତ କରିବାରେ ମୋର ଅକ୍ଷମତାରୁ ତା ପ୍ରତି ମୋର ସୃଷ୍ଟି ହୋଇଥିବା ଏଇ ଆକର୍ଷଣ, ଯାହା ବେଶ୍ କିଛିଦିନ ଧରି ବୋରିୟାତ ଆଉ ବିମର୍ଷ ଭିତରେ ତୀବ୍ର ଭାବରେ ଆଦୋଲିତ ହେଉଥିଲା, କ୍ରମଶଃ ଏକ ନିର୍ଦ୍ଦିଷ୍ଟ ପ୍ରକାର ଆଏବର ରୂପ ପରିଗ୍ରହଣ କରିଛି । ଏହି ଆଏବର ଥିଲା କ୍ରମାନ୍ୱୟରେ ଋରୋଟି ଚରଣ । ପ୍ରଥମ ଭାଗରେ ଯୌନତା ବ୍ୟତିରେକ ଅନ୍ୟ ମାଧ୍ୟମ ଦ୍ୱାରା ସେସିଲିଆକୁ ସ୍ୱଦ୍ୱାୟିତ କରିବାର ପ୍ରଚେଷ୍ଟା, ଦ୍ୱିତୀୟରେ ସେ ପ୍ରଚେଷ୍ଟାରେ ଅକୃତକାର୍ଯ୍ୟତା, ତାପରେ ତୃତୀୟ ଚରଣରେ ଏକ ବିଫଳ, କ୍ରୁଦ୍ଧ ସଙ୍ଗମର ଘୂର୍ଣ୍ଣି ଭିତରେ ପୁନଃ ନିମଜ୍ଜନ ଆଉ ପରିଶେଷରେ ତହିଁରେ ବ୍ୟର୍ଥତା ଏବଂ ତାପରେ ସେଇ ପାପଚକ୍ରର ପୁନଃ ଆବର୍ତ୍ତନ । କିନ୍ତୁ ତା'ର ଭୁତୁକାନିର କେବଳ ଗୋଟିଏ ଜିନିଷ ମୁଁ ଗ୍ରହଣ କରି ପାରୁ ନ ଥିଲି ଏବଂ ସେ ବିଷୟରେ ସମଝୋତା କରିବାରେ ମୁଁ ବାରମ୍ବାର ବିଫଳ ହେଉଥିଲି; ଅର୍ଥାତ ଚୁମ୍କରେ କହିଲେ, ଲୁସିଆନି ସହିତ ତାକୁ ଧୈର୍ଯ୍ୟର ସହିତ ବାନ୍ଧି ନେବା ପାଇଁ ମୁଁ ଅସମର୍ଥ ଥିଲି । ମୋର ଏହା ମନେ ପଡ଼ିଲା, ବାଲେସ୍ୱାୟେରି 'ଟୋନୀ ପ୍ରୋୟେଟି' ପ୍ରତି ଏଇଥ ପାଇଁ ଈର୍ଷାନ୍ୱିତ ହେଉ ନ ଥିଲେ କାରଣ ସେ ଭାବୁଥିଲେ ଯେ, ସେସିଲିଆ ତାଙ୍କ ପାଇଁ ଟୋନୀ ସହିତ ବିଶ୍ୱାସଘାତକତା କରୁଛି । ସେଇଭଳି ମୁଁ ନିଜକୁ ଏଇଆ କହି ସାନ୍ତ୍ୱନା ଦେବାକୁ

ଚେଷ୍ଟା କଲି ଯେ ମୁଁ ସେସିଲିଆ ସହିତ ଅଭିନେତାର ସମ୍ପର୍କ ବିଷୟରେ ଜାଣିଛି, ଅପର ପକ୍ଷରେ ସେସିଲିଆ ମୋ ସହିତ ଗୋପନରେ କେଳି କରୁଥିବା ସମ୍ପର୍କରେ ଲୁସିଆନି ଅଜ୍ଞ ରହିଛି। ତେଣୁ ଅନ୍ୟ ଭାବରେ କହିଲେ, ଏକ ବିଟ ପୁରୁଷ ତାର ପ୍ରେୟସୀର ନିର୍ବୋଧ ସ୍ୱାମୀ ସହିତ ଯେଉଁ ସମ୍ପର୍କ ଥିବା ଭଳି ଅନୁଭବ କରେ, ଅନ୍ୟ ବହୁତେ ମୋର ଲୁସିଆନି ସହିତ ଥିଲା ସେଇ ସମ୍ପର୍କ। ଆଉ କୌଣସି ନାଗର ବିଟପୀ ନାରୀର ସ୍ୱାମୀ ପ୍ରତି ଈର୍ଷାନ୍ୱିତ ହୁଏ ନାହିଁ। ତାହା ଏଇ ନିର୍ଦ୍ଦିଷ୍ଟ କାରଣରୁ ଯେ ଏଭଳି କ୍ଷେତ୍ରରେ ପ୍ରେମିକଟି ସେହି ନାରୀ ଉପରେ ଏକ ପ୍ରକାରର ହକିଅଟି ଅନୁଭବ କରୁଥାଏ, ଆଉ ଭାବୁଥାଏ ଯେ ସେଇ ନାରୀଟିର ପରକୀୟା ଦ୍ୱାରା ତାର ନିର୍ବୋଧ ସ୍ୱାମୀ ନିଜ ଅଜ୍ଞାତରେ ଆପଣା ସମ୍ପତିରୁ ବେଦଖଲ ହେଉଛି। ଏହା ଥିଲା ଏକ ଅଧମ ସାନ୍ତ୍ୱନା, କିନ୍ତୁ ଏହା ମତେ ନିମ୍ନ ପ୍ରକାରେ କାଳାତିବ୍ୟୟ କରିବାରେ ସାହାଯ୍ୟ କରୁଥିଲା, ଯେତେବେଳେ କି ମୁଁ ମୋର ମନେ ମନେ ଏହି ପ୍ରକାର ହିସାବ କିତାବ ଚଳାଇଥିଲି। ବାଲେସ୍ଥୀୟେରି ଟୋନୀ ସମ୍ପର୍କରେ ଜାଣିଥିବା ଭଳି ମୁଁ ଲୁସିଆନି ସମ୍ପର୍କରେ ଜାଣିଥିଲି, କିନ୍ତୁ ଲୁସିଆନି ମୋ ସମ୍ପର୍କରେ ଜାଣି ନ ଥିଲା। ସେସିଲିଆ ଟୋନୀକୁ ଅନ୍ଧାରରେ ରଖି ବାଲେସ୍ଥୀୟେରିଙ୍କ ସହ କେଳି କରୁଥିଲା; ଅର୍ଥାତ୍, ଏଇ କ୍ଷେତ୍ରରେ ସେସିଲିଆ ମୋ ପାଇଁ ବୋଲି ଲୁସିଆନି ସହିତ ବିଶ୍ୱାସଘାତକତା କରୁଥିଲା, କିନ୍ତୁ ଲୁସିଆନି ପାଇଁ ସେ ମୋ ପାଖରେ ଅବିଶ୍ୱସ୍ତ ହୋଇ ନ ଥିଲା। ଅପରପକ୍ଷରେ, ଲୁସିଆନି ମୋ ପରେ ହିଁ ସେସିଲିଆର ଜୀବନକୁ ଆସିଥିଲା, ଯେମିତି ବାଲେସ୍ଥୀୟେରି ଟୋନୀ ପରେ ତା ଜୀବନକୁ ଆସିଥିଲେ। ସୁତରାଂ ଏହାର ଅର୍ଥ ଏଇଆ ଯେ ସେସିଲିଆ, ଲୁସିଆନି ପାଇଁ ବୋଲି ମୋ ସହିତ ବିଶ୍ୱାସଘାତକତା କରିଥିଲା, ମୋ ପାଇଁ ବୋଲି ଲୁସିଆନି ସହିତ ନୁହେଁ। କିନ୍ତୁ ଅର୍ଥର ପ୍ରଶ୍ନ ମଧ୍ୟ ଏ ସମ୍ପର୍କ ସହିତ ଜଡ଼ିତ ଥିଲା, ଯାହା ବାଲେସ୍ଥୀୟେରିଙ୍କ କ୍ଷେତ୍ରରେ ମଧ୍ୟ ଘଟିଥିଲା। ମୁଁ ସେସିଲିଆକୁ ଅର୍ଥ ଦେଉଥିଲି ଏବଂ ଲୁସିଆନି ଯେ କେବଳ ତାକୁ ଅର୍ଥ ଦେଉ ନ ଥିଲା ତା ନୁହେଁ, ସିଏ ମୋର ଅର୍ଥକୁ ସେସିଲିଆ ସହ ମିଶି ଖର୍ଚ୍ଚ କରୁଥିଲା। ଯେହେତୁ ସିଏ ମୋ ଠାରୁ ଅର୍ଥ ନେଉଥିଲା, ବାଲେସ୍ଥୀୟେରିଙ୍କ କ୍ଷେତ୍ରରେ ଟୋନୀ ସହିତ ବିଶ୍ୱାସଘାତକତା କରିବା ଭଳି, ମୋ ପାଇଁ ବୋଲି ଲୁସିଆନି ସହିତ ବିଶ୍ୱାସଘାତକତା କରୁଥିଲା। କିନ୍ତୁ ଏହା ମଧ୍ୟ ଅସମ୍ଭବ ନୁହେଁ ଯେ ସିଏ ପ୍ରେମ ପାଇଁ

ଲୁସିଆନି ସହିତ ଥିଲା ଆଉ ଅର୍ଥ ପାଇଁ ମୋ ସହିତ ମିଶୁଥିଲା; ସୁତରାଂ ଲୁସିଆନି ପାଇଁ ସେ ମୋ ସହିତ ପ୍ରତାରଣା କରୁଥିଲା । କିନ୍ତୁ ବର୍ତ୍ତମାନ ମୁଁ ଏତିକି ସୁନିଶ୍ଚିତ ହୋଇ ସାରିଥିଲି ଯେ ସେସିଲିଆ ଅର୍ଥକୁ କୌଣସି ଗୁରୁତ୍ୱ ଦେଉ ନ ଥିଲା । ତେଣୁ ତାର ଆଉ ମୋର ମଧ୍ୟରେ ଅର୍ଥ କେବଳ ଏକ ଭାବପ୍ରବଣତାର ପ୍ରକାଶ ମାଧ୍ୟମ ଥିଲା । ଏବଂ ଯେହେତୁ ଅଭିନେତା ତାକୁ କୌଣସି ଅର୍ଥ ପ୍ରଦାନ କରୁ ନ ଥିଲା, ବୋଧହୁଏ ମୋ ପାଇଁ ବୋଲି ସେ ଲୁସିଆନି ସହ ବିଶ୍ୱାସଘାତକତା କରୁଥିଲା । ଏହିଭଳି ଭାବରେ ମୋର ମୁଣ୍ଡରେ ପରସ୍ପର-ବିରୋଧୀ ବିଚାରର ଅନ୍ତହୀନ ଅଡ଼ୁଆସୂତା ଗୁଡ଼ାକ ଗୁଡ଼େଇ ହୋଇ ରହିଥିଲା ।

କିନ୍ତୁ ଏ ପ୍ରକାର ଆପାତ ମଧୁର ମାନସ-ମନ୍ଥନ ସତ୍ତ୍ୱେ ମଧ୍ୟ ଏହି ଉଲ୍ଲଙ୍ଘ ସତ୍ୟ ଅଟୁଟ ଓ ଅପରିବର୍ତ୍ତନୀୟ ଭାବେ ବର୍ତ୍ତି ରହିଥିଲା ଯେ, ସେସିଲିଆ ଲୁସିଆନି ସହିତ ମୈଥୁନ କରୁଥିଲା; ଏବଂ ଯେ ପର୍ଯ୍ୟନ୍ତ ସେ ଏହି ସମ୍ପର୍କ ବଜାୟ ରଖ୍ଥିବ, ମୁଁ ତାକୁ ସ୍ୱତ୍ୱାଧିଗତ କରିବାରେ ଅସଫଳ ରହିବି, କାରଣ 'ଅସମ୍ପୂର୍ଣ୍ଣ ଆୟଉ' ପରସ୍ପର ବିରୋଧୀ ଶବ୍ଦର ଏକ ସମାହାର । ସେସିଲିଆ ଅନ୍ତତଃପକ୍ଷେ ମୋର ହକିଅତିର ଅସମ୍ପୂର୍ଣ୍ଣତା ବିଷୟରେ ମତେ ଭୁଲାଇ ଦେବାକୁ ଚେଷ୍ଟା ତ କରି ପାରନ୍ତା ! କିନ୍ତୁ ତା ଜୀବନରେ ଦୁଇଟି ପୁରୁଷଙ୍କ ଯୁଗପତ୍ ଉପସ୍ଥିତି ଯେଉଁ ସମସ୍ୟା ସୃଷ୍ଟି କରିଥିଲା ସେ ତା'ର ସମାଧାନ କରିପାରିଛି ବୋଲି ଏଭଳି ନିଃସନ୍ଦେହ ହୋଇ ଯାଇଥିଲା ଯେ, ସିଏ କେବଳ ଅଭିନେତା ସହ ତା'ର ସମ୍ପର୍କ ବିଷୟରେ ମୋ ସହ ଖୋଲାଖୋଲି ବିନା ଦ୍ୱିଧାରେ କଥା ହେଉଥିଲା ତାହା ନୁହେଁ, ଏପରିକି ତା' ଶରୀରରେ ଥିବା ଲୁସିଆନିର କେଲଟି ସଂକେତ ମଧ୍ୟ ମୋ ଠାରୁ ଗୋପନ କରିବାକୁ ଉଦ୍ୟମ କରୁ ନ ଥିଲା । ମୋ ପ୍ରଶ୍ନର ଉତ୍ତରରେ ଯେତେବେଳେ ସିଏ ନିରୀହ ଭାବରେ କହୁଥିଲା, "ଓଃ ସେଇଟା ଲୁସିଆନିର ଦାନ୍ତଦାଗ, କାଲି ପରା ସିଏ ମତେ କାମୁଡ଼ି ଦେଲା", କିମ୍ବା "ଓଃ ପୋଷାକର ସେଇ ଧଳା ଦାଗଟା ଲୁସିଆନିର, ଲୁଗା ନ ଖୋଲୁଣୁ ସିଏ କେଲଟି କରିବା ଆରମ୍ଭ କରିଦେଲା" ତା କଣ୍ଠସ୍ୱରରେ କୌଣସି ଆମ୍ରପ୍ରସାଦ ବା ନିଷ୍ଠୁର ଉଲ୍ଲାସ ନ ଥିଲା; ବରଂ ସେ ସ୍ୱରରେ ଥିଲା ଏକ ନିର୍ମଳ ପ୍ରଶାନ୍ତି; ତାହା ଥିଲା ସେଭଳି ଲୋକର ସ୍ୱର, ଯାହା ପାଇଁ ଗୋଟାଏ ମିଛ ଉଭାବନ କରିବା ପରିବର୍ତ୍ତେ ସତ କଥାଟା କହିଦେବା ସହଜ ଓ ଶ୍ରେୟସ୍କର । ମୋର ଲୁସିଆନିର

ସହିତ ତା' ସୁରତିରେ ଏଇ ଭାଗୀଦାରୀ ବର୍ତମାନ ମୋ ପାଇଁ ଆଉ ଯନ୍ତଣାର୍ହ ହୋଇ ରହିନାହିଁ, ଏ ସମ୍ପର୍କରେ ସେସିଲିଆ ଏତେଦୂର ପ୍ରତ୍ୟୟିତ ଥିଲା ଯେ, ମୋ ସମ୍ମୁଖରେ ହିଁ ସେ ଲୁସିଆନି ସହିତ ଭେଟଘାଟ ପାଇଁ ଦୂରଭାଷ କରୁଥିଲା, ଆଉ ଲୁସିଆନି ଘର ପର୍ଯ୍ୟନ୍ତ ତା' ସହ ଯିବା ପାଇଁ ବେଳେ ବେଳେ ମତେ ଅନୁରୋଧ ମଧ୍ୟ କରୁଥିଲା। ପରିଶେଷରେ ଦିନେ ଯେତେବେଳେ ମୁଁ ତାକୁ ମୋ କାରରେ ଭିୟା ଆର୍କିମେଡକୁ ନେଉଥିଲି ଯେଉଁଠିକି ଲୁସିଆନି ତା'ର ପ୍ରତୀକ୍ଷା କରୁଥିଲା, ଆମେ ଗଲାବେଳେ ବାଟରେ ସେ ମତେ ଅପ୍ରତ୍ୟାଶିତ ଭାବରେ କହିଲା, ମତେ ପ୍ରକୃତରେ ଖୁସି ଲାଗିବ ଯଦି ତୁମେ ଆଉ ଲୁସିଆନି ଭେଟାଭେଟି ହୋଇ ପରସ୍ପରର ବନ୍ଧୁ ହୋଇଯିବ। ମୁଁ ନୀରବ ରହିଲି। କିନ୍ତୁ ମୁଁ ଏ ବିଷୟରେ ରୋମନ୍ଥନ କରି ଦେଖିଲି ଯେ ସେସିଲିଆ ରହୁଁଥିବା ପୃଥିବୀ ଆମେ ବାସ କରୁଥିବା ପୃଥିବୀ ଠାରୁ ବହୁତ ଭିନ୍ନ ଧରଣର ପୃଥିବୀ ହେବ। ଏହା ହେବ ଏକ ବ୍ୟଭିଚାରୀ ପୃଥିବୀ, ଯେଉଁଠି କୌଣସି ସମ୍ପର୍କର ସୀମା ସରହଦ ନ ଥିବ, ତାହା ହୋଇଥିବ ଅନିର୍ଦିଷ୍ଟ ଓ ସାମୟିକ ମୈଥୁନର ଏକ ଅବାସ୍ତବ ପୃଥିବୀ, ଯେଉଁଠି ସମସ୍ତ ନାରୀ ସମସ୍ତ ପୁରୁଷଙ୍କ ପାଇଁ ଉଦ୍ଦିଷ୍ଟ ଥିବେ ଆଉ କୌଣସି ନାରୀ ଗୋଟିଏ ନିର୍ଦିଷ୍ଟ ପୁରୁଷର ସମ୍ପତ୍ତି ଭାବରେ ପରିଗଣିତ ହେଉ ନ ଥିବ।

ମୁଁ କିନ୍ତୁ ଯନ୍ତଣାର ଦାବଦାହରେ ଜଳି ଉଠିଥିଲି। ଧୀରେ ଧୀରେ ସେଇ ଯାତନା ଭିତରେ ଏକ ଅସଂଯତ ପରିକଳ୍ପନା ମୋ ମୁଣ୍ଡକୁ ଆସିଲା, ଯୋଉଟା ଏ ପର୍ଯ୍ୟନ୍ତ କିପରି ଆସି ନ ଥିଲା ଭାବି ମୁଁ ଆଶ୍ଚର୍ଯ୍ୟ ହେଲି। ସମ୍ଭବତଃ ଏହା ଥିଲା ଏକମାତ୍ର ବାଟ ଯାହାଦ୍ୱାରା କି ସେସିଲିଆ ଠାରୁ ମୁଁ ନିଜକୁ ମୁକ୍ତ କରି ପାରିବି। ଅର୍ଥାତ୍ ତା' ଉପରେ ମୋର ସମ୍ପୂର୍ଣ୍ଣ ଆୟତ୍ତ ହାସଲ କରି ପାରିବି ଆଉ ଫଳତଃ ତାଠାରୁ ବୋରାୟିତ ହୋଇଯିବି – ଆଉ ସେଥିପାଇଁ ଏକମାତ୍ର ବାଟ ଥିଲା ତାକୁ ବିବାହ କରିବା। ସେସିଲିଆକୁ ପ୍ରେୟସୀ ହିସାବରେ ପାଇ ମୁଁ ତାଠାରୁ ବୋରାୟିତ ହେବାରେ ସଫଳ ହୋଇନାହିଁ; କିନ୍ତୁ ମୁଁ ପ୍ରାୟ ନିଶ୍ଚିତ ହୋଇ ପଡିଲି ଯେ, ଥରେ ସିଏ ମୋର ଗୃହବଧୂରେ ପରିଣତ ହେଲେ ମୁଁ ତାଠାରୁ ସହଜରେ ବୋରାୟିତ ହୋଇଯିବି। ତେଣୁ ତାକୁ ବିବାହ କରିବାର ଭାବନା ମତେ ଅଧିକରୁ ଅଧିକ ଆକର୍ଷିତ କରିବାକୁ ଲାଗିଲା। କିନ୍ତୁ ଏହି ପ୍ରତ୍ୟାଶା ଏକ ବିବାହ ପ୍ରସ୍ତୁତ ପରିଣୟର ସାଧାରଣ କଳ୍ପନା ବିଳାସ ଠାରୁ ସମ୍ପୂର୍ଣ୍ଣ ଅଲଗା ଥିଲା। ପରିଣୟ ତା'ର ଭାବୀ

ପତ୍ନୀ ପ୍ରତି ଅପାର ପ୍ରେମର ଖିଆଲରେ ବୁଡ଼ି ରହିଥାଏ। କିନ୍ତୁ ମୋର ସ୍ୱପ୍ନ ଥିଲା ତାର ସମ୍ପୂର୍ଣ୍ଣ ବିପରୀତ; ପ୍ରେମ ବନ୍ଧନରୁ ମୁକ୍ତିର ସ୍ୱପ୍ନ ମତେ ବିହ୍ୱଳ କରୁଥିଲା। ମୁଁ ଏଇଆ କଳ୍ପନା କରି ଉଲ୍ଲସିତ ହେଉଥିଲି ଯେ, ଥରେ ବିବାହ କରିବା ପରେ ସେସିଲିଆ ଏକ ସାଧାରଣ ପତ୍ନୀରେ ପରିଣତ ହୋଇଯିବ ଏବଂ ଗାର୍ହସ୍ଥ୍ୟ ଓ ସାମାଜିକ ବନ୍ଧନରେ ବ୍ୟସ୍ତ ଓ ପରିତୃପ୍ତ ହୋଇ ରହିବ। ସେ ଆଉ ଏକ ରହସ୍ୟମୟୀ ମାୟା ମିରିଗ ହୋଇ ରହିବ ନାହିଁ, ଏବଂ ପରିଶେଷରେ ବିବାହ ସେଇ-ସୁନାହରିଣୀକୁ ଏକ ଗୃହିଣୀରେ ପରିଣତ କରି ଦେବ। ଏହା ସମ୍ଭବ ଯେ ତା’ର ସାମ୍ପ୍ରତିକ ବିଦ୍ରୁତାୟନ କେବଳ ତା’ର ବିବାହ ବାସନାର ଏକ ବ୍ୟଞ୍ଜନା; ବୋଧହୁଏ ସିଏ ପ୍ରବୃତ୍ତିବଶତଃ ତା’ର ପ୍ରଣୟୀ ମାନଙ୍କ ମଧ୍ୟରେ ଉପଯୁକ୍ତ ପତିର ସନ୍ଧାନ କରୁଛି ଯାହା ସହିତ ସିଏ ସ୍ଥିର ହୋଇ ଘରବାନ୍ଧି ରହି ପାରିବ। ମୁଁ ସମସ୍ତ ପ୍ରକାରର ଧାର୍ମିକ ଓ ସାମାଜିକ ସମାରୋହର ସହିତ ତାକୁ ବିବାହ କରିବାର ପରିକଳ୍ପନା କଲି ଆଉ ବିବାହ ପରେ ତାକୁ ବହୁ ସନ୍ତାନର ଜନନୀ କରାଇବା ପାଇଁ ନିଶ୍ଚିତ କଲି। ସନ୍ତାନମାନେ ହିଁ ତା’ ଜୀବନକୁ ସୁବିନ୍ୟସ୍ତ କରିବାରେ ମୁଖ୍ୟ ଭୂମିକା ନେବେ ଆଉ ତାକୁ ମାତୃତ୍ୱର ଶୃଙ୍ଖଳାରେ ବାନ୍ଧି ରଖିବେ, ଯାହାଦ୍ୱାରା କି ତା’ ଚରିତ୍ରରେ ରହସ୍ୟମୟତାର ଅନ୍ତ ଘଟିବ।

ଏହା ଚିନ୍ତା କରାଯାଇ ପାରେ ଯେ ଯେଉଁଠାରେ ଅର୍ଥ ଓ ଶାରୀରିକ ସଂଭୋଗ ଉଭୟ ବିଫଳ ହୋଇଛି, ସେଠି ବିବାହ ବନ୍ଧନର କଳ୍ପନା ଏକ ଉଭଟ ଚିନ୍ତା ଏବଂ ହକିଅତ ପ୍ରାପ୍ତି ପାଇଁ ଏହା ନିଶ୍ଚିତ ଭାବରେ ଏକ ଅନୁପଯୁକ୍ତ ପଦ୍ଧତି। ଯେମିତି ସିଗାରେଟ ଲଗାଇବା ପାଇଁ ନିଜର ଘରକୁ ଜଳାଇ ଦେବା ଏକ ଅବାସ୍ତବ ପରିକଳ୍ପନା, ଏହି ହାସ୍ୟକର ଚିନ୍ତା ସେହି ପର୍ଯ୍ୟାୟର। କିନ୍ତୁ ମୁଁ ଭାବୁଛି ଯେ ଏକଥା ମୁଁ ମୂଳରୁ ସ୍ପଷ୍ଟ କରି ଦେଇଛି କି ସମାଜ ସହିତ ସମସ୍ତ ପ୍ରକାର ବନ୍ଧନ ମୁଁ କାଟି ଦେଇଛି, ବିଶେଷ କରି ସେଇ ଉଚ୍ଚ ସମାଜ ସହିତ, ଯାହାର ପରିସର ମଧ୍ୟରେ ସୀମିତ ଥାଏ ମୋର ମାଥାଙ୍କ ଆତୟାତ। ଏଇ ବିଚ୍ଛିନ୍ନମୂଳ ଓ ଦାୟିତ୍ୱହୀନ ସ୍ଥିତିରେ, ବୋରିୟାତ ଦ୍ୱାରା ସୃଷ୍ଟ ଶୂନ୍ୟତାବୋଧ ଭିତରେ, ମୋ ପାଇଁ ବିବାହ ଥିଲା ଏକ ନିର୍ଜୀବ, ଅର୍ଥହୀନ ଅନୁଷ୍ଠାନ। ଏବଂ ମୁଁ ଚିନ୍ତା କଲି, ହୁଏତ ଏହି ପ୍ରକାରେ ଏହି ଅନୁଷ୍ଠାନ ମୋର ସାମାନ୍ୟ କିଛି ଉଦ୍ଦେଶ୍ୟ ସାଧନ କରିପାରେ।

ସ୍ୱାଭାବିକ ଭାବରେ ମୁଁ ହିସାବ କରିଥିଲି ଯେ ମୋ ବିବାହ ପରେ ମୁଁ ଭିୟା ଆପିଆର ଭିଲ୍ଲାରେ ମୋର ପତ୍ନୀ ଆଉ ମାଆଙ୍କ ସହିତ ରହିବି। ପରିଣୟ, ମାଆଙ୍କର ବିଶାଳ ହର୍ମ୍ୟ, ମାଆ ଆଉ ତାଙ୍କର ଉଚ୍ଚ ସମାଜ – ଏ ସମସ୍ତ ଥିଲା ଏକ ପୈଶାଚିକ ଯନ୍ତ୍ରର କୁଟିଳ ଅଂଶ, ଯାହା ମଧ୍ୟକୁ ସେସିଲିଆ ଏକ ରହସ୍ୟମୟୀ ମୋହିନୀ ଭାବେ ପ୍ରବେଶ କଲା ପରେ, ତା' ମଧ୍ୟରୁ ଏକ ସାଧାରଣ ମଧ୍ୟବିତ୍ତ ଗୃହବଧୂ ହୋଇ ବାହାରି ଆସିବ।

ପୁନଶ୍ଚ, ବିବାହର ପରିକଳ୍ପନା, ସେସିଲିଆ ଏବଂ ଲୁସିଆନି ମଧ୍ୟରେ ସମ୍ପର୍କ ଛିନ୍ନ କରିବାର ସୁନିର୍ଦ୍ଦିଷ୍ଟ ଉପାୟ ହିସାବରେ ମୋ ମୁଣ୍ଡକୁ ସ୍ୱତଃସ୍ଫୂର୍ତ୍ତ ଭାବେ ଆସିଗଲା। ବାସ୍ତବରେ ମୁଁ ଏହା ଚିନ୍ତା କଲି ଯେ, ଥରେ ମତେ ବିବାହ କରିବାକୁ ସମ୍ମତି ଦେବାପରେ ସେ ସ୍ୱେଚ୍ଛାକୃତ ଭାବେ ଲୁସିଆନିକୁ ପରିତ୍ୟାଗ କରିବ। କିନ୍ତୁ ଏହା ମଧ୍ୟ ସତ୍ୟ ଥିଲା ଯେ, ଯଦି ସେସିଲିଆ ମୋର ପତ୍ନୀତ୍ୱ ସ୍ୱୀକାର କରେ, ମୁଁ ଭାବୁଥିଲି ଯେ ସିଏ ଲୁସିଆନି ବା ଆଉ କାହା ସହ ବ୍ୟଭିଚାର-ଲିପ୍ତ ହେଉ ବା ପତିବ୍ରତାର ଜୀବନ ଯାପନ କରୁ ତହିଁରେ ମୋତେ ବିଶେଷ କିଛି ଫରକ ପଡ଼ିବ ନାହିଁ। ଏହି କ୍ଷେତ୍ରରେ ମୁଁ କହିବା ଉଚିତ ହେବ ଯେ ସେସିଲିଆର ଆକର୍ଷଣରୁ ମୁକ୍ତିଲାଭର ପ୍ରତ୍ୟାଶା ଛଡ଼ା, ଏହି ବୈବାହିକ ସମ୍ଭାବନା ମୋ ହୃଦୟରେ ଏକ ଆଶାର ସଞ୍ଚାର କରାଇଲା ଯେ, ସେସିଲିଆ ଗୃହବଧୂ ହୋଇ ମାଆଙ୍କ ହର୍ମ୍ୟରେ ପ୍ରବେଶ କରିବା କ୍ଷଣି ମୋର ଜୀବନର ଚକ୍ରବାଳରୁ ବୋରିୟାତର କଳା ବାଦଲ ହଟିଯିବ, ଆଉ ସମ୍ଭବତଃ ମୁଁ ପୁନର୍ବାର ରଙ୍ଗସାଜୀ ଆରମ୍ଭ କରି ପାରିବି। ମୁଁ କଳ୍ପନା କରୁଥିଲି ଯେ ସେସିଲିଆ ତା'ର ସନ୍ତାନ ଓ ସାମାଜିକ ଜୀବନକୁ ନେଇ ବହୁ ପରିମାଣରେ ବ୍ୟସ୍ତ ରହିବ ଏବଂ ଇତି ମଧ୍ୟରେ ମୁଁ ଉଦ୍ୟାନର ନିମ୍ନଭାଗରେ ଥିବା କଲାକେଟ ଭିତରେ, ଏକ ପ୍ରୀତିକର ବିଶୁଦ୍ଧ ଆଉ ବୌଦ୍ଧିକ ଚିତ୍ରରଞ୍ଜନର ମାଧୁର୍ଯ୍ୟ ଭିତରେ ନିଜକୁ ସମର୍ପଣ କରିଦେବି। ସେ ରଙ୍ଗସାଜୀ ହେବ ବାଲେସ୍ଟ୍ରାୟେରିଙ୍କ ଦୂର୍ଷ୍କୃତ କଦର୍ଯ୍ୟ ନଗ୍ନାଟଚିତ୍ର ମାନଙ୍କ ଠାରୁ ସମ୍ପୂର୍ଣ୍ଣ ବ୍ୟତିକ୍ରାନ୍ତ। ମୁଁ ଅନୁଭବ କଲି ଯେ ଅମୂର୍ତ୍ତ ରଙ୍ଗସାଜାର ଆରମ୍ଭ ଦିନ ଠାରୁ ଯେତେ ଯେତେ ଚିତ୍ରରଞ୍ଜନ ସମ୍ଭବ ହୋଇଛି, ସେ ମଧ୍ୟରେ ସବୁଠାରୁ ମୌଲିକ ଚିତ୍ରକାରିତାର ଉଦାହରଣ ମୁଁ ସୃଷ୍ଟି କରିବି। ପରିଶେଷରେ ସେସିଲିଆକୁ, ଆଉ ଘର ଭର୍ତ୍ତି ସେଇ ବାଲୁଙ୍ଗା ଛୁଆ

ଦଳଙ୍କୁ, ମାଆଙ୍କ ପାଖରେ ଛାଡ଼ି ମୁଁ ଫେରି ଆସିବି ଭିୟା ମାର୍ଗୁଭାର କଳାକେତକୁ ଆଉ ସେଠି ମୁଁ ମୋର ଏକୁଟିଆ ରହିବି ।

ଏହା ସ୍ୱାଭାବିକ ଭାବରେ ମନେହେବ ଯେ, ଏହି ପ୍ରକାର ପରିକଳ୍ପନା ମୋର ପୂର୍ବ ସ୍ୱଭାବ ଓ ଆଚରଣର ପ୍ରତ୍ୟବାୟୀ । ଏବଂ ପୁନଶ୍ଚ ମୋର ସମସ୍ୟାର ଚରିତ୍ର ମଧ୍ୟ ଥିଲା ଅଲଗା । ପ୍ରକୃତରେ କହିଲେ, ସେସିଲିଆ ସହ ପ୍ରଣୟ ଓ ରଙ୍ଗସାଜୀ ଦୁଇଟି ପରସ୍ପର ନିର୍ଭରଶୀଳ ବାସ୍ତବତା ନ ଥିଲେ, ବରଂ ସେ ଦୁହେଁ ଥିଲେ ପରସ୍ପରର ସମକକ୍ଷ ଦୁଇଟି ସ୍ୱାଧୀନ ବାସ୍ତବତା । ଅପର ଭାବରେ କହିଲେ, ସେସିଲିଆ ପ୍ରତି ମୋର ପ୍ରଣୟ ମତେ ରଙ୍ଗସାଜୀରୁ ବିରତ କରୁ ନ ଥିଲା ବରଂ ମୁଁ ଯେଭଳି ଚିତ୍ରରଞ୍ଜନରେ ବିଫଳ ଥିଲି, ଠିକ୍ ସେହିଭଳି ବିଫଳ ଥିଲି ସେସିଲିଆକୁ ସ୍ୱତ୍ୱାୟିତ କରିବାରେ । ତେଣୁ ତା' ପ୍ରଣୟରୁ ମୁକ୍ତି ନିହାତି ଭାବରେ ଏଇଆ ସୂଚନା ଦେଉ ନ ଥିଲା ଯେ ମୁଁ ରଙ୍ଗସାଜୀ ଆରମ୍ଭ କରିବାରେ ପୁନର୍ବାର ସଫଳ ହୋଇଯିବି । ଏହା ଛଡ଼ା ମଧ୍ୟ ମୁଁ ମୋର ମାଆଙ୍କର ଗୃହ, ତାଙ୍କର ସମାଜ ଆଉ ତାଙ୍କର ଅର୍ଥକୁ ମୂଳରୁ ହିଁ ଘୃଣା କରି ଆସିଛି । ଆଉ ମୁଁ ଭିୟା ମାର୍ଗୁଭାରେ ରହିବାକୁ ଖାସ୍ ଏଇ କାରଣରୁ ଯାଇଥିଲି ଯେ ଭିୟା ଆପିଆର ଭିଲ୍ଲାରେ ରଙ୍ଗସାଜୀ କରି ପାରିବା ମୋ ପାଇଁ ଅସମ୍ଭବ ବୋଲି ମୁଁ ଅନୁଭବ କରି ପାରିଥିଲି । ଏବଂ ବର୍ତ୍ତମାନ ମୁଁ ମୋ ମାଆଙ୍କ ସହିତ ରହିବା ପାଇଁ ଫେରି ଯିବାକୁ ଚିନ୍ତା କରୁଛି; ଠିକ୍ ସେଇ ଘରକୁ, ସେଇ ସମାନ ପୃଥ୍ୱୀକୁ, ଯାହାକୁ ମୁଁ ଆଜନ୍ମ ଘୃଣା କରି ଆସିଛି । ଏଭଳି ପରସ୍ପର ବିରୋଧୀ ଚିନ୍ତାର କୌଣସି ବ୍ୟାଖ୍ୟା ଦେବା ମୋ ପକ୍ଷରେ ସମ୍ଭବପର ନୁହେଁ, କେବଳ ଏତିକି କହିବା ବ୍ୟତୀତ ଯେ, ଚପଳ ଅସଙ୍ଗତି ହିଁ ମାନବ ପ୍ରକୃତିର ଅଦୃଶ୍ୟ ଭିତ୍ତି । ବାସ୍ତବରେ ମୁଁ ସେତେବେଳକୁ ହତାଶ ହୋଇ ପଡ଼ିଥିଲି ଏବଂ ଯଦିଚ ମାଆଙ୍କ ପାଖକୁ ଫେରି ଆସିବା ମୋ ପାଇଁ ଏକ ପ୍ରକାରର ଆମ୍ବହତ୍ୟା ହେବ ବୋଲି ମୁଁ ଜାଣିଥିଲି, ମୁଁ ଚିନ୍ତା କଲି ଯେ, ଯଦି ତାହା ମତେ ସେସିଲିଆ ପାଖରୁ ମୁକ୍ତି ଦେଇପାରେ, ତେବେ ତାହା ମୋର ସାମ୍ପ୍ରତିକ ସ୍ଥିତି ଅପେକ୍ଷା ଅଧିକ ବାଞ୍ଛନୀୟ ହେବ ।

ସେତେବେଳକୁ ମଧୁର ଗ୍ରୀଷ୍ମର ସମୟ । ଦିନେ ଆମର ଯଥାରୀତି ପ୍ରାତଃ ଦୂରଭାଷ ସମୟରେ ମୁଁ ସେସିଲିଆକୁ ମୋ ଶିଳ୍ପଶାଳାରେ ଭେଟିବା ପରିବର୍ତ୍ତେ

କାରରେ ବସି ରୋମ ବାହାରକୁ କୁଆଡ଼େ ହେଲେ ବୁଲିଯିବା ପାଇଁ ପ୍ରସ୍ତାବ ଦେଲି । ମୁଁ ଜାଣିଥିଲି ଯେ ସେସିଲିଆ ମୁକ୍ତ ପବନରେ ଘୁରି ବୁଲିବା ପାଇଁ ଭଲପାଏ । କିନ୍ତୁ ତା' ସଙ୍ଗେ ବି, ଯେଉଁ ଅସାଧାରଣ ଉଲ୍ଲାସର ସହିତ ସେ ମୋ ପ୍ରସ୍ତାବକୁ ସ୍ୱାଗତ କଲା, ମୁଁ ତହିଁରେ ବିସ୍ମିତ ହୋଇ ପଡ଼ିଲି । "ହଁ, ଠିକ୍ ଅଛି", ସେ ଅପ୍ରତ୍ୟାଶିତ ଭାବରେ କହିଲା । "ଆଉ ଆଜି ଆମେ ସାରାଦିନ ସ୍ୱଚ୍ଛଦରେ ସଞ୍ଜ ଯାଏଁ ବୁଲି ପାରିବା । ମୁଁ ପୁରାପୁରି ମୁକ୍ତ ଅଛି ।"

: "କ'ଣ ହେଲା ?" ମୁଁ ଶ୍ଲେଷପୂର୍ଣ୍ଣ ଭାବରେ ପଚାରିଲି । "ତୁମର ସେଇ ଭୟଙ୍କର କଠୋର ପିତା ତୁମକୁ ମୋ ସହିତ ବୁଲିଯିବା ପାଇଁ ଅନୁମତି ଦେବେ ତ ?"

ତା'ର ଲୁସିଆନି ସହିତ ସମ୍ପର୍କକୁ ଗୋପନ ରଖିବା ପାଇଁ ଅତୀତରେ ସେ ଯେଉଁ ମିଛ କହିଥିଲା, ମୁଁ ତାହାକୁ ଯେ ସ୍ମରଣରେ ରଖିଛି ସେଥିରେ ସେ ଆଶ୍ଚର୍ଯ୍ୟ ହୋଇ ପଡ଼ିଥିବା ଭଲି ସ୍ୱରରେ ନିଷ୍କପଟରେ କହିଲା, "କଥାଟା ସେଇଆ ନୁହେଁ । ଆଜି ଲୁସିଆନି ସହ ମୋର ସଞ୍ଜରେ ଭେଟ ହେବାର ନାହିଁ । ତେଣୁ ମୁଁ ଭାବିଲି ଯେ ତୁମେ ହୁଏତ ସାରାଦିନ ମୋ ସହିତ ସମୟ କାଟିବା ଲାଗି ପସନ୍ଦ କରିବ ।"

: "ତା'ର ବଦାନ୍ୟତା ପାଇଁ ଦୟାକରି ଲୁସିଆନିକୁ ମୋ ତରଫରୁ ବହୁତ ବହୁତ ଧନ୍ୟବାଦ ଜଣାଇ ଦେବ ।"

: "ଫେରେ ! ଦେଖ ତୁମ କାମ ଗୁଡ଼ାକ କେମିତି ! ସବୁବେଳେ ସତ କହିବା ପାଇଁ ତୁମେ ଯାହା କୁହ, ସେଇ କଥାଟା ବାସ୍ତବରେ ଠିକ୍ ନୁହେଁ ।"

: "ଠିକ୍ ଅଛି । ତୁମେ ଏଗାରଟା ବେଳକୁ ପ୍ରସ୍ତୁତ ହୋଇଥିବ, ମୁଁ ତୁମକୁ ନବା ପାଇଁ ଆସିବି । ଆଉ ଆମେ ଏକାଠି ଦିବାରାଶ କରିବା ।"

: "ନା, ଏଗାରଟାରେ ନୁହେଁ । ମୋ ପାଇଁ ସେଇଟା ସୁବିଧା ହେବ ନାହିଁ । ଆଜି ଲୁସିଆନି ସହ ଦିବାରାଶ କରିବାର ବ୍ୟବସ୍ଥା ଅଛି ।"

: "ହଁ, ମତେ ଏଇଟା ଅଭୁତ ଲାଗୁଥିଲା ଯେ ଲୁସିଆନିକୁ ଜମା ନ ଭେଟି ଦିନସାରା ତୁମେ କେମିତି କାଟିବ ।"

: "ମୁଁ ତୁମ ଶିକ୍ଷଶାଳାକୁ ପ୍ରାୟ ତିନିଟା ବେଳକୁ ଆସିବି ।"

: "ଠିକ୍ ଅଛି । ତିନିଟା ତା'ହେଲେ ।"

ତା'ର ଅଭ୍ୟସ୍ତ ସମୟନିଷ୍ଠାର ସହ ସେସିଲିଆ ନିର୍ଦ୍ଦିଷ୍ଟ ସମୟରେ ଉପସ୍ଥିତ ହେଲା । ସେ ଗୋଟିଏ ସବୁଜ ରଙ୍ଗର ନୂଆ ଟେଲମିଥୁନ ପରିଧାନ କରିଥିଲା ଆଉ ମୁଁ ତାକୁ କହିଲି ଯେ ସେଇଟା ତାକୁ ଅତି ସୁନ୍ଦର ମାନୁଛି । ସେ ସବ୍ଦର ଏକ କୃତଜ୍ଞ ଉସ୍ସାହର ସହ ଯେଭଳି ଉତ୍ତର ଦେଲା ତାହା ମତେ ସାମାନ୍ୟ ବିସ୍ମିତ କଲା । "ତୁମେ ମତେ ଯେଉଁ ଟଙ୍କା ଦେଇଥିଲ, ମୁଁ ସେଇଥିରେ ଏଇ ପୋଷାକଟା କିଣିଛି, ଆଉ ଏଇଟା ବି ।" ସେ ତା'ର ଜୋତାକୁ ନିର୍ଦ୍ଦେଶ କରି କହିଲା । "ପୁଣି ଏଗୁଡ଼ାକ", ସିଏ ଯୋଗକଲା, ଆଉ ତା'ର ଗୋଡ଼କୁ ପ୍ରସାରିତ କଲା ପିନ୍ଧିଥିବା ଜୁରାବକୁ ପ୍ରଦର୍ଶିତ କରାଇବା ପାଇଁ । "ପ୍ରକୃତରେ କହିଲେ", ସେ ତା'ର କଥା ଉପସଂହାରକୁ ଆଣିଲା, "ମୁଁ ତୁମରି ପଇସାରେ ହିଁ ସମସ୍ତ ପୋଷାକ ପିନ୍ଧିଛି, ଅନ୍ତର୍ବସ୍ତ ଆଉ ଉପର ଗୁଡ଼ାକ ବି ।"

ମୁଁ ପ୍ରାଙ୍ଗଣରୁ ଗାଡ଼ି କାଢୁ କାଢୁ ପଚରିଲି, "ମତେ ଏଗୁଡ଼ା କାହିଁକି କହୁଛ ?"

: "କାଇଁକିନା ଥରେ ମତେ ତୁମେ କହିଥିଲ, ଏସବୁ ଶୁଣିବା ପାଇଁ ତୁମେ ରୁହଁ ।"

: "ହଁ, ସେଇଟା ସତ କଥା । କିନ୍ତୁ ଏଇ ଭିତର ଆଉ ବାହାର ପୋଷାକ ମୋର ବୋଲି ଜାଣିବା ଅପେକ୍ଷା, ତୁମେ ମୋର ବୋଲି ଜାଣିବା ପାଇଁ, ତୁମର ଅନ୍ତରଟା ମୋର ବୋଲି ଜାଣିବା ପାଇଁ, ମୁଁ ବେଶି ପସନ୍ଦ କରିବି ।"

: "ଅନ୍ତରର କ'ଣ ଟା ?"

: "ସମଗ୍ର ଅନ୍ତର ।"

ସିଏ ହସିଲା, ତା'ର ସେଇ ପିଲାଳିଆ ହସ, ଯେଉଁଥିରେ କି ତା'ର ଓଠ ଉପରକୁ ଉଠି ଯାଇ ଦାନ୍ତଗୁଡ଼ିକ ଦେଖାଯାଏ । "ମୋର ଅଭ୍ୟନ୍ତର କାହାର ନୁହେଁ", ସିଏ କହିଲା । "ସେଠି ଖାଲି ଅଛି ହୃଦ୍ ଯନ୍ତ, ଶ୍ୱାସଯନ୍ତ, ଯକୃତ ଆଉ ଅନ୍ତନାଡ଼ି । ସେଗୁଡ଼ାକ ନେଇ କ'ଣ କରିବ ତୁମେ ?"

ସେ ବେଶ୍ ଉତ୍‌ଫୁଲ୍ଲ ଥିଲା ଆଉ ମୁଁ ତାକୁ ସେ କଥା କହିଲି । ସେ ହାଲକା ଭାବରେ କହିଲା, "ମୁଁ ତୁମ ସାଙ୍ଗେ ଅଛି ତ, ସେଇଥିପାଇଁ ଏମିତି ଖୁସି ଅଛି ।"

: "ଧନ୍ୟବାଦ, ଏଇ ଚଟୁଲତା ତୁମକୁ ଶୋଭା ପାଉଚି ।"

ଆମେ 'ପିଆଜ୍ଜା ଦେଲ୍ ପପୋଲୋ' ଆଉ ଟାଇବେର୍ ନଦୀ ଅତିକ୍ରମ କରିଗଲୁ, ଆଉ 'ଭିୟା କୋଲାଡିରିଏନୋ'ର ସମ୍ପୂର୍ଣ୍ଣ ଦୈର୍ଘ୍ୟ ବି। ଭାଟିକାନର ପାହାଣିଆ ପ୍ରାଚୀର ଋରିପଟେ ଚକ୍କର ମାରି ଆମେ 'ଭିୟା ଅଉରେଲିଆ' ଦେଇ ଫ୍ରିଜେଇନି ଦିଗରେ ଋଲିଲୁ। ସେସିଲିଆ ନୀରବରେ ମୋ ସମଭିବ୍ୟାହାରରେ ବସିଥାଏ। ତାର ଗ୍ରୀବା ଥାଏ ସରଲୋନ୍ନତ; ତା'ର ସୁଗୋଲ ମୁଖମଣ୍ଡଲ ସାରା ଖେଲି ବୁଲୁଥାଏ ତାର ଗହନ କୁଞ୍ଚିତ କେଶଦାମ; ଆଉ ଆପଣା କରତଲକୁ ସିଏ ଯୁକ୍ତ କରି ଥୋଇଥାଏ ନିଜ କୋଲ ଉପରେ। ମୁଁ ଗାଡ଼ି ଚଲାଉ ଚଲାଉ ମଝିରେ ମଝିରେ ତା' ଆଡ଼କୁ ଅପାଙ୍ଗ ଦୃଷ୍ଟିରେ ଋହୁଁଥାଏ। ମୁଁ ଚେଷ୍ଟା କରୁଥାଏ ତା'ର ସେଇ ନିର୍ଦିଷ୍ଟ ଲକ୍ଷଣ ଗୁଡ଼ିକୁ ଆବିଷ୍କାର କରିବା ପାଇଁ, ଯେଉଁଗୁଡ଼ିକ ଯୁଗପତ୍ ବିପଲାୟୀ ଏବଂ ତଥାପି ମଧ ଏଭଲି ରହସ୍ୟମୟତାର ସହ ମୋତେ ଆକର୍ଷିତ କରେ। ମୁଁ ଲକ୍ଷ୍ୟ କରୁଥିଲି ତା ବାଲିକା-ସୁଲଭ ମୁଖମଣ୍ଡଲରେ କିଭଲି ଅସଙ୍ଗତି ସୃଷ୍ଟି କରିଛି ତା'ର କ୍ଷୁଦ୍ର ଓଠର ସୃକ୍ଷିଣୀରେ ଦ୍ବୟର ଅସ୍ପଷ୍ଟ ଶୁଷ୍କ କୁଞ୍ଚନ। ସେଇ ଅସଙ୍ଗତି ମଧ ପରିଦୃଷ୍ଟ ହେଉଥିଲା ତା'ର ନିତାନ୍ତ ପତଲା କାନ୍ଧରେ, ଯାହା ଆପାତତଃ ସମ୍ପୂର୍ଣ୍ଣ ବେଖାପ ଲାଗୁଥିଲା ତା'ର ଆଖଦୃଶିଆ ପୀନ, ଉନ୍ନତ ଉରୋଜ ସହିତ। ତା'ର ଲୀଲାୟିତ କ୍ଷୀଣ କଟି ସହିତ ଅସମଞ୍ଜସ ଲାଗୁଥିଲା ତା'ର ଗୁରୁ ନିତମ୍ବ ଆଉ ଘନ ଜଘନ। ତା'ର କୋଲରେ ସେ ରଖିଥିଲା ହାତ, ତା'ର ସେଇ ବଡ଼ ବଡ଼ କୁସ୍ରିତ ହାତ, ଯାହା ଆକର୍ଷଣୀୟ କିନ୍ତୁ ଗୋରା କହିବାକୁ କଷ୍ଟ; ଆଉ ଯଦି ଗୋଟିଏ କୁସ୍ରିତ ଜିନିଷକୁ ସୁନ୍ଦର କହିବା ଅନୁମୋଦନ ସାପେକ୍ଷ ହୁଏ, ତାହାହେଲେ ବୋଧହୁଏ ସୁନ୍ଦର। ମୁଁ ତାକୁ କେବେ ଏଭଲି ତା'ର ନିଜସ୍ବ ଭଙ୍ଗୀରେ ଆମ୍ନଗ୍ନା ଆଉ ମନୋରମା ପ୍ରତୀତ ହେଉଥିବା ଦେଖ ନ ଥିଲି, ତଥାପି ମଧ ସେ ଏକାଧାରରେ ବିରକ୍ତିକର ଆଉ ଛଲନାମୟୀ ଲାଗୁଥିଲା। ରୋମରୁ ବାହାରକୁ ବାହାରି ଯିବା କ୍ଷଣି ମୋ ମୁଣ୍ଡକୁ ଚିନ୍ତା ଆସିଲା ଯେ ମୁଁ ଛଅଟା ବେଲ ପର୍ୟ୍ୟନ୍ତ ଆଉ ଅପେକ୍ଷା କରି ପାରିବି ନାହିଁ, ଯେତେବେଲକୁ କି ଆମେ ଷ୍ଟୁଡିଓକୁ ଫେରିବୁ ବୋଲି ଠିକଣା କରିଥିଲୁ। ମୋ ହାତରେ ସର୍ବମୋଟ ଦଶଘଣ୍ଟା ଥିଲା ଅର୍ଥାତ୍ ମୁଁ ଇତିମଧରେ ଦୁଇଥର ମେଥୁନ କରି ପାରିବି, ତୁରନ୍ତ ବର୍ତ୍ତମାନ ଆଉ ପୁନର୍ବାର ସନ୍ଧ୍ୟାରାଶ ପରେ ରାତିରେ। ବର୍ତ୍ତମାନ ଅବିଲମ୍ବେ କୌଣସି ସୁବିଧା ଜନକ ଶାଦ୍ବଲ ପ୍ରାନ୍ତରରେ, ଆଉ ସନ୍ଧ୍ୟାରାଶ ପରେ ମୋ ଶିଜ୍ଞଶାଲାରେ!

ତରୁହୀନ ପାହାଡ଼ ଘାଟିର ପଥ ଥିଲା ବନ୍ଧୁର । ବିଗତ ଦୁଇମାସର ପ୍ରଚୁର ବୃଷ୍ଟି ପରେ ଆର୍ଦ୍ରଭୂମିରୁ ଅଙ୍କୁରିତ ହୋଇଥିବା ନୀଳହରିତ ବର୍ଣ୍ଣର ବହଳ ପରିପୁଷ୍ଟ ତୃଣ୍ୟା ପାହାଡ଼ ଗୁଡ଼ିକୁ ଶ୍ୟାମାୟିତ କରି ପକାଇଥିଲା । ଆକାଶ ତଥାପି ଥିଲା ମେଘ ମେଦୁର । ସତେ ଯେମିତି ବହନ କରୁଥିବା ଜଳଭାର ଯୋଗୁଁ ସିଏ ଉପରକୁ ଉଠିବାକୁ ଅକ୍ଷମ, ସେଇଭଳି ମନେ ହେଉଥିଲା କୃଷ୍ଣ ଜଳଦ, ଯାହାକି ସ୍ତରାୟିତ ହୋଇ ଏଇ ବାସନ୍ତୀ ସବୁଜିମା ଉପରେ ନିଷ୍କଳଭାବେ ପ୍ରଲମ୍ବିତ ହୋଇ ରହିଥିଲା । ଯଦିଚ ମୁଁ ଦ୍ରୁତବେଗରେ ଗାଡ଼ି ଚଳନା କରୁଥିଲି, ଆମ କେଳି ପାଇଁ ଏକ ଉପଯୁକ୍ତ ସ୍ଥାନର ସନ୍ଧାନ କରିବା ପାଇଁ ଆଖି ବୁଲାଉ ଥିଲି ମୁଁ । କିନ୍ତୁ ସେଭଳି ସ୍ଥାନଟିଏ ମୁଁ ଖୋଜି ପାଇପାରୁ ନଥିଲି । ହୁଏତ ଉପଯୋଗୀ ସ୍ଥାନଟିଏ ରାସ୍ତାର ତୁରନ୍ତ ସନ୍ନିଧିରେ ଥିଲା କିମ୍ୱା ଥିଲା ସମ୍ପୂର୍ଣ୍ଣ ଅନାବୃତ, ଅଥବା ତାହା ନିକଟରେ ଥିଲା ଶସ୍ୟ କେଦାରର ଖମାର ବାଡ଼ି, କିମ୍ୱା ତ୍ୱାଲୁଟି ଏଡ଼େ ଡ଼ିପ ଥିଲା ଯେ କେଳି ନିମନ୍ତେ ତାହା ଉପଯୁକ୍ତ ହେବ ବୋଲି ମୁଁ ଭାବି ପାରୁ ନ ଥିଲି । ତେଣୁ ମୁଁ ଆହୁରି କିଛି ବାଟ ଅତିକ୍ରମ କରିଗଲି, ସେମିତି ମଉନରେ; କିନ୍ତୁ ସେଇ ନୀରବତା ଭିତରେ ଏକ ଉଗ୍ର ଲାଳସାର ପ୍ରଚଣ୍ଡ ବୋଝ ମତେ ଅସ୍ଥିର କରି ପକାଉ ଥିଲା । ପରିଶେଷରେ ପ୍ରଥମ ଶାଖାପଥରେ ମୁଁ ଗାଡ଼ି ବୁଲାଇଲି ।

: "ଆମେ ପରା ସମୁଦ୍ର କୂଳ ଯିବା ?" ସେସିଲିଆ ପଚାରିଲା ।

: "ନା ! ଆମେ ପ୍ରଥମେ କେଳି କରିବା ପାଇଁ ଏକ ବିଜନ ସ୍ଥାନକୁ ଯିବା ।" ମୁଁ ଉତ୍ତର ଦେଲି । "ତାପରେ ଆମେ ସମୁଦ୍ର କୂଳ ଯିବା ।"

ସିଏ କିଛି କହିଲା ନାହିଁ । ଆଉ ମୁଁ ଯେତେ ଯୋରେ ସମ୍ଭବ ସେଇ ଶ୍ୱେତ କଙ୍କରିଲ ଗ୍ରାମ୍ୟପଥରେ ଗାଡ଼ି ଚଳାଇବାକୁ ଲାଗିଲି । ଖଣ୍ଡ ଅପଲ ଉପରେ ଗାଡ଼ି ଧକମ ଧକେଇ ଯିବାର ନିର୍ଘୋଷ ଭିତରେ ପ୍ରାୟ ଅଧମାଇଲ ଅତିକ୍ରାନ୍ତ ହୋଇଗଲା । ତାପରେ ମୋର ଅନୁମାନ ମତେ, ଭୂଚିତ୍ର ବଦଳିବାକୁ ଲାଗିଲା । ସେଠି ଆଉ ତରୁହୀନ, ଶାଦ୍ୱଳ ପାହାଡ ନ ଥିଲା ବରଂ ଥିଲା ଛୋଟ ଛୋଟ ପ୍ରାନ୍ତର ଯେଉଁଠି ଅଶ୍ୱ ମେଷାଦି ପଶୁ ଚରଣ କରୁଥିଲେ ଆଉ ତା'ର ପଶ୍ଚାତରେ ବୃକ୍ଷମାଳା ପର୍ବତଢ଼ାଲୁର ଅରଣ୍ୟାନୀ ମଧରେ ହଜି ଯାଇଥଲା । ମୁଁ ଯାହା ଖୋଜୁଥିଲି ଏହା ଥିଲା ସେଇଭଳି ଏକ ସ୍ଥାନ । ଗୋଟେ ବାଡ଼ ପାଖରେ ମୁଁ ଗାଡ଼ିକୁ ହଠାତ୍ ଅଟକାଇଲି ଆଉ ସେସିଲିଆକୁ କହିଲି, "ଚାଲ ବାହାରକୁ ।"

ସିଏ ମାନିଗଲା, ଆଉ ମୁଁ ତାକୁ ବାଟ କଢ଼େଇ ନେବା ପାଇଁ ମତେ ରାସ୍ତା ଛାଡ଼ିଦେଲା । କୌଣସି ବିଶେଷ କାରଣ ନ ଥାଇ ମୁଁ ହଠାତ୍ କହିଲି, "ତୁମେ ବରଂ ଆଗରେ ଋଲ ।" ସିଏ ପ୍ରତିବାଦ କଲା ନାହିଁ । ଆଗରେ ଥିବା ଗୋଟିଏ ଋଟି ଫାଟକ ଠେଲି ଖୋଲି ଦେଇ, ନିର୍ଦ୍ଦିଷ୍ଟ ପଦ୍ଧାରେ ଋଲିବାକୁ ଲାଗିଲା ସିଏ । ଏହା ଥିଲା ଏକ ସଂକୀର୍ଣ୍ଣ ପାଦଚଲା ରାସ୍ତା ଯାହା ବାରମ୍ବାର ଘାସ ଉପରେ ଋଲିବା ଦ୍ୱାରା ସୃଷ୍ଟି ହୋଇଥିଲା । ଆଉ ତାକୁ ଆଗରେ ଯିବାପାଇଁ ମୁଁ କାହିଁକି ଅନୁରୋଧ କରିଥିଲି ହଠାତ୍ ମୁଁ ବୁଝି ପାରିଲି । ତା ନିତମ୍ବିମର ଅଳସ ଦୋଲନ ଦେଖିବା ପାଇଁ ମୁଁ ଅଚେତନ ଭାବରେ ଋହିଁଥିଲି । ମୁଁ ଜାଣିଥିଲି ଯେ ତାର ନିତମ୍ବର ଏଇ ଦୋଲନ ବ୍ୟକ୍ତିଗତ ଭାବରେ ମୋ ପ୍ରତି ଉଦ୍ଦିଷ୍ଟ ନୁହେଁ । ତାହା ପୁରୁଷ ପ୍ରତି ନାରୀର ଯୌନ-ଆବେଦନର ଏକ ବ୍ୟଞ୍ଜନା । ମୁଁ ଯଦି ସମ୍ପ୍ରତି ତା' ଆଗରେ ଯାଉ ଥାଆନ୍ତି, ମୋ ମନରେ ସମ୍ଭବତଃ ଏକ ପ୍ରକାରର ଭ୍ରାନ୍ତି ସୃଷ୍ଟି ହୁଅନ୍ତା ଯେ ମୁଁ ତାର ପଥ ପ୍ରଦର୍ଶକ ହିସାବରେ କାମ କରୁଛି । କିନ୍ତୁ ଏଭଳି ଅନୁଗମନ କରିବା ଦ୍ୱାରା ମୁଁ ତା ନିତମ୍ବର ଦୋଲନ ଦେଖିପାରୁ ଥିଲି ଓ ତାହା ମୋ ଭିତରେ ଏହିଭଳି ଏକ ପ୍ରତ୍ୟୟ ସୃଷ୍ଟି କରୁଥିଲା ଯେ ଆମେ ମୋ କାମନାର ପୂର୍ତ୍ତି ପାଇଁ ଯାଉନାହୁଁ, ବରଂ ବନାନୀର କୌଣସି ନିର୍ଦ୍ଦିଷ୍ଟ ସ୍ଥାନରେ ତାକୁ ପ୍ରତୀକ୍ଷା କରିଥିବା ତାର ରଭସ ପ୍ରମୋଦ ପାଇଁ ଯାଉଛୁ; ଯାହା ମୁଁ ତାକୁ ପ୍ରଦାନ କରିବାଟା ସତ୍ୟ ହେଲେ ବି, ସତେ ଯେମିତି ସେଇ ପ୍ରମୋଦରେ ମୁଁ ଭାଗୀଦାର ନୁହେଁ, କେବଳ ତାର ରମଣ ସାଧନର ମୁଁ ଉପକରଣଟିଏ ମାତ୍ର ।

ଆମେ ନୀରବରେ ସେଇ ପ୍ରତାନିତ ତୃଣ ପ୍ରାନ୍ତର ଦେଇ ଆଗେଇ ଋଲିଥିଲୁ । ଆମ ମଥା ଉପରେ ଅଭ୍ରମାଳା ଅପିହିତ ଆକାଶ ଯେମିତି ନଇଁ ଆସିଛି ଧରାବକ୍ଷକୁ ଗର୍ଭିଣୀର ସ୍ଫୁଲ ଉଦର ଭଳି । ବୃଷ୍ଟି ନ ହେଲେ ମଧ ସମୀରରେ ଥିଲା ଶୀକରର ସ୍ପର୍ଶ । ଆଦ୍ର ଆଉ ଉଷ୍ଣ ବାୟୁମଣ୍ଡଲ ଶଦାୟିତ ହେଉଥିଲା କୀଟପତଙ୍ଗଙ୍କ ଗୁଞ୍ଜରଣରେ । ଆମେ ବୃକ୍ଷରାଜିର କ୍ରମଶଃ ସମୀପବର୍ତ୍ତୀ ହେଉଥିଲୁ, ଆଉ ମୁଁ ସେସିଲିଆର ନିତମ୍ବକୁ ଋହିଁଥିଲି । ମନେ ହେଉଥିଲା ଯେପରିକି ତାହା ଏକ ଚଲନର ଶକ୍ତି ଓ ଐକ୍ୟତାନକୁ ସ୍ୱାଭାବିକ ଛଦରେ ଜାହିର କରୁଥିଲା ଏବଂ ମୁଁ ହୃଦୟଙ୍ଗମ କଲି ଯେ ତା'ର ନିତମ୍ବର ଏହି ଚଲନ, ତାହା ତା'ର ଗମନ ହେତୁ

ହେଉ ଅବା ତୁରନ୍ତ କେଲ୍ଟିର ଆବେଗରେ ହେଉ, ଯେଉଁଥିପାଇଁ ହେଉ ନା କାହିଁକି, ସେସିଲିଆ ଲାଗି ସେଥିରେ କୌଣସି ପ୍ରଭେଦ ନାହିଁ । କହିବାକୁ ଗଲେ, ଉପଯୁକ୍ତ ଇନ୍ଧନ ଦ୍ୱାରା ପରିପୋଷିତ ଯନ୍ତ୍ରଟିଏ ଯେମିତି କାର୍ଯ୍ୟାରମ୍ଭ ପାଇଁ ତୁରନ୍ତ ପ୍ରସ୍ତୁତ ହୋଇଯାଏ, ସେସିଲିଆ ସବୁ ସମୟରେ କେଲ୍ଟି ପାଇଁ ପ୍ରସ୍ତୁତ ଥାଏ । ମୋର ଦୃଷ୍ଟି ଯେ ତା' ପଶ୍ଚାଦ୍ଦେଶ ଉପରେ ନିବଦ୍ଧ ହୋଇ ରହିଛି ଏ ସମ୍ପର୍କରେ ସିଏ ସମ୍ଭବତଃ ଅବଗତ ଥିଲା । ତେଣୁ ସେ ହଠାତ୍ ପଛକୁ ବୁଲି ପଚାରିଲା, "ଘଟଣା କ'ଣ ? ତୁମେ ଏମିତି ଚୁପ୍ କାହିଁକି ?"

: "ମୁଁ ତୁମର କଥା ଶୁଣିବା ପାଇଁ ବ୍ୟଗ୍ରତାର ସହିତ ଅନେଇ ବସିଛି ।"

: "ତୁମେ କ'ଣ ସବୁବେଳେ ମୋର ସଂଯୋଗ ରହିଁ ବସିଥାଅ ?"

: "ତୁମକୁ ସେଇଟା ଖରାପ ଲାଗୁଛି କି ?"

: "ନା, ଏମିତି ପଚାରୁଥିଲି ।"

ଆମେ ଆଉ କିଛି ଦୂର ଆଗେଇଗଲୁ । ପ୍ରାନ୍ତରର ବହଳ ଘାସ ଧାରେ ଧାରେ କ୍ଷୀଣରୁ କ୍ଷୀଣତର ହେବାରେ ଲାଗିଥିଲା ଆଉ ଉଚ୍ଚତର ଝାଡ଼ବୁଦା ଏବଂ ବୃକ୍ଷମାନେ ସେଇ ଅସମତଳ ଭୂମିପୃଷ୍ଠରେ ଏଠି ସେଠି ବଢ଼ି ଉଠିଥିଲେ । ପତଳା ଜଙ୍ଗଲ ଆରମ୍ଭ ହୋଇ ଧାରେ ଧାରେ ଘନ ଓ ନିବିଡ଼ ହୋଇ ଯାଇଥିଲା ଭିତର ଆଡ଼କୁ । ଆମେ ସେ ଦିଗରେ ଆଉ କିଛି ଦୂର ଗଲାପରେ ବୃକ୍ଷଲତା ପରିପୂର୍ଣ୍ଣ ଏକ କ୍ଷୁଦ୍ର ଘାଟିରେ ପହଞ୍ଚିଲୁ । ସେଇ ବନ୍ଧୁର ଭୂମିରୂପର କୁଦ ଓ ଦେବଖାତରେ, ଊର୍ଦ୍ଧ୍ୱନିମ୍ନ ଝରିଆଡ଼େ, ଝାଡ଼ବୁଦା ପରିପୂର୍ଣ୍ଣ ହୋଇ ରହିଥିଲା । ମୁଁ ଏକ ଉପଯୁକ୍ତ ସ୍ଥାନ ଖୋଜିବାରେ ଲାଗିଲି ଯେଉଁଠାରେ ଆମେ ଟିକିଏ ଗଡ଼ିଯାଇ ପାରିବୁ ଏବଂ ପରିଶେଷରେ ମୁଁ ଯାହା ଖୋଜୁଥିଲି ତାହା ପାଇଗଲି ବୋଲି ମତେ ଲାଗିଲା । ଏହା ଥିଲା ଏକ ସମତଳ ଓ ଶୈବଳିତ ମୁକ୍ତ-ପ୍ରାନ୍ତର ଯାହାକୁ ପରିବେଷ୍ଟନ କରିଥିଲା ଉଠାଣ ପର୍ଣ୍ଣାଙ୍ଗ ଏବଂ ବଡ଼ ବଡ଼ ବୁମ୍ ବୁଦା । ମୁଁ ସ୍ଥାନଟିକୁ ସେସିଲିଆକୁ ଇଙ୍ଗିତ କରି ଦେଖାଇବାକୁ ଯାଉଛି, ସେ ହଠାତ୍ ବୁଲି ପଡ଼ିଲା ଆଉ ହାଲକା ଭାବରେ କହିଲା, "ଆରେ ମୁଁ ତୁମକୁ କହିବାକୁ ଭୁଲି ଯାଇଥିଲି, ଆଜି ଆମେ ମିଶି ପାରିବାନି ।"

ମତେ ଲାଗିଲା ମୋ ପାଦଟା ଯେମିତି କୋଉ ଫାନ୍ଦ ଭିତରେ ଫସି ଯାଇଛି ।

: "କାହିଁକି ?" ମୁଁ ପଚାରିଲି ।

: "ମୋ ଦେହ ଠିକ୍ ନାହିଁ ।"

: "ତୁମେ ମିଛ କହୁଛ ।"

ସିଏ ଉତ୍ତର ଦେଲାନାହିଁ, କିନ୍ତୁ ସେଇ ପର୍ଶ୍ୱାଙ୍ଗ ଏବଂ ବୁମ୍ ବୁଦା ଭିତର ଦେଇ ତା'ର ସ୍ୱାଭାବିକ ଧୀର ଆଉ ଦୃଢ଼ ପଦକ୍ଷେପରେ ଚଲିବାକୁ ଲାଗିଲା ଏବଂ ଏକ କ୍ଷୁଦ୍ର ବର୍ତ୍ତୁଲାୟିତ ଡିପ ଉପରକୁ ଚଢ଼ିଗଲା । ତାପରେ ସେ ମୋ ଆଡ଼କୁ ବୁଲି ପଡ଼ିଲା ଆଉ ଟିକିଏ ନଇଁ ପଡ଼ି ପୋଷାକର ଧଡ଼ିକୁ ଦୁଇ ହାତରେ ଧରି ସିଧା ତା'ର ପେଟ ପର୍ଯ୍ୟନ୍ତ ଉଠାଇ ଆଣିଲା । ମୁଁ ତା'ର ପରସ୍ପର ସଂଲଗ୍ନ ଦୁଇ ସଲଖ ଜାନୁ ଯାହା କ୍ଷୀଣ ରେଶମର କୁରାବରେ ଆବୃତ ହୋଇଥିଲା, ତାକୁ ସ୍ୱଷ୍ଟ ଦେଖି ପାରୁଥିଲି । ତା' ଉଦରର ନିମ୍ନତମ ପ୍ରଦେଶ ଯହିଁ ତା'ର ସ୍ୱଚ୍ଛ ଅନ୍ତର୍ବସ୍ତ୍ର ପ୍ରାୟଶଃ କୃଷ୍ଣ ନଳକିନୀକୁ ଦୃଶ୍ୟମାନ କରାଉ ଥାଏ, ସେଦିନ ଆବୃତ ଥିଲା ଏକ ପାଣ୍ଡୁର ଅନଚ୍ଛ କାର୍ପାସ ପ୍ୟାଡରେ । "ବର୍ତ୍ତମାନ ତୁମର ବିଶ୍ୱାସ ହେଲା ତ ?" ସିଏ ପଚାରିଲା ।

ମୁଁ କ୍ରୁଦ୍ଧ ଭାବରେ ଉତ୍ତର ଦେଲି, "ହଁ, ଏଇଟା ସତ । ତୁମ କ୍ଷେତ୍ରରେ ଏଇଟା ସବୁବେଳେ ହିଁ ସତ ହୁଏ ।" ସିଏ ନୀରବରେ ତା'ର ପୋଷାକ ତଳକୁ କଲା, ଆଉ ତାପରେ ପଚାରିଲା, "ତୁମେ ଏମିତି କହୁଛ କାହିଁକି ? ଅନ୍ୟ ବେଳେ କେବେ ତ ମୁଁ ତୁମକୁ ମନା କରେ ନାହିଁ ।"

ମତେ ଲାଗିଲା ମୁଁ ଯେମିତି ପ୍ରାୟ ପାଗଳ ହେବାକୁ ଯାଉଛି । ମୋର ଅପୂର୍ଣ୍ଣ ରିର୍ଂସା ସହିତ ମିଶିଯାଇଥିଲା ସେସିଲିଆକୁ ସ୍ୱାୟତ୍ତ କରିବା ପାଇଁ ମୋର ବିଫଳ ସନକ । ମତେ ଲାଗିଲା ସତେ ଯେମିତି ଏକ ଅପରିବର୍ତ୍ତନୀୟ ଭବିଷ୍ୟତ ମୋ ପାଇଁକି ଆଣିବାକୁ ଥିବା ବହୁ ଅସାୟବ୍ୟତା ଭିତରୁ ଅନ୍ୟତମ ଆଜିର ଏ ଅସ୍ୱସ୍ତି । "ମୁଁ ତୁମକୁ ଆଜି ଚହୁଁଥିଲି ତୀବ୍ର ଭାବରେ", ମୁଁ କହିଲି । "ମୋ ସହିତ ଆସିବା ଦ୍ୱାରା ତୁମେ ମୋର କାମନାକୁ ଦ୍ୱିଗୁଣିତ କରିଦେଲ । ତୁମେ ମାରା ହୋଇଛ ବୋଲି ପ୍ରଥମରୁ ମତେ କହିଲ ନାହିଁ କାହିଁକି ?"

ଗୋଟାଏ ଦୋକାନୀ ତା' ପାଖରେ ସରି ଯାଇଥିବା କୌଣସି ସାମାନ ବଦଳରେ ଗୋଟିଏ ଅଲଗା ଆଉ ନିମ୍ନମାନର ଜିନିଷ ବିକ୍ରେତା ପାଖରେ ପେଶ୍ କରିବାକୁ ଯାଇ ଯେଉଁଭଳି ଏକ ନିଷ୍ଠୁରତାର ପ୍ରଦର୍ଶନ କରିଥାଏ, ସେଇଭଳି

ଭଙ୍ଗୀରେ ସେସିଲିଆ ମତେ ରହିଲା । "କିନ୍ତୁ ଆମେ ତ ସାରାଦିନ ଏକାଠି ରହିବା ।" ସିଏ ଉତ୍ତର ଦେଲା ।

: "କିନ୍ତୁ ମୁଁ ତୁମ ସହିତ କେଳି କରିବାକୁ ରହିଁଥିଲି ।"

: "ତୁମ କଥାଗୁଡ଼ାକ ଛୁଆଙ୍କ ଭଳିଆ ।"

ଏହାପରେ ନୀରବତା ଛାଇଗଲା । ସେସିଲିଆ ବୁଦାଗୁଡ଼ିକ ଭିତରେ ଅବନତ ମୁଖରେ ରହୁଥିଲା, ସତେ ଯେମିତି କିଛି ଗୋଟାଏ ଜନିଷ ସିଏ ଖୋଜୁଛି । ତାପରେ ସିଏ ଅଟକିଗଲା ଆଉ ଗୋଟାଏ ଘାସଛଦକୁ ଛିଡ଼େଇ ତାକୁ ଦାନ୍ତରେ କାମୁଡ଼ି ଧରିଲା ।

: "ଯେହେତୁ ତୁମେ ଜାଣିଥିଲ, ତୁମେ ଲୁସିଆନି ସହ କେଳି କରି ପାରିବ ନାହିଁ, ସେଇଥିପାଇଁ ଆମେ ସାରାଦିନ ଏକାଠି କାଟିବା ବୋଲି ପ୍ରସ୍ତାବ ଦେଇ ଥିଲ ନା ?" ମୁଁ କ୍ରୁଦ୍ଧ ଭାବରେ ପଚରିଲି ।

: "ଲୁସିଆନି ବି ମୋ ସହିତ କେଳି କରିବାକୁ ରହିଁଥିଲା, ଆଉ ମୁଁ ତୁମକୁ ଯାହା କହିଛି ଠିକ୍ ସେଇ କଥା ତାକୁ କହିଥିଲି ।"

: "କିନ୍ତୁ ଲୁସିଆନି ଗତକାଲି ତୁମ ସହିତ ମୈଥୁନ କରିଥିଲା, କିନ୍ତୁ ମୁଁ ତିନିଦିନ ହେଲା ତୁମକୁ ସେଥିପାଇଁ ରହିଁ ବସିଛି ।"

: "ଗତକାଲି ଲୁସିଆନି ମୋ ସହିତ ମିଶି ନାହିଁ, ତୁମ ଭଳି ସିଏ ମଧ ତିନିଦିନ ତଳେ ମୋ ସହିତ ଶେଷଥର ପାଇଁ କେଳି କରିଥିଲା ।"

ସିଏ ମୋ ଆଗେ ଆଗେ ବୁଦା ଭିତର ଦେଇ ରହୁଥିଲା, ତା' ଦାନ୍ତରେ ଘାସଛଦକୁ ଧରି ଉଦ୍ଭ୍ରାନ୍ତ ଭଳି ଘୁରୁଥିଲା ଏଣେତେଣେ । ହଠାତ୍ ମୁଁ ତାକୁ କ୍ରୋଧରେ ପଚରିଲି, "କୁଆଡ଼େ ଯାଉଛ ତୁମେ, କ'ଣ କରିବାକୁ ରହୁଁଛ ?"

: "ତୁମେ ଯାହା କହିବ ସେଇଆ କରିବା ।"

: "ତୁମେ ତ ଜାଣିଛ ମୁଁ କ'ଣ ରହେଁ ।"

: "କିନ୍ତୁ ମୁଁ ତ ତୁମକୁ କହି ସାରିଛି, ସେଇଟା ସମ୍ଭବ ନୁହେଁ ।"

: "ଠିକ୍ ଅଛି, ଆମେ ସେଇଆ କରି ପାରିବାନି । କିନ୍ତୁ ପ୍ରକୃତରେ ଆମେ କ'ଣ କରି ପାରିବା ମୁଁ ସେକଥା ଜାଣିନି ।"

: "ଆମେ ସହରକୁ ଫେରି ଯାଇ ଗୋଟେ ଚଳଚିତ୍ର ଦେଖିବା କି ?"

: "ନା।"

: "ସମୁଦ୍ରକୂଳ ଯିବାପାଇଁ ତୁମେ ରହୁଛ କି ?"

: "ନା।"

: "କାସ୍ତେଲି ଯିବାପାଇଁ ତୁମେ ରହୁଛ କି ?"

: "ନା।"

: "ଏଠି ରହିବା ପାଇଁ ତୁମେ ରହୁଛ କି ?"

: "ନା।"

: "ତାହେଲେ ତୁମେ କ'ଣ ରହୁଛ ?"

: "ମୁଁ ତୁମକୁ ଇତିପୂର୍ବରୁ କହିଛି, ମୁଁ ତୁମକୁ ରହେଁ।"

: "ଆଉ ମୁଁ ବି ତୁମକୁ ଇତିପୂର୍ବରୁ କହିଛି, ଆଜି ସମ୍ଭବ ନୁହେଁ।"

: "ତାହେଲେ ଚଲ କାରକୁ ଫେରିଯିବା।"

: "ଆଉ ଯିବା କୁଆଡ଼େ ?"

: "ମୁଁ ଜାଣିନି, ଯୁଆଡ଼େ ହେଲେ ଯିବା।"

ତେଣୁ ଆମେ କାର ପାଖକୁ ଫେରିବାକୁ ଆରମ୍ଭ କଲୁ। ଏଥରକ ମୁଁ ସେସିଲିଆ ଆଗରେ ଚଲୁଥିଲି। କିନ୍ତୁ ସେଇତକରେ ହିଁ ସୀମିତ ଥିଲା ଆମର ସାମ୍ୟ। କାରଣ ସେସିଲିଆ ସବୁବେଳେ ତା' ଉଦ୍ଦେଶ୍ୟ ବିଷୟରେ ସଚେତନ ଥାଏ, ଅନ୍ତତଃପକ୍ଷେ ମାନସିକ ନ ହେଲେ ବି ଦୈହିକ ଭାବରେ, କିନ୍ତୁ ମୁଁ କୁଆଡ଼େ ଯାଉଛି ସେ ବିଷୟରେ ସମ୍ପୂର୍ଣ୍ଣ ଅନ୍ଧ ଥିଲି।

ଯେତେବେଳେ ଆମେ କାରରେ ବସିଲୁ, ମୁଁ ତୁରନ୍ତ ପୂର୍ଣ୍ଣବେଗରେ କାର ଚଲାଇବା ଆରମ୍ଭ କରିଦେଲି; ଏପରିକି ସେସିଲିଆ କାରର ଦୁଆର ଠିକ୍ ଭାବେ ବନ୍ଦ କରିଛି କି ନାହିଁ ତାହା ମଧ ଦେଖିବା ପାଇଁ ମୁଁ ଅପେକ୍ଷା କଲି ନାହିଁ। ମୋ ଭିତରେ ଏକ କ୍ରମବର୍ଦ୍ଧମାନ କ୍ରୋଧ ମୁଁ ଅନୁଭବ କରି ପାରୁଥିଲି ଯାହାକୁ କୌଣସି ମତେ ନିବାରଣ ବା ପ୍ରଶମିତ କରି ହେବ ନାହିଁ। ସତେ ଯେମିତି ତାହା ଏକ

ଅନଳର ଶିଖା ଯହିଁରେ ଅନୁକ୍ଷଣ ନୂତନ ଇନ୍ଧନ ଢଳା ଯାଉଛି । ଆଉ ସେହି କ୍ରୋଧ ମୋର ଚିତ୍ତପଟକୁ ନିରନ୍ତର ଏକ ଐନ୍ଦ୍ରଜାଲିକ ବିଭ୍ରାନ୍ତିରେ ପୂର୍ଣ୍ଣ କରି ରଖିଥିଲା, ଯାହାଦ୍ୱାରା କି ସେସିଲିଆ ସହ କେଳିରେ ଅସଫଳ ହୋଇ ମୁଁ ତାକୁ ମୋ ଚତୁର୍ଦ୍ଦିଗର ନୈସର୍ଗିକ ଦୃଶ୍ୟରେ ଏକ ଦୁରନ୍ତ ନିର୍ବୋଧତାର ସହ ଖୋଜୁଥିଲି । ମୋର ବିକ୍ଷିପ୍ତ ଚେତନା ସାମାନ୍ୟତମ ସାଦୃଶ୍ୟରେ ମଧ୍ୟ ମତେ ବିଭ୍ରାନ୍ତ କରିବାରେ ଲାଗିଥିଲା । ତେଣୁ କୌଣସି ପ୍ରାନ୍ତରର ସ୍ୱଚ୍ଛବିତତି, ଯହିଁରେ କିଛି ଅଂଶ ଶାଦ୍ୱଳ ରହିଥିବା ସ୍ଥଲେ ଅନ୍ୟ ଅଂଶଟିରୁ ଘାସ କଟା ହୋଇଯାଇଛି, ମତେ ସେସିଲିଆର ଉଦର ଭଳି ମନେ ହେବାକୁ ଲାଗିଲା । କେଉଁଠି ଦୁଇ ବର୍ତ୍ତୁଳ କୁଦ ତାର ସ୍ତନର ଭ୍ରାନ୍ତି ସୃଷ୍ଟି କରୁଥିଲା ତ ଅନ୍ୟ କେଉଁ ଭୂମିରୂପ ତା'ର ଚିକୁର ସମେତ ପାର୍ଶ୍ୱଚିତ୍ର ଭଳି ଦେଖା ଯାଉଥିଲା । କିୟା ଯେତେବେଳେ ମୁଁ ପୁନର୍ବାର ଦେଖିଲି ଯେ ରାସ୍ତାର ଦୁଇ ପାଖରେ ଦୁଇଟି ପାହାଡ଼ର ଢାଲୁ, ଆଉ ତା ମଧ୍ୟ ଦେଇ ପଥଟି କ୍ଷୀଣରୁ କ୍ଷୀଣତର ହୋଇ ଦିଗନ୍ତରେ ମିଶି ଯାଇଛି, ମତେ ଲାଗିଲା ତାହା ଯେମିତ ଶାୟିତ ସେସିଲିଆର ଦୁଇ ଉନ୍ମୁକ୍ତ ଅଧମାଙ୍ଗ । ଆଉ ଦୁଇ ପାହାଡ଼ ମଧ୍ୟରେ ଅଦୃଶ୍ୟ ଦିଗନ୍ତରେ ରହିଛି ତା'ର ଯୋନି-କପାଟ । ଆଉ କାରଟି ତୀବ୍ରଗତିରେ ତା'ର ସେଇ ସ୍ମରମନ୍ଦିର ଦିଗରେ ପ୍ରଧାବିତ ହେଉଛି । ଆଉ ଯେତେ ବେଳେ ମୁଁ କାର ସମେତ ସେହି କ୍ଷିତିଜ ଅତିକାୟ ସେସିଲିଆର ଗର୍ଭ ମଧ୍ୟକୁ ଲଙ୍ଗ ପ୍ରଦାନ କରିବାକୁ ଉଦ୍ୟତ, ହଠାତ୍ ସମଗ୍ର ଦୃଶ୍ୟ ବଦଳିଗଲା । ଦୁଇଟି ପାହାଡ଼ ପରିବର୍ତ୍ତେ ଖରୋଟି ପାହାଡ଼ ଦେଖାଗଲା ଆଉ ସେସିଲିଆର ଅଧମାଂଶ ଅଦୃଶ୍ୟ ହୋଇ ଏକ ସାଧାରଣ ଭୂଦୃଶ୍ୟରେ ପରିଣତ ହେଲା । ପୁନଶ୍ଚ ମୁଁ କହିଥିବା ମତେ, ମୁଁ କେଉଁଆଡ଼େ ଯାଉଥିଲି, ତାହା ଜାଣି ନ ଥିଲି । ମତେ ଲାଗୁଥିଲା ମୁଁ କିଛି ଜିନିଷ ଖୋଜି ବୁଲୁଛି, କିନ୍ତୁ ତାକୁ ପାଇବା ପାଇଁ ଯେତେ ଦ୍ରୁତବେଗରେ ପ୍ରଧାବିତ ହେଉଛି, ସେତିକି ଦ୍ରୁତତାର ସହିତ ସିଏ ଅପସୃତ ହୋଇ ମୋ ପାଇଁ ଦୁଷ୍ପ୍ରାପ୍ୟ ହୋଇ ପଡୁଛି । ସେଇ ଅଜ୍ଞାତ ଦ୍ରବ୍ୟଟି ମୋ ସମ୍ମୁଖରେ ହିଁ ରହିଛି - ପଲ, ପଲ, ମୁହୂର୍ତ୍ତ, ମୁହୂର୍ତ୍ତ ଧରି- ସେଇ ବୃକ୍ଷକୁଞ୍ଜରେ ଅବା ପାହାଡ଼ରେ ଅବା ଉପତ୍ୟକାରେ ଅବା ସେଇ ସେତୁ ଉପରେ; କିନ୍ତୁ ମୁଁ ଯେତେବେଳେ ସେଇ ବୃକ୍ଷକୁଞ୍ଜ, ପାହାଡ଼, ଉପତ୍ୟକା ଅବା ସେତୁ ନିକଟରେ ପହଞ୍ଚୁଛି ସେଥାରୁ ସେ ଅଦୃଶ୍ୟ ହୋଇ ଯାଉଛି; ଆଉ ମୁଁ ପୁଣି ଊର୍ଦ୍ଧ୍ୱଶ୍ୱାସରେ

ପ୍ରଧାବିତ ହେଉଛି ଏକ କକ୍ଷିତ ନୂତନ ଲକ୍ଷ୍ୟରେ । ଏବଂ ଇତି ମଧ୍ୟରେ, ସେଇ ନୀରବ, ନିର୍ବୀର୍ଯ୍ୟ କ୍ରୋଧର ଚିଉବିକାର ଭିତରେ ମୁଁ ଅନୁଭବ କରିପାରୁ ଥିଲି ଯେ ମୋ ପାଇଁ ଅନଧିଗମ୍ୟ ହେବା ସତ୍ତ୍ୱେ ମଧ୍ୟ ସେସିଲିଆ ସେଇଠି, ମୋଠୁ ଅନତିଦୂରରେ ଉପବିଷ୍ଟ ରହିଛି ।

ଜାଣେ ନାହିଁ ମୁଁ କେତେଦୂର ଏଇଭଳି ଉଦ୍‌ଭ୍ରାନ୍ତ ଅବସ୍ଥାରେ, ଅୟନରୁ ଅୟନାନ୍ତର ଗଲି, ଚତୁଷ୍ପଥରେ କୌଣସି ନିର୍ଦ୍ଦିଷ୍ଟ ଦିଗଜ୍ଞାନ ରହିତ ଭାବରେ ପଥ ପରିବର୍ତ୍ତନ କରି ଗାଡ଼ି ପଛକୁ ଘୁରାଇ କେତେବେଳେ ମୁଁ କ୍ରୋଶ କ୍ରୋଶ ପଥ ଅତିକ୍ରମ କରି ଯାଉଥିଲି ସମୁଦ୍ରତଟ ପଥରେ ଅବା ଅରଣ୍ୟମାର୍ଗରେ ତ କେତେବେଳେ ସିଧା ଋଲୁଥିଲି ସୁଦୀର୍ଘ ସରଣିରେ । ଏହିପରି ବୋଧେ ମୁଁ ଘଣ୍ଟାଧିକ କାଳ ଘୁରିଲି । ଏମିତି ଏକ ରାସ୍ତାରେ, ଯାହାର କଡ଼ରେ ଥିଲା ପପ୍ଲାର ତରୁ ପରିବେଷ୍ଟିତ ଏକ ପ୍ରାନ୍ତରର ବିଶାଳ ବିତତି, ମୁଁ ହଠାତ୍‌ କାରକୁ ବନ୍ଦ କରିଦେଲି ଆଉ ସେସିଲିଆ ଆଡ଼କୁ ବୁଲିପଡ଼ି କହିଲି, "ମୋର ଗୋଟିଏ ପ୍ରସ୍ତାବ ଅଛି ତୁମ ନିକଟରେ ।"

: "କ'ଣ କହୁନ ।"

ମୁଁ ଗାଡ଼ି ଚଲାଉଥିବା ବେଳେ ଏହି ଚିନ୍ତା ମୋ ମୁଣ୍ଡକୁ ଜମା ହିଁ ଆସି ନ ଥିଲା । କିନ୍ତୁ ମୁଁ ଏ ସମ୍ପର୍କରେ ଗତ ଦିବସ ମାନଙ୍କରେ ଚିନ୍ତା କରିଥିଲି ଏବଂ ସେହିଦିନ ସକାଳେ ସେସିଲିଆକୁ ଭେଟିବା ପୂର୍ବରୁ ମଧ୍ୟ ଏ ବିଷୟରେ ଚିନ୍ତା କରିଥିଲି । ତେଣୁ ଯେଭଳି ମୁଁ ଏକ ନିତାନ୍ତ ସ୍ୱାଭାବିକ କଥା କହୁଛି ମତେ ତାହା ସେଇଭଳି ପ୍ରତୀତ ହେଲା । "ମୁଁ ତୁମକୁ ବିବାହ କରିବାକୁ ଋହେଁ ।"

ଏକ ନିରୀହ ସଂଶୟର ସହିତ ସେ ମତେ ଋହିଁଲା, ଅଥଚ ତା ଦୃଷ୍ଟିରେ ବିସ୍ମୟ ନ ଥିଲା । "ଆମେ ବିବାହ କରିବା ବୋଲି ତୁମେ ଋହୁଁଛ ?"

: "ହଁ ।"

: "କିନ୍ତୁ ଏ କଥା ବର୍ତ୍ତମାନ କାହିଁକି କହୁଛ ?"

: "ମୁଁ ବେଶ୍‌ କିଛିଦିନ ହେଲା ଏ ବିଷୟରେ ଚିନ୍ତା କରୁଥିଲି ଆଉ ବର୍ତ୍ତମାନ ସେଇ ମୁହୂର୍ତ୍ତ ଆସି ଯାଇଛି ।"

ସିଏ ଅପଲକ ନୟନରେ ମତେ ରୁହେଁଥିଲା। ଆଉ ଇତିମଧ୍ୟରେ, ବହୁବାରର ଦ୍ୱିଧା ପରେ ଶୂନ୍ୟକୁ ସିଧାସଳଖ ଲମ୍ଫ ମାରିଥିବା ବ୍ୟକ୍ତିଟିଏ ଭଳି ମୁଁ ଏକ ଅର୍ଦ୍ଧଚେତନ ଉତ୍ତେଜନା ଅନୁଭବ କରୁଥିଲି। ମୁଁ ତାର ହାତ ଧରି ପକାଇଲି ଆଉ ଝଟେଇ କହିଲି, "ତୁମେ ମୋର ପତ୍ନୀ ହେବ ଏବଂ ଆମେ ଯିବା ଆଉ ମୋ ମାଆଙ୍କ ଘରେ ରହିବା। ତୁମେ ବୋଧେ ଜାଣି ନ ଥିବ ଯେ ମୁଁ ଜଣେ ଧନାଢ୍ୟ ବ୍ୟକ୍ତି।"

: "ତୁମେ ଧନୀ?"

: "ହଁ, ବରଂ ଏ କଥା କହିଲେ ଠିକ୍ ହେବ ଯେ ମୋ ମାଆ ଧନୀ ଆଉ ଆମେ ଯେତେବେଲେ ଭିୟା ଆପିଆରେ ତାଙ୍କ ଘରେ ରହିବା ତାଙ୍କର ସମସ୍ତ ଅର୍ଥ ମୋର ମଧ୍ୟ ହୋଇଯିବ, ବାସ୍ତବରେ କହିଲେ ଆମର ହୋଇଯିବ।"

ସିଏ ନୀରବ ରହିଲା। ମୁଁ କହି ଚଲିଲି: "ଆମେ ବାହା ହବା ପୁରା ଜାକଜମକରେ। ଚର୍ଚ୍ଚରେ ବାହାଘର ହେବ, ଲୋକମାନେ ପୁଷ୍ପଗୁଚ୍ଛ ଓ ଉପହାରରେ ସ୍ୱାଗତ କରିବେ, ଅଭ୍ୟର୍ଥନା ଉସ୍ତବ ହେବ, ବିବାହର ଆନୁଷ୍ଠାନିକ କେକ୍ ଆଉ ଅନ୍ୟାନ୍ୟ ଜଲଯୋଗର ବ୍ୟବସ୍ଥା ହେବ ଆଉ ଯେତେ ଯାହା ହବା କଥା ସବୁ ହେବ। ତାପରେ ମଧୁଚନ୍ଦ୍ରିକା ପାଇଁ ଆମେ ଉତ୍ତରପଥରେ ସ୍କାଣ୍ଡିନେଭିଆ ଯାଇ ପାରିବା କିୟା ଦକ୍ଷିଣରେ ଇଜିପ୍ତକୁ ଯାଇପାରିବା। ଆମେ ଯେତେବେଲେ ଫେରି କରି ଘରକୁ ଆସିବା ତୁମର ଜୀବନ ସମ୍ପୂର୍ଣ୍ଣ ବଦଲି ଯିବ। ତୁମେ ଏକ ସମ୍ବ୍ରାନ୍ତ ବିବାହିତା ମହିଲା ହିସାବରେ ରୋମୀୟ ଭଦ୍ର ସମାଜରେ ବିଚରଣ କରିବ, ଯେମିତି ଦେଖ୍ଥିବ ତୁମେ 'ଭିୟା ଭେନେତୋ'ରେ କିୟା 'ପିଆଜା ଦି ସ୍କାନିଆ'ରେ।"

ସିଏ ତଥାପି ନିରୁତ୍ତର ରହିଥିଲା। ଏକ ବଢ଼ନ୍ତା ଉନ୍ମାଦର ସହ, ତା'ର ଦୁଇହାତ ରୁପି ଧରି, ମୁଁ କହି ଚଲିଥିଲି, "ଆମର ଛୁଆମାନେ ହେବେ, କାଇଁକିନା ମୁଁ ଛୁଆ ରୁହେଁ। ଆଉ ମତେ ଲାଗୁଛି ତ, ତୁମେ ଯେତେ ରୁହଁ ସେତେ ଛୁଆ ଜନ୍ମ କରି ପାରିବ – ଦୁଇ, ଚରି, ଛଅ, ଆଠ ଯେତେ ତୁମ ଇଚ୍ଛା।"

ତେବେ ତା'ର ନୀରବତା ହଠାତ୍ ମତେ ଅସ୍ୱସ୍ତିକର ଲାଗିଲା। ମୁଁ ସାଙ୍ଗେ ସାଙ୍ଗେ ତାକୁ ପରୁରିଲି, "ଆଚ୍ଛା, ତୁମେ କ'ଣ ଭାବୁଛ?"

ପରିଶେଷରେ ସମ୍ଭବତଃ ସିଏ କିଛି କହିବା ଲାଗି ମନସ୍ଥିର କଲା। "ମୁଁ ଏମିତି ହଠାତ୍ କିଛି କହି ପାରିବି ନାହିଁ", ସିଏ ଧୀରେ କହିଲା। "ମୁଁ ଏ ବିଷୟରେ ଚିନ୍ତା କରିବା ଦରକାର।"

: "ଠିକ୍ ଅଛି, ତୁମେ ଚିନ୍ତା କର। ତୁମେ ମତେ କାଲି କିମ୍ବା ପର୍ଅରଦିନ, ଯେମିତି ତୁମ ଇଚ୍ଛା ହେଉଛି କୁହ। ଆଉ ଯ଼ା ଭିତରେ…", ମୁଁ ହଠାତ୍ କଥା ଯୋଡ଼ିଲି, "ଆମେ ଯାଇ ମାଆଙ୍କ ସହ ଦେଖା ହୋଇ ଆସିବା ଆଉ ମୁଁ ତୁମକୁ ସେଠି ମୋର ବାଗ୍‌ଦତ୍ତା ବୋଲି ପରିଚୟ କରାଇ ଦେବି।" ମୁଁ ଏଇଥିପାଇଁ ଏହା କହିଲି ଯେ ସେସିଲିଆ ସମ୍ଭବତଃ ମୋର ମାଆଙ୍କର ସମ୍ପଦ ବିଷୟରେ ସନ୍ଦେହରେ ଥାଇପାରେ, ଆଉ ମୁଁ ବୁଝିଥିଲି ଯେ ସିଏ ସ୍ୱୟଂ ନିଜ ଆଖିରେ ସେସବୁ ଦେଖି ଆସିଲେ, ଏ ବିଷୟରେ ତା'ର ସନ୍ଦେହର ଅବକାଶ ରହିବ ନାହିଁ। ଏତଦ୍ ବ୍ୟତୀତ ତାକୁ ମୋର ବାଗ୍‌ଦତ୍ତା ହିସାବରେ ପରିଚିତ କରାଇବାର ଅର୍ଥ ଏକ ଆପୋଷ ସମ୍ମତିର ନୀରବ ସ୍ୱୀକୃତି ତା' ଠାରୁ ଆଦାୟ କରିବା ଏବଂ ମୋର ପ୍ରସ୍ତାବ ଗ୍ରହଣ କରିବାକୁ ଏକ ପ୍ରକାରେ ତାକୁ ବାଧ୍ୟ କରିବା।

: "ଏଇଲା କାଇଁକି ତୁମ ମାଆଙ୍କ ପାଖକୁ ଯିବା? ପରେ କେବେ ତାଙ୍କୁ ଭେଟିବା ପାଇଁ ମତେ ତୁମେ ନେଇଯିବ।"

: "ନା, ଆମେ ଆଜି ଯିବାଟା ଭଲ ହେବ। ତାହେଲେ ତୁମେ ତାଙ୍କୁ ଜାଣି ପାରିବ ଆଉ ମୁଁ ଯାହା କହୁଛି ସେସବୁ ବୁଝି ପାରିବ।"

: "କିନ୍ତୁ ତୁମେ ମୋତେ ତୁମର ବାଗ୍‌ଦତ୍ତା ବୋଲି ପରିଚୟ ଦେବାଟା ଠିକ୍ ହେବନି। କାରଣ ମୁଁ ତୁମର ବାଗ୍‌ଦତ୍ତା ନୁହେଁ, ଅତତଃପକ୍ଷେ ଏ ପର୍ଯ୍ୟନ୍ତ।"

: "ସେଥିରେ କ'ଣ ଅଛି? ଯଦି ଆମେ ବିବାହ ନ କରିବାକୁ ଠିକଣା କରିବା, ତାହେଲେ ତୁମେ ତୁମର ମତ ପରିବର୍ତ୍ତନ କରିଦେଲ ବୋଲି ମାଆଙ୍କୁ ମୁଁ କହିଦେଇ ପାରିବି।"

: "ମୁଁ ତୁମକୁ ଆଜି ହିଁ ଉତ୍ତର ଦେଇଦେବି।" ସେ କହିଲା ଏକ ଅଭୁତ ଭଙ୍ଗୀରେ, ଯେମିତିକି ସିଏ ଇତି ମଧ୍ୟରେ ତା'ର ମନସ୍ଥିର କରି ସାରିଲାଣି, ଏବଂ ଅଳ୍ପକିଛି ଘଟିକା ଭିତରେ ସିଏ ତାର ଜ୍ଞାପନ କରିବାକୁ ଯାଉଛି। "ଆଜି ସନ୍ଧ୍ୟାରେ।"

: “ଆଜି ସନ୍ଧ୍ୟାରେ କାହିଁକି ? ଏଇଲା କାଇଁକି ନୁହେଁ ?”

: “ନା, ଆଜି ସନ୍ଧ୍ୟାରେ।”

ମୁଁ ନୀରବ ରହିଲି। ଗାଡ଼ିର ବ୍ରେକଉପରୁ ମୁଁ ଗୋଡ଼ ହଟାଇଲି, ଇଞ୍ଜିନର ଋବି ମୋଡ଼ିଲି ଆଉ ଗାଡ଼ି ଚଲାଇବା ଆରମ୍ଭ କଲି। ମୁଁ ତା’ ପାଇଁ ଏଭଳି ଏକ ଆସକ୍ତି ଅନୁଭବ କରୁଥିଲି ଯେ, ତା’ ପ୍ରତିବଦଳରେ ତାକୁ ବିବାହ କରିବାକୁ ପ୍ରସ୍ତାବ ଦେବାଟା ମତେ ମୋ ଭାବପ୍ରବଣତାର ସମତୁଲ ପ୍ରତିଦାନ ଭଳି ଲାଗୁ ନ ଥିଲା। ତା’ର ଯୁଗାନ୍ତର ପ୍ରେମର ପ୍ରତିଦାନ କଥା ତ ଛାଡ଼, ତା’ର ଏକ କ୍ଷଣିକ ଆଲିଙ୍ଗନର ମୂଲ୍ୟ ମଧ ବିବାହ ଦ୍ୱାରା ପରିଶୋଧ କରାଯାଇ ପାରିବ ନାହିଁ ବୋଲି ମୁଁ ଭାବିଲି। ଥରକ ପାଇଁ ତାକୁ ନିଜର କରିବା ଲାଗି, ଏକ ରତ ବାସ୍ତବ ସ୍ୱତ୍ୱାୟନ ଲାଗି, ମୁଁ ଯେ ତାକୁ ବିବାହ କରିବାକୁ କେବଳ ପ୍ରସ୍ତୁତ ଥିଲି ତାହା ନୁହେଁ, ସଇତାନ ପାଖରେ ମୋ ଆତ୍ମାକୁ ବିକିଦେବା ପାଇଁ ମଧ ପ୍ରସ୍ତୁତ ଥିଲି; ଅବଶ୍ୟ ଏମିତି କୁହାଯାଇ ପାରେ ଯେ, ମୋର ଏଇ କଥାଟା ଏକ ବାଗ୍‌ବୈଶିଷ୍ଟ୍ୟ ମାତ୍ର, ତାହା ପୁଣି ନିହାତି ରମ୍ୟାସକ ଧରଣର। କିନ୍ତୁ ସେ ଯାହା ହେଉ ନା କାହିଁକି, ମୋର ସେଇ ମୁହୂର୍ତ୍ତର ଲାଲସା ମୋ ପାଇଁକି ଯେଉଁ ନରକ-ଯନ୍ତ୍ରଣା ସୃଷ୍ଟି କରିଥିଲା ତାହା ଶଦ୍ୟପୁଞ୍ଜ ମାତ୍ର ନ ଥିଲା; ଏହା ଥିଲା ଏକ ବାସ୍ତବ ସତ୍ୟ। ଏହା ମୁଁ ବିଶ୍ୱାସ କରୁ ନ ଥିବା କୌଣସି କାଳ୍ପନିକ ଅପର-ପୃଥିବୀରେ ଘଟିବାକୁ ନ ଥିଲା, ବରଂ ଏହା ଏଇ ପୃଥିବୀରେ ଘଟୁଥିଲା ଯେଉଁଠି ବାସ କରିବାକୁ ବାଧ୍ୟ ବୋଲି ମୁଁ ସଚେତନ ଥିଲି। ଅବଶ୍ୟ ଏହା କହିବାକୁ ଅଭୁତ ଲାଗୁଛି ଯେ ଏହି ନାରକୀୟ ଅଭିସମ୍ପାତ ସହିତ ଜଡ଼ିତ ଥିଲା ମୁକ୍ତିର କ୍ଷୀଣ ଆଶାଟିଏ। ମୁଁ ନିଜକୁ କିନ୍ତୁ ଏଇଆ କହି ପ୍ରତାରିତ କରି ଋଲିଥିଲି ଯେ ସେହି ମୁକ୍ତି ମୁଁ କେବଳ ଲାଭ କରି ପାରିବି ଯେତେବେଳେ ସେସିଲିଆକୁ ସ୍ୱତ୍ୱାୟିତ କରିବାରେ ମୁଁ ସଫଳ ହେବି।

ସେତେବେଳକୁ ପ୍ରାୟ ସୂର୍ଯ୍ୟାସ୍ତର ଅନ୍ଧକାର। ଭିୟା ଆପିଆର ସାଇପ୍ରେସ ଆଉ ପାଇନ ବୃକ୍ଷ ବୀଥିକା ପରିଶେଷରେ ଆମର ଦୃଷ୍ଟି ଗୋଚର ହେଲା। ସେଗୁଡ଼ିକ କାଳି ଭଳି କୃଷ୍ଣାୟିତ ଲାଗୁଥିଲେ। ସେମାନଙ୍କ ପୃଷ୍ଠଭୂମିରେ ଏକ ଦୀର୍ଘ ଲୋହିତ ଛଟା ଆକାଶରେ ବ୍ୟାପିଥିଲା। ମେଘର ଘନକୃଷ୍ଣ ପଟଲ ଫାଙ୍କରୁ ଅଗ୍ନିର ଚେନାଏ ମୟୂଖ ଆସପ୍ରକାଶ କଲାଭଳି ଲାଗୁଥିଲା ସେଇଟା। ମୁଁ ଧାରେ ଧାରେ ରୋମାଁର

ସଂକୀର୍ଣ୍ଣ ରାସ୍ତାରେ ଢ଼ାଲୁ ଉପରକୁ ଉଠିବା ଆରମ୍ଭ କଲି । ମୁଁ ଗାଡ଼ିର ଗତି ସେଇଠି କ୍ଷୀଣ କରି ଦେଉଥିଲି ଯେଉଁଠି ପ୍ରାଚୀନ ଚଟାଣ ମାର୍ଗ ପିଚୁରାସ୍ତାର ପୃଷ୍ଠତଳ ଭେଦି ଦେଖା ପଡ଼ୁଥିଲା । ପ୍ରତ୍ନ ଧ୍ୱଂସାବଶେଷ, ବଡ ବଡ ଭିଲ୍ଲାର ଫାଟକ, ଶାଦ୍ୱଳ ତଟରେ ସ୍ଥିତ ଦାମୀ ଦାମୀ କାର ପାଖରେ ମୁଁ ଗାଡ଼ିକୁ ଟିକେ ବିଳମ୍ୱିତ କରିଦେଉଥିଲି, ଯେମିତିକି ସେ ସ୍ଥାନର ଗୁରୁତ୍ୱ ସମ୍ପର୍କରେ ତାର ଏକ ଧାରଣା ଆସିବ । ମୁଁ ସେସିଲିଆକୁ ଦେଇଥିବା ବିବାହ ପ୍ରସ୍ତାବ ସମ୍ପର୍କରେ ଅନବରତ ଚିନ୍ତା କରୁଥିଲି ଏବଂ ଏହା ମଧ ସଚେତନ ଥିଲି ଯେ ମୁଁ ପରିଣୟକୁ ସମ୍ଭବତଃ ଏକ ଅସଂଯତ ଭାବରେ ଲକ୍ଷ୍ୟ ସାଧନର ଏକ ତୁଚ୍ଛ ମାଧମ ଭାବରେ ବ୍ୟବହାର କରୁଛି, ଯେଉଁ ବ୍ୟବହାର କି ପରିଣୟର ମୂଳ ଲକ୍ଷ୍ୟରୁ କେବଳ ଯେ ବିଚ୍ୟୁତ ତାହା ନୁହେଁ ତାର ପରିପନ୍ଥୀ ମଧ । ଯଦିଚ ମୋର ଲକ୍ଷ୍ୟ ସାଧନ ପାଇଁ ଏହା ଛଡ଼ା ଆହୁରି ମଧ ଅନେକ ଗ୍ରହଣୀୟ ପନ୍ଥା ସୁଲଭ ଥିଲା, ମୁଁ ଜାଣେ ନାହିଁ କାହିଁକି ମୁଁ ଏଭଳି ଉଭଟ ପ୍ରସ୍ତାବଟିଏ ଦେଇ ବସିଲି ।

ମୁଁ ଆଶଙ୍କିତ ଥିଲି ଯେ ମୁଁ ମୋର ମାନସିକ ସ୍ଥିତି ଓ ଅଭିସନ୍ଧିକୁ ଅନାବୃତ କରି ପକାଇଛି ଏବଂ ସେଇଥିପାଇଁ ତା'ର ବିଶ୍ୱାସଭାଜନ ହେବାରେ ବିଫଳ ହୋଇଛି । ବାସ୍ତବରେ ମୁଁ ସେସିଲିଆକୁ ଏଇ ଅପ୍ରୀତିକର ଅନୁଭୂତି ପ୍ରଦାନ କରିଛି ଯେ କେବଳ ତାଠାରୁ ମୁକ୍ତି ପାଇବା ପାଇଁ ମୁଁ ତାକୁ ବିବାହ କରିବାକୁ ଇଚ୍ଛା କରୁଛି । ମୋଟ' ଉପରେ, ମୁଁ ଭାବିଥିଲି ଯେ ସମ୍ଭବତଃ ସେସିଲିଆ ତା'ର ହୃଦୟରେ ବିବାହର ଏକ ଆଦର୍ଶ କଳ୍ପନା ସଜାଇ ରଖିଛି; ଏବଂ ଯେଭଳି ତରବରିଆ ଭାବରେ ମୁଁ ତାକୁ ବିବାହ ପ୍ରସ୍ତାବ ଦେଲି, ତାହା ତା'ର କଳ୍ପନାର ବିବାହ–ଆଦର୍ଶ ପ୍ରତି ଏକ ପ୍ରକାରର ଅପମାନ । ଟିକିଏ ସମୟ ନୀରବ ରହି ମୁଁ କହିଲି, "ତୁମେ ଏ ସମ୍ପର୍କରେ ହଠାତ୍ ଉତ୍ତର ନ ଦେବାକୁ ମନସ୍ଥ କରିବାଟା ବାସ୍ତବରେ ଠିକ୍ । ବିବାହ ଏଭଳି ଜିନିଷ ନୁହେଁ, ଯାହାକୁ ଏତେ ହାଲକା ଭାବେ ନିଆ ଯାଇ ପାରିବ ।"

ସିଏ କିଛି କହିଲା ନାହିଁ, ଆଉ ମୁଁ କହି ଚାଲିଲି, "ବିବାହ କରିବାର ଅର୍ଥ ହେଉଛି ସାରା ଜୀବନ ସଂଶ୍ଳିଷ୍ଟ ହୋଇ ରହିବା । ଅନ୍ତତଃପକ୍ଷେ ମୁଁ ତାକୁ ସେଇଭଳି ହିଁ ବୁଝେ । ସେଇଥିପାଇଁ ଆମ ବିବାହ ଚର୍ଚ୍ଚରେ ହେବା ମୁଁ ଚାହେଁ ।"

ହଠାତ୍ ଏବଂ ସମ୍ପୂର୍ଣ୍ଣ ଅପ୍ରତ୍ୟାଶିତ ଭାବେ ସିଏ ପଚାରିଲା, "ଚର୍ଚ୍ଚରେ କାହିଁକି ?"

ମୁଁ ଆମ୍ବତୁଷ୍ଟ ଭାବେ କହିଲି, କାରଣ ଚର୍ଚ୍ଚରେ ବିବାହ କଲେ ଆମେ ବାସ୍ତବରେ ମିଳିତ ହୋଇଯିବା, ଆଉ ପୁନରାୟ କେବେ ବିଚ୍ଛେଦର ସମ୍ଭାବନା ରହିବ ନାହିଁ।

: "କିନ୍ତୁ ତୁମର ତ ଏମିତି କିଛି ଧର୍ମ ବିଶ୍ୱାସ ନାହିଁ।" ସିଏ କହିଲା।

: "ମୁଁ ତୁମଲାଗି ସବୁ କରିବି।"

: "କିନ୍ତୁ ମୁଁ ବି ତ ଚର୍ଚ୍ଚରେ ବିଶ୍ୱାସ କରେନା।"

: "ତୁମେ ଚର୍ଚ୍ଚରେ ବିଶ୍ୱାସ କରନା ? ହେଲେ ତୁମେ କହୁଥିଲ ଯେ ତୁମକୁ ବାରବର୍ଷ ହେବା ଯାଏଁ ତୁମେ ଚର୍ଚ୍ଚର ତପସ୍ୱିନୀ ମାନଙ୍କ ଦ୍ୱାରା ପାଳିତ ହୋଇଥିଲ।"

: "ତା'ର କିଛି ମୂଲ୍ୟ ନାହିଁ। ମୁଁ ଯେତେବେଳେ ଇଶାଇ ମଠର ସନ୍ଧ୍ୟାସିନୀ ମାନଙ୍କ ସାଙ୍ଗରେ ଥିଲି, ସେତେବେଳେ ମଧ୍ୟ ଚର୍ଚ୍ଚ ଉପରେ ମୋର ବିଶ୍ୱାସ ନ ଥିଲା।"

: "ତୁମେ କେଉଁଥିରେ ବିଶ୍ୱାସ କର ?"

ସିଏ ମୁହୂର୍ତ୍ତେ ଚିନ୍ତା କଲାଭଳି ଜଣା ପଡ଼ିଲା। ତାପରେ ସିଏ ଉତ୍ତର ଦେଲା ଏକ ଶୃଙ୍ଖଳା ଅଥଚ ସୁନିର୍ଦ୍ଦିଷ୍ଟ ସତ୍ୟନିଷ୍ଠ ଭଙ୍ଗୀରେ, "କୋଉଥିରେ ବି ନୁହେଁ। କିନ୍ତୁ କୋଉଥିରେ ନୁହେଁ କହିଲା ବେଳକୁ ମୁଁ ଏଇଆ କହୁନି ଯେ ମୁଁ ଏ ବିଷୟରେ ଚିନ୍ତା କରିଛି ଏବଂ ଏକ ଗଭୀର ଚିନ୍ତନ ଦ୍ୱାରା ଉପଲବ୍ଧି କରିଛି ଯେ ମୁଁ ଏଥିରେ ବିଶ୍ୱାସ କରେ ନାହିଁ। ବରଂ କଥାଟା ଏଇଆ ଯେ ମୁଁ ଏ ବିଷୟରେ କେବେ ଚିନ୍ତା କରି ନଥିଲି। ଏବଂ ବର୍ତ୍ତମାନ ମଧ୍ୟ ମୁଁ ଏ ବିଷୟରେ କିଛି ଚିନ୍ତା କରିନାହିଁ। ମୁଁ କେବେ କେବେ କିଛି ଜିନିଷ ସମ୍ପର୍କରେ ଭାବେ, କିନ୍ତୁ ଧର୍ମ ସମ୍ପର୍କରେ କେବେ ବି ଭାବିନାହିଁ। ଯଦି ଜଣେ ବ୍ୟକ୍ତି କିଛି ଜିନିଷ ବିଷୟରେ ଜମା ଚିନ୍ତା କରି ନାହିଁ, ଏହାର ଅର୍ଥ ହେବ ସେଇ ଜିନିଷର ତା' ପାଇଁ ସ୍ଥିତି ହିଁ ନାହିଁ। ମୋ କ୍ଷେତ୍ରରେ ବି ସେମିତି, ଏଇଟା ଠିକ ନୁହେଁ ଯେ ମୁଁ ଧର୍ମକୁ ଆଦର ବା ଅନାଦର କରେ, ବରଂ କଥାଟା ଏଇଟା ଯେ ମୋ ପାଇଁ ଏହାର ଅସ୍ତିତ୍ୱ ନାହିଁ।"

ମୁଁ ଧୀରେ ଧୀରେ ରହି ରହି କହିଲି, "ତୁମେ ବର୍ତ୍ତମାନ ଏ ବିଷୟରେ ଚିନ୍ତା କରି ନ ଥାଇ ପାର, କିନ୍ତୁ ଏହା ଅସମ୍ଭବ ନୁହେଁ ଯେ ଭବିଷ୍ୟତରେ ତୁମେ ଏ ବିଷୟରେ ଚିନ୍ତା କରିବ ନାହିଁ।"

ସିଏ ମୁହୂର୍ତ୍ତେ ନୀରବରେ ବସିଲା ଆଉ ତାପରେ ଉତ୍ତର ଦେଲା, "ମୁଁ ସେମିତି ଭାବୁନି। ମୁଁ ଯେତେବେଳେ ସନ୍ୟାସିନୀ ମାନଙ୍କ ସାଙ୍ଗରେ ଥିଲି, ଯାହାକୁ କହନ୍ତି, ଯୋଉଠି ଧର୍ମ ଛଡ଼ା ଆଉ କିଛି ହିଁ ନାହିଁ, ସେତେବେଳେ ବି ମୁଁ ଏ ସମ୍ପର୍କରେ ଭାବିନି। ତେଣୁ ଧର୍ମ ବାହାରେ, ଯୋଉଠି ବିଭିନ୍ନ ଜିନିଷ ରହିଛି ଚିନ୍ତା କରିବାକୁ, ସେଠି ମୁଁ କାହିଁକି ଧର୍ମ ସମ୍ପର୍କରେ ଚିନ୍ତା କରିବାକୁ ଯିବି ? ଯେତେବେଳେ ତପସ୍ୱିନୀ ମାନଙ୍କ ସହିତ ମୁଁ ଈଶାଇ ମଠରେ ପ୍ରାର୍ଥନା ଆବୃତ୍ତି କରୁଥିଲି ମୁଁ କେଉଁ ବିଷୟରେ ଭାବୁଥିଲି ଜାଣିଛ ?"

: "କ'ଣ ଭାବୁଥିଲ ?"

: "କାନ୍ତୁ ଘଡ଼ି ସମ୍ପର୍କରେ।"

: "କାନ୍ତୁ ଘଡ଼ି ସମ୍ପର୍କରେ କାହିଁକି ?"

: "ସେଥିରେ ଗୋଟିଏ ଦୋଲକ ଲାଗିଥିଲା। ମୁଁ ତାକୁ ରୁହିଁ ରହୁଥିଲି, ଆଉ ପ୍ରାର୍ଥନା ଆବୃତ୍ତି କରୁ କରୁ କେତେ ସେକେଣ୍ଡ କେତେ ମିନିଟ୍ ହେଲା ସେଇଆ ହିସାବ କରୁଥିଲି।"

: "ପ୍ରାର୍ଥନା ତୁମକୁ ଏଭଳି ବୋରାୟିତ କରୁଥିଲା ?"

: "ହଁ।"

: "କାହିଁକି ?"

: "କାରଣ କିଛି ଜିନିଷ ଯେତେ ବୋରିଆତିଆ ହେଉ ନା କାହିଁକି, ଅତଃପୟ‌ନ୍ତ ଜଣେ ଯଦି ବୁଝେ ଯେ ତାହାଦ୍ୱାରା କିଛି ଉଦ୍ଦେଶ୍ୟ ସାଧିତ ହେଉଛି, ତାହାହେଲେ ସେଇଟା କରି ହେଇଯାଏ। କିନ୍ତୁ ପ୍ରାର୍ଥନା ଦ୍ୱାରା ଅତତଃ ମୋ ହିସାବରେ କୌଣସି ଉଦ୍ଦେଶ୍ୟ ସାଧିତ ହୁଏ ନାହିଁ।"

: "କହି ହେବନି ସେ କଥା। ହୁଏତ କେବେ ଭବିଷ୍ୟତରେ ତୁମକୁ ଲାଗିପାରେ ଯେ ପ୍ରାର୍ଥନା ଦ୍ୱାରା ବି କିଛି ଉଦ୍ଦେଶ୍ୟ ସାଧିତ ହେଉଛି।"

: "ମତେ ସେଇଆ ଲାଗୁନି। ମତେ ଲାଗୁନି ଯେ କେବେ ଏମିତି ଗୋଟେ ଦିନ ଆସିବ ଯେତେବେଲେ କି ମୁଁ ଧର୍ମର ଆଶ୍ରୟ ନେବା ଆବଶ୍ୟକ ମନେ କରିବି। ଧର୍ମ ଏକ ଅନାବଶ୍ୟକ ଜିନିଷ।"

: "ଅନାବଶ୍ୟକ ?"

: "ହଁ। କଥାଟା କେମିତି ତୁମକୁ ବୁଝେଇ ପାରିବି ? ଦେଖ, ଧର ଧର୍ମ ଅଛି ଆଉ ପୃଥିବୀ ଏକ ନିର୍ଦ୍ଦିଷ୍ଟ ପ୍ରକାରେ ଚଲିଛି। ଯଦି ଧର୍ମ ନ ଥାନ୍ତା, ପୃଥିବୀ ମଧ ଠିକ୍ ସେଇ ପ୍ରକାରେ ଚଲିଥାନ୍ତା। କୌଣସି ଜିନିଷରେ ବି ଧର୍ମ ଲାଗି ପରିବର୍ତ୍ତନ ହେଉ ନାହିଁ। ତେଣୁ ଏହା ଏକ ଅନାବଶ୍ୟକ ଜିନିଷ।"

: "ପୃଥିବୀର ବହୁ ଜିନିଷ ସମ୍ପର୍କରେ ମଧ ସେଭଲି ତ କହିହେବ।"

: "କାହା ସମ୍ପର୍କରେ ?"

: "ଉଦାହରଣ ସ୍ୱରୂପ, ଧର କଳା। ତୁମେ କହିବା ହିସାବରେ ଯଦି କଳା ନ ଥାନ୍ତା ତେବେ ବି ପୃଥିବୀ ଯେମିତି ଚଲୁଛି ସେମିତି ଚଲି ଥାଆନ୍ତା।"

: "କିନ୍ତୁ କଳାକାର ପାଇଁ କଳା ଉପଭୋଗର ଏକ ମାଧ୍ୟମ। ବାଲେସ୍ଵାୟେରି ରଙ୍ଗସାଜୀ ଉପଭୋଗ କରୁଥିଲେ, ତୁମେ ବି କର। କିନ୍ତୁ ଅପର ପକ୍ଷରେ ଧର୍ମ ଏକ ବୋରିୟାତିଆ ଜିନିଷ। ଇଶାଇ ମଠରେ ମୁଁ ଥିଲାବେଲେ ମତେ ଏମିତି ଜଣା ପଡୁଥିଲା ଯେ, ଯେମିତି ତପସ୍ୱିନୀ ମାନେ ସବୁବେଲେ ବୋରାୟିତ ହେଉ ଥାଆନ୍ତି ସେଇଠି। ଠିକ୍ ସେଇଆ ବି ସତ ଧର୍ମଯାଜକ ମାନଙ୍କ କ୍ଷେତ୍ରରେ, ଆଉ ବାସ୍ତବରେ କହିଲେ ଧର୍ମ ସହ ସଂଶ୍ଲିଷ୍ଟ ସମସ୍ତଙ୍କ କ୍ଷେତ୍ରରେ ସେଇଟା ସତ। ଗୀର୍ଜାରେ ତ ଭଗବାନ ଜାଣନ୍ତି ଲୋକମାନେ କେତେ ବୋରିୟାତ ସହନ୍ତି। ଖାଲି ତାଙ୍କୁ ଥରେ ଚର୍ଚ୍ଚରେ ଦେଖିଲେ ତୁମେ ବୁଝି ପାରିବ ଯେ, ଏମିତି ଜଣେ ନାହିଁ ଯିଏ ସେଠି ବୋରାୟିତ ହେଉ ନାହିଁ।"

ବୋରିୟାତ ବିଷୟରେ ସେସିଲିଆ ମତେ କିଛି କହିବାଟା ଥିଲା ସେଇ ପ୍ରଥମ। ତାହା ମୋ ଭିତରେ ଆଗ୍ରହର ଉଦ୍ରେକ କରାଇଲା, ଆଉ ମୁଁ ଆମ୍ନସମ୍ବରଣ କରି ନ ପାରି ତାକୁ ପଚାରିଲି, "ତୁମେ କେବେ ବୋରିୟାତ ଅନୁଭବ କରିଛ ?"

: "ହଁ, ବେଲେବେଲେ କରେ।"

: "ଆଉ ଯେତେବେଳେ ତୁମକୁ ବୋରିୟାତିଆ ଲାଗେ, ତୁମେ କ'ଣ ଅନୁଭବ କର ?"

: "ବୋରିୟାତ ଅନୁଭବ କରେ ।"

: "ବୋରିୟାତଟା କ'ଣ ?"

: "ଏଇଟା କେମିତି ମୁଁ ବୁଝେଇବି ? ବୋରିୟାତ ଟା ବୋରିୟାତ ।"

ମୁଁ ତାକୁ ଏଇଆ କହିବାକୁ ଚାହୁଁଥିଲି ଯେ, ବୋରିୟାତଟା ବାସ୍ତବତା ଠାରୁ ସମ୍ପର୍କର ସମ୍ପୂର୍ଣ୍ଣ ବିଚ୍ଛେଦନ । ଆଉ ମୁଁ ତୁମକୁ ଏଇଥିପାଇଁ ବିବାହ କରିବାକୁ ଚାହୁଁଚି ଯେ ଏହାଦ୍ୱାରା ମୁଁ ତୁମ ସହିତ ବୋରାୟିତ ହୋଇ ପଡିବି, ଯାହା ଫଳରେ କି ମୁଁ ଆଉ ତୁମ ପାଇଁ ଯନ୍ତ୍ରଣା ଭୋଗିବି ନାହିଁ, କାରଣ ବୋରିୟାତ ହିଁ ତୁମ ପ୍ରଣୟ ଫାଶରୁ ମତେ ମୁକ୍ତି ଦେବ । ତୁମକରେ କହିଲେ ଏଭଳି ପରିସ୍ଥିତିଟିଏ ସୃଷ୍ଟି ହେବା ମୁଁ ଚାହୁଁଚି ଯେ, ମୋ ପାଇଁ ଯେତେ ଦୂର ସମ୍ଭବ ତୁମେ ସ୍ଥିତିହୀନ ହୋଇଯିବ, ଯେମିତି ତୁମ ପାଇଁ ଧର୍ମ ଆଉ ଅନେକ କିଛି ଜିନିଷର ଅସ୍ତିତ୍ୱ ନାହିଁ, ଠିକ୍ ସେଇମିତି । କିନ୍ତୁ ସେଭଳି କହିବା ଲାଗି ମୋର ହିମ୍ମତ ନ ଥିଲା । ସେତିକିବେଳେ ହଠାତ୍ ସିଏ ଆମ ବାର୍ତ୍ତାଳାପକୁ ବ୍ୟାଘାତ କରି, ହାତ ଉଠାଇ ମୋ ଗାଲକୁ ଟିକେ ଥାପୁଡ଼େଇ କହିଲା, "ଚଲ ତୁମ ମାଆଙ୍କ ପାଖକୁ ଯିବା, ନହେଲେ ବହୁତ ଡେରି ହେଇଯିବ ।"

"ଠିକ୍ ଅଛି ।" ମୁଁ କହିଲି । କିନ୍ତୁ ମୋର ମାଆଙ୍କୁ ଭେଟିବାର ତାର ଏହି ସହସା ଇଚ୍ଛାରେ ମୁଁ ଯୁଗପତ୍ ଆଶ୍ଚର୍ଯ୍ୟ ନ ହୋଇ ରହି ପାରିଲି ନାହିଁ । କାରଣ ଅଳ୍ପ ସମୟ ପୂର୍ବରୁ ଏହି ଭେଟଘାଟ ଯୋଜନା ସମ୍ପର୍କରେ ସେସିଲିଆ ବିମୁଖତା ପ୍ରଦର୍ଶନ କଲା ଭଳି ଜଣା ପଡ଼ୁଥିଲା । ଏ ସମ୍ପର୍କରେ ଚିନ୍ତା କଲାବେଳେ ହଠାତ୍ ମତେ ଲାଗିଲା ଯେ ସେସିଲିଆ ମାଆଙ୍କୁ ଭେଟିବାକୁ ଯିବାପାଇଁ ପ୍ରସ୍ତାବ ଦେବାର କାରଣ ଏଇଆ ଥିଲା ଯେ ତାକୁ ଆମର ସେଇ ଆଲୋଚନା ଅସ୍ୱସ୍ତିକର ଲାଗୁଥିଲା, ଆଉ ସେଇ ଆଲାପରୁ ସିଏ ମୁକ୍ତି ଖୋଜୁଥିଲା । ବାସ୍ତବରେ ମୁଁ ଜାଣିଥିଲି ଯେ ନିଜ ସମ୍ପର୍କରେ କୌଣସି ଆଲୋଚନା ସିଏ ଭଲପାଏ ନାହିଁ । ଅପରପକ୍ଷରେ ମୁଁ ଠିକ୍ ସେଇଆ ହିଁ ନିରନ୍ତର କରି ଚାଲିଥିଲି, ଏବଂ ହଠାତ୍ ମନେ ପଡ଼ିଲା ଯେ ମୁଁ ତାକୁ

ଏହି ପ୍ରକାର ଅରୁଚିକର ଆଲାପରେ ପ୍ରବୃତ୍ତ ହେବା ପାଇଁ ପ୍ରାୟ ବାଧ୍ୟ କରୁଛି ଆଉ ଏହାର ଅବଶ୍ୟମ୍ଭାବୀ ପରିଣତି ହେଉଛି ତା'ର ଅଦମ୍ୟ ମୌନତା। ଯେ କୌଣସି ମୁହୂର୍ତ୍ତରେ ଏବଂ ଯେ କୌଣସି ପରିସ୍ଥିତିରେ ତନୁଦାନ ପାଇଁ ସର୍ବଦା ପ୍ରସ୍ତୁତ ରହୁଥିବା ସେସିଲିଆ, ତା' ନିଜ ବିଷୟରେ କୌଣସି ଆଲୋଚନା କ୍ଷେତ୍ରରେ ଗୋଟିଏ ଜିଦିଆ ଶାମୁକା ଭଳି ନିଜକୁ ଅବରୁଦ୍ଧ କରିଦିଏ। ଏଭଳି ଭାବରେ ସେ ସଙ୍କୁଚିତ ହୋଇଯାଏ ଯେ, ତାକୁ ଖୋଲିବାକୁ ଜଣେ ଯେତେ ଅଧିକ ଚେଷ୍ଟା କରେ ସିଏ ସେତିକି ଅଧିକ ଜାକି ହେଇଯାଏ ନିଜ ଭିତରେ। ମୁଁ ଜାଣିବା ହିସାବରେ, ସାଧାରଣତଃ, ଏଭଳି ଅପ୍ରିୟ ଆଲୋଚନାରୁ ମୁକୁଳିବାକୁ ଚେଷ୍ଟା କରି ସେ କେଳଟିର ବ୍ୟଞ୍ଜନା କରିଥାଏ। ଆଲୋଚନା ସମୟରେ ସିଏ ନୀରବରେ ମୋ ହାତଟିକୁ ନେଇ ନିଜର ପେଟ ଉପରେ ରଖିଦିଏ ଆଉ ନିଜ ଆଖି ଦୁଇଟି ବୁଜି ଦିଏ। ଏହି ଢଙ୍ଗରେ, ଅନ୍ୟ ସବୁଥିରୁ ମୋର ଧ୍ୟାନ ହଟାଇବା ପାଇଁ, ସିଏ ତା'ର ଶରୀର ସମର୍ପଣ କରିଦିଏ। କିନ୍ତୁ ସେଦିନ ସେ ପରିସ୍ଥିତିରେ କେଳଟିର ଅବକାଶ ନ ଥିଲା, ଆଉ ସେଥିପାଇଁ ନିଜ ସମ୍ପର୍କରେ ଆଲୋଚନା ଶୁଣିବା ଲାଗି ତା'ର ଅନିଚ୍ଛାର ବ୍ୟାକୁଳତାରେ, ସିଏ ତା' ମୁଣ୍ଡକୁ ଯୋଉ ଉପାୟ ଆସିଲା, ଅର୍ଥାତ୍ ମୋର ମାଆଙ୍କୁ ଭେଟିବାର ଅପ୍ରିୟ କର୍ତ୍ତବ୍ୟ ପାଳନ କରିବାର ଦାୟିତ୍ୱ ମତେ ମନେ ପକାଇ ଦେଲା।

ଏହିଭଳି ତୁଷ୍ଟୀଭୂତ ଅବସ୍ଥାରେ ଏସବୁ ସମ୍ପର୍କରେ ଚିନ୍ତା କରି କରି ମୁଁ କିଛି କାଳ ଗାଡ଼ି ଚଲାଇବାକୁ ଲାଗିଲି। ତାପରେ ମୁଁ ତାକୁ ପଚାରିଲି, "ବାଲେଷ୍ଟାୟେରି କେବେ ତୁମ ସହିତ ତୁମ ସମ୍ପର୍କରେ ଆଲୋଚନା କରିଛନ୍ତି ?"

: "ନା, କେବେବି ନୁହେଁ।"

: "ତାହେଲେ ସିଏ କେଉଁ ବିଷୟରେ ଆଲାପ କରନ୍ତି ?"

: "ପ୍ରାୟ ନିଜ ସମ୍ପର୍କରେ।"

: "ସିଏ କ'ଣ କହନ୍ତି ନିଜ ବିଷୟରେ ?"

: "କହନ୍ତି ଯେ ସେ ମତେ ପ୍ରେମ କରନ୍ତି।"

: "ଆଉ କ'ଣ କହନ୍ତି ?"

: "ଆଉ କିଛି ନାହିଁ। ସେ ନିଜ ବିଷୟରେ ଅନର୍ଗଳ କହିଚାଲୁ ଥାଆନ୍ତି, ମାନେ ମୋ ପ୍ରତି ତାଙ୍କ ପ୍ରେମ ବିଷୟରେ। ତୁମେ ଜାଣିଥିବ, ପୁଅମାନେ ପ୍ରେମରେ ପଡ଼ିଲେ ଯେଉଁଭଳି କଥା ସବୁ କୁହନ୍ତି।"

ମୁଁ ଚିନ୍ତା କଲି ଯେ ପରିଶେଷରେ ବାଲେଷ୍ଟାୟେରିଙ୍କର ମୋ ସହିତ ଥିବା ଅତ୍ତତଃ ଗୋଟିଏ ପ୍ରଭେଦ ମୁଁ ଖୋଜି ପାଇ ପାରିଛି। ମୁଁ ସେସିଲିଆକୁ ତା' ସମ୍ପର୍କରେ ପଚାରୁଥିଲି, ଚାହୁଁଥିଲି ସେଇ ସଂକୁଚିତ ଶାମୁକାକୁ ଉନ୍ମୁକ୍ତ କରିବା ପାଇଁ। କିନ୍ତୁ ତା ବିପରୀତରେ, ସବୁ ଯୌନ-ଉନ୍ମାଦଗ୍ରସ୍ତଙ୍କ ଭଳି ବାଲେଷ୍ଟାୟେରି ସର୍ବଦା ନିଜ ସମ୍ପର୍କରେ ହିଁ ପ୍ରଳାପ କରି ଚାଲୁଥିଲେ। ମୁଁ ହଠାତ୍ ସ୍ଥିର କଲି ଯେ, ବାସ୍ତବରେ ବାଲେଷ୍ଟାୟେରି ସେସିଲିଆକୁ କେବେ ପ୍ରେମ ହିଁ କରି ନାହାନ୍ତି।

: "ଆଉ ବାଲେଷ୍ଟାୟେରାଙ୍କର ଏଭଳି ପ୍ରଗଲ୍ଭତା ତୁମକୁ ଭଲ ଲାଗୁଥିଲା ?" ମୁଁ ପଚାରିଲି।

: "ଯେତେବେଳେ ସିଏ କହୁଥିଲେ ଯେ ସିଏ ମତେ ଭଲପାଆନ୍ତି, ପ୍ରଥମେ ପ୍ରଥମେ ଶୁଣିବାକୁ ଟିକେ ଭଲ ଲାଗୁଥିଲା। ତାପରେ ସିଏ ସେଇ ଜିନିଷ ସମ୍ପର୍କରେ ବାରମ୍ବାର ଅନୁଲାପ କରି ଚାଲିଲେ, ଆଉ ମୁଁ ସେଥିପ୍ରତି ଜମା ବି କାନ ଦେଲି ନାହିଁ।"

: "ତୁମେ କ'ଣ ଅଧିକ ପସନ୍ଦ କରି ଥାଆନ୍ତ ଯଦି ସେଇ ଆଲୋଚନାଟା ତୁମ ପ୍ରସଙ୍ଗରେ ହୋଇ ଥାଆନ୍ତା ?"

: "ନା।"

: "ଲୋକମାନେ ତୁମ ସମ୍ପର୍କରେ ଜାଣିବା ପାଇଁ ଆଲୋଚନା କରିବାଟା ତୁମର ପସନ୍ଦ ନୁହେଁ ?"

: "ନା।"

: "କାହିଁକି ?"

: "ମୁଁ କହି ପାରିବନି।"

: "ଆଛା। ମୁଁ ତୁମକୁ ତୁମ ସମ୍ପର୍କରେ ଏମିତି ଅନବରତ ପ୍ରଶ୍ନ ପଚାରି ଚାଲିଛି, ତୁମେ ଏଇଟା ପସନ୍ଦ କରନା କରନା ?"

: “ନା।”

ଏହି ସ୍ପଷ୍ଟ ଏକାକ୍ଷରୀ ନିର୍ଣ୍ଣୟ ସହସା ମତେ ସ୍ତବ୍ଧ କରିଦେଲା। “ମୁଁ ତୁମକୁ ତୁମ ବିଷୟରେ ଏଭଳି ପ୍ରଶ୍ନ କରୁଥିବାରୁ ତୁମେ ବୋଧେ ମତେ ରାଗୁଥିବ।”

: “ନା, ରାଗୁନାହିଁ। ପଚର, କିନ୍ତୁ ଯେତେ ଶୀଘ୍ର ସମ୍ଭବ ଏହି ଆଲୋଚନା ଶେଷ ହୋଇଗଲେ ମତେ ଭଲ ଲାଗିବ।”

: “ମୁଁ ତୁମକୁ ତୁମ ସମ୍ପର୍କରେ ପଚରିଲା ବେଳେ ତୁମେ କ’ଣ ଅନୁଭବ କର ?”

ସିଏ ଘଡ଼ିଏ ଚିନ୍ତା କଲା ଆଉ ତାପରେ ଉତ୍ତର ଦେଲା, “ତୁମକୁ କିଛି ବି ଉତ୍ତର ନ ଦେବା ପାଇଁ ମୋର ଇଚ୍ଛା ହୁଏ।”

: “ମାନେ, ଚୁପ୍ ହୋଇ ବସି ରହିବା ପାଇଁ ଇଚ୍ଛା ହୁଏ ?”

: “ହଁ, କିମ୍ବ ଖାସ୍ ତୁମକୁ ସନ୍ତୁଷ୍ଟ କଲା ଭଳିଆ କିଛି ଗୋଟେ ମିଛ କହିଦେବା ପାଇଁ ଇଚ୍ଛା ହୁଏ।” ସିଏ ମୁହୂର୍ତ୍ତେ ରହିଲା ଆଉ ତାପରେ ହଠାତ୍ ପ୍ରଗଲ୍ଭ ଭଳି କହିବା ଆରମ୍ଭ କଲା। “ଯେତେବେଳେ ମୁଁ ଈଶାଇ ମଠରେ ଥିଲି, ଆଉ ଆମକୁ ପାପ-ସ୍ୱୀକାର ପାଇଁ ଯିବାକୁ ପଡ଼ୁଥିଲା, ମୁଁ ନିଜ ବିଷୟରେ କିଛି ନ କହିବା ପାଇଁ, ମିଛରେ ଗୁଡ଼ାଏ ମନଗଢ଼ା ପାପ ବିଷୟରେ କହୁଥିଲି, ଯେଉ ପାପ କି ମୁଁ ଜମା କରି ହିଁ ନ ଥାଏ। ସେଥିରେ ସନ୍ତୁଷ୍ଟ ହୋଇ ଧର୍ମଯାଜକ ମତେ ଅନୁତାପ କରିବା ପାଇଁ ଆଉ ମ୍ୟାଡୋନା ଏବଂ ସନ୍ତ ଯୋଶେଫଙ୍କ ପାଖରେ କେତେ କ’ଣ ପ୍ରାର୍ଥନା ସବୁ କରିବା ପାଇଁ ଉପଦେଶ ଦେଉ ଥିଲେ, ଆଉ ମୁଁ ସେଥିରେ ସମ୍ମତି ଜଣାଉ ଥିଲି। ଧର୍ମଯାଜକଙ୍କ କଥାରେ ମୁଁ ସବୁବେଳେ ସମ୍ମତି ଜଣାଏ, ଯଦିଚ ପରେ ତାଙ୍କ କହିବା ଅନୁସାରେ କୌଣସି କାମ କରେ ନାହିଁ। କାରଣ ମୂଳତଃ ମୁଁ କିଛି ପାପ ହିଁ କରି ନଥାଏ ଯାହା ପାଇଁ କି ମତେ ଅନୁତାପ କରିବାକୁ ପଡ଼ିବ।”

ହଠାତ୍ ମୋ ମୁଣ୍ଡକୁ ଏ କଥା ଆସିଲା ଯେ ସେଇ ମୃଦୁ ଧର୍ମଯାଜକ ସେସିଲିଆ ପ୍ରତି ଠିକ୍ ସେଇ ଆଚରଣ କରିବାକୁ ରୁହିଁଥିଲା ଯାହା ମୁଁ ନିଜେ ବାରମ୍ବାର କରିବାକୁ ଚେଷ୍ଟା କରିଛି। ଅର୍ଥାତ୍ ଏକ ବିପଲାୟୀ ସେସିଲିଆକୁ କବ୍ଜା କରିବାକୁ, ତା’ର ପାପକୁ ଆବିଷ୍କାର କରି ସେଇ ପାପବୋଧରେ ତାକୁ ବାନ୍ଧି ପକାଇବାକୁ, ଆଉ ତାକୁ ଦଣ୍ଡ ସ୍ୱୀକାର କରିବା ପାଇଁ ବାଧ କରିବାକୁ ସେ ଧର୍ମଯାଜକ

ରହିଁଥିଲା । ହଠାତ୍ ମୁଁ ଆତଙ୍କିତ ହୋଇ ପ୍ରଶ୍ନ କଲି, "ତାହେଲେ ମୋ ପାଖରେ ମଧ ତୁମେ କରି ନ ଥିବା କଥା ଗୁଡ଼ାଏ ମନରୁ ଫାଦି କହିଥିବ ।"

ସିଏ ଅନିର୍ଦ୍ଦିଷ୍ଟ ଭାବରେ ଉଭର ଦେଲା, "ବୋଧେ କେତେବେଳେ କେମିତି ସେଇଆ କରିଛି ।"

: "ମାନେ ତୁମେ କ'ଣ କହୁଛ ? ତୁମେ କହୁଛ ଯେ ତୁମେ ମତେ ବେଳେବେଳେ ମିଛ କୁହ ? କେତେବେଳେ କହିଛ ଏମିତି ?"

: "ଏମିତି କେବେ କହିଦେଇ ଥାଇ ପାରେ, ମୋର କିନ୍ତୁ ବର୍ତ୍ତମାନ କିଛି ନିର୍ଦ୍ଦିଷ୍ଟ ଭାବେ ମନେ ପଡ଼ୁନାଇଁ ।"

: "ଦୟାକରି ମନେ ପକାଅ, ଚେଷ୍ଟା କର ।"

: "ମୋର କିଛି ମନେ ପଡ଼ୁନି ।"

: "ଉଦାହରଣ ସ୍ୱରୂପ, ବାଲେସ୍ୱାୟେରିଙ୍କ ସହିତ ତୁମର ସମ୍ପର୍କ ବିଷୟରେ କେବେ କିଛି ମିଛ କହିଛ ?"

: "ରାଣ ପକଉଚି, ମୋର କିଛି ହିଁ ମନେ ପଡ଼ୁନି ଏଇଲା ।"

: "ତାହେଲେ ତୁମେ ତୁମ ଅତୀତ ସମ୍ପର୍କରେ ମତେ ଯେତେ ଯାହା କହିଚ, ସବୁ ବି ମିଛ ହୋଇ ଥାଇପାରେ ?"

: "ନା, ସେମିତି ନୁହେଁ । କେବଳ ନିହାତି ଆବଶ୍ୟକ ହେଲେ ମୁଁ ତୁମକୁ ମିଛକୁହେ ।"

: "ମାନେ ଉଦାହରଣ ସ୍ୱରୂପ କେତେବେଳେ ?"

: "ମୋର ବର୍ତ୍ତମାନ କିଛି ମନେ ପଡ଼ୁନି, ମାନେ ଯେତେବେଳେ ଦରକାରପଡ଼େ ।"

: "ଆଉ କେତେବେଳେ ତୁମର ମିଛ କହିବା ଦରକାର ପଡ଼େ ?"

: "ମୁଁ ଏଇଟା କେମିତି ବୁଝେଇ ପାରିବି ଯେ ? ସେତେବେଳେ ଦରକାର, ଯେତେବେଳେ ଦରକାର ପଡ଼େ ।"

: "ଛାଡ଼, ବର୍ତ୍ତମାନ ଆମେ ଯିବା ଆଉ ମୋ ମାଆଙ୍କୁ ଭେଟିବା । ମୁଁ ତୁମକୁ ମୋର ବାଗଦଭା ହିସାବରେ ପରିଚୟ କରାଇବି ଆଉ ଅତି ବେଶିରେ ମାସେ ଭିତରେ ଆମେ ବିବାହ କରିବା ବୋଲି ତାଙ୍କୁ ଜଣାଇ ଦେବି ।"

ଆମେ ନୀରବରେ ବସିଲୁ ଆଉ ଗାଡ଼ି ଚଲାଇ ଅଳ୍ପ ସମୟ ଭିତରେ ସେଇ ସୁପରିଚିତ ଫାଟକ ନିକଟରେ ପହଞ୍ଚିଲୁ, ଯାହା ଦୁଇଟି ସ୍ତମ୍ଭ ଭିତରେ ଦଣ୍ଡାୟମାନ ଥିଲା। ସ୍ତମ୍ଭ ଦୁଇଟି କିଞ୍ଚିତ୍ ପ୍ରତ୍ନ ରୋମୀୟ ଭାସ୍କର୍ଯ୍ୟରେ ଅଲଙ୍କୃତ ହୋଇଥିଲା। ଫାଟକଟି ଯେଭଳି ସଚରାଚର ବନ୍ଦ ଥାଏ, ସେଭଳି ନ ହୋଇ ଉନ୍ମୁକ୍ତ ଥିଲା। ସ୍ତମ୍ଭ ଦୁଇଟି ଉପରେ ଝାଡ଼-ଲଣ୍ଠନ ପ୍ରଜ୍ୱଳିତ ଥିଲା ଆଉ ଆଗରେ ତିନି ଖରିଟା କାର ସେତେବେଳକୁ ହତା ଭିତରକୁ ପ୍ରବେଶ କରୁଥିଲା। କ୍ଷୁଣ୍ଣ ହୋଇ ମୁଁ କହିଲି, "ମୁଁ ଭାବୁଛି ମାଆ ଆଜି ବୋଧେ ଆତିଥେୟତାରେ ବ୍ୟସ୍ତ ଅଛନ୍ତି, ମାନେ ଲାଗୁଛି ସିଏ ଏକ ଆପାନ ଉସ୍ତବର ଆୟୋଜନ କରିଛନ୍ତି ଆଜି। ଆମେ କ'ଣ କରିବା?"

: "ତୁମକୁ ଯାହା ଭଲ ଲାଗିବ।"

ତାପରେ ମୁଁ ଚିନ୍ତାକଲି ଯେ, ମୋର ଉଦ୍ଦେଶ୍ୟ ସାଧନ ପାଇଁ ଉସ୍ତବ ଅଭ୍ୟର୍ଥନାର ମାହୋଲଟି ମୋଟ ଉପରେ ଉପଯୋଗୀ ସାବ୍ୟସ୍ତ ହୋଇପାରେ। ଏହାଦ୍ୱାରା ଯଦି ସେ ମତେ ବିବାହ କରେ, ତେବେ କେଉଁଭଳି ସମାଜ ଭିତରକୁ ସେ ପ୍ରବେଶ କରିବ ସେ ସମ୍ପର୍କରେ ଏକ ଧାରଣା ପୋଷଣ କରିବା ପାଇଁ ସେସିଲିଆ ସକ୍ଷମ ହେବ। ଆଉ ମୁଁ ଆଶା କରିଥିବା ମତେ ଯଦି ସିଏ ମହଉ୍ଚାକାଙ୍କ୍ଷୀ ହୋଇ ଥିବ, ତେବେ ତା'ର ସେହି ଧାରଣାଟି ମୋ ଲକ୍ଷ୍ୟ ପ୍ରତି ନିଶ୍ଚିତ ଅନୁକୂଳ ହେବ। ଏକ ବେପିଁକର ଭଙ୍ଗୀରେ ମୁଁ କହିଲି, "ଭଲ ତାହେଲେ ଭିତରକୁ ଯିବା। ମୁଁ ମାଆଙ୍କ ସହିତ ତୁମର ପରିଚୟ କରାଇ ଦେବି, ତୁମେ ରହିଁଲେ ସେ ମଧୁକ୍ରମରେ ଅଳ୍ପ ସୁରାପାନ ବି କରି ପାରିବ, ଆଉ ଘର ବି ବୁଲି ପାରିବ, ତାପରେ ଆମେ ବାହାରି ଆସିବା। ଏଇଟା ଠିକ୍ ହବ ତ?"

: "ହଁ, ସେଇଟା ଠିକ୍ ହେବ।"

ଆମ ଆଗରେ ପ୍ରବେଶ କରୁଥିବା କାର ପଛେ ପଛେ ମୁଁ ହର୍ମ୍ୟର ପ୍ରବେଶ ବାଟରେ ଗାଡ଼ି ଚଲାଇଲି। ବଡ଼ କଷ୍ଟରେ ଗାଡ଼ି ରଖିବା ପାଇଁ ଜାଗାଟିଏ ମିଳିଗଲା। କାରଣ ଘର ଆଗର ସେଇ ଖୋଲା ଜାଗାଟି ସେତେ ବେଳକୁ ପ୍ରାୟ ଭର୍ତ୍ତି ହୋଇ ସାରିଥିଲା। ସେସିଲିଆ ଗାଡ଼ିରୁ ବାହାରି ପଡ଼ିଲା ଆଉ ମୁଁ ତା'ର ଅନୁଗମନ କଲି। ମୁଖ୍ୟଦ୍ୱାର ଦିଗରେ ଅଗ୍ରସର ହେଲା ବେଳକୁ ସିଏ ତା'ର କେଶକୁ କାନ୍ଧ ପଛରୁ ଆଣି କାନ୍ଧ ଆଗରେ ପକାଇଲା। ମୁଁ ଜାଣିଥିଲି ତାର ଏହି ଭାବଭଙ୍ଗୀ ଏଇଆ ସୂଚିତ

କରୁଥିଲା ଯେ, ସିଏ ଏକ ଘାବରାଣ ଅନୁଭବ କରୁଛି ଏବଂ ତାକୁ ଅତିକ୍ରମ କରିବା ପାଇଁ ଚେଷ୍ଟା ମଧ୍ୟ ଚଲାଉଛି । ମୁଁ ଯାଇ ତା ପାଖରେ ଠିଆ ହେଲି ଆଉ ହାତରେ ହାତଛନ୍ଦି କାନରେ ଫୁସଫୁସ କରି କହିଲି, "ଆମର ବାହାଘର ପରେ ଆମେ ଏଇ ଘରେ ଆସି ରହିବା । ତୁମକୁ ଘରଟା ଭଲ ଲାଗୁଛି ?"

: "ହଁ, ଏହା ଏକ ସୁନ୍ଦର ଘର ।"

ଆମେ ସ୍ୱାଗତ କକ୍ଷ ମଧ୍ୟରେ ପ୍ରବେଶ କଲୁ ଆଉ ସେଠାରୁ ପ୍ରଥମ ମହଲାରେ ଥିବା ରୁରି ପାଞ୍ଛୋଟି ପ୍ରକୋଷ୍ଠ ମଧ୍ୟରୁ ପ୍ରଥମଟିରେ ପ୍ରବେଶ କଲୁ । ସେଠାରେ ସେତେବେଳକୁ ବହୁ ସଂଖ୍ୟକ ଅତିଥି ସମବେତ ହୋଇ ସାରିଥାଆନ୍ତି । ଚଷକହସ୍ତରେ ଘନିଷ୍ଠଭାବେ ଠିଆ ହୋଇ ପରସ୍ପରର ମୁହଁକୁ ରୁହିଁ ଆଲାପ କରୁଥାନ୍ତି ସେମାନେ । ଏଇ ଆପାନ ଉତ୍ସବ ମାନଙ୍କରେ ସଚରାଚର ଯେଭଳି ହୁଏ, କିଏ କେତେବେଳେ କାହାକୁ ବି କାମୁକ କଟାକ୍ଷରେ ରୁହଁଥାଏ । ମୁଁ ସେସିଲିଆର ହାତ ଧରି ସେଇ ଦୁର୍ବିନୀତ, ଆମୃଷ୍ଣାଘୀ ଜନଭିଡ଼ ଭିତରେ ରାସ୍ତା କରି ଆଗେଇ ଯିବାକୁ ଲାଗିଲି । ମୁଁ ଦେଖୁଥାଏ ଆଧୁନିକ ଫେସନର ପୋଷାକରେ ସଜ୍ଜିତ ସେଇ ଚିକ୍କଣ, ଛଳ ପୁରୁଷ ଆଉ ପ୍ରସାଧନ ପ୍ରଲେପିତ ମହିଳା ମାନଙ୍କୁ । ମୁଁ ଲକ୍ଷ୍ୟ କଲି ଯେ ସେସିଲିଆ ସେଇ ଜଘନ୍ୟ ଜନଭିଡ଼ରେ ଏଭଳି ମିଶିଗଲା ଭଳି ଲାଗୁଛି ଯେ, ସିଏ ସେମାନଙ୍କ ଭିତରୁ ଜଣେ ବୋଲି ମନେ ହେଉଛି । ଏବଂ ବର୍ତ୍ତମାନର ଏହି ପରିସ୍ଥିତିକୁ ରୁହିଁ ମୁଁ ଚିନ୍ତା କଲି ଯେ ଏହି ବିବାହ ଦ୍ୱାରା ମୁଁ ସେସିଲିଆର ପ୍ରେମରୁ ଏବଂ ତା' ବନ୍ଧନରୁଯେ କେବଳ ମୁକ୍ତିଲାଭ କରିବି ତାହା ନୁହେଁ, ଯେପରି ମୁଁ ମୋର ମାଆଙ୍କର ଅତିଥିମାନଙ୍କୁ ଘୃଣା କରେ, ତାକୁ ମଧ୍ୟ ସେହିପରି ଘୃଣା କରିବି । ତାପରେ ହଠାତ୍ ସେଇ ଜଘନ୍ୟ ଜନ ସମୁଦାୟ ଭିତରେ ତାକୁ ହଜାଇ ଦେବାପାଇଁ ମୋର ଅଭିସନ୍ଧିକୁ ନେଇ ମୁଁ ଅନୁତାପ ଅନୁଭବ କଲି ଏବଂ ଏହି ବିବାହ ପ୍ରସ୍ତାବକୁ ସିଏ ଅସ୍ୱୀକାର କରୁ ବୋଲି ଏକ କ୍ଷୀଣ କାମନାଟିଏ ମୋ ହୃଦୟରେ ଜନ୍ମ ନେଲା । ମୁଁ ବାସ୍ତବରେ ସେସିଲିଆ ଦ୍ୱାରା ବୋରାୟିତ ହେବାପାଇଁ ରୁହିଁଥିଲି, କିନ୍ତୁ ତାକୁ ଘୃଣା କରିବା ପାଇଁ ରୁହଁ ନ ଥିଲି । ଆଉ ସର୍ବୋପରି ମୁଁ ତାକୁ ଅନ୍ତତଃ ଏତିକି ଭଲ ପାଉଥିଲି ଯେ, ଖାସ୍ ମୁକ୍ତି ପାଇବା ପାଇଁ ମୁଁ ତାକୁ ଏକ ମନୋରମା ଦରିଦ୍ର କୁମାରୀରୁ ଏକ ଧନବତୀ ରକ୍ତ ଲୋଲୁପିଣୀ ଡାହାଣୀକୁ ରୂପାନ୍ତରିତ କରି ଦେବାପାଇଁ ପ୍ରସ୍ତୁତ ନ ଥିଲି ।

ଏମିତି ଭାବୁ ଭାବୁ, ମୁଁ ସେସିଲିଆକୁ ସେଇ ଭିଡ଼ ଭିତରେ, ସିଗାରେଟ ଧୂମ ଏବଂ ଆଳାପର ମଞ୍ଜୁଧ୍ୱନି ମଧ୍ୟରେ, ଦେହକୁ ଦେହ ଘସି ହୋଇ, ଗୋଟିଏ ଦଳ ଲୋକଙ୍କ ପାଖରୁ ଆଉ ଗୋଟିଏ ଦଳକୁ, ଗୋଟିଏ ମାଳ ଚେହେରାରୁ ଆଉ ଗୋଟିଏ ମାଳକୁ, ଭିଡ଼ି ନେଇ ଖେଳିଥିଲି। ବିଭିନ୍ନ ଆକାରର, ବିଭିନ୍ନ ବର୍ଣ୍ଣର ଚଷକପୂର୍ଣ୍ଣ ଟ୍ରେ ଧରି ପରିଚରକ ମାନେ ସୁରା ପରଷିବା ପାଇଁ ଘୁରି ବୁଲୁଥିଲେ। ସତରେ ଏହା ଥିଲା ନିତାନ୍ତ ଭାବରେ ଜନଗହଳ ଏକ ଅଭ୍ୟର୍ଥନା ଏବଂ ଏହା ସ୍ପଷ୍ଟ ଥିଲା ଯେ ମୋ ମାଆ ମୁକ୍ତ ହସ୍ତରେ ଅର୍ଥ ଖର୍ଚ୍ଚ କରିଛନ୍ତି ଏହି ବିରାଟ ଆୟୋଜନ ପାଇଁ। କିନ୍ତୁ ଉପଯୁକ୍ତ ଆତିଥେୟତା ପାଇଁ ଏଇ ଯେଉଁ ବିରାଟ ପରିମାଣରେ ଅର୍ଥ ମାଆ ବ୍ୟୟ କରିଛନ୍ତି, ସତ କହିଲେ, ତାହା ସେଠି ଉପସ୍ଥିତ ପ୍ରତ୍ୟେକଟି ଅତିଥିଙ୍କ ମୂଲ୍ୟ ତୁଳନାରେ ନିହାତି ନଗଣ୍ୟ। ଏହାର ସମତୁଲ ଅନ୍ୟ ଏକ ଆପାନ ଉତ୍ସବରେ ବହୁ ବର୍ଷ ତଳେ ମୁଁ ଶୁଣିଥିବା ପ୍ରଶ୍ନଟିଏ ହଠାତ୍ ମୋର ମନେ ପଡ଼ିଲା। ଜଣେ ସ୍ଥୂଳ, ଅତ୍ୟୁସାହୀ, ପ୍ରଫୁଲ୍ଲ ବୃଦ୍ଧ ଆଉ ଜଣେ ବୃଦ୍ଧଲୋକଙ୍କ ପାଖରେ ଯିଏକି କ୍ଷୀଣ, ପାଣ୍ଡୁର ଏବଂ ବିଷଣ୍ଣ ଜଣା ପଡୁଥିଲେ, ଏହି ପ୍ରଶ୍ନଟି ଉତ୍ଥାପିତ କରିଥିଲେ ବଡ଼ ଗୁରୁତ୍ୱହୀନ ଅଥଚ ବିଜ୍ଞାନ ବ୍ୟାମୋହିତ ଭଙ୍ଗୀରେ, "ଏହି ଘରିକାଣ୍ଡ ଭିତରେ କେତେ ପରିମାଣର ପୁଞ୍ଜି ନିବେଦିତ ହୋଇଥିବ ବୋଲି ଆପଣ ଭାବୁଛନ୍ତି ? କେତେ ବୋଲି ଆପଣଙ୍କ ଅନୁମାନ ?" ଏହି ପ୍ରଶ୍ନର ଉତ୍ତରରେ ଦ୍ୱିତୀୟ ବୃଦ୍ଧ ବେଶ୍ ଉଦାସୀନ ଭାବେ କହିଥିଲେ, "ମୁଁ କେମିତି ଜାଣିବି ? ମୁଁ ତ କିଛି ଆୟକର ବିଭାଗର ଲୋକ ନୁହେଁ।" ମୋର ମାଆ ବିଚରଣ କରୁଥିବା ସମାଜ ପ୍ରତି ମୁଁ କାହିଁକି ଏଭଳି ଭୟଙ୍କର ଘୃଣା ଅନୁଭବ କରେ, ବହୁ ସମୟରେ ଏ ସମ୍ପର୍କରେ ଚିନ୍ତା କରି ମୁଁ ବିସ୍ମିତ ହୁଏ। କିନ୍ତୁ ସେଇ ଅଜଣା ଭଦ୍ରଲୋକଙ୍କର ମନ୍ତବ୍ୟ ମନେ ପଡ଼ିଯିବା ଉତ୍ତାରୁ, ମୋର ଚତୁର୍ଦ୍ଦିଗରେ ଦେଖୁଥିବା ମୁହଁ ଗୁଡ଼ିକ ସହିତ ତାଙ୍କର କଥାକୁ ତୁଳନା କରିବା ପରେ, କେବଳ ଆଜି ହିଁ ମୋ ଘୃଣାର ପ୍ରକୃତ କାରଣ ମୁଁ ହୃଦୟଙ୍ଗମ କରି ପାରିଲି। ବାସ୍ତବରେ, ମାଆଙ୍କର ଅତିଥି ମାନଙ୍କର ମୁହଁ ନିରୀକ୍ଷଣ କରୁ କରୁ ମୁଁ ହଠାତ୍ ସ୍ପଷ୍ଟ ଭାବରେ ଅନୁଭବ କରି ପାରିଲି ଯେ ସେଠି କାହାରି ମୁହଁରେ ଏମିତି ଗୋଟିଏ କୁଞ୍ଚନ ନାହିଁ, ସ୍ୱରଗ୍ରାମରେ ଏମିତି ଗୋଟିଏ ପରିବର୍ତ୍ତନ ନାହିଁ, ପ୍ରକୃତରେ ଜୀବନର ଏମିତି କିଛି ବି ଉପାଦାନ ନାହିଁ, ଯାହା ସିଧାସଳଖ

ଅର୍ଥ ଦ୍ୱାରା ନିୟନ୍ତ୍ରିତ ନୁହେଁ; ଯେଉଁ ଅର୍ଥର କି ସେଇ ପେଟୁଆ ବୁଢ଼ା। କହିବା ଭଲି, ପାନକକ୍ଷରେ ଉପସ୍ଥିତ ଅତିଥିମାନେ ଅବ୍ଦେ ବହୁତେ ପ୍ରତିନିଧି।

ମୁଁ ଭାବିଲି ଯେ ସେଇ ଜନ ସମୁଦାୟ ଭିତରେ ଅର୍ଥ ଯେମିତି ବାସ୍ତବରେ ରକ୍ତମାଂସର ରୂପ ପରିଗ୍ରହଣ କରିଛି; ତାହା ଯେଉଁ ସୂତ୍ରରୁ ଆସି ଥାଉ ନା କାହିଁକି, ସଜ୍ଜା ଆଉ ସଫଳ ପରିଶ୍ରମ ଦ୍ୱାରା ଆସିଥାଉ ଅବା ଠକାମି ବା ଉଦ୍ଧଣ୍ଡତା ଦ୍ୱାରା ଚୋରା ଯାଇଥାଉ, ସେଥିରେ କିଛି ଯାଏ ଆସେ ନାହିଁ। ଆଉ ସେଇ ଅର୍ଥର ଗୋଟିଏ କେବଳ ଅନ୍ତିମ ପରିଣାମ, ଏକ ଅମାନବୀୟ ଅସଭ୍ୟତା ଯାହା କି ଉଭୟ ସୁପୁଷ୍ଟିର ସ୍ଥୁଲତା ଏବଂ ଶୁଷ୍କ ଶରୀରର କ୍ଷୀଣତା ମଧରେ ସମପରିମାଣରେ ପ୍ରତିଫଳିତ ହୋଇଥାଏ। ଯଦି ଏ କଥା ସତ ଯେ, ଅବଶ୍ୟ ପ୍ରକୃତରେ ହିଁ ଏହା ସତ, ଅର୍ଥ କେବେ ନିଜଠାରୁ କାହାରିକୁ ବିଚ୍ୟୁତ ହେବାକୁ ଦିଏ ନାହିଁ, ଅର୍ଥାତ୍ ଯିଏ ଧନୀ ସିଏ ନିଜକୁ ଗରିବ ବୋଲି ଛଳନା କରି ପାରିବ ନାହିଁ, ଏବଂ ମୁଁ ହୃଦୟଙ୍ଗମ କଲି ଯେ, ମୋର ସବୁ ଘୃଣା ସତ୍ତ୍ୱେ ବି ମୁଁ ଏଇ ଧନିକ ସମାଜର ଅଂଶ ବିଶେଷ ହୋଇ ରହିଛି। ଅର୍ଥକୁ ମୁଁ ତ୍ୟାଗ କରିଛି କିନ୍ତୁ ତାଠାରୁ ମୁଁ ମୁକ୍ତ ହୋଇପାରି ନାହିଁ। ମୋର ରଙ୍ଗସାଜିରେ ଏବଂ ମୋର ସାଧାରଣ ଜୀବନରେ ଆଜି ଯେଉଁ ସଂକଟ ସୃଷ୍ଟି ହୋଇଛି, ଏହାହିଁ ତାହାର ମୂଳ କାରଣ। ତେଣୁ ମୁଁ ଧନୀ ହେବାକୁ ନ ରୁହେଁ ମଧ ଧନୀ ହୋଇ ରହିଛି। ମୁଁ ଛିଣ୍ଡାକନା ପିନ୍ଧିପାରେ, ରୁଟି ଟୁକୁଡ଼ାରେ କ୍ଷୁଧା ନିବାରଣ କରିପାରେ ଆଉ ଭଗ୍ନ କୁଡ଼ିଆରେ ବାସ କରିପାରେ, କିନ୍ତୁ ମୋର ଆୟତ୍ତରେ ଥିବା ଅର୍ଥ ମୁହୂର୍ତ୍ତକର ଇଚ୍ଛାରେ ଜୀର୍ଣ୍ଣବସ୍ତ୍ରକୁ ସୁଖୀନ ଅଂଶୁକରେ ପରିଣତ କରିଦେବ, ମୋର ରୁଟି ଟୁକୁଡ଼ାକୁ ସୁସ୍ୱାଦୁ ଓ ରୁଚିକର ଭୋଜନରେ ବଦଲାଇ ଦେବ ଏବଂ କୁଟୀରକୁ ପ୍ରାସାଦରେ ପରିଣତ କରିଦେବ। ଏପରିକି ମୋର ଦଦରା ଓ ପୁରୁଣା କାର, ତାହା ଅନେକ ବିଲାସପୂର୍ଣ୍ଣ ଗାଡ଼ିଠାରୁ ମଧ ଅଧିକ ସୌଖୀନ ଖାସ୍ ଏଇ କାରଣରୁ ଯେ, ଏହାର ମାଲିକ ତାର ମୁହୂର୍ତ୍ତକର ଖିଆଲରେ ଆଉ ଗୋଟିଏ ସମ୍ପୂର୍ଣ୍ଣ ନୂତନ ଏବଂ ନିତାନ୍ତ ଦାମୀ ଧରଣର ଗାଡ଼ି ପାଇ ପାରିବ।

ହଠାତ୍ ମୁଁ ମୋର ମାଆଙ୍କର ସ୍ୱର ଶୁଣି ଚମକି ପଡ଼ିଲି, "ଆରେ ଡିନୋ ତୁମେ! କେଡ଼େ ସୁଖଦ ବିସ୍ମୟ।"

ସିଏ ମୋ ଆଗରେ ଠିଆ ହୋଇ ଥିଲେ, କିନ୍ତୁ ମୁଁ ତାଙ୍କୁ ଦେଖି ପାରି ନ ଥିଲି। କିମ୍ବା ବରଂ ଏଇଆ ବି ସମ୍ଭବ ଯେ, ମୁଁ ତାଙ୍କୁ ଦେଖିଛି କିନ୍ତୁ ତାଙ୍କ ଅତିଥିମାନଙ୍କ ଗହଳ ଭିତରେ ତାଙ୍କୁ ମୁଁ ଅଲଗା କରି ବାରି ପାରି ନ ଥିଲି; କାରଣ ସେହି ମୁହୂର୍ତ୍ତରେ ସିଏ ମତେ ସେମାନଙ୍କ ଭିତରୁ ଜଣେ ବୋଲି ହିଁ ଜଣା ପଡୁଥିଲେ, ସବୁପ୍ରକାରେ ପୁରାପୁରି ସେମାନଙ୍କ ଅନୁରୂପ, ଯାହା ସହିତ ମୋର କୌଣସି ସମ୍ପର୍କ ନାହିଁ, ରକ୍ତର ସମ୍ପର୍କ ବି ନୁହେଁ। ଏକେଲା ବେଳରେ ସିଏ ମୋର ମାଆ, କିନ୍ତୁ କକ୍ଷ ଭର୍ତ୍ତି ଏଇ ଜନଭିଡ଼ ଭିତରେ ସିଏ ମତେ ସମ୍ପୂର୍ଣ୍ଣ ଅଚିହ୍ନା ଲାଗୁ ଥିଲେ। ଯେମିତି ବିରାଜି ଭିତରେ ସିଏ ପକ୍ଷୀଟିଏ କିମ୍ବା ସାହାଣ ଭିତରେ ମାଛଟିଏ। ତେଣୁ ମୋର ମାଆଙ୍କର ଦୃଢ଼ ବ୍ୟବସାୟିକ ମନୋବୃତ୍ତି ତାଙ୍କ ଏକୁଟିଆ ଅବସ୍ଥାରେ ଏକ ବ୍ୟକ୍ତିଗତ ଚରିତ୍ର ଭଳି ପ୍ରତିଭାତ ହୋଇପାରେ; କିନ୍ତୁ ତାଙ୍କ ଅତିଥି ସମୁଦାୟ ଭିତରେ ଏହା ଏକ ନୈର୍ବ୍ୟକ୍ତିକ ଶ୍ରେଣୀ-ଚରିତ୍ରକୁ ପ୍ରକାଶିତ କରୁ ଥିଲା। ଭିଲ୍ଲାର କକ୍ଷଗୁଡ଼ିକୁ ପରିପୂର୍ଣ୍ଣ କରିଥିବା ଅନ୍ୟ ସମସ୍ତ ବ୍ୟକ୍ତିମାନଙ୍କ ଭଳି, ମୋର ମାଆଙ୍କ କ୍ଷେତ୍ରରେ ମଧ୍ୟ ଜଣେ ରାଣ ଖାଇ କହିପାରେ ଯେ, ତାଙ୍କ ନୀଳ ନୟନରେ କାଚତୁଲ୍ୟ ଔଜ୍ଜ୍ୱଲ୍ୟ ଆଉ ତାଙ୍କର ବୋଝିଲ ଅଳଙ୍କାର ଗୁଡ଼ିକର ଆଡ଼ମ୍ବରିଆ ପ୍ରଦର୍ଶନ ପନ୍ଥାରେ, ତାଙ୍କ କ୍ଷୀଣ ଶରୀରର କ୍ଷିପ୍ରତା, ପ୍ରସାଧନର କୃତ୍ରିମତା ଆଉ ବିସଦୃଶ ସ୍ୱରଗ୍ରାମର ପନ୍ଥାରେ, ଅର୍ଥ ବିଷୟକୁ ନେଇ ତାଙ୍କର ନିଜସ୍ୱ ଅନୁଭବର ମୌଲିକତା ବଦଳରେ, ସିଏ ବିଚରଣ କରୁଥିବା ସମାଜର ଲକ୍ଷଣ ଅନୁଯାୟୀ ଏକ ବିଧିମୋଦିତ ମନୋଭାବ ରହିଛି।

ତାଙ୍କ ସହ ମୋର ସେଇ ସଂକ୍ଷିପ୍ତ ସାକ୍ଷାତ ଭିତରେ ମୁଁ ଲକ୍ଷ୍ୟ କଲି ଯେ, କେବଳ ତାଙ୍କର ବାହ୍ୟ ସ୍ୱରୂପରେ ସେ ତାଙ୍କର ଧନାଢ୍ୟ ଅତିଥିମାନଙ୍କ ଭଳି ଦେଖା ଯାଉଥିଲେ ତାହା ନୁହେଁ, ତାଙ୍କର ବ୍ୟବହାର ମଧ୍ୟ ଥିଲା ସେମାନଙ୍କର ବ୍ୟବହାରର ଅନୁରୂପ। ସାଧାରଣତଃ ଏକୁଟିଆ ଥିବାବେଳେ ସେ ମୋ ପ୍ରତି ନିତାନ୍ତ ମନଯୋଗୀ ଥାଆନ୍ତି। କିନ୍ତୁ ଆପାନ ଉତ୍ସବର ସ୍ୱାଭାବିକ ନିୟମ ବୋଧହୁଏ ଏକ ଅନନ୍ୟ ଅମନଯୋଗିତା, ଯାହାକି ଉପେକ୍ଷା, ଚଞ୍ଚଳତା ଏବଂ ଅବିମୃଷ୍ୟକାରିତାର ଏକ ଫେଣ୍ଟାଫେଣ୍ଟି ମିଶ୍ରଣ। ମାଆଙ୍କ ବ୍ୟବହାରରେ ମଧ୍ୟ ଥିଲା ତାଙ୍କ ଅତିଥିମାନଙ୍କ ଅନୁରୂପ ସେଇ ନିଷ୍ପୃହ ରଙ୍ଗଲୀଳ। ସେ ରୁହୁଁଥିଲେ କିନ୍ତୁ ଦେଖୁ ନ ଥିଲେ।

ପ୍ରକୃତରେ ବି ତାଙ୍କର ସେଇ ଉଚ୍ଛ୍ୱସିତ ସ୍ୱାଗତର ଅବ୍ୟବହିତ ପରେ ପରେ, ମ୍ଲିଷ୍ଟସ୍ୱରରେ ସେ କିଭଳି ବ୍ୟସ୍ତ ଅଛନ୍ତି, ଆଉ ସେଇ ପ୍ରଦୋଷ ଉତ୍ସବ ଭିତରେ ମୋର ଖବର ନେବା କେମିତି ତାଙ୍କ ଦ୍ୱାରା ସମ୍ଭବ ହେଇ ପାରିବ ନାହିଁ ସେଥିଲାଗି ଦୁଃଖ କରି ସେ ଅସ୍ୱସ୍ତ ଓ ଅସମ୍ବଦ୍ଧ ଭାବରେ କିଛି ଶବ୍ଦ କହିଲେ। ଆଉ ତାପରେ ତାଙ୍କ ଘରି ଆଡ଼କୁ ଦେଖୁ ଦେଖୁ, ବିନା ଆଗ୍ରହରେ ତରତର ଭାବରେ ଖାଲି ପଚରିବା ପାଇଁ ପଚରିଲେ, "ତୁମେ ତ କାଇଁ ଏପର୍ଯ୍ୟନ୍ତ ତୁମର ବାନ୍ଧବୀଙ୍କୁ ମୋ ସହ ପରିଚୟ କରାଇଲ ନାହିଁ ?"

ସେସିଲିଆର ହାତରେ ହାତଛନ୍ଦି ଏକ ଆନୁଷ୍ଠାନିକ ଗାମ୍ଭୀର୍ଯ୍ୟର ସହ ମୁଁ କହିଲି, "ଇଏ ସେସିଲିଆ, ମୋର ବାଗ୍‌ଦତ୍ତା।" ଏବଂ ଠିକ୍ ସେଟିକିବେଳକୁ ଏକ ଅପ୍ରତ୍ୟାଶିତ ଘଟଣାଟିଏ ଘଟିଗଲା। ହୁଏତ ମାଆ ମୋର କଥା ଶୁଣି ପାରିଲେ ନାହିଁ କିମ୍ୱା ସେ ଯାହା ଶୁଣିଲେ ତାକୁ ଠିକ୍ ଭାବରେ ବୁଝି ପାରିଲେ ନାହିଁ, ଅର୍ଥାତ୍ ମୁଁ କହିବା କଥା ହେଲା ଯେ, ସେ ଯଦିଓ ଶବ୍ଦ ସମ୍ପର୍କରେ ସଚେତନ ଥିଲେ କିନ୍ତୁ ତାହାର ତାତ୍ପର୍ଯ୍ୟ ହୃଦୟଙ୍ଗମ କରି ପାରି ନ ଥିଲେ। ତାଙ୍କର ନିର୍ମମ ଭାବରେ ଚକଚକ କରୁଥିବା ଦୃଷ୍ଟିକୁ କ୍ଷଣକ ପାଇଁ ସେସିଲିଆ ଉପରେ ପହଁରାଇ ନେଇ ସେ ବ୍ୟସ୍ତତାର ସହିତ ପ୍ରମାଦ କରି ଉଠିଲେ, "ମତେ କ୍ଷମା କର, ଆମେ ପରେ କଥା ହେବା, ବର୍ତ୍ତମାନ ଗୋଟାଏ କାମ ଅଛି ଯୋଉଥିପାଇଁ ମୋର ଯିବା ନିତାନ୍ତ ଦରକାର।" ଆଉ ଉତ୍ତର ପାଇଁ ଅପେକ୍ଷା ନ କରି ଯେମିତି ସମୁଦ୍ରର ଅତଳ ଗର୍ଭରେ ଦୃଢ଼ସଂକଳ୍ପ ସାର୍କଟିଏ ତା ଶିକାର ପଛେ ପଛେ ଛୁଟିଯାଏ ସେମିତି ଜନଭିଡ଼କୁ ଚିରି ସେ ବାହାରି ଗଲେ। ମୁଁ ଅନୁମାନ କଲି, ବୋଧେ ଜଣେ ଅତିଥିଙ୍କର ଆଗମନ ହୋଇଛି, ସମ୍ଭବତଃ ଜଣେ ନିତାନ୍ତ ମାନ୍ୟବର ଅତିଥିଙ୍କର, ଆଉ ମୋର ମାଆ ମୋ କଥା ସଠିକ୍ ଭାବରେ ଶୁଣି ପାରି ନାହାନ୍ତି। କାରଣ ଯୋଉ ମୁହୂର୍ତ୍ତରେ ମୁଁ ସେସିଲିଆକୁ ପରିଚୟ କରାଉଥିଲି, ତାଙ୍କ ଦୃଷ୍ଟିରେ ଧରା ପଡ଼ିଥିଲା ପ୍ରବେଶ ପଥର ଏକ ଜନାବର୍ତ୍ତ ଯାହା କି ଧୀରେ ଧୀରେ ଆଗକୁ ଅଗ୍ରସର ହେଉଥିଲା, ଯେଉଁ ସଂଚଳନ ସୂଚିତ କରୁଥିଲା ଯେ ଆଉ ଦଳେ ନୂତନ ଅତିଥିଙ୍କର ଆଗମନ ଘଟିଛି।

ପରିଛରକଟିଏ ଧରିଥିବା ବେରୁ ପାନୀୟପୂର୍ଣ୍ଣ ଦୁଇଟି ଚଷକ ମୁଁ ଉଠାଇ ଆଣିଲି ଆଉ ସେଥିରୁ ଗୋଟିଏ ସେସିଲିଆ ହାତକୁ ବଢ଼ାଇ ଦେଲି। ତାପରେ ତାକୁ

କକ୍ଷର ଅପରପ୍ରାନ୍ତରେ ଥିବା ଏକ ବାତାୟନ ଆଡ଼କୁ ନୋଦେଇ ନେଇ, ସେଇପାଖରେ ଠିଆ ହୋଇ ଆଳାପ କରିବା ଆରମ୍ଭ କରିଦେଲି। "ଆଉ ତୁମେ କ'ଣ ଭାବୁଛ?" ମୁଁ ପଚାରିଲି।

: "କେଉଁ ବିଷୟରେ?"

ମୁଁ ଅପ୍ରସ୍ତୁତ ହୋଇ ପଡ଼ି ଗୋଟିଏ ମୁହୂର୍ତ୍ତ ପାଇଁ ନୀରବରେ ଠିଆ ହୋଇ ରହିଲି। ମୁଁ ନିଜେ ମଧ୍ୟ ଜାଣି ନ ଥିଲି, ମୁଁ ସେସିଲିଆ ଠାରୁ କ'ଣ ଜାଣିବାକୁ ଚାହୁଁଛି। କହିବାକୁ ଗଲେ ସବୁକିଛି; କାରଣ ମୁଁ କିଛି ହିଁ ଜାଣି ନ ଥିଲି। ଅକସ୍ମାତ ମୋ ପାଟିରୁ ବାହାରି ପଡ଼ିଲା, "ଏଇ ଆପାନ-ଉସ୍ବ ବିଷୟରେ।"

: "ହଁ, ଅନ୍ୟ ଗମାତ ଭଳି ଇଏବି ଏକ ଗମାତ।"

: "ଏଭଳି ଗମାତ ତୁମକୁ ଭଲ ଲାଗୁଛି ତ?"

ତା' ଚେହେରାରୁ ସିଏ ବଡ଼ ଅସ୍ତବ୍ୟସ୍ତ ଲାଗୁଥିଲା। ଘଡ଼ିଏ ନୀରବ ରହି ସିଏ ଉତ୍ତର ଦେଲା, "ନା। ମତେ ଏଇ ଧୁଆଁ ଆଉ ଶବ୍ଦ ଜମା ଭଲ ଲାଗୁ ନାଁଇ।"

: "ତୁମେ ଏହି ଲୋକମାନଙ୍କ ବିଷୟରେ କ'ଣ ଭାବୁଛ?"

: "ମୁଁ କିଛି ଭାବୁନାହିଁ। ଏମାନଙ୍କ ଭିତରୁ କାହାକୁ ବି ମୁଁ ଚିହ୍ନେ ନାହିଁ।"

: "ଏଇ ଆପାନ-ଉସ୍ବରେ ଥିବା ଲୋକ ମାନଙ୍କ ଭିତରୁ କିଏ କିଏ ତୁମର ବହୁତ କାମରେ ଲାଗି ପାରିବେ। ତୁମେ ଚାହିଁଲେ ମୁଁ ତାଙ୍କୁ ତୁମ ସଙ୍ଗେ ପରିଚୟ କରାଇ ଦେବି।"

: "କେମିତି କାମରେ ଲାଗିବେ?"

: "ସାମାଜିକ ଭାବେ।"

: "ତା'ର ମାନେ କ'ଣ?"

: "ମାନେ, ସେମାନେ ତୁମ ସହିତ ବନ୍ଧୁତା କରି ପାରନ୍ତି, ତୁମକୁ ଆଦର କରି ପାରନ୍ତି। ଆଉ ଯଦି ସିଏ ପୁରୁଷ, ତାହାହେଲେ ତୁମ ସହ ରସିକିଆ ହରକତ ବି କରି ପାରନ୍ତି। ସେଥିରୁ କିଛି କାର୍ଯ୍ୟୋପଯୋଗୀ ହୋଇ ପାରନ୍ତି। ବହୁତ ଲୋକ ତ ଗମାତକୁ ଖାସ୍ ଏଇଥିପାଇଁ ଯାଆନ୍ତି ଯେ ଏଠାରେ ଚିହ୍ନାପରିଚ ବଢ଼େ। ମୁଁ ତାହେଲେ ତୁମକୁ ପରିଚୟ କରାଇ ଦେବି କି?"

ଡ. ଜୟକୃଷ୍ଣ ଚୌଧୁରୀ | ୪୩୩

: “ନା, ଦରକାର ନାହିଁ । ସର୍ବୋପରି ମୋର ତ ଏମାନଙ୍କ ସହ ଆଉ ଦେଖା ହେବାର ପ୍ରଶ୍ନ ଉଠୁ ନାହିଁ ।”

: “ଯେହେତୁ ଆମେ ବିବାହ କରିବାକୁ ଯାଉଛେ, ନିଶ୍ଚୟ ତୁମେ ସେମାନଙ୍କୁ ଆଉ ଥରେ ଭେଟିବ ।”

: “ଠିକ୍ ଅଛି । ତାହା ହେଲେ ତୁମେ ମତେ ପରେ ପରିଚୟ କରାଇ ଦେବ ।”

ମୁଁ ଚେଷୁଁଥିଲି ଆମର ଆଲୋଚନାକୁ ଅର୍ଥ-କେନ୍ଦ୍ରିତ କରିବା ପାଇଁ, କିନ୍ତୁ କଥାଟା କେମିତି ସେ ଦିଗରେ ମୁହାଁଇବି ସେ କଥା ବୁଝିପାରୁ ନଥିଲି । ପରିଶେଷରେ ମୁଁ କହିଲି, “ଏଠି ତୁମେ ଯେଉଁ ଲୋକମାନଙ୍କୁ ଦେଖୁଛ, ସମସ୍ତେ ଭୀଷଣ ଭାବେ ଧନୀ ।”

: “ହଁ, ଦେଖିଲେ ଜଣା ପଡୁଛି ।”

: “କେମିତି ଜାଣିଲ ତୁମେ ?”

: “ସ୍ତ୍ରୀଲୋକ ମାନଙ୍କ ପୋଷାକ ଆଉ ଅଳଙ୍କାରରୁ ।”

: “ତୁମେ ସେମିତି ଦିଶିବା ପାଇଁ ପସନ୍ଦ କରିବ କି ?”

: “ମୁଁ ଜାଣିନି ।”

: “ଜାଣିନି ମାନେ ?”

: “ମୁଁ ଗରିବ । ଧନୀ ହେବା ପାଇଁ ମୁଁ ଚେଷ୍ଟିବି କି ନାହିଁ ଜାଣିବା ପାଇଁ ମତେ ପ୍ରଥମେ ଧନୀ ହେବାକୁ ପଡ଼ିବ । ଧନୀ ହେବା ଓ ନ ହେବା ଉଭୟ ଅବସ୍ଥାକୁ ଅନୁଭବ କରି ସାରିବା ପରେ ହିଁ ମୁଁ ଧନୀ ହେବାକୁ ଚେଷ୍ଟିବି କି ନାହିଁ ତାର ଉତ୍ତର ଦେଇ ପାରିବି ।”

: “କିନ୍ତୁ ତୁମେ କ’ଣ କଳ୍ପନା କରି ପାରିବ ନାହିଁ ?”

: “ତୁମେ ଯେଉଁ ଜିନିଷ ବିଷୟରେ ଜମା ଜାଣ ନାହିଁ, ସେଇ ବିଷୟରେ କେମିତି କଳ୍ପନା କରି ପାରିବ ?”

: “କିନ୍ତୁ ତୁମେ ଅର୍ଥ ଇଚ୍ଛା କର କି ନାହିଁ ?”

: “ହଁ, ଯେତେବେଳେ ଦରକାର ଥାଏ ।”

: “ଆଉ ତୁମର ଅର୍ଥ ଦରକାର କି ନାହିଁ ?”

: “ବର୍ତ୍ତମାନ ଦରକାର ନାହିଁ । ତୁମେ ଯେତିକି ଦେଉଛ ତାହା ମୋ ପାଇଁ ଯଥେଷ୍ଟ ।”

: “ଆଚ୍ଛା, ବର୍ତ୍ତମାନ ଯଦି ତୁମେ ମତେ ବାହା ହୋଇଯିବ, ତୁମ ହାତରେ ପ୍ରଚୁର ଅର୍ଥ ରହିବ, ଆଉ ତୁମେ ସେଠି ଦେଖୁଥିବା ମହିଳା ମାନଙ୍କ ଭଳି ହୋଇଯିବ, ଏ ସମ୍ପର୍କରେ ତୁମେ କ’ଣ କହିବ ?”

ମୁଁ ଦେଖିଲି ତାର ନୀଳ ଆୟତ ନୟନ ଅତିଥି ସମୂଜୟଙ୍କ ଉପରେ ଘୁରି ଆସିଲା ଥରେ । ଆଉ ପୁନର୍ବାର ମୁଁ ମନରେ ଏଇଆ ଭାବି ଭାବି ଆଶ୍ଚର୍ଯ୍ୟ ହେଲି ଯେ ସିଏ କ’ଣ ଦେଖୁଥିବ ସେଠି, ଆଉ ସେଠି ମୁଁ ଯାହା ସବୁ ଦେଖିପାରୁଛି, ସେଇଆ କ’ଣ ତାକୁ ସତରେ ପରିଦୃଶ୍ୟ ହେଇଥିବ ? ତାପରେ ସିଏ ମତେ ଧାରେ ମଠେଇ କହିଲା, “ଏଠି କେହି ତରୁଣୀ ନାହାନ୍ତି । ଏଠି ଖାଲି ତୁମ ମାଆଙ୍କ ବୟସର ମହିଳାମାନେ ଅଛନ୍ତି ।”

: “ମୋର ମାଆ ତାଙ୍କର ବନ୍ଧୁ ମାନଙ୍କ ପାଇଁ ଏହି ଆତିଥ୍ୟ ବ୍ୟବସ୍ଥା କରିଛନ୍ତି । ତେଣୁ ଏହା ସ୍ୱାଭାବିକ ଯେ ଏଠାରେ ଉପସ୍ଥିତ ଭଦ୍ରମହିଳା ମାନେ ମାଆଙ୍କ ପାଖାପାଖ ବୟସର ହିଁ ହେବେ । କିନ୍ତୁ ତୁମେ ତ ମୋର ପ୍ରଶ୍ନର ଉତ୍ତର ଦେଲ ନାହିଁ । ମୋ ସହିତ ସମ୍ଭାବ୍ୟ ବିବାହ ଏବଂ ଏହି ଧନୀ ମହିଳାଙ୍କ ଭଳି ଜୀବନ ଯାପନ କରିବା ବିଷୟରେ ତୁମେ କ’ଣ କହିବ ?”

: “ମୁଁ କିଛି କହି ପାରିବି ନାହିଁ, ମୁଁ ଏ ବିଷୟରେ ଚିନ୍ତା କରିନାହିଁ ।”

: “ବର୍ତ୍ତମାନ ତାହେଲେ ଏ ବିଷୟରେ ଭାବ ।” ମୁଁ ଦେଖିଲି ସିଏ ଆଉଥରେ କକ୍ଷର ଚତୁର୍ଦ୍ଦିଗରେ ଦୃଷ୍ଟି ବୁଲାଇ ଆଣିଲା, ତାପରେ ଚଷକକୁ ଉଠାଇ ଅଧର ସଂଲଗ୍ନ କରାଇଲା, ଆଉ ଢୋକେ ମଦ ଗଳାଧଃକରଣ କରି ନୀରବରେ ଠିଆ ହେଲା । ନୀରବତା ସେସିଲିଆର ଗୋଟାଏ ଭୁତୁକାନି ଶ୍ରୁଲ୍ । ତେଣୁ ମୁଁ କଥାରେ ସାମାନ୍ୟ ଜୋର ଦେଇ କହିଲି । “ଯାହା ହେଲେ ବି, ତୁମେ କ’ଣ ଭାବୁଛ ମୁଁ ଜାଣିବାକୁ ଚୁହେଁବି ।”

ପ୍ରାୟ ରୂକ୍ଷ ଭାବରେ ସେ ଉତ୍ତର ଦେଲା, “ମୁଁ ଭାବୁଥିଲି ଅନ୍ୟ କୌଣସି ଅପେକ୍ଷାକୃତ ଶାନ୍ତ ସ୍ଥାନକୁ ଯିବାଟା ଆମ ପାଇଁ ବେଶୀ ଭଲ ହେବ । ତାହେଲେ ତୁମେ ଚୁହୁଁଥିବା ପ୍ରଶ୍ନର ଉତ୍ତର ମୁଁ ଦେଇ ପାରିବି ।”

: “କେଉଁ ପ୍ରଶ୍ନର ଉତ୍ତର ?”

: “ବିବାହ ସମ୍ପର୍କୀୟ ପ୍ରଶ୍ନର ଉତ୍ତର ।”

: “ତୁମେ କେଉଁଠିକି ଯିବାକୁ ଚାହୁଁଛ ?”

: “ଯେଉଁଠିକି ଗଲେ ବି ଚଳିବ ।”

: “ତେବେ ଉପର ମହଲାକୁ ଚାଲ । ସେଠି ଆମେ ନୀରବରେ ବସି ପାରିବା, ଆଉ ତୁମେ ଘରଟା ବି ବୁଲି ପାରିବ ।” ଝରକା ଦଲିଜ ଉପରେ ଚଷକ ଦୁଇଟିକୁ ଥୋଇ ଦେଇ ସେସିଲିଆର ବାହୁରେ ବାହୁଛନ୍ଦି ସେଇ ଗହଳି ଭିତରେ ମୁଁ ତାକୁ ଭିଡ଼ି ନେଇ କକ୍ଷର ଅପରପାର୍ଶ୍ୱରେ ଥିବା ଦୁଆର ନିକଟକୁ ଗଲି । ମୁଁ ଦୁଆର ଖୋଲି ଦେଇ ଏକ ଅଳିନ୍ଦ ମଧ୍ୟକୁ ତାକୁ ଘେନି ଆସିଲି । ତତ୍କ୍ଷଣାତ୍ କୋଲାହଲ, ଧୂମ ଓ ଜନଭିଡ଼ ସମାହିତ ହୋଇଗଲା ନିର୍ଜନ ଗୃହର ସ୍ୱାଭାବିକ, ଶୁଦ୍ଧ ଶାନ୍ତ ନୀରବ ବାତାବରଣରେ । ମୁଁ ସେସିଲିଆକୁ ସୋପାନମାର୍ଗ ଆଡ଼କୁ ବାଟ କଢ଼ାଇ, ତା’ ସହିତ ସୋପାନଶ୍ରେଣୀ ଦେଇ ଉପରକୁ ଉଠିବାକୁ ଲାଗିଲି । ମୋର ଗୋଟିଏ ହାତ ଥିଲା ସୋପାନଶ୍ରେଣୀ ପାର୍ଶ୍ୱସ୍ଥ ପିଉଲର ଆରମ୍ଭଣ ଉପରେ, ଆଉ ଆର ହାତଟି ଥିଲା ସେସିଲିଆର କାନ୍ଧରେ । “ତୁମେ ଏଠି ରହିବା ପାଇଁ ଚାହିଁବ କି ? ମୁଁ ତାକୁ ପଚାରିଲି ।”

: “ଏଠି ରହିବା ଯାହା, ଅନ୍ୟ କୋଉଠି ରହିବା ବି ମୋ ପାଇଁକି ସେଇଆ ।”

: “କିନ୍ତୁ ଏଠି ଯେ ମୋର ମାଆ ଅଛନ୍ତି ।”

: “ବଡ଼ ମଧୁର ସ୍ୱଭାବର ମଣିଷ ତୁମ ମାଆ ।”

ମୁଁ ବିସ୍ମୟରେ ପ୍ରଣାଦ କରି ଉଠିଲି: “ହେ ଭଗବାନ, ମୋର ମାଆଙ୍କର କ’ଣଟା ତୁମକୁ ମଧୁର ଲାଗିଲା ?”

: “ମୁଁ ଜାଣିନାଇଁ, କିନ୍ତୁ ସାମଗ୍ରିକ ଭାବରେ ସିଏ ଜଣେ ମଞ୍ଜୁଳ ସ୍ୱଭାବର ମହିଲା ।”

ଆମେ ସେତିକିବେଳକୁ ଦ୍ୱିତୀୟ ମହଲାରେ ପହଞ୍ଚି ଯାଇଥିଲୁ । “ତୁମେ ମୋର ପ୍ରକୋଷ୍ଠ ଦେଖିବାକୁ ଚାହିଁବ କି ?” ମୁଁ ପଚାରିଲି ।

: “ହଁ ।”

ମୁଁ ଦୁଆର ଖୋଲି ଦେଇ ତାକୁ ସେ କୋଠରୀ ଦେଖାଇ ଦେଲି । ତାହା ଠିକ୍ ସେମିତି ରହିଥିଲା ଯେମିତ ରୀତା ହାତରେ ପ୍ୟାଣ୍ଟିକୁ ଛାଡ଼ି ମୁଁ ପଳାଇ ଯିବା ଦିନ ଥିଲା । ଖାଲି ଯାହା ଖଟ ଉପରେ ଗଦିଟି ଗୁଡ଼ା ହୋଇ ଯାଇଥିଲା, ଆଉ ଝରକାର ସଂ'ବାରକ ଗୁଡ଼ିକ ତଳକୁ ଖସାଇ ଦିଆ ଯାଇଥିଲା । ସିଏ ଉପରଠାଉରିଆ ଭାବେ ଆଖି ପହଁରେଇ ନେଲା ଥରେ; ତା ଦୃଷ୍ଟିରେ ସାମାନ୍ୟତମ କୌତୁହଲ ବା ଆଗ୍ରହ ନ ଥିଲା । "କେହି ଯାକୁ ବ୍ୟବହାର କରୁ ନାହାନ୍ତି କି ?" ସିଏ ପଚରିଲା ।

"ଉପର ମହଲାରେ ଆଉରି କେତେଟା ଖାଲି ବଖରା ପଡ଼ିଛି ।", ମୁଁ କହିଲି । "ଆମ ବାହାଘର ପରେ ଆମେ ସେଗୁଡ଼ିକୁ ବ୍ୟବହାର କରି ପାରିବା । ତମକୁ ଲାଗୁନି କି ତୁମେ ବର୍ତ୍ତମାନ ଯେଉଁଠି ରହୁଚ ତା' ଅପେକ୍ଷା ଏଠି ବାସ କରିବାଟା ତୁମ ପାଇଁ ବେଶୀ ଭଲ ହେବ ?"

ସେ ଖାଲି ଅନେଇ ଦେଉଛି କିନ୍ତୁ କିଛି ଦେଖୁନାହିଁ ବୋଲି ମୋର ବିଶ୍ୱାସକୁ ତା'ର ଉତ୍ତର ଦୃଢ଼ୀଭୂତ କଲା । ସେ ଯେମିତି ମୋର ମାଆଙ୍କର ଭବ୍ୟ ଆସବାବପତ୍ର ଆଉ ତାଙ୍କ ନିଜ ଘରର ଅଳିଆ ଭିତରେ କୌଣସି ପାର୍ଥକ୍ୟ ହୃଦୟଙ୍ଗମ କରିପାରୁ ନାହିଁ ସେଇଭଳି ପଚରିଲା, "କାହିଁକି ? ଦୁଇଟା ଯାକ ବଖରା ତ ପାଖାପାଖି ସମାନ । ଏଠି ଯେମିତି ଖଟଟିଏ ଅଛି ସେଠି ମଧ ସେମିତି ଖଟ ଅଛି, ସେଠି ବି ତୋଷବିରୁଆ ଆଉ ଚେୟାର ରହିଛି, ଏଠି ଯେମିତି ଅଛି ।"

: "ଅନ୍ତତଃପକ୍ଷେ ତୁମେ ଏଇଟା ତ ସ୍ୱୀକାର କରିବ ଯେ ଏ ଘରଟି ବଡ଼ ।"

: "ହଁ, ଏଇଟା ବଡ଼ ।"

ମୁଁ ବଖରାର ଦୁଆର ବନ୍ଦ କରି କହିଲି, "ଚଲ ଆମେ ମାଆଙ୍କ ବଖରାକୁ ଯିବା । ସିଏ ତଳେ ଆପ୍ୟାନ-ଉତ୍ସବରେ ବ୍ୟସ୍ତ ଅଛନ୍ତି, ଆମେ ଯେତେ ସମୟ ରୁହଁବା ସେଠି ବସି ଗପ ପାରିବା ।"

ମୁଁ ଯେମିତି ତାକୁ ଏକ ଚିରନ୍ତନ ବନ୍ଦୀ ଜୀବନ ଭିତରକୁ ଠେଲି ନେଉଛି, ସେଇ ଭଙ୍ଗୀରେ ତାକୁ ମାଆଙ୍କର ଶୟନକକ୍ଷ ମଧକୁ ବାଟ କଢ଼ାଇ ନେଲି । ତାପରେ ମୁଁ ସୁଇଚ ଟିପି ଆଲୁଅ ଜଳାଇ ଦେଲି । ସେଇ ବିଶାଳ ବିଳାସପୂର୍ଣ୍ଣ କକ୍ଷର କାନ୍ତରେ ଇଞ୍ଚେ ମାତ୍ର ବି ଜାଗା ସଜ୍ଜିତ ହେବାରୁ ବାଦ ପଡ଼ି ନ ଥିଲା, ସମଗ୍ର ଚଟାଣ ଦାମୀ ଗାଲିଚାରେ ଆଚ୍ଛାଦିତ ଥିଲା, ଆଉ ସବୁଆଡ଼େ ପର୍ଦ୍ଦା ଆଉ ଅନ୍ୟାନ୍ୟ

ଶୋଭିକ ଓହ୍ଲା ଯାଇଥିଲା । ମତେ ବଡ଼ ଶ୍ୱାସରୁଦ୍ଧକର ଲାଗିଲା ; ମୁଁ ଗୋଟିଏ ଝରକା ନିକଟକୁ ଗଲି ଆଉ ତା'ର କପାଟ ଖୋଲିଦେଇ ବାହାରକୁ ଘଡ଼ିଏ ଅନାଇଲି । ତଳକୁ ଅନାଇଲେ ଦିଶୁଥିଲା ଇତାଲୀୟ ଉଦ୍ୟାନ, ଆଉ ତା' ପଛକୁ ଦିଶୁଥିଲା ସମଗ୍ର ଉପବନର ବୀଥି ଓ ବୃକ୍ଷବାଟିକା, ପାଣିଫୁଆରା ଆଉ ନିଷ୍କୁଟ । ରଜନୀ ଧରାରେ ପଦପାତ କରିସାରିଲାଣି ସେତେବେଳକୁ । ନକ୍ଷତ୍ରହୀନ କୃଷ୍ଣ ନଭକୁ ସ୍ୱଚ୍ଛାଲୋକିତ କରୁଥାଏ ଦୂର ଚରମ୍ଦ । କିନ୍ତୁ ବାହାରର ବାୟୁମଣ୍ଡଳରେ ମଧ୍ୟ ବଖରା ଭିତର ଭଳି ସେଇ ଶ୍ୱାସରୋଧୀ ଉଷ୍ମତା । କ୍ରମଶଃ ଆପାନ-ଉତ୍ସବର ଗହଳି ଭିତରୁ ବାହାରି ଆସି ଉଦ୍ୟାନରେ ବିଚରଣ କରିବା ପାଇଁ ଆରମ୍ଭ କରି ଦେଇଥିଲେ ଅତିଥିମାନେ । ସେମାନଙ୍କ ପାଦ ଉପରେ ଏକ ଅନୃତ ଉଭରଲ ଆଲୋକର ଆଭା ବିଚ୍ଛୁରଣ କରୁଥିଲା ଗୁଳ୍ମବୃତି ମଧ୍ୟରେ ଆବୃତ ଝାଡ଼ ଲକ୍ଷଣ ଗୁଡ଼ିକ । ସେଇ ଆଲୁଅରେ ସେମାନଙ୍କ ଗୋଡ଼ କେବଳ ଆଣ୍ଠୁ ଯାଏ ପରିଦୃଷ୍ଟ ହେଉଥିଲା ଆଉ ଏକ ଭୌତିକ ବିସ୍ମୟର ସହ ଆଣ୍ଠୁ ଉପର ଶରୀର ମିଳେଇ ଯାଇଥିଲା ତିମିସ୍ରାର ଅହିଫେନ ଅନ୍ଧାର ଭିତରେ । ଲାଗୁଥିଲା ଉଦ୍ୟାନ ସାରା ଭରି ଯାଇଛନ୍ତି ଦେହହୀନ ପଦମାଳ; ଘୁରି ବୁଲୁଥିବା ଅଶରୀରୀ ପୁରୁଷ ଓ ନାରୀ ପଦ ।

ଏହି ଦୃଶ୍ୟରେ ମୁଁ ନିମଗ୍ନ ଥିଲାବେଳେ, ସେସିଲିଆର ସ୍ୱରରେ ତନ୍ଦ୍ରା ଭାଙ୍ଗି ମୁଁ ଚମକି ପଡ଼ିଲି । "ସ୍ନାନାଗାରଟା କେଉଁଠି ?"

: "ସେଇ ଦୁଆର ପଛପଟେ ।"

ନୀରବରେ ସିଏ ସ୍ନାନାଗାର ଦିଗରେ ଢଳିଗଲା । ମୁଁ ବାତାୟନ ପାର୍ଶ୍ୱରୁ ଉଠି ଆସି ଖଟ ପାଖରେ ପଡ଼ିଥିବା ଆରାମ ଚେୟାରରେ ବସି ସିଗାରେଟଟିଏ ଧରାଇଲି ।

ଖଟର ବାମପାର୍ଶ୍ୱରେ ଓହ୍ଲା ଯାଇଥିବା ଏକ ବିଶାଳ ପ୍ରତ୍ନ ଫ୍ରେସ୍କୋକ ମୋର ହଠାତ୍ ଦୃଷ୍ଟି ଆକର୍ଷଣ କଲା । ସମ୍ଭବତଃ ଏହା ମୋର ମାଆଙ୍କର ଏକ ନୂତନ ସଙ୍ଗ୍ରହଣ, କାରଣ ମୁଁ ଜାଣିଥିବା ମତେ ମାଆ ବେଲେବେଳେ କଳାକୃତିରେ ମଧ୍ୟ ଅର୍ଥ ନିବେଶ କରି ଥାଆନ୍ତି । ଏଇ ଚିତ୍ରରେ ଗ୍ରୀକ ପୁରାଣର ଗଛ 'ଡେନେଃ କନକ ପରାଗର ବୃଷ୍ଟି' ଚିତ୍ରିତ ହୋଇଥିଲା । (ଗ୍ରୀସର ଆର୍ଗୋସ ପ୍ରଦେଶର ରାଜକନ୍ୟା ଡେନେଇ ଥିଲେ ରାଜା ଆକ୍ରିସିୟସଙ୍କ ଏକମାତ୍ର କନ୍ୟା । କିନ୍ତୁ ଯେତେବେଳେ

ଆକ୍ରିସିୟସ ଦୈବବାଣୀ ଶୁଣନ୍ତି ଯେ ତାଙ୍କ କନ୍ୟାର ଗର୍ଭଜାତ ପୁତ୍ର ଦିନେ ତାଙ୍କୁ ହତ୍ୟା କରିବ, ସିଏ ଡେନେଇଙ୍କୁ ନେଇ ଭୂତଳଗର୍ଭର ଏକ କାଂସ୍ୟ ଗୃହରେ ବନ୍ଦୀ କରନ୍ତି । କିନ୍ତୁ ଦିନେ ଦେବରାଜ ଜିୟସ ଡେନେଇଙ୍କୁ ଦେଖି ତାଙ୍କ ରୂପରେ ମୁଗ୍ଧ ହୁଅନ୍ତି । ଶାୟିତା ଡେନେଇଙ୍କ ଉପରେ ଶୂନ୍ୟରୁ କନକ ପରାଗର ବୃଷ୍ଟି ହୁଏ ଆଉ ତାରି ମାଧମରେ ଜିୟସ ତାଙ୍କୁ ସମ୍ଭୋଗ କରନ୍ତି । ଡେନେଇ ଗର୍ଭବତୀ ହୁଅନ୍ତି ଆଉ ପରିଶେଷରେ ଭବିଷ୍ୟବାଣୀ ସତ୍ୟ ପ୍ରମାଣିତ ହୁଏ ।)

ଚିତ୍ରରେ ଡେନେଇ ଶାୟିତା ଥିଲେ ଏକ ଶଯ୍ୟା ଉପରେ, ଯାହା ଅନେକାଂଶରେ ମାଆଙ୍କର ଶଯ୍ୟା ଭଳି ଥିଲା ଅନୁଚ ଓ ବିସ୍ତୀର୍ଣ୍ଣ । ଚିତ୍ରରେ ଶଯ୍ୟା ଉପର ଚନ୍ଦ୍ରାତପଟି ଅଳଂକୃତ ହୋଇଥିଲା କାଂସ୍ୟ ଭୂଷଣରେ । ତକିଆର ଗଦା ଉପରେ ସେ ଏଭଳି ଆଉଜି ଥିଲେ ଯେ ତାଙ୍କର ପେଟଟି ତାଙ୍କ ବକ୍ଷ ଅପେକ୍ଷା ଆହୁରି ଆଗକୁ ବାହାରି ଆସିଥିଲା ଏବଂ ଗୋଟିଏ ଗୋଡ଼ ଶଯ୍ୟା ଉପରେ ପ୍ରସାରିତ ଥିଲାବେଳେ ଶଯ୍ୟା କଡ଼ରେ ଆର ଗୋଡ଼ଟି ବାଙ୍କି ଯାଇ ତଳକୁ ଝୁଲି ରହିଥିଲା ଶୂନ୍ୟରେ । ଆମୃତୁଷ୍ଟ ଭାବରେ ସିଏ ରହିଥିଲେ ନିଜ ଉଦରକୁ ଯାହା ଉପରକୁ ସୁବର୍ଣ୍ଣମୁଦ୍ରା ଆଉ ହେମକଣ ଝରି ଆସୁଥିଲା ଭାରୀ ପର୍ଦ୍ଦାର ଛାୟାଛନ୍ନ ଅନ୍ତରାଳରୁ । ଉପରୁ ଝରି ପଡୁଥିବା କନକକଣ ଭଳି, ସମ ପରିମାଣରେ ଦ୍ୟୁମାନ ଓ ଉଜ୍ଜ୍ଵଳ ମନେ ହେଉ ଥିଲା ତାଙ୍କର ନିଜ ହିରଣ୍ମୟୀ ଲଳିତ କୁନ୍ତଳ, ଯାହା ତାଙ୍କ ଶୁଭ୍ର ସ୍କନ୍ଧ ଏବଂ ଗୋଲାପୀ ବକ୍ଷ ଉପରେ ଉଦ୍ଦାମ ଭାବରେ ବିଚ୍ଛୁରିତ ହୋଇ ପଡ଼ି ରହି ଥିଲା । ଏହା ଥିଲା ପୌରାଣିକ ବିଷୟ ବସ୍ତୁକୁ ନେଇ ରଚନା କରାଯାଇ ଥିବା ଏକ ସାଧାରଣ ଚିତ୍ର ଏବଂ ଭିନ୍ନ ଏକ ପରିପ୍ରେକ୍ଷୀରେ ମୁଁ ସମ୍ଭବତଃ ଏଥିପ୍ରତି କୌଣସି ଧାନ ହିଁ ଦେଇନ ଥାନ୍ତି । କିନ୍ତୁ ସେଇ ମୁହୂର୍ତ୍ତରେ ହଠାତ୍ ମୋର ମନେହେଲା, ଯେମିତି କି ସେ ଚିତ୍ରଟି ମୋ ସହ ନିତାନ୍ତ ଅପ୍ରତ୍ୟକ୍ଷ ଓ ଅସ୍ପଷ୍ଟ ଭାବରେ ହେଲେ ମଧ୍ୟ, ଏକ ଅଦୃଶ୍ୟ ସମ୍ପର୍କରେ ବନ୍ଧା ହୋଇଛି । ଯଦିଚ ସୁନିର୍ଦ୍ଦିଷ୍ଟ ଭାବରେ କାହିଁକି ତାହା ମୋର କୌତୁହଲ ଉଦ୍ରେକ କରାଉଛି ମୁଁ ସେକଥା ବୁଝିପାରୁ ନ ଥିଲି, କିନ୍ତୁ ଲାଗୁଥିଲାଯେ, ଚିତ୍ରଟି ସହିତ କିଛି ବି ସମ୍ପର୍କ ମୋର ନିର୍ଦ୍ଦିଷ୍ଟ ରହିଛି । ସେତେବେଳକୁ ହଠାତ୍ ସ୍ନାନାଗାରର ଦୁଆର ଖୋଲିଗଲା ଆଉ ସେସିଲିଆ ଶୟନକକ୍ଷକୁ ଫେରି ଆସିଲା ।

ସିଏ ଦେହରୁ ପୋଷାକ ସବୁ ଓହ୍ଲାଇ ଦେଇଥିଲା ଆଉ ଏକ କ୍ଷୁଦ୍ର ଟାଓ୍ଵେଲ କେବଳ ଦେହରେ ଗୁଡେଇ ଥିଲା ଯାହା କି ତା'ର ନିତମ୍ବ ଏବଂ ବକ୍ଷକୁ ବଡ଼

କକ୍ଷରେ ଆଚ୍ଛାଦିତ କରି ରଖିଥିଲା । ତାହା କ୍ରାନ୍ତୀୟ ମଣ୍ଡଳରେ ମହିଳାମାନେ ଯେଉଁ କ୍ଷୁଦ୍ର ପୋଷାକ ଦେହରେ ଗୁଡ଼େଇ ହୋଇ ଥାଆନ୍ତି, ସେହିପରି ଲାଗୁଥିଲା । ପ୍ରପଦରେ ମୋ ନିକଟକୁ ଆସି ସିଏ କହିଲା, "ଜାଣିଛ, ମୋର ଅସୁବିଧା ଦୂର ହୋଇ ଯାଇଛି ଏଇ ଭିତରେ । ତେଣୁ ତୁମେ ଏବେ ଯଦି ରହିଁବ ଆମେ ମୈଥୁନ କରି ପାରିବା ।"

: "ଏଠି ?"

: "ହଁ, କାଇଁକି ନୁହେଁ ? କେଡ଼େ ଆରାମପ୍ରଦ ଏଇ କକ୍ଷ ।"

ମତେ ହଠାତ୍ କାଇଁକି ଏଭଳି ଅନୁଭବ ହେଲା ଯେ ତା'ର ଏଇ ଉଦାର ତନୁଦାନର ପ୍ରସ୍ତାବ ପଛରେ ରହିଛି ଏକ୍ ପିଶୁନ ସ୍ୱାର୍ଥପରତା । ମୁଁ ଯେତେବେଳେ ସମ୍ଭୋଗର ଆଶା ସମ୍ପୂର୍ଣ ପରିତ୍ୟାଗ କରିଛି, ସେତେବେଳେ ତା'ର ନିଜକୁ ଏଭଳି ଅପ୍ରତ୍ୟାଶିତ ଭାବରେ ଅର୍ପଣ କରିବା ସମ୍ଭବତଃ ଏକ ଆଗାମୀ ଦୁଃସମ୍ଭାଦର କ୍ଷତିପୂରଣ ପାଇଁ ଉଦ୍ଦିଷ୍ଟ, ଯାହା ସମ୍ପର୍କରେ ମୁଁ ଏପର୍ଯ୍ୟନ୍ତ ଅନବହିତ ରହିଛି । ମୁଁ ଦୃଢ଼ଭାବରେ କହିଲି, "ଠିକ୍ ଅଛି, କିନ୍ତୁ ତୁମକୁ ପ୍ରଥମେ ଉତ୍ତର ଦେବାକୁ ପଡ଼ିବ ।"

: "କେଉଁ ଉତ୍ତର ?"

: "ତୁମେ ମତେ ବିବାହ କରିବାକୁ ପ୍ରସ୍ତୁତ କି ନାହିଁ ?"

ସିଏ କିଛି କହିଲା ନାହିଁ କିନ୍ତୁ ଘର ଭିତରେ କିଛି ସମୟ ଚଲାବୁଲା କରିବାକୁ ଲାଗିଲା, ଆଉ ଏକ ତୁରନ୍ତ ମୀମାଂସାରେ ପହଞ୍ଚିବା ଭଳି ମୋ କୋଳରେ ଆସି ବସି ପଡ଼ିଲା । ସିଏ ମୋର ଗଳାବନ୍ଧନୀ ଓ କଲାର ବୋତାମ ଖୋଲିବାକୁ ଆରମ୍ଭ କଲା । "ଡିନୋ, ତୁମେ ହେଲ ଏକମାତ୍ର ପୁରୁଷ ଯାହାକୁ ମୁଁ ବିବାହ କରିପାରେ, କାରଣ ତୁମ ପାଖରେ ମୁଁ ଅକପଟ ସ୍ୱାଭାବିକତାର ସହ ଚଳିପାରେ ଆଉ ତୁମ ପାଖରେ ମୋର କିଛି ଗୋପନୀୟ ନାହିଁ ।"

: "ସତରେ ?" ତା'ର ବକ୍ତବ୍ୟର ଏଭଳି ଭୂମିକାରେ ସାମାନ୍ୟ ଆଶ୍ଚର୍ଯ୍ୟ ହୋଇ ମୁଁ ପ୍ରଣାଦ କରି ଉଠିଲି । "ବ୍ୟକ୍ତିଗତ ଭାବରେ ସବୁବେଳେ ମୋର ଏଭଳି ଧାରଣା ହୋଇଛି ଯେ ତୁମେ ସବୁ କଥା, ବରଂ ପ୍ରାୟ ସବୁ କଥା, ମତେ ଲୁଚ । ଯଦି ତୁମେ ମୋ ସହିତ ଏଭଳି ବ୍ୟବହାର କର, ଅନ୍ୟମାନଙ୍କ କ୍ଷେତ୍ରରେ ତୁମେ କିଭଳି ଏକ ରହସ୍ୟ ହୋଇଥିବ ?"

ଯେମିତିକି ମୋର କଥା ସିଏ ଜମା ଶୁଣି ନାହିଁ, ସେଇଭଳି ଭାବରେ ଅବନତ ମୁଖରେ ସେ ମୋ ଗଳାବନ୍ଧନୀ ଭିଡ଼ି କାଢ଼ି ପକାଇ ସାର୍ଟର ବୋତାମ ଗୁଡ଼ିକ ଗୋଟିକ ପରେ ଗୋଟିଏ ଖୋଲି ଚାଲିଥିଲା। "ଆଉ ଏଇ ଘରଟା ବି କେଡ଼େ ସୁନ୍ଦର। ତୁମ ସାଙ୍ଗରେ ଏଠି ରହିବା ପାଇଁ କେତେ ଭଲ ଲାଗିବ!"

: "ତାହେଲେ?"

: "ତା' ପରେ ବି...", କୋଟ ଭିତରୁ ମୋର ହାତ ବାହାର କରିବାକୁ ତୁରନ୍ତ ଚେଷ୍ଟା କରୁ କରୁ ସେ କହି ଚାଲିଥିଲା, "ତୁମେ ମତେ ଏତେ ଗୁଡ଼ାଏ ଚମତ୍କାର ଚିଜର ପ୍ରତିଶ୍ରୁତି ଦେଇଛ – ଗମାତ, ଭ୍ରମଣ, ପୋଷାକ ସବୁକିଛି।"

: "ତାହେଲେ?"

: "କିନ୍ତୁ ମୁଁ ଏଇଆ କହିବାକୁ ବାଧ୍ୟ ହେଉଛି ଯେ, ମୁଁ ତୁମକୁ ବିବାହ କରିପାରିବି ନାହିଁ। ମୁଁ ତୁମକୁ ସେହିକ୍ଷଣି ହିଁ କହିଦେବା ଉଚିତ ଥିଲା ଯେତେବେଳେ ତୁମେ ମତେ ଏ ପ୍ରସ୍ତାବ ଦେଲ, କିନ୍ତୁ ମୋର ସାହସ ହେଲା ନାହିଁ। ମୁଁ ଦେଖି ପାରୁଥିଲି କେତେ ଗଭୀର ଭାବେ ତୁମେ ମନ ସ୍ଥିର କରି ନେଇଛ।" ସେତେବେଳକୁ ସେ ମୋ ଦେହରୁ ଜ୍ୟାକେଟ ଆଉ ସାର୍ଟଟାକୁ ମଧ୍ୟ କାଢ଼ି ନେବାରେ ସଫଳ ହୋଇ ଯାଇ ଥାଏ। ସେ ପୋଷାକ ଗୁଡ଼ିକୁ ଚଉଟି ଅଲଗା କରି ଶେଯ କଡ଼ରେ ରଖିଦେଲା।

ବର୍ତ୍ତମାନ ମୁଁ ଅନୁଭବ କରୁଥିଲି ଏକ ବିରାଟ ବିସ୍ମୟ। ମୁଁ ବାସ୍ତବରେ ବିଶ୍ୱାସ କରୁଥିଲି ଯେ ସେସିଲିଆ ମୋ ବିବାହ ପ୍ରସ୍ତାବରେ ନିଜକୁ ଧନ୍ୟ ମନେ କରିବ। କିନ୍ତୁ ପ୍ରକୃତ କଥାଟା, ଯୋଉଟାକି ମୁଁ ପରିଶେଷରେ ହୃଦୟଙ୍ଗମ କଲି, ଯେମିତି ଅତୀତରେ ମୁଁ ସେସିଲିଆକୁ ଅର୍ଥ ଦ୍ୱାରା ସ୍ୱତ୍ଵାଧିତ କରିବାକୁ ଆଶା କରୁଥିଲି, ବର୍ତ୍ତମାନ ମୁଁ ସେଇ ସମାନ ଲକ୍ଷ୍ୟ ସାଧନ କରିବାକୁ ଚାହୁଁଥିଲି ଭିନ୍ନ ଏକ ଜିନିଷ ମାଧ୍ୟମରେ ଯାହାକୁ କି ସାଧାରଣତଃ ନାରୀମାନେ ଅର୍ଥ ଠାରୁ ଅଧିକ ଗୁରୁତ୍ୱ ଦେଇ ଥାଆନ୍ତି – ବିବାହ। ମୁଁ କ୍ରୁଦ୍ଧ ସ୍ୱରରେ ପଚାରିଲି, "ତୁମେ କାହିଁକି ରହୁନାହଁ ବିବାହ କରିବାକୁ?"

: "ମୁଁ ରହୁଁ ନାହିଁ କାରଣ ମୋର ଇଚ୍ଛା ନାହିଁ।"

: "କିନ୍ତୁ କାହିଁକି?"

: "ଲୁସିଆନି ପାଇଁ।" ସେ ବଡ଼ ଶୃଙ୍ଖଳା ସ୍ୱରରେ କହିଲା। "ମୁଁ ତାକୁ ଛାଡ଼ିବାକୁ ରହୁଁ ନାହିଁ।"

: "ତୁମେ ତାକୁ ବିବାହ କରିବାକୁ ରହୁଁଛ କି ?"

: "ଆରେ ନା, ମୁଁ ସେ କଥା ଭାବୁ ନାହିଁ। ତା ଛଡ଼ା ବି ସିଏ ତ ବିବାହିତ।"

: "ଲୁସିଆନିର ସ୍ତ୍ରୀ ଅଛି ?"

: "ହଁ, ଆଉ ତାଙ୍କୁ ବି ତାର ଭରଣ ପୋଷଣ କରିବାକୁ ପଡ଼େ।"

ଉତ୍ତେଜିତ ହୋଇ ମୁଁ ଚିତ୍କାର କରି ଉଠିଲି, "ସେ ଲୁସିଆନି ବିଷୟରେ ମତେ କାହିଁକି କହୁଛ ? ତା' ସହିତ ମୋର କି କାରବାର ? କିନ୍ତୁ ଆମେ ବିବାହ କଲେ ବି ତୁମେ ଲୁସିଆନି ସହ ଯେତେ ଇଚ୍ଛା ସେତେ ମିଶି ପାରିବ।"

: "ନା। ମୁଁ ନା କହିଲି ଆଉ 'ନା' ହିଁ ମୋର ଉତ୍ତର।"

: "କିନ୍ତୁ କାହିଁକି ?"

ସିଏ ମତେ ଠିକ୍ ସେଇ ସ୍ୱରରେ କହିଲା, ଯେଉ ସ୍ୱରରେ ସିଏ ତା'ର ଅସମ୍ମତି ଜାହିର କରିଥିଲା ମୁଁ ତାକୁ ଯେତେବେଲେ ଗୋଟେ ମାସିକିଆ ନିର୍ଦ୍ଦିଷ୍ଟ ପରିମାଣର ଅର୍ଥ ପାଇଁ ପ୍ରସ୍ତାବ ଦେଇଥିଲି। ସେଇ ସ୍ୱର ଏଇ ସଂକେତ ଦେଉଥିଲା ଯେ ସିଏ ତା'ର ପୁରୁଣା, ପ୍ରିୟ ଅଭ୍ୟାସ ସହିତ କେତେଦୂର ଆସକ୍ତ। ସିଏ କହିଲା, "ନା ନା ଡିନୋ, ଆମେ କାହିଁକି ବିବାହ କରିବା ? ଆମେ ଯେମିତି ଅଛେ ସେମିତି ରହିବା, ସବୁ ତ ଏମିତି ହିଁ ଠିକ୍ ରହିଛି।"

ସମ୍ଭବତଃ ଯେହେତୁ ସେସିଲିଆ ଏ ବିବାହ ପ୍ରସ୍ତାବକୁ ପ୍ରତ୍ୟାଖ୍ୟାନ କରୁଥିଲା, ମୁଁ ଏଇ ବିବାହ ପାଇଁ ପ୍ରାୟ ଏକ ଅଭାବନୀୟ ଜିଦିରେ ଧତେଇ ରହିଥିଲି। ମୁଁ କହି ରଲିଲି, "କିନ୍ତୁ ମୁଁ ଯଦି ତୁମକୁ ଲୁସିଆନି କିମ୍ବା ତୁମେ ରହୁଁଥିବା ଆଉ କାହା ସହ ବି ମିଶିବାକୁ ଅନୁମତି ଦେଲି, ଯଦି ପୂର୍ବଭଳି ସବୁ ଠିକ୍ ରହୁଛି ବରଂ ତା ଠାରୁ ଭଲ ହିଁ, ଯଦି ସେଇ ବେକାର ସଦନିକାରେ ତୁମ ପରିବାର ସହ ରହିବା ପରିବର୍ତେ ତୁମେ ଆସି ଏଇ ହର୍ମ୍ୟରେ ମୋ ସହିତ ରହି ପାରିବ, ତେବେ ବିବାହକୁ ପ୍ରତ୍ୟାଖ୍ୟାନ କରିବାର କାରଣ ବା କ'ଣ ଅଛି ? ତୁମେ କେଉଁଥି ପାଇଁ ମନା କରୁଛ ?"

: “ମୁଁ ବର୍ତ୍ତମାନ ବିବାହ କରିବାକୁ ଋହୁଁ ନାହିଁ, ବାସ୍ ସେଇଆ ।” ସେ ଏକ ଚୂଡ଼ାନ୍ତ ଭଙ୍ଗୀରେ ଉତ୍ତର ଦେଲା । ତାପରେ ମୋ କୋଳରୁ ଓହ୍ଲାଇ ମୋ ହାତ ଭିତୁ ଭିତୁ ସିଏ ଯୋଗ କଲା, “ଛାଡ଼ ସେ କଥା, ଆସିଲ; ଏଇଲା ଋଲ ଆମେ କେଲଟି କରିବା ।”

ଯନ୍ତବତ୍ ମୋ ଇଚ୍ଛା ବିରୁଦ୍ଧରେ ଉଠି ମୁଁ ଠିଆ ହେଲି । ଆଉ ସେତେବେଳକୁ ଏକ ହାସ୍ୟକର କଥାଟିଏ ଘଟିଗଲା । ମୋର ପ୍ୟାଣ୍ଟ, ଯାହାର ବେଲ୍ଟ ସେସିଲିଆ ଇତିମଧ୍ୟରେ ଖୋଲି ଦେଇଥିଲା, ତଳକୁ ଖସି ପଡ଼ିଲା ଆଉ ମୁଁ ସେଥିରେ ଝୁଣ୍ଟି ପଡ଼ିଲି । “ନା !”, ଚରମ କ୍ରୋଧରେ ମୁଁ ଚିତ୍କାର କଲି । “ନା, ମୁଁ କେଲଟି କରିବାକୁ ଋହୁଁନାହିଁ । ମୁଁ କେବଲ ଏତିକି ଜାଣିବାକୁ ଋହୁଁଛି ଯେ କାହିଁକି ମତେ ବିବାହ କରିବାକୁ ତୁମେ ଅସ୍ୱୀକାର କରୁଛ ।”

ସିଏ ସେମିତି ଠିଆ ହେଇ ମତେ ଅନେଇଲା, ଆଉ ଏକ ଦୁର୍ବୋଧ ଭଙ୍ଗୀରେ ମତେ ସତର୍କ କରାଇ ଦେଲା, “ତୁମର ଯେମିତି ଇଚ୍ଛା । କିନ୍ତୁ ଆଜି ଯଦି ଆମେ କରିବାନି, ତେବେ ଏଇନା କିଛି ଦିନ ପାଇଁ କରିବା ସମ୍ଭବ ହେବନି ।”

: “କାହିଁକି ?”

: “ମୁଁ ତୁମକୁ ନ କହିବା ପାଇଁ ଠିକଣା କରିଥିଲି, କାଲେ ତୁମେ ରାଗିଯିବ ବୋଲି । ମୁଁ କଥାଟା ଗୋଟେ ପୋଷ୍ଟକାର୍ଡରେ ଲେଖି ପଠେଇ ଦେଇଥାଆନ୍ତି, ଯେମିତିକି ତୁମେ ଖବରଟା ପାଇ ପାରି ଥାଆନ୍ତ । କିନ୍ତୁ ଏତେସବୁ ଘଟିଯିବା ପରେ ତୁମକୁ କଥାଟା କହି ଦେବା ହିଁ ଠିକ୍ ହେବ ବୋଲି ଭାବୁଛି । କାଲି ସକାଲୁ ମୁଁ ଲୁସିଆନି ସହ ପୋଞ୍ଜା ବୁଲିବାକୁ ଯାଉଛି, ଆଉ ଆମେ ଦିଜଣ ସେଠି ପ୍ରାୟ ଦୁଇ ସପ୍ତାହ ରହିବୁ ।”

ମୁଁ ଇତି ପୂର୍ବରୁ ହିଁ ଦାରୁଣ କ୍ରୋଧରେ ଜଲୁଥିଲି ଏବଂ ଏହି ଉନ୍ମୋଚନ, ଯାହାକି ସେସିଲିଆର ସେଦିନ ବ୍ୟବହାରର ରହସ୍ୟକୁ ମୋ ଆଗରେ ଉନ୍ମୋଚିତ କରିଦେଲା, ତାହା ମୋର କ୍ରୋଧକୁ ଆହୁରି ଦ୍ୱିଗୁଣିତ କରିଦେଲା । ସିଏ କିଛି ସପ୍ତାହ ଲୁସିଆନି ସହିତ ପୋଞ୍ଜାରେ କାଟିବା ପାଇଁ ଠିକଣା କରିଥିଲା ଆଉ ସେଇଥିପାଇଁ, ଖାସ୍ ସେଇଥିପାଇଁ, ଅର୍ଥାତ୍ ମତେ ସାମାନ୍ୟ କିଛି ସାନ୍ତନା ଦେବା ପାଇଁ ଦିନସାରା ଏକାଠି ଆମେ ବୁଲିବା ଲାଗି ସେଦିନ ସକାଲେ ସିଏ ରାଜି ହୋଇ

ଯାଇଥିଲା । କେବଳ ସେଇଥିପାଇଁ ସିଏ ମୋ ସହିତ କେଳି କରିବାକୁ ପ୍ରସ୍ତାବ ଦେଇଥିଲା, ଏବଂ ପରିଶେଷରେ, ଏହା ଯେତେ ଅଭୁତ ଲାଗିଲେ ମଧ୍ୟ ଖାସ ସେଇ କାରଣରୁ ସେ ମୋର ବିବାହ ପ୍ରସ୍ତାବକୁ ପ୍ରତ୍ୟାଖ୍ୟାନ କରିଥିଲା । ମୁଁ ସେସିଲିଆକୁ ଇତିମଧ୍ୟରେ ବେଶ୍‍ ଭଲଭାବରେ ଚିହ୍ନି ସାରିଥିଲି । ତା'ର କଳ୍ପନା ଶକ୍ତିର ସମ୍ପୂର୍ଣ୍ଣ ଅଭାବ ଏବଂ ତା'ର ନିସ୍ୱହ ନିର୍ଲିପ୍ତ ଉଦାସୀନତା ସମ୍ପର୍କରେ ମୋର ଯଥେଷ୍ଟ ଅଭିଜ୍ଞତା ହୋଇ ସାରିଥିଲା । ମୁଁ ଏ କଥା ମଧ୍ୟ ଜାଣିଥିଲି ଯେ ସିଏ ଗୋଟିଏ ସମୟରେ ବିଭିନ୍ନ ବିଷୟରେ ଚିନ୍ତା କରିବା ପାଇଁ ଅକ୍ଷମ । ଯାହା ଅଧିକ ନିକଟସ୍ଥ, ଅଧିକ ନଗଦ, ଅଧିକ ଆକର୍ଷଣୀୟ ତାହାହିଁ ତା'ର କଳ୍ପନା ଶକ୍ତିକୁ ଅଧିକାର କରି ରଖିଥାଏ । ଏହି କ୍ଷେତ୍ରରେ ଅଭିନେତା ସହ ପୋଞ୍ଜା ଭ୍ରମଣ ତା' ପାଇଁ ଥିଲା ସବୁଠୁ ଅଧିକ ସନ୍ନିକଟ, ଆଶୁ ଏବଂ ଆକର୍ଷଣୀୟ ଉପଭୋଗ । ତେଣୁ ଏହି ଯାତ୍ରା ପାଇଁ ସିଏ ଏହି ବିବାହକୁ ବିନା ଦ୍ୱିଧାରେ ପ୍ରତ୍ୟାଖ୍ୟାନ କରିଦେଲା, ଯଦିଚ ଭିନ୍ନ ଏକ ସମୟରେ ସେ ହୁଏତ ଏହାକୁ ଗ୍ରହଣ କରି ଥାଆନ୍ତା ।

ମୁଁ ହଠାତ୍‍ ସଚେତନ ହେଲି ଯେ ଏହା ମୋ ପାଇଁ କିଭଳି ଏକ ମର୍ମନ୍ତୁଦ ଯନ୍ତ୍ରଣାର କାରଣ ହୋଇଛି । ଯଦିଚ ସାମାନ୍ୟ ପୂର୍ବରୁ ମୁଁ ମନପ୍ରାଣରେ ରଖୁଁଥିଲି ଯେ ସେସିଲିଆ ମତେ ବିବାହ କରୁ, ବର୍ତ୍ତମାନ କିନ୍ତୁ ମୁଁ ଭାବିଲି ଯେ, ଅନ୍ତତଃ ସେସିଲିଆ ପୋଞ୍ଜା ଭ୍ରମଣକୁ ଖାରଜ କରିଦେଲେ ମତେ ବଡ଼ ଆମ୍ୱୁସାନ୍ତ୍ୱନା ମିଳିବ । ଗଭୀର ବେଦନାଭରା ଭାରୀ ସ୍ୱରରେ ମୁଁ କହିଲି, "ପ୍ଲିଜ୍‍, ତୁମେ ପୋଞ୍ଜା ଯାଆନି ।"

ସିଏ କିଛି ଉତ୍ତର ଦେଲା ନାହିଁ; କିନ୍ତୁ ନୀରବରେ ଶଯ୍ୟା ନିକଟକୁ ଗଲା ଆଉ ତା' ଉପରକୁ ଉଠି, ସଧୀରେ ଏକ ଆମ୍ୱତୁଷ୍ଟ ପ୍ରଶାନ୍ତିର ସହ ଲୋଟାଇ ଦେଲା ନିଜକୁ । ସେ ତକିଆ ଉପରେ ଆଉଜି ଥିଲା, ଗୋଟିଏ ଗୋଡ଼ ପ୍ରସାରିତ ହୋଇ ରହିଥିଲା ଶେଯ ଉପରେ, ଆଉ ଆରଟି ଆଣ୍ଠୁରୁ ବାଙ୍କି ଯାଇ ଓହଲି ରହିଥିଲା ଶୂନ୍ୟରେ, ଠିକ ଚିତ୍ର ଡେନେଙ୍କ ପରି । ତାପରେ ତା' ଦେହରେ ଗୁଡ଼େଇ ହୋଇଥିବା ଚାଦ୍ଦେଲକୁ ଖୋଲୁ ଖୋଲୁ ସିଏ କହିଲା, "ତୁମେ ଭବିଷ୍ୟତ ବିଷୟରେ କାଇଁକି ଏତେ ଭାବୁଛ ? ଏଇଠିକି ଆସ ଆଉ, ଏଇଠି ମୋ ପାଖରେ ଗଡ଼ିପଡ଼ ।"

: "ମୁଁ କିନ୍ତୁ ତୁମର ଯିବାଟା ରୁଖୁଁନି ।"

: “ଆମେ ସେଠି ରହିବା ପାଇଁ ବଖରା ଭଡ଼ା ନେଇ ସାରିଲୁଣି।”

: “ଠିକ୍ ଅଛି, ଲୁସିଆନିକୁ କହିଦିଅ ଯେ ତୁମ ଦେହ ଖରାପ ଆଉ ତୁମେ ଯାଇପାରିବନି।”

: “ଏଇଟା ସମ୍ଭବ ନୁହେଁ।”

: “କାହିଁକି ନୁହେଁ ?”

: “କାଇଁକିନା ମୋର ପୋଞ୍ଜା ବୁଲି ଯିବା ପାଇଁ ଇଚ୍ଛା ଅଛି, ଆଉ କାହିଁକି ମୁଁ ଯିବିନାଁ ତା'ର କିଛି ଉପଯୁକ୍ତ କାରଣ ନାହିଁ।”

: “ଯଦି ତୁମେ ନ ଯିବ, ତାହେଲେ ତୁମକୁ ବଢ଼ିଆ ଉପହାରଟିଏ ମୁଁ ଦେବି।”

ସେତେବେଳକୁ ସିଏ ସମ୍ପୂର୍ଣ୍ଣ ଉଲଗ୍ନ ହୋଇ ସାରିଥିଲା ଆଉ ଏକ ନିଷ୍ଠିତ ମୁଦ୍ରାରେ ପଡ଼ି ରହିଥିଲା ଶେଯରେ। ଉନ୍ମୁକ୍ତ ବକ୍ଷରେ ସେସିଲିଆ ତାର ଗୁରୁ ନିତମ୍ବକୁ ବେଶ୍ ସ୍ଵଚ୍ଛନ୍ଦରେ ଜମେଇ ନେଇଥିଲା ଶାୟ୍ୟା ଉପରେ ଆଉ ମୁହଁ ଉପରକୁ ଟେକି ଦେଇ ଘରର ରୁରିଆଡ଼େ ଓହଲା ହୋଇଥିବା ଶୋଭିକରଗୁଡ଼ିକୁ ଏକ ପିଲାଳିଆ କୌତୁହଲର ସହ ଦେଖ୍ ରୁଲିଥିଲା। ତା'ର ସେଇ ଦୃଷ୍ଟିକୁ ନିମ୍ନାୟିତ ନ କରି ଏକ ଅମନଯୋଗୀ ଭଙ୍ଗୀରେ ସିଏ ପରୁରିଲା, “କେମିତିଆ ଉପହାର ?”

: “ଯେମିତିକା ତୁମେ ରୁହଁବ।”

: “ଉଦାହରଣ ସ୍ଵରୂପ ?”

: “ମାନେ, କିଛି ଅର୍ଥ।”

ସେ ତା'ର କୃଷ୍ଣ ଆୟତ ଚକ୍ଷୁର ଦୃଷ୍ଟି ତଳକୁ କରି ମତେ ଏକ ଅନିର୍ଦ୍ଦିଷ୍ଟ, ଭାବଲେଶହୀନ ଭଙ୍ଗୀରେ ରୁହିଁଲା। “କେତେ ଅର୍ଥ ତୁମେ ମତେ ଦେବ ?”, ସେ ପରୁରିଲା ସାମାନ୍ୟ ବିସ୍ମୟର ସହ।

ମୁଁ ପୁଣି ଥରେ ତାକୁ ଦେଖ୍ଲି। ନିକଟସ୍ଥ କାନ୍ଥରେ ଓହଲା ଯାଇଥିବା ଡେନେଇଙ୍କ ଛବି ସହ ଶାୟିତ ସେସିଲିଆର ସାଦୃଶ୍ୟ ଦ୍ଵାରା ପ୍ରଚୋଦିତ ମୋର ଚେତନାରେ ଅପ୍ରତ୍ୟାଶିତ ତରଙ୍ଗଟିଏ ଖେଳିଗଲା। “ମୁଁ ତୁମକୁ ଟଙ୍କାରେ ଡ଼ାଙ୍କିଦେବା ଭଳି ଅର୍ଥ ଦେବି।”

: “ଏହାର ମାନେ କ'ଣ ?”

: "ଏହାର ମାନେ ହେଉଛି ତୁମେ ଶେଯରେ ଏମିତି ଶୋଇ ରହିଥିବ, ଆଉ ମୁଁ ତୁମକୁ ମୁଣ୍ଡରୁ ଗୋଡ଼ ପର୍ଯ୍ୟନ୍ତ ନୋଟରେ ଢାଙ୍କି ଦେବି। ଯଦି ତୁମେ ପୋଷାକୁ ଯିବାର ପ୍ରସ୍ତାବ ବାତିଲ କରିଦେବ, ତାହେଲେ ମୁଁ କହିଥିବା ମୁତାବକ ସେଇ ସମସ୍ତ ଅର୍ଥ, ଯେଉଁଥିରେ ତୁମେ ଗୋଡ଼ରୁ ମୁଣ୍ଡ ପର୍ଯ୍ୟନ୍ତ ଢାଙ୍କି ହୋଇଥିବ, ତାହା ମୁଁ ତୁମକୁ ଦେଇ ଦେବି।"

ମୋର ଏଇ କଥାରେ ଆକୃଷ୍ଟ ଏବଂ ଋତୁଆ ହୋଇ ସିଏ ହସିବାକୁ ଲାଗିଲା। କିନ୍ତୁ ତା'ର ଏଇ ଆକର୍ଷଣ ବୋଧହୁଏ ପ୍ରଲୋଭନ ଅପେକ୍ଷା ଖେଳର ନୂତନତ୍ଵରେ ହିଁ ବର୍ତ୍ତି ଥିଲା। "କି ଯେ ସବୁ କଳ୍ପନା ତୁମ ମୁଣ୍ଡରେ ଆସେ!" ସିଏ କହିଲା।

: "ଏକ କଳାକାରର କଳ୍ପନା।" ମୁଁ ଏକ କପଟ ଖୋଆନ୍ତର ସହିତ କହିଲି।

: "ଆଚ୍ଛା, ଏତେ ଅର୍ଥ ତୁମେ ଆଣିବ କେଉଠୁ?"

: "ଅପେକ୍ଷା କର।"

ମୁଁ ଉଠି ସ୍ନାନାଗାରକୁ ଦୌଡ଼ିଲି ଆଉ ଠିକ୍ ସେଇଆ କଲି ଯାହା ମୁଁ ଦିନେ କରିବି ବୋଲି ପୂର୍ବାନୁମାନ କରିଥିଲି। ମୁଁ ଟାଇଲ ହଟାଇ ତେଜୋରିର ଇଷାତ୍ ଦୁଆରକୁ ଅନାବୃତ କଲି ଆଉ ମନେ ରଖିଥିବା ଗୁପ୍ତ ସଂଖ୍ୟାତୟ ବ୍ୟବହାର କରି ଡାଏଲ ଘୁରାଇଲି। ଟଙ୍କା ଗୁଡ଼ାକ ସେଠାରେ ଥାଉ ବୋଲି ପ୍ରତି ମୁହୂର୍ତ୍ତରେ ମୁଁ ପ୍ରାର୍ଥନା କରି ଋଲିଥିଲି। ମୁଁ ଭାବିଲି ଯେ ଯଦି ତା' ଭିତରେ କିଛି ଟଙ୍କା ନ ଥାଏ, ତେବେ ମୁଁ ସେସିଲିଆକୁ ଅଂଶଧନ ପ୍ରମାଣପତ୍ର ଗୁଡ଼ିକରେ ଘୋଡ଼ାଇ ପକାଇବି, ଯେଉଁ ଗୁଡ଼ାକ କି ମୋ ମାୟାଙ୍କ କଥା ଅନୁସାରେ ଟଙ୍କା ସହ ବରାବର ସମାନ।

କିନ୍ତୁ ଯାହାହେଉ ନୋଟଗୁଡ଼ିକ ସେଠି ସେଇଭଳି ଥିଲା। କମ୍ପାନୀ ତମସୁକର ଆଉ ଅଂଶଧନ ପ୍ରମାଣପତ୍ରର ଗଦା ଉପରେ ଥୁଆ ହୋଇଥିଲା ମୋର ସୁପରିଚିତ ସେଇ ହଳଦିଆ ଲଫାପା। ତା' ଭିତରେ ଟଙ୍କା ଏଭଳି ଖୁଆ ହୋଇ ରଖା ହୋଇଥିଲା ଯେ ଲାଗୁଥିଲା ସେଇଟା ଯେମିତି ଫାଟି ପଡ଼ିବ। ମୁଁ ତାକୁ ଧରି ସେଥରୁ ଟଙ୍କାଗୁଡ଼ାକ କାଢ଼ିଲି ଆଉ ଶୟନକକ୍ଷକୁ ଫେରି ଆସିଲି। ମୁଁ ଯେତେବେଳେ ତା' ଦିଗରେ ଆଗଉଥିଲି ସେସିଲିଆ ମତେ ଏକ ଲୋଲୁପ ଦୃଷ୍ଟିରେ ଋହିଁ ରହିଥିଲା। ମୁଁ ଏକଥା

ନ ଭାବି ରହି ପାରିଲିନି ଯେ ସେଇ ଋହାଣି ଥିଲା ସୁନିର୍ଦ୍ଦିଷ୍ଟ ଭାବରେ ପୌରାଣିକ ଆଲେଖ୍ୟର ଋହାଣି, ଠିକ୍ ଯେମିତି ଡେନେଇ ଋହିଁଥିଲେ ଯେତେବେଲେ କନକମୁଦ୍ରା ଖସି ପଡ଼ିଥିଲା ତାଙ୍କ କୋଲକୁ। "ବର୍ତ୍ତମାନ", ମୁଁ ଏକ ମୃଦୁହସର ସହିତ ତାକୁ କହିଲି, "ସିଧା ଚିତ୍ ହୋଇ ଗଡ଼ିପଡ଼।"

ସିଧା ଚିତ୍ ହୋଇ ଶୋଉ ଶୋଉ ମତେ ସିଏ ଆମୋଦ ଓ ଉସୁକତାର ସହ ଋହିଁଥିଲା, ଯେଉଁଥିରେ କି ମୁଁ ଲକ୍ଷ୍ୟ କଲି ଯେ, ସାମାନ୍ୟ ଉଉେଜନାର ଛାପ ମଧ ଲୁଚି ଥିଲା। ଲଫାପାରୁ ଯେଉଁ ନୋଟ ବିଡ଼ାଟା ମୁଁ କାଢ଼ି ଆଣିଥିଲି ତାହା ବେଶ୍ ମୋଟା ଥିଲା। ମୁଁ ଅନୁମାନ କରୁଥିଲି ଯେ ସେଥିରେ ଦଶହଜାର ଲିରେର ଅନ୍ତତଃପକ୍ଷେ ପଞ୍ଚଶଟା ନୋଟ ଥିବ। ମୁଁ ତଲଆଉ ହିଁ ନୋଟ ବିଛେଇବା ଆରମ୍ଭ କଲି; ପ୍ରତୀକାତ୍ମକ ଭାବରେ ପ୍ରଥମେ ତାର କୃଷ୍ଣ ଓ କୁଞ୍ଚିତ କେଶ ଯୁକ୍ତ ନଳକାନିକୁ ଆବୃତ କଲି ଗୋଟାଏ ସଯତ୍ନ ମସୃଣାୟିତ ଦଶହଜାର ଲିରେର ନୋଟରେ, ତାପରେ ମୁଁ ଉପର ଆଡ଼କୁ ଗତି କରିବା ଆରମ୍ଭ କରି ତାର ଶିଶୁସୁଲଭ ଶ୍ୱେତ ଉଦରକୁ, କ୍ଷୀଣ କଟି ଏବଂ ସୁନ୍ଦର ଅସିତ ଉରୋଜକୁ ଆଚ୍ଛାଦିତ କଲି। ଉଭୟ ସ୍ତନ ଉପରେ ଗୋଟିଏ ଗୋଟିଏ ବ୍ୟାଙ୍କନୋଟ ରଖିଲି ମୁଁ, ଆଉ ତାର ଗ୍ରୀବା ଘୋଡ଼େଇ ଦେଲି ଆଉ ଗୋଟିଏ ନୋଟରେ। ଋରି ଋରିଟି ନୋଟ ମୁଁ ରଖିଲି ତା'ର କାନ୍ଧ ଓ ବାହୁରେ ଆଉ ତାପରେ ପୁନଶ୍ଚ ତଲକୁ ଯାଇ ତା'ର କୁନି ଗୋଡ଼ ଗୁଡ଼ିକୁ ଘୋଡ଼େଇ ଦେଲି ଟଙ୍କାରେ। ସେସିଲିଆ ପ୍ରଥମେ ଏହି କାର୍ଯ୍ୟକ୍ରମକୁ ଋହିଁ ଦେଖୁଥିଲା ଏକ ମନଯୋଗୀ ଛୁଆଲିଆ ଉସୁକତା ସହ, ଯେମିତିକି ଏହା ଗୋଟିଏ ଖେଲ; କିନ୍ତୁ ତାପରେ ସେ ହଠାତ୍ ହସିବାକୁ ଲାଗିଲା ଏକ ବିକଟ ଉଦ୍ଦାମ ହସ। ମୁଁ ଏ କଥା ନ ଭାବି ରହି ପାରିଲିନି ଯେ, ସମ୍ଭବତଃ ତାହା ଥିଲା ପ୍ରଥମେ ଦୀର୍ଘସମୟ ଧରି ପ୍ରେମିକର ଆବଦାରକୁ ପ୍ରତିହତ କରିବା ପରେ, ତା' ଇଚ୍ଛା ପାଖରେ ପରିଶେଷରେ ଆତ୍ମସମର୍ପଣ କରୁଥିବା ଗୋଟିଏ ନାରୀର ହସ। ମୁଁ ଭାବିଲି ଯେ ଏଇଭଲି ହିଁ ଡେନେଇ ହସିଥିବେ ଯେତେବେଲେ ସିଏ ଅନୁଭବ କରିଥିବେ ସେଇ ଅମର୍ଘ୍ୟ କନକ ବୃଷ୍ଟି ତାଙ୍କ ଭିତରେ ସୃଷ୍ଟି କରିଛି ଏକ ମଦାଲସ କାମନାର ପ୍ଲାବନ। ଏବଂ ସେମିତି ହସୁ ହସୁ ସେସିଲିଆ ସେଇ ଖେଲରେ ଅଂଶଗ୍ରହଣ କରି ନେଇଥିଲା। ଦେହର ଯେଉଁ ସ୍ଥାନଟା ଏ ପର୍ଯ୍ୟନ୍ତ ବି ଆଚ୍ଛାଦିତ ହୋଇ ନ ଥିଲା

ତାକୁ ନିର୍ଦ୍ଦେଶ କରି ସେ କହିଲା, "ଆରେ ଏଇ ଜାଗାଟା ଖାଲି ପଡ଼ି ଯାଇଛି, ଏଇଟାକୁ ଘୋଡ଼ାଅ। ଆଉ ଏଇଟାକୁ, ଆଉ... ।" ପରିଶେଷରେ ସେ ବିଚିତ୍ର ଭାବେ, ଟଙ୍କାରେ ଅଳଙ୍କୃତ ଏକ ଜୀବ ପରି, ଉଠାନମୁଖ ଅବସ୍ଥାରେ ସ୍ଥିର ଭାବେ ପଡ଼ି ରହିଲା। ତା'ର ମୁହଁ ମୋ ଆଡ଼କୁ ବୁଲି ରହିଥିଲା ଆଉ ଚକ୍ଷୁ ସମ୍ପୂର୍ଣ୍ଣଭାବେ ଉନ୍ମୀଳିତ ଥିଲା। ମୁଁ ଭଡ଼୍ କିନା କହିଲି, "ଏଠି ଚବିଶଟା ଦଶହଜାର ଲିରେର ନୋଟ ଅଛି। ତୁମେ ଯଦି ପୋଞ୍ଜା ନ ଯିବ ଏ ସବୁଟିକ ତୁମର।"

ସେ ପୁନର୍ବାର ହସିବା ଆରମ୍ଭ କରି ପ୍ରଣାଦ କଲା, "ଏ ମା! ତା'ଠୁ ବହୁତ ବେଶୀ ଟଙ୍କା ହେଇଥିବ ବୋଲି ମୁଁ ଭାବୁଥିଲି!"

ମୁଁ ଭାବିଲି ଯେ ବୋଧହୁଏ ଏତିକି ଅର୍ଥ ତା ପାଇଁ ଯଥେଷ୍ଟ ହେଉ ନାହିଁ। ତେଣୁ ମୁଁ ପୁନର୍ବାର କହିଲି, "ମୁଁ ତୁମକୁ ତା'ର ଦିଗୁଣା ଦେବି, ଯାହାକି ତୁମର ଆଗପଛ ସବୁକୁ ଆବୃତ କରିବ। ଏଇଟା ବେଶୀ ନ୍ୟାୟସଙ୍ଗତ ହେବ କାରଣ ଯାହା ହେଲେ ବି ତୁମର ଆଗ, ପଛ ଉଭୟ ହିଁ ରହିଛି।"

ନୋଟ ଦ୍ୱାରା ଏଇଭଳି ଆବୃତ ହୋଇ ସିଏ ସ୍ଥିରଭାବେ ପଡ଼ି ରହିଥିଲା, ଯେମିତିକି ଟିକିଏ ହଲିଗଲେ ସେଗୁଡ଼ାକ ଅସଜଡ଼ା ହେଇଯିବ ଆଉ ଖେଳଟା ବିଗିଡ଼ି ଯିବ। ସିଏ ମତେ ରହିଁଲା ଏକ ଅନୁତପ୍ତ କାତର ଦୃଷ୍ଟିରେ; ଆଉ ପରିଶେଷରେ କହିଲା, "ମୁଁ ଦୁଃଖିତ ଡିନୋ, କିନ୍ତୁ ଏଇଟା ସମ୍ଭବ ନୁହେଁ।" ସିଏ ଘଡ଼ିଏ ନୀରବ ରହି ମତେ ରହିଁଲା ଆଉ ତାପରେ ଏକ ଅଭୁତ ସୁଶୀଳ ସ୍ୱରରେ ମତେ କହିଲା, "ଡିନୋ, ଏଇନା ଆସ ନା ଆମେ କେଳି କରିବା। ଆଉ ମୁଁ ଯେତେବେଳେ ପୋଞ୍ଜାରୁ ଫେରି ଆସିବି ମୁଁ ତୁମକୁ କଥା ଦଉଛି, ଆଗ ଅପେକ୍ଷା ଆମେ ବେଶିଥର କେଳି କରିବା ଆଉ ଆମେ ବେଶିଥର ଭେଟ ହେବା।" ତା'ର ସ୍ୱରରେ କପଟତା ନ ଥିଲା। କପଟତା ରହିବା ସମ୍ଭବ ବି ନଥିଲା ସେ ସ୍ୱରରେ!

ମୁଁ ଲକ୍ଷ୍ୟ କଲି ଯେ ତା' ଋରିପାଖେ ବିଛୁରିତ ବ୍ୟାଙ୍କନୋଟ ଆଉ ଏ ଖେଳର ଉଉେଜନା ହିଁ ତା' ସ୍ୱରରେ କୋମଳତାର ସ୍ଫୁରଣ କରାଇଛି। ମୋର ପରିକଳ୍ପନା ଅନୁସାରେ, ତା'ର ଏଇ ଉଉେଜନା ହିଁ ମତେ ତାକୁ ସ୍ୱତ୍ୱାୟିତ କରିବାକୁ ସମର୍ଥ କରି ଥାଆନ୍ତା ଆଉ ଅର୍ଥ ହିଁ ଥିଲା ସେଇ ଲକ୍ଷ୍ୟ ସାଧନର ମାଧ୍ୟମ। କିନ୍ତୁ ତା'ର ଏଇ ଉପେକ୍ଷା ପରେ, ଏହାର ବିପରୀତ କ୍ରମେ, ଅର୍ଥ ଓ ତଜ୍ଜନିତ ଶିହରଣ

ବର୍ତ୍ତମାନ ପୁନର୍ବାର ତାକୁ ଅଧିକତର ବିଦ୍ୟୁତାୟିତ ଓ ଅପ୍ରାପ୍ୟ କରି ଦେଇଛି। "ମୁଁ ତୁମକୁ ଯାହା କହୁଛି ତୁମେ ସତରେ ସେ କଥା କରିବନି ?", ଦାବିକରିବା ସ୍ୱରରେ ମୁଁ ପ୍ରଶ୍ନ କଲି।

: "ନା, ଏଇଟା ସମ୍ଭବ ନୁହେଁ।"

ଯେପରି କୌଣସି ମତେ ବ୍ୟାଙ୍କ ନୋଟର ପୋଷାକ ତଳେ ସିଏ ହଲଚଲ ନ ହୁଏ ସେଥିପ୍ରତି ସତର୍କ ରହି ନିଥର ଭାବେ ଶେଯରେ ପଡ଼ି ରହିଥିଲା ସିଏ। ଲାଗୁଥିଲା ଯେମିତିକି ତା ପାଇଁ ଖେଳଟି ବଜାୟ ରହିଛି ଆଉ ସିଏ ତା'ର ଅନ୍ତିମ ଅଧ୍ୟାୟକୁ ଉତ୍କଣ୍ଠାର ସହ ପ୍ରତୀକ୍ଷା କରି ବସିଛି। ତାପରେ ମୁଁ ହଠାତ୍ ଏକ ପୁରୁଷ ସୁଲଭ ଅନ୍ଧ ଆବେଗ ଦ୍ୱାରା ଅଭିଭୂତ ହୋଇ ପଡ଼ିଲା ଭଳି ଅନୁଭବ କଲି। ଯେହେତୁ ତାକୁ ସ୍ୱତ୍ୟାୟିତ କରିବାରେ ମୁଁ ସଫଳ ହୋଇ ପାରିଲି ନାହିଁ, ତାକୁ ସମ୍ଭୋଗ କରିବା ପାଇଁ ସେଇ ଅନ୍ଧ ଆବେଗ ମତେ ପ୍ରେରିତ କଲା, ଯେମିତିକି ମୈଥୁନର ସେଇ ଉଦ୍ଦାମ ରଭସ ମଧ୍ୟରେ ମୁଁ ତାକୁ ସ୍ୱତ୍ୟାୟିତ କରିବାରେ ସଫଳ ହୋଇଯିବି। ମୁଁ ତା' ଉପରକୁ ଡେଇଁ ପଡ଼ିଲି ଆଉ ତାକୁ ଆଚ୍ଛାଦିତ କରିଥିବା ବ୍ୟାଙ୍କନୋଟ ସମେତ ତା'ର ସମଗ୍ର ଶରୀରକୁ ଆବୋରି ଦେଲି ମୋ ଦେହରେ। ସେସିଲିଆର ଭାବଭଙ୍ଗୀରୁ ଲାଗିଲା ଯେମିତି ଖେଳଟି ଏଇ ଭାବରେ ହିଁ ଶେଷ ହେବ ବୋଲି ସେ ଆଶା କରି ବସିଥିଲା। ସେ ତା'ର ହାତ ଆଉ ଗୋଡ଼ ଦ୍ୱାରା ମତେ ନିବିଡ଼ ଭାବରେ ଜାକି ଧରିଲା ଯେତେବେଲେ କି ଭୟଙ୍କର ଭାବରେ କ୍ଲିନ୍ନ ଓ ଅପ୍ରାସଙ୍ଗିକ ସେଇ ବ୍ୟାଙ୍କନୋଟ ଗୁଡ଼ିକ ଆମ ଦୁହିଙ୍କ ଆକୁଲ ଘର୍ମାକ୍ତ ଶରୀରର ପରିଷ୍ୱଙ୍ଗ ଭିତରେ ଚଡ଼ଚଡ଼ ହୋଇ ଦଳି ହେଉଥିଲେ। ଇତିମଧ୍ୟରେ ଅନ୍ୟ ନୋଟଗୁଡ଼ିକ ଆମ ରିରିପଟେ ଚଦର ଉପରେ ବିଞ୍ଛି ହୋଇ ପଡ଼ିଥିଲେ, ଆଉ କିଛି ପଡ଼ିଥିଲେ ତକିଆ ଉପରେ, ସେସିଲିଆର ବିଚ୍ଛୁରିତ କୁନ୍ତଲର ଅନ୍ତରାଲରେ।

ସେଇ ଜାନ୍ତବ ନିଧୁବନର ଶେଷରେ ମୂର୍ଚ୍ଛିତ ଭାବରେ ସେସିଲିଆ ପଡ଼ି ରହିଥିଲା ଶେଯରେ। ତାର କ୍ଲାନ୍ତ ଗୋଡ ଦୁଇଟି ଉନ୍ମୁକ୍ତ ଭାବରେ ବ୍ୟବହିତ ହୋଇ ରହିଥିଲେ। ନିଜ ଠାରୁ ବଡ଼ ଜୀବଟିଏ ଗିଲି ଦେଇଥିବା ସାପ ପରି ସିଏ ଶାନ୍ତ ଆଉ ତୃପ୍ତିର ସହ ନିଷ୍କଲ ଭାବରେ ପଡ଼ି ରହିଥିଲା। ମୁଁ ବି ତା' ଉପରେ ଶୋଇ ରହିଥିଲି ନିଥର ହୋଇ। ଆଉ ମୁଁ ଯେତେବେଲେ ଆମ ଦୁହିଙ୍କ ନିଷ୍କଲତା ସମ୍ପର୍କରେ ଚିନ୍ତା

କଳି, ସେଇ ଦୁଇଟି ମଧ୍ୟରେ ଥିବା ପାର୍ଥକ୍ୟ ମୁଁ ହୃଦୟଙ୍ଗମ କରି ପାରିଲି । ମୁଁ ବୁଝିପାରିଲି ଯେ ମୋର ନିଷ୍ଫଳତାରେ ଥିଲା ସେଇ ଶୂନ୍ୟତା ଯାହା ଏକ ବ୍ୟର୍ଥ, କ୍ଲାନ୍ତିକର ପ୍ରଚେଷ୍ଟାର ଅନୁଗମନ କରିଥାଏ, ଯେତେବେଳେ କି ସେସିଲିଆର ବିଶ୍ରାନ୍ତି ଭିତରେ ଥିଲା ଏକ ଆଦ୍ୟ ତୃପ୍ତିର ପରିପୂର୍ଣ୍ଣତା । ହଠାତ୍ ମୋର ମନେ ପଡ଼ିଗଲା ଯେତେବେଳେ ମୁଁ ରଙ୍ଗସାଜୀ କରୁଥିଲି, ସେତେବେଳେ ମୁଁ ସମ୍ପୂର୍ଣ୍ଣ ଦିନଟା କାମରେ ବିତାଇ କ୍ଲାନ୍ତ ହୋଇ ପଡ଼ୁଥିଲି; କିନ୍ତୁ ସେ କ୍ଲାନ୍ତି ଭିତରେ ମୁଁ ବର୍ତ୍ତମାନ ଅନୁଭବ କରୁଥିବା ଭଳି ଅବସାଦ ନ ଥିଲା, ବରଂ ଥିଲା ସେସିଲିଆର ପ୍ରଶାନ୍ତ ତୃପ୍ତି । ଏବଂ ମୁଁ ନିଜକୁ କହିଲି ଯେ ଆମ ଉଭୟଙ୍କ ସମ୍ପର୍କ ଭିତରେ ବାସ୍ତବରେ ସିଏ ହିଁ ମତେ ସ୍ୱତ୍ୱାୟିତ କରି ରଖିଛି ଆଉ ମୁଁ ତା' ଦ୍ୱାରା ଅଧିକୃତ ହୋଇ ରହିଛି, ଯଦିଚ ପ୍ରକୃତି ତା'ର ନିଜ ଲକ୍ଷ୍ୟର ସାଧନ ପାଇଁ ଆମ ଉଭୟଙ୍କ ମନରେ ଏହି ସତ୍ୟର ବିପରୀତ ଧାରଣା ସୃଷ୍ଟି କରାଇ ଆମକୁ ପ୍ରତାରିତ କରୁଛି । ଏବଂ ତେଣୁ ମୁଁ ଚିନ୍ତା କଲି ଯେ ମଣିଷ ହିସାବରେ ମୁଁ ବରବାଦ ହିଁ ହୋଇ ଯାଇଛି, କାରଣ ଖାଲି ଏଇଆ ନୁହେଁ ଯେ ମୁଁ ଆଉ ରଙ୍ଗସାଜୀ କରି ପାରିବି ନାହିଁ, ବରଂ ଏଇଥିପାଇଁ ଯେ ମୁଁ ସେଇ ମୃଗତୃଷ୍ଣାର ଅନୁସରଣ କରି ନିଜକୁ ଧ୍ୱଂସ କରିବାକୁ ଯାଉଛି, ଯାହା ମରୁ ପ୍ରାନ୍ତରର ସିକତା ଭଳି ସେସିଲିଆର ଜରାୟୁ ଗର୍ଭରୁ ଉଦ୍ଭୁତ ହୋଇଛି; ଆଉ ଯାହା ଫଳରେ ପରିଶେଷରେ ବାଲେଷ୍ଟାଯେରିଙ୍କ ଭଳି ମୁଁ ଏକ ଉନ୍ମାଦର ଅନ୍ଧକାର ଭିତରେ ବୁଡ଼ି ଯିବାକୁ ଯାଉଛି ।

ମୋର ଏଇ କଳ୍ପନା ଭିତରୁ ସେସିଲିଆର ସ୍ୱର ମତେ ଟାଣି ଆଣିଲା । ସେ କହୁଥିଲା, "ଅନ୍ତତଃପକ୍ଷେ ତୁମେ ସ୍ୱୀକାର କରିବ ଯେ ମୁଁ ଅର୍ଥଭୁତକ ନୁହେଁ ।"

ମୁଁ ଆଶ୍ଚର୍ଯ୍ୟ ହୋଇ ପ୍ରଶ୍ନ କଲି, "ତୁମେ ଏଭଳି କହୁଛ କାହିଁକି ?"

: "ମୋ କ୍ଷେତ୍ରରେ ଅନ୍ୟ ଯେ କୌଣସି ସ୍ତ୍ରୀଲୋକ ତୁମଠାରୁ ଟଙ୍କା ନେଇ ଯାଇ ଥାଆନ୍ତା, ଆଉ ଏଠୁ ଖିଲିଗଲା ପରେ ସିଏ ଯାହା କରିବାକୁ ସ୍ଥିର କରିଛି ତାହା ହିଁ କରି ଥାଆନ୍ତା ।"

: "ଆଉ ତାପରେ କ'ଣ ?"

: "ଏତିକି ତ ସ୍ୱୀକାର କରିବ ଯେ ଗୋଟେ ପ୍ରକାରରେ ମୁଁ ତୁମର ବହୁ ଅର୍ଥ ବଞ୍ଚାଇ ଦେଇଛି ।"

: "ମୋର ବଂଶ ଯାଇଛି ନୁହେଁ", ମୁଁ ପ୍ରାୟ ଏଇ ଆଶାରେ କହିଲି ଯେ ହୁଏତ ସେସିଲିଆ ମୋର ପ୍ରସ୍ତାବ ସମ୍ପର୍କରେ ପୁନର୍ବାର ଚିନ୍ତା କରିଛି ଏବଂ ତାକୁ ଗ୍ରହଣ କରିବାକୁ ଯାଉଛି, "ବରଂ ତୁମେ ସେଟିକି ଅର୍ଥ ହରାଇଛ।"

: "ତୁମେ କଥାଟା ସେଇଭଳି ଭାବିବା ବି ଠିକ୍। ଛାଡ଼, ବର୍ତ୍ତମାନ ମୁଁ ତୁମକୁ କିଛି ସାହାଯ୍ୟ ମାଗିବାକୁ ଯାଉଛି।"

: "କି ସାହାଯ୍ୟ ?"

: "ମୁଁ ଯଦି ନ ଯାଇଥାନ୍ତି ତେବେ ମତେ ତୁମେ ପାଞ୍ଚ ଲକ୍ଷ ଲିରେ ଦେବାପାଇଁ ପ୍ରସ୍ତୁତ ଥିଲ। ତା ବଦଳରେ ମୁଁ ତୁମଠୁ ତା'ର ଗୋଟିଏ ବହୁତ କ୍ଷୁଦ୍ର ଅଂଶ, ମାତ୍ର ଚଳିଶ ହଜାର ଲିରେ, ଧାର ରହୁଁଛି।"

: "କିନ୍ତୁ ଏ ଟଙ୍କା କାହିଁକି ତୁମର ଦରକାର ?", ମୁଁ ମୂର୍ଖଙ୍କ ଭଳି ପ୍ରଶ୍ନ କଲି।

: "ଲୁସିଆନି ପାଇଁ। ତୁମେ ତ ଜାଣିଛ ତା'ର ଚକିରି ଚଳି ଯାଇଛି। ଆଉ ଆମ ପାଖରେ ପୋଞ୍ଜା ବୁଲିଯିବା ପାଇଁ ଯେତିକି ଟଙ୍କା ଅଛି ସେଇଟା ବହୁତ କମ। ତୁମେ ଟଙ୍କା ଦେଲେ ସେଇଟା ଆମ ପୋଞ୍ଜା ଭ୍ରମଣ ପାଇଁ କାମରେ ଲାଗିବ।"

କଅଣ ଘଟୁଛି ବୁଝିବା ପୂର୍ବରୁ ମୁଁ ଆଗକୁ ଲମ୍ଫ ଦେଇ ସେସିଲିଆର ବେକ ଚିପି ଧରିଥିଲି, ଆଉ ତୁଣ୍ଡକୁ ଯେଉଁ ଅଶ୍ରାବ୍ୟ ଗାଳି ଆସିଲା ତାହା ବର୍ଷଣ କରି ଚଳିଥିଲି ତା ଉପରେ। କହନ୍ତି ଯେ ତୀବ୍ର ରଭସର ଏକ ନିର୍ଦ୍ଦିଷ୍ଟ ମୁହୂର୍ତ୍ତରେ ମଣିଷର ଚିନ୍ତା ଓ କର୍ମ ପରସ୍ପରର ପ୍ରତ୍ୟବାୟ ହୋଇ ପାରନ୍ତି। ସେଇ ମୁହୂର୍ତ୍ତରେ ଯେତେବେଳେ ମୁଁ ସେସିଲିଆର ତଣ୍ଟି ଚିପି ଧରିଥିଲି, ମୋ ମନରେ ଖାସ୍ ଏଇ ଚିନ୍ତା ଥିଲା ଯେ ତାକୁ ସ୍ଵତ୍ୟାୟିତ କରିବାର ଏକମାତ୍ର ପନ୍ଥା ତାକୁ ହତ୍ୟା କରିବା। ତାକୁ ହତ୍ୟା କରିବା ଦ୍ଵାରା ମୁଁ ତାକୁ ସେହି ସମସ୍ତ ତନ୍ତୁରୁ ବିଚ୍ଛିନ୍ନ କରିଦେବି ଯାହା ତାକୁ ବିଦ୍ୟୁତାୟିତ ହେବାରେ ସାହାଯ୍ୟ କରୁଛି ଆଉ ତାକୁ ଚିରଦିନ ପାଇଁ ମୁଁ ବନ୍ଦୀ କରି ଦେବି ମୃତ୍ୟୁର କାରାଗାରରେ। ତେଣୁ ଗୋଟିଏ ମୁହୂର୍ତ୍ତ ପାଇଁ ମୁଁ ଚିନ୍ତା କଲି ଯେ ସେଇଠି ମୋର ମାଆଙ୍କର ଶଯ୍ୟା ଉପରେ, ସିଏ ପ୍ରତ୍ୟାଖ୍ୟାନ କରିଥିବା ବ୍ୟାଙ୍କନୋଟ ଗୁଡ଼ିକର ଘେରା ଭିତରେ, ସେଇ ଘରେ ଯେଉଁଠି ଆମେ ବିବାହ କରିଥିଲେ ବାସ କରିଥାନ୍ତୁ, ମୁଁ ତାକୁ ଶ୍ଵାସରୁଦ୍ଧ କରି ହତ୍ୟା କରିବି। ଏବଂ ମୁଁ

ସେଇଆ ହିଁ କରି ଥାଆନ୍ତି ଯଦି, ସେଇ ପ୍ରାଞ୍ଜଳ ଚେତନାର ମୁହୂର୍ତ୍ତରେ ବିଦ୍ୟୁତ ଭଳି ଏହା ସ୍ମରଣ ହୋଇ ନ ଥାଆନ୍ତା ଯେ, ଏହି ବ୍ୟକ୍ତିକ ମୋର ଉଦ୍ଦିଷ୍ଟ ଲକ୍ଷ୍ୟ ସାଧନରେ ସମ୍ପୂର୍ଣ୍ଣ ବ୍ୟର୍ଥ ହେବ । ଏହାଦ୍ୱାରା ସେସିଲିଆ ଉପରେ ହକିଅତି ହାସଲ କରିବା ଏବଂ ନିଜକୁ ତା' ଠାରୁ ମୁକ୍ତ କରିବା ପରିବର୍ତ୍ତେ ମୁଁ ବାସ୍ତବରେ ତାକୁ ସମ୍ପୂର୍ଣ୍ଣ ଏବଂ ଅନ୍ତିମ ସ୍ୱାଧୀନତା ପ୍ରଦାନ କରିଥାନ୍ତି । ରହସ୍ୟାବୃତ ଏବଂ ମୃତ୍ୟୁ ଦ୍ୱାରା ସମ୍ପୂର୍ଣ୍ଣ ଲୁକ୍କାୟିତ ରହି ସିଏ ମତେ ଅନନ୍ତକାଳ ପର୍ଯ୍ୟନ୍ତ ବିଦ୍ରୂପାୟିତ କରି ଚାଲି ଥାଆନ୍ତା, ଯାହାକୁ ସୁଧାରିବା ପାଇଁ ମୋ ପାଖରେ ଆଉ କୌଣସି ଉପାୟ ନ ଥାନ୍ତା । ମୁଁ ହାତମୁଠା ହୁଗୁଲା କରି ଧୀର ସ୍ୱରରେ କହିଲି, "ମତେ କ୍ଷମା କର । ଗୋଟାଏ ମୁହୂର୍ତ୍ତ ପାଇଁ, ତୁମ ଯୋଗୁଁ ମୁଁ ପାଗଳ ହୋଇଗଲି ।"

ସିଏ ଯେଉଁ ଭୟଙ୍କର ବିପଦରୁ ଉଦ୍ଧୁରିଲା ତାହା ସେ ବୁଝି ପାରିଥିଲା ଭଳି ମନେ ହେଲା ନାହିଁ । "ତୁମେ ମତେ ବଡ଼ ଯନ୍ତ୍ରଣା ଦେଲ", ସିଏ କହିଲା । "କ'ଣ ତୁମ ମୁଣ୍ଡରେ ପଶିଗଲା ଯେ ଏତେ ରାଗିଗଲ ?"

: "ମୁଁ ଜାଣିନି, ମତେ ଦୟାକରି ଏଥିପାଇଁ କ୍ଷମା କରିଦିଅ ।"

: "ମୁଁ କିଛି ଭାବିନି । ଏଇଟା ଗୋଟେ ସେମିତି କିଛି କଥା ନୁହେଁ ।"

ମୁଁ ମୋ କହୁଣିରେ ଭରା ଦେଇ ସାମାନ୍ୟ ଉଠିଲି । ତୁରନ୍ତ ଖଟରେ ପଡ଼ିଥିବା ନୋଟ୍ କେତୋଟି ଉଠେଇ ଆଣିଲି ଆଉ ତା' ହାତକୁ ବଢ଼େଇ ଦେଇ କହିଲି, "ଇଏ ହେଲା ସତୁରି ହଜାର ଲିରେ । ଚଳି ଯିବ ତ ?"

: "ବହୁତ ବେଶୀ ହେଇଯିବ । ଚାଳିଶ ହଜାର ଲିରେ ବି ଯଥେଷ୍ଟ ହେବ ଆମ ପାଇଁ ।"

: "ନେଇ ଯାଅ । ଦରକାରରେ ଲାଗିପାରେ ।"

: "ଧନ୍ୟବାଦ ।"

ଜଣକୁ ନିରସ୍ତ କରି ଦେବା ଭଳି ଏକ ଆନ୍ତରିକ କୃତଜ୍ଞତାର ସହ ଚୁମ୍ବନଟିଏ ସିଏ ଦେଲା ମତେ ଏବଂ ମୁଁ ତା' ପାଇଁ ପୁନର୍ବାର ଅନୁଭବ କଲି ଏକ ଦୁରନ୍ତ କାମନା, ଠିକ ସେଇ ପୁରୁଣା କାରଣ ପାଇଁ ଯେ ସିଏ ମୋର ବାହୁବନ୍ଧରେ ଶାୟିତ ଥିଲା ଏବଂ ତଥାପି ବି ସେଇଠି ସିଏ ନ ଥିଲା, ଏବଂ ସମ୍ଭବତଃ ମୁଁ ତାକୁ ଆଉ ଥରେ ସମ୍ଭୋଗ କରିବା ଦ୍ୱାରା, ମୁଁ ଭାବିଲି, ସିଏ ମୋର ବାହୁ ବନ୍ଧନରେ ଯେମିତି

ରହିଛି ସେମିତି ସବୁଦିନ ପାଇଁ ରହିଯିବ । ତେଣୁ, ଏଥର ଆଉଥରେ କିଛି ଉଦ୍ଦାମତାର ବିନା, ଧୀରେ ମୃଦୁ ଭାବରେ ପ୍ରାୟ ଏକ ବିଷଣ୍ଣତାର ସହିତ, ମୁଁ ମୋର ହାତ ତା’ ପିଠି ପଛରେ ନେଇ ତାକୁ ଏକ ଆଶ୍ଳେଷରେ ବାନ୍ଧି ନେଲି । ମୁଁ ବେଶ୍ ସତର୍କ ଥିଲି ଯେମିତି ମୋ ହାତଘଣ୍ଟା ବାଜି ତା ଦେହ ଖଣ୍ଡିଆ ହୋଇ ନ ଯାଏ, ଆଉ ଯେତେବେଳେ ମୋ ହାତ ତାର କ୍ଷୀଣ କଟି ପରିବେଷ୍ଟନ କରି ମୋର ଅନ୍ୟ ହାତକୁ ସ୍ପର୍ଶ କଲା, ମୁଁ ମୋର ଦୁଇ ଗୋଡ଼ ତା’ର ଗୋଡ଼ ଭିତରେ ଧୀରେ ପ୍ରବେଶ କରାଇ ମୋର ଅନ୍ୟ ହାତଟି ତା’ର ଗ୍ରୀବାରେ ଗୁଡ଼େଇ ଦେଲି । ଏବଂ ତାକୁ ମୋର ଘନିଷ୍ଠ ଭୁଜାୟୋଡ଼ିରେ ବେଷ୍ଟିତ ଆଉ ଆବଦ୍ଧ କରି ତା’ର ଯୋନି ଅଭ୍ୟନ୍ତରକୁ ଧୀରେ ଧୀରେ ମୋର ସ୍ମରାଙ୍କୁଶ ପ୍ରବିଷ୍ଟ କରାଇଲି; ଯେମିତିକି ମୁଁ ଆଶା କରୁଥିଲି ଯେ ଏହି ମନ୍ଦ କେଲଟି ତାକୁ ସମ୍ପୂର୍ଣ୍ଣ ସ୍ୱଧ୍ୱାୟିତ କରି ପାରିବ, ଯାହା ଏପର୍ଯ୍ୟନ୍ତ ମତେ ବିଦ୍ୟୁତାୟିତ କରି ଆସିଛି । ପରିଶେଷରେ ମୁଁ ତାକୁ ପଚରିଲି, “ତମକୁ ଭଲ ଲାଗିଲା ନା ?”

: “ହଁ, ଭଲ ଲାଗିଲା ।”

: “ବହୁତ ବେଶୀ ଭଲ, ନା ସାଧାରଣ ଭାବେ ଭଲ ?”

: “ବହୁତ ବେଶୀ ଭଲ ।”

: “ହମିଶା ଠାରୁ ଆଉରି ଭଲ ?”

: “ହଁ, ବୋଧେ ହମିଶା ଠାରୁ ଆଉରି ଅଧିକ ଭଲ ।”

: “ତୁମେ ଖୁସି ତ ?”

: “ହଁ, ମୁଁ ଖୁସି ।”

: “ତୁମେ ମତେ ଭଲ ପାଅ ?”

: “ହଁ, ତୁମେ ତ ଜାଣିଛ ମୁଁ ତୁମକୁ ଭଲପାଏ ।”

        ଏଇ ଶଦ୍ଦଗୁଡ଼ିକ ମୁଁ ଅସୁମାରି ଥର ବ୍ୟବହାର କରିଥିବି, କିନ୍ତୁ କେବେ ଏମିତି ତୀବ୍ର ବିକଳ ଅନୁଭବ ମୋର ହୋଇ ନ ଥିଲା । ଏ କଥା ଗୁଡ଼ିକ କହୁଥିବା ବେଳେ ମୁଁ ଭାବି ଚଳିଥିଲି ଯେ ସେସିଲିଆ ବର୍ତ୍ତମାନ ପୋଞ୍ଜାକୁ ଚଳିଯିବ, ଏବଂ ତା’ର ସେଇ ପ୍ରସ୍ଥାନ ଯାହାକି ତା’ର ବିପଳାୟିତ୍ଵର ମୂର୍ତ ପ୍ରତୀକ, ମୋର ତା’

ପ୍ରତି ଥିବା ପ୍ରେମକୁ ଆହୁରି ତୀବ୍ର କରିଦେବ। ଏବଂ ତା' ପରିଣାମରେ ଜନ୍ମ ନେବ ତାକୁ ସ୍ୱତ୍ୱାୟିତ କରି ତା'ଠାରୁ ମୁକ୍ତିଲାଭ କରିବା ପାଇଁ ପୁନଶ୍ଚ ଏକ ଦୁରନ୍ତ କାମନା। ଆଉ ସେଇଥିପାଇଁ, ଯେତେବେଳେ ସିଏ ପୋଷାରୁ ଫେରି ଆସିବ, ପୁନଶ୍ଚ ସେଇ ଆରତ-ଚକ୍ରର ଘୂର୍ଣ୍ଣନ ଆରମ୍ଭ ହୋଇଯିବ। ଏବଂ ସିଏ ଯିବା ପୂର୍ବରୁ ଯାହା ଘଟୁଥିଲା ତାର ପୁନରାବୃତ୍ତି ଘଟିବ, କିନ୍ତୁ ଏଥର ପରିସ୍ଥିତି ହେବ ଆହୁରି ଗମ୍ଭୀର, ପୂର୍ବ ଅପେକ୍ଷା ଆହୁରି ଖରାପ। ହଠାତ୍ ମୋର ତା ସହିତ ଆଉ ଅଧିକ ସମୟ ରହିବା ପାଇଁ ସ୍ପୃହା ହେଲା ନାହିଁ, ବରଞ୍ଚ ତା' ଠାରୁ ଦୂରେଇ ଯିବା ଲାଗି ଇଚ୍ଛା ଜାତ ହେଲା। ଯେତେ ଭଦ୍ର ଏବଂ କୋମଳ ଭାବରେ କହିବା ସମ୍ଭବ, ମୁଁ କହିଲି, "ସମୟ ହେଇଗଲା, ଆମେ ବାହାରିଯିବା ଉଚିତ। ନ ହେଲେ ମାଆ ଯଦି ଆସି ଆମକୁ ଏପରି ଦେଖିବେ ତ, ଗୋଟେ ବିରକ୍ତିକର ପରିସ୍ଥିତି ସୃଷ୍ଟି ହେବ।"

: "ମୁଁ ସାଙ୍ଗେ ସାଙ୍ଗେ ଲୁଗା ପିନ୍ଧି ଦେଉଛି।"

: "ଏମିତି ବି କିଛି ବ୍ୟସ୍ତ ହୁଅନି। ମୁଁ ଯାହା କହିଲି ଗୋଟେ ବିରକ୍ତିକର ପରିସ୍ଥିତି ସୃଷ୍ଟି ହେବ, ଖାସ୍ ସେଇଆ, ତାଠାରୁ ଅଧିକ କିଛି ନୁହେଁ। ଅତି ବେଶିରେ ସିଏ ଟିକେ ଗେରେଗେରେ ହେବେ, ତେବେ ଆମେ ଯାହା କଲେ ସେଥିପାଇଁ ନୁହେଁ, ଯେମିତି କଲେ ସେଥିପାଇଁ।"

: "ମାନେ ତାର ଅର୍ଥ କ'ଣ?"

: "ମୋର ମାଆ ବହୁତ ଗୁରୁତ୍ୱ ଦିଅନ୍ତି, ଯାହାକୁ ସିଏ କହନ୍ତି 'ଉଚିତ୍ ରୀତି'। ମୋର ଷ୍ଟୁଡିଓ ବଦଳରେ ଏଠି ତାଙ୍କ ଶୟନକକ୍ଷରେ କେଲତି କରିବା ଦ୍ୱାରା ଆମେ ତାଙ୍କ 'ଉଚିତ୍ ରୀତି' ପାଳନ କଲେ ନାହିଁ।"

: "କେଲତି ତ କେଲତି। 'ଉଚିତ୍ ରୀତି' କଣ?"

: "ମୁଁ କହି ପାରିବି ନାହିଁ। ସମ୍ଭବତଃ ଅର୍ଥ ସମ୍ପର୍କରେ ଯେଉଁମାନେ ବହୁତ ବେଶୀ ଚିନ୍ତା କରନ୍ତି ଏଇଟା ସେମାନଙ୍କର ଆବିଷ୍କାର।"

ଆମେ ନୀରବରେ ପୋଷାକ ପରିଧାନ କଲୁ। ତାପରେ ଶେଯ ସାରା ଖେଳେଇ ହୋଇ ପଡ଼ିଥିବା ବ୍ୟାଙ୍କନୋଟ ଗୁଡ଼ିକୁ ସଂଗ୍ରହ କରି ମୁଁ ଲଫାପାରେ ରଖିଲି ଆଉ ଲଫାପା ଉପରେ ଲେଖିଦେଲି, 'ଏଥରୁ ମୁଁ ସତୁରି ହଜାର ଲିରେ

ନେଇ ଯାଇଛି । ଧନ୍ୟବାଦ । – ତୁମର ଦିନୋ' ତାପରେ ସ୍ନାନାଗାରକୁ ଯାଇ ଲୁହା ସିନ୍ଦୁକ ଭିତରେ ଲଫାପାଟିକୁ ରଖିଦେଲି । ସେତେବେଳକୁ ସେସିଲିଆ ଶେଯରେ ପଡ଼ିଥିବା ଚଦରଟିକୁ ସଜାଡ଼ୁ ଥିଲା । ସଜାଡ଼ି ସାରି ସିଏ ପଚାରିଲା, "ବର୍ତ୍ତମାନ କୁଆଡ଼େ ଯିବା ?"

ଏକ ଅଚାନକ କ୍ରୋଧର ସ୍ପନ୍ଦନ ମୋ ଦେହସାରା ଖେଳିଗଲା । "ଆମେ ଆଉ କୁଆଡ଼େ ଯିବା ନାହିଁ", ମୁଁ କହିଲି । "ଆଉ କୁଆଡ଼େ ଯିବାର ଅର୍ଥ ବି କିଛି ନାହିଁ । ଋଲ ତୁମକୁ ନେଇ ମୁଁ ତୁମ ଘରେ ଛାଡ଼ି ଦେବି ।"

ମୁଁ ପ୍ରାୟ ଆଶା କରୁଥିଲି ଯେ ଆମର କାର୍ଯ୍ୟସୂଚୀର ଏଇ ସହସା ପରିବର୍ତ୍ତନ ହେତୁ ସେ ବିରକ୍ତି ଅବା ଦୁଃଖ ପ୍ରକାଶ କରିବ । କିନ୍ତୁ ତା' ପରିବର୍ତ୍ତେ ସିଏ ଏକ ନିସ୍ପୃହ ଭଙ୍ଗୀରେ ଉତ୍ତର ଦେଲା, "ହଉ, ଯେମିତି ତୁମ ଇଚ୍ଛା ।"

: "ଯେମିତି ମୋ ଇଚ୍ଛା ?", ମୁଁ କଥାରେ ଜୋର ଦେଇ କହିଲି । "ନା, ବରଂ ଯେମିତି ତୁମ ଇଚ୍ଛା । ତୁମେ ହିଁ କାଲି ଋଲି ଯାଉଛ । ଏଇଟା ତୁମ ଉପରେ ନିର୍ଭର କରୁଛି ତୁମେ ରାତିଅଧ ଯାଏଁ ମୋ ସହିତ ଏକାଠି ରହିବ ନା ନାହିଁ ।"

: "ମୋ ପାଇଁ ଉଭୟ ହିଁ ଏକା କଥା ।"

: "କେମିତି ଉଭୟ ଏକା କଥା ?"

: "କାରଣ ମୁଁ ଜାଣିଛି ଦି ସପ୍ତାହ ପରେ ଫେରି ଆସି ମୁଁ ତ ପୁଣି ତୁମକୁ ଭେଟିବି ।"

: "ଏ ବିଷୟରେ ତୁମେ କ'ଣ ନିଶ୍ଚିତ ?"

: "ହିଁ ।"

: "ଆଚ୍ଛା ଠିକ୍ ଅଛି, ଋଲ ମୁଁ ତୁମକୁ ଘରକୁ ନେଇଯିବି ।"

ଏଇଭଳି ଆଲୋଚନା କରୁ କରୁ ଆମେ ଶଯନକକ୍ଷରୁ ବାହାରି ତଳ ମହଲାକୁ ଓହ୍ଲାଇ ଆସି ଅଳିନ୍ଦ ଦେଇ ଆଗେଇ ଋଲିଥିଲୁ । ବନ୍ଦ ଦୁଆରର ଅପର ପାର୍ଶ୍ୱରେ ହୋହଲ୍ଲାର ଉଚ ନିନାଦ ଅଳିନ୍ଦରୁ ଲାଗୁଥିଲା ଏକ ବିକ୍ଷୁବ୍ଧ ମଧୁଛତ୍ରରେ ମଧୁପ ମାନଙ୍କ ଗୁଞ୍ଜନ ଭଳି । ଆପାନ–ଉସ୍ବ ଶେଷ ହୋଇ ନ ଥିଲା । ଆମେ ଅଳିନ୍ଦରୁ ପାନକକ୍ଷକୁ ଯାଇ, ଘରର ମୁଖ୍ୟଦ୍ୱାର ଦେଇ ବାହାରକୁ ବାହାରି ଆସିଲୁ ।

ମୁଁ କାରର ଦୁଆର ଖୋଲୁ ଖୋଲୁ ନିଦାଘ ରାତ୍ରିର ସେଇ ଅଭାବନୀୟ ସତେଜତାରେ ମୁଗ୍‌ଧ ହୋଇ ସ୍ୱତଃସ୍ଫୁର୍ତ୍ତ ଭାବେ ଆକାଶକୁ ଚୁହିଁଲି । ଆସନ୍ନ ଝଡ଼ର ମେଘାଡ଼ମ୍ବର, ଯାହା ସାରାଦିନ ଆକାଶକୁ ଆଚ୍ଛନ୍ନ କରି ରଖିଥିଲା, ତାହା ଛାୟେଁ ଅପସରି ଯାଇଥିଲା । ସମ୍ଭବତଃ ଅନ୍ୟତ୍ର କେଉଁଠି ବର୍ଷି ଯାଇଥିଲା ବାରିଦ । ମେଘହୀନ ଆକାଶରେ ତାରାମାନେ ଦିଶୁଥିଲେ ଉଜ୍ଜ୍ୱଲ । ଏଠି ସେଠି କିଛି ଛିନ୍ନ ମେଘ ନିଜର ଶୁଭ୍ରତାକୁ ଆକାଶ-ଗଙ୍ଗାର ଧବଳ କାନ୍ତି ସହ ମିଶାଇ ଦେଇଥିଲେ । ମୁଁ ଭାବିଲି ସେସିଲିଆର ପୋଷ୍ତା ଭ୍ରମଣ ପାଇଁ ପାଗ ଚମତ୍କାର ରହିବ । ଏବଂ ପୁନର୍ବାର ମୁଁ ସଚେତନ ହେଲି ଯେ ଈର୍ଷା ମୋର ଅଧୀର ହୃଦୟକୁ କତରେଇ ପକାଉଚି । ହଁ, ତା'ର ପ୍ରତୀକ୍ଷାରେ ମୁଁ ପ୍ରତିଟି ଦିନ, ପ୍ରତିଟି ଘଣ୍ଟା, ପ୍ରତିଟି ମିନିଟ୍, ପ୍ରତିଟି ସେକେଣ୍ଡ ଗଣି ଚୁଲିଥିବି, ଏ କଥା ଜାଣିକରି ମଧ ଯେ, ସେତେବେଳକୁ ସିଏ ହସୁଥିବ, ମଜା କରୁଥିବ ଆଉ ହାତରେ ହାତ ଛନ୍ଦି ଘୁରି ବୁଲୁଥିବ, ନୌକାରେ ବସି ସମୁଦ୍ର ଦୃଶ୍ୟ ଉପଭୋଗ କରୁଥିବ, ଆଉ କେଳି କରୁଥିବ ଲୁସିଆନି ସହ । ପ୍ରକୃତରେ କହିଲେ ନିଜକୁ ସିଏ ମାୟାମିରିଗ ଭଳି ବିଦ୍ୟୁତାୟିତ କରି ନେଉଥିବ ମୋ ଠାରୁ । ଆଉ ଯେତେବେଳେ ସିଏ ଫେରି ଆସିବ ମୁଁ ପୁଣି ପାଗଳ ହୋଇ ତା ପଛରେ ଗୋଡ଼ାଇବି, ଠିକ୍ ବାଲେଷ୍ଟାୟେରିଙ୍କ ଭଳି, ଯାହାଙ୍କର ପଦଚିହ୍ନ ଅନୁସରଣ କରିବାର ଅଭିଶାପ ମୋ କପାଳରେ ଲେଖା ହୋଇ ରହିଚି ।

ମାୟାଙ୍କ ଭିଲ୍ଲାରୁ ସେସିଲିଆର ଘରକୁ ଫେରିବା ରାସ୍ତାରେ ମୁଁ ଦୁଇ ବା ତିନି ଥରୁ ଅଧିକ କଥା କହିଥିବି ବୋଲି ମନେ କରୁନାହିଁ, ତାହା ପୁଣି ସଂକ୍ଷିପ୍ତରୁ ସଂକ୍ଷିପ୍ତତର ଭାବରେ । ତାହା ମଧରୁ ଥରେ ପୁଣି ମୁଁ ବୋକାଙ୍କ ଭଳି ତାକୁ କହିଥିଲି ଚିଠି ଲେଖିବା ପାଇଁ, ଯଦିଚ ମୁଁ ବେଶ୍ ଭଲ ଭାବରେ ଜାଣିଥିଲି ଯେ, ଯେଉଁ ମିତଭାଷୀ ସେସିଲିଆ କଥା କହିବା ପାଇଁ ଶଦ ପାଏ ନାହିଁ, ପତ୍ର ରଚନାରେ ତ ନିଶ୍ଚିତ ଗଣ୍ଡମୂର୍ଖ ସାବ୍ୟସ୍ତ ହେବ, ଏବଂ ସେଇଥିପାଇଁ ସେ କିଛି ହିଁ ଲେଖିବ ନାହିଁ, ଏପରିକି ଦିଧାଡ଼ି ଲେଖା ଦୃଶ୍ୟଚିତ୍ର ପୋଷ୍ଟକାର୍ଡ ବି ପଠାଇବ ନାହିଁ ସିଏ । ଇତି ମଧରେ ସେସିଲିଆ ରହୁଥିବା ଗଲିରେ ପହଞ୍ଚି ଯାଇଥିଲୁ ଆମେ । ମୁଁ ଗାଡ଼ି ଅଟକାଇଲି ଆଉ ସିଏ ଗାଡ଼ିରୁ ବାହାରିଗଲା । ମୁଁ ତା' ଓଠରେ ମୃଦୁ ଚୁମ୍ବନଟିଏ ଦେଇ ତାକୁ ବିଦାୟ ଜଣାଇଲି । ଯେତେବେଳେ ସିଏ ରାସ୍ତା ଅତିକ୍ରମ କରୁଥିଲା ମୁଁ ତାକୁ ଚୁହିଁ

ରହିଥିଲି । ମୁଁ ଭାବିଲି ଯେ ବୋଧହୁଏ ଦୁଆର ପାଖରେ ସେ ପଛକୁ ବୁଲି ଅନାଇବ ଆଉ ମୃଦୁହସ ସହିତ ହାତ ହଲାଇବ । କିନ୍ତୁ ମୋର ଆଶା ନିରାଶାରେ ପରିଣତ ହେଲା । ସେସିଲିଆ ତାଙ୍କ ଅଟ୍ଟାଳିକା ବେଢ଼ା ପଲିଘର ଦେହଲୀ ଅତିକ୍ରମ କରି ପଛକୁ ନ ଘୁରି ତା' ଭିତରେ ଅଦୃଶ୍ୟ ହୋଇଗଲା ।

ସିଏ ଅଦୃଶ୍ୟ ହୋଇଯିବା କ୍ଷଣି ମୁଁ ସଚେତନ ହେଲି ଯେ ଶିକ୍ଷଶାଳାକୁ ଫେରିବା ଲାଗି ମୋର ଇଚ୍ଛା ନାହିଁ, ଅନ୍ୟ କେଉଁଠିକି ଯିବାପାଇଁ ବି ନୁହେଁ । ଏକମାତ୍ର ସ୍ଥାନ ଯେଉଁଠିକୁ ଯିବା ପାଇଁ ମୁଁ ଝୁଙ୍କୁଥିଲି ତାହା ହେଲା ସେସିଲିଆର ଘର । ମତେ ଏଇଭଳି ପ୍ରତୀତ ହେଉଥିଲା ଯେ ସେସିଲିଆ ପାଖରୁ ମୁଁ ସମ୍ପୂର୍ଣ୍ଣ ତୃପ୍ତି ପାଇ ପାରି ନାହିଁ । ତା'ର ସଦନିକାକୁ ଯାଇ, ଦେହୁଡ଼ି ଘଣ୍ଟି ବଜାଇବି ଆଉ ତା' ସହିତ ତା' ଶୟନକକ୍ଷରେ ସେଇ ଦିବସର ତୃତୀୟଥର ପାଇଁ ତାକୁ ସମ୍ଭୋଗ କରିବି, ଏହିଭଳି ଏକ ତୀବ୍ର କାମନା ମତେ ଗ୍ରାସ କଲା । ମୁଁ ଜାଣିଥିଲି ଯେ ଏହା ଥିଲା ମୋର ପାଗଲାମି । ତାକୁ ଆଉ ଥରେ ସମ୍ଭୋଗ କଲେ ମଧ, ବର୍ତ୍ତମାନ ସିଏ ମୋର ଯେତିକି ସ୍ବତ୍ଵାୟିତ, ତାଠାରୁ ଅଧିକ କିଛି ଭିନ୍ନ ହେବ ନାହିଁ । ଅର୍ଥାତ୍ ବର୍ତ୍ତମାନ ସିଏ ଯେତିକି ବିଦ୍ୟୁତାୟିତ, ଆଉ ଗୋଟିଏ ଅଧିକ ଥରର ସମ୍ଭୋଗ ପରେ ମଧ ସେତିକି ବିଦ୍ୟୁତାୟିତ ହୋଇ ରହିବ, କାରଣ ଯାହା ବାସ୍ତବରେ ମତେ ବିଦ୍ୟୁତାୟିତ କରୁଛି ତାହା କେଳତି ପାଇଁ ସଦା ଉନ୍ମୁଖ ତା'ର ସେଇ ବିନୀତ ଶରୀର ନୁହେଁ, ବରଂ ଏ ସମସ୍ତ ବ୍ୟତିରେକରେ ତାହା ଅନ୍ୟ କିଛି, ଯାହାର କି ଶରୀର ସହିତ କୌଣସି ସମ୍ବନ୍ଧ ନାହିଁ । ଏବଂ ତଥାପି ବି ମୁଁ ଅନୁଭବ କରୁଥିଲି ଯେ ସେଇ ଗୋଟିଏ ଜିନିଷ ହିଁ ମୁଁ ବର୍ତ୍ତମାନ କରିବାକୁ ଝୁଙ୍କୁଛି ।

ମୁଁ ଜାଣିନି କେତେ ସମୟ ଧରି ମୁଁ ଏ ସମ୍ପର୍କରେ ସେଇ ବିଜନ ପଥପ୍ରାନ୍ତରେ କାରରେ ବସି ଚିନ୍ତା କରି ଝୁଲିଥିଲି । ପରିଶେଷରେ ମୁଁ ନିଜକୁ କହିଲି ଯେ ସେସିଲିଆ ତ ମତେ ପ୍ରାୟ ବାଧ କରୁଥିଲା ଆମେ ଦୁଇଜଣ ଯାକ ରାତି ବାରଟା ଯାଏଁ ସମୟ କାଟିବା ପାଇଁ । ତେଣୁ ଏଇଟା କିଛି ବିସ୍ମୟକର କଥା ହେବ ନାହିଁ ଯଦି ମୁଁ ତାକୁ ଦୂରଭାଷ କରି ଏତେ ଶୀଘ୍ର ବିଦାୟ ନେଇ ଥିବାରୁ ଦୁଃଖ ପ୍ରକାଶ କରିବି ଏବଂ ତାକୁ ରାତ୍ରିଭୋଜନ ପାଇଁ କେଉଁ ରେସ୍ତୋରାଁକୁ ସାଥିରେ ନେଇ ଯିବାକୁ ପ୍ରସ୍ତାବ ଦେବି । ମୁଁ ଜାଣିଥିଲି ସେସିଲିଆର ଧୈର୍ଯ୍ୟ ଅପରିମିତ, ଆଉ

ସେସିଲିଆ ଯେତେବେଳେ କିଛି ମନା କରେ, ଏଥିପାଇଁ ନୁହେଁ ଯେ ସିଏ ତାହା ବୁଝେ ନାହିଁ, ବରଂ ଏଥିପାଇଁ ଯେ ଭିନ୍ନ କୌଣସି ସମସ୍ୟା ହେତୁ ସେ ତାହା କରିବା ପାଇଁ ସକ୍ଷମ ନୁହେଁ। ହଠାତ୍ ମୁଁ ମନସ୍ଥିର କରି ଗାଡ଼ି ପଛକୁ ବୁଲାଇଲି ଆଉ ଗାଡ଼ିରୁ ଓହ୍ଲାଇ ଛକରେ ଥିବା ପାନଶାଳାକୁ ଗଲି। କିନ୍ତୁ ଦୂରଭାଷଟି ଯାହାଙ୍କର ହାତରେ ଥିଲା, ସିଏ ଏହି ଶ୍ରେଣୀର ମଣିଷ ବୋଲି ମନେ ହେଉଥିଲେ ଯେଉଁମାନେ କି ଥରେ କଥା ଆରମ୍ଭ କଲେ ସହଜରେ ଫୋନ ଛାଡ଼ନ୍ତି ନାହିଁ। ନମ୍ର ଓ ଲଜ୍ଜାଶୀଳ ମନେ ହେଉଥିବା ଝିଅଟିଏ, ସମ୍ଭବତଃ ପରିଚାରିକାଟିଏ, ବାର୍ତ୍ତାଳାପ କରୁଥିଲା ବେଶ୍ ନିମ୍ନ ସ୍ୱରରେ। ମଝିରେ ମଝିରେ ଦୀର୍ଘ ସମୟ ଧରି କିଛି ଭାବିଲା ଭଳି ବିରତି ନେଇ କଥା କହୁଥିଲା ସିଏ, ସାଧାରଣତଃ ଯେମିତି ଭାବପ୍ରବଣ ହୋଇ ବାର୍ତ୍ତାଳାପ କଲାବେଳେ ଝିଅମାନେ କରନ୍ତି। ମୁଁ ଆଉ ଘଡ଼ିଏ ମଧ୍ୟ ବିଳମ୍ବ କଲି ନାହିଁ। ମୁଁ ସେଠାରୁ ବାହାରି ଯାଇ ସେସିଲିଆଙ୍କ ସଦନିକାର ଦୁଆର ଦିଗରେ ଦୃଢ଼ଚିତ୍ତରେ ଆଗେଇ ଗଲି। ମୁଁ ଦୂରଭାଷ କରିବି କାହିଁକି ? ମୁଁ ସିଧା ତାଙ୍କ ଘରକୁ ଯିବି, ଆଉ ସେଠି ତାକୁ ନେଇ ସଦ୍ୟ ‘ତା’ ଶୟନକକ୍ଷକୁ ପଶିଯିବି।

ମୁଁ ପାବଚ୍ଛଶ୍ରେଣୀକୁ ପ୍ରାୟ ଦୌଡ଼ି ଦୌଡ଼ି ଅତିକ୍ରମ କଲି, ଦୌଡ଼ି ଯାଇ ଆଧ୍ୟାୟକ ଘଣ୍ଟି ଟିପି ଦେଲି ଆଉ ଠିଆ ହୋଇ ନିଃଶ୍ୱାସ ଦୁରୁସ୍ତ କରିବାକୁ ଲାଗିଲି। ମୁଁ ଅପେକ୍ଷା କରିଥିଲି କେତେବେଳେ ଆସି ସେସିଲିଆ ଦୁଆର ଖୋଲିବ ଆଉ ମୁଁ ତାକୁ ନେଇ ତାଙ୍କ ଘର ଭିତରକୁ ପଶିଯିବି। କିନ୍ତୁ ଦୁଆର ଖୋଲିଲା ବେଳକୁ ତା’ ପଛରେ ସେସିଲିଆ ନ ଥିଲା, ବରଂ ଥିଲେ ତାର ମାଆ। ତାଙ୍କ ଶୀର୍ଷ ପ୍ରଲିପ୍ତ ମୁଖରେ ଥିଲା ଏକ ବ୍ୟାକୁଳ ଅଭିବ୍ୟକ୍ତି। “ସେସିଲିଆ ?”, ମୁଁ ପଚାରିଲି।

ସେ ଉଦ୍‌ବିଗ୍ନ ସ୍ୱରରେ ଉତ୍ତର ଦେଲେ, “ସେସିଲିଆ ତ ନାହିଁ, ପ୍ରଫେସର।”

: “କ’ଣ ? ସିଏ ଏଠି ନାହିଁ ?”

: “ସିଏ ଏଇ ଦୁଇ ମିନିଟି ଆଗରୁ ବାହାରି ଗଲା।”

: “ହେଲେ ସିଏ ଗଲା କୁଆଡ଼େ ?”

: “ସିଏ ରାତ୍ରିଭୋଜନ କରିବାକୁ ଗଲା।”

: “କେତେବେଳେ ସିଏ ଫେରିବ ?”

: “ସିଏ ଆଉ ଏଇଲା ଫେରିବିନି ପ୍ରଫେସର। ସିଏ ତା'ର ସୁଟକେସ୍ ସାଙ୍ଗରେ ନେଇ ଯାଇଛି। ତାର ଗୋଟିଏ ବାନ୍ଧବୀ ସହିତ ସିଏ ପୋଷ୍ଟା ବୁଲିବାକୁ ଯିବ। ଆଜି ସେଇ ବାନ୍ଧବୀ ଘରେ ଶୋଇବ ଆଉ ଦି ସପ୍ତାହ ପରେ ଯାଇ ଘରକୁ ଫେରିବ।”

ତାହାହେଲେ ମୁଁ ମନ ଭିତରେ ଯେତେବେଲେ ତାକୁ ଦୂରଭାଷ କରିବା ଉଚିତ ହେବ କି ନାହିଁ ବୋଲି ବିତର୍କ ଚଲାଇ ଥିଲି, ସେସିଲିଆ ନିଜ ସଦନିକାକୁ ଯାଇ, ପୂର୍ବରୁ ସଜଡ଼ା ହୋଇଥିବା ଯାତ୍ରାପେଟିକାକୁ ଧରି, ପଛ ଦୁଆର ବାଟେ ଅପର ରାସ୍ତାକୁ ବାହାରି, ଲୁସିଆନିର ଘରକୁ ଋଲି ଯାଇଛି। ମୁଁ ତା'ର ମାଆଙ୍କ ମୁହଁକୁ ଋହିଁଲି ଆଉ ଦେଖିଲି ସିଏ ଦାନ୍ତରେ ରୁମାଲଟିଏ ଋପି ଧରିଛନ୍ତି ଆଉ ତାଙ୍କର ଆଖିରେ ଅଶ୍ରୁ ଟଲଟଲ ହେଉଛି।

: “କ'ଣ ହେଇଛି ?” ମୁଁ ପ୍ରଶ୍ନ ପଋରିବାରୁ ନିଜକୁ ନିବୃଢ କରିପାରିଲି ନାହିଁ।

: “ସେସିଲିଆ ବୁଲିବାକୁ ଋଲିଗଲା ଆଉ ତାର ବାପା ଏଠି ମରିବାକୁ ପଡ଼ିଛନ୍ତି। ଏଇ ଶୂନ୍ୟ ଘରଟାରେ ମତେ ସେ ଏକେଲା ଛାଡ଼ି ଋଲିଗଲା। ତା' ବାପାଙ୍କୁ ଗତକାଲି ଡାକ୍ତରଖାନାକୁ ନିଆ ହେଲା, ତାଙ୍କର ଆଉ ବଞ୍ଚିବାର ଆଶା ନାହିଁ।”

: “ବଞ୍ଚିବାର ଆଶା ନାହିଁ ?”

: “ନା। ଡାକ୍ତର କହି ଦେଇଛନ୍ତି, ସିଏ ଖୁବ୍ ବେଶିରେ ଦୁଇ ତିନି ଦିନ ବଞ୍ଚିବେ।”

: “କିନ୍ତୁ ସେସିଲିଆ କ'ଣ ତା ବାପାଙ୍କୁ ଭଲ ପାଏ ନାଇଁ ?”

: “ଆଃ, ସେସିଲିଆ କାହାକୁ ବି ଭଲପାଏ ନାହିଁ, ପ୍ରଫେସର।”

ହଠାତ୍ ବିନା କିଛି କାରଣରେ ମୋର ମନେ ପଡ଼ିଲା ସେସିଲିଆ କେମିତି ଠିକ୍ ଯେଉଁଦିନ ବାଲେସ୍ତାଯେରିଙ୍କ ମୃତ୍ୟୁ ଘଟିଲା, ସେଇଦିନ ହିଁ ମୋ ପାଖକୁ ପ୍ରଣୟ ନିବେଦନ କରିବା ପାଇଁ ଆସିଥିଲା। “ମୁଁ ଦୁଃଖିତ”, ମୁଁ ସହସା କହି ଉଠିଲି। “ମୁଁ ବାସ୍ତବରେ ଦୁଃଖିତ।” ତାପରେ ଅଧୈର୍ଯ୍ୟ ଭାବରେ ତାଙ୍କର ଆଉ କିଛି କାକୁତି ଭାବଲେଶହୀନ ମୁଖରେ ଶୁଣିବା ପରେ ମୁଁ ସେଠାରୁ ବିଦାୟ ନେଲି।

ମୁଁ କାର ପାଖକୁ ଫେରି ଯାଉ ଯାଉ ହଠାତ୍ ହୃଦୟଙ୍ଗମ କଲି ଯେ ଏଇ ମୁହୂର୍ତ୍ତରେ ସେସିଲିଆ ଅଭିନେତା ସହ କେଲି କରୁଥିବାର କଳ୍ପନା ମତେ ଅସହ୍ୟ

ପୀଡ଼ା ଦେଉଛି। ମୁଁ ପୁନର୍ବାର କୌଠି ବି କୌଣସି କାର୍ଯ୍ୟରେ ବ୍ୟାପୃତ ହେବା ପାଇଁ ମୋର ଚିରାଚରିତ ଅକ୍ଷମତାର ସମ୍ମୁଖୀନ ହେବାରେ ଲାଗିଲି। ମୁଁ ସଚେତନ ଥିଲି ଯେ ମୁଁ କେବଳ ସେଇ କାର୍ଯ୍ୟ କରିବାକୁ ସକ୍ଷମ ଯାହା ମୋ ପକ୍ଷରେ ଅନୁଚିତ ବା ଗର୍ହିତ। ଏବଂ ଏହି ପରିସ୍ଥିତିକୁ ପ୍ରତିପାଦିତ ତଥା ଅଧିକ ନିରାଶାଜନକ କରିଥିଲା ମୋର ଏଇ ସାମ୍ପ୍ରତିକ ବିପ୍ରଲମ୍ଭ। ମୁଁ କାର ମଧକୁ ଲମ୍ଫ ପ୍ରଦାନ କଲି ଏବଂ ତୁରନ୍ତ ସଚେତନ ହେଲି ଯେ କାରଟି ଲୁସିଆନି ବାସ କରୁଥିବା ଭିୟା ଆର୍କିମେଡେ ଦିଗରେ ହିଁ ଋଳିଛି। ମୁଁ ସଚେତନ ହେଲି ବୋଲି ଏଇଥିପାଇଁ କହୁଚି ଯେ କାରଣ ମୁଁ ସ୍ୱୟଂକ୍ରିୟ ଭାବେ କାର୍ଯ୍ୟ କରୁଥିଲି; ତୀବ୍ର କ୍ରୋଧରେ ଅନ୍ଧ ହୋଇ ମଣିଷ ଯେଭଳି ସ୍ୱତଃସ୍ଫୁର୍ତ୍ତାର ସହ କାର୍ଯ୍ୟ କରେ ମୋର ପରିସ୍ଥିତି ସେଇଭଳି ହିଁ ଥିଲା। ମୁଁ ଭିୟା ଆର୍କିମେଡେରେ ପହଞ୍ଚିବା ପରେ, ସିଧା ସେଇ ପତଲା କମ୍ବୁକଣ୍ଠ ପଥରେ ଯାଇ ତୀବ୍ର ଗତିରେ ପାନଶାଳା ପାଖରେ ପହଞ୍ଚିଲି ଏବଂ ସେହିଠାରୁ ମୁଁ ଲୁସିଆନିର ଝରକା ଆଡ଼େ ଋହିଁଲି। ସେଠାରେ ଅନ୍ଧାର ବ୍ୟାପିଥିଲା ଏବଂ ମୁଁ ନିଶ୍ଚିତ ହେଲି ଯେ ଦୁଇ ପ୍ରଣୟୀ ସେଠାରେ ନାହାନ୍ତି। ତଥାପି ମଧ ମୁଁ କାରୁ ବାହାରି ସେ ଅଟ୍ଟାଳିକା ମଧକୁ ପ୍ରବେଶ କଲି ଆଉ ଅଭିନେତାର ତଲ ମହଲାରେ ଥିବା ସଦନିକାର ଦେହୁଡ଼ି ଘଣ୍ଟି ବଜାଇଲି। ସେଇ ଶୂନ୍ୟ ସଦନିକାରେ ଘଣ୍ଟିର ଦୀର୍ଘାୟିତ କ୍ରନ୍ଦନ ଶୁଣୁଶୁଣୁ ମୋ ମୁଣ୍ଡକୁ କ'ଣ ଆସୁଥିଲା ମୁଁ ଜାଣି ପାରୁ ନ ଥିଲି। ମୁଁ କେବଳ ଏତିକି ଜାଣି ପାରିଲି ଯେ ଦୁଇ ମିନିଟ୍ ପରେ ମୁଁ ପାନଶାଳାର ଦୂରଭାଷ ଯନ୍ତରେ ଏକ କୁଟ୍ଟିନୀର ଦୂରଭାଷ ସଂଖ୍ୟା ଡାୟଲ କରୁଥିଲି। ଅତୀତରେ ଏହି କୁଟ୍ଟିନୀ ମାଧମରେ ମୁଁ ଅନେକ କୁଲଟା ନାରୀଙ୍କ ସଂସର୍ଗରେ ଆସି ପାରିଥିଲି। ଯେତେବେଳେ ସେହି କୁଟ୍ଟିନୀ ଫୋନ ଧରିଲା, ମୋ ପ୍ରଶ୍ନର ଉଭରରେ ସେ ଜଣାଇଲା ଯେ ଆମର ଅଭ୍ୟସ୍ତ ଚିରାଚରିତ ସ୍ଥାନରେ, ଭିୟା କାସିଆର ସେହି ନିର୍ଦ୍ଦିଷ୍ଟ ଭିଲ୍ଲାରେ, ପଣାଙ୍ଗନା ମିଳିବେ।

କାରକୁ ଫେରି ଆସି ମୁଁ ମନରେ ବିଋର କଲି ଯେ ଯେଉଁ ଯୁବତୀ ସହିତ କେଳୀ କରିବା ପାଇଁ ମୁଁ ବର୍ତ୍ତମାନ ପ୍ରସ୍ତୁତ ହୋଇ ଯାଉଛି ସିଏ ସେସିଲିଆର ସମ୍ପୂର୍ଣ୍ଣ ବିପରୀତଧର୍ମୀ ଏକ ଲଳନା। ଗୋଟିଏ ନିର୍ଦ୍ଦିଷ୍ଟ ପରିମାଣର ଅର୍ଥ ପାଇଁ ସିଏ ମୋର ଉପଭୋଗ ଲାଗି ନିଜକୁ ଉପଲବ୍ଧ କରାଇଛି ଏବଂ ସେହି ଅର୍ଥ ହେତୁ ମୁଁ

ତାକୁ ସମ୍ପୂର୍ଣ୍ଣ ସ୍ୱତ୍ୱାୟିତ କରି ପାରିବି ଯାହା ଫଳରେ କି ତାର ସ୍ୱାଧୀନତା କିମ୍ବା ରହସ୍ୟମୟତାର କୌଣସି ଅବକାଶ ରହିବ ନାହିଁ। ତେଣୁ ମୁଁ ଭିୟା ଆପିଆର ଭିଲ୍ଲାରେ, ବିବାହ ପ୍ରସ୍ତାବ ଓ ପାଞ୍ଚଲକ୍ଷ ଲିରେ ବିନିମୟରେ, ଯାହା ପାଇବାରେ ସଫଳ ହୋଇ ପାରି ନ ଥିଲି, ତାହା ବର୍ତ୍ତମାନ ଭିୟା କାସିଆର ଅଭିସାର କୁଞ୍ଜରେ ବହୁତ କମ୍ ଖର୍ଚ୍ଚରେ ପାଇବାକୁ ଯାଉଛି। କିନ୍ତୁ ଝିଅଟି ତ ସେସିଲିଆ ନୁହେଁ, ମୁଁ ତେବେ କାହିଁକି ତା ପାଖକୁ ଯାଉଛି ? ଏ ପ୍ରଶ୍ନର ଉତ୍ତର ଖୋଜିବାକୁ ଯାଇ ମୁଁ ଏକ ବିସ୍ମୟର ସହ ହୃଦୟଙ୍ଗମ କଲି ଯେ ମୋର କୁଟିନୀ ସହ ସେଇ ଉଭଟ ଦୂରଭାଷ ପଣ୍ଢାତରେ ଏକ ଅଭୁତ ଏବଂ ପ୍ରାୟ ଅବିଶ୍ୱସନୀୟ ଏକ ଅପେକ୍ଷା ଥିଲା। ମୋର ଉନ୍ମତ୍ତ କ୍ରୋଧର ସେଇ ବ୍ୟାମୋହ ମଧରେ ମୁଁ ଏଇ ଉଭ୍ରାନ୍ତ ପ୍ରତ୍ୟାଶାରେ ଥିଲି ଯେ, ବାସ୍ତବରେ କହିଲେ ମୁଁ ଏଇଆ ଆଶା କରୁଥିଲି ଯେ, ଭିୟା କାସିଆର ସେଇ ଭିଲ୍ଲାରେ ଯେମିତି ସେସିଲିଆ ନିଜକୁ ମୋ ପାଖରେ ସମର୍ପଣ କରିବା ପାଇଁ, ସମ୍ପୂର୍ଣ୍ଣ ଭାବରେ ମୋ ଦ୍ୱାରା ସ୍ୱତ୍ୱାୟିତ ହେବା ପାଇଁ, ମୋ ପ୍ରତୀକ୍ଷାରେ ବାଟ ଜଗି ବସିଛି। ମୁଁ ପ୍ରକୃତରେ ଜାଣେ ନାହିଁ କେମିତି ଏଇ ଅସମ୍ଭବ ପ୍ରତ୍ୟାଶା ମୋ ଭିତରେ ଜନ୍ମ ନେଲା। ସମ୍ଭବତଃ ତାହା ଆଂଶିକ ଭାବରେ ସେଇ କୁଟିନୀର ଲୋଭନୀୟ ହାବାଳାପରୁ ସୃଷ୍ଟି ହୋଇଥିଲା ଯାହାକି ସ୍ୱାଭାବିକ ଭାବରେ ସେଇ ଜାତୀୟ ନାରୀମାନଙ୍କର ଏକ ବିଶେଷ ଗୁଣ। ସେ କୁଟିନୀ ମତେ ଦେଇଥିଲା ପ୍ରେମର ଏକ ଚମକ୍କାର ପ୍ରତିଶ୍ରୁତି, ସେଇ ନିର୍ଦ୍ଦିଷ୍ଟ ଜିନିଷ ଯାହା ଯୋଗାଇବା ପାଇଁ ତା'ର କୌଣସି କ୍ଷମତା ହିଁ ନ ଥିଲା। ଆଉ ଆଂଶିକ ଭାବରେ ଏହା ମଧ ସତ୍ୟ ଯେ, ସେସିଲିଆକୁ ସ୍ୱତ୍ୱାୟିତ କରିବା ପାଇଁ ହେତୁକ ଉପାୟ ବିଫଳ ପ୍ରମାଣିତ ହୋଇଥିଲା, ଆଉ ଏକ ଅଲୌକିକ ଚମକ୍କାର ହିଁ ଥିଲା ମୋର ଏକମାତ୍ର ଆଶା।

ମୋର ମସ୍ତିଷ୍କରେ ଏହିଭଳି ଚିନ୍ତା ଗୁଡ଼ାଏ ଭରି, ଯାହାକୁ କହନ୍ତି ଏହିଭଳି ଏକ ବିଶୁଦ୍ଧ ଓ ଉଭ୍ରାନ୍ତ ମାନସିକ ସ୍ଥିତିରେ, ଏକ ପ୍ରକାର ଇନ୍ଦ୍ରିୟାତୀତ ଅଚେତନ୍ୟ ମଧରେ, ମୁଁ ସହରରୁ ବାହାରି ଭିୟା କାସିଆ ଦିଗରେ ଗାଡ଼ି ଚଲାଇଲି। ସହରର ଉପାନ୍ତର ଏକ ମୁକ୍ତ ସ୍ଥାନରେ ଅବସ୍ଥିତ ଥିଲା ସେଇ ଭିଲ୍ଲାଟି। ପ୍ରାୟ କୋଡ଼ିଏ ମିନିଟ୍ ପରେ ଏକ କଳଙ୍କି ଲଗା ଲୁହା ଦରଜା ନିକଟରେ ମୁଁ ପହଞ୍ଚିଲି। ଦରଜାଟି ସମ୍ପୂର୍ଣ୍ଣ ଉନ୍ମୁକ୍ତ ଥିଲା ଆଉ ସେହିଠାରୁ ଏକ କଚ୍ଚା ରାସ୍ତା ଗୋଟିଏ ପାହାଡ଼ ଉପରକୁ

ଉଠି ଯାଇଥିଲା। ତା' ଉପରେ ଶ୍ୱେତ ହର୍ମ୍ୟଟିଏ ପରିଦୃଷ୍ଟ ହେଉଥିଲା। ରାସ୍ତାଟିର ଉଭୟ ପଟରେ ଥିଲା ସମ୍ପ୍ରତି ରୋପିତ ରୁଗୁଡ଼ିଆ ଖର୍ବକାୟ ବୃକ୍ଷର ବୀଥିକା। ମୁଁ ସେଇ ଦରଜା ଦେଇ କଙ୍କା ରାସ୍ତାରେ ଦ୍ରୁତ ବେଗରେ ଭିଲ୍ଲା ଦିଗରେ ଗାଡ଼ି ଚଳାଇଲି। ଷ୍ଟିଅରିଂ ଉପରକୁ ନଇଁ ପଡ଼ି ମୁଁ ଭିଲ୍ଲାକୁ ଚୁହିଁଲି, ସେଠି ସମସ୍ତ ବାତାୟନ ଅନ୍ଧକାରାଚ୍ଛନ୍ନ ଥିଲା ଏବଂ ଚୁହୁଁ ଚୁହୁଁ ହଠାତ୍ ତା' ମଧ୍ୟରୁ ଗୋଟିଏ ବାତାୟନ ଆଲୋକିତ ହୋଇ ଉଠିଲା। ମୋ କାର ଆସି ଏକ ପଲଷ୍ତରୋ ହୋଇଥିବା ମୁକ୍ତ ପ୍ରାଙ୍ଗଣରେ ପହଞ୍ଚିଲା। ମୁଁ ଗାଡ଼ି ଅଟକାଇ ବାହାରି ଆସିଲି।

ଭିଲ୍ଲାର କଳାକୌଶଳ ଥିଲା ନିତାନ୍ତ ସରଳ। ଏହା ଥିଲା ଏକ ଦୁଇ ମହଲା ଘର ଯାହାର ପ୍ରତିଟି ମହଲାରେ ତିନୋଟି ଝରକା ଥିଲା। ଦ୍ୱିତୀୟ ମହଲାକୁ ଯିବା ପାଇଁ ଘର ବାହାରେ ଗୋଟିଏ ଗାଉଁଲି ଶୈଳୀର ପାବଚ୍ଛଶ୍ରେଣୀ ରହିଥିଲା ଯାହାକି ଏକ ଇନ୍ଦ୍ରକୋଷରେ ଯାଇ ଶେଷ ହୋଇଥିଲା। ମୁଁ କାରର ବାହାରକୁ ପାଦ କାଢ଼ିବା ବେଳକୁ ଅନୁଜ୍ଜ୍ୱଳ ଲଣ୍ଠନଟିଏ ସେଠାରେ ଆମ୍ପ୍ରକାଶ କଲା, ଆଉ ଲଣ୍ଠନର ପୀତାଭ ଆଲୋକର ପ୍ରଚ୍ଛଦରେ ପରିଦୃଶ୍ୟ ହେଉଥିଲା ଏକ କ୍ଷୁଦ୍ର ଆକୃତିର ଦେହରେଖା। ସେ ଆକୃତିଟି ଥିଲା ଏକ କେଶବତୀ, ଉଭୁଙ୍ଗବକ୍ଷା, କ୍ଷୀଣମଧ୍ୟା ଲଳନାର। ବାସ୍ତବରେ ମୋ ଉଭ୍ରାନ୍ତ ଚିନ୍ତାରେ ମୁଁ ସୁନିଶ୍ଚିତ ହୋଇ ଗଲି ଯେ ସେଇ ଝିଅଟି ସେସିଲିଆ।

ସେସିଲିଆ ଏହିଠାରେ ଥିବାର ଭାବନାର ଉଦ୍ଦାମତା ଭିତରେ ମୁଁ ପାହାଚ ପରେ ପାହାଚ ଡେଇଁ ଚଢ଼ିଥିଲି, ଯେତେବେଳେ କି କୃଷ୍ଣାଭ ଆକୃତିଟି ଶାନ୍ତ ଭାବରେ ଆରମ୍ଭଣ ଉପରେ କହୁଣିର ଭାର ଲଦି ଆଗକୁ ନଇଁ ପଡ଼ି ମୋ ଆଡ଼େ ଚୁହିଁଥିଲା। ମୁଁ ଇନ୍ଦ୍ରକୋଷରେ ତା' ପାଖରେ ପହଞ୍ଚିବା ବେଳକୁ ସେ ମତେ ସ୍ୱାଗତ କରି କହିଲା, "ଶୁଭ ସନ୍ଧ୍ୟା"।

ଆଲୋକର ପ୍ରଚ୍ଛଦରେ ସିଏ ଥିବାରୁ ମୁଁ ତାର ମୁହଁ ଦେଖ୍ ପାରୁ ନ ଥିଲି କିନ୍ତୁ ତା'ର କଣ୍ଠସ୍ୱର ମତେ ସେସିଲିଆର ସ୍ୱର ଭଳି ଲାଗିଲା ଏବଂ ମୁଁ ତତ୍କ୍ଷଣାତ୍ ତାକୁ ମୋର ଆଲିଙ୍ଗନରେ ବାନ୍ଧି ନେଲି। ତାପରେ ମୁଁ ଦେଖିଲି ସେ ଥିଲା ଏକ ସୁନ୍ଦର, ଥାକୁଲିମୁହଁ ଅନ୍ଧ ବୟସ୍କା ଝିଅଟିଏ। ଦୁରସ୍ତ ଭାବେ ପାଉଡରରେ ପ୍ରଲିପ୍ତ ତା'ର ମୁହଁ ପ୍ରେତାୟିତ ଓ ବିବର୍ଷ ମନେ ହେଉଥିଲା। ସିଏ ତା' ଓଠକୁ ବାଇଗଣୀ

ରଙ୍ଗରେ ଆଉ ତା'ର ଚକ୍ଷୁ ଭୁଲତା ଓ ପକ୍ଷ୍ମକୁ ଛଣକୁଟା ବର୍ଷରେ ରଞ୍ଜାଇ ଥିଲା । ସେ ଥିଲା ସେସିଲିଆ ଭଳି ଯୌବନବତୀ । ଆଉ ତା'ର କଟି, ଯାହା ରୁରିପଟେ ମୁଁ ମୋର ବାହୁ ବେଢ଼ାଇ ରଖିଥିଲି, ସେସିଲିଆର କଟି ଭଳି ଥିଲା କ୍ଷୀଣ ଓ ପତଳା । କିନ୍ତୁ ସିଏ ସେସିଲିଆ ନ ଥିଲା । ଅଥଚ ମୁଁ ମୋ ନିର୍ବୋଧ ମୁଗ୍ଧତାରେ ପ୍ରଣାଦ କରି ଉଠିଲି, "ସେସିଲିଆ" ! ସ୍ମିତ ହସି ଝିଅଟି ଉତ୍ତର ଦେଲା, "ମୋର ନାଆଁ ସେସିଲିଆ ନୁହେଁ, ମୋର ନାଆଁ ଜିଆନା ।"

: "ମୁଁ କିନ୍ତୁ ସେସିଲିଆକୁ ଖୋଜୁଥିଲି ।"

: "ସେସିଲିଆ କିଏ ମୁଁ ଜାଣିନାହିଁ । ଏଠି ତ ସେସିଲିଆ ନାଁରେ କେହି ନାହାନ୍ତି । ଆଛା ଆମେ ଭିତରକୁ ଯିବା କି ?"

ମୁଁ କହିଲି, "ମୁଁ ଏଠିକି ସେସିଲିଆ ପାଇଁ ଆସିଥିଲି ।" ତାପରେ ସେହି ଝିଅଠାରୁ ନିଜକୁ ମୁକ୍ତ କରି ପାହାଚ ପରେ ପାହାଚ ଡେଇଁ ଦୌଡ଼ି ଦୌଡ଼ି ମୁଁ ତଳକୁ ଫେରି ଆସିଲି ମୋର କାର ନିକଟକୁ । କିଛି କ୍ଷଣ ପରେ ମୋର କାର ଭିୟା କାସିଆ ଦେଇ ଉଡ଼ି ଚଲିଥିଲା ରୋମର ବିପରୀତ ଦିଗରେ ପଲ୍ଲୀଗ୍ରାମ ଆଡ଼େ ।

କାର ଚଲାଉ ଚଲାଉ କାରକୁ ତଳକୁ ଖସାଇ ତାକୁ ତୀବ୍ର ଗତିରେ ନେଇ ପ୍ରଥମ ପରିଦୃଷ୍ଟ ବ୍ୟାଘାତର ସହିତ ଧକ୍କା କରିବା ପାଇଁ ମୋ ଭିତରେ ବାରମ୍ବାର ସୃଷ୍ଟି ହେଉଥିବା ସେଇ ବିଚିତ୍ର ପ୍ରବଣତା ସମ୍ପର୍କରେ ବର୍ତ୍ତମାନ ବେଶ୍ କିଛି ସମୟ ଧରି ମୁଁ ସଚେତନ ଥିଲି । କିନ୍ତୁ ଏହାକୁ ପ୍ରତିହତ କରିବା କଠିନତର ହୋଇ ଚଲିଥିଲା କାରଣ ଏହା ଏକାଦିକ୍ରମେ ମୋହକ ଏବଂ ଆଶ୍ୱସ୍ତକର ମନେ ହେଉଥିଲା । ଏହା ଥିଲା ଏକ ସେଇ ବିଚିତ୍ର ଧରଣର ପ୍ରଲୋଭନ, ଯାହା ଛୁଆଟିଏ ବାପାଙ୍କର ପିସ୍ତଲ ନେଇ ଖେଳିଲାବେଳେ ଏବଂ ତାକୁ ବାରମ୍ବାର ନିଜ କପାଳରେ ନେଇ ଲଗାଇବା ବେଳେ ଅନୁଭବ କରିଥାଏ । ସେ ପର୍ଯ୍ୟନ୍ତ ମୁଁ ନିଜକୁ ମାରିବା ବିଷୟରେ ଚିନ୍ତା ମଧ କରି ନ ଥିଲି, ଆଉ ଆତ୍ମହତ୍ୟାର ଭାବନା ବି ମୋ ମନକୁ ଆସି ନ ଥିଲା । ମନ ପରିବର୍ତ୍ତେ ମୋ ଶରୀରରେ ହିଁ ଥିଲା ମୃତ୍ୟୁର ସ୍ପୃହା । ବେଦନା ଜର୍ଜରିତ ମୋ ଶରୀର ଏତେଦୂର ଶ୍ରାନ୍ତ ହୋଇ ପଡ଼ିଥିଲା ଯେ, ମତେ ବାରମ୍ବାର ମନେ ହେଉଥିଲା ମୋର ଶିଥିଳ ବାହୁ କେବେବି ଷ୍ଟିଅରିଂକୁ ଅତି ଅନାୟାସରେ ସାମାନ୍ୟ ଘୁରାଇ ଦେଇ କାରକୁ କୌଣସି ଗୃହପ୍ରାଚୀର କିମ୍ବା ପଥପ୍ରାନ୍ତର ବୃକ୍ଷ ଦିଗରେ ଅବକ୍ଷିପ୍ତ କରାଇ ଦେଇପାରେ । ମୁଁ କହିଥିବା ମତେ ଏହା ଥିଲା ଏକ

ଅପ୍ରତିରୋଧ ପ୍ରଲୋଭନ, ମଧୁର ଏବଂ ଆଶ୍ୱସ୍ତକର, ଆଉ ଏହା ମତେ ନିଦରେ ଶୋଇଯିବା ପାଇଁ ଉସ୍କାଉଥିଲା, ଯେଉ ଉସ୍କାଣ କି କେବେ କେବେ ମଣିଷର ଚିନ୍ତା କରିବା ଶକ୍ତିଠାରୁ ଆହୁରି ବଳବାନ ସାବ୍ୟସ୍ତ ହୁଏ, ଯାହା ଫଳରେ କି ଆମେ ଏଭଳି ସ୍ୱପ୍ନଟିଏ ଦେଖୁ ଯେଉଁଥିରେ ଆମେ ନିଦ୍ରାକୁ ପ୍ରତିହତ କରୁଥିବା ଏବଂ ସମ୍ପୂର୍ଣ୍ଣ ସଚେତନ ଥିବାଭଳି ମନେହୁଏ ଅଥଚ ବାସ୍ତବରେ ଆମ କ୍ଲାନ୍ତ ଶରୀର ଇତି ମଧ୍ୟରେ ଗଭୀର ନିଦ୍ରାର ସୁଷୁପ୍ତି ମଧ୍ୟରେ ହଜି ଯାଇଥାଏ । ତେଣୁ ମୁଁ ଇତି ପୂର୍ବରୁ ଜାଣି ସାରିଥିଲି ଯେ ଯଦି ମୁଁ ନିଜକୁ କାର ଭିତରେ ହତ୍ୟା କରେ ତେବେ ମୁଁ ତାହା ଏଭଳି କରିବା ଉଚିତ ହେବ, ଯେମିତିକି ତାହା ମୋ ଅଜାଣତରେ, ବିନା କୌଣସି ଅଭିପ୍ରାୟରେ ଘଟିବ । ଏହା ବାସ୍ତବରେ ମୁଁ ଯାଉଥିବା ପଥଠାରୁ ଭିନ୍ନ ଏକ କାଳ୍ପନିକ ପଥରେ ଗାଡ଼ି ଚଳାଇବା ଭଳି କଥା ହେବ ଯେଉଁଠାରେ କି ପ୍ରାଚୀର, ବୃକ୍ଷ ଅଥବା ଗୃହ ଭଳି ଅନ୍ତରାୟମାନ ନଥାନ୍ତି । ଏବଂ ଯେଉଁ ପଥର ଅନ୍ତରେ ବାସ୍ତବରେ ମୃତ୍ୟୁ ଅପେକ୍ଷା କରି ରହିଥାଏ ।

ସେଇ ସନ୍ଧ୍ୟାରେ ଭିୟା କାସିଆ ପଥରେ ପଲ୍ଲୀଗ୍ରାମ ଦିଗରେ ଅଣଆୟତ୍ତ ହୋଇ ଗାଡ଼ି ଚଳାଉ ଚଳାଉ ପୂର୍ବରୁ ଶୁଣିଥିବା ମନ୍ତବ୍ୟଟିଏ ମୋ ମାନସପଟରେ ଉଭାସିତ ହୋଇ ଉଠିଲା । ମୁଁ ଅବଶ୍ୟ ଜାଣେ ନାହିଁ କିଏ କେବେ ଅବା କେଉଁଠାରେ ନିମ୍ନୋକ୍ତ ଏଇ ଟିପ୍ପଣୀ କରିଥିଲା । 'ମାନବ ସମାଜ ଦୁଇଟି ମୁଖ୍ୟ ଗୋଷ୍ଠୀରେ ବିଭକ୍ତ । କିଛି ଲୋକ ଯେତେବେଳେ ଏକ ଅନତିକ୍ରମ୍ୟ ବାଧାର ସମ୍ମୁଖୀନ ହୁଅନ୍ତି, ସେମାନେ ନିଜ ଭିତରେ ଅନ୍ୟକୁ ହତ୍ୟା କରିବାର ଆବେଗ ଅନୁଭବ କରନ୍ତି । ବିପରୀତକ୍ରମେ ସେହି ଏକା ପରିସ୍ଥିତିରେ ଆଉ କିଛି ଲୋକ ନିଜକୁ ହତ୍ୟା କରିବାର ପ୍ରବୃତ୍ତି ଦ୍ୱାରା ପ୍ରରୋଚିତ ହୋଇ ଥାଆନ୍ତି ।' ମୁଁ ନିଜକୁ କହିଲି ଯେ ଦ୍ୱିଧାର ପ୍ରଥମ ଶୀର୍ଷକୁ ବିଚାରକୁ ନେଲେ ମୋର ପ୍ରଚେଷ୍ଟା ବ୍ୟର୍ଥ ପର୍ଯ୍ୟବେଶିତ ହୋଇଛି । ଅର୍ଥାତ୍ କିଛି ସମୟ ପୂର୍ବରୁ ମୋ ମାଆଙ୍କ ଶୟ୍ୟା ଉପରେ ସେସିଲିଆକୁ ହତ୍ୟା କରିବା ପାଇଁ ଚେଷ୍ଟା କରି ମୁଁ ବିଫଳ ହୋଇଛି । ତେଣୁ ବର୍ତ୍ତମାନ ନିଜକୁ ହତ୍ୟା କରିବା ଛଡ଼ା ମୋର ଆଉ ଗତ୍ୟନ୍ତର ନାହିଁ । ମୋ ମୁଣ୍ଡକୁ ଏହା ଆସିଲା ଯେ, ଯଦି ମୁଁ ନିଜକୁ ହତ୍ୟା କରେ, ମୋର ଏଇ କାର୍ଯ୍ୟ ସୃଷ୍ଟିର ଆରମ୍ଭରୁ ଅନ୍ୟାନ୍ୟ ଅଗଣିତ ବ୍ୟର୍ଥ ପ୍ରେମିକ ଯେଉଁଭଳି ଆଚରଣ କରିଛନ୍ତି ତାହା ସହିତ ସମାନ ହୋଇଯିବ । ଅର୍ଥାତ୍ ଯେହେତୁ ସେସିଲିଆ ମତେ ଛାଡ଼ି ଲୁସିଆନି ସହିତ ପୋଞାକୁ ଗଲା ତେଣୁ

ମୁଁ ଆତ୍ମହତ୍ୟା କଲି। କିନ୍ତୁ ମୋର ପରିସ୍ଥିତିରେ ଏହି ମାମୁଲି ସ୍ୱାଭାବିକତା ମୋ ଭିତରେ ଏକ ଅଭୂତପୂର୍ବ କ୍ରୁଦ୍ଧ ତାଣ୍ଡବର ଅନୁପ୍ରେରଣା ସୃଷ୍ଟି କଲା। ସେତେବେଳକୁ ମୁଁ ଏକ ସଳଖ ରାସ୍ତାରେ ଚଲିଥିଲି ଯାହାର ଉଭୟ ପାର୍ଶ୍ୱରେ ଥିଲେ ବୃକ୍ଷବୀଥ୍ ଏବଂ ମୋ ଆଗରେ ଚଲିଥିଲା ଏକ ଧୀରଗାମୀ ମାଲବାହୀ ଟ୍ରକ। ମୁଁ ଟ୍ରକକୁ ଅତିକ୍ରମ କରିବା ପାଇଁ ଗିଅର ବଦଲାଇଲି ଏବଂ ସମ୍ଭବତଃ ଏହି ଗିଅର ବଦଲାଇବା ପରିଣାମରେ ମୋର ଗାଡ଼ିର ଗତି କ୍ଷୀଣ ହେବା ଯୋଗୁଁ ହିଁ ମୁଁ ବଞ୍ଚିଗଲି। କାରଣ ଗିଅର ବଦଲାଇବାର ଅବ୍ୟବହିତ ପରେ ପରେ, ଯେମିତିକି ମୁଁ ବାସ୍ତବରେ ମୋର ବାମ ଦିଗରେ ଭିନ୍ନ ଏକ ପଥ ଦେଖୁଛି ଆଉ ସେଇ ପଥରେ ଗାଡ଼ି ଚଲାଇବା ପାଇଁ ଗାଡ଼ି ବୁଲାଇଛି, ମୋର ଗାଡ଼ି ଯାଇ ଏକ ବିଶାଳ ମହୀରୁହରେ ମାଡ଼ ହେଲା।

———

ଉପସଂହାର

ଗାଡ଼ି ଧକ୍କା ପରେ ଯେଉଁ ହାସପାତାଲକୁ ମତେ ନିଆ ଯାଇଥିଲା ସେଠାରେ ମୋ କକ୍ଷର ଠିକ୍ ସାମନାରେ ବଗିଚା ଭିତରେ ଥିଲା ଗୋଟିଏ ବିରାଟ ବୃକ୍ଷ। ଏହା ଥିଲା ଏକ ଲେବାନୀୟ ଦେବଦାରୁ ଯାହାର ଆନତ ଶାଖା ଗୁଡ଼ିକ ପ୍ରାୟ ନୀଲହରିତ ମନେ ହେଉଥିଲା। ମୁଁ ତାକୁ ଦୀର୍ଘ ସମୟ ଧରି ଚାହିଁ ରହୁଥିଲି। ଶେଷରେ ମୁଁ ଚିତ୍ ହୋଇ ଶୋଇଥିବା ବେଳେ ତକିଆ ଉପରେ ମୋର ମଥା ସେଇ ଦିଗକୁ ହିଁ ଢଳି ରହୁଥିଲା। ବାସ୍ତବରେ କହିବାକୁ ଗଲେ, ନିଦ୍ରା ଅଥବା ଭୋଜନ ବ୍ୟତୀତ ମୋର ସମସ୍ତ ସମୟ ମୁଁ ସେହି ବାତାୟନ ଦିଗକୁ ଚାହିଁ ରହିଁ କାଟି ଦେଉଥିଲି। ମୁଁ ପ୍ରାୟ ସବୁବେଳେ ଏକାକୀ ରହୁଥିଲି, କାରଣ ପ୍ରଥମରୁ ହିଁ ମୁଁ ମୋର ମାଆ ଆଉ ମୋର ପରିମିତ ସଂଖ୍ୟକ ବନ୍ଧୁ ମାନଙ୍କୁ ଅଭ୍ୟାଗମରୁ ବିରତ ରହିବା ପାଇଁ ମୋର ଅନୁରୋଧ ଜଣାଇ ଦେଇଥିଲି। ମୁଁ ସେହି ବୃକ୍ଷକୁ ଚାହିଁ ରହୁଥିଲି ଏବଂ ଏକ ଚରମ, ଐକାନ୍ତିକ ବିଷାଦର ଅନୁଭବ ଭିତରେ ବୁଡ଼ି ଯାଉଥିଲି। କିନ୍ତୁ ସେ ବିଷାଦ ଭିତରେ ଥିଲା ଏକ ଶାନ୍ତ ଆଶ୍ୱାସନା, ଯାହାକୁ କହନ୍ତି ଏକ ପ୍ରକାର ସ୍ଟୋଇୟ୍ୟ, ଗୋଟିଏ ବିଷମ ସଂକଟକୁ ଅତିକ୍ରମ କରିଗଲା ପରେ ଯେଉଁ ଭଳି ଅନୁଭୂତି ଓ ସମ୍ବେଦନା ମଣିଷ ଜୀବନରେ ସାଧାରଣତଃ ଆସିଥାଏ ଏହା ଥିଲା ସେହିଭଳି ଏକ ମନୋସ୍ଥିତି। ମୋର ଜୀବନର ଏହି ସଂକଟ, ନିର୍ଣ୍ଣାୟକ ନ ହେଲେ ମଧ୍ୟ ସମ୍ଭବତଃ ସବୁଠାରୁ ବିଷମ ଥିଲା। ମୁଁ ଯାହା ବୁଝାଇବାକୁ ଚାହୁଁଛି ସେଥିଲାଗି ମୋ ପାଖରେ ଭାଷା ନାହିଁ, ତେବେ ଏତିକି କହିବି ଯେ ମୋର ଆତ୍ମହତ୍ୟାର ଉଦ୍ୟମ କୌଣସି ସମସ୍ୟାର ସମାଧାନ ଆଣି ଦେଇ ନ ଥିଲା, କିନ୍ତୁ ମୋର ଏଥିପାଇଁ ପ୍ରଚେଷ୍ଟା ମତେ ଏହି ସାନ୍ତ୍ୱନା ଆଣି ଦେଇଥିଲା ଯେ, ମୁଁ ମୋର କ୍ଷମତା ଭିତରେ ଯାହା କିଛି କରିବା ସମ୍ଭବ ତାହା କରିଛି ଏବଂ ଏହାଠାରୁ ଅଧିକ କିଛି ମୁଁ କରି ପାରି ନ ଥାନ୍ତି। ଅନ୍ୟ ଭାବରେ କହିଲେ ମୁଁ ନିଜକୁ ହତ୍ୟା କରିବାକୁ ଉଦ୍ୟମ କରି ଥିବାର ବାସ୍ତବିକତା, ମୋର ଆସକ୍ତିର ଗଭୀରତାକୁ ପ୍ରତିପାଦିତ କରୁଥିଲା। ମୁଁ ମରି ନ ଥିଲି, କିନ୍ତୁ

ଅନ୍ତତଃପକ୍ଷେ ମୁଁ ମୋ ନିକଟରେ ଏଇଆ ପ୍ରମାଣିତ କରି ପାରିଥିଲି ଯେ, ମୋର ଏଇ ଗତାନୁଗତିକ ଜୀବନଧାରା ଅପେକ୍ଷା ମୁଁ ବରଂ ମୃତ୍ୟୁକୁ ପସନ୍ଦ କରିବି। ଯଦିଚ ଏସବୁ ମୋର ଚେତନାକୁ ଆବୋରି ବସିଥିବା ବିଷାଦର ପରିଜ୍ଞାନକୁ ଦୂର କରି ପାରି ନ ଥିଲା, କିନ୍ତୁ ତାହା ମୋର ଅନୁଭୂତିକୁ ଏକ ନିର୍ଦ୍ଦିଷ୍ଟ ଧରଣର ଶାନ୍ତ ଉଦାସ ଗାମ୍ଭୀର୍ଯ୍ୟ ଆସି ଦେଇଥିଲା। ବାସ୍ତବରେ ମୁଁ ମୃତ୍ୟୁର କୁଆଶାଚ୍ଛନ୍ନ ଉପକଣ୍ଠରେ ପହଞ୍ଚି ଯାଇଥିଲି, କିନ୍ତୁ ମତେ ସେଠାରୁ ଫେରିବାକୁ ପଡ଼ିଲା। ଏବଂ ବର୍ତ୍ତମାନ, ନୈରାଶ୍ୟମୟ ହେଲେ ମଧ୍ୟ ଏ ଜୀବନକୁ ନେଇ ବଞ୍ଚିବା ଛଡ଼ା ମୋର ଆଉ ଗତ୍ୟନ୍ତର ନ ଥିଲା।

ମୁଁ ପୂର୍ବରୁ କହିଥିବା ମତେ, ଘଣ୍ଟା ଘଣ୍ଟା ଧରି ମୁଁ ସେହି ଦେବଦାରୁ ବୃକ୍ଷକୁ ଋହିଁ ରହୁଥିଲି। ହାସପାତାଲର ସେବିକା ଓ ପରିଚରକ ମାନେ ମୋର ଏଇ ତୃଷ୍ଣାମ୍ୟବରେ ଆଶ୍ଚର୍ଯ୍ୟ ହୋଇ ଯାଉଥିଲେ। ସେମାନେ କହୁଥିଲେ ଯେ ଏଭଳି ଶାନ୍ତ ରୋଗୀଟିଏ ସେମାନେ କେବେବି ଦେଖି ନ ଥିଲେ। ବାସ୍ତବରେ କିନ୍ତୁ ମୁଁ ଶାନ୍ତ ନ ଥିଲି, ମୁଁ ସେଇ ମୁହୂର୍ତ୍ତରେ ଯେଉଁ ଏକମାତ୍ର ଜିନିଷ ପ୍ରତି ପ୍ରକୃତରେ ଆଗ୍ରହୀ ଥିଲି, କେବଳ ସେଥିରେ ନିଗୂଢ଼ ଭାବେ ନିବିଷ୍ଟ ରହିଥିଲି। ତାହା ଥିଲା ସେଇ ବୃକ୍ଷ ସମ୍ପର୍କରେ ପ୍ରଣିଧାନ। ମୋର ଅନ୍ୟ କିଛି ଚିନ୍ତା ବା ଭାବନା ନ ଥିଲା। ମୁଁ କେବଳ ଏଇଆ ଭାବି ବିସ୍ମିତ ହେଉଥିଲି ଯେ କେବେ ଆଉ କେମିତି ବୃକ୍ଷର ବାସ୍ତବତାକୁ ମୁଁ ସ୍ୱୀକାର କଲି। ଅର୍ଥାତ୍ ମୋ ଠାରୁ ଭିନ୍ନ, ମୋ ସହ ସମ୍ପର୍କିତ ନୁହେଁ ଅଥଚ ତାହାକୁ ଉପେକ୍ଷା କରାଯାଇ ପାରିବ ନାହିଁ, ସେଇ ଭଳି ଏକ ବସ୍ତୁର ସ୍ଥିତିକୁ ମୁଁ ସ୍ୱୀକାର କଲି। ନିଃସନ୍ଦେହରେ ଯେତେବେଲେ ମୁଁ କାର ସହ ନିଜକୁ ପଥପାର୍ଶ୍ୱକୁ ନିକ୍ଷେପ କଲି, ଠିକ ସେହି ମୁହୂର୍ତ୍ତରେ ମୋ ଭିତରେ କିଛି ଗୋଟାଏ ପରିବର୍ତ୍ତନ ଘଟି ଯାଇଛି। ସରଳ ଭାବରେ କହିଲେ ଏହାକୁ ଏକ ଆଧାରହୀନ ଅଭିଲାଷ ଆପଣାଛାଏଁ ଧସି ପଡ଼ିବାର ଉଦାହରଣ ହିସାବରେ ବର୍ଣ୍ଣନା କରା ଯାଇପାରେ। ମୁଁ ବର୍ତ୍ତମାନ ଏକ ଅସୀମ ଆତ୍ମତୁଷ୍ଟିର ସହିତ ବୃକ୍ଷଟିକୁ ନିରୀକ୍ଷଣ କରୁଥିଲି। ତାହା ମୋ ଠାରୁ ଭିନ୍ନ ଏକ ସ୍ୱାଧୀନ ସଭା ବୋଲି ମୁଁ ଅନୁଭବ କରି ପାରିବାର କ୍ଷମତା ମତେ ପ୍ରଚୁର ଆନନ୍ଦ ପ୍ରଦାନ କରୁଥିଲା। କିନ୍ତୁ ମୁଁ ଜାଣିଥିଲି ଯେ ଏହା ଥିଲା ଦୈବ-ଘଟିତ। ମୁଁ ଆହତ ଅବସ୍ଥାରେ ହାସପାତାଲକୁ ଅଣାଯିବା ପରେ ପ୍ଲାଷ୍ଟର

ବନ୍ଧା ହେବା ଯୋଗୁଁ ଚିତ୍ ହୋଇ ହାସପାତାଲ ଶେଯରେ ପଡ଼ି ରହିଥିଲି। ତାହାହିଁ ମତେ ବାଧ୍ୟ କରିଥିଲା ମୋ କକ୍ଷର ବାତାୟନ ଦେଇ ସେ ବୃକ୍ଷଟିକୁ ନିରୀକ୍ଷଣ କରିବା ପାଇଁ। ମୁଁ ହୃଦୟଙ୍ଗମ କଲି ଯେ, ଅନ୍ୟ ଯେ କୌଣସି ବସ୍ତୁ ମଧ୍ୟ ମତେ ସେହି ପ୍ରକାର ସମାଲୋକନର ସୁଯୋଗ ପ୍ରଦାନ କରି ଥାଆନ୍ତା, ମତେ ଦେଇ ଥାଆନ୍ତା ଅସୀମ ଅନୁକୂଳତାର ସେଇ ସମାନ ଅନୁଭବ।

ବାସ୍ତବିକ, ମୁଁ ପୁନରାୟ ଯେତେବେଳେ ସେସିଲିଆ କଥା ଚିନ୍ତା କରିବା ଆରମ୍ଭ କଲି, ମୁଁ ସଚେତନ ହେଲି ଯେ ଝରକା ଦେଇ ବୃକ୍ଷକୁ ନିରୀକ୍ଷଣ କରିବା ବେଳେ ଯାହା ଘଟୁଥିଲା, ସେଇଆ ହିଁ ଘଟୁଛି। ସେଦିନର ସଂଘାତ ପରେ ଦଶଦିନ ବିତି ଯାଇଥିଲା, ତେଣୁ ସେସିଲିଆ ଏତେବେଳକୁ ନିଶ୍ଚୟ ଲୁସିଆନି ସହ ପୋଞ୍ଜାରେ ଥିବ। ମୁଁ ତା ବିଷୟରେ ଚିନ୍ତା କରିବାକୁ ଧୀରେ ଧୀରେ ଆରମ୍ଭ କଲି, ପ୍ରଥମେ ବେଶ୍ ସତର୍କ ଭାବରେ ଦୀର୍ଘ ବ୍ୟବଧାନର ସହ ଆଉ ତାପରେ ପ୍ରାୟ ବାରମ୍ବାର ଅଧିକ ପ୍ରତ୍ୟୟ ଓ ଆତ୍ମବିଶ୍ୱାସର ସହିତ। ତାପରେ ମୁଁ ହୃଦୟଙ୍ଗମ କଲି ଯେ ହାସପାତାଲ ଶେଯରେ ପଡ଼ି ପଡ଼ି ସେସିଲିଆ ପୋଞ୍ଜାରେ କ'ଣ କରୁଛି ସେ ବିଷୟରେ ମୁଁ ବେଶ୍ ସ୍ପଷ୍ଟ ଭାବରେ କଳ୍ପନା କରି ପାରୁଛି। ନିଛକ କଳ୍ପନା ବୋଲି କହିବା କଥାଟିକୁ ନଗଣ୍ୟ କରିଦେବା ଭଲି ହେବ, କାରଣ ମୁଁ ତାକୁ ସ୍ପଷ୍ଟ ଭାବରେ ଦେଖ୍ ପାରୁଥିଲି। ଦୂରବୀନର ଓଲଟ ଆଡୁ ରୁହିଁ ଦେଖିଲେ ଦୃଶ୍ୟଗୁଡିକ ଯେଭଳି କ୍ଷୁଦ୍ରାକାର ହୋଇଥାଏ, ମୁଁ ସେଇଭଳି ଭାବରେ ଅଭିନେତା ଓ ସେସିଲିଆକୁ ଦେଖ୍ ପାରୁଥିଲି। ସେମାନଙ୍କ ବିଗ୍ରହ ବିପ୍ରକୃଷ୍ଟ ଓ କ୍ଷୁଦ୍ରକାୟ ମନେ ହେଉଥିଲେ ମଧ୍ୟ ସ୍ପଷ୍ଟ ଓ ଉଜ୍ଜ୍ୱଳ ଲାଗୁଥିଲା। ସେ ପ୍ରଣୟୀ ମିଥୁନ ଝୁଲୁଥିଲେ, ବୁଲୁଥିଲେ, ଏକାଠି ଗଡି ବିଶ୍ରାମ ନେଉଥିଲେ। କେତେବେଳେ ସେମାନେ ଅଦୃଶ୍ୟ ହୋଇ ଯାଉଥିଲେ ତ ପୁଣି କେତେବେଳେ ପରିଦୃଷ୍ଟ ହେଉଥିଲେ ସହସ୍ର ଭାବ, ସହସ୍ର ଭଙ୍ଗୀ ଆଉ ସହସ୍ର ଆଙ୍ଗିକ ବିନ୍ୟାସର ସହ। ତାଙ୍କ ପଶ୍ଚାଦପଟରେ ଥିଲା ନୀଲ ସମୁଦ୍ର ଏବଂ ଶାନ୍ତ ଉଜ୍ଜ୍ୱଳ ଆକାଶ। ମୁଁ ମୋ ପୂର୍ବ ଅନୁଭୂତିରୁ ଜାଣିଛି ଯେ, ଯାହାକୁ ତୁମେ ଭଲ ପାଅ ଏବଂ ପ୍ରତିଦାନରେ ଯିଏ ତୁମକୁ ଭଲପାଏ, ସେହି ପ୍ରିୟ ମଣିଷ ସହିତ ଏକ ଶାନ୍ତ ମାଙ୍ଗୁଳ ପରିବେଶରେ ଜଣେ ସବୁଠାରୁ ଅଧିକ ସୁଖ ପାଇଥାଏ। ମୁଁ ନିଶ୍ଚିତ ଥିଲି ଯେ ସେସିଲିଆ ତାର ନିଜସ୍ୱ ସଂଯତ ଭାବଲେଶହୀନ ଭଙ୍ଗୀରେ ସୁଖ ଅନୁଭବ

କରୁଥିବ । ଏବଂ ମୋର ଏଇ କଳ୍ପନାରେ ମୁଁ ଖୁସି ହେଉଥିବା ଲକ୍ଷ୍ୟ କରି ସ୍ଵୟଂ ଆଶ୍ଚର୍ଯ୍ୟ ହୋଇଗଲି । ହଁ, ବାସ୍ତବରେ ସେସିଲିଆ ସୁଖୀ ହୋଇଛି, ଏହା ହିଁ ଥିଲା ମୋର ଖୁସିର କାରଣ । ଏବଂ ସର୍ବୋପରି ମୁଁ ଏଥିପାଇଁ ଖୁସି ଥିଲି ଯେ ଯେଛେ ଦୂର ପୋଞ୍ଜା ଦ୍ୱୀପରେ ହେଉ, କିନ୍ତୁ ପୃଥିବୀର କେଉଁ ବି କୋଣରେ ସେସିଲିଆ ଆସ୍ତିତ ରହିଛି । ତା'ର ଆପଣା ଗତରେ ବଞ୍ଚିଛି ସିଏ, ସେଇ ରୀତିରେ ଯାହାକି ମୋ ଜୀବନ ରୀତି ଠାରୁ ବହୁତ ଭିନ୍ନ, ବରଂ କହିଲେ ଠିକ ହେବ ଯେ ମୋ ରୀତିର ବିରୁଦ୍ଧ ଓ ବ୍ୟତିରିକ୍ତ । ଏବଂ ସିଏ ସେଠାରେ, ମୋଠାରୁ ବହୁ ଦୂରରେ, ମୋଠାରୁ ଭିନ୍ନ ଏକ ପୁରୁଷ ସହ ରହିଛି । ମୁଁ ନିଜେ ଏଠାରେ, ଏଇ ହାସପାତାଲର ଶେଯରେ, ଆଉ ସିଏ ସୁଦୂର ପୋଞ୍ଜାରେ, ଅଭିନେତା ସହ, ଏବଂ ଆମେ ଦୁଇ ଭିନ୍ନ ମଣିଷ, ତା'ର ମୋ ସହ ସମ୍ପର୍କ ନାହିଁ କି ମୋର ତା ସହ କାରବାର ନାହିଁ, ସିଏ ମୋ ଠାରୁ ଯେତିକି ଦୂରରେ ମୁଁ ତାଠାରୁ ସେତିକି ଦୂରରେ, ମୁଖସ୍ଥ କଲାଭଳି କଥା ଗୁଡ଼ିକ ପୁନରାବୃତ୍ତି କରି ଚଳିଥିଲି ମୁଁ । ଏବଂ ପରିଶେଷରେ ତାକୁ ସ୍ଵତ୍ୱାଧିତ କରିବା ପାଇଁ ମୋର ଆଉ ସ୍ପୃହା ରହିଲା ନାହିଁ । ସିଏ ତା ଜୀବନ ସୁଖରେ ଜିଇଁଛି ଏଇଟା ହିଁ ଥିଲା କେବଳ ମୋର ସାନ୍ତ୍ଵନା । ସିଏ ଯେମିତି, ତାକୁ ଠିକ ସେଇଭଳି ଦେଖିବା ଲାଗି ମୁଁ ଚଳୁଁଥିଲି । ଅର୍ଥାତ୍ ତାକୁ ସେଇଭଳି ସମାଲୋକନ କରିବାକୁ ମୁଁ ଚଳୁଁଥିଲି ଯେଭଳି କି ସିଏ ମୋ ଫରକା ବାହାରେ ଥିବା ବୃକ୍ଷ । ଏହି ଅନୁଶୀଳନ ଥିଲା ଅସରନ୍ତା, ଖାସ୍ ଏଇ କାରଣରୁ ଯେ, ମୁଁ ନିଜେ ହିଁ ଏହାର ଶେଷ ଚଳୁଁ ନ ଥିଲି । ଅର୍ଥାତ୍ ମୁଁ ଚଳୁଁ ନ ଥିଲି ଯେ ସେହି ବୃକ୍ଷ, ସେସିଲିଆ କିମ୍ଵା ମୋ ବହିର୍ଜଗତର ଅନ୍ୟ ଯେ କୌଣସି ଜିନିଷ ମୋ ପାଇଁ ବୋରିୟାତିଆ ହୋଇଯାଉ ଏବଂ ପରିଣାମରେ ମୋ ପାଇଁ ତା'ର ଅସ୍ତିତ୍ଵ ହରାଇ ବସୁ । ବାସ୍ତବରେ ଏକ ଆଶ୍ଚର୍ଯ୍ୟର ଅନୁଭୂତି ସହିତ ମୁଁ ହଠାତ୍ ହୃଦୟଙ୍ଗମ କଲି ଯେ ସବୁଦିନ ପାଇଁ ସେସିଲିଆକୁ ମୁଁ ସମ୍ପୂର୍ଣ୍ଣ ଭାବେ ପରିତ୍ୟାଗ କରିଛି । ଏବଂ ଅଭୁତର କଥା ଏହିକି ଯେ ପରିତ୍ୟାଗର ସେହି ମୁହୂର୍ତ୍ତ କଟିରୁ ସେସିଲିଆ ମୋ ପାଇଁକି ସ୍ଥିତିହୀନ ହୋଇ ପଡ଼ିଲା ।

ମୁଁ ସନ୍ଦେହ କଲି ଯେ, ସମ୍ଭବତଃ ସେସିଲିଆକୁ ପରିତ୍ୟାଗ କରିବା ଦ୍ଵାରା ମୁଁ ତାକୁ ପ୍ରେମ କରିବାରୁ କ୍ଷାନ୍ତ ହୋଇଛି । ଅନ୍ୟ ଭାବରେ କହିଲେ ତା ପ୍ରତି ମୋର ଥିବା ଏପର୍ଯ୍ୟନ୍ତର ସେଇ ସମାନ ସଂବେଦନ, ଯାହା କି ଚିର ବିଦ୍ୟୁତାୟମାନ ଏବଂ ଚିରନ୍ତନ ନିରାଶାଜନକ, ଯାହାକୁ ଅନ୍ୟ କୌଣସି ଉପଯୁକ୍ତ ଶବ୍ଦର ଅଭାବରେ

ମୁଁ ପ୍ରେମ ହିଁ କହି ପାରିବି, ମୋର ସେଇ ଅନୁଭୂତିରେ ସମ୍ଭବତଃ ବିରାମ ଆସିଛି। ମୁଁ ହୃଦୟଙ୍ଗମ କଲି ଯେ ମୋର ସେହି ପ୍ରକାରର ପ୍ରେମର ମୃତ୍ୟୁ ଘଟିଛି; କିନ୍ତୁ ତଥାପି ମଧ ମୁଁ ପୂର୍ବଭଳି ତାକୁ ଭଲ ପାଉଛି, ଯଦିଚ ଏହା ଥିଲା ଏକ ଭିନ୍ନ ଏବଂ ନୂତନ ଧରଣର ପ୍ରେମ। ଏହି ନୂତନ ପ୍ରେମ, ଦୈହିକ ସମ୍ପର୍କ ସହିତ ସଂଯୁକ୍ତ ରହିପାରେ ବା ନ ରହିପାରେ, କିନ୍ତୁ ଏହା ଶରୀର-ନିର୍ଭର ନ ଥିଲା। ଏକ ପ୍ରକାରେ କହିଲେ, ଏହି ପ୍ରେମ ଶରୀର ପାଇଁ ଅପେକ୍ଷା ରଖୁ ନ ଥିଲା। ଯେତେବେଲେ ସେସିଲିଆ ଫେରି ଆସିବ ଆମେ ହୁଏତ ଆମର ପୂର୍ବ ସମ୍ପର୍କ ପୁନର୍ବାର ଆରମ୍ଭ କରିପାରୁ ବା ନ କରିପାରୁ, କିନ୍ତୁ ମୁଁ କୌଣସି ପରିସ୍ଥିତିରେ ମଧ ତାକୁ ପ୍ରେମ କରିବାରୁ ବିରତ ହେବି ନାହିଁ, ଏହା ମୁଁ ଅନ୍ତରର ସହ ବୁଝି ପାରୁଥିଲି।

ବର୍ଣ୍ଣନାର ଏହି ନିର୍ଦ୍ଦିଷ୍ଟ ବିନ୍ଦୁରେ ଏହା ସ୍ୱୀକାର କରିବା ଉଚିତ ହେବ ଯେ ମୋର ଚିନ୍ତାଗୁଡ଼ିକ ବିକ୍ଷିପ୍ତ ହୋଇ ଯାଉଛି। ମୁଁ ଏହା ସ୍ମରଣ କଲି ଯେ ପ୍ରଥମରୁ ହିଁ ସେସିଲିଆ ସହ ମୋର ସମ୍ପର୍କ ଏବଂ ବାସ୍ତବତା ସହ ମୋର ସମ୍ପର୍କ ଉଭୟ ଏକା ଧରଣର ବୋଲି ମତେ ଜଣା ପଡୁଥିଲା। ଅନ୍ୟ ଭାବରେ କହିଲେ ଯେଉଁ କାରଣ ପାଇଁ ମୁଁ ଆମୃହତ୍ୟା କରିବାକୁ ପ୍ରୟାସ କରୁଥିଲି ଏବଂ ଯେଉଁ ମୌଲିକ କାରଣରୁ ମୁଁ ରଙ୍ଗସାଜୀ ଛାଡ଼ିଥିଲି, ସେ ଉଭୟ ଥିଲେ ପରସ୍ପରର ସମ୍ପୂର୍ଣ୍ଣ ଅନୁରୂପ। କିନ୍ତୁ ବର୍ତ୍ତମାନ କ'ଣ ଘଟିବ ? ପରିଶେଷରେ ମୁଁ ନିଜକୁ ଏଇଆ କହିଲି ଯେ, ବର୍ତ୍ତମାନ ପାଇଁ ମତେ ଅନ୍ତତଃପକ୍ଷେ ମାସାଧିକ କାଲ ଶଯ୍ୟାଶାୟୀ ହୋଇ ରହିବାକୁ ପଡ଼ିବ। ଏବଂ ବର୍ତ୍ତମାନ ରଙ୍ଗସାଜୀ ବିଷୟରେ କୌଣସି ନିଷ୍ପଭି ନେବା ନିତାନ୍ତ ଜଲଦବାଜି ହେବ। ସୁସ୍ଥ ହୋଇଗଲେ ମୁଁ ମୋ ଶିକ୍ଷଶାଲାକୁ ଫେରିଯିବି ଏବଂ ପୁନରାୟ ରଙ୍ଗସାଜୀ ଆରମ୍ଭ କରିବାକୁ ଚେଷ୍ଟା କରିବି। ମୁଁ ଚେଷ୍ଟା କରିବି ବୋଲି କହୁଛି, କାରଣ ସେସିଲିଆ ଆଉ ମୋର ରଙ୍ଗସାଜୀ ମଧ୍ୟରେ ଏକ ମୌଲିକ ସମ୍ପର୍କ ଅଛି ବୋଲି ଦୀର୍ଘକାଲ ଧରି ମୁଁ ମାନି ନେଇଛି; ବାସ୍ତବରେ ସେଇ ଧାରଣା ସତ୍ୟ ଉପରେ ଆଧାରିତ କି ନାହିଁ ସେ ବିଷୟରେ ମୁଁ ସମ୍ପୂର୍ଣ୍ଣ ନିଶ୍ଚିତ ନ ଥିଲି। ମୁଁ ଜାଣେ ନାହିଁ ସେସିଲିଆକୁ ଭିନ୍ନ ଏକ ରୀତିରେ ପ୍ରେମ କରିବାର ଏଇ ଉପଲବ୍ଧି ସହିତ ଚିତ୍ରରଞ୍ଜନ ଆରମ୍ଭ କରିବାର ପ୍ରକୃତରେ କିଛି ସମ୍ପର୍କ ଅଛି କି ନାହିଁ। ଏ କ୍ଷେତ୍ରରେ ପୁନର୍ବାର କେବଲ ଅନୁଭବ ହିଁ ପ୍ରକୃତ ଉଭର ଦେବାରେ ସକ୍ଷମ ହେବ।

ଏବଂ ପରିଶେଷରେ, ଏ ଘଟଣାର ଏକମାତ୍ର ବାସ୍ତବ ଓ ନିଶ୍ଚିତ ପରିଣାମ ଏଇଆ ହେଲା ଯେ ମୁଁ ସେସିଲିଆକୁ ଭଲପାଇବା ଶିଖିଲି, ବରଂ କହିବା ଉଚିତ ହେବ ଯେ ବିନା ଜଟିଳତା, ବିନା ଝଞ୍ଜଟରେ ଭଲ ପାଇବାଟା ଶିଖିଲି। ଯାହା ଯେମିତି ହେଉ ନା କାହିଁକି ମୁଁ ଆଶା କରୁଛି ଯେ ମୋର ଶିକ୍ଷାଲାଭ ହୋଇଛି। କାରଣ ମୋ ଜୀବନର ଏହି ନିର୍ଦ୍ଦିଷ୍ଟ ଦିଗ ସମ୍ପର୍କରେ ମଧ୍ୟ ନିଃସନ୍ଦେହରେ କିଛି କହିବା ସମ୍ଭବ ନୁହେଁ। ଏବଂ ସମ୍ପୂର୍ଣ୍ଣ ସୁନିଶ୍ଚିତ ହେବା ପାଇଁ, ସେସିଲିଆ ପୋଞ୍ଜାର ସମୁଦ୍ର ପୁଲିନରୁ ଫେରିବା ପର୍ଯ୍ୟନ୍ତ ମତେ ଅପେକ୍ଷା କରିବାକୁ ପଡ଼ିବ।

— ସମାପ୍ତ —

ନିଘଣ୍ଟୁ (Glossary)

ଅନୁଲାପ – ମୁହୁର୍ଭାଷଣ, ପୁନଃପୁନଃ କଥନ, Repetition

ଅନୃତ – False

ଅଭିଧା – Appellation, The power of a word to denote meaning

ଅଖଲାୟଣ – Frankness

ଅଖିଳ ମତାଧିକାର – Universal franchise

ଅତଥ୍ୟ, ବିପର୍ଯ୍ୟାସ – Unreal

ଅଦୃଷ୍ଟ – Invisibility

ଅନିଷ୍ଠୀବ – Without exchange of saliva

ଅନୁକୂ, ଆତ୍ମତୁଷ୍ଟ – Complacent

ଅନୁକୂତା, ଆତ୍ମତୁଷ୍ଟି – Complancency

ଅପିହିତ – Covered

ଅବେଷଣ – ତଦନ୍ତ, – Investigation

ଅବୟବ ଅଙ୍କନ – Figure drawing

ଅଭ୍ୟାଗମ, ବୁଲି ଆସିବା, ପ୍ରତ୍ୟାଗମ, ଉପାଗମ – Visit

ଅନ୍ଦିଷ୍ଟ ବ୍ୟକ୍ତି – A person subjected to investigation

ଅଭିଜ୍ଞାନ–ସ୍ମାରକ, Memento, Souvenir

ଅନଧିଗମ୍ୟ – Inaccessible

ଅସମ୍ବଦ୍ଧ – Incoherent

ଅଯୋଗ – ବିଚ୍ଛେଦ, Separation

ଅଂଶଧନ ପ୍ରମାଣପତ୍ର – Share certificate

ଅମଲୀ ଓଷ, ନିଶା ଓଷ – Intoxicating drugs

ଅମୂର୍ତ୍ତ ରଙ୍ଗସାଜୀ – Abstract painting

ଅପ୍ରାକୃତ ଚୌଲିକତା – Abstract painting

ଅର୍ଥଭୃତକ – Mercenary

ଅଲାତ ଚିତ୍ର – Charcoal drawing

ଅସ୍ତର – Ground colour in painting

ଆଏବ – ପାପ, Vice

ଆକୃତି ଅଙ୍କନ – Contour drawing

ଆଦାତୃ – Telephone receiver

ଆବେଗାନୁଭୂତି – Feeling

ଆମୟ – Disease

ଆମ୍ଶ୍ଳାଘୀ – Conceited

ଆମୟଧ୍ବସ୍ତ – Ravaged by disease

ଆରମ୍ୟଣ – Handrail of a staircase

ଆନୀଳଶତପତ୍ରନେତ୍ରା – Blue eyed

ଆନୁଭୂମିକ – Horizontal

ଆନୁଷଙ୍ଗିକ – Follow as a necessary result

ଆପାନ – Bar

ଆପାନ–ଜଗାଲ – Waiter of the bar

ଆରତଚକ୍ର – Cycle of suffering

ଆଲେଖ୍ୟ – ପ୍ରତିରୂପ, Portrait

ଆୟଠି, ଅଧିକାର, ଅକ୍ତିଆର, ଖାବଲ – Possession

ଆଶୟାର୍ଥ – Not literal meaning, intended meaning

ଆସ୍ଥିତ ରହିବା – Exist

ଆହ୍ବାୟକ ଘଣ୍ଟି, ଦେହୁଡ଼ି ଘଣ୍ଟି – Calling bell

ଇଞ୍ଜିଲ – The gospels

ଇନ୍ଦ୍ରକୋଷ – Balcony

ଇଷିକା, ଈଷିକା – Brush

ଈଶାଇ – Christian

ଉଉରଲ ଆଲୋକ – Quivering light

ଉତ୍କୀର୍ଣ୍ଣ କଳାକୃତି – Carvings

ଉପ୍ୟୁକ୍ତ – Raising eyes upwards

ଉପ୍ରାଦନର ଏକକ – Unit of production

ଉପାଗମ – Visit

ଉଲ୍ଲଗ୍ନ – ଝୁଲି ରହିଥିବା, Hung

ଉଲ୍ଲସ – Vertical

ଉପପ୍ରଜା – Sub-tenant

ଉପରାଗ – Suffering

ଉଚ୍ଛୋଦନ – ଶିକାର – Hunting

ଏକଗାମିତା – Monogamy

ଏକତାନିକ – Monotonous

ଏକତାନ – Monotony

ଐକାନ୍ତିକ – Serious

କମ୍ପାନୀ ତମସୁକ – Bonds

କଙ୍କରିତ ପଥ – Gravelled drive

କମ୍ବୁକଣ୍ଠ ପଥ – Spiralling path

କଳାକେଟ – Art Studio

କଳାଚିତି ମୁହଁ – Freckled face

କଳାଚିତି – Freckles

କଲ୍ମସ – ଦାଗ, Stain

କାକୋଲୂକିକା – ବିରୋଧୀତା, Natural antipathy like the one between the crow and the owl.

କଚ୍ଛ–ଅଧିଷ୍ଠାନ – Watering place

କପାଟ – କବାଟ, Door

କରଜ – ନଖ, Nail

କରାହ – Groan

କ୍ୟାଲିବାନ–A savage and deformed slave in Shakespear's play

କାପଟିକ – Hypocritical

କୁଞ୍ଜକୁଟୀର – Arbour

କୁଟି – Protruding curve

କୁଟିନୀ – Procuress

କୁଟିମ – Pavement

କୁଲୁନୁଲେଇବା – ଝାଉଁଳି ପଡ଼ିବା, Wither

କୃଦୀ – କାଠିର ଗୋଛା, A bunch of twigs.

କୃପକ – Hollow of the curve

କୂର୍ଚ୍ଚ, ତୂଳିକା – Brush

କୈତବ – ଛଳ, କପଟତା, Deception, hypocrisy

କ୍ଵଣନ – Tinkle

କ୍ଵଣାୟିତ କରିବା – Clink

ଖାପ୍ଡ – ଖଣ୍ଡାଖୋଲ, Sheath, Scabbard

ଖୁଆନତ – Dishonesty

ଗଇବି – Secretive

ଗଇବିପଣ, ଗଇବି ଢଙ୍ଗ – Secretiveness

ଗମା – Passage, Corridor

ଗମାତ – Party

ଗୁଲ୍ମବୃତି – Hedges

ଗୃହପୋତ – Homestead

ଗୃହବଧୂ – Housewife

ଡ. ଜୟକୃଷ୍ଣ ଚୌଧୁରୀ | ୪୭୫

ଗୃହାୟନ - Drive
ଗ୍ରଥନ-ଚିତ୍ର - Composition
ଗ୍ରାମ - Pitch of the voice

ଘାସଛେଦ - Blade of a grass
ଘାବରାଣ - ଘାବରିବା, ଡରୁଆପଣ, Timidity

ଚକମା - Elusion
ଚକମା ଦେବା - Elude
ଚଟୁଆ - loving to be flattered, liking flattery
ଚଳପଦଣ୍ଡ - Piston
ଚାରୁକଳା, ଲଳିତ କଳା - Art
ଚିତ୍ରଫଳକ - Tapestry
ଚିତ୍ରପଟ' - Canvas
ଚିତ୍ର ଭଙ୍ଗିମା - Pose
ଚିତ୍ରଶାଳା - Picture gallery, Art gallery
ଚିତ୍ର ନମୁନା - Art Model
ଚିତ୍ରକାରିତା - Art of Painting
ଚିତ୍ରରଞ୍ଜନ - Act of Painting
ଚିତ୍ରାଧାର, ଚିତ୍ରଦାନୀ - Easel
ଚୁଚୁକବଳୟ-ସ୍ତନବୃନ୍ତର ଚତୁଃପାର୍ଶ୍ୱର ଇଷତ୍ ରଞ୍ଜିତ ସ୍ଥାନ, Areola, ସ୍ତନରୋହିତ
ଚେଲ - Dress
ଚେଲମିଥୁନ - Two piece suit

ଛଳବୈଦ୍ୟ - ଅଶିକ୍ଷିତ ବୈଦ୍ୟ, Quack
ଛଦି - Ceiling
ଛାତ - Roof

ଛେବଲ - Childish, puerile

ଜରିକସି - Lace
ଜରିପଞ୍ଜର - Beautifying lamps
ଜାକ - ଆଡ଼ମ୍ବର, ବଡେଇ, Ostentation (e.g. ଜାକଜମକ)
ଜିତ୍ଵର - Victorious
ଜାଗର୍ତ୍ତି - Vigil
ଜାନଲାଘୁରା - Window shopping
ଜାକଲ - Ostentatious
ଜାନଲା - Showcase or windows of shops
ଜୁରାବ - ଝିଅଙ୍କ ଲମ୍ବା ମୋଜା, Stocking
ଜୋଟ୍ ଖାଇବା - Match (V)
ଜୋଟା - Unit
ଜୈବ-ବ୍ୟାକରଣ - Biogrammar

ଝର୍ରୋକ - Painting

ଟିପୁଣା କରିବା - Drawing outlines of a picture before actually painting

ଡାମାସ୍କ - A rich, heavy silk or linen fabric with a pattern of same colour woven into it
ଡିଙ୍ଗାରି ହେବା - To stretch oneself

ତନାବ - Tension
ତୃଷ୍ଣୀଭୂତ - Silent
ତରଳା - Elusive

ତାହାଶାହା – Dictator

ତୁଷ୍ଟୀୟାବ – Quietude

ତୋଷବିରୁଆ – Wardrobe

ତେଲଚିତ୍ର – Oil painting

ତେଲରଂଜକ – Oil paint

ତୌଳିକ – Painter

ତୌଳିକତା – Art of Painting

ତୃଣଯା – ତୃଣର ବହୁବଚନ

ତ୍ଵରକ – Accelerator

ବର୍ଦ – Uniform

ଦରଦ – Compassion

ଦିବାରାଶ – Lunch

ଦରାଜ – Drawer of a table

ଦୁରାଗ୍ରହୀ – Importunate

ଦୟିତ – ପ୍ରିୟ, Dear, Beloved

ଦଲିଜ – Sill (ଝରକା ଦଲିଜ – Window sill)

ଦୂରଭାଷ ତଥ୍ୟପଞ୍ଜିକା – Telephone directory

ଦୂରହୂତି (ଦୂରଭାଷର ହୂତି) – Phone call

ଦ୍ୟୁମାନ – Shining

ଦ୍ୱୟାର୍ଥବ୍ୟଞ୍ଜକ, ସଂଶ୍ଲେଷ, ସଂବୃତାର୍ଥିକ, ଉଦାରସଂଜ୍ଞ, କୂଟବାକ୍ୟ–Ambiguous

ଦ୍ୱିଧାର ଶିଙ୍ଘ – Horns of a dilemma

ଦ୍ୱିଶଯ୍ୟା – Double bed

ଦେହାଟି – Rural, Rustic, Unsophisticated

ଦେବାଲ ପ୍ରଚ୍ଛଦ – Wallpaper

ଦସ୍ତାନା – Gloves

ଦୂରଭାଷିକ – Telephonic

ଦେବାଲ ଶୋଭିକ – Wall hangings

ଦେହୁଡ଼ି – ଦାଣ୍ଡ ଦୁଆର, ଗୃହର ପ୍ରଧାନ ପ୍ରବେଶ ମାର୍ଗ – Front door

ଧଡ – Bust

ଧାତୁମାକ୍ଷିକ – ଧାତୁ ପରି ଆଭାଯୁକ୍ତ ପଦାର୍ଥ, metallic coloured

ଧୃଟ – Tenacious nagging

ନିରବଧ୍ – Ad infinitum

ନିଶାଓଷ – Intoxicating drugs

ନିଃସରଣ କକ୍ଷ, ସ୍ୱାଗତ କକ୍ଷ – Drawing room

ନୈସର୍ଗିକ ସହଜତା – ସହଜ ବୁଦ୍ଧି, ସ୍ୱାଭାବିକ ମାନସିକ ପ୍ରବୃତ୍ତି - Instinct

ନଗ୍ନାଟଚିତ୍ର, ନଗ୍ନ ପ୍ରତିରୂପ – Nude art

ନଲକିନୀ – ଜାନୁସନ୍ଧି, Groin

ନାରଙ୍ଗ – Either of the twins

ନିକୁଞ୍ଜ – Arbour

ନିବନ୍ଧନ – Fixation (ଅଚେତନ ନିବନ୍ଧନ – Unconscious fixation)

ନିଲୀନ – Drowned

ନିଶାର – Night gown, ନାଇଟୀ

ନିଷ୍କୁଟ – Pergola

ନ୍ୟକ୍ବାର, ନେକାର (ବମନେଚ୍ଛା) – Nausea

ନୋଦନ କରିବା, ନୋଦେଇବା – propel, goad

ପଲିଘ – Gateway gate (of a mansion or apartment)

ପଟ୍କାର – Painter

ପଦପଥ – Footpath

ପଦ୍ୟା – ସଂକୀର୍ଣ ପାଦଚଲା ରାସ୍ତା, track

ପରିଷ୍ୱଙ୍ଗ – ଗାଢ଼ ଆଲିଙ୍ଗନ, Union

ପର୍ଯ୍ୟଙ୍କିକା – Divan

ପରିଚ୍ଛିତ୍ତି – ପଣ୍ଠାଦପଟ, Background

ପର୍ଣୋଚିତ୍ର – Pornographic picture

ପାଆଉରି (ଚଲାବୁଲା) – Slow walk

ପାଟଳି ଯିବା (ଲଜ୍ଜାବଶତଃ ମୁଖର ଆରକ୍ତିମ ବର୍ଣ) – Blush

ପାନଶାଳା – Bar

ପାବଚ୍ଛଶ୍ରେଣୀର ବିରାମ – Staircase landing, ସୋପାନସାନୁ

ପାରିସ ପଲସ୍ତ୍ରୀ – Plaster of Paris

ପାହାଣିଆ – Sloping

ପୀଡ଼ସୁଖବାଦ, ମାସୋକବାଦ – Masochism

ପୀଡ଼ସୁଖୀ, ମାସୋକ – Masochist

ପୁଟିତ – Sealed

ପିଶୁନ – Treacherous

ପୂରୁଚିନ୍ତ୍ୟ – Chaos

ପ୍ରକୃତିବାଦ, ସ୍ୱଭାବବାଦ – Naturalism

ପ୍ରଜାଲିକା – Network

ପ୍ରଣାଦ କରିବା – Exclaim

ପ୍ରଣିଧ୍ – ଦୂତ, ଚର ବା ସେମାନଙ୍କର କାର୍ଯ୍ୟ, Spy or spying

ପ୍ରତାନିତ ପ୍ରାନ୍ତର–Field full of tangled sticky creepers and grass

ପ୍ରତିଭାସ – Illusion

ପ୍ରତିରୂପ ଅଙ୍କନ – Portrait painting

ପ୍ରତିରୂପ, ଆଲେଖ୍ୟ – Portrait

ପ୍ରତୀପ – Perverse

ପ୍ରତ୍ୟାଗମ – Visit

ପ୍ରଦୀପଶେୟ – Lampshade

ପ୍ରଧର୍ମ /ସମ୍ପ୍ରଦାୟ – Cult

ପ୍ରସ୍ୱାପକ – Sedative

ପ୍ରାବେଶନ – Sculpture studio

ପରିଭାବ – Intentness

ପଶ୍ଚାଦପଟ – Background

ପୁଲିନ୍ଦା – Packet

ପ୍ରତ୍ୟୟିତ – Convinced

ପ୍ରିୟମାଣ – Loved

ପ୍ରାଜ୍ଞାମ୍ନକ – Intellectual

ପ୍ରଣାଦ – Exclamation

ପ୍ରାଣୀତତ୍ତ୍ୱ, ନୃତତ୍ତ୍ୱ – Anthropology

ବରତି ରହିବା – Remain

ବସ୍ତୁପର – Objective

ବାତକେଲି – Charming talk during love making

ବାରିକା – Very fine brush

ବର୍ଦ୍ଦ – Uniform

ବାଳସ – Enjoyable

ବିଗ୍ରହ – Figure

ବିକାଉ – ବିକ୍ରେୟ, Venal

ବିଛିର୍ଦ୍ଦ – Cutting into pieces

ବିଟାଳ – Unfaithful in a sexual way

ବିଟୋଳ – Childish mischief

ବିତତି – Stretch, Expanse

ବିଦ୍ୱତାଇବା – ଏଡ଼େଇଯିବା, ଖସି ପଲାଇବା, Elude

ବିଦ୍ୱତାୟିତ – Eluded (adj.)

ବିଦ୍ୱତାୟନ – କୌଶଳପୂର୍ଣ୍ଣ ପଲାୟନ, Elusion

ବିଦ୍ୱତାୟମାନ – Eluding

ବିଧ୍ମୋଦିତ – Conformist

ବିଧ୍ମୋଦିତ ମନୋଭାବ – Conformist attitude

ବେଶ୍ୟଭୋଗ – ବେଶ୍ୟାକୁ ଦିଆଯାଉଥିବା ମୂଲ୍ୟ, Remunaration paid to a prostitude

ବିଭଭୁଁକା – Widow

ବିମର୍ଷ, ଦୈନ୍ୟ, ଦୁର୍ଦ୍ଦଶା – Misery

ବୀଥି, ବୀଥିକା – Avenue, a passageway bordered by trees, row of trees

ବିପଲାୟୀ, ବିଦ୍ୱତାୟୀ – Elusive

ବିପଲାୟିତ୍ – Elusiveness

ବିପ୍ରକୃଷ୍ଟ – ସୁଦୂର, Distant, remote

ବିବିକ୍ତ – ନିଃସଙ୍ଗ, Alone

ବିବିଦିଷା – କୌତୁହଳ, Curiosity, Desire to know

ବିମୂର୍ତ୍ତ ଚୌଲିକତା – Abstract painting

ବିରାଜି – ଯୂଥ, flock or brood of birds

ବିଷାଦବାଦୀ ବିକୃତି – Sadism

ବୁଝଟ କରିବା – କୌଣସି ଜଟିଳ ବିଷୟକୁ ବୁଝିବା

ବେଣୀବନ୍ଧ – Aiguillette, ornamental cord attached to the uniform

ବ୍ୟଲୀକ – Crime of passion and feeling of guilt or shame for it କାମ ଆବେଗରେ କୃତ ଅପରାଧ ବା ଅକର୍ତ୍ତବ୍ୟ ଓ ତଜ୍ଜନିତ ଲଜ୍ଜା

ବ୍ୟାମୋହ – Perplexity

ବୋଝଲ – Massive

ବୋରିୟାତ – Boredom

ବୋରାୟିତ – Bored

ବୋରିୟାତିଆ – Boring

ବୋରିୟାତୁର – Distressed with boredom

ବ୍ୟବହରଣ – ବ୍ୟବହାର ହେବାର ଅବସ୍ଥା

ବ୍ୟବହିତ – ବ୍ୟବଧାନବିଶିଷ୍ଟ, Apart

ଭୁଚୁକଡ଼ – Habitually elusive

ଭୁରୁଚୁକା, ଭୁଚୁକା, – Elusive

ଭୁରୁଚୁକେଇବା, ଭୁରୁଚୁକା ଦେବା, ଭୁଚୁକେଇବା – Elude

ଭୁରୁଚୁକାନି, ଭୁଚୁକାନି– Elusiveness

ଭୂମିକା - Role

ମକବରା – Tomb

ମୟୂଖ – ଜ୍ୟୋତି, ଦୀପ୍ତି, Streak of light

ମଧୁକ୍ରମ – ଆପାନ ଉସ୍ବ, Drinking party

ମାତ୍ରାସ୍ପର୍ଶ – ବାହ୍ୟବସ୍ତୁ ସହ ଇନ୍ଦ୍ରିୟର ସଂଯୋଗ, Sense contact

ମାମୁରୁ (ରୀତିମତ)– As usual

ମାରକ – Fatal

ମାର ରମଣୀ – Femme fatale

ମାଲିକ – Flower seller

ମାସୋକୀୟ – ପୀଡ଼ସୁଖୀୟ, Masochistic

ମାହାଲ – Deck (of a ship)

ମିଲିଭଗତିଆ – Complicitous

ମିଲିଭଗତ– ଦୁଷ୍କର୍ମରେ ସହାୟକ, Complicit

ମିଶାଲି – Typical

ମୁଷ୍ଟେଜ – Hectic

ମୁଦ୍ରାଙ୍କ – Stereotype

ମେଲାଣି ଜଣାଇବା – To bid goodbye

ମୁକରିର – ସ୍ଥିର, Fixed

ମେଜପୋସ, ମେଜାବରଣୀ – Table cloth

ମୃତ୍ୟୁଲେଖ – Obituary

ମୃଷାମୂକ – ଅସତ୍ୟ, Untruthful

ମୃଦୁସ୍ୱର, ଫୁସ୍‌ଫୁସ୍ କରି କହିବା – Murmur

ଯାଯାବର – Nomadic

ଯୂଥ ଯୌନତା – Herd sexuality

ଯୋଷାବାଦ – Feminism

ଯୌନଧ୍ୱଜ ମୁଦ୍ରାଙ୍କ – Gender stereotype

ଯାତ୍ରାପେଟିକା – ବାକ୍ସ, Suitcase

ଯୁଗ୍ୟବାହ(ଯାନଚାଳକ) – Chauffeur

ଯୁଦ୍ଧଚମୂ – Division

ରଭସ – ଆନନ୍ଦ, ବିଳାସ (ବିଶେଷରେ ରତି ସମ୍ପର୍କୀୟ) – Erotic pleasure

ରଙ୍ଗସାଜୀ – Act of Painting

ରଙ୍ଗାଜୀବ – Painter

ରଙ୍ଗଫଳକ, ରଙ୍ଗଦାନୀ – Palette

ରଙ୍ଗ ନଳିକା – Tube of colour

ରଭସମୟ / ରାଭସିକ – Erotic

ରତିଉନ୍ମାଦ – Nymphomania

ରତିଉନ୍ମାଦୀ – Nymphomaniac

ରତିକ୍ରିୟା, କେଲି, ମୈଥୁନ – Sex

ରମାଂସକ – Romantic

ରମାଂସ – Romance

ରଦନଚ୍ଛଦ – Lips

ରେଖାଚିତ୍ର – Sketch

ରଞ୍ଜକ – Paint

ରତିନିଷ୍ପତ୍ତି, ଅର୍ଗାସ୍ମ – Orgasm

ରୋରୁଦ ସ୍ୱର – Tone of lamentation

ରୁରୁଦିଷା – କାନ୍ଦିବାର ଇଚ୍ଛା

ରିରଂସା – ରମଣର ଇଚ୍ଛା, Amorous desire, Lust

ଲଟକ – Swaying

ଲିରେ – ଇତାଲୀୟ ମୁଦ୍ରା

ଲୁଞ୍ଛିତ ପତତ୍ର – Plucked feather

ଲାଲନିକ – Feminine

ଶର୍ମଦ – Happy

ଶବସ୍ୟନ୍ଦନ – Hearse

ଶାଦ୍ୱଲ – (Adj) ତୃଣାବୃତ (Grassy), ନବତୃଣ ପରି ଶ୍ୟାମଳ (Verdure-green), (N) ତୃଣଭୂମି (Meadow), ହରିତ୍ ତୃଣ (Green Grass)

ଶିଳ୍ପଶାଳା, କଳାକେତ – Art Studio

ଶିଷ୍ଟାଚର – Good form

ଶୀତ୍କାର – ରତିକାଳୀନ ଆନନ୍ଦ ସୂଚକ, Moaning during copulation

ଶୂନ୍ୟମନସ୍କତା – Mental Abstractness

ଶୈବଲିତ – ଶିଉଳିଯୁକ୍ତ, Mossy

ଶ୍ୟାମୀୟ–ଜାଆଁଳା – Siamese twins

ସତୀର୍ଥ – Classmate

ସଦନିକା – Flat of the apartment

ସଦୈବ – As usual

ସନକ – ଖବଟ, Obsession

ସଂଗ୍ରହଣ – Collection

ସଂଧୁକ୍ଷଣ – Kindling of a fire

ସନ୍ଧ୍ୟାରାଶ – Dinner

ସଂବାରକ – Shutters

ସଂଭାଷ ଅକ୍ଷମତା – Incommunicability

ସଂସେକ – Spa

ସଂସମାଜନ – Socialisation

ସଂହେତୁକ – Rational

ସଂଜ୍ଞାପନ କରିବା – Announce

ସମଝୋତା କରିବା – Resign to (something)

ସାଙ୍ଗୋପାଙ୍ଗ – ଶାସ୍ତ୍ର ବା ବିଧି ନିର୍ଦ୍ଦିଷ୍ଟ ସମସ୍ତ ଅଙ୍ଗ ନିସ୍ବନ୍ଦ ହୋଇଥିବା କର୍ମ, Performed without the omission of any detail or part.

ସାହାଣ – A shoal of fishes

ସୁଆଙ୍ଗ – Parody

ସୁଶର୍ମ – Happy, pleasant

ସୁର୍ମା ସଫେଦ, ସଫେଦ ସୁରମା – Gypsum

ସୃକ୍କିଣୀ – Joint of two lips at the end of the mouth

ସୋପାନସାନୁ – Staircase landing, ପାବଚ୍ଛଶ୍ରେଣୀର ବିରାମ

ସୌବର୍ଣ୍ଣ – Gilded

ସ୍ତୋକ – ଅଳ୍ପ, ଈଷତ୍, ଅତି ସାମାନ୍ୟ, Brief

ସ୍ତୋମ – ସମୂହ, Group

ସ୍ତୋମଚରିତ୍ର – ଜାତିଗତ ଗୁଣ, Generic character

ସ୍ନାତକବ୍ରତ – Duties observed by a newly initiated householder

ସ୍ପାଘେଟି – ସିମେଇ ଜାତୀୟ ଖାଦ୍ୟ

ସ୍ୱସ୍ଥଳ – ଫୁଲର ପାଖୁଡ଼ା ସମସ୍ତ, Corolla

ସ୍ପନ୍ଦନ – Impulse

ସ୍ୱପ୍ନଚଳନ – Sleepwalking, somnambulism

ସ୍ୱପ୍ନଚଳକ – Sleepwalker, somnambulistic

ସ୍ୱଦ୍ୱାୟିତ କରିବା, ସ୍ୱାୟଉ କରିବା – To possess

ସ୍ୱଦ୍ୱାୟନ, ସ୍ୱାୟଉନ – Possession

ସ୍ନରାଙ୍କୁଶ – Penis

ସ୍ୱାଗତ କକ୍ଷ – Drawing room

ସ୍ନରମନ୍ଦିର – Vagina

ହକିଅଠି – Possession

ହଟ୍ତ୍ରାସ – Agoraphobia

ହାବ – Sensuality

ହାନ୍ଦୁଲ – Telephone Cradle

ହାବାଳାପ – Sensuous talk

ହାବଲୀଳା – Coquettishness, Sensuous acts

ହାବୋଦ୍ଦୀପନା – Sensual stimulation

ହାବୁକ – Sensuous

କ୍ଷାରାଧାର – Rim of the spectacles

କ୍ଷୀଣବୃଦ୍ଧି – Unemployed

କ୍ଷିଷ୍ଟ – Hurt

———